龙腾京沪

——京沪高速铁路建设报告文学集

（上册）

京沪高速铁路股份有限公司　编著

中国铁道出版社

2012 年·北京

内 容 提 要

　　在京沪高速铁路建设过程中，广大参战人员为实现中华民族的百年梦想，顽强拼搏、战天斗地，全身心地投入到京沪战场，涌现出一大批英雄模范和初出茅庐的"小人物"，他们的事迹感人至深，他们的精神动人肺腑，他们的情怀催人泪下。本集报告文学将永远铭记这些为中华民族的尊严和祖国的富强作出巨大牺牲和奉献的建设者们!

图书在版编目（C I P）数据

龙腾京沪：京沪高速铁路建设报告文学集 / 京沪高速铁路股份有限公司编著 . 一北京：
中国铁道出版社，2012.5
　ISBN 978-7-113-14138-7

　I. ①龙…　II. ①京…　III. ①报告文学－作品集－中国－当代　IV. ① I25

中国版本图书馆 CIP 数据核字 (2012) 第 007506 号

书　　　名：**龙腾京沪——京沪高速铁路建设报告文学集（上、下册）**
编　　　著：京沪高速铁路股份有限公司
责任编辑：丁国平　许士杰　　**电话：**010-51873155　51873204
封面设计：崔　欣
排版装饰：张秀娟　纪　潇
责任印制：陆　宁

出版发行：中国铁道出版社（100054，北京市西城区右安门西街 8 号）
网　　址：http://www.tdpress.com
印　　刷：中煤涿州制图印刷厂北京分厂
版　　次：2012 年 5 月第 1 版　　2012 年 5 月第 1 次印刷
开　　本：787mm×1040mm　　1/16　　印张：53.5　　字数：986 千
印　　数：1～5000 册
书　　号：ISBN 978-7-113-14138-7
定　　价：150.00 元（含上、下册）

《龙腾京沪—京沪高速铁路建设报告文学集》
编委会

代 序

勇攀高峰　追求一流

——京沪高铁精神礼赞

京沪高速铁路从调研论证、可研立项、勘测设计、施工建设到开通运营，历时近二十载。京沪高铁是新中国成立以来最大的基础设施工程项目之一，也是世界上一次建成里程最长、标准最高、投资规模最大的高速铁路。2011年6月30日，全长1318公里的京沪高速铁路，由13万建设者历经42个月的艰辛建设，开通运营，成为我国铁路建设史上高扬民族精神的又一座丰碑。

京沪高铁建设的伟大实践锻造出独具特色的"勇攀高峰，追求一流"的京沪精神。四年来，正是在京沪精神的鼓舞和激励下，全体建设者攻坚克难，开拓创新，拼搏奉献，不辱使命，用智慧和汗水创造了无数感天动地、催人奋进的英雄壮举。

"勇攀高峰，追求一流"，重点体现了不屈不挠、自强不息的民族精神在新时期、新形势下的新实践、新发展。京沪高铁从调研论证阶段开始，一直到开通运营，广大科技工作者和全体参战人员，始终把设计、建设一流高速铁路作为最高奋斗目标，并为实现这个目标作出不懈的努力。这其中，既包括全国上百家科研院所、大专院校的上万名科研人员，特别是几代铁路科技人员为京沪高铁达到一流水平锲而不舍的艰辛探索；也包括建设期间，全国建筑行业中四十多家领军企业和数以十万计的建筑队伍为建设一流高速铁路所做出的无私奉献。他们视国家利益高于一切，把顾全大局、团结协作的团队精神发挥得淋漓尽致；他们把艰苦奋斗、自强不息的民族精神凝聚在"勇攀高峰，追求一流"的伟大实践中，为中华民族的伟大复兴写下了浓墨重彩的崭新篇章。

"勇攀高峰，追求一流"，深刻展示了全体建设者为建设一流高速铁路所表现出来的那种奋发进取、勇于担当、不畏艰险、一往无前的崇高境界和精神风貌。无庸讳言，在京沪高铁整个建设期间，建设者们在施工管理、路地关系、技术创新、工艺标准和资源配置等方面克服的困难无以计数。在重重考验面前，建设者们坚决贯彻执行党中央、国务院的一系列重要指示，牢记全国人民的殷切嘱托，咬定目标不放松，千难万险若等闲，高标准、高质量、高效率地推进京沪高铁建设，取得了举世瞩目的辉煌成就。

"勇攀高峰，追求一流"，基本吸纳世界高速铁路最新技术成果并形成了自己的高速铁路技术体系和标准。我们依托京沪高速铁路这一实践平台，统筹利用各方面科研资源，深入开展高速铁路基础理论和工程技术创新，在深水大跨桥梁和特殊结构桥梁建造技术、深厚软土地基沉降控制技术、隧道施工安全监控技术、无砟轨道制造和铺设技术、新型高速弓网及供变电技术、基于GSM—R无线传输的列车控制系统技术、综合调度信息化系统技术、防灾安全监控技术等方面，取得一批具有自主知识产权的技术创新成果，进一步提升了我国高速铁路的设计和建造水平，为工程建设和安全营运提供了强有力的技术支撑。京沪高铁的站前技术（包括线下工程和轨道工程）完善了我们国家的高速铁路建造体系。我们还建立了轨道工程的精密测量和精确调整技术，使土木工程的施工控制做到了毫米级。京沪高铁不仅为中国人的出行增加一种新的方便选择，还为我们留下了一套完整的高速铁路技术体系，形成了时速350公里高速铁路建造标准，这是最珍贵的财富。

"勇攀高峰，追求一流"，真实反映了全体建设者脚踏实地、真抓实干、锲而不舍、开拓创新的优良作风。京沪高铁设计标准高、工程规模大、施工要求严、控制难点多、社会影响广。为确保京沪高铁的工程质量达到一流水平，建设者们始终不渝地严把质量关，在全线严格推行标准化管理，严格实施"源头把关、过程控制、精细管理"和"试验先行、样板引路、首件认可"的管理程序，为建设百年不朽工程奠定了坚实基础。在京沪公司强力推动下，各参建单位秉持把"土建工程当做工业产品做"的理念，以机械化、工厂化、专业化、信息化为支撑，深入推进标准化管理，做到管理制度标准化、人员配备标准化、过程控制标准化、现场管理标准化，形成了独具特色的建设管理体系。

"勇攀高峰，追求一流"，高度浓缩了全线13万建设者为实现中华民族的百年梦想，甘愿吃苦、无私奉献的牺牲精神和博大胸怀。京沪高速铁路用不到四年的时间就实现了全线开通运营，不能不让我们对京沪高铁的建设者们产生由衷的敬意和无限的感慨，这是一个令人叹为观止的人间奇迹！这既是改革开放三十年来经济实力的体现，也是全体建设者在为国争光、振兴中华的强大精神力量鼓舞下，创造性劳动的结晶！

京沪高速铁路是伟大的工程，伟大的工程创造了流芳千古的业绩，也造就了无数伟大的建设者！其数年间，严寒酷暑，刀风剑雨，铸就辉煌；酸甜苦辣，喜怒哀乐，皆成文章。多少人的亲历、感悟，激起无限情怀，多少人的感动、感情，迸发于心田，他们畅流于笔下，吟唱于纸上，创作了一大批文学作品和新闻报道。这些作品情景交融，如歌如画；荡气回肠，感人肺腑；情深意切，催人泪下，用他们的亲身体会和经历记录、讴歌伟大的工程、伟大的建设者，这不仅为我们留下了宝贵的精神文化财富，也是中华民族精神的浓缩！并将载入史册，在岁月进程中会更加彰显她的伟大与辉煌！

我们以对宏大工程的仰慕和建设者的崇高敬意编撰了京沪高速铁路建设《龙腾京沪》报告文学集，《情寄京沪》散文诗歌集，《记录京沪》新闻报道集，谨以此敬献给所有热情关心、真诚支持和积极参与京沪高速铁路建设的同志们、朋友们，并向所有热情关心、真诚支持京沪高速铁路建设的同志们、朋友们表示崇高的敬意！

京沪高速铁路股份有限公司董事长

蔡庆华

2012 年 2 月

目　录

开　篇

建设功臣篇

管理创新篇

精心设计篇

科技创新篇

拼搏奉献篇

光 荣 篇

开篇

京沪高铁　中国速度

——写在京沪高速铁路开通运营之际

蔡庆华

在庆祝伟大光荣正确的中国共产党诞生九十周年之际，承载着中华民族百年梦想、寄托着亿万人民殷切期望的京沪高速铁路正式开通运营了。

京沪高速铁路创造了"中国速度"：

2006年6月，重点控制工程——南京大胜关大桥率先开工。2008年元月，国务院批准开工，队伍进场。用3年半时间建成当前世界上距离最长、标准最高的高速铁路。

2010年12月3日11点28分，CRH380A高速动车组在京沪高速铁路上创造了当今世界无出其右的486.1公里时速的最高运营试验速度！

这样的速度，让亿万国人无比自豪，让世界为之惊叹！这是共产党领导的中国创造的又一个奇迹！

建设京沪高速铁路，是党中央、国务院坚持科学发展观，推进和谐社会建设的重大战略决策。京沪高速铁路是集中展示我国经济实力、科技水平和综合国力的一项重大工程，是新中国成立以来，投资规模最大、技术含量最高的一项工程，也是继三峡电站、南水北调、西气东输、青藏铁路之后，我国基础设施建设领域一项重大的世纪性、历史性宏伟工程。

京沪高速铁路的开通运营，对于建设发达完善的铁路网具有重大意义。京沪高速铁路是《中长期铁路网规划》的标志性工程，是发达完善铁路网的核心组成部分，是我国"四纵四横"快速客运网的主骨架。它的建成将极大地提升我国铁路网的整体水平，实现了我国几代铁路人为之奋斗的早日建成发达完善的铁路网、为中华民族腾飞打造钢铁大动脉的夙愿。

京沪高速铁路的开通运营，对于促进我国东部地区经济社会又好又快发展，率先建成小康社会具有重要意义。京沪高速铁路贯穿我国东部四省三市，联结环渤海经济圈和长三角经济圈，沿线所经地域，人口稠密，经济发达，客货运输需求旺盛，是我国经济发展最活跃和最具发展潜力的地区。京沪高铁的建成运营，将在我国最发达的两大经济区域间形成一条高标准、大能力的现代化客运通道，必将为整个东部地区进一步崛起提供强有力的支持。

京沪高速铁路的开通运营，对于加速铁路现代化进程具有重要意义。京沪高铁建设的伟大实践，对于形成和完善我国具有自主知识产权、达到世界领先水平的高速铁路技术体系和标准体系，走出一条引进先进技术，打造自主品牌，赶超世界先进水平的正确道路，发挥了十分重要的作用。京沪高速铁路建设，极大地促进铁路工程建设、动车组制造和运输组织的全面创新和进步，带动了材料、冶金、机械和信息等一大批相关产业的发展，对加快铁路现代化进程作出了重要贡献。

京沪高速铁路的建成通车，不但具有重大的现实意义，而且具有深远的历史意义。京沪高速铁路充分展示了我国改革开放取得的伟大成就，充分证明了中国特色社会主义的强大生命力和创造力。

京沪高速铁路建设是国家意志在经济建设中的生动写照。一百年前，孙中山先生规划的中国铁路建设蓝图，一直是整个中华民族苦苦追求的梦想。一百年后，以京沪高速铁路为代表的中国铁路建设，已经超越孙中山先生设想的水平。百年梦圆靠的是什么？最根本的一条是，党中央、国务院把《中长期铁路网规划》纳入施政决策，发挥了举国体制的优势，为京沪高速铁路的开工建设及顺利推进，提供了政策支持和法律保证。我们可以毫不夸张地说，京沪高速铁路建设所取得的所有成就，都凝结着党中央、国务院和沿线各级党委、政府及有关部门同志们的心血。国务院成立京沪高速铁路建设领导小组，及时研究解决建设中的问题，特别是中央领导同志，在每一个关键时刻，都亲自过问京沪高铁建设的进展情况，并及时作出重要指示，这是京沪高铁建设顺利推进的根本保证。

京沪高速铁路建设是国家战略在经济领域里的具体体现。纵观世界发达国家实现工业化、现代化所走过的道路，大多是以大量消耗自然资源和社会资源为代价发展起来的。最典型的要数"建在汽车轮子上的美国"，3 亿人口消耗了世界四分之一的能源。作为有 13 亿人口的中国，和类似中国这样的新兴发展中国家，如果沿袭西方发达国家走过的发展道路，整个世界将在资源枯竭的压力下面临崩溃，整个地球的承载力将面临垮塌的险境，人类将把自己送上绝路。中国绝不能走这条道路。正是从这个战略高度出发，我国在规划综合交通运输体系的时候，把以高速铁路为骨干的快速铁路交通网建设纳入国家的战略规划，为我国高速铁路的发展提供了支撑和条件。高速铁路相较于公路和航空，最大的优势是速度快、运量大、能耗低、污染小、占地少、全天候，是最节约、便捷的一种大众化交通工具，最适合我国人口多、资源短缺、人流量和物流量又特别大等基本国情，是建设资源节约、环境友好型国家，实现科学发展、可持续发展的必然选择。仅以京沪高速铁路为例，由于采用"宜桥则桥、宜路则路"的建设方案，正式用地比初步设计节省13000多亩。时速300公里的高速列车每百人公里能耗，仅3.6千瓦时，是大客车的30%，小轿车的12%、飞机的10.8%，是各种运输方式中最节能的。这些比较优势奠定了高速铁路在现代化交通产业结构中的战略地位。从另一个角度看，中国高速铁路在我国工业化和城市化快速发展的关键时期开始大规模推进，这对于构建整个国家科学、合理的交通运输体系，降低交通建设成本，也具有重大的战略意义。一些西方发达国家的有识之士曾感慨道，中国在最恰当的发展阶段做了一件最正确的事。在产业结构基本定型、服务体制高度成熟的发达国家建设高速铁路，其成本和难度要高出不知多少倍。应当说，中国在现阶段推进高速铁路建设正当其时。

京沪高速铁路建设是彰显国家实力的代表作。像京沪高速铁路这样高技术含量、大规模投资的宏伟工程，没有雄厚的综合国力支撑是不可想象的。不要说在积贫积弱的旧中国，就是在改革开放前的新中国，要想建设像京沪高速铁路这样代表了当今世界产业高端技术水平的大型工程项目，也只能是心有余而力不足。但是，历经30年改革开放，国家的综合实力已经发生历史性的巨大变化，特别是创新能力的空前提升，为我国跻身世界前列奠定了坚实基础。以京沪高速铁路为代表的我国高铁技术，坚持走自主创新、集成创新、引进消化吸收再创新的发展道路，在科技部和铁道部的统筹规划下，整合全国的科技资源，打破部门、行业的体制壁垒，打造战略性的高铁技术创新公共平台，完成了由引进核心技术到实现自主创新，建立拥有自主知识产权、有鲜明中国特色的高速铁路技术体系和技术标准的历史性跨越。中国仅仅用了不到10年时间就由高铁技术的引进者变身为世界高铁技术的领跑者，再一次彰显了我国综合国力和创新实力的大幅跃升，彰显了我国社会主义制度能够集中力量办大事的政治优势。

京沪高速铁路建设是弘扬民族精神的时代赞歌。经专家检查评估，工程初步验收和试运行表明，京沪高速铁路线路质量可靠，桥梁隧道坚固，通信信号、牵引供电、调度指挥、客运服务、综合监控系统运行良好，完全能够满足动车高速运行的安全性、舒适性、耐久性要求，是我国铁路建设的精品工程、典范工程。这样高质量的宏伟工程是如何在短短的3年多时间里建成的？最有资格回答这个问题的是京沪高铁的13万建设者，是他们创造了这个人间奇迹，是自强不息、埋头苦干的民族精神，坚忍不拔、奋发图强的民族风骨在支撑着他们，鼓舞着他们，同时也塑造着他们！这种民族精神和民族风骨体现在13万建设者身上，有三个最鲜明的特点：

一是特别守纪律。贯彻中央决策和部党组的决定坚决果断、不打折扣。为了确保全线工程质量达到一流水平，部党组要求全线必须全面推行标准化管理。这对于来自四面八方、素质参差不齐的施工队伍来说，其困难程度可想而知。京沪公司知难而进，工程一开始，就组织强有力的工作班子，编制了13大类、267项标准化作业指导书、208项标准化施工工序作业要点卡片。同时建立起纵向到底、横向到边、覆盖全部的标准化管理体系，使"源头把关、过程控制、精细管理"的质量方针和"试验先行、首件认可、样板引路"的质量控制措施及要求在全线得到真正的贯彻落实。

二是特别能攻坚。京沪高速铁路技术标准高、施工难度大、工期要求紧。对深水大跨桥梁建造技术、深厚松软土地基沉降与结构变形控制技术、无砟轨道板生产和铺设技术、新型高速弓网及供电技术、防灾安全监控技术等一系列世界级技术难题，铁道部组织科研、设计单位和高等院校同施工单位一起，开展协作攻关，取得一批具有自主知识产权的技术创新成果。由京沪公司和施工单位组织的技术攻关项目，在全线遍地开花，数不胜数，新技术、新材料在全线广泛应用；新工艺、新工法层出不穷，一批工艺工法成为国家级和省部级标准工法。多层次的工程攻坚和技术攻关创新活动，不但保证了京沪高速铁路各节点工期目标的实现，而且造就了一批高素质的管理和科技人才。

三是特别能奉献。只有亲自到过施工现场的人才能认识工程的艰巨，只有亲眼看到京沪高速铁路雄姿的人，才能认识工程的宏伟，只有亲身体验过京沪高铁高速驰骋动车的平稳和舒适感的人，才能真正了解京沪高速铁路是一项多么伟大的工程。在这里我更要说，真正伟大的是13万京沪高铁建设者的奉献！是他们，用自己的心血和汗水浇筑成3万多个伟岸挺拔的桥墩、灌注了近3万孔900吨重的优质钢筋混凝土箱梁和铺设了2600多公里的无砟轨道和无缝线路；是他们，向自己身体承受力的极限和意志力的高限发起冲击，用"5＋2"、"白＋黑"为建设一流的京沪高铁艰苦鏖战；是他们，为实现中华民族的百年梦想，宁负白发高堂，宁舍儿女情长，全身心地投入到京沪战场；是他们，高扬理想的风帆，用血性男儿的担当，创造出感天动地、可歌可泣的辉煌篇章！历史将永远铭记这些为中华民族的尊严和祖国的富强作出巨大牺牲和奉献的建设者们！

仅以此文向所有热情关心、真诚支持和积极参与京沪高速铁路建设的同志们、朋友们表示崇高的敬意！

（本文作者：铁道部原副部长、铁道部高速铁路建设领导小组副组长、京沪高速铁路股份有限公司董事长）

肩负历史责任
交付满意答卷

——京沪高速铁路建设管理回眸与总结

李志义

举世瞩目的京沪高速铁路，经过 13 万建设者 3 年多顽强拼搏，终于在建党九十周年前夕胜利地开通运营了！这是党中央、国务院正确领导和亲切关怀的结果；是国家有关部门、沿线各省市党委政府和广大人民群众大力支持的结果；是全体建设者以科学发展观为指导，认真贯彻落实京沪高速铁路建设领导小组部署和要求，用辛勤汗水、聪明智慧，精心设计、精心组织、精心施工、精心管理的结果。

京沪高速铁路自 2008 年元月国务院批准开工，2008 年 4 月 18 日举行全线开工典礼以来，工程建设顺利推进，质量安全有序可控，技术创新成果显著。全线 2008 年首战告捷，2009 年线下主体工程完成，2010 年正线全线铺通，今年联调联试和运行试验进展顺利，为按期开通运营奠定了坚实基础。

回顾总结三年多来京沪高铁的建设实践，收获丰厚，体会深刻。

全过程实施标准化管理
是高标准建设京沪高铁的保证

作为建设单位，面对这样一个世界级宏伟工程建设项目，如何加强建设管理、如何实现一流的建设目标？我们坚持了两条原则：一是坚定不移、不折不扣地贯彻落实党中央、国务院的一系列重要指示，坚持用科学发展观引领建设管理的全过程；二是坚持在实践中创新、在实践中发展的原则，在深刻认识京沪高速铁路自身特点的基础上，大胆探索和把握适应这些特点的建设管理客观规律，把标准化管理贯彻始终。

实施标准化管理，是全面贯彻落实"质量、安全、工期、投资效益、环境保护、技术创新"六位一体和建设精品工程、安全工程的要求，是高标准、高质量、高效率建设一流高速铁路目标的要求。

京沪高速铁路建设采用"小业主、大咨询"的建设管理模式，全线参建单位涉及 7 家设计院、43 家局级施工单位、28 家监理单位，大小共 204 个施工工区或施工单元，施工高峰期在场人员达 13 万余人。工程特点是设计标准高、工程规模大、施工要求严、控制难点多、社会影响广。我们把土建工程当作工业产品做，以机械化、工厂化、专业化、信息化支撑深入推进标准化管理。机械化加快了工程进展，工厂化规范了制件标准，专业化保证了工程质量，信息化助推了精细管理。

从强化管理入手，做到管理制度标准化。梳理和规范了征地拆迁、合同管理、招投标管理、变更设计管理、开工报告审批等 13 个管理流程，制定完善了计划财务、工程管理、安全质量、物资设备及综合管理 5 大类共 68 项建设管理办法。同时，指导、督促各参建单位构建相应的管理制度体系，从质量、安全、工期、投资、环境保护和技术创新六大方面，建立了目标控制体系，并形成了质量内部自控体系、项目技术支撑体系、科技创新体系和项目成本控制体系，建立了激励与约束相结合的考核奖励机制。在此基础上，制订了 13 大类 592 项管理细则，涵盖了现场管理各项内容和各专业方面的管理，有效地提高了各项管理制度的针对性和可操作性。

从工程需要出发，做到人员配备标准化。建设一流高速铁路，必须培养和造就一支高素质的、一流的建设管理和技术人才队伍。根据"精兵强将上京沪"要求，公司按需从路内外精挑细选了一批经验丰富的建设管理和技术骨干，配备到公司各部门和各现场指挥部，其中 85% 以上具有高级职称，其中博士 3 名、硕士 20 名，大部分人员具有从事铁路建设项目现场管理和技术管理的经验。同时，依据合同和投标承诺对各参建单位人员进行严格审查，要求足额配备优秀的管理人员、技术人员和施工人员，对主要岗位人员调整做出严格规定和审批要求，逐级审核各参建单位主要技术管理人员、试验人员、特种作业人员及队伍的相关资质情况，确保上场人员素质。一是强化岗前培训，全面提高参建人员素质。先后举办了建设管理骨干、监理、测量、桥隧、路基、质量检测、安全工程师等技术骨干共 60 多期培训班，培训各类管理骨干人员 2 万余人次，清退考核不合格人员 249 人，提高了施工管理人员建设一流高速铁路的意识，提升了专业技术人员的技术水平。据不完全统计，各施工和监理单位自行组织的各类技术培训达到 13 万余人次，参建人员上岗培训率达到 100%，参建人员的安全质量自控能力，责任意识，岗位操作技能和综合素质得到全面提高，为保证施工安全和工程质量提供了素质保障。二是狠抓架子队建设，劳务管理依法合规。京沪高速铁路全线劳务人员约10万余人，为管理好这些劳务队伍，公司严格按照架子队模式组织管理，根据工程特点和技术要求，分不同作业面、工种组建多样化的专业化架子队，主要采用混合型和纯劳务型这两种组织形式。配齐配强九大员，尤其是懂专业的领工员、技术员和工班长，加强技术培训，实行三级技术交底，保证跟班作业。日常管理上，劳务人员和正式职工"同吃、同住、同劳动、同学习、同管理"。全线共组建架子队1269个，其中混合型架子队705个，纯劳务型架子队564个，在施工生产中发挥了生力军的作用。

建造优质工程，做到过程控制标准化。坚持质量控制"零容忍"，确保工程质量"零缺陷"。一是牢固树立质量意识，从思想源头上把好质量关。京沪高铁的工程质量关系到党中央、国务院战略决策的贯彻落实，关系到建设一流京沪高速铁路的奋斗目标能否实现，关系到国家的形象和民族的自信心。必须以"零容忍"的态度确保工程质量的"零缺陷"。各参建单位也采取各种形式广泛深入开展质量意识教育，为确保全线工程质量奠定了坚实的思想基础。二是坚持源头把关，确保原材料质量。推行原材料生产（供应）商准入制度，建立全线地材供应主渠道，严格供应商资格审核，设定准入门槛，严格投标人资格要求，从源头上为控制原材料质量奠定基础。全线开工以来，共检测各类物资材料129万多批次，发现并退回质量不达标的原材料1384批次，杜绝了不合格材料进入现场。三是推行样板引路，固化各项施工工艺。对全线具有普遍性、通用性和连续性的施工作业，首先进行典型试验，树立样板，在此基础上细化作业指导书，召开现场会，统一施工工艺，明确质量标准，并将其固化为全线必须统一执行的工艺规范和质量标准，然后再推广到全线展开全面施工，这对加强全线质量控制发挥了重要作用。为后续建设提供了宝贵的经验和数据，带动了工程全面创优。四是实行首件认可制，确保质量一次成优。实行"首件认可"制，即每个标段内的每类工程的第一个（项、段）工程完成后，必须经监理初步验收合格，报指挥部验收后，方可全面开工建设。首件认可工程也可参与优质样板工程评选，鼓励各单位多出精品工程。五是加强过程控制，规范现场施工作业标准。优质工程不是检验出来的，而是干出来的。干的过程是否符合工艺规范要求，对确保工程质量起到至关重要的作用。为了加强现场施工的过程控制，我们先后编制了各工序质量管理实施细则，统一推行采用先进工艺工法和技术措施，有效控制了质量，减少了质量通病，又提高了工效。六是加大监督检查力度，强化考核奖惩制度。对质量控制的"零容忍"必须体现在对质量问题的严格要求和严肃处理上。自开工以来，公司就全面实施了"红、黄、灰、绿通知单"制度，奖罚分明，共发放绿色通知单883份，黄色通知单579份，灰色通知单433份，红色通知单2份，安全质量管理取得显著效果。

科学文明施工，做到现场管理标准化。一是完善保障体系，落实安全责任。建设伊始就确定了"源头把关、过程控制、精细管理"安全生产工作思路，在签订工程承发包合同的同时，就和施工、监理单位签订了《安全生产责任书》，明确了各级各类安全生产的管理责任，建立健全了安全保证体系。形成了全员、全方位、全过程、全天候抓安全的态势。二是突出重点抓防范，严控严管危险源。开工以来，我们对全线 21 座隧道、59 处跨越铁路既有线、156 处跨越等级公路和五级以上航道的桥梁施工实行"重大危险源动态警示牌"制度，逐级审查施工安全技术措施方案，实施动态监管。保证这些工程质量和安全生产始终处于有序可控状态。三是注重现场安全管理，确保安全文明施工。根据全线工程特点，制定了现场安全文明工地标准，对拌合站、试验室、施工便道、制梁场、钢筋加工场、Ⅱ型无砟轨道板场等大临设施现场施工和建设标准统一规范。使现场安全操作和注意事项一目了然，这些做法在全路得到推广应用。

大力推进技术创新
是高质量建设京沪高铁的动力

认真贯彻落实《京沪高速铁路科技创新规划》，围绕高速铁路技术组织设计、施工、装备制造、铁路运输企业和高校、科研院所，集中力量进行科研试验，技术攻关，完成了400多项科研试验，攻克了一系列技术难题，新技术、新材料、新结构、新装备的研发应用取得突破性成果。有力支撑了京沪高铁优质、有序、高效建设。

大跨深水桥梁建造技术、大吨位桥梁制造和架设技术、900吨箱梁制架控制技术、路基沉降与结构变形控制技术、工程结构耐久性保证技术、长大桥梁及大跨度特殊结构桥上铺设Ⅱ型板式无砟轨道技术等都取得突破；Q420qE高强度结构钢、支撑反力18000吨球型桥梁支座、大位移桥梁伸缩装置和钢轨温度调节器运用，跨越或并行既有铁路施工侵界报警技术等新技术、新工艺、新材料、新设备的研究和推广应用取得重要进展；隧道仰拱移动栈桥施工、路基过渡段碾压混凝土施工和钻孔桩斜岩预裂施工方法等获得国家工法，有50多项专利获得国家授权。

联调联试全线累计开行动车组3365列次，检测列车665列次，运行里程累计达60万公里，组织开展了轨道、接触网、供变电、列控系统和综合接地、电磁兼容、震动噪音、路基及过渡段、桥梁等九大类50余项实验，经过专家检查评估、初步验收和安全评估，全线安全指标满足要求，舒适度指标优良，各项指标均达到国内最高水平和国际领先水平，完善了我国高速铁路建设技术体系和标准体系，使我国高速铁路整体技术达到国际领先水平。

团结协作　各负其责
是完成京沪高铁建设使命的基础

京沪高铁建设是一个庞大、复杂的系统工程。它涉及到土地征用、房屋拆迁、环境保护、路地关系，建设当中的设计、施工、监理、咨询、科研院所之间的配合与协调，各部门各系统都以建设一流京沪高铁为己任，为高铁建设尽心竭力。

胸怀大局，开建设绿灯。国家有关部委，沿线各省市，铁道部有关部门和单位在京沪高铁的建设中密切配合、同心协力，创造出了团结合作、和谐共建的良好局面。重点工程先期用地，得到国土资源部的及时批复。从 2008 年元月份完成工程招标，到 4 月 18 日国家正式举行开工典礼时，仅仅用了三个月时间就完成 98% 的征地任务；在南京枢纽建设中，省市领导高度重视，人民群众识大体、顾大局，按期完成黄金山公墓迁移 51065 穴任务。从而迅速形成了全面施工的局面。这种情况在长大干线建设中是极其罕见的。

和谐建设，赢得社会赞誉。铁路建设者来自国内外，又是当今世界铁路的高新建造技术。建设者目标一致、团结一心、艰苦奋战，攻克了一道又一道技术难关，创造了一个又一个建设奇迹，经受了来自方方面面的严峻考验，无私地奉献了集体的智慧和个人的心血。尤其是在营造和谐稳定建设环境方面，各单位十分关注被拆迁人诉求，努力缓和矛盾和冲突；在梁场、板场、便道施工中，尽最大努力少占耕地，在全线梁场和板场建设中，采取复耕土剥离存放，900 吨箱梁采取双层存放，最大限度地减少了土地占用。坚持宜桥则桥、宜路则路的原则，优化临建用地，节省正式用地 13000 亩，减少土方 2400 万立方米。施工过程中，努力采取降尘、降噪、减少固体废物排放等措施；积极就地雇用农民工，并与正式员工实行"五同时"，采取强有力措施确保农民工工资支付；京沪高速铁路跨越海河、黄河、淮河、长江四大水系，为不污染水源、确保江河堤坝安全，及时推进河道防洪治理，250 条河道清淤、堤坝防护等全部完成并通过水利部门验收。在阳澄湖大桥施工中，选择了更有利于环保的"双排桩筑坝围堰"施工方案，由栈桥方式改为围堤陆地施工，保证了阳澄湖水质不受污染，有效保护了大闸蟹等名牌水产品的品牌信誉。沿线敏感区段设置声屏障，减轻噪声影响；路基边坡采用植被防护，城市地段桥梁、站房景观设计注重历史文化，全线整体环保美观。充分体现了参建单位强烈的社会责任感，体现了新时期铁路建设的新要求。

发挥建设单位核心作用
是高效率建设京沪高铁的关键

建设单位是京沪高速铁路建设的龙头，负责京沪高铁建设的组织、领导、协调、检查与监督。按照党中央、国务院的要求，我们的目标是要把京沪高速铁路建设成为一条在质量控制、建设管理和技术创新等方面达到我国铁路领先水平，在世界上也居先进水平，成为铁路建设的一个典范。建设单位这个团队不负众望、守土有责，用聪明才智和辛勤汗水圆满地完成了党和人民赋予的重任。

落实决策不折不扣。京沪公司及京沪建设指挥部这支具有强烈事业心和责任感，政治素质好、专业技术水平高、执行能力强的建设管理团队，贯彻落实党中央、国务院的一系列重要指示和铁道部党组关于京沪高速铁路建设的具体工作部署不走样，并创造性地开展工作。紧紧围绕建设一流高速铁路目标，按照优质、安全、高效、廉洁的要求，建设管理、施工进度井然有序向前推进。

制度标准执行到位。建设单位以强有力的执行力，以建设一流高速铁路为目标，以对党、对国家、对人民高度负责为己任，以标准化管理为抓手，做到政令畅通、令行禁止，使各项技术标准、施工规范能够不打折扣、不缩水、不走样地贯彻落实到各个施工单位和每一道工序、每一个作业人员；奖罚标准严厉，不走过场，激励先进，促进后进，确保工程质量检验合格率100%，满足设计要求和使用功能。建设单位带领广大建设者吃苦奉献、拼搏创新，在项目建设中发挥了不可替代的核心作用。

激励措施有力。在建设过程中始终弘扬"勇攀高峰，追求一流"的京沪高铁精神，坚持多层次多渠道开展立功竞赛活动，各单位和各级党组织广泛动员参战员工"比安全、比质量、比进度、比创新、比环保"，持续保持了高铁建设有序快速推进的步伐，彰显了建设者为中国铁路发展敢于吃苦甘于奉献的崇高境界，为京沪高铁按期建成通车做出了应有贡献。

（本文作者：京沪高速铁路股份有限公司总经理、铁道部京沪高速铁路建设总指挥部常务副指挥长）

一道亮丽的科技彩虹

——技术创新引领京沪高速铁路建造技术新突破

赵国堂

　　2011 年 6 月 30 日，是一个不寻常的日子，一流的京沪高速铁路开始营运，她不仅风驰电掣般地承载着成千上万旅客来往京沪之间，也承载着中华民族复兴的重任。人们不仅要问，中国高速铁路技术有哪些主要突破，取得哪些主要成果？

　　十多年准备，三年多奋战，几代科研人员的孜孜以求，十几万参建者的智慧和汗水，实现了桥隧路等线下工程的高稳定，轨道和接触网工程的高平顺，列控系统的高可靠，突破了建设过程中一个个关键技术问题，引领高速铁路建造技术向更高水平发展。

路基的根在哪里

　　路基是有根的，基础不牢，地动山摇。但京沪高铁穿越华北、长江中下游两大平原，软土、松软土分布广、赋存深，沧州地区 20 多米深度还有小鱼小虾的化石，昆山至上海段淤泥层最大厚度达到 38 米。要在如此深厚软土里扎根，谈何容易。

　　翻开中国铁路的建设史，路基结构到秦沈客运专线时才基本形成，才有了路基本体、基床底层、基床表层的概念和标准，才有了三阶段、四区段、八流程的路基填筑工艺。"八五"、"九五"期间，铁道部组织开展科技攻关，才理清工后沉降的控制路线，即在路基填筑得到保证的基础上，控制好地基沉降才能够控制工后沉降。

　　因此，2003 年铁道部在昆山设立了 880 米试验段，对地基处理方式进行试验研究，工后沉降按铺设有砟轨道的 50 毫米控制，2 月份开始采用塑料排水板加真空预压、粉喷桩、浆喷桩、砂桩等方式进行地基处理，2004 年 8 月完成试验，累计沉降塑料排水板处理最大为 1863 毫米、桩体处理为 106 ～ 301 毫米，评估认为其工后沉降能够满足标准要求。2008 年 4 月 18 日京沪高速铁路全线开工典礼以后，确定全线以无砟轨道为主要轨道结构形式，要求路基工后沉降控制标准为 15 毫米。为此,对这 880 米试验线路进行了重新评估,结论是不能满足铺设无砟轨道要求。2008 年 9 月 30 日对路基进行了再堆载预压,堆载高度 2～3 米,历时 9 个月后卸载,累计沉降量为 70～94 毫米,经再次评估,预测工后沉降最大 8 毫米。事实说明,如此地质条件,对地基进行了处理,又自然沉降了 4 年,堆载预压后沉降量如此之大,对深厚软土采取何种地基处理方式需认真分析。

这不由不使人想起,1940 年荷兰对 1855 年修建的奥得瓦特至豪达线路提速 120 公里/小时,线路的变形达到 15 毫米,使维修工作难堪重负;1983 年法国在 TGV 东南线亚眠至阿贝维也尔的软弱地基线路上,当列车速度达到时速 150～180 公里时,轨道出现 20 毫米的下沉并产生地裂;1993 年英国英吉利海峡隧道联络线上,对淤泥和泥炭层上填筑的路基观测发现,列车时速为 180 公里时,轨道下沉由预计的 5 毫米增加到 12 毫米;1997 年在瑞典哥登堡至马尔莫的 X2000 列车运行速度必须从 180 公里/小时降低到 160 公里/小时,因为轨道下沉达到了 14 毫米,降速以后仅有 6 毫米,处于稳定状态。

所以,铁路路基不同于只承受静荷载的工民建筑基础,也不同于承受动荷载比较小的公路。在高速列车高频动荷载作用下,路基必须具有足够的动刚度。由此可以得出结论,靠自然沉降和一般的地基处理难以满足京沪高速铁路深厚软土路基工后沉降和动刚度的要求。

2005 年京沪高速公司组织开展 CFG 桩、刚管桩、载体桩等刚性桩复合地基试验研究,集中了十多所院校相关专业的专家,建立了廊坊、李窑、济南、宿州、凤阳等试验段,结合理论分析和试验室试验,发现了刚性桩复合地基作用机理,通过刚性桩将荷载向下卧层的传递,加固区变形减少,从而总体上减少了深厚软土路基的沉降。该项研究提出了以路堤下地基压力计算新方法、桩顶荷载传递和桩体荷载传递新模型、路基沉降计算与预测新方法等构成的刚性桩复合地基计算理论,确定了京沪高速铁路刚性桩复合地基桩径、桩间距、桩长、褥垫层等参数的合理范围,研发了 CFG 桩桩体新材料,并形成了桩体施工及计量、桩头处理、桩帽施工、质量检测等新方法、新装备为主的成套施工技术。随着刚性桩复合地基理论和成套技术的形成应用,全线刚性桩复合地基施工期沉降量控制在 30 毫米以内,预测工后沉降最大为 5 毫米。

在保证路基工后沉降的同时,世界各国高速铁路突出的路桥过渡段问题引起高度重视。公路桥头跳车已为大家所熟悉,铁路上桥头"跳车"实际上也不是新问题,秦沈客运专线线路检测时已经发现,桥头中短波不平顺很小,长波不平顺则很明显,从而影响乘车舒适性。公认的处理措施是采用倒梯形加强结构,以保证从桥梁到路基过渡时轨道刚度、变形的均匀性,钢轨才能产生很小的折角,保持轨面的平顺性。倒梯形结构采用掺水泥的级配碎石填筑,桥台和路基结合部出现空隙问题时有发生,容易造成台后动位移过大,导致钢轨折角增大。为此,在铁道部科研项目支持下，中水集团研发了台后变态级配碎石及其施工工艺，使台后施工更加可控，桥台和路基结合的更加紧密。观测表明，路桥过渡段最大沉降差 0.5 毫米，钢轨折角 0.5‰，满足标准要求的 5 毫米和 1‰要求。轨道检测波形更为平顺，舒适度指标为优。

如果现在还要问路基的根在哪里，答案只有一个，它深深地扎在技术创新的土壤里，为高速铁路支撑起宽阔的舞台。

桥梁，脊梁，如何挺得更直

线路跨越海河、黄河、淮河、长江四大水系，跨越既有铁路、高等级公路和通航河流 215 处，全线桥梁比例达到 80.4%，最长的丹阳至昆山特大桥 164 公里，从而有了 30 多万根桩基、3 万多孔箱梁、387 处特殊结构桥梁。

软土、松软土地区桩基采用了效率高、质量好、环保的旋挖钻成孔，1 天可以成孔 3 个，是循环钻的近 10 倍。但是，遇到枣庄一带的岩溶，连神仙也叹气了。岩石硬，承载力达到 1500kPa 以上；岩面斜，倾角 45 度以上；溶洞像糖葫芦，最多的有 11 个。偏孔、塌孔、掉钻头、卡钻经常发生，大汶河特大桥一根岩溶桩基成孔时间达到 16 个月，不仅影响施工效率，也影响成孔质量。恰恰是初生牛犊不怕虎，又是铁路建设新军的中水集团提出了预钻成孔工艺，即将桩基范围内岩石用小直径钻机预先钻几个小钻孔，形成蜂窝煤状，然后再用冲击钻施工，效率平均提高 3 倍以上。通过理论分析和现场试验，提出了合理的预钻孔数量、布置方式、设备选择，研发了定位装置，实现了岩溶桩基施工新突破。

深水大跨桥梁的研究始于 2003 年，当时的铁道部高速办组织铁科院、北京交大、西南交大和中南大学对全线典型桥式桥跨进行了动力学仿真计算分析，最高计算速度 420 公里 / 小时。2004 年铁道部设立 9 个科研项目对南京大胜关长江大桥进行攻关，其中最关键的是针对该桥最大跨度 336 米、设计速度 300 公里 / 小时、六条铁路线等特点，采用当时最好的 Q375qE 钢，钢板厚度将达到 80 毫米。但厚板效应问题难以克服，下决心研发新钢种，在时任铁道部高速办主任蔡庆华和桥梁专家方秦汉院士的亲自指导下，在武汉钢铁厂的配合下，一种高强、高韧、焊接性能良好的 Q420qE 新钢种终于诞生了，它不仅解决了南京大胜关长江大桥建设中遇到的问题，更为中国铁路钢桥建设向更高水平发展奠定了基础。在新材料研发成功的同时，三片主桁结构和正交异性钢桥面等新结构中的关键问题得到解决；适应大位移量和 18000 吨支承反力的球形钢支座、1000 毫米级的梁端伸缩装置和钢轨伸缩调节器研制成功，TLMD 阻尼减震器成功研发并全面应用，提高了桥梁抗风、抗振能力；主墩深水基础采用无导向船重锚精确定位技术，解决了超大型钢围堰在水深流急河流中定位精度 50 毫米以内的难题。采用钢桁拱与墩旁托架固结，三层水平索辅助双悬臂，通过调整索力实现大跨度钢桁拱高精度安装合龙。这些新材料、新结构、新设备和新工艺的应用，奠定了该桥在世界高速铁路桥梁上技术领先的地位。

针对全线大跨度桥梁众多的特点，为提高悬灌法施工效率，研发出一种新型碳酸盐掺合料混凝土材料，在确保耐久性前提下可以提高混凝土早期强度和弹性模量，从而使每节段张拉龄期缩短到 3 天，一座连续梁施工时间可减少三分之一以上。为保证特殊结构梁质量，研发了线形控制系统和健康监测系统。两个系统都能够对各种桥式桥跨桥梁进行理论计算，得到不同施工阶段的理论线形和各节点受力与变形特性，施工时设置传感器，观测各施工阶段桥梁实际线形和受力变形情况，从而判断实际线形与理论线形的差异，并通过调整预应力或吊杆使实际线形与理论线形一致。到桥梁二期荷载全部施加后，进行最后调整，实现实际线形与理论线形的最终一致，并保持节点受力在设计范围内。同时，利用施工期设置的传感器，结合成桥后桥梁受力特点，补充设置传感器，从而对桥梁进行长期观测，通过健康监测系统及时掌握桥梁状态。387 处特殊结构桥梁通过应用线形控制系统，经过一个冬季的检验，证明线形控制良好。南京大胜关长江大桥的健康监测数据表明，该桥已经处于稳定状态。

联调联试期间，动车组以设计速度的 1.1 倍速度通过时，梁体跨中振幅最大值竖向 0.77 毫米，横向 0.15 毫米，竖向振动加速度最大 0.48m/s^2（标准值 5m/s^2）。一座座桥梁恰如挺起京沪高速铁路的脊梁，注入技术创新的精髓，它挺得更直，支撑着中华巨龙昂首东方。

清风掠过了无痕

一根钢轨从钢厂出来是 100 米，从焊轨段出来是 500 米，铺设在线路上再焊接在一起，成为连接北京上海的一根钢轨。

钢轨下面是一块块轨道板，从北京到上海有 40 多万块，在中国首次使用。

Ⅱ型轨道板的生产遇到三大挑战。一是生产线，原来采用的 75 米长线台座，实际上是预制混凝土板生产线合理长度的下限，在解决了放张时模板位移、切割时模板回弹、预应力钢筋应力及摩阻力损失、张拉横梁最大挠度、生产组织等关键技术以后，在固镇和曲阜板场成功建设了 120 米长生产线，不仅提高了设备应用和生产效率，而且通过缩短准备时间、延长轨道板在模具内养护时间，也提高了轨道板质量。二是混凝土原材料，为保证生产效率，要求混凝土在 16 小时内需达到 48MPa 的脱模强度，原来的技术路线是采用超细水泥或特殊掺和料，两者都存在成本高、供应商少、混凝土拌和物工作性差、轨道板表面质量难控制等问题，通过大量试验研究，提出了以国内硅酸盐水泥、粉煤灰、矿粉、集料、非缓凝型减水剂构成的轨道板材料体系，每块轨道板成本减少 320 ~ 820 元，而且技术成熟，质量控制有经验。三是轨道板打磨机软件，过去完全从国外购买，经产学研攻关，开发出国产化软件，提高了打磨头移动速率，移出了刻字工序，结合毛坯板预制精度的提高，创造了日最高打磨 122 块、日均打磨 82 块的、远远高于原来的 84 块和 65 块纪录。三大挑战的突破，进一步完善了轨道板生产成套技术。

轨道板的铺设解决了三大关键技术。首先开发了轨道板布板软件；其次是研发了基于六轴并联机构的轨道板自动精调设备，提高铺板效率 1 倍以上；最为关键的是集中全国研究力量，研究了事关板式轨道系统成败的 CA 砂浆形成机理，从沥青和水泥不同的分子作用制备砂浆，提高了砂浆的稳定性。施工过程中每 1000 块板揭 2 块板抽查，砂浆表面和断面质量全部合格。

全线有 12 处 112 组连续底座板式道岔铺设在桥上，如果不采用连续底座，就需要在其两端设置锚固结构，以阻止两端桥上连续底座传递来的温度力和列车制动力，而传递来的力最大将达到 1000 吨以上，设置能够阻止如此荷载的锚固结构实在无法实现。突破连续底座板板式道岔成为全线铺设 CRTS Ⅱ 型板式轨道的关键。为此，从全桥底座纵连板式无砟轨道与桥梁相互作用计算方法着手，系统解决了底座设计技术、纵横向限位技术、岔区无砟轨道结构设计标准、岔区板式无砟轨道与相邻轨道过渡技术以及道岔梁结构设计方法及技术标准等问题，使桥上连续底座板式无砟道岔的首次铺设取得成功。

钢轨和道岔精调是确保轨道高平顺性的最后一个环节。针对绝对测量速度慢、受环境影响大、操作要求高的问题，我们突破了相对测量中轨迹曲线向坐标转换的关键技术，实现了轨迹偏差和坐标偏差的统一，可以利用相对测量轨道检测小车直接精调钢轨，精调效率提高 10 倍，并为运营阶段线路维修提供了快捷方便的方法。我们开发了钢轨和道岔精调软件，相对测量精调软件可以在波形图上作业，也就是用轨检小车在线路上采集钢轨、道岔轨道几何尺寸数据和波形图，利用精调软件，分析轨道几何尺寸偏差，提出调整方案，现场作业人员要做的是按调整方案逐枕更换配件就行了，被工人们戏称为电脑调轨，从而确保了轨道几何尺寸偏差在 1 毫米之内。

从 2010 年 11 月中旬以来，列车累计运行里程达到 260 万公里以上，轨道均衡质量指数小于 2.5 毫米，单项轨道几何尺寸指数小于 0.4 毫米，钢轨上的光带均匀、锃亮。陆地日行五千里，清风掠过了无痕。

谁持彩练当空舞

列车运行有三个界面，空气、轮轨和弓网。接触网是列车陆地飞行的翅膀。

接触网要保持高平顺性，张力是关键，同时，接触网是为列车提供能量的通道，导线导电能力也是关键。要提高张力和导电能力，导线材料是最大制约。过去采用的银铜、镁铜、锡铜合金材料，导线强度 63 千牛，最大张力 25 千牛，导电率可以达到 80 到 97；高镁铜合金材料导线强度达到 70.5 千牛，最大张力可达到 32 千牛，但导电率只有 62。为解决这个问题，科技部、铁道部设立两部支撑计划项目，研发了一种高强高导材料，导线强度 84 千牛，最大张力 38 千牛，导电率可达 86。首次在枣庄至蚌埠 100 多公里线路上进行了应用，张力按 31.5、33、36 和 40 千牛四个级别开展了试验，远高于国外最大 27 千牛。实测燃弧每 160 米 0.01 次（标准值不大于 1 次），最大燃弧时间 86 毫秒（标准值 100 毫秒），无硬点，无动态高差超标，高效稳定保证高速列车运行。

在国家发改委、科技部等有关部门的大力支持下，依托京沪高速铁路这一实践平台，统筹利用各方面科研资源，深入开展高速铁路基础理论和工程技术创新，在深水大跨桥梁和特殊结构桥梁建造技术、深厚软土地基沉降控制技术、隧道施工安全监控技术、无砟轨道制造和铺设技术、高速列车设计制造技术及综合检测技术、新型高速弓网及供变电技术、基于 GSM—R 无线传输的列车控制系统技术、综合调度信息化系统技术、防灾安全监控技术等方面，取得一批具有自主知识产权的技术创新成果，进一步提升了我国高速铁路的设计和建造水平，为工程建设和安全营运提供了强有力的技术支撑。

京沪高速铁路像一道亮丽的科技彩虹。谁持彩练当空舞，唯有我辈唱大风。

（本文作者：京沪高速铁路股份有限公司副总经理、总工程师）

建设功臣篇

丰碑，是这样铸就的

——记京沪高铁南京大胜关长江大桥项目经理、全国"五一劳动奖章"获得者文武松

赵志刚

文武松

南京，以其深厚的历史传承享誉神州，同时，南京又以其蕴育了一大批书写历史的人物而名扬华夏。本文的主人公，就是一位用如椽大笔为南京续写历史新篇的普通人。他着墨的地方抑或一展身手的舞台与这座历史名城的一个崭新的地标性建筑——京沪高速铁路南京大胜关长江大桥紧密相连。

大胜关大桥不但以其巍峨的雄姿为南京又增添一处胜景，而且以其扼京沪高铁之咽喉而倍受青睐，倍受关注。2006年7月，因项目所处的地位和作用，南京大胜关长江大桥招标受标暨合同签字仪式以最高规格在北京人民大会堂隆重举行。他以大桥局历史上承揽的最大工程项目的总负责人的身份和总指挥的角色，站在了大会堂这个历史的舞台上，既为崇高的荣誉所感奋，也倍感压力之沉重。在接下来的三年多时间里，压力能否书写荣誉，责任能否镌刻辉煌，均被所有关切大胜关大桥的上至中央及省市各级领导、下至社会各界朋友所高度关注！

面对无数关注的眼光，他郑重作出承诺：

认真履行合同的各项条款，确保在合同工期内完成合同段施工任务，实现安全、质量管理目标，实现科研和施工的有机结合，力铸精品工程，确保获得国家优质工程奖、建筑工程鲁班奖和国家科技进步奖；重视环境生态保护，积极协调地方关系，做到文明施工；坚决服从业主的领导和统一指挥，主动接受设计、监理和咨询公司的监督，虚心向兄弟单位学习，密切配合，互相帮助，举全局之力，全力以赴，科学组织、精心施工，高标准、高质量、高效率地把南京大胜关长江大桥建设成为一流的高速铁路桥梁……

话音还在耳边萦绕，他便激情飞扬地出发了，怀揣一份责任、一片赤诚、一腔热血，在大胜关这片沃土上，播洒下了注定是他一生中最为弥足珍贵的种子。

他，就是文武松。

以武之实力确保安全质量一片晴好
用文之关爱细雨润物呈现一派和谐

天降大任于斯，责无旁贷。文武松从到大胜关大桥上任的那一刻起，就透过眼前烟波浩淼的长江看到了存在于工程之外的非凡意义并感受到肩负的责任非同一般。

首先，大胜关大桥是一座六线高速铁路桥梁，主桥跨度是世界同类桥梁最大跨度，桥面可同时行驶三种速度的列车，投资总规模达到 45 亿元，是京沪高速铁路技术含量最高、自主创新任务最重的控制性工程。因大桥按照一流高速铁路大桥水平组织建设，最高时速达 300 公里，必须采用大量的新材料、新结构、新设备、新工艺等新技术，这就需要在既有的技术平台上，突破关键技术实现自主创新。另一个关键因素是政治影响大。京沪高速铁路的修建一直受到国内外的高度关注，其技术标准、工艺标准是否能达到世界先进水平，既是对我国改革开放 30 年来综合国力、科技实力的一次综合检验，也是对铁路现代化进程能否顺利推进的一次最现实的考验。这些因素决定了，大胜关大桥修建的重要性已远远超出了工程本身，这既是对大桥局综合实力的一次大检验，更是文武松生命历程中所面临的一次最严峻的挑战。

对有幸登上桥面的人来说，除了刹那间的震撼，更多的是感觉上的不可思议。外行感到不可思议是正常的，业内权威人士的评介就显得非同一般。国际桥梁协会主席、日本著名桥梁专家伊藤学来到大胜关，经过实地考察和通过语言、影像介绍，对大胜关大桥的建设给予高度评价：上世纪二、三十年代桥梁技术发展的焦点在美国，四、五十年代欧洲各国桥梁建设快速发展，日本桥梁建设则在七、八十年代达到高峰期，而今，世界桥梁界都把目光聚焦到了中国。目前，中国的桥梁建设规模、技术水平，特别是大跨度桥梁的建设水平已跃居世界前列。

如此浩大的一项工程，仅用 40 个月的时间便实现了"天堑变通途"的宏伟目标，把胜利的旗帜插上了大胜关。在成功的背后，大桥建设的总指挥及他率领的团队，为此付出的辛劳、汗水和智慧，带给了我们怎样的启迪？

通过采访常务副指挥王玉胜和副总工程师连泽平，可从一个侧面反映出文武松在大胜关大桥建设过程中的理性思考。王玉胜是老一辈大桥人，从上世纪 70 年代初至今他参与或指挥修建的桥梁已多得难以计数，但唯有大胜关大桥对他的内心产生了从未有过的强烈冲击。用王玉胜自己的话来说就是：观念更新，眼光开阔；目标明确，理念先行；操作精细，快字当头，这就是大胜关成功的秘密。连泽平则是年轻的新一代大桥人的优秀代表。他说：如果我们的建桥水平像大胜关桥一样一直发展下去，很快就会占领国际桥梁的制高点。他认为，大胜关大桥之所以能取得如此令人耳目一新的成绩，就在于大胜关项目管理坚持了以人为本的指导思想。在大胜关桥，以人为中心，重视人、关爱人、帮助人、尊重人，充分发挥每位员工的潜能，以最人性化的管理调动每位员工的积极性，这是人本思想在建桥实践中最生动的体现。两代大桥人的深切感受，使我们触摸到了大胜关桥日夜律动着的一根鲜活的人脉线，而这根人脉线的编制者就是文武松。

如何使自己的团队成为一个特别能吃苦、特别能战斗的团队，确保大胜关桥在一个高起点上顺利完成，这是文武松开工伊始就一直在思考的主要问题。有着深厚专业知识和文化沉淀的文武松，在面对如此恢宏如史诗般壮丽的工程时，他深深知道，工程的成败与否，起决定因素的是对于工程宏观层面的把握。这就是我们常说的"管理"。管理不是金字塔，它必须有载体才能显示其作用和魅力。

早在苏通桥时，文武松就有意识地提出了"项目文化"这个概念，摸索出了一套行之有效的管理方式，对工程建设起到了很好的推动作用，产生了很好的反响。也可以说，全新的管理手段是借助苏通桥这个载体才得以实现的。在文武松的组织统筹策划下，引进香港奥雅纳公司国际工程管理经验，积极探索项目公司化运转模式，在《苏通大桥 D1 标项目管理手册》的规范下，质量、安全、环境三大管理体系齐头并进、有效运作，各项管理工作始终处于可控状态。一系列具体措施的落实，换来的是工程自开工至结束，每一单项工程均达到了优良率 100%，没有发生一起安全质量事故。应该说文武松通过苏通桥施工，把大桥局现场安全文明施工提升到了一个崭新的高度。那么，在大胜关桥是否也可以，或者说必须沿着这个思路寻找更有效、也更具活力的管理方式呢？

到大胜关，可以看到一大摞整理得清清爽爽的有关工程建设的各种资料，按内容装订成册，如从 2006 年开办至今的工地彩报《高速飞虹》，先进个人，先进集体，先进交流材料等等，如按字数统计，起码在 10 万字以上。这让每一位到访者都感到十分的惊讶——大胜关桥工作的精细给来访者留下了十分深刻的印象。

文武松说：如何用一种理念来统领全桥的施工？国家需要构建和谐社会，企业需要构建和谐企业，那么项目部也必须构建和谐项目部。实现这个目标的前提是，以人为本。人的和谐是一切和谐的根本。现在好多制度都是硬性的，缺乏弹性。如何使员工自觉地与制度相融合，就成了我思考的问题。把刚性的制度与柔性的输入结合在一起，使制度的可操作性与员工的认同感相一致，这样，制度才会变成一种自觉行动，长期的自觉行动就会成为行为的惯性，成了惯性的东西才不容易更改。如把制度性的罚款变为奖励性的人文关怀，就会使每件事发生根本性的变化。制度本身是一种文化，制度的落实并不是仅仅靠高压手段。把文化转化为春风细雨，员工的心田才会长出一片绿荫。

大胜关是片沃土。一位员工就是一树绿荫，聚合在一起，大胜关桥就是一道美丽的风景。

走进文武松的理性世界，你会发现，一座丰碑的基础，原来是如此的厚实

大胜关桥已巍然耸立了，其创造出的业绩令国人感到荣光和骄傲。在此，我们有必要透过成功的表面，走进大桥的深处，感受作为工程总指挥文武松是如何用自己的理性思考来构建现实中的大桥的。

文武松对大桥建设的管理思路，支撑起了一个宽阔、稳固的平台，围绕工程施工这个主题，用理性的思考，使一座丰碑的矗立，有了坚实、厚重的基座。以下摘录的是他的主要思想：

文化管理思路。大胜关桥提出了"1234"项目文化管理思路，即坚持一个理念，落实两套体系，抓好三个创新，实现四大目标。坚持一个理念：创新引路，文化领航，新、好、快、省建设大胜关桥；落实两套体系：安全生产责任体系、质量管理责任体系；抓好三大创新：制度创新、文化创新、载体创新；实现四大目标：示范工程、先锋工程、效益工程、国优工程。

"新好快省"的诠释。新:站在桥梁建设的新起点，采用新材料、新结构、新设备、新工艺，创新管理模式，努力与国际项目接轨；好：安全无事故，质量零缺陷，展示企业形象；快：合理整合资源，科学安排工期，集中精力施工，确保节点工期目标的实现;省:推行项目精细化管理，牢固树立成本控制观念，为企业和员工创造经济效益和社会效益。

两套体系的诠释。安全生产责任制体系，主要解决"严格不起来，落实不下去"的现象，总体上形成"横向到边、纵向到底、全面覆盖"的安全生产责任体系。质量管理责任制体系：大胜关桥项目部通过建立项目质量保证体系,明确质量控制流程,建立质量管理目标和考核机制,

形成设计图纸交底、施工图纸交底、原材料采购、检验控制、分部工程检查确认、内页资料追溯的质量管理签认制度。在所有的环节，责任人不签认，不允许进入下道工序施工，哪道工序出了问题，就要追究哪道工序责任人。

制度创新：项目管理制度的创新。立足项目建设需要和市场经营战略，以制度形式，明确责、权、利，如两套责任体系就是制度创新的重要内容之一。

文化创新：倡导文化融入制度的项目管理理念。有了对一流大桥建设的高度认识、有了正确的安全文化观、有了严肃的质量文化观、有了以人为本的环境文化观，自然就有了对项目制度执行的责任感。文化创新的另一层含义是，培育适合大胜关桥建设环境的项目精神，以激发人、关爱人，进而推动各项工作的平衡进展。

对项目文化的再思考。只有坚持先进的文化，才能促进项目的科学管理。把项目文化融入项目建设的各个环节（工程目标、团队建设、企业塑形、生态环保、人才培养、对外关系等），既提炼了理念、明确了目标，又优化了制度、细化了措施，最终实现企业文化与项目管理的全方位结合，推进项目管理制度科学化、管理过程精细化、管理方式文明化、经济效益最大化和社会效益最佳化。项目文化的落脚点是培养人，充分发挥人的作用，使员工与项目部形成一种心理契约，认同项目的管理目标和自身肩负的使命，将个人目标与项目管理目标紧密结合起来，最终实现项目管理的各项指标。

今天，已无需检验这些理念的正确与否。巍峨矗立的大胜关大桥已经给了我们一个成功而完满的答案。

身体力行践行人本思想
至善至爱铸就巍峨丰碑

文武松是企业高管，然而和员工相处起来，总是一副笑吟吟的面孔，会使你对他顿生亲切感。与普通员工迎面而过，他会主动向你微笑致意，并主动与你握手，没有一点企业高管的架子，所以员工私下里对他的评介是：和蔼可亲，平易近人。

文武松把践行以人为本理念、注重理论学习和个人修养的提高作为自己毕生追求的恒定目标。他忠诚于桥梁建设事业，长驻南京，施工现场就是他的家，工程吃紧时他与大家一起夜以继日摸爬滚打。他的"三个必须"——最热时必须去一线送清凉，最冷时必须去一线送温暖，最忙时必须去一线鼓舞士气，这是他情系员工的生动体现。而亲人来工地了，他却只能与其匆匆见见面，连在一起吃顿饭的时间都没有。更令他遗憾一辈子的是，父亲去世时也没来得及赶回去见上最后一面……

为确保大桥建设的进度，他整天整夜在工地蹲守，一连几个昼夜不下"火线"是家常便饭。由于过度劳累，他的嗓子多次失声，但还是坚持在一线，用手势来布置工作，在他充满血丝的眼睛里，饱含的是对工程建设的一往情深；那果敢、坚毅的指挥动作，是对自己毕生追求的事业的执着。他掌管着近40亿元的庞大资金，但他从不利用自己手中的权力为自己谋取一私一利，那些所谓的"意思"和"慰问"，无一不在他的面前吃了"闭门羹"。"工程优质，干部优秀"是他基本的也是必须遵循的思想道德底线。

一座一流高速铁路桥梁的建设时间只有40个月，就是在当今发达国家也是不可能做到的。但文武松带领"跨越天堑，超越自我"的大桥人做到了。一组数字可以告诉你，"跨越"和"超越"意义的真实蕴含。

重达6000多吨的6号和8号墩底节钢围堰用了不到3个月的时间制造完毕，下水定位，平均每天消耗电焊条4吨以上，氧气400多瓶；半年多时间使9个深水桥墩全面开工；一年时间便优质高效完成水中墩全部钻孔桩基础施工；年度完成建安产值11.69亿元。进入到上部施工阶段，10天一个周期完成一节间现浇箱梁；预制梁架设达到了每天3片；连续钢桁拱梁仅用4天便完成了一个节间，年度完成产值12.5亿元，平均每月完成1个多亿的建安产值……

而在此之前，外部施工环境复杂，工程的推进一度举步维艰。文武松主动与海事、航道、河道、水利堤防、渔业、地方政府等单位和部门联系，一天拜访十几个人是常事，有时为找一个人办一件事要登门十几次。他以"用心做事，诚信做人"的人格魅力赢得了各方的理解和支持，使外部施工环境得到了极大的改善，为工程的快速推进打下了坚实基础。这其中凝聚了他的智慧、辛劳和超强的付出。

作为京沪高速铁路建设的开路先锋，文武松深刻认识到大胜关桥率先开工的意义，就是要按照铁道部"高标准、高质量、高效率"的要求，把南京大胜关长江大桥建成全线的样板工程。

开工不久，铁道部副部长卢春房率领铁道部有关司局、各铁路局和各客运专线建设单位等130多人莅临大胜关桥工地视察，当来宾看到整洁、统一、规范的现场布置，科学有序的组织管理，朝气蓬勃的员工面貌，创新先进的施工工艺时，无不为之赞叹。卢副部长高兴地说：南京大胜关长江大桥为京沪高铁全线开工起好了步，开好了头，初战告捷，令人欣慰。

作为中铁大桥局在南京大胜关长江大桥施工现场上的总指挥，文武松深感责任重大。他也知道大胜关桥是大桥局创新项目管理行为、挑战桥梁施工技术、创造企业新的业绩、展示企业形象的一个难得的历史机遇。

项目开工伊始，文武松在苏通桥管理经验的基础上，积极尝试推行制度融合文化的项目管理行为。一方面科学制定了覆盖项目管理各个层次的规章制度，装订成册，做到办事有规矩，责任有人担；另一方面全力培育以更新观念、凝心聚力为目的的"观念文化"，建立和谐的项目管理关系，有力地促进了施工生产，使工程建设始终运行在既定的轨道。

在安全、质量管理上，文武松强力推行安全、质量生产责任制体系，组织编写了质量管理、职业安全卫生、环境管理三大体系，做到了机构制度到位，投入保证到帐，责任落实到人，技术培训到岗，施工方案到点，内页资料到天，原材料控制到源，重点监护到前，执行工艺到行，文化管理到心，形成了一套独具特色的、科学的安全质量管理体系，使得安全、质量的"常见病"、"多发病"得到了彻底的根治，在第一次铁路质量信誉评价中就荣获第一名。

在文武松的荣誉中，又新增添了诸多荣誉：江苏省五一劳动奖章获得者、京沪高速铁路先进个人、京沪总指挥部南京指挥部优秀项目经理、全国建筑企业优秀项目经理……

1200多个风雨兼程、鏖战春秋、苦干冬夏的日子过去了。大胜关桥呈现给我们的不仅仅是一座跨越时代的一流工程，她给了我们太多的思考和启迪。尤其是工程的总指挥、团队的领头雁文武松，他的理性思考，他的价值理念，他的勇于跨越、敢于超越的种种行为，都源于一种精神。

大胜关大桥作为一座丰碑，其构成的元素也是一种精神——勇于天堑的跨越和敢于自我的超越。构建这座丰碑并使之巍然耸立的，就是文武松和由他率领的团队。

历史将会告诉后人：丰碑就是这样铸就的。

（文武松：现为中铁大桥局党委书记）

高治双的高铁情缘

——记中铁十二局京沪高铁项目常务副经理、全国"五一劳动奖章"获得者高治双

郑建峰

高治双

引 子

如同一位年轻的母亲，历经十月艰难怀胎，终于迎来婴儿在母腹躁动的关键时刻。2010年12月3日，京沪高速铁路在完成他的诸多准备动作后，开始了自己的首次"试飞"。

搭乘着"和谐号"高速动车，高治双感觉整个身体像是在被充气，所有的器官都在鼓胀，他使劲眨巴眨巴眼，直到有些湿润，看车里的人，都已不再说话，静静地盯着车厢上沿的速度显示屏。

列车已经离开枣庄向南飞行，高治双还没来得及整理思绪，列车已经驶入自己的阵地——京沪高铁四标。

在减速玻璃的掩盖下，"和谐号"隐藏着自己的亢奋，几乎没有任何骚动的迹象，只是车内显示屏上的数字，像酒精灯下温度计的水银，在不断地跳升。394.3！有人在惊呼，列

车轻松超越了两年前京津城际铁路创造的纪录；416.6！很多人开始惊呼，66天前沪杭高速铁路试运行创下的纪录，在一分钟后又被超越；420、430、440、450、460、470、480……列车平稳地向前行进，车厢寂静下来，除了列车浅浅的"咻咻"声。11时28分，数字显示为486.1，随后开始回落，列车稳稳地停靠在蚌埠南站。

当测试人员报告列车完全符合安全舒适标准时，车厢里轰然响起一片热烈的掌声。京沪高铁时速最高达到486.1公里，刷新了世界铁路运营试验的速度纪录；在中国铁路史上，2010年12月3日11时28分成为一刻永恒的记忆。

此时此刻，高治双瞬间感到无比的轻松，巨大的喜悦混杂着酸、甜、苦、辣包围了他的全身。然而，仅仅才过了几秒钟，一种空落落的情绪迅速升起。列车刚刚驶过的这片热土，一下子变得如此陌生。他曾用自己的双脚丈量着这片土地，20多双鞋子因此受尽折磨怨声载道。

这条举世无双的"跑道"，这条让高铁时代呼啸而来的"跑道"，这条将要改变客观世界影响人们现实生活的"跑道"，将会像一个聪明绝顶的孩子，长大了就不能与母亲朝夕相处，就要远行，去追求他的崇高事业。而在高治双的心目中，他将凝聚为一份美好的记忆、一尊精美的雕像、一枚金灿灿的奖牌。

高治双无比自豪，却又怅然若失。

第一大标：是光荣更是责任

2008年的元月6日，恰是农历的小寒，而地处太原的中国铁建十二局集团却是暖意洋洋，这一天，铁道工程交易中心公布了《新建京沪高速铁路土建工程施工总价承包招标中标结果》，十二局夺得第一大标——第四标段。1318公里的京沪高铁，四标占了五分之一，穿越苏皖两省4市11县38个乡镇，286公里线路拥有桥梁54座共222公里；业界美其名曰：架在桥上的飞龙。

一段时间，京沪高铁变成了媒体的宠儿，"Beijing-Shanghai High-speed Railway"在世界各主流媒体显著位置频频出现；中国铁建十二局集团因拥有京沪最大的份额，当然地引起众多建筑业巨头的侧目。穷追不舍的媒体随后需要知道的是十二局将派哪些人出征这一史上巨标。

距离春节还有一个月，年味已经浸满了大街小巷。京沪四标成了2008年春节十二局人最炫目的年货，集团上下处处是一片亢奋。然而，此时的十二局高层领导却显得异常冷静，第一大标的影响有多大，压力就有多大，承建京沪高铁的意义已经不只局限在十二局、甚至不只局限在刚刚上市的中国铁建，更关乎着中国铁路建设在世界的声誉。

十二局很快给出了答案：由总经理宋津喜任项目经理，执掌帅印；总工程师高治双任常务副经理，担纲战地司令员；工会副主席张仲理任党工委书记，主抓党群工作。

尽管在此之前，高治双已经两次跑遍京沪全线，认真察看线路，亲自组织和参与编写京沪四标的施工组织设计，并形成了对京沪高铁纹理的较深认知；尽管在此之前，高治双已经历任了项目部技术员、技术主管、总工程师、常务副经理、经理，工程公司施工技术科科长、副处长、总经理，集团公司总工程师等各个层次的岗位，成为业界知名的教授级高级工程师；尽管在此之前，高治双已经在施工一线征战多年，在大江南北成就了诸如上海奉浦大桥、太原迎泽大桥、重庆长江鹅公岩大桥、福建八尺门跨海大桥等多部桥梁大作。但真切地跃上京沪高铁的大舞台，真实地挑起"将飞龙架在桥上"的重任，高治双还是强烈地感到一阵巨大的震撼：四标太大了，仅便道和便桥就需要设置600多公里，即使走马观花也需日行千里，可是京沪是不能走马观花的，她是新中国成立以来标准最高的高速铁路，需要的是针尖绣花，精雕细琢；而自己恰是这个舞台上举足轻重的施工主角；京沪太新了，新标准、新材料、新工艺，更需要新思维，新的让复制模仿难以生存，让借鉴吸收成为过程，让专家聚拢势在必然，让创新创先变成常态；京沪太难了，难在她追逐的最高标准，难在她艰巨的技术攻关任务，难在她对施工单位尖端科研能力的严厉苛求。

京沪高铁，中国铁路建设"皇冠"上的明珠，你真的是名不虚传！

情系高铁：承担起时代赋予的使命

如同一根修长的弹簧，强势的关注和全新的挑战让高治双的压力不断积淀，但战友们发现在他身体里有一种特殊的"酶"，压力一到就迅速换算为动力和责任，并从深层诱发出他根深蒂固的军人情结和战斗基因。

直到现在人们都无法对高治双的身份作一个清晰的定位，同行说他是一名职业修路人，母亲和妻子说他更像是一个淳厚的农民，还有人说他是一位意气风发的书生，而他却更喜欢把自己定格成一名战士。

上世纪70年代，山西原平县子干乡西荣华村，从小在姥姥家长大的高治双，常常盯着二舅带着姥姥在天安门拍的那张照片，努力遐想：我什么时候也能像二舅一样成为一名军人，做一名战斗英雄，去报效祖国。"向前、向前、向前……"拉练的部队经常会到村子里借住，家里时不时都有几名带着五角星、穿着绿军装的战士，放学回家，高治双就会和他们纠缠在一起，不厌其烦地讨论《地道战》、《敌后武工队》、《南征北战》、《渡江侦察记》等小人书或电影里的细节，偶尔，获得允许，摸一摸他们的枪，高治双都会高兴好几天。

那是一个激情燃烧的时代，保家卫国是每个有志青年忠贞不渝的愿望。部队里的解放军叔叔，每天都在响亮地喊"提高警惕，保卫祖国"，高治双幻想着自己已经成为一名野战军，和侵犯祖国的敌人殊死搏斗，然后他戴上了大红花凯旋。苍天不负有心人，1983年，18岁的高治双高中毕业，终于如愿以偿考进了300公里外的中国人民解放军铁道兵工程学院。

然而，军梦尚未暖热，1984年1月1日，遵照国务院、中央军委决定，铁道兵工程学院随同铁道兵并入了铁道部，更名为石家庄铁道学院。人生观已经初步确立的高治双明白，和平年代自己奔赴战场的愿望实在不容易实现，站起来的祖国需要的是抓紧走向繁荣富强；不能去前线打战，学好知识一样可以精忠报国，保卫祖国和建设祖国都是报效国家。刻苦攻读四年桥梁工程专业后，高治双来到铁道部第十二工程局，开始了自己的筑路生涯。

参加工作的第一年，高治双沿着二舅走过的路，带着母亲来到天安门前，在中国的心脏，他暗暗下定决心：我一定要用自己所学的专业知识，建设一条最好的路到北京！

接到出征京沪的命令，高治双意识到，他魂牵梦绕的机会终于来了，在他的心目中，自己将要建设的京沪高铁是中国最好的铁路，而且是一条从中国经济发展最活跃、最具潜力的地区通向北京的发展之路。满腔热血已经开始燃烧，虽然脱下了军装，高治双觉得自己仍然是一名战士。出征前，有记者问高治双参加京沪建设的感受，高治双说，京沪高铁从1990年开始论证，历经十几年讨论，今天终于尘埃落定；是繁荣昌盛的时代，给予了我施展才能和报效国家的平台；每个时代的铁路建设都有自己的代表作，如同上世纪的京九铁路、世纪初年的青藏铁路一样，京沪高铁必将是这个时代最杰出的作品，能参与这项伟大工程的建设，对我来说，是一种难得的机遇，更是一种无上的光荣。

旌旗猎猎：打一场现代高铁之战

2008年的春节在高治双的记忆中，是一片无垠的白。雪下得真大啊，无休止地飘飞。

正在北京分解工程任务的高治双受命后，立即与老搭档张仲理进行电话沟通，"兵贵神速"，由张仲理驱车直奔现场，安营扎寨，自己则回太原作战前动员，并组织三军将士开赴京沪。

1月13日，山西太原，京沪高铁动员大会正热火朝天地进行，曾经在武广、郑西、温福、合武、甬台温、石太等铁路客运专线施工中，积累了丰富经验的中铁十二局集团第一工程公司、第二工程公司、第三工程公司、第四工程公司、电气化工程公司、第七工程公司及专业联合的两家企业，被选拔到京沪高铁参战。

旌旗猎猎，踏着这场百年不遇的春雪，近两万名员工迅速向江淮大地聚集。

量变必然引起质变；庞大的规模不只是量的叠加，更助推着质的变化。当一条路由几公里、几十公里变成几百公里时，当构造物由一座桥、几座桥变成五十多座，而且特大桥、大桥占到90%时；施工的战略部署就变得尤其重要了。为消除过程中的时间消耗和指令变形，高治双将项目设计为"扁平化"格局：集团项目经理部为前敌指挥中心，工区项目部为作战单元，架子队为一线冲锋队，形成三级组织管理体系。

为便于指令传输，高治双将指挥部设在管段中部的蚌埠市，业务部室仅设工程管理部、安全环保部、技术质量部、计划合同部、财务部、物资设备部等7个职能部门和3个中心试验室。张仲理说，京沪四标的投资比例和施工规模，堪比一个工程公司，但指挥中枢的部门编制却远远低于工程公司，"兵不在多而在于精"，精干、高效是我们管理的要义。

随后，高治双以蚌埠为中心，向北徐州方向，向南滁州方向，舒展两翼，布置军力。"忽如一夜春风来，千树万树梨花开"，一时间，22个线下工区、9个制梁工区、4个轨道板预制工区、3个架梁工区、1个三电迁改工区，按照"集中管理、统筹安排、科学布局、专业化施工、工厂化生产"的战略布置，迅速就位；140多个架子队分赴徐州、宿州、蚌埠、滁州等地，按需次第排开；43座高性能混凝土拌和站、34座具备现代化检测条件的试验室，拔地而起；成千上万台设备、各种型号的模板按工序先后陆续集聚到场……随即，炊烟升起，战旗招展，响亮鼓劲的宣传标语、整齐统一的彩门、醒目明了的标示标牌如同雨后春笋，遍布了沿线，中国铁建十二局集团在徐蚌大地快速亮相。

与此同时，线路精测、队伍安家、便道修筑、沙石料生产储备、高压供电线路铺设等各项前期准备工作，也有条不紊地加紧进行。

彩虹飞渡：苏皖大地牵巨龙

"后八丁、陈山、京杭运河、濉河、淮河、张巷、淮凤、亮岗、凤阳山、山倪、肖家巷、浅面塘、北冯、青春、朱家圩、刘铺、夏曹坊、池河、小魏、小庄徐、小伍、新庄、中坝、赵家河……"高治双一口气把54座桥梁全部道出，仿佛那就是他的孩子，了然于胸。

可惜的是，这些孩子的成长环境实在不是太好。在北面居住的，多扎根在岩溶发育的丘陵地区，南面的又处在淮河流域松软的土层中。和很多家长一样，高治双不愿意让孩子输在起跑线上，从一开始就给他们加强营养。33000多根桩基连在一起达1100多公里，高治双一米一米地呵护。在岩溶地段他注浆处理，将缝隙严严实实地堵住；在软土地段，他刨根问底，确保桩基嵌入硬岩，对于软土淤积很厚的地段，他灵活地采用摩擦桩，将桥根死死地黏在土壤里。

淮河特大桥要和高治双在水下开个玩笑，将桩基础全部放到水下作业，最深处达到52米，而且固执地在桩基扎根的地方，堆积了砂层和极硬的混合花岗岩；高治双轻笑一声，在八尺门海域我都扎过桥根，就来个"软硬兼施"吧，他先采用优质膨润土和纤维素造浆护孔，成功地穿越了砂层，然后拿出国内最好的KP3000型回旋钻机，配上合金钢牙轮钻头，一点一点地切削高强度混合花岗岩。桥根稳住了。

随着承台墩身的耸起，高治双紧接着要做的就是，将各种形式不同、长短有别的混凝土钢筋梁架起，并连贯成 200 多公里的"龙身"。京沪四标段自北向南跨越陇海、津浦铁路干线，跨越京杭运河、淮河等通航河流，跨越京福、徐连、蚌宁等高速公路，多达三四十处。要渡过这些障碍，四标桥梁不得不进行 39 次特殊跨越，通过现浇梁、钢管系杆拱梁、连续框架梁等形式组合"龙身"。为此，高治双调集了 17 套被称为"空中梁场"的移动模架，全力出击，逐个浇注；同时配合使用挂篮悬臂灌注、支架浇注、系杆拱支撑、连续框构等战术，成功将 524 孔特殊结构梁组合到位。与此同时，贾汪、云龙、栏杆、定远、凤阳等预制梁场也开足马力，全面展开 6000 多孔预制梁的生产，10 套大型桥梁运架设备集体上阵，满负荷运转；2008 年，高治双的制梁场全部实现了当年建成、当年取得认证、当年全面投产、当年开始架梁的目标，创造了京沪高铁梁场建设运营的第一速度。

高治双说，桥的聚会其实是一种风险的集合，尤其是特殊结构桥梁施工，处处暗藏杀机。他告诉别人，在京沪他"不怕苦，不怕累，就怕安全出事故"，在京沪的 1000 多个日夜中，这根弦始终勒着他的脖子。每每跨过一道既有线，越过一条高速公路，穿过一座河流，架设完成一座桥梁，高治双都会长出一口气；作为项目第一安全负责人，这样的煎熬已是家常便饭。

三年来，京沪四标没有发生任何安全事故。久经沙场的高治双最通晓一个道理：居安思危、常怀忧患，方能未雨绸缪、见微知著，防患于未然；杜绝安全事故，功夫一定得下在细微处，越是大标，越要细管，才能不出错。十二局的安全制度和措施已经很详尽了，他要做的就是把每个细节都落实和掌控到位。在四标，不管是管理层还是现场的工人都说，高总心太细了，管大事，小事也不放过；偌大的工地，无论发生什么事他好像都知道，哪怕掉个螺丝，都瞒不了他。

高铁品牌：让世界认识中国标准

打造一流的铁路，让"中国制造"甚至是"中国标准"走向世界，是每个京沪人的理想。为了这一目标，铁道部在京沪建设中全面推行了标准化管理。高治双对此举深感必要，在工程建设领域摸爬滚打了多年的他，一直认为，中国铁路建设的标准不见得就比欧洲的标准、美国的标准、日本的标准低，甚至在很多地方还优于这些标准，但中国标准一直没有推广到世界，固然有文化背景和历史积淀的原因，更与中国标准缺乏完善的理论体系、缺少具有国际影响力的大工程有很大关系。他鼓舞战友们"要用标准化管理的先进手段，规范项目运作，打造一条中国最好的铁路。"

2008 年，与项目上场同步，十二局在京沪设立了一个特殊的机构——项目标准化管理实验室，高治双和十二局集团总会计师王锦友被委任为实验室主任。不要小看这个临时机构，这个实验室集中了十二局各方面的行家里手，还聘请了不少外部专家，联合组成了 17 个专家组，十二局相关专业的顶尖级专家被任命为组长。实验室的任务是按照铁道部标准化管理的要求，结合十二局多年的优秀管理经验，完善提升项目标准化管理的各项规章制度、标准规范及作业指导。2008 年年底，实验室运作不到一年，就制定出台了 14 个方面的 84 个项目管理制度，18 类 84 项施工作业指导书和操作手册，印制了管理制度、人员配备、现场管理、安全及质量过程控制共 5 本标准化管理手册；内容涵盖项目管理所有专业、所有岗位的工作质量标准。标准化管理实验室从制度上夯实了京沪四标项目管理的基础。

高治双清醒地认识到，自己的管区量大、点多，为了让标准化管理扎实落地，他要求所有工区在推进标准化管理上，一点一滴不偷懒，一招一式不掺假，一丝一毫不含糊。与此同时，他在徐州、蚌埠、滁州派驻了三个现场督导组，由 3 名项目副经理用统一的"标准化"尺子对全线的项目管理和各类工程量"短长"。

工程做得好不好，最终质量说了算。结合自己多年的项目管理经验和现场实际，高治双提出了"源头把关、过程控制、精细管理，试验先行、样板引路、首件认可"的 24 字方针。"好粮才能酿出好酒"，原材料是保障工程质量的前提，京沪采用了很多世界上最先进的材料，例如桥梁上的聚脲防水层就是建造核潜艇才使用的材料。高治双对材料的把关极为严格，无论是高端材料还是普通材料，都要经过严格检测，层层审核，任何不合格的原材料都休想混水摸鱼。

高治双对施工过程控制，严格到苛刻的地步，他很清楚，路基沉降和路桥、路涵过渡段对列车速度的致命作用，某种意义上来说，这决定了高速铁路建设的成败。高治双告诫员工："建设京沪铁路，大家就应该在望远镜和显微镜下工作，不能有一丝的马虎。"为了保证路基填筑质量，高治双按京沪统一的质量标准，建立了 23 处路基填料生产场，精挑细选满足高速路基质量要求的 AB 填料；桥多自然过渡段多，管区 250 多处过渡段的工后沉降，按要求不得大于5 毫米，这么微小的高低差用眼睛是很难分辨的。为做到极度精准，高治双在管段设置了 50 多台精密水准仪，运用 47 套沉降观测软件，构筑了一张精密测量控制网，严密对每一工序进行监控，只要稍有纰漏，这个高科技过滤机就会禁止进行下道工序。

面对庞大的管区，高治双充分利用榜样的作用，他在每个单项工程施工中，都坚持"试验先行、样板引路、首件认可"程序。在大面积施工前，他都要先做一个样板，通过反复试验，直至工艺成熟、质量可控、验收合格后，再总结出工序作业指导书和质量控制手册，指导后面的标准化作业。

京沪公司对"高治双方式"非常赞赏，先后在他的管区召开了 30 余次观摩会，还授予他

100 多张质量绿牌。

职业选手：累不垮的钢铁战士

车子在高速公路上疾驰，司机小常想起嫂子交给他的任务，要按时提醒高总吃药。京沪太熬人了，上场还不到一年，高总人瘦了，脸黑了，才 40 出头的他两鬓已经有了很多白发；更让人心疼的是，因为长期的体力透支，他的血糖最近陡然升高到了 13。上次医生还跟他开玩笑："'工作狂'血糖可不能狂，正常的指标应该是 3.9 到 6.1，你可要注意啦。"小常收回思绪正准备开口，突然看到后视镜里的高总正入神地看书。唉，算了，到工地再说吧。

高总爱好很少，既不下棋也很少打牌，烟不抽酒也基本不沾；唯一的爱好，就是静静地读书、默默地思考。据他大学的同学说，高治双在学校是那种传统得掉渣的人，每天不是抱着军事书籍看，就是到处搜罗专业研究杂志，看完了，还要揪住别人一起争论。小常记得一次在车上，高总和一位北京来的专家讨论高铁，高总说，他在很多年前就开始关注京沪高铁的磁悬浮和高速轮轨之争，对于京沪来说，用现在的这种轮轨式轨道交通是最好的选择，兼容性好，实用，造价也比磁悬浮低得多；更重要的是，轮轨技术有利于中国人发展自己的高速铁路自主知识产权，形成属于自己的高铁品牌。说到"自己的高铁品牌"时，两个人很是神往。

高治双是那种把工作"职业化"了的人，很早以前，他就被职业的惯性控制了。这么多年，在工程施工这个行当里，他总是不断地寻觅挑战、不断地完成征服，以至于对工作之外的其他，他显得非常迟钝。

和许多家属不同的是，妻子王国琴对独自照顾家庭丝毫不觉得苦，说起高治双也没有什么抱怨，或者说她压根就没想拿高治双怎么办。"到京沪后，他过得很苦，体重也下降得快，身体透支太大了；常常是回到家里，满腿都是泥，顾不上脱衣服就倒在床上睡着了。前些年，孩子还没上大学，我无法分身去照顾他。孩子去重庆读书后，我几乎没有多想，就到了京沪。他是一个很敬业的人。唉，可是再敬业也得保护好身体啊，要不靠什么支撑工作！"

对于妻子和女儿，高治双一直很愧疚。搞工程的人就这样，这么多年了，孩子的事、家里的事全是妻子一个人在承担。上了京沪后，忙得一直顾不上回老家看看自己 75 岁的老母亲，妻子总是体贴地代他尽孝。岳母对自己回家早就没有了盼头，每年春节，两个连襟都去给老人拜年，可自己三年了，都是和战友们在工地过春节，好在当兵出身的岳父对自己很是理解。对家里，我不称职啊。高治双每每想到这些，总是一脸的无奈。

最近标段进入了营运性施工，安全风险陡然增加，高治双觉得自己的血糖又有点不稳定，说低就一下子低下来了，说高又高得离谱，不是头晕、心虚、烦躁，就是觉得浑身没劲，可是自己总觉得不去现场就觉得不踏实，不亲眼看看工地的情况，就觉得没底。京沪的工期已经由 5 年提前到 3 年半，还得抓紧啊。就是可怜了司机，跟着自己吃了不少苦，新买的车，一年就跑了 11 万公里。

走在铁轨上，高治双没有方向地乱想，京沪啊，你这条新中国成立以来一次建设里程最长、投资最大、标准最高的高速铁路，就要正式服役了。回想自己在京沪的这三年，干得还行，没给十二局丢人。2008 年，四标在全线开工点最多，进度最快，完成产值最高；三年来，施工虽然艰难，但进展还算顺利，产值规模也一直稳居在各标段之首，标准化管理、工程质量安全都挺好；信用评价连续夺得第一名，劳动竞赛一直是优胜单位；开展了十几个技术攻关项目，已经有两个被列为国家 863 计划的子项目了，两项试验研究成果还获了京沪公司科技创新一等奖。最令自己欣慰的是，京沪开始进入收尾阶段，跟着自己的战友有好几个都去了别的地方，成了企业的主力，京沪，真是个优秀的工程学院。

尾 声

这里吸引了世界的目光，这里一直是媒体关注的焦点，从工程开工到现在，来来往往的记者究竟有多少已经无从考证，但如果能够直接采访高治双，这位记者肯定是很幸运的。

尽管"第一大标"与高治双的名字总是紧密相连，说到京沪四标必然说到高治双，说到高治双必然联系京沪四标。但在高治双的心目中，还有很多人的名字与第一大标紧密相连：宋津喜、史道泉、张宗言、金普庆、赵广发、孟凤朝，从十二局集团到中国铁建的领导，都对"第一大标"倾注了极大的心血；尤忠涛、李志义以及京沪高铁的高层领导们，始终与高治双一起战斗在现场；专家、学者、设计、监理、科技，以及建设高铁的广大员工，都在这里流下了辛勤的汗水。第一大标，集现代科技之大成，集各种优势资源于一体。

"京沪高速铁路的现代化，靠的是企业管理现代化，靠的是中国铁路现代化，靠的是民族工业现代化，靠的是共和国的现代化。"高治双说，"能与京沪高铁结下这段情缘，是我职业生涯的最大幸福；能为中国高铁呼啸而来尽一份力量，是对我人生的最高褒奖！"

责任高于一切

——记中铁十七局京沪高铁项目常务副经理、全国"五一劳动奖章"获得者梁毅

李良苏　　王振山

梁　毅

梁毅，中铁十七局集团常务副总经理兼京沪高速铁路项目常务副经理，全国"五一劳动奖章"获得者，被誉为"中国高速铁路建设功臣"。

肩起"龙头"的责任

在河北廊坊市中铁十七局集团京沪高速铁路项目部里，我们见到了梁毅。他今年40多岁，中等个头，精明强干。

1984年7月，梁毅石家庄铁道学院毕业后，先后参加过大秦、侯月、朔黄、京九、南昆、京津城际等多条铁路的建设，是我国培养出来的新一代既有理论知识、又有实践经验的铁路建设专家。

2008年4月18日，对中国铁路来说是一个值得铭记和庆贺的一天，举世瞩目的京沪高速铁路，在北京大兴黄村召开全线开工典礼。对梁毅和他的同志们来说，更是一个值得永远记住的日子，他作为铁路建设功臣和京沪

高速铁路建设者的特邀代表，同温家宝总理一起为京沪高速铁路奠基，并合影留念。

今天，梁毅每当回忆起京沪高速铁路开工典礼时的情景，仍是那样难忘，那样激动。

他说："当时我和同志们心情都非常激动。京沪高速铁路开工典礼选择在我们中铁十七局集团标段召开，这本身就是对我们一种极大的激励和鼓舞。又让我们建设者同温家宝总理一起为京沪高速铁路开工奠基，这更是党和人民对我们的信任，给予我们的一种崇高荣誉。我们决心把这一切化作干好工程的动力，又好又快完成所担负的工程任务，为把京沪高铁建成一流高速铁路做出贡献，不辜负党和人民的期望和重托。"

中铁十七局集团担负施工的京沪高速铁路第一标段北京至沧州，全长223.9公里，是全线的"龙头"。在标段施工动员大会上，梁毅号召全体参建职工要肩起"龙头"责任，发挥"龙头"的表率作用。

他们承建的标段跨越北京市、天津市以及河北省的廊坊市和沧州市等。铁路穿越沿线城市村镇密集、建筑构造物多，征地拆迁困难。梁毅带领职工不等不靠，有条件上，没有条件创造积极条件上，在全线率先打下第一根钻孔桩，建起第一个桥墩，筑起第一段路基……为全线施工带了个好头。

努力打造一个"学习型项目"

全长1318公里的京沪高速铁路，是当今世界一次性建成里程最长、标准最高的高速铁路。它代表着中国和世界目前铁路建设技术发展的最高水平，也承载着整个中华民族的情感和期望。

京沪高速铁路技术新、工艺新、材料新、标准要求高、施工难度大。如何在成功引进、消化、吸收国外先进技术的基础上，大胆再创新，打造中国品牌，是京沪高速铁路建设的最大技术挑战和特点。

"京沪高速铁路施工的胜利，首先是技术创新的胜利。"梁毅说，"在当今飞速发展的信息时代，一个人如果不善于学习、不及时充电更新自己的知识，很快就会落伍于时代，被时代所淘汰。同样，作为一个企业、一个工程项目，如果不注重加强职工的技术学习和培训，企业就很难在激烈的市场竞争中发展壮大，项目也就难以又好又快完成所担负的工程任务。"

从项目一成立，队伍走上京沪高铁工地的那刻起，梁毅就带领项目领导一班人，提出努力打造一个"学习型"项目，把职工新技术学习培训作为一件大事来抓。据统计，京沪高铁开工以来，集团公司项目部和各工区在工地共举办桥梁、路基、无砟轨道等各类技术培训班280多期，参加学习人员达1.8万多人次。

在职工新技术学习培训中，梁毅带领项目领导一班人，紧密结合所担负的工程任务实际，按照"需要什么学什么，缺少什么补什么"的原则，不搞花架子，不搞空对空，把技术培训、知识交流、资源信息共享，作为项目技术管理的一项重要内容，并分工专人具体抓落实。

京沪高速铁路的桥梁、涵洞等结构物施工，全部采用高性能混凝土。在这之前，许多职工别说在施工中使用过高性能混凝土，见都没有见过。针对这种情况，项目特意邀请铁道科学研究院的专家和学者，以高性能混凝土在施工中的应用为课题，在工地现场旁站指导，手把手传授技术，帮助职工解决高性能混凝土施工过程中遇到的各种技术问题。经过技术培训和实作指导，职工们很快就熟悉掌握了高性能混凝土的物理性能和施工工艺。

无砟轨道施工，是京沪高速铁路的一大技术特点。

中铁十七局集团标段有 269 公里无砟轨道铺设任务。为了让职工尽早了解掌握这门新技术，在无砟轨道技术的引进、消化、吸收、再创新方面积累经验，梁毅带领项目技术骨干专门编制了《无砟轨道施工培训教材》，对参建职工进行了多层次、全方位的培训学习。同时，他们还受京沪高铁公司的委托，对全线参建施工的兄弟单位进行技术指导，为促进全线无砟轨道技术的推广应用和技术创新，做出了贡献。

通过大力开展群众性技术练兵和打造"学习型"项目活动，培养了职工崇尚科学、重视技术、不怕吃苦、勇于奉献、敢为人先的精神。职工们在新技术学习培训中，更新了理念，学到了知识，增长了才干，为夺取京沪高速铁路施工全面胜利，打下了坚实的技术和人才基础。

京沪高速铁路项目，被中铁十七局集团誉为"高速铁路人才培养基地和摇篮"。据不完全统计，两年多来，先后为集团公司郑西、石武、杭甬、杭宁、兰新等多条高速铁路和客运专线施工，输送了 680 多名施工技术骨干和各类管理人才。

把京沪高铁建成一流高速铁路

京沪高速铁路是中国铁路建设史上的里程碑工程，也是向世界展示中华民族智慧和能力的"品牌工程"。党中央、国务院领导要求：一定要把京沪高速铁路建成一流的高速铁路。

按照设计标准要求，京沪高速铁路工程质量要实现"零缺陷"。这样高的标准要求，在中国乃至世界铁路建设史上都是空前的。在京沪高速铁路采访中，许多建设者说，他们最大的压力就是工程质量。

我们问梁毅："你们是如何抓好工程质量管理的? 有那些具体的做法和经验?"

梁毅回答："质量是京沪高速铁路的生命，建设成败的关键。京沪高速铁路的工程质量，直接关系到我们中华民族有没有建设高速铁路的能力，关系到能否把我们中华民族的伟大智慧向世界展示。

2008年4月18日,从工程一开工,梁毅和他的同志们就把工程质量放在项目一切工作的首位,制定了"所有完工工程合格率100%,主体工程质量'零缺陷';建设一流高速铁路"的奋斗目标。

"修铁路是造福子孙的事业,工程质量不得有半点马虎,不但要经得起当代的检验,而且还要经得起历史和后人的检验。"这是项目每次工程例会,梁毅必讲的一个话题。

他带领项目领导一班人狠抓职工质量意识教育不放松。在参建职工中大力宣传:"没有质量便没有一切";"京沪高铁建设质量无小事",使"百年大计,质量第一;今天的质量就是明天的市场"的理念,深入人心,化作每一个参建职工的自觉行动。

项目坚持高起点进入,高标准准备,高质量建设;严格教育培训,严格规范管理,严格过程控制"三高三严"施工管理方针。认真贯彻执行集团公司独创的、具有本企业鲜明特色的"两严三控"项目管理机制,即:严格项目经理、总工程师、工程部长、实验室主任等关键岗位人员的选聘,严格各种失信行为的追究;加强施工预案、责任成本和施工过程的控制;确保实现建成一流高速铁路,造就一流高速铁路建设队伍,达到同行业的一流管理水平"三个一流"目标。

梁毅和他的同志们决心在京沪高速铁路施工中,打一场质量信誉之仗,为祖国争光,为企业扬名。

中铁十七局集团所担负的第一标段线路长、地质复杂。他们结合工程实际,在项目建立一套制度完善、奖惩严明的质量自控体系,加强对作业层和施工过程的质量控制,力求把各种质量隐患,消灭在工序过程和萌芽状态,以确保工程质量整体创优目标的实现。

梁毅积极在项目推广标准化管理,组织技术骨干编写了项目《质量自控体系文件》。文件详尽地制定了每道工序的质量控制要求,逐级细化了现场技术管理人员和作业人员的质量责任,明确了有关质量问题的责任追究办法和处罚标准,使项目质量管理,走上制度化、科学化和规范化轨道。

梁毅以身作则带头学习,并带队深入工区、深入工点,亲自给职工授课,解疑答惑,在全项目掀起学习贯彻《质量自控体系文件》培训活动。

同时,他狠抓参建单位对质量自控体系文件的执行力。在他倡议下,项目部和各工区采取定期检查和不定期抽查的方式,对施工作业队、工班工程质量管理情况,进行检查,督促完善,保证了质量自控体系的各项条款在施工中的落实。

通过质量自控体系文件的学习贯彻,职工们的质量意识和责任感明显增强,质量管理由过去的被动、盲目,转变为现在的自觉和明确,施工中的各种质量通病得到有效遏制。

京沪高速铁路的开行时速要达到350公里以上,对线路工后沉降指标要求非常严格。为了确保工程质量,梁毅带领职工们在标段中根据不同地质情况、不同桥梁结构以及路基CFG桩等,进行重载和静载试验,对其承载力、沉降量、水平推力等认真分析。从而,为优化和强化工程质量,提供了准确的科学依据。

工程质量抓源头、抓细节、抓过程。施工中,他带领职工严格控制钢筋、水泥、砂石等原材料的质量,从源头上把好工程质量关。坚持做到,所有的施工材料,未经试验合格的,一律不准进入施工现场;施工需要的所有图纸,没经复审和现场核对的不下发;技术交底不清、准备工作不到位的工程不开工。在无砟轨道板、预制梁、桥墩、路基等施工中,严格执行质量标准,控制工序质量,确保了工程质量。

他坚持在项目推行工程质量一票否决权,充分发挥监理和技术人员在施工中对工程质量的监督和促进作用。规定上道工序完工,未经质量检验工程师验收的,不准进入下道工序施工;所有的工程,未经质量检验工程师验收签字的,一律不计价。从而,使道道工序、每个环节,整个施工过程,工程质量始终处于受控状态。同时,加大奖惩力度,实行"优质优价"政策,极大地调动了职工们的创优积极性。

京沪高速铁路开工以来,在全线的质量信誉评比中,中铁十七局集团一直处在"第一军团"。他们所完工的工程,一次性质量检查合格率100%,全部达到设计要求。他们承建的陈咀桥梁段被评为全线的"桥梁样板段",承建的廊坊路基段被评为全线的"路基样板段",广阳桥梁厂被评为"全线第一梁场",跨新开高速公路转体桥被称为"全线第一跨"……京沪高速铁路公司多次在他们工地召开质量管理现场观摩会,在全线推广他们的工程质量管理经验。

职工们说,在这每一项成绩里,都凝聚着梁毅的心血和功劳。

在梁毅和他的同志们眼里,那大桥,那铁路,不仅仅是水泥、钢筋、砂石的组合和凝结,而是有生命、能传承文化的丰碑。

他说:"京沪高铁是百年设计。百年之后,当我们这些人都回归自然化为泥土后,铁路仍在使用,仍在为人民、为社会做贡献。它不正是我们建设者青春和生命的延伸吗!"

他把整个身心都扑在京沪高铁建设上

京沪高速铁路是国家重大战略性交通工程。为了抵御国际金融风暴,党中央、国务院从国民经济发展的需要的大局出发,多次提出加快工程进度。对所有参加京沪高铁建设的单位来说,不仅在施工技术上、工程质量上是一个新的挑战,而且在工期和施工管理上更是一次严峻的考验。

在京沪高铁工地流传着这样的说法:"京沪高铁建设看两头,两头看北京。"中铁十七局集团担负施工的第一标段,地理位置特殊,工期紧,任务重。

在京沪高速铁路工地采访时，铁道部一位领导向我们介绍中铁十七局集团的施工情况时说："在京沪高速铁路的建设中，如果说别的参建单位用了 3 年完成所担负的施工任务，而中铁十七局集团满打满算也仅有 2 年工期。"

接着，他给我们算了这样一笔账：为支援北京举办奥运会，实现和谐奥运、平安奥运，中铁十七局集团管段前后停工达半年；为确保国庆 60 年大庆安全，前后整整停工 3 个月；国家领导人外出视察、一些国外重要首脑来访和重大节日等，停工累计少说也有 3 个月。这样，整整比其他参建单位少 1 年工期。

在这一刻千金的京沪高铁建设工地，少 1 年工期，就意味着中铁十七局集团比别人多投入三分之一的资金、人员和物资，另外还要担当极大的工期风险。

梁毅说："从走上京沪高速铁路工地的那一天起，三年来，我们整个项目全体参建职工，可以说，没有睡过一个囫囵觉，吃过一顿安稳饭，一直是在巨大的工期压力下艰难地拼搏着，顽强地奋战着。"

浩大的工程，紧张的工期，更加激发了梁毅和他的同志们取胜的勇气和干劲。他带领职工在优化施工组织方案上狠下功夫。从工程的每一个环节抓起，对施工组织方案多次进行优化，使整个施工组织科学合理。

在工期控制上，他带领职工积极推行目标管理，关死后门，倒排工期，采取"日保旬、旬保月、月保年、年保总工期"的办法，把每一项分部工程的开工和完工时间，细化到天甚至小时。

同时，他们紧盯着北京特大桥、天津特大桥等每个重点控制工程，采取增加施工力量、增开工作面、增添机械设备和周转材料等措施，在保证安全和质量的前提下，不断加快工程进度。全长 48 公里的北京特大桥、113.6 公里的天津特大桥，就是靠这样一分一分争，一秒一秒夺，都比计划工期提前完工，确保标段按期铺轨。

历史给了梁毅和他的同志们一个机遇，他们还历史一个奇迹。

在京沪高铁工地采访梁毅的日子里，我们在他的身上和交谈中，处处感觉到他对祖国铁路建设事业有着一种只争朝夕、无私奉献的紧迫感、使命感和责任感。他说："人活着应该有一种责任感，对国家、对人民以及整个社会，尽到自己的责任，做出自己的贡献。这样的人生才有价值、才有意义，是最幸福的人生。责任，是人生前进的动力。"

正是在这种使命感和责任感激励下，他忘我地工作，率领他英雄的团队在京沪高铁建设中取得辉煌的成绩。

"责任高于一切！"这就是梁毅。

（梁毅：现为中铁建第二十五工程局总经理）

使命，在这里诠释

——记京沪高铁二标段中铁二局项目经理、全国"五一劳动奖章"获得者张次民

曹正清

张次民

张次民，中铁二局股份有限公司副总经理，1983年毕业于长沙铁道学院。自古荆楚多俊才，而张次民在中铁二局这块热土上，一路拼搏，成长为一个卓越的指挥者。京沪高速铁路建设的号角，将他召唤到京沪高速铁路建设的战场，担任中铁二局京沪高速铁路项目经理部经理。两年多来，张次民率领二局将士，在全线四十多家局级施工单位竞技且中铁二局仅是联合体单位的条件下，取得了信誉评价无扣分记录和第三名、第二名的奇迹。在这一切波澜不惊的后面，既有参建员工的顽强拼搏，也有作为指挥者张次民的殚精竭虑、智慧担当。

[谋略] 目标 布阵 节点

张次民深知京沪高铁是中国第一次冠以"高速"的铁路，以其当今世界一次建成线路里程最长、运行速度最高，将翻开中国铁路建设史崭新的一页。

他与项目部班子认真分析面临的形势和任务。中铁二局不是联合体的牵头单位，担负全长80余公里的沧德大桥40公里的建设任务，在京沪高速全长1318公里中，仅占三十分之一。40公里的线路上，没有隧道、车站等吸引公众的形象工程，更多的是一片片箱梁、桥墩；工程横跨的沧州、德州两地，分属河北、山东，别样的风俗、不同的征地拆迁补偿……中铁二局此前虽参建多条城际专线，但真正在"高速铁路"显身手，帷幕才刚刚开启。

建点初期，中铁二局便被告知，只能以联合体身份出现，不能显示中铁二局名称标识，已出现的也须覆盖。

千里京沪，群雄逐鹿，怎样才能在这40公里铁路的"小战场"，变无名为"有名"，干出开路先锋的"大名声"？

不知有多少个不眠之夜，张次民一遍又一遍冷静地审视着，如何履行自己的使命与职责？多年施工管理的磨砺，无数关口的风雨考验，早已经把他历练为一个讲求战略和战术的领导者。

张次民认真思谋，深入调研，同项目部领导班子集体合议，提出了响当当的目标：不领头，要领先；没名份，有名气；份额少，样板多；标价低，管理好。目标平实易懂，解疑释惑，激人奋进，在员工心中掀起了阵阵波澜，更如一盏明灯豁亮了前行的路径。

沿着"不领头，要领先；没名份，有名气"的准确定位，张次民谋划思索，他深谙思想认识的高度决定目标实现的程度。在了解部分员工还没有认识和理解京沪高速铁路的重大意义时，他果断提出开展"京沪意识"教育，进行"京沪无小事"头脑风暴洗礼，让员工充分理解在京沪施工，我们只有适应，只有做好，除此别无选择。对各级领导干部提出"用心想事、用心谋事、用心干事"的作风要求，加速领导干部从思想到行为迅速融入京沪。

施工推进中，他敏锐察觉部分员工标准化掌握不牢固，标准化意识欠缺，心急如焚，再次果断提出用一个月时间开展"大学习、大反思、大整改、大考核"活动，并亲任活动组长。整整一个月，天一擦黑，张次民率项目班子成员分头到各单位，分片包干，检查督促，考核落实，宣传"京沪高速铁路施工没有一刻不是在竞赛、没有一刻可以无压力、没有一刻可以松懈"。员工深刻明白为什么要搞标准化，进一步夯实建设一流高速铁路的思想基础。

不断强化思想认识统一，实现与建设单位管理要求对接的同时，张次民心中的40公里京沪线，已揉搓千遍，高瞻远瞩地指划出一条清晰的脉络。

严格落实铁道部"六位一体要求"，实行标准化作业；线下以漳卫新河、漳卫新岔河作为重点工程，在2008年汛期到来之前墩台、桩基出水面，在2009年冬季前墩身和现浇必须完成；全线40公里便道具有较高的承载能力，一次性贯通；钢筋场、拌合站统一标准、统一规划；对沙、碎石等资源由项目经理部和材料厂统筹，放大竞争优势，甲供料坚持"统分结合，以我为主"策略，保证需求；安全质量卡控制，实行工程挂牌实名制；建立电讯区域网络，打进项目电话有欢迎致辞；占用耕地时，即为今后复垦做好准备；对包括农民工在内的所有员工进行分门别类培训，所有的管理人员，主要参数要倒背如流，资料要熟练精通……

从战略高度将繁杂问题理性思考，未雨绸缪。2008年6月12日，在京沪高铁总指组织的上半年质量信誉评价中，中铁二局取得工程质量零缺陷，检查考核零扣分的优秀成绩。6月28日，铁道部济南京沪高铁指挥部组织京沪高速铁路 TJ-2、TJ-3 标各参建施工、监理、设计等单位领导及相关部门负责人100余人，来到中铁二局京沪项目部工程大队工地观摩学习。由此，中铁二局名声渐起。

胜利的喜悦并没有冲淡对未来的思虑。张次民清醒地知道，未来的路程还有多么漫长。他日夜思索，预控在先，提出2008年下半年一、二、三、四、五的工作部署："实现一个目标"：100% 完成钻孔桩，完成500个承台、300个墩身、200片以上制梁任务、100片以上架梁任务。"强化两个意识"：不断强化京沪意识和标准化意识。"突出三个重点"：征地拆迁工作；资源保障工作；重点工程，漳卫新河、连续梁、制梁和架梁，卡住7月10日、8月10日、8月底几个时间点。"落实四项准备"：梁场认证准备，确保8月通过认证；落实墩身灌注准备；落实架梁准备，10月1日首架。"做好五项管理"：标准化管理、责任成本管理、安全质量管理、架子队管理、施工现场管理。

面对压力和干部的担忧，张次民将看似高不可攀的任务给大家掐指细算，分析有利条件，坚定胜利信心。

在张次民的率领下，中铁二局京沪参战将士扭住目标，坚定实施，顽强拼搏，勇往无前，一个个节点工期都奇迹般地实现了。

"没有名份有名气，不是领头要领先"。由此，张次民在每年的工作会议上划定重要节点，每半年的工作部署会上确定实现目标，每月的生产会议上认真检查落实。在京沪公司2009年度工作会议上，中铁二局京沪项目部代表施工单位作了经验发言，同时被评为"京沪高速铁路建设先进集体"和"京沪高速铁路建设百日大干先进集体"。"有名气"、"要领先"的目标步步实现。

有同志曾问他"你是不是会算命哟，一年的工期你都算到了？"他笑道："我不会算命，但懂得做项目需要韬略，只有把握大局大势，打好有准备之仗才能取得胜利。"

[攻坚] 成本 标准 质量

京沪高速铁路中标单价低，扣除标段牵头单位提取的管理费则更低。曾在公司负责过项目成本管理工作的张次民，为抓好成本不遗余力。

他从物资供应做起。沙石料属于原材料自购部分。根据京沪公司提供的合格厂家目录，沙在200多公里远的正定，碎石也在200多公里远的济南长青。而施工高峰期每天用沙7000吨，碎石1万吨。巨大的用量意味着每吨节省1分钱都是个大数目。

为准确把握运费，他亲自开车勘察道路，守在收费站攀问拉货司机运费支出底数，将情况反馈给有关人员。因供货车均为重载，一些线路不准运行。他手捧《中国高速公路及路网详察》一书，认真研读，并同有关人员一道踏勘最佳线路。为求得供应主动，他同实验、物供人员一道先后三次深入济南、章丘、长青、泰安等石材区，一家家察访，将有实力且经检验材质合格的供应商提报京沪公司纳入目录，使中铁二局沙供应商增为3家、碎石增为2家。

慧眼识人，联办碎石厂更是张次民漂亮一笔。碎石供应跨省、跨地区，用量巨大，如何找到质优价廉供应稳定的厂家？遍访石材区时，张总发现一厂商貌忠厚，乃义气之士，且碎石符合要求，要求其为中铁二局定点供应，且两年内不涨价。为打消其顾虑，张次民打破常规，大胆决定扶持上马，为其投入更新设备，赚钱后再归还中铁二局。此举拓展了物资供应思路，实现双赢，节约成本1000多万元。

先算后干，准确制定内部验工价、劳务分包价，是张次民抓成本的杀手锏。为准确掌握现场第一手资料，张次民深入现场、工班，分析价格组成。德州梁场打第一片梁时，张次民亲到现场，细算人工费、机械费。工程大队做桥墩，他现场研究墩身预埋件有哪些，基坑防护需要多少钢管、桩基吊筋多少把、长度为多少，需投入多少设备、劳动力，根据现场投入实际合理性进行成本测算。相关部门制订出内部验工价和现场管理费限额、工序劳务分包限价后，他再一项项研究，句斟字酌，反复修改，最终形成项目经理部对各参建单位项目拨付有序可控、各参建单位项目对各协作队伍拨付亦有序可控的良好局面。

"京沪高速"四个字承载着巨大的政治责任和近乎严苛的高标准要求。建设一流高速铁路，张次民理解其核心就是"标准化管理、程序化作业"。他邀请公司专家到现场，针对京沪高速铁路建设和沧德特大桥的特点，同项目部一道制订管理制度56项（个），编写制订管理标准、工作标准、技术标准、工艺标准、应急预案、标准管理文件等六大类管理资料，汇集成8本管理手册，形成了有京沪特色、操作性强、履盖项目管理各方面、贯穿项目管理全过程的制度、标准、规范，为京沪实施"标准化管理、程序化作业"打下了坚实基础。

"让标准化成为工作习惯，让工作习惯符合标准化"是张次民追求标准化管理的境界。对制定的标准化，他要求现场管理人员、作业班组操作人员进行学习、宣贯；组织技术知识考试和现场实作考核。通过集中学习、分类培训、抽查考核、现场观摩、兑现奖惩等多种形式，让员工明白"做什么、谁来做、怎么做、谁监督"的道理。

为将京沪高铁建成"百年不朽的精品工程",张次民推行安全质量管控卡,要求每一工序,都有验收责任人。他说"以每个人的工作质量来保证各工序质量,以各工序质量来保证工程质量",要达到"每根钻孔桩打入地下多少米、需要多少根钢筋、谁绑扎的"都进行实名记录,且详细到混凝土的配合比以及承台、墩身的养护等都由施工人员实名签字确认,建立起严格的施工工序与环节的质量责任界定和追溯体系,实现了过程控制标准化。

对一切达不到质量要求与规范的,张次民毫不留情。40公里的便道要承载较大吨位的货物运输,在一次工作检查中,张次民发现一段便道基础厚度不够,路面不平整,立即要求停止施工,并召集现场会议,强调临时工程要同永久性工程一样做,确保重载车辆通行。现场检查中,他一双慧眼,犀利发现问题,一次在现场检查,发现混凝土试件随意丢弃在太阳下曝晒,他立即指出,将影响混凝土强度的真实性,并召开专题会议,作出严肃处理。

有的同志说他"你说京沪公司要求严格,我们觉得你比京沪公司还严格"。他说道:"京沪高铁建设是一场攻坚战,只有方方面面严起来,战斗才能打赢"。

[责任] 激情 疾病 柔情

对工作的无限责任,对京沪高铁的深刻认识,为中铁二局在京沪建功立业的雄心壮志,促使张次民始终忘我工作。

"501(张次民办公室)的灯光总是最后熄灭的"。综合部雷副部长观察仔细。张次民是第一次接触高铁建设,白天在现场,晚上研究、学习、沟通、交流,一有问题,立即召集会议解决。

"张总有问题从不过夜。常常是晚上11、12点还在开会,半夜还叫起来研究解决问题。这样高强度的工作节奏,我们有一个由不习惯到逐步适应的过程。"项目工委主任任自力深有感慨说。

"张总的'十万个为什么'特别多,有时问得人哑口无言,甚至连专家也无法回答。他从不放过问题,对问题要搞清楚搞明白和切实解决问题的精神,使大家都深受感染"。项目经理部副经理刘阳还举例说,曾有一段时间,沙的质量出现问题,一阵子含泥量高,一阵子合格。张次民反复问为什么会这样?先后派两批人前去沙场调查,回来说法不一。后来,他亲自到沙场,勘验对比、分析研究一整天后,认为调查的人说得都对,但都不全面。因为他发现,此旱沙是古河道沙,好沙和含泥沙交替出现。他决定,沙可以用,但必须上水洗设备,使问题得到彻底解决。

"张总提出'最困难的事我来解决'的自我要求。哪件事是施工生产的拦路虎,他都打头阵,率领大家攻克难关。"经理部党委书记刘勇说道。图纸问题,他一次次同设计院相关人员沟通;

征拆难题，他提出"以我为主，主要领导亲自挂帅"，"在讲政策前提下，坚持灵活原则"，并出马亲征，解决了很多单位用地难题；重点工程施工，他亲自参与，尤其是工程大队漳卫新河、新岔河施工方案、梁场选址、德州梁场第一片梁预制方案，他都现场把关……

"张总是 40 好几年龄的人了，中午从不睡午觉，晚上 1、2 点还在办公室，精神特别好，年轻人也比不过他。"很多人都告诉笔者，张次民精力充沛，工作热情高昂，连工作讲话也是自己动手。寒冷的冬天，他常到济南开会，特别是每周的生产例会。有同志向他建议，提前一晚到济南先住宾馆，但他坚持凌晨出发，开完会立即赶回，赶不上饭，就在食堂煮点面条对付一顿。

实际上，大家都非常清楚，在精神饱满的外表下，张次民实际上每天都在忍受病痛的折磨。几年来，他一直深被一种顽疾缠扰。牛皮癣，一种人体机能调适失衡病症，使他的手、手臂、头上、背部都极其搔痒，且不时起痂，需要每天擦药。医生要求他调整生活方式，减轻精神压力，避免辛辣食物刺激。但他哪能做到呢！回成都开会，也是妻子押着，才抽出时间到医院看病拿药。医生不允许喝酒，为了工作，经常同合作方一起豪饮，导致病情不时反复。

对家人，有时他又显得十分严厉，缺乏柔情。他长期在工地，不能回家，女儿要外出上大学了，妻子特地将其带到工地团聚。而他却天天不是开会，就是下工地，忙得没时间陪母女。同事们看不下去了，决定请他夫人女儿下一次馆子。他知道了又是他一顿批评，多人去说，人人挨批，后来还把夫人也说一通。其时，他乃重情之人。项目副经理刘阳得到京沪项目调令后，正值哈大工地大干时期，给他打电话汇报工作，想尽快前来京沪。他考虑刘阳已经很久没回家了，而又时近春节，坚持叫刘阳先回家同家人团聚，过完春节再来。平时项目经理部能有回成都的机会，他都尽量让大家回去看望家人。

在施工过程中，他对当地父老乡亲更是一片深情。他要求，施工中要少占地、不污染，临时工程尽量寻找永临结合的可能，同时竭力为沿线群众提供力所能及的工作岗位。吴桥梁场，每天有很多重载货车运货。张次民给项目部做工作，积极同当地政府沟通，将卸车工作交给当地村民，虽然梁场添了管理上的麻烦，但使当地百姓增加了收入。

在金戈铁马、热气蒸腾的京沪高铁战场，张次民带领中铁二局参建将士，攻坚克难，实现了"有名气"、"要领先"的目标。一枚"全国五一劳动奖章"奖牌，是对他付出的肯定，是对他神圣使命完成的最好诠释。

燃烧的激情

——记中国水电集团京沪高铁项目部常务副总经理、全国"五一劳动奖章"获得者杨忠

张占国　　王钦俞

杨　忠

"尽管你们很年轻，但只要大家都以初恋般的激情去对待工作，世界定会被青春释放的激情燃烧！"。掌声雷动间，台下几十颗年轻的心早已激情澎湃，心潮起伏，久久不能平息。

时间：2004年9月16日。

地点：苏丹共和国麦罗维大坝项目部。

这是时任中国水电七局副局长兼苏丹共和国麦罗维大坝常务副总经理杨忠在对项目部新到大学生进行入场教育时的一段讲话。

这，是一个充满激情的男人，他的话语无论在何时何地，给你传递的永远是一股充满激情的无形动能，给你启迪，给你信心，给你力量！这位曾在苏丹共和国担任中国企业承包的最大国际单项工程——苏丹麦罗维大坝工程的常务副总经理，犹如一台不知疲倦的"永动机"，率领5000余中苏员工始终以初恋般的激情，4年如一日地奋战在遥

远的非洲大陆——尼罗河大坝上，在物资匮乏、异国他乡的工地上圆满完成了一个个工程节点。

杨忠，这个曾让苏丹总统巴希尔屡屡竖起大拇指的名字，2008 年 1 月，以中国水电集团京沪高速铁路土建工程三标段常务副总经理的身份再一次出现在绵延 1318 公里的京沪高速铁路工地上。跨行业的陌生，曾让这位身经百战的常务副总经理陷入过迷茫的漩涡；与铁路建设的专业队伍同台竞技，也曾使他心怀忐忑。但是，视事业如生命般热爱的他，没有理由输给别人；企业的紧迫感、强烈的自尊心不容他甘于人后。

"谁说水'火'不相容，源于江河的水电人，势必将沸腾的水化为满腔的激情融入中国的高速铁路建设，为'火'车铺就坚实的铁轨。"他这句耳熟能详的话语在困难面前一次次撞击着中国水电集团京沪高铁三标这支团队的心灵。没有海的汹涌，山的凌人，只有燃烧的激情谱写着"中国水电铁建"在千军万马中独树一帜的历程……

（一）

北京，中国水电集团总部。高层聚首，备战京沪。除就架构、管理、技术、资源等事宜磋商外，最重要的是对项目经理的人选进行了慎重遴选。深夜，中国水电集团总经理范集湘给远在蜀中的杨忠（时任中国水电七局党委书记、苏丹麦罗维项目常务副总经理）打去电话，要求杨忠作为中国水电集团"京沪操盘手"的人选之一，立即起草一份策划书递交总部。他的那份"荐言书"成为其出任中国水电集团总经理助理、京沪高铁项目常务副总经理的莫大契机。

作为一名企业管理者，他深知创新是企业的灵魂，是一个企业生存与发展的源泉。面对266.617 公里管段的长距离管理、13 个参建工程局不同的企业文化背景、来自五湖四海临时组建的团队，继续沿用以往水电施工的管理模式无疑事倍功半。斟酌再三的他在进场之初果断地向集团提出了"举集团之力、汇集团之能"的管理思路，力图通过集团的管控确保执行力在三标段的实施，同时使参建的 13 个工程局在充分发挥各自特长之时，利用集团的平台达到了资源共享，优势互补。这一举措很快得到了集团公司领导层的响应：中国水电集团总经理范集湘亲自担任项目经理，杨忠同志担任常务副总经理，三标段各工区由各工程局副局长担任工区主任，同时在集团范围内抽调精兵强将上京沪。许多正值战斗在水电建设线上的职工，在接到"无条件以最快速度赶往济南"的通知后星夜兼程奔赴驻地。"举集团之力、汇集团之能"的组织架构，使得中国水电集团这支铁路建设新军凝聚了力量，敢于在一流的高速铁路线上与铁建劲旅同台竞技，为京沪高铁三标段两获"火车头奖杯"，连续两年超额完成生产任务奠定了坚实的组织基础。

2008 年 1 月 13 日，一个平凡的日子，却又意义非凡，因为它终将载入中国水电高速铁路建设的史册。

一架银白色波音客机从成都双流机场缓缓起飞，历经 120 分钟的穿云破雾，冲破北方的滚滚寒流，徐徐降落在济南遥墙机场。杨忠走出舱门，仰望云遮雾罩的天空，赴任路上，他深谙此行绝非坦途……深深吸了一口清新的空气，便匆匆步下舷梯，大步流星地消失在人群中。他见到先期进场人员第一句话并非寒暄，只是急切地问道："你们拿到工程的图纸了吗？"

这几乎使人始料未及的一句问话，对杨忠来说却责无旁贷：他心目中的头等大事不言而喻。

作为新中国成立以来一次建设里程最长、投资最大、标准最高的高速铁路，京沪高速铁路举世瞩目，施工中来不得半点马虎；对于中国水电集团来说，这不仅是一个项目的经营，更是一次集团整体战略的调整，是整个集团开拓非水电市场的一次重要尝试和举措。京沪高铁作为中国水电集团在非水电领域头号项目，开疆拓土的使命毋庸置疑的落在杨忠的身上。

如何在众多强手面前树立起"中国水电铁建"品牌？如何让铁路建设市场信任一支新军？层层压力镌刻在他的内心深处，拥有近 30 年水利水电工程施工经验的杨忠，亦深深的感到任重道远，阅尽千帆的他没有在脸上表现出一丝的退缩，坚定的目光给了中国水电集团京沪高铁这个陌生的团队充足的信心和动力。

跑步进场！

这次的领命，犹如指挥另一次战役。杨忠虽然空降济南，战场在哪？队伍何在？参谋长是谁？后勤部长叫啥？他一脸茫然。

两日疾驰 500 余里，日夜兼程查看正线现场；多番考察、拜会地市区县；三天确定办公地点。大家叫他拼命三郎！

身子瘦了，嗓子哑了。但业主说，合同签订 10 天，水电集团慢了一个礼拜！

1 月的齐鲁大地，冰天雪地，寒风瑟瑟。杨忠第一次参加京沪高铁公司会议，时间是早晨 7 点。这绝对是他从未在这个时间参加过的会议，这也是他第一次体验到"高铁"节奏。他不禁讶然：所有参会人员齐刷刷地正点到场，铁路业主各级管理者，怎会如此激情澎湃？一个更为迫切的问题摆在了杨忠的面前：铁路系统成建制队伍一入场就如火如荼，而我们却还在搭建班子，组建队伍。而致命之处在于对铁路建设规范、程序等几乎一无所知。

压力，巨大的压力，对杨忠是不言而喻的。强烈的责任感一次次触动他的心弦，工期日渐逼近的紧迫感让这位永不服输的常务副总暗自下定决心，必须坚决扭转一上场就挨批的被动局面。

时不我待，豁出去了！

在项目经理部召开的第一次会议上，他毫不留情的对迟到的人员进行了通报处理，以铁的纪律凝聚参建的 13 个水电工程局，力求做到令行禁止，摆脱一盘散沙的局面。

为了迅速完成团队整合，形成共有的价值观和行为准则，他不惜远赴成都，邀请电子科技大学人力资源开发公司对项目经理部全体人员、工区负责人集中进行为期一周的"挑战自我，熔炼团队"的训练。

为了让水电工程局尽快"入行"，他亲自督导购买了400本《铁路客运专线施工与组织》以及其他铁路专业书籍和资料，发给工区和项目经理部管理人员，要求各单位把压力层层传递，认真学习，尽快"入行"。

为了做到以最短的时间完成和铁路市场的对接，面对现实的严峻考验，他在短短的一个多月内果断偕工程技术人员一同北上西征，对京、冀、豫、秦、晋在建客运专线进行考察、学习和调研。为了把时间更多的留在考察现场，小组成员几乎每天都是晚上10点才赶到宾馆吃饭。在去郑西客运专线中铁二十三局施工现场的路上，由于堵车，小组成员凌晨5点多才赶到汇合地点，来不及褪去一脸的疲惫，早上8点便开始了参观学习，匆匆吃过午饭，看完最后的工点后，没有休息又立即驱车往回赶。期间，他遍访专家，不吝下问，随身携带的笔记本，密密麻麻记录了一位常务副总经理在高铁线上奋斗的艰辛历程。

……

深夜里，杨忠办公室的灯光永远是最后一个熄灭。激情感染着项目经理部的每一个人，传递着无声的力量。

在他的带领下，半个月内完成了项目经营班子搭建、"作战指挥部"挂牌、施工队伍进场、对接地方政府。

2008年3月11日在济南指挥部会议上，业主和监理盛赞京沪高铁三标在全线测评中成绩优良。

2008年3月16日下午，京沪高速铁路百余监理到作为全线样板试验室的水电集团中心试验室进行参观学习。

2008年3月17日凌晨3：30分，由一工区中国水电十一局施工的黄河南引桥第31号墩5号桩成功灌注，中国水电集团在京沪高速铁路建设中完成了第一个结构物，标志着中国水电集团已经打响了进入京沪高速铁路主战场的第一枪。

伴随着曲阜梁场圈地平场机器的轰鸣声，中国水电终于走到了全线前列！双双布满血丝的眼睛掩不住他们的辛劳，满是泥土的鞋子记录了他们奋斗的历程。面对成功的喜悦，他们没有一丝骄傲，他们深知漫漫征途前面还有无尽的坎坷。

征地拆迁，在建设领域素有"天下第一难"之称。

鲁中南地区经济相对发达，城镇、工厂、村庄分布密集，路网电网交织，地下情况复杂，还有大量拆迁这根"敏感中枢"。不要说水电人，就是"老铁路"也感到举步维艰。更为重要的是：京沪高速铁路工期异常紧张，能否顺利拆迁，按时开工，将直接制约建设工期。

杨忠谆谆告诫水电人："等，就是等死；靠，只能靠倒；要，只能要饭！"

帅居中军，向不轻出。然而，拆迁问题向来牵一发而动全身，稍有不慎，便有满盘尽墨之虞。故此，集团公司总经理范集湘半年内三下山东，与省市沟通，建立高端协调机制。项目主帅杨忠更是不敢懈怠，他带领着征拆人员一路马不停蹄的奔赴各地市拜访相关分管领导及高铁建设协调领导小组，与各地方县级以上主管部门建立了工作联系；并督促各工区由工区副主任牵头，走访各乡镇、村，迅速开展工作。经多方协调，三标路段如期开工。短短一个多月，中国水电的旗帜飘扬在齐鲁大地，三标段的征地拆迁工作走到全线前列。

杨忠常说"笨鸟先飞"，他的脚步从不肯停下。他深知汽车并非无所不至，有时他更爱安步当车。在全线两百多公里几千个工点上，没有他不曾亲临过的现场，没有他不熟悉的情况。

在京沪高铁建设不断提速后，杨忠像一台不知疲倦的"永动机"，用他的激情感染着大家，在管理层、技术人员和各作业层，始终扮演着精神领袖角色，支撑着这个团队勇往直前！

制梁场、制板场、涵洞、桥梁和任何属于他统筹管辖的战线，干部职工、农民工，在最困难、最需要他"拍板决策"的时候，那个熟悉的身影从不爽约，像一个指引你昼夜前行的路标。

战场上的杨忠激情飞扬，风尘仆仆从工地回来，洗把脸又主持会议；劳累奔走到深夜，一觉醒来又面貌一新迎接新的朝阳；就连接待来宾，也是随口诗词歌赋，几近"疯狂"。正是他的激情感染了大家，带领项目团队长时间的高负荷工作，克服了难以想象的困难。而杨忠自己却说：把握起点，方不滞于人后；凝视终点，方能跃居人先。

"水军"与"铁军"，殊途却同归：水的秉性，宁静致远；水的品德，泽被万物；水的胸怀，兼收并蓄；水的信念，回归大海；铁的性情，挺拔不屈；铁的追求，坚定不移；铁的执著，默默无闻；铁的向往，傲雪经霜。

（二）

泰安，中国水电集团京沪高铁三标项目部。在远程监控调度指挥中心，一个巨大的电子屏幕倚墙而立，上面闪烁着不同工点的画面，五六个工作人员端坐在电脑前，不时放大局部，切换画面。杨忠介绍，他可以随时调看全线84个重要施工现场的情况，即使一丝风吹草动也逃不过监控的"法眼"。一点鼠标定格事发现场，实现中控室与现场各工点对接互动。远程监控调度指挥系统的应用，为长距离的施工现场管理节约了宝贵时间，对过程的实时监控，使得京沪高速铁路的施工安全、质量得以确保。

　　"火车跑得快，全靠车头带"，这句延续了几十年的口头语在杨忠这里再一次被颠覆：如果每节车厢都带上动力，犹如现在的动车组一样，使每节车厢都变成"火车头"，效果会怎么样？杨忠在不断思考："如果说业主、监理、设计和施工单位分属于不同的车厢，大家齐心协力，就组成了京沪高速铁路上飞驰的和谐号动车组，在铁道部这个车头带领下奋勇向前……"把监督层、管理层、执行层拧在一起形成合力，这一创新思维在京沪线上再次掀起波澜，获得了铁路建设领域相关各方的高度认可。两年多来，这股合力创造出来的京沪高铁速度，无声的影响着中国的高速铁路快速建设的步伐，为中国铁路引领世界进入高铁时代这个奇迹，诠释了"众"的力量，让世界为之震撼。

　　2008 年初，那是一个风平浪静的冬日，丽日当空。杨忠陪同京沪高速铁路济南指挥部指挥长王炳祥检查三标工地施工情况，一走就是十几公里。王炳祥语重心长地对杨忠说："在这条承载众多世界第一的高铁上，再小的事也是大事，必须尽百倍努力，千倍注意。"他鼓励杨忠说，"还好，现在你们没有被甩在后面，加把劲就能超越了。"，王炳祥用丰富的实践经验启示杨忠："只有创新才不会落后，赢得别人信任！一样的平台，一样的起跑线，肯定是不一样的结果。"短短的几句话，却让他彻夜难眠：一支新军，要想超越别人谈何容易。"水电铁建，水电铁建……"，他一遍又一遍的重复着这几个字。何不把水电工程施工中的领先技术在满足铁路施工特点和规则的前提下进行移植和创新，利用科技创新手段打造差异优势，将水电和铁路两个行业优势进行叠加，形成"中国水电铁建"品牌特色？

　　一支新军，新鲜的血液如强心剂般迅速注入铁路建设领域……

　　借鉴水电工程大坝变态混凝土施工技术，水电人成功解决了高速铁路路基过渡段碾压难于控制的难题；

　　把水电工程用于大坝沉降观测的自动监测信息系统运用于隧道浅埋地段和不良地质段的拱顶沉降量测，有效地减少和避免了安全事故的发生，提高了施工安全的控制水平；

　　以水电隧道施工栈桥为雏形，结合铁路栈桥研发仰拱移动栈桥，提高作业条件，解决了隧道施工工序交叉干扰；

　　源于水电地下厂房机械化施工的理念，在高铁隧道中采用大型砼喷射机械手联合仰拱移动栈桥作业，为京沪高铁全线最长隧道提前两个月贯通奠定了坚实基础；

　　采用液压钻机先将岩石钻成蜂窝状再进行正式钻孔的预钻法桩基成孔技术，攻克了在铁路行业多年来难以解决的难题。连铁路建设的老专家都拍手称奇。

　　为了尽快把创新成果更有效地转化为生产力，他多次亲自赶赴施工一线与科研人员一道设计图纸。底座板可调模板的设计生产阶段，他先后 8 次到工厂指导；路肩施工的轻便滑模，他先后 6 次赴工厂优化设计，改良细节。

一石激起浪千叠。

隧道施工人员自动登录报警系统、数字化超前地质预报、围岩变形超限自动报警系统、桥梁六面坡平整度的处理技术、桥梁遮板工厂化生产工法、无砟轨道底座板可调式模板、水泥乳化沥青砂浆专用泵……在中国水电京沪高铁三标管段内，科技创新如雨后春笋般涌现。

创新，让中国水电跟上了京沪高铁兄弟单位前进的步伐，得到了铁路同行的高度认可。中国水电两项技术获国家专利，三项成果获京沪公司技术创新成果一、二、三等奖；两项技术进入国家工法……并成功举办了全国铁路行业隧道施工现场会，四次举办京沪高铁全线的样板观摩会，2010 年 7 月 5 日，中国水电集团在京沪全线率先实现了 42 号道岔的铺设，同时创造了单套设备单日完成 CRTS II 型无砟轨道板灌板达 154 块新纪录，一举刷新了中铁工在京津城际铁路日灌板 112 块的纪录。2010 年 10 月 29 日，中国水电集团在京沪高铁全线率先完成了轨道铺设任务……

"中国水电铁建"，以水的柔美融合铁的刚毅，再次成为铁路建设领域关注的焦点。

结发二十余年，杨忠与妻子相守的日子尚不足三分之一。从女儿记事起就许愿陪她到九寨一游，如今女儿已至桃李之年，却不知何时成行；父亲于 2000 年 1 月故去之时，他尚在云南投标，可谓生难尽孝，故难送终……

现实生活远不及艺术家笔下的诗情画意。参与京沪高铁的建设者，从风华正茂的青年到苍颜华发的长者，无一不是满怀七情六欲的血肉之躯，却能为了共同的美好希冀抛下妻儿老小，义无反顾地投身于建设的滚滚洪流。正是这一个个细节，一个个瞬间，一个个故事，一个个创造，方才成就了这一举世瞩目的宏伟工程。这条途经七省市 66 县、11 个百万人口大城市的高速铁路建成后，每年的单向旅客输送能力就可达 8000 万人，必将成为中国百姓口中名副其实的"黄金路"。

巍巍泰山，莽莽中原，见证了中国水电人在建设世界最高等级铁路——京沪高铁征途中的铿锵步履！

打造精品　勇争第一

——记中铁十六局京沪高铁三标五分部项目经理、全国"五一劳动奖章"获得者刘瑞军

杨卧龙　姚凤玲　郭　霞

刘瑞军

2008 年元月中旬的一天，对刘瑞军来说是个不平常的日子，经过竞聘，他以绝对优势走上了中国铁建十六局集团京沪高速铁路 TJ 三标五分部项目经理岗位。历史给了刘瑞军——这位年轻的领军者一次千载难逢的机遇。

接到通知的当天晚上，当人们沉浸在春节前夕的期盼之中时，刘瑞军和他的团队来不及向家人道别，连夜驱车赶往千里之外的目的地——山东微山湖畔的枣庄铁路建设工地。

五分部担负着京沪高铁三标段 12 公里多的施工任务。包括 3 座特大桥、1 座大桥、3 座中桥、1 座跨线桥、1 座车站、28 个涵洞和 7 公里多路基。2008 年 11 月，铁道部把枣庄到徐州段确定为先导段，要求提前 1 年半开通。也就是说把 5 年的工期压缩为 3 年半。工期缩短三分之一，这对于首次涉及高铁的刘瑞军和他的团队来说无疑是个严峻的考验。

旗开得胜

征地拆迁是施工的基础。五分部征地拆迁工作量大面广,涉及到 8 个行政村,5000 多户村民,且处于城乡结合部。一度拆迁进度缓慢。刘瑞军及一班人,以"诚信待人,合作共赢,超前谋事,追求最佳"的企业理念,做到阳光拆迁,和谐拆迁,赢得了当地政府和村民的理解支持,征地拆迁工作变被动为主动。五分部成为京沪高铁全线第一个,也是三标段和枣庄市第一个开始征地拆迁的单位。

在征地拆迁的同时,拌和站的建设也在紧锣密鼓地进行。从选址、平整场地、围墙地坪硬化、拌合站设备安装到混凝土试拌,短短 38 天,就建起了京沪线上第一座高标准拌和站,并一次性通过济南指挥部首批验收,获得工厂化序列排名第一。2008 年 3 月 9 日,济南指挥全线 8 个分部、60 多个标段的参建人员在五分部召开了样板拌和站观摩会。京沪高铁董事长蔡庆华对五分部快速建起了全线第一座高标准的拌和站给予了高度评价。要求各单位以此为样板进行拌和站的建设。旗开得胜。短短的两个月,五分部就拿了两个第一。

确保安全

刘瑞军深知,没有安全就没有一切。他积极推行"一法三卡"管理制度,并把"一法三卡"工作列入安全生产目标管理中。

薛枣公路和薛郊公路是枣庄市区内最繁华的公路。两条公路每分钟车流量达 100 辆和 70 辆以上。跨薛枣公路特大桥和跨薛郊公路特大桥的悬灌梁施工安全的重要性可想而知。刘瑞军采取三道防线消除安全隐患。设置 12 名专职安全员在工地三班倒监控施工,随时提醒施工人员注意安全;实行工序交接制、三检制。工序交接时由施工检查员、技术员、技术主管三个人共同检查联合验收合格后交接签字,然后挂篮才能行走;聘请地方交警每天早中晚上下班车流高峰期指挥交通。2009 年 9 月,京沪公司组织全线施工单位前来观摩。

京沪公司领导表扬刘瑞军为全线大桥施工树立了安全施工、精细施工的样板。施工几年来,五分部从未发生等级事故。

打造精品

打造精品,永争第一,是刘瑞军——这个永远追求完美的人的心中目标。

与普通铁路的建设相比,高铁路基的建设更是不可同日而语。"把路基当成构筑物来看待,把填料当成建筑材料来看待。"刘瑞军这样要求他的团队。施工中严格按照四区段、八流程的施工工序进行操作,在整个施工过程中严格把关,确保每个环节都臻于完美,达到优质水平。

轨道板铺装、灌注施工中最大的技术难度是 CA 砂浆配合比控制。CA 砂浆由十几种材料组成，任何一种材料的稳定性不能保证就会影响整个 CA 砂浆的质量。于是，刘瑞军专门搭建干料仓和沥青站，分别安装空调控制温度，每隔两个小时看一次温度。整个轨道板铺装基本做到质量一次过关。

跨薛常公路特大桥的腹板、顶板、翼缘板一次性浇筑，给内模支架安装带来难度。以刘瑞军为组长的 QC 小组创新采用了在底板顶层和底层钢筋之间焊接竖向直径 28 毫米的钢筋做支撑，竖向支撑钢筋下放置高强度混凝土保护层垫块，上面放 30 厘米长 14 号工字钢作为模板支架立杆基础。确保支架的稳定性，短短一个月时间就把 137.5 米支架搭设完毕。

钢筋绑扎工序非常复杂繁琐，每隔 3 至 5 米就设置一个小梁，小梁内设钢绞线穿束张拉。小梁内预应力钢筋分为纵向、横向和竖向，整个梁部设计 5 道小梁。小梁边角制模要求高，面积小，误差不超过 2 毫米。为保证制模质量，刘瑞军带着尺子整天在现场蹲守，发现问题，立刻解决。使整个模板内侧外侧平整度非常高，浇注完毕拆模后的混凝土的表面光滑、平整、圆润，美感十足。面对内部密实、外表光滑的梁体，外方质量监理们一个劲地说"OK！"并且拍下照片，盛赞刘瑞军和他的团队。

创新工艺

进行技术工艺创新，通过自制设备来提高效率，这是刘瑞军管理的又一高招。

在无砟轨道支承层施工中，刘瑞军除了采用"换班循环制"施工加快进度外，自制模板移动门架可以横向、纵向吊装移动模板，实用方便，大大加快了施工效率；提浆整平机，不仅起到整平作用，而且可以形成排水坡，减少了人工成型排水坡的难度；以及自制钢钎起拔器等新工艺、新技术，既减轻了劳动强度，又提高了工效，为保证工期赢得了时间。无砟轨道支承层施工是全线第一家。京沪公司先后两次在五分部召开无砟轨道支承层首件验收观摩和安全质量观摩大会，号召所有施工单位向五分部学习。

据统计，五分部自上场以来先后迎来业主大小观摩会 13 次，获得业主奖励绿单 19 张；被集团公司评为"成本核算先进单位"、"先进设备管理机组"、"京沪高铁项目成本管理先进分部"；被公司评为"项目优秀工会组织"、"质量先进单位"。路基工程被京沪公司评为"优质样板工程"。刘瑞军管理才能和敬业精神得到了京沪公司、济南指挥部、集团公司各级领导高度赞扬。先后被评为"优秀项目经理"、"劳动模范"、"优秀共产党员"；在总公司组织的六比六创劳动竞赛中被评为"劳动竞赛优秀组织者"；获铁道部最高荣誉"火车头"奖章。

大鹏展翅

——记中铁三局京沪高铁项目常务副经理、全国"五一劳动奖章"获得者谢大鹏

王劲松

谢大鹏

2010年11月15日上午，安徽蚌埠，京沪高铁新建蚌埠站外约700米处，京沪高铁全线接轨即将在这里完成。

尽管是初冬季节，昨天还是雨雪纷飞，但今天却晴空万里，灿烂的阳光暖暖的照在那些威武的铺轨机上，使整个接轨现场凸显一派喜庆气氛。谢大鹏显得特别的兴奋，脸上始终洋溢着欢喜的笑容。他头戴崭新的白色安全帽，身着橘红色工作服，昂首挺胸巡视着现场，检查所有作业环节。在机械操作手们的脸上，三个月来风餐露宿的沧桑依稀可见，但眼睛里都和他们的指挥官一样洋溢着收获的喜悦。

铺轨机沿着已经铺就的线路，牵引着两根钢轨向接轨点前进。

刹时间鞭炮齐鸣，锣鼓喧天，彩球飞起。

记者们相机的快门在咔咔不停地响着，定格着这个注定载入中国高速铁路发展历史的时刻，

中央电视台等媒体的记者进行着现场报道。

谢大鹏抬头望着起飞的信鸽，思绪万千。

难忘的一幕一幕，在眼前闪过。

善谋者胜

兵法云：不能谋全局者，不足谋一域。

谢大鹏是京沪高铁土建五标段的常务副经理，他作为中铁三局的副总经理，在京沪中标后受命出任前线指挥官。五标段跨越安徽、江苏两省。起点安徽省滁州市，经南京、镇江，结束于江苏省常州市新北区，全标段线下工程长度 171.176 公里。其中：路基 42.2887 公里，正线桥梁 72 座 125.112 公里，隧道 8 座 3.854 公里，正线铺轨长度 607.3 公里，车站 5 座。

从参加京沪高速铁路建设第一天起，作为五标段的领军"主帅"，他就深感责任重大，不仅仅是因为京沪高速铁路是三局有史以来最大的项目，更因为它是毫米级控制的一流的高速铁路。

策划方案，优化施工组织是第一位的大事。五标工程地跨长江两岸，路、桥、隧相连，施工组织异常复杂。谢大鹏始终着眼于全标段大局，坚持超前谋划，用智慧求胜。

时针又指向了夜里 12 点，项目部三楼那间最西边的办公室依然亮着灯光。开工近一个月了，大家发现谢总办公室的灯几乎每天晚上到这时候还亮着，他还在那里翻阅着厚厚的图纸。他的办公桌上，别无他物，除了电脑，就是图纸。他白天跑工地，晚上认真地审读图纸，把握全管段的重点工程和工程量，思考着工程组织和工作主线，他深知实施性施工组织设计是指导施工生产的纲领。为掌控全局，确保施工生产有序进行，必须不断地优化施组，向施组要时间，向施组要效率。他带领一班人反复梳理控制工期的重点、难点工程，多次亲自组织优化施组。同时，他充分利用"外脑"，多次聘请专家和院校教授，先后评审 54 份施工方案、49 份安全专项方案，形成 37 份专家评审意见、纪要。根据专家的建议和论证，他及时果断作出决策。

南京区段 501 孔桥梁如按原方案采用现场灌注混凝土制梁，不仅工期非常紧迫，资源投入大，而且安全风险大。他果断决策，提出在位于南京市汤山镇的半山腰上增设预制梁场的方案。新的方案得到了总指的认可，他迅速组织力量，把推土机开到山深林密处，开疆拓土，在一点平地没有之处，建起了一个可以预制 300 孔 900 吨箱梁的场地。不但解决了工期问题，还节省了投资。

镇江梁场架梁的前进方向需要经过 19 段路基、镇江高架车站及 18 个特殊结构，架梁工序转换多、工效低，他提出了调集三台运梁车，交叉作业的方案，并将预制箱梁数量和范围进行了调整，为完成任务节约了时间。

策划周全，产生了极好的效果。五标段 30 多个工区，个个目标明确，相互协作，友好竞赛，一年即完成主体工程 70%，顺利开始架梁，第二年架梁即完成 90%，第三年按照预定工期开始铺轨。高标准的高速铁路建设所呈现的高速度，让世人为之惊叹。

立志创优

谢大鹏年纪不大，1970 年出生，京沪开工建设还不到 40 岁，是京沪全线几个少帅之一。他从上海铁道学院毕业十几年，参加过几条普通铁路施工，并且当过项目经理。对于工程质量自然有他的心得。不过他认为，京沪高速铁路必须打造一流，这是新时代铁路建设者的光荣使命，也是作为一名铁路建设着一生难得的机遇。

抓质量，他积极组织推行"专家论证、样板引路"。先组织制定工艺试验方案，经专家评审后，在现场组织实施。把第一段路基施工、第一个墩身施工等作为示范段和样板工点，先后组织召开 50 余次现场会。通过观摩学习，相互交流，起到了统一标准、共同提高的作用。同时，按照标准化管理的要求，全面组织实施《工序过程质量控制检查标准化实施细则》，对工序过程质量检查的范围、频次、程序、项目、内容及方法等进行细化，组织项目部编制作业指导书 60 项，其中路基工程 15 项、隧道 10 项、桥梁工程 5 项、桥面系及无砟轨道 30 项。作业指导书分成通用指导书和专项指导书，对全标段适用的工艺和方法，统一编制成通用作业指导书，对不同环境、不同部位、不同地质、不同方法等施工过程，编制了专项作业指导书，用以指导施工。作业指导书按照工序展开，面向操作者，简单易懂，图文并茂。在五标形成标准化作业的良好氛围。五标一批工程被评为京沪总指的"优质样板工程"。

创优，他把目光盯在路基工程上。五标段的路基约占全线的 50%，京沪高速铁路公司总经理李志义说："五标，成也路基，败也路基"，路基施工对整个标段的重要性不言而喻。

五标段地处水网密布的软土层区域，42 公里路基分割为 73 段，最短的一段不足 200 米，路桥、路隧、路涵过渡段有 411 个，设计使用年限内路基沉降不得超过 15 毫米，路桥过渡段不得超过 5 毫米。为保证路基质量，他明确提出将施工中的重难点和控制性工程及制约工期的关键工序作为科研攻关重点，努力做到关键技术攻关与工程建设同步推进。他亲自担任项目部技术创新领导小组组长，参加了铁道部《高速铁路路基地基加固处理与路基填筑技术综合研究》、《高速铁路不同结构物均匀过渡技术措施的试验研究》等 5 项重大科研项目。他组织工程部技术人员与铁四院、西南交大等单位一起攻克了下蜀黏土填料改良填筑技术、硬质岩全风化物物理改良填筑、高速铁路过渡段填筑技术、路基质量检测标准的选用等难题，在施工中得到大规模的应用，并对 CFG 桩大规模施工、尾砂在 CFG 桩施工中的应用、CFG 桩复合地基综合试验研究等进行了攻关，保证了路基基底处理的质量，形成了完整的高速铁路路基施工工艺及工法。

江南的雨水较多，而路基是最怕水的。为确保路基不被水流冲刷，他与承担施工任务的工区负责人详细了解现场情况，逐步完善设计，使路基边沟、侧沟、天沟等排水设施与天然沟渠、相邻桥涵相衔接，顺利地汇流进地方水系，构成完整的排水系统。如今，这些与周边山林等自然环境浑然一体的排水、防护工程，令人赏心悦目。路基边坡上一丛丛紫荆、桂花、夹竹桃也都展开笑脸，迎接着不远的将来京沪高铁开通后"车在山中行，人在画中游"的那一天。

创优，他又把目光盯在无砟轨道工程上。他担任宁启铁路项目经理时，开通时速只有60公里，而京沪高铁的开通时速要达到350公里，高速铁路与普速铁路的重大区别凸显无砟轨道施工的极端重要性。无砟轨道被称为高速铁路施工的核心技术。作为建设者，把使命和责任定格在毫米级的要求中。

滁州板厂建厂之初是为Ⅰ型轨道板而设，随着京沪高铁施工进程，他们承担了Ⅰ型、Ⅱ型以及道岔板的预制任务，一场变三场，从模板制作、调整以及工艺研究、工装配置，都精心施作，确保了施工的需要，成为全线新建的14个板场中，第一个试产成功转入规模化生产的板场。

无砟轨道板对于谢大鹏来说是个新事物，以前没有接触过。为了尽快掌握它的生产工艺，他带领技术团队多次到京津城际、武广高铁和京沪线上的其他板场，学习借鉴好的工艺。

轨道板铺设是毫米级的要求。他组织技术人员，反复研究工法，研究出一批小的工装设备，确保沥青混凝土的灌注，既干净、快速，又保证质量。同时，对轨道板运输物流、吊装工艺，推行标准化作业，使全管段无论是Ⅰ型板、还是Ⅱ型板，都能达到设计要求的质量。

无砟轨道的高质量为铺轨顺利进行创造了条件。2010年8月15日9时38分，在轰鸣的礼炮声中，头戴大红花的牵引列车徐徐启动，将两根长达500米的钢轨从铺轨列车上缓缓牵出，准确地向高质量的无砟轨道板承轨槽落下。8月18日正式开始铺轨后，全体铺轨将士风餐露宿、日夜兼程、强化协调、精细施作。在长轨列车运行距离达百公里以上的条件下，连续5天实现单机日铺轨10公里、双机日铺轨16公里的纪录。11月9日到达蚌埠接轨点，为全线铺通奠定了基础。

面向未来

事业造就人才，环境凝聚人才。建设京沪高铁的伟大事业，为广大员工成长成才提供了广阔的实践舞台。谢大鹏认为，京沪高铁施工为施工企业加强队伍建设提供了大好时机。借助工程，建设一支适应铁路现代化需要的队伍，是更为重要的任务。

他始终坚持以人为本，组织开展党群活动，充分激发员工立功在京沪、成才在京沪的工作热情，积极营造人才成长的良好环境。作为项目部党工委书记，按照集团公司党委的要求，在全标段全体党员中组织开展了"立功在京沪，奉献在岗位"活动，号召广大党员立足本职岗位，充分发挥先锋模范作用。在全线200多名党员中设置了党员先锋岗和责任示范区。施工过程中，广大党员冲锋陷阵，在急、难、险、重的环节都有党员的身影。他们讲奉献、当先锋，以实际行动影响和带动广大员工为完成攻坚目标做出了贡献。

他始终把"三工"建设当成一件大事来抓，注重改善员工的物质文化生活条件。把"三工"建设作为活跃员工生活、凝聚员工力量、构建和谐项目的重要载体，积极为广大员工创造安全文明的劳动条件、洁净舒适的生活条件和健康丰富的文化娱乐条件。鉴于京沪高铁建设工期紧，广大员工一直坚守在一线的实际，他提议为16对新人举行了简朴而隆重的集体婚礼，使他们感受到了企业大家庭的温暖。

能和副局长一起打球，大家感到很意外，更感到很亲切。为弘扬奥运精神，活跃职工文体生活，在工地举办了"京沪杯"篮球赛，他亲自上场参战，投篮时也遭"盖帽"，球场上一片欢声笑语，气氛和谐。他还组织开展了"京沪放歌"征文活动和员工摄影大赛活动，对建设过程中涌现出的先进集体和先进个人，进行集中宣传报道，展示建设者的风采。

京沪高铁建设是年轻人锻炼自己、展示才华的大舞台，他一直非常关注青年的成长。为进一步引导、团结和动员广大团员青年在京沪高速铁路建设中充分发挥生力军作用，他指导各参建单位团组织深入开展"激扬青春活力，奉献京沪高铁"为主题的系列实践活动，展现了青年员工良好精神风貌。在各项活动中，一批优秀的员工和先进的典型脱颖而出。

为更好地推动员工学习掌握新知识、新技术、新规范，提高作业技能，确保工程质量稳定受控，他与班子成员一起研究策划，于2009年9月8日举办了一次大规模员工岗位练兵技能大赛活动。共有679名选手和110个班组同台角逐。

其中农民工占有一定的比例。最终，有9个班组夺冠，被授予"工人先锋号"称号，近百名员工受到表彰奖励，9名获得第一名的选手被授予"金牌员工"称号。他将奖状和奖金递到获奖员工手里时，兴奋之情溢于言表，他亲眼看到了，在京沪这个大舞台上，一支能征善战、掌握了高铁施工技术员工队伍正在茁壮成长。

京沪高速铁路已经成为世界铁路建设史上一座高峰。在建设过程中，他带领中铁三局的健儿们，锻造出了"不负使命，甘于奉献，矢志创新，打造一流"的"京沪精神"。

京沪高铁开通运营在即，谢大鹏也已经跨入了不惑之年。坐在工程列车上，看着三年里辛辛苦苦风风雨雨中建起的大桥，筑就的路基，铺好的轨道，眼神里透露出成熟和坚毅。像他的名字一样，他的思绪如大鹏般飞翔在浩瀚的宇宙，向往着更加壮丽的未来。

宝剑锋从京沪出

——记中铁十五局京沪高铁项目经理、全国"五一劳动奖章"获得者习仲伟

方 玲 范钢军 李 红

习仲伟

淮河悠悠，烟波浩渺。在淮河这块热土上，古有大禹治水，今有高铁横贯。在淮河北岸，一支拥有着铁道兵光荣传统的铁路建设大军——中国铁建中铁十五局集团，承担起了京沪高铁土建四标段淮河特大桥 50.48 公里桥梁施工任务和枣庄至蚌埠先导段 157.52 公里铺轨任务，工程总投资约 37 亿元。2008 年以来，中国铁建十五局集团副总经理兼京沪项目部经理、党委书记习仲伟高举倚天之剑，以高度的责任感、厚重的使命感和永无止境的创新与奉献精神，率领铁军将士，高标准地建设着这条举世瞩目的世纪性工程，擎起了属于中国人的高铁之梦。

破茧之剑——铸就华丽转身

十五局集团没上京沪高铁之前，圈内人似乎不太愿意评价这个企业，说它很强，恐怕不太客观；说它不行，恐怕也不客观。当十五、十二、十四局集团组成联合体拿下京沪高铁第 4 标的时候，局外人不怎么评价十二、十四局集团，而对十五局集团则投来疑惑的目光：

十五局能行吗？

一分信任，十分责任。面对外界的疑惑，习仲伟心里暗暗蕴藏着一股劲。他深知，参建京沪高铁，对十五局是个千载难逢的发展机遇，只有以实力才能让外界消除对十五局的疑惑。

2008年初上场后，习仲伟以高度的责任感和忧患意识，提出了"看重责任，强化执行，用诚信和人品铸造一流高速铁路"和"创新、超前"的项目管理理念，按照"重难点先行，精心组织、科学管理，均衡有序推进"的总体安排和部署，围绕确保完成工期节点目标和投资计划这一主线，配足各种生产要素，形成持续、稳定、高效的施工生产能力。

2008年12月6日的深冬严寒之夜，十五局即将架设第一片箱梁，在零下7度的严寒中，习仲伟同施工人员奋战一昼夜，成功架设第一片箱梁。2009年4月27日的又一个春寒之夜，习仲伟裹着大衣和施工人员奋战20个小时，浇筑完成了十五局管段第一座现浇连续梁1500方混凝土。在十五局艰苦奋战京沪高铁的三年中，每一项重要节点工程，习仲伟都要亲自到现场值守，每一次从外地出差回来，哪怕是深夜，他都要到工地上亲自走一圈。习仲伟说，这是干项目二十多来养成的习惯，如同自己的孩子，只有亲眼看到心里才踏实。但对于真正的亲人，习仲伟是聚少离多，建设京沪高铁三年来，习仲伟春节都是在工地上度过的。三年来，他与女儿团聚的时间屈指可数。

破茧成蝶终有时。在2010年底京沪高铁先导段建成之时，习仲伟带领的十五局在全线先后创下"九个全线第一"：全线第一家开始桥面系施工、第一家完成特殊结构桥梁浇注、第一家开始底座板混凝土施工及无砟轨道无绝缘试验、第一家展开无砟轨道试验段施工、第一家通过沉降观测评估、第一家完成内业资料网上传输、第一家完成轨道板生产任务、第一家开始铺轨、第一家完成铺轨任务。先后创下全线日架梁12孔、日铺轨12公里、日焊轨48个接头等多项施工纪录。

2010年12月10日，中共中央政治局委员、国务院副总理张德江检查京沪高铁建设并亲切接见了被选为劳模代表的项目经理、党委书记习仲伟，陪同张德江副总理检查的铁道部原副部长、京沪公司董事长蔡庆华向副总理树起大拇指，高兴的称赞说："十五局在京沪高铁干的非常漂亮"。

三年磨一剑，剑锋闪银光，刺破了外界对十五局的疑惑，铸就了十五局的华丽转身。

标准之剑——肩负历史责任

习仲伟在京沪高铁亮出的第二把剑，是质量标准之剑。习仲伟说："质量是中铁十五局集团取胜于京沪高铁的法宝，是生存、生命之剑。""习总的这把剑，又是斩钉截铁之剑，在质量问题上决不含糊！"2008年的11月7日，中铁十五局集团的工地寒风凛冽，可是工地的施工却是热火朝天，因为他们亲手打造的大桥墩身相继露出地面，展示着建设者们收获的喜悦。而当习仲伟走到1728号墩身时，他那冷峻的目光一如孙行者的火眼金睛，严厉苛刻地吐出四个字：炸掉重来! 这突如其来的四个字使正沉浸在喜悦中的工程技术人员一时不知所措："为什么要炸掉哇? 质量没太大问题，质检人员已通过了!"

"我们建大桥不只是向质检人员负责，更重要的是向国家的千秋大业负责，为民众的生命安全负责。"习仲伟的回答字字千钧，容不得丝毫挪移。

在习仲伟的命令声中，随着"轰"的一声巨响，1728号桥墩顿时消逝，随之而来的是新的1728号在崛起。这一破一立，也是全员质量意识的又一次飞跃。

正是由于习仲伟高悬质量标准之剑，并斩钉截铁地使用这一武器，才使得中铁十五局集团的各标段、各工点、各环节严之又严，精之又精，不放过影响质量的任何的蛛丝马迹。

2009年的2月12日，京沪公司召开质量管理专题会议，与会人员参观了十五局集团京沪项目部承建的5公里的线路，对沿线150个桥墩进行了逐一检查，所有人员无不对其上乘的质量交口称赞，普遍认为该标段的工程质量为整个京沪线树起了样板。会后在山东滕州进行了总结表彰，习仲伟庄重地从京沪公司董事长蔡庆华手里接过来"墩身优质样板工程"奖牌，在雷鸣般的掌声中，习仲伟却镇静地说：我接过的不是奖牌，而是质量重于泰山的责任。"

正是这一强烈的责任意识，促使习仲伟撒下了质量的天罗地网。在轨道板的生产过程中，习仲伟用的是先进的"追溯性"管理，即给每块轨道板打上"身份证明"，盖上了统一的印章，上面印有谁检验的，哪一天哪一槽生产的，责任十分明确。"就像明长城上的青砖，每块砖上都印有工匠的姓名，有问题可以直接找到责任人!"习仲伟说。

铁道部领导闻讯指派京沪公司总经理李志义来到中铁十五局集团京沪高铁固镇轨道板厂考察，用相机拍下了轨道板的"身份证明"，并在质量工作会议上大加赞扬。自此，习仲伟的"追溯性"质量管理法，在京沪高铁不胫而走，引来了众多兄弟单位的观摩与学习。

没上京沪高铁之前，十五局企业信用评价处于C类。参战京沪高铁之后，习仲伟带领的京沪高铁项目部信用评价连续三年稳居全线排头位置。2008年上、下半年蝉联31家专业联合单位第二名，实现开门红；2009年蝉联全线上、下半年企业信用评价专业联合单位第一名和下半年41家参评局级单位第二名；2010年上半年夺得全线41家参评局级单位第4名，下半年又夺全线35家参评单位第一名，创下十五局施工项目企业信用评价史上最好成绩。十五局集团企业信用评价也走出C类，进入B类中上等。铺设的枣庄至蚌埠先导段无砟轨道左、右线无缝线路在轨检车自动化检测中优良率达到100%，轨道质量在先导段施工单位中位居第一名，在12月3日先导段联调联试中创下了时速486.1公里的世界铁路运营试验最高速度。

一位上级领导把十五局建设京沪高铁三年来取得的成绩形象地比喻为上台阶，一路向上。诚然，在向上的跨步中，十五局也走的更快，站的更高，看的更远了。

科技之剑——成就专利品牌

2008年8月，京沪公司总经理李志义问习仲伟，是否能把中铁十五局集团的固镇轨道板场建成自主创新型轨道板场。习仲伟当场承诺。当时，不少人对承担这一重任心存疑虑，"一厂二线84块板"生产模式在设计理论、施工工艺、设备配置、施工管理、场地规划等方面均与德国博格板不同，其综合施工技术在目前国内和世界上都属首次。认为要突破德国博格公司的"一厂三线81块板"的生产模式难度很大。而习仲伟认为，十五局集团之所以敢于承担这一任务，决不是想当然，也不是拍拍脑袋就轻率地作出了决定，而是心中早有底数。

为了成就自己的品牌之剑，习仲伟和他的团队燃起了"引进、消化、吸收、创新"的创新火种。靠着一股铁道兵的拼劲、一种责任和奉献的敬业精神，110米长预应力钢筋预应力损失值、预应力放张时模板位移量测定、国产自动液压控制系统信号传输精度验证、120米国产钢筋定长切割机精度验证、绝缘垫片改良、预应力钢筋纵向滚轴运输改良、预埋套管工艺改进、模板刷油工序探索……这些目前国内还没有经验数据可以借鉴的各种创新数据在以习仲伟为组长的技术创新团队的刻苦钻研下，经过一而再、再而三的冶炼，一圈圈循环，一遍遍验证，一点点积累，终于成功地研发出"一厂二线84块板"CRTS Ⅱ型轨道板预制生产线，刷新了轨道板生产理论，保证了生产急需，而且树起了自己的品牌。并在优化沙石级配、优化混凝土拌和养护工艺、添加高效外加剂、调整各组分比例等方面都实现了自主创新。一位来检查工作的领导形象的誉为"婴儿的皮肤"，生产能力、产品质量顺利通过了蚌埠指挥部、监理项目部组织的初验和铁道部运输局专家组质量检验。

开工以来，十五局轨道板场包揽全线16个板场四次安全质量考核第一名，先后获得京沪公司14张绿牌奖励，并于2010年6月4日在全线率先完成轨道板生产任务。

针对无砟轨道高技术含量、精细化施工阶段的实际情况，习仲伟带领工程技术人员，相继成立了新型无砟轨道精调系统等多项科研课题组，成功研发了《新型无砟轨道精调系统》、《强制对中测量标志》等一批科技成果，总结了高速铁路Ⅱ型板式无砟轨道CA砂浆技术，在京沪全线和石武、沪杭等客专广泛使用。项目部先后成功研发高速铁路客运专线无砟轨道板2×42预制生产线施工装置、高速铁路客运专线板式无砟轨道高性能混凝土、高速铁路轨道精调装置、测量对中装置、测量对中标志埋设方法、墙上水准测量装置、轨道板专用钢筋定长切断机、高速铁路无砟轨道板绝缘热缩套管专用热缩机、高速铁路无砟轨道板绝缘热缩套管专用穿管机等

9项科技创新成果，并已申报国家发明和实用专利，形成了一整套无砟轨道科技创新体系。其中具有自主知识产权的"高速铁路板式无砟轨道精调系统研究"和"高速铁路 CRTS II 型轨道板生产创新技术研究"二项科研成果顺利通过由工程院院士宁津生等组成的专家组评审，评审结果认为"总体技术位居一流，部分成果领先世界"。习仲伟荣获京沪高速铁路十大科技创新人物。

人才之剑——彰显英雄本色

在十五局京沪高铁项目部所辖工区，可以看到人均年龄 25 岁的项目部。这只是习仲伟打造人才方阵的一个缩影。上场京沪高铁后，习仲伟已经提拔了 11 个处级以上干部。"看到他们一个个成才，确实比较欣慰。"同时，习仲伟又不忘忠告这些年轻人，"有些想法，永远只在脑子里环绕，那是幻想，只有付诸行动时，才是理想。"习仲伟希望自己所"铸"的每一把"剑"都能锋利出鞘，展示作为。

不仅是打造卓越的管理层队伍，也要打造新型员工队伍。不管是管理还是技术，京沪高铁的修建从多方面给中铁十五局集团京沪项目部带来了挑战，在对施工人员的综合素质要求方面也和以往大不相同。为此，铁道部提出采用"架子队"管理模式。架子队，也是京沪高铁"标准化管理"体系中"人员配备标准化"一个重要的方面。十五局京沪高铁项目部不仅从全国各地招募农民工，还从当地招募了许多劳务队伍，"仅磨盘张梁场，现有员工 1400 多人，其中有 500 多人来自当地的劳务队伍。"习仲伟分析说，"在这种情形下，施工企业对于员工的管理是否到位，可以说是直接关系到工程的质量，同样也直接决定着项目部能否培养出新型的产业工人。"

上场之后，项目部就认真按照京沪公司上场人员 100% 培训的要求，制定了"强化培训，严格考试，持证上岗"的强制性规定，采用"走出去"、"请进来"、"沉下去"的方式，积极开展各种方式、各种层次的培训。项目部结合劳动竞赛，积极开展"钢筋工技术大比武"、"测量工技能竞赛"等群众性岗位练兵活动，激发职工学技术、比本领的积极性。着力擦亮"职工业校"这个品牌，在各工区组建了 10 个职工业校，对一线农民工进行轮训，为一线施工源源不断输送技能人才。聘请社会知名专家、集团公司专家到项目部对各工区骨干人员进行安全、质量、试验等技术和业务能力培训。通过教育培训和岗位技能比赛，使全体参建人员在认识上得到重视，专业上得到提高，充分领会高速铁路的管理要求、技术要领和质量目标，满足了岗位工作需求。"一年多来，施工人员参加各类培训 1 万多人次，全员培训、持证上岗率 100%。"有 20 多名农民工在钢筋工等各类技术比武中脱颖而出，成为不同岗位的操作能手和技术骨干。"在农民工管理中，项目部坚持不搞内外有别和双重标准，对外部劳务与内部职工实行'教育培训统一、住宿条件统一、就餐标准统一、工资发放统一、用工管理统

一、评先奖励统一、组织生活统一'。"习仲伟说，"通过这'七个统一'，农民工队伍的凝聚力、荣誉感，都得到了极大的提升。"

梦想之剑——镌刻华彩人生

使命光荣，责任无限。这是京沪公司董事长蔡庆华勉励京沪高铁全体参建员工的一句话。习仲伟牢记责任使命，注重细节创新，精心组织，勇争一流。伴随着京沪高速铁路先导段联调联试成功，十五局成了新闻媒体的聚焦点，各级领导和社会各界纷纷给予好评，各级新闻媒体纷纷宣传报道习仲伟的先进事迹。2010年9月，习仲伟被中国铁建股份公司推荐参加为期2个多月的中央党校地厅级干部进修班，在毕业典礼上受到了国家副主席、中央党校校长习近平的亲切接见。美国"探索·发现"栏目组、中央电视台"焦点访谈"、"新闻频道"、《当代工人》摄制组、中国铁路建设成就集中采访团等中央主流媒体相继对习仲伟本人作了重点采访报道，《工人日报》、《人民铁道》、《中国铁道建筑报》等各类媒体对习仲伟的事迹作了浓墨重彩的报道。

"情系高铁缘，奋战三载半。铁兵雄风，彰显淮海大地间。牢记使命信念，高标准讲科学，迎和谐号上线"。这是2010年12月3日和谐号动车组在十五局铺设的枣庄至蚌埠先导段创下时速486.1公里世界运营铁路试验最高速度时，习仲伟在疾驰的列车上即兴写下的《水调歌头·赞京沪高铁》中的一段。

三年京沪奋战史，习仲伟用忠诚与责任、诚信与人品在京沪高铁铸造了十五局的辉煌丰碑，也书写出他人生历程中的浓重一笔。

京沪高铁建设的"开路先锋"

——记中铁六局京沪高铁二标一工区主任、全国"五一劳动奖章"获得者王朝义

范勤学

王朝义

他管辖的京沪高铁土建二标一工区,将钻孔桩设备开进南皮县施工现场,实现率先开工;南皮和东光两个制梁场成为全线最先制梁单位之一;2008年10月9日南皮制梁场架设900吨箱梁成为京沪高铁京徐段的首架单位;2009年9月20日在全线率先完成桥梁墩身工程。因工作突出,先后获得业主26张绿色奖励通知单。他率领的团队成为京沪高铁建设大军中的先锋团队,他也成为京沪高铁建设者中名副其实的"开路先锋"。他就是中铁六局副总经理、京沪高铁土建二标一工区主任王朝义。

王朝义从事铁路建设工作30多年来,先后参与了大秦二期铁路、京九铁路、秦沈客专、合宁铁路、北京南站改造和京津城际轨道交通等重点工程建设,由他负责的管段工程全部安全优质,共获得2项鲁班奖、3项中国土木工程詹天佑奖、1项英国皇家建筑学会国际大奖、3项国家优质工程银质奖、7项省

部级优质工程和 2 个铁道部火车头奖杯。在京沪高铁建设中,因工作成绩突出,被授予全国"五一劳动奖章"。

中铁六局承担河北省沧州市管辖内的京沪高速铁路土建二标一工区施工任务,沧德特大桥 DK238+470 ~ DK285+903 段 42.5 公里的全部施工任务。主要工程数量有:桥梁钻孔桩 10624 根,桥墩 1306 个;箱梁制、运、架 1296 孔;现浇非标简支梁 3 孔;跨 104 国道 45+70+70+70+45 米连续梁一联;Ⅱ型轨道板预制 82.8 双线公里轨道板约 25576 块;Ⅱ型轨道板铺装 42.5 双线公里等任务。

京沪高铁工程工期紧、质量要求严、技术标准高、科技含量高。中铁六局把京沪高铁工程当作"天"字号工程对待,授重任于施工管理经验丰富的王朝义,带领北京铁建公司、太原铁建公司、丰桥公司和铺架分公司的精兵强将,在京沪高铁展开一场顽强的攻坚战。作为工程建设的主帅,王朝义深感责任重大。"施工现场是动态管理,现场如战场,千变万化,我们的现场管理人员必须时刻盯紧现场,解决问题在现场,吃住在现场,我们的指挥官必须对现场了如指掌。"他经常对大家这样讲。

京沪高速铁路进场施工,就是一场"攻克滩头阵地"的战役,全线各路英雄豪杰摩拳擦掌、登台亮相,谁能够最先拿下征地拆迁,谁就把战斗的主动权掌握在自己的手中。到京沪工地之后,指挥长王朝义感到担子的沉重。

首批开工点距京沪高速公路南皮出口不足 1 千米,跨河北省 302 公路,公路两侧地势平坦,除有树木外,全部是耕地,如何变成我们摇旗呐喊、战鼓齐鸣的战场?当时王朝义意识到了这两个特殊情况,立即开会研究、分析,调整工作部署,围绕南皮县 1.2 公里首开工点,一方面主动出击与南皮、东光县政府、发改委、国土、林业、水务、交通等县局及相关乡(镇)协调征地拆迁工作,另一方面走村串户,想方设法把沟通协调工作做到老百姓家的"饭桌上、炕头前、心坎里"。通过积极斡旋,得到市、县、镇三级领导的支持和理解,为率先开工奠定了良好的基础。南皮县政府迅速组建了以国土局、发改委、公安局、公路局等部门组成的支铁办,与我局两次召开协调动员会,限定时间、分口负责、责任到人全面展开工作。对集团公司首开的 1.2 公里工点划出线界、标定位置并对梁场、运架基地、施工便道、混凝土搅拌站位置进行确定。而且在工作人员连续紧盯下,于 2008 年 1 月 27 日由地方政府、施工方、监理一同签定了协议书,1 月 29 日对 S302 省道两边的树木进行了砍伐,对四个入口的施工便道进行了前期施工修建。通过不懈的努力,于 2008 年 1 月 31 日,中铁六局在全线率先将钻孔桩施工机械开进首批开工点现场,全线率先租到临时用地近 200 亩,成为 2008 年 3 月全线第一个完成地上全部附着物清点造册,实现先期开工点、混凝土拌合站和梁场最先开工建设的单位。

针对工程的新特点、新难点，王朝义多次组织召开动员会、分析会和交底会，合理组织人力、物力、机械。每天早上七点半风雨无阻，他都要组织工区全体召开半个小时的交班会，对前一天 24 小时的施工现场情况进行一一分析总结，对当日 24 小时的工作进行统一部署和认真细致的安排。白天盯点跑工地，熟悉地理环境，了解风土人情。晚上回到工区驻地研讨分析分多少个工点，上多少人员，用多少机械设备，制定出详尽的方案，甚至经常夜里又赶往工地计算验证核实。

"王总办公室的灯在夜里十二点之前都是亮着的，不解决谋划好手头的事情，他从来不休息。高血压老毛病犯了，只能靠几种药物同时吃下解决，高血压最怕喝酒，然而为了解决好征地拆迁，营造良好的施工环境，不胜酒力的他也只能入乡随俗与当地村官一道：宁伤身体，不伤感情；感冒高烧，喉咙肿得像桃子一样，裹着大衣冷得发颤，照旧给大家开会布置施工安排；即使是打着点滴，接到施工现场来的电话，不顾医务人员劝说，拔下针头就直奔工地。"殊不知，他坚信一条人生格言：工作上眼睛比耳朵更重要。在施工现场的各个关键工点，总能看见他忙碌的身影。他还经常深入外协队伍食堂，察看农民工饭菜质量，与外协队伍员工沟通交流。"王总工作上严厉，惹急了开始骂人，但我们跟他干活心里踏实，因为施工方案好，效率高出活儿，从来没有出现过返工浪费，而且总是走一步看十步，真服了啊！"大家都这样说。

每周一的早上五点钟王朝义就起程，从沧州赶到济南，参加业主八点半组织的视频交班会，中午十二点多会议结束，他又立即返回工地检查指导，下午两点半继续向大家传达会议精神，并一同布置需要具体落实的各项工作。吃饭向来很简单，都是在马路边地摊填饱肚子，早上一碗粥，中午一碗面，为的是把更多的时间和精力用到施工管理上。

在王朝义的带领下，2009 年 5 月 11 日东光轨道板场率先在京沪土建二、三标开始毛坯板试制，建场速度快，质量可控、板顶面混凝土表面光滑，细节处理到位，成为全线样板工程，受到京沪高铁指挥部的高度好评，并在中铁六局东光轨道板场专门举办中国铁路Ⅱ型轨道板预制现场经验交流会，推广板场的先进经验，多家施工单位前来观摩学习。

在京沪高铁建设中，王朝义率领者他的科技攻关团队完成了多项技术革新和发明创造。在轨道板生产中，积极探索钢筋绝缘处理的技术难题，成功实现了采用热塑套管工艺代替涂层钢筋工艺。多项发明创造因简便有效又节约成本被广泛推广。在京沪高铁轨道板预制初期，由于超细水泥的价格昂贵导致生产成本居高不下。能否用国产普通水泥代替超细水泥？他带领技术人员向科研单位、建材院的专家们请教，反复试验，在胶凝材料中掺入特殊材料，达到既能提高早期强度，又能提高混凝土耐久性要求，使水泥成本降低了近 2/3。这种特殊的普通水泥在京沪高铁、津秦客专无砟轨道板生产中得到广泛推广应用。

创新无止境。虽然使用复合掺合料使成本降下一大截，但从总体造价看，混凝土成本还是比较高。王朝义和他的团队又开始了新的攻关。他们利用普通硅酸盐水泥和普通掺合料替代超细水泥和复合掺合料进行大批量混凝土配合比试验，确定了最优条件设计配比，研制出了名副其实的"绿色高性能混凝土"。新的混凝土配合比，早期强度高，和易性、保坍性良好，无泌水现象，性能良好。此项创新将混凝土掺合料的成本从每吨2800元降至约每吨300元，仅在六局管辖的京沪高铁、津秦客专工程中就创造效益3000余万元。此项创新在全长1318公里的京沪高铁轨道板生产中得到全面推广，能带来多大的经济效益可想而知。

在京沪高铁东光轨道板场建场时，王朝义带领他的团队在充分参考借鉴京津城际建场经验，结合场地特点对既有生产线布局反复推敲，潜心琢磨，打破"德国模式"的局限，对传统的轨道板生产线进行了改进和优化，由传统的"Z"字形布置改为"凹"形布置，变三跨厂房为两跨，使耕地占用面积由原来的120亩减少到102亩，不仅节约了土地使用面积，而且使生产布局更趋合理，工艺流水更加顺畅，提高了设备使用效率和工作效率。还将生产线台座流水作业改成了工序流水作业。工序流水作业保证了12小时内能完成3个台座的施工任务，相比台座流水作业节省了一半时间，也大大减少了人工费用投入。

在施工生产中，王朝义一直高度重视科技创新工作，以科技创新优化工程质量，对32米大跨度900吨箱梁预制施工技术及工艺进行重点攻关，攻克了高性能混凝土耐久性、配合比、入模温度、梁体芯部升温限制控制等诸多难题，将原材料质量、钢模型打磨质量、钢筋骨架成型质量、混凝土拌合质量及混凝土灌注质量作为控制关键，编制各类工艺、工序内控标准，确保预制梁质量。在他的带领下，东光轨道板场不但优化了建厂方案迅速率先建成投产，还优化了轨道板打磨工艺，提高了打磨效率，对普通水泥加掺合料代替超细水泥进行科技攻关取得成功，每块轨道板降低成本700元。其中7项创新成果填补了我国轨道板技术空白；1项发明创造获国家实用创新型专利；开创了新技术新工艺40多项，实现重大技术攻关10余项。

王朝义在京沪高铁建设中用言行诠释着"锐意进取，铸就辉煌"的人生价值。他视企业生存发展为己任，在本职岗位上孜孜以求；他视事业追求为生命，在工作上永不知疲倦劳累；他视人生价值为执着奉献,在平凡中铸就企业辉煌。2009年王朝义被中华全国铁路总工会授予"火车头奖章"。如今，王朝义忙碌的身影不但经常出现在京沪高铁工地上，还奔波于京石客专、津秦客专工程建设的施工一线，他一如既往地用那些被他赋予了生命的气息的钢筋混凝土铸造自己的辉煌人生！

架设七彩虹桥的领头人

——记京沪高铁上海虹桥站建设指挥部副指挥长、全国"五一劳动奖章"获得者陈东杰

唐国雄

陈东杰

虹桥站工程。

40岁出头的陈东杰，拥有上海同济大学的博士学位和教授级高级工程师技术职称。参加工作20多年来，始终保持极高的热情，奋战在工程建设的前沿阵地。担任过上海南站工程指挥部总工程师、常务副指挥长兼总工程师，上海虹桥站副指挥长兼总工程师、指挥长，上海枢纽指挥部指挥长等职务。"既有扎实的理论基础，又有丰富的实践经验"，是对其最简单也是最全面的评价。

2005年5月14日，铁道部、上海市联合签署《铁道部、上海市人民政府关于加快上海铁路建设有关问题的会议纪要》，决定建设京沪高速铁路上海虹桥站。2007年3月，为建设京沪高速铁路上海虹桥站，上海铁路局成立了专门项目管理机构，即上海虹桥站工程建设指挥部，陈东杰以副指挥长兼总工程师的身份从上海南站工程转战

"要把上海虹桥站建成一流的高铁车站，必须精雕细琢，决不容许留下一点瑕疵。"陈东杰讲得最多的是这句话，做得更多的是这件事。为实现把虹桥站打造成百年不朽精品工程目标，他做出了不懈的努力。

上海虹桥站是我国一次建成、线路最长、标准最高、运营速度最快的的京沪高速铁路的终到始发站，同上海地区其他客站一起构成全国四大铁路客运枢纽之一。同时，又与航空、城际轨道、城市轨道和地面交通等其它多种交通方式一起构成功能齐全的现代化综合交通枢纽。这对上海以及整个长三角地区的经济快速发展具有重要的促进作用。将铁路客站与机场新航站楼以及众多其他交通方式一起作为综合交通中心和枢纽建设，人们形象的称之为"架设七彩虹桥，畅通世界之路"，这在中国和世界交通发展史上具有里程碑的意义。

上海虹桥站不仅是京沪高速铁路的控制性工程，也是地区标志性工程。站房主体及综合场工程要在上海世博会期间投入使用，建设时间不到 2 年。虹桥站工程集空间结构、节能环保、环境控制等多项技术于一体，科技含量远远领先于一般客站，其工程量之大、工期之紧、工作协调难度及施工复杂程度都是前所未有的。这对建设者来说无疑是严峻的考验，对工程的顺利实施也带来了巨大的挑战。同时，对大量技术和管理问题的研究与解决，直接决定着工程的快慢、优劣甚至成败。

陈东杰深知上海虹桥站工程建设的特点和难点，明白肩负责任重大。"科学研究、技术创新，正视现实、攻坚克难是唯一的出路"，他带领团队一头扎进了各种方案和数据中，奔走于高等院校、科研机构和工地现场间。在自己刻苦钻研的同时，他主动"借脑"，从其母校同济大学寻求技术力量的支持，积极开展科学研究、技术攻关和工程质量创优活动。为确保上海虹桥站建设具有可靠的科学依据，他组织对上海虹桥站的特大型软土深基坑、风洞试验、超长大跨度钢结构、房屋盖抗震性能、钢结构抗火、消防性能化评估、钢结构节点试验、主站房钢结构吊装、屋面太阳能、地热能等十项关键技术进行试验及仿真研究。倡导并推行"通过合理的技术方案确保施工质量和施工安全"的理念，深入现场解决实际问题，先后实现了 30 多项技术创新成果，成功解决了一批制约性的难题。当一项项科技成果取得之时，虹桥站站房建设正日新月异、拔地而起，一整套"铁路大型客站建设关键技术"也逐步形成。陈东杰"对重大工程技术问题的研究思路、分析模式、试验方法，对我们今后解决类似重大工程技术问题也有十分宝贵的借鉴意义"，一位资深专家如此评价。

根据上海虹桥站工程的特点和施工难点，陈东杰借鉴上海南站工程的成功经验，坚持以科学研究为依托、技术攻关为先导、优化施组为手段，敢为人先，大胆探索，协调参建单位挑战施工极限，攻克了一批重大技术难关。

上海虹桥站的基坑面积约 16 万平方米，最深开挖近 30 米，是上海虹桥综合交通枢纽工程整个基坑的重要部分，也是情况最复杂、难度最罕见的部分。陈东杰组织专家反复研究和论证，经过多次比选和优化方案，最终确定基坑开挖采用"二级放坡＋重力式挡墙＋地连墙＋内支撑的多体系联合支护"的施工技术，地下三层采取了"基坑合并、整体开挖"的施工方式，缩短了施工工期，控制了施工风险，有效解决了在典型软土和上海市地面沉降漏斗区深基坑施工中地下水突涌、地基变形等地质灾害问题，确保了深基坑施工的进度、质量和安全，圆满完成了土方开挖施工任务。经专家鉴定，该"多梯次联合支护体系"的施工技术达到了国际领先水平。

上海虹桥站钢结构工程体量巨大，用钢量达 8.6 万余吨，约为北京奥运会"鸟巢"的 2 倍。其工况复杂、难度极高、工期极紧，钢结构吊装施工任务之艰巨、安全风险之大，在我国建筑钢结构建造史上绝无仅有。为了按时、优质、安全完成钢结构吊装施工任务,满足大空间、大跨度、大流量的施工要求，陈东杰组织施工、设计、监理单位，开展超长、超重、大跨度钢结构焊接、吊装的科学研究和专题攻关，不断优化施工方案，采用了"工厂分段制作、现场原位拼装、整体同步提升"、"八台大型行走式塔吊跨内行走、大流水结合安装"及"地面节间总拼、临时支撑稳定、高空分段安装"等施工工艺和技术，成功解决了主站房 40 米层屋面超长、超大钢桁架合拢施工等难题。同时，创造了连续数月吊装钢结构超万吨的新纪录，为虹桥站提前建成赢得了时间和争取了主动。当 2009 年 11 月 21 日上部钢结构主体最后一榀横梁就位时，随着庆祝胜利的鞭炮声响起，陈东杰悬着的心终于放下了。

上海虹桥站是一座大型钢结构建筑，设计要求在地下结构和上部结构中应用大规格的劲性结构——型钢混凝土柱和钢架组合钢结构。将钢骨混凝土结构大规模应用于动力疲劳作用的结构在国内尚属首次。在车站轨道层建设中，采用大跨度钢骨混凝土框架结构体系，能有效保证轨道结构安全、列车安全和乘客舒适性。面对劲性结构区域分布广、重量大、精度高、与土建交叉施工的施工特点，陈东杰提出进行大截面型钢梁柱等劲性结构的受力性能和施工技术应用研究，特别对土建结构的施工流程、交叉作业时间、结构加固等方面进行重点技术攻关，确保结构的整体抗震性能和防火功能。施工单位深入探讨劲性结构裂缝控制、钢框方柱灌芯混凝土施工技术，在原设计基础上进行优化完善，最终确定采用"原材料控制—制模—扎筋—浇捣混凝土"的施工流程，在地下结构部分制作灌芯柱 417 根、劲性梁 700 余根；上部结构制作灌芯柱 156 根。使整体结构具有承载力高、延性好、刚度大、截面小、防火强、防震性能好等特点，满足了大跨度建筑及轨道层高速铁路的需求。

陈东杰坚持"低碳、节能、环保"的理念，在虹桥站工程中，积极推广新技术、新材料、新工艺应用，使工程的科技含量明显得到提升。

上海虹桥站候车大厅屋顶采用大面积玻璃天窗自然采光，玻璃天窗面积达 12280 平方米。为达到自然、通透的效果，陈东杰多次深入现场，召开专题会，现场制作实体样板段，并邀请铁道部领导、专家现场指导，最终确定采用超白彩釉中空玻璃采光天窗。同时为避免夏季阳光直射，在天窗顶部采用了大型自动遮阳帘，可遥控遮阳帘的开启和关闭，既满足了超大空间内部白天不用开灯的采光要求，又避免了阳光直射，达到了节能、环保的效果。

为建设"资源节约型、环境友好型"工程，支持绿色低碳、节能环保铁路建设，陈东杰积极推动虹桥站利用建筑物屋面设置太阳能板，建设并网太阳能光伏发电系统。总投资 16058 万元、装机容量 6688 千瓦的虹桥站太阳能并网电站，为目前全球最大的单体建筑光伏发电一体化项目，预计年发电 630 万度、减排二氧化碳 6600 多吨、节约标准煤 2254 吨。它的建成，标志着铁路客站的光伏发电首次开始了大型化、商业化的应用。同时，对于优化上海市能源结构，减少温室气体排放，发展低碳经济，促进太阳能开发利用，加快绿色铁路建设具有十分重要的示范意义。

自 2009 年 1 月担任虹桥站指挥长以来，陈东杰运筹帷幄、精心指挥，指挥部创新管理，参建单位精心组织，上万员工齐心协力，经过 23 个月的拼搏，虹桥站由宏伟蓝图变成了世人叹服的建筑杰作。

根据京沪高速铁路和上海虹桥综合交通枢纽工程的要求，早在上海虹桥站工程开工之初，陈东杰就结合虹桥站工程建设的实际，在调查研究的基础上，创造性地提出了"围绕项目特点、聚焦施工重点、破解工作难点、构筑施工亮点"的基本思路；组织施工单位实施"区域化创优、网格化监管、标准化推进、人性化体现"相结合的组合式管理模式，形成了"样板引路、过程控制、动态管理"的管理手段，运用了"空间换时间"、"立体思维换平面思维"、"交叉作业换平行作业"等施工方法，成功地攻克了各种难关，确保了 2010 年 7 月 1 日虹桥站主站房、综合场与沪宁城际高铁同步投入运营和 10 月 26 日高速场与沪杭高铁同步投入运营目标的实现，履行了虹桥站在世博会期间投入运营的庄严承诺，再一次生动演绎了这届世博会的主题："城市，让生活更美好"。其中，指挥部建设管理的"核心、统领、协调"作用和施工单位"总承包、总集成、总集聚"的管理水平都得到了充分的体现。上海虹桥站工程获得上海市"白玉兰奖"荣誉称号，虹桥站作为全国铁路建设工程质量暨标准化管理现场会的观摩工程，受到上级领导和同行的充分肯定。同时，也赢得了来自国内外参观者的一致赞扬。

2009 年 6 月，为适应大规模现代化铁路建设管理的需要，上海铁路局对所属建设项目管理机构进行整合，陈东杰担任新成立的上海铁路枢纽工程建设指挥部指挥长，负责京沪高铁上海虹桥站、2010 年上海世博会中国铁路馆、上海动车段、客专综合维修基地、客专上海调度所、和谐型大功率机车检修基地等 10 余个项目的建设管理工作。"积极适应，努力探索，实现 1+2

＞3 的管理效果"，在首次全体大会上，陈东杰提出了加强多项目管理的原则和目标。并要求各部门在结合实际、统筹协调和服务现场、解决问题、全面推进上下功夫，全面完成各项建设和管理任务，为东部铁路率先现代化目标的实现作出新的贡献。

陈东杰以"高标准起步、高质量建设、高效率推进"为标尺，以打造"安全工程、精品工程、廉政工程"为己任，以建设一流工程为目标，表现出强烈的使命感、责任心和奉献精神。在施工现场了解情况、指导工作，在会议室研究方案、解决问题，在办公室批阅文件、查阅资料，在上下班车上打盹接力，没有休息日、白天黑夜连轴转，就是他这几年工作和生活的规律。陈东杰十分注重队伍建设，坚持两手抓，一方面结合工程实际，带领指挥部技术人员积极推进科学研究、科技创新和质量创优活动；另一方面积极开展人才培养工作，完善培养机制，创新培养形式，采取"请进来、送出去、自己办"等方法，落实"十百千"人才培育任务，通过重大工程实践，指挥部整体素质得到了明显的提高，一支懂技术、会管理，能适应大规模现代化铁路建设的建设管理团队逐步形成。

近年来，陈东杰主持或参与了多项科技攻关，在重大工程建设技术研究与实践方面起到关键作用，特别是在特大型铁路站房建设方面成绩突出。先后获省部级科技成果 3 项，出版专著 5 部，发表专业论文 25 篇，所主持的工程建设项目获省部级奖项 6 项。他还荣获全国全国"五一劳动奖章"、上海市"五一劳动奖章"和"火车头奖章"，并荣获"上海市青年科技英才"、"铁道部铁路专业技术学科带头人"、"铁道部青年科技拔尖人才"等称号。上海铁路枢纽工程建设指挥部获得了上海市"五一劳动奖状"、"工人先锋号"和"火车头奖杯"等荣誉称号。

建功无酒也豪情

——记中交集团京沪高铁项目常务副总经理、全国"五一劳动奖章"获得者王建

崔增玉

王 建

参建过京九铁路、秦沈客专等重点工程，为中国铁路挥洒二十余年的汗水和激情。

2003年，时任中铁一局副总经理的他调入铁道部高速铁路有限责任公司筹备组任副组长，参与筹划中国高铁宏伟蓝图。

时光流转。2008年开始，他带领中交集团麾下十个工程局抽调的精兵强将，在华东大地上为京沪高铁建设奏响强音。

"壮美河山绘胜景，锦绣江南舞巨龙。王者立志在京沪，建功无酒也豪情。"一位同事送给他的小诗，巧妙地将他的名字藏头于后两句。

他就是中交隧道局工程有限公司党委书记、中交京沪高铁项目常务副总经理王建。

"淮海战役"的指挥官

作为中国交通工程建设的国家队，从2006年开始，中交集团顺应时势，全力搏击铁路建设市场大潮，先后参建合武铁路、太中银铁

路和哈大客专，而哈大客专更被喻为中交集团进军铁路市场的"辽沈战役"。

"全力打赢铁路建设市场的'淮海战役'。"2008年1月8日，在中交集团召开的京沪高铁动员誓师大会上，与会者目标高度一致，目光齐刷刷地落在了王建率领的项目团队身上。

在代表世界先进水平的京沪高铁建设中一展身手。王建说，他不仅感受到了肩上的分量和责任，更感受到了心中的激荡和豪情。

兵贵神速。好的开始是成功的一半。2008年2月4日，距春节还有四天，王建组织召开全标段动员大会，议题是"放弃春节休假，全力抢抓开工"，并明确"3月初首批工点开工，3月底完成临建，4月份全面开工，5月份规模生产"的阶段目标。时值南方暴雪冰冻期间，他率领中交建设者放弃春节休假，战严寒，斗冰雪，一个月完成了47个驻地、11个试验室和28座拌合站的建设，率先实现雪中开工，并以点带面，在征迁任务最重、协调难度最大的华东地区迅速打开施工局面，在全线扮演了"领跑者"的角色。

相对于指挥官，王建更愿意把自己比作乐队指挥。"指挥是门艺术，要在京沪高铁建设中奏出和谐华美乐章，要靠制度，更要靠文化"。采访过程中，一部规范严密、内容丰富的制度汇编给笔者留下了深刻印象，凝结着这个团队的经验和智慧。作为"老铁路"，王建十分注重文化建设，从战略发展和品牌建设的高度出发，遵循铁路建设规律，有效融合铁路文化与中交文化，找到了路外企业融入铁路建设的切入点，得到了参建十个工程局的高度认可，形成了"一盘棋，齐步走"的格局。

"不能各自为战，打乱仗"，王建清醒地认识到，集团作战优势在于资源共享、互助互补。在实现管理、技术和经验共享的同时，他重点抓任务调整和资源调配：线下工程施工中，有效调配拌合设备和各类资源，实现了工程局间的优势互补；对制架梁任务进行三次大的调整，对T梁预制架设任务重新分配，充分发挥既有设备作用和专业施工优势；对无砟轨道施工资源设备统一组织调配，将一至四工区无砟轨道专用仪器设备调到五至八工区，先保沪宁城际和并行段，再统一调整到一至四工区，最大限度的发挥了集团资源优势。

"中交在京沪高铁展现了集团军的风采"，建设单位给予了他们中肯的评价。

破解难题的实干家

"困难大时决心大，难题多时办法多，办法总比困难多"，对中交建设者而言，这绝不仅仅是口号。

中交集团同时承建的京沪高铁六标和沪宁城际七标两线并行50多公里，一些到过现场的专家这样描述："其征地拆迁工作量之大建设项目中罕见，其路网河网电网之密布建设项目中罕见，其特殊结构数量之多密度之大建设项目中罕见，其跨越既有线施工数量之多难度之大建设项目中罕见，其施工组织协调难度之大建设项目中罕见。"

思路决定出路，王建说。2008 年，他提出以制架梁为主线组织施工，制定 50 亿元的年度产值目标，"开局之年首战告捷，大获全胜"。2009 年，他及时调整思路，上半年重点抓特殊结构，下半年重点抓体系转换，实现了攻坚之年全胜。2010 年，提出"以无砟轨道施工为主线，重点抓并行段施工"思路，轨道铺设按期展开。

要在沪宁城际 2010 年 7 月 1 日开通时建成京沪高铁并行段，如何破解由此衍生的昆山南站、"铁三角"等施工难题，以王建为首的项目团队展现了勇气，更展现了智慧。

昆山南站为两条铁路共用车站，规模为其它高架站的两倍，而现浇梁有效施工期仅 4 个半月，时间进度和空间组织面临极限挑战，受到了各级领导的高度关注。为优质安全高效地建设好昆山南站，在王建的带领下，中交建设者顾全大局，强力加大投入，从优化施组、细化方案入手，加快工序转换，缩短施工时间，施工过程中加强协调，降低干扰，坚持科学组织，合理调配资源，2009 年 12 月 31 日，302 孔现浇梁按期完成，得到了建设单位的高度肯定。

"铁三角"是京沪高速铁路正线和上、下行联络线，沪宁城际铁路正线和虹桥上、下行联络线六条在建铁路线，与既有线黄封和沪宁铁路交叉口处相交，所形成的狭小三角区域，共有 9 座连续梁同时建设。一些到过现场的领导和专家纷纷表示，其跨越铁路次数之多、桥梁密度之大、施工场地之小、安全风险之高、组织难度之大，在全国铁路建设项目中史无前例。2009 年 8 月 7 日，为进一步保障既有线施工安全，加快"铁三角"施工进度，王建主持召开推进会，成立"铁三角"施工督导组，常驻现场，督导施工生产和安全管理。2009 年 10 月 31 日，"铁三角"连续梁桥群合龙祝捷大会隆重召开。"你们不仅善于公路施工，更善于铁路施工。"建设单位给予了中交集团高度评价。

勇于创新的开拓者

战略上藐视，战术上重视。"要实现京沪高速铁路的高标准和高速度，关键是要打破常规，创新思维和创新方法，以此推动技术创新和管理创新。"着眼于提升企业核心竞争力，王建率领他的团队走出了一条创新之路。

136 处跨河跨路特殊结构桥梁，约占全线总量的三分之一，其中 12 座为跨径百米左右的拱桥。能否拿下这场攻坚战，关系到 32 米标准箱梁能否按期架完，关系到无砟轨道和铺轨工程能否按期开始，直接制约总工期。综合考虑进度、安全、质量等因素，在王建的主持下，六标段倒排工期，科学计算，灵活运用支架现浇法和挂篮悬浇法来进行连续梁梁部施工，灵活运用先拱后梁法和先梁后拱法来进行拱桥施工，改进大跨度系杆拱先拱后梁拱助提升施工技术，青阳港桥由五段提升改为整体提升，节省了时间，提高了效率。同时优化架桥机过系杆拱架梁施工方案，保证了工期节点。

京沪高铁六标段七跨阳澄湖，全长 5.9 公里，不只是工期和质量方面有压力，最重要的是要保证苏州水源地和大闸蟹养殖区水质不受污染，原设计施工方案为围堰栈桥施工，这种开放式的施工环保压力非常大。王建和他的团队创造性地采用"双排桩筑坝围堰法"，将水上施工改为陆地施工，工作面相对封闭，达到工期、质量、环保"三赢"的效果，该项技术被评为 2008 年度京沪高速铁路技术创新成果奖。

六标段共有跨既有线门式墩 7 座，原设计为混凝土梁，工期和安全风险非常高，经方案比选，王建提出将混凝土梁现场浇注改为钢箱梁整体吊装，有效降低了风险，并在国内首次使用千吨级吊车在既有线上施工，2009 年 10 月顺利完成 7 座 207 吨钢箱梁吊装任务。

高速铁路施工，无砟轨道核心技术的创新和突破尤为关键。在苏州指挥部指挥长徐海锋的倡导下，在王建的主持下，六标段成立技术攻关小组，在苏州板场组织 CRTS Ⅱ 型板预制的技术创新和工艺改进，实现了按期突破。苏州和浦东板场在全线 16 个板场综合评比中一直位列前三名，此项技术被评为 2009 年度京沪高速铁路技术创新成果一等奖。

情涌长桥

——记中铁二局京沪高铁项目部常务副经理、全国"五一劳动奖章"获得者邹杰

张 路

邹 杰

"京沪高速铁路项目即将上马,公司准备派你担任项目常务副经理,负责京沪高铁沧(州)德(州)特大桥施工生产和管理工作……"

2008 年 1 月,春节前夕,刚从京津城际客专线回来的邹杰,接到公司领导打来的电话。两年了,在京津城际干了整整两年的他,没有回过两次家。心中的负疚感让他时常责备自己,没有尽到一个丈夫和父亲的责任。然而,当面对京沪这样一条具有里程碑意义的铁路时,他需要作出一个选择。

作为目前国内投资规模最大、技术含量最高的一项工程,京沪高速铁路是我国第一条具有世界先进水平的高速铁路。中铁二局在这条铁路建设中的表现如何,将会影响今后在高速铁路领域的经营前景。谁能堪此重任?

从事铁路施工技术和管理工作近 20 年的邹杰,在广深、秦沈、朔黄、京津等铁路建设中

立下汗马功劳，积累了丰富经验，无疑是一个合适的人选。

十年磨剑，只为今朝。参建京沪高铁，是荣誉，是使命，更是挑战。面对公司领导的一片重托，他还是选择背起行囊。没等得及和妻女共度除夕，邹杰又一次踏上了征途。但他不会想到的是，这次离开家的时间将会更久。

追求卓越　化平凡为非凡

来到工地，翻开图纸，正当邹杰踌躇满志地准备在京沪大干一场的时候，项目的一些"先天不足"却让邹杰有些犯愁。

一是京沪项目中，中铁二局作为专业联合单位中标，不是牵头单位，在某些方面某些程度上会受到一些影响；二来项目难度不大，主要工程是一座40公里的长桥，对整条京沪线来说并算不上特别引人关注的重难点工程；三来中标单价低，要安全优质高效地完成项目建设的同时，还要为公司盈利绝非易事。

面对这样一个"缺点"颇多的项目，如何找到自己的定位，干出中铁二局的"亮点"成为一个时常萦绕在邹杰心中的难题。

经过对项目的客观分析和反复推敲，项目部班子提出了"不领头、要领先；没名份、有名气；份额少、样板多；标价低，管理好"的24字建设思路。正是这个"追求卓越"的思路给项目建设提出了一个明确的目标和清晰的定位。"建好京沪，为企业创造效益"从一开始就成为全体参战员工的共识。但邹杰却清楚的知道，要实现这个目标，只有通过扎扎实实地推进项目标准化管理才能实现。

在邹杰的理念中，管理并不深奥，其实就是各项制度的真正落实。只要真正把标准化管理落实到日常工作中，落实到每个工序上，为企业盈利是必然之势。

铁道部从管理制度、人员配备、过程控制、现场管理等四个环节提出相应的标准化管理办法不可谓不详尽，不可谓不完善，但一些"上有政策，下有对策"的思想阻挠了标准化管理制度优势的发挥。因此，必须打破情面，进一步从制度落实上严格把关，全面推行标准化建设。于是整章建制，完善标准化流程成为了项目部的当务之急。在邹杰的推动下，项目部围绕安全、质量、环保、合同成本、人力资源、物资设备、财务管理等施工生产的各项具体工作，独立编制了200多个管理文件。正是这些条条框框，编织成一张安全质量的大网，贯穿于整个工程施工的全过程。

京沪高铁从项目上马到正式开工，进入状态如此之快，对中铁二局来说尤其彰显了这支队伍实力之雄厚。2008年1月12号开始进场，1月底实现办公，要求3月初正式开工。从2008

年2月起，征地拆迁、铺设便道、梁场建设、项目单价测算、工地整体形象规划等工作相继展开，各项工作千头万绪。施工进展如火如荼，一时间整条京沪线上各种大型工程车辆来来往往，机械轰鸣，一派繁忙景象。

面对如此紧张的工作压力，正当别的单位开始纷纷行动的时候，中铁二局的工地上这几天却显得出奇的宁静。原来，邹杰带领着技术部门的同志们正深入现场，白天对管段全线进行全线踏勘，晚上召开各种专题会议，不断反复优化项目前期各种临时设施方案。更让人没有想到的是，邹杰从一开始便与临时便道铺设较起了真，硬是要把临时工程当成主体工程的标准来修。

中铁二局管段内的临时便道全长40余公里，每天承担着上百辆大型重载车辆往来运输物资，一旦出现断道影响车辆通行，就可能造成现场停工，给企业造成损失。因此，对于便道质量和外观，邹杰格外重视。为了在成本控制、物流组织和施工便利等各方达成一个最佳的组合，他在全线跑了不下十次。

工程部马上对便道结构设计拿出了多重方案进行比选。为了论证明白，最终选择了两种方案，并各自修建一条试验段。然后让上百吨的大型重载车辆通过进行试验，用数据说话。最终，选择其中一种更为优化的方案作为样板标段，通过指挥部认可后再在管段内全面推行。

一天，邹杰巡查到一个工区管段内的临时便道，看见他们仅仅是用少量建材和砂石进行填铺，完全没有按照样板规范来做。于是，他打电话叫来了工区负责人，查问缘由。工区负责人一时搪塞："反正是临时的，我们也是从节约项目成本考虑。况且压坏了我们再修就是。"

邹杰转过身，语重心长地对大家说："参建京沪，咱们代表的不只是一个标段，而是整个中铁二局。都说'试验先行，样板引路'，我们首先就从修建临时便道开始做起。一次性铺设到位，既展示了中铁二局的整体形象又避免了重复建设带来的浪费，这才是真正的节约成本啊。"虽然，工区表示将限期整改，但为了严明军纪，邹杰还是不留情面地开出了一张10万元的罚单。

令行禁止，才能塑造出一支冲得上、打得赢的虎狼之师。通过有序组织，中铁二局不到两个月时间迅速打通施工主干便道，为管段全面开工打开了局面。

大略巧谋　从创新到创先

中铁二局京沪项目部承建的二标二工区下设两个梁场，一个板场。而这些场址的选择犹如围棋的先手布局，序盘的好坏将影响这盘棋今后的走向。对于选址要求，最好是一要选在物资相对集中的地方，便于物料运输；二要减少拆迁工作量，降低项目成本；三要方便形象展示。对此，邹杰总是慎之又慎，多次召开专题论证会，一面广泛听取大家意见，一面走遍田间地头反复优化方案。

　　严冬的鲁中南大地北风呼啸，滴水成冰，气温已降至零下10度。在一个多月的时间里，邹杰带领着施工调查组踏着厚厚的积雪，顶着刺骨的寒风，沿线调查京沪高铁临近的乡镇、村落。在反复进行可行性研究和经济比选后，最终确定了梁场和板场的具体位置。对于德州和吴桥的两个梁场，邹杰主张考虑部分双层存梁，更比原来节约百分之十的用地。在德州梁场，由于场地所限，制架梁的数量和线下关键线路的工点发生了冲突，如果按照原有的方案实施将会造成成本的无谓浪费。于是，他积极组织编写新的变更方案，主动找上级领导沟通，最终得以优化实施。

　　同时，全线的钢筋场、拌合站、电力线等同样统一规划，统一布局，既符合京沪线的总体布局的需要，也在成本上得到了稳妥的控制。而今，气势恢宏的曲阜板场紧邻京福高速公路而建，高耸的架桥机巍然挺立，整齐的轨道板鳞次栉比，成为中铁二局向社会各界展示自身形象的示范窗口。

　　7月的德州天空湛蓝，骄阳似火。项目部院内挂有"高起点、高标准、高质量、高效率，建设一流京沪高速铁路"标语的橱窗显得格外耀眼。回眸这几年走过的高铁建设之路，邹杰感慨万千。中国高铁技术从无到有，由弱变强，正是通过引进、消化、吸收、再创新的模式才促进了技术领域的一次次飞跃。而今天，他更希望从京津城际高速铁路总结的施工经验和管理理念，在京沪线上得以改进和提升。

　　对于高铁建设来说，无砟轨道铺设、精调，高性能混凝土配合比设计以及CA砂浆灌注等无疑是关键核心技术之一。目前京沪全线采用的CRTS Ⅱ型板式无砟轨道，中铁二局在京津城际铁路中已有过成功铺设经验，但预制制造在中铁二局历史上尚属空白，而且没有任何施工经验可以借鉴。对此，邹杰积极向公司申请专项科研资金，组织技术、管理干部确立了6个课题，组织12个QC小组，开展科技攻关。对1200吨箱梁移动模架施工技术、混凝土工程抗蚀性施工技术、C55高性能混凝土温度控制技术、CRTS Ⅱ型板式轨道规模化应用技术等进行国产化研究。

　　在他的组织下，CRTS Ⅱ型无砟轨道板生产线设计技术，创造性地以"一场两线"创新外国人"一场三线"的生产模式，实现了CRTS Ⅱ型轨道板打磨生产使用全微机化管理。而曲阜板场也从全线20家板场中的B类板场一举实现跻身A类板场的跨越。

　　创新，并不一定要干出惊天动地的伟大发明，平凡工作中的"小改小革"同样是创新。对于无砟轨道建设的关键工序，邹杰创造性地提出进行工序分离，组建"小型化专业化架子队班组"。即把原来的架子队进行再细分，走向更精细化和专业化作业方式。同时加强架子队生产管理与培训、考核，使项目安全、质量、工期的自控能力进一步提高。通过对架子队管理工作不断创新，使架子队用工模式向纵深发展，成为铁道部京沪高铁建设指挥部的又一示范点，在全线推广。

　　实践出真知。邹杰组织各工区工程技术部门建立"无砟轨道施工质量问题库"。收集在无砟轨道施工过程中遇到的各种实际问题和解决方案，并及时动态更新。然后将问题库制作成幻灯片，组织各工区技术人员进行学习改进。积跬步，行千里。如今"问题库"已收列各类问题几百条之多，为今后在无砟轨道领域施工积累了宝贵的可借鉴经验。而项目部在底座板灌浆、桥面打磨的各项工艺已走在全线前列。

施工高峰期，抓生产、管协调，确保各个工序有序进行，从不打乱仗。2008年底，中铁二局京沪项目部率先完成桥梁下部工程施工，实现了安全、质量、环保零事故。辛勤付出终会得到认可，在全体员工的共同努力下，二标二工区施工的沧德特大桥段被评为济南指挥部2008年度"优质样板工程"，为项目部树誉全线打响了第一枪。

勇于担当　在奉献中成就

中铁二局项目驻地设在德州，邹杰每周一都要到相距200多公里远的济南参加早上8点30分召开的京沪全线大交班会，汇报当前工作进度。特别是到了冬天，由于害怕路面结冰导致堵车，早上4点过就得从项目部出发。有时候回到项目部已是晚上十一二点，食堂早就没饭了，他就煮一碗面应付一下肚子。有的同志看见关切地说："要不，你提前一天到济南住在宾馆，第二天开会也方便些"。但邹杰却笑呵呵地拒绝了："起得早，空气好嘛。能为企业节约一点咱们就节约一点。"寒来暑往，两年多的时间，邹杰总是坚持亲自参加，从未落下。

"对待工作，他绝对一丝不苟，而且是一个不讲情面的人，以至下面有些同志有时比较怕他。"这是项目部书记刘勇对邹杰一句客观的评价。只要有时间，邹杰一定坚持每天去工地，把每个角落都巡视一遍。因为他相信，只有深入现场才能发现问题。而对于邹杰查看工地，有些同志心里总是发怵。一个就是各工区的项目负责人，因为对于现场存在的问题，邹杰可能比他们更清楚。当遇到急需解决的问题时，他就立即召开现场办公会，现场指定相关部门人员负责解决并督促落实。另一个就是司机，有一次一位司机陪同邹杰连续几天检查工地后，晚上回到办公室累得瘫在沙发上。一边喝茶一边对身边的同事说："每天跟着邹经理沿着工地逐段巡查，别说是领导，把我都累惨了，没见过这样当领导的。"

忙而有序，赢得步步领先。2009年12月12日，京沪高铁二标二工区项目实现管段桥梁全部贯通，继续领跑全线。在2009年下半年铁道部组织的京沪全线质量信誉评价中，中铁二局作为联合体中标单位勇夺第三名。当其他兄弟单位前来参观，看见中铁二局的工地上正有条不紊的施工时，不禁疑惑的问他："到你们工地来过好几次了，发现你们并没有开展抢工期，怎么施工进度总是在全线领先呢？"

邹杰笑呵呵地只回答了一句："功夫都用在平时去了。"

暑期来临，项目部的人丁开始兴旺起来，许多家属纷纷带着孩子从四川老家过来探亲。顽皮的小孩在院子里嬉戏玩耍，家眷们则趁着晴天清洗着衣服和被单，幸福的笑容荡漾在员工们的眉角之间。

两年多的时间了，邹杰回家的日子不过 10 来天。趁着假期，妻子也带着 10 岁的女儿到工地看他。虽然每次打给家人打电话报平安，却也没告诉爱人自己在忙什么，所以妻子总是觉得他好像很清闲，这次总算可以近距离的了解丈夫的工作状态了。来到项目部，当看到每天电话不停，早出晚归的丈夫时，妻子没有话说了。在项目部待了 20 天，邹杰竟没能抽出一天时间陪母女俩逛逛街。

"算了，我们还是回去吧，免得在这里影响你工作。"爱人提出回家了。临走的时候，心里酸酸的说："周围的同事都是一家三口在一起，你却常年在外，当初就不该找你们铁路上的人。"

"嘿嘿，好啦，夫人，不是早就和你说好了嘛，这条线干完了就在家多待一段时间。"邹杰连忙苦笑着赔不是。

干一项工程，培养一批人才。京沪项目部也成为人才培养的孵化器。通过"老带新"、"师带徒"的方式，为公司锻炼出一大批青年人才。越来越多的年轻人在比、学、赶、帮、超的良好氛围中掌握了更多的高铁建设技能。

2009 年底，许多在京沪线上培育出来的青年技术骨干已开始陆续调到其他项目部担任更重要的工作。铁打的营盘流水的兵。总工程师罗朝基、副总工程师何均云、工程部副部长蔡钦好……身边的兄弟们一个个离开了邹杰。人员一天天开始减少，但工作的担子却几乎都压在了这个中年汉子的肩上。

长期的精神压力使邹杰开始大把大把的掉头发，一段时间后，在他的头皮上形成了一个不大不小的斑秃。到医院就诊，医生告诉他，这是由于精神压力过大，气血不足，得了"斑秃"。邹杰清楚医生对他的叮嘱，也知道应该怎样调理自己，但作为这个项目的"大管家"，他更清楚岗位在此，别无选择，责任与使命注定了他必须承载的重负。

大桥无言，下自成蹊。2010 年 7 月 19 日，京沪高铁全部线下工程全面完工，铺轨仪式正式举行，标志着这条世界上线路最长、标准最高的高速铁路进入一个全新的施工阶段。

就在不久前，中铁二局京沪项目部凭借安全、质量、内业资料、工程实体等方面的优异成绩，从全线 43 家局级施工单位参加的铁道部质量信用评价中脱颖而出，再次荣获第二名的佳绩。邹杰个人也光荣地成为全国"五一劳动奖章"获得者。

双喜临门，令人欣喜。此时的邹杰终于可以美美的睡上一觉了。在梦中，他和爱人、女儿还有年迈的父母欢聚一堂，一起迎接新年的钟声……

闪光的足迹

——记中铁十四局京沪高铁项目部常务副经理、全国"五一劳动奖章"获得者夏吉军

刘德联　　刘瑞江

夏吉军

2010 年 2 月 7 日，还有 6 天就是春节。夏吉军代表京沪高铁广大建设者做客中央电视台，心情无比激动，他从内心里感到这是对一线建设者的礼赞与褒奖。平日里穿着带有泥水工作服的夏吉军，今日却西装革履，格外精神。工友们在电视机前，为他鼓掌喝彩。

做完节目，夏吉军直奔京沪高铁工地。这是他第 10 个春节在工地过年……

他与病魔抗争，把工作看得同生命一样重要，再苦再累，他觉得:值!

人生因奋斗而精彩。这是夏吉军的座右铭。

2007 年，党中央、国务院作出修建京沪高铁的决定。在夏吉军看来，这是一流的高速铁路，是中国铁路建设史上的里程碑。能参加这样宏伟的工程建设，是建设者的幸运。

　　中铁十四局集团承担建设的京沪高铁第四标段，位于安徽宿州境内，管段全长47.688公里，有一个软基车站，46公里桥梁。

　　现代化的京沪高铁建设采用全新的技术，项目总工一职，是只有硬肩膀才能挑起来的重担子。集团公司领导经过反复比选，考虑到夏吉军1984年从石家庄铁道学院铁道工程专业本科毕业后，25年来长期在铁路施工一线摸爬滚打，先后参加了浙赣、包神、大秦、渝怀线等多条铁路建设，在多个铁路项目担任总工程师或副指挥长，积累了丰富的铁路施工经验和技术，又参加了武广铁路客运专线的建设，决定选用他担任十四局集团京沪高铁项目部总工程师。

　　夏吉军把建设好京沪高铁当作又一次拼搏的难得机遇。

　　兵马未动他先行。接受任务的当晚，他就多方查找资料。

　　带着一个知识分子的光荣与梦想，他来到了京沪高铁工地。

　　面对重大的责任和风险的挑战，他首先系统学习京沪高铁建设的技术知识，掌握规范施工的技术要领。在他看来，打铁先要本身硬。

　　为了审核每张图纸，夏吉军的办公室很晚还亮着灯。有一次夜深人静时，项目部副经理兼工程技术部部长王可用看到夏总办公室的灯很晚了还亮着，推门一看，只见他手揾图纸，趴在办公桌上睡着了。王可用轻轻地给他披上一件衣服，掩上门，"夏总没白没夜工作，太累了"。

　　施工紧锣密鼓展开，夏总更忙。管段灌注濉河大桥第1728号墩桩基，这是全线第一根桩。为确保万无一失，他提前来到现场，取土样看与地质是否一致，看沉渣厚度、泥渣沉淀情况、泥浆比重如何，测量孔深孔径，直到深夜12点，他与大家成功灌桩后，才同大家离开工地，身上尽是泥水。

　　桥墩施工，夏吉军爬上十多米高的墩身，一会儿钻进钢筋笼，一会儿猫着腰，一会又匍匐在模板上，拿出随身携带的卷尺，量模板尺寸、钢筋帮扎间距、垫块厚度，大汗淋淋。随同的项目部工程部长郑修利劝他：这些事就让我们工程技术人员来做吧，再说，爬上这么高的桥墩也有危险，您站在桥墩下指挥就行。夏总说：亲眼看看心里有底，心里舒服。十四局集团管段内1415个桥墩成功建成，都留下了夏吉军的身影和足迹，凝聚着他的心血和汗水。

　　2009年4、5月份，夏吉军总感到耳朵里不舒服，痒得难受，有时还有黄水。因施工实在太忙，他没空去检查。项目部党工委常务副书记梁世山知道这一情况，多次催他去医院检查。

　　夏吉军来到山东省立医院，不料检查结果是耳朵倒没大问题，他的膀胱上有4个乳状瘤，医生当即严肃提出必须立即住院治疗。

　　6月2日，夏吉军住进了山东省立医院。做过手术，他躺在病床上，一边输液，一边对守护他的爱人周银仙说：工地上正在架梁，有许多工作需要我做，我得赶紧回去。小周理解他，但责怪他要工作不要命，耐心劝他只有身体健康，才能更好工作，让他安心治疗。心系工地的夏吉军一边输液一边打电话到工地问这问那；工地来人到医院看他，他首先要问的是工地的施工进度、安全、质量；他躺在病床上似睡非睡时，嘴里念叨着制梁、架梁、技术标准……

病情稍有好转，夏吉军不顾医生的劝阻，坚决要求出院。他对爱人小周说，现场施工已进入攻坚阶段，我躺在医院里难受。他爱人知道他对工作执着的脾气，理解了他。

6月19日，办完出院手续，小周拿着医生开的大量药品和建议休息的诊断书，两眼直直地望着夏总疲惫而虚弱的身体，汪汪泪水直下。他俩结婚20多年来，夫妻一直两地分居，多大的困难她都扛过去了，这次她难以自控。从没有到夏总工地去过的她，这次一直把丈夫送到京沪高铁工地，并留下来精心照顾他。

夏吉军回到工地，谁也拦不住他，立即对47公里管区从南跑到北。来回上百公里，沿线他走走看看，一天下来，很不轻松，何况他身体虚弱正在治疗。劳累了一天的夏吉军，晚上又急不可耐的来到了办公室，阅看近期各种新的技术标准，为优化施工组织而反复思考，他要把住院的时间补回来。身体虚弱加上劳累，他累倒在办公室。项目部的同志们把他扶起来，都心痛得落泪。

2009年11月，十四局集团公司副总经理兼京沪高铁项目经理张挺军升任集团公司总经理。夏吉军提任为项目常务副经理，负责现场的全面工作，肩上的担子更重了。

为了抢时间，夏吉军每天吃着好几种药争分夺秒工作，就连每月到医院做一次检查和治疗，也是以最快的速度赶回工地。大家劝他，人不是铁砣，何况你身体有病，现场一般就不要去跑了，听听汇报指挥就行了。夏总态度坚决：不到现场，这不成了瞎指挥了吗！

大家说，夏总的工作令人敬佩，他不但对施工技术和工程质量管的相当严，抓工程进度有狠劲，对安全工作还特别认真，还特别讲究执行力，注重工作落实到位。1月11日，他在铁道部京沪高速铁路建设总指挥部参加每周一次的工程例会，总指提出，对无砟轨道铺设这一新技术先行试验。从蚌埠开会回来的路上，夏总一路奔波，一路给三工区经理李言法、总工程师陈月光打电话，让他们在现场等着，他很快赶到现场，连夜制定方案，落实京沪高铁总指要求。十四局集团京沪高铁无砟轨道先导段施工最快最好，成为全线样板，兄弟单位都来参观学习，受到总指绿牌奖励，也是总指最高奖励。无数事实映出，夏吉军抓工作踏石留印，抓铁有痕。

回顾夏吉军26年的筑路生涯，经过他审核的图纸成千上万无差错，经他攻克的施工技术难题一个接一个。他在施工中进行了大量的技术创新和改进施工工艺，创造的经济价值巨大。

十四局集团京沪高铁项目部党工委常务副书记梁世山，谈到与自己一起共事的夏吉军深有感触：夏总工作高调，做人却低调，他从不自私，淡泊名利，从不为了自己的职务和长期在一线工作找过任何领导，提过个人要求，实在难能可贵。

2010年8月，中铁十四局集团公司党委作出决定，授予夏吉军同志"爱岗敬业标兵"称号，号召广大党员干部和全体员工向他学习。

夏吉军却自慰，他说他1962年出生在胶东农村，从一个工程技术员成长为项目总工、副指挥长、局京沪高铁项目部常务副经理、集团公司副总工程师，多次被评为优秀共产党员、荣获火车头奖章等多种荣誉，哪一点进步都是党教育培养的结果，是组织的信任，员工支持的结果。我只有好好工作，报效祖国，感恩企业，才是我最高的心愿。

他对科学技术有着执着的追求，用实际行动
履行一个知识分子的职责

作为高级工程师，夏吉军对科学技术有着执着的追求。他给工程技术人员讲课中反复强调，京沪高铁采用当今世界最先进的技术建设，工艺复杂、技术含量高、标准要求严，我们一定要抱着对历史负责的高度责任感，高起点、高标准、严要求，把京沪高铁建成精品工程，不辱使命。

无砟轨道施工，精确度极高，底座板平整度误差控制在正负5毫米以内，轨道板误差控制在0.3毫米以内，是通过引进、消化、吸收、再创新，成为拥有我国自主知识产权的项目。在京沪高铁先导段——徐州至蚌埠段的试验段施工中，夏吉军夜以继日地查阅资料，吃透每项技术标准和施工要领，制定科学的施工方案，严格培训相关的管理、技术和施工人员。所做的先导试验段成为全线学习的样板，其经验做法在全线推广。

对桩基、桥墩、箱梁、悬灌梁、轨道板及软基车站施工以及轨道精调施工，夏吉军带领工程技术人员坚持施工组织到到现场、技术交底到现场、技能培训到现场、解决问题到现场。二工区浇筑淮河大桥第一个桥墩，夏吉军赶到工地，把管理、技术和作业人员集中起来，现场讲解高性能混凝土是怎么回事，怎么浇注，如何做到内实外美及施工注意事项。

皖北的夏天骄阳似火，工地热浪逼人。"夏总，回去休息吧！"大伙看着夏吉军满脸的汗水，劝他，"你放心，有什么不明白的，我们随时向你请教"。但他好像听不见一样，一边擦汗，一边讲解，一讲就是一个多小时，一直到他认为大家都明白了才离开。

在施工一线20多年技术工作生涯，养成了夏吉军一丝不苟的工作作风。他每次到工地检查，对每道工序、每个部位都检查得特别细心。一次，他在工地检查时，对安装的剪力齿槽剪力钉左看右看，发现安装位置不对劲，他立即掏出随身携带的图纸对照，结果还真有两个剪力钉的

位置安反了。于是，他当即将现场的管理和技术人员集合起来，一边讲解规范、要领，一边亲自对应图纸指导重新安装，并谆谆告诫："京沪高铁建设无小事"。

事后，施工人员汲取了教训，也总忘不了议论，夏吉军检查的剪力齿槽剪力钉有两排，一排7组，一组2个剪力钉。剪力钉的长度虽有长短，但差别甚微，在水平线上差别超不出2毫米，曲线上也超不过1厘米。这样细微的差别是很难发现的，可夏总却发现了，夏总的"火眼金睛"让人佩服，他把细节决定成败看得极重要。

先导段实验施工，夏吉军发现有一小段铺的滑动层有皱纹，平时温和的夏总却发了火：滑动层起皱，增加了摩擦力，跑火车不是闹着玩的，返工重做。

京沪高铁的桥梁，每一片重900吨，长度相当于一个篮球场，号称桥梁中的"巨无霸"。要把这样的庞然大物升空，架上十几米高的桥墩，精确就位，实在不是一件容易的事，2008年9月前，在京沪高铁施工现场，还没有一家施工单位将一片"巨无霸"架上桥墩。

谁"第一个吃螃蟹"，率先架第一片梁，谁就展示出雄厚的技术实力，赢得领跑京沪高铁架梁的殊荣，树立千金难买的企业形象。十四局集团京沪高铁项目经理部总经理张廷军有言在先，"要做就做最好的，要争就争第一"。

这实在不是一件容易的事。承担万斤重量的架桥机，组装时须在地面拼装一部分，在桥墩上拼装一部分，然后合起来才能完成，拼装程序复杂、难度极高，尤其是两台450吨T梁龙门吊的拼装，更是耗时费力，出不得一点差错，否则后果不堪设想。

更难的是，拼装这样的架桥机，至少也得两个月时间。但京沪高铁工期不等人，按照十四局集团京沪高铁项目部的工期安排，从架桥机的组装到架梁，满打满算只有一个月时间，工期的后门已关闭。

夏吉军看在眼里，急在心里，带领工程技术人员发力用先进的施组方案和技术赢得时间和组装质量，只用20天时间就将架桥机拼装完毕。9月30日，安徽宿州大店京沪高铁淮河特大桥工地上，彩旗飘飘，鞭炮齐鸣，10时18分，京沪高铁第一片900吨箱梁稳稳稳落到桥墩上，各级领导将此称为京沪高铁架梁的典范，人民日报在报眼位置，中央电视台在新闻联播中报道十四局集团京沪高铁项目部的壮举。

夏吉军经常琢磨，知识要转化为生产力，就要注重技术创新，对社会有价值。因此，他领头完成了高性能混凝土流合比改进、深厚松软土路基沉降控制、深水大跨桥梁建造技术等一项项保证质量，提高效率的工艺、技术创新。京沪高铁重点研究课题——路基处理中的灰岩填料研究，也是夏吉军带领工程技术人员完成的。

京沪高速铁路建设工期异常紧迫，技术标准异常高，更需要技术创新来提高生产效率。在靠科技与时间赛跑的过程中，夏吉军带领工程技术人员殚心竭力，自主研发出伸缩式防雨棚，解决了低温和雨水影响箱梁质量的难题，保证在雨雪天气也能正常施工，提高箱梁的生产速度；自主开发的 900 吨箱梁钢筋整体绑轧与吊装技术，单是钢筋入模一个环节，就节省了 10 至 11 个小时。

二工区在桩基施工中，需要生产 3163 个钢筋笼，这些钢筋笼有直径 1 米、1.25 米、1.5 米三种，最长的达 42 米，最短的也有 30 米长，按倒排的工期，高峰时每天至少要生产 24 个钢筋笼，并且绑轧质量标准高，钢筋的长短、疏密，以及稳固性都有严格要求，如果以传统的办法进行加工，根本不能保质保量按时完成任务。夏吉军为此心急如焚，一遍又一遍跑到二工区钢筋加工现场，与技术人员一起自主开发钢筋笼加工新工艺，并通过模具控制长短、卡具控制间距等办法，将人工加工变为半自动化生产，后来又采取电力带动螺旋、滚轧的办法，把半自动变成了自动化加工，不仅使加工的钢筋笼，无论钢筋、盘条的疏密还是稳固性，都与设计数据完全吻合，而且大大降低了操作人员的劳动强度，工效成倍提高，过去，20 名工人一天顶多只能生产 4 个钢筋笼，后来，3 名工人配合滚轧机，一天轻轻松松就能加工 7 个。这一全新的工艺，开创了施工现场自动化加工钢筋笼的先河，在京沪高铁全线推广。

既出力小，还出活快，工人们对夏吉军充满感激，二工区钢筋加工场的工人们向前来参观学习的客人介绍情况时，嘴上总挂着"我们夏总"，在他们心里，研发这项新工艺过程中，每一个部件、每一个环节，都印有夏吉军的指纹。

在先导段联调联试工作中，夏吉军知道京沪高铁高标准真正体现在轨道的精调上，为确保联调联试和综合试验成功，系统验证时速 350 公里以上运行条件下固定设施、移动装备的安全性、匹配性和适用性，他要求在精调中严格执行标准，并坚持高于标准。京沪高铁的各项技术标准非常高，精度标准堪比机械加工。在实际精调中，他要求技术人员自我加压，标准不断提高。在提高标准的同时，反复组织精调，区间线路精调 4 遍，宿州站道岔已经精调多达 8 遍。

艰辛的付出，得到了应有的回报。2010 年 12 月 3 日上午 11 时 28 分，在京沪高铁枣庄至蚌埠间的先导段联调联试和综合试验中，国产"和谐号"CRH380A 新一代高速动车组在中铁十四局集团施工的宿州东站创下最高运行时速达到 486.1 公里，再度演绎"高铁奇迹"。

他胸怀博爱，用真情实意，
体现了一名共产党员的优秀品质

夏吉军的同事及普通员工常说："夏总为人忠厚，是我们的好朋友，好兄长。"

在夏吉军的笔记里有这样一段话，常怀感激之情，常保进取之心，常存敬畏之念。

夏吉军对社会常怀感恩之心，5·12汶川大地震、西南干旱、青海玉树地震……每遇他人有难，他都慷慨解囊。安徽省宿州市嵩沟乡敬老院，在京沪高铁建设红线内，被拆迁安置后，夏吉军心里惦记他们，抽空去嘘寒问暖。天冷了，项目部送去棉衣棉被，春节期间，项目部给老人送去肉、油、米、面。老人们倍感温暖：十四局的人真好！

金融危机，在外打工的孙广丰等一大批农民工回到了安徽宿州老家，失去了经济来源。了解这一情况后，十四局集团京沪高铁项目部主动与当地政府联系，对返乡农民工进行培训，夏吉军亲自授课，待培训合格后吸收到工地干活，为他们提供了新的就业岗位。项目部通过培训，主动接纳大批返乡农民工就业的做法受到当地政府和群众的称赞，被新闻媒体广为传播，中央电视台进行了跟踪报道。

夏吉军常说，一个人浑身是铁，也打不了几根钉。干事业，得靠大家的智慧和力量。

干工程技术出身的夏吉军，讨厌同行是冤家的旧习，他在把自己的知识无私奉献给祖国建设事业的同时，不管在总工程师岗位上还是担任常务副经理，都十分关爱年青的工程技术人员，向他们传授经验和技术，助他们成长。

去年5月，三工区总工程师陈月光调到黄山项目部任经理，2003年西南交通大学毕业的三工区工程技术部长刘宗楷接任总工程师。

嫩肩挑重担，夏吉军重点帮扶。他来到三工区工地，与刘宗楷一起讨论技术问题，制定施工组织方案，一起开展技术攻关。防护墙施工，他耐心地给小刘讲授立模平等度、控制线形、垫块达到什么标准，怎样控制好钢筋保护层厚度，如何分层振捣等，三工区施工的防护墙线条顺直、外观平整光洁；无砟轨道施工是一个新课题，夏吉军手把手地教刘宗楷怎样控制底座板厚度、轨道板误差控制等无渣轨道施工技术，使小刘很快进入了角色，挑起了大梁。三工区在京沪全线率先施工的2.6公里底座板施工成为全线样板。

刘宗楷说：夏总既是好领导，更是良师益友。

四工区项目总工程师孙玉国讲起夏吉军来滔滔不绝。夏总经常勉励他，要他热爱自己的工作，从事工程技术工作大有作为。并对他手把手地教技术，助他茁壮成长。今年3月走上项目经理岗位。

工程师周可艾，是1995年毕业的大学生，负责测量工作，夏总看他人品不错，工作认真，鼓励他向党组织靠拢，争取早日入党，周可艾精神焕发，测量准确无误，上下交口称赞。

技术质量部工程师袁树成，谈到夏总敬佩不已。他这个2005毕业的工程技术人员，学的是土木工程专业。一时对铁路道岔图看不大懂，夏总给他细心讲解管段车站使用的是18号道岔，是尖轨，为什么叫18号道岔。

上施工现场，夏总多次带着他，走到哪里，就把那里存在的问题告诉他，并一五一十地教他解决办法和要点。在三工区进行无砟轨道底座板施工现场，夏总指着正在进行铺设的滑动层，讲注意事项，要到达什么标准，怎样控制过程，容易产生什么问题，怎么解决等。

无砟轨道精密度高，夏总在现场给他一道工序一道工序地进行讲解，从梁面处理平衡度、聚脲防水层、滑动层、梁端挤塑板安装、底座板施工，铺设轨道板，精调后灌浆等都讲解的很仔细，使他比较全面掌握了各施工技术和规范，工作起来得心应手。

年轻的袁树成，对夏总充满感激之情。

夏吉军不但对社会对企业常怀感恩之心，对同事情深意重，而且他深爱着自己的亲人，常常因为工作忙，没有很好尽到为人子、为人夫、为人父的责任而愧疚。

夏吉军的父亲年至古稀，患有"老寒腿"病，酸麻疼痛，久治不愈。2008年5月，到山东荣城市中医院做膝关节手术。妹妹要求大哥回去。接到妹妹的电话，夏吉军归心似箭，可当时京沪高铁开工才几个月时间，工作千头万绪，他身为项目部副经理兼总工程师，实在是离不开。没办法，夏吉军只好将对父亲的思念埋在心里，安排妻子周银仙赶到老家，代自己尽孝。

夏吉军结婚后长期两地分居，家中的事主要由周银仙一人操持，他觉得自己欠妻子的太多。他很爱他的妻子，到上海出差，在施工当地，他总忘不了给妻子买件时髦的衣服。妻子生日，他总要打电话和编写手机短信祝福，安排儿子买花送给妻子作为生日礼物，周银仙心里高兴，对他的工作给予全力支持。

自项目部开工以来，中国铁建十四局集团京沪高铁项目部先后取得了生产京沪高铁全线第一片900吨箱梁、架设京沪高铁全线第一孔桥梁、第一家通过轨道板上道验证、铺设京沪全线第一根500米长轨、在第一轮先导段联调联试中在宿州东站创下世界高铁速度纪录等多项第一。

一串串闪光的足迹，一项项辉煌的成就，夏吉军用无限忠诚，在京沪高铁建设中写下了精彩的一笔。

闪耀在京沪高铁的智慧之光

——记中铁十九局京沪高铁项目经理、全国"五一劳动奖章"获得者孙吉东

沈荣春　李桂东

孙吉东

农历兔年早春，除旧迎新的爆竹还在华北大地此起彼伏地炸响，回家过年的人们还沉浸在浓厚的甜蜜年味之中。然而此刻位于津郊的十九局集团京沪高铁工地收官之战却在紧锣密鼓地进行，最后的冲刺是为了尽善尽美、锦上添花。他们要兑现承诺，以一流的精品迎接即将到来的验交和联调联试。

"十月怀胎，一朝分娩。"站在这条用职工的心血、汗水、智慧凝成的精美的京沪高铁上，十九局集团京沪高铁项目党工委副书记姜春林心潮澎湃，感慨万千。他说，感谢集团公司领导为京沪高铁项目部挑选了一个非常优秀的"领头羊"——项目经理孙吉东。正是他娴熟地运用科学发展观这把金钥匙，带领职工打开了数不清的困难之锁，取得了辉煌的战绩，让十九局的信誉之花迎春怒放。

踌躇满志挑重担

日历翻回到 2008 年初。十九局集团中标京沪高铁一标段中位于天津市郊总长 41.97 公里的施工任务。干好一流的国家级品牌工程，既要有精兵，更要有强将。谁能担当京沪高铁项目经理重任，集团公司领导不能不慎重选贤任能，好中选优。然而具有戏剧性的一幕出现了：当集团公司领导各自报出推荐的对象时，竟然不谋而合：孙吉东。

提起孙吉东，十九局集团上上下下都知根知底。这位 1984 年毕业于石家庄铁道学院的优秀生，在十九局扎根的 20 多年里，给人的印象是精明能干，作风扎实，精通技术，是个公认的工作狂。从 1998 年在云南楚大高速公路当项目主管时起，至今已经出色完成好几个工程项目，人们称赞他是脚杆子绑大锣，走到哪响到哪。尤其是担任局宜万线 W—22 外资标项目经理时，出色的管理才能崭露无余，把占总里程百分之九十的隧道桥梁干出了一流，为局赢得了信誉。选择这样一位常胜将军担任京沪高铁项目经理，可谓是慧眼识珠，众望所归。

良材美器宜在尽用。对孙吉东来说，接到担任局京沪高铁项目经理的命令，就等于接过了一个沉甸甸的责任。尽管孙吉东没有向领导提出一个难字，但他自知肩上的担子重于泰山。"成也京沪，败也京沪。"这是局领导对他敲响的警钟。京沪高铁一战的成败直接关系到十九局集团发展的大局，举足轻重，丝毫不能掉以轻心。"选择了京沪高铁，就选择了挑战"。把困难变为机遇，建设一流的京沪高铁，为十九局增光添彩。孙吉东铿锵有力的承诺，掷地有声的保证，不是一时的头脑发热，更不是随意的拍胸脯说大话，而是以他的真才实学做基础的。他说，我们有科学发展观这把金钥匙，一定能打开京沪高铁的重重大门。人们对他担任京沪高铁项目经理的第一印象是：目标坚定，信心十足，底蕴深厚。

超前谋划抢先机

每逢大事有静气。孙吉东工作不乏热情，然而他的长处更在于热情中不乏冷静的思索。这种冷静就是面对纷扰复杂、千变万化的乱象，能按照科学发展的内涵，理清事物发展的脉络和套路，从中找出带有规律性的东西，并按照客观规律开展工作，攻坚克难。作为工程指挥员具备科学预测、前瞻观念、超前思维是必备的素质。孙吉东和项目部一班人认真分析施工形势，对重难点实行条分缕析，从中找出主要矛盾和矛盾的主要方面，确定哪些工作循序渐进，哪些工作必须超前，未雨绸缪，科学谋划。

征地拆迁被称为"天下第一难"，说它难于上青天一点也不为过，尤其在天津市区、市郊更是难上加难。征地拆迁不解决，一切计划都无从实施。眼看着队伍上场有活干不成，谁不着急上火。为了攻克拆迁难题，孙吉东挑选出公关能力较强的人员组成工作班子，带领他们殚精竭虑，费尽心血，跑断了腿，磨破了嘴，常常连饭也顾不上吃，拉下脸皮死盯紧跟，像块牛皮糖粘上了下不来，一个单位一个单位地攻，一户一户地谈。拆迁在艰难中逐步取得进展。此时，孙吉东依据以往的经验，预测肯定会有几个"钉子户"将成为拦路虎。孙吉东早做思想准备，利用一切和地方政府有关部门接触的机会，广泛宣传解决"钉子户"问题的重要性，以便引起地方有关部门的注意和重视。果不其然，时隔不久，"钉子户"的问题就暴露出来了。关键时刻，在相关部门的支持下，他亲自动手起草信件，向天津市委主要领导汇报情况，引起了市委主要领导的高度重视，及时指派相关单位和领导到"钉子户"现场办公，依法行政，采取合法有效手段，排除了"钉子户"障碍，为全管段掀起全面会战扫除了拦路虎，创造了大干快上的必备条件。在京沪公司天津指管段，十九局京沪高铁项目部先声夺人，连续夺得第一个建起实验室、第一根桩浇注、第一层梁浇注、第一榀梁架设、第一个连续梁浇注、第一家通过国家高铁箱梁生产许可证审核的佳绩。

孙吉东常把工作喻为下象棋。他说，一个好棋手，要全局在胸，高屋建瓴，避免走一步算一步式的鼠目寸光，要走一步想多步，这样才能运筹帷幄，决胜千里。队伍刚上场安家，施工还未大规模展开，对地材的所求并不显得那么紧迫。此时的孙吉东却打起了储存地材的主意。项目管区需要浇注混凝土156万立方米，仅自购的地材、外加剂等就需要360万吨。随需随购虽然能避免资金积压，但当前的形势是京沪高铁上场单位多，加之毗邻的京石高铁不久也将陆续开工，地材的需求量肯定会急增，必然会引起地材供应紧张，价格也会水涨船高，甚至会出现翻番的可能。人无远虑必有近忧。没有足够的地材储备，将会使施工陷于被动困境，临时抱佛脚就来不及了。孙吉东精辟入理地分析，未雨绸缪解决地材的远见，说得大家连连点头。抢先落实地材供应商，签好合同，变被动为主动，保证施工高潮到来时的地材需求，成为项目部的共识。孙吉东以只争朝夕的精神，迅速带领物资人员不辞辛劳，翻山越岭，驱车数百公里考察地材产地和供应商，货比三家，择优选定供应商，并用有约束力的合同条款敲死，确保所需地材质优价廉。实践证明，就在他们签好地材供应合同不久，地材价格随着京沪高铁施工高潮的到来不断上涨，而且还供不应求。而十九局集团京沪项目部地材供应的形势却"风景这边独好"。大家对孙吉东的超前决策大加赞赏，夸他这步前瞻棋收到一石数鸟之效，既保证了施工顺利进行，又节约了资金，同时优质的地材还为创造精品工程打下了坚实的物质基础。

优化方案求实效

由于多种客观原因所致，十九局集团京沪项目管区形象进度也和大多数参战单位一样严重滞后，如果不迅速改变现状，扭转滞后局面，将直接影响单位信誉，后果将十分严重。俗话说：

"兵熊熊一个，将熊熊一窝"。扭转战局需要出实招、妙招，这是在关键时刻考验指挥员素质和智慧的试金石。对此，孙吉东也有自己的见解和诠释：干好一个项目工程，需要靠项目领导和全体员工齐心协力、团结奋斗；但干不好工程项目，肯定是项目领导无能。为了扭转战局，实现又好又快的既定目标，孙吉东带领项目员工开展多种形式的劳动竞赛，实行严格的目标管理责任制，进度细化到月、旬、日，任务落实到人头，且奖罚分明。这些措施确实对扭转被动局面行之有效。但孙吉东并不满足于此，他把注意力放在创新优化施工方案上，向优化方案要速度、要质量、要安全。他说，施工方案是否科学、合理，能否创新、实现最大程度优化，这是项目实现科学发展的极其重要一环。方案缺乏科学合理性，对领导者来说就是决策失误，后果是劳民伤财，少慢差费。为了实现施工方案最大程度地优化目标，孙吉东耗费了大量的心血，他的智慧也从这里突显出来。

项目部员工都熟悉，孙吉东随身揣着一个小本子，上面密密麻麻地记载着每一个分项目工程的各种数据，包括人文、地理环境等。他审慎地思考着原设计施工的每一个方案，能否优化？是整体优化还是局部优化？如果要优化从哪些方面优化？化繁为简，化难为易，化费为省，化慢为快，就是他思考创新优化方案的出发点和落脚点。独流减河特大桥全长900米，原设计为水中作业，这种方案施工期长，特别是遇到雨季河水上涨，又会给施工增添许多不确定的因素。夜深人静时，孙吉东依然拿着小本子苦苦思索，有了眉目，又把工程技术的行家里手找来集思广益，一个优化方案诞生了：变水中作业为旱地作业，利用枯水季节，集中力量打歼灭战，突击桩基和桥墩，尽量缩短施工时间，避开雨季。不过这种优化方案实施的前提是必须取得地方水利部门的支持和配合。而孙吉东早就提前和地方水利部门打过招呼。在地方水利部门的参与和配合下，他们只用了一个枯水季节，900米的大桥桥墩就耸立在独流减河上。

优化施工方案需要大智慧。优化方案过程是知识、智慧、经验、能力的综合体现。天津西站和京沪高铁的联络线，原设计所需128片提梁为外购。这里抛开外购提梁价格不菲不说，单说提梁运输需要修建单独运输便道就令人头痛。自建便道，缺陷是工期长、代价大。要革除缺陷，就要改外购为自制。但要自制就要建梁厂，建梁厂还要租地，这又是一个令人头痛的事。这也不行，那也不行，难道没有一个两全其美的办法吗？有！关键时刻，孙吉东脑子灵光一闪，一个更科学合理的方案跳出来：联络线上有6号梁场，是专门设计生产箱梁的。如果把6号梁场稍加扩建改造，加速箱梁生产进度。待箱梁生产完毕，马上投入提梁生产。这个"金点子"一出，阴霾散去，大家喜笑颜开，拍手叫好。

尝到甜头的孙吉东把优化施工方案作为劳动竞赛的重要内容，注重充分开发全员的脑力资源，发挥职工的聪明才智，让创新优化方案之花竞相开放。上下同欲者胜。据统计，项目部先后共优化100多个施工方案，大大加快了施工进度，提高了效率，节约了资金。施工方案的科学、优化，又为创造一流的工程质量，确保安全无事故奠定了牢固的基础，有效化解了企业的风险，为十九局集团信誉加分。在铁道部和京沪高铁公司组织的综合评比中，十九局集团在全线参战的33家单位中名列第四。在京沪高铁公司天津指挥部历次组织的检查评比中，十九局一直名列前茅。

人格魅力促和谐

项目要实现科学发展，创造以人为本的和谐局面是必不可少的条件。孙吉东正确处理科学发展和创造和谐的关系，在创造和谐中促进项目的科学发展。

创造项目的和谐，孙吉东把握三条：

一是情倾职工。在孙吉东的心中，员工的份量最重，时刻不忘把温暖送到职工的心坎上。项目部一丝不苟地落实集团公司企业文化建设和标准化工地的建设的要求，职工宿舍实现公寓化，保证职工顿顿吃上热饭菜，每天洗上热水澡，每周安排会餐，为每个职工生日摆生日宴。职工下班玩有娱乐室，读书有图书室，体育活动有场地。孙吉东对编内职工关怀备至，对待农民工兄弟也一视同仁。项目部把农民工纳入内部管理，统一生活区标准，取消大通铺，配发军用被服和生活用品，宿舍安装电风扇，办起大食堂。农民工的工资按时足额发放，有力地维护了农民工的合法权益。农民工感叹地说：在十九局京沪项目部，我们过上了有尊严的生活，感受到了家的温暖。

二是平等待人，尊重员工的人格和尊严。在孙吉东的骨子里，从没有把人分出三六九等的等级观念。他认为，项目部从经理到农民工人格是一样的、平等的，只有分工不同，责任不同，没有贵贱之分。正是从这点出发，孙吉东和项目部的上上下下关系都相处得十分融洽，密不可分。他说话从不会居高临下，也不会以势压人，更不会得理不饶人。即使是运用批评的武器时，也讲究批评的艺术和艺术的批评。在项目部，挨过孙吉东批评的不止一个两个，但被他板起面孔猛训猛批的还真没有一个。他对批评对象总是采用柔声说理，在润物无声中让被批评者诚恳接受，心服口服，知错即改。大家对孙吉东柔和式的批评办法给予了极高的评价，认为这是他的一种品质与风格，是一种修养，既不失原则，又充满着人文关怀和对犯了错误人员的人格尊重。在十九局京沪高铁项目部职工有个共同感受：在孙吉东手下工作，心情特别舒畅，再苦再累也心甘如饴。

三是用自己的人格魅力影响职工。俗话说，榜样的力量是无穷的。2009年8月，工地上正在掀起热火朝天的大干高潮，孙吉东更是忙得不可开交。恰在这时，80高龄的父亲在老家因病住进了医院。老人思儿心切，不断催促打电话让孙吉东回去。孙吉东也是牵挂得不得了，何尝不想一步就赶回家看望父亲，照顾父亲，以尽孝道。但工地上工作千头万绪，实在是离不开。他只好含泪打电话让在辽阳的妻子请假赶回老家代己尽孝。事有凑巧，此时，项目部也有个职工的父亲在老家因病住进了医院。这名职工本想请假，但听到孙吉东父亲病重不回家，依然坚守岗位的情况后，也就没有好意思提出请假的要求。谁知，这事让孙吉东知道了，他为这名职工批好假，又让财务提前给他开了工资，怕他回家钱不够花，又特批让财务借了一些钱给他，还派专车把他送到火车站。人心都是肉长的。这事不仅让这名职工感动，回家没几天就匆忙赶回工地参加大战，而且让其他职工也深受感动，工作起来更加卖力。

孙吉东有个一以贯之遵守的原则：不让家庭私事影响自己的工作。去年6月，他儿子大学毕业，儿子的许多同学都相继签了就业合同，但儿子的工作一直没有着落。妻子忧心如焚，白天打电话怕影响他的工作，就在夜深人静时打电话给他，千求万求让他无论如何抽空回去帮儿子活动活动。孙吉东还是那句话：工地太忙没时间，等有空了再说。可对项目部职工来说，只要遇有难事找到孙吉东，他帮助解决可热心了。他常对职工讲："你们有什么难事，需要我帮忙的，尽管说，好歹我比你们认识的人多，解决起来也比你们要容易些。"

孙吉东一心扑在工作上的事数也数不清。跟他在一起工作过的同志掰着手指说，孙吉东当项目主管13年，有12个春节是在工地上度过的。质量技术部部长孙亮说："孙总为京沪高铁，真是把心都操碎了，在京沪高铁项目三年，是他苍老最快的三年。"孙吉东高尚的人格魅力像磁铁一样吸引着周围的人，感染着项目部每一个职工。项目部一班人也都像孙吉东一样，兢兢业业，努力拼搏，乐于奉献，项目部呈现一派和谐气氛。

大局意识增后劲

古人云："不谋全局者，不足以谋一役。"孙吉东深谙此理。上场之初，孙吉东就在思考着：一个项目再大也有完工的时候，但企业的生存和发展是长远的，企业的社会责任是永恒的。企业要实现科学发展，可持续发展，作为项目经理就不能只在项目部的小圈里打转转，而要为企业长远发展谋篇布局，多为企业发展添后劲，带出一支像《亮剑》中李云龙说的嗷嗷叫的队伍。

心中有企业，脑中有谋略。孙吉东从认真落实质量、安全、工期、效益、环境保护和科技创新入手，全力推行管理制度的标准化、人员配备标准化、现场管理标准化、过程控制标准化，走出一条项目部坚持标准化管理的新路子。项目事事有标准，项项有规章，检查、监督、落实三者联动。他们能在京沪高铁创造出令人惊叹的精品，应该归功于他们丝毫不走样地执行质量标准化管理的结果。在上千天施工中，实现安全生产无事故，不能不说是他们坚持落实安全规章、实行安全标准化管理的结果。

京沪高铁采用当今世界最先进的技术，施工需要大量的技术专用人才。然而项目部却严重短缺，偌大的工地，技术人员使用起来捉襟见肘。有着大局意识的孙吉东立足眼睛向内，着力培养新人。为早出人才、快出人才。他们采取"速成"办法，开办夜校，外请高级技术人员讲课；项目选点，实验先行，样板引路，以现场做课堂，现炒现卖，既教技术，也教方法，更教标准；外出观摩学习，孙吉东凭着"千里眼"、"顺风耳"，一旦打听到兄弟单位哪个工程干得好，哪项技术有突破，马上带人去参观学习，不耻下问。没用多长时间，大跨度悬灌梁施工、等高度截面道岔连续梁群、毫米级无砟轨道结构控制等高级施工技术所需要人才脱颖而出，满足了施工对技术人才的需求。他们的成功做法引起了京沪公司天津指挥部的重视，两次在管段召开现场观摩会，推广了他们的做法和经验。集团公司也把京沪高铁项目当做人才的培养基地，工程还在进行中，局就从他们项目陆续调出数十名技术骨干去支援其他项目。

孙吉东的大局意识还突出表现在重视履行企业的社会责任上。随着工程进入尾声，大临用地按照合同要求必须复耕。但认真复耕和不认真复耕结果是不一样的。十九局京沪高铁项目部把复耕当作保护环境的重要工作，下大力气、花真功夫。七号梁场是京沪高铁全线第二大梁场，在其租用的258亩土地中，其中原来只有很少一部分是可耕地，其余皆是坟地、荒滩和林地。孙吉东说，不管土地原来是什么样子，我们都要坚持高标准，把这258亩土地全部变成良田。为了实现高标准复耕，他们在建梁场时就把上层熟土储存起来，以备复耕之用；为了实现高标准复耕，他们主动请地方国土部门监督；为了实现高标准复耕，他们把18米深的桩基全部拔出来，不留隐患；为了实现高标准复耕，他们在复耕的土地上建起了排涝排碱系统，保证旱涝保收。十九局七号梁场高标准复耕之举不亚于在京沪高铁放了一颗卫星，成为京沪全线环保的一大亮点，成为企业履行社会责任的一个典范。京沪公司组织全线在这里召开现场观摩会，参观人员络绎不绝。天津市国土局、环保局都十分推崇十九局的做法，称赞他们不愧是一支有强烈社会责任感的"国家队"。中央电视台为此作了专题报道。

独有一支红，秋晚花才放。十九局集团京沪高铁项目部在孙吉东的带领下，成为一支特别能战斗队的队伍。项目部先后被中华全国铁路总工会授予"火车头奖章"，被中国铁建授予建功立业劳动竞赛先进集体。孙吉东也被铁道部评为京沪高铁建功立业劳动竞赛先进个人，更为可喜的是，他获得了全国总工会授予的"五一劳动奖章"殊荣。

高铁的脊梁

——记铁四院京沪高铁建设指挥部常务副指挥长、全国"五一劳动奖章"获得者王长法

李再良

王长法

如果有人问：什么是京沪高速铁路的脊梁？大多数人会回答：是用现代高科技手段和钢筋混凝土建成的桥梁、隧道和站房。但全国"五一劳动奖章"获得者、铁四院京沪高速铁路建设指挥部常务副指挥长王长法的回答却新颖而别致：京沪高铁的脊梁，是千千万万辛勤的铁路建设者！

——题记

2010年12月13日，国务院副总理张德江带领国务院有关部委和沿线7省市领导乘坐专列，对京沪高速铁路全线进行了实地检查。刚刚获得全国"五一劳动奖章"的铁四院京沪高速铁路建设指挥部常务副指挥长王长法，作为京沪高铁建设的杰出代表，在枣庄西站受到了张德江副总理的亲切接见。那一刻，他心潮澎拜，往事历历在目，道路艰辛而漫长……

（一）

出身于农村寒门的王长法，毕业于中国地质大学水文系，从小就立志于献身祖国的铁路事业。1987年8月，他投身于铁四院，一干就是二十余载，岁月的风雨沧桑使他更加成熟，多个岗位的历练使他的心胸更加宽广。

说起王长法与京沪高铁的不解之缘，始于1994年7月18日的京沪高速铁路勘察大会战，当时铁四院的勘测范围是从徐州至上海，他担任徐州地区地路专业册负责人。他清楚地知道，"设计时速300公里，基础按350公里的时速储备"，意味着勘察设计质量重于泰山，于是，三个多月的工期，他白天蹲守现场调查研究，晚上在内业组通宵加班。他还清楚地记得，时任铁四院副院长的郑健亲自给青年突击队授旗，而他正是突击队中的一员。从这一刻起，他的心中就有一个梦想，此心只向高铁悬。

此后，铁四院分别于1998年、2003年、2006年投入京沪勘察大会战，而关于京沪高速铁路的科学研究与设计从未间断，倾注了四院几代科技人员的心血。王长法由于工作岗位的变动，致使他远离了京沪高铁勘察设计的一线战场，经历了长达15年的等待。可是他的心中始终有一个不灭的火种，那就是在等待一个合适的机会，再圆京沪高铁梦。

（二）

光阴似箭，一晃15年过去了。然而，机会只眷顾时刻有准备的人。

2008年，当举世瞩目的京沪高速铁路上马的消息传来，他明白此生再也不能错过最后一次为京沪建功的机会了。幸运的是不久后铁四院领导就找他谈话，委任他为常务副指挥长。他兴奋地挥挥手，高声应喏，高兴得像个小孩。

可是当他兴高采烈地回到家，见到妻子和儿子时，立刻又陷入了矛盾之中。因为此刻儿子刚上高一，正是需要悉心辅导的时刻，他怎能忍心不管不顾？父亲1998年去世，老母亲跟二哥在河南遂平农村，爱人在武汉中百集团上班，怎么办？他鼓足勇气找爱人商量，在挨骂了N次后，爱人最终妥协了，同意为照顾孩子上学办理了内退。

2008年2月17日宣布任命，18日一大早王长法就乘车赶往现场。这一天是他爱人的生日，望着他离去的背影，他的爱人欲言又止，泪眼朦胧。

（三）

一到现场，放开了手脚的他准备放手一搏，大干一场。

王长法多谋善断，做事讲究谋而后动。诚然，指挥部的工作千头万绪，作为长驻现场的常务副指挥长，好比是一个总导演，要善抓大事，巧弹钢琴，汇集各方力量，攥成一个拳头。王长法认为指挥部管理的精髓就是以人为本，充分发挥团队的力量。

为快速建点，他和先期到达工地的人员跑遍了南京、蚌埠、苏州的大街，迅速为铁四院南京总指挥部，蚌埠、苏州分指挥部选好了驻址，随后徐州、蚌埠、定远、南京、镇江、苏州6个工地设计组相继组建（上海工地设计组由铁四院上海分院代管），构成了铁四院京沪高速铁路建设领导小组、建设指挥部及总体组"三位一体"的组织机构。

为做好京沪高速铁路配合施工工作，把京沪高铁打造成一流的高速铁路，王长法组织制定了《京沪高速铁路指挥部行政和技术管理文件》和《现场配合施工标准化工作手册》，围绕建设质量精品工程、技术创新工程、环境友好工程、资源节约工程、社会和谐工程的京沪高速铁路这个总目标，从组织机构、质量体系、工程建设标准、环境体系、现场巡检、地质核查、变更设计、工作例会和信息通报、考核评比等方面作出了详细规定，明确以"面向现场、服务施工、积极主动、协调把关"为基本要求。

在他和指挥部班子成员的领导下，标准化管理贯穿于配合施工全过程，其中有三大亮点令人耳目一新：一是制作了300份精美的"诚信服务卡"，上面印制相关专业技术人员的姓名和联系电话，主动发放到建设、施工、监理、咨询单位和地方政府，为及时解决现场出现的技术问题提供了有效途径，受到参建各方的一致好评。另外指挥部全体人员还制作了工作牌，上面印制了单位名称、个人相片、专业等相关信息，有利于现场识别和查找。二是推行配合施工标准化记录本，要求专业册负责人、设计组长每月至少巡检2次，配施人员对现场巡检发现的问题要详细记录，及时汇报，认真解决。三是规范配施人员签字权，避免发生不必要的纠纷。经过业主、京沪高速铁路公司安质部、铁道部质量监督总站数次检查，结果都令检查方相当满意，并充分肯定了三大亮点。

搞好内外协调，是他工作的另一重心。王长法对协调内外关系的理解是，按照"六位（设计、施工、监理、咨询、业主、地方）一体"的要求，设计院要起穿针引线的作用，要做强有力的支撑。

京沪高速铁路徐州到上海段，地处经济发达地区，河网交错，道路纵横，地上和地下管线密布，可谓"天罗地网"，跨越等级以上公路、地铁295处，通航河流51条，施工单位办理施工许可工作量很大。在外部协调工作中，他和四院的设计师们始终坚持国家利益最大化、适当兼顾地方利益的基本原则，配合建设单位多次与地方沟通协商，完成了大量的施工协调工作，同时积极配合沿线各建设指挥部、施工单位同安徽省、江苏省、上海市电力、通信、市政部门就电力、通信、水管道及油气管道的迁改或防护方案进行谈判，取得了较好的效果。

然而，由于勘察设计周期长，随着地方的发展变化及人事变动，各方对某一问题的理解不一，甚至相互产生误会的事情也时有发生。他和指挥部全体人员不急不燥，耐心解释说明，有时据理力争，尽力消除误会，维护了四院整体形象。在他的努力下，铁四院京沪高速铁路建设指挥部同铁道部京沪总指挥部、沿线各建设指挥部和施工单位关系密切，和谐友好。

（四）

只要身在现场，他就像上紧了发条的钟表，一刻也不停息。

王长法性格豪爽，关键时刻敢于亮剑。他常自诩为"猛张飞"，做事有一股一竿子插到底的精神。开工第一年，设计供图是压倒一切的大事，加之技术标准发生重大变化，全线有砟改无砟、轨道板由Ⅰ型改Ⅱ型后，对设计和施工带来了很大影响，但四年建成的总工期目标不变。为此，他一股脑地扎进去，及时跟踪设计进度和施工单位工程进展情况，积极组织开展地质补勘和变更设计工作。据不完全统计，2008 年四院共有 400 余人参与京沪高铁的勘测设计，全线共完成地质补勘 3239 孔 /135789 米，完成 CFG 桩、水塘路基、桥梁施工等优化设计 193 项，管段范围的施工图完成率达 98%。

当笔者向他详细问起地质补勘工作时，他介绍说，铁四院设计范围拆迁工作量巨大，特别是南京枢纽有大量的民房、厂矿和坟墓拆迁。为早日出图，指挥部在进点之后将全线补勘的工点进行梳理统计，并加强与施工单位的信息沟通，随时掌握征地拆迁进展情况，对一般工程和控制性工程，分清轻重缓急，适时跟进，见缝插针、灵活机动地安排钻机进点钻探。如南京枢纽范围内的宁丹路，为双向八车道，因线路跨越宁丹路，需要地质补勘资料，他全程参与了补勘协调工作，曾连续三个晚上在工地上度过了不眠之夜。

2009 年是京沪高速铁路建设的攻坚年，在京沪公司组织的安全质量大检查、大反思活动中，他带领总体组成员先后三次对徐沪段路基工程主要风险源、路基边坡防护和排水系统进行全面排查，清理出路堑石方爆破工点等 6 大类共 94 处风险源，梳理路基边坡防护和排水系统存在的问题 230 多个，以工作联系单的方式提出处理措施，并分发到各参建单位，指导施工单位科学施工。他回忆说，当时全线排查工点一步一步走下来时用时 10 天。检查结束后，指挥部立即布置并落实责任到人，限期完成，并将处理结果以红头文件上报京沪公司，得到了京沪公司的表杨。

现场技术服务是设计产品交付后的最后一个环节。为保证施工顺利进行，王长法大力推进施工现场的技术交底和设计回访工作，为施工单位提供全方位的技术支持。据统计，开工以来现场指挥部针对路基、桥梁、轨道、建筑、结构、四电等专业实际情况，共组织大型的技术交底 80 余次；由院总工程师、副总工程师和总体组成员组成专家组每半年进行 1 次现场设计回访，通过现场办公的形式集中澄清和解决参建单位反映的问题。在施工过程中，根据不同季节提出施工中安全、质量和环境保护注意事项，如主动协助施工单位审查施工安全方案，并提出合理化建议；配合施工单位做好环境保护工作，如阳澄湖施工方案由"栈桥"改为"两侧围堰"，保证了阳澄湖的零污染。近三年来，累计发放工作联系单 1240 份，有效保证了工程的质量、进度和安全。

依托工程，不断强化科技创新，是铁四院孜孜不倦的追求。王长法敏锐地认识到这是一次体现大院综合实力的机遇。参加 CRTS Ⅱ型无砟轨道后浇带、特殊端刺科研的有西南交大、铁四院、铁科院等单位，在实施过程中，他积极协调，为中国高速铁路第一个具有自主知识产权的端刺专利项目多方奔走，并竭力做好服务工作，自始至终坚守在现场。

（五）

性格决定态度。领导和同事们都说，他是个急性子、工作狂。

王长法工作拼命，从不顾惜自己身体。因为他深知，人的一生，决战决胜的机会往往只有一次。从正式步入铁四院京沪指挥部的那天起，他就选择了默默坚持。

2007 年，他的腰椎间盘突出症开始发作。一般来说，他每个月有 20 多天颠簸在徐沪段 642 公里的施工便道上，难怪同事们说，他办公的地方在车上；他的家人说，他的家在路上。可一旦腰椎疾病袭来，他便疼得不能弯腰，坐在车上必须紧抓扶手，腰上绑着腰带，豆大的汗珠从脸上涔涔而下。同事们劝他住院治疗，他一口拒绝，自己买来理疗机，夜晚的时候独自一人做理疗。以前是运动健将的他，现在不得不放弃所有的体育锻炼。病痛，成为他生活中不能承受之重。

2008 年冬的一天，寒风刺骨，王长法陪同上级领导到土建四标淮河特大桥工地上检查，因为之前几日患了重感冒，大风一吹，他越发经受不住，人坐在车上脸发黑、身发抖，但他仍然咬牙坚守。看完现场回到南京驻地快 21 时了，同事一看他脸色不对劲，连忙问今天怎么搞成这样子，要不要上医院？他无力地摇摇头说没事，休息一下就好。第二天 7 时，同事去探病情，喊了半天没人应，打开门看人不见了，马上给他打电话，他说不忍心叫醒大家，已在医院打上吊针了。

2010 年是京沪高铁的整体推进年，工程建设从线下工程转到线上工程，特别是蚌埠先导段的联调联试工作关系全局。这一年他更忙了，忙得连春节都是在工地上度过的。他给我讲过这样一个故事：2010 年正月初一晚上从工地上赶回武汉，正月初三又要往工地上赶，由于时间紧急没买到座位票，他和桥梁专册许三平一起从武汉站着到合肥，到合肥已是夜里 11 点多，再乘单位的汽车到蚌埠，凌晨 1 点半才到住地，又冷又饿他们找了临街的一家小酒馆，举杯一片唏嘘。

　　采访快结束时，站在南京南站施工现场，望着沸腾的工地，王长法动情地说，三年来感受最深的一件事，就是看到高高的吊架、闪烁的焊光、巍峨的桥群和日渐成形的线路及车站，每每看到这些透着力量之美、壮观之美的建筑，在为之惊叹，为之震憾的同时，心中莫名就会升起一股成就感。而这些在原来是多么的不可想象，南京南原本是个超级大坟场，有几十万座坟墓，现在却成了南京市开发的热点地区之一。

　　"不留缺憾，多赢赞叹"，是王长法重复次数最多的话语，也是他人生的追求。在奋战京沪高铁的日日夜夜中，他同千千万万辛勤的铁路建设者一起，托起了京沪高铁的脊梁。

管理创新篇

勇攀高峰建高铁
追求一流铸辉煌
——中铁一局京沪高铁二标无砟轨道先导段施工纪实

陈元普

广茂无垠的齐鲁平原物产丰饶，人杰地灵。京沪高铁横贯而过，为这方有着深厚的历史文化底蕴的沃土增添了新的亮点，使之与泰山并驾齐驱。中铁一局集团承建169公里京沪高铁的主战场就摆在了这里。禹城市因先祖大禹治水而得名，中铁一局京沪项目经理部便在这里运筹帷幄，决胜千里京沪，展开了一场高速铁路的科技攻坚战。

两年来中铁一局京沪高铁项目部在万余名参建员工不怕困难，奋勇争先，发扬一局"诚信创新，永争一流"的企业精神，以"精细高效，唯实唯美"的企业作风，发扬"勇攀高峰，争创一流"的京沪精神，在京沪高铁的会战中创造出一个又一个佳绩，攻克一关又一关难题，夺得一次又一次第一，争得一茬又一茬荣誉，诸如全线首家完成征地拆迁，第一家架完全部箱梁，黄河大桥的提前拼装完工，建功立业先进集体等等；如今又第一家完成无砟轨道先导段施工，这为京沪高铁的早日建成迈出了更为坚实的一步。

周密谋划

2009年12月某日晚，京沪高铁项目经理部二楼会议室，由中铁一局副总经理兼京沪高铁项目经理郭民龙同志主持的"关于无砟轨道先导段施工动员会"的会议正在进行，来参加的各个工区主要负责人都明显的感觉到了压力，烟雾弥漫的会议室一阵沉闷，空气紧张得让人流汗。

"就这么定了，无砟轨道先导段施工放在七工区！"郭民龙的话铿锵有力、掷地有声，有力地撞击着每一个人的心扉。

"但相应承担无砟轨道施工任务的四、六、九工区也同时进行，几个工区都开始施工，我们来一场对手劳动竞赛，看谁干得好，谁先干出来！"郭民龙的话让会场的气氛开始有些缓和，参加会议的工区经理们开始各抒己见的谈论目前的实际问题和一些不好解决的困难，说得最多的还是目前寒冷的低温天气和冬季施工的防寒措施和手段。

七工区的经理孙宇说，"这场仗关键是要攻克温度给工程带来的不利因素，这样我们才有可能夺得全面胜利"。还有的说到时间对我们也不利，春节临近，要做好参建人员的思想工作，稳定情绪等。其他的工区经理也说出了自己的担心和疑问，更多的是提出了许多可行性建议。大家一致认为，在严寒的冬季进行无砟轨道施工，这在国内外都没有先例。但是如果我们现在不干，工期就要拖延半年。为了确保工期，没有条件创造条件也要上！

把先导段放在七工区郭总是经过慎重考虑的。七工区在京沪的佳绩有目共睹，更重要的是七工区的孙宇有着沉稳干练的胆识，有着敏锐的眼光和丰富的经验，不但骁勇善战，还心细如发，执行力犹如利剑，锋利快捷，不留一丝的拖泥带水。还有七工区的地势优势以及人和之利，这都为七工区赢得了至关重要的筹码，也是郭总下定决心的原因。

那次会议决定了冬季施工大干，决定了在桥面上搭设保暖大棚，决定了相互间展开劳动竞赛，拉开了冬季施工的序幕。

积极筹备

会议精神第二天就在中铁一局整个京沪管段迅速开始落实。进入京沪高铁的两年时间里，他们已经习惯了速度的冲击，习惯了高标准的执行，习惯了不折不扣地贯彻实施。

七工区在第一时间采购防寒用的棉被、篷布、煤炭、电暖风扇、电热毯、发电机、煤炉等各种物品，并迅速地在桥面上开始搭建彩钢保暖大棚，还和临沂的一个帐篷生产厂家联合研制出桥面专用的防寒保暖棉棚。智慧总是在不经意间就创造奇迹。为了让保温大棚坚固耐用，方便桥面施工的移动，七工区在活动房的下面安装上了轮子，设置了滑行跑道，使活动房真的动了起来，可以自由前后滑行。

为了早日打开先导段的施工局面，七工区总工曹广亲自在桥面现场操作放线，将每一处控制点都清楚明晰的标出来。天气也和我们开起了玩笑，凛冽的北风在桥面上呼啸，人在没有任何附着物可遮风挡雨的桥面上施工作业，硬生生的要顶十几个小时，这是常人无法忍受也无法做到的。CP Ⅲ网点、GPR测试点、聚脲防水的施工线、底座板的位置线都必须提前标示出来，下一步工序才能展开进行。工程部长同珂个子小，每次背着装测量仪器的大箱子让人看上去极不协调，都担心他瘦弱的身体扛不住。同珂的确是被冻感冒了，操作时左一把鼻涕，右一声咳嗽的指挥着塔尺忽左忽右的摆动，声音嘶哑了，他就打手势。还有新来的见习生，完全将自己融入到了工地；

工区常务副经理王宏泽更忙。每天安排调配人员，要求作业的架子队组织好人员，落实技术人员的施工交底情况，安排钢筋的绑扎和制作，方方面面都要他筹划。还要安排技术员给操作人员进行有关的技术知识培训。现在架子队的作业人员多数都是农民工，对高铁的要求和规范一无所知，而且施工操作时质量意识普遍比较淡薄，只是一股劲地抢进度，所以现场给他们上技术课非常必要。就是这样反复强调多次，还有失误出现，加大了管控的难度。现场的管理人员更是马不停蹄的来回穿梭，严格掌控每一个工序的细节。

迅速展开

先期的 12 座保暖大棚立起来了，白墙蓝顶的漂亮外表遂成为京沪高铁线上的一道亮丽的风景。火炉燃起来了，彻夜通明。正赶上了强降温天气，我们的大棚里温暖如春，和外面的寒冷形成了鲜明的对比。尽管这样，可是梁面温度仍然难以满足聚脲施工的温度要求，这让七工区的管理者们头疼不已。在发动群众，广泛征求意见的基础上，经过好几次现场论证，决定在梁体内安放 4 至 6 台煤炉，堵住梁侧的通气口，实行梁体内加温。智慧的抉择突破了底层温度的豁口，问题迎刃而解。

聚脲防水是目前世界上最先进的防水施工技术，它经过基底处理、底涂、涂层施工、粘合层施工等四道工序，所用材料无环境污染，具有耐磨、耐老化、防腐蚀等特点；和传统工艺相比，聚脲施工的耐老化性能最好，能达到 30 年不坏，比一般防水施工高出将近 10 年，但唯一的缺点是在施工时会释放有毒的含苯气体。

原本就有含毒气体散发的聚脲防水施工作业，现在放在保温大棚里操作，危险系数大大增加，尤其是对温度的要求更为严格。为了搞好施作人员的安全防护，工区特别为操作人员购置了防毒面具，还配备了医用的专业氧气袋等防护用品，同时加大现场的施工技术管控力度，尤其是对聚脲的喷涂作业时，要求有两人同时在场，安质部现场安排人员盯守，直至一个工序完成；为了保持施工后的场地清洁，工区还专门购买了吸尘器、毛巾等，保证工作面纤尘不染。

为了将两布一膜（两层土工布一层聚乙烯膜）平整无褶皱地铺在聚脲防水层上，工区更是煞费苦心。京沪高速铁路是我国的第一条高速铁路，开天辟地的头一遭，所有的工序和施工过程都没有任何参照物可以借鉴，也没有作业标准，所有的工序和规范都是我们自己在摸索中总结出来的。我们专门根据设计数据制作了铺膜车，在使用过程中不断地加以改进，使操作和设备越来越得心应手，质量也越来越好，满足了高速铁路的施工质量要求。施工作业的架子队更是积极地反馈使用过程中的一些问题和改进意见，使全管段迅速形成大干快上的良好态势。

高潮迭起

2009 年 12 月 28 日，一个难忘而又激动人心的一天。这天我们在京沪高铁施工的第一跨底座板顺利完成了。这是一个良好的开端，也预示着明年"决战决胜年"的全面展开。

当青灰色的混凝土缓缓地流淌进桔红色的模板里，喘着粗气，冒着气泡，作业人员的振捣声音由刺耳变得悦耳，所有这一切，都昭示着春天不再遥远。

孙宇这位骁勇善战、雄心勃勃的七工区经理早就暗暗下定了决心，他为自己确定的目标，不仅仅是夺得京沪高铁一局管段的第一，而是要拿下整个京沪高铁一千三百余公里的第一。明确的目标产生无穷的动力，发挥出惊人的潜力。七工区各项工序都稳步地向前推进着。可孙宇总对聚脲防水施工不满意，尽管所有的试验数据都符合相关的高铁技术要求和标准，他总是觉得我们还可做的更好些。为此他连续在 4 个晚上召集工区各部门负责人、技术骨干和作业班组人员开会研讨。当他听说四工区施工质量获得了上级相关部门的好评时，他立即带上工区的班子成员、现场管理人员、操作人员去四工区"取经"，虚心向他们学习，向他们请教聚脲防水施工应注意的细节，并现场请教作业人员，完完全全就像一个学生向老师讨教的态度。回来以后，和聚脲防水作业人员一道又进行现场试验摸索，大大地提高了防水施工质量。在此基础上，他又适时结合集团公司京沪高铁二标段项目部开展的"大干 45 天，确保无砟轨道先导段底座板完工"的活动，提出了"大干 30 天，开创无砟轨道底座板施工先锋线"的口号，让施工生产的高潮一浪高过一浪。

聚脲防水从每天 1 孔、2 孔梁提高到 3 孔、4 孔梁，底座板浇注从最初的一天 2 孔梁提高到每天 4 孔梁，效率提高了一倍。

第二个作业面的打开更是使施工效率提升迅猛，最多的一天达到 8 孔梁。

捷报传来

2010 年元月 30 日午夜。

天气寒冷异常，雾蒙蒙的，到处都如同披上了一层薄纱，朦朦胧胧的。冬日的冷风依然在肆虐。但京沪高铁七工区却是另外一番景象。

穿着厚厚"外衣"的混凝土罐车睁大"双眼"在便道上穿梭疾驰，壮硕的混凝土输送泵支起高高的长臂急速地吞吐着青灰色的混凝土，嗖嗖的声音如同天籁；似巨龙蜿蜒样的保暖大棚里灯火通明，来往穿梭、络绎不绝的作业人员在紧张有序的各自干着手中的工作，捂得严严实实喷涂聚脲的、紧张专注铺设两布一膜的、吆五喝六帮搬运钢筋的、全神贯注绑扎钢筋的、哐哐当当立模板的、目不斜视测量的、万蜂齐鸣振捣的、还有那宛如绣花般仔细收面找平的，整个场景人头攒动，热闹非凡，却又并然有序。

操作平整振捣器的师傅是个四十几岁的中年人，站在平整器的操作平台上，不疾不徐的前后摆动着操纵杆，螺旋形的找平杆欢快地在混凝土上来回滑动，溅起阵阵的水泥浆；两眼直盯着机器运转的劳务工抓挠着脑门，怎么也弄不明白这铁疙瘩咋就这么好使？连溅在脸上的水泥浆都忘了擦。

那个带白色安全帽的指挥人员不时挥舞着手臂，指挥着各类作业人员就位操作。他就是工区经理孙宇。尽管已经是午夜，他仍然在现场来回奔波，显得精神抖擞，成竹在胸。此时他已经忘记自己经理的身份，全身心投入现场指挥中。你看他一会儿疾步窜出暖棚，指挥着输送泵车司机摆动长臂，移动到另外一个暖棚天窗；一会儿又回到暖棚拿着铁铲收拾散落在梁面的混凝土；一会儿又拿着手机说着什么。

"报告领导一个好消息，截止2010年1月30晚24时18分，我中铁一局京沪项目七工区顺利完成了全长2.08公里，66跨梁首段无砟轨道底座板浇注！圆满完成上级下达的生产任务，向您们报喜！"孙宇激动的声音记录下京沪高速铁路历史的一刻。

捷报随着数据电波飞向远方的苍穹，如同一支响彻云霄的春曲，昭示已不遥远的春天。

施工花絮

曾经有个施工队的负责人如是说"如果我们干不好手中的活，完成不了上级下达的冬季施工任务，我们都对不起一局在桥面搭设的无数个大棚！"

有施工作业的劳务工说"这中铁一局就是牛！搭设的暖棚比我家里都暖和，在这里干活真舒服！"

有过路村民说"在桥面上修那么多的房间，真漂亮，比我家都漂亮！"

有施工管理者说"我已经两年多没有回家了，这大棚让我想起家的温暖。"

有观摩学习者说"中铁一局的确比我们做的标准到位，我们将把他们先进的施工经验带回去，发扬光大！"

有领导说"中铁一局不愧为天下第一局，施工作业标准就是高！"

……

这一切都是勤劳勇敢、不折不挠的结果，这一切都是"勇攀高峰，争创一流"的京沪精神结出的硕果！

在这场浩大的冬季施工中，中铁一局总共投入资金超过上千万元。这已经不是金钱数字能说明的问题，而是为中国铁路建设事业奋斗的崇高使命所驱使！为京沪高速铁路的早日建成，我们在所不惜！一局在所不惜！

勇攀高峰建高铁，争创一流铸辉煌！

标准管理创美誉
京沪高铁展风采
——记中铁十二局一公司京沪高铁三项目部

邹径纬　崔世平

2010 年 7 月 19 日，京沪高铁铺轨仪式在一公司京沪三项目部负责施工的徐州东站拉开序幕，这条世界上运行速度最快、技术含量最高、工程质量最优的高速铁路的成功铺轨，标志着京沪高速铁路建设已经取得了重大的阶段性成果，同时也将世人的目光吸引到京沪三项目部这一铺轨的起点。

中铁十二局集团公司一公司京沪三项目部是一个特殊的项目部，它不仅担负着京沪高铁四标段京杭运河特大桥框架桥、跨 206 国道刚构桥及徐州东枢纽站等结构复杂、工序繁多的重难点工程施工任务，而且徐州东站这一中心位置，让它成为京沪全线为数不多的后架梁先铺轨的项目，能否在规定时间内完成架梁任务和铺轨前期准备工作，直接影响着全线铺轨的顺利进行和京沪高铁建设的总工期。

京沪三项目部上场之初，由于徐州东站图纸方案不到位，农科院用地久征不下，致使开工时间延误半年。面对工期紧、任务重、领导期望值高的严峻形势，项目部迎难而上，精心布局，统筹规划，科学管理，后发制人，提前完成集团公司京沪指挥部规定的各项生产任务，并通过全面践行标准化管理，成为京沪线上的一大亮点工程。

2009 年 7 月 7 日，铁道部"全路建设标准化管理及质量现场会"在京沪三项目部召开，铁道部副部长卢春房在参观完项目部施工的京沪高铁京杭大运河框架桥及京沪高铁徐州东站路基站场工程施工后，对京沪三项目部标准化管理、现场施工架子队管理模式以及路基施工"四区段、八流程施工工艺"给予充分肯定和高度赞扬。京沪三项目部先后获得京沪高铁公司、中国铁建股份公司"劳动竞赛优胜单位"等 28 项荣誉。项目经理刘运泽、实验室主任李晓明获"火车头奖章",项目部施工的京杭运河特大桥连续框架桥、徐州东站被铁道部京沪高速铁路建设总指挥部授予"标准化工地"荣誉称号,先后迎来全国总工会、铁道部、西南交通大学、香港中文大学的考察调研和全线其他参建单位的观摩学习。

没有规矩不成方圆,他们谋定而后动,集思广益,从实际出发、从现场出发,通过各项条规条例、规章制度落实,保证项目进度、安全、质量在良性轨道上运转。

从细节入手,让制度成为习惯。项目部按照目标管理、分级管理、持续改进的闭环管理方式,突出细节,狠抓落实,制定了《项目员工手册》,对员工工作时间、考勤制度、工作职责、例会制度以及日常行为标准等多个方面做了详细的规定,用制度约束行为,让标准成为习惯,形成了职责分明、内容稳定、具有可操作性的项目建设管理制度体系。项目领导带头遵守日常行为规范,要求员工做到的事情,首先自己做到。项目经理和书记坚持每天准时参加早会,坚持每天至少巡查现场四次,用实际行动带动员工遵守项目规章制度。2009 年 9 月,项目经理刘运泽因病住院四个月,项目部并没有因为主管领导不在现场而人心涣散、影响工作,班子成员各负其责,部门成员按照规范履行自己的职责,工程进度有条不紊地向前推进,彰显了"以制度管人、以制度管事"的威力。

从安全入手,制度面前一视同仁。项目部始终把安全管理作为工作中心常抓不懈,制定了教育、考核、奖惩相结合的安全管理制度。针对框架桥施工现场人员密集,全部处于高空作业,安全隐患众多,现场人员素质参差不齐,流动性大等特点,项目部分批、分层次、分工种、分季节,定期组织开展安全培训与考核。先后共进行专项安全教育培训 6 次,对现场 146 人次特种作业人员进行了专项安全教育培训,持证上岗率达到 100%。上场初期,针对部分员工安全意识不强,安全帽、安全带等安全防护用品不能正确、及时佩戴使用的现状,他们适时制定了安全违章罚款制度,不论是谁,只要违反了安全规定,触犯了制度,就坚决处罚。在制定政策之初,很多人不以为然,认为不会动"真格"的,尤其是部分领导更是这样认为。但该部管理人员把制度当成安全管理的法宝,只要在检查中发现有违反安全制度的,无论是谁,一视同仁,坚决处罚通报,就连项目经理、书记、总工都不能"例外"。有的施工队一个月罚款即达几千元,从而彻底扭转了项目部管理人员进入施工现场不带安全帽和安全带的陋习。

从质量入手,靠制度打造精品工程。项目部精心制定了严格的质量内控体系,包括《质量管理组织及人员职责》、《质量管理制度》、《质量管理责任状》和《质量标准及工序控制》等一系列管理制度。在施工过程中,根据工程特点和需要及时进行补充、更新和升级,相继增加了连续框架桥《逐孔验收制度》、《挂牌创优制度》等管理制度。制定了各个工序操作标准、规范等

88项，从制度上保证了工程质量。由他们印制的工序流程、施工工法、操作标准等小册子，在7月7日铁道部和京沪高铁公司组织的质量管理观摩会上，被与会人员一抢而空。

人的因素是第一位的，他们坚持以人为本的管理理念，优化人员配备，注重人才培养，营造良好的内部环境，充分调动员工积极性和创造性，释放员工最大的工作效能。

优化资源配置。项目部按照工作岗位需求，本着岗位设置满足管理要求，人员素质满足岗位要求的原则，以精干高效为准则，配备符合素质要求的管理和专业人员。对各类管理和专业人员，从工作经历、专业知识、业务能力、人品道德、奉献精神等方面进行全面分析，按照标准化要求，量才使用，尽力做到人尽其才。同时建立健全培训机制，通过分层次、分岗位的业务培训，全面提升全体员工的整体素质和业务能力，使每个员工最大限度地释放出自己的工作潜能。

搭建成才平台。为充分调动项目部所属大中专学生的聪明才智和积极性，确保项目部各职能部室领导始终保持竞争状态和旺盛的斗志，保证项目部中层部室的领导岗位做到能者上、庸者下、充满活力、永不懈怠，确保工作积极、肯吃苦、有能力、重团结、讲奉献、职工信得过的大中专技术干部走上领导岗位，项目部先后在技术质量部、工程管理部、安全环保部等部室主要领导的使用上，实行竞岗演讲述职、民主投票决定提名、班子决策任命的方式为企业留住人才、为上级机关输送人才，确保了项目部人才不流失、不"浪费"，做到了人尽其才、才尽其用，较好地发挥了技术干部的工作主动性。

用爱心培育责任。在项目管理上，他们将年轻技术干部定位为项目第一人力资源，给他们家庭式的感情抚慰，从每个细节入手，真正关心他们的生活，真切为员工创造良好的生活环境。建立公平合理有激励性的薪酬制度，让所有员工发挥自我价值，认识到只有辛勤耕耘，成为一流的人才，才能获得一流的报酬；让员工亲身参与管理制度的制定，强化他们的主人意识，使员工明显感到自己就是项目部的一部分，对企业产生一种强烈的归属感和责任感。架子队和劳务人员是施工生产的主力军，为使他们感受到家的温暖，项目部详细了解他们的家庭情况，对贫困家庭，适时予以帮扶；统计他们的出生日期，每逢生日，都要送上一束鲜花。对待工作努力、业绩突出的劳务人员，项目部除了物质奖励，还对他们进行提拔任用。目前在项目部实验室、测量队等重要部门担任领导职务的都是从优秀的劳务人员中选拔出来的。不拘一格任用人才对提高一线员工积极性，增强他们的责任意识起到了重要作用。

施工现场是展示企业形象的窗口，他们严格遵循现场标准化管理要求，内讲质量，外塑形象，从统一着装、文明施工到生态保护，每一环节、每一流程都彰显了铁建正规军的良好形象。

现场布置有景可观。施工现场作业人员着装统一，按照职务、工种不同，佩戴不同颜色的胸卡，胸卡正面标示姓名岗位，背面标示作业流程和规范；安全文明标识醒目规范，在施工现场合理布局"五牌一图"，在施工现场危险部位，设置明显的安全警示标志，以告示形式向社会做出遵守文明施工规定的承诺，接受社会和群众的监督；对现场材料存放场地、泥浆池、钢筋加工厂、道路、电力线等进行统一规划，各类周转材料堆放整齐、井然有序，桥梁墩身打磨光洁照人，86孔连续框架桥，成为京沪高铁一道亮丽的风景线。项目部在建的京沪高铁京杭大运河框架桥及京沪高铁徐州东站路基站场工程成为京沪线上仅有的两个标准化工地之一。

工程质量有规可依。项目部突出以现场标准化管理为核心，重点抓工程质量。为确保工程质量，项目部设立了以项目部经理为组长的标准化管理领导小组，结合现场实际又分设了以总工、生产责任区副经理、现场技术主管、技术责任人等为质量负责人的现场管理班子，构建了连续框架桥和站场路基两个分级质量控制体系。连续框架桥进入上部结构时，项目部针对工程设计特点，制订了《框架外观质量控制办法》，分级质量控制小组，以工程质量"创优示范岗"为契机，对每孔框架桥挂牌命名管理，制作创优管理匾牌，将负责人姓名、职务、质量要求、开竣工时间标注其上，配以负责人照片，挂牌责任人对工程质量进行过程监控，竣工两个月后，经检测质量优良方可摘牌，给挂牌责任人奖励1000元，并在项目部宣传栏张榜公布，实现了工程质量落地式管理，收到了良好的效果。

生态和谐相得益彰。项目部在施工过程中极其注重自然景观与人文景观的和谐统一，本着干一项工程，造福一方百姓的施工理念，污水集中处理，废弃料集中回收，施工现场一眼望去干净、整洁、清爽。徐州东站施工便道两旁以及附近的山坡上，都被项目部覆盖上了各式各样的植被，有移植来的参天林木，有摇曳多姿的青翠绿竹，有连绵不绝的绿草地，夏季来临，绿油油的一片，仿佛这里不是施工现场，而是森林公园。矗立在徐州东郊的一座连续框架桥，以其挺拔的英姿、俊秀的风姿，独特的结构，引得过往行人驻足观看，啧啧称赞。不时有身披婚纱年轻人以大桥为背景，留下美好的记忆，请大桥作为爱情的永恒见证。在京沪高铁全线质量观摩会上，该桥被称为亮点中的亮点。

过程控制标准化，是实施标准化管理的关键环节，项目部将过程控制具体化、流程化、精细化，实施有效卡控，规范作业，赢得业主好评和赞扬。

施工组织科学化。项目部优化施工方案，超前计划，本着先易后难的原则，打好时间差。针对农科院用地久征不下和徐州东站图纸不到位，项目无法正常施工情况，项目部科学合理利用这段时间，请来专家培训连续框架桥理论知识和无砟轨道道岔板浇灌技术。精心修筑施工便道，合理规划拌合站，最大限度的储备AB组填料，在路基填筑开始前，储备料77万余立方米，为确保路基的填筑工期奠定了坚实基础。项目施工开始后，各生产要素迅速到位并投入使用，通过倒排工期，控制节点工程，使得施工生产一天一个样子，大踏步前进。在徐州东站路基试验阶段，项目部经过反复对比试验，最终确定了一套科学的填筑设备组合标准配置，即：50 型装载机两台，25 立方自卸车 12 台，180 平地机 1 台，22 吨压路机 2 台，洒水车 1 台。共计配置 5 套标准填筑设备组合，每套组合日填筑能力可达 1300 立方米，5 套可达 6500 立方米，形成了稳定的路基填筑施工能力。

　　施工工艺流程化。项目部严格按照工艺流程框架图组织施工，把路基填筑施工工艺流程分为三大阶段：即准备阶段、施工阶段、整改验收阶段。AB 组填料时将过程划分为四区段：即填筑区段、平整区段、碾压区段、检测区段；在实施四区段过程中严格按照八流程控制施工：即施工准备、基底处理、网格填筑、摊铺平整、洒水晾晒、碾压夯实、检验检测、整修成型。在工艺流程控制过程中，确保实施有标准、操作有程序、过程有控制、结果有检测，保证路基填筑的整体质量。在京杭运河特大桥连续框架桥的施工中，他们将框架施工分成施工准备、绑扎底板钢筋、安装底板模板、浇筑底板砼、成品保护等 15 道工序。在实际操作过程中，又将 15 道工序细分成 50 个控制要点，对每一个控制点、每一道工序的技术标准进行全面的细化和量化，让每个控制要点落实到操作层，为框架桥施工质量提供了可靠保证。

　　过程控制精细化。项目部把标准化管理的重点放在各种制度的监控、落实上，确保每道工序优质。绑扎底板钢筋分解为底板清洁、闪光对焊接头同轴、毛刺均匀、弯起点位置偏差 30 毫米以内等 7 个控制点。在钢筋加工中，他们采用工厂化生产，重点对下料尺寸、焊接接头进行控制。在钢筋安装过程中采用卡具，对钢筋间距进行严格控制。在模板安装中，要求模板缝整齐划一，模板安装前认真打磨，涂刷脱模剂，并做好防护，确保模板一尘不染；在混凝土浇筑中，对浇注作业面划分责任区，分工负责，要求振捣工严格按振捣要领操作，做到不漏振、不过振，严格按照规范要求进行养护，确保了每道工序的质量。针对徐州东站轨道板浇灌标准要求高的特点，项目部从试验入手，精确把握灌浆过程中水、砂子、添加剂之间的比例，严格控制浇灌温度，并派专人在现场监督，确保了轨道板质量。

　　如今，京沪三项目部主体工程已接近尾声，项目全体员工锐气不减、镜头不换，以科学严谨的态度和精神饱满的状态投入到最后的收官之战，他们力争早日全面完成京沪高铁建设任务，向国家、向社会、向人民交上一份满意的答卷。

京沪高速铁路放歌

——中铁三局京沪高铁五标段施工走笔

张安全

引 子

公元 2008 年 4 月 18 日 9 时零 5 分，北京大兴区京沪高速铁路北京特大桥现场，中共中央政治局常委、国务院总理温家宝出席京沪高速铁路开工典礼，亲自为京沪高速铁路股份有限公司揭牌，并为京沪高速铁路奠基。

随着温总理底气十足的"开工"令下，8 台大型旋挖钻机同时开钻，京沪高速铁路这项酝酿十余年的重大工程，终于全线破土动工。

一、工程开局篇

（一）工程链接

京沪高速铁路位于中国东部地区的华北和华东地区，两端连接环渤海和长江三角洲两个经济区域，全线纵贯北京、天津、上海三大直辖市和河北、山东、安徽、江苏四省。所经区域面积占国土面积的 6.5%，人口占全国 26.7%，百万以上人口城市 11 个，国内生产总值占全国的 43.3%，是中国经济发展最活跃和最具潜力的地区，也是中国客货运输最繁忙、增长潜力巨大的交通走廊。它的建成对拉动华北、华南、华东经济将起到巨大的助推作用。故有人形象地说，京沪高铁将会促进经济空间的规模集聚，形成以京沪高铁为轴的东部沿海大经济轴线，从而成为我国新一轮经济增长的"火车头"和"脊梁骨"。

京沪高速铁路设计时速 350 公里，主体工程使用寿命必须达到 100 年以上。无论是"整体设计、系统建设、优质高效、一次建成"的方针，还是"高标准、高起点、高质量"的总体要求，以及必须达到的"一流的设计、一流的质量、一流的技术装备、一流的运营管理、一流的运输效率"的建设目标，使之成为当今世界一次建设达到最高的速度目标值、最长的建设里程、最大的投资规模的高速铁路。

建设京沪，对中铁三局来说，不仅是一次千载难逢的发展机遇，更是一场史无前例的艰巨挑战。该怎样用一流的速度和工程质量，向全国人民奉献一条百年不朽、一流的高速铁路，已经成为所有参加京沪高铁建设的人们必须回答的一个庄严承诺和历史命题。

（二）集精兵，调强将，快进场，打好开局第一仗

时间回溯到 2008 年 1 月 6 日。中铁三局集团公司中标京沪高速铁路土建 5 标段工程，该标段起于安徽省滁州市，经南京、镇江，终点在江苏省常州市城北区，正线长度 171.1 公里，其中：路基 42.2 公里，正线桥梁 70 座，隧道 8 座，正线铺轨 607.2 公里，车站 3 座，中标价为 113 亿元，这是中铁三局有史以来承建的最大一项铁路工程。

工程中标后，集团公司当作头号重点在建项目，迅速成立京沪高铁土建工程五标段项目经理部。

项目经理部成立以后，马上投入高速运转，展开施工调查，并于 1 月 13 日在镇江召开了京沪项目策划总结会。

会上，集团公司领导反复强调：京沪高速铁路是党中央、国务院高度重视，备受国际、国内和社会各界瞩目的重大战略性基础工程。建设京沪高速铁路的决策是伟大的，京沪高速铁路的工程是伟大的，京沪高速铁路的建设者是伟大的。我们中铁三局有幸参建这一宏大工程具有重大的历史意义。能参与京沪高速铁路的建设说明了铁道部对我们三局的信任，也说明我们三局在 55 年的建设历程中尤其是铁路大规模建设的过程中所作出的贡献，得到了铁道部的认同，我们的贡献是值得的，中铁三局也将和京沪高速铁路一并载入中国铁路建设史册。为此，我们要在建设一流高速铁路的伟大实践中，创造出无愧于时代、无愧于人民的辉煌业绩。

京沪高铁，举世瞩目，参战京沪的机缘可遇而不可求。公司各单位和广大干部职工以参战京沪、建功京沪为己任，纷纷请缨，马上从四面八方向京沪聚拢。

2008 年的 1 月异常寒冷，那些曾在京九、内昆、株六、青藏、石太、郑西和武广等重点铁路建设中屡立奇功的建设者们，以铁路系统"跑步进场"的军事化管理要求，顶风冒雪，火速集结进场。自走进京沪建设工地之初，他们就立志要以崇高的使命感，去圆国人百年梦想；要以敢为人先的责任感，建设一流高铁；要以强烈的危机感，冲击极限迎接挑战；要以神圣的自豪感，创建精品铸就新的历史丰碑。

万事开头难。国家对京沪高铁工程的总体要求是"精心组织、精心设计、精心施工、精心管

理"，建设精品工程。如何实现这个目标，着实让集团公司副总经理、集团公司京沪高铁常务副经理谢大鹏和项目经理部一班人殚精竭虑，寝食不安。

反复论证，反复思考，最后，项目经理部一班人统一了认识，决定牵住打开局面的"牛鼻子"，找准突破口，超前谋划，统筹兼顾，学会"弹钢琴"。

为此，项目经理部成立之初，坚持高起点，提出"先上场，后提速"的工作思路，强调要树立"敢打必胜，勇争第一"的思想和信心。面对当时"京沪高铁时间紧迫，建点未结束又将全面启动、机构未健全又要全面运转、征拆未开始又要全面开工、准备未到位又要全面展开"的严峻形势，谢大鹏带领经理部一班人认真对整体工作做了统筹安排。他按照京沪高铁建设总指挥部提出的"跑步进场，快速建点"要求，进一步提出了"快速清表、拉通便道、加快临建、排除干扰、塑造形象、第一时间打开施工局面"的指导思想，当即明确了"五个紧急"，即：紧急抓好安摊建点及组织机构的完善、紧急抓好生产设施的成建和启动工作、紧急抓好人员设备的进场工作、紧急抓好征拆工作的强力推进、紧急抓好所有技术工作的储备，为各项工作的开局吹响了冲锋的号角。

在这种箭在弦上、不得不发的高压态势下，各工区也紧急动员，上下联动，多次召开动员会，以"高起点、高标准、高质量、高效率，建设一流高速铁路"为主线，对参建京沪高铁的重大意义、政治地位、企业荣誉等进行宣讲，不断强化员工的责任感、自豪感、使命感、紧迫感，把全体参建人员的思想很快统一到了参建京沪意义重大、使命光荣的认识上来，使"快速出击，勇争第一"的思想深入人心，令所有参建人员热血沸腾、摩拳擦掌，171公里的巨大工地上，旌旗列列、豪情涌动，一场抢时间、创一流的大战迅速拉开帷幕。为了迅速打开局面，京沪项目经理部开始了一场与时间的赛跑。

他们克服年初冰雪灾害的困扰，迅速集结队伍和机械设备，快进场、快建点、快开工，狠抓以资源配置、大临工程、制度建设等为主要内容的前期准备工作，全力以赴推进先期开工点建设，做到了"六快"，即：队伍集结快：编制下达后，项目部两级管理人员，技术人员迅速向京沪高铁集结，1400多名精兵强将快速到位，并很快进入工作角色；设备进场快：1900多台（套）机械设备迅速从全国各地调集施工现场；安摊建点快：在最短的时间内搞好"三通一平"等基础工作，项目部和各工区完全具备了生活办公条件；征地拆迁快：迅速打通并协调理顺路地关系，期间无一起同群众利益引起纷争事故发生；信息处理快：按信息化建设要求，及时便捷地利用网络传输系统，项目管理进入信息化平台；投入施工快，从讲政治的高度对待施工任务，不讲条件，不讲价钱，精心策划，打响一场看重责任，兑现承诺，为荣誉而战、为企业发展而战的没有硝烟的攻坚战。

（三）兵马未动，拆迁先行

多年来，在重点工程建设中，征地拆迁往往被称为工程建设的"第一难"。因为征地拆迁是所有工程开工的先决条件，又是一件政策性强、关系老百姓切身利益和社会稳定的大事。

难！首先是门难进，其次是价难谈，最后是活难干。

五标段由于处于经济较为发达的地区，小型临时用地非常困难。该标段共有各类鱼塘、珍珠塘、鱼蚌混养塘926个，占线路长度32.9公里，水塘面积1609亩。由于地方养殖业发达，即使征地解决，处于鱼塘、珍珠塘等处的工程也无法施工。三电迁改涉及到电信、广电、联通、移动、网通，以及电力调度、公安监控、高速公路通信及军事通信，标段路外电力线路拆迁，低压线路几百处，几乎一处一个产权单位，路内涉及上海局通信、信号、电力及运营管理部门，牵涉到拥有产权的个人和单位多达数百个，通讯和电力拆迁达3500处。

为踢开头三脚，项目经理部按照调迁、建点、施工"三同步"的原则，上下联动，迅速开展各项工作。他们充分利用铁道部为京沪高铁建设营造的和谐环境，最大限度地发挥沿线各级政府的积极性，全方位、全过程配合地方开展征地拆迁工作。

首先，确定了"重点先行，有序推进"的总体工作思路；其次，进一步简化征地流程、层层分解任务，明确奖罚制度；再次，发挥政府职能，积极与地方进行工作对接，采取定点、定人、定时间、定任务的方式，依法合规、快速有序地推进正式用地、大临用地、土地组卷报批等工作，路地双方建立了强有力的工作机制。通过地面附着物清点、土地丈量分户、居民房屋拆迁三步棋，全面开展征地界的测放，并配合建设单位和地方政府对征地界内的地上物进行清查统计。

在具体工作中，经理部还及时制定"积极主动跑政府，宣传政策进农户"的工作策略，"战严寒、斗风雪"，多次深入村镇、村民家中，讲政策，做工作，晓之以理，动之以情，得到村民发自内心的支持。

功夫不负有心人。仅一周时间内，先期开工的谢边特大桥、镇江京杭运河特大桥路基段及镇江梁场、张巷特大桥路基段及丹阳梁场三个工点的铁路用地界测量勘界放线全部完成。3月1日，大湖山特大桥DK1040+900处钢筋场地临时用地协商完毕，在南京段第一家拿到施工用地。2008年2月21日，由十二工区承建的庄前特大桥76号墩5号桩顺利浇注完成，打响了全线开工的头一炮。4月份，完成了50公里的清表工作，全管段具备了全面开工的条件，形成了大干的态势。

红梅傲雪春来早，敢为东风第一枝。当2008年第一缕春风吹过时，全标段的各项工作渐渐明朗起来。2008年4月，全管段具备了全面开工条件。4月23日，京沪高速铁路股份有限公司董事长蔡庆华视察了五标段工程。在总结会上，他称赞说："中铁三局能够积极争取多开工点，积极利用已有的条件少占耕地进行梁场和驻地的建设，并完成了50多公里的清表工作，全管段已经具备了全面开工的条件，公司对你们的工作很满意！"

二、管理制度篇

（一）全面实施标准化管理

"让标准化管理在项目上落地生根"，是京沪项目经理部取得佳绩的一大法宝。

从开工起，经理部就按照京沪高铁建设总指挥部"六位一体"建设管理模式要求，牢固树立高起点、高标准、高质量、高效率的意识，始终坚持保安全、保质量、保工期、保环境的指导思想，努力推行管理制度标准化、人员配备标准化、现场管理标准化、过程控制标准化的管理模式。

战略决定成败。只有战略正确，细节才会有意义，执行才会有意义。经理部一班人统一思想，明确了扫面攻点、整体推进、誓保开通的战略目标，并把"向科学管理要效益，以优化施组抢速度"作为实现战略目标的支撑点。

京沪项目经理部主管生产的副经理朱瑞喜说：京沪高铁建设合同工期是5年，进场之后工期安排是4年，实际有效施工时间只有3年零4个月。要想在这么紧的工期要求下，完成一流的高速铁路的建设，是一项非常艰巨的任务，这也对我们的管理提出了更高的要求。开局之初，我们就狠抓了"四个标准化"的贯彻落实，强调要求上下步调协调一致，保证做到政令畅通。

在成本控制方面，项目经理部计财部长曲良给我们举了这样一个生动的例子：京沪线上钻孔桩数量非常大，为了避免因单价不一而造成各工区之间管理标准上的差异，我们对集团公司管段内各工区的钻孔桩单价测算结果进行了统一，制定了平均价格标准。下属各个工区可根据实际情况和协作队伍进行协商，如果商定的单价低于平均价格，工区就可以留用节省部分。这种上下联控的方式，既便于项目部的管理，也提高了各工区的积极性。同时，避免了一些说情的人，堵塞了管理的漏洞。

在机械设备配置方面，项目经理部主管副经理贾士俊告诉我们，京沪五标主要施工机械设备陆续进场1900余台套。按照集团公司机械设备集中管理的要求，各参建子分公司所属的基础公司、机械公司对管段内的桩机、挖掘机等机械设备实施集中管理。机械设备入场前和使用过程中，加强检查、维修和保养，提高机械设备完好率，保障施工生产的需要。

进场以来，经理部推行了工序单价和综合单价相结合的承包制度。对主要物资，大型设备均实行招标采购制度，在用工费用执行标准上，实行择优用工制度。在与地方关系的处理上实行分级管理，区市由局经理部负责协调，乡镇村由各工区负责，同一乡镇由局经理部统一协调，一个标准，减少了不必要的开支。由于坚定不移地推进完全成本管理工作，特别是在模板、拌合站、泵车、搬运机、450 吨提梁龙门吊机、架桥机、运梁车招标采购上，坚持货比三家，阳光操作，为京沪高铁工程建设节约了大量资金。

（二）强化职工培训，提高整体素质

高素质的员工队伍是建设一流高速铁路的根本保证。京沪项目经理部按照集团公司"精兵强将上京沪"的要求，在全局范围内精选了参加过合宁、郑西、武广、石太客运专线，有着丰富施工经验的技术人员和工人组成施工队伍，这些精兵强将的到来为高铁建设创造了良好条件。

进一步提高所有参建人员的素质，实现人员配备标准化。京沪项目经理部成立了员工培训管理领导组，制定了详尽的《施工技术与管理培训实施计划》，在培训过程中，他们一是采取"走出去"学习的方法。项目部主要管理和技术人员先后参加了京沪公司举行的京沪高速铁路建设管理技术骨干培训班、测量工程师业务培训班、质量无损检测培训班等。所属各单位负责人及环保专职管理人员还参加了由监理单位组织的环保、水保知识培训。我们还多次组织人员到其他标段参观学习，取长补短，开阔眼界。二是"请进来"授课。按照培训计划，聘请专家和老师集中授课。先后举办轨道精测、试验员、安全质量环保专职人员、物资管理软件、网络办公平台等培训班。培训结束后均进行了理论考试，有的培训班还进行了现场考核。三是"沉下去"普及。所属各单位积极按照项目部的部署和要求，自行组织举办了岗前培训、安全质量培训、施工工艺培训、应知应会知识培训等各类培训班。目前项目部及所属单位已累计举办培训班 262 期，累计培训人数达 14000 余人。

通过持续不断的技术学习和强化业务培训，有效提升了现场人员的管理水平和专业技能，造就了一大批高素质施工和管理人员。特别是那些刚刚走出校门不久的年轻人，通过在干中学，学中干，经受了人生第一步的历练和考验，技术水平和业务能力有了较大的提高，许多人都能独当一面，在工地挑大梁的青年人才脱颖而出，他们用稚嫩的膀肩扛起了京沪工程建设的大梁。

三、技术创新篇

（一）科技创新亮点多

亮点一：路基控制技术"高、精、尖"。

如同青藏铁路需要解决冻土难题一样，京沪高速铁路也要面对区域地面沉降、软土和松软土等复杂地质条件，控制路基沉降成为工程建设中需要解决的一大难题。

集团公司所承建的京沪五标段土建工程，正处于长江下游冲积平原。深厚软土层加上溶岩，地质条件十分复杂，区域沉降、不均匀沉降等时有发生，对高标准的高速铁路来说，这是一个

必须战胜的严重挑战。就是在这样的地质条件下，按照施工技术和工艺标准，完成后的路基必须达到设计使用年限内沉降不得超过15毫米，路桥过渡段不得超过5毫米。面对复杂地质条件和高标准技术要求，项目经理部集中精兵强将，调集精良装备，优化施工组织，推进技术创新，全力开展技术攻关。

在施工过程中，经理部对路基填筑实行标准化施工，严格按照"三阶段、四区段、八流程"的施工工艺组织施工，加强对填料的控制和施工参数的试验工作；加强监测的技术力量，严格进行变形、沉降监测，确保监测工作的可靠性和指导性，确保工后沉降在设计允许范围内；填筑施工采用方格网控制虚铺厚度，过渡段施工将填层厚度、桥台护坡等用标尺明示，碾压不到的地方采用人工打夯机夯实；为保持路基施工中排水系统通畅，施工过程中填筑路面设置一定排水横坡，路基两侧修建临时排水设施与永久性排水设施，并与便道原有排水系统相适应。

为保证质量，经理部在软土路基段，采用特殊的CFG桩地基处理和桩筏结构，加固地基，有效控制地基沉降。技术人员还通过用静态变形模量检测仪 EV2、动态变形模量检测仪 EVD、K_{30} 平板荷载测试仪和空隙率四种检测方式，随时掌握动态，长时间监控路基变化情况。在所建成的449米长的丹阳路基示范段，经过连续4个月的填筑观察，路基基底沉降仅1.09毫米，路基控制效果非常好，完全符合高速铁路设计标准要求，为后续路基施工提供了依据。

2008年8月29日，京沪高铁总指挥部总工程师赵国堂带队，京沪高速铁路各指挥部主要领导、六个标段的总工程师、监理单位及外方监理共计60余人，对路桥过渡示范段进行现场观摩，通过听取汇报、现场观摩、大会交流，京沪高速铁路总指挥部领导和各位专家对路桥过渡示范段工程施工给予了充分肯定。

亮点二：混凝土施工精度达到"丝米"。

来到京沪高铁，我们听到最多的是混凝土施工要求最高精度达到丝米，以前只是在机械加工上要求的数据，竟然在京沪高铁混凝土施工中应用了，这对许多人来说，见所未见，闻所未闻，这无疑增加了施工难度。京沪高铁采用的无砟轨道技术和Ⅱ型轨道板制造与铺设技术，国内仅在京津城际高速铁路使用过，在国际上处于领先地位。

京沪项目经理部总工李海鉴介绍说：无砟轨道板精度要求高，工艺复杂，达到毫米级。京沪高铁无砟轨道采用连续结构，承轨台全部用数控机床打磨，铺设时全部是数据化控制，每块轨道板都是在消除了基础及结构变形、轨道板制造误差、温度和湿度影响等因素后非常准确的空间曲线下安装就位，可以确保轨道精度在2毫米以内。

我们来到京沪坐落在安徽省滁州市南谯区乌衣镇袁庄村附近的高速铁路滁州轨道板场。场长郭汝涛介绍说，滁州轨道板场共承担23660块双线 CRTS Ⅱ型轨道板的预制任务，供应京沪高速铁路 DK915+043 ~ DK950+039 ~ DK992+720 段双线 77.7 公里的正线铺设。全场的建设者们都非常年轻，全场 35 名管理人员和技术人员平均年龄只有 26 岁，2006 年毕业的大学生就有 20 人。他们凭着冲天的干劲和青春的活力，在全线 14 个新建 II 型板场中第一个建成了高标准的板场。

郭汝涛说，CRTS II 型轨道板的技术先进体现在其精度高上，一块板长 6.45 米，打磨精度以 0.2 毫米计，一块板混凝土浇注量为 3.5 立方米，经过电脑控制的布料机两次浇注，其凝固后的表面误差允许范围为 0 至 +5 毫米，经过 28 天的自然养护还需打磨才能出厂，误差值越小，打磨量也越小，刀具磨损也相应减少，就这细微的毫米决定了刀具的寿命，也与成本息息相关。场领导充分认识到了这细微的损耗不能掉以轻心，在试生产阶段集中整改发现的问题，强调模具检测人员的责任心意识，不断提高生产精度，确保产品质量，他们提出"产品人品同在，质量生命共存"。

该轨道板场组建以来，以"开工求快，过程求实，结果求好"的管理理念，克服新技术、新工艺、新设备等各种技术难题，力排各种干扰，争分夺秒抢进度，顺利实现了试生产的目标。作为同行业中的佼佼者，他们在历次检查中都获得上级领导的好评，夺得京沪业主授予表示最高等级的"绿牌"。

其后，我们又先后来到了镇江、丹阳、西村和汤山梁场，看到 68 个轮子、900 吨的"巨无霸"运梁车来回穿梭，水泥泵车正伸着长长的手臂给 900 吨预制箱梁"输血造肉"。

在丹阳梁场，场长刘延良介绍说：京沪高铁箱梁制作与石太、武广、郑西等客专相比，要求和标准更高，采用新型箱梁设计技术，比原来箱梁结构和施工工艺更加复杂，900 吨箱梁梁面为六面坡、三面排水、梁的总宽和净宽都变窄，制作精度要求 4 平方米范围内误差不得大于 3 毫米。为了消除梁体混凝土气泡等质量通病，他们严格按照规范施工，严格控制混凝土的坍落度，有效减少了气泡，保证了混凝土强度。同时配备整平机，精加工模板，还对克服支座板空响、桥面六面坡的施工工艺进行了优化，并拿出"绣花功"，保证梁面的平整度和光洁度，使"严谨是质量的灵魂，质量是企业的生命"的理念深深刻进员工们的心中。

汤山制梁场承担京沪高铁 20 座特大桥、大桥、中桥的制梁任务。集团公司中标京沪高铁之初，设计中并没有汤山制梁场，因整体工期压力才由现浇变更为现场预制，当 2008 年 3 月下旬设计变更下达时，京沪其他项目早已开工建设，梁场起步之初就开始抢工期。更令人意想不到的是梁场场址选在半山腰，且布满林木，连施工便道也没有，要在短时期内在最大高差 25 米的山坡上平整出一块 166 亩的场地，土石方就有 20 多万方，其困难程度可想而知；而且林木属国家一级防护林，砍伐证需由省林业厅审批，正常手续要半年之久，南京又没有专门的京沪高铁建设协调小组，工作一时举步维艰。

面对如此大的压力和困难，机智、果敢的场长闫英军不等不靠，把开工当成大干的开始。制定了"以快制胜抢先机"的工作思路，一切向前抢。从村委会到镇政府，到江宁区、到南京市，征地拆迁、补偿赔偿、林木砍伐等手续，闫英军一级一级地找，一个部门一个部门的跑，讲困难、求理解、求帮助，从开始被人往外赶，到最后帮忙出谋划策想办法，用真情与诚恳打动了他们，阻碍施工进度的困难一个个被攻克。2008 年 6 月 29 日，江苏省林业厅林地砍伐的批文一到，闫英军就迫不及待的组织人员"清场"。时值盛夏，空气中淌着火，梁场全体总动员，砍伐林木，平整场地，建设驻地和生产场区，施工现场 24 小时不停工，日夜奋战，挥汗如雨，克服困难全力以赴抢生产。功夫不负有心人，2008 年 10 月 27 日，汤山制梁场顺利投产，实现了开工晚，建场快，临建和生产齐头并进的良好开端。前不久，原苏州指挥部拉有玉指挥长在检查汤山梁场时，对汤山梁场能在短期内形成如此生产能力，并生产出高质量的箱梁表示赞许。同时给汤山梁场颁发了代表安全质量评比优秀的"绿牌"，这也是集团公司京沪全线 6 家制梁场的第一个。

亮点三：只留精品，不留隐患。

"只要功夫深，铁杵磨成针"，这是项目部只留精品、不留隐患，加强质量控制的口头禅。

全标段有 111 个桥台，路桥、路涵、路隧、路堤、路堑过渡段合计 539 个，73 段路基中长度小于 300 米的路基有 33 段。在全线 42.2 公里 170 多万立方米路基土石方填筑施工中，按照 AB 组填料要求，路基填入碎石最大粒径不能超过 15 厘米。为满足填筑质量要求，项目部不惜重金购置大量碎石机对爆破出来的石头进行解小加工。为保证碎石含泥量达标，粒径小于 1 厘米的石子最少洗两遍，粒径大于 1 厘米的石子最少洗一遍，检验合格后才能"持证上岗"。

为了保证施工质量，砂子住上了"凉棚"，桥墩洗上了"桑拿"。这样的新鲜事，在京沪高铁还有很多，而一切都关乎工程质量。

由于施工要求加工钢筋和混凝土拌合时材料温度不得高于 36 摄氏度。建设者们就建成既防雨、防晒又能降尘的彩钢棚，同时，冬天围上棚布，生上火炉，保证施工材料的正常温度。

"零容忍、零缺陷"，是京沪铁路建设者们追求的最高质量目标。为确保这一目标的实现，项目部每开始一项施工，都要精心部署，深思熟虑，对每一道工序都要经过仔细推敲，对发现的每一个小问题都坚决不放过。"确保部优，争创国优，建一流高铁"，成为五标段所有参战员工施工行为的最高准则。强化质量过程监控，执行"可追溯"制度，建立全线工程质量责任档案和隐蔽工程影像档案，确保每一道工序得到有效监控；对所有施工单位自检、监理旁站检查实行签名制，将责任落实到人。量化质量考核指标和检查标准，加密检查抽查频次，及时发现苗头性质量问题，专人进行跟踪监督和整改落实。

为真正做到不留下任何遗憾和隐患，"绣花功"更是体现在施工的方方面面，在混凝土结构工程施工中，桥梁、隧道等所有基础的基底检验必须首先通过自检合格，再报监理单位、建设单位和勘察设计单位三方共同现场检测合格后，方可进行下一步施工。

一位驻地的工程监理告诉笔者，仅一个大桥的墩身，从开始施工到最后完成，就需要有关人员签字 200 多次。而每一次签字，都是对质量的一次检验、一次保证。

用制度说话，用制度管人，是京沪项目经理部确保工程精品的"杀手锏"。

为把京沪高速铁路建设成为精品工程，京沪项目经理部先后制定出台安全、质量、进度、现场管理、成本控制等 10 余项管理制度和办法，为全面精细化施工起到了良好的保证作用。项目部有一个最好的工作作风，那就是"事不过夜"，几乎每天晚上召开"碰头会"、随时召开现场质量分析会、半月召开一次总结会，及时解决和处理施工中存在的各种难题和问题；技术、作业人员精打细算、步步为营，以超常规的节奏和锲而不舍的精神拼抢每一个施工节点。

项目部还以打造"精品工程"为中心内容，在各工区之间开展劳动竞赛，签订"军令状"，以完成形象进度、安全质量为考核重点，竞赛实行重奖重罚和末尾淘汰制。

亮点四：桥墩施工外美内实。

京沪高铁为节省土地而大量采用以桥代路的建设方案，全线正线高架桥共有 244 座，桥梁占全线的 80.4%，总延长达 1060.6 公里，构成了京沪高铁线路的主体，故有人说，京沪是一条建在桥上的高速铁路。

就拿集团公司承建的五标段来说，桥梁总长占正线长度的 73%，特大桥 30 座，大桥 21 座，中桥 12 座。其中 10 公里以上的特大桥 4 座，箱梁预制总量为 3336 孔。

对于桥墩施工来说，混凝土表面龟裂现象是目前国内施工技术尚未完全解决的一个难题。为攻克这一难关，不给漂亮的结构物外观留下内实外不美的缺陷，经理部成立多个 QC 小组，组织技术攻关，技术人员放弃了休息和业余时间，白天做试验，晚上做总结，查阅了大量的国内外施工技术资料，通过多次试验和分析，最终寻求到了这一难题的解决办法，并重新修订和完善了施工方案和工艺标准，利用技术讲座、技术交底对施工作业人员进行系统培训，施工作业人员熟悉并掌握了新工艺流程，保证了新工艺的实施到位

为了达到"桩基工程零沉零陷，桥梁工程内实外美"的标准，他们在墩台施工中采用了一模到顶的大块定型钢模，对浇筑混凝土时导管埋入混凝土中的深度、混凝土的坍落度、悬灌施工波纹管的安放及预应力张拉、孔道压浆的间隔时间等各道环节都作出了明确规定，使"严谨是质量的灵魂，质量是企业的生命"成为全员的共识。

优质工程的背后凝聚着群体智慧的结晶。科学的技术方案，认真的执行态度，最终实现了

集团公司京沪项目经理部在京沪高速铁路结构物上"零龟裂"的目标。在历次京沪现场观摩会和检查中，上级领导和专家都惊叹不已，很多施工单位还请求带队到现场参观，并索要技术资料。建设者们凭借着不服输的韧劲儿和敢挑战的拼劲儿，凭借着中铁三局历经半个多世纪以来所积淀的技术实力，将施工中的难关一一攻克，将技术难题一道道破解。

京沪高速铁路股份有限公司总经理李志义来到五标检查指导工作。当他看到路基段已基本拉通、桥墩林立时，高兴地说：中铁三局的工地已形成了规模，现场比较规范，桥墩混凝土质量很好。在预制梁场，当他得知采用新梁图后全线49个预制梁场中只有中铁三局管段的3个梁场和一标段两个梁场恢复生产时，称赞中铁三局预制梁施工准备工作充分，动作较快。

（二）安全是天，质量是命

确保工程安全质量万无一失，是所有施工单位全部工作的重中之重。

为贯彻"安全第一、预防为主、综合治理"的管理方针以及实现"全线整体质量达到一流标准，经得起运营和历史检验"的总目标，保证安全质量管理工作始终处于良性循环状态，在开工之际，项目部就对本标段的安全质量管理工作进行设计、规划，制定了本标段安全质量管理模式、管理方法、控制措施、考核办法等，做到安全质量管理工作与施工生产同时计划、布置、检查、总结、评比。各工区均细化项目部保证体系，责任到人，采取定期或不定期检查，定期召开安全质量分析会，强化安全质量意识，印制安全质量手册等方式和方法，确保安全质量落到实处，形成了安全质量齐抓共管的良好局面。

在大会小会上，经理部领导反反复复地跟员工们讲：能够参与京沪高铁建设的企业，应该说都是业内强手，全线四十几家施工单位都在力争第一，都在暗暗地博弈较量，其实大家相互之间都差不了多少，所谓的差距，就是差在安全质量这些细节上。所以，我们要从一开始就要万分注重追求每一个细节的完美，让优秀成为一种良好的习惯。

我们在施工现场看到，在所有存在危险源的地方，都标明了注意事项和责任人。针对跨越既有铁路、通航航道、既有公路的桥梁施工，他们制定了专项安全施工方案，并经过铁路运管、航道管理、交通管理等相关单位专家的论证，形成了标准化的安全施工作业程序。在京杭运河特大桥跨338省道现浇连续梁和跨沪宁既有铁路连续梁施工中，严格按照标准化施工程序，保证了施工生产安全顺利进行。

各工区还大力加强职工安全质量教育，提高职工安全防范意识。项目部还利用早点名、班前讲话、安全质量工作专题会、宣传栏、安全常识大培训等形式教育引导全体职工真正从思想上认识到安全质量工作的重要性，提高安全质量意识。认真落实安全质量管理工作规章制度，强化安全质量防范措施，明确各部门的安全质量职责，责任落实到了具体人及具体的工点。同时，大力加强对施工现场的巡查、监管力度,发现隐患,坚决消除。严格做到当安全与进度发生冲突时,安全摆在第一位,安全与效益发生冲突时,安全摆在第一位。

铁的制度,铁的手腕,铁石心肠,为工程建设筑起了一道道坚固的"铁篱笆"和"防护墙",并为整个工程的顺利进行,奠定了良好的基础,铺平了安全、优质施工的发展之路。

四、攻坚克难篇

集团公司京沪五标段的工程有"五大"特点:一是技术标准高,对基础沉降、结构变形和无砟轨道铺设提出了毫米级控制要求;二是特殊结构桥梁多,工艺复杂。有各种特殊结构 74 处,其中:镇江京杭运河特大桥跨运河主跨为 180 米,为采用无砟轨道设计时速 350 公里 / 小时铁路中跨度最大的桥梁。并且路基过渡段众多。42 公里路基分为 73 段,共有路桥、路涵、路隧、路堤路堑过渡段 539 个;三是管理跨度大,途径安徽、江苏两省四市;四是新技术新工艺应用多、施工控制难度大,区域沉降、软土地基、岩溶地质、基础设施变形沉降标准严、站前站后工程接口多;五是隧道工程均为浅埋隧道,地质复杂,开挖断面大。

在这种情况下,开工以来,京沪项目经理部按照铁道部"四个标准化",以"建设一流高速铁路"的使命感和"京沪赛场无弱手,不争一流定出局"的责任感,全面落实质量、安全、工期、投资效益、环境保护、技术创新"六位一体"的管理要求,以强攻制约全线工期、进度和投资效益的难点、重点和关键工程为突破口和切入点,打响了一场场短兵相接、攻坚克难的攻坚战。

(一)隧道攻坚,千难万险何所惧

集团公司承建的五标段共有隧道 8 座,均为浅埋隧道。无论就其长度还是施工难度而言,圆郢子隧道无疑是"老大难",同时,它又是京沪线集团公司管段内重点控制工程之一。

该隧道全长 1097 米,明洞段长 108 米,暗洞段长 989 米。它穿越两座山,最小埋深仅 3.5 米,地质结构复杂,穿越Ⅱ、Ⅲ、Ⅳ、Ⅴ级围岩,隧道开挖和安全控制难度大。由于地质结构过于复杂,地质过于破碎,施工人员们讲,干这个隧道,就像在一块豆腐里打洞一样。

面对这个"拦路虎",担负施工任务的京沪一工区干部职工无所畏惧,立志要用"铁嘴钢牙",咬碎它的筋骨。

他们针对不同地质情况,科学制定施工方案,分别采用台阶法、三台阶临时仰拱法、三台阶七步开挖法、双侧壁导坑法等施工方法进行开挖,软围岩地段坚持"先预报、短开挖,弱爆破、强支护,勤量测、早封闭",有效地保证了隧道施工稳步推进。

针对圆郢子隧道高风险的特点,工区还建立健全了应急预警机制。在隧道内安装有报警器、应急灯、救生圈、救生衣、救生绳、逃生梯和逃生平台,并购买安装一套视频监控系统,时刻掌控掌子面施工情况。此外，还制定了《圆郢子隧道应急逃生应急预案》，并根据施工进度和可能潜在的安全隐患，每月定期进行应急逃生演练，以确保一旦出现突发事件，能够准确、快速、有序、安全、高效地进行撤离，最大限度地保证人身安全。

施工中，工区领导"严"字当头，明确责任，严格按照设计规范施工，严格过程控制，每一个工序都严格做好现场作业人员的技术交底，安排足够的技术管理人员现场把关。逐级落实安全质量责任制，抓好全面安全质量管理。进入冬季施工后，该段一方面加大管理力度，增加人力以及机械设备投入，保证三个工作面同时施工；另一方面将确保隧道施工安全放在各项工作的突出位置，制定《隧道冬季施工方案》，配置专兼职安全员，加大安全投入，严格规范施工。针对地质条件复杂，围岩等级变化频繁等实际情况，采用"先预报、管超前、短进尺、控爆破、早支护、快封闭、勤勘测"的施工方法，保证了隧道施工安全、有序地进行。

2009年9月21日，圆郢子隧道上导洞贯通，得到了京沪高速铁路股份有限公司董事长蔡庆华、总经理李志义等领导的好评。

（二）铁骑亮剑，运河两岸大点兵

由十四工区承建的京沪高铁镇江特大桥，在DK1110+100处跨京杭大运河。该桥位于镇江京杭大运河11公里"泰山弯"处，这里素有苏南运河"屋脊"之称，地势高、水流急、弯道多。

从效果图上可以看出，气势宏伟的镇江京杭运河特大桥一共是五跨，南北两跨，中间带拱的三跨是90+180+90米，三个圆拱曲线优美，刚柔结合，雄伟壮观。

该工区队长汪德智归纳了该大桥建设的五个难点：一是运河水文和地质条件复杂，在这样极为复杂的环境下保证深孔大直径钻孔垂直度和作业精确度是技术工作的难点和重点；二是大体积混凝土承台受运河特殊水文、地质条件影响，施工难度大，对施工过程控制要求高；三是大桥大跨现浇混凝土梁在目前高速铁路同类桥型中居首位，其构件加工精度高、线形控制施工工艺复杂、主跨大悬臂现浇技术难度大；四是工程量巨大，工期紧张，已成为制约全线工期的重点工程；五是安全风险高。

面对这种种困难，十四工区干部、职工并没有被困难和压力所吓倒，而是以冲天的干劲和必胜的信念，向困难发起了冲击。

在那些浴血奋战的日子里，干部、职工晴天一身汗，雨天一身泥，全力保证施工进度和施工质量。工区领导班子成员面对航运施工，安全、质量控制难度大，施工程序和工艺极为复杂的实际，毫不退缩，主动出击，及时组织工区技术人员分析研究每项工程施工环节的合理安排、每一道工序的节点工期，加强现场安全质量监管，改进施工技术，创新工艺流程以及对施工人员进行安全教育和工艺培训等有力措施，促使该工程快速有序进行。

镇江京杭运河特大桥主跨两个墩，一个墩有 15 根桩，桩基直径 2.2 米、深 70 余米。一个桩基钢筋笼重约 25 吨，吊装作业时易变形，工区组织技术攻关小组，培养技术骨干，形成固定搭档，不仅确保了质量，也加快了进度。第一个钢筋笼下孔作业用了 12 个小时，后来只需 8 到 10 个小时。如今，驻地附近 42 个成型连片的桥墩，已成为京沪工地的一道风景。

白天，员工们紧张作业，挥汗如雨；夜晚，员工们挑灯夜战，工地一片灯火通明。特别是在围堰施工中，由于建筑平台的需要，基础部分延伸到运河内 8 米处，约占河宽四分之一，船舶在航行中，稍有不慎极有可能与围堰金属护栏发生碰撞，造成事故。为此，他们在施工河道两端设置了安全警示标志，在金属护栏上安装橡皮护垫。同时，通过信息平台、电视监控中心向过往船舶及时发布航行、安全信息。另外，工程进入高空作业时，采取更加严格的监管措施，保证了工程安全施工和水上交通安全。

在跨京杭大运河施工现场，望着工地川流不息的施工车辆，望着大运河南来北往的航船和日夜不息的流水，京杭大运河和京沪高铁交叉的"黄金十字"，催开了笔者诸多的感慨和情思。

有人说，大运河和长城，是中国文化在中华大地上所刻画的两条有形的线，长城是一撇，运河是一捺，在中华大地上写下了一个顶天立地的人字，她们同是中华民族文化身份的象征。

还有人说，长城是凝固的历史，大运河是流动的文化。大运河和长城，是中国古代的两大工程奇迹。

人们还常把黄河比喻为中华民族的母亲河；把运河比作中华民族的生命之河、智能之河。那是因为大运河是世界上开凿时间最早、规模最大、里程最长的运河。它经历了上千年的沧桑风雨，养育了一代又一代的中华儿女，积淀了内容丰富、底蕴深厚的运河文化，记录了中国古代政治、经济、文化、科技、军事等方方面面的丰富信息。它是中国悠久历史的缩影，是中国人民智慧和勤劳的结晶，是中华民族弥足珍贵的物质和精神财富，是中华文明传承发展的纽带。

此时，大运河在我的脚下款款而来。既没有黄河汹涌的波涛，也没有长江奔腾的激流，有的只是它特有的清新与秀丽。运河没有磅礴的气势，不会让你震撼，但运河却使你感到温馨。它宛若一条玉带蜿蜒于华夏大地，勾勒出尘封的历史画卷。

这使我由衷地相信，无数个夜晚，我从梦里醒来，听到远远传来汽笛声，隐隐的却又真切，悠长，还有柴油马达的轰鸣，低沉微弱。我知道那是运河里夜航的船队，我似乎又看见了运河里穿梭的船舶，满载着黄沙、煤炭，也载着水上人家对幸福的追求，生活的辛劳，我似乎又看见了在驾驶舱里操舵的男人，在船尾晾衣服、做饭的女人，系着绳子的孩子，还有狗。

如今，镇江京杭运河特大桥跨河而过，犹如站在巨人的肩上舞蹈。平地腾蛟龙，凌空飞彩虹。建桥人化平凡为神奇，用看似普通的钢筋、水泥和砂石建起一座艺术珍品，他们将辛勤和汗水、技术和实力、梦想与希冀积累，将伟大的力与美、柔与刚写入企业和时代的史册。

（三）凌波飞架，铁臂牵龙跃京沪

集团公司线桥分公司承担西起安徽滁州东至江苏常州 50 座桥 2563 孔箱梁架设任务和管段铺轨任务。

为了保证京沪全线铺架施工的顺利进行，他们派出第二、第七两个工程段鏖兵长江两岸，组建了滁州、西村、汤山、镇江、丹阳 5 个机组。担负全标段箱梁架设任务。2008 年 11 月 16 日，镇江机组在镇江京杭运河特大桥桥头率先燃响架梁礼炮，拉开了线桥分公司京沪高铁架梁序幕。随后，2008 年 12 月 31 日，滁州机组在跨老 312 国道特大桥；2009 年 1 月 5 日，汤山机组在汤山 1 号中桥；2 月 6 日，丹阳机组在颜巷大桥；3 月 19 日，西村机组在秦淮河特大桥相继开架。至此，5 台 900 吨架桥机在大江南北纵横驰骋，形成会战态势。

然而，诸多困难摆在参建员工面前。一是工期紧张。除镇江机组计划在 2010 年 2 月完成架梁任务外，其余机组均要求在年底完成，每个机组均要按日架 3 孔梁排进度。二是梁型复杂。既有 20 米、24 米、32 米标准箱梁，又有 26.5 米、28.14 米和 30 米等非标箱梁，导致孔跨变化频繁，增加了架梁难度。三是点多线长。相邻两个机组距离在 20 公里以上，尤其第七工程段的滁州和丹阳机组，相距 200 余公里，增加了管理的难度。四是汤山机组使用的下导梁式过隧道专用架桥机工况极为复杂，过隧道时要将 C 型腿竖折才能通过，单孔架梁时间较长；载重运梁车过隧道时，梁体距隧道边墙仅 20 厘米，行驶中稍有不慎，就会卡在边墙上，导致载重运梁车在隧道内行驶缓慢；正在架设的东葛盖 2 号大桥架梁时处于 14‰大坡道下坡，梁体对位困难，要求架桥机架梁和过孔时慎之又慎。

激流排浪多艰险，始见弄潮健儿身手不凡。总工期已是"后墙不倒"，序幕拉开，再难的戏也要唱下去，还要唱好。参建员工想了很多加快进度的办法。架桥机进行桥间转移时需由运梁车驮行，以往的方法需对架桥机进行部分解体，现在购买了高位转运支架，架桥机不需解体，转移时间缩短了五分之一。改进通联厂制造的架桥机架梁工艺，变跨时间由 1 天缩短到 3 小时。过隧道架桥机架梁时下导梁前支腿必须垂直，但是垂直度不好把握，原先每次检查垂直度时，都要跑到桥下远处去看，机组人员进行技术革新，在前支腿上加装线坠和水平尺，两种检查方式保证了支腿的垂直度，提高了安全性能，缩短了作业时间。各机组精心组织，优化程序，架梁进度与日俱增，不断刷新单机架梁纪录，告捷喜报不断传来。

俗话说：要想跑得快，全靠车头带。在保架梁的日日夜夜里，在工区领导的表率作用下，参建员工们更是奋勇争先，工作的热情和干劲像火山一样爆发了……

白天烈日下，员工们在架桥机主梁和龙门吊主梁用风炮打螺栓汗水浸透衣背，夜幕降临梁场安装工地灯火通明,机声隆隆……大伙心中只有一个目标:全力以赴确保架梁任务的顺利完成。

2008 年,在举世瞩目的京沪高铁工程中,建设者们顽强拼搏,将无数的"不可能"变成活生生的现实。

曾几何时,南京长江大桥是中国的标志性建筑之一,也曾是小学教科书的一页,桥头堡上鲜红的三面红旗是一个时代的象征,鼓舞着成千上万的中国人。而今,如果从空中俯瞰京沪高铁这条凌空而起的长桥,国人不知更添几许豪情。

京沪高铁,一条用桥挽起的钢铁大道,那些高高矗立的大桥尽管无语,但却真实记录着铁路建设者们的真情付出,铭刻着建设者们浴血奋战的真实足迹。

五、环境友好篇

要建设一条和谐、绿色、环保铁路,仅仅注重与人的和谐还远远不够,还要特别注重与环境保护和资源节约的和谐。

事实上,自 2003 年以来,铁路建设的环保意识就越来越强化,对新线建设都要求把环保提高到一个新高度,环保理念深植人心。从设计到施工,从选线到实施,建设者都十分重视保护生态环境、自然景观和人文景观;重视水土保持,生态环境敏感区的保护、防灾减灾及污染防治工作,尽量绕避自然保护区、风景名胜区、饮用水源保护区、国家重点文物保护单位等环境敏感区;通过城市或居民集中地区时,设置声屏障和利用降噪减振措施,满足国家环保标准和要求。

为此,工程一上马,项目经理部就确定了"环境污染控制有效,土地资源节约利用,工程绿化完善美观,节能节材和水保措施落实到位,把施工对环境、邻近单位和居民生活的影响减少到最低程度。努力建成一流的资源节约型、环境友好型高速铁路。"的奋斗目标。

开工以后,经理部根据工程横跨 2 省 3 市,战线分布点多线长的特点,对项目管辖下 17 个工区和 6 个梁场、板场建设中,实行统一规划、布局。在制订各工区场地硬化方案时,他们把复垦方案一并考虑。在施工中,通过大力推广应用新材料、新设备降低工程成本,充分结合当地社会主义新农村建设需要,进一步优化梁场、板场布局,优化路桥设置,最大限度减少土地占用。

在京沪高铁沿线听到最多的话是:"青藏铁路对生态环境保护的管理经验在京沪高铁建设中得到了继续发扬。"

集团公司五标段所经过的"长三角"地区,人多地少,可以说是寸土寸金。为了保护耕地,建设伊始,经理部组织人员现场踏勘和核对,结合实际情况优化全线涵洞的设置和设计,减少了对农田的分割。施工中,他们将地表层50厘米可用腐殖土集中存放,在地面上铺设水泥连锁块,既美观环境又可回收再用,还对地表破坏不大。同时他们还把便道施工中产生的耕土按每200米堆成方形土堆,并在土堆外部覆盖密目网且洒上草籽,待施工完后马上便可作为熟土进行回覆耕种。

在施工现场,他们对用过的模板、钢管、各类工具的摆放、处理都有严格的标准,要求必须做到工完料尽场地清。

为了减少对河水的污染,施工中,经理部精心优化施工方案,尽力由原来的水中栈桥施工改为双排桩筑坝围堰、抽干水后的陆地施工,筑坝围堰用土采用湖底的原状土,对湖水不产生污染,包括水污染控制在内,他们还进行了噪声污染、光污染和大气污染防控,在噪音敏感点采用低噪音发电机,在钻孔桩笼焊接时采取挡板隔离。

项目部在沿线建有20多处混凝土搅拌站。以往的拌合站不仅粉尘飞扬,而且噪音也大。为了改变这种状况,他们在原有的设备上进行改良,通过增设两个钢管把灰粉重新导入储存罐内进行回收利用,并设置了洗石机、筛砂机和修建了两个三级沉淀池,有效地解决了粉尘飞扬的老大难课题。拌合站设立"电子眼"和远程遥控的电子磅,大储量料仓在冬季采用能吸收太阳能保温的采光板进行四周封闭,以确保室内温度在5摄氏度以上。整个拌合站既现代又环保,受到京沪高铁总经理李志义的高度评价,并作为样板工程在全线进行推广。

为有效减小列车高速运行带来的噪声和振动污染,京沪高铁在建设中还采用了减振型板式轨道、声屏障和通风隔声窗等技术。在采访途中,我们看到了京沪线的路基边坡,都已采用了绿色植物与工程相结合的防护措施,兼顾美观与环保、水保等要求。

此外,路基边坡采用乔灌结合的绿化措施,靠近城区路段进行绿色景观设计。隧道设计采用环保洞门,尽量不破坏地表植被。取弃土(碴)场、临时施工用地均采取复垦或恢复植被措施,对原地表的种植土或熟土进行剥离储存,树木进行移植,施工完毕再进行回填、绿化或复垦,恢复原灌溉和排水系统。

主管征地拆迁和安全质量工作的副经理张恒庆告诉我们,自开工那天起,项目经理部就将环境保护与工程质量放在同等重要的地位,认真贯彻节约理念,办公场地本着"满足实用"的原则,以租用当地既有房屋为主,临时工程设置做到永临结合、综合利用,尽量减少占用周边土地;施工场地建设坚持经济、合理与实用相结合的原则,特别是拌合站、梁场实行先定规划后施工的方法,严格控制建设规模,减少占地。为确保泥浆的排放符合标准,综合工区还购买了泥浆分离机,避免泥浆排放污染环境。各梁场在建点初期,将地面腐殖土剥离后,放置在固定的位置,以便于复耕使用,避免了土源的浪费。我们还购买了各种草籽,统一进行绿化,使京沪铁路和周边环境达到和谐统一。

行走在环境优美的办公生活区和施工场区，映入眼帘的是错落有致、花园似的营区，工厂化流水线作业的钢筋加工场，气势恢弘的拌合站，整齐平坦的施工便道，24小时洒水保持滋润不扬尘，在墩与墩之间堆放平整、并洒上草籽进行养护的复垦土，施工用水经过三级沉淀过滤循环利用，生产生活垃圾集中回收送外处理……环保理念通过现场点点滴滴渗透出来。同行的集团公司京沪项目经理部党工委书记傅俊凯不无感慨地说："建设环境友好工程是国家建设京沪高速铁路的一个重要目标。京沪高速铁路起点高、标准高、工期要求严、对环保要求更高，我们来不得半点马虎！"

途径沿线各施工现场采访，亲眼目睹施工过程中环保节能的理念，已深深融入工程建设的每个环节，环保已成为和质量、安全、工期、标准化管理等并重的管理重点和奋斗目标。

六、社会和谐篇

（一）建和谐之家

什么叫和谐？一位作家曾用拆字法这样解读："和"者，左"禾"右"口"，意指"人人都有饭吃"；"谐"者，左"言"右"皆"，意指"人人都有说话的权利"，两者具备了，社会自然就和谐了。作家的解读传递了一个朴素的真理——和谐必须以人为本，重视人的需求。它，也是科学发展观的核心内容所在。

集团公司京沪项目经理部坚持以人为本，建设职工之家。人是兴业之本，建家就是建企业。为挖掘企业活力源，激发参建员工潜能，他们在工程开工之初，就高度重视职工之家建设，按照集团公司建家建线标准，统一标准、统一规划、统一时间要求，瞄准高起点、高标准、高质量、高速度目标，统一布局，合理规划，因地制宜，在各具特色的基础上突出美观、大气、实用，实现了住宿公寓化、就餐自助化、办公自动化、环境常青化。

在文化线建设上，他们重点突出企业形象标识，用集团公司企业文化理念打造独具特色的京沪文化。举办独居特色的集体婚礼和员工文化节，接待铁道部火车头职工艺术家"心连心艺术团"慰问演出，进一步丰富和活跃了员工们的业余文化生活。

在各个施工驻地和梁场，我们看到清一色的蓝顶白墙。招牌，大小、字迹统一规格，分明是专业所制；绿地方整，花木芳菲吐蕊。每幢屋前，花盆摆放很是整齐，垃圾箱擦拭也洁净，车辆排成一条线，材料堆放上规矩。让人惊奇的是，偌大的院落，竟见不到一星杂物和泥巴。无论是内部职工还是民工，都是头顶安全帽，身着工装，脚穿胶鞋，像军队一样整齐划一。施工作业场地上，也处处呈现出事事讲标准的良好氛围。整个员工队伍的面貌焕然一新。

在卫生保健线建设上，他们重点突出预防为主，防治结合，严控重大传染源、食物中毒等疾病发生。推行卫生许可证、工地小药箱等制度和措施。在生活线建设上，所有 16 个食堂管理人员和厨师均持证上岗，按每周食谱，确保每位员工吃饱吃好，吃的放心、顺心。建家建线有 5 个单位受到集团公司表彰。

在食堂，笔者看到锅、碗、瓢、盆摆放整齐有序，各种肉食蔬菜，分类存放在隔架里，贴着瓷砖的水池、灶台擦得干干净净，连裙脚都没有污迹。更叫人叹服的是不管职工食堂还是民工食堂都是一样的摆设，一样的干净利索。

同时，经理部从讲政治、保稳定、守信用的原则出发，认真贯彻落实铁道部和京沪高速铁路股份有限责任公司的有关精神，把加强农民工的使用与管理纳入重要工作日程，制定了《劳务用工管理办法》，建立了农民工花名册和信息档案，并编入作业班组，与正式职工同工作、同生活、同考核，使管理工作逐步走上了规范化、制度化的轨道。

2009 年 5 月 3 日，经理部组织开展了"真诚关爱手牵手，和谐京沪创一流"活动。向农民工赠送了洗衣机、防蚊蝇药品及床上用品，加强其驻地和食堂环境卫生管理，统一设置衣物洗涤和晾晒区，受到农民工的好评。

"春雨足，染就一溪新绿。"和谐的人文环境如春雨，润物细无声。一句亲切的问候，一个关怀的目光，凝聚着党组织与工会对员工的一片深情。

（二）企业文化的亮色

先进的企业文化，是企业发展和施工生产的助推剂。与集团公司在京沪高铁"建功立业、勇夺第一"相随相伴的，当如春风化雨般的先进企业文化。

京沪经理部高度重视企业形象策划工作，从抓好现场和驻地建设入手，积极做好项目文化建设工作。编制了《中铁三局京沪高速铁路土建工程五标段企业形象规范图案集》，各参建单位严格按照图案集中规定的尺寸、字体、字号和颜色制作宣传标识。全线共制作各类标牌 1000 余块，彩旗 3000 面，实现了各工点和各工号形象标识的和谐统一，充分展示了企业的良好风貌。

各工区在展示企业文化和现场文明施工管理过程中，从驻地建设到制度、图表上墙，从施工现场的企业标识、材料标识到全体管理和作业人员着装、安全帽的正确佩戴等，统一依照京沪企业形象标识的标准来执行，在 171.3 公里线路上的作业场地，规划合理，按章操作，堆码整齐，规范标准，井然有序。无论哪道作业工序，只要当天的工作一结束，施工现场都收拾得干干净净，充分展示了中铁三局企业文化特色。

七、党建、人物篇

（一）建设京沪高铁，离不开党建、思想政治工作的优势

开工以来，京沪项目经理部党工委紧紧围绕"抓党建促生产"的主导思想，把学习实践科学发展观活动的课堂搬到施工一线，结合科学发展观在重点工程设立"党员模范先锋岗"、"党员责任区"，把铁路工程质量信用评价、安全文明标准工地建设、项目文化建设等各项活动纳入到"创岗建区"之中。组织、发动广大党员在施工生产中攻坚克难、做好表率，涌现出了一大批爱岗敬业的先进典型和先进事迹，以实际行动影响和带动广大员工，促进了施工安全质量进度全面飘红。

他们先后深入开展了"高扬党旗建高铁 标准高效创一流"、百日大干劳动竞赛等多项主题活动。2009 年 5 月 26 日到 9 月 2 日，围绕确保架梁工期目标的实现，在全标段开展"奋战百日保架梁"活动，吹响了"奋战百日保架梁"活动的号角。活动分为全面展开、积极推进和确保工期三个阶段，每个战役结束后，经理部根据各工区形象进度和产值计划完成情况，进行考核和奖励。全线各施工单位形成"比、学、赶、帮、超"的火热场面，有力地推动了施工进度。

同时，项目经理部党工委还积极响应京沪公司党委和建设总指挥部的号召，于 2009 年 9 月 20 日至 12 月 31 日组织开展"百日大干"劳动竞赛。项目部荣获苏州建设指挥部"建功立业劳动竞赛优胜杯"和"百日大干优胜单位"称号，并获得奖杯和锦旗。三工区等五个单位荣获"建功立业劳动竞赛先进集体"称号和"百日大干先进集体"，57 名同志荣获"建功立业劳动竞赛先进个人"和"百日大干先进个人"称号。项目部 7 名同志被建设单位推荐参加"火车头"奖杯、奖章的评选。同时选树了"五朵金花"作为巾帼榜样，引导参建员工向她们学习。

项目经理部党工委把"三工"建设作为活跃员工生活、凝聚员工力量、加快生产进度、构建和谐项目的重要载体，形成党工委领导、行政支持、工会主抓、广大职工全员参与的工作格局。积极为广大员工创造安全有序的劳动条件、卫生舒适的生活条件和健康丰富的文化娱乐条件。各工区利用有限的场地条件，建起了电视室、活动室、图书阅览室、培训室、盥洗室等设施。"三工"建设凝聚了人心，鼓舞了士气。

京沪线参建员工中青年人占到 80% 以上。为进一步引导、团结和动员广大团员青年在京沪高速铁路建设中充分发挥生力军作用，全线各参建单位团组织深入开展以创建青年安全生产示范线、青年创新创效示范线、青年突击队示范线、项目团建示范线为主要内容的"激扬青春活力，奉献京沪高铁"主题实践活动。7 月 18 日，京沪经理部和集团公司团委联合举办了主题活动启动仪式，青年突击队员庄严宣誓，要团结协作、英勇突击，安全生产、创优争先，在京沪高

速铁路建设中用青春和汗水书写辉煌的人生。9月12日，京沪经理部和集团公司团委还联合举行表彰会，授予来自生产一线的10名优秀青年技术人员"中铁三局京沪项目青年岗位能手"荣誉称号。

无论是在热火朝天的施工现场，还是在科技攻关、挑灯夜战的不眠之夜，全体党员在项目经理部党工委的带领下，在危、难、险、重任务面前，个个争先，人人带头，冲锋在前，享受在后，他们成为京沪高铁和谐建设的"润滑"剂，是万众一心建京沪的"粘和"剂，是京沪大干快上的"催化"剂，是被誉为京沪高铁建设开路的先锋战士。

（二）热血男儿，激情在这里绽放

伟大的工程孕育并造就伟大的人。

奉献京沪高铁建设，最见是精神。

他们，有一个共同的名字——"京沪人"。

他们，有一个共同的承诺和心愿：优质、高效建成一流高速铁路。

为了这份承诺和心愿，他们身为父母的儿女无法尽孝，身为孩子的父母常年见不到孩子。他们中，有家就在附近却一年不回家的人，有投身建设无暇顾及个人婚姻大事的大龄青年，有患病却顾不上休息一天的铁人……

在奋战京沪的日日夜夜里，广大干部职工展示了不畏艰难、能打硬仗、敢打必胜的顽强作风，以顽强的拼搏精神，经受了严峻考验，奏响了京沪决战决胜的凯歌。

在奋战京沪的日日夜夜里，广大干部职工表现出无私无畏、不屈不挠、甘于奉献的英雄气概。广大职工为了京沪线舍小家顾大家，义无反顾、敢于牺牲、甘于奉献，他们用赤诚、用奉献、用牺牲，树起了一座对企业无比忠诚的丰碑。

据了解，开工以来，绝大多数员工都没有休过探亲假。由于太忙，京沪高铁在开工后的第一个春节——2009年春节没有停工。建设者们无法返乡与亲人团聚。他们的妻子、孩子只好顶风冒雪，千里奔波到工地探亲，当看到员工们为了工程建设起早贪黑、披星戴月，终日辛苦忙碌的身影，一路上集聚的满腹牢骚和不满，此刻都化作了理解、支持和感动的泪水。

是的，为了国家高速铁路的建设事业，建设者们以透支自己的青春、健康为代价，保障着工程建设不断向前推进，他们身上真正体现了"特别能吃苦，特别能战斗，特别能奉献"的精神。无论是集团公司副总经理、京沪经理部常务副经理谢大鹏，还是朱瑞喜、傅俊凯、李海鉴、张恒庆、贾士俊、张永恒、陈晓军等其他经理部班子成员，为了京沪高速铁路的建设，可以说是呕心沥血、废寝忘食，一心扑在工作上。他们没有星期天，没有节假日，从身体到精神每天不敢有丝毫的放松和懈怠，"全天候"地想着、干着分管的工作。

　　测量是施工的眼睛，它把图纸上的线路测设到实地上，涵盖了施工放样、监控量测等内容，是保证施工正常进行的基础。2008 年初，先期到达京沪的领导和工程技术人员，在进行接桩、测量等施工调查时，由于道路错综复杂，再加上冰雪覆盖，汽车根本无法前行。在这种情况下，他们只能乘车与徒步结合，在没膝的冰雪中，迎着寒风艰难地前进。十多天后，几个小组在镇江的临时驻地会合了，人们像久别重逢的亲人紧紧相拥。这短短的十多天，他们共同经历了太多的艰难困苦；这短短的十多天，由于寒冷、疲劳和饮食不周，他们每个人都几乎瘦了一圈，手上裂开了口子、脸上起了皴皮。

　　"选择了京沪，京沪也选择了我们，在京沪建功立业，必将成为我们无悔的选择"。这句话，道出了所有"京沪人"共同的心声。

　　于是，在这一片火热的工地上，每天都会涌现很多先进的事迹，在每一个职工的身上都会闪现感人的故事。

　　京沪经理部工程部的 13 名专业技术人员，每天加班到晚上 12 点以后是常事。部长龚军平需要掌握的情况非常多，打开他的电脑，技术资料、论证方案等布满桌面。经他手的施工文件和资料，称起来有几吨重，摞起来可塞满一屋子。调度吴振涛，是经理部唯一一个允许"睡懒觉"的人，每天向上级单位和部门传送的报表就有好几套，几乎凌晨两点之前没有睡过觉。综合部部长王劲松，精力充沛，随叫随到，干起工作来总有使不完的劲。刚建点时，不慎滑倒摔伤了腰，医生说没什么好的治疗办法，只能靠卧床静养。然而，由于办公室事务繁多，他硬是咬着牙坚持工作，以至于留下了后遗症，现在一到阴天下雨伤口部位就隐隐作痛。

　　京沪三工区总工程师王俊青，已近而立之年。2009 春节前，家里要求他和谈了四年的女朋友回去完婚，可是那时候正忙着开工前的准备工作，每天都要审核图纸、勘踏现场，实在无法分身。"五一"，又是一个合家团聚的喜庆日子，这次该回来结婚了吧？可是二位老人又失望了，身挑重担的儿子还在高速铁路建设工地忙碌着。10 月 18 日，队长高文义和书记徐德昌亲自张罗，在工地为一对新人举办了简朴热烈的婚礼。

　　京沪六工区管段地处南京市境内，特殊的地理位置决定征地拆迁等工作异常的艰苦。承建的秦淮河特大桥全长 12616.63 米，横穿南京市三个区，跨越三条河、三条路，全桥共有九处特殊结构，施工难度极大。作为桥隧公司副总经理、京沪工作组组长的王勇周，在特殊情况下还兼起了六工区队长的担子。这位连续 12 个春节都是在建设工地度过的年轻管理者，无论头一天睡得多晚，第二天早晨 5 点半都要准时起床，到工地去转一圈，被人称为"睡得最晚、起得最早、操心最多"的人。去年 9 月底，母亲去世，今年 2 月，奶奶去世，接连两个亲人离世，他匆匆处理完亲人们的后事，擦干眼泪，又全身心地投入到施工生产中去。

在要结束这次采访时，笔者有着太多的感动、感悟和感慨：人们常说建筑是凝固的音乐，所指的是它赏心悦目。而在京沪高铁建设上，它无疑是有灵魂的。在它的身上不仅能看到中铁三局人胼手胝足、艰苦卓绝的劳动身影，也能感受所有铁路建设者那种惊天地、泣鬼神的精神风貌和勇气。

采访的最后，笔者不禁想起了一些广泛流传在民间的顺口溜："火车一响，黄金万两"。"要想富，先修路。国变富，看修路"。如今，国家经济发展了，促使中国铁路争先，促使华东铁路率先发展。更促使我国东部铁路建设积聚多年发展的渴望和积累多年发展的能量，正加速释放。中国，这条东方巨龙的发展动力将更为强劲。

不是尾声的尾声

一年前，京沪高速铁路——这条世界上标准最高、规模最大、一次建成里程最长的高速铁路破土动工。它像一道渐渐升起的长虹，屹立在华夏神州的东方。它是智慧和勇敢的象征，是知识与力量的契合，是忠诚与理想的结晶，它是那样完美又是那样令人充满遐想。

一年后，我们用手中的纸和笔记录和呈现这条铁路的建设足迹。这足迹令人惊叹、令人振奋，更给人启迪、发人深思。

这是一条创造世界奇迹的铁路。

这是一条创造中国速度的铁路。

这是一条弘扬时代精神的铁路。

这是一条助推中国腾飞的铁路。

一年的光阴，从春到夏，从冬到春，中铁三局全体参建员工用心血和汗水、用勤劳和智慧、用"高起点、高标准、高质量、高效率"的实际行动，雄辩地向世人昭示，京沪高铁正向着一流高速铁路的目标昂首奋进。

擎起京沪高铁 "龙头" 的人们

——中铁十七局京沪高铁建设纪实

李良苏　　王振山

京沪高速铁路,当今中国乃至世界铁路皇冠上的 "明珠"。

担负第一标段施工的中铁十七局集团参建职工,发扬 "勇攀科技高峰、争创一流" 的精神,攻难克险,顽强拼搏,在全线率先打下第一根钻孔桩,筑起第一个桥墩,生产出第一块轨道板,创出第一个 "桥梁优质样板段" 和第一个 "路基优质样板段",建起中国高速铁路第一座大跨度转体桥、第一座 "空间刚构" 桥……工程进度、安全、质量、环保等一直处于 "第一军团" 之列,荣获全国 "五一劳动奖状"。

他们再次向人们展示了 "中国高速铁路建设先锋" 的风采。

惊人的建设速度

此刻,我们站在京沪高速铁路的起点处。我们的身后是宏伟的北京南站,前面就是举世瞩目、犹如长虹般延伸 1318 公里、一直通向上海的京沪高速铁路。

线路上,担负施工的中铁十七局集团职工正在进行最后的清扫和整理,准备迎接即将到来的联调联试和验交。

职工们自豪地说,2008 年初,他们刚开赴这里的时候,这里还是一片小树林和一些零散的民房。仅仅过去不到三年时间,铁路马上就要通车了,建设的速度真是太快了。

在北京特大桥桥头,我们遇到了正在工地检查施工情况的中铁十七局集团常务副总经理兼京沪高速铁路项目常务副经理梁毅和党工委书记张凤鸣。

他们介绍说:中铁十七局集团所承建的京沪高速铁路第一标段——北京至沧州,全长223.9 公里。主要工程量有:桥梁 23 座,共计 208.4 延长公里,桥梁占标段总长度的 93%,其中悬灌连续梁、钢箱梁、空间刚架、转体桥等特殊结构物 79 处;另外还担负 15.5 公里正线路基修筑、6.9万块轨道板生产、铺设和322公里铺轨等。工程任务重，技术要求高，施工艰难大。

更为艰难的是，他们担负施工的标段跨越北京市、天津市和河北省的廊坊市、沧州市等。铁路沿线城镇密集，人口集中，建筑物多，铁路、公路、河道、电网等纵横交错，征地拆迁及三电、地下管网迁改量大、难度高，给工程施工带来了极大的困难。

重重困难，难不倒英雄的中铁十七局集团职工，他们决心肩起"龙头"责任，当好"龙头"表率。

在项目部的施工日志上，我们摘下了这样几段文字：

四工区承建的广阳制梁场，占地188亩，被誉为全线"第一梁场"。梁场建设原计划要3个月。在工区经理戴志安的带领下，职工们仅用75天就做到路通、电通、水通、场地平，料进场，为本工区制梁和架梁施工赢得了主动。广阳梁场在全线的制梁场中第一个通过国家质量认证，第一个获得京沪高速铁路公司签发的优质工程"绿色通知单"。

担负天津特大桥青县段施工的十三工区职工，驻地偏僻、交通不便、材料短缺。项目经理刘新福和党工委书记闫传良带领职工奋力拼搏，在全线打下一根钻孔桩，筑起第一个桥墩，第一个完成线下工程，第一个通过铺轨。

第一、第二、第三、第七、第九工区在征地拆迁艰难的情况下，职工们不等不靠，有条件上，没有条件积极创造条件上，见缝插针，强攻硬上，工程进度、安全、质量、环保等，始终满足设计和业主的要求……

在京沪高铁十七局集团工地采访的日子里，我们处处都可以感受到，职工们冲天的干劲和日新月异的施工进度。

2009年初，我们第一次到北京特大桥广阳段采访的时候，职工刚办完管段内的征地手续，钻孔桩刚开始施工。一个月后，当我们再来时，一个个桥墩就像雨后春笋般地拔地而起，建设者们又向前开拔了，去建设新的大桥。

在京沪高铁施工中，中铁十七局集团职工连续创奇迹，不断夺高产。

桥梁公司职工科学管理，精心组织，创出了日架设6孔900吨箱梁——目前国内铁路客运专线和高速铁路日架梁的最好纪录；铺架公司合理安排劳力，不断密切工序衔接，创出了日铺轨12公里的好成绩。他们的箱梁预制、运架，桥墩桩基钻孔、灌注，悬灌梁施工，路基修筑，轨道板精调，铺轨等，都比计划工期提前完成，走在全线的前列。

抢出来的223.9公里

在京沪高铁工地流传着这样的说法："京沪高铁建设看两头，两头看北京。"十七局集团担负施工的第一标段地理位置特殊，工期紧，任务重，施工干扰大，各种限制多。

在京沪高速铁路工地采访时，铁道部一位领导介绍十七局集团的施工情况时说："在京沪高速铁路的建设中，如果说别的参建单位用了3年完成所担负的工程任务，而十七局集团满打满算也只有2年工期。"

接着，他给我们算了这样一笔账：为支援北京举办奥运会，实现和谐奥运、平安奥运，十七局集团管段前后停工达半年；为确保国庆60周年大庆期间的安全，项目整整停工3个月；施工期间，国家主要领导人外出视察、一些国外首脑来访和每年的"两会"等其他重大节日活动，停工累计少说也在3个月以上，全部加起来整整比其他参建单位少1年工期。

在这一刻千金的京沪高铁建设工地，少1年工期，就意味着中铁十七局集团要比别人多投入三分之一的资金、人员和物资，另外还要承担极大的工期风险压力。

与职工们座谈，他们说，管段的223.9公里，是干出来的，拼出来的，更是抢出来的。

梁毅和张凤鸣告诉我们，从走上京沪高速铁路工地的那一天起，近三年来，项目职工没有睡过一个囫囵觉，没有吃过一顿安稳饭，一直是在巨大的工期压力下艰难地拼搏着，顽强地奋战着。

繁重的任务，紧张的工期，更加激发出参建职工冲天的干劲和取胜的决心。梁毅和张凤鸣带领职工在优化施工组织方案上狠下功夫。他们从工程的每一个细小环节抓起，带领职工不断对施工方案进行优化，使整个施工组织科学合理。

在工期控制上，他们推行目标管理，关死后门，倒排工期，采取"日保旬、旬保月、月保年、年保总工期"的办法，把每一项分部工程的开工和完工时间，细化到天，精确到小时，完成任务者奖，完不成任务者罚。

同时，他们紧盯着北京特大桥、天津特大桥等每个重点控制工程，采取增加施工力量、增开工作面、增添机械设备和周转材料等措施，在保证安全和质量的前提下，不断加快工程进度。在施工高峰期，他们平均每天完成投资3千万元，一个月达9亿元。这是一个多么令人欣喜、令人鼓舞的数字啊！

梁毅和张凤鸣向我们介绍，全集团上下对京沪高速铁路的建设十分关注，全力支援。在工程施工最紧张、最困难的时刻，集团公司董事长、党委书记段东明、总经理卢朋多次到工地现场办公，为工程排忧解难，为职工加油鼓劲，极大地鼓舞了职工们的干劲，坚定了职工们保质量、保安全、保工期的信心。

由于受工期的限制，九工区在进行天津特大桥道岔连续梁施工时，正值2009年的隆冬，京津大地寒风刺骨，滴水成冰。工区项目经理黄太建、党工委书记何伟带领职工搭建暖棚，昼夜突击，苦干了一个冬天，终于赶在第二年的开春前，完成800多米道岔连续梁现浇施工，为标段无砟轨道底座板施工赢得了时间。

无砟轨道板铺设施工高峰期，正值盛夏，京津大地骄阳似火，气温常常高达 40 摄氏度。就连那些前来打工挣钱辅助施工的民工都吃不住，一个个不辞而别，而职工们没有一个人叫苦，更没有一个人退却。此刻大家只有一个愿望，那就是："早一天完成所担负的工程任务，就为提前建成京沪高速铁路、加快国民经济发展、建设小康社会多做了一份贡献。"职工们就凭着这种"位卑未敢忘忧国"的精神，提前完成了 223.9 公里轨道板铺设施工。

廊坊车站路基突击施工，是整个京沪高速铁路建设中最艰难的战役之一。

由于车站的拆迁量大、推进艰难，等到拆迁工作结束时，离全线要求的铺轨日期仅剩下不到 6 个月，而车站的工程量无论如何计算，也得要一年的工期。6 个月完成一年的工程量，谈何容易！许多到工地检查工作的领导和专家都为十七局集团职工捏一把汗，担心他们到时铺轨挡道受罚。

中铁十七局集团职工是好样的！在他们面前没有攀不上去的山，涉不过去的河，克服不了的困难。

梁毅、张凤鸣、副经理孙旺、总工程师吕建民等项目领导深入工区、深入工点，积极为职工们排忧解难，为工程出谋划策。他们经过实地仔细踏勘，优化施工方案，经设计部门和铁道部的同意，将路基原设计的 CFG 桩，变更为 U 型槽，保证了工程质量，节省了路基预压期，加快了施工进度。

集团公司京沪项目副经理李宏伟、孟广友、刘世安、安全总监季玉科等项目领导到工地现场蹲点，分兵把口，各管一段，带领职工人停机不停，实行 24 小时三班倒施工。

十七局集团职工就是靠这种"誓把红旗插上高地"的精神，一分一分争，一秒一秒夺，终于铲除了廊坊车站路基这只"拦路虎"，确保了标段铺轨按期通过。

2010 年 10 月 22 日，当铺轨列车顺利通过廊坊车站时，五工区许多职工激动地流下了热泪。为了这一刻，他们吃了多少苦，流了多少汗，受了多少委屈，只有他们心里清楚，只有京沪高速铁路知道！

把精品留在当代

北京大兴黄村，京沪高速铁路的奠基之地。

2008 年 4 月 18 日，京沪高速铁路的开工典礼在大兴黄村举行。国务院总理温家宝亲自为京沪高铁开工奠基，并向世界宣告：要把京沪高速铁路建设成为一流高速铁路。

此刻，我们就站在当时开工庆典搭建主席台的地方。可已找不到过去留下的任何痕迹，展现在我们面前的，是一个个擎天柱般的桥墩，一条现代化的高速铁路伸向远方。

为了把京沪高铁打造成一流的高速铁路，铁道部提出了"五个一流"的建设标准，即一流的运营速度、一流的工程质量、一流的技术装备、一流的运输效率，一流的运营管理。

中铁十七局集团参建职工说，在这"五个一流"中，一流的工程质量最为关键。因为没有一流的桥梁和路基，什么"一流"都无从谈起。

从队伍一上场，梁毅和张凤鸣就带领参建职工确立了："所有完工工程合格率100%，主体工程质量实现零缺陷；建设一流高速铁路"的质量目标。

一流的工程质量，来自一流的职工队伍。他们以科学发展观为指导，组织所有参建人员认真学习、深刻领会铁道部党组提出的"把京沪高速铁路建成一流高速铁路"的意义和内涵。教育职工，一切工作都要以"建设一流高速铁路"为出发点和落脚点，大力培养职工的精品意识和创优质工程的责任感。

狠抓参建人员综合素质培训工作，提高职工质量自控能力。项目部结合所担负的工程特点，采取请专家上课、走出去取经、岗位练兵、技术比武等多种方式，加强对职工的技术培训，提高职工的施工操作技能。据不完全统计，京沪高铁开工以来，中铁十七局集团项目部和各工区在工地共举办桥梁、路基、无砟轨道铺设等各类技术培训班280多期，参加学习人员达1.8万人次。教育覆盖面达100%，有力地提高了参建职工的技术素质，为保证工程质量打下了坚实的基础。

施工中，项目全面推进标准化管理，做到人员配备标准化，管理制度标准化，现场管理标准化，过程控制标准化。

坚持"抓源头、抓过程、抓细节、抓达标"，严把质量关，做到未经试验的材料不购进；未经复核的图纸不下发；施工准备不充分、技术交底不清的工程不开工。

"试验先行、样板引路"。在标准化管理方面，中铁十七局集团在施工实践中形成了自己独特的做法。每一项新工程开工前，项目都选择试验段进行试验性施工，将工序的标准确立下来，总结整理成施工作业指导书，然后再大面积推广。

落实质量终身负责制，严格执行"可追溯"制度和"问题库"制度。实行工程质量一票否决权，对每项工程、每道工序，项目都建立有明确的岗位责任制，强化施工过程质量控制，补"牢"于亡"羊"之前。

在京沪高铁天津特大桥工地，我们曾跟随第八工区项目经理闵召龙抽查桥墩模板质量。"这个地方还不光滑，必须再重新打磨一遍。"闵经理指出模板应打磨的地方后，接着对职工们说，"京沪高速铁路要打造成百年不朽的精品工程，质量是第一位。我们的桥墩不但要内实，而且还要外光。模板打磨的好坏，直接关系到桥墩的外观质量。桥墩混凝土浇注立模前，模板必须打磨三遍，一遍都不能少。"

坚持细节管理，闵召龙他们所担负施工的天津特大桥陈咀镇段，在京沪高铁公司首批精品工程评定中，第一个被评为"全线优质样板工程"。

担负廊坊段路基施工的六工区职工，在工区项目经理张山成的带领下上标准岗、干标准活，一丝不苟按照高速铁路路基"三阶段、四区段、八流程"的工艺流程组织施工，严格材料比选，严格填料厚度，严格碾压次数，从每一道工序，每一个环节，严把质量关，确保了路基施工质量。

他们修筑的路基坚实、平坦、无沉降，堪与飞机跑道相媲美，第一个被评为"全线路基样板工程"；先后9次获得京沪高铁公司签发的优质工程"绿色通知单"奖励。

"把精品留在当代，用承诺告诉未来！"开工以来，在京沪高铁全线的质量信誉检查中，十七局集团完成的所有分部工程，一次性质量检验合格率达100%，主体工程实现"零缺陷"。

科技打造京沪高铁

京沪高速铁路是一条凝聚着中国铁路建设者智慧与汗水的铁路，更是一条高科技铁路。施工中广泛采用新技术、新材料、新工艺。据统计，仅中铁十七局集团在施工中推广应用新技术、新材料、新工艺达上百种之多。

中铁十七局集团是中国时速350公里以上高速铁路无砟轨道施工技术的源头。在京津城际铁路，他们第一次把无砟轨道施工技术引进国内，从图纸变成现实。他们总结开发的"无砟轨道施工综合技术"获国家科技进步奖，在全国铁路客运专线和高速铁路施工中推广应用，并开花结果。

在京沪高铁建设中，中铁十七局集团的无砟轨道施工技术得到进一步的完善和提高。他们运用自己研发出的轨道板精调测量系统，铺设的无砟轨道板，高程和平整度正负误差小于0.1毫米，可堪称是中国乃至世界高速铁路施工的奇迹。

在中铁十七局集团京沪高铁建设工地上，这样的技术创新奇迹层出不穷，接连不断。此刻，我们站在被誉为"京沪高铁第一跨"——跨越(北)京开(封)高速公路的钢箱转体拱桥下。

我们从大桥的正面、背面、侧面等不同角度，欣赏着这座现代化的桥梁。在阳光的照耀下，大桥是那样壮观，又是那样轻盈，特别是那108米的主跨，如同一道彩虹，飞架在车辆如梭、运输繁忙的京开高速公路之上。我们从中感受到修建大桥时职工们的艰辛，也从中感受到科技力量的伟大。

大桥的建设者、中铁十七局集团京沪高铁项目第一工区经理贾建平和党工委书记仇理安自豪地向我们介绍说，跨京开高速公路转体拱桥，是我国第一次把转体技术，成功地运用到高速铁路桥梁建设实践中的代表作。

所谓的转体桥，就是先在顺着铁路方向的两侧，进行梁体和桥墩的浇筑，浇筑完成后，将铁路两侧的梁体经过转体后横跨到公路或河流的上方。它适用于场地狭窄、交通繁忙的公路、铁路、河道等桥梁架设。

京开路钢箱拱桥的转体转盘直径达 13 米，转体总重量近 7000 吨，施工难度大，技术要求高，是铁道部和中国铁建重点科技攻关项目。

转体桥的施工技术有转盘精确安装、滑道定位、大型钢构件高空吊装与焊接、空间测量等上百项，其中桥梁转体合龙的精度最为关键，要求正负误差不得超过 5 毫米，任何的偏差，都会造成整个大桥的施工失败。

为了确保大桥转体合龙的精确度，贾建平和仇理安带领职工，在施工现场进行一道道工序演练，一项项技术攻关。实践出真知，他们先后总结开发出"不平衡转体施工"、"无球绞转体施工"、"梁体线型控制"等多种转体桥施工新技术。同时，他们大胆引进世界先进的非接触式应变位移测量仪，对大桥转体实行全过程双向监控定位。

跨京开路钢箱拱桥实现一次转体成功，经专家测量检验，合龙精度正负误差不到 1 毫米，创国内铁路转体桥合龙精度之最。新华社和中央电视台《新闻联播》，专门播发了大桥合拢的消息。

京沪高铁出北京南站后，在大兴黄村同时与既有的京沪、京九 5 条既有铁路线相交，设计采用"空间刚架"桥通过。这在我国高速铁路建设中也是第一次采用。

负责"空间刚构"桥组织施工的第一工区工程部长高晓雷介绍说，空间刚构桥跨越既有铁路线施工的第一个困难是要点施工，所有作业必须在铁路运营部门批准的线路封闭时间内完成，要求施工组织必须严密、科学，不能有任何的差错；第二个困难是刚构桥钢件拼装，技术要求非常高，任何一个螺栓的错位，都会造成全桥拼装失败。

高晓雷和技术主管富成玮带领职工科学安排工序，每道工序完成时间精确到分甚至秒。认真把好钢构件加工尺寸和焊接质量关，确保每一个构件合格。在拼装施工中，职工们开动脑筋，创造性地用全站仪放样，找出中轴线，然后按轴线确定每个构件的精确位置，不但提高了功效，而且提高了拼装质量。全桥 45 片钢横梁、160 片纵梁、1080 根连杆、10 万余个高强螺栓无一错位，创造了国内大型刚构桥拼装施工之最。

据统计，在京沪高速铁路施工中，中铁十七局集团先后总结开发出：高速铁路桥梁桩基高性能混凝土配制，软土路基基底处理及沉降控制、无砟轨道铺设等新技术、新工艺近百项，许多属于他们独自研发，在同行业处于领先地位。

京沪高速铁路定于 2011 年 6 月通车运营。也许，今后没有多少人会记起梁毅、张凤鸣他们这些历尽千辛万苦、架桥铺路，为中国高速铁路建设事业做出贡献的建设者。但祖国不会忘记他们! 历史不会忘记他们! 绵延千里的京沪高速铁路不会忘记他们!

从传统管理到
系统集成管理的跨越
——中铁电气化局管理创新谱华章

王志坚　罗瑞军　王　健

　　高品质的工程来源于高水平的管理。在京沪高铁建设中，中铁电气化局作为系统集成商，实现了管理模式和机制的创新。系统集成管理的理念和管理模式，在京沪高铁中得到成功的运用。

全新的管理模式

　　建设一流水平的京沪高铁，必须凭借一流的工程管理。传统的管理模式、管理方法和管理手段，已很难适应京沪高铁的高速度技术标准和高精度、零缺陷的质量要求。

　　中铁电气化局集团领导和京沪高铁"四电"系统集成电气化项目管理层把京沪高铁作为管理创新的平台，在推进技术创新的同时，大力推进管理创新，用全新的管理理念和管理模式来建造一流的高速铁路，有效提升了企业管理水平。

　　"要以'开放的思想、开放的胸怀、开放的京沪'的理念指导京沪高铁建设。"说起项目管理，集团公司副总经理、京沪高铁"四电"系统集成电气化项目经理韦国如数家珍。他认为，确保京沪高铁高标准、高质量和高效率的建设目标，必须把"四精"（精心、精细、精确、精致）、"六好"（建好工程，带好队伍，做好集成，积累好经验，锤炼好技术，展示好形象）作为核心内容，体现在项目管理的全过程。这就要求我们，必须创新管理理念和管理模式。围绕这个课题，电化局采取了一系列措施。

　　2006年12月1日，中铁电气化局成立了客运专线系统集成事业部，代表集团对全部的高铁系统集成项目进行项目群管理探索。集团公司领导点将，由既懂管理又懂技术的董安平出任集团系统集成部总经理。系统集成部在总结京津、武广等高铁项目系统集成经验的基础上，将系统集成管理成功应用在京沪高铁，实现了系统集成管理的新跨越。

系统集成是指项目从顶层目标的确定、技术设计方案、子系统划分和标准的确定、设备选型采购、接口协调与管理、工程实施过程管理、联调联试和运行试验一整套管理系统，属于高端管理。从根本上有别于传统的工程施工管理。

一种全新的管理模式——系统集成管理，在京沪高铁应运而生。

从"181"到"4321"的转变

系统集成管理对工程承担了更系统更全面的责任。

现任集团公司总经理助理、系统集成部总经理董安平列出一组有趣的数字，说明从传统管理到系统集成管理的区别。他说，如果整个管理按 10 分算，传统的施工管理是"181"，即整个项目管理过程中工作量分布为：开工准备占 1 分，施工占 8 分，调试和开通准备占 1 分；系统集成项目管理则是"4321"，即整个管理过程的工作量分布为：设计联络、技术规格书、方案优化、设备选型、接口管理和开工准备占 4 分，施工管理占 3 分，精调试验占 2 分，开通试运行占 1 分。

京沪高铁系统集成项目部把管理重心前移，大量的工作放在了整体方案优化、资源要素整合、标准及工艺技术制定上，为工程施工过程中的质量、安全、技术、工期管理奠定基础；同时，加大工程后期平推精调和检测试验环节的协调管理。将管理流程向前端推进，向末端延伸，项目管理更加有序和有效。

按照"四个标准化"的管理要求，开工伊始，项目部就拟定了"样板引路，试验先行"的施工组织方针、全线标准统一的作业流程，设立了"样板标准区段"，做到了"实施有规范，操作有程序，过程有控制，结果有评估"。

结合京沪高铁特点，项目部实行了"左右线分开，分站区成型，整锚段推进"的施组原则；建立完善了对各个子系统的运作机制；制定了《项目管理手册》、《施工作业指导书》等 40 多项管理流程、管理标准和管理制度。

物资设备实现了从选型采购到配送的闭环管理。"从进入现场那一刻起，就一定要为京沪高铁提供最可靠的物资保障！"这是集团三公司物流预配中心主任高山在承诺书上写下的誓言。作为京沪高铁四个物流预配中心之一，高山带领的这个团队承担着二工区管段内物资的储运、配送、预配和加工等任务，

在预配车间，新来的大学生小姚配料时多发了一个螺栓，被复核员批评得痛哭流涕。高山跟他讲清了一个螺母、垫片都不允许差错的高铁零误差要求，从此，"尽职是天职，失职是罪责"

成为小姚工作的座右铭。

系统优化和精细化助推管理升级

中铁电气化局集团将系统优化和精细化作为两把利器，大力推动系统集成管理，制定更严格更高的内控标准，助推管理升级，实现工程最优。

把接口管理作为系统管理的重点。项目部多次召开设计团队、施工技术团队、设备采购团队等主要技术管理人员协商会，优化设计、优化设备选型，确定施工内控标准。

京沪高铁牵引供电系统与站前施工存在多达十万个各种管理接口。早在投标前的 2009 年 7 月，集团京沪高铁项目部常务副经理景建民就组织有关专家制定了"四电"工程接口施工验收细则，将"外部 101 项"、"内部 86 项"接口管理项目纳入到统一、闭环的管理体系，并率领技术人员进驻 48 个制梁厂，持续对所有工程接口进行了跟踪技术指导和检查，将 H 型柱基础整改数量控制在 0.5% 以内。

全员培训使系统集成和精细化施工的理念得到强化。京沪高铁项目部建立了全员全过程培训制度，对所有参建人员进行高铁意识培训和技术工艺技能培训；对作业层管理技术人员进行学院式强化培训；对作业人员进行夜校式强化施工技能培训。

工程数据数字化处理技术推进了系统优化和高水准的精细化施工，促进了京沪项目管理水平的提升。

在电力牵引供电系统施工中，以线路设计基本参数为依据，以精测网 CP Ⅱ 和 CP Ⅲ 为基础，采用先进测量设备进行接触网支柱定位，通过系统接口管理，实现接触网下部基础工程、牵引变电设备基础及电缆沟槽管洞由土建专业一体化施工，开创了与土建工程同步施工这一新的施工方式。

在精确测量基础上，他们采用自己研制的专用计算软件对支柱装配和吊弦进行准确的预配计算，腕臂和吊弦工厂化预配采用数控流水线，采用数字工具实现了安装检测数据化。

全面推行实名制管理，强化了质量终身负责制。实现了对施工现场作业的严细卡控。集团自行开发了工程安装实名制控制体系软件，每项作业票上各项信息当日录入电子档案，全线的每个作业环节都做到有记载、可追溯。

引入质量督导机制，强化了质量卡控。项目部积极参与"京沪高铁建设质量管理体系及风险控制技术研究"，成立了质量督导部。32 名质量督导员经过培训和考核后持证上岗。督导工作实行工区内部集中督导与划分小组交叉督导相结合，并启动了第三方督导机制，成效显著。

专家治理疑难问题，是京沪高铁的管理的又一大特色。在京沪高铁这支项目团队中，有一支

"钻石级"专家组，他们中有京沪高铁电气化项目的设计总体曹东白、中国铁路技术学会电气化专业委员会主任委员单圣雄、变电专家容仕宽、材料专家奚云飞、接触网专家鲁海祥。他们深入现场研究解决各类难题，指导现场技术人员攻克技术难关，破解了京沪高铁技术和管理中遇到的诸多疑难问题。

以京沪高铁开通为标志，中铁电气化局集团实现了全面掌握高速铁路技术，并形成系统集成能力的目标；实现了由传统的电气化铁路施工承包商向高速铁路四电系统集成商的华丽转身。

集团公司京沪高铁项目部以出色的管理赢得了上级的肯定和各方的好评，接连捧回全国总工会授予的"全国五一劳动奖状"和铁道部授予的"火车头奖杯"；景建民荣获"全国五一劳动奖章"，并有14人荣获"火车头奖章"；此前他们还被铁道部京沪高铁建设总指挥部、京沪高铁股份有限公司评为"2010年度京沪高铁建设优胜单位"，并获得79块安全质量绿牌奖励；10个先进集体和129名先进个人受到铁道部京沪高铁建设总指挥部和京沪高铁公司的表彰。

异军突起的传奇

——中国水电集团京沪高铁三标段建设纪实

王钦俞

一项世界瞩目的宏伟工程，一支脱颖而出的"铁建新军"——中国水利水电建设集团公司（以下简称"中国水电集团"）。三年来，他们信守"在学习中追赶、在创新中超越"的理念，秉承"自强不息、勇于超越"的企业精神，在京沪高铁建设的主战场上，与二十几支专业铁路建设劲旅同台竞技，创造了一个异军突起的传奇，写就了一段激情燃烧的光辉岁月……

她，是中国水利水电建设领域的金字招牌，独揽国内水电市场超过 65% 的份额；她，是国际水利水电行业的威武雄壮之师，坐拥全球水电市场的半壁江山……

中国第一座自己设计、自己施工、自制设备和自行安装的大型水电站——新安江水电站；万里黄河第一坝——三门峡水利枢纽；长江三峡工程——当今世界头号水电工程；中国企业承包的规模最大的水利水电国际工程——苏丹尼罗河麦罗维大坝工程……历经半个多世纪江河湖海的激荡，中国水电铸就了一座座坚实的堤坝，也铸就了让水电人引以为豪的丰碑和辉煌，在江河上创造了比自己生命更长的建筑艺术……

肩负使命的中国水电没有满足于昨日的荣耀，她利用自身在大型土木工程建筑领域强大的技术优势和六十年来积累的丰富经验，不断开拓进取——机场、楼宇、高速公路、港口航道、城市轨道交通……水电人不断创下一段段崭新的佳绩。

2008 年 1 月 6 日，中国水电集团以 142.7 亿元中标京沪高速铁路土建工程 3 标段，成为承建我国第一条具有世界先进水平的高速铁路的四家中央企业之一，也成为唯一一个参加过"三峡"和京沪高铁两个国家级特大工程的企业。昨天，他们用堤坝闸门截断江河，把强大的水力动能转变为电能，点亮文明；今天，他们用桥隧路涵连通城市，用最先进的交通方式打造中国铁路的现代化。

作为新中国成立以来一次建设里程最长、投资最大、标准最高的高速铁路，京沪高速铁路举世瞩目，施工中不能有丝毫差错；对于初入铁路建设领域的中国水电集团来说，这不仅是一个项目的经营，更是一次集团整体战略的调整，是一次开拓非水电市场的重要尝试和举措。虽然中国水电拥有50年的土木施工背景，但是跨行业的陌生无疑给这支新军带来了巨大的压力和挑战。

京沪高铁三标段，北起山东济南黄河南引桥，南至江苏徐州，正线全长266.617公里，是京沪高铁全线施工条件最为复杂、难度最大的标段之一。该标段有11处跨越既有铁路，8处跨越高速公路，有大中桥梁99座，车站4座，联络线特大桥2座，铺轨264.596公里。有过渡段1000多处，占全线的50%；有全线最长的路基段，是全线其他标段的总和；有全线最多的涵洞；有全线最多的隧道和单座最长的西渴马隧道。初涉铁路建设领域的中国水电面临严峻的考验，任重而道远。

举集团之力　汇集团之能

京沪高铁承载着国家和民族的殷切期望，也直接关系着中国水电这支铁建新军的前途和命运。成功中标让水电人感受到了光荣，给他们带来了历史性的机遇，更给他们带来了巨大的挑战和压力，使他们深切感受到任务的艰巨和使命的沉重。

面对266.617公里管段的长距离管理、13个参建工程局不同的企业文化背景、来自五湖四海临时组建的团队，继续沿用以往水电施工的管理模式无疑事倍功半。三标段中国水电集团自进场之初便果断提出："举集团之力、汇集团之能"的管理思路，力图通过集团的直接管控确保执行力在三标段的实施，使参建的13个工程局在充分发挥各自特长之时，利用集团的平台达到了资源共享，优势互补。同时由集团公司总经理范集湘出任三标项目总经理，总经理助理杨忠出任项目常务副总经理。各工区派出了工程局副局长担任工区主任，这么高的配置，在中国水电的历史上绝无仅有！

为使各参建工程局高度重视京沪高铁项目，集团公司2008、2009年连续两年在京沪高铁三标召开基础设施业务会，范集湘总经理在会上做出重要指示，要求各单位要全面适应铁路市场的商业模式，全力以赴，只许成功，不许失败，为集团开拓非水电业务奠定坚实基础！每到工程关键时刻，范总都亲自到现场召开办公会，及时解决工程中的重大问题。

原集团公司党委书记、股份公司总经理刘起涛也多次到京沪高铁指导工作，慰问一线员工，在工程进入攻坚冲刺阶段，他还亲自为"大干一百二十天"劳动竞赛做总动员，开启了中国水电京沪高铁大干快上、你追我赶的生动局面。

"只许成功，不许失败，在京沪高铁三标干出一番事业来！"每个水电人也都在心里暗暗立下了这样的誓言。

京沪高铁工期异常紧张，征地拆迁等前期工作的进展情况直接制约着建设工期。三标段位于经济相对发达的鲁中南地区，沿线城镇、工厂、村庄分布密集，电网线路密布，房屋拆迁和"三电"迁改的难度很大。位于济南市西郊的三标段一、二工区，沿线还有多处回、汉两族群众的墓地，仅其中一处回民墓地就要迁移1400多座坟墓，征地拆迁工作遇到了预想不到的困难。

然而工期不等人！，"等、靠、要"只能坐以待毙！为此，范集湘总经理半年内三下山东，与省市沟通，建立高端协调机制。各工区的相关负责人，冒着野外田间刺骨的寒风，每天协调地方有关部门，全力推动征地拆迁工作。

中国水电十一局副局长兼京沪高铁三标一工区主任陈双权，无数次步行从工段的起点走到终点，对现场进行实地勘察，到所属管段的居民家中挨家拜访，先后和当地政府24个部门对接。正是他们的执着和苦干实干，深深地感动当地政府和沿线人民群众，仅用短短的一个来月时间，基本上保证了施工用地的征迁，一面面中国水电的大旗在266公里的线路上迎风飘扬。

加大资源投入　立足长远发展

近年来，中国水电确定了多元化发展战略，将非水电业务作为战略调整的重要转型。同时，中国水电也清醒的认识到，进入铁路建设市场，投入大、周期长，绝非企业的权宜之计，而是企业战略目标的调整。需要中国水电加大资金、技术、人才、设备等硬实力的投入，而且要加快打造全面进入铁路市场的软实力。一句话，要举全局之力，打造"中国水电铁建"品牌。

中国水电在自有资金十分紧张的情况下，对京沪高铁项目尽其全力予以支持。自2008年开工以来，中国水电为京沪项目注资达10亿余元。对一个建设项目投入如此巨资，在中国水电几十年的建设史上前所未有。

为了立足长远，着眼发展，中国水电在设备购置上，可以说武装到了牙齿。在京沪高铁大型设备中最有代表性的，当属900吨箱梁的提、运、架设备。中国水电以央企的气魄购置了900顿级箱梁制运架设备15台套，900顿级箱梁移动模架造桥机12套；CRTSI型板铺设设备3台套以及相应的拌合站、专用模板等配套设备，设备总值近13亿元。是京沪高铁全线投入新购设备最多的单位之一。

在人力资源的投入上，中国水电可以说是倾其家底，调集2.5万精兵强将上京沪，为中国水电培育了各类铁路专业技术管理人才21389人。

在学习中追赶

初涉铁路建设领域的水电人苦苦思考：怎样才能干出和水电领域一样的业绩和成就？中国

水电的领导班子提出了响亮的口号：要用一流的人员、一流的设备、一流的管理手段、一流的工艺去创造一流的工程！

自 2008 年开工以来，中国水电全新购置了大批铁路施工的设备近万套，同时对全员进行了分层次、高强度、全覆盖的培训。在 260 余公里的三标线路上，白天机械轰鸣，水电人在工地挥汗如雨，到了晚上他们秉灯苦读，或是聚在会议室里进行业务研讨。

随着施工的进行，水电人逐渐认识到，从水电施工到高速铁路施工，仅靠换一部标准、啃几天书本远远不够，需要大家在工作中稳扎稳打，一点一滴地转变理念，一步一步地改进不足。

京沪高铁的日子，对中国水电的每一位职工来说，走的每一步都如履薄冰，每一份成功都饱含了比铁路建设单位更多的付出。几乎每天大家的工作时间都在十七八个小时。

中国水电十四局京沪高铁三标五工区常务副主任刘士诚，三年如一日挑灯夜下苦读，虽温文尔雅，然不乏胸有成竹，对工作安排有条不紊，做到了"无形管理"，于 2009 年底在中国水电集团管段率先完成制、架梁任务。

中国水电八局京沪高铁三标六工区二处处长王晓伟，几乎每天都是凌晨 1、2 点才回家，经常躺下没多久，一个电话打来，就往前方跑。为了不打搅妻子休息，他后来干脆晚上不回家，就在办公室困几个钟头，每天很难见到他的人。

27 岁的中国水电七局京沪高铁长清制板厂厂长孙志强，他的生活状态由车间 - 办公室 - 宿舍缩短为车间 - 办公室。他从每一道工序抓起，与试验室人员一起研究配合比，经历了 6000 余次试验；他自己动手绑扎钢筋网，看到每个人的极限速度是多少；轨道板浇筑完后要刷毛，采用"眼观手试"的办法获得感性信息，用照相机记录混凝土在不同强度刷毛时轨道板表面的变化情况，通过不断对比并结合查阅相关资料，从而获得了轨道板刷毛的最佳时间段和强度范围；为解决工装设备的磨合，他与厂家技术人员称兄道弟，常常给他们端茶送水，而自己却是嘴唇干裂……

2010 年 6 月，中国水电集团京沪高铁长清制板厂在全线率先完成 21758 块轨道板制造任务，比计划工期提前了整整一个月，名列京沪全线同类板场前茅，并因此获得京沪高铁济南指挥部 2010 年上半年劳动竞赛优胜单位，成为三家获奖单位之一。

自强不息的水电人不怕挫折，坚韧不拔，孜孜不倦地学习，勤勤恳恳地工作，努力追赶别人的脚步。各工区的施工逐步推进，进展有序。

2008 年 3 月 17 日凌晨 3：30 分，黄河南引桥成功灌注第一根桥梁桩基，自此三标段进入实质性施工阶段。

2008 年 8 月 1 日，泰安制梁场成功预制出第一孔箱梁。

2008 年 12 月 31 日，泰安制梁场架设第一片简支箱梁，标志着三标段已经由线下工程向线上工程施工转移。

2009 年 3 月 18 日，全路隧道施工现场会议在西渴马隧道召开。由中国水电集团承建的西渴马隧道成为全国铁路行业关注的焦点和亮点。

2009 年 3 月 28 日，龙山隧道贯通，成为三标段第一条贯通的隧道。

2009 年 4 月 30 日，长清轨道板场首块轨道板试制成功。

2010 年 6 月 31 日，中国水电集团长清板场轨道板预制任务全面完成。

2010 年 8 月 1 日，中国水电集团京沪高铁三标顺利铺设第一根 500 米长钢轨，标志着中国水电集团已经全面掌握高速铁路施工技术。

2010 年 10 月 29 日，中国水电集团济南铺轨基地沪向铺轨任务完成。

2010 年 11 月 25 日，中国水电集团提前完成正线钢轨锁定。

......

在创新中超越

中国水电作为水电建设领域的排头兵，拥有全球 50% 的水利水电建设份额，有着大型土木施工的强大实力。50 年来，中国水电一直处于行业的领先地位，丰富的工程实践和勇于创新的科学精神，使他们攻克了一系列世界级的技术难题，创造和掌握了具有国际先进水平的水利水电工程及相关建筑领域的施工技术，特别是在土石方开挖、地下工程、混凝土浇筑、灾害性地质问题的处理、大型金属结构的制作安装方面，形成了自身的行业优势。京沪高铁的成功中标，对这支水电王牌军既是机遇又是挑战。作为一支新兵，要想在"老铁路"的地盘上占有一席之地并创造效益，唯有通过"创新"来提高自己的核心竞争力。中国水电在举世瞩目的京沪线上不辱使命，充分利用水电工程施工中的领先技术在满足铁路施工特点和规则的前提下进行移植和创新，利用科技创新手段打造差异优势，将水电和铁路两个行业优势进行叠加，形成了"中国水电铁建"品牌特色。

杨忠，中国水电集团总经理助理兼三标项目部常务副总经理。作为一名企业管理者，他深知创新是企业的灵魂，是一个企业生存与发展的源泉。为了尽快把创新成果更有效地转化为生产力，他多次亲自赶赴施工一线与科研人员一道设计图纸。底座板可调模板的设计生产阶段，他先后 8 次到工厂指导；路肩施工的轻便滑模，他先后 6 次赴工厂优化设计，改良细节。

三标段四工区的大汶河特大桥地质条件是三标全线施工难度最大的路段之一。这里地质结构复杂，不仅硬岩、斜岩多，而且溶洞多。由于桩基施工进入 2009 年才开工。按照传统的施工方法，要想赶在 6 月 15 日汛期到来前完成所有桥下作业，几乎成了一项不可能完成的任务。一场和洪水的赛跑开始了！来自中国水电四局的四工区常务副主任郝长福根据以往水电站施工经验，成功摸索出采用液压钻机先将岩石钻成蜂窝状再进行正式钻孔的预钻法桩基成孔技术，使成孔速度成倍提高，且确保了钻孔的成型质量。这项技术的运用使三标段岩溶地段的桩基施工迅速突破，大大提高了施工效率和桩基成孔质量，解决了这一中国铁路建设历史上从未被破解的技术难题。紧接着，郝长福又在开挖支护和防渗水施工中做了创新，保证了墩身浇筑的顺利进行。所有的桥下施工也终于在原计划的最后一天 6 月 15 日完成。第二天下午，瓢泼大雨如期而至，大汶河水位急涨。在这次与洪水的赛跑中，郝长福不仅抢在了前面，还收获了一项国家工法、一个国家技术专利和多个创新成果，可谓大获全胜。

西渴马 1 号隧道是京沪全线最长的隧道。源于水电地下厂房机械化施工的理念，他们在高铁隧道中采用大型遥控混凝土喷射机械手作业；以水电隧道施工栈桥为雏形，结合铁路栈桥研发仰拱移动栈桥，提供立体作业条件，解决隧道施工工序交叉干扰，为京沪高铁全线最长隧道提前两个月贯通奠定了坚实基础。

采用地质预报仪为主，配合使用钻孔探测相结合的超前地质预报实施方案，覆盖了所有的隧道开挖工作面。

RJ-50S 型自动监测信息系统运用于隧道浅埋地段和不良地质洞段的拱顶沉降量测，其超限自动报警功能有效减少和避免了安全事故的发生。

人员自动登录报警系统应用无线频率识别技术，对洞内人员进行跟踪定位，如果洞内发生突发事件，安全员或工长可按下标识卡上的紧急按钮向洞外值班室进行报警。

对包括西渴马隧道在内的 80 多个工点上设置的实时监控系统，实现了高铁建设施工 24 小时实时监控。

路基过渡段施工质量难以控制是众所周知的难题，而三标过渡段是其他标段的总和。为此，三标段全力推动探索新型过渡段施工技术，他们借鉴水电大坝变态混凝土施工技术，创新施工方法，使过渡段施工质量得到充分保证，成功解决了这一难题。

梁面六面坡作为桥梁表面质量控制的重点和难点，中国水电通过改进施工设备，制造专业模具，率先形成了保证梁面六面坡施工质量的工艺流程和方法。

除此之外，三标段中国水电集团还自行设计了底座板可调式模板、定制了水泥乳化沥青砂浆专用泵、研制了路肩滑模、对轨道板封边工艺不断优化，实施梁面系及无砟轨道全天候作业……

他们以勤劳和智慧在数十项关键技术、工法上打造了亮点，成功举办了全国铁路行业隧道施工现场会，四次举办京沪高铁全线的样板观摩会，换来了两项国家级工法、六项国家专利，五项省部级工法，十六项技术创新成果奖，项目部常务副经理杨忠也被京沪公司授予"十大创新人物"称号。

2010 年 6 月 14 日，铁道部领导来三标检查工作时说："中国水电已经成为铁路建设的一支劲旅，在全线起到了表率带头的作用。"

无私奉献　再铸辉煌

从崭新的队伍，到初步树立起"中国水电铁建"品牌，双双布满血丝的眼睛掩不住水电人三年来夜以继日的辛劳，满是泥泞的鞋子记录了他们奋斗的历程。面对成功的喜悦，他们没有一丝骄傲，他们深知漫漫征途前面还有无尽的坎坷。

三标项目部副总经理兼总工程师蒋宗全，每个月必定带着工程技术部的同志沿着 266 公里的线路走一圈，一个工作面一个工作面的检查。蒋宗全说，吃透工程，吃透环境，不给工程留遗憾是一名工程师应尽的职责。无论工作多忙、时间多紧，他坚持每天对工作进行梳理、总结。京沪三年来，他写了 10 余本近 200 万字的工作笔记和两本专业笔记。

奋战在京沪高铁的两万五千水电人，他们顾不上要参加高考的孩子，顾不上身怀六甲的妻子，甚至顾不上多陪陪病危的老母亲，三年来，不舍昼夜，呕心沥血，全身心地投入到建设京沪高铁的事业当中。

2009 年 10 月 30 日，京沪高铁全线最长的隧道——西渴马 1 号隧道提前两个月顺利贯通。

2009 年 11 月 21 日，京沪全线第一孔底座板在三标大汶河特大桥浇筑完成。

2010 年 7 月 5 日，中国水电集团在京沪全线率先实现了 42 号道岔的铺设，并创造了单套设备单日完成 CRTS Ⅱ型无砟轨道板灌板达 154 块，月灌板 2078 块的全国最高纪录。

2010 年 10 月 29 日，三标段在京沪高铁全线率先实现了轨道铺通，中国水电集团京沪高铁项目部被中华全国总工会授予"全国五一劳动奖状"的光荣称号。

一千多个寒来暑往的日日夜夜，两万多名热血沸腾的"水电铁军"，在京沪线上创造的每一个第一，对这支铁路建设新队伍来说都是巨大的鼓舞。这片土地深深的印下了他们的足迹，铭记着他们三年来夜以继日顽强拼搏的身影，这段光辉岁月将永载中国铁路建设的史册！

建功中国高铁第一桥

——中国铁道科学研究院京沪高铁南京大胜关长江大桥咨询监理纪实

雷风行

六朝古都南京，虎踞龙盘，滨临长江天险。

大胜关，位于南京古城西南方的长江岸边。1360 年，正值元末群雄割据，陈友谅挥师沿长江顺流东下，欲攻占南京。8 年后当上明太祖的朱元璋采纳刘基计谋，派人诈降，诱使陈友谅深入龙江，进行伏击，大胜陈友谅军。后来这地方被称为"大胜关"。

朱元璋绝没有想到，650 年后，大胜关再传令人们赞叹的"大胜"捷报。经过三年多建设，2009 年 9 月 28 日，世界首座六线高速铁路大桥——大胜关长江大桥胜利合龙，昂首屹立在浩浩荡荡的长江上。

合龙那天，中国铁道科学研究院桥梁专家、头发花白的大桥总咨询师潘家英站在离长江水面 111 米高的拱顶上，望着亲自组织审查验算的 2500 余张施工图已转化成这座气势恢宏的大桥，她思绪万千，想起了咨询监理项目部走过的艰苦历程，想起了与建设、设计、施工单位联手建造中国高铁第一桥的一千多个难忘的日日夜夜……

创新咨询模式，"大咨询"发挥大作用

2008 年 4 月 18 日，举世瞩目的京沪高速铁路全线开工建设。国务院总理温家宝出席开工典礼，并亲自为京沪高铁奠基。

鲜为人知的是，京沪高铁的关键控制性工程——南京大胜关长江大桥，早在 2006 年 7 月 18 日就已经作为铁道部直属的一个独立项目开工建设了。这座设计时速 300 公里的当代高铁第一大桥科技含量高，施工难度大，铁道部领导高瞻远瞩地提出，要把大桥作为京沪高铁的先行工程，建成全线的示范工程。

大胜关长江大桥的勘测设计由我国铁路桥梁设计领域的领军单位——经验丰富、久负盛名的中铁大桥勘测设计院负责，施工由功勋卓著的国家队中铁大桥局集团承担。大桥的咨询与监理由谁牵头承担呢？历史的重任再次选择了有"铁路科技发展主力军"之称的铁科院。

中国铁路建设项目采用咨询与监理管理模式，发端于20世纪末，发展于本世纪初。

2004年10月，铁道部提出在全路建设领域实行"小业主、大咨询"的管理模式。小业主，就是建设管理机构必须精干高效；大咨询，就是组建技术管理力量强大的咨询监理机构，承担业主延伸管理的职能，对项目建设、设计、施工承担咨询监理责任，实现对工程的有效管理。

2004年，武汉天兴洲长江大桥开工建设，率先组织中外联合体，实行咨询监理一体化。铁科院作为联合体的主体单位，为大咨询积累了成功经验。

面对大胜关长江大桥这项技术含量高的世界性工程，铁科院领导对咨询任务十分重视，2006年新年伊始就成立专家组，集中了各方面专家。组长由时任铁建所副所长刘晓光研究员担任，这位毕业于清华大学的博士生导师，是中国钢结构协会桥梁钢结构分会理事长，曾担任天兴洲长江大桥项目总监，对大桥咨询监理拥有丰富的经验。

2006年1月，铁科院（北京）工程咨询有限公司、中铁武汉大桥工程咨询监理有限公司、德国PEC+S集团公司组成了中外咨询监理联合体，迅速成立咨询监理项目部，并分别在现场、北京和德国组建施工监理部、国内咨询部和国外咨询部。铁科院组织精兵强将参加咨询监理，委派戴福忠研究员出任项目经理，桥梁专家潘家英出任总咨询师；联合体特聘中国工程院院士、桥梁工程专家陈新担任联合体首席顾问，聘请多名经验丰富、技术领先的国家级、省部级桥梁专家组成专家组。

大胜关长江大桥为世界首座六线高速铁路大桥，是京沪高速铁路、沪汉蓉I级铁路干线、南京地铁过江的通道。大桥全长9.273公里，北引桥长5.599公里，主桥及六线合建段引桥长3.674公里，主桥全长1615米，为大跨度连续钢桁梁拱桥，主跨为336米，是世界上时速300公里级别中跨度最大、荷载最大的高速铁路大桥。

铁科院国内咨询组深知肩上的分量。纲举才能目张，他们首先研究编写了咨询工作计划，细化了咨询内容和各阶段工作安排，拉开了咨询的序幕。

2006年是咨询任务繁重而又紧迫的一年。面对当年7月大桥基础即将施工的紧急形势，铁科院充分发挥铁建所桥梁专业的技术优势，由事业部主任牛斌组织，抽出事业部三分之一的技术力量，组建21人的国内咨询部，于1月下旬起对大桥主桥、引桥的施工图设计送审稿进行设计复核。

时间紧，任务重，军情迫。1月28日正值除夕，人们都忙于置办年货准备过春节，而铁科院铁建所的办公楼里却一片繁忙，项目经理戴福忠、咨询工程师胡所亭带领大家对施工设计图进行复核。春节假日他们也不休息，经常干到深夜。经过半个月奋战，国内咨询组终于在 2 月 5 日（正月初八）完成了对第一批送审图纸的设计复核，为设计方优化和完善施工图纸赢得了宝贵时间。

大桥的咨询工作由总咨询师潘家英统领。这位资深桥梁专家，向我讲述起她与桥梁的往事。1964 年绍兴女孩潘家英毕业于同济大学路桥系，分配到铁科院工作刚一年，赶上成昆铁路大会战，她坚决要求上成昆，作为科技人员参加三结合悬臂梁战斗组。那时没有电脑，设计全靠手算，潘家英参与了旧庄河 1 号大桥悬臂拼装梁等科技攻关，成昆铁路获国家科技进步特等奖。70 年代潘家英有幸参与中国第一座铁路斜拉桥湘桂线红水河大桥工程设计，她率先学习计算机技术，那时铁科院没有计算机，她每天到北京市计算中心调试计算程序，参与主桥结构设计，该工程设计 1983 年获国家科技进步二等奖。

改革开放为潘家英提供了桥梁研究新天地。1983 年，她刻苦学习英语，赴美国当访问学者两年，专攻大跨度桥梁科研课题。从事桥梁科研 40 多年，潘家英与长江结下不解之缘，曾任三峡西陵长江大桥副总监，南京长江二桥 B1 标总监代表，64 岁又出任南京大胜关长江大桥总咨询师，颇有"佘太君挂帅"的巾帼气概。

潘家英是从桥梁施工实践中摸爬滚打出来的，深知施工图纸的重要性。根据工程进展，她与项目经理一起，组织咨询组对各分项工程的施工图纸进行验算、审查，对施工方案及施工工艺进行审核，及时将施工图审核结果与咨询报告提交业主和设计院，并通报施工单位，为工程顺利实施创造条件。在所有咨询报告中，他们均提出具体的结论和明确建议，特别是对施工中的重点技术问题如钢梁关键部位结构构造、钢梁架设方案等进行严密论证，提出建设性意见。

2006 年，国内咨询组重点在北京对各项施工图纸与施工方案进行验算与审核，发挥铁科院咨询师分析计算能力强的优势，从技术上为施工方案提供支撑。凭借 40 年来形成的丰富经验与一丝不苟的严谨作风，潘家英严把签字批准关。国内外咨询师们送来的咨询报告，她亲自核实关键数据的准确性，往往能"挑剔"出不同问题，有的被打回去修改好几遍。国内咨询组共审查、检算了 2500 余张施工图，大到大桥主体结构，小到每一个杆件、每一根桩基，都经受住了施工实践的检验。

国外咨询部成员 7 人，他们按照咨询项目部要求，根据中国规范并参考欧洲规范，检算了钢梁架设及成桥状态的结构安全和疲劳，对结构构造及施工工艺进行了审核，完成了 6 份咨询报告。

2006 年 12 月 11 至 12 日，京沪高速铁路南京指挥部组织专家对重大设计和施工方案的国内外咨询成果进行了评审。专家评审后认为："大胜关长江大桥钢梁设计及架设方案咨询工作考虑全面，内容完整，审查严谨，结论可信。所采用的计算模型和数据正确，其成果对大桥的设计施工图具有良好的校核作用，所提建议可以作为进一步改进设计的依据。"

从 2007 年起，随着大桥施工的全面展开，潘家英带领咨询组来到南京大桥施工现场，深入各个施工环节，开展施工技术咨询，从桥墩基础、上部结构到钢梁架设，跟踪进行全面复核，确保大桥施工的质量与安全。

三年多里，国内咨询组通过对施工图纸与方案进行审查、验算，采取有限元模型进行检算、分析等手段，共完成了 34 份咨询报告，约 100 多万字。这些咨询意见既验证了设计和施工方案，同时又为施工图和施工方案的优化与完善提供了有力的技术支撑，深受建设、设计、施工各方的好评。

严格监理质量与安全，44391 个检验批与"零缺陷"

实行建设监理制，是我国按国际惯例对工程项目建设管理体制的一场重大改革。1991 年 7 月，铁道部发布了《铁路工程施工监理试点规定》。同年，铁科院依托雄厚的科技实力，建立工程建设监理部，获甲级监理资质。上世纪 90 年代，潘家英、戴福忠分别担任长江三峡西陵大桥副总监与监理，十年后，这两位研究员在大胜关大桥再度携手。

2006 年 3 月，戴福忠率队跑步进场，迅速在现场建立项目部，下设南岸监理站、北岸监理站和驻厂监理站。快速、合理的布局为全过程、全方位监管创造了有利条件。

要严格履行监理职责，把大桥建设成无愧于时代的精品工程，首先要打造一支高标准、讲科学、严纪律的监理队伍。戴福忠抓住工程尚未全面开工的时机紧张备战，结合工程特点，培训队伍，整章建制，编制了《监理规划》，制定了"源头把关、过程控制、精细管理"的工作方针，出台并严格执行一系列规范监理运作的规章制度。

监理经理有两种，一种是事无巨细自己统抓，成天陷于事务中被动应付；一种是用制度管人、管事，跳出事务圈子抓重点。戴福忠经理属于后一种。他针对大胜关大桥工程实际，组织制定了一系列规范咨询监理工作的规章制度，并在实践中不断充实和完善，共建立健全咨询监理管理制度 34 项，如旁站监理制度、工地例会制度、工序检查验收制度等，明确具体，责任到人，做到实施有规范、操作有程序、过程有控制、结果有考核。

铁道部与上级部门对监理工作有一系列要求，戴福忠善于将上级要求与项目实际相结合，围绕大桥工程监理特点，提出监理工作严格做到"六到位"：即对工程的技术标准、设计文件组织学习和研究，吃透设计技术原则，做到贯彻技术标准、设计意图到位；针对不同的工程类别，周密制定监理实施细则，做到管理规范措施到位；把好原材料、施工工艺、关键工序、隐蔽工程等各个环节，做到过程控制到位；实行挂牌监理，统一着装，明确责任，做到落实责任到位；

及时服务现场，配合解决施工过程中的难题，做到配合科研到位；配备先进的试验、测量仪器和办公设施，做到资源配置到位。

这"六到位"，既有要求，又有途径与方法。其中服务现场、配合科研到位，恐怕一般监理难以做到，而铁科院派出的监理队伍，有底气提出这样的高要求。

戴福忠是一位学者型的项目经理。这位1964年出生的湖北红安农家子弟，1986年毕业于西南交大桥梁专业，1989年铁科院研究生毕业，打下深厚的理论功底；近20年来他先后承担京九铁路孙口黄河大桥监理、深圳建设市场咨询监理，33岁起开始担任项目总监，拥有丰富的现场组织管理经验。得益于理论与实践齐驱，知识与能力并进，戴福忠在项目管理中突出标准化管理，80号人各负其责，分工明确，他抽出精力思考全局，围绕监理中的重点难点主动进攻，不断有新思路、新点子、新突破。

在研究制订监理验收表格时，戴福忠就遇到一个难题：南京大胜关长江大桥是京沪高速铁路开工最早的工程，原有的监理用表不适于"小业主、大咨询"的管理模式，无法理顺参建各方间的工作关系；铁路工程验收已由"铁程检"变更为"检验批"验收，现有的检验批表格已不能涵盖工程施工、检查、验收的全过程内容；而且大胜关大桥大吨位球形钢支座、钢梁制造与架设无专门用表，需重新制订。戴福忠调集项目部骨干力量，广泛收集资料，会同南京建设指挥部、铁科院、中铁大桥局项目经理部共同编制了《京沪高速工程监理和施工用表》第一、二册。这些管理和技术文件经大胜关长江大桥使用、完善并修订后，2008年由京沪高速铁路公司审定下发全线各参建单位，为京沪高铁全线标准化管理起到带头示范作用。

2006年7月18日，大胜关大桥率先开工建设。戴福忠要求全体监理人员，严格监理，首先要严在质量与安全控制上，确保工程质量万无一失。作为项目经理，戴福忠善于创新管理，注重抓源头，抓过程，抓细节，追求最佳的工程质量。

抓源头，倡导并实行质量标准块制度和首件工程认可制度。大桥钢梁几何尺寸和构造复杂，为验证、优化施工工艺、规程，确保大桥"内实外美"，项目部实行事前控制，先进行典型构件的试制，经过工艺评定，确保工艺可靠、质量达标后才进行批量生产。在大桥墩身浇注前，项目部要求施工单位进行混凝土试验块浇筑，共进行墩身混凝土试验15次，制作试验块46块。根据已批准的配合比进行组合式试验，找出缺陷后再次拟定工艺参数，直至优选出各单位均认可的施工工艺，方进行正式墩身混凝土浇筑。

抓过程，建立严格的原材料监控体系。大胜关大桥需用混凝土122万立方米，钢筋13.8万吨，结构用钢材8.23万吨，高强度螺栓382万套。为保证大桥原材料高品质，项目部参与全过程监控，从供货厂商选择、施工单位自检到监理单位抽检、仓贮保管直至使用，每一个环节都建立一套行之有效的监管办法。项目部将这一原材料监控体系总结为"过六关"：一是资格关，二是进场关，三是自检关，四是抽检关，五是物流关，六是使用关，每一关都有监理工程师检查见证。

监理抽检是监控体系中关键一环。项目部在现场建立监理中心试验室，依托北京铁科工程检测中心，配备试验人员 10 人，试验设备 108 台套，对大桥所使用的原材料、成品、半成品，在施工单位自检合格的基础上，按规定的比例进行监理平行检验和见证试验，并按程序清退不合格品。据统计，从开工至 2010 年 3 月，项目部共检测验证了 10727 份样品，检测结果合格率为 99.6%；共清退不合格碎石 6 个批次 2759 吨，清退不合格黄砂 4 个批次 6900 吨，清退不合格粉煤灰 5 个批次 521.7 吨，清退不合格外加剂 2 个批次 68 吨，清退不合格钢筋 1 个批次 10.164 吨，总计清退出场不合格原材料 10258.864 吨。足见咨询监理项目部抓质量的"铁手腕"。

抓细节，建议推广使用混凝土浇筑令。为加强对混凝土拌合站及现场混凝土浇筑的监理工作，项目部从细节入手，特编制了混凝土浇筑申请表，并报经京沪高速铁路建设总指挥部批准后正式实施。混凝土浇筑申请表要求，混凝土浇筑前，要对工地的施工措施、混凝土配合比、预埋件、钢筋、模板等涉及混凝土浇筑全过程的施工工艺、原材料质量等全部进行检查验收签认，并由监理工程师签认申请表后方可浇筑混凝土。小小的一张混凝土浇筑令，既规范了混凝土拌合站的操作规程，又利于现场各项前期准备工作的监控，确保了混凝土浇筑质量。

安全监控是又一监理重点。大胜关大桥施工工艺十分复杂，多为高空作业、多层作业和交叉作业。咨询监理项目部对大桥施工的各个部位实行全方位安全监控，从水上运输安全和船舶安全、起重吊装作业安全、钢梁架设高空作业安全到施工用电、防火、防爆、防撞安全，都是安全监理工作的重点难点。

项目部要求所有监理人员在实施安全监理中，都要做到"四个一定"：该审查的一定审查，该检查的一定检查，该停工的一定停工，该报告的一定报告。

项目部建立了安全监管体系和安全岗位责任制，配备了专职的安全监理工程师和设备安全工程师，明确各级监理人员的安全职责，建立了月检、周检、巡检、专检等"四检"制度，发现安全隐患当场监督整改，必要时形成检查记录，书面通知施工单位，限期整改。为落实好每周一次的周检制度，项目部制定了《周检管理办法》《现场检查实施细则》，编制了检查程序图，对危险源坚持从细检查、从严监管和从快奖罚的原则。施工三年多里，项目部共进行各项检查198 次，提出问题和要求 2042 条，并跟踪复查，全部闭合。

严格的安全管理，构筑了有效的安全保障体系，确保了大桥施工安全，实现了施工安全零事故目标。

2009 年 7 月 7 日至 8 日，全路建设标准化管理暨质量现场会在南京召开。铁道部副部长卢春房率与会代表现场观摩了京沪高铁大胜关大桥钢梁架设、咨询监理项目部试验室标准化管理。铁科院咨询监理项目部在会上作了《加强标准化建设，提升监理服务水平》的经验介绍，受到了与会代表的好评。

在建造大胜关大桥的三年多里，项目部的80多名监理工程师，对大桥北高速引桥、北合建区引桥、主桥、南合建区引桥四个单位工程、共111个分项工程进行了严格监理，通过巡视、旁站、指令、见证检验、平行检验、验收等监理手段，对大桥44391个检验批进行了签认。

这44391个庄严签认，饱含着铁科院监理人员"标准高一格、质量严一等"的责任与承诺，表达了"没有缺陷、不留遗憾、多赢赞叹"的监理目标与追求，是项目部"精、深、细、实"管理方针的生动体现。

没有多少人知道，为了确保大桥"零缺陷"，监理工程师们忠于职守，吃苦奉献，在这44391个数字后面，蕴含了多少酸甜苦辣！

2007年7月31凌晨，由于南京连日暴雨，长江水位上涨，江水倒灌，建在池塘边的咨询监理项目部被淹。住在一层的戴福忠惊醒后发现，床边的衣服、鞋都被水冲跑了，鱼儿居然在房间游动，急忙组织大家将试验仪器等涉水转移到安全地带。

2008年1月底，一场暴风雪席卷江淮大地，大雪竟把项目部的活动板房压塌了。这场南方低温雨雪灾害持续时间长，汽车也开不了，项目部面临买粮难、吃菜难，生活必需品靠人拉肩扛。

监理们盯守在施工现场，不分白天黑天，没有节假日。只要现场有施工，不管刮风下雨，哪怕半夜已睡下了，都随叫随到，从不耽误。

项目经理戴福忠连续几个春节没回家，坚守在现场。他每年90%时间在工地，孩子升学考试时希望父亲能辅导，但他却无法满足孩子的合理要求。

吃苦与忍耐，坚守与担当。他们只为那心中的目标，只为那当初的承诺。

强强联手，共建一流大桥

中国著名桥梁大师、教育家、社会活动家茅以升（1896～1989），一生致力于发展祖国桥梁事业，新中国成立后担任中国铁道科学研究院院长达30年之久，为我国培养了一大批铁路工程建设人才。

1986年1月，正值茅老90寿辰，笔者作为《人民铁道》报记者，有幸采访了这位银发苍苍的老前辈，记下了茅老对祖国桥梁发展的预言：

桥的技术、艺术和学术总是在逐步发展的。我国的桥在这三方面都有光荣传统。解放后武汉长江大桥和南京长江大桥先后建成，规模宏大，显示出我国桥梁新技术。可以确信，我们将有比在武汉、南京跨越长江天堑更艰巨的桥，创造当代桥梁的世界第一！

茅以升逝世20年后，南京大胜关大桥胜利合龙，一桥飞越长江天堑。这座世界高铁第一大桥横空出世，证实了"中国桥魂"茅以升当年的预言。

大胜关长江大桥具有体量最大、荷载最大、跨度最大、速度最高的"三大一高"特点，是一项世界性工程。

体量最大。是世界首座六线铁路大桥，总用钢量30余万吨，其中主桥结构用钢达8.2万吨，混凝土总量达122万立方米。

荷载最大。设计活载为六线轨道交通，主桥恒载、活载巨大，支座最大反力达1.8万吨，是目前世界上设计荷载最大的高速铁路大桥。

跨度最大。主跨336米为世界同类级别跨度最大的高速铁路大桥。

速度最高。设计时速300公里，位居高速铁路大跨度桥梁世界领先水平。

2009年八、九月，大胜关大桥进入合龙阶段。这是大桥建设最关键一环，也是最精彩一幕。

大桥能否准确合龙，其合龙方案关系到大桥成败。大桥局的设计与施工方大胆提出了调整索力、不通过传统的顶落梁来实现大跨度钢梁拱无应力状态下合龙方案，简称调索无顶落梁方案。

总咨询师潘家英率领咨询团队，对合龙方案进行了详细的检算与审查，经过多方案研究比选，认为大桥局的合龙方案符合大桥结构，是安全可行的。潘家英将这一大桥拼装合龙方案称为"吊索辅助安装，钢梁零应力合龙"方案。国内咨询对合龙方案的步骤、手段、措施等提出六点意见，包括对7号墩需调整三层平索索力等，从技术上对方案进行了优化与完善。

在拼装合龙现场咨询中，67岁的潘家英先后十几次攀爬于100多米高的大桥主拱上，亲自掌握索力调整是否到位，令在场施工人员为之动容。

德国咨询专家曾对拼装合龙方案提出不同意见，建议分两步走，先拼装拱，后拼装梁。

潘家英对6、7、8号墩同时进行悬臂拼装的合龙方案是经过严格检算的，认定吊索安全系数是能满足合龙要求的。从安全、质量、工期三方面综合考虑，她坚定地支持并完善大桥局的合龙方案。

9月20日，主桥主跨钢梁顺利合龙。

9月28日，大胜关大桥胜利合龙仪式在主桥上举行。铁道部领导、江苏省委书记梁保华共同启动大桥合龙按钮。

奋战四年多的戴福忠、潘家英，终于盼到了这一天，长长地松了一口气。合龙结果表明，精度控制在毫米级。实践验证了他们的检算审核是准确无误的。

南京大胜关长江大桥的胜利建成，是建设、设计、施工、咨询、监理各方团结协作的成功典范。

他们强强联手，优势互补，共同把大胜关大桥建成了精品工程、安全工程，实现了零缺陷、零事故。

来自德国的总监理工程师马丁，50多岁了，曾担任过德国、中国台湾等多座高铁大桥的监理。站在合龙后的主桥上，他感慨地对潘家英说："在欧洲，像大胜关大桥这样规模大、难度高的高铁大桥很难遇到，在这里当总监，是我难得的学习和实践机会，能同中国同仁合作是我的荣幸。"

潘家英也用英语谦和地回答说："你们德国的兰登巴赫大桥在世界上也是很有名望的。"潘家英知道，兰登巴赫钢拱大桥时速280公里，主跨208米，其世界领先地位如今已被主跨336米的大胜关桥取代了。

国际桥梁与结构工程协会前主席、东京大学名誉教授伊藤学等9名桥梁专家参观大胜关大桥后，钦佩地说，目前中国的桥梁建设规模、技术水平，特别是大跨度桥梁的建设水平已跃居世界前列。相信中国桥梁界的同仁会创造出更多的工程奇迹。

早在新中国成立后不久，毛泽东主席就高瞻远瞩地提出："要在长江上建造二三十座桥，把大江南北连接在一起。"

在新中国桥梁史上，有六座里程碑式的铁路大桥，都架设在长江上，都镌刻着大桥局与铁科院强强联手共同打造精品工程的不凡业绩。

武汉长江大桥于1957年10月15日建成通车，是我国设计、建造的第一座长江大桥。时任铁科院院长的桥梁大师茅以升，由周恩来总理点将，担任了武汉长江大桥技术顾问委员会主任，主持修建了这座大桥。铁科院科技人员在修建中进行了以国产钢代替进口钢的力学性能研究。这座万里长江第一桥曾写进党的八大政治报告。

南京长江大桥1968年9月30日建成通车，是我国当时建造的规模最大、结构最复杂的具有国际先进水平的大桥。铁科院参与科技攻关，为大桥模型试验提供钢材力学性能数据等。大桥获国家科技进步特等奖。

九江长江大桥作为京九铁路的最宏伟工程，于1996年9月1日正式通车。它首创"双壁钢围堰"基础施工，大桥多项科研成果由铁科院主持和参加。

芜湖长江大桥于2000年9月30日建成通车，是中国第一座大跨度公铁两用低塔斜拉桥，主跨312米。大桥工程规模超过了武汉、南京两座长江大桥的总和。在铁道部组织下，铁科院桥梁室参加了多项科研课题和现场科技服务工作。大桥获国家科技进步一等奖。2009年，该桥被评为新中国成立60周年"百项经典建设工程"。

武汉天兴洲长江大桥是世界上第一座按四线铁路和双向六车道公路建设的公铁两用斜拉桥，主跨504米，比丹麦海峡大桥长14米。铁科院作为中外联合体的主体单位，对大桥的设计、施工进行咨询监理。

南京大胜关长江大桥 2009 年 9 月 28 日合龙。作为第六座里程碑大桥，它后来居上，是世界上"体量最大、荷载最大、跨度最大、速度最高"的铁路大桥。铁科院不仅出色地完成了咨询监理任务，还举全院之力，担任了多项科技专题攻关研究：大吨位钢梁球型支座设计及试验研究；六线铁路活载组合、疲劳验算荷载标准研究；有风状态下高速行车性能分析研究……为大桥建造提供强有力的科技支撑。

建成后的大胜关长江大桥，气势恢宏。淡蓝色的大桥横卧于长江天堑，雄壮的钢铁身躯由一座座巨型桥墩支撑着，百米高的大桥主拱像两个巨型驼峰，与远处的钟山相互辉映，成了古城南京一座新的标志性建筑。

2011 年 1 月 11 日，大胜关大桥正式通车，率先开通运营沪汉蓉通道。一列列由上海到武汉、成都的动车组列车飞驰通过大桥，旅客们一览大胜关雄姿。

大桥可同时行驶三种不同速度的列车。2011 年 6 月，京沪高铁运营后将以 300 公里的时速在大胜关飞越长江。

铁科院领导对大胜关大桥的咨询监理工作非常重视，全力支持。铁科院院长康维韬、副院长赵有明、铁建所所长叶阳升等年年都到咨询监理现场检查指导工作，慰问员工。

大胜关大桥的咨询监理实践，为铁科院一批青年科技人员提供了施展才能的广阔舞台。青年咨询工程师胡所亭是位英气勃发的"80 后"青年，2002 年以年级第一的优秀成绩毕业于中南大学桥梁专业。他干工作有股拼命精神，主持完成了大胜关长江大桥咨询检算项目，先后撰写了钢梁架设等 16 份咨询报告。2007 年胡所亭获火车头奖章，2008 年提拔为桥梁事业部副主任，2009 年荣获铁科院茅以升青年科技创新奖。监理工程师刘阔誉 2002 年毕业于兰州铁道学院，他深入现场咨询，开发了"咨询监理信息管理系统"，获京沪高速铁路技术创新成果奖三等奖。

大胜关大桥胜利建成后，2010 年 5 月，还没等到分享大桥通车运营的喜悦，项目经理戴福忠就带领监理人员，告别战斗 4 年多的大胜关，奔赴合福铁路铜陵长江大桥，出任中外联合体副总监。在电话采访中戴总监告诉笔者，铜陵长江大桥是世界跨度最大的公铁两用大桥，主跨 630 米，设计时速 250 公里，他们将再度与老伙伴大桥局强强联手。

2011 年 5 月 1 日，铁科院大胜关长江大桥咨询监理项目部荣获全国"五一劳动奖状"。这是祖国和人民对他们卓越贡献的嘉奖。

平凡孕育伟大。从总咨询师潘家英、项目经理戴福忠到咨询师胡所亭，他们都是铁路科技队伍中的普通一员，但从他们身影中，人们看到铁科院老中青三代科技人员的抱负与追求。

新的任务在召唤他们。铁科院广大科技人员正矢志不渝地跋涉在铁路现代化的征程中，用智慧和汗水挺起中国铁路的科技脊梁！

丹心鉴月　高铁为证

——中交集团四公局京沪高速铁路项目部三工区建设纪实

周文实　龙治宏

金秋的漕湖，轻波荡漾，杨柳依依，水天一色；不远处横跨望虞河段的京沪高速铁路主体工程宛若长虹卧波，巨龙嬉水，不见首尾；京沪高铁的雄伟传奇与望虞河的千古传说在这里交汇成一曲激越人心的筑路浩歌，中交四公局京沪高速铁路经理部第三工区管段的建设者们用一千多个日日夜夜的餐风宿露、披星戴月和忠诚使命奏响了这曲浩歌的一个个强音！

四公局京沪高铁项目承担着京沪土建六标段丹阳至昆山特大桥无锡东桥段和苏州西桥段总长 10.4 公里的线下工程和轨道板附属工程施工任务。全程横跨苏州绕城高速公路、望虞河、无锡新区等重要目标区，所经之处工厂民房密集，道路湖泊纵横，地下管线密布。尽管标段不长，在京沪全线只是一小段，但是却有着被铁道部列为重点工程的跨望虞河连续梁工程和跨苏州绕城高速公路卡控工程；这使得原本难度就很大、标准要求最严、技术含量最高的高铁施工任务变得更加艰巨紧迫，尤其对于首战高铁的四公局建设者们，无疑更是一个旷世难题。然而，这一切，对于敢打大仗、硬仗，敢于攻坚克难的四公局人来说，他们却仅用了近三年的时间便圆满完成了全线施工任务,同时更是用他们的奋战精神向世人诠释了什么是"高铁精神",什么是"中交使命"，什么是"四公局文化"。

务实高效，一墩一梁注心血

"务实、高效、开拓、创新"八个大字是四公局企业文化的精髓，长期以来，四公局靠务实高效立足和发展，靠开拓创新拓展和壮大。回顾举世瞩目的京沪高铁建设历程，四公局京沪高铁项目部的建设者们对这个八个字有着更加深刻的领悟和理解！

2008 年元月,四公局京沪高速铁路项目部的参建者们按照"跑步进场,快速建点,高质量施工"的要求，一路风尘来到苏州市的漕湖堤岸河畔安营扎寨，组成了以时任局总经理助理兼铁路公司总经理江亦元为项目部经理，铁路公司副总经理孙国华任项目部常务副经理，崔长中任项目部书记，赵新志任总工程师，肖华、詹享东、邱章明任副经理的项目班子，以及下辖工程部、安质部、物设部、计合部、财务部、办公室、试验室等"五部二室"的项目经理部；纵观当时项目部的班子成员，都是局里的精兵强将，他们带着共同的使命目标和共同的企业文化理念聚在了一起，没来得及卸掉旅途的疲惫，没来得急道一声寒暄，便开始了高铁建设之旅。

首战高铁，特别是首战拥有"五个一流"要求的京沪高铁，不求真务实、脚踏实地、迎难而上是难堪重任的。为此，项目部组建不久，负责主持项目部工作的常务副经理孙国华便率领班子成员接连采取了系列抓质量、保安全、赶进度、重效益等务实举措；率先提出了"工程质量大提升、安全文明创一流、党建宣传上台阶、人才队伍保稳定、实现效益最大化、企业员工共发展"的工作思路；并围绕这一工作思路，及时明确班子成员职责，区分任务，各司其职，强化责任目标的同时又着眼大局，分工不分家，形成班子团结、齐抓共管的良好局面；科学增强进度，把 10.4 公里的管段分成三个作业段，迅速组建三个架子队，实现三个作业段相互比赛、自我激励；坚持抓源头、抓过程、抓细节，及时出台了安全质量管理、工程技术管理、计合部职责及管理、验工计价管理、内部财务管理、项目文化宣传等制度办法，在第一时间规范了项目部建设；同时狠抓机械、物资、人员等生产资源配置，加强地方征地拆迁协调，抓好工序过渡、衔接和转换，迅速掀起了大干施工高潮。

三工区项目施工线路总长 10.4 公里，主要工程有钻孔桩 2825 根、桥墩 311 个、连续梁 8 座、桥面系统工程 10.424 公里、底座板工程 10752.1 双延米，轨道板铺设 3200 块，累计混凝土 30.1 万立方米。面对这么庞大的工程，面对工期特别紧、工艺制作难度特别高、技术质量要求特别严、政治氛围特别浓的苛刻条件，项目部的班子人员顶住压力，分工负责、各顶一摊、亲力亲为，率领项目部人员五加二、白加黑、早中晚三班倒的大干在工地上；三年里，为了加快工期进度、严格控制质量，他们是一腔壮志酬漕湖，没有回家过一个年，没有正常休一次假，没有误过一次工，每一个桥墩、每一片箱梁、每一道桩基几乎都倾注了他们全部的心血。

攻坚克难，一分一秒抢工期

京沪高铁开工伊始，全线总工期由五年半缩短为四年半。工期缩短一年，对全线所有参建单位都是严峻的考验；而对于四公局承建的京沪土建六标三工区而言，工期的紧迫和施工的压力却更为明显，因为，该路段有着被铁道部列为重点控制工程的跨望虞河连续梁和跨苏州绕城高速公路西北段连续梁工程。

两工程之难，一是难在施工环境极复杂，望虞河通航繁忙，水位较深，地质松软；跨苏州绕城高速公路连续梁跨越交通繁忙路段，往来车辆川流不息，安全防护要求极高；二是难在施工技术要求极严格，都要采取挂篮施工，施工工艺、线性控制、应力控制极严，尤其望虞河通航立交（48+80+80+48）米混凝土现浇连续梁水中桩基施工，最大桩基深达101米，围堰深水基坑深达20余米，河床漂石多，设计地质与实际地质差别较大，承台作业难度极大；三是难在安全施工保障极困难，两工程都处人多、车多、船多地带，施工过程中随时存在高处坠落、机械事故等不安全因素；四是难在施工行政许可审批复杂，两处都是苏州市交通要地，施工过程必然不同程度影响交通运行和水质环保，施工行政许可审批面临多部门的层层审批。

"面对重重困难，面对工期压力，欲想实现项目建设又好又快，仅有迎难而上的勇气是不够的，关键还得有攻坚克难的智慧和舍得一身剐的作风"，时任项目部经理、现任四公局副总经理江亦元如是说。

为了实现这两大关键性工程的顺利完工，项目部及时提出了"方案尽善尽美、人员全力以赴、组织无懈可击、安质万无一失、工期分秒必争"的大干快干要求。在施工方案上，及时进行优化，搞好前期设计，特别是对望虞河桩基围堰施工进行优化；在人员要求上，实行责任和激励双管齐下，能上能下，重奖重罚，充分调动大家工作热情；在施工组织上，科学配置生产要素，加强资源配置与调整，在有限的空间上合理组织安排足够的设备、人员、实现最佳组合，做到人尽其能、物尽其用；在安质控制上，严格按标准化施工，积极围绕制度管理标准化、人员配备标准化、现场管理标准化、过程控制标准化，抓源头、抓过程、抓细节，确保安全质量不留任何死角；在工期要求上，向时间要极限，开展"大干一百天"和"六比六创"劳动竞赛活动，通过班组之间、工序之间、参建队伍之间的劳动竞赛活动，将参建员工的潜能发挥到极致，确保工期进度稳中求快。

万事就怕认真执着。只要认真，舍得一身剐，皇帝也可拉下马；只要执着，千难万难，愚公亦可移山。四公局京沪项目三工区的参建者们就是凭着这份认真和执着，他们克服了一个又一个难题，创造了一个又一个奇迹，赢得了一张又一张绿牌：

2009年9月30日，被铁道部列为重点工程的京沪高速铁路土建工程六标段最深承台基坑施工的跨望虞河连续梁胜利合龙，比架桥机计划通过时间提前20天；

2009年10月20日，京沪高速铁路卡控点工程跨苏州绕城高速公路连续梁胜利合龙，架桥机11月5日顺利通过；

2009年10月21日，中交四公局京沪高铁项目最后一联连续梁跨快速路连续梁整体浇筑完成，并提前完成10.4公里的线下工程，成为京沪高速铁路土建六标段第一家率先完成线下工程的施工单位……

望着如今静静伫立在望虞河上的京沪高铁桥体，总工程师赵新志感慨地说"这一切，都是我们一分一秒给抢出来的！"

挖潜笃能，一钉一铆创效益

效益是企业永恒的主题。京沪高铁工期压力紧、施工任务重、技术要求高，设备投入、物资投入、人力投入巨大，因此如何正确处理工程质量与成本效益、工期进度与产值投入之间的关系，并通过加强成本控制实现企业效益最大化目标，是项目部班子成员思考和关心最多的问题。

四公局京沪高铁项目部创收增效有一个非常清晰的三步曲：即"一控"、"二优"、"三抠"；所谓"控"，就是控制成本，在工程施工全过程中，坚持以管理制度为基础，以成本控制为中心，规避合同风险，强化责任意识，实行分工合作捆绑式管理；成本控制具体表现为抓好工程质量的控制、抓好机械费控制和抓好材料费控制；所谓"优"，即优化施工方案，抓好项目整体设计，集思广益，挖潜节能，从施工组织、施工方案上节省施工成本；比如在不影响主体工程质量的情况下，将跨望虞河连续梁35、36号墩台由双壁钢围堰调整优化为24米拉森钢板桩和水下砼浇筑封底的施工方法，将苏州西桥段水中墩由钢板围堰调整为明挖方式，不仅节约了大量施工材料、机械设备的投入，又加快了施工进度；所谓"抠"，就是厉行节约，把钱花在刀锋上，以最小的投入办最大的事情；比如统筹安排施工，实现机构设备投入最少产值最大；比如在局的统筹协调下，从局一公司沈阳"三好桥"项目部低价购入闲置的钢管支架，既做到"肥水不流外人田"，又节约了大量资金。正是因为有了这种"想方设法节成本，一钉一铆创效益"的思想理念，四公局项目部在成本控制上卓有成效，效益走在了中交京沪高铁项目部的前列，真正实现了小工区大作为。

力行环保，一草一木系心间

苏州和无锡是江南两座名城，湖光山色，水泊纵横，环境优美。四公局京沪高铁三工区项目横跨两市接壤处，桥墩达311个，钻孔桩2825个，且桩深达50至100余米，特别是苏州西桥段有近44个水中墩，望虞河连续梁桥墩属深水围堰施工；施工过程中稍有疏忽，就可能对当地水文、地质造成污染，土方开挖稍有不慎，就可能对当地植被造成破坏。

有着强烈社会责任感的四公局京沪高铁项目部建设者们人人把环保意识烙在了心坎里，把对当地一土一水、一草一木的保护落到了行动上。在他们看来，环境保护与工程建设是同等重要的，社会责任与企业效益也是必须同时重视的，只有做到两者双管齐下，齐头并进，才是真正的利国利民利己。

为此,他们本着环境保护与工程主体"同时设计、同时实施、同时交付使用"的"三同时"原则,专门成立了环保工作领导小组,并专门指派一名副经理主抓施工环保、水土保持工作;同时按照"横向到边,纵向到底"的原则,工区设置了一名环水保工程师,在各作业队配置了环水保监督员、环保员,各施工班组组长担任兼职环保员,并由环保工程师对各级管理人员进行环水保宣传教育。施工前期,制定了《水污染事件应急响应应急预案》,对应急救援的目的、范围、应急准备、应急响应、善后处理等都作了具体规定;在桩基施工和承台开挖前,租用了当地10亩废弃的鱼塘作为指定的泥浆排放点,将钻孔和承台开挖产生的泥浆都集中排放在鱼塘中,并定期对沉淀泥浆进行清理;基础承台施工全部采用钢管桩围堰或型钢支护施工,尽量缩小河流横截面积;对施工占用土地及时进行平整复耕,播撒草籽,恢复绿色;每天对11公里施工便道进行撒水,防止扬尘,对工区生活垃圾进行清理,确保单位文明施工形象。

高度的环保意识、高度的社会责任感、高度的文明施工行为为四公局京沪高铁项目部赢得了良好的社会形象和声誉。2010年5月7日上午,国家环境保护部环评司赵维钧副司长一行对中交四公局京沪高铁项目环境保护工作进行了检查,特别是重点检查了望虞河河道恢复和水源保护情况,对他们环保工作给予了高度评价。

精益求精,一丝一毫定乾坤

众所周知,高铁土建工程轨道的高、平、顺参数控制是高速铁路三大技术核心之一。京沪高速铁路设计速度高达350公里/小时,要求两轨道板之间的相对高差必须控制在0.3毫米之内,超过这个值,就将影响机车的运行速度和安全性能。0.3毫米!一根头发丝的直径!这是真正意义上的"丝毫定乾坤"!

2010年6月20日,对于四公局京沪高速铁路项目部的同志们来说是具有历史意义的一天,从这一天起,他们开始了对全线作业段3200块CRTS Ⅱ型板式无砟轨道板的铺设、精调和CA砂浆对轨道板的填缝灌浆工作,也从这一天起,真正开启了他们挑战0.3毫米精度的艰苦卓绝的纯技术工作!而在此之前,他们还曾未尝试过这方面的工作,更谈不上任何技术操作上的熟练和经验。

无砟轨道板精调测量由CP0、CP Ⅰ、CP Ⅱ、CP Ⅲ组成多级控制网,实现由面到点到线的逐级控制,精度要求极高,特别是CP3测量,必须得放在无风无雨的夜间作业,因此要求技术人员、操作人员要领非常娴熟,原理非常清楚,同时精调过程中由于受天候、温度、阳光的影响,测量数据容易出现较大误差,因此碰上不良天气时白天精调一块轨道板有时得反反复复好几小时；这就更要求技术人员和操作人员不仅要技术上过硬，同时必须具备高度的责任心、耐心和细心，必须全神贯注、聚精会神，否则就会功亏一篑。

8、9月份的苏州，骄阳似火，热气腾腾，白天温度高达40多度，桥面温度甚至高达50度。四公局京沪项目部现任经理赵祥允和总工程师赵新志每天率领项目部人员奋战在这样的天候之下，为了工期和进度，所有人员实行12小时工作倒班制，24小时连轴转；诺大的施工现场，无遮无掩，所有人员晒得比非洲人还黑，所见之处，都是一张张黝黑的脸盘，一张张朴实的笑脸；项目部技术人员白天精调、灌砂浆，晚上培训和处理资料，人人都是一身疲惫一身尘。浇灌砂浆时，需要操作员12小时坐在电脑旁随时观察砂浆配合比、拌制质量、设备运转情况，操作员杨成宏因坐时间太久犯痔疮穿孔，血染红了裤子和凳子，他竟浑然不知，令大家感慨不已。

"轨道板精调和浇灌砂浆，我们必须保持最高的作业标准、最好的精神状态、最细的工作作风，必须全力以赴，精益求精，除此，别无选择！"项目经理赵祥允同志的话铿锵有力，彰显决心。四公局京沪高铁项目无砟轨道板的精调、灌浆工作也因有了这种决心而进度突飞猛进，仅用了不到三个月的时间就高标准完成了作业段全部3200块轨道板的精调、灌浆任务，比原计划时间提前20天；项目部技术人员也因有了这种严谨精细的作风要求而实现了由不会到会、由会到精、由过去的一天精调20块板到如今一天精调120块板的质的变化，甚至项目部新分来的14名大学生，也通过每个技术人员一带一的跟班作业、手把手培训，仅用了两周时间，全部出师，能够独立作业；这为四公局今后的高铁建设事业培育积蓄了一大批技术人才！

艰难困苦，玉汝于成。回首三年的高铁建设岁月，对于四公局京沪高铁项目部的同志们来说是艰苦卓绝的，是满腔热血的，也是令人敬仰的；而对于首战高铁的他们赢得的荣誉和成绩也是令人称道的，工区段先后被中交京沪指挥部评为"典型样板示范工程"、"安全文明标准化工地"、"征地拆迁工作先进工区"、"劳动竞赛先进单位"等；赵新志、谢代平、宋昭权、孙国华、蔡永华、梁灿明等分别被评为京沪高铁火车头奖章、京沪高铁建设先进个、京沪高铁2009年百日大干先进个人……。

丹心鉴月，高铁为证。京沪高铁的一梁一柱，苏州城的一草一木，望虞河的一土一水，浸注了他们全部的心血，记录了他们燃情的岁月，也见证了他们奋战的豪情；"修完了天下的路，却忘记了回家的门；洗去了身上的尘，却褪不掉额上的纹"，虽然所有的辛苦劳作只有他们自己最清楚，但是历史却永远记住了这些为共和国高铁事业而默默牺牲奉献的建设者们！

同　道
——记中铁三局京沪项目部

傅俊凯

　　"道"，中国文字中极富内涵的一个字。老子《道德经》开篇即说"道可道非常道"。道者，既是道路的实指，又是具有哲学意义的"道"。"引以为同道"，所指的不仅仅是走在同一条路上，而且是有共同的理想，共同的使命，共同的追求。中国有句老话"二人同心，其利断金"，更何况百人千人万人乎？在这个层面上，来介绍全国五一劳动奖状获得者"中铁三局京沪项目部"——这个高峰期有六十多人指挥着近三万人施工队伍的集体，似乎才能更好的诠释他们在京沪高速铁路施工三年多历程中的所作所为、所思所想、所欢所爱。

第一章　庙算者胜

　　中铁三局集团负责施工的京沪高铁土建五标，全长171.17公里，自安徽省滁州市，到江苏省常州市北。其中：路基42.2公里，正线桥梁70座125.1公里，隧道8座3.8公里，正线铺轨长度607.2公里。

　　从地图上，可以看到，长江两岸——滁州、南京、镇江、常州，一路而行，虽无高山峻岭，但丘陵起伏，大江奔流，人文荟萃，这里是中国以致整个地球上，最为富庶最具活力的地区之一。土地面积约10万平方公里的长三角，仅占全国面积1%，人口7534万，占全国5.9%，其经济总量却占全国30%。老的京沪铁路是中国既有铁路中最为繁忙的一段。京沪铁路只占全国铁路营运线的2%，却承担了全国铁路客运量和货物周转量的10.2%和7.2%，运输密度是全国铁路平均运输密度的4倍。2007年，既有的京沪线平均每公里客运密度为4782万人公里、货运密度为6277万吨公里，分别为全国铁路平均密度的5.2倍、2.1倍，处于极度饱和状态。

　　放眼世界，随着经济发展，德国、法国、日本等国家高速铁路已经进行商业运营。改革开放的中国的经济发展呼唤着高速铁路，长三角呼唤着高速铁路。

无疑，京沪高速铁路是中国人追赶世界发展步伐的一个战略据点，是中华民族振兴的一个绚丽剪影。中铁三局伴随着新中国铁路发展而发展，在举世瞩目的京沪高铁将写下企业成长的新篇章。建设者在时代前沿创造的不仅仅是功绩，也是历史。一时间，红旗招展，机声雷鸣。"建设一流京沪高速铁路"，使命光荣，责任重大，健儿们龙腾虎跃，意气风发。

中铁三局京沪项目部刚刚组建，一班人仔细的研究了管段里的工程：里程尽管不是各标段最长，但地跨长江两岸，所管地域纵横两百多公里，分属三个指挥部，管理难度大；管段里工程种类齐全，既有桥、涵、路基、隧道等土建工程，又有桥梁架设、钢轨铺设，还有无砟轨道板预制、箱梁预制。轨道板预制铺设还牵涉到Ⅰ型、Ⅱ型，在轨道形式上还有有砟、无砟的相互交叉和衔接。可谓种类繁杂，头绪众多。

杂，不能乱；多，不能慌。快速有序是成功的要害。年轻的主帅谢大鹏、富有激情的前线指挥朱瑞喜、精于技术的总工李海鉴、以及张恒庆、陈晓军、贾士俊、张永恒，一班人不仅满怀创建功勋的激情，而且有着将兵攻城略寨的智慧。经过仔细讨论，精心策划，他们明确了总体思路：把京沪高铁的总体施工任务分解为三个单元，或者说是两条相连递进的线路：制架梁、铺轨，以此为主线组织全部的施工生产。

桥成则路通，"架梁主线"成为线下工程施工组织的关键。这些桥梁技术上领先于世界水平，横跨于历史文化积淀深厚的河流——桨声灯影的秦淮河，千年流韵的古运河。按照项目部的筹划，在171公里管段内，施工高潮迭起，斩关夺隘，捷报频传。

推进，在滁河，四工区李家奇和他的同志们，创造了46天完成跨滁河主跨，43天完成跨合宁主跨悬灌梁的任务。

推进，秦淮河，六工区，被称为京沪勇将的王勇周和他的同志们，抢开城路、麒麟路、抢秦淮主跨，在那一片土地上展示了速度，展示了意志。

推进，在镇江，十二工区刘桂云和他的同志们，跨312、跨杨溵、跨檀山路，他们不停地跨越着，悬灌梁一个接一个的完成，保证着架桥机向前不断地推进。

推进，铺架工区有第一机长之称的金志斌和他那些平均年龄不足30岁的同伴，创造了日架5孔，连续近四十天平均日架3孔900吨箱梁的架梁纪录。

在他们所有的项目策划中，有两处最得意之笔：

一是山林之间建梁场。在南京镇江间，群峦起伏，原设计为造桥机施工，但一来投入巨大，二来工期吃紧。他们经过精细筹划，在半山腰里增设了汤山梁场，楞是在山坡上削出一片平地，把300孔现浇梁，改为工厂化预制，不仅大大加快施工进度，保证总工期目标，而且取得了良好的经济效益。

第二是镇江梁场架梁通道上扫平拦路虎。让我们把目光回转到 2008 年 12 月，地点是镇江跨 338 省道，京沪高铁在这里将横空而越。按照预先施工组织设计，这里是三孔悬灌梁。但架桥机将在春节前通过，时间不允许。决策者作出的一个决定又催生了京沪的一个"最"：主跨达 100 米的时为铁路最大的膺架法施工桥梁，也是全线第一个完成的特殊结构。

横跨千年京杭大运河的特大桥是他们浓墨重彩的一笔。大桥主跨长 180 米，是目前世界上采用无砟轨道技术、设计时速 350 公里的铁路桥梁中跨度最大的，而且是悬灌连续梁，工艺复杂，技术含量高，施工难度非常大。项目部与负责施工的十四工区邀请各方专家，反复研究施工方案和技术参数，总结出一整套大跨度拱梁组合结构桥的施工技术与管理方法。

2010 年 5 月 9 日上午 11 点半，在震耳的鞭炮声中，开始了连续梁合龙段 20 号块的浇注，至晚上 8 点，合龙段顺利浇注完毕，为连续梁的施工画上了一个圆满的句号！

7 月 9 日钢管拱拼装合龙。

8 月 9 日，全桥基本建成。一道蕴含高科技的彩虹飞架在千年古运河上，代表着时代尖端工程技术的南北大通道与历史悠久的南北水上大通道，就这样和谐的交汇了。

推进、推进、推进。按照他们的筹划，一切都是那么有序，尽管始终在高度紧张的态势下，但两条主线在形象进度图上快速前行。

2010 年 8 月 17 日 9 时 38 分，秦淮新河河畔的南京南站西侧工地上彩旗招展、乐声飘扬，京沪高铁五标段铺轨仪式正式开始。身着崭新工装的牵引列车司机袁国伟紧握操纵杆，等待着铺轨指令。

"铺轨开始！" 9 时 51 分，铁道部京沪高铁建设总指挥部苏州指挥部指挥长徐海锋正式下达铺轨指令。轰鸣的礼炮声中，头戴大红花的牵引列车徐徐启动，将两根长达 500 米的钢轨从铺轨列车上缓缓牵出，准确地向无砟轨道板承轨槽落下。

2010 年 11 月 17 日，历时不足百日，中铁三局铺轨机组顺利到达京沪高铁蚌埠站，完成 607 公里正线铺轨任务，为京沪高铁全线铺通画上了句号。

第二章　百年大计

五标段，地处水网密布的软土地层区域，42 公里路基分割为 73 段，最短的一段不足 200 米，路桥、路隧、路涵过渡段有 411 个。这里土层厚、质地软，地形条件复杂，区域沉降、不均匀沉降等情况多发，对高标准的高速铁路来说，是一个严峻的挑战。施工完成后在设计使用年限内路基沉降不得超过 15 毫米，路桥过渡段不得超过 5 毫米。正因为此，京沪高速铁路公司总经理李志义说："五标，成也路基，败也路基"。

没有经验可以参照，没有既定工法可以执行，面对挑战，项目常务副经理谢大鹏带着班子成员，认真研究了土方施工的策略，按照总指"示范先行，样板引路"的思路，决定在15工区丹阳路基段，做出路基示范段。

十五工区在采用特殊的地基处理和桩筏结构，加固地基，有效地控制了路基沉降。为控制好路基沉降，技术人员在路基面每50米设3个路基沉降观测桩，路基面每100米为1个观测断面，路桥过渡段每处设3个沉降板，在全标段专门设置了10处深层观测控制系统装置。经过4个月的填筑观察，路基控制效果非常好，完全符合高速铁路设计标准要求，施工工艺和施工方法达到了世界先进水平。丹阳路基示范段被评为全线优质样板工程。五标全管段在路基施工中闯出了一条宽广的大道。

九工区处于从南京到镇江间连绵起伏的群山里，不仅土方数量大，而且工期紧，要求尽快填筑完成。由于地处江南，林木葱茏，林地富含水分，所有土方施工前都得进行软基处理。五公司副总经理兼九工区队长张旭刚仔细分析了管段的特点：涵洞50座（为五标段的60%），桥22座，桥涵之间就是土方。土方量大，山区施工，土方干不完，桥涵就无法施工。经过反复比较，他选择了螺丝冲隧道出口到螺丝冲2号大桥之间150米路段作为试验段。从填筑到检验，他全过程和技术人员、作业人员一起，，记录施工中的每一项数据，反复探讨有关工艺流程和作业标准，并形成了自己的作业标准：（1）填层厚度：每层虚铺24厘米，压实20厘米。（2）洒水两小时后，再压。（3）静压两遍，振动压六遍。（4）先压两边，再压中间。这一整套规范，在土方集中大面积施工中，始终不渝的得到了坚持。最大挖深29米。最高填方9米。

桥、涵、隧两端的过渡段的填筑更是不能含糊，这对于高速铁路的土方作业，是较之路基本体填筑更为关键更为艰难也更为人关注的地方。按照设计，154个过渡段都要用级配碎石填筑。他们新建一个级配碎石搅拌站，购置全新设备，配齐操作人员，包括含水量5%的水泥，全部电脑自动计量，搅拌级配碎石严格按规定的配比进行。从搅拌设备的供应厂家聘用了两个人，专门控制级配碎石中水和水泥含量。看着拌出来的级配碎石颜色发青，如同混凝土一样。到砌筑路基防护工程时，挖过渡段的边坡，都要用冲击钻。张旭刚笑呵呵的说，"干土方，十年、二十年后，有了问题，还是要找你，真的一点儿也不能含糊。"

2009年夏，铁道部对路基防排水工程提出新的要求。谢大鹏、朱瑞喜等迅速做出反应，立即部署九工区做出示范段。张旭刚按照要求，带着有关人员，到DK1054+300～DK1055+121路基段，踏勘坡上坡下，仔细调查每个涵洞进出水口，了解周围水系的走向，并详细地画出水系图。然后，他又和技术人员到现场研究制定标准，天沟，侧沟，边沟如何设置，由工程师画出图纸来。到这一段排水及路基其他附属工程，边坡绿化完成，九工区书记张林生也晒成了个非洲人的模样。但是辛苦换来的果实却是很甜的。走在这几百米的路基上，你就可以看到，两侧的排水沟顺着山坡高低错落蜿蜒而行，与山坡上的浆砌骨架浑然一体。从山顶向下的天沟，一块块的混凝土板，似一片片玉石整齐的镶嵌在绿树丛中。坡底的边沟，线条流畅，如条条白龙静卧在宽敞平整的路基两侧。这些与周边山林浑然一体的排水及防护工程，令人赏心悦目。京沪高铁公司、以及苏州指挥部多位领导先后到此检查，都大加赞誉，并予以奖励。可以想见，这些排水系统在大雨瓢泼的时分，水流按照给它们规定的通道呼啸而来，奔腾而去，将会和疾驰的高速列车，合奏出和谐的自然之曲。

第三章　将士用命

项目部一班人在建设京沪高铁实践中，认准一个道理：千军万马来自集团各个公司的队伍要凝聚成一支铁的队伍，必须依靠坚强有力的思想政治工作，必须依靠生动活泼的宣传文化，必须依靠持续不懈的学习。说一千道一万，人，才是建设京沪高铁最重要最根本的资源。

正因为有此共识，在五标段，我们可以看到飘扬在工地和员工心目中的党旗、团旗。特殊材料制成的人，在新的历史条件下有了新的内涵和新的表现形式，但终极的意义却没有改变，而是将共产党人为国家为民族为百姓的信念发扬光大。

正因为有此共识，他们建立起员工培训体系，适应京沪高速铁路高标准的需要，也是队伍建设的重要内涵，更是中国铁路建设走向世界走出国门的必然要求。在施工中，各工种，各施工重要环节，坚持培训先行，样板先行，在三年中举办各层次培训班，持续不断，凡是有新的工艺，凡是工序转换，从项目部到各工区均要举办培训班。这是五标工程能够快速有序推进，过程控制有效，安全质量达标的奥秘所在。项目部制定了《施工技术与管理培训实施计划》，尤其是对无砟轨道施工工序和工艺的培训，项目部先后组织了防水层施工、底座板施工、CA 砂浆灌注等多次培训，并通过召开现场会的形式，推广经验，样板引路。为使技术人员更好地掌握 CPIII 测量技术，项目部先后组织了 6 期专业培训，全标段有 100 余名技术人员参加了培训。

工欲善其事必先利其器。高速铁路施工中的科技创新，是中铁三局建设者们也是项目部刻刻不忘的使命。抓住关键进行科技研发，加大施工过程中新技术、新材料、新设备、新工艺的应用力度，使高新技术成为加快工程建设步伐的重要推动力，成为提高工程质量的根本保证。科研院校的外脑，是项目部在科技管理中非常注重借用的力量。在京沪的科技创新中，不仅自己的科技队伍把矢志创新作为推动工程建设的无上法宝。也不仅依托专家组，充分发挥局内老专家的作用，而且和有关院校科研机构合作，在路基、桥梁等一系列科研项目中，外脑们——教授、博士、高级工程师依照课题，悉心指导，取得了丰硕的果实。

正因为有此共识，他们把农民工纳入了管理体系。中国高速铁路的建设同其他伟大的建设事业一样，离不开众多的农民工兄弟的贡献。和谐一致，共创辉煌，不仅培训一视同仁，工作一视同仁，而且生活上一视同仁，夏送清凉忘不了农民工，培训要有农民工，表彰先进还有农民工。

项目工程部不足10人，但有五个高级工程师，担负着全标段的工程管理、技术管理。桥、涵、路、隧、梁、板、轨，各个专业、近30个施工工区，从施工方案、图纸审核、技术交底、到编制作业指导书、组织科技攻关、方案评审，他们是事无巨细都要关照。简直忙得喘不过气来，那办公室的灯光在施工高峰期真是彻夜通明。工程部长龚军平，开工后两年期间仅仅休息过24天，他编制的各类施组、技术方案达几十万字，对全标段的工程及其进展了然于胸，被称为全线最有数的工程部长，在火线被提拔为副总工程师，被授予火车头奖章和山西省立功竞赛个人一等功。

中心实验室是一批年轻的技术人员集中的地方，他们的领头人叫段峰涛，这是一个脸黑黑的显得特别憨厚，瘦瘦的身条显得有些单薄，戴着一副金框眼镜又透露着斯文和机灵的小伙子。几年来他们共完善优化审批各种配合比480余次。优化改进Ⅰ、Ⅱ型预制轨道板的混凝土配合比，采用普通矿物掺和料取代特殊掺合料，经过大量室内试验，成果在现浇悬灌梁及轨道板预制生产进行了应用，对保障工期、节约成本起到了一定的作用。

在京沪近三年的施工中，获得铁道部、山西省、京沪公司、集团公司等各级表彰的先进人物近千人次，其中，90%是共产党员。数字也许枯燥，但数字也能说明问题。

请看这样的记录：

项目部获得全国五一劳动奖状；

项目常务副经理谢大鹏获得全国五一劳动奖章；

获得铁道部火车头奖章17人；

获得山西省五一奖章5人；

获得山西省立功竞赛一等功10人，二等功20人，三等功30人；

获得京沪公司表彰的先进个人210人次。

他们和十几万名建设者一起挺起了中国高速铁路崛起的脊梁。

铁马金戈战京沪，众志成城创一流。中铁三局在京沪创出了许多的第一：有当今最大跨度的混凝土悬灌梁—跨京杭运河主跨，有全线唯一的Ⅰ、Ⅱ型轨道板以及道岔板预制场——滁州板场，有全国首台可以通过隧道的架桥机。

他们是一群在中华振兴、中国铁路实现现代化大道上一群意气风发的开拓者。他们不仅创造了眼下的功绩，他们必然拥有光辉的未来——占领世界铁路建设的新高峰。

艰难的超越　华丽的转身

——中国水电集团十三局京沪高铁施工纪实

巨　风

中国水电十三局征地拆迁工作在中国水电集团京沪高铁三标段项目部考核中名列第一；在2008年三季度施工中连续三个月超额完成月进度计划，年度计划完成率连续三个月在集团各参建单位中排名第一；在集团项目部2008年度内部履约信誉评价中排名第一；在集团项目部2008年进度考评中排名第二。

2009年1月13日，中国水电建设集团京沪高铁三标项目部召开视频会议。这是一次普通的周例会，但却在十三局七工区会议室引起一片欢呼声。那欢呼并不惊天动地，却声声发自肺腑，因为七工区获得了内部履约信誉评价第一名。那一刻，进军高铁一年来的风风雨雨，在欢呼声中再次扑面而来。一个群体通过共同奋斗，超越压力，超越自我，成就今天的华丽转身。

学习力就是竞争力

一流的高速铁路是什么样的？没有见过。时速350公里的火车是什么感觉？没有体验过。这是一个全新的领域，在这个领域里，要想做得好必须先要学得好。

高铁高标准。混凝土每次拌合的时间在2～3分钟之内，不能少也不能多；原材料在进场时、使用前、使用中必须进行三次检测；钢筋的绑扎，现场警示牌的摆放，内业资料的填制……每一项工作都有详细的规定和严格的要求。试验先行，样板引路，全力推进标准化；无碴轨道，精测网……都是需要从头做起、从头学起的新名词、新术语。

曾子的弟子曾经问他：怎样才能一做就通？曾子说：不能则学，疑则问。在高铁七工区，从项目班子成员到普通技术人员到后勤管理人员，为了工程施工，真正做到了不辞苦学，不耻下问，锻造了整个团队的好学上进精神，也体现了十三局人谦虚的胸怀。

中国水电十三局与中铁十六局同属一个工区。中铁十六局不仅铁路工程施工经验丰富，而且在中铁集团中排名始终是前三名。与这样的强手同台竞技，七工区从领导到职工没有自卑，都把十六局和自己看作是老师和学生的关系。

中国水电十三局党委书记、高铁七工区主任于晓一再对大家强调，要学习学习再学习。公司总经理何占颂到工地指导工作时，利用中午在食堂吃饭的短暂时间，给各部门主任开会，提出两个要求：一是要在高铁施工中打响"中国水电"的牌子，第二就是要不断学习。

学习在高铁施工过程中，成为全体员工工作之外的另一个主题。在开工的准备阶段中，每天晚上，项目部都召集技术人员学习铁路施工标准、规范。班子成员带头学，项目经理刘建平、总工姜应新白天跑业主、跑监理，晚上抱着图纸、资料研究、整理。怎样控制无砟轨道沉降观测与评估，路基土料划分指标的消化与吸收……一系列的问题，到处请教、咨询，在先理解掌握的基础上再做工艺试验。为了保证质量，七工区特别规定现场质量由技术质量部和试验室共同控制。

从管理模式、施工技术标准到现场施工布置，不会就学，不懂就问。项目党支部副书记孟庆太白天跑征地拆迁，晚上就带领年轻的大学生们到相邻的十六局项目部学习填写相关的"五表"。边学边干，学生超过老师，七工区征地拆迁工作在集团高铁三标段项目部考核中名列第一。

七工区现场施工管理技术人员，大多为刚毕业的大学生，施工管理经验不足，施工技术水平较低，项目部利用现有的人力资源，成立了帮、教、带领导小组，每个工点负责人必须帮助、教导、带领好每个工点的年轻技术人员。另外积极利用雨季、休闲等时间，熟悉各工点图纸与相关的施工技术规范及施工质量验收标准。利用"质量活动月"，"施工管理沙龙角"等活动，让所有的工程技术人员形成相互交流、相互学习的良好氛围。加强技术培训及学习的同时，也积极地收集各种技术资料，工程管理部调度室在"中国客运专线网站"，"筑龙"等国内有名的网站进行了注册。他们将收集到的有关技术资料，分发给各施工点技术负责人。

学习力是高铁七工区管理进步的源动力，并最终将学习力打造成为整个团队的竞争力。高铁项目和员工走过的是一个学习、变革、超越、发展的过程，在这个过程中，他们超越了最初无所适从、茫然无措的痛苦，蜕变成蝶，打造出竞争铁路施工的实力。

超越压力就是胜利

高铁的最大特点就是高标准。这是十三局高铁项目七工区的职工刚进场时听到的一句话。技术标准要求高、文明施工要求严、频繁检查压力大……每一项工作的期望值都高到了原来想像不到的程度，而且还不允许有任何借口。

全新的工程术语需要学习；全新的管理理念，全新的管理方式需要学习；铁路施工管理体制需要适应。在进入铁路市场后，许多管理事项要适应新的规定和程序，例如铁路施工的作业层管理要求采用架子队模式，由施工主体单位的管理和技术人员担任作业队的队长和管理干部，不但负责安全质量等生产管理，而且负责农民工工资发放等许多具体的行政管理和生活管理。而我们过去一直采用的是以包代管方式。这种管理方式在京沪项目遇到了严峻挑战。唯一的选择是加快转变和适应的速度，边学习边工作，边配合边磨合。

超越压力首先要超越自我。变压力为动力，变挑战为机遇，这样的话语耳熟能详。来到高铁，压力与动力、挑战与机遇，二者之间能不能迅速转变，既是对十三局驾驭复杂局面能力的考验，也是对我们整个十三局施工能力的考验。公司党委书记、工区主任于晓对七工区党支部书记、副经理沈亮说："这个项目对十三局非常重要，必须做好，也只能做好。"

集团京沪高铁三标项目部常务副经理杨忠说过的一句话，沈亮至今记忆犹新："作为水电人，我们进入一个新的行业、新的领域，会有一个非常痛苦的过程。"痛苦，真的成了在工地摸爬滚打多年的"老水电"们最初的感受。

有的职工这样形容：来到高铁，感觉自己生活在一个大压力锅内，全身都有透不过气来的感觉。很多人进场时都迫切地想知道一个问题：高铁到底有多高？试验室要高标准，拌和站要高标准，桩基要高标准，这些还能理解。一块立在现场的标志牌也要高标准，现场的干净整齐也要高标准，对这些职工们就有疑问了："工地本来就是泥水的天下，整理得干净整齐是不是太浪费了？""我在工地干了十几年，竟然连一张表都不会填了？"

这样的压力使很多人都不适应。有人选择了离开。留下的人中也有怨言，"压力太大了，我不想干了"，很多人都说过这样的话，累哭的人也不少见；日夜工作在现场的员工也有委屈，在别的项目当项目经理、总工，形成了自己的管理模式和管理方法，推翻原来的理念还不算，还要从头学起，从头做起。一样的血肉之躯，请把抱怨和委屈当作他们抒解心理压力的一种方式吧！

面对着压力巨大的职工，于晓不忍心再批评他们。经历过千辛万苦的安装和调试，工地试验室进入验收阶段，他对年轻的试验室主任说："小伙子干得不错。"谁知这句表扬的话却也让年轻人痛哭流涕。于晓体会到年轻人的承受能力已经到了极限，这个时候不能再加压了。当过多年项目经理的于晓开始鼓励大家，他对职工说："我们做的这个项目是非常神圣的，伟大的，前无古人的。在这里，我们没有领导，只有同事，为了这个项目共同努力，共同奋斗。"

那个长着娃娃脸的阿里巴巴总裁马云说过："男人的胸怀是用委屈撑大的"。职工们累到极点可以发发牢骚，抱怨几句，但项目班子成员不可以这么做，再苦的经历，再痛的感受，他们只能放在心里。但是，大把脱落的头发告诉人们：他们更难！迅速消瘦的身体告诉人们：他们更累！脸上凝重的表情告诉人们：他们更苦！但是已经顾不上抱怨和诉苦了，工期紧张的高铁没有时间听，他们自己也没有时间说，把全部的心思都放在工作上吧！

谈到职工压力大，已任十年项目经理的七工区党支部书记沈亮深有感触地说："我都不知道自己是怎么熬过来的。从进场开始直到 2008 年 6 月，想想简直就是架在火上烤的滋味。"

高铁职工中流传着一句令人心酸的话:沈亮从进入高铁工地那一天起，直到 2008 年 6 月底，没有笑过。在那之前，项目一半职工的眼睛是血红的，另一半带着黑眼圈。

问很多人在高铁一年最难忘的经历是什么? 大同小异的回答是一部电影的名字:《站直了，别趴下》。

面对着他们的疲惫和沧桑，使人感觉到每一个从高铁走过来的人都不容易。不需要再评说他们每个人的成绩，对他们来说，顶住压力，在高铁熬过一个春夏秋冬就是最大的胜利;在高铁，顶住压力走过来的就是胜利者。就象工区主任于晓所说的那样：辛苦一年，荣耀一生。

一个项目与一项事业

中国水电十三局总经理何占颂在 2008 年工作会议上讲到：承建京沪高铁项目要从讲政治的高度，不讲条件，不遗余力，争创精品工程，在系统内取得好成绩，为十三局、为集团公司树立良好的企业形象。

从进入高铁第一天起，员工们就知道:这不是一个普通的项目，而是一项要为之奋斗的事业。既然是事业，就要有超越利益之上的思想，要有超越经济效益的长远眼光。

项目经理刘建平 2008 年 1 月 9 日接到通知，要求他 1 月 10 日中午前赶到济南参加交桩，当时他人在云南，简单交接工作之后，他从昆明直飞济南，这时他已经近半年没有回家了。

在济南开会、交桩，2008 年 1 月 13 日，刘建平到达工区所在地滕州。同一天，先期从南水北调安阳项目部到达滕州的项目党支部副书记孟庆太踏进了滕州市政府的大门，开始了征地拆迁的艰难协调。在这同时，有很多十三局人正在四面八方的项目上向山东省南部的滕州聚集。日历翻过 365 天，时隔一年后的这一天，七工区的员工们得到了一个好消息，获得集团高铁三标项目部 2008 年度内部履约信誉评价排名第一的好成绩。

由于高铁项目的特殊性，在别的项目担任经理层职务，来到高铁后可能只是一个部门负责人，甚至于要再次"当兵"——做一个普通的现场管理人员。大家接到赶赴高铁的命令后，都是二话不说就投入到高铁的建设中，有的连家都没有回，直接从工作所在地赶到高铁七工区项目部，表现出了一切以大局为重的良好素质。

在这里，没有级别，只有同事，只为了一个共同的目标——高质量、高效率地完成高铁施工任务。他们用行动实践了公司的要求：一切以高铁为重。

　　高铁要高质量,高起点。遵循京沪公司"试验先行、样板引路、以点带面、一次达标、全面创优"的原则,一路摸索着、学习着、研究着。征地拆迁工作成为工程施工的开路先锋,拌合站2008年3月31日通过验收;试验室于2008年4月10日通过验收;荆河特大桥桩基于2008年3月底进行工艺试桩,4月10日正式开工;龙山隧道2008年4月21日开工;路基填筑试验段于2008年5月9日通过……七工区的施工由点式规划作业转向线式规划作业。员工们开始适应了新的管理模式,他们发现已经走到了一个更高的管理平台上。

　　在高铁施工过程中,七工区注重前期的策划工作。进入施工现场后,反复地对每一个分部工程项目的天时、地理、人文条件进行调查,制定合理的施工管理措施。荆河特大桥桩基施工任务紧,难度大,是工区施工任务的重中之重。桩基钻孔桩用水量极大,为以后施工过程中不受当地村民的干扰,七工区于桩基开工前购买了一台高压泵布设在北沙河内。当有的工区因为用水和当地村民产生矛盾时,七工区已经形成连续的大干高潮。

　　为了尽快适应铁路施工要求,公司致力于将高铁打造成为科技创新和人才培养平台。投资3000万元购置了包括宝马压路机、沃尔沃混凝土输送泵车等在内的大批先进设备。

　　在试验过程中,始终坚持以国标、行标为标准,严格操作程序,注重管理,购置了先进的EV2、EVD动态变形模量检测仪器,对工程质量实体检测,提高了试验水平,减少了人为等主观因素判断的现象。

　　在人才培养上,实行班子双配,工区主任下设项目经理、总工、副经理、副总工;工程管理部、合同计量部等六大部均设部长、副部长和主管工程师;土方队、桥梁队、隧道队都设队长和副队长。这样的人员安排,目的就是充分利用京沪高铁建设这个平台,尽可能多地培养锻炼铁路建设的后备人才。

　　公司2008年底承接贵广铁路施工任务后,抽调十多名骨干力量奔赴贵广,高铁的施工基本不受影响。通过高铁的培养和锻炼,年轻人走上了领导前台。各部门分别抽调部长或者副部长到贵广铁路项目。例如,原工程管理部部长郭世波任贵广项目总工,孟昭祥和张宝堂两位副总则分别出任贵广项目副经理。

　　2008年来到高铁七工区的大学生,在这样的氛围中也有了出色的表现。张凯在荆河特大桥桩基施工中,四个月时间完成从学习到独立工作的过渡。他不但完成每天分配的工作任务,还主动根据现场情况提出第二天的工作计划。

　　第一次参与铁路施工,十三局人就站到了高标准、高质量的高速铁路施工平台上。他们提出了"四个一流"的目标:一流的速度,一流的质量,一流的管控,一流的技术。从进场开始,七工区就用这样的高标准来严格要求自己,从试验室到拌合站,从物资采购到现场施工,都做到了精细化的管控。

2008 年 8 月 18 日，铁道部质量安全监督总站到七工区检查，对拌合站文明施工、安全措施、现场标识、混凝土拌合时间及计量精度、拌合记录和配合比等内业资料进行了详细的检查，认为拌合站的各项工作均已达标。

一年中，征地拆迁工作在集团高铁三标段项目部考核中名列第一；在三季度施工中连续三个月超额完成月进度计划，计划完成率连续三个月在集团各参建单位中排名第一；在集团高铁项目部 2008 年度内部履约信誉评价中排名第一；在集团高铁项目部 2008 年进度考评中排名第二。年度施工中拿到各类奖金约 270 万元。

难忘荆河特大桥

荆河特大桥桩基施工是整个 1318 公里京沪线上是最艰难的桩基施工。七工区承建的工程总造价约 4.98 亿元，其中荆河特大桥造价占 3.08 亿元。荆河特大桥全长 11456 米，七工区施工 4500 米，工程位于岩溶发育地区，地质条件复杂，溶洞、地下流沙层、岩石交叉；串珠状溶洞较多，有的多达 13 层，最大溶洞高 12 米。总计 1200 根、57452 延米的桩基施工强度高，难度大，是七工区施工的难点和重点，也是制约工期目标的关键点。

桩基施工 3 月底进行工艺试桩，4 月 10 日正式开始，根据架梁时间要求，2008 年底必须完成所有桩基施工，工期极为紧张。七工区对 1200 根桩基进行分类，在侧重难点和重点的基础上，根据架梁工期目标要求，以南端为重点，由南向北顺势施工。有难度的地方一个墩台投入两台钻机，最难的地方一个墩台四台钻机，桩基施工高峰期在现场投入 110 台钻机。密集排开的钻机构成了一幅宏伟的施工场面。

由于地质条件复杂，漏浆、孔壁坍塌、地面塌陷、卡钻、掉钻、埋钻等时有发生。在遇到溶洞时，现场技术人员的心都提着。白天在现场工作了十二个小时，晚上还要跑到现场去看一看有没有发生问题。解决这些难题，不仅积累了复杂地质情况下的施工经验，也提高了技术人员现场管理、质量控制、技术难点的处理能力。在桩基施工过程中，实行专人专机攻难点、抢重点。在资金、人员、设备发生冲突的时候，优先保关键点。现场 24 小时有人负责解决施工难题。还将质量控制重难点、关键点，分解到每个工序、具体到人，现场每个工点都有专职质检人员负责质量检测，随时把关。

在每个桩基施工时，旁边都立着重难点施工技术交底牌。上面图文结合将施工方法、安全措施和要点讲解清楚。这块牌子也在现场技术人员的管理范围之内，必须看管好，不允许倒，更不允许丢。

至 2008 年底，荆河特大桥完成桩基 1110 根，其中最难干的一根桩基用了 140 天的时间。经过检测的 708 根全部为 I 类桩。

已经成排的墩身在鲁南大地上展开巨龙一样的气势向前延伸。回想起艰难的施工，一米一米地钻进，一米一米地灌注，一根一根地计算，那份精心，那份呵护，真象精心培育孩子一样。如今看着"孩子"长大了，沈亮站在屹立的墩身旁感慨万端："这就是成就感吧！是吧！这就叫成就感！"语气中有自豪，还有几分沧桑。

党建也是生产力

在七工区班子成员岗位职责中，有这样一条：加强自身政治理论学习，严格要求自己，勤政廉洁，在项目部建立团结、向上、高效、和谐的管理团队。做好项目员工的思想政治工作，在生产经营关键环节和职工思想波动时，进行正确引导和教育。

在工程开工之初，员工们茫然无措时，党支部先抓一批骨干，让骨干们起带头作用，率先往前走，走出迷茫的困境。在有人动摇的时候，鼓励骨干不要动摇，不能有走的想法。在一年的紧张施工过程中，工区党支部坚持每月组织学习，发展包括总工姜应新在内的新党员三名，两名预备党员按期转正，培养六个入党积极分子。

荆河特大桥桩基施工投入大量钻机，为了保证这些投入有效和施工进度按计划进行，也为了避免"吃拿卡要"现象在员工中发生，工区把项目班子成员、各部门负责人的电话做成卡片，发到每台钻机的机主手里。现场协调或者有其他问题发生，机主可以直接给项目领导打电话。

在中国水电十三局高铁七工区，每个施工点上都有一名党员。张安平，原来是希百公路项目党支部书记，来到高铁后先在安全环保部当副部长，2008 年 7 月调到土方队当队长。路基填筑要求零沉降，土料料径不能超过 15 厘米。已经 53 岁，全身关节骨质增生的张安平，平均每天在工地工作十三四个小时，晚上还要到现场检查。在繁忙紧张的工作中，每一名党员都象张安平这样发挥了先锋模范作用。敬业、执著，是他们的本质，是他们最朴素的行动。他们为参与高铁施工而骄傲，我们为他们的坦荡胸怀而骄傲，为他们的素质和工作作风而骄傲。

在协调全面工作的基础上，工区班子成员有明确的分工。项目经理刘建平分管荆河特大桥；党支部书记沈亮分管龙山隧道；路基、涵洞、框构由副经理李洪生负责。职工们说项目领导班子都大度，都以工作为重，不计较个人得失；都十分敬业，配合协作好。就象他们经常对职工讲的那样：高铁第一。

要求职工的工作达到一流标准，对职工的关心也要做到一流标准。工区年轻人多，占员工总数的三分之一，这其中 2008 年新分大学生达 87 人之多。这些新生力量年轻有活力，但耐挫能力差。发现年青人思想上有波动，项目党支部书记沈亮不训斥他们，而是开导、鼓励，激发他们参加高铁建设的光荣感、使命感和责任感。

开工不久，沈亮在工地发现一名学生穿西装打领带而且不戴安全帽站在现场，按照工作制度对他进行了严厉的处罚和批评。年青人想不开提出回家。在繁忙紧张的工作中，沈亮没有忽视这件事情。经过了解，得知这名年青人工作比较积极，决定挽留他。他找到这名年青人，鼓励他："人生不会一帆风顺，会遇到很多挫折，在人生的经历中这件事情不值一提，是男人就要勇敢去面对，不能当逃兵。"这名年青人留下来了，其他的年青人也看到了工区领导的一片真心。

在项目实习的60多名学生，2008年7月初需要回校参加毕业典礼、办理离校等相关事宜。此时工程施工任务繁重，大批人员离开会影响正常的工作开展。毕业典礼对学生的一生意义重大，七工区租用一辆大巴接送学生回校。

为改善职工伙食，同时减轻食堂工作人员劳动强度，项目添置了和面机、蒸车等现代机械设备。为了解决夜班职工吃饭的问题，专门聘请一名厨师为夜班职工做饭。

高铁有了今天的结果，参与其中的人最为高兴。沈亮说："现在一提高铁就很兴奋，切身感觉到了使命感和责任感。"这代表了很多员工的感受。

其中，更兴奋的是占了工区职工总数三分之一多的年青人。在高铁逐渐展开的施工过程中，他们看到自己得到一个很好的锻炼机会。通过高铁的锤炼，他们已能将目光放得更加长远。27岁的工程管理部部长杜鹏程说："开始时工作繁忙，感觉的确很累，很苦。但随着工程施工的进行，慢慢地工作感受就变了，一项项处理复杂的地质条件、复杂的工艺，提高了我们现场管理、质量控制、技术难点的处理能力。参与高铁，应该很幸运。"

看着那些朝气蓬勃地活跃在七工区沿线的大学生，你会感到我们的企业充满了希望；随着那些名词由陌生到熟悉到精通，我们真正感觉到企业进入了一个新的领域，这个新领域将会为企业走得更远、更高、更好，起到巨大的助力作用。

"咱也是企业的主人"

——中铁四局南京南站指挥部创新农民工管理模式纪实

舒郁仁

近几年，中国中铁四局集团经过深化改革、精干主体，原有职工队伍由近 5 万人减少到 2.3 万人，完成的建安产值却由 2000 年的 40 亿元提高到 2009 年的 370 多亿元，其中农民工作出了重要贡献。四局常年使用的农民工达 15 万人之多，其中京沪高铁 3 个项目使用的农民工就超过 1 万人。如何认识农民工在企业中的地位和作用、如何维护农民工的合法权益，成为局党政工面临的重要课题。多年来企业生存发展的实践使他们越来越深刻地认识到，农民工已经逐渐成为企业人力资源的主体，他们事实上已经成为新型产业工人的重要组成部分。农民工的管理在企业管理中占有举足轻重的重要地位。正是从这种认识出发，铁四局把农民工作为企业的主人来对待，在管理上，对农民工和对待企业原有职工一视同仁，实行"同管理、同教育、同要求、同关心、同考核"，并统一着装、统一挂牌上岗，统一配备生活设施，组织农民工和员工一道参加体检，为农民工办理人身意外保险；对于每月工作出色的农民工，评出"劳务之星"，在"光荣榜"张贴照片并给予奖励，增强了劳务人员的归属感。

首届农民工"说句心里话"演讲比赛

2009 年 4 月 18 日上午，南京南站工地一派繁忙景象，工地的一角，和煦的阳光照在挂有"深入学习实践科学发展观，携农民工之手，走可持续发展之路，首届农民工说句心里话演讲比赛"的大红色横幅上，显得格外地耀眼夺目。这里是中铁四局与河海大学正在联合举办的一场首届农民工"说句心里话"演讲比赛现场。

作为直接参与建设一流高速铁路的农民工兄弟，他们是京沪高铁建设不可缺少的最基础的力量，更是我们科学发展、可持续发展应该高度关注的群体。为此，南京南站指挥部党工委与正在南站工地开展社会实践活动的河海大学电气工程学院的部分师生，联合在南站工地举办了一场"携农民工之手，走可持续发展之路"首届农民工"说句心里话"演讲比赛。五名演讲者声情并茂的演讲，由衷地表达了他们的心声和肺腑之言。来自安徽宿州的周爱华演讲时说："我在外打工有 20 多年了，金融危机使我不得不回到家中耕种我那四亩地。来到南京我是头一次，在南京南站工地我看到了这么大的建设场面，深深感觉到国家的强大，技术的先进，没有我们国家办不成的事。在这里干得好，我能每个月拿到二千多元钱，如果这样下去，我的家里会有比较大的改观，我会珍惜机会，好好学习技术，就是想跟着中铁四局一直干下去"。湖北大冶的陈立顺说："今天我非常激动，中铁四局对我们无论是工作上还是生活上都无微不至地关心，我能为自己成为中铁四局的一员感动无比的荣幸和自豪，说句心里话，我要好好干，一来我要多赚点钱让我妻子和孩子过上好一点的生活；二来呢我要用我的实际行动报答中铁四局。场上的气氛越来越热烈，大家纷纷举手发表了自己的感言。来自宿州的孙光明说："我一来到这里，中铁四局就为我们提供了免费的技术培训，我很感谢，既然来了，我就会按照规章制度要求做事，踏实地做好自己的本职工作"。杨国政接着说："中铁四局培养了我，中铁四局给我提供了工作，我要对得起这份工作，对得起我拿的这份工资"。演讲农民工的那份感动和激情，引起了到场的全体 50 多名农民工的共鸣，他们在主持人的《祝你平安》歌声中，一起鼓掌喝彩，又共同唱起了自己的心声《说句心里话》和《流浪歌》，使这场演讲会达到了高潮。演讲会期间，南站党支部还为每名到会的农民工发放了问卷调查表和安全技术问卷表，对他们今后的思想、工作、生活上的问题和安全技术上可能存在的不足，征求他们的意见和要求，以便于今后有的放矢地加以关注和改进。

"咱也是企业的主人"

5 月 25 日，一场倾盆大雨把工人们从工地赶回了宿舍，魏恒业却迎着雨往外跑，忙着遮盖搅拌机和材料。这位农民工身份的混凝土搅拌站站长前几天刚被评为"优秀农民工"，受到中铁四局京沪高铁 NJ-3 标项目经理部的表彰。他说："咱也是企业的主人，要尽到主人的责任。"

这种高度的责任感不是凭空产生的，是四局各级组织通过精心营造公平合理的制度环境和真心实意为他们办好一件又一件实事好事而培养起来的。农民工兄弟在心理上最大的满足是能够和四局的职工们一样，实行"五同"，即与公司原有职工同学习、同劳动、同参与、同生活、同娱乐，使他们真正成为公司职工中的一员，使他们在不经意间尽快地融入了工人阶级队伍。

让农民工和职工一起参加"素质工程"，一起学政治、学文化、学法律、学业务，并分专业、分层次地对农民工进行技能培训，把职业技能鉴定的范围扩大到所有农民工。来自安徽桐城的20 岁农民工徐友光是个木工，积极参加培训班学习，技艺进步很快，现已担任了班组长。南京南站铺架作业工区的农民工刘卫红，在铺架施工中经过培训加上勤学肯干很快成长为生产中一把好手，为体现同工同酬原则和用人创新机制，通过考核，聘用其为铺架领工区领工员，在生产中发挥了重要作用。

政治上关心，思想上帮助，工作上扶持，生活上照顾，让农民工们真正体会到"家"的温暖。来自河北的农民工叶文胜说："在南京南站干活比在家里还要快乐、还有尊严，真正有了主人的感觉。"

"我也是会员啦"

近年来，中铁四局生产规模不断扩大，以农民工为主体的外来劳务协作队伍已成为一线施工的重要力量。如何有效地保障农民工的合法权益，成了公司工会考虑的一件大事。公司组成专门工作组，深入到重点工程工地，对农民工的现状进行调查摸底，广泛听取他们的有关建议。在此基础上，起草出台了《中铁四局集团工会外协队伍员工入会管理办法（试行）》，根据外协队伍与公司劳动关系的不同而采用了直管式、托管式、联合式等三种工会组织类型。

在京沪高铁南京南站工地的农民工入会仪式上，领到《工会会员证》的阜阳籍农民工刘鹏激动地说："在外打工12年，利益多次被侵害，投诉无门。这下好了，在中铁四局我终于加入了梦寐以求的工会组织，我也是会员啦！我的合法权益可以得到维护了。在南京南站工地，我们与四局正式职工同吃、同住、同学习、同娱乐，在立功竞赛和劳动保护上待遇相同，报酬也合理，我们的干劲更足了，决心为京沪高铁建设做出更大的贡献。"

"法律之角"维护农民工权益

11月22日中午，四公司南京南站第三架子队工地会议室内聚集了一些农民工，他们利用中午施工休息的间歇来"法律之角"学习《法律知识读本》。

该队在工地会议室的一角开辟了一块空间，设置了书柜，柜上摆放着《农民工法律维权手册》、《工商保险条例》、《中华人民共和国安全生产法》、《农民法律顾问》、《普法知识宣传问答手册》、《劳动合同法》、《说法维权》、《农民工务工维权手册》等法律类书籍、法规100多本。自今年4月份以来，已有职工和农民工近1000人前来观看和学习。

为便于农民工学习法律知识，遇到不懂的问题能及时请教，该队还与江苏"海超律师事务所"联合设置了便民服务卡，公布了律师事务所的咨询电话、联系地址和联系人，并免费为农民工提供法律咨询。

在组织农民工法律知识学习的同时，该队还与江宁区地方派出所联合设立工地警务室，遇到问题及时解决，切实维护了农民工的权益。

探亲房使他们情谊更深

1月20日，从南京南站工地刚刚下班回家的四川籍农民工颜永生，跨进属于自己小天地的门坎时，妻子小杨就把热腾腾的毛巾递了过来，并送上了一杯温温的茶水，家的温馨，一扫颜永生一天工作的疲劳。颜永生是2008年进入中铁四局南京南站工地的，主要从事钢筋制作和安装工作，每天要加工成品钢筋架达20余榀，才能满足生产的需要。由于他的技术全面，现场领工员总是把一些棘手的工作交给他，他也因此获得了"万能工"的雅号。妻子这次从老家四川来南京，已经是第4次了，住在中铁四局二公司南京南站经理部为他们提供的农民工探亲房内，大大减轻了他们的经济负担。这间12平方米的探亲房内，彩电、床铺、洗脸用具、拖鞋等日常生活用品，一应俱全，给他们生活带来了极大的方便，每次谈到农民工探亲房时，颜永生都掩不住内心的喜悦，一向不善言谈的他，也能跟你侃上几个小时，从经理部的关怀，到农民工的新鲜事，让你处处感觉到一个大家庭的温馨。

小杨跟老公结婚15年了，也到过了不少建筑工地，以前去工地探亲，都是自己租房住，价格高不说，生活极不方便，2008年，老公第一次来到中铁四局的南京南站工地后，在春节期间来工地探亲的小杨就住进了经理部为他们专门免费提供的探亲房，让夫妻俩倍感家的温馨，夫妻之间的感情，也与日俱增。

在中铁四局南京南站项目部，这样的农民工探亲房，项目部为他们准备了近10间，最后由于探亲人数的增多，该项目部又增加了6间探亲房。项目部还专门安排人员进行管理，配备必要的生活用品，农民工妻子到工地探亲，不需要带任何用品就可入住，2年间，农民工探亲房已经接待前来工地探亲人员数百人。

2010年春节临近，NJ-3标二工区沪汉蓉跨秦淮新河连续梁施工任务紧急，为保证施工任务如期完成，工区决定春节不放假，负责沪汉蓉连续梁施工的重庆良驹劳务公司现场负责人陈良，主动放弃与家人团圆的机会，奋战在施工一线。工区得知正月初八是陈良父亲70岁生日，工区领导找到陈良了解情况，为满足他与家人团聚愿望。工区在春节前将陈良的父母亲从重庆接到南京，为他们提供探亲房住宿，解决了他不能回家过春节和给父亲过生日的愿望。

劳务基地为中铁四局京沪高铁工地解决了"用工难"

2009年4月28日，安徽枞阳籍返乡农民工方先进从中铁四局南京南站经理部领到了来南京工作的第一个月工资，这是他自2008年9月受金融风暴影响从上海返乡赋闲后第一次领到工资。这是经中铁四局枞阳县劳务基地培训后第一批上岗的农民工，和他同来的共有 40 余人。

2009 年初，中铁四局本着"合作共赢、定点培养、定向发展、互为依托"的原则，首批在安徽省亳州、蒙城、枞阳、舒城、桐城、庐江和歙县等七个劳务输出大县（市）建立劳务基地，与地方政府劳动部门、技工学校联合举办农民工免费技术培训班。对培训合格的农民工，中铁四局将他们编入施工班组与正式员工实行统一管理，并将农民工党员吸收到员工党支部、党小组中。中铁四局要求所属各项目经理部在农民工上岗前都进行集中培训，学习电工、木工、钢筋工等技术。通过培训，农民工能在较短时间内掌握一到两门实用技术。培训合格后，统一由劳动部门颁发职业资格证书。南京铁路指挥部把农民工培训和职业技能鉴定纳入企业整体培训计划，作为实施职工素质工程的重要内容。两年共安排农民工培训专项资金近百万元，各经理部还通过开办培训班、岗前培训、岗上培训、"导师带徒"等，促进农民工技术水平的提高。

"农民工"，这个也许应该尽快消亡的称呼，在京沪高铁工地上得到了前所未有的尊重。这种尊重，像春天里的细雨润物无声；又像冬天里的暖阳暖进心扉。

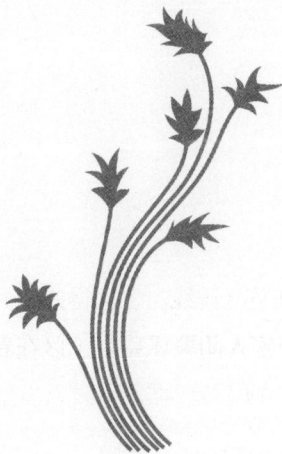

京沪高铁竞风流

——中铁十四局京沪高速铁路建设纪实

李佩山　张　勇　刘瑞江

安徽宿州，自古为"九州通衢之地"，当南北要冲。西楚霸王项羽和汉高祖刘邦曾决战于此。同时，这里也是著名的淮海战役的主战场。今天，这里又成为举世瞩目的京沪高铁的主战场。十四局集团的建设者们在这里摆开了 48 公里的战线，正奋力拼搏，与各路劲旅争领风骚。

他们在全线第一个完成了红线内征地拆迁工作。

他们在全线生产出第一片 900 吨重的 32 米无砟箱梁；同时创造了中国高速铁路 32 米无砟箱梁从建厂到投产只用了 100 天的最快纪录。

他们在全线第一家通过高速铁路箱梁生产许可证认证审核。

京沪高铁首次建设现场会在他们管区内召开，"四个标准化"建设走在了京沪全线的前列。

2008 年 9 月，经安徽省环境保护产业协会专家组现场评定，项目部被评为"安徽省环境保护优秀施工单位"。

2008 年 9 月 30 日，他们架设了全线第一片高铁箱梁，成为京沪高铁建设的阶段性标志。

他们被评为京沪高铁建设"百日大干"劳动竞赛先进集体，所属大店梁场荣获 2008 年度京沪高速铁路建设先进集体称号。

在 2008 年京沪高铁全线信誉评价中，他们参建的四标段获第一名；他们荣获专业联合单位第一名。

能够在强手如林的京沪高铁大会战中屡夺第一，实属不易! 这里面有什么秘诀? 让我们沿着他们坚实的足迹，去领略他们骄人的风采吧!

自我定位：勇争第一

十四局集团京沪高铁项目部承建的工程位于 4 标段，全长 47.886 公里，位于安徽省宿州市的东部、蚌埠市的北部,主要工程任务是濉河特大桥部分(上海端)21.464 公里、宿州东站工程(含车站路基、新河大桥、站台等工程) 1.916 公里和淮河特大桥部分(北京端)24.506 公里。

项目部成立之初, 就在自我定位上坚持高起点。十四局集团副总经理、京沪高铁项目部经理张挺军,结合京沪工程实际,提出了"先上路,后提速"的指导思想,强调一定要"敢打必胜,勇争第一"。

队伍一上场,项目部党工委就在提高认识,统一全员思想上下功夫。他们多次召开动员会,以"高起点、高标准、高质量、高效率,建设一流高速铁路"为主线,对参建京沪高铁的重大意义、政治地位、企业荣誉等进行宣讲,提高了全体员工的思想认识,增强了政治敏感性和责任感。使大家深入领会京沪高速铁路建设的重要意义,不断强化员工的责任感、自豪感、使命感、紧迫感。把全体参建人员的思想很快统一到了参建京沪意义重大、使命光荣的认识上来,使"勇争第一"的思想深入人心。所有参建人员工作热情高昂,进入角色很快,大干劲头十足,表现出了良好的精神风貌。确保了所有干部职工干工作一条心,促生产一股劲,抓管理一盘棋,思想统一,步调一致,有力地推动了各项工作目标的实现。宣传教育和思想发动,为打赢京沪攻坚战提供了坚定的信念支撑和强有力的组织保证。

牵住"牛鼻子"再"弹钢琴"

国务院副总理张德江对京沪高铁工程明确要求,要"精心组织、精心设计、精心施工、精心管理"。如何精心组织? 项目部一班人认为:必须抓住主要矛盾,找准突破口,也就是要牢牢牵住项目组织的"牛鼻子"。同时, 也要通盘考虑, 超前谋划, 统筹兼顾, 学会"弹钢琴", 不能顾此失彼。

项目部一进场就对各种资源进行了有效的整合,具体表现为"六快":一是队伍集结快:编制下达后, 项目部两级管理人员, 技术人员迅速向京沪高铁集结。近 3000 名精兵强将快速到位,并很快进入工作角色;二是设备进场快:875 台套机械设备迅速从全国各地调进施工现场;三是安家设营快:在最短的时间内搞好"三通一平"等基础工作,项目部和各工区在很短的时间内就具备了生活办公条件;四是征地拆迁快:迅速打通并协调理顺路地关系,期间未发生一起因损害群众利益而引起纷争的群体事件;五是信息处理快:按信息化建设要求,及时便捷地利用网络传输系统,建立项目管理进入信息化平台;六是投入施工快。

尤为可圈可点的是征地拆迁工作,走在了全线施工单位的前列。在重点工程建设中,征地拆迁工作一直被称为"天下第一难"。征地拆迁既是工程顺利开工的先决条件,又是一件政策性强、关系老百姓切身利益和社会稳定的大事。

为迅速打开局面，十四局集团京沪高铁项目部把征地拆迁作为推进开工准备工作的重中之重。他们充分利用铁道部为京沪高铁建设营造的和谐环境，最大限度地发挥沿线各级地方政府的积极性。首先，他们确定了"重点先行，有序推进"的总体工作思路；其次，进一步简化征地流程、层层分解任务，明确奖罚制度；再次，发挥政府职能，加大宣传力度，以点带面逐步展开，层层推进快见成效。通过地面附着物清点、土地丈量分户、居民房屋拆迁三步棋，走活征地拆迁全盘棋。

在具体操作中，他们分成三个征地拆迁小组，齐头并进，提高效率。在车辆十分紧张的情况下，项目部全力保证征地拆迁用车。负责征地拆迁的人员进农家、上地头、晓之以理，动之以情，做了大量耐心细致的工作。终于赢得了广大群众的理解和支持，确保了征地拆迁工作得的顺利进行。

2008 年 5 月 30 日，项目部率先完成了红线施工用地的征地拆迁工作，其进度在全线居领先地位，为全面展开施工创造了条件。

全线第一片 900 吨箱梁的制造和架设，是十四局集团京沪高铁项目部开局之年的得意之笔。

十四局集团京沪高铁项目部一班人一进场就在思考：要迅速打开工作局面，施工生产从哪里突破？京沪全线桥梁占 80% 以上，制梁、架梁是施组控制的关键环节。项目部的决策者们把目光聚焦在六工区——十四局集团下属的北京房桥公司宿州制梁场上。

北京房桥公司有着丰富的生产经验和良好的社会信誉，是制梁行业的佼佼者。由房桥公司生产京沪高铁全线第一孔箱梁，无论是技术还是能力，是完全可以胜任的。通过生产京沪高铁全线第一孔箱梁，就能以点带面，带动十四局集团管区桥梁和线下工程的快速推进。

方向和着力点找准后，项目部就对宿州制梁场明确提出了"一二三四五六七"的目标。即：第 1 个月完成征地和进场工作；第 2 个月完成所有制梁台座；第 3 个月具备生产能力；第 4 个月生产第一孔箱梁；第 5 至 6 个月完成桥梁取证工作；第 7 个月梁场全面正常生产。

2008 年 6 月 12 日，京沪高铁首孔"巨无霸"900 吨 32 米无砟箱梁，在北京房桥公司宿州制梁场一次性生产成功，十四局集团再次成为新闻媒体报道的焦点。从梁场筹建到"巨无霸"生产，在短短的 100 天里，北京房桥公司宿州制梁场创造了中国高速铁路 32 米无砟箱梁从建场到投产的最快纪录。

2008 年 9 月 13 日，十四局集团宿州制梁场在京沪全线第一家通过国家高铁箱梁生产许可证认证审核。

2008 年 9 月 30 日，十四局集团开始架设京沪全线第一片箱梁。《人民日报》、中央电视台《人民铁道》报、安徽电视台等多家新闻媒体做了报道，京沪高铁股份有限公司、京沪高铁建设总指挥部、中国铁建股份有限公司专门发来贺信和贺电，给予高度肯定和赞誉。

为确保年度目标任务的全面完成和重难点工程的按期突破，项目部根据京沪总指的有关要求组织开展了"百日大干"劳动竞赛活动。他们将100天的劳动竞赛，分解成10个灵活、快捷的竞赛突击战。每10天进行一次考核评比，及时召开节点总结表彰会，当场进行奖罚兑现，为综合评比第一名的单位授予流动红旗。设立了劳动竞赛评比榜，完成任务的单位挂一个"笑脸"，完不成任务的单位挂一个"红脸"。通过搞好思想发动，加强组织领导，优化资源配置，加大工作力度，强化激励机制，迅速形成了如火如荼的大干局面。

2008年9月12日，五工区100多名员工开始安装两台900吨龙门吊。为了确保项目部架梁总体计划的实现，他们夜以接日，连续奋战。各级领导靠前指挥，现场解决问题。结果他们上演了一部现代版的"火拼时速"，使在正常情况下需要2个月才能完成的工作量，仅仅用了13天就拼装成功，创造了全线第一个"京沪速度"、"中国速度"！

轰轰烈烈的"百日大干"活动中，项目部每10天完成产值都在6000万元以上，超额完成了京沪总指下达的任务。项目部和大店梁场获得京沪高速铁路建设"百日大干"劳动竞赛先进集体和2008年度京沪高速铁路建设先进集体殊荣。集团公司副总经理、项目经理张挺军被评为"京沪高速铁路建设百日大干优秀项目经理"，17名员工被评为2008年度京沪高速铁路建设建功立业劳动竞赛先进个人，19名员工获京沪高速铁路建设百日大干先进个人。

标准化管理扎实有效

京沪高速铁路大量采用新技术、新工艺、新材料，是目前世界上技术标准最高、质量要求最严的宏伟工程。影响安全、质量、工期的因素多，控制管理难度大。从上场伊始，项目部就在观念创新、管理创新、体制创新、机制创新上狠下功夫，着力实施标准化管理。

按照铁道部《关于推进建设单位标准化管理工作的指导意见》，结合京沪高速铁路建设总指挥部制定的《京沪高速铁路建设标准化管理工作总体规划》，十四局集团京沪项目部成立了标准化管理工作组织领导机构，明确了工作内容、责任部门和时间安排，进行了职责分工，扎实有效地推进标准化建设。

2008年6月16日，京沪高速铁路股份有限公司总经理李志义前来检查时，对项目部的标准化建设给予了高度评价。京沪高速铁路首次建设现场会在十四局集团管段召开，并到宿州大店制梁场进行了观摩学习。那整洁的环境、标准的厂房、台位，整齐有序的大型机械，规范的企业文化标识，处处体现出标准化管理的理念。项目部"四个标准化"建设走在了京沪高速铁路全线的前列。

由于京沪高铁标准高、技术新、工艺新，各种设备投入巨大。一台提梁机造价几千万元，一片 32 米箱梁，光使用的钢筋就达 60 吨。十四局集团京沪高铁管理者们，在成本管理上严格控制，该花的钱及时到位，不该花的钱一分不出。在中国铁建股份公司完全成本管理思路指导下，结合项目实际，起草完善了一系列成本管理办法。他们推行了工序单价和综合单价相结合的承包制度。他们对主要物资、大型设备实行招标采购制度，还实行了工程施工方案优化制度。他们在与地方关系的处理上实行分级管理，区市由局项目部负责协调，乡镇村由各工区负责，同一乡镇由局项目部统一协调，一个标准，减少了不必要的开支。

由于他们坚定不移地推进完全成本管理工作，特别是在模板、拌合站、泵车、搬运机、450 吨提梁龙门、架桥机、运梁车招标采购上，坚持货比三家，阳光操作，节约了资金。

项目部秉持"标本兼治，重在治本"的理念，强化过程控制，确保安全质量体系平稳运行。

一是构建了完善的安全质量管理体系。在工程建设中，先后就安全管理、质量管理、质量信誉评价等制定了一系列管理办法。项目部与各工区签订了安全质量包保责任状。

二是强化了安全质量教育培训。积极开展质量及防火、防洪、防暑、高空作业、冬季施工、大型提运架设备等安全知识培训，先后参加上级培训 206 人次，组织工区级安全知识讲座 6 次，分五批对 621 名特种作业人员进行培训。制定了 11 项应急预案，组织了多次应急预案演练。各工区都成立了农民工夜校，积极组织农民工进行教育培训，确保了所有特种作业人员持证上岗。

三是加大安全质量投入力度。建立了安全专项资金，购置了桥墩施工高空作业、桥梁架设等安全防护用品，设置各类安全质量警示牌 1000 余块。在资金紧张的情况下，多方筹集资金 1.7 亿元购置了提梁机、运梁车、架桥机等设备，为施工安全和工程质量提供了可靠保证。

四是狠抓安全质量监管工作。不断加强对安全质量的管理力度，督促现场管理人员加强对施工过程的检查、巡视、旁站和指令整改，狠抓安全质量的监督和管理工作。项目部质量安全管理工作处于可控状态，没有发生一起等级安全质量事故。项目部已三次获得京沪总指质量和安全绿牌。DK676+120 ~ DK770+390 墩身梁体工程被评为"京沪高速铁路优质样板工程"，在京沪总指组织的 2008 年度信用评价中，项目部获得专业联合单位第一名。

科技创新为工程保驾护航

科技创新是一个企业发展的不竭动力，科技创新为十四局集团"勇争第一"插上了腾飞的翅膀！

十四局集团京沪高铁项目部以科技为先导、以技术创新为目标，为打造精品提供了可靠的技术保障。

项目部先后组织了桩基试验、高性能混凝土配合比试验和CFG桩复合地基试验研究。特别是为了提高高性能混凝土施工控制水平，强化过程质量控制，他们对高性能混凝土进行了原材料调研、配合比试验、抗侵蚀技术措施、耐久性检测评定等研究。

2008年4月18日，项目部举办了一期高性能混凝土培训班，邀请了铁科院谢永江研究员就高性能混凝土结构的耐久性、技术特点、施工要求及检验要求进行了详细的阐述。项目部及各工区主要工程技术管理人员60余人参加了培训，大家普遍反映受益匪浅。通过强有力的质量控制措施，现场拌合的混凝土质量性能良好，含气量、坍落度等指标完全符合设计要求。经过试块检测，混凝土的强度和耐久性指标也完全满足设计要求。

项目部坚持自主创新，积极改进施工工艺。他们改进了桩基钢筋加工工艺，钻孔桩钢筋笼采用了胎具加工的工艺，在箍筋绑扎中采取卡具控制间距。受到京沪总指等各方好评，兄弟单位先后来钢筋加工厂参观学习，成为全线样板。

项目部借鉴国外的先进经验，在总结集团公司京津城际铁路、广深港铁路箱梁生产先进做法的基础上，自行计划、自主创新了预制箱梁钢筋整体绑扎、吊装技术。在箱梁钢筋绑扎中，采用绑扎胎具一次成型，预制箱梁钢筋整体吊装，既保证了钢筋绑扎的精度要求，又缩短了钢筋绑扎的时间，提高了制梁台位利用效率，缩短了成梁的时间。钢筋整体绑扎吊装装置与钢筋分体绑扎吊装相比，单是钢筋入模这一环节就节省了10至11个小时，钢筋分体绑扎吊装入模需12小时左右，而钢筋整体绑扎吊装只需1小时左右。

十四局集团北京房桥公司首创的双层存梁技术和在国内率先使用的900吨提梁机运梁方案，通过优化在京沪高铁上再次体现了科学性、严谨性、实用性。自重420吨的轮胎式900吨提梁机提着900吨的箱梁在地面行走，地面的受力特别是提梁机提梁时的转向受力远远超出理论设计重量，所以提梁行走和双层存梁对地基要求特别严格。

梁场技术人员借鉴吸收房桥公司在京津城际铁路和广深港铁路施工经验，结合当地软土地基、地表水丰富等地质特点，对双层存梁台座和提梁机行走路面进行了特别处理，单是存梁台座的沉管桩基就打了4932根，混凝土方量达3729立方米；提梁机路面水泥搅拌桩打了18400根，混凝土方量达7497立方米。双层存梁桩基和900吨提梁机搅拌桩加固方案确保了箱梁的正常生产和存放。

项目部为保证京沪高铁工程质量目标的实现，还加大了试验检测力度。他们的中心试验室，无论在规模和技术上，堪称京沪全线一流。他们针对京沪高铁质量标准要求高的实际和四标段所处区域砂质量差的实际情况，采取加大抽检频率，特别对砂的含泥量和泥块含量指标进行源头严格控制，使质量始终上于可控状态。他们针对外加剂对水泥适应性差和外加剂质量波动大的情况，对外加剂和水泥等原材料也加强检验控制，确保工程顺利进展。试验人员为保证施工需要，经常加班加点做原材料试验和配合比试验，使施工生产材料的各种数据，始终在科学的监控之下，坚持用数据说话。

可以说，十四局集团在京沪高铁的五个第一，都是建立在数字化的基础之上！

以人为本，构建和谐项目

人是最可宝贵的资源，建家就是建企业。项目部始终坚持以人为本，高标准建设职工之家。他们按照集团公司建家建线标准，统一规划、统一时间要求。以高起点、高标准、高质量、高速度为目标，统一布局，合理规划，因地制宜。

在各具特色的基础上突出美观、大气、实用，实现了住宿公寓化、就餐自助化、办公自动化、环境常青化。在文化线建设上，他们重点突出企业精神标识，用集团公司企业理念打造独具特色的京沪文化。在卫生保健线建设上，他们重点突出预防为主，防治结合，严控重大传染源、食物中毒等食品安全事故的发生。推行卫生许可证、工地小药箱等制度和措施。在生活线建设上，所有16个食堂管理人员和厨师均持证上岗，按每周食谱，确保每位员工吃饱吃好，吃得安全、吃得放心。

项目部注重对员工潜能的开发，力争使人的价值最大化。他们组织主要管理人员和相关业务人员参加了关于高铁建设的专业知识培训，并组织有关人员到北京进行质量安全专业学习，先后培训181人次。分两批对几百名特种作业人员进行培训取证，确保了所有技术人员持证上岗。

根据施工生产的需要，项目部各工区都招收了一批返乡农民工，通过系统的岗位培训教育，安排合适的工作岗位。今年1月2日中央电视台的《新闻联播》节目，对项目部宿州大店梁场培训安排农民工就业的情况做了报道，彰显了企业勇担社会责任的良好风范。

遵照铁道部建设"和谐京沪"的指示要求，项目部各工区在施工中十分注重生态环境的保护。项目部管区内的淮河特大桥跨越沱河与新汴河，为排掉钻孔桩产生的大量泥浆，他们采取有效措施，确保泥浆不外溢，不污染河水。施工一年多以来，管区内河段没有受到任何污染，依旧清澈见底，鱼虾成群。

项目部积极开展路地共建活动，构建和谐施工环境。为了表达对沿线百姓支持京沪高铁建设的谢意，项目部党工委积极主动与当地政府联系，带着棉被、棉大衣、桌椅、米面油等慰问品对拆迁中受到较大影响的蒿沟乡敬老院和蒿沟中学进行走访慰问。去年10月份，当地6名不法分子到四工区钢筋加工场试图作案，蒿沟派出所迅速出警，快速破案。雷厉风行的工作作风得到了当地百姓和施工单位的好评，为京沪高铁建设营造了良好的治安环境。

为了丰富员工的业余文化生活，项目部积极组织开展了喜闻乐见的文体娱乐活动。"五一"劳动节、国庆节、元旦等节日期间，项目部都专门下发通知组织开展活动，各工区都结合实际组织了丰富多彩的文体活动。

2008年12月25日，"百日大干"劳动竞赛总结表彰大会结束后，项目部特别组织了文艺汇演。各工区共有小品、三句半、舞蹈、诗朗诵等20多个节目参加演出，这些节目都是一线员工利用工余时间精心编排的，节目内容主题突出、贴近生活、形式多样、特色鲜明。两个半小时的演出精彩纷呈，高潮迭起，现场气氛热烈。不仅热情讴歌了项目部一年来取得的辉煌成绩，而且体现了十四局集团京沪高铁项目部独特的企业文化，充分展示了全体参建员工顽强拼搏、无私奉献、敢打必胜、勇争第一的良好风貌。

目前，京沪高铁建设已进入攻坚阶段。十四局集团管区线下工程已完成85%，制梁完成600多片，已架梁430多孔，大店板场建设基本完成，正投入试生产。

千里京沪，雄关漫道，多少英雄竞折腰！全力以赴，攻坚克难，豪情壮志满胸怀！在伟大的京沪高铁工程建设中，十四局集团的将士们正用激情与梦想、智慧与勇气、拼搏与奉献，谱写着一曲新时代的"京沪之歌"！

让历史评说

——来自中国水电一局京沪高速铁路工地的报道

王锡尧

　　"先干后说，多干少说，只干不说，历史评说。"在中国水电集团公司京沪高速铁路土建三标段工地，我第一次见到这"四说"，是一件行楷书法条幅，悬挂在中国水电一局京沪高速铁路项目负责人、工程局副局长刘恩的办公室里。通幅书法苍劲老辣的笔锋与内容相得益彰，读后让人过目不忘。当天，在工区三楼至四楼的楼梯口，我第二次见到"四说"，是用黑体美术字加配了中国水电集团标志的广告，大约有6米长，横贯于墙壁之上。没过几天，我到泰安市内的中国水电集团京沪高速铁路土建三标段项目经理部，又第三次拜读了"四说"，也是在大楼楼梯口正面墙上，赫然立着"先干后说，多干少说，只干不说，历史评说"16个大字。几天之内，3次拜读"四说"，终于使我领略到这几句话的份量。字里行间透露的都是干工程不讲条件，工程质量要经得起子孙后代的检验，由历史评说。

　　这四句话是原铁道部副部长、国务院京沪高速铁路建设领导小组办公室副主任、京沪高速铁路公司董事长蔡庆华先生在一次会议上讲到的。我在高速铁路工地一周内三次见到"四说"，让我明显感到中国水电集团公司决心干好京沪高速铁路工程，打造"中国水电铁路品牌"，舍我其谁的态势，透露出中国水电一局人在中国水电集团旗帜下干好京沪高速铁路工程的坚定信念和不怕困难的气魄。

　　中国水电一局施工区隶属于中国水电集团京沪高速铁路土建三标段四工区。在7889米长的施工区间，桥梁四座，总长度2870米。分别是西对旧村特大桥，跨新104国道特大桥，小官庄中桥及一座公路立交桥，桥梁以外的路基部分为5019米。还有金牛山隧道出口部分洞身及30公里长的无砟轨道床的安装任务。

　　在这段高速铁路上，用于施工征地426亩，涉及到泰安市两个区八个村庄。其中高新区征地 414 亩，岱岳区征地 12 亩。另外，按施工需要设计的施工便道征地将近 37 亩。施工区通过居民村，将其一分为二的村庄有三个，因此拆迁移民量很大。其余路段都是林地，文件规定，施工单位要依照施工地图，界定征地区间，配合地方政府搞好清点工作。可是在以往水电施工中，征地都是业主一家的事情。

长期以来，我国水电行业在自己的水工圈里从事专业施工，造就了中国水电第一品牌。改革开放后，水电行业扩大非水电市场势在必行。公路、桥梁、房建、制造、养殖多有涉足，虽小有收成，但建大业，立大功，成大器者凤毛麟角。相反，在水电工程工地却常常能见到"中国铁路""中国武警"的施工队伍出入，与水电人同台竞技毫不逊色。有的对手招投标如探囊取物，让尴尬的水电人扼腕叹息。水电工程僧多粥少，水电职工忧患意识大增。如今，在京沪高速铁路工地，刘恩副局长一席话，让我的担心被打消，使我的顾虑被化解。他说，中国水电集团一次承揽到 142.7 亿元标价的京沪高速铁路土建三标段工程，在非水电市场开发上出手不凡，不鸣则已，一鸣惊人。这是中国水电集团大土木结合优势的又一次充分展示，是创造中国水电铁路品牌的极好开端。中国水电一局能在孔子故里参加京沪高铁施工，是中国水电集团公司对中国水电一局的关心与支持，刘恩非常感谢工程局茹彩江局长的信任和委托。说干好京沪高铁工程是时代赋予的光荣使命，一局京沪高铁全体参建者为此骄傲和自豪。他说，这里前期在工程局王征副局长的领导下，克服天寒地冻等许多困难，建点建家做了大量工作，打下了良好的基础。我们决不辜负工程局的信任，一定用实际行动干好工程，我们亲手完成的中国高速铁路要经得起历史的评说。

测量队最先进入现场施工。他们凭借的是设计单位铁三院的高铁通用图纸。施工单位要把纸上的蓝图通过精确的勘测，落实到施工现场，做出征地界址标记，然后才能开挖征地界沟施工。在居民区，施工单位还要对清点核量现场及需拆除的地上物，产权人等相关信息摄影摄像，制作影像资料。

测量队队长葛万春，1 月 14 日正在辽宁阜朝公路整理竣工资料。他想抓紧时间完成任务回家过年，结果领导一个电话，让他务必两天赶到山东京沪高速铁路工地。他约定在凌原的副队长董春猛在北京会齐，共同奔赴泰安。大家与杨永杰等昼夜兼程，1 月 16 日夜晚 11 点在泰安下火车，找一家饭店准备吃一顿正经饭。水饺刚端上桌，还没动筷，工地主管一个电话，让马上到工区开会。几个人急忙吃上几口，赶到会场方知测量任务十万火急，迫在眉睫。二十多个测量施工控制点是由水电四局转交的。要求 22 日前外业结束，25 日内业必须上报。准备工作只有一天，18 日开始，在水电四局的热情帮助下，派人带他们到现场核对交接。7889 米路段用了整整两天，核对了 20 多个平面控制点和水准点。测量的地段除了村庄就是果园，果树又高又密，五米之外就看不见人。以往我们测量使用的常规全站仪已派不上用场，临时添置的 GPS 卫星测量仪虽然先进，可是从前没接触过，基本属于现用现学。最难的是枣树和花椒树上都长满了硬刺，就好像一道又一道的铁棘藜。大家的手和脸经常被划破，羽绒服被刮开，毛绒像杨花柳絮满天飞。人手不够，项目总工杨永杰和先到的几名同志都加入了测量队。野外测量午饭就是一瓶矿泉水一个面包，赶上离村子近一点就找个饭店吃面条，为的是节省时间，每天走过的路少说也有五六十里。有一次在东湖村附近，由于天色太晚，光源不足，仪器已经不读数字。大家靠手电筒和汽车灯恢复了仪器数字识别功能，完成了复测。经两天内业整理，终于按时完成了任务。

中国水电集团京沪高铁项目部打造水电铁路品牌决心大，为了争取时间，明令要求春节工地不放假。为此，四分局局长李志刚春节没有回自己的家，而是来到山东与高铁工地全体员工共同度过一个别开生面的新春佳节。大年初一，李局长为了分散职工归乡思亲之感，留下王家林接待春节来访，又给大家买了泰山门票，组织一次"登泰山俯视齐鲁大地，建高铁开阔胸襟眼界"活动，领略祖国"天下第一山"风光。

从今年 2 月开始到 5 月上旬，西对旧村特大桥拌合站与跨新 104 国道特大桥拌合站 23.5 亩临时征地完成，两座拌合站临建施工结束，先后通过初检及业主与监理单位的联合验收，具备混凝土生产能力，可以满足两座特大桥混凝土施工需要。

一局人的征地工作博得了集团高铁项目部的好评，笔者在 5 月 19 日集团公司视频会议上看到，当刘恩副局长施工汇报结束之后，主持会议的集团公司京沪高铁土建三标段常务副总经理杨忠，对一局工作成绩给予了充分肯定。由于我对高铁工程术语不熟悉，加上视频会场的音响也不习惯，记录不全。但是杨总说"在征地工作上，建议大家要向一局学习"，我是听得真真切切。我觉得一局人在高速铁路这个陌生的领域真是不容易，中国水电集团公司在泰安市高铁项目部一楼大厅打出的巨幅广告是"举集团之力，汇集团之能，建设一流高速铁路"。据报道，杨总曾在中国企业承包的最大国际工程，苏丹麦罗维大坝工程担任常务副总经理，他在该国率领 5000余中苏员工完成一个又一个工程节点，是一位曾让苏丹总统巴希尔竖大拇指的人。我想，杨总在十几个工程局参加的视频会议上表扬一个单位不会是随意而为的。

刘恩对水电集团公司打造中国水电铁路品牌信心十足。他不止一次说，水电人干高速铁路不是门外汉。他认为水电工程局对高速铁路施工好比庖丁解牛，游刃有余。刘副局长说高射炮打蚊子不行，但用牛刀杀鸡是绝对管用的。我们中国水电一局人建造的莲花水电站大坝能够获得国家鲁班奖，也同样具备在中国水电集团麾下实现打造中国水电铁路品牌的能力。我们要认真领会中国水电集团公司总经理、水电集团京沪高铁三标段项目部总经理范集湘讲话精神，水电人进铁路从头学起，入行要谦虚，入行要随俗。要尽快适应铁路系统的惯例、行规与规程。这个工地坚决执行工程局不对本局个人包工队伍分包工程的规定，没有引进以往任何有联系的外协队伍。

铁路建设是复杂的系统工程，涉及面广，参与单位多。在高速铁路工地，业主标准要求高，集团公司管理措施严。我看到各种与工程相关的检查接连不断，几乎天天都有专业检查组来工地。有些检查事前不打招呼，其目的就是抽查抽检。面对这些，一局办公楼走廊里的标语催人奋进："没有措施免谈管理，没有计划无法工作""今天要做的事勿候明天，自己要做的事勿候于人""只为成功想办法，不为失败找理由""因为有我，所以更好"。工程局局长茹彩江高度重视高铁工程，经常通过电话指导工作。3月13日，茹局长又与四分局局长李志刚一同来到工地，亲自过问工程，强调坚决服从集团公司的协调指挥，抓紧实现与铁路管理对接。一局高铁人决心严格按照铁道部推进建设单位标准化管理工作安排，夯实基础，为又好又快推进大规模铁路建设做贡献。

笔者看到，中国水电一局高速铁路项目管理超出常规，办法与手段主要有以下几方面：

一、让年轻人在高铁施工中挑大梁，唱主角。一些具有大专以上学历的青年人逐渐走上施工管理岗位。李鹏、郭冬明、孔令军、苏文斌、赵宝仁五个年轻人年龄最大的34岁，他们分别在工程、质量、调度室、实验室和物资设备部担任主管。在这个工地上的中国水电一局副局长、工区总负责人、高级工程师刘恩的年龄也只有44岁；工区常务副主任兼党支部书记、高级工程师张俊45岁，工区副主任、工程师郑永吉36岁；项目总工兼团支部书记杨永杰29岁，安全总监高巍42岁，47岁的计划合同部部长王家林是老大哥。

二、党团工会组织抗震救灾活动与施工紧密结合。工区坚持党的工作与行政工作同步进行，他们坚持每周二晚上生产计划会议结束之后召开党群工作会议，传达学习上级精神，安排、交流工作。5月27日夜晚，张俊主持专题会议。他曾经从事较多高速铁路建设，具有丰富的施工经验和管理办法。但是针对廉洁从业个人剖析材料，认真贯彻上级部署严肃认真，一点不留情面，丝毫不亚于他的行政管理工作；党支部副书记、工会主席、行政综合部部长刘景华事无巨细，样样工作梳理得层次分明。在抗震救灾中，工区领导带头及时筹措个人捐款23361元，企业捐款4万元。还为患病的青年技术员唐付向捐款5826元，使他的疾病得到及时治疗。在给小唐捐款中，刘恩与李志刚各捐500元，张俊捐400元，体现了领导对下级的关心与帮助。杨永杰兼任团支部书记，经常组织团员青年开展活动。四楼的工程部室，从前是学校的教室，他利用原有的黑板，更换板报，动员广大团员青年积极投身施工生产，为高速铁路建设贡献青春才智。他心系高铁工程，事迹感人。我听说这里冬天非常冷，他们二十多人为了取暖，不得不同住一间有上下铺的宿舍，可是也无济于事。每当夜半，总有人能看见杨永杰为编写施工措施独自挑灯夜战。3月上旬小杨已怀孕的妻子调到工地，5月3日他就成了孩子爸爸。为了不影响高铁施工，他岳母从吉林来到工地，全力支持一对年轻人投身高铁工程。

三、协作单位领导顾全大局、不图虚名。为了一局高铁工程，令人为之佩服的是第一分局的施工队伍上下一心，甘当配角。中国水电一局选派到京沪高速铁路是两家单位，进场时以四分局为牵头方，一分局为协作方组织施工。第一分局副局长曾维荣作为该单位工地项目经理兼任党支部书记率 84 名职工来到工区，配备的人员可谓精兵良将。有曾经长期担任过副处级、正科级的领导干部，还有许多生产一线技术骨干。但他们承担的只是桥梁一队西对旧村特大桥施工任务，难免让人有大材小用之感。对此，曾副局长不止一次表示，领导安排我们到泰安，是参加中国水电集团公司京沪高速铁路施工的，不是来讲级别排座次的。他说，红花虽好，还需绿叶相扶，一出精彩大戏，不但要有主角还要有配角。只要对高速铁路施工有利，只要有利于大局，我们心甘情愿当好配角。党支部副书记王军兼任工区安全部部长，经常在两个区间忙来跑去。他也说，在高铁工地我们都是中国水电集团一个家，论小家也不能出中国水电一局这个门。在西对旧特大桥拌合站安装施工中，桥梁一队千方百计克服动力电无来源、资金短缺等许多困难，又好又快地完成了施工任务。抗震救灾和其他捐款活动，支部雷厉风行。工区布置党员二次捐款，曾维荣捐款 1000 元，尚衍广、黄贤全和王军各 500 元，普通党员 200 元，积极分子 150 元。头天晚上工区安排，第二天一早就全部上交，深得工区好评。

四、主动与地方对接，搞好路地共建。工区领导班子在征地工作中，认真领会铁道部路地共建文件精神，积极与地方政府、村镇组织沟通协调，急村镇之所急，努力为地方排忧解难。东对旧村内公路多年失修，路基凹陷不平。5 月 23 日，工区安排装载机、压路机、平路机等设备，利用高铁路基开挖的弃料，将村内公路普遍加高，碾压坚实。受到地方村委干部和广大村民的一致好评。路地共建，和谐共赢的局面提升了企业形象，推动了征地工作深入开展。

五、为中国水电集团打造铁路品牌加油鼓劲。一局在跨 104 国道特大桥相交处，分设两座跨越路基的大门。为了布置理想的标语，工区主要领导主抓，向全体职工和友邻单位征集对联。从中筛选四条，布置在国道两侧大门上。这些对联表现了水电人打造高速铁路的信心和豪迈的情怀。东面大门面向国道的对联是"建高铁创奇迹敢在世界争上下，兴大业树丰碑欲与岱岳比高低"。横批"中国水电建设敢为天下先"，施工区方向的对联是"水电人兴伟业与世界争锋，建高铁塑丰碑同岱岳比肩"，横批是"建设中国第一高速铁路"。西面大门的两幅对联，面向国道的是："用精品工程装点祖国美景，以优质施工展示企业文明"。横批"中国水电集团欢迎您"；与施工区相对的是"水电集团八方劲旅建高铁，岱岳奇峰五岳独尊展新姿"，横批"全力打造一流工程"。104 国道每天车辆数以千计，加大了中国水电集团打造高速铁路品牌的宣传力度。5 月 3 日，铁道部领导率队，对中国水电集团三标段标准化管理、劳务用工、施工组织进展、技术及地方协调四个方面进行了全面综合检查，并给予了比较高的评价。集团京沪高铁土建三标段项目部5月7日下发嘉奖通知，要求加强管理，保证履约，积极主动地为集团的品牌和荣誉做好工作。对迎检工作突出的几家施工单位奖励人民币一到两万元，一局作为获奖两万元的单位名列榜首。

现在，中国水电一局高速铁路工区除房屋没有拆迁外的地段，路基清表已经完成，施工便道也已贯通，穿过大片果园的路基形象面貌毕现，具备了下一步更大规模施工的条件。

在素有"五岳之尊"的泰山脚下完成这篇稿子颇感汗颜。因为这里是孔子的故里，更因为中国水电一局人高速铁路施工的事迹还没有写出十之一二。孔子"登泰山而小天下"传为佳话，杜甫"会当凌绝顶，一览众山小"成为千古绝唱。我为自己来去匆匆，对工地了解太少深感惭愧不安。遥望泰山主峰傲然挺立，众多山峰环列周围的泰山山系，构成了由此步步登高，从"人间"进入"天庭仙界"的"天下第一山"奇妙景观。这不正是一幅喻意中国水电集团公司众多工程局云集齐鲁大地，在集团公司领导下，举集团之力打造中国水电铁路品牌的时代画卷嘛！笔者确信，中国水电集团公司树品牌、创品牌，步步登高，开创水电人新的支柱产业，一个全新的中国大水电时代已经来到。祝愿中国水电事业繁荣昌盛，祝愿中国水电铁路品牌经得起历史评说。

超越自我　争创一流

——记中交集团二航局京沪高铁土建六标段一工区
第二作业区

陶小静

京沪高速铁路设计最高时速 350 公里，运营时速 300 公里，当你乘坐这趟风驰电掣的列车，将会有飞一般的感觉。但罗马不是一天建成的，作为我国第一条具有世界先进水平的铁路，京沪高铁建设标准之高、要求之严、工期之紧是前所未有的，京沪高铁的建设者们冒严寒、战酷暑，夜以继日的奋战在建设一线，用出色的成绩书写了一个又一个京沪神话。

在京沪高铁无锡西桥段有这样一群人，他们来自祖国的五湖四海，为京沪高铁这样一个伟大的工程而聚集到一起。他们见证了一座座墩身拔地而起，一榀榀箱梁飞掠云霄，一道道钢轨绵延天际。他们沐风栉雨，宵衣旰食，他们胸怀豪迈，无怨无悔。

由中交集团二航局担负的京沪高铁土建六标一工区第二作业区主要工程内容为无锡西桥段（丹阳至昆山特大桥其中一段）工程，全长 29.01 公里。主要施工任务为桥梁下部工程、特殊结构物、桥面系附属工程及无砟轨道工程。桥梁下部工程共计有钻孔桩 8079 根，416023 延米、承台 881 个，墩身 881 个；特殊结构有非标准现浇箱梁 7 座、连续箱梁 16 座、96 米系杆拱桥 3 座；桥面系附属工程 29.01 公里，包括防护墙、竖墙 AB、遮板预制及安装、电缆槽盖板安装等；无砟轨道工程 29.01 公里，包括底座板 29.01 公里、轨道板安装 8929 块、侧向挡块 10976 个等。如此庞大的工程量，在三年的时间里全部完成，作业工区在这样巨大的压力下一次次实现了自我超越。

以一流速度建设一流铁路

在接到施工任务以后，第二作业工区雷厉风行，迅速部署各项工作。经过一个多月的筹备，到 2008 年 2 月底，作业工区技术、管理人员 118 人、10 个劳务协作队伍 250 人已先后进场，下属四个作业队已就近分别驻扎在 29 公里的铁路沿线，开工条件已经具备。

2008 年 3 月 18 日，第二作业工区钻孔桩试钻成功。3 月 26 日，第一个钢筋笼运抵钻孔桩施工现场，第一罐车混凝土从 6 号搅拌站运出，第一根桩基砼成功浇注。截止 4 月底，技术、管理人员已增至 200 人，协作队伍增至近千人，各种施工机械设备增至 200 台。千军万马汇集，一场波澜壮阔的京沪高铁建设会战盛况展现在人们面前。

整个 2008 年，作业工区通过四轮劳动竞赛，将京沪高铁建设不断推向高潮。在 5 月大干 60 天，8 月大干 50 天，9 月大干 120 天和 100 天的多轮劳动竞赛中，作业工区全体施工人员克服困难，团结协作，顽强拼搏，出色地完成了每轮劳动竞赛任务，多次获得上级领导的表彰嘉奖。2008 年 5 月份的"开展大干 60 天，全面完成二季度生产任务的劳动竞赛活动"中，桩基砼浇注由原来的平均每天 10 根，陡然提升到平均每天 40 根，最多时达 43 根。8 月份开展的"攻坚五十天，完成一个亿"的劳动竞赛与中交京沪项目总部开展的"大干 120 天，全面完成年度生产计划"的劳动竞赛融为一体。作业工区利用进入 8 月份后，无锡地区雨季已过，酷暑已将结束的大好时机，掀起大干高潮。

2009 年，第二作业工区以特殊结构物施工为重点，打好七场硬战，全速推进承台桩基墩身施工。跨常澄高速连续梁、跨锡澄运河系杆拱、跨霞客大道连续梁、跨锡澄高速连续梁、跨锡北运河系杆拱和跨十一圩系杆拱等七场重点和难点工程的胜利完成，为作业工区施工写下浓墨重彩的一笔。跨霞客大桥连续梁是跨越江阴市一座景观桥，为单箱单室、变截面、变高度、梁底按抛物线变化的连续箱梁，全长 153.5 米，主跨 72 米。跨霞客大桥连续梁施工面临着处于先架梁方向、国家电网拆迁滞后等多重压力，作业工区积极开动脑筋，在优化施组时改用周期较短的支架施工方案，经过严谨的计算后制定详尽的施工方案、进度目标，细分各个控制节点，从支架搭设到最后一个节段的混凝土浇筑仅用了 40 天时间，在京沪总指的检查中该桥连得三张绿牌。跨锡澄运河系杆拱桥同时被中交集团项目部评为安全优质文明标准化工地及亮点工程，DK1188+150~DK1192+200(4.05 公里) 被评为优质样板工程示范段。

2010 年，作业工区全力以赴打好无砟轨道施工攻坚战。作业工区积极开展"百日大干"、"背水一战，确保四队底座板 7 月底完工"、"奋斗一个月，确保轨道板全面完工"等劳动竞赛活动，在作业工区接连掀起底座板施工高潮和轨道板施工高潮。在"百日大干"劳动竞赛中，先导段青年突击队弘扬连续作战、不怕疲劳、敢打硬仗的精神为作业工区无砟轨道施工打下良好基础。7 月份以来，作业工区开展"背水一战，确保四队底座板七月底完工"劳动竞赛，掀起底座板施工高潮。整个 7 月份，作业工区共完成底座板施工 12231.4 双延米，平均每天 407 双延米，单日最高达到 30 跨，即 981 双延米。8 月份以来，作业工区通过开展"奋斗一个月，确保轨道板全面完工"劳动竞赛等活动,大力集结重兵,以强大施工组织群迎战轨道板施工。作业工区有六个轨道板施工作业面,单作业面施工队工人配置在 120 人以上,24 小时连续作业,实现轨道板精调、封边压紧、CA 砂浆灌注和清理养护一条龙流水作业。

第二作业工区施工战线长达 29.01 公里,是中交子公司下属分子公司中工程量最大、战线最长的。作业工区在工程建设中充分表现出一支主力军的战斗力,在三年来的各项工程建设中,一直走在兄弟单位的前列,展现了作业工区强大的战斗实力。

以一流管理创建一流品牌

为了适应新形势下项目部建设管理的创新和发展,又好又快的建设好京沪高铁,第二作业工区始终坚持"争科技领先,创管理一流"的理念,通过推行四个标准化(管理制度标准化、人员配置标准化、现场管理标准化和过程控制标准化),处理好进度、质量和安全的关系,建立起一套系统的项目管理体系。

项目建设之初,在不到一个月的时间里,作业工区施工组织设计、施工管理办法、各类岗位责任制、各种操作规程、综合管理办法等相继出台,有的装订成册,有的写真上墙。进场仅两个多月,在 29 公里的铁路沿线,作业工区驻地和四个作业队驻地、所有搅拌站和钢筋场围墙、驻地围墙以及沿线施工现场,布置的各种标识、标牌、警示牌、"一图七牌"等达数千块,数万字。

在管理机构上,作业工区明确领导班子分工,落实各部室职责。作业工区领导班子心往一处想,劲往一处使,各负其责,分工不分家,充分发挥了班子的整体功能。他们把全部心思和智慧都用在了京沪高铁的建设上,经常通宵达旦,每天晚上 12 点以前能休息简直是一种奢侈。通过周例会和专题分析会等形式,作业工区加强上下的沟通与协调。每周日召开周例会,作业工区领导班子、各部室和各作业队负责人聚集到一起,总结生产情况,制定后续生产计划,分析生产中存在的问题,提出解决办法。周例会形成会议纪要下发,督促各项工作的落实。

在处理施工进度与工程质量的矛盾上,作业工区坚持在保证施工质量的前提下,加快施工进度的原则。作业工区成立了专门的质量管理领导小组,建立了质量管理体系,做到事先防范、事中检查、事后把关整改,确保现场质量管理处于可控状态。在不断总结自身经验教训的同时,不断吸收兄弟单位质量管理方面一些好的做法,抓好过程控制,从材料控制、试验检测、工序质量、测量控制等方面着手,满足京沪质量标准要求。通过开展"实施工程质量战略,强化现场工程质量管理"等活动,全面提升工程质量管理水平,提高实体工程质量。面对无砟轨道施工这个新课题，作业工区成立了"无砟轨道施工TQC活动领导小组"，负责底座板及轨道板施工的方案策划和质量管理点控制，确保各项质量指标达到最优。

作业工区加强安全与环境管理，坚持"以人为本，安全发展"的思想，贯彻"安全第一，预防为主"的方针，依据有关国家法律法规和相关标准及局的安全管理制度汇编等文件的要求，建立安全生产管理体系，健全安全管理制度，重视职工安全知识与技能的培训，保证安全生产投入，规范施工作业秩序。新员工进场之前，要进行专门的安全知识教育和安全知识考核。建立定期安全隐患排查机制，及时进行事故隐患整改。针对南方天气特点，做好夏季防台风、防暴雨、防雷电等自然灾害工作，并制定河道防汛应急方案，做好安全防范。

以一流文化铸就一流企业

作业工区在工程建设中，还不断加强文化建设，积极营造和谐的项目文化氛围。项目部充分发挥党支部、团委和工会的作用，坚持以人为本，实实在在地关心员工的工作、生活。

党支部是项目部工程建设的坚强堡垒，党员干部是工程建设中的先锋队和火车头。党支部充分发挥党组织的凝聚力和战斗力，一个党员就是一面旗帜，在每次的劳动竞赛中，党员干部职工总是冲在最前面，担当最艰难的任务，并且一次又一次创造佳绩。项目部积极开展党员先进性教育和廉洁从业宣传教育，经常性的组织学习科学发展观。党支部在推动项目部和谐稳定、廉洁高效发展中发挥着关键作用。

项目部通过建设各种体育设施和开展各项健康向上的文体活动来活跃充实职工业余文化生活。项目部还建立"职工之家"，购置了电视机、乒乓球台、乒乓球拍、羽毛球拍等，丰富了职工业余文化生活。每年项目部都会在部分重大节假日组织文娱活动或者组织职工到周边旅游景点观光，如"五一"期间组织拔河比赛、长跑，"十一"期间组织篮球、乒乓球赛，"七一"组织红色旅游，"安全月""质量月"期间组织演讲比赛、征文活动等。项目部的工作非常忙碌，但是项目部团委和工会还是尽量组织形式多样的活动，缓解员工疲劳，丰富员工生活。

作业工区牢固树立"建一流工程，树一座丰碑，育一批人才"的企业理念，把项目建设同人才培养结合起来。从2008年进场以来，项目部不断培育和发掘人才，为人才成长创造宽松环境，把项目部建设成为人才成长的沃土。项目部领导高度重视人才培养，关心人才成长，积极为人才成长搭建平台。新员工在进场之后，项目部会安排经验丰富的单项技术主管作为新员工技术岗位的师傅，并要求"师傅"毫无保留的传授专业技术，帮助"徒弟"在工作岗位上迅速成长。在人员任用过程中采取择优录用、破格提拔的方式，只要你工作能力强、成绩突出，就能得到重用。在京沪高铁三年来的建设中，很多人从技术员走上了部室负责人的岗位，逐渐成长为工程建设的中坚力量。

项目文化是企业文化的缩影，也是企业文化成长的土壤。适应时代发展的需要，特别是像京沪高铁这种具有世界先进水平的工程建设的需要，项目部成为一个集管理、文化等多方面为一体的实体，体现着企业的形象与气质。第二作业工区不断构建和谐项目文化，展现了企业的良好风貌，做到了"建一项工程，树一块品牌，育一批人才，交一方朋友"。

京沪高铁是我国第一条具有世界先进水平的高速铁路，能参与这个伟大工程是每一个建设者的荣耀。回首在京沪高铁的这三年，所有的辛酸和血汗，都将随着京沪高铁的建成变成一种自豪和骄傲，因为京沪高铁必将载入史册，而我们是史册上这一辉煌篇章的创造者。

高铁延续的人生精彩

——记京沪高铁济南西客站项目经理王学申

王业兴　　冯长春

王学申

无论是从铁道兵时期的警卫排长还是到企业时期的项目负责人，王学申始终保持着雷厉风行的工作作风和高度的责任感和使命感，有人说他像只鹰，时刻滑翔在施工现场的上空，那锐利的眼神仿佛能洞穿一切；又有人说他像只狼，那种与自然作斗争的本领无人能敌，在每一个重大项目的建设中都能取得成功。兵转工 26 年来，他脱下军装，却没有丢掉军魂，始终以一个军人的姿态在京沪高铁济南西客站的建设中延续着人生的精彩。

2008 年 6 月，作为京沪高速铁路 5 大始发终到站之一的济南西客站正式开工建设，当时，还在病床上的王学申接到了任职命令，上级要求项目要跑步进场，快速施工。面对这样一项标准高、工期紧、任务重的建设任务，王学申感到压力巨大，但他的神情依然是那样的坚定。

京沪高速铁路是我国历史上建设标准最高的一条铁路，备受国内外关注。上场以来的那一段时间，王学申白天组织员工建家建线，为开工做准备，晚上还在思考着如何把济南西客站打造成为全线的亮点工程，他认为："要想取得济南西客站建设的成功，打造一支素质过硬的管理团队和有章可循的管理流程首当其冲。"为此，他从整章建制入手，建立健全项目部的规章制度，邀请各方面专家，一个月内共举办各类安全、质量培训班 10 余期，培训员工 100 多人次。为了使现场早日破土动工，他带领项目相关负责人主动出击，及时和设计单位沟通，解决了部分施工用图问题，并采取临时过渡设施，解决了前期施工中的用电问题，他积极与当地政府协调，先期垫付部分资金用于征地拆迁，一个月内拿下永久性用地 350 余亩，占征地总量的 49.8%。7月 16 日，伴随着机器的轰鸣声，济南西客站向地下打入第一根桩，王学申却在会上说："济南西客站建设的序幕才刚刚拉开"，此时的他已经在琢磨着下一阶段的施工，多年养成的超前谋划的思维习惯其实连他自己也没有察觉到。

在济南西客站的建设历程中，王学申与项目风雨同舟，付出了许多心血，也收获了许多喜悦。在建设管理处组织的信用评价等检查评比中，多次名列第一；在铁道部领导、地方领导、济南铁路局领导多次视察工作中，对济南西客站的施工做法及成绩，都给予了充分肯定。2009 年 4月份，济南西客站项目部被济南铁路局、西客站建设指挥部树为标准化管理示范项目部，吸引了济南铁路局管段内各参建单位前来观摩。科技创新工作亮点纷呈，2009 年，济南西客站获省部级工法一项，山西省省级工法两项，被国家知识产权局受理专利两项，授权专利 3 项。在济南西客站追寻王学申的管理轨迹时，我们发现了王学申的几个管理信条。

王学申：按程序办事永远不会错

多年的施工管理经验使王学申充分认识到管理对于一个项目良性发展的重要性。在济南西客站建设过程中，他用实际行动诠释着铁道部标准化管理的内涵。项目开工之初，王学申就开始主抓标准化管理的建章立制工作，在他的直接指导下，项目先后完成《项目上场预控纪要》和《项目管理文件汇编》，为标准化管理制定总纲，针对"四个"标准化，他带领相关人员先后编辑完成四册《标准化管理实施细则》，为项目推行标准化管理提供了执行依据。

解决了管理人员的标准化行为后，如何把一线操作人员也纳入标准化管理的序列，是王学申给项目管理人员提出的又一个问题，针对项目的施工特点，项目先后又编制完成 26 种作业要点卡片，极大地促进了现场操作人员按照标准规范施工。

在济南西客站，王学申管现场有一个特点，那就是样板引路，模板交底，每一项施工任务展开时，王学申都要求架子队严格按设计规范施工，先建成一个样板点，然后把它作为内部示范工程参照施工，这样既防止了交底不清造成的不规范施工，又以点带面，促进了现场施工的优质高效推进。

王学申：管理的要义在于管人，管人要善于严管善待

多年来，王学申始终保持着一种军人作风，有些员工做错了事，他批评起来是毫不客气的，但几乎所有和他共事的员工却都非常尊敬他，这其中似乎隐藏着什么管理诀窍。

架子队一致反映，王学申对待他们从来都是先礼后兵，并且总是积极为他们创造施工条件。每个月，项目部总是按时验工计价，按时拨付工程款。如果遇到资金紧张的时候，王学申总是提前通知他们，只要资金一到位，马上支付。同时，跟着王指挥干活，物资保证也很到位，从没有发生过影响施工的情况。每年夏季，施工现场酷暑难耐，王学申都要求办公室集中购买防暑用品送到架子队驻地，防止架子队人员中暑，所以多年来，无论王学申走到哪里，架子队都跟到哪里。他们认为："跟着王指挥干活舒畅"。权利和义务总是对等的，王学申对架子队要求非常严，如果发现现场哪儿做的不规范，王学申总是逐级询问，如果是交底不清楚造成的，王学申会依据相关规定严厉处罚技术干部，如果是架子队自己出现差错，王学申会坚决要求架子队重新返工，绝对没有讨价还价的余地，所以，架子队戏称："王学申对待施工绝对是个倔老头"。

在多年的项目领导岗位上，王学申培养和造就了很多人，这与他的严管是分不开的。有些员工虽然在项目时没有办法接受"王老头"的严厉，但分配到其他项目工作后，却又时常怀念这位老领导，因为这时他们才发现，当初跟着王指挥干时，这个严厉的近乎不讲人情的领导交给了他们很多宝贵的财富。

王学申喜欢用挫折教育来培养人，他常说："年轻人要多摔打摔打"。近年来，随着企业施工规模的不断扩张，每年分配到项目的大学毕业生都在增多，王学申都私下里叮嘱业务部门的领导，要用心培养，好好教育。在他眼里，这些未来的建设者们现在虽是一名施工管理人员，但也是一个孩子，为他们打好基础很重要。

对待项目员工和架子队，王学申素有一颗侠义心肠，他时常教育项目管理团队："架子队给咱干活不容易，作为管理者，我们不能敲竹杠，如果一年下来人家挣了钱了，年底请咱们吃个饭，是人之常情，平时吃饭尽量避免架子队买单"。所以，他严厉禁止管理人员平时让施工队请客。对待项目员工，王学申常言："要想职工所想"，在担任项目经理期间，他总是尽可能的为员工创造良好的工作和生活环境，总是努力为职工的学习进步创造条件，他希望他的职工无论在本项目还是调离项目，都能站得稳，扎得住，不当孬种。2009年10月，项目炊事员王德义因颈部肿瘤需要进行大手术，当王学申得知小王家庭情况困难，正在为4万多元的手术费发愁时，王学申带头为王德义捐款，短时间内就筹得款项25900多元，当大家的爱心款送到王德义手中时，王

德义感动得热泪盈眶，"感谢王指挥，感谢大家！"

王学申：永远要做到超前谋划，打有把握仗

王学申是一个很善于把问题想到前面的人，也正是这种超前的思维模式，助益他在每一个项目施工中都能实现稳步快速推进。

济南西客站工期紧张是众所周知的，如何步步为营，紧凑有序地展开施工，对项目管理者而言需要良好的指挥调度能力。针对现场施工的物资供应问题，王学申总是要求物资部门提前把物料备足，在桥涵工程和框架涵施工时，王学申提前一年就将施工模板准备到位，在济南西客站的施工中，项目从没有出现因现场物资供应欠缺而影响施工进度的现象。

每年将近年关，是农民工急等钱用的时候，王学申总是想在前面，设法提前两个月把民工工资筹备到位。济南西客站项目运营以来，从没有发生过民工讨薪的现象。

在济南西客站开工之初的钢筋加工场建设中，为了规避钢筋加工中有可能出现的触电、线路损坏的问题，王学申提出，采用"无线理念"建设钢筋加工场，在钢筋加工场的场地硬化中，就将线路通过钢管保护提前埋设地下，既避免了触电、漏电事故的发生，也为架子队节省了线路费用。在钢筋存料棚的设计中，采用有轨移动技术，使料棚实现了横向推移，当材料运达加工场时，工人可直接推开料棚，让吊车将钢材料直接吊进存料棚内。在加工棚的设计上，采取了类似站台雨棚的悬挑式后拉锚钢筋加工模式，极大地方便了钢筋加工，提高了工作效率。《移动式钢筋存料棚施工技术工法》被评为2009年山西省省级工法。

超前谋划与其说是一种管理策略，其实更是一种美妙的管理智慧，这种智慧管理，为王学申在济南西客站的建设中留下了一道道完美的弧线。

王学申：把集体的智慧发挥出来就是大智慧

善于琢磨是王学申的一个优点，当谈到济南西客站收获的科技创新成果时，王学申感言："集体的智慧永远胜于我个人的智慧，如果每个人都能把智慧发挥出来，这个项目也就具有了无穷的智慧"。他有这样的认识，也有这样的工作技巧，他像一个魔术师一样，引导和激发了这种集体智慧的诞生。济南西客站采用CFG桩加固地基，在3.6公里的施工区域内，CFG桩就有7万多根。按照原始的施工方法，要想在预定的7个月内完成全部施工任务根本不可能，有没有一种更快的施工方法呢？王学申问自己，也问项目员工。那段时间里，他亲自带领项目科技攻关小组开动脑经想办法，多方咨询设计单位、高等院校，反复试验，终于成功研制出了一种自动清泥机，攻克了钻机裹泥问题，使钻机打钻速度成倍提高。来一台钻机每天可完成17～18根CFG桩，供料及时

可保证施工以每天1000米左右的速度向前推进。黏土裹钻解决了，7万多个CFG桩桩头的切割难题又摆在了项目的面前，使用传统风镐破桩头，一个工人每天仅截桩5个，远远不能满足施工进度需要。一种新的构想和思路又在王学申的脑海里诞生了。在他的带领下，经过大家2个多月的努力，研究发明了一种旋转式"桩头切割机"并成功投入使用，每人每天可截40个桩头，平均5分钟截一个桩头，节约电力80%以上，成本降低50%。两项研究成果使济南西客站的CFG桩施工提前完工，同时，除泥器获得国家实用新型专利，CFG桩切割机获得了国家发明专利，由科研小组共同申报的《CFG桩复合地基土模旋切截桩现浇桩帽施工工法》获得了2009年度铁道部部级工法和山西省省级工法，2008年7月28日，铁道部卢春房副部长第二次视察济南西客站的建设情况时，现场的切割机施工引起了卢部长的浓厚兴趣，卢部长仔细察看了切割机施工后，对这项别出心裁的创新给予了高度评价，当即要求在全线进行推广。

王学申：处理问题需要把握好轻重缓急

兵转工26年来，王学申始终保持着雷厉风行的军人作风。对于上级领导安排部署的工作任务，王学申从来都是不折不扣，坚决执行。2009年3月份，项目部一段路基预压土施工完成后，建设指挥部在检查中指出如果不采取防雨水冲刷措施，可能造成水土流失并污染边坡，而原设计方案并未考虑相关措施，王学申随即召开会议研究改进措施，并立刻付诸实践，增加成本投入，用塑料布整体覆盖的方法进行改进处理，消除了潜在的质量隐患和环境隐患，得到了建设、设计、监理单位的认可。

长期在一线摸爬滚打，使王学申患上了严重的腰椎肩盘突出症，有时甚至一个人无法从床上坐起来，但济南西客站的建设激发着他坚持了下来。据项目员工反映，在济南西客站工作期间，王学申平均每个月有20天坚持上工地现场办公，发现问题当场解决，他每天早晨7点到9点察看工地以后回来办公，下午两点半到4点半再反向察看工地后返回项目办公，日复一日，风雨无阻，他用实际行动践行了一个项目管理者对京沪高铁济南西客站建设的神圣责任。

在济南西客站建设的高峰期，项目每天完成投资达300万元，现场车辆、机械就有上百台，施工的壮观景象可见一斑，仿佛映衬了这位55岁高龄的优秀项目管理者的辉煌人生。

2008年，王学申荣获了铁道部颁发的"火车头"奖章，2009年，又被中国铁建股份有限公司评为"优秀项目经理"，这些巨大的荣誉见证了王学申耀眼的人生，也延续着王学申人生的精彩。

大江南北架彩虹

——中铁三局线桥分公司京沪高铁架梁纪实

唐承光

桥，连接着小康，通向富裕；桥，沟通着文明，也架起了希望。其实筑路人本身也是桥，他们用心血和汗水筑起一条通向明天、通向大海的七色彩虹。

——题记

"钟山风雨起苍黄，百万雄师过大江"，闻名中外的渡江战役已过去半个多世纪。如今，在我国第一条具有世界先进水平的京沪高速铁路建设中，线桥分公司参建将士用智慧、热血和汗水续写着新的不朽篇章。

一

2008年新年钟声的余波还在荡漾，中铁三局集团公司在新建京沪高速铁路工程项目投标中传来捷报，中标土建五标段，其中线桥分公司承担西起安徽滁州东至江苏常州50座桥2565孔900吨箱梁架设任务和管段铺轨任务，这是该公司历史上中标铺轨架梁工程最大的项目。

公司领导迅速调兵遣将，于是，郑西雄师，武广劲旅，转战千里，共聚京沪。为了同一种使命，为了同一个梦想，在这块承载着京沪铁路人的梦想、寄托着全国人民的期盼的热土上，投入了共和国建国以来一次建成最大的基础工程的主战场。

第二、第七两个工程段鏖兵长江两岸，组建了滁州、西村、汤山、镇江、丹阳5个机组，第七工程段被编为架梁一工区，负责滁州、镇江和丹阳机组，分别完成563孔、705孔和542孔箱梁架设任务；第二工程段被编为架梁二工区，负责西村和汤山机组，分别完成338孔和417孔箱梁架设任务。

这是个值得纪念的日子，2008年11月16日，镇江机组在镇江京杭运河特大桥桥头率先燃响架梁礼炮，拉开了线桥分公司京沪高铁架梁序幕。

随后，2008年12月31日，滁州机组在跨老312国道特大桥；2009年1月5日，汤山机组在汤山1号中桥；2月6日，丹阳机组在颜巷大桥；3月19日，西村机组在秦淮河特大桥相继开架。至此，5台900吨架桥机在大江南北纵横驰骋，形成会战态势。

二

诸多困难摆在参建员工面前。一是工期紧张。除镇江机组计划在2010年2月完成架梁任务外，其余机组均要求在年底完成，每个机组要按日架3孔梁排进度。集团公司京沪项目部每月下达架梁计划，要求各机组必须完成月计划。二是梁型复杂。既有20米、24米、32米标准箱梁，又有26.5米、28.14米和30米等非标箱梁，导致孔跨变化频繁，增加了架梁难度。三是点多线长。相邻两个机组距离在20公里以上，尤其第七工程段的滁州和丹阳机组，相距200余公里，增加了管理的难度。四是特殊地段多。途径多处悬灌连续梁、框架梁和系杆拱，除西村机组外，4大机组都要进行一次变向作业。架设悬灌连续梁和框架梁这些特殊结构梁两端的箱梁时，有特殊的架设方法和要求；架设系杆拱和架桥机变向时，需要对架桥机进行部分解体。所谓"系杆拱"，通俗地讲，就是梁体不是用桥墩支撑，而是用拱架吊起；专业的解释，就是桥面荷载通过系杆传递到拱架，由拱架承受大部分荷载。系杆拱的梁虽然不需要用900吨架桥机架设，但架桥机要通过这一地段，拱宽只有14米，而架桥机宽18米，需要对架桥机进行部分解体才能通过，即把架桥机落到低位，折起O型腿，用汽吊配合作业。五是汤山机组使用的下导梁式过隧道专用架桥机工况极为复杂，过隧道时要将C型腿竖折才能通过，单孔架梁时间较长；载重运梁车过隧道时，梁体距隧道边墙仅20厘米，行驶中稍有不慎，就会卡在边墙上，导致载重运梁车在隧道内行驶缓慢。

沧海横流，方显英雄本色；激流排浪，始见弄潮健儿。线桥分公司负责京沪高铁架梁工程的副总经理祁国成，结实刚强的躯体透着一种大山般的坚忍和执著，性格里凸现出来的是不向困难屈服的倔强。这几年他硬仗没少打，株六线、武嘉线、武广客运专线，不敢说身经百战，也称得上久经沙场。他深知，困难哪儿都有，关键是信仰，组织上信任他，是看中他敢于横刀立马的秉性。他自信，他能与第七工程段段长陈登彦一起把五支队伍锻造成五架能征善战的强力发动机。陈登彦是2008年铁道部火车头奖章获得者，他荣获这项桂冠真是当之无愧，因为他本身就是一台马力充足、风驰电掣的火车头，在他率领着"在建两条线、收尾一条线、筹建一条线、五个900吨架桥机组"的第七工程段面前,任何艰难险阻都会在那隆隆驰骋的巨轮下被碾得粉碎！

他们把高标准起步作为强化建设管理的重头戏，建立了一整套规范的管理制度，着力实现管理制度标准化、人员配备标准化、现场管理标准化、过程控制标准化。

参建员工想了很多加快进度的办法。架桥机进行桥间转移时需由运梁车驮行，以往的方法需对架桥机进行部分解体，现在购买了高位转运支架，架桥机不需解体，转移时间仅用原来的五分之一。改进滁州和镇江机组使用的通联厂制造的架桥机架梁工艺，变跨时间由1天缩短到3小时。过隧道架桥机架梁时下导梁前支腿必须垂直，但是垂直度不好把握，原先每次检查垂直度时，都要跑到桥下远处去看，机组人员进行技术革新，在前支腿上加装线坠和水平尺，两种检查方式保证了支腿的垂直度，提高了安全性能，缩短了作业时间。

各机组精心组织，优化程序，架梁进度与日俱增，不断刷新单机架梁纪录，告捷喜报不断传来。4月11日，滁州机组又创架梁新高，在汪庄特大桥的架设中创造了日架900吨箱梁5孔的新纪录。

三

"安全为天，责任重大，必须从细节入手，严格卡控各个作业程序。安全是前提，管理是关键，必须落实好安全生产责任制。搞好安全确认联保，层层把关，人人尽责，勿忘安全，珍惜生命"这是副总经理祁国成向全体参建将士发出的安全宣言。

线桥分公司承担架梁的地段多处跨越或穿越既有公路和铁路，如何在施工中保证架梁安全是一大难题。工程段领导多次告诫员工："不管工期压力有多大，必须保证安全"，要求员工在安全问题上要牢记"京沪无小事，小事也要当做大事抓"，各岗位要认真监控，发现异常及时解决。注重发挥班组长的作用，要求他们在各班组每天的班前会议上必须根据当日施工的具体内容强调安全，而不是泛泛地说安全，必须事先写出讲话稿，由各机组负责人检查、签字。他们制定了《安全质量进度风险抵押考核办法》，要求各架桥班组、运梁班组、提梁班组、墩台班组以及安全员、机械员、技术员上缴安全质量进度责任风险抵押金6万元，并划分了事故等级的扣除办法和奖励兑现办法，规定"凡年度未发生任何安全质量事故，除返还抵押金外，给予抵押金1倍的奖励"，增强了参建员工的责任心。重新修订《900吨箱梁提运架作业指导书》，使安全措施更加完善，现场作业人员包括协作队伍人员人手一册。汤山机组还根据过隧道架桥机的特殊结构，制定了《拖轨安全补充事项》，自行设计、制作了梁边防护栏杆，箱梁架到哪里，防护栏杆就安插在哪里。滁州等机组也根据各自实际制定了《安全专项方案》。制定跨越或穿越既有公路和铁路的专项架梁方案，如西村机组的《JQ型900吨架桥机过沪宁城际铁路施工方案》、滁州机组的《跨合宁铁路施工方案》等。采用多种形式对员工进行安全和技能培训教育，组织员工认真学习安全操作规程，考试合格后方可上岗。对架桥机、运梁车、提梁机这些大型设备，每天早上进行班前检查，每周进行会检。每个提梁机、运梁车、架桥机班组都配备一名群众安全监督员，让具有较强责任心和丰富经验的群众骨干时刻紧盯安全生产，引导机组人员从我做起，珍爱生命，警钟长鸣。这些监督员作为专职安全工作人员的重要补充，发挥了不可估量的作用，他们在安全管理上更直接有效，发现问题更及时，隐患排除也快，大大降低了安全风险和管理成本。各机组互相交流学习，互相检查，不足之处及时提醒、纠正，此举在5个机组间被广泛运用，被段长陈登彦称为"提高安全可靠性的有效方法"。

900吨架桥机结构庞大，构造复杂，组合紧凑，有些部位人根本无法接近，也找不到合适的位置进行检查。长期以来，这些检查不到的部位只能靠听声来判断。为了消除这些检查中的盲点，机组人员想了很多办法，最终由汤山机组发明的"镜子检查法"获得了大家一致认可，成为机组广泛采用的检查方法。用镜子反射原理，原来看不到的地方都可以检查到了，这样就能随时掌握这些部位的运行情况。做法上的一小步，却是管理上的一大步。

由汤山机组承担的跨句蜀公路特大桥跨越油菜地、小麦田、茶场，与句蜀公路夹角70°10′，上有11万伏高压输电线，下有川流不息的车辆，在箱梁架设的同时，高压线改造施工也在进行，给安全施工带来了巨大的挑战。

勇于面对挑战的线桥人在困难面前永不低头。架梁前，机组召开了安全架设跨句蜀公路特大桥的专项会议，针对该桥的特殊工况和安全风险，制定了全面而细致的架设方案，细化各岗位人员的责任，对架设过程中可能出现的问题都制定了紧急预案，重点解决了架梁时的安全防护问题、机械设备问题、高压线改造影响施工问题。架设中，副总经理祁国成亲临现场进行指挥和防护，对各个环节进行了细致的检查。

6月12日8点37分，最后一孔900吨箱梁稳稳地落在墩台上，跨句蜀公路特大桥架设任务全部完成。

四

京沪线是目前世界上一次建成里程最长的高速铁路，箱梁的纵横向定位精度高，桥梁梁面标高控制严，必须采取科学的施工工艺和可靠的技术措施保证架梁质量。

"对质量的追求，就是对完美的追求，既然是世界第一，那就要干出第一的活儿来！"这是线桥分公司京沪参建员工的共同心声。上标准岗，干标准活，认真按照技术规范施工，成为每一名员工的自觉行动。

每孔箱梁上有四个盆式橡胶支座，装梁时要安装在箱梁四角。他们采用三级把关，确保支座的安装质量。一是提梁机班组依据技术交底进行支座安装，班组自检签字；二是质检员和领工员对安装质量进行复检签字；三是支座在支承垫石就位时，墩台作业班组最后把关。通过层层把关签字，确保了对安装责任人员具有可追溯性和支座安装质量。

为满足质量要求，架梁前，他们对梁体进行尺寸复核，与线下单位进行墩台交接，复测左右两块支承垫石的高差、支座十字线的位置、锚栓孔的深度和孔距，出现问题及时解决；架梁过程中，严格按规范去做，控制顶面标高和梁缝大小，在满足规范要求的条件下进行精细调整，保证了线型的美观。按规范，相邻两孔箱梁高差允许在 10 毫米之内，盆式橡胶支座的中心线与支承垫石的十字线纵向误差允许在 20 毫米、横向误差允许在 15 毫米之内，但他们把误差都控制在 3 毫米之内。

支座砂浆采用高强无收缩灌浆剂，这也是质量控制的重点。箱梁就位后，技术人员根据实测的锚栓孔孔径、深度以及支座和垫石之间灌浆厚度，精确计算出每个支座灌浆用料和用水量。同时，他们还根据季节的变化使用不同的灌浆剂，夏季用高温剂，冬季用低温剂，以缩短灌浆剂的凝固时间，保证抗拉强度和抗折度符合要求。

<h1 style="text-align:center">五</h1>

2008 年 12 月 3 日上午，20 余家新闻媒体记者聚焦中铁三局京沪高铁架梁工地，京沪高速铁路公司、京沪高速铁路建设总指挥部、京沪高速铁路苏州指挥部和江苏省领导，在集团公司京沪高铁项目领导陪同下，参观了镇江机组架梁现场和驻地，对紧张有序的架梁现场和整洁、宽敞、美观的驻地表示由衷赞叹。

5 大架梁机组，无论是在施工现场，还是在生活驻地，到处都可以看到一条条鼓舞士气的标语口号和一块块设计精美的安全操作规程牌、安全警示牌。这些标语、警示牌在蓝天白云的映衬下十分耀眼，在起到警示作用的同时，成为京沪高铁建设工地上的一道道亮丽风景。

走进职民工宿舍，床铺整齐排列，被褥有序叠码，衣柜统一位置，给人以心情舒畅的感觉。工程段为各机组配备了洗衣机、电冰箱、消毒柜等生活用品，购买了电视、篮球等文化娱乐用品，建立工地图书室，为现场作业人员统一配备了饭盒，每周组织卫生大检查，餐具经常消毒，宿舍每天两次熏醋，组织参建人员体检。饭菜花样翻新，过生日的有生日饭，患病的有病号饭。在作业现场，根本分辨不出哪些是员工，哪些是民工，这是他们对职民工一视同仁的结果。各机组人员大多为近年新入职员工，平均年龄低，段领导关心年轻人的生活，关注他们的成长进步。发挥老员工的传帮带作用，培养新上岗员工，使他们很快适应工作，成为生产骨干和多面手。无论是职工还是民工，家属来工地探亲，都安排在单间临时居住，被职民工称为"人性化管理"；

专门为两对新婚夫妇举办集体婚礼，使他们深受感动，表示一定努力工作，回报企业的厚爱；一名参加工作仅一年的技校生家里来电话说母亲住院，急需2万元钱，没有什么积蓄的他愁眉不展，机组负责人得知后，找了几个人为他凑足了这笔费用，使小伙子大为感动。

副总经理祁国成和第七工程段段长陈登彦达成了这样的共识："什么钱都可以节约，用于员工生活的钱不能省。只有吃好，住好，休息好，娱乐好，医疗有保障，没有后顾之忧，员工们施工才有干劲，工程进度才能上得去，安全和质量才有保障。"他们在全项目大力提倡构建和谐项目思想理念，积极推行人本管理，把项目的生活线、文化线、卫生线建设当作深入学习和实践科学发展观的一项政治任务来抓。

段领导以人为本，弹奏出一首首温馨的歌。这里，团队精神得以充分体现，实现了工程段与工程段、机组与机组、工班与工班之间的高度和谐。两个工程段制定了相近的管理制度，团结协作，互相支持，互相提供急需的人力和物力。同类型机组制定了相同的奖励标准，机组间相互沟通，互相提醒易出故障的部位和解决办法，只要某个机组请厂家来人了，都要告知其他机组，问有无问题需要解决。大型设备的零部件实现共享，只要其他机组急需，立即送去。

第二工程段党支部书记王秀岐和第七工程段党支部书记张文强做好参建员工的思想工作，他们深知思想工作在铁路大会战中的分量，激发参战职民工的光荣感、责任感和紧迫感，是一名政工干部义不容辞的责任。于是，劳动竞赛此起彼伏，5大机组间、机组内班组间开展了不同形式的劳动竞赛，哪里有困难、哪里最危险，哪里就有共产党员、共青团员的身影。网上信息期刊《新视点》应运而生，及时报道架梁进度，登载员工作品，为参建员工构建思想交流的平台。参建员工以建设一流高速铁路为己任，树立"全面争第一"的理念，以能够参加这条世界上一次建成线路最长、标准最高的京沪线建设为荣，拼搏在京沪，奉献在京沪，建功在京沪，以自己绵薄之力汇集起来的巨大能量，拓展着祖国的钢铁大道。

这一切，不正是以党委书记崔黎明和总经理高建利为首的线桥分公司决策班子"和谐项目，平安线桥"战略思想孕育出的结果吗？

六

2009年9月8日下午，由集团公司工会和集团公司京沪高铁项目经理部联合举办的"京沪高铁员工岗位练兵技能大赛"在京沪高铁镇江梁场举行，线桥分公司派出强大阵容，5大机组15名员工参加比赛。

这是一个劳动者的盛会，更是一个京沪高铁建设者切磋技艺、互相学习、展示风采的平台。

经过三天激烈角逐，大赛帷幕徐徐落下。镇江机组荣获架梁作业团体第一名，被集团公司工会授予"工人先锋号"殊荣，汤山机组起重班长刘跃龙获架梁作业个人第一名，被集团公司工会授予"金牌员工"、被集团公司京沪项目经理部授予"技术状元"美誉，个人第二名、第三名分别由西村机组王亚平和汤山机组宋帅获得，摘得集团公司京沪高铁项目经理部"技术标兵"桂冠。

这一个个闪光的荣誉，默默无言而又无可争辩地向世人昭示，线桥分公司参建将士精湛的施工技术、强烈的质量创优意识、严细的工作作风和崇高忘我的奉献精神。它的背后，付出了多少心血、多少汗水啊！

七

这里有一群普普通通的劳动者，然而，他们却以自己的吃苦精神、职业操守、善良本性，坚守着一个个普通的岗位，并使之成为体现普通劳动者风采和信念的沃土。

西村机组机械钳工赵新乐，毕业于郑铁技校，负责机械维修、保养和故障处理，脏活、累活抢着干，不分分内分外。更难能可贵的是，沉默寡言的他却对提运架设备了如指掌，收集这些设备的图纸并悉心钻研，不仅有本机组机型的图纸，还有其他各种机型的图纸。他通过上网查资料、自学等各种方式，对架梁设备非常精通，知道哪些元器件在哪里购买以及通过什么渠道买。

西村机组提梁机班长付学东，工友说他"一天到晚泡在梁场，心思细腻，不知疲倦！"他的本职工作是装梁，保证前方架梁。为确保准确无误，他在本子上详细记载每一孔梁的装载情况，根据梁场提供的梁片布置图，逐孔详细检查，就怕梁体放错位置而装错梁。因为桥墩的内外部结构和电气化杆在梁体上预留孔的位置不同，所以每孔梁在桥上都有固定的位置，哪一孔梁要架在几号桥墩上就在几号桥墩上，一点儿马虎不得。而看箱梁的外表是不易看出来的，如果不仔细，一旦装错，麻烦可就大了。因为细心，他发现过标号的错误。同时，他还要检查吊装孔正不正，张拉孔封没封端，防腐料涂没涂，支座上好没上好。本该制梁单位解决的问题，他却主动与他们协调，找完技术找领工，找完领工找操作工，千方百计保证前方架梁不在自己这里耽搁。一孔梁运走了，他要组织班组人员回收支座包装物，把现场打扫得干干净净。

汤山机组架桥机上导梁操作司机李宝军，在汤山架桥机的3个操作司机中是最辛苦的。因为汤山的架桥机为过隧道专用，与其他4个架桥机结构形式不同，上导梁动作多，操作要求细致。前走行支腿与下导梁间隙只有1厘米，稍微操作不好，就碰上了，他操作水平高，从未出过差错。他能提前检查出设备隐蔽部位的隐患，避免了机械故障的发生。同时，他还是架桥机班组的副班长，要协助班长进行班组的日常管理。

　　汤山机组维修班的袁金社技艺高超。一次，提梁机在吊梁过程中突然不工作，液压系统无压力，卷扬机制动打不开，导致无法吊梁，梁悬在半空。他来到现场后，立即分析出故障为电磁球阀液压油内泄、导致压力无法建立所致。更换球阀后，压力立即建立。又一次，架桥机后托辊压力太低，无法驱动下导梁前行，在检查过程中发现，泵和阀等液压元件都没有问题，但压力就是上不来。经反复检查和调试，他最后发现阀芯运动阻塞，吸合不到位，导致压力无法建立。他根据以往的经验，把球阀拆开取出，对阀芯进行处理，重新装上后，恢复正常。他还利用空余时间学习液压知识，利用厂家来人的机会请教，基本能处理日常的液压故障。

　　滁州机组架桥机卷扬看护于金龙，一名普普通通的技术员工，默默无闻地用他的真心付出诠释着对铁路工作的热爱。2008年12月初，架梁机组转场进入京沪驻地，面对紧张的工期，机组人员昼夜进行组装、调试。然而就在此时，家里传来噩耗，最最疼爱自己的奶奶去世了。听到噩耗的他，悲痛万分，但他强忍着悲痛，默默地和大家一起拼白天，战黑夜，抓紧组装设备。少语的他始终没有提起奶奶去世的事，直至设备组装完毕，成功架设首孔箱梁后，才向领导提出回家去祭奠去世的奶奶。他勤劳朴实，任劳任怨，现场的活，只要是被他看在眼里的，不用安排，都会不声不响地去干。对于安排的活，更是没有挑剔。他不仅勤劳能干，还聪明，心灵手巧。现场作业经常需要编插钢丝绳，每每这时，都是他抢着做。他插的钢丝绳不仅快，而且漂亮、结实。他自己打造的插钢丝绳工具，大家用起来非常顺手。此外，在吊装、操作、指挥方面也都能发现他聪明手巧的一面。

　　丹阳机组电工申建华，2009年1月随架桥机组转场到京沪线，1月正是丹阳最冷的时候，天还下着雨，场地泥泞不堪。在组装现场，他总是冲在最前面，一天下来满身都是泥巴，两只手都冻得红肿了，第二天他还是第一个冲上去。辛劳和孤独让不少同来的工友都选择了离开，他也曾犹豫过，但是他知道，只有踏实走好每一步，自己的梦想才可能真正起航。他认真钻研技术，白天在现场虚心向老师傅学习，晚上在宿舍潜心研究架桥机、运梁车、提梁机等大型设备的电路。他深知，知识是一种财富，想要得到这笔人生的财富，却必须闯过荆棘和坎坷。他没有多少文化，枯燥的专业书籍如同一座又一座横亘在眼前的高山，为了征服这些山峰，他几乎用去了自己全部的工余时间，工棚成为没有老师的课堂。然而，工地的环境远非课堂可比，一到冬天，寒风从板房墙上的一道道裂缝里呼啸着吹进来，更难熬的是夏天，三四十度的高温使板房成了烤箱，没几分钟，汗水就能把手上的书打得湿湿的，但这一切并没有能够让申建华止步。随着读书的深入，他越来越体会到知识对工作的促进作用，他常常说："我并不是那一飞冲天的雄鹰，只是一只默默攀爬的蜗牛而已。每一步都很苦，但我相信，只要前进，哪怕只是一丁点儿，也是收获。"

　　郑铁技校毕业的镇江机组电工段新海，领导评价他技术全面，难活儿、累活儿、脏活儿抢着干，而且样样干得漂亮。镇江机组在架设京杭运河特大桥时，箱梁从运梁车上缓缓滑出，喂入架桥机，恰在此时，架桥机卷扬程序选不上，无法吊梁。他很快查出故障根源，发现驾驶室的一根电线脱落，重新接上后故障排除。架桥机主机走行部位的轴承经常出现故障，需要钻到 O 型腿内部拆卸固定轴承的螺栓。O 型腿内部宽仅不到 1 米，夏天的温度高达四十五六度，进去后相当于进了密封的烤箱。如果不是对本职工作的热爱哪受得了这份罪！每每这时，他毫不犹豫，毅然钻进去，尽管汗流浃背，尽管被炽热的铁块烤得头晕目眩，他全然不顾，以娴熟的技艺和麻利的动作换来了机械的轰鸣。一日傍晚，突然刮起一阵大风，倾盆大雨不期而至，驻地的屋顶被掀掉，他顾不上保护自己被大雨淋湿的被褥，第一个冲出屋外，断然关掉电闸刀，避免了驻地人员触电事故的发生。

5 大机组可谓群英荟萃。滁州机组有铁道部火车头奖章获得者和集团公司劳模丁杰，中国中铁股份公司青年岗位能手和集团公司十大杰出青年金质斌，集团公司优秀技术新人崔涛；西村机组有中国中铁股份公司党代表和集团公司优秀党员李建明；汤山机组有集团公司优秀党员胥勇；镇江机组有中国中铁股份公司先进生产者和集团公司劳模高利平；丹阳机组有集团公司优秀技术新人熊军。他们为企业的发展奉献着光和热，点亮了自己，照亮了别人，共同汇成了璀璨的星空。

在火热的京沪工地，线桥分公司的每一位员工都是一个生动的故事。但限于篇幅，笔者不能尽述他们的名字和事迹，笔者为此而深感内疚。然而，筑路者本身也许并不需要谁来为他们树碑立传，他们用汗水和热血在这片充满希望的热土上筑造的大桥不就是一座座人生的丰碑么？

线桥分公司参建将士挥洒的滴滴汗水汇进了滚滚长江，30 座大桥横空出世，巍然屹立于大江南北。在集团公司京沪项目部的正确领导下，在兄弟单位的大力配合下，架梁速度不断加快。在集团公司京沪高铁土建五标的评比中，架梁一工区获 7 月份综合评比第一名，二工区获 8 月份单项进度奖。至 9 月 28 日，5 大机组累计架梁 1777 孔，占架梁总数的 69%，其中滁州机组 389 孔，汤山机组 295 孔，西村机组 229 孔，镇江机组 440 孔，丹阳机组 424 孔。集团公司京沪项目部称赞他们"架梁作业的日进度呈现出有序加快的良好势头"、"为加快架梁作业赢得了宝贵的时间。"

秣马厉兵战京沪

——记中铁十七局物资公司京沪项目物资调配中心

武宝君

从一万米的高空俯瞰神州大地，北顾天高云淡，南望烟雨苍茫，京沪高速铁路恰似连通祖国心脏的一条主动脉，流淌着富裕的甘泉，满载着发展的希望，正在辽阔的华北平原上纵横延伸。在建设京沪高铁的漫漫征程中，中铁建十七局物资公司京沪项目物资调配中心的员工们，满怀豪情，挥师千里，栉风沐雨，秣马厉兵，决战京沪，为京沪巨龙的腾飞提供源源不断的物资保障，为高扬龙头，啸傲长空，做出了突出贡献。

创业艰难百战多

十七局承建的京沪高速铁路第一标段（北京至德州段）全长 237 公里，是京沪高铁的"龙头"段，全线共需钢材 76 万吨、水泥 252 万吨、粉煤灰 76 万吨、矿粉 50 万吨，共有 18 个工点需要协调配送。自上场伊始，物资公司京沪物资调配中心就面临着前所未有的压力和挑战。

"京沪项目是物资公司有史以来承担物资配送工作任务最重，工点最多，数额最大，战线最长，工期最紧的项目，"物资调配中心王守寅副主任向笔者介绍道，"面对这样的工程，很多原先的工作经验和工作方法都需要改进和更新，必须从头做起，摸着石头过河。"

王守寅所说的"摸着石头过河"的人，正是京沪项目物资设备部副部长兼京沪物资调配中心主任、物资公司特级项目经理吕现明。作为一名从事项目物资工作三十余年的行家里手，他对京沪项目的物资保供工作有着清晰的思路和独到的见解："京沪项目物资供应量大、规格品种多、保障战线长，各类物资实行集中供应，我们面临的压力前所未有。物资工作的重点和难点，在于供应额度、保障难度和调配力度，这是一个了解、接触和摸索的过程，必须坚持'源头把关、过程控制、精细管理、保障供应'的'十六字方针'。"

寥寥十六字，谁知其中味？领衔京沪物资保供任务之后，吕现明立刻带队赶赴现场，了解项目工程情况、工期目标、工点分布、物资需求等情况；了解甲供甲控物资范围，对管控物资进行详细的市场调研，做好招标前的准备工作；了解项目实际情况，与局指挥部、物资供应商、各施工工段负责人和物资部门等进行深入接触。在推动京沪项目物资工作进入正轨的日子里，调配中心全员保持着连续五天五夜寝不更衣、随时行动的奋战纪录。"京沪高铁是国家在基础实施领域里的一项重大战略性工程，有着不同以往的高度紧迫性和严肃性，要当作一项重要的军事任务来完成。"谈到自己的工作，王守寅掩饰不住脸上的自豪之情，"论能征善战、论吃苦耐劳、论执行能力、论奉献精神，任何人都不会比铁道兵做的更好！"

诚哉斯言！无论在局指物资部还是物资调配中心，笔者都鲜见闲聊和说笑者，这些京沪项目的"管家"们更多时候都是在行色匆匆地往来穿梭于各个部门，仿佛正准备迎接高考的学生一般紧张而忙碌。正是凭借着这样严谨务实的态度和艰苦奋斗的精神，他们将困难重重的京沪高铁物资保供工作在最短的时间内推上了良性发展的轨道。

科学调配保供应

京沪物资调配中心的业务工作，大体可以分为质量监控与保障供应两个方面。

在质量监控方面，他们坚持局供大宗物资源头把关，及时前往供应厂家、原材料产地进行实地考察，并与市场上其他同类产品进行综合比较；对甲供料主动出击，指派专人驻厂监造，坚持从源头消除隐患，不让问题材料进入工地。在供应保障方面，他们坚持超前谋划、预测问题，制定严谨实效的应急方案；加强信息沟通、全面应用信息化手段，对现场库存和供应信息等物资情况了若指掌；严格按照局指下达的用料计划，积极与供应商沟通协调，做到上下通畅、合理调配。上场两年半时间以来，物资调配中心以扎实严谨的工作获得了局指挥部和各工区的一致好评。

与京沪物资工作的繁重任务相对应的，是调配中心仅仅14人的微型编制。随着物资公司的发展，多名业务骨干陆续被抽调到其他项目，虽然目前京沪高铁已经接近尾声，但材料供应种类和业务工作量并未减少，这会不会影响到工作的进度和质量呢？

"业务工作人在精而不在多。"京沪局指设备物资部工程师李慧军侃侃而谈道，"虽然人员在减少，但是我们的工作经验在积累、在增加。今天调配中心的每一个成员，其能力、效率都不可和项目刚上场时同日而语。同样的任务我们可以节约更多的时间，同样的时间我们可以做更多的工作，同样的工作我们可以做出更好的效果。所以，现在7个人承担起原先12个人的工作，照样有条不紊、游刃有余！"

李慧军方才步入而立之年，自京沪项目上场以来便一直从事物资管理，打开关于本职工作的话匣子便滔滔不绝："就一个项目而言，材料成本约占项目总成本的 50% 左右，因此，物资采供的好坏对项目收益有着举足轻重的影响。我们的目标，就是在物资管控成本上下足功夫，通过落实招标制度、锁定价格、提前备料、直达配送、减少库存、避免二次倒运和制定合理的物资需求计划等做法和措施降低采购成本；京沪项目开工两年半时间，已为集团公司项目部节约成本 1.4 亿元。"

王守寅补充道："在这样繁多的物资种类和极大的供应量下，能够保证供应渠道通畅、运转有序、过程可控、保供坚强，得益于我们的物资信息网。即以局指挥部为指挥核心，调配中心为调度中枢，各个工区为基层组织所建立的三层架构体系。在这个体系的任何一个节点都能够保持 24 小时信息顺畅，严格执行物资信息日报制度，保证其时效性、准确性和详实性，为上级计划与决策提供真实可靠的依据。"

京沪物资调配中心是全集团公司第一个使用今驰建筑工程材料管理系统的物资管理机构，也是局内物资业务标准化、程序化、信息化建设的排头兵。事实上，物资信息网络化一直以来都是京沪物资工作实现有序化、高效化和标准化的看家法宝。秉承"知人善用、明确分工、各司其职"的理念，他们着力建立健全以局指物资设备部为龙头、项目物资调配中心为轴心、驻点人员、驻厂人员、仓储人员和应急调配人员为基点的框架性物资配送结构。物资调配中心在局指物资设备部的领导下，负责全线物资业务工作的沟通协调、具体落实与全局控制；驻点人员负责现场进场物资的交接点验、存量清点及用料计划申请上报等工作，驻厂人员负责监督出厂物资质量、及时了解掌握和向上反馈运输情况等工作；仓储人员负责京沪项目四个甲供钢材储备仓库和三个胶凝材料应急储备库的物资管理与调配工作;应急调配人员更是物资工作的多面手,担当着"救火队员"、"雪中送炭"的角色，在京沪项目全线推进、攻城拔寨的艰苦时期，工地上处处活跃着他们的身影。

在驱车前往京沪一标段四工区的路上，王守寅指着迎面而来的一辆辆满载砂石料的大货车说道："物资调配工作讲求的就是时效性，要及时掌握各种情况，事无巨细、重在细节。要掌握厂家的出货情况，掌握出厂物资的运输情况，掌握各个工点上报的计划情况，掌握在上报计划基础上可能存在的因施工量增大等因素而导致材料需求增加的情况，掌握项目工点的物资存储能力与当前存储状况，以及制定当发生道路维修、交通阻塞等情况而导致供料不足时，各工点间进行紧急调配的应急预案。"

汽车转过一排青郁绿树，蓝色的京沪一标段四工区大门豁然映入眼帘，不远处一排巨大的罐体尤其引人注目。王守寅神秘兮兮地说："你来猜猜这些罐子里存的是什么料？"

水泥? 矿粉? 油料? 多个答案均告不中之后，笔者决定缴枪投降。王守寅笑道："这是可以存放多种材料的综合性粉粒物存储罐，其实我也不知道这几个里面分别存的是什么……"

原来，为了降低因道路阻塞、工作量增大和其他自然人为不可抗因素所导致的对工区物资供应的影响，京沪物资调配中心按照地域辐射覆盖和最短距离优化的原则制定方案，在四工区、八工区和十三工区设立了可存储水泥、矿粉和粉煤灰等多种物资的综合性应急存储罐。每工区设立 4 个存罐、每个存罐存量 150 吨，共建立了 1800 吨的应急物资存储。同时，他们专门配备数台运输车辆，用以在各工区间进行紧急调配，力求做到万无一失、尽善尽美。这在京沪全线，乃至全国所有客运专线项目建设中，也是独一无二的。

"当项目工期滞后时，物资部门总会首先成为被告，所以我们的工作一定要做到万无一失。"王守寅最后引用吕现明部长常说的一句话作为总结。

走在四工区车水马龙的喧嚣之中，远眺身旁已经铺板完毕的京沪高铁向着无垠的远方舒展延伸，我深切地感受到这些正在创造世界奇迹的人们是如此的可爱而伟大。而京沪物资调配中心所从事的物资工作，如同为这些英勇战士们提供手中的长枪利剑，使他们在京沪高铁的千里战线上跃马扬鞭、百战百胜。

精细管理创佳绩

细节决定成败，是每一位京沪物资人做人做事无时不刻都牢牢坚守的理念。

走进京沪项目物资调配中心，一排排整齐有序的文件柜，一列列条理分明的资料夹，一个个制作规范的文件盒，《进料对账清单》、《进料结算清单》、《进料与供应台账》、《材料明细账》、《材料资金账》……在多达三十余个的资料夹中，单据张张可查、账目本本清楚、表格页页细致，无处不透露这在这里工作的人们的细致与用心。

以严谨端正、雷厉风行而著称的物资调配中心"当家人"吕现明，带领着职工们打造了一套严谨有序、操作性强的京沪物资工作管理制度。他们对物资调配的每个环节都进行严格监控，做到项目物资管理从市场调查、采购、运输、验收、保管、发放、盘点、统计和核算的每一个环节均做到可追溯，保证全程处于受控状态。对工作中发现的瑕疵和纰漏，他们一丝不苟地进行纠正、改进和总结，自我加压，力求完美。

想要建立一套符合项目实际情况的标准化物资工作流程，关键在于各个环节的优化、细化、规范化建设。在这一点上，京沪物资调配中心无疑走在了京沪高铁、乃至中国铁路物资行业的前列。在充分结合项目实际情况和施工需求的基础上，他们将物资业务资程细化分解为：收集申请计划、下达发货通知、跟踪运输情况、验证进料手续和质量证明、进料对账与进料结算及管理协调材料供应等 30 多个环节，并推广使用了格式规范统一、条目设置科学的十余种物资业务"帐、表、卡"，形成了物资管理全过程完整、有效的内业资料记录。

细节决定成败，从一张小小的《发货通知单》上便可见端倪。物资调配中心平均每天要开据这样的《发货通知单》数十张，每张都详细地注明了材料名称、产品规格、产品数量、交接地点、质量证明书以及联系人、联系电话等十余条说明。每一笔物资必须要经过调配中心的严格把关、材料初验质量合格之后方能进场，每一笔资金必须要经过调配中心的细致对账、查验资料印章无误之后方能结算。而这些仅仅是京沪物资调配中心严谨规范、扎实细致的业务工作的冰山一角。

然而，身为京沪物资调配中心负责人的吕现明并不满足于此。仅仅与工程物资打交道的管理模式，在现代化的京沪高铁项目面前已经落后于时代。在项目检查和部门会议上，他多次强调调配中心要树立"物资抽象化"理念：身为京沪物资人，所要管理的绝不仅是物资，所要从事的绝不仅是物资工作，而是要涉及和精通一切与其相关的各类工作，充分利用自身专业优势和职业技能，立足本职工作，为项目再立新功。在这样的"大物资"理念倡导下，京沪物资调配中心除了传统的物资调配工作以外，还兼管了轨道板运输和现场存放，以及工区慰问物资的采购、保管和分配工作，成为了名副其实的京沪项目"大管家"。

在京沪高铁采用的 CRTS Ⅱ 型无砟轨道施工技术中，以水泥、砂子和膨胀剂为主要成分的填充干料，在运输、仓储过程中极易产生离析，从而影响铺板效果。2007 年，时任京津城际铁路物资部长的吕现明在发现这一问题后，当即召集相关供料商开会商讨，提出了建立砂浆供料站的创新性设想，并要求供料商配合进行试验。通过将原高 7 米的水泥散装罐改造为内部多层分隔的干粉罐，在罐体中部、顶部各增加一根进料管道，采用不同的上料管道加料将水泥沥青干粉分层上打的方式，降低了干粉的落差高度、减少了材料离析，成功地攻克了这一难题。今天，该项技术已经全面成熟，广泛应用在了京沪高铁一标段的各个工区中。

在京沪项目奋战的两年半时间里，物资调配中心供应保障坚强有力，管段内从未发生过停工待料现象，为京沪高铁施工建设的顺利进行提供了可靠的保证。"物资质量是工程质量的源头，物资成本是工程投资的重头，物资供应是工程建设的基础。"这句话已经成为所有京沪物资调配中心员工的座右铭，时刻提醒自己看重责任、不辱使命，在京沪高铁这一历史性伟大工程的丰碑上书写自己的自豪与荣耀。

截至 2010 年 6 月，京沪物资调配中心已累计为项目供应钢材 75 万吨，水泥 251 万吨，外加剂 5 万吨，粉煤灰 72 万吨，矿粉 56.5 万吨，总供应额 46.2 亿元，已完成任务计划 90%。在京沪高铁项目开展的两次质量信用评价中，物资调配中心的内、外业均获得了检查组的高度评价，先后两次被评为京沪高铁"物资管理先进单位",被十七局集团公司工会评为"项目先进班组";王守寅、李慧军等五名同志被京沪项目、十七局集团公司多次评为"物资管理先进工作者"、"百日大干劳动竞赛先进生产者"、"百日大干劳动竞赛先进个人"及"京沪高速铁路建设先进生产者";2009年5月,《中国铁道建筑报》用很大篇幅报道了他们的先进事迹。

8月17日,廊坊,广阳道。

时至三伏,赤日高悬,万里无云。此刻,这座安静优雅的小城市正在悄悄地酝酿和期待着……不!整个中国都在酝酿和期待着,在不久的将来,当南北经济浪潮在这里涌动交汇之时,京沪高铁将为中国社会主义建设事业注入无限的活力与生机。

"风樯动,龟蛇静,起宏图,一桥飞架南北,天堑变通途……"远望凌空飞渡的京沪高铁,恰似一条蓄势腾飞的巨龙,它将给整个华北、整个中国、整个世界带来多少惊喜!多少骄傲!多少自豪!

闪耀在京沪高铁的企业精神

——中铁十二局七公司 21、22 项目部纪实

娄　淮

　　企业精神是企业不断发展壮大的动力源泉，是企业的核心竞争力。京沪高速铁路是世界上一次建成线路最长，同时也是新中国成立以来一次建设规模最大、投资最大、标准最高的高速铁路，开工至现在已近三年。这三年，是七公司京沪高铁四标段 21、22 项目项目部所有员工勇于争先的三年、重在执行的三年、敢于拼搏的三年、乐于奉献的三年，这三年表现出来的"京沪精神"也是七公司企业精神的一个集中体现。

勇　争　先

　　2010 年 8 月 28 日，随着最后一块轨道板灌浆结束，京沪四标段 21 项目部的工地上突然静了下来……极度疲惫的员工，一个个跳上来迎接他们回驻地的车子，随即进入了梦乡，但他们嘴角都挂着满足的笑容，因为他们又一次争得了工期的主动。

　　近几年，七公司把项目作为企业文化、企业精神的载体，不断强化员工的争先创优意识，教育引导员工鼓争先之劲，务争先之利，求争先之效，形成了"不干则已、干则一流"的争先精神和文化。项目把质量、安全、进度、信誉作为文化建设、精神诠释的载体，并且集中体现在一个"争"字上：为集团争光争誉，为公司争绩争气，为项目争名争利，在项目部内都形成了争先恐后的氛围。

　　在争先上，京沪 21、22 项目部体现得特别明显。2008 年 1 月，京沪刚上马，沿线的兄弟单位，在设备、人员、施工经验等等方面，都比七公司的京沪两个项目具有相当明显优势，加之正式战斗还没有打响，21、22 项目部由于前期受诸多因素影响，施工准备工作、大临建设等一度滞后，形成明显的开局不利。面对被动情境，有的领导甚至怀疑，象七公司这样的小公司，究

竟能不能干好象京沪这样举世瞩目的高标准工程?

严峻的现实、被动的工作、满怀期望的领导的担忧,象一把把尖刀,刺在项目部每一个员工的心头上。

指挥部领导高瞻远瞩,确定战略战术:确立了"坚持高标准,全面争第一"的工作目标,定位了"创全标一流施工工地"的文明施工标准,"创优质工程"的质量工作标准,"示范样板工程"的工艺技术标准,"确保工期、力争提前"的施工进度标准,"不断创新,形成自己特色"的项目管理标准。正是这些高标准的定位,成为了他们奋勇拼搏、夺取胜利的关键。

京沪高铁是我国第一条真正意义上的高速铁路,施工标准之高、验收标准之严,令京沪21、22项目部平均年龄不足35岁的两支年轻队伍深感肩头压力之重。项目部统一意见,不懂,就学。项目部把工程有关要求、规范、图纸复印发放到每个员工手中。首先,项目领导利用晚上把相关规范、图纸看懂、钻透;其次,第二天组织全体人员共同学习,由项目领导现场答疑,第三,根据分工,每个员工对自己岗位要求的相关文件和要求,限时学完并经项目统一考试验收合格,才正式上岗。建家工作没有完成之前,项目部全体人员住在工地附近的酒店。那段时间,只要你一走进酒店,就好像进入了一个作战指挥部,随处可见三五成群手捧图纸、资料,交流学习、请教的景象。酒店的服务员甚至半真半假的开玩笑说:"你们是不是要到哪里去打仗了。"没错,京沪建设对当时七公司的两个项目来说就是一场战役。对于这样战役,员工已不约而同的形成了共识:要争就争第一,要干就干到最好。正是这种共识,尽管项目部第一次干这种大项目,但在以后的工作中,他们每次都能力争把图纸领会得更准确、把规范落实得更标准、把文件精神贯彻得更彻底。把握关键,重点突破。红线测量放样,是当时现场施工的关键这一。根据施工安排,项目部必须在除夕前完成所有红线放样。百年不遇的雪灾面前,测量班的同志没有半点的犹豫,即使一脚踩下去,雪就漫过了膝盖,也没能阻止他们前进的步伐,测量班在雪地里认真的测好每一个点、打好每一个桩。征地拆迁是开工的又一瓶颈。项目部协调工作人员亲自上门走访群众达130户,热情接待群众来访近1000余次,喊响"和谐共建"的口号,为施工创造了良好的环境。项目部还通过每月下达施工计划,严格考核,奖罚兑现,促使施工进度一路领先;通过严守标准、不厌其烦的做到更好,确保工程优质。项目部员工以耻为人后的性格,与强手竞赛的斗志,凭着永不服输、勇于争先的精神,逐步打开局面,转败为胜:2008年12月,京沪21项目部作为集团公司唯一指定的中国铁建股份有限公司组织的建家建线观摩推进会迎检单位,并获得好评;项目部路基、护坡多次荣获优质样板工程称号,22项目部还获得了样板混凝土拌合站、安全标准工地、劳动竞赛一等奖等荣誉,自上场以来,两个项目部获得来自业主、监理等单位颁发的"绿牌"共11块,还曾共同创造一天内获得铁道部、业主等颁发的8块"绿牌"

中的 3 块的好成绩。

重 执 行

高度的执行力是企业规章制度得以不折不扣落实的保证，执行力不强将是企业管理中可怕的软肋，其强弱程度直接制约着企业任务目标能否得以顺利实现。一个企业如果没有出色的执行力，那么再好的发展目标也是镜中花水中月，再好的管理制度也是一纸空文。企业间过招，比拼的就是执行力。没有执行力，企业就没有竞争力，也就没有发展力。京沪高铁对质量要求之高、对工期要求之紧，不能有一丝的懈怠和疏忽，否则都可能造成不可估量的损失和影响。因此，没有高度的执行力，是不可能达到这个目标的。七公司一直以来都把执行力建设作为企业管理重中之重来抓，京沪项目的员工始终保持"高度执行"的优良品格。

为全面履约、兑现合同，项目部每一个员工从第一天开始，就严守着高度执行的诺言。接受命令，迅速到位。2008 年 1 月 26 日，时近除夕，21 项目部员工接到紧急通知，必须在 2 天内，从远在千里之外的湖南长沙赶到安徽境内的京沪高铁四标工地。通知就是命令。项目部员工马不停蹄，收拾行李、购买车票，来不急与亲人叙说告别，便迎着暴雪，于第 3 天的早上 6点 50 分钟到达工地。当时，天刚朦朦亮，冷风袭袭，先期到达的 2 组测量班员工，已在扛着仪器前往工地进行测量工作了。到除夕前，项目部 120 多名员工已全部到位了，并在除夕前，一个个奔走在工地，抢占先机，筹划着开工前准备工作。一丝不苟，严守标准。他们严格施工过程控制，自始至终推行旁站制度，全面落实首件认可制、方案先行、榜样引路;编制作业指导书、即时进行技术交底，明确每道工序质量标准及控制点的主要责任人，并把责任分级落实到具体操作人员。项目领导分区分工序检查把关，即使是瑕疵，也要返工。附属工程对片石的要求很高，规范要求：每片石头必须保证 15 厘米厚，表面纹路清晰、与整体图案协调顺直，勾缝 1 厘米深。片石厚度不到 15 厘米的，不能用。为严守标准，监控到位，项目领导基本练就一身好本领，尺寸在正负 2.5 毫米以内，他们一眼就能识破。在一段附属工程中，一旦出现片石斜面不美观、沟缝达不到要求、片石厚度不平整等现象，项目领导一个个就会俨然包公再世，铁面无私，即使冒着工期风险，他们也一定坚持标准，返工重做。正是这样一丝不苟精益求精的精神，21、22 项目部施工的路基、附属工程，成为京沪线上又一道亮丽的风景。

项目部还通过建立一整套包括技术、质量、安全、物资、试验、测量、财务、外部劳务、成本、日常工作等管理制度措施，确保京沪高铁建设各项要求落到实处;通过营造"雷厉风行、事不过夜"，重视管理细节，从小事做起，从小事抓起的良好氛围，使 21、22 项目部的单项工程，每个员工都能以我为主，从我做起，一次成优。

敢 拼 搏

拼搏是一种意志，一种不拍困难和险阻的意志，是一种愈挫愈勇的精神状态。正是因为有了那种顽强不屈的拼搏精神，七公司才能在激烈的竞争中脱颖而出。"三军可夺帅，匹夫不可夺志也"。京沪项目部虽然面临着自然条件差、征地拆迁难、工程任务重、技术标准高、队伍经验少等诸多拦路虎，他们绝不低头，发出了"困难面前有我们，我们面前无困难"的铮铮誓言。面对种种压力，他们扬长避短，发挥连续作战的精神，组织召开动员大会、成立了青年突击队，各成员在大会上面对突击队旗宣誓，定要在京沪线上拿第一。在征地拆迁工作取得重大突破的同时，他们在工地上搭设临时帐篷，实行工班3班倒，技术、试验、测量24小时工作在施工前线，风雨无阻、昼夜不停工。一日三餐由项目部做成盒饭送到工地。他们的管理人员基本上是白天现场督导，随身携带"四宝"：尺、笔、图纸、本子，随时检验现场的施工情况；晚上轮班回家做资料、写施工日记。通过全体员工的昼夜拼抢，在前期工作滞后的情况下，项目部在路基施工中，成效明显：当别的工区项目部还在为AB组填料加工场选址时，他们已经委托当地石场开始加工AB组填料了；而当别的工区项目部开始生产AB组填料时，他们已经备足生产要素，建立起四标段路基填筑示范段。京沪高铁意义非凡，迎检工作任务之重，也是其他项目无法比拟的。在紧张的人力资源情况下，项目部充分调动每一位员工工作主观能动性，使其在完成艰巨任务的同时，从每根基桩、每一层填筑、每一块片石，坚持做到完成一步，利索一步，形成工地现场必须看不到一点垃圾、杂物，施工材料堆放的整整齐齐的良好习惯，既时刻展示了现场良好形象，又在与时间赛跑中提高了工作效率。22工区项目部党工委书记方敬安说："项目部的要求是，现场、内业随时保持着迎检状态，让员工对检查习以为常，既能坚持不懈地提升管理，又能在充分展示企业良好形象的同时，保证现场施工文明、有序进行。"曾经在京沪线流传：四标21项目部除了有高质量、高标准的路基和桥梁，还有一道亮丽的风景线，那就是21项目部员工的笑容。

乐 奉 献

奉献是一种高尚的品格，是勇于付出、不求回报的大无畏精神，奉献就是把本职工作当成一项事业来热爱和完成。奉献就是"先天下之忧而忧，后天下之乐而乐"的崇高精神境界。对于工程施工单位来说，流动性大、生活艰苦是常态。在这里，吃苦就是一种奉献。在七公司这个大家庭中，从不缺少敬业奉献的精神。七公司京沪项目部从上到下每一位员工都在用行动诠释着奉献的意义和价值。京沪高铁 21 工区项目经理符能松，其貌不扬，但是工作踏实，成绩突出，他无论天晴下雨每天都要在 13.6 公里的管段上至少跑两遍，清晨他是项目部第一个起床、第一个上现场，晚上又是最后一个回到驻地。铁道部原副部长、京沪高铁股份有限公司董事长蔡庆华号召京沪全体工作者向他学习。21 工区项目经理张学文做事雷厉风行，吃苦耐劳从来都是走到员工的前面，为工程质量他亲自督战，可以连续几天不合眼，一直盯在施工现场。21 工区屈海军：项目总工程师，三年以来三个春节，他都是在工地度过；三个暑假，老婆带着孩子来到项目驻地，他没有花一天的时间陪伴；30 岁的生日，他没有时间为自己庆祝。22 工区项目部测量队响应集团公司项目经理部号召，在"大战 120 天确保完成 50 亿"的劳动竞赛中，他们冒着酷暑、高温进行测量，早上出去，有时中午赶不回吃饭，就啃包方便面，喝瓶矿泉水充饥，再继续工作。经他们测量的桥涵、路基均达到设计要求，没有发生误差。21、22 工区的员工都在默默奉献着，他们认为京沪无小事，为了京沪建设的"大事"，为了企业这个大家，他们可以舍自己的小家，无怨无悔。

曾几何时，"长沙办事处向何处去"的问题，在中国铁建十二局集团内部流传，中国铁建十二局集团七公司的前身——长沙办事处在前途未卜的歧路徘徊。全体员工痛定思痛，决心从困境中奋起，迎难而上，勇争第一，创新探索，超越自我。2000 年，企业大刀阔斧，建立了现代企业制度；2004 年，实现了企业三项制度改革后，自 2005 年始，七公司正式踏上了后起博发、永争一流的创业之路，企业一步步实现跨越式发展：员工总量从 500、700 人跃升 1000 人，并同步实现队伍年轻化；企业年完成产值从 5 亿、10 亿到创 20 亿、夺 30 亿元大关；年自揽任务总额连续跨越 5 亿、10 亿、20 亿至 30 亿元平台，多次超过集团公司调整计划。在量变的同时，七公司安全生产平稳发展，组织施工的高速公路项目实现了"争 AA 保 A 绝 C"的目标，参建的高铁项目获业主、监理等多方好评，七公司也荣获湖南省品牌信誉百强企业和"信用等级 AAA 企业"称号……

一系列成绩的背后，是企业在奋斗中形成的勇争先、重执行、敢拼搏、乐奉献的企业精神。这些精神，成为干好每一个项目的强力精神支柱，这些精神在项目上生根开花结果，化作了员工的一言一行、一举一动。

京沪两个项目，可以说，是七公司员工精神、七公司企业文化得以全面反映的一个缩影。在企业文化、企业精神的引领下，七公司所干的每个项目不论在质量、安全上，还是在工期、进度上都成为业主放心的项目。京沪高铁四标段 21、22 项目部，也正是凭着勇争先、重执行、敢拼搏、乐奉献的精神，使企业迸发出巨大的活力和创造力。

凝心聚力共创伟业

——中铁电气化局集团用富有成效的党群工作推进
高铁建设纪实

王志坚　倪树斌　胡　山

2009年12月28日，中铁电气化局集团有限公司、中国通号总公司组成联合体，与京沪公司签订了京沪高铁四电系统集成项目建设合同。

喜讯传来，全局上下一片欢腾！

肩负着建设京沪高铁的历史重任，中铁电气化局集团领导班子先是振奋，但很快又转为冷静。

50多年来，伴随着中国电气化铁路步伐而诞生、成长的中铁电气化局集团公司，从普速、快速，跃升到350公里的世界高速，不断更新着传统的施工理念和工艺工法。如今，依靠中国自主力量，把京沪高铁建成一流的标志性工程，我们准备好了吗?

破茧为蝶的思想革命

面对世界上里程最长、标准最高的京沪高速铁路，中铁电气化局各参建单位按照集团的统一部署，首先从思想上"跑步进场"。

2010年2月5日，集团在北京召开了京沪高铁宣传思想文化工作会议。

会上，集团党委书记、指挥部党工委书记王其增要求：以在建高铁为重点，在集团公司全体员工中开展一场以"挑战新时速，砥砺再奋进"为主题的教育实践活动。要以"十讲十查"为主要内容，要触及每一个参建者的灵魂，要贯穿工程建设始终!

"挑战新时速，砥砺再奋进"，是集团领导对中铁电气化局集团5年多来首战京津、会战武广、速战沪宁等8条高铁建设实践的总结，又是对决战京沪高铁的动员令! 在集团京沪指挥部和项目部的精心组织和安排下，各单位迅速投入"挑战新时速，砥砺再奋进"主题教育实践活动，扎扎实实地开展"十讲十查"大反思。

从项目部、工区到作业队强化了宣传教育，参建员工主动认真地自我"洗脑"，牢固树立了"干高铁，想高铁，融入高铁"的高铁意识，摒弃了一切不适应高铁建设的传统经验和习惯。通过深入的调查分析，项目部梳理归纳出不适应高铁建设的各类问题125条，制定整改措施128条，建立了问题库并逐项进行整改销号。

与此同时，京沪项目部实行了项目分部、工区、作业队三级封闭式、学院式培训。2010年5月、6月，在北京北方工业大学举办了两期共283名作业队长、党支部书记、技术主管、工班长、技术员培训班。所有作业队开设了练兵场，成立了"职工业校"和培训基地，培训人数达3万余人次。

思想革命引领了技术革命和管理革命，《牵引供电系统集成管理》、《时速400公里先导段牵引供电技术体系》、《腕臂和吊弦工程仿真计算软件》、《高强高导等高铁器材和配件研制》等一批国内和世界上领先的创新成果如雨后春笋般涌现。

继承与扬弃的碰撞迸发出了思想火花：系统集成的项目管理理念、创新创优的施组原则、精细化的工艺目标随即产生。"肩挑赶超大任，勇当高铁先锋"、"拒绝老经验，勤学新技术"等独具特色的高铁格言叫响京沪沿线。

这是一场前所未有的、挑战传统观念的思想革命，是从敢打硬仗著称的电气化人升华到勇攀科技高峰的"高铁电气化人"的嬗变！

创先争优的旗帜在京沪工地高高飘扬

2010年7月30日，在京沪高铁禹城工地上，"党员先锋号"、"工人先锋号"工程创建者代表和"青年突击队"队员面对大旗庄严宣誓："发扬电化人特别能吃苦，特别能战斗，特别能攻坚，特别能奉献的优良传统，高标准建设一流京沪高速铁路！"

在创先争优的旗帜下，参建京沪高铁的232名共产党员写下了《我们对京沪高铁的承诺》，并把它汇编成书，接受监督。

在京沪高铁建设大军中，有两个享誉全国的优秀共产党员：一个是全国劳动模范、"蓝领状元"何军；一个是"全国五一劳动奖章"获得者、知识型新型工人、农民工楷模巨晓林。巨晓林说："我和何军是好朋友，我们虽然相隔900公里，但经常电话沟通解决施工难题。"

劳动的智慧使劳动者智慧地劳动。在京沪工地，巨晓林、何军先后发明了"H型钢柱专用脚扣"、"安全带固定器"等新工具，在他们的引领下，一大批"五小"创新成果不断涌现。三工区的"可拆卸式封闭笼型爬梯"、"防风斜率尺"、一工区的"倒骑驴架线法"等给高铁施工增添了智慧的元素。

何军不仅是大家公认的智多星,还是个勇挑重担的硬汉。

2010年底,何军主动请缨,担负93正线公里的接触线恒张力架设施工,为了确保工程节点,他们采取两班倒昼夜架线,何军抢过夜班艰巨任务。他顶着五六级的大风,冒着零下十几度的气温,在黄河大桥上指挥放线。几天下来,他冻得感冒发烧。可他硬是强打着精神,白天悄悄地去医院看病输液,晚上仍然坚持奋战在工地上。2011年元月初,最后一条导线架设完毕,他瘫倒在架线车上……

正是在何军、巨晓林这样一批共产党员的感召示范下,工地上掀起了"六比六创"劳动竞赛和"大干120日"、"总攻先导段"的会战热潮。工程进度不断加快,施工纪录不断刷新,接触线架设从刚开始的单车24小时9个锚段提高到了17个锚段。

温馨和谐的高铁之家

"建设高铁优秀团队,提升员工幸福指数。"党工委常务副书记张建民结合京沪线标准化建设要求,明确提出了打造"公寓化驻地"和"快乐驿站"的"三工"(工地文化、工地生活、工地卫生)建设总目标。按照"八个统一"制定了标准化建设细则,对形象系统作了具体的规定。

各作业队都接通了互联网,开办了职工网吧,建立了职工书屋和阅览室,各工点儿还配置了篮球、乒乓球、羽毛球、台球等体育娱乐器材,定期组织各类友谊赛、小型运动会。医疗后勤部门将"医疗服务车"开到施工一线为现场员工全面体检。在远离市区的宿舍区开辟了"职工超市"、"职工菜园"和"工地养殖场",方便了现场员工的日常生活,降低了生活成本。

在京沪高铁工地,处处能感受到大家庭的温馨和温暖。

2010年"五一"节,集团领导亲临昆山物流预配中心,为9对大学生员工举行了集体婚礼;中秋、国庆节日期间,高铁文艺小分队给大家带来了精彩的慰问演出;大年三十,集团公司领导王其增、张建喜、蒋玉林、韦国一行来到京沪工地,与大家一起包饺子,共同欢度新春佳节。

工长胡斌、合同工工长胡涛兄弟俩清楚地记得,大年三十那天,年迈的母亲、两人的媳妇、两个女儿分别从东北老家和河南来到京沪工地,是栗队长派专车把他们从相隔50公里的两个工点接到了一起,队领导在工地食堂为一年未见的七口人准备了一桌热乎乎的年夜饭。

春节坚守在施工岗位的四工区20多名员工还记得,春节前工区肖永武经理、朱凯书记租大巴车把他们的家属从石家庄接到苏州,为他们定下了宾馆"探亲房",让他们在工地过上了团圆年。

大家相互之间就像一列贴地飞行的"和谐号"动车组，各自输出着澎湃的动力，而又和谐地连接成一个整体，奋勇向前！

让我们一起聆听高铁人的《京沪感言》：

"泰山为伴，京沪为家。那是一种光荣与责任，使命与自豪，那是一段激情燃烧的日子，值得用一生去回味。"

"我们的手冻肿了，我们的脸晒黑了，但我们对京沪高铁的承诺兑现了！"

"等孩子懂事了，给他讲讲在京沪高铁的日日夜夜，心里有种偷着乐的满足。"

六朝古都巨龙腾

——中铁三局桥隧公司京沪高铁秦淮河特大桥建设纪实

田 政

2009 年 10 月 28 日凌晨，随着最后一方混凝土徐徐注入，由中铁三局集团桥隧分公司四队施工的京沪高速铁路秦淮河特大桥主跨顺利合龙，这标志着四队承担的秦淮河特大桥线下主体工程全部竣工。近两年来，四队全体员工在六朝古都秦淮河畔，在我国第一条高速铁路施工中再立新功，再一次展示了桥隧分公司的建桥实力。

2008 年 4 月 18 日，京沪高速铁路在北京举行了隆重的开工典礼，早在全线开工的三个多月前，桥隧分公司四队一行 20 多人带着郑西客专的征尘悄悄地驻扎在南京城外，徐徐拉开了决战京沪高速铁路的大幕。

四队承担的秦淮河特大桥全长 12625.96 米，横穿南京市四个区，跨越多条公路及河流，共9 处特殊结构。全桥钻孔桩桩径有 1 米、1.25 米、1.5 三种类型；桥墩有圆端型实心墩、门式桥墩、矩形空心墩三种形式，十多种规格样式。标准跨度采用预制梁架设，连续梁采用悬灌法、满堂支架法施工。其中跨秦淮河河槽地段孔桩采用填土筑岛施工，水中墩采用钢平台、钢板桩围堰施工。

甫至即遭拦路虎

千里高铁，技术先行。

京沪高铁历经 18 年的调研论证到开工建设，技术层面的研讨每次都是世人瞩目的焦点，施工单位进场后，同样要靠技术支撑推动各项工作的展开。

进场伊始，确定施工用地红线位置的难题首先摆在面前，由于 8 公里多的线路贯穿南京市雨花区、秦淮区、白下区、江宁区，跨越宁杭高速公路、佳营东路、东麒路等十多条公路和翻身河、胜利河、运粮河、秦淮河等河流，泥地、河沟、鱼塘、珍珠塘密布，几十个村庄数十家企业厂房、库房，红线测量工作的难度可想而知，测量人员进场勘测异常困难。

2008年元月25日，这是每一个四队人都不能忘记的日子，南京遭遇了50年一遇的大暴雪！

26日——雪！27日——雪！28日——雪！……

公路停运、铁路停运、航班关闭……

望着墙上的天气晴雨表，队领导一筹莫展——四队在郑西工地还有大批人员、大量机械物资没有转运过来；刚刚完成的征地放样红线边桩全部被大雪覆盖，多日的测量成果化为乌有！

没有了红线，征地工作无法向前推进。春节将至，如果年前征地拆迁工作不能开始启动，将直接影响年后机械和人员的进场，工期压力必将加大，他们深感肩头压力的巨大。

2月2日夜，连续下了8天的大雪终于停了下来，队领导立即派人把所有的边线桩从雪中挖开，沿红线在地面上挖出边线沟，插上"中铁三局集团"的刀旗，确保地方国土部门能准确找到红线，配合征地拆迁。

3日大清早，队测量小组一行人穿上雨鞋、带上干粮、扛起铁锹，向着白茫茫的雪地进发。到了线路位置，才发现实际情况比想像的还困难许多，大雪覆盖层厚度达50多厘米，无法辨认田间小路和灌溉渠。测量小组找来熟悉当地环境的百姓在前面探路，后面负责刨桩挖边线沟，左右红线同时向前推进。经过十多天的不懈努力，又完成了8公里多红线的测量任务，为征地拆迁赢得了宝贵的时间。

4月25日下午，随着鞭炮声和发电机的轰鸣声，跨东麒路连续梁第一根孔桩破土开钻！

秦淮河特大桥主跨为（48+80×3+48）米的连续梁，既是该桥的重点控制工程，又是该桥的形象工程。春节刚过，征地拆迁人员整日奔波于铁路办和国土局之间，费尽周折终于征得该桥位于大里程的107号墩的河堤红线用地，可还没来得及欣喜，就被当头泼了一盆冷水！能进入工地的唯一的一条砂石路为私人修建，不允许施工车辆通行，周边房屋密集，无法进入工地施工。

集团公司京沪高铁经理部领导勉励四队员工：不管困难有多大，你们务必想尽一切办法，在最短的时间内进场施工，为中铁三局在京沪高铁争光创誉。

7月中旬，桥隧分公司副总经理兼京沪工作组组长王勇周临危受命兼任四队队长。

33岁的王勇周走出大学校门后，先后参加过山东潍河特大桥、成都绕城高速公路、渝怀线板桃隧道、宜万铁路、黔桂线银洞坡隧道的建设。30岁出头的他积累了丰富的施工经验，以能打硬仗著称，又具有指挥魄力和管理才能。

7月18日早晨，王勇周兼任队长的第一个"早点名"，他向全队通报了当时四队的工程进展情况——便道推进不足1000米；孔桩完成不到100根（全桥设计孔桩共2959根）；所有的特殊孔跨一处没开；拌合站基础的方案还在酝酿中……

当时适逢集团公司京沪经理部"大干百日保架梁"活动的开展,王勇周向全队发起誓师动员:要扭转目前的被动局面,积极响应"大干百日保架梁"活动,而且必须树立长期打硬仗的思想准备,每天、每月都要持续掀起大干的局面,务必保证架桥机如期通过秦淮河大桥!这无异于给全队上下打了一支兴奋剂,四队全体员工迅速投入到火热的施工生产中。

切中肯綮扬龙头

熟悉王勇周的人都知道,无论是他在当队长期间,还是任公司副总经理,无论前一天晚上多晚休息,他都是在第二天清晨5点准时起床,简单洗漱后就直奔施工现场。

"一年之计在于春,一日之计在于晨,未雨绸缪在前夜!"

面对铁道部采访团的记者,王勇周半开玩笑地说:"前两句古已有之,第三句是我自己加进去的,我的'生物钟'自打1997年入路那一天就设定好了,11年从没再调过。"

他每天晚上从工地回来,在睡觉前都会把白天天地的进展情况在脑海里过一遍"筛子",找到问题的"结症"所在,并且开始谋划如何"对症下药";次日清晨到工地,查看前一天的施工进度,再对工作进行细节上的微调,使施工进度始终处与掌控之中。

"细节决定成败",是现代优秀企业家的共识,就施工单位而言,科学化、理想化的施工进度必须靠合理组织好细节性的工序衔接,争分夺秒地挤出来。

秦淮河主跨无路可走是他上任后的最大难题,他对负责征地拆迁的人员说:"架梁的后门已经关死了,不能再拖延下去了,再拖下去,到后面抢工期的代价将会更大,那时我们将在经济、政治上受到双重的惩罚。沙场路是我们进入秦淮河堤施工唯一的通道,我们又没有任何可以用来谈判的'筹码',务必在一周时间内谈下来,尽量降低费用。"一周后,经过多次协调洽谈,他们的真诚和执著也感动了沙场老板,同意签订道路使用协议,全队上下欢欣鼓舞!

但是王勇周知道,在秦淮河上的真正较量还没有开始:悬灌梁上部的施工工艺大同小异,施工每一环的周期相差无几,相邻仙西联络线秦淮河特大桥的孔桩施工已经全面展开,如果按照常规的施工组织,很难追赶上形象进度。"工欲善其事,必先利其器",他要求总工程师在"器"上想办法——推倒原来钢平台上摆放冲击钻机施工的方案,编制旋挖钻上钢平台作业的施工方案!在场的技术人员都倒吸了一口凉气……旋挖钻上水中钢平台作业,在桥隧公司的施工历史上没有过,在集团公司的施工历史上也没有过!"你们下去抓紧编制,设计方案经队上研究过后,报公司、集团公司技术部门审核。"他的口气不容置疑。经过三番五次检算的设计方案终于出来了,从集团公司、公司技术部门反馈回来的信息是相同的——原则上认可该设计方案,认为钢平台承受旋挖钻的重量是没有问题的,但是由于旋挖钻在旋进工作时的动态荷载没有任何资料可查,建议慎重考虑。钢平台已经按照设计方案搭设完毕，旋挖钻已经停在河堤待命，但是现场的队领导没人敢下这道命令。无奈之下，值班副队长只好给刚刚回东北、在医院里探望病危母亲的王勇周打电话请示。"技术人员在两侧大堤做好便桥及平台的监测，发现情况及时通知；应急抢救人员河堤待命；叮嘱司机打开车门，缓慢行驶，越慢越好，开吧！"他在医院的走廊里小声地下达了命令。1分钟，2分钟，5分钟……11分钟！80米钢便桥，经过11分钟的"艰难"行进，旋挖钻安全到达指定位置。在场人员欢呼雀跃，就连对面工地便桥上放下手中工作看热闹的人们也暗暗伸出了大拇指。

3天之后，第一根长度为39米的水中桩顺利浇注完成！他们终于冲出了竞赛的起跑线！

针对工程进度严重滞后的不利局面，看准制约之处，王勇周连开几剂猛药：

便道不通——他给分管征地拆迁工作的支部书记田政下了死命令：巧妇难为无米炊，没有工作面，有力使不出，要死死盯紧市区两级国土部门，不惜一切代价把便道向前推进！有时即使地方只交出几十米的红线用地，他们也立即派人员、机械进场清理地表，连夜倒运建筑垃圾整修便道，发电机、打桩机随后跟进……

缺水——安排专人就近在孔桩附近找灌溉渠抽水。孔桩附近没水源的，购置水车运送；水车供应不上时，抽调混凝土灌车24小时负责拉水，确保成孔一个灌注一个！

没电——在抓紧联系地方大电接火的同时，租用发电机，确保进场的打桩机全部运转！

缺人员，缺机械设备——在全公司范围内调配，跑步进场，副队长、施工员、技术员、混凝土灌车、输送泵……从郑西，从武广，从全国各地火速集结到秦淮河边！

就是靠着这一股股"拼"劲儿，一股股"挤"劲儿，四队在王勇周上任的短短一个月时间里征地近60亩，修筑施工便道700余米，完成孔桩153根，承台7个，墩身1个，搭设钢便桥144米，混凝土拌合站建成。

看到四队调整后一个月的调度报表，项目经理部领导都长长舒了一口气。

2009年元月20日，京沪公司总经理李志义到秦淮河特大桥检查工作，看到秦淮河主跨106号水中墩的孔桩已经全部灌注完毕，正在进行钢板桩围堰插打，施工进度已经接近并行的仙西联络线时，欣慰地说："这几个月，桥隧四队的进度很快，但是希望你们要戒骄戒躁，不要满足下部工程的进度，要再接再厉，在悬灌梁施工上和仙西联络线秦淮河特大桥比一比安全、质量、进度。"

2009年一季度，80%的征地已经下来，便道基本修通，四队全体员工更是精神振奋，顽强拼搏在生产一线，他们放弃了春节与家人团聚的机会，克服了气温低，连续20多天阴雨，节日期间物资供应紧张等诸多困难，通过加大施工管理力度，优化资源配置，出台节点性奖惩办法等举措，持续掀起大干高潮，施工进度快速推进、产值节节攀升，超过公司下达计划的105%，实现首季开门红。

进入二季度，施工生产以每天平均产值 100 万元的速度向前推进，日完成产值最高峰达到 150 余万元，每月产值达 3000 余万元，创造出桥隧公司的新纪录。

2009 年 9 月初，京沪总指挥苏州指挥部指挥长徐海锋率队到秦淮河特大桥检查工作，当他们看到桥墩林立，架桥机已经顺利通过东麒路、规划纬七路两处悬灌梁，了解到四队剩余的全部特殊孔跨进度均可在节点工期内完成，不会影响到架桥机通过后，检查组一行异口同声说道："没想到，真的没想到，桥隧四队的进度是如此之快！"

全面开花展实力

如果把秦淮河特大桥比喻成一条巨龙，那全桥九处特殊结构（合计共 1297 米）的悬灌、支架现浇梁无疑就是巨龙的筋骨。秦淮河特大桥工期紧张，能否抓住这些现浇梁的施工进度是关键，无论哪一处现浇梁施工进度滞后，都将影响整个标段的架梁。

孔桩灌注陆续完成，基坑开挖又遇到了新的课题，秦淮河特大桥所在地区的地质大多为淤泥地质且地下水位较高，由于承台埋深较深（最深的基坑底面距地表达 13 米），要采取深基坑支护开挖，几套钢板桩根本满足不了施工进度，个别的基坑采用钢管桩加模板的支护，进度仍不理想。王勇周在查找资料、现场查看地质后，果断联系真空井点降水施工单位进场施工，几天下来，人等基坑的局面没有了，基坑开挖的进度完全满足施工生产，既缩短了工期，又提高了施工安全性，还减少了成本。

秦淮河主跨，既是全桥最长的连续梁，同时也是与仙西联络线并行的形象工程，是每次上级领导视察时必到的工点。该连续梁 106 号墩处于秦淮河中心，基坑底距水面近 11 米，施工难度可想而知。水中钢板桩插打完成后，四队形成 24 小时三班连续作业的大干局面，施工现场就像齿轮一样有节奏地运转起来——排水、支撑，再排水、再支撑……支撑完成，开挖完成，四队从钢筋班、杂工班，抽调人员，24 小时轮流凿除桩头，一班下来工人从衣服里拧出汗水，衣服还没等干透，又抄起风镐继续工作……桩头凿除完成、封底完成、69 吨钢筋绑扎完成、915 立方米混凝土浇注完成……一个个节点被攻克。短短 18 天，106 号水中墩在汛期来临前，顺利拔出水面！

跨东麒路 48+80+48 米连续梁是位于先架方向的第一处特殊孔跨，是架桥机进入四队管段的"咽喉工程"。四队第一根孔桩就是在这里打下去的，由于该路施工的行政许可迟迟办理不下来，施工不能步入正轨，两侧埋设有城市主水管道、军用光缆、煤气管道，上部有高架光缆、电缆，严重制约了前期的施工进度。桩基施工只好见缝插针，打打停停，全部桩基施工完毕就用去了近 8 个月的时间。2009 年春节过后，行政许可终于办理下来，跨路的防护棚架搭设完成后，四队掀起了一轮又一轮施工生产高潮，两侧的挂篮稳步推进，经过 4 个多月的顽强拼搏，终于在 7 月 7 日夜间顺利实现合龙，确保了架桥机如期通过，得到了业主的绿牌嘉奖。

秦淮河特大桥跨上高路段 32+48+32 米连续梁，处于居民生活区，临近集贸市场，行人多、车流密；征地拆迁滞后较多，桩基施工时，线路附近村民由于施工噪音及震动频繁阻工干扰。面对这些困难，四队不怨天尤人、不等不靠，积极主动想办法，保证了施工的稳步推进。8 月 28 日，1306 立方米混凝土顺利浇注完成，提前 20 天达到铺架条件。

下穿由仙西联络线处的五孔支架现浇梁为后变更设计，当四队拿到图纸时，上部的仙西线连续梁已经开始悬灌施工，该队克服了交叉施工场地狭小，施工干扰大，安全风险隐患多等不利条件，抢晴天、战雨天、抗高温、斗酷暑，日夜鏖战，距离地面接近 17 米高的五孔支架梁仅仅用了 77 天时间，全部浇注完毕。上海铁路局南京南站副指挥长包文琪面对四队书记田政由衷地赞叹："真没想到，你们的速度是如此的惊人！"

在负重前行，勇往直前的过程中，四队上下时刻以"建设一流高速铁路"、"京沪赛场无弱手，不争一流定出局"的使命感和责任感，围绕安全生产"零事故"的目标，坚持"安全第一，预防为主，全员参与，综合治理"的原则，建立健全安全生产管理体系，落实安全岗位负责制和各项安全管理制度，确保安全生产有序可控。施工中狠抓高空作业、水中深基坑开挖、跨河跨路安全防护等高风险环节，确保每个工作面都有一名群众安全生产监督员挂牌上岗，查违章、排隐患，使安全生产始终受控；面对京沪高铁的质量标准，队里多次召集相关人员进行培训。在施工中严格执行施工规范，推行奖罚激励机制。四队制订了"工程质量安全奖罚实施细则"、"工程质量安全问题处罚"等办法，根据孔桩、承台、桥墩、连续梁等不同工序，抓控制重点，对管理不到位、标准不清、过程控制不严格、弄虚作假者，决不姑息。通过通报、罚款、放幻灯片等手段，警示管理人员、操作人员要举一反三，警钟长鸣，加强过程控制，使施工现场的工程质量安全达到有序可控的目的，杜绝了安全质量事故的发生。同时，对不符合环保要求的下达限期整改通知书，对环境造成污染的队伍和个人进行处罚。把"精心保护沿线环境，建设绿色生态铁路"的环保理念落到了实处。

强基固本夺丰收

"小胜靠智，大胜靠德"，"榜样的力量是无穷的，表率的作用是巨大的"！

四队班子成员在王勇周的率领下，带领 1000 余名职民工，戮力同心，顽强拼搏，经过一年多的不懈努力，攻克了横在面前的一个又一个拦路虎，取得了一个又一个胜利，在工程安全、优质、高效推进的同时也培养了一大批优秀的技术和管理人才。

"工程优质，干部优秀"是桥隧分公司生存发展不可或缺的两大法宝。京沪高铁标准高、工期紧，压力巨大，同时也带给他们负重前行的动力，四队抓住这难得的历史际遇，培养出了一批技术精、善管理的技术和业务骨干。

经过两年来的和衷共济、奋勇拼搏，全队上下形成了作风顽强、爱岗敬业、忘我工作的良好风气。全队管理人员、技术人员的能力和水平都得到了不同程度的提升：

常务副队长王爱东，从武广客运专线转战到京沪线，已经三年多没有休假。一年来，顺利完了由技术到行政管理岗位的转变，成了复合型人才，已经能独当一面。

副队长刘志峰，负责跨宁杭高速公路连续梁、跨秦淮河连续梁、跨佳营东路连续梁、21孔框架涵的现场施工，两次因病住院，伤口还没痊愈就又坚守在工地；母亲患突发性耳聋，他至今还没能抽出时间带着老人家去医院接受系统的治疗……

副队长张家旺，从2008年元月进场，直到管段的跨东麒路、跨纬七路连续梁顺利合龙，架桥机如期通过才回家探亲。

副队长贺栋，负责跨上高路连续梁、下穿仙西线五孔连续梁施工，每天清早骑着摩托赶往现场，天黑了才返回。现浇梁施工紧张时，他一天有20个小时盯在现场。员工们看到他在便道上奔波的身影，戏称他"飞虎队长"。

总工程师姚家贵，参加工作6年来，已经参与了桥隧分公司近3000米现浇梁的技术工作，技术水平快速提升，同时还积累了丰富的桥梁施工经验。

技术室主任梁家启，从进场后几乎每天都加班到深夜，两年来，还没有休过假。

员利军、赵广军两名同志分别被京沪总指评为"京沪高速铁路建设百日大干先进个人"和"京沪高速铁路建设先进个人"。

李明胜、康海峰两名员工参加集团公司工会在京沪线组织的职工技能大赛分别获得起重工、测量第一名，被集团公司工会授予"金牌员工"称号。

队里两对谈婚论嫁的新人，因为工期紧张，一再推迟婚期，最后在工地举行了简朴的婚礼。

挖掘机司机刘洋，股骨头病变，为了施工生产，没有选择住院手术治疗，而是天天吃药坚持，不下火线……

正是有了这些爱岗敬业、无私奉献的优秀员工，这个团结战斗的集体两年来获得了诸多荣誉：

队技术室被集团公司工会授予"工人先锋号"荣誉称号。

四队被桥隧公司评为"2008年度文明和谐单位"。

600多个日日夜夜，凝结着四队人的汗水和智慧，该队总是一个节点紧跟一个节点，没有喘息的余地，优质高效兑现了工期，创出了中铁三局的美誉。

京沪高铁谱华章

——中国水电集团五局京沪高铁施工纪实

钟水轩

2008 年初，中国水电集团中标京沪高速铁路土建三标，标段总长 266.617 公里，合同投资额 142.7 亿元。这是中国水电集团在国内承建的第一个高铁项目，一块孕育着勃勃生机，可能改写水电人未来的"试验田"，成员企业跃跃欲试。2008 年 1 月，中国水电五局有限公司进驻京沪高速铁路土建工程三标段二工区，正式参与建设京沪高速铁路。从江河湖海到山川原野，中国水电五局试图在一个全新的领域展现中国水电人对大自然进行改造的伟力。

一条精心策划、攻坚克难的曲折之路

这是中国水电五局人第一次涉足铁路建设市场，而且还是高标准、高起点、高要求的京沪高速铁路，对中国水电五局，乃至水电集团公司都是一个崭新的挑战。为抓住这难得的历史发展机遇，中国水电五局响应集团公司打造"中国水电铁建"品牌号召，进场伊始，公司在工区领导班子、技术人员、机械设备方面都进行了高配置，作为工程顺利开展的强力保障。不仅如此，公司总经理郑久存、党委书记申茂夏还多次来到工区指导工作，极大程度上提高了干部职工的工作热情。

中国水电五局承建的京沪高速铁路土建工程三标段二工区位于山东省济南市境内，起讫里程为：DIK428+723.78，终点里程为：DK428+714.84，区间全长 15.36 公里。施工内容包括路段线内的迁改、4 座特大桥、2 座隧道、5 段路基、无砟轨道板铺设及相关工程，工期 47.5 个月。

与水电工程一个"点"，同时开工工作面少不同，铁路是一条"线"，同时开工的工作面很多。施工节奏快、强度高是铁路建设的突出特点。对于以水电施工见长的中国水电五局，无论是在硬件，还是软件上，更多的是适应水电工程建设上的资源配置模式。如何打好公司铁路市场第一仗，成为摆在中国水电五局发展道路上的头等大事。

为尽快适应铁路工程建设施工节奏快的特点，中国水电五局刚接到中标通知就跑步进场，在第一时间内成立了京沪高铁三标段二工区项目部，任命公司副总兼任工区主任，从公司抽调具有现场管理经验的骨干组成领导班子，并配备大量技术、质量、经营人员。考虑到第一次进入铁路市场，设备、人员、材料等前期投入较大，公司为工区注入大量流动资金，保证工区的正常运转。

第一次进入铁路市场，工区在制度建设上是从零开始，摸着石头过河，无论是对业主、监理、设计还是施工都面临着新的挑战。作为第一次搞高速铁路建设的水电人来说，明显感到了"水土不服"，不熟悉施工工艺，不熟悉标准规范，不熟悉业主设计，思想观念还停留在水电工程建设模式上，无论是工程形象还是产值完成率，均不理想。

如何解决工程燃眉之急？工区通过会议、调研、学习、引进等多形式、多渠道，领导班子带头解放思想，迅速建立起适应京沪高铁建设新的管理模式与工作格局，建立新的工作流程和工作机制。为迅速转变观念，工区围绕工程现状召开了多次会议，要求工区干部职工树立"主动出击"的思想，克服"等、靠、要"的心态，按照线性工程的建设规律，在思想意识、组织框架、管理模式、运行机制上提高要求，与高速铁路建设市场无缝对接，确保工程建设的科学性、前瞻性、精益性、实效性，树立"和谐共赢"的建设理念，统筹兼顾，妥善解决工程建设过程中遇到的问题，尤其是征地拆迁工作中引发的各种矛盾。

和水电建设征地工作由业主完成不同，铁路建设征地工作由施工单位负责。工程建设征地难，而铁路施工"线形"征地更难！这对于初入铁路工程市场的水电施工企业，无疑是严峻的考验。再加上二工区管段内工程处在济南市郊最大的回民村——党家回民地区和长清区，济南南部多山，这一相对平缓的狭长地带成为济南向南交通的主要出口，土地少、路网密布，外部施工环境恶劣，征地拆迁工作开展难度大。可没有场地，施工这场战役就无法开始，为了保证工程施工顺利进行，征地拆迁人员一方面认真学习国家有关征地的法律法规，做到依法征地，另一方面积极与地方政府沟通，寻求支持，并利用一切时间加强对工作人员的培训。征地拆迁工作是与不同层面的人打交道，方式方法很重要，工区要求相关负责人员学好用好"博弈"技巧，"有心干事、热心干事、用心干事"，通过细心观察、客观分析，在征迁时间和资金投入之间寻找切入点，得出结论，从而达到时间与投入共赢。为了进一步做好征地拆迁工作，征地协调办工作人员到征地村庄，"走进千家万户、道尽千言万语"，短短一月内，走破了四双鞋，他们对老百姓晓之以理、动之以情，并力所能及地帮助老乡解决困难，尽可能协商解决问题，使二工区征地拆迁工作不仅在三标段数一数二，在京沪高铁全线也名列前茅。

观念的转变，是一个自我否定的痛苦过程，但中国水电五局人没有退却。功夫不负有心人，在集团、公司的指导和支持下，工区在第一阶段仅用一个月就迅速完成了人员调集，安家建点，租用房子具备办公条件并实现办公自动化；第二阶段仅用三个月就建成试验室，并完成施工组织设计和相关人员培训工作，形成了大部分工程必须使用的施工便道、临电线路、拌合楼、钢筋加工场及架子队营地等大临设施。此后，就进入了全面铺开施工的第三阶段。

一条全新管理、高标准建设的探索之路

要做好全面施工阶段工作，根本出路在于对项目工程的有力管控，以规章制度统领工区各项工作。为制定一套行之有效、符合水电人建设高速铁路的规章制度，工区打破传统思维方式，创新工作思路，以结构调整为主线，以制度建设为基础，明确提出近期主要任务、目标和措施，走出了一条全新管理、高标准建设的探索之路。

铁路施工，不仅战线长，而且有大量重复的工作，标准化建设尤为重要。强调"四个标准化"，才能确保工作划一。工区按照铁道部提出的"四个标准化"建设思路，努力使管理制度标准化、人员配备标准化、现场管理标准化、过程控制标准化落到实处，从源头上抓好标准化建设工作。

针对四个标准化建设，工区一是根据集团下发的《中国水电集团铁路工程建设标准化管理手册》，编写了《标准化作业手册》、《工程质量安全控制制度》、《质量安全管理体系手册》，修订完善了质量安全标准化文件，使管理制度初步做到与铁路建设标准化需求相适应；二是通过强化教育培训实现人员配备标准化，加大对管理人员和施工人员的培训力度，举办了现浇梁施工、路基施工、轨道板铺设等培训班，积极推行岗前培训，持证上岗，充分贯彻精兵强将进场的思想，配齐、配足多类专业人员，以满足特殊时段、特殊项目的特殊人才需求，力争人员配备标准化；三是高起点高标准，确保工程质量标准统一，工序、工艺标准统一，现场标识、标志统一，按照铁道部、集团要求，在施工现场树立七牌一图，做到管理有章可循、有据可依，确保现场管理标准化；四是就分项工程编制了内容齐全，针对性强的专项施工方案、作业指导书、指标控制手册。通过详尽、精准的标准和工艺细则对施工过程进行全过程控制，促使过程控制标准化。

在三标段二工区，施工组织方案都是优化再优化，施工标准也是提高再提高。工区管段内有四座特大桥，其中2座特大桥为现浇梁，2座特大桥为预制梁，桥梁占线路总长的75.9%。桥梁占的比重这么大，施工中过程控制显得尤为重要。工区管段内共有128跨现浇简支梁，采用6套上行式移动模架进行梁体的施工。上行式移动模架全长70米，适用于32米跨及24米跨简支箱梁原位现浇施工，工作原理是利用桥梁端部和桥墩安装支撑主梁系统，外模及模架吊挂在主梁系统上，利用液压系统形成一个可以纵向移动的质量平台，完成梁体施工。在整个水电集团下属工区中，二工区是唯一一家采用上行式移动模架的单位，此项技术的应用对五局，乃至

对整个水电集团都是头一回。为了找到合格的供货商，通过对全国移动模架生产厂家进行技术比选，最终选定郑州和武汉的两个厂家进行供货。

设备解决了，如何让技术人员尽快熟悉移动模架工艺流程、熟练掌握移动模架施工技术？移动模架现浇梁施工工艺流程包括：移动模架吊装、预压、底板、模板钢筋绑扎，内模拼装，顶板钢筋绑扎，梁体混凝土浇筑，移动模架过孔，底模合拢，进入下一个循环施工。工区成立了移动模架研究课题组，请来厂家的技术人员进行培训，介绍移动模架的结构特性与操作要领，并组织专人参加铁道部、集团组织的培训班，同时分专业大规模开展内部培训，购买下发了铁路专业书籍和资料，要求认真学习尽快"入行"。白天，机械作业的轰鸣声在工地上回荡；夜晚，工区会议室里，技术人员又开始了学习和争论，工区到处是浓郁的学习气氛。

工区不仅加强理论知识的学习，全体干部职工还积极转变观念，变"要我施工"为"我要施工"。工作受阻时不等不靠，设计图纸未到，就积极与设计单位沟通，先要电子图，没有电子图，就采取其他施工方法，以争取时间打开工作局面。罗而庄特大桥和玉符河特大桥部分墩子在前期勘察设计时没有勘探，需要开工后进行补勘，导致图纸跟不上施工速度，移动模架施工的设计方案受阻，原计划的 6 套移动模架已不能满足梁体施工的要求，工区在原有移动模架的基础上增加了 5 套满堂红支架和 1 套贝雷梁支架进行梁体的施工，确保工程施工生产需要，其中一套满堂支架高 21.6 米，创标段最高纪录。

除了使用移动模架、满堂红支架、贝雷梁支架等新方法进行梁体的施工外，还引进了吊篮法对连续梁进行悬灌施工。工区管段内有两联连续梁，一联为跨 104 国道连续梁，一联为跨南绕城高速公路连续梁，两处均为繁忙的交通要道，对安全的要求很高，必须做到万无一失。为规范吊篮施工，确保工程安全质量，工区请来专家对挂篮法进行详细讲解，组织技术人员到其他标段进行观摩学习，对施工中可能出现的问题均制定了应急方案，与架子队签订质量安全协议书，并在国道和高速公路上设置了安全棚架，以防高空坠物对过往车辆、人员造成伤害。经过不懈的努力，桥梁施工已进入收官阶段，桥面系正在进行有序的施工，基本完成年度进度计划。

工区管段内包括西渴马 2 号和张夏两座隧道，隧道工程施工也是工区的重头戏。对水电人来说，隧道施工并不陌生，但铁路隧道施工与水电隧洞施工工艺不同，对施工过程中的技术要求更高。铁路隧道开挖过程中采用光面爆破施工技术，确保围岩少干扰，做到"短进尺，强支护"，确保施工安全，并引进长管棚超前支护的应用、双侧壁导坑法开挖等新工艺。针对铁路隧道工程中使用的新施工方法，工区在施工前通过学习、研究新工艺及施工方法，归纳总结出工艺流程及控制要点，编制出作业指导书指导日常施工。根据铁路隧道施工要求，在隧道施工中，开挖支护 60 米后，必须进行二次衬砌对隧道进行封闭，开挖支护和二次衬砌必须同时进行，使得施工作业面集中，机械设备周转空间小，为解决二次衬砌与掌子面开挖支护施工相互干扰的问题，工区在仰拱衬砌施工上方自行设计架设了2道临时栈桥，使二次衬砌与掌子面开挖支护施工互不干扰，能够同时施工。为了降低隧道在开挖过程中存在的洞内作业环境差、通风时间长、炸药消耗量偏大的难题，在西渴马2号隧道的施工前期，进行了水压环保爆破试验。水压爆破最显著的特点是往炮眼中一定位置安装一定量的水袋，并用炮泥机制成的炮泥堵塞炮孔。通过在炮孔内配置水袋和回填堵塞孔口，提高了炸药能量利用率、炮眼使用效率、经济效益，改善了作业环境，虽然暂时未进行全面推广，但为工区在铁路隧道工程施工积累了宝贵的经验。在隧道施工中，工区创造了两个亮点：一是自动化湿喷工艺；二是大型仰拱栈桥施工技术。铁道部在对西渴马2号隧道、张夏隧道的各项检查中，都给予了较高的评价，现两条隧道均已顺利贯通，安全、质量整体受控，多次获得京沪公司绿牌表彰。

一条自强不息、勇于超越的建设者之路

在学习中追赶，在创新中超越。

面对铁路建设市场这个全新的领域，要想在最短的时间里实现由不懂到懂，由不会干到干得好的飞跃式转变，除了引进专业机械设备、学习先进施工技术，还有一项最重要的工作，就是"洗脑教育"。在创新中超越，关键在于改变观念，有了全新的思维模式，才能让水电人插上翅膀。很多职工长期工作在水电施工战线上，习惯于水电施工模式。工区通过全员强化学习培训和"走出水电"的"洗脑教育"，引导员工从长期的"水电习惯"中解脱出来，以全新的思维模式融入铁路建设，真正在铁路工程市场中遨游。

工区通过公司本部积极从高等院校引进铁路相关专业大学生外，还从社会上吸纳铁建专业技术人才，并从铁路单位调入了一批员工，逐步形成了工区管理和技术的骨干队伍。这些人才的补充，在工作和思想意识上给了指挥部职工较大影响，起到带动和促进的作用。在日常工作中，工区贯彻"在学习中追赶，在追赶中超越"的理念，积极开展铁路建设专业技能培训，学习铁路建设规章、标准和制度，不断提升职工的技能和业务素质，适应工作的需要。

对于农民工的管理与培训，工区更是不遗余力。目前，工区共有装机、桥梁、隧道等12个架子队，为使他们适应行业标准，在京沪高铁工程建设中发挥作用，工区制订了"关心 引领 培训"方针。首先，结合高铁施工非常紧张的工作氛围，先从关心农民工生活入手。工区深入一线，对农民工进行操作方面的技术培训，关心他们的工作和生活。通过交流，让农民工感到加入高铁建设而自豪，为高铁建设做出贡献；其次，摸索架子队管理途径，提高管控能力。从进场开始，工区就对架子队进行入场教育、技术安全质量培训，并采取专家讲座、技术交流、现场观摩学

习等多种方式，较好提升了参建农民工的铁路施工水平。架子队管理遵循"管理有效、监督有力、运作高效"的原则，人员按照要求配备。每个架子队挑选现场经验丰富的管理人员担任队长和技术负责人，设置技术、质量、安全管理人员，所有人员都具有相应的任职资格，每个岗位职责明确，责任到人。从事现场施工的架子队，纳入现场管理组管理，架子队目标指标纳入业绩考核。通过摸索，工区建立了架子队管理制度，确保架子队积极高昂的工作激情。

为了迎接上海世博会的到来，京沪高速铁路工期从五年缩短到四年，如何加快施工进度，掀起大干热潮？工区把开展劳动竞赛作为促进工程建设的有效措施，纳入了全年工作部署。一方面加强劳动竞赛活动的组织领导，一方面结合工程建设实际，不断创新竞赛活动方式，丰富竞赛活动内容。按照集团、公司文件精神，结合施工生产开展了"大干一百天，争当英雄汉"等多种形式的劳动竞赛活动，调动了广大干部职工及参建人员的工作积极性。开展劳动竞赛活动以来，工程建设面貌焕然一新，一时间，在工区范围内形成了你超我赶、勇争第一的大好局面。

铁路建设对施工单位要求很高，经常进行各类检查，"以检代评"，作为国家重点工程的京沪高速铁路更是如此。为了加强京沪高铁各参建单位的安全质量意识，铁道部京沪高速铁路建设总指根据《京沪高速铁路安全质量日常考核处理暂行规定》要求，制订了红、黄、灰通知单扣分制和绿色通知单加分制，由指挥部进行专项检查和日常巡检，根据检查过程中发现的安全质量问题，给参建单位发放红、黄、灰通知单，分别对应扣 100 分、10 分、1 分，而绿色通知单对应的加分值是 10 分，评定结果直接跟年底信誉评价挂钩，甚至影响到今后参加铁路工程的投标。刚进场遇到检查，工区员工都十分紧张，担心出问题影响信誉，个个都打起了十二分的精神。随着几次检查，渐渐有了经验，大家都不怕检查了，反而欢迎各方来检查。原来工区高度重视检查及信用考评工作，把它当做夯实基础和强化管理过程控制、提高质量、促进工程建设的一种动力，在平时工作中做好过程控制，积极组织各项目部开展自检和联检，保证质量，强化安全管理，促进进度，取得了明显成效。"通过检查后进行信誉评价，可以增强业主对我们的信任，看到存在的差距，也坚定了员工的信心。所以，我们欢迎各相关部门来检查！"从惧怕检查到欢迎检查，这也是一种进步。

截至 2009 年 10 月 30 日，中国水电五局京沪高铁三标段二工区员工岗前安全培训、操作技能培训为 100%；安全环保隐患整改率 100%，进场施工以来，未发生安全和环保一般及以上事故。工区质量、安全整体受控，基本适应了铁路建设的快节奏，实现了集团提出的"在学习中追赶"的目标。中国水电五局在铁路建设领域，已初步得到了认可。

在铁路建设市场迎来了难得的大发展机遇同时，中国水电五局响应集团公司号召，顺势而变，走出了一条自强不息、勇于超越的建设者之路，在齐鲁大地上谱写出一曲华丽的乐章。

古都城下的"铁道博物馆"

——中铁四局集团京沪高速铁路建设纪实

木 子

从公元 222 年三国孙权称王时，南京就是都城。317 年东晋，南北朝时期的宋、齐、梁、陈四个朝代，均在南京建都，因此，人们也就把南京称之为六朝古都。这还不包括朱元璋的明朝和 1911 年成立的中华民国政府。古都城下的铁道博物馆的故事，就发生在这里。

作为江苏省会的南京，是万里长江岸边一颗璀璨的明珠。她依托长江天险而当之无愧地成为军事要塞，而且还有连南贯北、承东启西的交通区域优势，水陆空交通非常发达。2008 年开工建设的京沪高速铁路横跨长江穿城而过，庞大复杂的京沪高速铁路隧道、桥梁、路基、东站联络线行车检修场就在南京西的城乡结合部。

建设这个世界罕见"铁道博物馆"工程的，正是中铁四局集团。

千难万险非一般

京沪高铁南京大胜关长江大桥南京南站及相关工程 NJ-3 标段，北起大胜关长江大桥南引桥，南至秦淮新河特大桥桥群上海段的桥台尾。标段起点里程为京沪 DK1001+993.38 至 DK1017+318.28；沪汉蓉 HDK1202+704.987 至 DK1218+495.43，线路全长为 33.708 正线公里。其中桥梁全长 28.958 公里，隧道全长 3.063 公里；路基全长 6 公里，路基土石方设计 295.12 万施工方；工期要求：京沪线 2010 年 7 月底达到铺轨程度，沪汉蓉 2010 年 8 月底达到铺轨要求。

京沪高铁 NJ-3 标正线全长 15.7 公里，特大桥 13 座；隧道 6 座；沪汉蓉铁路长江南岸至南京南站西咽喉秦淮新河特大桥上海桥台端全长 15.79 公里，另含沪汉蓉 HDK11179+323.12—HDK1218+495.43 段轨道工程；宁安城际铁路南京南站西咽喉秦淮新河特大桥上海桥台端至韩府山出口 WDK1+250.9 至 WDK3+409 正线长 2.158 公里；还有动车专用线 1、3、5、6 线桥沪台尾以西工程和总规模为检修线 8 条、存车线 55 条、洗车线 2 条、不落轮镟线及临修线各 1 条、走行线 2 条的南京南站动车所工程。

这个工程集中和庞大，既有高速铁路又有客运专线、城际铁路线；既有车站线上线下工程，也有停车场、检修场，既有桥梁、隧道也有路基，既有时速 350 公里的铁路，也有 250 公里和 160 公里时速的铁路，几条铁路拥挤在一起，同时跨越秦淮新河机场高速公路和南京市的将军大道，桥墩有高有低，有宽有窄，穿山隧道也各不相同，各条线路平行或交叉施工很多，互相干扰大，整个工程的浩繁和复杂，几乎集中了铁路建设的所有施工领域，堪称名副其实的"铁道博物馆"。

大胜关南引桥是本标段最长的特大桥，全桥长达 5.6 公里，结构形式多样，此桥途经南京市的城乡结合部，分别跨板桥河、金光大道、宁芜公路、宁芜铁路、宁马高速等公路、河道和既有铁路，施工环境复杂，安全生产风险高。秦淮新河特大桥桥群多股线路在相距不到 200 米的范围内并行施工，4 桥同跨秦淮新河，在将军大道动车走行线一分为三，形成 7 桥同跨将军大道及 6 桥同跨机场高速路的宏伟景观。施工期间多作业面同时开工，不同工序交叉作业，纵横交错，立体施工，施工组织工作庞大而又复杂。

隧道施工也不同凡响，小净距隧道，大断面开挖，京沪高速铁路岱山一号隧道，沪汉蓉线岱山二号隧道为 2 条双线并行隧道，隧道穿越岱山，隧道埋深仅有 50 米，是典型的浅埋隧道。韩府山隧道为 4 座双线并行隧道，其中一、二、三号相距较近，两相邻线路中线距离约 20 至 22 米，隧道净距离 6 至 8 米不等，为小净距隧道，最大开挖面约 157 平方米，而且地质结构十分复杂，不良地质和特殊地质多，隧道 IV、V 级软弱围岩所占比例高达 91% 以上。

就是这样一个千难万险非同一般的工程摆在中铁四局集团建设者的面前。

精兵强将上京沪

2008 年 6 月 8 日，中铁四局工人文化宫，有 2000 人余人参加的京沪高速铁路工程建设动员大会正在这里召开。中铁四局集团的领导同志、相关部门的负责人、还有从全国各地汇集到一起的各路"诸侯"，都来参加这个隆重的出征大会。公司董事长、党委书记张河川，总经理许宝成、副总经理张建场、孔遁、李学民等局领导班子全体成员悉数到场。

会议由副总经理孔遁主持，总经理许宝成作了《高标准、高质量、高效率，建设一流高速铁路》的动员报告，董事长兼党委书记作了《决战京沪工程》的讲话，张建场副总经理介绍了京沪高铁工程的基本情况和建设京沪的决心和信心。

早在召开动员大会的前两天，中铁四局的领导班子成员就召开了全局人事工作研讨会，明确提出了"精兵强将上京沪，优质高效铸辉煌"的指导思想，把干好京沪工程作为全局的头等大事来办。

但是，人们可能想像不到，就在 5 个月前，即 2008 年 1 月，因为种种说不出道不明的原因，他们在京沪高铁工程招标中流标了。消息传来，全局上下受到强烈震撼。这次流标，对于实力雄厚、在新中国铁路建设史上立下过汗马功劳的铁四局来说，犹如一个晴天霹雳，震得大家心头发麻。他们怎么也想不通，从青藏铁路到武广客运专线他们都是一举拿下两个标段，怎么京沪高铁就输得这么惨呢？为此，铁四局决策层接连召开两天会议，查原因，找失误，痛定思痛，决心从加强企业自身建设抓起，潜心励志、卧薪尝胆，力争抢上京沪工程的最后一趟末班车。

他们没有被挫折击倒。他们一方面认真分析形势，一方面积极准备标书，一定要在京沪最后一轮招标中做到万无一失。由于他们调整了策略，重新部署了战略战术，在把工程概况摸透摸准的基础上，确定合理标价，一举拿下了南京铁路枢纽土建工程 NJ-3 标和南京南站这个两个大标段，总造价达 50 余亿元人民币，给中铁四局集团带来了一派兴高采烈！局领导班子按照"精兵强将上京沪"的要求，迅即组建京沪项目领导班子，确定由张建场副总经理担任这个标段的指挥长，陈建华担任常务副指挥长，杨洪兵担任工委副书记，李军保担任副指挥长，郝又猛担任总工程师。工程项目的管理人员和工程技术人员，都是从局本部和所属子（分）公司中精挑细选出来的思想作风过硬、业务技术拔尖的人才，共同组成一支实力雄厚、能征善战的强大管理团队。

见缝插针鏖战激

进场后他们面临的第一个难关就是征地拆迁。京沪高速铁路的建设工期非常紧张，每一个参建单位都众口一词：工期压力太大。而中铁四局还面临着两个特殊困难：一是他们进场的时间很晚，整整比兄弟单位进场晚了 5 个月，因为其他单位是 2008 年 1 月中旬进场的而他们进场的时间是 6 月中旬；其二，他们的施工地段是南京市的城乡结合部，人烟稠密、厂房林立、管线密布，征地拆迁工作难度可想而知。

针对这两个特殊的困难，指挥部多次召开会议进行专题分析研究，确定了这样的工作思路：见缝插针，没缝造缝也要插针，没有条件创造条件也要迅速打开施工局面，时间不等人，工期更是不等人。

主要负责征地拆迁工作的李军保副指挥长，刚刚进场就带领征地拆迁办的同事们立即进行地理地况和社会关系调查，这个工程的拆迁量达到 60 万平方米，红线内有 2050 亩，大临工程用地 487 亩，牵涉到南京市的工矿企业 300 余家、农户 1000 多户。主线的 15 公里线路只有 3 公里的地方是空地，余下的 12 公里全部都是工矿企业的厂房和宿舍以及当地农民的房子。不仅如此，还牵涉到当地驻军的军事训练营地、打靶场和弹药库，这样大面积的拆迁又是在南京，谁见了都说难!

他们 6 月 10 日来到京沪高速铁路工程所在地的南京市江宁开发区，第二天便分头到建设工程红线内外去踏勘调查，掌握第一手资料，负责征地拆迁的李军保副指挥长说，那时除了交接桩复测的测量技术员和炊事员以外，几乎所有的干部员工都参加了征地拆迁的工作。一方面拜访当地政府的相关部门，一方面广泛接触所有涉及征地拆迁的权属单位，认真听取他们的意见和要求。这期间，他们遇到了一个更加特殊的困难，由于一些工地通过工厂厂区，设计单位无法在拆迁前进行地质勘探，所以无进行施工图设计。设计单位也迫切要求赶快解决征地拆迁问题，然后他们才能进行地质勘察，设计施工图。这个情况更加重了征地拆迁的压力。

前有阻力，后有追兵。就在这个夹缝中，他们横下一条心，豁出命地干。当时已进入夏季，素有火炉之称的南京市又是温度超常，就在这样的炎炎烈日下，他们在红线内反反复复的勘察。头顶烈日灼人，地面热浪烤人，几乎每个人都发生过中暑，晕倒了，身边的同事就给灌几粒特效药进去，或者一旦发生头痛就服中暑药，就这样坚持着，坚持着。丈量房屋面积、清点附着物、登记造册核对，60 多万平方米，每一平方米都做到准确无误。同时，他们发挥大企业思想政治工作优势，广泛宣传动员，提高当地人民群众对京沪高铁建设意义的认识。有着光荣传统的南京市，爱国主义精神在民众中表现较为强烈，当人民群众知道了建设京沪高速铁路的重大意义以后，都能理解和支持，取得显著的宣传效果。另一方面，他们加强了与当地政府机关部门的沟通，积极努力地争取的他们的理解和支持，在一些特殊情况下和一些特殊地点，他们把宣传思想工作与法律手段相结合起来，合理合法地解决了一些棘手问题。

见缝插针是他们采取的又一个有效策略，只要能摆下一台桩机，他们就把打桩机摆进去，发扬针子精神，能打下一根桩就要争取打第二根、第三根，机械进场的情况每天一报，白天在一线工作，晚上回到项目经理部驻地，各个小组又在会议室碰头，汇总一天的情况，研究第二天的工作。天天如此，没有落下一个晚上，因此又被同事们戏称为"夜总会"。这个"夜总会"没有别的意思，就是每天夜里总开会。战果一天天的扩大，他们不以小而不为，就象春蚕一样一点一点地把整片叶子吃掉。

随着时间的推移，他们的工作局面也在逐渐扩大，但征地拆迁的难度也越来越大了，因为讲道理、懂政策的民众自觉搬的早就搬走了，剩下来的不是"堡垒户"就是"钉子户"，也可能还有少数困难户。对于这些人，他们又采取了同样的办法，对困难户予以帮助，解决他们搬运的困难，对于"堡垒户"和"钉子户"，他们反复做工作都无动于衷的，就通过信访渠道向省委、市委的主要领导汇报，请求省、市加大征地拆迁的政策力度，妥善解决他们的问题。

2008 年 10 月中旬，征地拆迁工作取得了决定性的胜利，但是还有几户"钉子户"死活不肯搬迁，其中在江宁巴各里街道沈庄村有一户被拆迁的妇女，全身淋满了汽油，一手托着煤气罐，一手拿着个打火机，还扬言谁敢上前一步她就点火自焚引爆煤气罐同归于尽，形势一度剑拔弩张，就在这十分过激和危险的情况下，他们通过当地政府和机关部门来做工作，最后依法合规地化解了这场矛盾，完成了征地拆迁。

有时虽然只有推进一台打桩机的位置，但他们就充分利用这块弹丸之地做文章，边打桩边做周围群众的思想工作，使之能施工的面积一天天地扩大，最后由点连成线到连成片，李指挥说，这些办法也是逼出来的，如果没有一个巨大的压力，也许征地拆迁工作还没有那么快。这种以点带面、见缝插针、全面开花、上下联动、中间沟通，努力加借力的工作思路和工作方法，是他们在困难的条件下快速完成征地拆迁工作的一个最好答案。

安质如天放第一

要在南京市区内建设京沪高速铁路，无论从安全角度还是从质量角度，都面临着巨大的压力。在打赢征地拆迁这一战役以后，指挥长张建场及时把全体参建员工的思想统一到安全施工、创建优质工程上，按照铁道部六位一体的施工组织原则，全面打响了确保安全、确保质量的攻坚战。

安全生产管理制度是安全的保证，没有制度就等于没有规矩，没有规矩就不成方圆，施工生产就会乱套。该项目的安质部长说，这个项目工程非常复杂，京沪高铁公司要求又很高，各种安全生产的制度体系都必须健全，而关键在于落实，扎扎实实地去把安全生产制度变为每一个员工的自觉行动。为了抓好落实，他们安质部的三个人每天下工地检查安全，桥梁工地工人上下的爬梯、高空作业安全网的布置都必须按规定要求到位。由于工期和成本的压力，有的施工单位怕投入、图省事而且还存在一种侥幸心理：以前都是这么干的，忘记了京沪高速铁路的高标准、严要求，干京沪高速铁路还和以前干普通工程一样肯定行不通。还有承台施工的深基坑作业，特别是南京大胜关长江大桥南引桥，大定坊特大桥的 20 号～34 号墩，每一个基坑的深度都达到 5 米以上，地质条件又不好，每一个基坑四周都要打钢板桩来进行边坡防护，基坑地面上四周还要设防护栏，防止上面施工人员掉到深基坑里。

隧道施工安全又是整个工程施工安全的重中之重，他们 15 公里的管段内就有 6 座隧道，施工的地质条件差，围岩风化严重，泥灰质砂岩比较破碎，4～5 级围岩施工安全风险很大，而且还在南京市的城乡结合部，安全控制非常困难。针对这些特殊情况，他们一方面严格按照设计规范施工，采取短进尺、勤测量，每次进距控制在 1.2 米，还采用 TBS 地质雷达探测仪，对开挖地质情况进行超前预报，有效防止了安全事故的发生。隧道施工的另一个危险源就是爆破，他们按国家《爆破安全规范》的要求，编制了爆破设计方案，制定相应的技术措施，并严格执行《铁路工程施工安全技术规程》爆破规定的要求，所有从事爆破作业的施工人员必需持有公安部门核定的"爆破工操作证"，禁止无证人员上岗作业，严禁穿产生摩擦静电的化纤衣服从事爆破作业。一条条制度，一道道门槛，就是一道道岗哨，把安全生产牢牢地控制在自己手中。

NJ-3 标是全长 1318 公里的京沪高速铁路最复杂的一段工程，质量控制的要求难度很大，为了达到这个要求，他们从施工组织、过程控制和原材料把关等方面入手，无论是做路基还是做墩身，或者预制箱梁，都是在做好第一个后，就组织专家进行评审，从质量上找毛病，从工艺上找不足，从技术上找差距，一步步、一条条、一项项地进行施工组织优化，使之成为大面积展开施工的样板，对确保工程质量发挥了重要作用。改进工艺，创新工法，是他们确保工程质量的又一项重要措施。以前绑扎钢筋靠的是量尺画线，不但效率低，而且无法保证质量。现在，他们采用卡具胎具规范绑扎施工程序，使绑扎精度大大提高，速度大大加快。京沪高速铁路对桥梁的平整度要求很高，每 4 米高低差必须控制在 3 毫米以内，路基的沉降值不允许起过 15 毫米。为了达到这个控制值，他们在大面积展开路基施工前，首先按照规范的工艺工法做好试验段，用试验段的成功经验指导全面施工，对确保全标段工程质量发挥了重要作用。

百日大干争先锋

建设一流的京沪高速铁路，对每一个参建单位和每一个建设者都是一个极大的考验。开展社会主义劳动竞赛，是调动全体参建人员积极性和创造性的有效形式。项目经理部严格按照京沪高铁公司"开展建功立业劳动竞赛活动"的要求，以"高标准，高质量，高效率，建设一流高速铁路"为目标，达到南京指挥部"快速反应、跑步进场、尽早建点、最先开工"的要求，沿着"高标准起步、高质量建设、高效率推进"的这条主线，结合 NJ-3 标段的工程实际，扎扎实实的开展了"七比七创，夺旗争标当明星"的劳动竞赛活动，全力推动工程全面开工建设，形成了一个顺利开局、快速推进、大干快上的良好态势。

劳动竞赛的主体是人，如何动员广大员工全心全意地投入到这场如火如荼的竞赛中去，项目部党工委副书记杨洪兵认为，必须充分发挥党组织和党建工作的政治优势，组织全体共产党员带领身边的干部员工一心一意、尽职尽责地干好工作，真正做到一个党员一面旗帜，一个支部一个战斗堡垒，"高扬党旗争一流，高效标准创双优"，不仅要创建一流的高速铁路，还要培养和造就一支高素质的党员队伍和敢打必胜的施工队伍。经理部根据工程数量对劳动竞赛目标任务进行分解，科学安排施工计划，把每一个时段的施工任务具体落实到旬、月、日，并根据竞赛的进展情况及时调剂人员和机械设备，使现场的人员结构更加合理，机械配置处于科学优化的最佳状态，有力地促进了施工生产的快速发展。

紧盯目标，把劳动竞赛与科技创新相结合。京沪高速铁路南京枢纽工程不仅施工难度大，技术标准高，而且结构复杂，新工艺、新材料、新技术广泛应用。根据这一特点，项目部以组织劳动竞赛为平台，高度重视新工法和新工艺的创新工作，成立以项目部、工区、架子队（班组）三级总工（技术负责人）为组长的 QC 攻关创新小组，对秦淮新河特大桥桥群的水中墩施工、隧道施工和路基软基处理等施工难点，确定攻关思路，明确责任人，广泛开展科学攻关，取得一大批创新成果。

在中铁四局广大建设者的艰苦努力下，截止 2009 年 5 月份已经完成了 80% 以上的建设任务，已完工程全部合格，从未发生安全质量事故，受到铁道部、京沪公司、南京指挥部的充分肯定和表彰，在六朝古都的南京市树立了中铁四局的品牌。

铁军京沪写传奇

——中铁十五局京沪高铁施工纪实

王艳玲

传奇，不同寻常的人和事。2010 年，歌手王菲的一首《传奇》唱得神州大地如痴如醉，与此同时，在纵贯千里的京沪高铁线上，无数铁路建设者也用辛勤的汗水和崇高的精神书写着一曲更为宏大、更为久远的传奇。

2010 年 11 月 1 日上午 11 时 30 分，京沪高速铁路淮河特大桥 1872 号墩上方，中铁十五局集团京沪高铁铺架项目部员工完成最后一对接头的焊接工作，标志着京沪高铁徐州至蚌埠段左线应力放散及锁定工作全部完成，至此，枣庄至蚌埠先导段左线无缝线路全面形成。

值此胜利时刻，本应万众欢呼、相拥而庆，但现场上百名干部职工却无一人言语，显得格外安静，只听到鞭炮声噼哩啪啦地响着……

成功的花 / 人们只惊慕她现时的明艳 / 然而当初它的芽儿 / 浸透了奋斗的泪泉 / 洒遍了牺牲的血雨……

晴天霹雳：工期提前 1 个月

中铁十五局集团承担枣庄至蚌埠先导段铺轨任务，由所属六公司负责具体组织施工，该公司是一支在全国铺架系统响当当的队伍，多年来南征北战，栉风沐雨，为祖国的铁路建设立下赫赫战功。1998 年在南疆铁路建设中创造了日铺轨 10.688 公里的全国最高纪录，江总书记称赞他们"还是当年的铁道兵"；2010 年在喀和铁路建设中再次创造了日铺轨 11.366 公里的全国最高纪录，稳居铺架劲旅的鳌头。

2010 年 7 月 19 日，京沪高速铁路铺轨工程正式展开，作为全线率先铺轨的单位之一，全体员工战高温、斗酷暑，开展激烈的劳动竞赛，接连完成长轨铺设和单元焊接任务，并且创造了单班铺轨 12 公里、焊接 48 个接头的高产纪录，在全线位居前列，多次获得铁道部、京沪公司等有关部门的表扬和奖励。

然而天有不测风云。就在最后一道工序——应力放散和锁定开始不久，甲方对各单位工期进行了调整，要求我方应力放散及锁定必须在 11 月 1 日前完成。铺架工期本来就紧，如今一下子提前 1 个月，无异于晴天霹雳！

应力放散和锁定是形成无缝线路的关键工序，耗时费力，上场人员多，技术要求高，组织难度大。铺轨工区是第一次从事此项施工，还处于摸索学习阶段，一天放散一个单元，即 2 公里都不能保证，而现在要求在 16 天的时间里完成 200 多公里的放散和锁定，不亚于天方夜谭！京沪高铁是一项举国关注的世纪性工程，12 月 1 日先导段试运行的消息早已告知公众，谁阻碍了这一目标，谁就是历史的罪人。这么大的责任，谁承担得起呢？

逆风飞扬：压力空前勇担当

夫天下大勇者，知其不可为而为之。军令如山倒，有条件要上，没有条件创造条件也要上，没有任何商量余地。工区常务副经理罗旭立即召开紧急会议，研究对策，并向上级领导汇报。六公司董事长薛学勇第一时间赶赴现场，亲自安排部署，公司总工段玉顺现场督战。工区总工熊伟华连夜倒排工期，制定保证措施，向各队下达施工任务。经与业主协商，同意将右线工期推迟一个星期，11 月 1 日左线贯通仍是雷打不动的任务。

那段时间，罗旭的脸上失去了往日的笑容，平常不抽烟的他也不由得抽起烟来，房间里的灯光一直亮到很晚。第一次干项目就来到京沪，别人都说他是幸运的，他自己也这么认为，同时也将自己的全部心血倾注在这个项目上。回想参建京沪以来的日子，遇到了多少困难，他都一一克服了，难道这个坎就跨不过去了吗？他不相信。"逢山开路，遇水架桥，铁道兵前无险阻；沐雨栉风，餐风宿露，铁道兵前无困难。"出身铺架队的他和他的弟兄们身上都有一股血性，一种永不服输的性格。正是靠着这种精神他们克服了一个又一个困难，打了一个又一个漂亮仗。这次一定也能。

话是这样说，但还是有许多艰苦细致的工作要做：人员、机械设备要增加，组织要加强，工序要优化，后勤要跟上。成立了专门的窜轨队，将人工推轨改为导链拉轨，节约了人力，提高了工作效率；成立 4 支锁定队伍，同时施工，每个工作面保持日锁定 2 个单元的进度；项目领导、各队队长跟班作业，职工干到几点就陪到几点，跟大家同吃同住同劳动。在全体干部职工夜以继日的努力之下，截止 10 月 29 日，还剩余蚌埠段 32 公里没有锁定，而距离最后工期只有 48 小时的时间。形势如箭在弦，成败在此一举！

一鼓作气：48 小时不下线

蚌埠指挥部指挥长尤忠涛一直关注着现场的进度情况，对现场职工的夜以继日的辛勤工作非常感动，认为项目部已经尽了最大努力，表示可以推迟一两天的时间。

然而工期就是命令，一诺价值千金。既然是铁军，那就是要在关键时刻拉得出、顶得上，不讲任何条件，不打任何折扣。集团公司京沪指挥部常务副指挥张挺军一天打了 18 个电话，询问现场进度情况，指示工区常务副经理罗旭务必要在业主规定的期限内完成任务。

事关企业的荣辱，个人的安危早已置之度外。我们常说我们是一支能打硬仗的队伍，到底硬不硬，就在这些节骨眼上，绝不能关键时刻掉链子。罗旭给手下赵宪辉和王佃兴两位队长下了死命令："累死也要呆在工地上，一定要在两天时间内拿下 32 公里，确保节点工期。"

为了抢工期，决定两个队同时施工，从两头往中间合拢。10 月 29 日夜间，赵宪辉和他的100 多名员工刚下班休息了不到 2 个小时，随着一声令下，再次奔赴工作岗位。他们不曾想到，这一去就是 48 小时，直到全线贯通。与此同时，另一名队长王佃兴率领他的队伍从北线开始施工。

31 日晚上 8 点钟，后方把饭菜送来了，那时他们队的任务只剩下最后一个单元，王佃兴没有安排大家吃饭。"大家都又困又饿，一吃了饭就泄气了，不如一鼓作气干完再彻底休息。"事后他说。"一鼓作气，再而衰，三而竭。"事实证明他是对的。

工区常务副经理罗旭、总工熊伟华一直呆在工地，职工多长时间不下线，他们也多长时间不下线，而且操心的事情更多。就这样两公里两公里地走来走去，罗旭的脚底磨出了泡，熊伟华的嗓子冒出了火，眼睛布满血丝，但仍不知疲倦地工作着。

凌晨 2 点，王佃兴的队伍 36 小时不下线，一口气干了 9 个单元，即 18 公里，3 辆大巴车载着疲惫不堪的工人返回基地，他们此时困大于饿，只想好好睡一觉。

此时，罗旭给另一端的赵宪辉打电话："怎么样了哥们？"

"最后一个单元，天亮就可搞完。"

眼看着胜利在望。罗旭和熊伟华这才走下桥，和衣在车内睡了会。他们这半个月都是这样度过的。

早上 6 点，罗旭再次给赵宪辉打电话，最后一个单元还没有搞完。罗旭的心里格登一下，"怎么回事？"

"钢丝绳断了，已经修好，中午之前可以完成，放心吧。"

"好好好，辛苦了兄弟。"

大功告成：胜利的果实如此甘甜

今天是个好天气。初升的太阳照在一望无际的京沪高速铁路上，雄伟的桥身显得更加逶迤壮丽。

罗旭走出车门，呼吸一口新鲜的空气，心情舒畅了许多。去年此时，他和他的兄弟们亲手架设了这些桥梁，今年，又亲手把一根根长钢轨铺好、焊好，这中间操了多少心，流了多少汗，淋了多少雨，挨了多少冻，只有他自己最清楚。

走上桥，只见工人们正手拿机具，陆续走向最后一单元钢轨。多好的职工啊，他们成天就在这一望无际的桥上走啊走啊，让干什么就干什么，让几点下班就几点下班，没有人叫苦叫累，没有人讲条件。铺架是个苦差事，只有那些真正热爱这一行的人才能坚持到最后。他们为的是钱吗？是，但又不全是，他们完全可以不挣这个钱。他们是在为荣誉而战！"一定要给大家发点奖金，好好鼓励一下。"罗旭暗想。

队长赵宪辉穿一件绿棉袄，手拿对讲机，正在指挥一群工人进行拨弯。几天没下桥，他变得胡子拉碴，但表情依然坚毅。"大家准备了啊，听我口令：一、二、三——"

"好，不错，再来一次，一、二、三——"

"好，到位！"

鞭炮声响起，这声音如此悦耳，却又如此沉默。为了这一时刻，领导、队长、工班长、技术员、工人，每一个人都付出了太多太多。

罗旭走上前去，握住赵宪辉的手说："辛苦了兄弟，看来一切皆有可能。"是啊，在这支敢打敢拼、勇往直前的队伍面前，还有什么是不可能的呢？

"什么？一天完成 20 公里，这简直是奇迹。"蚌埠指挥部指挥长尤忠涛闻听这一消息连说三个"不可能"，亲自现场查看后才不得不相信。"真不愧为一支铁军，为你们祝贺，颁发绿牌一块！"

跋涉的足迹如此艰辛 / 但我们毫不畏惧 / 只因为成功的花儿如此鲜艳 / 胜利的果实如此甘甜……

只有真正吃过苦的人，才懂得什么是甜。

京沪高铁，钢铁的长龙、伟大的工程；

京沪高铁，精神的标杆、不朽的传奇！

挺起高铁建设的铮铮脊梁

——中铁电气化局高标准、高质量、高速度
完成电化施工任务纪实

王志坚　胡　山　李忠民　李朝臻　但汉求　赵　萌

电气化工程历来是高铁建设工程接力赛中的最后一棒。枣庄至蚌埠 200 公里先导段，要求 2010 年 11 月 15 日提前送电投入试验；2011 年 3 月 18 日全线送电进入联调联试，这是关键施工节点。

在科学有序的施工组织下，中铁电气化局建设者在千里京沪高铁电气化工程工地上，展开了一场波澜壮阔的攻坚战。

这里，撷取一组鲜为人知的镜头。

刷新纪录的 118 天

京沪高铁虹桥枢纽变电所，担负着为京沪高铁、沪宁、沪杭等 5 个方向线路供电任务，为确保上海世博会前向沪宁线送电，必须在 2010 年 3 月 25 日前建成。工期 120 天！

中铁电气化局一公司京沪高铁项目经理肖永武毅然扛起了帅旗。

然而，巨大的工程量和困难远远超出了他的想象：6402 平方米三层建筑的变电所房建工程；6 台 220 千伏大型牵引变压器、9 台 10 千伏电力变电设备的安装调试，20 余公里各类电缆的敷设，2000 多个电缆头的接续……

必须打破线性施工组织常规，巧妙布局，把时间和空间拧出水来、用到极限。队伍进场当晚，肖永武召集电力变电施工负责人王雅刚、房建施工负责人张卫川开诸葛亮会，决定房建、变电一齐开工。

第二天，房建施工进场打桩。连续 6 个昼夜，完成 58000 立方米的塘泥开挖。变电所设备安装的 80 余名员工紧跟着开进了工地。

为了确保房建、变电专业做到交叉施工互不影响，王雅刚和张卫川立下君子协定：房建施

工"先外、后里"、"勤测量、短开挖、强支护",为后续变电施工创造条件;变电施工"先下部、后上部、先室外、后室内",跟进房建协同作战。

软土地质房建要打442根桩,在正常施工条件下至少需要45天。肖永武重新调配资源,将打桩机由5台增加到11台,三班倒、连轴转,人歇机不停,仅用25天就完成了任务。他们还采取了"饱和作业法"和"集中作业法",做到机械放满、任务放满、人员放满、时间放满。

建设者们忘我奋战,挑战困难,与时间赛跑,涌现出了许许多多可歌可泣的感人事迹。

房建总工程师王栓虎的爱人身体一直不太好,春节前爱人因病住院了。一天夜里,孩子忍不住打来电话:"爸爸,我妈住院了,您能回来陪陪吗?"听到这里,王栓虎的眼睛湿润了,心里充满了惭愧和内疚!他电话里一通慰问、道歉,人却没离开工地……

春节是万家欢聚的日子,可奋战在虹桥枢纽变电所工地的300余名干部员工选择了舍弃,夜以继日地拼搏奋战,不断刷新施工进度。

仅用42天,房建工程主体封顶,创造了高速铁路变电所房建史上新纪录;变压器基础质量优良,得到铁道部总指专家们的一致好评,成为京沪高铁首座变电所质量样板工程。

仅用6天时间完成了变电所室内2台220千伏组合电器、6台31.5-50兆伏安的变压器以及中性点电流互感器、隔离开关和数十台高压柜等设备安装,刷新了业内设备安装施工最高纪录。

经过建设者118天的昼夜奋战,亚洲最大的京沪高铁虹桥枢纽全室内变电所提前建成,完成设备安装调试并达到送电程度。

创造486.1公里新时速的人们

2010年12月3日11时28分,国产新一代"和谐号"380AL高速动车组双弓16节大编组列车风驰电掣般地驶过京沪高铁先导段枣庄蚌埠区间,创造了486.1公里的世界高铁运营试验最高时速!这其中有中铁电化局人的一份功劳!

承担220公里先导段牵引供电系统施工的中铁电气化局集团二公司京沪项目部院内鞭炮齐鸣。项目经理李火青习惯地敞开大衣纽扣,那份自豪与畅快溢于言表。

先导段是京沪冲高试验段,也是京沪高铁电气化施工试验示范段,必须走在前面,率先施工,率先建成。

关键时刻,参建京沪高铁先导段施工的160名共产党员站了出来。他们面向党旗庄严宣誓:"只为成功想办法,不为困难找借口。"

2010年10月6日,二公司项目部发出"总攻动员令",先导段施工吹响了进军号。"是英雄是好汉,先导段上比比看"，各作业队奋力争先，展开了劳动竞赛。

人称"先导三杰"的共产党员、作业队长余家彬、蒋运鹏、冯玉华各出高招，摽着膀子干。守卫在先导段"北大门"的徐州一队，安装 H 型支柱两度刷新先导段作业队单日立杆纪录。驻扎在宿州的二队，把 6 个工班全部"撒"在区间，立杆工班以平均每天 200 根的速度推进，腕臂安装工班分小组轮流前行。固镇接触网三队以 5 天为一个周期编制施工计划，连续 3 日刷新单日架设导线纪录，最高达单车日架设 18900 米导线。

蚌埠物流预配中心采取专业化装配，流水化作业，把原来一个预配工班 24 人 10 小时加工 120 组腕臂，提高到 300 余组，工效提高 2.5 倍。

项目副经理郭宣由于劳累过度，半夜咳醒后睡不着觉，满脑子都是人员、机械、剩余工作量。他索性跑到办公室，创建了一个进度信息看板，实施日计划滚动目标管理。红色的箭头一路上扬，恒张力架线车从每天 3、4 个锚段猛增到 13 个锚段，悬挂调整的速度也提高到每天 10 个锚段以上。一次成型平推精调工艺，成为赢取时间的宝典。

2010 年 11 月 15 日，在京沪高铁全线铺轨贯通的当天，先导段电气化工程也一次送电成功！

12 月 3 日，先导段牵引供电系统经受住了双弓受流条件下高速运营试验的考验，弓网检测仪器记录显示，弓网接触压力、动态高差、离线等各项评价数据均无超标，达到国内乃至世界先进水平。

速战速决的 48 小时

进入 2011 年，京沪高铁网线飞架，捷报频传，可中铁电气化局二公司项目经理高世干却忧心忡忡。

济南西车站站房脚手架林立，管线纵横交错，接触网施工无从下手。再这样拖下去，济南西车站就会成为全线的卡脖子工程！

一连几天，他带领技术人员一遍又一遍的勘察施工现场，把动车所、联络线、京沪线等情况摸得一清二楚，施工计划渐渐成型，只欠东风。当得知 1 月下旬铁道部要到济南西车站现场办公的消息后，高世干敏锐地觉察到，会战的时机就要到来了。

他迅速成立了济南西会战临时指挥部，盯紧济南西车站的最新动态，通知各作业队，抽调精锐施工力量向济南西集结，随时待命。

1 月 27 日，杂乱的济南西车站工地已经收拾得干净利索。抓住战机，济南西接触网突击会战拉开了序幕。

300 余人，分成 20 个作业小组，冒着纷飞的大雪涌向作业面。

物资部将济西站内、动车所、走行线施工的每道工序所需物资材料按照规格、型号、数量，分门别类准备就位，送到现场。

安质部按照济西施工各道工序的安全措施，全程进行督导检查。盯岗领导全区段巡回检查，重点监控关键部位。

工程技术部提前制作出了操作性强的作业指导书，进行了详尽的技术交底，并专门成立了技术攻关组，第一时间拿出问题解决方案。

当晚，正赶上济南入冬以来第一场大雪，户外气温骤降到零下十几度。后勤服务队队长潘卫华带领大家及时将军大衣、防寒棉帽、羊肉汤等送到了一线员工的手中。

党工委书记刘宏伟现场鼓动，组织了"迎新春、保工期、济西大会战"立功竞赛活动。参战员工争先恐后，一路小跑，比进度、比安全、比质量。架线车、作业车日夜轰鸣，各作业队你追我赶，紧张有序，忙而不乱。

1 月 29 日，一早来上班的站房施工人员震惊了：济南西站的 18 股道导线全部架设完毕，各种配件基本安装到位！望着 48 小时速战速决的战果，疲惫的高铁建设者挺起了铮铮的脊梁！

千锤百炼铁成钢

——中国水电集团三局荣获首张绿色奖励通知单纪实

钟水轩

2008 年，是中国水电跨上新征程的第一个年头。这一年，初次涉足铁路领域施工建设的中国水利水电第三工程局有限公司员工经历艰辛，为了打造"中国水电铁建"的企业品牌，他们沐雨栉风，颇著辛劳，饱蘸汗水写春秋，在举世瞩目京沪高速铁路建设工地上演绎了一幕幕艰难跋涉、奋勇跨越的壮丽画面。

（一）

干京沪高铁是一次机遇，更是一种荣誉。它不仅是中国水电三局第一次进入一个全新的建设领域开拓市场，而且是事关中国水电集团实现多元化、跨行业经营，强势进入国内非水电领域市场，"建设具有较强国际竞争能力的质量效益型跨国集团"战略发展目标的信誉之战。"只能成功，不许失败！"

"先干后说，多干少说，只干不说，历史评说"，是铁路建设的一大显著特点。过去干水电工程，征地拆迁这类的事都是由业主负责与政府之间去协调的。施工单位只需按合同要求完成工程建设任务就行了。若出现因上述问题而影响工程进度，责任在甲方。但是，铁路建设实行的是半军事化管理。业主只"认识"施工质量和工程进度。信誉评价和检查就是看施工单位执行命令、落实计划的速度和力度。合同虽然明确征地、拆迁、"三电迁改"的事情都是由地方政府负责协调解决，但因为这方面工作不到位而影响工程建设进度，被追究"挨板子"的只有施工单位。

兵马未动，征地拆迁工作要先行，否则高铁施工根本无从谈起。在中国水电三局负责的三标五工区，18.52 公里的施工路段，分跨山东省泰安市和济宁市的两个县（市）、3 个乡镇、18

个村。需要在宁阳、曲阜两地征用的铁路正线用地达 1180.24 亩；用作施工便道、取弃土场、拌合站、级配料场等大型临时建筑设施及零星用地 220 多亩。涉及拆迁房屋 68 户，共计 17000 多平方米；坟墓 2600 多座；渡桥、水渠、管道及供电、通讯等地面地下附着设施 300 多处。为了在最短的时间内完成征迁工作，先期到达建设工地的中国水电三局的施工人员学习法律、研究政策，主动与京沪高铁济南指挥部、集团公司高铁项目部联系，积极与市、县、乡（镇）、村各级地方职能部门和相关单位对接，联络感情，争取支持。他们走街串巷，进村入户，忍辱负重，不辞辛苦，在寒冬的风雪中用汗水记录数据，用双腿丈量土地。

"征迁工作难干啊！那是跑断腿、磨破嘴的苦差事。用当地老百姓的话说是：'好孩不愿干，孬孩干不好的活'。要不是为了京沪高铁建设，谁愿意干这拆人家房屋，挖人家祖坟的事呢？"工区主抓土地征迁和对外协调的副主任严毅深有感触地说道。也许，没有这种经历的人，是难以感受他们所承受的工作和精神压力。原本年轻力壮、性情开朗的他，在京沪高铁不到一年却已沧桑满面，霜染两鬓了。

京沪高铁正线要通过东磨庄村北李氏家族祖坟陵地。负责宁阳段征地拆迁的中国水电三局副主任李士江的祖父、曾祖父等数代先辈都安息在这里。"咱整天给人家做工作，今天轮到自己了还有啥说的。咱得带头迁啊！"迁！这个字好说，可众多亲戚的思想工作却不是一句两句话就能做通的。期间的苦和难只有他自己知道。迁坟那天，李士江和项目部对外协调部部长乔国庆带着香火和祭品赶到现场。当着父老乡亲面郑重的点香叩拜，请老祖宗们理解、原谅！在他的行为感染下，同族的乡亲们很快把上百座坟墓迁移它处。

经过公司高铁项目部领导和相关部门工作人员深入细致的工作和努力，五工区中国水电三局的土地征迁工作在集团十几家参与京沪高铁建设的兄弟局中名列前矛。并率先打通了责任段内近 19 公里的施工便道。

（二）

"穿衣带帽有摸有样，举手投足循规蹈矩。"从京沪高铁建设工地上这幅标语，人们就能窥得京沪高铁项目的高标准和要求严。京沪高速铁路建设总指挥部要求所有参建单位必须做到"四个标准化"：管理制度标准化；人员配备标准化；过程控制标准化；现场管理标准化。各类工作人员，即便是临时招录的协议工、民工都必须经过正规的技能培训，挂牌上岗；每个单元工程、每个施工部位，乃至于每一天、每一个班次的每一项工作都必须有详尽的现场记录，确保工程建设的可追溯性。

在中国水电三局承担的 18.52 公里的高铁施工路段，路基长 14.79 公里，共 14 个工点。单个工点最长距离为 3.64 公里；桥梁 3.73 公里，共 13 座，其中特大桥 2 座、大桥 5 座、中桥 6 座；涵洞共计 82 座，1692 横延米，其中框架涵 72 座，立交框构 7 座，倒虹吸 3 座。路基开挖 36.08 万立方米，填筑 162.18 万立方米。按照铁路的施工组织要求，每一个施工项目、每一个单元工程，乃至于每一工点都得有单独的开工报告。每一份开工报告都必须附上施工组织设计、图纸审核表、现场放样资料、导线复测资料及钢筋、水泥、砂、石等所用的施工材料的实验检测报告。不管是业主直供的，还是业主指定并监控的各种材料，即便是同产地、同批、同炉，钢筋每 60 吨、水泥每 200 吨、砂石每 400 立方米都必须重新提供实验检测报告。而且，完成一个混凝土配合比设计至少要等 56 天以上。中间任何一个环节出问题，工地上就不能施工……

首次参与铁路工程建设的三局人，第一次干铁路项目就赶上了当今世界要求最严、标准最高的京沪高速铁项目。面对这一完全陌生的施工规范和技术要求，惊叹之余，项目部员工感受更多的却是痛苦与种种不适应。随着京沪高铁主体工程正式开工后，京沪高铁施工正线大干高潮跌起。在土地征迁、便道贯通等前期准备工作中均走在前列的公司高铁项目部，却因协作单位违约撤离、架子队民工闹事和当地村民频频无理阻工等原因，施工进度一度严重滞后。以至于集团京沪高铁项目部向中国水电三局本部发出通牒，要求项目部限期改变被动局面。

"我们是一支有光荣历史，能打善拼的水电队伍。我们必须干好高铁项目，不能给三局人丢脸，更不能砸中国水电的牌子！" 2008 年 7 月 31 日，公司总经理章运礼和党委书记吴新琪召集公司党政领导班子成员、机关职能部门和各区域、专业分局领导汇集山东泰安，集思广益，分析问题，专题研究和解决京沪高铁项目面临的施工难题。成立了以吴新琪书记为组长，张治源咨询和总经理助理、西北分局局长胡海涛为副组长的中国水电三局高铁项目工作组。工作组主要领导驻工地工作，并每月召开一次工作会，督促、协调、指导项目的全面工作。同时，还决定加大了对高铁项目的投入和支持，抽调公司有经验的技术管理干部和施工力量支援高铁项目。

公司的大力支持极大地提振了项目部员工的士气。"不蒸馒头争口气！"项目部领导分兵把守，各负其责。工区常务副主任单勇峰全面负责，并主抓对外关系的协调工作；党工委书记邓远国负责内部管理，兼管安全生产和文明施工；沈建平、左力富两位副主任分别负责宁阳、曲阜两个施工段的施工；年轻的总工李兆宇带领工程技术人员解决难题，进行技术保障；安全总监李桂兰更是忘我工作。随着内外部关系的理顺和各种影响、制约工程进度难题的解决，憋足了劲的项目部员工们拉开架势，在三标五工区十多公里京沪高铁施工路段掀起了一个又一个施工高潮……

风雨过后是彩虹。经过全体员工的奋力拼抢，8 月份公司京沪高铁项目实现产值 1759 万元，产值完成量超过了前几个月的产值总和。筑路施工转机初显，工程进度形势喜人。9 月 6 日，来自中国水电集团项目经理部及各参建工程局 40 余位领导、管理技术干部齐聚五工区中国水电三局施工段，对刚刚完成的路桥过渡段及框架箱涵防水施工工艺试验进行了现场观摩。前来检查工作的京沪高速铁路建设总指挥部安全质量部、济南指挥部安全质量部领导和集团高铁项目部咨询专家对中国水电三局施工中取得的成果给予了充分肯定。也就从这个月起，三局人吹响了完成 1.78 亿元年度计划的冲锋号。9 月～12 月，连续 4 个月完成产值均超过 3000 万元，彻底扭转了高铁施工的被动局面，重振了中国水电三局的雄风。

9 月 30 日，集团公司总经理范集湘、副总经理袁柏松等一行到京沪高速铁路土建工程三标段检查指导工作时，对三局京沪高铁项目发生的巨大变化给了高度评价。范总高兴地说，"现在三局的施工进度赶上来了，势头很好，要继续保持。希望三局高起点、高标准、高效率地完成履约任务，创建水电企业铁路建设品牌。"

（三）

经过半年多的摸爬滚打，中国水电三局高铁项目部参建员工"在学习中追赶，在追赶中超越"。他们锲而不舍，迎头赶上，依靠科学技术推进施工进度。大胆采用新工艺、新技术，积极开展施工优化和技术创新活动，探索和总结出了多项施工成果，彰显了中国水电三局的科技创新实力，创出了中水集团高铁工程建设的多个亮点。

工区负责的曲阜段的地质情况十分复杂。铁路路基施工能见到的地质灾害，三局人在这里基本全遇上了。为了满足工程质量要求，公司项目部员工拿出看家的本事进行基础处理施工。强夯、冲击碾压、淤泥挖除换填、清水路堤、路堑挖等施工手段和技术措施轮番上阵。条件艰苦，工艺繁杂等问题，对项目部员工来说都是可以克服的困难，而要在 3 个月时间里完成 2 万多个 CFG 桩的施工，却着实让业主、设计、监理和公司的领导在心里紧紧的捏了一把汗。

工序是死的，质量标准又不能降，工作面就那么大一段，多上人和设备的办法是不可取的。工期不等人啊！除了开动脑筋优化施工方案，再没有其他可走的路。压力面前，中国水电三局路段负责人和项目部的工程技术人员展开优化施工方案的攻关。他们看图纸、查资料，整天盯在作业面上。经过仔细的观察和摸索，他们采用湿截桩的方法对 CFG 桩的传统截桩工艺进行了优化和创新。在 CFG 桩完成后，项目部人员先用小型反铲将钻孔产生的弃土和孔口超灌的混凝土同时挖除，避免形成蘑菇头，减轻日后的清除工作。到等强期后，再采用截桩机先沿 CFG 桩一圈进行切割，然后用锤子敲打铁楔子胀裂截除多余桩头。这一方法既优化截桩工艺，又减轻了混凝土清除量，提高了工效。随后，他们根据施工现场粉质黏土成型好的特点，一改传统支模浇筑桩帽的传统工艺，掘土成模。在高铁工地第一家使用土模法施工，不仅节约了用于购买模板的大量投入，降低了成本。而且解除摸板套数对桩帽数量的制约，大大地提高了工程建设速度。上述技术创新成果得到了业主、监理方的认可和支持。并很快在全线得到了推广。因此，中国水电三局 CFG 桩作业面被树为样板段。

中国水电三局高铁项目部施工段内的 14.79 公里路基，最大填筑高度 9.88 米，是京沪高速铁路全线路基施工的重点区段之一。在集团公司京沪高铁三标段项目经理部的大力支持下，项目部按照业主"试验先行、样板引路、标准化施工"理念指引，将宁阳段 DK502+460 ~ DK502+747 段作为基床以下路基填筑的样板段。为此，工程技术人员制定了科学周密的施工计划。从施工工艺、施工方法、到质量控制，制定了一套切实可行的施工方案。按照"三阶段、四区段、八流程"的施工工艺，科学组织，精心施工。并把工作重点放在施工工艺及质量控制上。他们根据项目部在路基使用自卸汽车的斗容和每层的填筑厚度，创新地在作业面上用石灰划上方格；再分别在路基铺筑层两侧和标尺杆（墩）采用网格分配法精确控制填料虚铺，按路基横断面全宽一次分层填筑、整平，纵向分层压实。随后，检测人员严格按照国际认同的日本和德国的"双控"质量标准进行检测指标，确保各项技术指标达到设计要求。

2008 年 10 月 29 日，京沪高速铁路股份有限公司董事长蔡庆华、总工程师赵国堂在三标段检查指导工作时，称赞中国水电三局路基过渡段保护层、沉降观测标的设置和保护都是亮点。12 月 4 日，京沪高速铁路建设总指挥部质量部主任尤凯、济南指挥部质量部主任孙端海，检查公司路基样板段后评价：中国水电集团公司京沪高铁三标段五工区中国水电三局有限公司施工质量行为规范，工程实体质量良好，决定给予绿色通知单奖励。中国水电三局成为集团公司京沪高铁三标段项目经理部首个获此殊荣的参建单位。

"千淘万漉虽辛苦，吹尽狂沙始到金"。这不是一张普通的奖励通知单，而是京沪高速铁路建设总指挥部对参建单位施工实力的信誉最高评价。为了这一天，京沪高铁五工区中国水电三局的全体员工历经了太多的痛苦和磨难。他们风餐露宿，汗水洗面，忍辱负重，百炼成钢，用不凡的业绩向世人展现了水电铁军的风采。

支撑巨龙腾飞的肩膀

——中铁一局七工区京沪高铁无砟轨道施工纪实

陈元普

　　远远看去，已经架起箱梁的京沪高速铁路，犹若一条丝带飘落在齐鲁大地；近看那高耸的桥墩像一排列队整齐的玉石雕砌的巨人，共同举手托起桥梁，步履匀称的迈向远方。我有些纳闷，看上去它除了比普通的铁路桥略宽一点外，没有甚区别。作为世界第一条一次建成最长的高速铁路，它的特点到底是什么？是什么力量支撑起它飞一样的速度？它能承载 350 公里的时速吗？

　　怀着不解的迷惑，踏上一级又一级"Z"型螺旋扶梯登上桥面时，展现在眼前的是：桥面上竟然可以并行 3 辆以上的大卡车，桥面上铺设的也不是传统的道砟、枕木、铁轨这传统的"老三样"，而是两排整齐的混凝土整体道床，上面四排黑色的扣件犹如片片鳞甲排列整齐地伸向远方，一眼望不到头，这就是支撑起高速动车组风驰电掣的 CRTS Ⅱ型板。

　　京沪高速铁路采用国际上最先进的无砟轨道施工新技术。Ⅱ型轨道板是京沪高铁施工的技术难点。与有砟轨道相比，无砟轨道前期投入大，技术标准高，施工难道大。但是无砟轨道最大的特点是高稳定性、高平顺性能够确保列车高速平稳地运行，而且寿命长、少维修，能够显著降低运行成本。

　　无砟轨道出现在中国大地上，出现在京沪高速铁路上，本身就是一个奇迹。这个奇迹就诞生在那个激情燃烧的岁月。

　　时间回溯到 2009 年冬天，二公司京沪高铁七工区项目正式开始了桥面系无砟轨道施工。

　　刚刚进入桥面系无砟轨道施工，对工序流程的陌生和不熟悉使得工程进度大大受制。尽管我们做了充足的准备，翻阅查看了大量相关的资料，但真正做起来的时候，还是有些手忙脚乱，还是难以进入状态，毕竟是"大姑娘上轿——头一回"。

　　是啊，作为中国第一条正式以高速铁路命名的铁路，其修建本身的重大意义已经足以让人呼吸急促了，更何况这条铁路修建使用的相关技术以及工艺工法在我国尚属首次，举国关注的压力使人紧张得手足无措是正常的。

事物的发展过程历来都不是一帆风顺的。

"屋漏偏逢连夜雨"！寒冷的冬天给本身就已经紧张难干的工程雪上加霜。要在寒冷的冬天拿下67跨先导段的底座板施工谈何容易！第一次干没有经验姑且不谈，寒冷的天气对混凝土施工就是一种致命的威胁，如果保温措施不得力或不到位，生产出来的成品会在来年的春天气温回升时酥成"一包渣"，损失将难以估量，更何况修建的时速350公里的高速铁路，质量严格要求已近乎苛刻，能达到预期的要求和效果，能如期的完成任务吗？说实话，当时工区真没有底。

七工区会议室一片沉闷。一张张凝重的面孔，一缕缕升腾的烟雾，让人感到压抑。"没有经验干中学！温度不够搭暖棚！完成任务势在必行，必须保质量、保工期、坚决拿下它！"工区经理孙宇铿锵有力的声音响彻会议室。是决心，也是表态，关死了一切后门。

七工区要闯的第一道关就是当机立断上马保温措施。那几天，工区物资部长王荣富快速出击，抢购所在地禹城的棉被，迅速投入工地防寒保暖。及时的覆盖和保暖措施，保证了施工防撞墙浇注的顺利进行，率先完成了全段的防撞墙施工。

第一批7间活动保暖大棚落成了。大棚两边坐落在防撞墙上，每一间长近40米。错落有序的一溜保暖大棚漂亮、气派。说真的，这房可真的是活动的，智慧的建设者们给它安装了两条可以滑行的跑道，只用两个人在两边轻轻的一推，那一间一间白墙蓝顶的房屋就可以移动了。在桥面上搭设保暖大棚还是第一次，我们当时心里直打鼓，害怕不能达到想要的效果而白费力气。

在桥上搭建如此多的保暖大棚，是京沪高铁冬季施工的创举。棚里面温暖如春，和外面的寒冬形成了两个世界。有的大棚里有两台燃烧火红的暖风机，有的点燃了五六个煤炉，里面作业的人们穿梭来往，没有丝毫过冬时那种因严寒而缩手缩脖的样子。为了做到万无一失，工区还在900吨的箱梁内部生起了8个火炉，从作业面底层加温。缜密的思维突破了温度过低带给我们施工的困扰，智慧帮助我们撕开低温天气影响的豁口。

都知道聚脲防水是世界最先进的防水技术，它的使用寿命可以达到30年不坏，而且效果和耐老化性能良好，但聚脲防水对施工环境和温度的要求犹为严格，冬季施工表面温度不能低于20度，夏季不能超过30度；施作环境必须无尘、无水、无杂质污染等；对人员、设备配备也是精挑细选。为了搞好施作人员的安全防护，我们特别为操作人员购置了防毒面具，还配备了医用的专业氧气袋等防护用品，同时加大现场的施工技术管控力度，尤其在聚脲的喷涂作业时，要求有两人同时在场，安质部们必须现场安排人员盯守，直至工序完成；为了保持施工后的场地清洁，还专门购买了吸尘器、毛巾等，在铺设滑动层施工前安排专人擦拭，保证工作面纤尘不染。

安质部肖正果是一个白白净净的帅小伙，性格温文尔雅。可他对工作却一丝不苟、果断执着。一次聚脲施工的作业班组的负责人想节省几个人工，在底涂工序施工后没有进行针眼查找就进行了聚脲喷涂，减少了一道施工工序。细心的肖正果发现这片梁质量有问题，再三追问下，作业人员才道出了真相。肖正果立即将正在施工的喷涂停了下来。勒令作业班组立即铲除已经喷涂好了的这跨梁，并对作业队处以五千元的罚款。作业队的人员想不通，说自己也是为了抢工期，感到很委屈，再说聚脲每平方米可是 200 元的造价啊，都有些不舍，一再向肖正果求情，看能不能放一马。肖正果义正辞严地说"我们要的是质量，是几十年后甚至是百年后的心安，如果我们因进度而忽视质量，因为所谓'浪费'而蒙混过关，这无疑是我们的耻辱……"。

2009 年 12 月 28 日，中铁一局京沪高铁第一跨底座板在七工区顺利浇筑完成，直到那一刻，我们一直悬着的心才放了下来。

2010 年 1 月 30 日，66 跨梁的先导段如期完成了，是整个京沪 1318 公里的第一家完成的单位，拔得头筹的胜利喜悦极大地鼓舞了士气，也赢得了铁道部领导的亲临慰问，现场赞誉有加。巨大鼓舞在那个冬天成了工区最大的动力，不息的延续着。也成了春节员工们津津乐道的话题，一直谈论着。

首战告捷，破东风

春天如约而来，婀娜娉婷。唤醒酣睡的白杨，抽出了嫩黄的芽；惊醒了河中的冰块，荡起阵阵涟漪；扰醒了野鼠们的酣梦，提溜着眼睛四下乱窜；早春的田野，四下里一片生机盎然。

德禹大桥 N145 号梁上，一片忙碌的劳动景象。周铁民这个粗铺班组的"领头羊"带领着五个操作人员正紧张忙碌着粗铺轨枕板。只见他亲自操作龙门吊，另一个臂戴红袖章的指挥人员打着手势，吹着刺耳的哨子，伴随着龙门吊轰鸣的机器声，重达 9 吨的 CRTS Ⅱ 型板从桥下面缓缓的露出了头角，龙门吊上卷扬机合闸、分闸的声急促而短暂，板慢慢地移到早已指定的位置，然后下落。另外两名穿黄马甲的作业人员身手稳健地扶住了板头，随着指挥人员的手势，安然地落在底座板上，一块板 11 分钟就位！

CRTS Ⅱ 型板粗铺将我们"忽悠"了一回，精细的要求是我们始料未及的。刚开始我们一直以为粗铺就是简单的提起、放下就可以了，让"粗铺"两字所迷惑了。实际操作时我们才知道，这是一项要求非常高的作业工序。首先它的运输过程就十分严格。大家都知道吊装过程中难免对物件造成磕碰损伤，但轨道板要求要毫发无损的到位，这就使得此工序的操作人员如履薄冰了，而且每一块板的编号都有对应的摆放位置，方向和部位必须按照标识进行，每一块板看似相同却又不同，全部是独一无二。

2010年4月15日在N50的梁上，我们正式开始精调和CA砂浆灌注。无数次试验的镜头又真实到在我眼前再现，失败、成功的纠结如同一场艰苦的接力赛，不断地向前冲刺，在失败后奋起，在成功里感受泪水的咸味。

刚参加工作不久的见习生高健、史康、李云等为了熟练地掌握精调技术，每天在工地一干就是十几个钟头。很多人会以为测量嘛就是看镜子，这有何难？看镜子只是表象，机械、单一、枯燥才是这项工序最大的敌人。一块轨道板调好下一块又重复同样的动作，一整天都如此，时间长了谁都会烦不胜烦，尤其是年轻人缺乏耐性，可想而知他们所受的煎熬。冬天冻得直打哆嗦，夏天又汗如雨下，经常都让汗水将眼睛腌得通红，高度近视的眼镜架磨破了鼻梁，让他们苦不堪言。但他们没有退怯，而是千方百计抢进度。天气太热，他们将精调工作改到晚上进行，晚上视线又不好，只有加大声音"1号下2圈半，4号点上1圈，6号点上3圈……"这样喊上一晚上后，声音嘶哑说不出话来，吃几片消炎药又在第二天晚上继续干，以至于旧伤未愈又添新伤，声音一直沙哑着。

还有实习生王明、耿辉、白荣峰等，一群年轻的"90"后，刚刚迈上人生事业的征途就碰上了铁路建设百年的历史机遇，这对他们以后的成长有着重大的影响，面临的无疑是一次严峻的考验。为了真正懂得高铁施工的技术及相关的专业知识，他们埋头请教老技术员、老测工，不耻下问；为了弄懂自己手上的精调设备的性能、程序，他们软磨硬泡地和厂家"亲善"，将设备"玩耍"得滚瓜烂熟。

CRTS Ⅱ型板精调，就是精确、精准、精细、精心的调试。这是科技含量很高的一道工序，甚至可以说是无砟轨道施工的精髓部分，它的成功与否最直接关系到列车运行的速度。京沪高铁要求CRTS Ⅱ型板高程误差要保持在0.3毫米，两块板之间距离最大误差0.5毫米。

画卷自如，似流水

炎热的夏季像是点燃了绿色火花的海洋，到处洋溢着生命葱茏的绿。田野里，挂满刚刚"打浆"的青色麦穗，轻轻摇曳的点头微笑着。

过分充足的阳光照射使正在O56号梁从事CA砂浆灌注的作业人员汗流浃背。

一辆三轮车"呼哧，呼哧"的驮着一个白色的中转仓晃晃悠悠地迎面驶来，正在施工现场的阳勇撩起衣角擦了一把脸上的汗，指挥着三轮车就位，五六个作业人员正在各自做着灌注前的准备工作，有的在清理排气孔看看是否通畅，有的在对封边做最后的检查，看看有无缝隙导致砂浆渗漏，有的在搬移装排气孔排浆用的塑料盆，有的在用剪刀将塑料泡沫剪成小块方便堵排气孔使用，整个场面有条不紊。三轮车在阳勇的手势中准确到位，只见两个灌注的作业人员迅速地接上灌浆管，剩下的四个人各自负责轨道板的三个排气孔，查看灌注时有无漏浆，如果有则立即封堵。黑色的沥青砂浆在操作手的控制下缓缓的淌进轨道板的中孔（一块 CRTS Ⅱ型板上有三个灌注孔，灌注时一般都只在中间的孔开始，而两边的孔就变成了观察孔，每块板预留 12 个排气孔），"1 号排气孔浆到了！""5 号排气孔到了！""3 号排气孔也到了！""8 号孔到了！"……确认灌注质量的报告声此起彼伏。砂浆灌注这个活儿看上去轻松简单，实际上却是最难把握的一道工序，底座板和 CRTS Ⅱ型板之间在精调后只有 2～4cm 的灌注区，灌注要求砂浆饱满密实，没有穿孔气泡，灌注时不准漏浆。

在离灌浆组不远处，七八个封边的人员也在不停地忙碌着，一个瘦瘦的农民工双手抱着汽油鼓风机如同机枪手一样来回扫射，沿着轨枕板碎步移动，在机器轰鸣的声音里窜起一阵阵灰尘和杂物；另外一个矮个子的农民工手拿高压水枪，猫着腰沿着轨枕板与底座板的缝隙冲洗；还有一个抱着满怀的泡沫条，跟在两个封边人员的身后，一条又一条的白色泡沫带被平整地压在了角铁下；还有一个体格壮硕的农民工手拿特殊的撬杠，勾住压紧装置的"龙门"往早已预置的螺纹筋上使劲；后面一个手持扳手的农民工半蹲着在螺纹筋上拧螺栓，一切如同流水一样自然和谐。

灌注工序施工初期，德国博格公司高铁专家经常在工地进行不定期、不打招呼的暗查。文化的差异造就了东西方对待事物观念的不同，敬业仔细、按原则做事、认死理，一直是德国专家的特点。但是，几次抽查检验，几次突然袭击，工区的质量都博得了博格公司专家的高度认可，嘴里叽里哇啦十分激动地说上一通，通过翻译我们才知道"你们施工作业非常规范，做得非常好"。

苦尽甘来，喜收获

秋天的田野还没有金黄，到处仍然是一片绿。又高大了一截的白杨在微风里动情地颤抖着，感谢阳光和雨露的滋润；见风就长的玉米摇曳着油绿宽大的枝叶，像是在诉说收获的日子就在不远。

2010 年 7 月，铁道部京沪高速铁路建设总指挥部济南指挥部授予七工区"铺板标准化工地"的荣誉称号，七工区的无砟轨道施工得到了认可，汗没有白流。

就在 2010 年 7 月 31 日，这一天注定让七工区人难以忘记，随着龙门吊缓缓升降，三轮车欢快的奔驰，最后一斗黑色的沥青砂浆淌进了轨道板内，至此七工区承建的 5348 块无砟轨道

CRTS II型板在这一天全部完成，历时九个半月。整个工地霎时间沉浸在一片欢乐的海洋里，震天的鞭炮声、口哨声、欢呼声交织在一起，在京沪大桥上空流转。

无论多么绚丽的梦想，无论多么伟大的设计，当最后一道工序完成时，站在旁边默默擦汗的一定是一群工人。他们是中国铁路建设真正的钢轨和基石，他们用肩膀将中国高速铁路高高托起。他们如同春蚕，用自己的爱和生命，默默吐出一条流光溢彩的钢铁的"丝绸之路"。

所有的故事时时刻刻都在演绎着各种情节，变换着五光十色、光彩夺目或者是朴实无华却又实实在在的镜头。但我们却依然执着于手中的事业，用更加顽强的意志在拼搏，以新一代筑路人无悔的忠诚与追求默默耕耘，用实际行动将几代人渴望高速的梦想付诸实际行动，化作力量，为胜利加油。完成京沪高铁这幅美丽的壮举，将中国铁路送上高速时刻，为所有曾经的付出，不懈追求的人们圆梦。

如今的中铁一局二公司京沪项目，正如同一匹驰骋千里的骏马，在高速铁路广阔无垠的市场上踏浪扬帆，体验着那种创造风速的快感。他们用钢筋水泥铸成的巨笔在蓝天白云下划出一道美丽的彩虹，在广袤无垠的神州热土上书写高速铁路的传奇与神话，使风驰电掣不再遥远。

当好京沪高铁"粮草官"

——记中铁四局南京铁路枢纽土建三标段材料厂厂长陈武

春　晓

陈　武

陈武，一个很精明能干的人。我得出这一结论，当然不只是因为他外表上的特点：一米八几的个头，前庭饱满、脑门发亮，头发稀少，给人以"聪明绝顶"的印象。重要的是他作为中铁四局南京铁路枢纽 NJ-3 标和南京南站项目的"粮草官"，在物资供应及管理过程中所想到的点子和做出的业绩。他还是一个顾全大局、甘于牺牲和奉献的人——妻子患卵巢肉瘤在合肥住院治疗，他每天都打电话问候却无暇守在病床前照顾，而是把旺盛的精力和宝贵的时间投入到了运筹谋划为工地源源不断地输送物资、确保供给上。

中铁四局在京沪高铁有两个铁路工程建设项目——京沪高铁南京铁路枢纽和南京南站站前工程，工程总造价达 50 多亿元。近百公里长的战线跨度、上百种的材料供应品种，纷繁复杂的采购运输环境，与他所参与的渝（重庆）怀（化）铁路、宜（昌）万（州）铁路、甬（宁波）台（州）温（州）铁路等建设项目的物资供应相比，无论是工程规模、采购渠道还是管理模式、供应方式等，都比以往增加了难度。陈武说："京沪高铁南京铁路枢纽工程项目有高速铁路、城际铁路、铁路枢纽工程，涵盖了铁路工程建设中路基、大桥、制梁、架梁、隧道、车站、轨道、动车所等几乎所有子项目的施工，物资供应上分甲方供料、甲方控料、自行购料三种类型，每天要与业主、监理、14个工区和上百家供应商打交道。为了收到纲举目张的效果，我们搅尽脑汁，想方设法，扎扎实实抓管理，以管理促规范，以管理提效率，以管理节成本，以管理保供应，从而为确保工程顺利进行提供了物资保障，为中铁四局赢得信用和荣誉。"

合纵连横　注重"三字诀"

陈武1983年就从事物资管理工作，先后担任过材料员、主任材料员、业务主任、物资部长、工地材料厂副厂长、党支部书记、厂长等职，具有丰富的物资供应和思想政治工作经验，2007和2008年两次被局授予"先进工作者"称号。为了靠前指挥和加强协调，陈武吸收历史上"合纵连横"的战略，对两个标段的材料供应进行科学合理的布局。他把材料厂设在工地附近，既节约了办公场地建设或租用的费用，还节约了人力方面的资源、减少了交通费用支出，同时还能够加强厂部的效能建设，提高工作效率。

陈武还结合两个项目的特点和多年来的工作经验，提出并要求全厂职工要特别注重"定"、"订"、"盯"的"三字诀"。

"定"。他亲自主持制定了《材料厂市场调查及采购管理制度》，规范并强化合同管理，严格控制成本支出，树立主动服务、跟踪服务和全面服务的思想意识，全方位做好物资材料的供应工作，建立四种台账：一是检验试验台账。由于京沪高铁和南京南站各类物资材料用量大，需要外检的项目和频次多，主要材料的外检工作由厂统一取样进行化学分析方面的检测，材料厂设专人对质保书进行专项管理。分类建立登记台账和发放台账，从而能够清楚地查找外检报告和质保书到达和发放情况，时刻提醒到期检验项目，防止漏检或重检。二是甲供料差价台账。由于两个项目都有甲供材料，根据铁道部有关文件要求"每半年进行一次材料调差"，材料厂对应14个工区，要求各业务人员对分管甲供料分工区、分月按厂里统一设计的表格进行填写，并要求每月与各工区进行核对，防止料差到达后发生相互扯皮现象。三是进料登记台账。进料登记台账是材料厂的最基本台账，直发的甲供材料台账、中转的甲供料台账、厂发材料台账。四是钢模板加工台账。两个项目计划加工各类钢模120多套，需要20000多吨钢板和型材。除了建立成套钢模台账外，还对所供应的原材料进行登记，建立发放台账，而且这些台账都是动态的，真正做到对数量严格卡控。

"订"。铁路物资供应市场与其他建材市场的不同，主要在于材料定价和供应方式的多样性。对于由甲方直接招标、定价、供应和控制的钢材、水泥、线上料、粉煤灰、外加剂、防水材料、电线电缆、桥梁支座和预埋件等，陈武采取提前订货、驻厂监造的方法，以确保生产厂家按时或提前交货；而对于砂子、碎石、矿物参和料、型钢及油料等自购料，陈武则要求相关部门从厂家信誉、价格确定、质量保证、供应方式等方面深入进行市场调查，选出符合质量要求但又在其他相同条件下价格最低的生产厂家或供应商。

为了控制材料定价，降低采购成本，陈武与各工区物资管理人员一道，对本地及周边 500公里半径区域的物资市场进行实地调查，摸清行情，确定基数。在此基础上，由材料厂与各工区再对计划采购的物资分别进行"背靠背式"的调查，并将调查结果上报项目经理部择优选定。

除此之外，陈武还利用网络查询各地的材料价格，特别是向熟悉并有业务往来的供应商询查，从中摸清并掌握材料的真实价格和行情。

市场的全方位开放，使所有材料价格都随市场的变化而变化，有的起伏频次和幅度还很大，甚至一天发生多次波动。陈武与项目经理部共同组织，对自购材料进行公开招标，一起确定供应商和价格。而对价格变化较快的型钢、油料，则主动与所使用的工区共同进行市场调查和价格确认。陈武要求业务员每次询价都不少于三家供应商，确保所采购的价格在当时同等条件下是最低的，这不仅增加了招标定价工作的透明度，也做到了公开、公正、公平。

"盯"。一是紧盯市场行情。供应过程中，为了了解和掌握市场行情，他还组织人适时进行阶段性的行情调查，找到阶段性价格变化的规律，以降低某一时段批量采购的风险。2009年年底，该厂通过综合分析一次性低价采购钢板和型钢 2299 吨，这批钢材刚运到工地，钢材市场就出现了大幅上涨并将这一态势持续了相当一段时间。二是盯生产厂家。近几年随着铁路建设规模的不断扩大，与铁路相关的器材供不应求，形成了卖方市场，出现了所需要的产品还在图纸上、而生产厂家门口已经有人排起了长队的现象。在京沪高铁和沪汉蓉铁路工地，由于大胜关连续梁用球型支座图纸出来晚，而且频繁变更，制造厂家在短期内生产不出来，紧张的工期压力又逼迫各工区纷纷向材料厂多次告急。陈武一方面督促代理公司请求完善与生产厂家合同，一方面亲临厂家协调压缩生产周期，并委派驻厂员在车间天天盯守、不断催促，确保各种型号的支座按时或提前交货，及时运到施工一线。

牢记"司训" 采用三条计

"宁肯自己千辛万苦，不让用户一时为难"是中铁四局物资供应的"司训"，"确保工地用料"也就成了陈武工作中的第一要务。开工之初，为了达到项目经理部提出的"一开工就形成大干高潮"要求，各工区争先恐后提报所需的各类物资，而且大多采用电话、手机联络，一时间南京材料厂每天电话不断，从厂长陈武到各个业务员，50 多名员工的手机话费和信息费多得惊人。

陈武教育和引导大家以确保一线需求为己任，特殊时期特殊理解，带头不讲个人得失，全力以赴服务现场，白天联系供应商，晚上补充完善各种纸质手续和报批程序。

随着各项工作逐步走上正常的轨道，陈武及时提出"把工作重心转向确保工地用料"上，动员全体员工"务必要做到想尽一切办法，采取一切措施"。甲供料中的钢材是各地钢厂直供，由于运距远且多采用铁路运输，这就给材料厂增加了二次倒运的问题，不仅业务量成倍增加，而且加大了管理难度和风险。陈武要求业务员及时了解厂家排产计划，形成一定量的库存。

粉煤灰、碎石和桥梁支座在南京铁路枢纽工程上用量很大。由于南京铁路、公路建设项目多且使用时间集中，造成当地及周边地区资源紧张，供不应求。陈武提前谋划，向业务员面授三个"锦囊妙计"：一是适当增加供应商的数量，并选择一二家实力较强的供应商作为备用，一旦主供应渠道受阻或中断，由备用供应商立刻补充上去，确保供应链不出现断裂。二是扩大生产厂家范围，即在南京地区内外埠选择一定数量具备供应能力和质量有保证的生产厂家，供应范围半径不超过 300 公里，在减少成本原则下，选用时先近后远。三是最大限度地加大储备但又不形成积压。如今，粉煤灰供应每个标段就有两家以上，有 12 家火电厂作为后备，并与供应商合资在南京租用了一座废弃的水泥厂，投资改造成能一次容纳 4000 吨粉煤灰的中转储备库，当灰源充足时就大量购进，灰源紧缺时就从中调拨，为保证供应起到了重要作用。

与粉煤灰供应情况不同，碎石加工场在南京地区有很多，但高铁用料标准高、用量大，许多石场达不到生产规模和质量要求，加上当地有关部门强制关闭了 80% 环保不达标的石场，一时间碎石供应全线告急，争夺资源之战愈演愈烈。陈武向业主并通过业主向江苏省和南京市多次打报告，要求对进入铁路合格供应商名录的宝华和华宏两家石场"四不断"（不断水、不断电、不断路、不断炸药），使其边整顿边生产，把各种规格的碎石不间断地运往我局管段的各个搅拌站。2009 年春节期间，各搅拌站的碎石储备总量达到 12 万吨，加上各石场按材料厂要求储备了 6 万吨，不仅保证了春节期间大干需求，而且整个春季料源充足，有力地保障了施工生产。

延伸服务　干好"份外活"

在工地，陈武以工地所需为己任，既做好份内的事，也干好份外的活，不惜吃苦受累，尽一切所能满足施工需要，为生产一线服好务。

工区按时上报工地所需的材料计划这本是很正常的一项工作，但在 2009 年春节过后，南京铁路枢纽 NI-3 标和南京南站先后开始制梁，对桥梁支座、预埋钢板、锚具等具有技术含量的器材，各单位都不能按要求的时间上报，而生产厂家的生产任务本来就十分饱满，即使材料厂报的及时也不一定能排上生产计划。为了避免了在办公室坐等的被动局面，同时减少工区材料部门的工作量，减少一些中间环节，陈武委派各分厂的厂长带领业务人员、生产厂家技术人员到各工区，上门落实具体的型号、规格、数量和到货时间，有效解决了计划提报的及时性、准确性，也为生产厂家的加工制造和工地的急需赢得了时间。

连续梁施工是高速铁路客运专线中常用的施工方法，所用的钢模板是自己加工还是从别的企业租赁，每个施工单位都会开展市场调查，然后根据本身的情况进行论证和研究，最后确定加工或租赁单位。大胜关是京沪高铁和沪汉蓉铁路通道的必经之地，共有 13 联连续梁，其桥墩外型、几何尺寸也不尽相同，施工单位正在为如何自行加工钢模板而犯难的时候，接到了陈武打来的电话："你们所需的钢模板有着落了。"

原来，陈武在桥梁工程开工前就想到了一个问题，并与几个材料员共同探讨：京沪高铁全线这么多连续桥梁，是否可以找到相同几何尺寸的桥墩？如果有相同的，是否可以整合，相互租用？或者利用各单位的进场时间不一，打一个时间差，相互交叉，有偿使用？如果可以，不但解决制模的工期问题，而且通过租赁能够节省不少开支。2009 年进入夏季后，他们分头到早于四局进点半年的兄弟单位打听、核实，果然有 6 套墩身模型与四局管段的完全一样，而且这 6 套钢模即将拆下来。

陈武在电话中说："经过我们粗略测算，这 6 套钢模如果自制共需钢材 420 吨，加上加工费用共耗资 252 万元，而且是一次性消耗，即使收回残值后仍要耗费 147 万元。而租用这 6 套钢模板所要支出的租金为 57.6 万元，比你们自己自制可节约费用 89.4 万元。"对方边听电话边对陈武想得超前、想得周全连连表示感谢。

上门服务　变坐商为行商

一片店铺，货物琳琅，对待顾客，热情迎送，这是坐商的"行规"，过去材料厂遵照这一行规，照单订货，然后由施工单位来车把材料提走，这种作业流程曾得到施工单位的认可。随着物流市场的开放、搞活，以及施工现场和环境发生的巨大变化，这一行规越来越显得陈旧落伍，跟不上时代前进的步伐。经过多年的调查、摸索和不断总结，陈武提出一个很亲切也很人性化的口号，叫做"贴上去"。

"贴上去"的方法有五种。一是主动送料上门。材料厂每月按照各工区的材料计划，组织车辆送货上门，即使是各队之间调拨材料，他们也改变了过去由工区自己派车去拉的传统做法，主动联系车辆送货直接到工地。二是指派专人驻场。为了能够更好地了解各搅拌站的材料使用情况，材料厂派专人驻在搅拌站，负责现场到达物资的验收、交接与签认工作，协助各工区验收人员验收材料，收集各种质量证明文件，严把质量关，同时了解现场物资的储备、使用情况，发现问题及时向厂部汇报。特别是在资源紧张的时候，注意了解工地施工进程和用料速度等，不断反馈给厂部，以便及时采取应对措施，保证供应。三是送资料上门。凡由各工区索取的试验资料、材料单据，不用项目上的有关人员去"讨"、"要"，而均由材料厂派员送上门。四是每到月底，由材料厂有关人员到各个工区，协助各工区物资、计财人员进行月末材料盘点。五是主动征求现场意见。为了掌握各工区对材料厂供应工作的真实评价，了解到物资采购和供应过程中存在的问题和薄弱环节，材料厂设计了《顾客满意度调查表》，由分管副厂长每月到工地征求各工区的意见和建议，并根据调查情况核实自身的不足之处，好的继续发扬，不好的立即整改。

自 2008 年 7 月以来，材料厂为京沪高铁南京枢纽 NJ-3 标和南京南站供应钢材 35.12 万吨，水泥 120.22 万吨，砂石料 465.3 万立方米，油料 1.34 万吨，商品混凝土 9.12 万立方米，外加剂 1.6 万吨，粉煤灰 25.2 万吨，矿粉 8.3 万吨，管桩 26.6 万米，火工品折合价值 283.16 万元，共完成供应额 29.80 亿元，为确保工程建设的顺利进展立下了汗马功劳。

在孔子故里打造一级样板工程

——中国水电集团八局京沪高铁三标段建设曲阜东站纪实

钟水轩

一

在鲁中南冲积平原上，有一颗耀眼的明珠，她是中华民族始祖先皇古帝的发祥地，殷商故都，鲁国都城，春秋末期中国伟大的思想家、政治家、教育家、儒家学派创始人孔子的故里。她以其悠久的历史文明和灿烂的东方古文化而蜚声中外，在中国漫长的封建社会里，一直是人们心中的圣地名城，被西方人士誉为"东方耶路撒冷"，她就是中国历史文化名城曲阜。2008年，这座历史文化名城迎来了她新一轮发展的春天。国家投入巨资建设的京沪高速铁路，把曲阜和京沪紧紧联结在一起。一般而言，高速铁路建设只在大城市设站，但是曲阜这座只有60万人口的县级市却因为其特殊的历史文化地位，也成为京沪高铁的24座车站之一，可见其地位之不一般。

2008年，集团公司也迎来了新一轮发展的春天，以142.7亿元标价中标京沪高速铁路土建工程JHTJ-3标段，曲阜东站是三标段重点工程之一。考虑到曲阜特殊的地位，为充分展示中国水电集团高铁建设风采，树立中国水电品牌，集团京沪高铁土建工程三标项目部把曲阜东站作为京沪高铁一级样板工程来进行建设，集团总经理范集湘亲自担任一级样板工程包保领导。承担曲阜东站土建施工任务的八局一分局深感责任重大，为了不辜负集团公司、公司的厚望，打造好这条具有国际一流水准的高速铁路的样板工程，为千年圣城树立新世纪的丰碑，一分局高铁人可谓是攻坚克难，走过了一条不平坦的道路。

二

曲阜东站所在地为冲积平原，地形较平坦，属于软地基，为了提高地基的承载力，地基处理采用 CFG 桩施工工艺。基底 CFG 桩施工采用长螺旋钻成孔、管内泵压混合料灌注成桩。曲阜东站 CFG 桩共 46643 根（桩长分 30 米、25 米、20 米、15 米），总长 124 万米，灌注混凝土 25.3 万立方米。

按照施工计划要求，2008 年 5 月 1 日至 8 月 30 日，曲阜东站 CFG 桩施工必须完成。时间紧迫，任务繁重，项目部上下都感到一股沉重的压力。为了按计划开启 CFG 桩施工工点，自 2008 年 2 月开始，一分局高铁项目部前期进场的三十多名员工发扬特别能吃苦、特别能奉献、特别能战斗的精神，克服北方严寒的气候条件，风餐露宿，积极进行征地拆迁工作，使得前期各项准备工作一步步向前推进：2008 年 2 月 15 日~2008 年 3 月 15 日组织现场踏勘、进行专项施工措施编制、施工设备选型，设备进场；临时设施布置（施工辅助设施、水电设施等临建工作）；2008 年 4 月 9 日，CFG 桩在正线范围内 (DK534+200 ~ DK534+240) 进行工艺性试验，完成 8 根桩，进尺 160 米，混凝土灌注 36 立方米；2008 年 5 月 5 日~2008 年 5 月 11 日曲阜车站施工便道碾压、铺块石、挖排水沟等基本完成，累计到位 24 台长螺旋钻机，并完成 12 台钻机的安装，具备开钻条件；2008 年 5 月 11 日~2008 年 5 月 18 日累计到位 27 台长螺旋钻机且全部安装完成，其中有 3 台钻机开始投入施工，并成立了 5 个 CFG 桩架子队。

经过全体员工的努力，项目部基本按时实现了 CFG 桩的生产施工，但后面所面临的困境险些让项目部员工放弃建设高铁的念头。由于没有任何 CFG 桩的施工经验，再加上砂石料、混凝土的供应和质量经常不能满足生产要求，CFG 桩施工进度一直比较缓慢。进入夏季后，山东雨水逐渐增多，由于曲阜东站位于冲积平原上，地势非常低，积水很严重，再加上弃土堆放混乱，现场可以说是一片狼藉，达不到文明施工和标准化作业的要求，因而经常受到业主单位的批评，7 月份甚至被要求停工半个月进行整顿。项目部的整个生产几乎陷入半停顿状态，每日的损失难以估计，人心的涣散更是笼罩着整个项目部。很多人心中都有了一种不祥之感，我们能否挺过难关，走出困境？谁也不知道。但是项目经理王晓伟心中有一种信念：既然踏入了高铁这个高端市场，就决不能灰溜溜的爬着出去。

为了让自己和员工转变观念，牢记安全文明施工和标准化作业的重要性，在一次大雨过后，王晓伟带领项目部全体员工在曲阜站场挖沟渠，排积水、拾垃圾。通过整整一天的努力，站场内的积水基本上被排完。干完活，他感慨的对员工说，随着时代的发展和社会的进步，对于一个施工单位来说，不仅要有技术至上的观念，还必须要有标准化作业、文明施工、安全施工的观念，要有环境保护的意识，只有这样才能体现出一种人性的关怀、一种社会的责任、一种文明的进步。如果我们水电人以前在这方面重视不够的话，那么这次的义务劳动就是一场最为生动的教育课程。我们的员工要逐渐转变观念，从我做起，从身边做起，逐渐使我们的生产施工适应业主的要求。

为了加快施工进度，项目部多次组织有关人员到其他工区参观学习；负责施工任务的路基一队和物资设备办一起，深入砂石料生产基地以及商业混凝土生产企业，督促砂石料和混凝土保质保量的供应；8月份山东省限电期间，路基一队给每一台钻机配备柴油发电机，保证生产不受电力供应的影响。在这些努力之下，自8月份之后，曲阜东站CFG桩施工进度开始加快，平均日进尺量保证在9000米左右。至2008年12月11日，总计完成CFG桩1165437.5米，除受三电影响区域未完成外，其余部位全部完成施工。

曲阜站CFG桩施工具有数量大、强度高、工期紧、点多面广的特点，要实行一机一人都需要27个技术员进行现场控制，然而路基一队只有两名技术人员，为了能够对质量进行全面控制，项目部对参与施工的人员逐批进行技术交底和培训，并对各工作面制定了详细的作业指导措施，使全体员工都明白了"干什么、怎么干、干多少"；在施工中，完善和纠正预防措施，切实贯彻"三检制"，"坚持事故三不放过"原则。在这些措施的保证下，CFG桩质量始终处于可控状态。2008年10月22日，铁道部质检总站京沪监督站对曲阜东站CFG桩进行年度最后一次质量检查，抽检的曲阜东站20区、24区CFG桩一次性通过，全部为一类桩。

三

CFG桩施工的顺利推进，为曲阜东站筏板的浇筑和挡土墙施工提供了充足的作业面，曲阜东站各工点几乎全面开启。

曲阜东站的混凝土筏板置于CFG桩顶面，把桩体连成整体均衡受力，是目前处理软基基础的一种施工工艺。自10月23日开始浇筑曲阜东站第一块筏板以来，项目部想方设法保证工程连续性。一是积极协调周边村民与架子队签订合法的劳务用工合同，并负责对他们进行技术培训，不仅缓解了施工人员紧缺的局面，也降低了生产成本，还融洽了与周边村民的关系，减少了发生纠纷的几率；二是项目部各部门团结协作，确保物资设备、技术、资金按时到位，使得施工按计划稳步推进；三是严格按照上级单位的要求，制定严密的冬季施工措施，确保天寒地冻条件下仍然能够有一定的进度。负责施工任务的路基二队在队长陈勇的带领下，日夜坚守在工地，负责测量放样、桩间土转移、按设计高程截桩头、场地平整、铺设碎石垫层、模板施工、钢筋施工、仓面验收等任务，多次创下筏板浇筑新纪录。经过近三个月的日夜奋战，2009年1月19日，除受三电迁改影响无法施工部位以外，基本完成筏板浇筑，共浇筑筏板113块，混凝土25000立方米，为曲阜东站大规模路基填筑提供了有利条件。

在浇筑筏板的同时，曲阜东站挡土墙施工也拉开了帷幕。曲阜东站挡土墙施工部位为

DK532+920 ～ DK533+415 段路基右侧、DK532+920 ～ DK533+445 段路基左侧路肩下 1.0 米，为扶壁式挡土墙，墙身采用 C30 钢筋混凝土现浇；墙顶路堤坡面采用 10 米水泥砂浆砌片石护坡防护，厚 0.3 米；挡土墙基础埋深不小于 1.0 米，墙底铺设 0.1 米厚的 C15 混凝土垫层，其下设 0.2 米的碎石垫层，墙后 2.0 米范围填筑碎石，主要施工工艺包括施工测量放线、基础开挖及缝面处理、钢筋加工、模板加工、绑扎钢筋、安装模板调直调平、混凝土浇筑、养护及表面保护、拆模、修补等。自 2008 年 10 月中旬开始浇筑第一节挡土墙以来，项目部严格按照设计要求以及施工局制定下发的《曲阜东站挡土墙混凝土施工组织设计》，坚持施工安全、工程质量、合理工期、投资效益、技术创新五位一体，采用工场化、信息化、系统化、机械化的总体施工方案精心组织，精心施工，经过施工二处路基二队全体员工 5 个多月的奋战，2009 年 3 月 31 日，随着京沪高铁曲阜东站编号为 R101 ～ R103 的两节挡土墙混凝土浇筑收仓，曲阜东站挡土墙施工全部完成，共浇筑挡土墙 136 节，浇筑混凝土 7302 立方米，填筑碎石 10984 立方米。

在不断推进站场建设进度的同时，2008 年年底，项目部对整个站场安全文明生产进行了一次大的整顿。一是集中组织一批推土机、挖掘机和运输车辆，将弃土进行清理，就地打堆成规矩的梯形；二是对施工便道重新进行修整，保证平坦、宽阔；三是对排水沟进行全线清理，保证其畅通、整齐不影响交通安全；四是重新设置整个站场安全防护、标识牌和宣传标语，保证防护到位、标识牌规范齐全、宣传标语醒目；五是保持站场的清洁卫生，派专人清理站场施工垃圾，三台洒水车现场待命随时进行洒水，防止灰尘污染。经过一段时间的努力，曲阜东站面貌一新，整个站场施工秩序井然。2008 年年底总指和三标段分别对曲阜东站进行信用评价大检查时，对站场的安全文明施工给与了高度评价。

四

进入 2009 年后，曲阜东站的施工重点便落在了路基填筑上，这也是 2009 年项目部产值完成的最大来源。路基填筑的关键在于填土不仅要符合质量要求，而且供应有保障。然而在取土场的选择上项目部却陷入了两难之地。由于曲阜东站征地属于曲阜市息陬乡，而设计取土场却在曲阜市防山乡，设计取土量为 80 万立方米，需征地 450 亩。取土场的确定成了当地政府关注的焦点，息陬乡政府一直要求要将取土场放在息陬乡大峪村，并报请了曲阜市政府的批准，这给征地拆迁和对外协调工作带来了很大困难。项目部征地拆迁办以路基填筑技术质量标准为依据，一边与息陬乡政府沟通，一边向曲阜市支铁办汇报情况，得到支铁办的支持，同时积极与曲阜防山乡政府对接，鼓动防山乡政府积极利用铁三院与其签订的取土场协议和支持京沪高速铁路建设的优惠政策，向曲阜市政府打报告，要求我施工单位按照设计要求确定取土场，得到了市政府的认可。最终通过近四个月与息陬乡政府的多次沟通协调，于2008年10月与防山乡政府签订了取土场临时征地协议，为2008年11月16日曲阜东站启动路基填筑施工提供了条件。期间，防山乡政府也积极为项目部在路基填筑取土及运输过程中做好防山乡境内的协调，在未支付任何费用的情况下，使得曲阜东站路基填筑取土运输在防山乡境内未受到任何阻碍，确保了曲阜东站路基填筑施工顺利推进。

填土来源有了保证，项目部便不断出台新措施，加快填筑施工进度：一是充实路基填筑的管理技术力量。项目部对技术管理人员进行大调整，将其他作业队的十几名技术骨干调到负责填筑工程的路基一队。目前，路基一队共有技术管理人员16人，实行两班倒制，24小时进行填筑施工；二是制定明确的人员职责分工。项目部确定专人负责路基填筑的机械设备调度、技术质检、内业资料的整理以及施工日志的撰写。同时，还划分五个班组，每个班组负责各自部位的填筑工程，保证填筑施工有序进行；三是增加运土车辆，保证运输线路畅通。为了保证填土充足供应，每天的运土车辆增加到了50余辆（车厢容量20立方米以上），满足了运输要求。此外，项目部还派专人负责协调与取土场、五工区和沿线村庄的关系，保证运输线路的畅通；四是制定激励措施，提高技术管理人员、施工人员和运输队伍的积极性；五是实行人性化管理。考虑到填筑强度大，项目部加盖了板房供施工人员休息，并配备有热水和方便面等食品。在这些措施的刺激下，路基一队员工日夜奋战，填筑进度不断加快，连续几日的填筑量达到了10000立方米，掀起了路基填筑施工高潮。

与此同时，项目部严抓质量，努力打造精品工程。项目部对路基填筑实行标准化施工，严格按照"三阶段、四区段、八流程"的施工工艺组织施工，加强对填料的控制和施工参数的试验工作；加强监测的技术力量，严格进行变形、沉降监测，确保监测工作的可靠性和指导性，确保工后沉降在设计允许范围内；填筑施工采用方格网控制虚铺厚度，过渡段施工将填层厚度、桥台护坡等用标尺明示，碾压不到的地方采用人工打夯机夯实；为保持路基施工中排水系统通畅，施工过程中填筑路面设置一定排水横坡，路基两侧修建临时排水设施与永久性排水设施，并与便道原有排水系统相适应。2009年3月30日，铁道部京沪高铁总指挥部在对曲阜东站的检查中，认为曲阜东站路基填筑质量良好、路基排水规范，并给予绿色通知单奖励。这是我公司进入京沪高铁施工以来斩获的第三块绿牌。

五

从2008年7月的停工整顿，到今年3月获得绿牌奖励，曲阜东站建设实现了质的跨越，项目部全体有员工为此付出的心血也可想而知。对于这些成绩的取得，总指、济南指、三标项目部、公司等上级单位都给与了充分的肯定和高度的评价。他们现在来曲阜东站检查时，不再是板着一副不信任的面孔，对我们的施工吹毛求疵，而是本着一种合作的态度，勉励我们、鼓励我们、指导我们生产。正如项目经理王晓伟所说的那样，以前我们一听说有检查就害怕得不行，现在我们是不怕检查，甚至希望业主单位多来检查、多发绿牌。由此可见，我们用自己的行动证明了自己的实力，并在高手如林的高铁建设大军中树立了"中国水电"的品牌。"雄关漫道真如铁，而今迈步从头越"，我们将继续以高标准、严要求打造名副其实的一级样板工程，给业主交一份满意的答卷，给集团公司、公司交一份满意的答卷，给孔子故里交一份满意答卷。

沧海横流　方显英雄本色

——来自中铁十七局二公司京沪高铁一标
第一项目部的报告

齐晓赛

2008 年 4 月 18 日，在北京大兴区黄村镇一个叫北程庄村的地方，气球高悬，彩旗飘飘。国务院总理温家宝面带微笑，向世界庄严宣布："京沪高速铁路全线开工"。京沪高铁全线开工的礼炮冲天而起。从此，中国铁路建设掀开了崭新的一页。

十七局集团二公司京沪高铁第一项目部担负京沪高速铁路土建一标段一工区施工任务。线下工程 15.196 公里，无砟轨道 17.709 公里。主要有大中桥四座，墩台 435 个，桩基 4767 根，特殊结构 15 座，连续梁 12 处，空间刚架 2 处，钢箱拱桥 1 处，生产、架设箱梁 353 榀，路基 1440 米，填筑 12 万多立方米，基底处理 CFG 桩 48943 延米，碎石桩 34920 米。

这里，是京沪高速铁路土建一标的的起点，也是京沪高铁全线的起点。如果把 1318 公里的京沪高速铁路比作一条行将腾飞的巨龙，那么，十七局集团二公司京沪一项目施工地段就是巨龙的"龙头"。

"京沪高铁看一标，一标看一工区，一工区看十七局集团二公司！"已成为各方人士的共识。

"历史既然选择了我们，我们将还世界一个精彩！"十七局集团二公司京沪一项目参战将士发出铮铮誓言。

进场以来，在党中央、国务院、铁道部、京沪公司、集团公司、公司领导以及各级地方政府和沿线人民的大力关心、帮助和支持下，在项目经理贾建平、党工委书记仇理安（原为公司副处级调研员时衍禄）的带领下，十七局集团二公司京沪一项目，怀着对国家和人民高度负责的态度，牢记胡锦涛总书记"建优质工程，树企业形象"的谆谆教诲，高举"不畏艰险、勇攀高峰、领先行业、创誉中外"旗帜，坚持"抓源头、抓过程、抓细节"，高起点准备、高标准建设、高质量验收，全面落实质量、安全、工期、投资效益、环境保护和科技创新"六位一体"要求，全力推行"管理制度标准化、人员配备标准化、现场管理标准化、过程控制标准化"管理，践行"两严三控"、"双目标管理"和"六要"（谋划要细、起点要高、开局要快、管理要严、关系要顺、形象要好）规定，克服了征地拆迁严重滞后、三电和地下管线迁改缓慢，跨公路、铁路特殊结构办理施工手续涉及地方行政部门多程序复杂、施工外部环境干扰大、特殊结构多、施工工艺技术新，安全风险高、工期紧和任务重等诸多难题，倾力把京沪高铁建设成为"一流的技术创新工程、质量精品工程、资源节约工程、环境友好型工程和社会和谐工程"，在京沪高铁奏响了一曲攻坚克难、自强不息、奋勇争先、创造一流的壮丽凯歌。

至5月底，管段线下工程接近尾声，无砟轨道施工全面展开。实践证明，十七局集团二公司京沪一项目不愧为一支英雄的团队，他们以优异的战绩，在京沪高铁彰显出英雄本色：跨六环路、跨黄村大街、跨永华路特殊结构和跨京开高速公路钢箱拱桥分别获得京沪公司天津指挥部签发的"绿色通知单"表彰；跨大李联络线连续梁、跨规划兴华大街连续梁、跨京开高速钢箱拱特殊结构被京沪公司、局指认定为创"四个标准化"示范工区；大兴梁场在铁道部产品认证中以全线第二名的高分一次性通过；累计获得奖励近两百万元；在京沪公司和集团公司的百日大干劳动竞赛中，5个单位被评为先进集体，25人（次）被京沪高铁指挥部评为年度先进生产者，项目经理贾建平荣获中华全国铁路总工会颁发的"火车头奖章"。

智破"天下第一难"

多年来，随着市场经济的发展，征地拆迁与施工干扰已经被建筑行业公认为"天下第一难"事。在京沪高铁工地上，十七局集团二公司京沪一项目有更深的感受。

2008年初到工地以来，一工区征地拆迁工作进展一直缓慢，直到2009年10月形势才有所好转。一道位于丰台区境内影响施工两年多的高压线路在今年5月中旬才被最后拆除，其下方的25个桥墩施工整整误了两年。征地拆迁严重滞后始终制约一工区施工的顺利进行，已成为众所周知的事实。

京沪一工区工地处北京市，工地从北京南站引出后，沿既有铁路线，横穿北京市丰台、大兴2个区2个乡镇9个行政村，跨铁路、公路连续梁15座，需拆迁民房367户，拆除企业厂房45家，迁改中国移动、中国铁通和既有铁路信号等电缆、地下管线上千条。

2008年12月29日，一位到一工区采访的新闻记者在报道中这样写道："距4月18日大兴开工典礼已过去8个多月了，当京沪全线大干的热潮如海浪涌起之时，京沪高铁的起点处却悄无声息。"生动地写出了当时一项目施工所面临的尴尬境况。

在对工地沿线的民情社情调查摸底基础上，项目早已得出这样的结论：征地拆迁工作将成为征战京沪高铁能否取胜的关键。

进场伊始，项目立即成立时任党工委书记时衍禄为组长、副书记仇理安和副书记潘伟为副组长的征地拆迁领导小组，全力配合集团公司指挥部做好管区内征地拆迁和管线搬迁与保护。随着既有线施工工点的增多，2009年初，具有丰富既有线铁路施工经验的曹树喜也来到京沪，专门负责与铁路部门联系。高峰期项目征拆人员多达15人。

为了推动征地拆迁工作快速推进，项目经理贾建平还不定期组织召开征地拆迁协调会，解决征地拆迁工作中遇到的特别棘手的问题，同时加大征拆在人、财、物上的投入，全力确保尽快拿到红线内的土地。

面对施工人员长达几个月等地的现状，项目响亮提出"一切为了征地拆迁，一切服务于征地拆迁"的口号，动员一切可以动员的力量投入征地拆迁之中。

项目千方百计采取措施，加快进度。在实践中，把征地拆迁工作分段包干，化整为零，各个突破。项目党工委副书记仇理安和潘伟分别负责丰台区和大兴区，制定目标，细化责任，并与工资挂钩，先易后难，分批分期开展工作。地一块一块地交了出来，施工人员的脸上有了笑容，沉寂多时的工地终于有了"生气"。

征地拆迁之难，从征地拆迁人员的话语中可以深切感受。现已升任项目党工委书记的仇理安说："大兴区征地拆迁，虽然也发生过大兴梁场附近村民声称老母猪因施工噪音导致流产要求补偿、拆迁户拿了补偿款而不搬迁让地的怪事，但与丰台区的征地拆迁难度相比，可就是小巫见大巫了。在潘书记负责的丰台区，几百米的村道，施工车辆想通过，村民开口要价就是几百万元，还没有商量和讨价还价的余地。类似这样的赔款，第一项目部已经垫支上千万元。即便如此，迟至2009年4月，丰台区工地才打下第一根桩。"

党工委副书记潘伟说："不在北京负责征地拆迁，真不知北京的地贵。丰台区的地每亩动辄上百万，临时用地每亩也高达几十万元。在京沪高铁，真正深刻体会到首都北京寸土寸金的含义，难怪北京的房价如此之高！回想在丰台征地的日日夜夜，看着那些等待几个月想进场施工的设备以及施工人员焦急的眼神，再想想自己每天24小时的奔波与劳累但土地却征不下来，虽说男儿有泪不轻弹，但我这50多岁汉子还是为此多次流下了委屈的泪水！"

向困难低头，非中铁建员工的性格！为了尽快扭转这种被动局面，征地拆迁人员迎难而上，主动出击，在紧紧依靠政府和京沪公司、局指支持的基础上，他们吃透文件，领会政策，了解拆迁户的真实想法，攻"心"为上，主动做群众思想工作。征拆人员不放弃，不抛弃，几乎天天早出晚归，不是登门拜访政府部门，就是与村民交流沟通。一村一户、一个部门一个部门，动之以情，晓之以理，可称得上"跑断腿、磨破嘴"，把工作做到"家里头"、话讲到"心坎上"，表现在"行动上"，还积极为沿线村民排忧解难，解决力所能及的事情，方便沿线人民的生产生活，用真心与真情打动对方，赢得支持与理解。

管线搬迁与保护是京沪线的一大难题，特别像京沪第一项目部，几乎都是沿着铁路既有线施工。因为地下管线情况不明，冒然施工，必然危及既有线行车安全。一旦发生事故，将严重影响企业的信誉。为此，项目把这项艰巨的任务交给了党工委书记时衍禄。

在京沪高铁两年工作期间，年近六旬的时衍禄，每天不是组织人员挖管线探沟，就是找产权单位协调催促管线搬迁，有些管线因年代久远，为找产权单位费尽周折。由于长时间在工地现场旁站和过度劳累，时书记身体有些吃不消，晚上躺到床上，浑身酸疼难忍，但他顾不上那么多，还满脑子想的是管线迁改。他说，当时的工地到处都像战争年代开挖的战壕，纵横交错，凡是桥墩的位置几乎都有探沟。有一个探沟深9米，十多人硬是挖了一个月，沟内管线横七竖八，上上下下好几层，现在想起来都有些害怕。

与时衍禄一样，负责办理铁路要点施工手续的工作组组长曹树喜，也深感工作压力巨大。按照规定，既有铁路施工必须办各种施工手续，通过向铁路局"要点"或利用"天窗"才能施工。于是，50多岁的他经常奔波于铁路部门与施工现场之间。曹树喜介绍，一工区15公里工地全部临近既有铁路线，4次上跨运营铁路线。每一个工地办理施工手续，除了签订施工安全、施工监护、施工安全抵押金协议外，还需填写北京铁路局营业线路施工审批表，就单盖章一项就涉及10多个单位或部门。

在施工手续办理过程中，有时为了一个方案、为了盖一个章，前前后后都要跑上十多次。一套完整的既有铁路施工手续办下来，前前后后至少需要一个多月。他感慨道，既有线施工与普通的施工区别太大了！为尽可能不影响施工，他总是提前深入工地了解施工进展情况，与技术人员沟通交流，参与施工时间计划的编排，把计划提前一个月上报铁路局，这成为他日常工作的重要内容。

办手续成为一工区在京沪高铁施工的一个特色，为此，项目额外增加了许多人力和财力。一工区跨高速公路、铁路、城市交通主干道等有20多处，除了找铁路部门办理各种手续外，还需要找地方公路等部门办理相关手续。于是，项目又派出安全总监侯毅专门负责与交警、路政等部门打交道，办理施工前需要办理交通导改与占路施工等手续。侯毅不负众望，及时办好相关的施工手续，确保了施工队进场后能够顺利展开。

在首都施工，施工生产也被纳入了城市管理的范畴，附加了许多条条框框。加上临近既有线施工，施工单位还经常收到北京局发出的停工指令。仅2010年上海世博会召开前的5月份，接到的停工通知十多份，工地停工近半个月。这些对许多施工单位来说有些陌生，也让施工人员有些不习惯。经过一段磨合，职工们终于明白，在京沪高铁北京段施工要受到很多外部因素制约，可不像在荒山野岭，你想加班就加班，你想咋干就咋干。例如，大型机械车辆，白天是不能进入北京市区的，然而，工区大部分工地就在市内，特别是跨路的特殊结构。

为了做到两全其美，既不违反地方规定，又能够进行施工，施工人员开动脑筋，利用夜间组织材料运输，在居民区附近施工时，居民休息时停工，尽量减少对居民的影响。有时，为了担负企业的社会责任，施工只有停下来。据不完全统计，尽管施工人员想办法抢工期，但因 2008 年奥运会、2009 年建国 60 周年大阅兵、2010 年上海世博会等重大国内国际活动，累计停工达半年之多，加上北京市内实行交通管制等，与其他标段相比，一项目的有效施工工期至少耽误一年以上。

大兴梁场场长王万超说，由于梁场生产需要的几十万吨材料都是在夜里抢运的，梁场的材料员和试验室人员的上班时间也因此"黑白颠倒"，生物钟被打乱了，一些人因此患上失眠症。

拌合站站长牛俊会对在市内施工的烦恼体会最深："根据项目的安排，线下拌合站负责管段线下施工需要的混凝土的供应，由于交地滞后影响的工期，工地开工后都是 24 小时加班作业，白天运送混凝土也就成了问题。每当混凝土罐车经过市区，常常会遇到有关部门的拦截。我因此成为交警队的常客，有时得到了交警的同情，车辆很快被放行，有时只好缴上罚款，确保罐车能够快速到达工地，在北京施工真不容易！"

"施工单位就是这样，进场时拆迁难，当施工开始后，各类社会干扰也就随之增多。"面对施工中不断出现的施工干扰，仇理安这样总结。

为了给施工生产创造了良好的外部环境，项目又及时成立了社会关系处理领导小组，每当工地发生阻工或施工干扰，有关人员总在第一时间赶到现场，把问题消灭在萌芽状态。项目为此设立派出所，成立了治安联防队和各种应急处理小组，确保施工艰难向前推进。

勇闯道道难关

京沪一项目部施工的地段，除了临近既有线施工外，而且跨越多条铁路线、城市道路等，桥梁占线路的 80% 以上，15 个特殊结构分散在沿线。西黄左空间刚构、跨京开钢箱拱转体桥、900 吨箱梁制移运架、无砟轨道施工等，技术难度大、结构新颖、安全风险高、有效作业期短，成为京沪一项目部面前的道道难关。

凡来过一项目的京沪领导都这样评价说：十七局集团二公司京沪一项目担负的施工任务在京沪土建一标段乃至全线，其科技含量之高和安全风险之大，名列前茅。正因为如此，每次全线检查或路外单位参观，京沪一项目工地也就成为首选地之一。

也许是因为特殊结构多且科技含量高、安全风险大的缘故，时任十七局集团二公司总工程师的贾建平被任命为京沪一项目经理。

贾建平，内蒙古凉城人，1974 年出生，1996 年毕业于太原理工大学，高级工程师。先后参加过石家庄仓安路跨京广铁路斜拉桥、西安浐灞高 78 米的独塔斜拉桥和石家庄外环 8000 吨箱梁顶推拱桥等一批高难度工程的建设，取得多项科研成果，是"山西省青年科技创新岗位能手"和"詹天佑铁道科学技术奖"的获得者，被公司和集团公司誉为最年轻的桥梁专家，属于企业的科技拔尖人才。

面对技术难度大这一现状，项目成立了科技攻关领导小组，贾建平亲自担任组长，项目总工程师赵建龙任常务副组长，下设 6 个课题攻关小组。项目组织上千人次的高铁施工技术培训，采取请专家进来授课和派人送外学习等，在最短时间提升施工人员的技术水平。项目累计投入上千万元，展开科技攻关，先后破解 20 多道施工难题，为施工生产保驾护航。

针对管区内的京开桥、西黄左刚构等具有科技创新特点的重难点工程，项目组织人员精心编制施工方案，召开专家评审论证会，从源头上确保施工万无一失。在确定西黄左空间刚架施工方案过程中，项目组织铁路局、设计、监理、施工、专家咨询等单位参加的评审会就达到七次。

来到京沪高铁北京特大桥京开转体桥工地，在工地彩门上能见到这样的口号："筑国脉树丰碑欲与燕山比高低，建高铁创奇迹敢在世界争高下"。充分展现出这支队伍抢占世界高铁建设制高点的豪迈气概。

京开转体桥是我国高速铁路建设中首座中承式钢箱拱转体桥，在京沪高铁也是独一份。这座桥临近既有京沪铁路，在北京大兴黄村跨越京开高速公路。为最大限度减少对京开高速公路车辆通行的影响，采取无球铰转体法施工，转盘直径达 13 米，主跨为 108 米，单侧转体重量 3300 吨，横跨北京城市主干道京开高速公路。京开高速公路日均车流量超过 6 万辆，因此施工对安全防护要求极高，属于铁道部和中铁建科技攻关项目，备受铁道部、京沪公司的关注。

从桩基基础到转体，施工负责人黄先力和技术负责人黄树彬，带领郭慧祥、杨林，严格把好每一道工序、细节的质量关。在确保深达 50 多米的钻孔桩施工质量的基础上，破解了临近既有线铁路和高速公路安全防护、转盘精确安装、滑道定位、高精度焊接、大型钢件高空吊装与焊接、空间测量等多道技术难题。引进非接触式应变位移测量仪，全过程双向监控定位，确保了成功转体与合拢，误差控制在 1 毫米内，受到了京沪公司和有关专家的高度评价。施工中，铁道部副部长卢春房曾来检查，中国土木工程协会等单位前来参观，大桥成功转体实况上了中央电视台《新闻联播》，大桥顺利合拢的消息也被新华社向全球播发。京开桥成为京沪高铁的一大亮点。

京沪高速铁路北京特大桥西黄左空间刚构，是京沪高铁土建一标的六大难点工程之一，安全风险最高。它与西黄左线及京山Ⅰ~Ⅳ线交叉角度约 20°37′，既有西黄左线（京九下行线）、京山Ⅰ~Ⅳ线（京沪既有线）与直线建筑限界要求净高 7.5 米，五线间距为 20.7 米。受到既有电气化铁路、线路竖曲线、跨度以及工程造价等因素的影响，北京特大桥跨既有五线采用空间刚架结构。既有西黄左线及京山四线为一级铁路，行车密度大，运输十分繁忙，铁道部要求施工不得影响既有铁路的正常运营。桩基采用旋挖钻施工，侧墙钢箱利用既有线天窗点采用汽车吊分节吊装，钢横梁用两台龙门吊吊装，横梁吊装向相关部门要点施工，钢纵梁、桥面板吊装采用龙门吊利用天窗点进行吊装施工，安全防护成为施工顺利的保证。

在工地上，现场负责人高晓雷说："施工中最难忘的是春运前的横梁吊装！那段日子，每天都像打仗。白天作好准备，凌晨两点开始吊装作业。一干就是十几天，我和技术主管富成玮等，每天休息不足 3 个小时。"

因前期征地拆迁影响，跨西黄左空间刚构横梁吊装被排到了 2010 年元月份。1 月 30 日开始进入为期 40 天的铁路春运。春运期间，铁路要点施工全部停止。如果不能在春运开始前把长 35.3 米、高 2 米、最重达 54.7 吨的 45 片横梁吊装完成，横梁安装就要推到春运结束后才能干，这意味着工期推后 40 天，后续架梁作业等无法按计划进行，整个工作计划也被打乱。

为了完成这一节点目标，施工人员冒着零下 10 多度的刺骨寒风开始了拼抢之战。针对每个要点施工时间只有 70 分钟，施工人员组织吊装演练，充分做好每次要点施工前的各项准备。对演练中出现的问题，反复研究，不断改进工艺，把挂钩、定位、拼装等工序的时间细化到分钟。在施工中，再利用原来的两个龙门吊施工的基础上，又投入一台 500 吨的吊车，施工进度不断加快。一个要点由刚开始吊装 1 片梁最后提高到 6 片，结果在 12 个要点（节省了 10 个要点）时间内圆满完成了吊装任务。构件焊接中，为了确保质量和进度，焊接中采取了事先预热、石棉保温等措施，高峰期有 50 多个电焊工同时作业。在春运前一天胜利完成了吊装任务，受到了北京局的表扬。京沪高铁公司董事长蔡庆华闻讯后发来贺信。

那段时间里，每次施工，项目经理贾建平和项目书记仇理安准时到达现场，指挥协调，直到施工结束。运送施工人员的车辆司机们更是辛苦。每天下午 10 点前赶到北京路局，把防护单位的人员接到工地，施工结束再把人送回去，等返回项目驻地休息时已接近凌晨 5 点。大家的辛苦没有白费，今年 4 月 19 日，架桥机顺利跨过西黄左，向北京南站方向挺进。

安全风险高一直伴随着一工区的施工生产。针对施工临近既有线施工，跨越铁路、高速公路、城市主干道等，项目设立安全总监。曾经担任过项目总工程师的侯毅被任命为安全总监。从思想入手，超前做好职工教育培训，举办安全知识讲座，逐步树立"安全生产无小事"的安全防范意识，施工中自觉做到"不干违法的事，不干违章的事，不用低素质的人，不吝啬投入，不当老好人，不存侥幸心理"，确保施工平安。

侯毅说，刚开始，由于对特殊结构跨道路、铁路的安全防护认识不足，项目配备的安全人员较少，而且懂工程、机械、电等专业知识的人更少。随着施工的展开，施工中需要办理施工许可证，涉及大兴、丰台等路政交警、首发集团等40多个单位，这对安全管理提出了新的要求。项目对安全的投入不断加大。

为了确保安全工作扎实，项目抽调王国玉、吴奎明、费利君等责任心强、具有专业知识的年轻人负责安全管理。项目还挑选20多名责任心强、工作经验丰富的老同志，通过岗位培训考试合格后任防护员。项目成立起50多人的专兼职安全员、防护员队伍，对重点部位加强重点监控。

在西黄左空间刚构施工中，开好班前会和班后总结会的同时，设立一名驻站员、两名远端防护员，线路两端还插上警示牌子等，横梁吊装时，每榀梁安排两个防护员监控，梁底采用双层防护网，防止杂物跌落损坏电气化铁路接触网或影响铁路运行。

在靠近铁路线桥墩施工中，项目事先做好安全施工方案，督促先进行防护桩处理，有地下管线的地方改移后做好安全防护后才可以施工，钻机进场后全部采取揽风绳防护。据统计，安全措施费投入超过千万元。

设计要求京沪高铁桥墩寿命为100年，无砟轨道寿命为60年。为了达到这个标准，在施工中，严把原材料进场质量关，搞好过程控制，严格混凝土配合比。以"制度管理标准化、人员配备标准化、过程控制标准化、现场管理标准化"为抓手，推行准化管理，确保创造精品工程。

项目把业务培训作为创造精品工程的关键环节，在进行高铁公共知识培训的基础上，对技术人员、试验员、测量人员进行专业知识培训。采取请进来、走出去，让施工人员熟练掌握施工技术规范，确保桩基的准确定位、钻孔桩的成孔、钢筋笼的绑扎和混凝土灌注符合要求，墩身的标高达到设计要求。在箱梁生产中，从模板的清洗与调整定位、高性能混凝土的振捣、养护、灌浆与张拉、梁体打磨，到箱梁的运输等严格控制相应标准。在无砟轨道底座板施工中，更是对高程、几何尺寸、外观线形等进行控制，力求精益求精。

针对因征地拆迁工期滞后和因重大活动而耽误工期的现状，项目想办法往前赶并加以内部消化。项目采取工作重心前移，实行靠前指挥。项目副经理带领技术人员住到工地现场。把全线划分为三个分工区，设立指挥所，吃住在现场，第一时间解决问题。为了节省征地开支，部分地段施工便道和作业场地狭小，施工人员因地制宜，在有限的空间内采取从中间向两边退着施工，24小时三班倒作业。每当征下一个作业面，施工人员便以最快的速度进入现场，采取见缝插针、"跳蛙"战术，先易后难地展开施工。为抢工期，在桥墩施工中，加大投入，购买多套桥墩模板，确保尽快成型。施工中还将悬灌法施工设计的一些桥改为现浇，为架桥机通过创造条件。高峰期，一工区施工人员达到3000人，上场机械设备超过500台（套）。

为了满足京沪高铁施工对管理、技术和操作等各方面人才的需求，项目积极推行"一带一"或"一带几"的"师带徒"的人才培养模式。经理贾建平就亲自带了三个徒弟，同时，通过压担子，为年轻人快速成才搭建平台。技术员高晓雷、黄树彬、胡万里、富成玮、李科峰等在施工中，很快脱颖而出，在重要岗位上挑起了大梁，成为推动施工生产的新生力量。

在悬灌施工关键时期，具有丰富桥梁施工经验的李树文被调来"助阵"，负责特殊结构的施工。他带领刘勇等技术人员，昼夜奋战，现场指导，优化方案，搞好各道工序的衔接，使每一节悬灌时间提前了一天，如期完成跨北京南五环等特殊施工任务，获得京沪公司"绿色通知单"奖励。

制梁是架梁前提。一工区设立了大兴制梁场。占地172亩，负责353榀32米和24米箱梁预制。为了少占耕地，减轻征地拆迁的压力，施工人员发挥聪明才智，把清表的复耕土3万多方堆在生活区房屋基础，少征农田10多亩，降低了梁场的投入，也发挥了防汛的作用。每片梁的生产周期近两个月，投产越早架桥就越早。于是，梁场职工再次显示出超人的才能，在优化设计方案的基础上，2008年9月25日交完制梁区用地后，当年10月30日就生产出了第一片900吨箱梁，2009年3月13日顺利通过全国工业品生产许可认证。

为了加快进度，梁场投入上百万元，采取蒸汽养生和冬季施工措施，引进无线温控电磁遥控测温仪这一高科技自动温控装置，确保了箱梁生产的质量。

为运架梁顺利进行，项目成立了架梁队。由设备管理经验丰富的张光建担任队长。抽调机械领域熟练的操作人员担任提、运、架人员，建立起设备检查维修制度，不定期对提梁机等大型设备进行维修保养。项目部建立奖罚办法，每月奖罚兑现。施工人员倒排工期，把每片架梁生产时间细化到分钟。目前，架梁机正日夜兼程，按计划向京沪起点挺进。

为了激发大家的干劲，项目坚持以人为本，以工地生活、文化、卫生"三线"建设为载体，投入上百万元，为职工统一配发了日常用品，让职工住进了装有空调的房间，办起了职工书屋和职工活动场所，用浓厚的中国铁建文化氛围激发职工踊跃投身京沪会战之中。对使用的民工严管善待，实行"六统一管理"，最大限度激发他们的干劲。

项目积极发挥好党组织、工会、团组织的作用，把职工的思想和意志统一到施工生产上来。项目党工委适时开展学习实践科学发展观活动，开展"争先创优"活动，开展"诚信、创新永恒，精品、人品同在"价值观教育，发挥党组织的战斗堡垒和党员的先锋模范作用。共青团组织及时开展青年突击队活动，工会积极组织开展比质量，创优质工程；比进度，创施工进度；比安全，创安全工程；比技术创新，创工艺工法；比资源节约，创环保工程；比团结协作，创和谐工程的"六比六创"的"大干一百天"劳动竞赛活动，大张旗鼓地进行总结兑现大会，为施工生产营造浓厚的会战氛围。

在施工生产最艰难的时候，各级领导送来无微不至的关怀与指导，增添了职工战胜困难的勇气和力量。党中央、国务院、铁道部、北京市、京沪公司、集团公司等各级领导多次批示和现场办公，催促加快征地拆迁工作，集团公司还先后三次召开攻坚动员会，激发会战热情。特别是二公司领导和公司上下，全力以赴支持项目的工作，为项目克服前进道路上的困难鼓足了信心。公司董事长、总经理成志宏、党委书记朱守平等领导多次来到工地，亲自出谋划策，帮助解决实际问题，坐镇京沪，调兵遣将，组织了一场公司上下增援京沪高铁拼抢工期的冬季攻势，为京沪高铁建设倾注了巨大的心血。公司机关工程管理、设备、物资等部门多次派人来到现场，提供技术服务，编制施工方案，指导工程测量，编制架梁计划，搞好设备维修，充实架梁队的力量。这些都给予京沪一项目极大的鼓舞，使得京沪一项目在困难中看到了希望，在拼搏中看到了胜利的曙光，在拼抢中一点一点夺回了耽误的工期。

敬业奉献谱新曲

为了让京沪高速列车能够早日奔驰在祖国的大地上，为了让国人尽快享受快捷、舒适的出行生活，生活得更加幸福，更加有尊严，为了实现中华民族的强国梦想，在京沪高铁建设中，十七局集团二公司京沪一项目上演了许多可歌可泣、感天动地的故事，表现出建设者们无私奉献、团结拼搏的良好精神风貌。这里捡拾一些，就算为京沪高铁建设这一鸿篇巨著提供一些最原始的注脚。

在京沪一项目京沪高铁施工中，每到关键时刻，职工都能冲锋在前，爆发出强大的凝聚力和战斗力。

在北京特大桥 C60 桥墩基坑抢险中，团队精神得到了淋漓尽致的展示。

那是 2009 年 7 月 17 日，北京遭遇百年不遇的特大暴雨袭击。大雨过后，14 米深的 C60 桥墩基坑灌满了水。经过一夜的浸泡，不均衡压力导致基坑旁一条直径为 80 厘米的过渡段城市污水主管道变形爆裂。此处距正在运营的京沪铁路不足 10 米，同时也威胁到旁边一条煤气管道的安全。随着水流不断冲刷，基坑四周不断坍塌，靠近铁路线一侧的 6 根防护桩随时有倒掉的危险，对火车安全运营构成严重威胁。

险情就是命令! 发现情况后，项目领导贾建平请假放弃参加局指推进会，第一时间赶到现场组织抢险，并通知相关产权单位到场监护。

项目立即启动应突发事件应急预案，很快组织 200 多人的抢险队投入抢险，24 小时三班倒作业，出动了 14 台抽水泵排水，80 多人装沙袋保护既有线和煤气管道。产权单位到来后，经协商，项目人员兵分两路，一路到上游 1 公里外切断污水管道，让污水直接排走，减轻对基坑的压力，一路在基坑内继续加固围堰和抽水。在污水截流中，为了及时堵上直径近一米的管道口，在无可用堵塞物的情况下，项目领导纷纷把自己的被褥捐出，经过从上午8点发现险情到次日凌晨4时的奋战，成功完成了上游截流。

局京沪指挥部得知情况后，常务副指挥长梁毅带领局指有关部门人员赶到现场，与抢险人员并肩作战。经过五天五夜的奋战，投入各类编织袋近10万个，仅方便盒饭就花费5万多元。警报终于解除，工地恢复了正常，避免了一次重大危及公共安全事故的发生。

在抢险中，项目人员表现出空前的团结。每个分工区都派出精干队伍参战，项目物资部门调来抢险物资材料、设备，组织吊车等将材料运到现场，几天几夜没合眼；截流人员不顾腥臭，跳入污水中，不少人因污水浸泡时间过长，导致皮肤溃烂；装沙袋人员铁锹不够，就用手装；办公室人员将一日三餐饭送到工地，施工人员来不及洗手，就用沾满污泥的手捧起饭盒用餐，吃完饭后继续投入战斗；年近六旬的党工委书记时衍禄，挽起裤腿，赤着双脚，在现场指挥基坑防护。由于水流过大，市政下水泵站抽水不能快速泄洪，水流到了桥下的公路上，不明真相的群众报了警，交警和路政部门来到后准备处罚，当得知详情后，交警部门不但不罚款，反而在现场组织交通，确保抢险车辆设备的畅通。项目的出色表现，也赢得地方水务、路政、城管、交警和铁路部门的尊重与好评："十七局不愧为铁道兵，社会责任意识就是强！"。

不但抢险中如此，每当项目遇到困难时，职工们的主人翁意识更是得到极大迸发。

征地拆迁中，曾发生了梁场的职工拿自己的工资先期垫付征地补偿款的壮举。2008年5月，在大兴梁场的征地拆迁中，因征地款暂时不到位，村民提出想进场施工必须要先付钱。为了早日进场，梁场职工主动把自己的工资拿了出来，先期垫付征地款。随着施工进入高潮，项目资金出现紧张，职工得知情况后，再次表现出高风亮节。工资发放不及时，但每个职工坚守在自己的岗位上，兢兢业业干好工作，从未因工资推迟发放而怠工。每次工程款到位，职工们提出宁愿推后几个月领工资，也要让有限的资金优先发给农民工，或用于购买施工材料。正式职工真正成为京沪高铁施工的中坚力量！此举令农民工对一工区职工刮目相看，一些农民工被深深感动，纷纷加入缓领工资的行列，让项目把钱用到京沪高铁建设最需要的地方。

在京沪建设中，一工区还涌现出一大批先进典型，他们成为京沪高铁建设中一个个耀眼的明星，让京沪高铁建设史显得更加厚重和多彩。

项目经理贾建平来到京沪高铁后，为了施工，三个春节都在工地上度过。在大兴梁场建设期间，冒着酷暑一天到晚呆在工地，及时研究处理梁场建设中遇到的问题。患感冒后因无暇到医院治疗便一直硬挺着，最后，倒在公司领导班子民主生活会上。经医院检查，已经转化为肺炎，高烧达39度，不得不住院。在住院的20多天里，他心系梁场建设，每天电话询问进展情况。

得知梁场建设进度不够理想后，他不顾医生的劝阻，提前出院，日夜盯在工地，在一周内完成全部工程，又过一周便指挥生产出第一片梁。

陪伴他近三年的司机郭启良心痛地说："要好好写写贾总，贾经理就像一架永不停转的机器，每天点完名就上工地，一个工点一个工点检查工作计划落实情况，确定下一步施工重点。几乎天天都是很晚才回来休息，很少有过午休。"

在工区采访中，经理贾建平多次说，我没有什么好写的，要多写写项目的普通职工吧！正是这些职工的忘我工作，京沪高铁才有今天的雏形。

2009年9月，是征地拆迁最紧张时期，党工委书记仇理安的父亲不幸得病住院。当时，拆迁工作也进入攻坚阶段，他实在走不开，只好电话中请家人代为自己照看病中的父亲，把对父亲的那份爱深深埋在心里，全力投身征地拆迁。今年高考期间，儿子很想让他回家，又是因为工作忙，他婉言拒绝了儿子的要求。儿子电话中称他"是一名不称职的父亲"。

原项目党工委书记时衍禄，一名1969年入伍的老同志，退居二线前担任公司党委副书记，干了30多年的政工，深得上下好评。京沪上场后，公司让他出任项目党工委书记，他二话没说，第二天就来到工地。负责"三线"建设和后勤保障的同时，也负责管线拆迁。由于超负荷运转，在京沪高铁一度病倒，但他坚持着，直到把管线搬迁基本结束才离开。

57岁的工作组组长曹树喜，是一名老党员，家属因心脏病住院，为了不影响"要点"施工，只好向家人道歉，家属在电话中"生气"地说"我住院了，你不回来看我，将来你病了我也不管你！"80多岁的老母亲病了，因为工作忙无法走开，他明白"自古忠孝不能两全"，京沪高铁工期这样紧张，只好选择了"不孝"。家属出院后，为了支持他的工作，怕他担心，影响工作，反过来到工地看他。

总工程师赵建龙，为了京沪高铁建设，夫妻双双战斗在工地上，到了上小学年龄的的孩子，只好托付年迈的父母照看。

工程部部长廖文彬夫妇，为了不耽误工作，把母亲接到工地照看两岁的孩子。

总会计师胡树昌，因为付款，忍受不少委屈，但他为了施工正常运转，精打细算，谋划开支好每一分钱。

羊子年、韩允忠，都是50多岁的老职工，分别负责项目物资和设备管理，为了工地材料供应和设备维修保养，经常忙到半夜三更才回来，让家人难以理解。

梁场场长王万超，为了梁场工作，儿子在京沪另外一个工区结婚，无法前去参加。作为父亲，未能参加儿子的婚礼，让来宾惊讶，留下终身的遗憾。

梁场总工李科峰，为了不影响梁场生产，搞好技术指导，结婚在京沪，生子在京沪，以京沪高铁工地为家。在项目上，还有10多位年轻人也像小李一样，在京沪结婚，让京沪高铁成为自己的"证婚人"。

拌合站站长牛俊会，为了拌合站顺利生产，父亲过世三周年立碑，岳母去世，每次只回了一天就又匆匆返到工地，把对亲人的思念转化为工作的动力。

路桥三队的党支部书记秦全平，在梁场建设中带领职工搞场地硬化、提梁机轨道基础和安装等任务。为了早日完成任务，带领职工24小时不停作业，吃住在工地，因劳累过度，血脂高的旧病也复发，他没有休息，而是一边吃药，一边组织生产。经过两个月的拼抢，提前完成任务，他却像变了一个人，又黑又瘦，病情也加重，不得不住进了医院。

架梁队技术员陈创国，因劳累过度，身体不支，摔倒在工地上，醒来后第一句话就是，影响架梁没有。住院仅一天就又回到工地，做好架梁的技术工作。

电工张永华，一位30年工龄的老职工，一年四季不管刮风日晒在线路上巡视，随叫随到，及时处理故障，保证了工地和项目部供电正常。

安全员魏德清，在2009年年底要点施工时，母亲不幸去世。当时他一人正负责几个工点的安全，晚上做西黄左的吊梁防护，白天又要进行安全巡视，每天休息时间不足5小时。考虑到自己请假无人顶替工作，也就没有回家与母亲见最后一面，当吊装任务完成后回去时，只好在母亲的坟头磕头谢罪。

安全员陈全安，无论刮风下雨，每天在工地上旁站时间不少于17个小时，用他的话说"只要自己的付出换来工地的平安，自己累点、苦点算不了什么！"

测量人员安小鹏，每天头顶烈日，在工地上测量，回来不顾劳累，又加班加点计算数据，从没喊一声苦，叫一声累。

江芬，一名普通的办公室秘书，一家三口分别在三个地方，无时间回家探亲，丈夫只好带着孩子来看她。

司机杜永泽、张利明等，任劳任怨，不辞辛苦接送职工平安上下班，在平凡的岗位上作出不平凡的贡献。

还有许多值得大写、特写的人和事，这里不再一一列举。京沪高铁不会忘记他们！

2010年，是京沪高铁的决胜年，更是十七局集团二公司京沪一项目挑战自我，奋力拼搏的一年。目前，项目上的每一个参战员工脸上都显出精神饱满、士气高昂的必胜信念，在工地的每个角落，都能感受到"奋战一百天"的大干快上的火热气氛。有理由相信，十七局集团二公司京沪一项目一定会不负众望，圆满完成担负的施工任务。京沪高铁会战这一幕大戏，也会因为他们的参与而更加精彩！

精神铸就品质

——记京沪高铁济南西站的建设者们

王忠旭

　　夏末秋初的济南，仍是湿热难耐，每日40度的高温都能将柏油路上的沥青烤化。然而这样的高温却烤不化济南西站建设者们的坚强意志。

　　由中铁十二局承建的济南西客站项目部自2009年6月上场以来，以"铁军面前无险阻"的精神严格要求自身，快进场，快安家，快速形成施工能力，迅速掀起大干高潮。济南西站是京沪高铁五个始发终到站之一，她的圆满建成将在我国铁路建设史中画上浓墨重彩的一笔。建设者们都为能够参加这样具有深远意义的工程建设倍感骄傲和自豪。

郑军：运筹帷幄掌大局　率先垂范做榜样

　　凡是接触过济南西站工程的建设者都深知这项工程的艰巨：工期紧迫，工程量大，质量要求高，作业难度大，场地有限，后门关死。作为项目经理的郑军同志深感责任重大。孙子曰："多算胜，少算不胜，由此观之，胜负见矣。"郑军同志正是秉着"多算胜，少算不胜"这样的思路，在项目施工前就开展调研，合理布局，优化设计，拟定并选择了最佳的施工方案，科学配置项目部的内部管理人员，保证施工环节落实到人，并细化工作内容，做到职责清晰，责任到人。郑军同志深刻地认识到，项目是企业效益的源泉，只有立足项目，服从大局，努力实现项目各项指标，才能确保公司整体目标的实现。因此，上场之初他就提前预控成本，做到事前有预控，始终掌全局。在施工期间，郑军为创造和谐宽松的外部环境，还采取主动出击的策略，千方百计化消极因素为积极因素，定期向京沪高铁济南西站建设指挥部汇报施工情况，主动与监理及质监等部门联系，细心听取他们的意见和建议，并加强与设计单位的沟通，确保不因设计原因影响施工进度或造成返工。

　　项目经理之于项目部就相当于排头兵之于队伍。处于高度的责任感和极强的责任心，郑军自开工以来从没有因为个人原因离开过项目部，吃在工地，住在工地，做到了以工地为家，以安全质量为生命，一切以建设大局为重。在济南西站的施工现场，我们总能看见郑军的身影，对于项目部的各项管理工作，他坚持办公不分昼夜，随时有问题随时处理，手机 24 小时开机，不错过每一个亟待解决的问题。铁人也有生锈的时候，更何况是一个普通人，面对来自各方的施工压力，郑军的头发白了，人累瘦了，身体健康状况下降了，但是为了不影响员工的工作情绪，不耽误工作，他坚持利用中午的休息时间在办公室输液，工作时间他呈现给大家的永远都是他最佳的精神面貌。为了将济南西站建成用户满意，社会认可的工程，郑总始终都是在实行标准化管理，超规范要求。高铁建设不比普通工程，标准高，工期紧，质量要求严格。针对这些特点，郑军坚持样板引路，严格标准。根据多年的经验选择有实力、信誉好的作业队，以保证项目长期健康，有序运行。根据项目实际情况，他制定了科学合理、操作性强的规章制度，使每一位参建员工熟悉标准，掌握标准，执行标准，以确保工程施工得到有效控制和保证。他还从人员配备，过程控制，质量监控，现场管理各个方面严格执行标准化管理，坚定不移的将标准化落实到现场，扎根到一线。正是郑军同志的这种不退缩的榜样精神感动着项目部的每一位员工，他带领的项目部一班人，攻坚克难，使项目部的安全质量全面受控，形象进度满足节点要求，得到了集团领导的表扬，获得建设指挥部等各级单位颁发的多项荣誉。

任二福：身先士卒做表率 协调沟通促施工

说到项目部年纪最大的人，大家首先想到的是我们的好书记任二福。书记今年 55 岁了，按常规来说这已经是将要退休的年纪，任书记本可以申请留在离家近的项目部，清清闲闲等待退休。可是当任书一记听说公司中标济南西站工程，就主动申请要参加到这场为国家服务的战役中，他说以前当兵的时候我们就知道要为国家、为人民效力，现在这么好的机会怎么能落下我，我这叫发挥余热还不迟。

在项目部，任二福除了是我们的书记，还兼任综合部部长，项目部大大小小的后勤事务都由他负责。多年工作在基层的任书记知道，要想士兵在前线打仗无顾虑，就要让他们有稳定的思想和坚固的后勤保障。他深知常年工作在外建设者们的艰辛，理解他们对家的牵挂，为构筑和谐项目，让参战人员多一点家的温暖，任书记经常和职工进行谈心交流，对家庭困难的职工给予一定的帮助，济南西站项目部只要任何一个员工生活和工作上有困难，他都出面帮忙，彻底解决员工的后顾之忧。在职工的切身利益方面，他考虑到职工绝大部分为山西人，特地聘请山西厨师，满足了大多数员工的需要和口味，每逢年节，他都嘱咐厨房多炒几个菜，让职工在外地也能感觉到家的温暖；结合济南当地气候考虑职工切身需求，每间宿舍还安装了空调、盥洗室安置了两台洗衣机，浴室安装了五台太阳能热水器，满足了员工生活需求。他还想劳务人员之所想，推行农民工工资项目部代发制，很好的解决了工资纠纷，保证了管理人员与施工人员的和谐。另外，他主动请缨，承担了场地征迁工作。在工程上场初期，他不等不靠，积极主动与济南市槐荫区政府、当地公安及当地村委会沟通交流，经过他的不懈努力，最终争取到了当地政府的大力支持，使拆迁工作顺利进行，由他负责征下来的土地面积达40000平方米，为项目工程的顺利开展打头阵，为济南西站的建设赢得了时间。

济南西站项目建设在精诚团队的合作下，始终领跑在建设指挥部的最前端，任书记所带领的项目部党建和思想政治工作，与项目建设齐头并进，在施工生产中充分发挥党员的先锋模范作用和党组织的战斗堡垒作用。为了最大限度的展现全体员工的精神面貌，激发全体员工的斗志，更好地为济南西站建设服务，任书记还结合劳动竞赛开展了每月评选明星员工的活动，真正做到活力展现在一线，作用发挥在岗位，打造出一支政治坚定、素质优良、作风过硬、业绩突出、纪律严明的队伍。

高并强：胆大心细保质量 恪尽职守控安全

一个创建精品工程的项目部，不但要有优秀的管理团队，更要有铁面无私的执行者。身为安全质量环保部部长的高并强同志，就是这样的一个典型。在项目部人们都称他为安全"守护神"，正是他眼镜背后那鹰隼一般的眼睛，才使得现场的安全质量一直处于平稳受控的状态。

工程质量、安全文明、进度效益等各项指标的完成是相辅相成、不可分割的一个系统工程，只有施工现场安全设施齐全到位，防护严密，工人在无后顾之忧的环境下才能放开手脚，专心干活，从而保证工程质量、进度计划目标的实现。所以安质部职能发挥得好与坏直接影响着项目部的进度、声誉和效率。高并强深知领导把这个重要的岗位交给他是赋予了他多么大的信任，因此他凭着自己熟练的专业技术知识，多年的工作经验和高度的责任感，带领着安质部的一班人，舍小家，顾大家，一直奋战在施工一线。白天他在工地坚守，晚上加班制定安全施工方案，保证现场的安全质量。对待手下的员工他最常说的就是三抓原则：抓好源头，抓紧过程，抓住细节；对现场的工人，他反复强调的就是做到三零：零误差，零缺陷，零故障。正是他这种恪尽职守的高度责任感，促使济南西站工程赢得了高标准、高质量、高效率的声誉。

安质部工作强度大，头绪多。现场安全、劳动安全、设备安全、抗洪防汛、防火防爆、防暑防尘这些工作，安质部都要面面俱到，防患未然。项目开工之初，高部长就组织安质部的人员每晚分班对劳务队进行3级安全教育，现场纪律签约，进行必要的安全知识考核，合格后才可进场作业。高部长每天早晨都会在现场的大门口等来早晨工作的第一批工人，他认真的检查每一个工人的安全帽和安全带的佩戴情况，因为这小小的一顶帽子和安全带，不仅牵扯着工程的安全管理更是远方亲人对他们的牵挂。去年冬季的一天，高部长照例在现场巡视，此时一处焊接作业引起了他的警觉，他一溜小跑过去责令该焊接点工人立即停止手中的作业，大家都不明白什么状况，原来该焊接点下方正是为养护混凝土铺的毡子，虽然上方的焊接火星在落下来的瞬间几乎都已经熄灭，但还是有个别的落在了毛毡上，加之冬季天气干燥，这就存在着极大的火灾隐患。很多人都说高部长总是大惊小怪，小题大做，但就是他这种极端心细和不怕得罪人的态度确保了济南西站的工程质量和安全可控，为实现全部工程一次成优，确保创国优"鲁班奖"的总体目标提供了保障。

济南地下水资源极其丰富，在过去曾有家家泉水、户户垂柳的说法，但对于施工建设来说这却是极大的难题。土方开挖后，在大基坑中进行地铁1、6号线的基坑二次开挖，是典型的坑中坑施工。随着开挖深度的增加，承压水若不能按需降排，将可能造成基坑的突涌、坍塌事故。面对此状况高部长主动与上海同济大学合作，对基坑支护安全进行300余次的信息化检测，在未发现异常的情况下，合理避免了基坑支护存在的风险。另外考虑到降水的直接排放不仅对市政排水系统造成负担，而且也白白浪费了珍贵的水资源，高部长经过详细踏勘，在建设指挥部批准的情况下修建了长达三公里的排水管道，将抽出的基坑降水排至附近的小清河内，实现了水资源的良性循环。

年轻人：苦其心志劳筋骨 锐意进取献青春

济南西站项目部这支队伍不仅有着一批起带头作用的领导，还有着一队血气方刚的年轻人，他们青春正旺、意气风发，有的是工作五六年的年轻工程师，有的是刚工作不久的大学毕业生。在他们当中有的人刚结婚不到一个月就参加到这场济南西站的大干战役中，有的人自开工到现在一次家都没有回过，就连过年这个在中国人心中传统的大节日他们也是在工地度过的。项目部都亲切的称他们为"黑小子"，这个"黑"正是他们常年户外工作的见证。

如果说工作在施工一线的领导是劳心，那工作在现场的技术员更多的就是劳身。无论骄阳还是雷雨，无论寒冬还是风沙，无论昼还是夜，一顶安全帽，一把手电，他们每天都是这样活跃在施工现场，向着自己的人生目标努力奋斗着。他们最常说的就是这样一句话"天将降大任于斯人也，必先苦其心志，劳其筋骨……" 2009年6月，济南西站基础钻孔灌注桩施工先期展开，当时的济南恰逢雨季，且是近十年来降雨量最充沛的一年，可以说暴雨突袭不断，大中小雨常伴，降雨成为制约桩基施工最大的气候因素。在项目部管理人员不等不靠，连夜探讨解决方案的前提下，项目部这班年轻的总工和技术员冒雨修筑排水管线，24小时轮班盯控排水，他们经常是浑身泥泞，满面尘土，回到办公室也只是和衣靠着椅子休息一下，多少个不眠之夜，他们用自己的体温烤干了身上的衣服，几天下来他们的脸颊都凹陷了，通过昼夜作战，项目部有效解决了桩基施工排水问题，在不到 100 天的时间里完成了近 2000 根钻孔灌注桩。今年夏天济南的天气格外反常，先是高温不降，再是暴雨不断，热的时候夜里最低温都在 35 度，只要走出办公室整个人就是水洗一般，真正的汗如雨下。在现场中暑了就回办公室喝一瓶藿香正气水，接着再奔赴现场，从没有谁因为个人原因而落下一个班，错过一个点。济南西站作业交叉难度大，这些对于青年员工来说都是考验和提高，没有谁抱怨过工作环境不好。大家经常在总工的组织带领下一起研究设计图纸与变更方案，并进行科技攻关，进行经验交流。作为国家和铁道部的重点工程项目，每月都有大型的检查活动，年轻技术员们负责的各种工作台账、技术资料完整齐备，使我项目部经受住了各种检查的严峻考验。正是黑小子们这种良好的工作态度，保证了现场在施工期间未发生大的安全质量事故，得到了监理、业主及公司的认可。

人们都说精神是一种思想状态。济南西站建设的顺利推进，正是项目部所有建设者高度负责的敬业精神和不求回报的奉献精神最生动的体现。人们相信，有这样的建设者，济南西站一定会建成泉城精品，成为京沪高速铁路上的璀璨之星。

精品、人品同在

——记中铁十二局京沪高铁二十一工区项目经理符能松

李　丽

符能松

翻开近三年来的京沪二十一项目部荣誉台账和大大小小数百次的上级检查记录，可以清晰地发现：中铁十二局集团一级项目经理、七公司总经理助理、京沪高铁二十一工区项目经理符能松，早已名声在外。铁道部原副部长、京沪高铁股份有限公司董事长蔡庆华在一次周工程视频例会上赞扬符能松，这段赞扬的话传有几个版本，有人说是"其貌不扬，能力很强"，也有人说是"符能松长得不漂亮，活干得很漂亮"，还有人说是"符能松不是好看的演员，却导演了一出好戏。"总之原话已无从考证，结果便是其貌不扬的符能松被大家牢牢地记住了。

大家记住的，是他的荣誉与辉煌。他记住的，是那900多个难眠的日日夜夜，那段在京沪激情燃烧的岁月……

2008年1月18日，安徽滁州，千里冰封、万里雪飘。正值当地50年不遇的冰冻灾害，高速公路全部封堵，符能松步行2个多小时赶赴工地，从设计院手中接下第一根桩；1月20日，他率领项目部全体测量人员啃着冷面包、喝着冰凉的矿泉水、在没膝的雪地里开始打桩放线；2月7日，农历大年初一，家家户户还沉浸在过年的喜悦中时，他已经顶着漫天咆哮的北风、冒着铺天盖地的雪花、四处奔波寻找合适的项目驻地和大临工程建设用地；大年初三，他开始对地方关系进行走访，力争快速打开征拆工作局面，为后续施工创造有利条件。兵马未动，粮草先行，符能松时刻有一种紧迫感：参建京沪高铁的队伍都是大集团大公司精挑细选出来的，高手如云，稍一迟疑便可能落后于人。要打赢京沪高铁建设这场硬仗，就必须超前谋划、靠前指挥。

二十一工区管段总长 13.7 公里，其中桥梁 11 座，涵洞 30 座，路基 9.7 公里。管段线路为剥蚀丘陵区，波状起伏大，地形复杂，56 个路基过渡段，24 个端刺；路基挖填数量大、不良地质路基多、千枚岩高边坡开挖控制难、基础设施变形沉降标准严、观测评估周期长；桥梁梁体徐变控制标准高、混凝土结构的耐久性要求高。横亘在面前的困难重重，符能松率领的又是一群平均年龄不足三十岁的新兵蛋子，其中甚至还有稚气未脱的实习生。连业主都提出了质疑："你就是带来了一帮小孩子嘛，京沪高铁这么大的工程你们能搞得好吗？"

"大家不要怕！我也是第一次修高铁。不会，咱就学！"符能松率领全体技术人员迎难而上，成立了科研攻关小组，通过查阅施工规范、网络搜索查询、聘请专家授课、到兄弟单位现场观摩等多种渠道，掌握了相关技术，编制了实施性施工组织设计及施工方案，将重难点工程一个个克服。他还根据集团公司相关标准，建立健全了各项规章制度，制定了项目《施工技术管理办法》《工程质量管理细则》等一系列质量管理制度，为规范工程质量管理和实现创优目标，提供了必要的依据。

从路基试验段、路基附属工程到桥梁、涵洞，符能松坚持每个分项工程都实行"样板引路、规范作业、精细管理"。技术、试验、测量人员 3 班倒，24 小时守在施工一线，对每根基桩、每一层填筑、每一项试验等都重重把关，严格要求，强化过程监管，实现施工工艺水平与工程质量水平同步提高。上道工序不合格决不执行下道工序，工期再紧也绝不凑合。控制性工程小伍特大桥现浇制梁前，符能松亲自在现场守了三天三夜，衣服汗透了，拧干继续穿；饿了，在工地吃个盒饭；累了，闭上眼睛直接躺在路基上打个盹。从钢筋的切割到绑扎焊接，从模板的调整到脱模剂的使用，从原材料进斗搅拌到水灰比控制，从坍落度监控到混凝土入模时机的掌握，从振捣时间到混凝土养护，他一一亲自把关，打出的箱梁光洁如镜、内实外美，多次受到业主和各级领导的赞誉和好评。

"我符能松干出来的工程，绝不能出次品。"符能松的豪言壮语掷地有声。他是这样说的，也是这样做的。以现浇梁为例，按正常施工程序，技术员一般只需旁站 3 小时左右即可，但符能松规定，为防止施工队偷工减料，浇注完毕后，要守着施工队收光、二次收光、拉毛、三次收光、覆盖、晒水、养护，将原本3小时的旁站时间延长到了10个小时。下午开始进行现浇梁，技术人员往往一守就是一通宵，第二天早上才能回来。这样干出的工程虽然是精品，却累倒了技术员。"我对工程质量要求特别严格，弟兄们跟着我，吃苦了。"说到这里，符能松的声音有些哽咽。

"严是爱，宽是害"，身为项目经理，他爱兵如子，他的爱护方式就是严格管理。他每周坚持卫生检查，要求每位员工都养成良好的生活习惯，"一屋不扫，何以扫天下？"他管理的项目绝对不允许打牌，一旦发现，视情节严重程度给予罚款教育或退回公司等处分。用他的话来说就是"赌一分钱也是赌。年轻人要努力、要上进，绝对不能把时间浪费在赌博上。"他亲自督促"导师带徒"工作，压担子、讲思路、教方法、给机会，要求技术干部进行自学，还带领项目部技术骨干"走出去"，到兄弟单位施工现场观摩学习。屈海军、张均良、陈济洲、赵山林、龙燕华……几年中，由他手把手带出来的徒弟有4名已经是公司的中层干部，有的已走上大型项目总工、副经理岗位。"技术干部只要跟着我干，肯定能学到东西"。有一次工地上发生断桩，究其原因，技术员说是混凝土质量的问题。符能松只看了一眼，便告诉他"跟混凝土质量没有关系，是你下导管的问题。"技术员坚信自己没有错，硬是把导管拨起来现场测量，果然是导管下错了，这个时候该技术员才意识到问题的严重性。但符总并没有当面训斥，而是事后把他叫到自己办公室进行了批评教育。"我不在现场训他，是为了维护员工的自尊心。"符能松的严格管理下也有人性化的一面："他们毕竟还是刚刚成长起来啊。"这口气，既象慈母，亦似严父。

岁月流淌艰辛，历史铭记辉煌。时光流转到2010年，最艰难的时刻已经过去，京沪终于迎来了收获的季节。

漫步在京沪高铁四标段二十一工区的管段内，只见一座座光洁如玉的桥墩在金色的油菜花丛中拔地而起；一马平川的路基向地平线的方向无尽延伸；整齐美观的空心砖骨架护坡精致得如同一件艺术品；弃土场上3万余棵翠绿的栗树将山坡装点得分外妖娆。成功完成全国第一个端刺施工、京沪公司和京沪蚌埠指挥部共授予9块绿牌、路基工程被评为京沪高速铁路优质样板工程、被京沪公司组织的观摩团誉为"这是真正的标准工程"，先后荣获集团项目经理部"2008年度劳动竞赛一等奖"、京沪高铁建设先进集体、京沪高速铁路建设百日大干先进集体、中华铁路全国总工会"火车头奖章"、总公司企业文化建设先进个人、集团公司劳动竞赛个人二等功、公司优秀职工……面对接踵而来的荣誉和光环，符能松没有陶醉，他说："对于我个人而言，参建京沪高铁本身这个过程，就已经完成了一个知识分子的光荣与梦想。对公司而言，我们打了一场硬仗，一场胜仗，创造了京沪精神、高铁精神，让七公司在十二局有了话语权，这，就够了。"

笑傲群峰

——记中铁三局京沪项目部五公司经理张旭刚

傅俊凯

张旭刚

京沪高速铁路，从设计图上看，跨过长江，越过秦淮河，走一段平原高架桥，穿过西村隧道，便进入了从南京到镇江间连绵起伏的群山里。

在我们进行这次采访的时候，张旭刚和他的队伍已经从山间劈出了一条钢铁巨龙奔驰的通道。作为中铁三局五公司的副总，张旭刚是中铁三局京沪项目部五公司管段的最高指挥官，是工作组组长还身兼中铁三局集团京沪项目部八、九两个工区的队长。在工地旁，一个环境幽静的小院里，对我们的采访他是这样开头的：

五公司管段 29.1 公里，三个工区：八工区 8.1 公里，九工区 8.7 公里，十工区 9 公里。按照内部预算，6.53 亿元，概算调整后，约 7 亿元，已经完成 6 亿元。

从小院望出去，可见群峰掩映下京沪高铁林立的桥墩。眼前的张旭刚神态稳重，蓝黑色的西服略有点皱吧，包裹着瘦瘦的身子。尖削的脸庞黑黑的，一看就是常年在风雨中奔波操劳，岁月的风霜染就的那种工程人的肤色。两只眼睛不大，说话不温不火，一点也看不出施工现场叱咤风云的指挥官的风采，如果我不知道他是高级工程师、正儿八经的大学本科毕业生，还真以为他是一个走出黑土地的本分而又精明的农村干部。

然而，从这些近乎平淡枯燥的数字开始，他带着我们一起回味了京沪施工一年多的历程。在他用平缓语调娓娓道来的言语中，一幅壮丽的画卷展开了。

"这个事谁也不能含糊"

在京沪高铁五标段检查工作的时候，对工程建设富有经验的京沪高速铁路公司总经理李志义曾经意味深长的说过："五标，成也土方，败也土方。"

京沪高铁全线，桥梁占了80%以上，土方工程数量较少，且大部分集中在中铁三局集团负责承建的五标段，而五公司的三个工区、特别是九工区，土方工程数量又占了五标的50%以上。不仅数量大，工期紧，而且质量要求很高。由于地处江南，林木葱茏，林地富含水份，所有土方施工前，都得进行软土处理。同时。为了保证将来高速铁路运行安全，要求路基必须做到"零沉降"。

可以说，巨大的土方数量，巨大的工期压力，巨大的质量压力，都是横亘在张旭刚和他的队伍面前的一座座山峰。

2008年元月6日，京沪全线土建工程招标结果公布，中铁三局中标五标段。

元月9日，张旭刚带着他的管理团队从胶济客专工地转战京沪工地。元月15日工区书记张林生也在参加完京沪征地拆迁会议后，从北京直接赶到工地。赶上了2008那场百年不遇的大雪，天寒地冻，人地两疏。他们的管段，从安基山、黑龙山、九华山由北向南，分属南京、镇江两市，下蜀、汤山两镇，三个行政村，9个自然村。他们每天冒着严寒，踏着泥泞，与地方政府有关部门接洽，人员、机械迅速集结，陆续开展工地调查，放线、测量同时展开，寂静的山林立时喧闹了起来。随着时间的推移，清表、丈量、附属物清点，事情越来越多，张旭刚和张林生只能是每天晚上睡觉前，可以碰个面，把一天的进展通个气。南京段，安基山有一段建设用地是安基山铜矿所有，该矿1997年关闭（原由冶金部管理），由南京华建集团接管。为尽快打通施工便道，他和张林生一个山头一个的山头地挨个踏勘。有一天，他们正在途中，突然下起大雨，躲也没处躲，走也走不了，人被堵在山里，两个人只好穿着衣服洗了个免费的凉水澡。到4月18日温家宝总理在北京宣布京沪高速铁路正式开工，他们管段的施工便道就已经全部打通，到了7月，所有施工用地都基本解决。

在解决土地征用问题的同时，张旭刚已经在考虑施工方案。作为九工区的队长，他仔细分析了管段的特点:涵洞50座(为五标段的60%),桥22座,桥、涵之间就是土方。土方量大,山区施工,土方干不完,桥涵就施工不了。而几百万的挖方作业,首先就必须有弃土场,而在设计上并没有明确弃土场的指定用地。这里都属于国家林地,找弃土场十分困难。根据现场情况,要准备20多个弃土场,一个平均占地10来亩。他和张林生两人翻山越岭,四处转悠,寻找合适的地点,选好以后,测量面积,同权属单位和权属人协商签认。再到政府的林业局、环保局、水利局、土地局、南京江宁区、镇江句容镇接洽,通过市局到省里办理相关手续。而在现场则和村里谈好,边弃土边办理手续。同时承诺所有弃土场均砌上挡墙,种树种草,保护好自然环境。

同时,张旭刚又在考虑做土方施工试验段。经过反复比较,他选择了螺丝冲隧道出口到螺丝冲2号大桥之间150米路段作为试验段。从填筑到检验,他全过程和技术人员、作业人员一起,记录施工中的每一项数据,反复探讨有关工艺流程和作业标准。因为他知道,把设计标准和高速铁路的质量要求在施工中做到位,必须通过反复试验来获得有关参数,必须通过试验段来把握江南林地土方作业的工艺。到这150米填筑完成,他们已经对土方施工了然于心,并形成了自己的作业标准:1、填层厚度:每层虚铺24厘米,压实20厘米。2、洒水,两小时后,再压。3、宝马静压两遍,振动压六遍。4、先压两边,再压中间。这一整套规范,在土方集中大面积施工中,始终不渝的得到了坚持。

推土机、挖掘机以及宝马、英格索兰等大型压路机,上百辆大吨位的自卸车,呼啸着往返奔驰,深山里一派龙腾虎跃的场面。作为多年从事土方施工的指挥员,张旭刚对土方什么时候进度什么样,心底很有数。每天控制进度,平均一天3万立方米,最高日产量3.5万立方米。26台18吨自卸车,最高时组织100台,24小时作业,每台车两个司机。哪天土方产量少了,他就要问是什么原因。很多挖方地段,由于是泥夹石,爆破打不了眼,就用冲击钻破碎,再往外拉。最大挖深29米,最高填方9米。该挖的地方在一层层降低,该填的地方在一层层加高。

张旭刚被称为土方施工专家级的人物,自己对土方作业的质量控制当然是很明白的。弃方作业要控制好边坡的坡度。填方作业,走在上面就能感觉到,含水量大不大,压实度够不够,一走就知道,如果含水量不合格,就会看到作业面表层发亮。压不实,每轮都有接缝,这就不合格,压得平整,两轮之间无任何痕迹,这就合格了。当然,还必须用核子密度仪、K_{30}、GV1、GV2测量检验。但是,仅靠这些还不够,除此外还怎么办?

张旭刚思考后,找到负责他们标段监理的监理二站,请他们每层作业都盯住,他说"这个事谁也不能含糊"。大面积土方施工一开始时,他专门给监理配了一辆微型客货车,派去了专职司机,拉着检测仪器。他对监理说"你们想什么时候去,就什么时候去"。从2008年6到9月,他们完成挖方300多万立方米，填方60万立方米。监理都是一层一检测，监理项目部三层一检测。质量控制一点不含糊，填筑的质量也是一点不含糊。

桥、涵、隧两端的过渡段的填筑更是不能含糊，这对于高速铁路的土方作业，是较之路基本体填筑更为关键更为艰难也为人关注的地方。按照设计，154个过渡段都要用级配碎石填筑。张旭刚第一招是抓原材料的控制，石粉、石屑、碎石，从料的储存就按照档位分开。为保证质量，他新建一个级配碎石搅拌站，购置全新设备，配齐操作人员，包括含水量，5%的水泥，全部电脑自动计量，搅拌级配碎石严格按规定的配比进行。张旭刚第二招是，从搅拌设备的供应厂家聘用了两个人，专门控制级配碎石中水和水泥含量。看着拌出来的级配碎石颜色发青，如同混凝土一样。张旭刚才放心。到砌筑路基防护工程时，挖过渡段的边坡，都要用冲击钻。京沪总指苏州指挥部徐海峰指挥长，看了九工区的过渡段认为质量最好。

在采访中，张旭刚告诉我们，胶济客专、石太客专他都负责过土方施工。前一段时间，铁道部质检站到这两条线钻芯取样，看每层填的厚度、掺灰比例、压实度，他们所负责的路段都没有问题。京沪肯定也没问题，张旭刚笑呵呵的说，"干土方，十年、二十年后，有了问题，还是要找你，真的一点儿也不能含糊。"

"我像疯子似的"

中铁三局京沪高速铁路项目经理部常务副经理谢大鹏和副经理朱瑞喜、总工程师李海鉴等人，在京沪开工后，对中铁三局全管段提出了"围绕架梁主线组织施工生产"的总体思路，因为桥梁占了80%以上，能不能按照京沪总指的工期要求，顺利完成架梁，将关系到京沪高速铁路能不能按照既定工期目标最终建成。正是面对这样的形势，精于统筹策划的谢大鹏等人，在全线开工后不久，经过反复比选，提出了一个方案，原定在八工区采用的现浇梁作业，改为新建一个汤山制梁场预制，用架桥机架设，以加快桥梁施工速度，保证桥梁施工的总工期目标。

这个决定，把张旭刚逼到了一个非常困难的境地。新增加汤山制梁场后，他们原本不是先架方向的地段，变成了先架地段，从汤龙路往内，一片丛山。按照设计，这一段几公里路、桥、涵、隧相接，山上林密草深，连个机械设备可以通过的路都没有。眼下已是6月底7月初，12月20日就开始架梁。谢大鹏对张旭刚说"谁也不能耽误架梁，耽误一天，罚款一万。"罚款事小，耽误工期事大，何况，丢不起那人。

张旭刚说自己那一段时间，"跟个疯子似的"。可以想像，又是路基又是桥梁，只有几个月的时间，一切都要就绪，"谁也不能耽误架梁"，这是军令如山啊。我理解，张旭刚所说的疯了，是干疯了，是那个时段他和他的伙伴处于忘记一切，只知道抢时间，抢工程，那么一种近乎拼命的精神状态。

山上全是树木，人都进不去。要想施工，先清树木，张旭刚调来全工区最好的设备，日立350 挖掘机 1 台、PC400 挖掘机 1 台，利勃海尔 750 推土机 1 台，日立 330 挖掘机 2 台，奔驰自卸车 6 台，江鹭 2005 压路机 2 台，日夜不停，真个是摧枯拉朽般，所有机械操作手，都被张旭刚催逼着推树木，运土方，一刻不能停顿。三天就把进山便道打通。各种施工设备和材料得以源源不断的运进山里，包括梁场所有的大型设备，也从他们开辟的临时道路运进山里。

汤山 1 号桥，是汤山制梁场开架后的第一座桥，为了抢时间，没有设备通过的道路，在抢修便道的同时，张旭刚命令把空压机等设备拆散，用铲车从临时便道运进去。7 月 15 日，开始清表。山非常高，最大挖深达 24 米，用 10 天时间挖走 10 万立方米。8 月中旬 9 孔 32 米全长 280 米的桥梁基础开始钻孔，石头硬，石灰岩，一根桩打了 54 天，钻不下去，组织人挖，挖不下去再钻，设计入岩都砸七八米。3 ~ 4 个墩子人工开挖，南京段炸药批不下来，张旭刚就偷天换日，用镇江的炸药在南京放炮。柏家庄大桥桥位下面有煤气、石油管道，做好防护后，一个墩台放两个钻机，反正是能往前抢，所有的招术他们都用了。还遇上了溶洞，灌注混凝土，明明灌满了，等上半小时，又塌落下去了，再灌。有的设计 27 立方米，混凝土灌注 100 多立方米。唉，真急人啊！等到便道修好，罐车和模板能进去，桥梁基础也做好了。柏家庄 0 号台到汤山桥之间，距离 600 米，三个过渡段，12 万立方米左右的挖方，8 月 1 日正式动土。路基 11 月 25 日基本成型，桥墩也基本完成。元月 5 日，架梁车通过。他们才松一口气。

张旭刚说他脾气急，张林生也说他脾气急。其实，只是为工程的进度着急。张旭刚对于工地的进展了然于心。每个地方该进展到什么程度，每根桩每个墩，该什么时候打灰，他心里都有数。2008 年 7 月安基山特大桥正在施工，25 号墩有根桩位正在山的斜坡上，那天，刚刚下过雨，半夜两点，张旭刚觉得混凝土该灌注完了。拿起手机就拨通现场领工员武南军。"打完没"，张旭刚问。武南军说"没完"，张旭刚急了"为什么"，武南军说"导管没拔出来，凝固了。"张旭刚翻身下床，驱车直奔现场。一步一滑上得山来，走到墩位前，他看到确实是因为下雨，加上在山坡上，吊车打滑，拔不出导管。立马打电话调了一台挖机，拔出导管来，继续灌，直到结束，他才回去。

疯，有时候也有点好处。2008 年 5 月，有一座桥，470 米桥长，两个墩台在水库边上，两跨螺丝冲水库。水中还有墩，土地征用要到 7 月 1 日才能解决。张旭刚和他的书记张林生，一看红线以里，属于集体用地，相对的问题少一些，就疯子似的缠住村里和水库的有关人员，讲述"谁也不能耽误架梁"的军令，求得理解和支持，同意他们一边办理手续，一边借地施工，当时天气干旱，水库的水都放出去灌溉农田了。开始打桩的时候，水库无水。把桥墩基础挖完，水库又开始蓄水了。到 7 月份，桥梁墩台也已完成，12 月，全桥主体结束。

"你在哪个地方糊弄，早晚会在那个地方找你来"

看看张旭刚的简历也有点意思。他出生在山西临县，从临县一中考入西安工业大学机械专业，1994 年毕业分配到五处 17 队，95 年入党，96 年 6 月 11 日任副队长，98 年调任 14 队队长，2003 年任科尔沁项目经理，有个领导说"太小了"，于是调回处里任党办主任。2005 年 1 月，任机械公司经理。2007 年 1 月，任胶济项目经理。高级工程师，一级项目经理，铁路、公路一级建造师。中铁工程总公司优秀项目经理（2008 年度），2008 年 1 月到京沪，2008 年 11 月任五公司副总，兼任八、九工区主任、机械总队队长。

我问他平时有什么喜好，他说"看书"。都看些什么书呢? 主要是工程施工方面的，规范，作业标准。他有些自嘲的说："我不是工程院校毕业的，不学不行啊!"正是冲着这个爱读书，他考建造师，第一年公路、第二年铁路，一考就过了，言下颇有些得意。看起来他从毕业一路前行，也不是偶然的。

显然，张旭刚干了十几年工程，颇有些自己的心得。就这个话题，我询问他，他给我讲了一段故事。前几年在荷日线施工时，另一个工程局的队伍也是土方作业，没有遵守施工规范，在既有线的路基边坡挖上台阶然后再分层填筑压实。结果，遭遇一场大雨，后帮填的路基被冲跨了。这使得张旭刚对路基病害产生的原由和危害非常清楚，记忆也非常深刻。那还是普通铁路，不下大雨什么事没有，一下大雨，有病就会找出来。"你在哪个地方糊弄。早晚会在那个地方找你来"。

今年五六月间，当指挥部的谢大鹏和朱瑞喜十分郑重地向他提出，一定要做好路基防护工程，特别要解决好排水问题时，他立马就想起了这件事，向他们两人立下军令状，一定把这件事做好，对高速铁路负责，对企业负责，也对历史负责。

张旭刚组织了现场管理人员、技术人员，领工员近 50 人，乘坐大小 11 辆车，到相邻单位去观摩有关工程。同时，他选定自己管段山高坡深的 DK1055+121 ~ DK1054+300 地段作为样板段，带着有关人员，踏勘坡上坡下仔细调查每个涵洞进出水口，了解周围水系的走向，并详细地画出水系图。然后，他又和技术人员到现场研究制定标准，天沟，侧沟，边沟如何设置，由总工程师画出图纸来。

施工现场位于几座山峰之间，地貌高低凸凹，变化很大，原排水设计图纸与现场情况很难完全吻合。张旭刚提出，与设计院图纸不太符合的地方，我们先干起来再说，一则要解决山上的流水汇到一起，走得顺畅，不对路基产生危害，哪个地方浆砌，哪个地方是天沟板，都要考虑周全。二则是涵洞两侧排水系统要对称，解决美观问题。施工的排水进口，要考虑山上的水如何汇集起来，出口，要和地方水系的排水系统衔接起来。

统一规划好了，现场就干起来。书记张林生每天在现场张罗，七八月，正是太阳火红的季节，几十号人挥汗如雨，立模，打灰，砌石，真个是起早贪黑，顶酷日，战风雨。等到这一段排水及路基附属工程、边坡绿化完成，张林生也晒成了个非洲人的模样。但是辛苦换来的果实却是很甜的。走在这几百米的路基上，你就可以看到，两侧的排水沟顺着山坡高低错落蜿蜒而行，与山坡上的浆砌骨架浑然一体。从山顶向下的天沟，一块块的混凝土板，似一片片玉石整齐的镶嵌在绿树丛中。坡底的边沟，线条流畅，如条条白龙静卧在宽敞平整的路基两侧。这些与周边山林浑然一体的排水及防护工程，令人赏心悦目。京沪高铁公司、以及苏州指挥部的多位领导先后到此检查，都大加赞誉，并予以奖励。可以想见，这些排水系统在大雨瓢泼的时分，水流按照给它们规定的通道呼啸而来，奔腾而去，将会和疾驰的高速列车，合奏出和谐的自然之曲。

在我们这次采访行将结束之际，已经可以看到京沪高铁的路基段已经基本成型，架梁后的桥梁如龙游大地。可以预见，不久的将来，中国具有世界水准的高速铁路将从首都北京直通国际大都市上海。1300多公里距离，5个小时左右的运行时间，将书写下世界铁路发展100多年来的新的篇章。中国的铁路建设者，将会站在铁路建设新的施工技术高峰之上。而在这笑傲群峰的队伍里，一定会有张旭刚和他的伙伴们无比灿烂的笑容。

勇挑大梁

——记京沪高铁南京铁路枢纽梁场场长刘其

黄爱国

刘 其

京沪高铁南京枢纽桥多，刘其擅长造桥，也擅长制梁，作为京沪高铁南京铁路枢纽桥梁场长的他堪称一名勇挑大梁的桥梁人，先后被授予"火车头奖章"和局先进工作者。今年7月1日，在中铁四局局党委举行的纪念建党89周年大会上，刘其被局党委命名为"十大优秀共产党员标兵之一"。

"在这个优秀的团队里工作，我深知肩头担子的沉重，同时感到无比的骄傲"

刘其与桥结缘始于上世纪90年代初。1991年，他学校毕业，从较早的集庆门大桥、温藻浜大桥，京九铁路颍水特大桥群，西康铁路的产河特大桥，神延铁路无定河特大桥，秦沈线小凌河特大桥，到近期的杭州湾跨海大桥，京沪高铁南京大胜关桥群等，都留下了他施工的身影。刘其特别懂桥，对造桥有感情，经理部就把梁场场长的重任交给他。

"在这个优秀的团队里工作，我深知肩头担子的沉重，同时感到无比的骄傲。"当刘其奉命去京沪高铁南京铁路枢纽梁场建场造梁时，信心满满的他火速带队第一时间赶到南京选址。京沪高铁南京铁路枢纽南京南站梁场共承担京沪高铁大胜关73孔和南京南站相关工程制梁586孔的制梁任务。

其实世界本没有桥，正是由于建桥人的努力，于是天堑变通途，便有了一座座桥梁。每当想起一座座桥梁方便人们的出行，为经济腾飞插上翅膀，作为建桥人，刘其心中便涌现出一股强烈的责任感和自豪感。苦和累算得了什么？干工程哪有不累的，不累还叫工程人吗？想通了一个道理，于是觉得工作也变得格外有意义了。由于铁路建设的快速发展，梁场建设也是遍地开花。仅公司几乎同时制梁的就有石武铁路客运专线梁场、沪宁城际高速铁路梁场、西宝客专线梁场等等，公司的制梁力量相对分散了，但生产任务却在不断地加重。2008年6月3日进场，8月8日开工，到10月29日就打出第一片梁。更为难得的是，场建工作也同时结束。而通常如此规模的梁场建设周期一般需要半年时间。这就是刘其的速度，场还是那个场，人还是那些人，在刘其看来，有了领导的支持，只要理顺各种关系，真心实意带领大家实干苦干，就没有克服不了的困难。

"不仅要完成任务，还要安全优质地造好大梁。
作为一名党员和公司的一名员工，为企业树誉创效是义不容辞的职责"

面对各种资源紧张等巨大压力，刘其化压力为动力，变不利为有利。他对梁场资源进行了有效组合，充分挖掘人力资源潜力。很快，梁场建设便风生水起，各项工作有条不紊地推进。梁场的合理布局和标准化建设，吸引了一批又一批专家及兄弟单位前来观摩。

常言道，艺高人胆大，但对刘其来说，制梁越多，自己越感觉如履薄冰。现在的工程质量都是实行终身负责制，一旦出现质量隐患，自己的岗位、名声受损是小事，企业的信誉损失则是难以弥补！为了保证梁的质量，刘其要求工程技术人员每天都去现场，将观测的每一项数据都及时记录在案，做到有据可查。每月都要对所有模板检测一遍，变型的要给予及时校正。所有混凝土浇注作业、预应力张拉作业等关键工序，旁站人员必须到位并做好记录。正式形成生产能力后不久，由于生产的梁不能及时架设，导致存梁场满梁，只好以架梁速度定制梁产量。去年冬天，是京沪高铁南京南站梁场生产的高峰期。为确保梁体养生质量，梁场投入大量资金，添置了两台锅炉，昼夜不停地进行蒸汽养生。由于坚持标准化管理，措施非常到位，梁场均一次性通过认证。面对200多个资料盒各种详细的资料，在对现场的全面严查后，认证专家们罕见地给梁场打出了88.5分的高分。

如今的T梁，与前些年制作的已不可同日而语了。以前的T梁，只要制出来送上车，就没有梁场的事了。现在则不同，标准提高了，工艺也大为改进了。为固定每孔的两片T梁，桥梁架设后的32米梁9个孔需要对穿钢绞线，两片梁缝之间需施工湿接缝。简言之，就是把两片梁之间横向穿上钢铰线，加上预应力后固定在一起，桥面的缝隙在绑钢筋和灌混凝土后抹平，这些工序都是架梁后作业，必须在架桥后施工。南京南梁场还承担了京沪高铁NJ-3标项目D5线、夹岗门大桥和京沪高铁南京南站联络线、秦淮河特大桥等桥面的湿接缝施工任务。尤其是秦淮新河特大桥的高墩达到40多米，冬季雨雪天气施工，施工人员对穿两片梁的横向钢铰线还必须悬在空中作业，安全压力非常大。刘其决定将每个作业面的安全防护人员增加到3至5名，千方百计保证安全生产。

背井离乡在外面施工，良好的施工环境对建设者来说非常重要，有时还成为制约施工进度的关键。刘其十分注重与地方搞好关系。梁场外就是大片的菜地，刘其经常教育员工不要损坏菜农的一颗菜苗。去年7月7日，南京地区遭遇特大暴雨，附近的菜地、道路全部被淹。刘其按应急预案组织员工自发地投入到地方的抗洪抢险中，最大限度地保护了当地群众的生命财产安全。为此，南京市玄武区街道余粮村党支部和村委送来了"抗洪抢险亮高节、冲锋在前显忠诚"的锦旗表示感谢。

刘其心里清楚，事故看似偶然，但偶然之中有必然。梁场的安全隐患多，责任在肩的他不得不加强管理和过程控制。因此只有多盯现场、紧盯现场，才能增强安全系数。

"一个人的能力是有限的，我的使命就是为大家做好服务。只有充分发挥团队的凝聚力，才能攻无不克战无不胜"

刘其说：活是大伙干出来的，我特别感谢我的同事，他们不仅是我事业有左膀右臂，也是我最好的兄弟。负责南京南站梁场日常工作的常务副场长张绳礼不仅业务熟练，而且讲大局、能吃苦。因为为多条线制梁，所以对应的业主和上级主管部门也多。最高峰时一天接待的检查、观摩者达6批，经常需要同时出席几个会议。

为了保证生产进度，营造和谐的施工环境，刘其十分注重抓农民工的管理工作。他邀请驻地劳动部门有关人员到项目部进行劳务用工知识讲座，建立了农民工考勤制度，每月25日派财务人员现场监督把工资发放到农民工手中。人人都有尊严，也希望得到尊重。在梁场，农民工和管理人员一样领到了统一的工作服，他们对此非常满意。梁场还加强对农民工的培训，不仅提高他们的技术技能，而且还提高各工序的质量，进而提高劳动生产率，提高了农民工的收入水平，大大加快了制梁进度，一举多得。

在一个单位，团队的工作作风往往与生产能力有着密切的联系。来梁场观摩的人都发现，梁场的场区道路命名颇有特色。横贯梁场东西方向的道路叫建设大道，以梁场中轴线和谐路为中，每两个制梁台座中的小道依次向两侧扩展的道路分别被命名为发展路、诚信路、精品路、科技路、奋进路、文明路、先锋路、奉献路、创新路、学习路、敬业路和团结路。。一个个响亮的名字，从侧面彰显管理者的良苦用心：在梁场营造健康向上的文化氛围，既展示企业形象，又鼓励和教育员工。

刘其非常注重量才用人。他说，每个人的潜能都是无限的，只要你努力工作，我就努力为你提供平台。游志武是技校毕业生，非常敬业爱岗，对搅拌站特别精通，还善于管生产带队伍，在这里被提拔为场长助理。而在同事们眼中，与刘其共事非常愉快，不仅教给你工作方法，而且在确定大的原则后，放手让手下大胆去干。"刘场长是个管理严细的人，南京南站梁场设立了地磅，这在公司一线梁场还是第一次，严格控制了数量，把住了通常易出现的物资亏方关；物资部门和工地试验室、搅拌站人员共同收方，各负其责，把住了质量关；设备采购时，会同公司专业人员严格招标程序，货比三家，并实行定人定机，降低了设备采购单价，提高了使用效益。为什么承但这么重的生产任务我们能忙而不乱，是刘场长把物资这块管活了。"物机部长李海洲如是说。

"刘场长对我们的安全工作非常重视，非常支持。只要我们提出安全生产用款计划，资金再紧张，他还是立马就给批了。梁场特种设备多，他要求员工在做到不伤害自己、不伤害他人、不被他人伤害的基础上，还要互相监督互相帮助，保证他人不被伤害。他非常支持开展群众安全生产监督工作，任何员工发现安全生产隐患，都可以直接向他反映。刘场长很务实，安全方案确定后，他一定要检查落实。场里开展'安全在我心中'演讲比赛，场长从资金到人员都十分支持。进点以来，梁场一直确保了安全生产，场长功不可没。"安全员姬忠亚这样评价他的领导。

梁场的大点名制度不分节假日坚持了多年，每日早晨七点十五分，场领导带头站到点名的队伍中。每天点名既是一项管理制度，也是安全讲话和总结布置工作的好契机。今年的大年初一早上，坚持施工生产的梁场同样坚持了点名。刘其告诉笔者说：有一天下大雨，场提前通知暂时取消点名会，直到中午，一名员工在食堂就餐时还认为，当天好像没有上班，因为没有点名反而不习惯了。

梁场员工殷丽还记得，一次去公司开会后，刘其主动问她，要不要坐他的车一起回工地。虽然有事没办完，没有坐刘其的车回梁场，但一句亲切的话语，给了殷丽春天般的温暖。刘其回公司，自己总是喜欢捎上几个同事，平时大家的工作都忙，车上的几小时，大家可以谈谈工作，亦可以了解一下同事家庭有没有困难需要帮助。梁场的工程技术人员都感受到了刘其的特别关照，不仅办公条件很好，就连住宿方面也受到了场长的过问。甚至一名年轻人找对象难，刘其也热心帮忙张罗。职工家里有人生病住院，在可能的情况下，刘其和场领导班子成员自备慰问品必定去探望。每到逢年过节，刘其都给员工发问候短信。刘其说，作为基层单位领导，就是为员工服务的；为员工服务也是在为施工生产服务；服务工作做好了，也必定能促进施工生产，这些都是相辅相成的。自己只是做了自己的本职工作而已。

时时关心同事关心员工的刘其，谈起自己的家庭，歉疚之情油然而生。这些年，他一直在现场工作，每年在家时间屈指可数，工作 20 年，仅休过一次假，还是不到十天的婚假。6月30日，被局党委授予优秀共产党员标兵的刘其接到通知，要求回合肥出席局党委举行的"七一"表彰大会。刘其回了一趟在合肥的家，14 岁的儿子说："爸，你终于回来了。"听着孩子既想念又埋怨的话语，刘其只想多干点家务弥补心中的愧疚。

如今的工程，大多数的特点是急难险重，昼夜施工成为家常便饭，没有节假日，没有星期天。长期在现场工作的刘其对管理人员必须有个好身体也深有感触。员工们总结出现场的"五加二"（一周五个工作日加上两个休息日）、"白加黑"（白天加黑夜）、"夜总会"（每天总是开会到深夜）非常形象。付出虽然艰辛，但收获的是沉甸甸的喜悦。当京沪高铁的钢铁大道向远方沿伸造福国家造福人民的时候，当企业发展壮大、员工收入增加的时候，当坐着列车通过自己汗水浸透的路段时，还有什么能比这更幸福的感觉呢？

京沪高铁建设中的乌铁人

——记京沪监理三标乌铁建京沪监理站总监朱秀军和他的团队

秦德慧

朱秀军

在举世瞩目的京沪高速铁路建设工地上，有一支由乌铁人组成的监理队伍，他们远离家乡，远离亲人，在总监朱秀军的带领下，长年奔波在所监理的桥梁、隧道和路基上，把大写的乌铁人形象镶嵌在齐鲁大地，镌刻在山水之间。

2008 年初，乌铁建工程咨询有限公司联合北京铁城、北京铁研两家监理单位中标京沪高速铁路建设三标段 267 公里、总投资 142 亿元的工程监理，由总监朱秀军带领 72 名监理人员从乌鲁木齐一路风尘赶赴三标段所在地山东省境内迅速进场，乌铁建京沪监理站驻扎泉城济南长清区。监理站管段内共有 21 座桥梁，其中特大桥 14 座，隧道 7 座，西渴马 1 号隧道为京沪高铁全线最长的隧道，路基 26 段，涵洞 37 座；上跨既有线连续梁 7 处；同时管辖长清制板场、长清制梁场、泰山西客站的监理工作。

西渴马1号隧道由中国水电集团水电六局承建,乌铁建京沪监理站监理。隧道全长2812米,位于12‰、5.5‰的上坡。该隧道是京沪高速铁路全线最长的隧道,按最高行车速度350公里/小时、双线隧道设计,隧道内采用II型板式无砟轨道。

中水集团施工队伍没有从事过铁路建设,技术力量薄弱,尤其对铁路隧道工程施工不适应。朱秀军组织监理站工作人员从隧道施工安全质量要求,隧道施工组织,紧急情况处理等方面对施工方的管理和技术人员进行现场培训,利用晚上休息时间组织施工方人员上课,讲解隧道施工应注意事项,重点施工工艺、工法等,使中水集团施工队伍在最短的时间内适应了铁路隧道工程的施工工艺与工法。

西渴马1号隧道2008年3月21日开工,经过16个月施工,于2009年10月20日安全顺利贯通,较原计划提前两个月。从进场伊始,乌铁建京沪监理站坚持"高起点准备、高标准建设、高质量验收"的质量控制思路,树立"标准高一格、质量严一等"的质量控制理念,坚持"源头把关、过程控制、精细化管理",与施工单位一道全面推行"四个标准化建设",克服隧道浅埋、偏压、围岩破碎、局部水系发育、溶洞发育等困难,严格按照施工图纸、技术规范、验收标准进行监理。乌铁建京沪监理站与承担施工任务的中国水电集团六局结合现场的施工实际情况,积极探索,大胆创新。在隧道施工中,积极运用机械化、信息化的创新成果,推广大型混凝土湿喷机械手、研制并运用了移动式仰拱作业栈桥,成功运用了拱顶沉降自动观测系统,联合研发了人员自动登录报警系统,有效保证了隧道的施工安全、质量和进度,有效预防了隧道的施工风险,改善了施工作业环境,得到了铁道部、京沪总指、济南指挥部等领导的多次赞扬和好评。2009年3月18日,全国铁路隧道建设现场会在济南召开,推广西渴马1号隧隧道施工的先进经验。

为实现京沪高铁"质量零缺陷"的目标,朱秀军提出以事前控制为主、过程控制为重点,制定监理工作流程,按照目标管理、分级管理、持续改进和闭环管理的方式,采用巡视、旁站、检测、检验等手段监控工程实体质量,确保工程质量全面受控。并要求监理人员必须执行"以文字为凭,数字为据"的要求,做到好学、深思、勤奋、善管,将过去那种等施工单位报验的工作方法改成自己积极主动去施工现场了解现状,做到发现问题在现场及时处理,将问题解决在萌芽状态。

京沪高铁实行施工图现场核对制度。开工前,监理站组织施工单位对工点施工图纸或设计文件进行现场核对,主要核对工程数量、几何尺寸、地形位置等,经核对无误后加盖"监理核对"印章。监理站根据京沪高铁的有关规定,坚持试验先行,样板引路,工程首件认可制度。如CFG桩、路堤填筑、过渡段施工等开工前都要先编制工艺性试验方案,选取试验段进行试验,获取第一手数据进行总结,然后再大面积的铺开进行施工,在罗而庄、井字坡、红石岭、跨济兖公路、跨津浦铁路特大桥等工点选取桩位，进行桩基承载力试验，取得了较好的效果。

在远离单位远离组织的地方独立作战，必须打造一支精干高效的和谐团队。朱秀军在建站之初就提出"70-1 = 0"的团队精神，他解释说，我们 70 个人不是代表我们自己，也不光代表监理公司，而是代表乌铁局几万干部职工在这里工作，一个人出了问题，不光给工作造成损失，更给乌铁人形象抹了黑，要是那样我们就无颜回去见江东父老。因此总监、副总监坚持和全体监理人员同吃、同住、同工作，生活上互相关心，工作上互相帮助，互相监督，形成了日事日毕、一事一清、复命制、早交班等制度，通过监理例会、宣传栏、邮箱等多种形式反复宣讲"团队造就个人"的团队建设理念及重要性。同时监理站做好后勤保障工作，关心驻地监理人员的生活，问寒问暖，及时沟通，了解他们的思想动态，并以有效的管理激励人，以共同的目标团结人，真心对待每一位新、老现场监理，使他们在人格上得到尊重，生活上得到关心，工作中得到信任。监理站领导既当指挥员，又当战斗员，带领全站同志思想上同心，目标上同向，行动上同步，事业上同干，发挥整体优势，也充分发挥个人能力，创造了一个和谐的工作氛围，体现了乌铁人诚实守信、吃苦耐劳的优秀品质，展示出乌铁人甘于奉献、顽强拼搏的工作品格。

在京沪监理站三年来，朱秀军除了回公司开会几乎没有回过家。爱人张瑞在奎北建设指挥部工作，两人都顾不上家和孩子，只好把儿子朱迪交给年迈的姥姥、姥爷照看。孩子对父母的依恋可想而知。朱秀军离家时朱迪刚上三年级，现在孩子已经上了六年级了。

爱人张瑞有次到北京开会，领导特意让她拐到济南去看看朱秀军，见到将近一年没见面的丈夫，张瑞百感交集，她想说，姥姥、姥爷照看儿子很费心，她想说，儿子在作文里写"爸爸很长时间没回家，我都快想不起来爸爸长得什么模样了"；她想说，有一回自己突然晕倒了，住院没敢告诉他；她想说，很担心他的身体，尤其是那次陪他做完心脏检查以后；她想说，很怀念一家三口在一起的幸福时光，多么希望一家三口能天天一起散步、一起聊天。她还想说……但看着朱秀军布满血丝的双眼和疲惫的面容，张瑞把想说的话都咽了下去，轻轻地拔掉了朱秀军鬓角上新长出的几根发白……

工程监理责任重大，在原材料或工程出现质量问题时，监理所负的连带责任追究制，在京沪线上体现得淋漓尽致，甚至连施工单位在钻孔过程出现塌孔也要问责监理，每一次的质量问题都会有人被清退。沉思前事，反思这些问题，我们该怎么办？朱秀军认为，监理工作必须适应市场的需求，也就是要适应建设单位（业主）的要求。目前，随着科学技术的快速发展，建设单位在项目管理中已经做到"全面化、专业化、精细化"。怎样才能达到业主的要求呢？我们必须加大全体监理人员的培训力度，及时掌握新标准、新工艺、新方法，促使全体监理人员形成一种浓厚的学习氛围，培养"在学习中追赶、在追赶中超越"的理念，更好地为工程建设服务，更好地对业主负责。

为此监理站专门制定了《监理站日常学习制度》，通过组织现场观摩、参加专家培训、内部专业培训、自学等多种形式，广泛开展监理人员业务培训、岗位练兵及经验交流，充分利用网络平台及时共享新规范、新标准和技术资料。并发放专门的学习笔记本，要求每天监理人员学习业务知识不少于 500 字并纳入月度和年度考核，监理站多次组织监理人员进行业务考试，对于连续两次达不到合格标准的进行处理。2009 年以来，监理站自行组织进行了"无砟轨道施工技术、既有线施工安全管理、附属工程质量监理、移动模架现浇梁施工、沉降观测和内业资料管理、聚脲防水层施工、桥面系施工及验收、CA 砂浆施工及试验、自密实混凝土施工及监控重点"等 9 次专题培训，使监理人员较好地掌握了京沪采用的桥梁防水新技术、过渡段施工新工艺、活性粉末混凝土盖板新技术、Ⅱ型轨道板技术等新的工艺和技术，为做好京沪高铁的监理工作奠定了业务知识基础。

同时监理站积极采取"监帮结合"，组织施工单位中水集团开展联合培训，在对监理培训的同时也对施工单位技术管理人员和现场作业人员进行培训，达到共同提高的目的。中水集团首次进入铁路市场，铁路建设对于他们来讲是一个陌生的领域。监理站除了做好监理工作和培训的同时，还加强对施工单位的技术人员、一线作业人员进行"帮扶"和培训，监理站自进场以来，共组织中水的参建人员参观、学习、技术交流多达百余人次，收到了预期的效果，使中水的参建者了解并掌握了铁路建设的特点、特色，安全、质量控制重点、工艺控制要点、工序衔接要点。监帮结合使得施工单位消除或避免了很多质量、安全隐患。如移动模架在组装前，在现场对模架工艺进行培训，在组装和行走过程中进行指导，整个制梁过程比较顺利。对预应力张拉，现场监理从预应力原理开始讲解到施工过程控制，如何记录，出现问题如何解决，使得现场技术人员领会和掌握整个张拉、压浆工艺。监帮工作取得的成效得到了施工单位的尊重和赞扬，得到了指挥部的肯定和认可。

监理站狠抓监理人员职业道德和廉政建设，总监朱秀军组织编制了《监理人员业务手册》、《监理人员职业道德管理办法》、《监理人员现场工作考核与管理办法》、《监理人员工资与监理工作挂钩办法》、《监理人员失职处罚办法》，组织监理人员认真学习，要求监理人员结合学习对照检查作风建设方面存在的突出问题，制定整改措施，将廉政教育向各个领域延伸，努力实现由警示自律向文化熏陶转变。监理人员与监理站签订廉政责任状，坚决抵制不良作风在我监理站蔓延，严肃查处顶风违纪人员，绝不姑息迁就，实行一票否决制，全力推进廉政建设，得到了指挥部的认同和施工单位的好评。

监理站在京沪高铁建设的三年中，6 次信誉评价中均获得"甲"级；2008 年 9 月～11 月期间，京沪高铁公司开展的百日大干活动，京沪监理站监理二组被评为"京沪高速铁路建设百日大干先进集体"、"京沪高速铁路建设年度先进集体"，总监朱秀军、副总监毛学安被评为"京沪高速铁路建设先进个人"和"优秀工作者"；朱秀军在2009年获得"火车头奖章"；2009年百日大干期间，京沪监理站监理一组被评为"京沪高速铁路建设百日大干先进集体"、"京沪高速铁路建设年度先进集体"，总监朱秀军、副总监翟新党被评为"京沪高速铁路建设先进个人"和"优秀工作者"，总监朱秀军被评为京沪高速铁路优秀项目总监；2010年京沪监理站监理一组获得"火车头奖杯"。

秦淮好风光　南站添胜景

——中铁四局打造环保和谐南京南站纪实

许乃见

　　弯弯飞桥出，秋雁橹声起，金陵好风景，独上揽秦淮。近观，气势恢宏；远观，长虹卧波。这是对秦淮河特大桥外观的真实再现，也是中铁四局在南京南站建设过程中，精心组织，精心施工，为南京人民奉献一个绿色和谐的大型交通枢纽的真实写照。

　　南京南站东西联络线跨越秦淮河和秦淮新河，两条河流是南京建设水更洁、天更蓝、城更美、居更佳文明城市的重要组成部分，再加上市区施工，如何保护河水及市内环境不被污染，对中铁四局在桩基、桥梁、土方挖运等施工提出了严峻考验。为此，中铁四局把环保和谐作为项目文化建设的重要内容，直接纳入员工行为准则，在全体参战员工中坚持"做动员、定制度、抓维护、强管理"，在素质和管理的"内秀"方面紧锣密鼓地做足"文章"。中铁四局南京南站利用员工大会、生产交班会，以及外协队伍班前安全讲话等时机，要求每名员工和外协队伍员工"干文明活、讲文明话、做文明人，外树企业形象，内强个人素质"，从不讲粗话、文明着装等小事做起，鼓励大家敢于同市区居民比文明、比形象，倡导大家争当"文明使者"、"文明先锋"、"形象大使"。中铁四局南京南站及时出台了《标准化工地管理办法》《企业员工守则》、《文明施工管理办法》、《环境保护实施细则》等规章制度，奖优罚劣、奖勤罚懒，以项目制度文化建设推进项目文明施工。

　　为确保环保理念得到贯彻落实，南京南站在设计时就贯彻尽量少占地的设计理念。在桥群设计中，采取线路之间最小间距施工的设计原则，致使南站东西咽喉区桥群和隧道群高度密集、错落有致，桥群间最小交角仅3度。面对这种现状，南站四队为合理利用每一寸土地，尽量减少占用农田和居民用地，他们把搅拌站和钢筋加工厂都建在了桥与桥之间相交的三角区域内。更值得称道的是，南站梁场还把生产的T梁集中分层叠加堆放，仅此一项就少占用耕地近 500 亩。

双麒路是南京市一条历史悠久的道路，曾是大明王朝南京古城墙的一部分，具有一定的历史文化价值。为实现京沪高速铁路建设与环境和谐、与历史文化和谐、与社会和谐的建设新理念，保障双麒路周边的文物及珍贵树木不受破坏，中铁四局南站四队刚一进场就与园林部门联系，统一将施工区域内的所有绿树、花草作妥善的"搬迁安置"。作业员工连续奋战 3 昼夜，花费 50 万元，用蓝色彩钢瓦将 2 公里的施工区域全封闭，避免路边花草树木人为踩踏破坏。为尽最大可能减少对双麒路这条文物路的影响，从开挖时的噪音控制到渣土的清运，每一项工作都细化到人。双麒路的树木，是上世纪 60 年代栽植的，直径已达 80 厘米以上，这么粗的树木在市区是罕见的，为了保证这些树木不因工程建设被砍伐，在制定路改方案时，南站四队与园林绿化部门积极联系，事先做好树木移植工作，并多方寻求空地，进行移植。为确保树木根系不被破坏，架子队施工人员采用了人工挖掘的方式，现场施工负责人方成文带领工人用手挖土，一把土一把土的捧，小心翼翼的保护着树木的每一个根系，经过努力，双麒路的树木顺利移植成功。仅此一项，架子队就多投入了 40 万元。

在对环境进行保护的同时，南站在桥梁钻孔桩施工中，通过改变工艺，采用旋挖钻机成孔，既降低了噪音，又避免了泥浆对环境的污染。同时，为减少对城市居民影响，南站主动邀请环保部门前来进行噪声检测，严格限定作业时间，夜间严禁从事产生噪音的施工进行。2009 年高考期间，为保证学生高考不受干扰，南站四队停止了施工，给高考学子们营造一个安静的高考氛围。为进一步降低施工噪声干扰，南站采取了靠近居民楼的桩基施工避开深夜作业、噪声大的施工作业全部安排在白天进行等错时办法；并加强与地方市政、市容、公安、环保等部门联系，邀请他们参与到施工过程中，进行过程监督。对于他们提出的意见和建议，及时采纳并加以完善。聘请社会监督员，随时进行监督。在施工现场设立曝光点，对可能造成破坏环境的行为，进行曝光整改，还安排了 60 名员工专门负责道路清理，围挡、宣传牌保洁，现场文明施工维护，主要路口上下班高峰期疏导交通等任务，晴天安排洒水车洒水控尘，雨天及时清理泥浆，做到工完场清，垃圾清理及时，以保持工地整洁，实现了施工与环保的和谐。

在秦淮河特大桥施工中，南站五队制定了不同的环境保护方案，注重对周围环境的保护。桩基施工中的泥浆处理是个大难题，五队特意租赁了多艘专用泥浆船运送，为了把水中墩施工中的弃渣运上岸，南站五队专门准备了多辆运土车把泥浆运至指定排放区域。

在京沪高铁大胜关二工区秦淮新河桥群水中墩施工中，由于岩层复杂，需采用冲击钻施工，8 个墩身，168 根直径 1.5 米，深 20 多米、有的甚至达四五十米的钻孔桩，要产生近 2 万立方米的泥浆，对河流的污染非常严重。为控制污染，该工区多花费 200 多万元，租来农用车，改装成罐装车，进行泥浆外运集中处理，有效避免了秦淮新河的污染。

用南站负责人的话说"虽然多投入了不少费用，但保住了青山绿水的本来面目，这样的投入，值！"

要看金陵美，唯得泊秦淮。十里秦淮千年流淌，六朝胜地今更辉煌。2009 年 11 月，秦淮河特大桥合龙。自豪的中铁四局人，承载起金陵腾飞的又一个梦想。参与国家重点工程建设的建设者们，呕心沥血，披星戴月，正在用坚强的意志和满腔的热情在古都南京铸造着不朽的丰碑。

唱响新时代人才主题曲

——记中铁十七局三公司京沪十三工区经理刘新福和他的团队

边均安

刘新福

一听记者提到人才，刘新福的眼睛骤然亮了起来，眼神里充满尊敬和自豪，话匣子也像音乐盒一样流淌出轻松的音乐。

刘新福是十七局集团三公司常务副总经理，也是原京沪高铁项目十三工区的项目经理。他担任工区经理不到两年的时间，就为公司输送了3名项目经理、4名总工程师、6名副经理和其他项目中层干部20多人。2008年，他带领职工超额完成3000多万的产值，工区也被评为一标段红旗标杆单位、股份公司"青年文明号"示范点和铁道部"火车头奖杯"。

在工区采访的两天，人才始终是刘新福谈论的主旋律，许多有特色的人才理念记满了我的采访本，比如："栽好梧桐树，引来金凤凰"、"好钢用刀锋，好柴烧沸水"、"有了'金刚钻'，敢揽'瓷器活'"、不搞"丢下嘴边肉，静待河里鱼"等等。当然，每一条背后的故事也是丰富多彩。

精心"经营"人才　管理团队各显风流

刘新福信奉的人才管理"哲学"是：人才也是产品，需要精心"经营"。

工区成立之初，刘新福在动员大会上公开"卖官"："我手里有6顶部门领导级别的'官帽'，身份年龄不限，条件很简单，6个字：效果、效率、效益。"

一个月后，6顶"官帽"花落各家，除了财务部长一职外，其余均被"80后"摘走，消息一公布，职工议论纷纷。

"敢于第一个吃螃蟹"的刘新福不为所动，大胆启用这些年轻人：80年的安质部长王立东，技术素质过硬，思维缜密，作风果断；82年的物资部长宣小牛，做事干练，灵活机动，处世不乱，不骄、不贪更是难得，还有81年的测量队长岳振伟、80年的工程部长徐傲生等等。

如今，这支年轻的管理团队发挥的作用越来越明显，在他们的带领下，工区各项指标在历次信用评价中均居前列，职工们刮目相看。

刘新福平时喜欢跟他的"智囊团"一起喝茶、聊天、座谈，汲取他们身上的智慧，也带给他们最新的管理理念。就是在谈笑风生间，以"钢筋加工工厂化、桩基施工机械化、桥墩施工专业化、物流科学化"为核心的现场"四化"管理模式、高级财务管控、工程信息采集科学化等一项一项提议碰撞出智慧的火花，并且付诸实践，工区成为新技术、新模式的"集散地"，其他工区纷纷来取经。

在刘新福看来，没有不成才的职工，只有不识才的领导。培养人才要因材施教，不能搞"黛玉挂帅，李逵绣花"。

党工委书记闫传良，有多年的现场管理经验，当上书记后，现场想交给其他人管，刘新福就劝他："老闫，累是累了点，但我们正需要像你一样现场管理经验丰富的老同志。"于是，闫传良又兼任了现场副经理，工作干得有声有色。

安全总监商平，搞技术默默无闻，抓安全却很有一套，刘新福把他放到安全总监的位置，立即激发了他的热情，工人们对"商总监"没有不服气的。

总工周志伟，在工区锻炼后，刘新福认为他的能力足以独当一面，就向公司推荐他当项目经理。年初，周志伟被评为公司"优秀项目经理"。

"是金子，在哪都能发光。虽然工区少了一名骨干，但公司却多了一名栋梁。"送别周志伟时，刘新福对他说。

精心"经营"人才的刘新福，也有刻骨铭心的教训。工区刚上场时，试验人员少，刘新福就把一名技术干部调过去搞试验，结果这名现场管理经验丰富的技术干部不适应试验工作，跳槽走了。刘新福发现后，追悔莫及，他在大会上做深刻的自我批评："走了一个管理人才，就像是从我身上流走了一股新鲜的血液啊！"

一次，一名技术干部跳槽后又要求回工区，刘新福非常高兴，亲自去迎接。有人说，这样做丢了面子。刘新福就瞪大眼睛看他："孩子们回来就好，个人面子算什么？只要是人才，工区的大门永远向他们敞开。"

技工扬眉吐气　刘新福把他们当"传家宝"

"企业唱什么样的戏，我们就演奏什么样的乐曲；职工能翻多大跟头，我们就搭建多大的舞台。"说到技术工人，刘新福格外兴奋。

在他看来，企业现在搭的是"高铁建设"的大舞台，唱的是高科技人才薪火相传的现代戏。要想打造世纪精品，就必须依靠技术工人在高、难、精、尖领域的冲锋陷阵。

刚开工时，路桥八队在工区干些零碎活。刘新福对队长李应发说，你们可以到制梁场学习观摩，充充电。一个星期后，李应发带着9名老技工回来了，先是躲在宿舍里把记在本子上的东西琢磨、消化，然后提出调到梁场干活。

李应发后来说："别看那7天的观摩，可不是一般的'充电'啊，那是给我们这些'老家伙'施压——制梁、提梁、运梁过程中的一系列高科技、高技能活生生地展现在眼前，对比自己手里那点低技能，简直是天壤之别。"

现在，路桥八队已经成了赫赫有名的制梁先锋队，李应发和4名老技工还获得了公司2009年度"岗位能手"称号。

"老技工'老'在思想，给他们一个对比，'刺激'他们的观念，掌握高精尖技术也不是难事。"刘新福说。

"谁先登高，谁拂青云。"他还以此来提醒一些青年技工。

2008年夏天，工区搞技术大比武。刘新福说："以前都是队长、技术干部唱主角，今年应该让技工们显显身手！"

不试不知道，一试吓一跳。技工们的智慧让很多技术骨干都惊讶不已，技术比武变成技术"汇演"。

从技术比武中脱颖而出、后来被聘为综合队副队长的青年技工袁栋辉说："虽然我们文化程度不高，但是我们渴求进步，技术'打擂'让我们有了用武之地。"去年底，工区分配来5名技校生，袁栋辉全部要了去，成立技术突击队，在他的周围，一支好学、上进的青年技工队伍正走向成熟。

刘新福非常重视那些学历不高但有一技之长的"能人"，他说："绝不能让他们在生产实践中'磨'出来的真经失传。"

吴成明，曾经的老技工，现任架梁队队长。老吴年纪大了，想申请内退，刘新福就给他打电话："老吴，再干一年吧，可惜了你一身运架梁的好本领，后继无人啊。"老吴被他的诚意打动，推迟了一年。今年初，刘新福又打电话给他："老吴，京沪现在需要你，再干一年吧。"老吴干脆打消了内退的念头。

"跟着刘新福干，不把你的本事全'榨'出来，你甭想退休。"老吴笑着说。如今，他带领的架梁队已经发展成拥有技术骨干26人、掌握整套运架梁技术的专业工程公司。

作为公司的领导，刘新福对于技工的培养看得更远。他告诉记者，在最困难的时候，正是有了像"全国五一劳动奖章"获得者徐春光、蔺双平这样的技工，公司才能攻难克险，渡过难关。一个企业有了这些"传家宝"，才能根基牢固，枝繁叶茂。

诚于心信于行　合作伙伴共享和谐

工区的发展离不开兄弟单位、地方政府和外部劳务队的支持，刘新福把他们称为"合作伙伴"，在他看来，这个伙伴是工区团队的外延，是工区的一部分。而在刘新福心中，"诚于心而信于行"是赢得伙伴信赖和支持的源泉。

施工之前，设计单位先行入场勘察。刘新福要求现场负责人把他们的工作当成是自己的工作，积极配合。后来，由于工期紧迫，上级要求把一座悬灌梁改成现浇梁，从现场勘察到施工方案敲定，设计院只用了半天，他们投桃报李地说："十三工区的事就是我们自己的事。"

彦宇，工区所在镇的副镇长，协助施工方征地拆迁，刘新福把他纳入自己的管理团队，决策时请他过去，让他代表老百姓提提建议、出出主意。彦宇非常感动："施工单位处处为百姓着想，我们也不能把他们当外人。"

在彦宇和当地百姓的配合下，工区征地拆迁工作不到一个月就全部结束，便道全线第一个拉通。刚开始时，有老百姓在征地界栽上果树，以图获得补偿，后来他们把树苗全部拔了，并且不好意思地说："如果这样做，就是辜负了刘新福，辜负了自己的良心。"

京沪高铁开工以来，碎石、沙子、水泥等地材的需求量很大，施工单位成了材料供应商眼中的"财神爷"。于是，他们纷纷找到刘新福，刘新福竖起三个手指头："价格合理，质量过硬，信用度高，做到这三点，谁都可以来谈合同。"

奥运期间，地材紧缺，有商家趁机抬价，但是十三工区地材的涨幅始终低于市场涨幅。材料商卢华说："刘新福待人诚实，办事公道，我们跟着他，既挣钱又'赚'名声，一点都不亏。现在要不是运费调高、我们不得不涨价的话，我还愿意按原来的价格提供。"

何祖强，湖南劳务队干了20多年的焊接工人，他告诉记者："像我这样的特种工人，在工地上有很多，刘新福把我们当老师对待，人格上尊重，生活上关心。我想，就算我走了，也要把我这一身的本事留在这里。"

十三工区承担京沪高铁18公里的施工任务，高峰期外部劳务队工人超过2000人。在他们中间，一些拥有特殊操作技能的"奇人"让刘新福大开眼界。他充分利用工余时间，让同工种的职工和他们结成对子，把他们身上的技能"挽留"和"转嫁"过来，让他们的社会技能变成企业的技能，把外部技术变成企业的内部技术。

临走前，刚好遇到三公司原来的一位老领导到工区视察，听完我的采访过程后，他感慨地说："正是这种虚怀若谷的胸怀和至诚至信的实践，让刘新福和他的人才团队不断发展壮大，在京沪高铁建设的大舞台上大展身手，在企业做大做强的道路上越走越远啊。"

安全卫士邓彭根

孙念国

邓彭根

人民的安全应是至高无上的法律
——培根

　　尽管知道邓彭根刚从工地上回来，应该让他休息一下。我还是忍不住自己的好奇，敲响了他的房门。采访他的决心缘于那次观摩会，我想看看他究竟是个什么样的人……

　　那天，京沪其他标段的一些领导来到一标段中铁十七局二工区的桥上观摩，要经过一个钢制楼梯，有个胳膊上带有"安全员"袖章的小伙子每次放行 10 人后，依次放行下一组，每组 10 人，雷打不动。

　　作为采访者，很想拍一张观摩者上楼梯鱼贯而入的照片，就和他商量：能否多放行几人，我拍张照片。

　　"不行。"小伙子板着脸。

　　遂问：为什么?

　　"规定"。依旧是面无表情。

　　我有些悻然。只好到桥上去拍，没想到小伙子胳膊一横，做了一个阻止的手势，递来一个安全帽。

"我上去拍照片，戴帽子不便，再说桥上也没有立体施工，戴帽子也是聋子的耳朵"。我有些不耐烦。

他摇摇头没有说话，却很坚定。

我领略到"规定"的厉害，上楼梯的时候，再次想起那个板着脸的表情，那份只认规定不认人的坚定。都说强将手下无弱兵，安全员这么厉害，那安全总监又应该是个什么样子呢？

"请进。"房门吱呀一声打开。

"哦，是念国同志啊，来，来。"他就是邓彭根，二工区安全总监，年龄在30岁左右，瘦如荡柳，除了一脸铁青的胡子茬符合我的想象之外，还真看不出他强在哪里。

对于参加京沪高铁的人，我又不敢小觑，如同创造世界之速一样，这京沪高铁也创造着你意想不到的奇迹。

二工区全线长达23公里，施工人员千余人，高墩施工占50%，跨既有京九线，跨北京南六环，跨货场等交叉性作业多达六处，危险源众多，安全隐患随处都是，与钢筋混凝土打交道的凡身肉体们呼唤着一个堵得住危险源的人。

于是，邓彭根应运而至。

第一次出手，邓彭根先制作安全规定，无规矩不成方圆啊。按常理，这一步棋似乎走对了，如何严格规定得要看他的了。那天在安全会议上，他下发了一份关于安全规定的文件，并严肃宣布了一条纪律，施工安全从人身防护抓起，以现场巡查的方式督导落实。

实事求是地说，对于刚上马的建设者，特别是从农村来京沪高铁淘金的农民工们，还缺少一定的安全意识，他们只把眼睛盯在施工进度上，却把安全忽略其外，把安全防护视为施工中的累赘或不便。

邓彭根开始落实了，他的落实办法就是沿线巡查，每天走一遍。此时的他就像一个巡视于阵前的将军，沿线每走过一个队、一个班组、一个桩基，一旦发现问题，就请来该段的负责人，查问处理，其措施果敢切实，刀刀见"血"，丝毫没有商量的余地。这让人不得不刮目相看。

但是，他也遇到一些棘手的难题。你的政策虽好，我的对策也不赖。总有一些空子可钻。然而他总能辩证地看待这些问题：有对策未免不是一件好事，是对管理水平和控制能力的一种检验。于是，他每晚从工地回来，就研究他的规定，弥补规定遗留下的漏洞。

过不几天，工地上的农民工偷偷耳语，说那个管安全的年轻人太厉害，把安全员都"整"了一下。

"你的安全帽啦？"这天邓彭根来工地巡查，问一个叫张晓亮的农民工。

"上班走的太急，忘到宿舍了。"

"什么，把帽子忘了，你就不怕把命忘到工地上"。邓彭根很火，他在安全培训会上，通过录像给他们播放过多个血淋淋的事例，到头来竟然置若罔闻，这让他不由得不发火："回去把帽子戴上再来。"

"好，好，这就去。"张晓亮应付着，起身向宿舍走去，看着远去的邓彭根，又转了回来。对他来说，这一去一回，整个上午的时间就耽误的差不多了。为了这上午的工资，他侥幸玩起了老鼠逗猫的游戏。

不曾想，这邓彭根检查了一圈又转了回来，看到张晓亮还在工地，不容置疑地说道："今天你不要干了，先回去。"

张晓亮回去了，中午吃饭的时候看到一份处罚文件，拟稿人是邓彭根，签发人为工区经理刘烈生。内容是按照规定给予他罚款 50 元；所在队里的安全员由于监督不到位，给予处罚 200 元。所罚款项从当月工资扣除。这等于给了张晓亮一记重拳，对他来说，每一分钱都是一滴汗珠子摔八瓣挣来的，这让他心痛，痛定之后的结果就是思痛的原因。

其实，那天邓彭根也思虑了很久，是罚还是就这样算了？罚，不会是强迫命令吗？不会遭受别人的唾骂吗？

人啊，都是生了病才知道健康的重要，出了事故才知道安全的重要。必须转变他们的安全观念，必须让个体具备隐患免疫力。如果他们连自己的人身防护都做不到，再有 100 个安全员也堵不住危险的口子。

牙医难拔自己的牙，那我就帮你下这个决心。邓彭根按照规定给他们刺了一下，以此引起他们的觉醒。

杀一儆百也罢，杀鸡给猴看也罢，邓彭根的这一举动，无疑使那些把安全视为儿戏的人为之震惊，悄悄地自觉起来。特别是张晓亮，从那之后，几乎是帽子长到了头上。不过他还是有些健忘，吃饭的时候，常常忘记把安全帽摘下来。还有那名安全员在后来的监督中也发挥了较好的作用，他就认准了一个死理，来施工现场，无论是谁，不遵守规定就不放行。

对于张晓亮和那名安全员的变化，邓彭根在现场给予了表扬，并减免处罚。他说，罚款不是目的，是落实安全的手段。

这种办法也具扩散效应，各队安全员对于安全坚持一是一，二是二，不管是谁，只认制度不认人，这也就是本文开头的一幕，那名安全员板着脸严格执行安全规定的原因。

邓彭根抓安全的办法多种多样，其中一招叫：安全防火墙。

笔者在钢筋加工场发现这里就像一个棋盘，每个作业程序各占一方。放眼望去，车辆、机械在进料区出入频繁；工人们在加工区忙于作业；加工好的构件在成品区码放得整整齐齐；裁剪下的边角料存放在废品区，现场虽忙，却井然有序。邓彭根说，如此划分就是为了避免工人和机械交叉作业，不能排除危险因素，我们就隔离危险源。

他的第二招，是把提醒安全变为消除隐患。谁也没想到，此举竟来源于他的生活。难怪有人说，这个邓彭根啊，就连生活也和工作联系起来，整天就是安全。

有一次，邓彭根在电视里，看到一个小孩掉在一个枯井里，消防武警前来营救的一档节目。大家看的津津有味，邓彭根却联系到现场上的桩基孔，虽然在周围布防了警戒带，做了明显标志，但如果施工人员或沿途村民在晚上路过这里，不慎掉进十几米的桩基孔里，后果难以设想。

这让他坐不住了。他认为虽然提醒了，并不等于把安全隐患排除了。就像烟盒上提示着"吸烟有害健康"，但吸烟的还是大有人在，一定要把提醒安全，变为消除隐患。

怎么消除隐患呢？邓彭根离开电视房，回到宿舍苦思冥想，他在纸上划了想，想了划。突然他想出了个主意，这就是大家在观摩时看到的桩基孔上的盖子。

那天，邓彭根在纸上设计的盖子，用25号的钢筋制成，密度只能透过一个手指，这样的盖子盖在每个桩基孔上。

"看来邓彭根抓安全真用心了"。

这天，京沪一标安全总监季玉科和二工区经理刘烈生来到工地，看到工人们在铺平的桩基孔上如履平地，作业人员因免于分心而全力投入工作的场景，季玉科禁不住赞叹道。

"是啊，看来只有热爱这项工作，才会想出这样的办法啊！"刘烈生也为之感慨。

几天后，两位领导的赞赏传到邓彭根的耳朵里，他的反应是不为觉察地摇摇头。

如果不是一而再再而三地盘问，怎么也想不到邓彭根为这项工作曾有过激烈的思想斗争。

邓彭根2003年毕业于石家庄铁道学院，学的是土木工程系，参加工作后，他想在施工技术上有一番作为。工作了几年，他从一名技术员成长为一个项目的工程部长，就在自己预定的目标里滚打正酣的时候，一份任命他为"京沪一标段二工区安质部长"的文件，打破了他的计划。

这项工作对他来说还相对生疏，至少要从头做起，而且责任重大。学了多年专业就此荒废了吗？自己的理想就此脱轨了吗？那晚，一连串的问题把他纠结的一夜没睡。

找领导说说自己的想法去。就要踏进领导办公室的时候，心底有个声音传来："邓彭根，你见到领导怎么说，是说你干不了安质工作，还是怕担责任？你要是条汉子，就要敢于挑战自己，在不熟悉的领域里干出自己的水平。"

邓彭根转身来到办公室，开始了一项全新的工作，理清思路：先从安全抓起……

从此，他每天奔波于施工现场，穿梭于有危险源的施工地带。

"我们出来工作是为了日子过得更好一点，如果不能保证安全，我们挣了钱给谁用去？"邓彭根沿途做着宣传，字字真情，针针见血。他认为只有站在他们的角度上做工作，说出的话才能打动他们。

邓彭根为每个安全细节着想，为每个建设者的安全着想，但他很少考虑自己，虽然已到而立之年，还是无暇顾及自己的婚事，至今还是个名副其实的"王老五"。

据了解，邓彭根上有一个姐姐，从某种意义上来说，他应该是家里的独苗。当年，父母沿袭"不孝有三无后为大"的祖训，别无选择地给他取名："根"，在名字前各取他们一个姓，以示他们的期望。于是，传宗接代、光宗耀祖的重任从此就寄托于他。

然而，急着抱孙子的父母，眼看着儿子到了而立之年还孑然一身，这让他们甚是着急。无奈之下，就来了个暗箱操作。

"彭根，我们给你看中了个女孩子，长相、条件都不错，人家没话说。你回来看看，若同意就先订下来吧，啊？"

这天，母亲打来电话，从她的语气里，邓彭根仿佛看到千里之外的母亲那焦灼的神情。

"好的，忙完这阵子，我抽个空一定回去。"没有办法，只有敷衍母亲。他很清楚，只要施工一天隐患就存在一天，这项工作哪能抽出空来？

他不愿意拿忠孝不能两全安慰自己，不愿意给自己戴这个高帽。这个朴实的年轻人，只知道事故猛如虎，安全重于山。只知道他一时一刻不能脱离这个岗位。

邓彭根面对采访重复最多的一句话是："这是我的工作，是份内的事，没啥可写的。"逼急了，就机械地给我讲述他们的安全规定，讲述着他们的安全措施。就像他们严格执行规定一样，讲的干干巴巴，没有半点水分。

看着面前的邓彭根，我想了很多，由于瘦，他的颧骨微凸，给人一种坚强的印象。我不知道是工作改变了他，还是他改变了工作。如果他会点花言巧语，也许他早就找到另一半了。可是安全工作容得了花言巧语吗？

答案是肯定的，安全工作来不得半点虚的。不知几时起，有人背后悄悄地叫他"铁包哥"。这让人一下子想起开封府里的包拯：铁面无私，刚正不阿。但是，在如今一切向"钱"看的时代，又多了一层"死心眼，不会变通"之类的贬义。

对安全细致入微的邓彭根却没有觉察到，此时，还有一双秀眸正以欣赏的形式悄悄地打量着他……

不管怎么变化，别人怎么看，邓彭根和他的安全员们依旧是前进着，不断地思考着。于是，把别人的教训当成自己的经验，又成了邓彭根抓安全的另一个办法。

那天，他在文件上看到一个单位在施工中因吊车钢丝绳断裂发生事故的通报，马上引起了他的警觉。于是，他决心重点检查机械设备，发现钢丝绳有断股，出现毛刺的现象马上更换；对操作员证件过期的责令补审，同时决心清退老旧设备，切实规避安全隐患。这引起一些租赁方的不满，但有规定在先，却又无话可说。他们悄悄地尾随在邓彭根后面，看看这个"铁包哥"是不是一视同仁，是不是真的"铁"。

也该他们看好戏，一标安全总监季玉科的亲戚有一台吊车刚好租赁在这里，根据设备状况是应该清退的。这引起了那些人的注意：清退了我们的设备，领导的设备你敢碰吗？百姓点灯可以不许，那州官放火呢？

邓彭根不是没想过，季总在工作中没少给他支持，就连自己的安全总监都是他批的，这样做是否太不近人情了？太不识好歹了？应该说他有能力留下这台吊车，只要换个说法，稍稍圆滑一下即可。

可邓彭根最终也没学会"圆滑"："清退，按规定处理！"

"清的好！小邓这事情处理的不错，作为一名安全总监，就应该大胆负责，敢于管理。"

季玉科听说这个事后赞赏有加，他认为自己选安全总监没有看错人，只有如此才能抓好安全。

半年后，季总的表妹和邓彭根谈朋友，在确定关系前，有些扭捏地征求表哥季玉科的意见："哥，我在和邓彭根处朋友，感觉人还行，但也有些人说他——'死心眼。'"

"啥！'死心眼'，这是当今最难得的责任心，你若和这样的人走到一起，我一百个放心！"表哥的一番肺腑之言，慷慨为"死心眼"平反昭雪，表妹听的点头不已，遂玉成此事。

好家伙，局指总监都是这态度，哪个还敢顶住不走。工区内外，以致局指上下，此闻不胫而走，传为佳话。

然而，想尽一切办法钻空子的人总能从佳话里截取一部分自需信息：这王老五三十而立才找到女朋友，应该有个缠绵期吧。他们仿佛看到了希望，没有"铁包哥"的监督，就可以"自由"作业了。

果然，邓彭根这几天没来工地巡查，工地上一下子清净了不少。"哈哈，这'铁包哥'怕是也掉进温柔乡里了吧。"于是，他们禁不住窃窃自喜。

原来，工区为班组提供高墩模板时，配备了一套国标螺栓，为了加快拆模速度，班组长往往让工人把国标螺栓锯掉，安装时用自购的非国标螺栓。花点小钱，比重复使用国标螺栓既方便又省力。划得来，却无形中加大了危险系数。为了赶进度，这些带班的班组长心存侥幸，却把大家的生命安全置之不顾。

此时的邓彭根恨不得使出分身法来，他一边穿梭于北京、石家庄之间和北京车务段、供电段等13家单位论证上跨京九铁路的安全施工方案，一边对现场施工放心不下，安全方案评审通过后，连夜赶了回来。

多日的奔波让他疲惫不堪，可安全是天啊，于是他爬到正在安装模板的高墩上逐一检查。

"大家说说，这个事应该怎么处理？"邓彭根指着模板上的非国标螺栓说。

"邓总，非国标螺栓也是个别的，你看能否先放我们一马，我保证下不为例！"一个施工班长模样的人递上一根"玉溪"，陪着笑说。

"这就更应该罚，若发生爆模事故，工人连生命都没有了，你还敢说下不为例吗？"

班长蹲下抽烟，不吱声了。

我提三条，邓彭根竖起三根指头："一、当晚更换国标螺栓；二、没有按期更换，执行罚款；三、下次发现类似现象，清除队伍。"

邓彭根给我说，不是和他们过不去，非国标螺栓由于强度不够，容易引发断裂导致爆模事故，一旦发生爆模，浇注进去的混凝土必将奔涌而泄，在高墩上作业工人的生命安危可想而知。

那天他站在高墩上对工人们说："大家的安全大家维护，对于类似的非规范施工，请你们给予举报，举报属实，给予奖励。"针对这种情况，他必须改变策略，就凭他那几杆枪，是怎么着也监督不过来的，安全工作必须发挥大家的力量。

没想到，这招还真奏效。类似这种问题，在他们和工人的监督下，都一一迎刃而解。

随之而来的，是一些少数人的唾骂："死心眼，没人情味"。当然，这种骂是个别人出自于自己眼皮底下的那么一点点蝇头小利。

邓彭根在忍受这些无端谩骂的同时，并不以为得罪了人而忏悔，他听之任之，不去追查，不给骂的人施加压力，而是让实践去验证。

他说："只要是为多数人的安全着想，一时的误会自有实践来消除。

然而事实真的来验证了，却把他吓了一头汗。他没想到来的这么快，在他的潜意识里，希望他所做的一切，永远不要被证实，哪怕永远被误会。

那个事实来自2009年11月的一个凌晨：张晓亮从205号墩上掉了下来，具体讲是在15米处的高空中滑下来的。

听到这个消息时，着实把邓彭根吓了一跳。张晓亮这个人，曾在施工之初因没戴安全帽被他处罚过50元钱，至今他还记得张晓亮被罚款时，那痛切的表情。张晓亮来自贵州，因为家庭情况不太好，早早地成为家里的顶梁柱，现在来京沪打工，试图改变家里的局面。如果他出了事，那这个家庭就完了，邓彭根吓得不敢往下想。自那次处罚之后，张晓亮是非常遵守安全规定的，他不相信，这从上面掉下来的人会是张晓亮。

没错，正是张晓亮。

那天早晨，张晓亮爬到 205 号墩的 15 米处，准备安装墩身上半部分的模板。他像往常一样戴着安全帽，把安全带系在身上，正准备锁定安全带时，他的脚在下过霜的平台上突然一滑，身子失去了重心。

那时，他的手还做着挂安全带的姿势，就这样从半空中掉了下来，当时他的心缩得紧紧的，他想呼救，可是在这个半空中谁能救他啊，他知道这下完了。

和他一起在平台上作业的工友们也知道完了，张晓亮没救了，在掉下去的那一刻，他们的心一下子提到嗓子眼，却爱莫能助，眼睁睁地看着张晓亮掉了下去，掉了下去……

意外的是，除了张晓亮那一声吓破胆的"哎呀"，他们没有听到预料中的那声响，那声身体着地的沉闷声。一般说来，人从 15 米处的高空中垂落，总是留下一个沉闷的声音，然后是一幕谁也不忍看到的惨烈景象。那沉闷的声音，是生者留给世界上的最后一个声音。是父母养育多年的血肉之躯撞击大地的回声。

拿眼望去，他们心跳加速，张晓亮掉落在 3 米之下的平网上，随着张晓亮身体的冲击，平网还在剧烈地摆动着。短短的这一瞬，却见证了生与死，历经悲和喜。

此时的张晓亮紧闭着眼睛像荡秋千一样晃动着，他的大脑一片空白，他搞不懂身在何处，耳边隐约听到工友们焦急的呼唤声。

邓彭根赶到事发现场，张晓亮已被安全解救下来，虽然身上穿着厚厚的棉衣，从他的腿上依旧看到被平网勒过的网状痕迹。

工友们喜极而泣："是平网救了晓亮一命! 多亏了这张平网! "他们终于明白了邓总为什么严格要求大家做好各种防护措施的要求。当初，邓彭根要求在桥墩上下，每隔 3 米就设置一张立体平网，当时大家还不理解，现在用上了，这"铁包哥"，"铁"的好! "铁"的对! "铁"的及时!

"晓亮，这么早你就准备找阎王报到啊，还早点吧，我们的"铁包哥"还没有同意哪，你怎么走的成，你看了吧，在你掉到的网下面，还有四张网哪，想做漏网之鱼，没门! "也许是劫后余生的欣喜，也许是工友们有意平复张晓亮的余悸，工友们又哭又笑地和张晓亮开着善意的玩笑。

邓彭根没有笑，他思索着发生问题的症结。今后天越来越冷了，如果热量不够，在高空作业会不会发生脚手冻僵? 他们的生活怎么样? 晚上休息的好不好? 这一连串的问题拷问着他。

当天晚上，邓彭根带领各队安全员到各个农民工的宿舍查访。这一查又发现不少问题，一些农民工为了取暖，他们点着蜂窝煤炉子，门窗却封的严严实实。那一晚，他们从一队查到四队和混凝土搅拌站共 5 个队伍，走访了将近 200 个农民工宿舍，收走蜂窝煤炉子无数个。

第二天，邓彭根根据当前的情况向工区领导提出了建议：一、为每个农民工发放一套棉衣；二、房间取暖由蜂窝煤炉子改为电暖气，防止煤气中毒；三、在春节来临之前，为农民工发放鸡鸭鱼肉等农副产品，保证农民工的体内热量，防止脚手冻僵发生安全事故。

就这样，在严格安全规定之外，邓彭根更多地用心维护着建设者的安全，他的这种做法得到有关部门的肯定。2009年底，北京铁路局的刘久辉处长和铁道部有关部门查看了上跨京九铁路线的挂篮施工，对其预防的安全措施，给予高度肯定。同年，在京沪公司的安全评比中，邓彭根被评为"安全先进个人"。

最让邓彭根欣慰的是，自张晓亮的事故发生后，一些对他有意见的人，渐渐改变了态度，在安全配合上给予了较大的支持，甚至有人在背后称他为："建设者的安全卫士"。当然，还是有人习惯性叫他"铁包哥"，只不过语气变了，还原了无私、公正的原意。这"铁包哥"终于实至名归。

国家对基础建设的要求，从"又快又好"向"又好又快"发生了转变，虽然只是两个字的调整，意义就科学了很多，前者是速度为前提，后者是质量为基础，只有安全工作做好了，各方面理顺了，速度自然就上去了。通过近一个时期的调查采访，笔者发现部分建设者依然在安全和进度之间徘徊，安全工作依然千头万绪，任重道远。但是只要推动，隐患的天平就会向你低头，就像面前的邓彭根那样，现在他们不是正在向"安全就是速度，安全就是幸福"的理念转变吗。

"念国同志，我这里真的没啥好说的，就这些了。"邓彭根说。

唉，这邓彭根确实是个不会往脸上贴金的人，无奈之下，我拿出最近几天从别人那里采访来的资料给他："你看看属实吗？"

他看的很认真，翻完本子递给我，笑笑："嗨，我有这么好吗，大家真是抬举我了。"完了，又重复起说了多遍的话："不要写我，这让我不好意思，本来都是份内的事，确实没必要写！"

"不，我要写，实事求是地写。"我站起身来，在带上他的房门之前，大声地告诉他，也算是给我的读者一个承诺。

生态汤山再添新靓景

——中铁三局桥隧公司京沪高铁汤山制梁场决战京沪显风采

杨建功

坐落在古都南京东郊 23 公里处的汤山风景区，集碑、泉、洞、湖、寺为一体，融人文景观与自然风光为一炉，自古以来令人神往。当日历翻到 21 世纪的今天，随着京沪高速铁路的全面开工建设，桥隧公司京沪高铁汤山制梁场，犹如一颗明珠闪耀在青翠葱郁山峦之中，建场之初便以其绝美的风采引起了地方政府、业主以及兄弟单位的注目，领导、观摩团纷纷慕名而来，为这片美丽多姿的胜地再添新"靓景"。

兵贵神速展形象

汤山制梁场占地面积 166 亩，承担京沪高铁 20 座特大桥、大桥、中桥的制梁任务，共预制箱梁 357 孔，其中 32 米箱梁 346 孔，24 米箱梁 11 孔。集团公司中标京沪高铁之初，设计中并没有汤山制梁场，因整体工期压力才由现浇变更为现场预制，当 2008 年 3 月下旬设计变更下达时，京沪其他项目早已开工建设，梁场一起步就开始抢工期。

更令人意想不到的是梁场场址选在半山腰，且布满林木，连施工便道也没有，要在短时间内在最大高差 25 米的山坡上平整出一块 166 亩的场地，土石方就有 20 多万方，其困难程度可想而知；而且林木属国家一级防护林，砍伐证需由省林业厅审批，时间异常紧张，工作一时举步维艰。

面对如此压力和困难，机智果敢的场长闫英军不等不靠，把开工当成大干的开始，制定了"以快制胜抢先机"的工作思路，一切向前抢。从村委会到镇政府，到江宁区，到南京市，征地拆迁、补偿赔偿、林木砍伐等手续，闫英军一级一级地找，一个部门一个部门的跑，讲困难、求理解、求帮助，是真情与诚恳打动了他们，阻碍施工进度的困难一个个被攻克。

2008 年 6 月 29 日，江苏省林业厅林地砍伐的批文一下发，闫英军就迫不及待的组织人员"清场"。时值盛夏，空气中淌着火，梁场全体总动员，砍伐林木，平整场地，建设驻地和生产场区，施工现场 24 小时不停工，日夜奋战，挥汗如雨，克服困难全力以赴抢进度。功夫不负有心人，2008 年 10 月 27 日，汤山制梁场顺利投产，实现了开工晚，建场快，临建和生产齐头并进的良好开端。

安全优质创精品

闫英军坚持"宁要微薄的利润，不要带血的效益"这一根本宗旨，建场之初便专门组织对各协作队伍、全场员工进行安全质量教育。把安全生产作为员工首要职责，发现问题、隐患，及时整改落实。建立了完善的安全保证体系和检查制度，并同各施工队单独签订安全生产责任状，强化安全生产责任意识。为确保优质高效的完成制梁生产任务，汤山制梁场从 2009 年 3 月 15 日起开展了"大干 120 天"活动，目前已预制 213 孔箱梁，架设 155 孔，100% 完成计划，参建员工积极投身到大干活动中，全场一派热火朝天的劳动竞赛场面。

质量就是信誉，信誉就是市场。京沪高速铁路工程建设举世瞩目，意义非凡。闫英军深知重任在肩，自开工以来就把质量作为施工生产的最大管理目标来实现，全力打造精品工程。依照在武广客运专线建设中负责耒阳制梁场时的管理经验，闫英军细化了质量控制制度，严格过程控制。每道工序安排专门的质量负责人，并实行追溯制度，避免因责任心不强而造成质量把关不严。制定了全面详细的奖罚制度，做到以制度保障质量，并将个人收入与质量挂钩，在日常的质量管理方面，实行了自检、互检和专检的制度，使每个员工都参与到质量管理过程中，从各个方面确保质量的优良。

2009 年 4 月，京沪高铁公司苏州指挥部拉有玉指挥长在检查汤山梁场时，对汤山梁场能在短期内形成如此生产能力，并生产出高质量的箱梁表示赞许，同时给汤山梁场颁发了代表安全质量评比优秀的"绿牌"，这也是集团公司京沪全线 6 家制梁场的第一个。

偶尔的出色不代表优秀，长久的优秀才是真正的优秀。闫英军没有沾沾自喜，他把这块绿牌当作前进的动力，与全场职工戮力同心，配合"安全生产月活动"，不断掀起大干高潮，安全、质量、进度全面创优，"七一"前夕，又喜获两块绿牌，成为全线获得绿牌表彰最多的单位之一。

精细管理争一流

提起汤山制梁场的管理之道，场长闫英军的深切体会是：严细。他认为，只有高标准、严要求，才能创造一流的精品工程。建场之初，他们就博采众家之长，在上级各项制度规范基础上结合实际，制定编印了《安全质量文明施工进度奖惩办法》，涉及各方面、各环节以及具体的操作流程，透明的考核机制把施工的所有行为有效掌握在规范之中，可操作、可控制。通过严格奖罚，充分调动了各施工队的生产积极性。

闫英军在成本管理上"执材料消耗之牛耳"，他为每片梁制作了单项工程卡片，打一片梁所需的 50 多项材料消耗的单价分析、计划用量、实际用量以及盈亏一目了然，作为每月正常的经济活动分析的第一手资料，"单项工程卡片"使得材料消耗"一切尽在掌握中"。

在"严管"的同时，闫英军把对员工的培养、关爱，放在突出重要的位置，在工作生活中以"善待"为根本。对年轻的管理人员和技术人才，压担子，安排一定岗位锻炼，一切看工作，以业绩论英雄的"赛马"机制，最大限度的调动了员工工作的积极性、创造性。

汤山制梁场干群关系和谐，内外关系和谐，优秀的团队，优秀的管理，内实外美的桥梁，大气环保的场区，已然融入了汤山风景区，成为生态汤山的新"靓景"。

打造绿色京沪高铁

——中铁十二局七公司施工纪实

彭清平

"环滁皆山也。其西南诸峰，林壑尤美。望之蔚然而深秀者，琅琊也。"北宋时期著名散文家和诗人欧阳修的一首《醉翁亭记》，生动描写了滁州一带自然景物的幽深秀美，也让醉翁亭和滁州远近闻名。

由中铁十二局集团七公司承建的京沪高铁四标段二十一、二十二工区项目部位于安徽省滁州市，横穿琅琊山景区，项目管段长约25公里，总投资约11亿元。项目部在施工中坚持保护环境与工程建设同步，以高度的社会责任感和自主创新精神，持之以恒地抓好环境保护和生态建设，强化环保目标责任制落实，不断加大环保投入力度，积极推进环境保护工作，着力打造绿色京沪高铁。

一是成立机构，提前规划。进场之初，项目部就成立了环保、水保机构，加强对环境保护工作的领导和监督，加强环保、水保的宣传教育，营造全民爱环保的氛围。同时，专门组织技术人员对项目部的环保、水保工作作整体规划，结合工程量的分布情况，对现场拌合站的设置，施工便道修筑，作了详细的调查研究，提前制定应急预案，确保不发生大的环境污染事故。

二是减少植被破坏，少占耕地。通过合理规划临时用地，最大限度的减少施工用地。例如，在施工便道走向上并不是采取直线，而是选择绕行，避开耕地和林地，尽量通过荒地。虽然增加了运距和成本，但是少砍伐了近2000棵树木，少占了近30亩良田。

三是改进临时排水，减少水土流失和施工污染。在施工过程中，项目部经常性地审视设计文件中的临时排水设施，结合实际地形地貌加以改进，让水顺利排出施工现场。在洪水季节主动挖断施工便道泄洪，减少水土流失，保护群众的生命财产安全。在工程跨越沿线敏感水体的桥梁施工中，严格落实了围堰措施、泥浆和弃渣集中外运处置等环保措施，使施工对水质的影响得到了有效控制。拌合站设置了三级污水沉淀池，施工废水经沉淀处理后，可回收利用或浇洒场地。

四是附属工程主体化，精细推进绿化工程施工。在路基主体工程完工后，及时施作坡面防护工程，并且丝毫不降低标准。边坡防护主要采用浆砌骨架护坡内培土撒播草籽、种植灌木，混凝土空心砖内培土喷播植草等形式。弃土作业按照先挡后弃的原则，根据地形地貌，在弃土场外侧坡脚设 2-5 米高的浆砌挡墙，同时将路基挖方地段表层耕植土剥离后集中存放，以备弃土场复垦时使用。完成弃土后，对弃土场顶面和边坡进行平整，两侧与山体边坡自然顺接，并种植栗树 3 万余棵，造林面积达到 42000 平方米。2010 年 5 月，京沪公司董事长蔡庆华在视察京沪二十一工区项目部弃土场后，对弃土场的绿化复垦及水土保持工作相当满意，当场颁发了一块绿牌。

五是防尘降噪，维护生活环境。砂、石、水泥等原材料按规格统一存放，堆放整齐，加以覆盖，以免形成扬尘，造成大气污染。项目部在拌合站设置了清洗池、排水池，统一清洗混凝土罐车。同时，要求施工车辆在便道行驶应减速慢行，以减少扬尘，施工便道经常洒水，保护周边农作物不受灰尘污染。合理安排作业时间，尽量减少重型机械的夜间作业时间，降低噪声污染。虽然为了赶工期昼夜不停地施工，但并未对沿线居民的造成大的干扰和影响。

由于措施到位，控制有效，中铁十二局集团七公司京沪项目部环保工作取得可喜成绩：在施工便道两旁，郁郁葱葱的茶树向你致意；在项目驻地，欢快游动的金鱼调皮地朝你吐着泡泡；在路基边坡上，密密麻麻的刺槐映满了你的双眼；在大桥底下，金黄色的油菜花在风中摇曳；在弃土场上，成队列的栗树将山坡装点得格外养眼……

可以设想的是，在不久的将来，全线贯通的京沪高铁线路两旁绿意盈盈，流线型的和谐号列车欢快地驰骋在皖东大地上，不时惊起一群白鸥，宛如人间仙境，呈现出"车行碧波上，路在画中游"的美妙画卷。

秦久林：
喜捧"火车头奖章"的劳务工

孙进修

秦久林

43岁的秦久林是京沪高速铁路磨盘张梁场的一名农民工。近日，这名钢筋张拉工开心地捧取了"火车头奖章"，成为京沪高速铁路13万建设大军中少数几个获取"火车头奖章"的劳务工之一。

秦久林18岁那年从贵州瓮安来到中铁十五局集团旗下的贵州路桥公司打工，如今，整整25年。这25年来，没有离开过贵州路桥。不是路桥的正式员工，却早已把路桥当作自己的家了。

秦久林爱人是苗族，她和秦久林一起住在梁场为他们准备的夫妻房内。梁场为了解决他们后顾之忧，专门修建了9、12平方不等的夫妻房，总共有33户，像个小区。和她一起来的有好几个苗族，他们在这的生活已经和汉族没有什么明显的区别。但在他们老家还有自己的风俗。初到他们家时，他们为客人准备的凳子是不干净的，凳子上的灰尘会有手指头那么厚，他们就叫你去坐，可是当你真去坐时，他们又搀住你，不让你坐，而是立即换来干净的凳子，目的就看你是否瞧得起他们，是不是真能做朋友的人。如果你真心交朋友，一定会经得住苗族的检验方式。

同样，来京沪一年半的时间了，这里的点点滴滴都让他们深刻感受到领导对他们的善待是经得起考验的。在上场之初，原贵州路桥董事长、总经理张启亮提出了"八个统一"，即：指挥部实行"八个统一"，即教育培训统一、住宿条件统一、就餐标准统一、工资发放统一、用工管理统一、劳动保护统一、组织生活统一、奖惩标准统一。实践证明他们是这么承诺的，也是这么做的。在社区初具规模之后，他们从职工利益出发，从细微处着眼，努力打造"人性化社区"。设立了"一市、一点、一间、一室、一馆"，即"工地小超市"，供应食品、小百货、卫生用品等，使职工足不出户即可解决生活所需。"公共电话点"，开通IC电话并请驻地邮政部门定时到营区收发邮件，解决职工与外界联系沟通问题。"公共淋浴间"，让职工下班回来足不出区就能洗个热水澡。"职工活动室"，电视、电脑、图书、报刊、健身器材齐全，使职工文化生活丰富多彩。"便民小餐馆"，方便职工业余生活。一系列便民措施虽然花钱不多，但富有浓厚的人情味，极大地方便了社区的职工群众，职工们感慨地说："没有想到，我们也能丢掉帐篷，走出拥挤的宿营车，在艰苦的施工现场享受到城市人的文明生活了。十五局是讲诚信的单位，京沪干完后，我们还一定跟着十五局干。"真的，从来到现在没一个有提出回过家的，因为在这大家都心情舒畅，感觉和家里一样。

"火车头奖章"的故事

秦久林是梁场张拉班副班长，手下有一百多号人。有男，有女，有老，有少，关系都很融洽，感觉像亲人一样，工余之际，他们就在电视室看看电视，聊聊天，抽抽烟，喝喝茶，生活很丰富。记得当他把"火车头奖章"拿回去那天，闻讯赶来的员工站满了院。老秦说你们怎么不去上班，都到这干嘛？工友说，听说咱们农民工也能获得"火车头奖章"，成了梁场的明星，是我们的骄傲，今天不是来找你喝茶、吹牛的，是专程为了祝贺的。再说你的荣誉不仅仅属于你的，我们也有份，我们来看看我们的荣誉，难道不行吗？

一个平时爱开玩笑的工友说道。老班长，你看今天人比较齐，我们和你这位梁场的明星，还有奖章一起合影吧。说着他们就围着秦久林站成了一个扇形，打电话喊杨胜达书记给他们照相。

合影完毕，有两个小伙偷偷地溜到秦久林后面，主动献殷勤，另外一个趁他不防备夺走奖章，并说，我看看是什么样的，让我们轮流替你保管几天，印在脑袋里，以后离开了京沪，回想起来深刻些，也好向别人炫耀下，我所在的工班有个"火车头奖章"获得者哩。我们时刻要向你看齐，以后也弄个奖章回来。

还有个平日里有点"叛逆"性格的小周，今天也显得特别勤快，不时的给他倒水，还给他扇扇子，并且一口一个"秦叔"喊着，我们跟着你干有信心，你走到哪我以后跟到哪，你以后就是我的"亲叔"了，在场的人都笑了。

献完青春，献子女

老秦虽不是路桥的员工，却早已把路桥当作自己的家了。跟着路桥公司，从京九铁路、西合铁路，到浙赣铁路、渝怀铁路、达成铁路，再到京沪铁路辗转十几条铁路建设，从来没离开过。今年43岁了，两个孩子也逐渐长大了，年龄较小的在老家上学。年龄稍长的女儿，刚刚从南方一所电子学校毕业。按照校方的规定，从该学校毕业的学生如果愿意的话，可以统一安排进厂工作。但她不愿意进厂。老秦在充分听取孩子的意思后，让她来到磨盘张梁场实习。老实说，他对这个单位有感情了，感觉也有前途，有施展能力的舞台，想让女儿也在这个单位工作，如果她愿意话，以后可以跟着单位到别的工地上，成为建筑大军新的一员。

张拉人生

可以说贵州路桥预制的每一片梁，几乎都是出自秦久林与他的农民工队友之手。仅仅京沪高铁磨盘张制梁场就有1091片梁需要张拉。秦久林的一生注定要与箱梁张拉分不开。

整个制梁过程有钢筋绑扎、模型安装、混凝土浇筑、初张拉、移梁、终张拉、压浆、封端等。其中张拉是箱梁制作中最为关键的一个环节。所谓张拉就是穿丝拔管，即先把橡胶管从梁体拔出，然后穿钢绞线，预张，达到初张强度以后，再初张，然后把梁提至存梁台座进行终张拉。至于张拉的重要性，秦久林说他的老师傅打过一个比喻，他说钢筋是人的骨架，混凝土是人的肉身，张拉就像人的血液。

他干活爱动脑筋，因为有次发现1吨多重的张拉吊架过于笨重，影响效率，便产生了制作便于拆装的简易张拉吊架的想法。拿着自己画的草图找到工程师，经过工程师的计算，认为他的设计可行。在钳工班班长的帮助下，制作出简易张拉吊架取代了老张拉吊架。

刚毕业的大学生对他都很尊敬。都喊他"秦师"，说"跟着老师傅能学到很多实用的东西，他的活干得确实漂亮。"

其实他只有初中文化水平，刚到都匀桥梁厂的时候啥都不会，只能干些体力活。进入张拉工班后，是师傅手把手地教出来的，没有把他当劳务工看，主要工序让他参与，遇到问题让他自己动脑筋解决。这样边干边学，使他在实践中逐步掌握了技术。是他的师傅改变了他的人生。他一直对师傅都心存感激。俗话说，授人玫瑰，手有余香。是师傅把技术传给了他，现在他要将经验再传授给年轻一代。

龙腾京沪

——京沪高速铁路建设报告文学集

（下册）

京沪高速铁路股份有限公司　编著

中国铁道出版社

2012 年 · 北京

内 容 提 要

　　在京沪高速铁路建设过程中，广大参战人员为实现中华民族的百年梦想，顽强拼搏、战天斗地，全身心地投入到京沪战场，涌现出一大批英雄模范和初出茅庐的"小人物"，他们的事迹感人至深，他们的精神动人肺腑，他们的情怀催人泪下。本集报告文学将永远铭记这些为中华民族的尊严和祖国的富强作出巨大牺牲和奉献的建设者们！

图书在版编目（ＣＩＰ）数据

龙腾京沪：京沪高速铁路建设报告文学集 / 京沪高速铁路股份有限公司编著 . —北京：
中国铁道出版社，2012.5
　ISBN 978-7-113-14138-7

　Ⅰ. ①龙… 　Ⅱ.①京… 　Ⅲ.①报告文学–作品集–中国–当代 　Ⅳ.① I25

中国版本图书馆 CIP 数据核字 (2012) 第 007506 号

书　　　名：龙腾京沪——京沪高速铁路建设报告文学集（上、下册）
编　　　著：京沪高速铁路股份有限公司
责任编辑：丁国平　许士杰　　　电话：010-51873155　51873204
封面设计：崔　欣
排版装饰：张秀娟　纪　潇
责任印制：陆　宁

出版发行：中国铁道出版社（100054，北京市西城区右安门西街 8 号）
网　　址：http://www.tdpress.com
印　　刷：中煤涿州制图印刷厂北京分厂
版　　次：2012 年 5 月第 1 版　　2012 年 5 月第 1 次印刷
开　　本：787mm×1040mm　　1/16　　印张：53.5　　字数：986 千
印　　数：1～5000 册
书　　号：ISBN 978-7-113-14138-7
定　　价：150.00 元（含上、下册）

目　录

科技创新篇

拼搏奉献篇

光 荣 篇

精心设计篇

为"中国创造"绘蓝图

——记京沪高铁总体设计单位铁三院副院长孙树礼

袁桂婕

孙树礼

2008 年 4 月 18 日，北京大兴，京沪高速铁路开工典礼在这里隆重举行。温家宝总理为京沪高速铁路股份有限公司揭牌，宣布京沪高速铁路全线开工并为京沪高速铁路奠基。

铁道第三勘察设计院集团有限公司（铁三院）终于盼来了这一天，从此，可以甩开膀子大干了。铁三院副院长、总工程师孙树礼似乎松了一口气，既而，又绷紧了神经。

孙树礼作为铁三院京沪高速铁路总设计师，对整个项目负总责。参加完京沪高速铁路开工典礼后，他好像吃了颗"定心丸"，有了开工典礼这块"令牌"，接下来的工作可以"名正言顺"了，但这也意味着，下面的工作将进入实质性的攻坚阶段。

2008 年 4 月 29 日，铁三院召开京沪高速铁路勘察设计誓师会，孙树礼以"当家人"的身份主持了大会，听着参战单位铿锵坚定的誓言，孙树礼心潮澎湃，信心满怀。他深切地感到，决心书只是对艰苦磨练的承诺，军令状只能在顽强拼搏中兑现，要想打造世界第一高速铁路，仅仅靠决心书和军令状是远远不够的。

从此，在孙树礼的办公室里，又多了一张《北京至上海高速铁路平面示意图》，看着那条贯穿大半个中国的粗粗的红线，孙总思绪万千。

京沪高速铁路，全长1318公里，这个数字足以显示出整个工程的不同凡响，且它的运营速度目标值设定为350公里，显而易见，它是当之无愧的世界第一！诸多硬性指标，对总体设计单位铁三院来说，这是创造中国速度、打造中国高铁品牌的一场奠基之战，也是一次锤炼素质、提升实力的绝佳时机，这一仗打好了，中国高铁将领先世界，铁三院将成为中国高铁设计的领军企业。

铁三院决策层选派孙树礼挂帅征战京沪，正是看到京沪高速铁路高科技含量的特征以及它在中国铁路建设中的地位和影响。同时也希望在这个项目上，锻炼和提高队伍素质，增强全院科技实力，从这个意义上讲，身为副院长兼总工程师的孙树礼领兵京沪是最合适的人选。

有了"尚方宝剑"，孙树礼正式支起了京沪高速铁路设计的中军大帐。

（一）

上世纪80年代，囿于既有京沪铁路运能的严重不足，国家计划筹建新的京沪高速铁路。

作为铁路建设领域少有的几支设计劲旅之一的铁三院，从一开始就介入了京沪高铁的可行性研究和勘察设计。上世纪90年代初，铁三院开始进行京沪高速铁路可行性研究，并着手编制《京沪高速铁路设计暂行规定》，为京沪高速铁路"注册户口"。

接下来的十几年，铁三院的几代人为京沪高速铁路的"出生"作出了锲而不舍、艰苦卓绝的努力。最早参与设计的人员，有的已作古，有的已退休，在手手相传的接力赛中，不仅留下了车载斗量、弥足珍贵的图纸，而且留下了对新中国铁路建设的热切期望和无比忠诚。

孙树礼最早接触京沪高速铁路是在1993年，从早期担任京沪高速铁路济南至南京段桥梁专线做起，到2003年担任铁三院总工程师，正式接过京沪高铁设计的接力棒。在这10年里，孙树礼一直用主要精力钻研一系列高铁技术课题，并把这些研究成果倾注到京沪高铁几易其稿的可行性研究报告中去，为京沪高铁设计方案的最终拍板决策作出了重要贡献。

1999年9月6日至18日，怀揣着自己的研究成果，孙树礼东赴日本参加"中日合作高速铁路构造物设计研究"课题组，交流高速铁路构造物设计中的主要技术条件，请日本专家解答在京沪高速铁路技术设计中遇到的技术问题，实地参观考察了新干线桥涵设置、几个大跨度跨越公路桥梁的建设及使用情况。

这次东渡日本，孙树礼收获很大，震动也很大。中国高铁设计团队谋划多年的高速铁路，到目前为止，仍是"纸上高速"，当他第一次见到了真正意义的高速铁路时，心情久久不能平静，他暗下决心，我们一定要尽快建成京沪高速铁路，要比日本的高铁建设得更快、更好。回国后，他又如饥如渴地投入到高速铁路桥涵基础地基处理及沉降控制、高速铁路大跨度桥梁合理结构形式等方面的研究。

勤奋结硕果，铁道部组织专家对铁三院京沪高速铁路站前专业技术设计文件进行了内部审查，孙树礼主持的设计方案得到专家的一致好评。

孙树礼勇于担当、敢于负责的锐气和出色的工作成绩，受到领导的重视和信任，2001年他被任命为铁三院副总工程师。主持全院以桥梁、结构为主的勘测设计项目，主持研究确定了一般地段桥梁及重点桥梁总体设计方案与设计原则等重大技术课题。

就在孙树礼担任副总工程师不久，国家计委和国土资源部下发了《关于预留京沪高速铁路建设用地的通知》，这一通知对于铁三院来说喜忧参半，喜的是京沪高速铁路建设已经提到了国家有关部门的议事日程，项目运作已取得重大进展；忧的是，京沪高铁的设计方案远未成熟，必须对全线进行补充测量，有的区段需重新落实线路走向，剩余工作量还相当繁重。

铁三院即将迎来一场铁路建设史上少有的一次重大考验，"三通锣鼓"之后，预示着京沪高铁建设的序幕即将拉开。

（二）

2003年初夏，铁三院接到铁道部的命令：遵循"整体设计，系统建设，一次建成，早见效益"的原则，设计院要以"义无反顾的责任感"、"只争朝夕的紧迫感"完成京沪高速铁路勘测设计！

就在铁三院紧锣密鼓、排兵布阵落实铁道部重要指示的关键时刻，2003年7月22日，铁道部党组任命孙树礼为铁三院总工程师，一下子把孙树礼推上了京沪高铁设计的最前沿。

身担重任腰不弯，孙树礼毫不犹豫地接过了令箭。

按照铁道部要求，在不到半年的时间内，完成北京至徐州段667公里的勘察设计任务，以满足开工的要求。这意味着，把常规铁路勘测设计的周期，压缩了四分之三！更具挑战性的是，京沪高速铁路是一个全新的课题，技术新，标准高，难度大，尽管铁三院已经为之苦苦奋斗了13年，但到目前，仍然有众多的技术难关需要攻克。与此同时，预可行性研究、工程可行性研究等前期任务与后期勘察设计任务相互交叉，初测、可研、定测、初步设计、补定测、施工图设计相互交织，工作局面错综复杂。

更为严峻的是，当时可怕的"非典"席卷了大半个中国。由于人力资源严重告急，铁三院当即做出决定，正在施测的太中线马上停工，将勘测队伍紧急调转到京沪高铁勘测现场。200余名职工克服非典的影响，昼夜兼程，经过4天4夜，实现全院工作重心的战略大转移。

一时间，千里战线测旗飞舞，八百将士斗志昂扬。

勘测设计工作开始不久，铁三院遭遇了一场"攻坚战中的攻坚战"。

自铁道部明确方案意见后，留给德州方案71公里初测任务的工期仅有短短的11天。如果按照常规来组织勘测，根本不可能实现。

铁三院下达死命令：确保京沪高铁勘测进度，不能有任何闪失。

一声令下，全体参战职工群情激奋，拼尽全部体力和精力，历经9天鏖战，奇迹般地拿下71公里！

敢打硬仗，不怕恶仗，是铁三院多年的老传统，但最让铁三院感到憋屈的是，由于当时京沪高速铁路勘测设计处于保密阶段，上级没有批文，外业调查、协议洽谈等工作不能向地方政府出具相关文件，难以得到地方政府和有关部门的理解、配合，勘测设计人员经常遭到冷遇，不知跑了多少冤枉路，干了多少冤枉事。有时为了办成一件小事，不惜千言万语，想尽千方百计，吃尽千辛万苦。

真心的付出和辛勤的汗水，换来了丰收的硕果。

通过铁三院广大职工的艰苦拼搏，京沪高速铁路定测全面完成。全线的地质勘探量，相当于过去5年全院地质勘探总量的55%！

2003年11月4日至5日，铁道部京沪高速办蔡庆华主任到铁三院会战现场视察慰问，对干部职工连续作战不休息，在极度困难和艰苦的条件下，提前完成各阶段的会战任务给予了高度评价。

轰轰烈烈的初测会战暂告一段落，仿佛又回到了往日的宁静。然而，孙树礼心里最清楚，这表面平静的背后仍酝酿着更为艰苦的鏖战。京沪高速铁路一天不通车，这场战役就一天不会结束。孙树礼在这相对"宁静期"里，进一步加大了高速铁路技术的研发进度。

为使高速铁路实现一流的目标，他提出了高速铁路一般桥梁设计必须先行景观设计的思路和要求，把景观设计和功能设计融为一体，达到内在质量和外观美的和谐统一；为确保高速铁路全线无砟轨道的铺设质量，全面提高桥梁基础沉降的控制精度和水平，他又提出了将数值分析方法应用于桥梁基础和路基沉降控制的分析与研究的设想与思路，组织实施桥梁地质设计一体化，解决了桥梁与地质专业的设计数据接口问题。

在孙树礼的直接参与和指导下，铁三院针对京沪高速铁路桥梁在全线占主导地位的实际情况，进行了大量的桥梁新技术研发工作，包括桥涵景观设计、常用跨度桥梁梁型、梁跨的技术经济比较、钢箱系杆拱设计、空间框架设计和"以桥代路"结构形式的设计等项研究工作。

2005年1月17日至24日，孙树礼陪同铁道部领导去德国考察高铁。在国外，他把考察时间排得满满的，没有时间欣赏异国风情，没进过大商场，没给家人带回什么像样的礼物。

孙树礼十分清楚，高速铁路的核心技术是无砟轨道技术，对这项核心技术，一直是外方技术出口控制的重点，也是跨国公司在国际市场保持竞争优势的"杀手锏"。如何在无砟轨道技术上取得突破，是整个考察期间一直萦绕在孙树礼心头挥之不去的课题，中国的高速要想飞起来，必须突破这一重要关口。

考察回来后，铁三院成立了"CRTS II型板式无砟轨道设计技术"课题组，孙树礼出任组长。根据"引进、消化、吸收、再创新"的战略部署，铁道部引进了德国博格板式无砟轨道设计、制造、施工等工艺。为确保这项技术在中国落地生根并实施再创新，使之更符合中国国情，在铁道部的统一部署下，首先在京沪高铁的综合试验段——"京津城际铁路"中实施，把京津城际铁路作为练兵场，取得了一系列重大技术创新成果，为京沪高速铁路建设的顺利推进奠定了坚实基础。正是因为我们拥有了京津城际的宝贵实践，才创造出了真正拥有自主知识产权、设计时速达到350公里、一流的京沪高速铁路CRTS II型板式无砟轨道的成套设计技术，开创了高速铁路"中国创造"的崭新局面。

（三）

铁三院18年磨一剑，即将在京沪高速铁路首试锋芒。

2008年8月1日，京津城际开通，孙树礼参加了北京南站的开通仪式。北京南站是京津城际的始发站，又是京沪高速铁路的始发站，这也意味着京沪高速铁路从这里始发的日子已经为期不远。

京津城际铁路的胜利通车，坚定了孙树礼致力于高速铁路创新的信心，铁三院多年的研究成果要在京沪高速铁路中一试高低。

在京津城际铁路上使用的是引进的博格板，而在京沪高速铁路中采用的是我们自行研制的II型轨道板，其纵向用钢筋将轨道板块实施无缝连接，也叫纵连板式轨道，其技术标准达到了轨道板制造误差不超过0.1毫米的高精确度。在生产过程中，用数控机床根据设计的三维轨道几何，将每个扣件承轨槽精密打磨成形，一个板子一个样。它们组合在一起便形成了具有高精确几何线形的轨道系统，虽然是钢筋混凝土制品，却是比金属构件加工还精密的"毫米级工程"。这就是创新催生的领先世界的II型轨道板技术。

孙树礼认为，创新不仅仅是学会国外的先进技术、掌握某种高端工具的使用方法，真正的创新，需要有理念的创新和理论的升华。他和他的团队围绕关键技术，组织开展了II型板再创新、无砟轨道高架结构、II型板端刺论证等一系列自主创新工作，从设计理念、结构设计、制造施工、站后接口以及制造材料等方面，进行了科学系统地再创新，确保了京沪高速铁路设计和建设的顺利推进。

Ⅱ型板创新取得成果后，区域沉降问题又摆在了铁三院设计人员面前。京沪沿线区域内大部分是软土和松软土地质结构，线路和桥梁基础的可压缩性非常高，极易形成区域沉降。如何克服区域沉降，设计人员非常头疼，孙树礼也感到比较棘手。孙树礼当初在德国考察时并没遇到这个问题。在德国，地下不深的地方就达到基岩层，无须考虑沉降的问题。可是在中国如果不解决区域沉降问题，京沪高铁就无法建成。

问题就是课题。孙树礼又开始主持高速铁路 CFG 桩复合地基综合技术研究。"CFG"这几个字母组合代表什么？CFG 桩就是水泥粉煤灰碎石桩，把它打入二三十米的地下，把路面荷载引入深层地基。这种技术只有盖高楼大厦时才会用到。孙树礼提出了 CFG 桩复合地基计算理论和计算方法，组织开展施工质量及检测技术研究和 CFG 桩体替代材料试验研究，逐步形成了一套完整、系统的软弱压缩土层 CFG 桩地基处理条件下路基沉降计算、沉降控制设计技术，完善了高速铁路路基沉降控制方法及计算分析方法，其成果为高速铁路路基设计提供了强有力的技术支撑。

在国内外大量资料中，孙树礼总能抓住灵光一现的东西，在这稍纵即逝的灵感中，孙树礼还要做到精益求精。京沪高速铁路 80% 的线路采用桥梁形式通过，为把京沪高速铁路建成一流的高速铁路，既要保证高速铁路的高平顺性、高稳定性、高安全性，又要使桥墩美观。孙树礼根据多年对桥梁的研究，几易其稿，专门为京沪高铁量身定做了椭圆柱形状，顶端架梁处略向两端延伸，不仅钢性强，符合高速铁路对桥墩的高标准要求，而且外表光洁，墩体美观，彻底改变了原来桥墩傻大笨粗的外形。在几家设计方案中，孙树礼的设计方案一枝独秀，这一设计得到铁道部领导的首肯。

在工作实践中，孙树礼深切地感受到，真正的创新并非易事，要实现桥梁技术的提升，还要突破自身的技术局限。在京沪高速铁路设计中，他大胆提出大型客站"房桥合一"的理论，并不断进行结构动力学试验研究。组织系统研究高速列车作用下，"房桥合一"混合结构体系关键部件疲劳性能、动力学性能等混合结构体系的设计理论与方法。通过系统理论分析、数值仿真和试验研究，建立起具有我国自主知识产权的高速铁路客站"房桥合一"混合结构体系的动力学理论体系，提高了我国铁路大型客站的建设技术水平。

千磨万击，终成正果。凝结着铁三院智慧和心血的施工图陆续出炉，交付建设单位施工。

"见证奇迹"的时刻到了，然而，奇迹的见证并不是一帆风顺。

京沪高速铁路是我国真正意义上的第一条高速铁路，以前陆续建成通车的高速铁路一律定名为"客专"或"城际"，原因就在于这些铁路建设时还没有形成成熟的高速铁路技术标准和技术体系。而京沪高速铁路的设计则完全是建立在三院及全国众多科研单位一系列开创性技术创新的成果之上，其科技含量远非"客专"或"城际"可以比肩。可以说，中国的高速铁路技术标准和技术体系是伴随着京沪高速铁路的建设而诞生的。

2008年10月，铁道部调整了京沪高速铁路无砟轨道铺设范围和轨道结构类型，这对铁三院设计供图产生了极大的影响，这意味着要把以前已经完成的施工图再重新检校一遍。京沪高速铁路通车的时间已敲定，等于已关死后门。铁三院面临着巨大的压力，不仅要重新研究、重新设计，而且"后有追兵"，施工单位也在等着要施工图。孙树礼心急如焚。但是，再急也得保证质量和安全。他组织铁三院的技术人员，通宵达旦加紧研究新的设计方案，10天后，将新的施工图交给施工单位时，施工单位无不为铁三院的工作效率和和敬业精神所感动，因为他们知道，如此浩大的工作量在如此短的时间内完成，这简直就是神话。

2009年11月24日，京沪高铁建设总指挥部在先导段A197号墩举办无砟轨道冬季施工现场观摩会，来自德国马科斯博格公司、外方质量代表沃森公司的专家和多家施工单位等近百人参加了观摩会。孙树礼和铁三院几个项目总体当场讲解无砟轨道工艺流程、质量控制、安全保障等设计原则和施工规范，并与现场的施工技术人员进行交流。博格公司的代表冲着孙树礼他们竖起了大拇指。

孙树礼有明确缜密的战略思维，能正确审视和判断复杂的市场形势。在轨道精测网研究上，孙树礼有思路、有战略、有前瞻性。在京津城际建设过程中，铁三院下属单位自主研发用GPS建立高精度的坐标系，建立精测网，当时很多人不理解，觉得这是"屠龙之技"。当他们研发渐有成果向孙树礼汇报时，孙树礼非常支持，精测网在京津城际中立下汗马功劳，在京沪高速铁路再次"亮剑"。

在孙树礼的积极倡导和大力支持下，铁三院的精测网搞得有声有色，在京沪高速铁路得到进一步完善，首次提出建立基岩水准点和深埋水准点的实施方案，有效保证了全线高程基准的稳定。同时，通过建立框架控制网，统一了全线平面基准。完备的精密控制网设计，为京沪高铁的勘测、施工、运营、维护提供了全面保障，也体现了"三网合一"的设计理念。

洒脱舞剑器。孙树礼在中国高速铁路平台上一展身手，凭借着优秀的科学素养和甘于奉献的精神，站到了中国高速铁路建设的最前沿。孙树礼主持研究的一系列科研课题，既为中国高速铁路的建设打下了理论基础，又为京沪高速铁路项目的建设提供了强有力的技术支撑。以科技创新助力高铁建设，他为中国铁路的勘察设计做出了卓越贡献，受到业界的好评。面对取得的成绩，孙树礼没有丝毫的自我陶醉，而是把成绩归功于党的培养和信任，归功于和他一起战斗的团队。孙树礼说，高铁时代，我们恰逢其时；能参加一流高铁工程的建设，是每一个建设者的幸运。

志在高铁创大业

——记全国勘察设计大师、铁四院京沪高铁指挥部指挥长王玉泽

赵中庸　　刘新红

王玉泽

从没窗户、咣咣响的"闷罐车"到有空调、软沙发的"和谐号",从时速不到30公里到运营时速350公里……当你乘坐京津、武广、郑西、沪宁等高铁疾驰华夏大地,感受着贴地飞行、异地速达的快感和震撼时,一定会为中国高铁的建设者们所立下的丰功伟绩而倍感骄傲和自豪吧!

高铁时代造就高铁精英,高铁英模也在创造伟大的高铁时代。以世界一次建成里程最长、标准最高的京沪高铁为世纪代表作,铁四院王玉泽就是其中一位杰出的建设者代表。

王玉泽,由一名普通的工程师到全国勘察设计大师,由京沪高铁徐沪段设计总体到铁四院总工程师,他带领着他的优秀设计团队,辛勤耕耘了十几个春秋,圆了几代人的高铁梦,向世人展示了中国人不但能建成高

铁,而且能建成一流高铁的雄心壮志!

让"和谐号"赛过"希望号"

1995年10月的一天,一列"希望号"高速列车从日本东京驶出,目的地大阪。一路风驰电掣,最高时速270公里。

驾驶室内,几位来自武汉铁四院的设计人员目不转睛,屏息凝神,其中一位就是两年前出任铁四院京沪高速铁路设计总体的王玉泽。

此次东京之行,是铁道部组织的第一批出国学习的高速铁路技术研修班。其目的不言而喻,改革开放的中国,需要引进、消化、吸收国外先进技术;经济开始腾飞的中国,不能没有高速铁路!

1980年在西南交通大学课堂上第一次听说的新干线速度,这一次,王玉泽亲身感受到了。同时感受到的,还有技不如人、奋起直追的压力。

当时,中国高速铁路的研究刚刚起步,身处勘察、设计前沿阵地的技术人员们正处于最艰难的摸索时期,许多技术难题有待突破,尤其是速度的提高,带来了铁路技术标准的飞跃,如果没有科学定标就仓促上马,会给铁路建设带来混乱和损失。

带着对技术的思考和担忧,在日本82天的观摩学习中,王玉泽强闻博记,回国后又一头扎进京沪高速铁路的研究中去。他以一种前所未有的急切,恨不能将世界先进铁路的武艺尽数操练一遍。

数十年潜心研究,无论京沪高铁上马的呼声高涨,还是寥落,王玉泽和团队始终坚守阵地不挪窝。当人们还在为"中国要不要建设高速铁路"和"用什么技术修建高速铁路"唇枪舌剑时,这位可敬的高铁专家和同仁们,已经通过默默而执着的努力,摸清了京沪高铁徐沪段沿线600余公里的"家底",确定了最为关键的线位与站位;他们建立了中国第一个高速铁路软土路基试验段,掌握了应对软土沉降处理种种"疑难杂症"的"杀手锏";他们是国内首次开展高速铁路高架车站研究的专家;他们通过多项技术创新,实现了高速大跨深水桥梁建造技术的重大突破。

最突出的贡献是,他们编制完成了《京沪高速铁路设计暂行规定》、《新建时速300～350公里客运专线铁路设计暂行规定》、《高速铁路设计规范》等多本技术规范,为高端起跑的中国铁路"铺好了跑道"……

正是王玉泽等为中国高速铁路事业不懈努力的人、数十年的技术贮备和博采世界先进技术为我所用,主导了铁四院在全行业一路领跑的行动,最终在2008年4月18日,融入北京大兴京沪高铁开工的伟大时刻里。在大多数国人心中,这是脱胎换骨的中国铁路的成人礼,是中国跻身世界铁路强国的出征号。

更难能可贵的是,京沪高铁的前期研究工作,为我国高速铁路、客运专线技术自主创新奠定了坚实的基础，有力地指导了其他高速铁路、客运专线的设计工作。

当时速 350 公里和谐号动车组奔驰在华东、中南、西北大地之时，王玉泽自豪地说，"和谐号"赛过了"希望号"，大长咱中国高铁人的志气！

打铁须得自身硬

2005 年，王玉泽被任命为铁四院总工程师，成为这个致力于成为国内一流、国际知名的科技型设计咨询企业的技术掌门人。

近年来，铁四院在中国高速铁路建设中引人瞩目：在目前全国已投入运营的新建高铁中，由该院担任总体设计的线路里程约占 70% 以上，在建高铁 60% 出自该院之手。

众多高铁项目搭起了成才平台，当初和王玉泽一起参与京沪高铁前期研究的设计人员，已有数十位走上了铁四院副总工程师的岗位，主管着多条高速铁路的设计研究工作，他们亲切地称呼王玉泽为"排长"。

在与他多年共事的院副总眼里，这位"排长""性格冷静，处事果断，做事扎实。"在妻子刘丽华眼里，丈夫"为人处事不强势，但学新知识很好胜，非搞懂不可。"

"打铁须得自身硬。"环顾王玉泽的办公室，除了书仍旧是书，身患眼疾的他，仍然坚持阅读着高铁书籍和杂志，他曾对妻子感叹："学习新知识是一件多么快乐的事。"妻子开玩笑说："都快 50 岁了，还没干腻呀？"他回答："下辈子还想干铁路！"

的确，高速铁路学无止境，是一项复杂的系统工程。王玉泽深知设计是工程建设的灵魂，作为铁四院高铁总设计负责人，他把做好设计接口管理，实现系统最优配置摆在了很重要的位置。

王玉泽说："大到动车组的动力特性，小到轨道上的每一个扣件；从空中的电力牵引接触网，到路基底层的受力变化；从列车内部的负压效应，到铁路噪音的影 响，那些过去可以被忽略的技术细节，如今对于高速列车都显得十分重要。"

在他主持下，铁四院统筹研究、科学论证工务工程、牵引供电、通信信号、信息系统、电动车组、运用维修各子系统的协调配合及系统优化和集成，实现了高速铁路的高速度、高密度、高安全性。

回顾王玉泽的学术生涯，就是一部中国高铁自主创新跨越腾飞的历史。他立志立题，殚精竭虑，他上下求索，终有所得，在个人志趣和应用相结合中走到了今天，从业以来其成果先后获得两项国家优秀设计金奖、一项国家优秀设计银奖、多项省部级优秀设计奖和科技进步奖。

2008 年，凭藉深厚的技术底蕴、丰硕的专业成果和显著的工作业绩，王玉泽被评为中国第六批勘察设计大师。

对王玉泽来说，更欣慰的业绩是，自担任总工程师以来，铁四院共获得国家级勘察设计奖3项，省部级各类奖项接近100项，国家专利10项。截止2009年底，铁四院入选"中国企业新纪录"总数达143项，在同行业保持遥遥领先的地位。荣获全国质量管理小组活动优秀企业、中国施工企业管理协会科学技术奖、技术创新先进企业、全国勘察设计行业国庆60周年"十佳自主技术创新企业"等大奖。

业磅礴，人淡泊。王玉泽常说："干实事比什么都好！"。如今，这个一直强调团队作用的朴实的高铁专家，这个一谈到技术就会兴奋的科研人员，正在和他的技术团队为实现中国高速铁路的腾飞而不懈努力、奋勇攀登。

十年铸剑展锋芒

——记中国铁道科学研究院常务副院长康熊

雷风行

康 熊

从铁路大提速到首战京津，康熊十年磨一剑。作为科研带头人，他不断开拓完善铁路科技试验理论和方法，率领科研团队会战武广，决战京沪，走出一条中国高铁联调联试的创新之路。

——采访札记

中国铁道科学研究院常务副院长康熊，长期从事铁路机车车辆和系统试验技术研究，在高速铁路、既有线提速和2万吨重载列车开行等方面取得多项重要创新成果，为我国高速铁路、重载铁路技术水平跻身世界先进行列做出了重要贡献，是我国高速铁路技术研究的学术带头人和联调联试技术的主要开拓者之一。康熊作为主要承担者，获国家科技进步一等奖3项、二等奖1项，省部级科学技术特等奖5项、一等奖4项、二等奖1项，专利2项，独著、参编科技著作10部。

主持铁路大提速综合试验，目标瞄准世界先进水平

列车运行速度是衡量一个国家铁路现代化程度的重要标志。从 1997 年到 2007 年十年间，中国铁路进行了六次大提速。康熊有幸自始至终、一次不落地参加了六次大提速各项重大试验，他风趣地将自己 42 岁到 52 岁这段最宝贵的黄金岁月称为"十年提速路"。

康熊 1955 年出生于甘肃，当过知青，做过工人，1978 年以优异成绩考入西南交大电力机车专业，1983 年又考进铁科院研究生部主攻机车车辆，1986 年获工学硕士学位后分配到铁科院机辆所牵引室，从助理研究员干起。

1986 年以来，康熊持续开展牵引计算的理论与试验研究，主持建立了我国牵引、制动基础数据库，开发了列车牵引计算软件，实现了我国主型列车在主要线路上通过能力、运行时分、能量消耗、设备性能等运行指标的综合计算与评估。自 2000 年以来该软件已成为铁路设计部门在新线建设与旧线改造前期规划的主要计算手段与设计依据。"列车牵引计算软件"获中国铁道学会科学技术二等奖。

既有线客车达到时速 250 公里是当今世界提速技术的最高水平。2004 年 2 月 15 日，铁道部确定了中国铁路时速 250 公里的既有线提速目标，并把第六次大提速的科研攻关与试验检测任务交给了铁科院。康熊副院长率领铁科院 8 个单位 800 余人组成的试验团队，先后进行了遂渝线、胶济线、京哈线等 200～250 公里提速综合试验，纵横京沪、京广、陇海等主要干线，开展了上百项科学试验，研究提出了《既有线 200～250 km/h 技术条件》和提速综合试验及评估方法，累计试验检测 5 万多公里，以大量科学数据和试验成果确保大提速成功实施。

在 2004 年 3 月至 2007 年 4 月那不寻常的 1000 多个日日夜夜里，康熊有近三分之一的时间奋战在试验现场，他深入参与科研攻关、试验检测的各个关键环节，带领科技人员严谨地编制试验计划，全面细致地进行现场组织、方案实施和试验总结。2007 年 4 月 18 日，中国铁路成功实施了第六次大提速，时速 200 公里及以上提速线路一次达到 6003 公里。康熊主持编写的《时速 250 公里综合试验总报告》于 2007 年 3 月通过了铁道部技术评审，为建立高速铁路技术平台提供了技术基础。

经过三年多的科研攻关与试验，康熊带领铁科院团队已经系统掌握了时速 200 公里既有线提速关键技术，为中国铁路既有线提速技术跻身世界先进行列做出了突出贡献。他作为主要负责人之一主持完成的《时速 200 公里等级提速系统工程》，获中国铁道学会科学技术特等奖。

科学严谨赢来 2 万吨组合列车试验成功

重载运输是世界铁路货物运输的发展方向。为实现我国重载运输目标，保证大秦铁路开行

2万吨重载组合列车，从2003年起，在铁道部领导下，康熊挂帅带领铁科院重载试验团队，开始进行大秦线2万吨重载组合列车综合试验。

大秦铁路是我国第一条双线电气化重载铁路。如何使大秦线煤炭年运量从1亿吨提高到2亿吨乃至4亿吨？铁道部要求在开行万吨列车的基础上，探索开行2万吨重载组合列车。大秦线地形复杂，隧道多，桥梁多，弯道多，线路纵断面连续长大坡道，最大为12‰下坡，4‰上坡，对2万吨重载组合列车操纵技术提出了很高要求。

为破解大秦线开行重载组合列车的技术难题，从2003年到2006年，在铁道部大力支持和路局全力配合下，康熊带领铁科院科技人员，先后组织分项试验100多次，全程综合试验22次。作为技术负责单位的主管领导，康熊不仅参与组织了从方案论证、技术比选、理论仿真到技术集成、方案优化、试验验证的所有环节，而且还以身作则参加了各次综合试验，与科技人员同甘共苦，不管是盛夏烈日酷暑，还是塞外三九严冬，他总是迎着弥漫煤尘和凛冽寒风，奋战在试验第一线。

在大秦线重载试验中，康熊带领科研人员秉持"创新、勤奋、严谨、和谐"的院风，提出了总体试验方案，针对重载运输关键技术难题，建立了列车牵引计算多质点数学模型，开展2万吨重载列车同步控制、强非线性纵向动力学和列车优化操纵仿真研究；首次采用基于无线网络分布式的测试技术，解决了长达2672米重载组合列车多断面同步测试问题；通过测试与仿真对比分析优化，确定了编组方案和操纵模式，验证了2万吨重载组合列车各系统的协调性和最终开行效果。经过试验、总结、再试验，康熊带领团队攻坚克难，大胆创新，不断完善，终于完成了《大秦线2万吨重载列车试验研究报告》，为成功开行2万吨重载列车提供技术支撑。2006年3月大秦线正式开行2万吨级重载列车，2007年大秦铁路煤炭年运量达到3亿吨，2010年超过4亿吨，登上了世界铁路重载运输的高峰。

"科学试验通常要经历多次失败，才能走向成功的彼岸。但大秦线开行2万吨重载组合列车的试验是不允许出差错的。每一次试验，我们必须对所有的参数进行详尽计算，而且要事先进行多次模拟，一丝不苟，确保万无一失，否则就可能带来严重的事故。"这是康熊对大秦重载试验的感悟和理解，也是重载试验的成功之道！2008年，《大秦铁路重载运输成套技术与应用》获国家科技进步一等奖，《大秦2万吨重载组合列车系统集成创新》获部级科学技术特等奖。

中国高铁联调联试技术的开拓者

2008年8月1日，京津城际铁路通车运营，时速达350公里，标志着中国已进入高速铁路时代。

铁道部把京津城际铁路联调联试的艰巨任务交给了铁科院。联调联试是高速铁路建设的关键技术之一，其目的与作用是对建成开通前的高速铁路各系统的状态、性能、功能和系统间匹配进行综合测试、验证、调整、优化，使高速铁路整体系统均达到设计要求，具备运营条件。京津城际铁路时速 350 公里，在国内外没有成熟经验可以借鉴。从 2006 年起，康熊带领铁科院联调联试项目组进行了开拓性研究，重点攻克了联调联试综合测试和系统评估等一系列技术难题。2007 年 12 月 8 日，铁道部开会研究并原则上通过了康熊主持编制的京津城际铁路联调联试初步方案。

从 2008 年 2 月至 7 月，铁科院作为测试技术总负责单位，与北京铁路局等相关单位一道，开展了长达 5 个月的联调联试和一个月的运行试验。康熊副院长创新组织模式，打破研究所界限，抽调 250 多名各专业科研人员共同组成项目部，强化了不同专业间创新合作。他率领科研人员奋战半年，其联调联试的内容涵盖工务工程、牵引供电、通信信号、动车组、运营调度和客运服务 6 大系统，完成了 15 大类、2000 多个参数的测试及数据分析，使整体系统的功能达到最优，确保了京津城际铁路如期通车。

康熊作为联调联试技术负责人，主持与指导了轮轨关系、弓网关系、机电耦合等匹配调试，优化各系统接口功能，为解决高速列车安全与舒适、运行控制可靠与高效等关键技术难题提供了科学依据。《京津高速铁路系统集成及联调联试技术》获中国铁道学会科学技术特等奖。

为满足我国高速铁路联调联试与系统试验的需要，康熊未雨绸缪，2006 年初就提出自主研发高速综合检测列车的技术方案。该项目经铁道部批准立项，于年底紧急启动，铁科院负责检测技术开发和系统集成。经过一年多开发研制，我国自主研制的 0 号高速综合检测列车于 2008 年 6 月 7 日出厂，最高检测时速为 250 公里，7 月 1 日起即用于京津城际铁路的联调联试。2008 年，康熊又主持并参与研制出两列最高时速 350 公里的高速综合检测列车，实现高速运行状态下对轨道、轮轨动力学、接触网、通信、信号等系统数百个参数的高精度、高可靠性实时测量和综合数据处理，整体技术达到世界领先水平。高速综合检测列车已广泛应用于我国新建高速铁路联调联试和运营线路检测。《0 号高速综合检测列车的研制与应用》获中国铁道学会科学技术一等奖。目前康熊正率队承担国家 863 重大科技创新项目《最高试验速度 400km/h 高速检测列车检测关键技术研究与装备研制》课题研究，研究成果已在京沪高速铁路综合试验中成功运用。

三年多来，康熊作为我国高速铁路联调联试的开拓者与技术主要负责人之一，主持并参与完成京津、武广、郑西、沪杭等 18 条新建高速铁路的联调联试，至 2010 年底投入运营的新建高铁达到 5149 公里。

在康熊的组织与带领下，铁科院不断创新与完善联调联试方法、手段与装备，采用移动检测设备与地面测试设备相结合、室内试验与现场试验相结合、仿真与在线实验相结合的手段，采用先进的测试技术和数字化、网络化测试系统，利用高速综合检测列车、试验动车组等先进的移动测试装备，形成了具有自主知识产权的高速铁路联调联试试验方法、手段和系统的评价体系，进一步提升了我国高速铁路的系统集成能力，中国高铁联调联试技术达到世界先进水平。

改革开放 33 年来，康熊从一名大学生、研究生到研究员、博士生导师，并走上院领导岗位，走过了一段不平凡的人生旅程。改革开放为他提供了施展才能的广阔天地，中国铁路发展黄金期给予他科研创新的历史机遇，康熊抓住机遇，发挥"系统集成，综合创新"的优势，在高速、重载领域展开科研攻关，硕果累累。他学风正派，治学严谨，实事求是，敢于直言，对下属既严格要求又关心体贴，现为铁路专业技术带头人，享受国家政府特殊津贴，并先后荣获茅以升铁道科学技术奖、詹天佑铁道科学技术成就奖、全国"五一"劳动奖章、"十一五"国家科技计划执行突出贡献奖、2010 年度全国优秀科技工作者等殊荣。

高铁建设的开路先锋

——记铁四院副总工程师、京沪高铁徐州至上海段设计总体郭志勇

吴志华　　戴小巍

郭志勇

2010 年全国劳动模范及先进工作者表彰大会上，中铁第四勘察设计院集团有限公司（简称铁四院）副总工程师郭志勇当选全国劳动模范，登上共和国公民荣誉的最高奖台。

上世纪 90 年代，当"决战京九，强攻武广，再取华东"铁路建设全面铺开，我国第一条时速 160 公里的广深准高速铁路建设高潮迭起之际，郭志勇参加了京沪高速铁路规划方案编制工作。那时将时速 250 公里以上的铁路称为高速铁路，国内在这方面一无资料、二无范例，可谓"一穷二白"。此后二十余年，郭志勇与高速铁路结下了不解之缘，他与同事们一起夜以继日地辛勤耕耘，学习消化吸收德国、日本、法国等高速铁路先进理论、先进技术，博采众长，结合实际构建中国特色高速铁路技术体系。除负责京沪高速铁路勘察设计，还先后参加了时速 350 公里武广、郑西铁路客运专线，以及郑徐客专、沪宁城际、

宁杭铁路、沪杭客专等铁路建设项目勘察设计工作。

郭志勇先后担当起京沪高铁徐州至南京段和徐州至上海段总体设计负责人的重任。作为项目总体，要全面了解和掌握高速铁路线路基础、桥梁隧道、无砟轨道、通信信号、牵引供电、列车控制、调度指挥等等方面的技术，并将这些子系统科学合理地组合成整个京沪高速铁路徐沪段大系统，这需要知识、智慧和毅力。他积极组织实施铁道部技术攻关课题及主要技术标准、工程设计方案国际咨询；参与编制《京沪高速铁路设计暂行规定》等多项规范性文件，开展了一系列科技攻关研究，为项目后续建设奠定了坚实的技术基础。郭志勇从京沪高速铁路规划研究、勘察设计一直干到配合施工，曾经的一头青丝，现已华发满头。

郭志勇爱高铁，想高铁，痴迷高铁，他最高兴的事莫过于看到设计蓝图变成一条条动车飞驶的高铁，像看到自己孩子健康成长一样充满欣慰与喜悦。2003年5月，铁四院接到铁道部通知，要求派人到北京参加京沪高速铁路项目论证。当时正是非典肆虐之际，北京是全国主要疫区之一，让人闻之色变。就在集团公司领导还在考虑派谁去的时候，郭志勇挺身而出，主动要求赴京参会。在北京的一个多星期，他全身心扑在工作上，多角度、多方面研究京沪高速铁路方案，每天都与同事们工作到凌晨两三点，圆满完成了任务。

2004年8月，铁道部在北京进行京沪高速铁路初步设计预审查，郭志勇代表集团公司汇报。为了一次性通过预审，郭志勇与大家连续奋战七天七夜，有的晚上只休息两三个小时，七天七夜下来大家身心疲惫，衣衫不整，狼狈不堪。临汇报前1小时，郭志勇被大家快速"美容"打扮一番，他强迫自己振作精神作好汇报，由于准备充分，初步设计获得审查组一致通过。2008年4月18日，举世瞩目的京沪高铁开工建设，国务院总理温家宝亲临开工现场为工程奠基，此时郭志勇与同事们满眼充满泪水，他们的努力和付出为京沪高铁早日开工赢得了时间。

高速铁路是一项庞大而复杂的系统，其涉及的领域之广、技术之复杂，远非普通铁路可比，勘察设计中遇到的一些技术难题也是现在世界铁路科技界正在攻克的世界性难题。郭志勇和总体组的同志们知难而进。他把绝大部分时间和精力都用在研究工作上，常常忘记吃饭，忘记休息，忘记"自我"。

郑西铁路客运专线90%的线路处于黄土覆盖区，其中90%又处在湿陷性黄土地层。如何使长达近400公里的湿陷性黄土保持稳定，特别是如何确保铺设无砟轨道的沉降控制要求，成为郑西铁路客运专线建设成败的关键。针对这一世界级难题，在铁道部组织下，郭志勇与总体组一起分段选取代表性工点，开展湿陷性黄土浸水试验，成功解决了这一技术难题。"郑西高铁在建设过程中，不仅以自主创新化解了世界级施工难题，更通过精心组织设计，保护了沿途丰富珍贵的历史古迹"，受到国内外媒体的称道。

　　廿余载高铁长征路，迎来百花香满园。郭志勇主持的多个项目获国家级优秀设计和省部级科技进步奖，部分成果填补了国内高速铁路研究领域空白。主持完成的《计算机辅助选线设计》获全国优秀工程勘察设计金奖；主持完成的《京沪高速铁路磁悬浮技术方案可行性研究报告》《京沪高速铁路磁悬浮技术方案与轮轨技术方案综合分析对比报告》，为国家采用轮轨技术和磁悬浮技术方案决策提供了科学的依据，铁四院也由此走在了我国磁悬浮铁路技术的前沿。

点睛东方巨龙　问鼎皇冠明珠

——中国铁路通号公司京沪高铁通信信号系统集成装备 C3 列控核心技术回眸

杨光和　　武海宝

1810 年，拿破仑说，中国睡狮一旦惊醒，世界将为之震动。

如今，中国雄狮屹立东方。经济发展震撼世界，高铁的崛起更让西方肃然起敬。

2007 年 4 月 18 日之前，中国还没有一条可以称为"高速"的铁路。而在随后的短短 4 年间，中国高铁运营里程飞速增长，实现了从零到世界第一的跨越。

2011 年 6 月 30 日下午 3 点正式开通运营的京沪高铁，以其在中国铁路建设史上前所未有的投资规模和在世界铁路建设史上从未有过的巨大工程量引起国内外广泛关注。

京沪高铁以博采世界高速铁路之长、科技含量之高、系统集成之新的鲜明特点，被西方媒体称之为"世界高铁的皇冠"。

动车、轨道和列控技术是高铁三大核心技术，是"皇冠"上三颗绚丽的明珠。摘取列控技术这颗明珠的，就是中国铁路通信信号集团公司。

（一）

通信信号是列车的千里眼顺风耳。

C3 列控系统技术是列车的大脑和中枢神经。

中国通号承担了京沪高铁通信信号系统集成和装备 C3 列控核心技术的重任。

中国通号拥有的具有完全自主知识产权的 C3 列控系统，是在武广高铁创造的目前世界上最先进的控制系统。它完全能够满足时速 350 公里、间隔 3 分钟开行追踪列车的安全控车需求。

在武广高铁建设之前，动车和轨道的核心技术都已在京津城际工程中得以实际应用。到武广高铁建设的时候，高速铁路的三大核心技术中，就只剩下通信信号技术领域中的 C3 列控技术还未突破。

中国通号凭借在国内轨道交通通信信号技术领域的领先地位，凭借独具的研发设计、设备制造和施工安装三位一体优势，承担了攻关 C3 列控技术的特殊使命，向铁道部高铁技术创新规划中的最后一个堡垒发起冲锋。

其实，从技术角度讲，中国高铁的列控技术研究不是从武广才开始的。在上个世纪 90 年代京沪高铁建设进行可行性研究的时期，中国通号设计院总工程师付世善领衔的技术团队就对列控技术进行了深入的研究。六次大提速的时候，中国通号就成功构建了 C2 列控系统，并在合武、甬台温、温福等时速 250 公里的客专线上得到广泛推广应用。尤其是自主研发的 ZPW-2000A 轨道电路系统，作为统一制式在全路的推广使用，对 C3 列控技术的攻关起到了基础性作用。

在铁道部的组织领导下，中国通号以武广工程为依托，以自主创新的 C2 和欧洲的 E2 列控技术为基础，调集设计院、工厂和工程系统的技术精英，以中国通号副总工程师、设计院总工程师张苑为核心，组建精锐的 C3 攻关实施组，与外方公司合作，进行"以我为主，联合开发"，开始建造"铁路领域的嫦娥工程"。

C3 攻关需要解决无线控车、车载 ATP 和无线闭塞中心 RBC 三大核心技术问题。C3 的核心技术在于应用无线传输方式控制列车运行。其中有两个关键设备，一个在地面，一个在车上。地面的叫 RBC 系统，中文名字叫无线闭塞中心系统。RBC 的功能就是让列车该走的时候走，该停的时候停；车上的车载设备叫 ATP 系统，中文名字叫列车超速防护系统。ATP 的功能就是连续不间断地对列车实行速度监督，实现超速防护。

在全世界没有时速 350 公里 GSM-R 网优指标参考的情况下，初期攻关进展异常艰难。武广试验段进行 C3 高级功能试验时，出现了无线通信时断时续的问题。攻关人员陈锋华、邸士萍、刘岭、何祖涛等，与外方技术人员一起分析研究，费劲周折，最终通过连续试验发现了问题的症结。他们对软件作了简单处理之后，无线通信就恢复了正常。

无线控车刚刚解决，车载问题又迎面而来。最突出的问题就是 AB 代码的不一致。攻关人员起初估计不足，以为车载软件拿来应用没有问题，但实际上 E2 也不成熟，两个软件叠加到一起后，大量问题就不断涌现出来，外方技术人员也束手无策。攻关人员又经过反复测试、观察、分析和研究，最后终于打开"车载之门"，标志着 C3 车载实现了突破性的进展。

RBC 与车载问题不同，中国通号攻关人员一开始就认为 RBC 是个硬骨头，没有放松警惕。所以一看 RBC 系统开发进展缓慢，攻关实施组果断决定派遣以江明博士为首的技术团队赴国外与外方进行联合开发。此举对于保证 RBC 系统软件的成功开发起到了决定性的作用。

铁道部始终对中国通号 C3 攻关实施给予全力支持和指导。在 C3 攻关进入最后时期，铁道部果断决定，新增一个试验阶段，要求不惜成本和代价做好 C3 系统的运行试验，指示相关路局必须为 C3 试验一路开通绿灯，全力配合 C3 试验的进行。运行试验结束后，C3 系统的稳定性和可靠性得到了保证，系统终于如期开通运行。

长缨在手驭巨龙。中国通号将成功成熟的、拥有完全自主知识产权的 C3 系统运用到京沪，又针对京沪工程的特点进行了完善和创新。

针对通信、信息专业接口多，信号专业责任大的特点，中国通号设计院精心梳理京沪工程三专业间的接口关系，优化接口方案，实行通信、信号、信息一体化设计，统一提出接口，整体对外协调，实现了通信、信号、信息专业方案协调优化、接口无缝对接，高效率高质量地完成了三个专业的设计任务。

中国通号设计、制造和施工紧密配合，实现了京沪高铁箱式机房及设备安装有机整合与优化设计。无线通信专业运用京沪高速全线电子地图，结合中国通号 GSM-R 网络规划软件，对沿线基站场强覆盖进行了逐站规划，并分组赴现场进行了基站位置的勘察复测，高质量高效率地完成了先导段、南京南配合沪汉蓉开通过渡工程的施工图和全线施工图设计，及时完成了全线 1318 公里的线、桥、隧工程站前预留条件、站房沟槽管洞和站场综合管线等接口设计。为系统集成、现场施工提供了有力的设计保障。

在车地间信息传输方面，设计人员通过对受速度影响的传输无差错时间指标进行计算，调整了沿线基站设计位置 24 处，使指标满足了高速运行的要求。先导段进行了高速下 GSM-R 网络优化测试，对 GSM-R 网络在高速条件下的设备指标、QoS 等指标及移动终端的适应性进行了验证，并对 C3 列控系统的测速测距数学模型和轨道电路参数进行了验证及调整，使先导段列车试运行创造了时速 486.1 公里的世界纪录。

在京沪高铁 C3 控车系统设计中，设计人员对 C3 系统上百个模块、数以万计的控制对象和各子系统之间多维度多层次的网络接口进行有机连接。对传输系统组网、视频监控、通信信号基站中继站、路基过轨预留位置等方面进行了创新。

他们在传输系统设计之初就进行了双光缆、双节点的网络结构设计，利用区间接入层传输系统在车站的汇聚节点，将其作为站间传输系统的第二节点，有效避免了列车运行发生事故的可能。铁道部鉴定中心、基础部和客专办一致认为，京沪高速设计的传输系统方案经济有效地解决了高速铁路传输系统传统方案的隐患，并要求后续高铁工程按照京沪组网模式进行整改，要求其他时速 350 等级高速铁路综合视频监控系统参照京沪高速的设计原则优化方案。

实验室仿真测试是 C3 测试验证的基础。为满足京沪高铁大规模线路室内仿真测试需求，C3 实验室主任周暐率领一批博士硕士日夜攻关，使 C3 仿真平台达到了"全线""全速""全景"。

即 1318 公里,最高车速,100% 覆盖 C3 系统要求,所有的方案和软件数据,均在实验室验证,为现场重点测试赢得了充裕的时间。

在整个 C3 攻关过程中,虽然困难和挫折很多,但中国通号科技人员以"励精图治产业报国"的雄心壮志,发扬攻无不克战无不胜的亮剑精神,成功实现了 C3 列控系统的集成创新。主要创新点为:一是首次通过无线通信的方式实现对长大距离范围内时速 350 公里列车的安全可靠运行控制;二是完成了列控系统 C2/C3 控车模式集成;三是创建了全速、全景综合设计集成平台和一整套测试验证方法;四是构建了完整的技术标准体系。

铁道部权威人士评价说:高铁最大的科技含量在 C3 列车控制系统。C3 系统是高科技的系统集成技术,在 1000 多公里的里程内开行时速 350 公里的动车组,这在世界上尚属首次。中国通号 C3 攻关人员是了不得的,他们创造了世界铁路史上的奇迹。

(二)

中国通号对京沪高铁系统集成和 C3 攻关高度重视,将其视为生命线工程。调集集团精英力量,组建了以宋晓风为代表的项目管理队伍、以张苑为代表的 C3 攻关实施队伍、以北京信号厂为代表的 C3 硬件国产化装备制造队伍,以及五个工程公司组成的通信信号施工安装队伍,将三位一体优势演绎得淋漓尽致。

中国通号京沪高铁系统集成项目管理团队基本上是参与京津、武广高铁通信信号系统集成的精兵强将,人员来自中国通号总部、设计院、工厂和施工单位。项目经理由中国通号总裁缪伟忠亲自担任,常务副经理是中国通号研究设计院的副院长宋晓风。

虽然中国通号的队伍经历了京津、武广、沪宁、沪杭等时速 350 公里高铁的实战锻炼,虽然中国通号的精英们一个个胸有成竹,底气十足。但是,面对世界上一次性建设里程最长、技术标准最高的京沪高铁,面对一项世界性的具有里程碑意义的宏伟工程,大家在感到光荣、自豪、神圣的同时,更感到责任的重大。

京沪高铁通信信号系统集成分三大块:以研究设计院为核心,进行通信信号系统集成,C3 系统技术软件开发和联调联试;以北京铁路信号工厂为骨干,进行 C3 硬件开发和列控装备制造;以五个电务工程公司为主力,负责现场安装和单体调试。系统集成中,中国通号设计、制造、施工三位一体无缝连接高效运转齐头并进,一切按照铁道部和京沪总指挥部的要求和时间节点顺利推进。

按照铁道部和京沪总指挥部"四个标准化""四个确保""五个一流"和"六位一体"要求,在充分运用前几条高铁建设经验和标准的基础上,系统集成项目部针对京沪高铁特点,完成了大量的标准制定和系统集成规范工作。全体参建员工牢记中国通号领导"京沪无小事""使命光荣责任重大"和"实现京沪三个突破"的嘱托，精心设计、精心制造、精心施工、精心调试，誓将京沪建成百年不朽的精品工程。

在系统集成方面，他们一是建立了系统集成质量控制程序，结合项目生命周期，采用分阶段审核方式，明确了关键质量控制点及审核方式；二是规范了系统集成过程。从工程状况、专业总体技术方案、各子系统技术方案、运营方案、运营关键指标、系统内外部接口、枢纽实施方案及项目实施约束条件等进行了集成实施方案的编制；三是确定了京沪高铁通信、信号系统总体目标和重点。将满足正向运行最小追踪间隔3分钟、满足全线七大枢纽运营、满足跨线运行及互联互通三大要求贯穿系统集成全过程；四是组织系统集成创新，精心做好通信信号C3列控系统科学试验和联调联试。

在设备制造方面，系统集成项目部重点制定了83个中继站箱式机房的列控产品全线统一标准。各生产厂家对所有京沪高铁产品，都向国际铁路行业标准IRIS、成熟度模型管理体系CMMI、欧洲铁路安全完整性评估标准EN和《卓越绩效评价准则》等国际一流标准对标，确保高铁产品优质达标，安全可靠。

在工程施工方面，系统集成项目部组织上海工程集团公司、济南工程公司、天津、北京和广州工程分公司编制了京沪高铁通信、信号工程施工组织实施方案、施工技术标准、验收标准、工艺标准、培训教材和38个图文并茂的通信信号作业指导书，并在蚌埠建立信号工程示范基地，从而保证了全线施工标准和工艺的高度统一。其中京沪高铁信号施工技术标准和验收标准，通过了铁道部、上海局、北京局、济南局、监理公司的专家评审，于2010年8月在全线推广，并上升为国家行业标准《高速铁路信号工程施工技术指南》和《高速铁路信号工程施工验收标准》。

通信信号属于站后"四电"工程，接口众多，技术复杂，而且深受站前土建进度制约。如何做好整体的施工组织设计、做好站前、站后接口配合、做好各子系统软件和数据工程化和实验室测试、做好现场子系统调试和系统调试，满足系统功能和联调联试要求，中国通号各参建单位超前谋划，科学组织，加强协调。大胆创新管理，提高工效加快进度，变被动为主动，牢牢掌握了系统集成的主动权。

他们一是充分利用C3试验室对系统进行测试，节省现场调试时间，降低现场测试的风险。二是实行工厂化施工并在现场建立箱式机房运输贮存基地，将通信、信号设备安装在箱式机房内，经过配线、倒通试验和调试后运至各点整体安装，大大加快了施工进度。三是主动与站前单位和监理沟通，确认接口条件，做好成品防护。施工单位在项目部驻地提前预配机架和缆线，为设备安装赢得了时间。大宗物资公开招标采购，并实行点对点运输，既降低成本，又提高工效。四是加强信息沟通，规范报告制度。调度人员 24 小时值守，保证各个渠道第一时间了解信息，有效提升各参建单位的应变能力。

按照"过程控制标准化"要求，中国通号各参建单位把京沪高铁安全质量控制放在首位。系统集成部和设计咨询部严格执行系统集成产品质量检验细则，细化质量检验流程，从设计源头上卡控安全质量。他们在列控试验室使用自主研发的测试管理平台，对 C3 系统测试过程中的运行需求、测试案例、测试结论、不合格项等进行跟踪管理。从而保证了京沪高铁 C3 列控系统的软硬件质量和各种技术指标的准确性。

物资采购和商务部门加强对购货合同和供货商的管理，从采购源头上严把质量关。尤其是对与列车运行密切相关的专用设备，系统集成商务部专用物资管理人员坚持驻厂监造，货不出厂人不离岗。设备厂家对与产品质量密切相关的操作工人、质量检查员、采购员、辅助人员等，每个岗位都制定出详细的质量考核标准，按月考核奖惩。

对中国通号近年生产制造的高铁和客专产品，铁道部一位业务主管领导评价说："根据近年电务系统的故障和产品质量统计，通号公司的列控系统和联锁故障很少，信号产品的质量得到了很大提高。事实说明，通号公司的工厂、设计院、施工单位比国外公司做的好。"

各参建单位安全质量和工程管理部门联手把好施工安全质量关。他们精心编制系统集成实施方案，施工组织设计、联锁试验和开通技术方案。完善安全质量规章制度、安全操作规程和安全质量控制措施，层层签订《安全质量环保责任书》。并对专兼职安质员进行轮训，使安质监管队伍熟悉掌握安全质量法律法规、现行标准、光缆接续常见问题处理、设备安装质量控制程序以及信用评价等专业内容。

施工中，各工程公司坚持"技术交底""首件、首段定标""模板化施工"和"作业指导书"等制度和方法。工程一开始就制定一套"源头把关，过程控制，精细管理"的施工、检测、管理办法和规范。特别对具有风险的施工安装作业，如临近营业线和营业线施工、铁塔安装、集装箱吊装、上下桥引缆施工等重大危险作业，他们编制了专项施工安全方案，并由作业队和施工人员双方签字确认，做好监控记录，使作业人员清楚掌握施工安全技术措施，确保万无一失。

今年 1 月中旬，铁道部基础部组织参加全国铁路电务工作会议的各铁路局副局长、各电务段段长、各客专基地主任、各设计院院长共计 160 人，来到京沪高铁泰山西站和 27 号中继站参观。大家对中国通号在京沪高铁通信信号系统集成的标准化、规范化，对系统集成过程安全质量的控制方法和精湛工艺，纷纷表达了由衷的赞赏。

中国通号强力推进系统集成进展，各级领导对建设京沪高铁要求极其严格。各参建单位一把手亲临前线指挥，与现场员工共同奋战。各级党组织和全体参建共产党员高举旗帜，急难险重任务冲锋在前，联调联试临时党支部多次被上海局党委评为创先争优标杆。

中国通号董事长、党委书记、总裁和分管副总裁多次深入现场平推检查，及时协调解决系统集成中的重大难题。尤其在系统集成进入高潮和联调联试阶段，董事长马骋再次深入沿线工区、项目工点和作业队，反复强调安全质量工作六点要求，谆谆告诫大家：京沪无小事，大胜在德，细节决定成败。

（三）

联调联试是一项综合性强的大兵团作战。

中国通号对京沪高铁联调联试进行了超前规划，成立全线联调联试总指挥部，及时下发《京沪高铁全线联调联试管理办法》，精心安排四个联调联试工作组，各单位派出强有力的管理和技术人员参加系统调试和试验。

在总结前期经验的基础上，中国通号创新调整了通信信号联调联试的步骤和计划，与铁道部联调联试总体安排合成为高效、一体的计划，创造性地将信号联调联试分为 6 个阶段，不仅不再使用轨道车，避免了安全问题，同时，大幅度提高效率，节省通信、信号系统调试和试验时间 50% 以上。

经过中国通号的精心组织和参建员工的奋力拼搏，京沪高铁通信信号系统集成十分顺利，确保了全线分段联调联试的工期节点要求，取得了安全生产"零事故"和产品质量"零缺陷"的优异成绩。

在京沪高铁总指挥部开展的"百日大干""决战 66 天"和"六位一体"信誉评价中，中国通号所辖的四个工区项目部，一个分部，十九个作业队表现优秀，多次受到表彰，并获得了大量的绿牌奖励。其中中国通号京沪高铁通信信号系统集成总工程师张苑荣获全国劳动模范，系统集成项目部荣获全国五一劳动奖杯，系统集成常务副经理宋晓风和联调联试现场指挥陈锋华荣获全国五一劳动奖章。一批先进集体个人荣获了铁道部颁发的火车头奖杯奖章。

梦想成真的历史时刻终于到来。2011 年 6 月 30 日下午 3 时，举世瞩目的京沪高速铁路正式开通运营，国务院总理温家宝在北京南站亲自为首趟载客列车剪彩。这标志着由中国通号装备"大脑"和"中枢神经"的东方巨龙，开始以时速 350 公里的速度"贴地飞行"，标志着国人为中华民族腾飞打造钢铁大动脉、完善发达铁路网的夙愿正在实现，标志着在世界铁路史上，中国铁路留下了浓墨重彩的经典一页！

"如果说，京津是学习，武广是准备，京沪则是突破。是创新世界高铁技术的突破，是创造世界先进水平的突破，是中国通号赶超一流公司的突破！"

"我们正踏在一流高铁建设的颠峰之上，我们是领跑世界高铁建设的特战先锋，我们正在创造震撼世界的奇迹和丰碑！"

中国通号总裁缪伟忠和系统集成常务副经理宋晓风激昂的声音，表达了通号人此时此刻激动的心情和豪迈的气概。

京沪高铁胜利开通的历史证明，中国通号不愧是敢打硬仗勇攀世界高峰的高科技队伍，不愧是技术实力雄厚的国家行业领军劲旅，不愧是不辱党和国家使命勇担社会责任的共和国长子！

中国通号设计院有限公司总经理黄卫中在接受记者采访时自豪地说："京沪大捷，C3横空出世，铁道部支持关爱是关键，中国通号领导高瞻远瞩、远见卓识和审时度势是后盾，设计研发、生产制造和施工安装三位一体优势是利器；"励精图治产业报国"的通号精神是灵魂，而拥有的一支具有创新能力的专家人才队伍则是制胜的保障。"

历史为京沪高铁建设画上了一个完美的句号。中国通号按照战略目标指引方向，又开始了新的步伐：巩固C3技术成果，持续进行技术创新，实现行业主导地位；积极参与国际竞争，快速形成国际化实施能力，加快"走出去"步伐；不断提高企业管理水平，持续加强管理创新，挺进国际一流信号企业目标。

围绕目标，中国通号初步制定了技术创新方案、国际化方案和管理创新方案和经营策略。加大铁路、城市轨道交通和海外市场开拓力度，加快研发适应铁路需求的新技术新产品，坚持引进消化和自主创新相结合，打造具有自主知识产权的技术体系和装备体系，保持中国通号在轨道交通控制领域的引领优势。

雄关漫道真如铁，而今迈步从头越。成绩和荣耀只属于过去，未来前程灿烂光明。雄心勃勃信心百倍的中国通号，正以矫健的步伐向新的目标阔步前进！

十二年痴守聚沙成塔

——记铁四院京沪高铁副指挥长兼副总工程师靖仕元

刘新红

靖仕元

铁四院线站处副总工程师靖仕元，今年四十有四。1998 年加盟铁四院京沪高铁设计团队，算来已有十二年。

十二年一个轮回，京沪高铁上马之声时而高涨时而寥落，靖仕元身边的团队成员进进出出，只有他被"焊"住似的，从研究、设计一直干到配合施工。

十二年光阴改变了人的容颜，京沪高铁即将建成时，身兼铁四院京沪高铁指挥部副指挥长、副总工程师的靖仕元多年不变的"板寸"头中，白发已由零星变为燎原之势。

"我的白头发都是急出来的！"这位现场"技术总监"总结："最不好过的坎，不是技术攻关的苦和累，而是为稳定方案与地方政府反复协商的过程。"

京沪高铁徐沪段所经地区，城市规划要求高，交通发达，仅与高速铁路相交的等级公（道）路就有 373 条次。为了早日稳定桥式桥跨，每个立交的设计都要与地方政府沟通，有时候为了一个立交要谈两三个月，基本每个星期都要谈一次。

拉锯战般的谈判是一件非常折磨人的事，有时怎么谈也谈不拢，无功而返是常有的事。靖仕元为此内火直蹿，寝食难安，经常一觉醒来，发现白头发又添了许多，一时悲从中来，兴味索然，真想"解甲归田"，一心一意回家画图去。但冷静一想，现场的事定不了，家里的图纸画了也是白画，于是抖擞精神重新披挂上阵。

不断总结协调的方式和讲话的艺术，不断的博弈、妥协，这位"谈判专家"持之以恒，再接再厉，数百座立交协议终于在"有变化的反复说明中"被一块块地啃下来，为京沪高铁设计方案早日确定创造了条件。

在铁四院，提到靖仕元，就会想到京沪高铁，他的名字和这个项目已经紧紧联系在一起。从1998年参与京沪高铁磁悬浮与轮轨两种方案体系的论证开始，他的主要精力一直放在这条中国高铁时代的"世纪代表作"上，作为一名处副总工程师，他是全院少有的没有兼管其他项目的人。

十二年光阴荏苒，眼见早年与他并肩作战过的伙伴们，接手别的高铁、客专项目中，有的后来居上已经建成通车时，靖仕元却像一名埋头耕耘的农夫，痴守着自己的一亩三分地，静待瓜熟蒂落。

从懵懂无知到游刃有余，耕耘虽然辛苦，可也带来技艺渐精的快乐。京沪高铁开工建设以来，工点供图、技术交底、施工协调、优化技术——纷至沓来的种种问题，每一个都那么棘手。他回旋周转，处理好坚持与妥协的关系，最终每个问题都找到了一个"完美"的答案，满足了现场施工需要。

2008年，京沪高铁无砟轨道结构类型等技术标准调整，对设计供图产生了较大影响。靖仕元组织总体组到苏州、南京、蚌埠指挥部和各标段施工单位进行了详细的技术交底，及时解答了施工单位提出的技术问题，确保了现场的连续施工。

CRTS Ⅱ型无砟轨道在京津城际铁路上首次使用，但京沪高铁与京津城际相比，在桥上道岔区墩、基础、梁的设计、轨道再创新设计等具有自身特点，靖仕元抓好CRTS Ⅱ型无砟轨道再创新设计，根据不同情况做出了符合现场实际的设计方案。

十二年聚沙成塔，参与和见证京沪高铁的成长，带给靖仕元奋斗的艰辛和收获的快乐。问他这项中国高铁世纪代表作的最大技术难点是什么，他脱口而出："系统匹配最难！"

"就像湖北非常有名的排骨藕汤，外地就是煨不出来。"他打着比方说："什么原因？湖北人煨汤十分讲究，除了选择正宗的洪湖莲藕外，煨汤的配料、工具也要配套。离开了湖北的水、极具特色的沙锅铫子、可以慢慢煮一通宵的煤球炉子，就是熬不出那种既不油腻，还有浓香的藕汤来。"

　　"同理"，靖仕元说，"高速铁路是当代高新技术的集成，也是庞大复杂的系统。无论是国外引进的，还是我们自主研发的，那些高精技术不是夯不郎当直接往京沪高铁上搬就好了，必须按照高速度、高密度、高可靠性的要求，反复计算和试验，最后确定配套的技术标准。"

　　修建京沪高铁，整个工程就是一个大系统。它不只是工程技术问题，亦不只是人力财力物力的简单相加。正是像靖仕元这样一批人，他们坚守阵地，把京沪高铁最具优势的"材质"发挥到极致，慢火细炖出这个中国高铁的精品品牌。

殚精京沪创辉煌

——记铁三院副总工程师李树德

李沛潇

李树德

2008 年 4 月 18 日，京沪高速铁路开工典礼在北京大兴隆重举行。短短三年时光，这条新中国成立以来一次建设里程最长、速度最快、标准最高且连接中国两大重要城市的高速铁路，于 2010 年 11 月 15 日，在蚌埠南站正式举行了全线铺通仪式。这项举世瞩目的工程完成了铺设，即将转入联调联试阶段。

每条铁路都有属于自己的一段故事，我想关于京沪高铁的这段故事讲起来会有点长，长到故事里来来往往了几代人，承载了几代人的梦想，有的人已经走远，有些还在艰苦地奋斗着。为的都是那最后的胜利，为的都是实现国人昂首挺胸的梦想。作为故事里的一分子，身为京沪高速铁路勘察设计指挥部副指挥长的李树德有太多的话要说。但是想采访到他并非易事，多次约访都因许多的临时会议和突然奔赴现场而夭折。几经周折，于一个月后终于见到了这个在我心中有着太多好奇的副指挥长。

如果不说，你很难相信坐在眼前的这个人就是京沪高速铁路勘察设计指挥部的副指挥长。整洁的褐色夹克衫一尘不染，儒雅的气质使他看上去颇有点文人之风。晨曦的阳光透过错落的树枝照在他的脸上，依稀可以看见岁月留下的痕迹。走近他时，他依然聚精会神地敲击着键盘，许久才注意到身边的我们，急忙回过头，前来招呼。倒上一杯热茶，开始了他关于京沪的那段故事。

出生于 1960 年的李树德，今年整整 50 岁了。1983 年 7 月毕业于北京交通大学铁道工程系的他，怀揣着满腔热血与激情来到铁三院线路处工作。那时的他虽然名不见经传，然而他凭借着一份朴实、认真和踏实快速成长起来，短短几年光景，便从最初的一名见习生成长为线路处的一名高级工程师。这样一干就是十几年，用他的话来讲，那是一段积累与学习的过程，洗去了初出茅庐的浮躁，跟随着身边的前辈在铁路勘察设计这条道路上艰苦地摸索着。那时，他无论如何也不会想到，自己能够参与到京沪高铁这样一个宏大的工程建设中来。

秦沈客专积累经验　装备充足蓄势待发

1990 年，铁道部完成了"京沪高速铁路线路方案构想报告"，从那时起，能够拥有属于我们自己的高速铁路这一梦想，开始在每个铁路勘察设计工作者心中生根发芽。铁三院集团公司作为铁道部直属设计院，也积极地参与其中。1994 年，由当时国家科委、计委、经贸委、体改委和铁道部课题组共同完成了"京沪高速铁路重大技术经济问题前期研究报告"的深化研究，高速铁路修建势在必行。与此同时，集团公司也加大人力物力的投入，派出专门学习小组，到国外借鉴先进高铁技术。那一时期几乎是全院动员，每个人都摩拳擦掌，希望为京沪高铁贡献自己的一点力量。而那一时期的李树德，主要参与的项目却是秦沈客运专线。然而使他觉得幸运的是，在为秦沈线操劳的那些日日夜夜，无形中为今后的京沪高速铁路设计增加了经验，奠定了坚实的基础。秦沈客专作为一张"入场券"，为他打开了成为一名高铁专业设计者的大门。

对于一些局外人来讲，也许并不了解，秦沈客专可以说是中国铁路步入高速化的一个起点，通过秦沈客运专线的设计、施工、运营，也为如今建设中的京沪高铁提供了大量的数据及资料。

高速铁路，顾名思义在车速上有着严格要求，而车速越快，对于铁路的要求就越高。高平顺、高稳定、高安全是高铁建设的关键，采用有砟或无砟轨道又是决定铁路能否高平稳运行的关键要素之一。经过反复的研讨、借鉴、比较，铁道部作出重大决定，将传统的枕木下方垫石砟的有砟轨道，改变为将钢轨铺在高强度混凝土板上的无砟轨道。除了轨道上的变化之外，还将原有的仅限于在既有线上先铺标准轨继而再铺无缝线路的传统线路铺设方法，改良为一次铺设跨区间无缝线路。

1998 年到 2001 年，李树德作为主管处总工程师，主持研究并审定了新线一次铺设跨区间无缝线路、无砟轨道设计原则、文件及图纸，为国内新线首次采用该技术项目。而由他主持编制的"秦沈客运专线跨区间无缝线路施工测量细则"，也由铁道部批准印发执行，应用于秦沈线跨区间无缝线路的施工中。在参与秦沈项目的那段时期，李树德多次随同院里组织的学习小组到国外考察高铁轨道设计。争论、考察、研究、反复权衡、认真比较、科学判断是那个时期他做的最多的事情。

随后，在铁道部科研项目"秦沈客运专线综合试验段沙河和狗河特大桥无砟轨道设计技术条件"中，他担任课题组长，与铁科研、专业设计院等单位共同协作，完成了沙河、狗河及双河桥上无砟轨道设计技术条件等工作。并将长枕埋入式无砟轨道、板式轨道首次在国内设计、实施于秦沈线上。

秦沈线中的积极努力，也让他收获了累累硕果。他主持研发的"秦沈客运专线跨区间无缝线路和桥上无砟轨道设计"获 2004 年度中国铁路工程总公司优秀工程设计一等奖。"新建客运专线轨道设计技术研究"获天津市 2005 年度科技进步二等奖。

同一时期，作为专家他还参与了天津津滨快轨工程勘测设计工作，主持研究确定了 100 公里 / 小时速度条件下的线路平纵断面、长桥上的无砟轨道、无缝线路、路基、工务设计标准、原则。该工程设计也荣获 2005 年度中国铁路工程总公司优秀工程设计一等奖。在大连轨道交通试验线工程中，他主持研究解决了混行路面上的整体道床、槽型钢轨扣件、路基上的条形道床板整体道床、无砟轨道小半径无缝线路设计等技术难题。

京沪高铁大展拳脚　克服困难勇往直前

2002 年，从线路处总工程师改任铁三院副总工程师的李树德，正式接手京沪高铁，主持京沪高速铁路北京至徐州段勘察设计和全线的总体设计工作。带着前一阶段积累下来的经验，他开始在京沪高铁设计这个舞台上大展拳脚。

"万事开头难"。刚刚上任的李树德，就面临到一个棘手的难题。虽然早在 2002 年上半年就完成了线路走向方案的研究工作，但是由于京沪高铁途径的许多地方城市规划和建设变化较大，导致了方案与其难以同步。与此同时，《京沪高速铁路设计暂行规定（上册）》也在同步修编，更是造成了方案的不稳定。那一时期李树德面临着时间紧、任务重的两难局面。

面对这种情况，他找来之前历次的设计文件、评估审查意见等，尽可能地熟悉项目情况。为了更好地熟悉线路现场走向和控制点情况，他总是身先士卒，提前一步对路线进行实地踏勘，为上级领导的最终决策及设计人员的实施做好充分的技术准备。而针对同时进行的《京沪高速铁路设计暂行规定》的编制工作，他详细地翻阅了众多资料，从自身做足了功课。随后又对《暂规》进行了详细的审阅，并多次与高速办进行沟通，提出了详细的修改意见，与各专业编写人员共同研究。那一时期，他们真的是披星戴月，不分白天黑夜，不分刮风下雨，一步一步地往前赶。终于在同年9月初完成了报批稿的修改，为补充初测和可行性研究提供了有力的保障。

有人以收获为幸福，有人以付出为幸福。最后人们总会发现，真正的收获都是因为曾经的付出；那些未曾经过付出而得到的收获一定不是真正的收获。在采访中，这个话语不多、略带腼腆的副指挥长给我最大的感触就是关于付出的意义。京沪给了李树德施展才华的平台，他也无时无刻不在为京沪高铁这一项目付出着艰辛的努力。

2003年6月5日，京沪高速铁路勘测设计动员誓师大会隆重召开，"不惜一切代价,全力以赴,打赢京沪高速铁路勘测设计会战这场硬仗！"，这个铿锵的号令，李树德知道这意味着什么。虽然前期已经做足了准备工作，但是面对这样一个其标准和技术方案影响因素多，技术含量高的项目，仍有许多技术难关需要去攻克，同时还要面对预可行性研究、可行性研究等前期工作与后期勘察设计相互交叉，初测、可研、定测、初步设计、补定测、施工图设计相互交织的工作局面。

大战已经开始，科学而合理的决策，是京沪高铁这一阶段制胜的关键。铁三院迅速成立京沪高速铁路领导小组、技术专家组和总体组，集中优势兵力开展会战，李树德担起了京沪高速铁路勘测设计指挥部副指挥长兼技术管理组组长的重任，压力由此而来。

开始的那段时间，在方案尚未完全稳定的情况下，他结合在建的京津城际铁路的技术及工期特点，超前对北京南接轨方案开展初测工作。作为副指挥长，李树德亲自坐镇现场指挥部，与同伴们并肩作战，系统运作，现场采集数据、现场分析、现场确定技术方案，积极开展京沪高速铁路的勘测设计工作。身边的同事在形容李总的时候，总是挑起大拇哥，一面称赞他对工作不服输、不妥协的执着精神，一面佩服着他每一次科学而准确的决策。

正是凭着这股不服输的劲头，他在京沪高铁会战中，越战越勇。在主持完成了京沪高铁线路走向方案专题研究、可行性研究、初步设计、施工图文件和磁悬浮方案的研究和轮轨方案的对比报告，并均通过了部里的审查后，他又主持研究确定了引入北京、天津、济南枢纽方案和经廊坊、沧州、德州、泰安、曲阜、枣庄等线路方案。

对于工作中难以避免的那些困难，李树德总是用欣赏的心情去体味和面对，并练习去适应。在这一过程中，他逐渐发现，一切困难成败都为他充实了生活的内容及工作的经验。纵然平坦的道路值得喜悦欢呼，但是困难也会使人有另一种方式的收获。

2008年，京沪高铁正式开工。前期的艰苦努力换来了一场场漂亮的胜仗，唯有再接再厉才能真正拿下这场战役的最终胜利。善始纵然重要，善终才是关键，深知这一道理的李树德更加重视技术交底和配合工作，加强与建设单位协调沟通，主动为建设单位做好服务。为进一步抓好稳定方案工作，他参加并组织有关专业与地方进行了数十次的对接，按地方要求为规划道路进行实施方案设计并报审，最终形成统一意见。随后他结合京津城际工程建设经验，对初步设计确定的设置声屏障地段，依据环评批复进行了复查。组织完成了京沪高速铁路运行时间的研究专题报告，提出了缩短全线运行时间的提速段落及需要研究的问题。配合铁道部与天津市就铁路建设会谈，组织研究了天津西站东移230米、动车存车场设置在铁路用地范围内及结合津保铁路引入天津西站改为分场方案的专题研究，以及天津西站施工过渡方案研究等，为京沪高速铁路的顺利建设做出了贡献。

如今，距离京沪高铁的开工典礼已经过去两年多了，2010年全线铺轨仪式的举行，预示着京沪高铁的建设已在一步一步、按部就班地顺利进行中。虽然已经经过了前期那最艰苦的阶段，但是关于京沪，李树德深知要走的路还很长。采访中李树德多次提到，他只是做了一名铁路人该做的工作，实在无颜表功，伟大的是他身后的团队及参与到京沪建设中的每一个人。这些铁路人一路坎坷，一路执着，一路坚持着追逐梦想，也正因为有着这样一些最可爱的人，让李树德更有信心奔向未来的辉煌。

开创中国铁路测绘事业新时代

——记铁三院副总工程师王长进

王金委　闫玉玲

王长进

当您乘坐在时速 300 公里的京沪高速铁路列车上，感受着中国高铁时代的到来，惊叹着中国高铁跃居世界之首时，可曾想到，中国高铁发展的背后承载了多少建设者的心血，是他们不断创新，攻克了一个又一个世界难题，是他们用智慧和汗水，谱写出新时代中国铁路建设的华美乐章。在此，我们向您介绍一位为我国铁路建设作出突出贡献的铁路精密测量专家——王长进。

1986 年，王长进从西南交通大学航空测量与遥感专业毕业，取得学士学位后，就职于铁道第三勘察设计院集团有限公司，2005 年取得北京交大建筑与土木工程专业工程硕士学位，2006 年被评为正高级工程师，2009 年取得中国首批注册测绘师资格。工作 24 年来，他先后主持了京津城际、京沪、长昆、哈大、京沪高铁等多个国家重点铁路建设工程项目的勘察工作和铁道部重大专项课题研究，解决了诸多的技术难题。其多项成果在高速铁路建设中发挥了重要作用。获得国家优秀工程勘察金奖一项、优秀工程设计软件铜奖一项、企业管理现代化创新成果奖一项、省部级科学技术奖七项、技术发明奖一项，优秀工程勘察奖四项，发明专利两项，省部级优秀论文二等奖两项。

未雨绸缪　乘势而上

众所周知，高速铁路最大的特点就是快，而"快"的同时还要保证平稳、安全、舒适，做到这一点对无砟轨道板安装的精度要求误差不能大于 0.5 毫米。如何在上百公里甚至上千公里的轨道上达到如此精度，这首先需要建立一个统一基准的高精度精密测量控制网，它的核心作用就是保障轨道形状和位置的精确定位。这是中国高铁建设中的一项关键技术，关乎着高铁建设的成败。王长进作为布设这个精密测量控制网的第一人，潜心钻研，攻克了一个又一个技术难题，建立起我国第一套具有自主知识产权的精密测量监控体系，为京津城际、京沪高铁建设和安全平稳运行提供了可靠保障。

成功总是留给有准备的人。作为铁路测绘领域的一名专家，早在京津城际铁路建设之前，王长进就开始了中国铁路精密测量研究，并且意识到这将是中国现代化铁路建设中的关键技术。为此，早在 2003 年京沪高速铁路北京至徐州段定测期间，他与他的同事一道摸索建立了中国第一个由 8 个 GPS 基准框架网点组成的铁路平面基准控制网。

2006 年 4 月 26 日，王长进的机会来了。他被邀请参加了由建设单位在北京组织召开的京津城际铁路测量专题会议，会议的中心议题是，如何解决高铁建设中无砟轨道板铺设和轨道精调问题，以确保全线施工精确无误。由于王长进有备而来，将带去的京津城际精密工程测量技术方案设想分发给与会人员。这是一个中国铁路工程建设中从未有过的全新方案，是一个集现代最新测量技术为一体的系统解决方案。王长进通过翔实的阐述和科学的论证说服了现场所有中外专家。他自信而坚定地说："我以铁三院一名测量专家的名义承诺和保证，我们完全有能力满足京津城际铁路工程精测网技术要求，精测网越早建立对工程越有利。"与会德国专家听到王长进的介绍，当场表示这个精密工程测量技术方案基本可行，建设单位也当即表示委托铁三院完成此项工作，待方案细化后立即组织专家评审。

在接下来的几个月里，王长进带领他的团队日夜工作，虽然此前已经了解了不少国外测量信息，但京津城际铁路毕竟是国内第一条时速要达到 350 公里的高速铁路，面对着没有相应规范作参考、铁路沿线区域地面沉降不均匀难以保证高程控制的稳定、精度要求非常苛刻、观测数据量大等诸多困难，王长进没有退缩，立即组织相关技术人员，成立课题攻关小组展开深入研究，组织制定了全国第一个高速铁路精密工程控制测量技术方案，并通过国内外专家评审。

一系列的努力换来了丰硕的成果，在他发明的两项专利中，《精密工程测量强制归心装置》

获天津市十大技术发明奖。其主持研发的《客运专线轨道设标网（CP Ⅲ）测量系统的研究与开发》，获中国测绘学会科技进步三等奖；部级科研课题《京津城际精密工程控制测量技术与方法的研究》，达到了国际先进水平，并获铁道学会科学技术二等奖；《京津时速350公里线路工程技术及应用》部级科研课题，获中国铁道学会科学技术特等奖。主持完成的《京津城际铁路精密工程控制测量》项目获全国优秀工程勘察金奖。取得的研究成果已经被京沪、郑西、武广等高速铁路借鉴和采用，相关成果和数据指标被纳入《高速铁路工程测量规范》，为我国高速铁路建设提供了有力的技术支持。

在王长进的带领下，在京津城际高铁之间，一个集勘测、施工、养修三阶段平面和高程都统一基准的精密测量控制网已经建立起来。它不仅为京津城际高铁建设发挥了重大作用，而且还已成为京津城际高铁养护中不可或缺的重要工具，保障着京津城际高铁高速安全平稳运行。

知难而进　勇攀高峰

"王总是一个自信心很强，敢担责任的人"。与王长进共事的同事都这样评价他。自信源于他对测绘行业趋势的准确把握，责任源于他对事业的不断追求。十多年来，王长进干了不少大项目，并且个个取得成功，干得漂亮。京九铁路线路复测工程由他主持完成，泛亚铁路柬埔寨缺失段（巴登至斯诺尔）工程初测由他带队，沪汉蓉通道合武铁路湖北段轨道控制网精密工程控制测量在他主持下实现了多项突破，京沪高速铁路精密工程测量他是技术总负责人……

提起京沪高速铁路精密工程测量，那可是王长进继完成京津城际高铁精密测量之后的又一杰作。

京沪高速铁路全长1318公里，其路况比京津城际铁路复杂得多。首先，该项目线路过长，地形环境复杂，如何分级布设合理的平面施工坐标系成了头等难题；其次，由于线路沿线经过采空区、岩溶塌陷区、区域地面沉降区等，要建立稳定可靠的水准基点困难重重；第三，该项目标段多，施工队伍多，工期短，测量技术培训和管理难度大；第四，该项目要使用无砟轨道，轨道板的制造、打磨、铺设和轨道精调需要大批软件和检测装置，进口代价昂贵，急需开发具有自主知识产权的软件和测量设备。

作为负责京沪高速铁路勘测的副总工程师和测量技术总负责人，王长进没有被困难吓倒，而是积极组织相关技术人员根据项目特点，制定了全线统一的精密工程测量技术方案。他在方案中提出首级平面控制按每隔70至100公里设置一个GPS框架CP0点，每隔4公里设置一个或一对GPS点作为CPI点，每隔600至800米布设CPII点，CPIII按50至70米点对布设；高程控制尽量起算国家基岩点，基岩点密度不够的可新设，每隔8公里左右设计埋设深埋水准点一座，形成了一个遍布京沪高铁沿线的集勘测、施工、养修三阶段平面和高程都统一基准的精密测量控制网，最大限度地保证了线路的稳定可靠，为京沪高铁建设的顺利推进打下了坚实的基础。此外，针对京沪高速铁路大规模铺设 II 型板式无砟轨道的情况，他还主持开发了轨道基准点 CP4 平差软件、TRIG2000 轨道板精调系统和 TRIG1000 轨道几何状态测量仪，为国家节省了大量外汇和资金。

引领潮流　开创未来

在中国铁路工程测绘这个圈里，大家公认王长进是一个引领潮流的人。他对新技术最敏锐，当今很多最新测绘技术，常常都是他最先采用，是他将一项项最新测绘技术，首次引入我国铁路工程建设。为此，他带领他的团队不仅创造了多项全国第一，而且他所在的铁三院航遥测绘分院，工作效率成倍增加。有人算了一本帐，2009 年，在人员基本保持不变的前提下，他们完成的测绘工作量，相当于他们航遥测绘分院前 20 年的总和。

早在 1998 年，王长进就果敢地提出，"一个月坚决甩掉绘图板，实现计算机编图"，这是个大胆的决策，同事们在他的"逼迫"下，快速掌握了新技能，变多年的航测手工编绘工作模式为计算机成图的先进模式，大大提高了生产效率。

此后，他又创造性地提出在铁路新线定测阶段利用摄影测量技术测绘 1:500 大比例尺铁路工点地形图和在航测立体模型上测绘 1:200 横断面图技术路线。通过大量的研究实践，成功地突破了铁路摄影测量仅为铁路勘察设计提供大比例尺线划地形图的限制，减少了外业勘测工作量，与传统方法相比，提高功效 5 倍以上。

他还首次成功将机载激光雷达技术推广应用到沪昆、张唐、泛亚铁路柬埔寨缺失段等新线铁路勘察设计中，实现了由机载激光雷达获取的高精度数字高程模型配合数字正射影像制作完成数字正摄影像地形图的创新，替代传统的在线划图上进行线路规划设计模式，极大地提高了生产效率。此外，他编著了《机载激光雷达铁路勘察技术》专著，为同行们了解学习机载激光雷达技术提供了范本。

在天津地铁 1、2、3 号线精密工程测量中，从制定测量技术方案，到项目的具体实施，王长进都倾注了大量心血，针对地铁洞内大量的横断面测绘，使用全站仪测绘效率低的难题，他首次将地面激光雷达技术推广应用到地铁调线调坡测量中，提高功效 10 倍以上，其中天津地铁 1 号线精密工程测量获得了中国测绘学会优秀测绘工程银奖。

如今，王长进又将目标锁定在三维激光扫描雷达、卫星立体像对测图等新技术的试验研究上……

　　由于突出的工作业绩，王长进获得多项殊荣，先后荣获天津市五一劳动奖章、天津市优秀党员、天津市劳动模范、茅以升铁道工程师奖等荣誉称号。并先后被聘为国家测绘局测绘发展研究中心测绘发展战略研究专家、商务部对外援助项目评审专家、同济大学及武汉大学硕士研究生副导师、西南交通大学兼职教授。

　　作为一名铁路测量专家，王长进出色地完成了一项项国家重大工程项目的测绘工作，并最先在国内采用最新技术，成功地运用到铁路工程建设中。

　　王长进，作为一个引领中国铁路测绘潮流的人，正在引领着中国铁路测绘事业不断前行，开创着中国铁路测绘事业的新时代。

高速铁路无砟轨道设计的
领跑人

——记铁三院线站处副总工程师、京沪高铁轨道专业
总工程师闫红亮

杨淑敏

闫红亮

2008 年 8 月 1 日，作为京沪高速铁路试验段的京津城际铁路建成通车，标志着中国跨入了高铁时代。同年 4 月 18 日正式开工建设的京沪高速铁路，在吸取京津城际创新成果的基础上，进一步深化和完善并最终形成我国完全拥有自主知识产权的高速铁路技术标准和技术体系，标志着我国的高铁技术已经走在世界前列。

京沪高速铁路设计时速 350 公里，被人们形象的比喻为"陆地航班"，而支撑这个陆航起飞的"飞行跑道"——高铁的无砟轨道，是高铁站前工程中技术含量最高的一项核心技术。作为京沪高速铁路无砟轨道技术的领头人正是铁三院集团公司线站处副总工程师闫红亮。

这位勇于挑战自我、敢于超越前人的专业技术带头人，1996 年毕业于石家庄铁道学

院，同年8月参加工作。他从一名见习生成长为青年技术专家，闫红亮赶上了中国铁路现代化建设的高潮期，并成为勇立潮头的轨道专业设计领跑人。

大胆创新，敢走前人没有走过的路

乘坐过京津城际的人可能都见过支撑着列车飞奔的轨道：干净、整洁、不见一粒石砟。而大家可能想象不到，从用石砟铺成的轨道（有砟轨道）到满足高速列车运行的整体道床（无砟轨道），一个有砟，一个无砟，看起来很简单，但从技术角度讲，这两种轨道的技术含量有天壤之别，由有砟过渡到无砟，需要攻克许多技术难关。

过去，我国铁路建设采用的是有砟式轨道结构，由于枕木处于"悬浮"状态，列车高速运行时经常会引起飞砟，道砟粉化及道床累积变形率加速，不仅给维护工作带来困难，而且会影响轨道使用寿命。高速铁路的轨道技术只能以无砟轨道为目标。

闫红亮从1998年开始接触高铁，当时国际上走在高速铁路最前沿的国家对高铁核心技术秘而不宣，我们开展无砟轨道技术攻关既无规范可依，又无经验可循。

他一头扎进高速铁路轨道技术的研究中，带领科研团队，风餐露宿跑现场，夜以继日查资料。他从浩繁的资料中一点点抽取有价值的信息，刻苦研究，先后以课题副组长、组长的身份，主持多项部级科研项目和无砟轨道技术再创新工作；以专业总工程师或主管所长的身份，主持了秦沈客运专线、京津城际铁路、京沪高速铁路、石太客运专线、京郑客运专线、津秦客运专线等多项国家重点项目的轨道工程设计工作。

2001年~2005年，他作为课题副组长先后主持"秦沈客运专线桥上无砟轨道关键技术研究"、"新建客运专线轨道设计技术研究"等科研项目，在国内首次提出新建时速250公里客运专线轨道设计成套技术，形成了具有我国自主知识产权的客运专线桥上无砟轨道、改进型有砟轨道及跨区间无缝线路技术体系。

2006年至今，他作为部客运专线无砟轨道技术再创新总体组主要成员、课题组组长/副组长主持纵连板式无砟轨道设计技术、京沪高速桥上岔区无砟轨道技术、Ⅱ型板式无砟轨道系统技术深化等多项部级重大课题。在消化吸收国外技术和我国前期研究成果基础上，针对我国国情、路情，从设计理念、结构设计、制造施工、站后接口以及建筑材料等5个方面，进行了科学系统地集成创新，系统形成了具有我国自主知识产权的Ⅱ型板式无砟轨道设计、制造和施工成套技术体系。

他还主持编制了《客运专线铁路 CRTS Ⅱ型板式无砟轨道混凝土轨道板暂行技术条件》等部级规范，并作为课题组主要成员参与了《高速铁路设计规范》、《新建时速300～350公里客运专线铁路设计暂行规定》、《新建时速 200 ～ 250 公里客运专线铁路设计暂行规定》、《客运专线无砟轨道铁路设计指南》等多项部级规范的编写工作，为形成我国高速铁路技术标准作出了贡献。

最终，他带领团队突破了多项前沿性高速铁路无砟轨道技术难题，《新建客运专线轨道设计技术研究》、《京沪高速铁路站前工程设计暂行规定研究》、《京津时速 350 公里线路工程技术及应用》、《客运专线无砟轨道预应力混凝土连续梁桥变形特征试验与应用》等等，一项项成果获得省部级科技进步奖和优秀设计奖。

勇于实践，京津轨道技术创下多项"第一"

铁道部提出"引进、消化、吸收、再创新"的战略方针，决定在京津城际实施时速 350 公里战略。时速从 250 公里提高到 350 公里，不仅仅是一个量的变化，而是一个质的飞跃。

高速铁路要想达到飞一般的运行速度，对于轨道的平顺性要求非常之高，具体而言就是达到 10 米/2 毫米的精度。通俗说，就是 10 米长的轨道两端，高差必须控制在 2 毫米以内。为实现列车在陆地飞行，必须首先攻克"轨道板"这个拦路虎。

京津城际轨道系统采用的 II 型轨道板，生产时需用数控机床根据设计图纸上的圆顺曲线，将每个扣件节点精密打磨成形，工艺水平要求极高，要求生产出来的轨道板与设计图纸的误差不能超过 0.1 毫米，也就是头发丝那么粗。一个混凝土产品要达到这么高精度，令人难以想象。

当时只有德国有一台打磨轨道板的数控机床，如果引进国外轨道板技术，既劳民伤财，又受制于人。没有别的办法，只能迎难而上，自主创新！

这一次，闫红亮索性住到了办公室，埋头在庞杂的资料堆里进行研究。桌上的资料堆积如山，计算机里的文件夹，建了一个又一个，一台计算机忙不过来，台式、笔记本电脑一齐上。功夫不负有心人，不服输的他，针对我国国情完善和优化了轨道板、打磨、精调等专业软件及接口技术，实现了轨道板磨削技术的创新。他配合厂家研制出我国第一台用于打磨轨道板的数控机床。采用这种机床对每一块轨道板进行精密打磨，精度达到了 0.1 毫米的误差，不仅提高了技术标准，而且获得了自主知识产权。

在京津城际轨道工程中，他连续创造了多项"第一"：第一次采用了滑动层隔离梁轨、跨越梁缝连续铺设的纵连轨道系统，在全线取消了钢轨伸缩调节器，简化了轨道板的制造，提高了施工效率；第一次将板式无砟轨道研究的成果应用于道岔区，实现了道岔区无砟轨道技术的创新，解决了世界性难题；第一次攻克了无砟轨道与谐振式轨道电路等站后接口技术难题，为确保列车高速运行的安全奠定了基础。所有这些创新举措，都为我国高速铁路建设、特别是京沪高速铁路建设积累了丰富的实践经验，实现了部领导提出的把京津城际铁路建成示范性、标志性、样板性工程的要求。

挑战自我，京沪轨道设计再攀新高峰

京沪高速铁路起自北京南站，终到上海虹桥站，全长1318公里。正线全部采用无砟轨道技术，面临桥上纵连岔区无砟轨道设计和桥梁结构设计等诸多世界性技术难题。

闫红亮不负众望，带领科研团队再一次投入艰苦的攻关战役，主持京沪高速桥上岔区无砟轨道技术研究、Ⅱ型板式无砟轨道系统技术深化等多项部级重大课题。

据了解，国外的高速列车站台多数都建立在路基上，无论设计要求和施工难度都相对小些。我国在高速铁路建设中，为最大限度节省土地资源，桥梁长度一般占铁路总长度的80%左右，远远高于德、法、日等发达国家。要在桥上建设高速车站，这给轨道设计带来严峻的挑战。

为攻克桥上建站的技术难题，他翻阅了大量的国内外资料和数据，周末、节假日也很少休息，甚至吃住在办公室。经过可行性研究论证，他以梁、板间滑动的新理念，大胆提出了岔区纵连板式无砟轨道结构新模式，即用预制道岔板连接纵连底座结构，将道岔板精确调试后、再组装道岔钢轨件的技术方案，实现了桥上建站的创新突破，为京沪高速铁路建设贡献出自己的聪明才智。

作为京沪高速铁路轨道专业主管总工程师，他在主持京沪高速铁路轨道工程设计及应用研究中，针对本线具体情况对Ⅱ型板式无砟轨道技术进行了全面创新，研究形成Ⅱ型板式无砟轨道、岔区板式无砟轨道及全桥纵连岔区板式轨道系统设计技术，主持编制了具有完全自主知识产权的布板设计施工软件，主持编制了滑动层、弹性限位板等关键部件部级技术条件，上述成果成功应用于京沪高速铁路工程建设。

作为铁三院集团公司Ⅱ型板指挥部副指挥长兼项目总工程师，他还主持了京沪高速铁路Ⅱ型板式无砟轨道系统技术支持工作。在建设单位支持下，组织开展板场监造、典型工点现场施工支持等全方位服务，及时研究解决轨道板制造、无砟轨道施工过程中出现的技术问题，为完善Ⅱ型板式无砟轨道制造技术、施工技术，形成包括设计在内的成套技术体系作出了贡献。

闫红亮对工作精益求精，对生活却随遇而安，非常低调。他生活俭朴马虎，但对勘察设计质量，却认真得近乎苛刻。他说，作为一名工程设计人员，最重要的是深知笔下千金，勘察中的一脚一步，设计中的一笔一划，都要心细如发。

几年来，闫红亮作为铁三院高速铁路轨道技术核心成员，以不畏艰难、拼搏奉献的坚韧品格破解了多个前沿性技术难题，用锐意进取、勇于探索的创新精神为中国高速铁路的快速发展做出了贡献，促使我国通过原始创新、集成创新和引进消化吸收再创新的技术路线取得丰硕成果，他个人也获得多项荣誉：2005年9月，他被聘为"铁道部工程管理中心客运专线站前工程专家组"专家，铁三院专家委员会成员；荣获 2006 年度天津市五一劳动奖章、铁路青年科技拔尖人才、铁三院"十五"十大科技标兵；2008 年获"第八届詹天佑铁道科学技术青年奖"、铁三院先进工作者标兵、专业技术带头人；2009 年铁路青年五四奖章、第 13 届中国青年五四奖章；2010 年获得火车头奖章。

他是铁三院"感动三院"人物之一，颁奖词这样描述闫红亮：高铁领域他白手起家，钻研的速度和深度让发达国家也刮目相看，他将高速铁路的指针调整到"中国时刻"。从崭露头角到行业专家，他用最短的时间完成了人生最快的一次华丽转身。

从追梦到圆梦 二十年磨一剑

——中铁电气化局集团用一流设计打造一流电化工程

王志坚　　倪树斌　　卢树刚　　张世永　　何海运

"我站直是山，我弯腰是梁，为巨龙插上腾飞的翅膀，就是我一生的梦想。"
——题记（中铁电气化局集团形象歌曲《添翼的路》）

2011年6月30日15时，正式开通运营的京沪高速铁路首发动车组驶离北京南站，以350公里的时速，风驰电掣般向上海方向奔去。

千里京沪半日还。风一样的速度、飞一般的感觉。

京沪高铁巨龙腾飞了！几代中铁电气化人的梦想实现了！

作为京沪高铁牵引供电系统建设者，中铁电气化局为京沪高铁巨龙插上了腾飞的翅膀，实现了将京沪高铁打造成民族品牌的梦想。这项在中国铁路乃至世界铁路史上具有里程碑意义的工程必将载入中华民族的光辉史册。

寻　梦

1978年10月26日，中国改革开放总设计师邓小平乘坐日本新干线"光81号"超特快列车。他感慨地说："就感觉到快，有催人跑的意思，我们现在正合适坐这样的车！"

当时，我国要上新干线，修高铁，虽然还只是一个梦，但铁路行业的有识之士已经开始了寻梦。

1982年，铁道部组织中铁电气化局李清超等十几名专家、学者到日本新干线进行考察。列车时速250公里，行驶得很平稳。车厢里人不多，也很静，可乘坐在列车上的这些专家学者心里却久久平静不下来。

电化设计院的专家们亲身感受到新干线的速度，领悟到了"我们现在正合适坐这样的车"的殷切期许。一股奋起直追的使命感油然而生。面对技术差距的压力，他们把出国考察费全都买了各种专业图书资料。中铁电气化人憋足了劲，利用后发优势，博采日、法、德等高铁发达国家之长，用最小的代价、最短的时间，赶追世界高铁发展潮流，搞出咱中国自己的高铁设计！

上世纪80年代，在中国电气化铁路建设史上始终发挥着"火车头"作用的中铁电气化局，在京秦铁路电气化工程中引进日本AT供电技术，在大秦铁路引进远动控制系统技术，在广深铁路自行设计和建设了时速160～200公里的准高速电气化铁路。90年代在秦沈客专建设中进行了高速电气化铁路的探索与尝试，为我国高速铁路建设储备了大量关键技术。

1990年12月，铁道部正式完成了《京沪高速铁路线路方案构想报告》，标志着京沪高铁建设进入动议和实质研究阶段。

1991年，京沪高速铁路被列为国家科技攻关的重点课题，次年被列为国家"八五"规划。肩负着京沪高铁预可研和初步设计任务的中铁电气化局电化设计院深感责任重大，他们举全院之力，成立了京沪高铁设计项目组，主攻高速铁路牵引供电系统技术难题。在短短的三年间，形成接触网设计技术、京沪高铁设计暂行办法等35项高速铁路牵引供电技术研究成果。这些成果先后应用于京津城际、武广、京沪高铁，并取得了成功。

追 梦

中国的高铁之梦起于京沪，也要圆在京沪。

京沪高铁是中国坚持原始创新、集成创新、引进、消化、吸收、再创新的道路，依靠自主的力量建设高铁的里程碑式工程。这意味着高速电气化铁路的所有最前沿技术问题，都要在京沪高铁设计中体现出来并得到切实解决。

京沪高铁长距离、大坡度、高速度、高密度和重荷载的特点，带来了牵引负荷上的特点：负载高、功率高、电流大。国外高速动车组通常8节车厢单弓受流，而京沪高铁客流大，需要16节车厢大编组双弓受流运行。

确保350公里及以上时速、16辆编组双弓受流条件下，弓网关系平顺可靠，受流持续稳定，是京沪高铁牵引供电系统必须攻克的技术难题。

手有金刚钻，敢揽瓷器活。电化院经过十多年的探索，研发出了处于世界前沿的"牵引供电全动态仿真系统技术平台"。它可以仿真模拟350公里及以上时速单弓、双弓甚至多弓受流高速铁路牵引供电接触网系统的运行工况，为进行牵引供电系统方案设计、设备选型、设备容量配置等工作提供了科学工具。这是中国人的绝活，这是中铁电气化人的绝活！

"接触网预配计算软件"支持下的工程计算，过去仅仅掌握在国外几家公司的手里，并经常作为谈判桌上讨价还价的筹码。

决不能让外国人卡住我们的脖子！凭借着接触网学、结构力学、金属材料学、数学、计算机的深厚功底，电化院副院长孟祥奎和设计工程师苏光辉联合主持开发出了《接触网工程预配计算软件》，为指导京沪高铁工程数字化测量，精确计算悬挂支撑结构尺寸，腕臂、吊弦工厂化预配，确保接触网安装一次精准成型等，提供了可靠的技术支撑。自此，中铁电气化人不再因计算软件受制于人了！

接触网导线要通过张力体系"拽紧"，保持高平顺性，以实现良好弓网关系。在京沪高铁项目副总体、接触网技术专家丁为民的带领下，电化院的设计师们为京沪高铁先导段接触网设计了31.5、33、36、40千牛四种张力体系。2010年12月3日，京沪高铁枣庄至蚌埠先导段综合运行实验达到了486.1公里的时速，完全满足16辆编组双弓受流的要求。这在世界上是绝无仅有的！

20年来，中铁电气化局牵头承担了铁道部、科技部联合国家科技支撑行动计划——"高速列车牵引供电技术"科研攻关任务，完成"高速铁路牵引供电系统综合仿真平台"、"高速铁路接触网悬挂系统研究"等几十项科研课题和创新成果，其中12项获国家、部级科研成果，搭建起了具有中国自主知识产权的高速铁路牵引供电系统技术体系平台。

从1991年电化设计院担纲京沪高铁电气化设计任务开始，至2009年，李清超、杨建国、于增、姜春林、曹东白等先后五任设计总体负责人薪火相传，率领电气化设计团队呕心沥血，历经19年，完成了三轮可行性研究、初步设计和技术设计任务，并穿插完成京津城际、沪宁高铁初步设计。2009年7月15日"京沪高速铁路电气化修改初步设计"获批复。

圆　梦

京沪高铁之梦，即将成真。设计团队开始链接从图纸到实体工程的纽带。

他们奔走现场，协调解决各种设计问题。京沪高铁接触网系统负责人黎锋，被称为"坐着马扎走京沪的设计工程师"。京沪高铁变电专业系统负责人沈菊，百日内组织完成102个变电所，1000余张施工图的设计和绘制，被誉为绽放在千里京沪高铁上的菊花。变电专家李汉卿，严格审核每一个设计方案、每一张图纸，为每一个数据提供相关计算理论依据。

用"老骥伏枥，志在千里，情洒京沪"这句话来形容资深专家、教授级高工、京沪高铁项目总体兼总工曹东白，实在是再贴切不过了。这位铁路电气化设计界的老前辈，从他父亲——中国第一代电气化铁路专家曹建猷院士手中接过电气化事业的接力棒，在40多年潜心理论研究和设计实践的基础上，搭建起了京沪高铁牵引供电系统主要技术平台。虽年近七旬，却仍然奔波在京沪高铁第一线，在设计、建设一流电气化铁路的道路上，实现着电气化人的梦想。

2011年6月30日，曹东白作为建设者代表，登上了京沪高铁首发列车。望着车厢内电子显示屏上代表时速的红色数字稳定在350公里，他欣慰地笑了。

为高速动车组创新集成神经中枢的带头人

——记京沪高铁通信信号系统集成项目总工程师张苑

武海宝

张　苑

张苑，中国铁路通信信号集团公司（简称中国通号）副总工程师，中国通号研究设计院总工程师。铁道部有突出贡献中青年科学技术管理专家，中国交通运输协会城市轨道交通设备国产化专家委员会成员，政协北京市丰台区第八届委员会委员。

张苑长期在科研生产第一线从事铁路及城市轨道交通信号工程的设计、开发及技术管理工作，以其扎实的专业技术功底和突出的技术管理能力，为中国轨道交通安全控制技术的进步倾注了大量心血，做出了很大的贡献。

从京津、武广到京沪，创新集成托起一流高铁

随着高速铁路、客运专线建设的全面铺开，张苑主持开展客运专线通信信号系统集

成方案、集成接口标准的研究、确定及实施，负责并参与了铁道部对国外客专系统集成技术的引进等工作。

在他的主持和参与下，研究设计院有限公司获得了我国第一条运行时速 300 公里客运专线通信信号系统集成工程——京津城际客运专线项目，该项目是我国首条时速 300 公里以上的客运专线，于 2008 年奥运会前夕成功投入运行，为奥运期间的交通运输做出了重要贡献。除了京津客专外，研究设计院有限公司还相继承担并完成了合武、武广、温福、甬台温等一系列的客运专线通信信号系统集成的建设任务。

为研发具有完全自主知识产权高速列车关键技术，满足中国铁路时速 350 公里客运专线和高速铁路工程建设的需要，铁道部决定对 CTCS-3（下文简称 C3）列车运行控制系统进行攻关，并组织成立了 C3 攻关组。张苑出任通号集团武广 C3 攻关实施组组长，并担任科技部和铁道部立项课题——"高速列车运行控制系统技术及装备研制"课题负责人，具体负责武广高铁 C3 系统方案制定及系统集成等工作。经过两年多的艰苦创新，张苑和他的技术团队制定了先进的 C3 系统方案、编制了完善的列控系统标准体系、开发出可靠的列控系统产品并实现产业化，实现了 2009 年 12 月 26 日武广高铁的成功开通运营，从而使中国铁路列控技术跨入世界铁路先进行列。

谈及武广 C3 列控系统的特点，张苑说主要有四大亮点：一是首次通过无线通信的方式实现对长大距离范围内时速 350 公里列车的安全可靠运行控制；二是完成了列控系统 C2/C3 控车模式集成；三是创建了全速、全景综合设计集成平台和一整套测试验证方法；四是构建了完整的技术标准体系。整个 C3 系统，包括标准规范体系，系统机构的研发，系统结果的测试，系统产品的制造，施工安装联调联试等，都是完全由中国人自己完成的。"

武广高铁作为目前世界上里程最长（超过 1000 公里）、运营速度最高（350 公里 / 小时）、完全自主知识产权的高速铁路，是继京津城际铁路之后，中国高速铁路发展的一座新的里程碑。C3 系统的标准体系，为后续的京沪、沪宁、哈大等高速铁路建设提供了安全可靠稳定的技术支撑。

在 C3 系统创新以及工程实施的各个环节中，张苑作为技术开发和管理的领军者功不可没。回顾武广高铁建设 C3 系统攻关的技术路线设计以及成功秘诀时，张苑说："关键在于我们实现了两大创新：一个是系统集成创新，一个是引进消化吸收再创新。我们是参照了一些国外的相关标准，但中国铁路运行的信号系统与国外不同，运输效率非常高，运行的规则非常复杂，如果国外的系统照搬过来，这在中国是不可能运用的。我们只是在一两个关键设备上引进国外成熟的产品，而 C3 整个系统，包括标准规范体系，系统的研发，系统的测试，系统产品的制造，施工安装联调联试等等，这一系列过程，都是百分之百完全由中国人自己完成的。

武广高铁正式开通后，京沪高铁通信信号系统集成项目又提上了日程。张苑又受命出任通号股份公司京沪高铁通信信号系统集成项目部总工程师。

京沪高铁是新中国成立以来一次建设里程最长、投资最大、标准最高的高速铁路，涉及工程建造、高速列车、列车控制、客站建设、系统集成、运营维护多个重要技术领域，涵盖多个学科，集成多种高新技术，是一个技术庞大复杂的系统工程。

谈到京沪高铁列车运行控制系统的技术特点，张苑说，"京沪高铁综合了我们在六次提速以及京津、武广等高铁项目中的技术创新成果，其列控系统沿着 CTCS-2 级、CTCS-3 级一路发展而来，对列车速度的控制从时速 200 公里一直上升到 350 公里，技术体系和标准也逐步得到了提升和完善。应该说，京沪高铁是中国高速铁路技术创新最新成果的集大成者。"

推动城市轨道交通自主化发展

张苑于 1982 年进入通号集团研究设计院工作。在上个世纪 90 年代初，张苑先后担任了北京地铁一期工程技术改造通信信号设计和上海地铁一号线信号工程设计的总体负责人。这两项工程成功地实现了国产电气集中设备与美国及英国的 ATS、ATP 及 ATO 系统的结合，促进了国内地铁自动化行车指挥系统的进一步发展。

20 世纪 90 年代末，张苑出任国家计委立项的"城市轨道交通列车自动防护（ATP）系统国产化开发"项目负责人。该项目是国内第一套以数字轨道电路为基础的地铁 ATP 系统，拥有完全自主的知识产权。2002 年 11 月，该系统通过国家计委委托铁道部进行的技术审查，并于 2007 年底在长春轻轨二号线开通运行。这套国产化 ATP 系统在功能上不低于外国同系列产品，在造价和服务方面却有着外国设备及其供应商无法比拟的优势，因此，它的成功应用对中国城市轨道交通的自主化发展有着积极意义。

适应形势，周密部署，誓保铁路提速安全高效

在通号院参与的铁路第五次、第六次大提速中，张苑一直处在"技术总监"的地位，负责主持信号系统技术总体方案的制订、工程实施的组织协调等工作。铁路提速是铁道部提出的快速发展方式的重要体现，是一个涉及全路非常复杂的系统工程。在第六次提速中，张苑适应铁道部快速发展的新形势，率领研究设计院有限公司广大技术人员争分夺秒，奋力拼搏，使公司自主开发的 CTCS-2 列控中心 / 应答器系统、TDCS/CTC 系统、计算机联锁等系统成功应用于各条主要提速线路，实现了列车运行时速达 200 公里以上的历史性跨越，圆满地完成了铁路提速任务。据统计，

在开展的提速线工程设计约十个项目中，研究设计院有限公司有两项分别获得铁道部优秀工程设计一等奖和二等奖。这些荣誉与总工程师张苑的勤勉努力是分不开的。

京沪高铁列车运行安全必须用设备来提供保障

高铁安全一直是媒体关注的焦点，因为它事关人民群众的生命安全。京沪高铁通信信号系统采用了一系列的先进技术为动车组安全运行提供保障。

C3 列车运行控制系统是京沪高铁的核心安全系统，是确保京沪高铁动车组安全高效运行的关键装备之一，是京沪高铁的"控制中枢"和"神经系统"。

谈到京沪高铁 C3 系统如何控制列车运行的安全时，张苑系统地描绘了当今最先进的高铁列控系统对列车运行的控制原理。他指出，传统铁路采用司机目视地面信号显示的方式，安全由司机保障，但是在 C3 列控系统控制下，安全由设备保障，各列车均通过无线网络向地面控制中心发送位置、速度等信息，地面控制中心将相关信息发送给后续列车，后车实时得到前方 32 公里距离的信息，控制行车安全；轨道电路自动检测断轨、落物等情况，将危险信息实时发送给地面控制中心，地面控制中心通过无线网络发送给车载设备，及时停车。联锁系统作为控制铁路车站信号和道岔、保障行车安全的基础信号设备，负责接收调度中心下达的控制命令，自动操纵道岔，并随时监督道岔的状态，一旦发现异常，立即关闭信号，确保行车安全。联锁系统采用"二乘二取二"冗余结构保证系统的安全和可靠。"二取二"结构保证安全性，即单套设备内两个 CPU 比较一致后方可输出允许信息，否则就使输出导向安全侧；"乘二"结构保证可靠性，即完全冗余的两套设备，任一系故障均不影响功能。另外，在车载设备上也是如此，车载设备硬件采用双套冗余配置，可靠性高；车载设备主机内采用 A/B 双套软件设计，双套软件同时运行，仅当 A/B 软件比较一致时才允许列车运行，安全性高；C3 列控系统设置了各种允许运行场景，凡出现设定场景外的情况，均进行保护性制动，并控制停车，确保安全。最后我们还建设有 CTCS-3 级列控系统仿真实验室，该实验室依托高速铁路建设和国家科技支撑项目，投资 2 亿多人民币建设而成，规模大、功能强、技术先进，处于国际领先水平。京沪高铁工程在现场联调联试前，首先必须在这个实验室进行仿真测试，验证系统功能，校核工程数据，各种现场难以模拟的场景均在实验室仿真进行。正是上述种种技术手段的充分运用，保证了京沪高铁在最高时速 350 公里状态下的运行安全。

当前，京沪高铁分段联调即将结束，全线联调联试马上就要开始，由张苑领衔的通号院有限公司通信信号系统集成团队正在为全线的开通运营做着最后的努力。"建设一流的高铁，确保高铁运行的安全是我们的最终目标"，张苑如是说。

"全国劳模"称号名至实归

因在科技创新中业绩突出，张苑多次受到上级表彰和奖励。1997年获詹天佑铁道科学技术人才奖，享受政府特殊津贴；1998年获铁道部有突出贡献中青年科学技术管理专家称号；2003年获全国五一动奖章、中国通号科技功臣称号；1999年、2006年荣获火车头奖章。2010年获得全国劳动模范荣誉称号，并赴人民大会堂参加全国劳模和先进工作者表彰大会，接受党和国家的表彰。随后国务院国资委领导特请他在中央企业劳模座谈会上作典型发言，请他介绍攻克高铁核心技术勇攀世界高峰的业绩和体会。

如今，在推进创新型国家建设的历史进程中，张苑带领科技团队正在实施京沪高速等中外列控系统项目建设，与世界知名信号公司开展技术合作，推广应用具有完全自主知识产权CTCS-3级列控系统技术，向技术和市场的国际化迈进，为研究设计院有限公司引领中国轨道交通安全控制与信息技术的进步不断努力！

高铁Ⅱ型板自主创新的带头人

——记铁三院副总工程师、京沪高铁Ⅱ型板指挥部
指挥长王召祜

华子游

王召祜

我初次见到王召祜副总工程师是在春节后的一天下午。他给我的第一印象非常清晰：中等身材，穿一件黑色夹克装；鼻梁上戴一副金色框的深度眼镜；透过镜片看他的眼神，睿智中透着几分文气，几分率真，还有几分憨厚。王总虽然经常出差，往现场跑，但也许是由于平时没有时间锻炼，看上去身体稍微有些发福。

我首先请王总谈谈他的个人简历，他说："我的简历挺简单的，1962年出生，江苏连云港人。1984年从兰州铁道学院铁道工程系毕业后，就来到铁三院桥梁处，1994年加入中国共产党，由见习生到助工、工程师、高工、教授级高工；1994年起相继担任桥梁处电算室主任、桥二室主任、处副总工程师、处总工程师，2006年任院副总工程师，这一干就是二十多年。"朴实的语言，简单的介绍，很快便缩短了我们之间的距离，一下午的时间，几乎全被我占用。我进一步了解到王总的

事业发展与人生历程。

"我们这批人,赶上了改革开放,也赶上了高铁时代,总之,我们这代人赶上好时候了。"是的,王总说得没错,赶上是赶上了。但,赶上归赶上,不过,学习还得学习,用功还得用功。不然,再好的机会也是枉然,也是白费。王召祜在大学里学的计算机语言是 ALGO,毕业后来到铁三院,自学了 BASIC、FORTRAN、LISP 计算机语言。1998 年,又参加桥梁处举办的 C++ 语言培训班学习。这些知识对编程而言,都是必不可少的。总之,不断学习,不断积累,才能适应新的工作和新的挑战。

在京津城际高速铁路建设中,轨道板是由德国博格公司引进的,行车平稳性很好,但造价较高。 2009 年 1 月,铁道部要求利用铁三院这个技术平台,作为京沪高速铁路 II 型板式无砟轨道技术体系集成单位,牵头组织科研、施工、制造等单位联合攻关,以形成自主知识产权的我国 II 型板式无砟轨道的成套技术。为此,铁三院集团公司立即成立了以铁道部总规划师郑健为组长、铁三院院长王洪宇、副院长孙树礼为副组长的创新领导小组,成立以孙树礼为技术创新组组长、王召祜副总工程师为副组长的创新组。于 2009 年 10 月份成立 II 型板式无砟系统技术支持指挥部,王召祜任指挥长,齐春雨任副指挥长,闫红亮任总工程师。

就这样,由王召祜亲自率领一班人马开始了研制与攻关。2009 年 2 月 4 日,这一天正是农历大年初十,人们还都在年里。但攻关组人员这时都撇开了家,离开天津,集中到了铁三院北京分院。

每天,日夜奋战,马不停蹄。作息时间上安排,早上 8 点上班,晚上加班到晚上 9 点半。但大家为了早出成果,不耽误现场需要,许多同志经常工作到夜里一两点,然后,回宿舍睡上一个短觉,早晨爬起来,还不耽误 8 点正常上班。

II 型板式无砟轨道技术的关键是核心软件的研发。核心软件分为三大块六个部分,第一大块是布板软件,包括布板设计软件和布板施工软件;第二大块是打磨机软件,包括生产计划管理软件和磨床控制软件;第三大块是施工测量软件,包括平差软件和精调软件。这三大块软件,在大家心里最没底的就是打磨机软件。因为,这是一个高度系统集成的软件,它涵盖了轨道结构、软件、自动控制、液压、机床制造等专业,对于铁路设计院来说,在这方面并不擅长,而且,可以这样说,这个难题在全路是第一次出现,且博格公司对此实行技术封锁。

王召祜作为创新组副组长和 II 型板指挥部的指挥长,此时此刻,该怎样面对呢? 他首先带领大家搜集整理京津城际铁路的引进技术资料,然后,进行梳理,筛选,整合为三大部分,即设计、制造、施工。并组织创新组成员前往北京平谷制板场,学习观摩打磨机工作情况,增加感性认识,向制板场专家请教学习,增加理论知识,对打磨机的每一道工序,每一个动作,认真研究,由表及里，由现象到本质，通过一段时间的研究，王召祜亲自对打磨数据进行分析，通过对轨道几何状态的再分析和破解，逐渐掌握了打磨机的原理，并亲自研究打磨机内的坐标分析与转换，写出各步公式，再由编程人员写出相关程序。

王召祜在打磨机软件调试过程中，总是一马当先，亲自上阵。有一次，在平谷制板场车间里，操作人员在数控机床的操作面板上，摁了几个电钮，打磨机床开始轰鸣起来，机械臂"握"着打磨轮伸向Ⅱ型板，一道红色的激光束随即跟过来，这是激光测距仪在扫描打磨件，因为按照设计要求，打磨精度误差不能超过 0.3 毫米。所以，先进的数控机床全由操作软件控制。只见，磨轮飞快地转动着，水浇在板件与磨轮之间，人们会看到白白的水花，高高溅起，王召祜为了研究、判定引起打磨误差产生的原因，就想，要是用仪表测得打磨机在打磨板件时的板件振幅该多好呵。可是机器溅出的水花又猛又脏，人根本就近不了前，否则，非得弄成落汤鸡不可。他找厂里借了件雨衣，带上千分表，蹲下身子，钻进打磨机板架的底下，手持仪表，将表的触针顶在轨道板的底面，当时在场的好几位年轻人，既感到有些惊讶，也十分感动。王召祜为了获得这组数据，真是一不怕水，二不怕脏，三不怕累。他虽然穿了雨衣，但水还是从他举起的那只胳膊的袄袖灌了进去，脸上也淋上了带泥浆的水，当这位高铁专家从板架底下爬出来时，人们都暗暗地称赞他。心想："一个堂堂的铁路专家，这种小事，叫年轻人替你去做，不就行啦！"而此时此刻的王总却兴奋的像小孩子一样，高兴极了。"太好啦！太好啦！这回我测的数据，绝对是第一手资料。值得！值得！"

俗话说，隔行如隔山，但隔行不隔理。经过研究，再研究，最后，王召祜终于写出了打磨机软件关键部分和核心部分的坐标转换系列公式，以及优化打磨原理。为攻克打磨机软件的难关，拿下了第一座堡垒，在向院领导报告后，经过研究、斟酌，最终决定与有关厂家合作，共同研制，联合攻关。将相关厂家技术人员集中到北京，王召祜带领他们共同研究设计原理、接口关系；创新组部分人员赶往四川，与制造厂家的参战人员相互切磋，共同调试，经过一番努力，终于又攻下了一座堡垒，这就是打磨控制软件与机床驱动软件的连通、联动。这下彻底为编制整套打磨机软件扫清了障碍。

王总说："虽然我作为研制Ⅱ型板指挥部的指挥长，取得了这个成绩，完成了铁道部领导交给我们的任务。但要论功劳，应归功于我们这个团队的共同努力。我们这个团队，前前后后参加创新工作的有 50 多人，他们来自院各个部门，凡是和这项科研有关的专业，几乎都派了精兵强将。他们是闫红亮、齐春雨、郭容昱、伍卫凡、尤德祥、胡媛、毛宁、王栋、陈兴、刘其振、高俊英、王会永、刘玉祥、孙云超、谭超、韩寓……等。王总掰着手指头，如数家珍地跟我念叨着他的这些队员。他说：这些人大多数都是二、三十岁的年轻人。因为，岁数小和岁数大的人学，都是一样，都是新东西吗，都得从头学起，年轻人学会更快些。于是，各个处就派来不少既年轻又能干的新手。这些有生力量也算是我们铁三院的新生代，让他们提前涉入铁道科学的前沿技术，我想对我们三院的未来是大有益处的。"

"老实说，我虽然是创新组的副组长，兼任Ⅱ型板的指挥长，但研究Ⅱ型板技术，闫红亮比我早，我还是跟他学的呢。"王总的实在与憨厚，让我十分感动。他待人真诚，为人厚道，这是我们中华民族的一种美德，也是中国知识分子的一种传统。他常挂在嘴边的话就是："有一说一，有二说二。凡事都要实事求是。"

据王总介绍，Ⅱ型板长 6.5 米，宽 2.5 米，它底下有六个爪，可进行调试，有的可调水平，有的可调高差。Ⅱ型板的正面有两排承轨槽，一边 10 个槽，一共是 20 个承轨槽，这些槽就是为了安装钢轨扣件使用的，也就是说，标准化的扣件往标准化的承轨槽里一放，正好不大不小，十分吻合。所以，为了消除板体变形而引起的高差变化以及直线度不平顺，就必须要精密打磨，允许误差不能超过 0.3 毫米。可想而知，这是在预应力混凝土板上打磨，这些承轨槽是由打磨轮打磨出来的，尺寸都一样，当然，难度也非常大。

王召祜在设计咨询、制板监造、打磨机技术支持、施工技术支持等方面负全面责任，经常深入现场，遇到问题，马上解决。同时，对外方的咨询结果也要进行认真审查，并指出不合适的内容或存在的问题。

由于中方三大软件的成功开发，彻底摆脱了对国外软件的依赖，打破了博格公司的垄断。原来，对于布板施工软件他们是想收费的，中方早就找他们要，人家就是不给。但事情已发生了巨大的变化，我们的软件研制出来后，德国博格公司又无偿送给中方 50 套布板施工软件加密狗，打磨机软件由 90 万元人民币，一下子降到 15 至 10 万元人民币，试想，这是怎样的效果呵！

创新过程中，利用铁三院这一平台，创新组举办Ⅱ型板培训班，推广这项技术。当时，来参加培训的有京石、石武、津秦、合蚌等线上的建设、施工、监理、设计人员，指挥部的人一批一批地培训，手把手地教。此时，王总他们所做的工作，早已远远超出了京沪高铁Ⅱ型板指挥部的工作范围。试想，光这一项创新，在未来的我国高速铁路建设中，又将会给国家节约多少资金？

以京沪高速铁路创新成果为代表的自主创新大潮正在推动我国朝着创新大国的路上迅跑，一大批王召祜式的创新人才正在茁壮成长。我们坚信，有着五千年文明史的中华民族一定会在创新大潮的推动下走向复兴！

传承加创新铸就辉煌

——记铁三院总建筑师周铁征和他的设计团队

阎玉玲

周铁征

凡是乘坐过京沪高速铁路动车的人无不为北京南站、上海虹桥站那恢弘的气势、深厚的人文底蕴和现代化的服务设施所震撼，无不为我们中国创造的这些在世界铁道建筑领域里出类拔萃的建筑精品而深感自豪！这些领先世界的建筑精品的设计者就是铁道第三勘察设计院总建筑师周铁征和他的设计团队。

初出茅庐　雄心勃勃

1989 年毕业于天津大学建筑系的周铁征，由于聪慧好学并且谦虚努力，工作不久就显现出与众不同的才华，成为独当一面的技术骨干。1999 年，时任铁三院建筑分院副总工程师的他获得了一次赴法国进修的机会。借此他走遍了法国所有知名的火车站，实地考察了欧洲许多知名建筑。通过对欧洲现代火车站以及其他现代建筑的系统考察和研究，使他对现代西方建筑设计和铁道建筑设计的先进理念有了比较系统的了解。来自国外设计理念的冲击，强烈地震撼着周铁征，使他的设计理念、设计思路得到一次破茧化蛹式的升华。他暗下决心，一定要把这种新的设计理念与我们中国的、民族的、现代的元素结合起来，创造中国铁道的建筑精品。其间，周铁征的才华早就受到国外一些大设计公司的关注，纷纷开出高薪挖他跳槽，有的甚至抛出一系列诱人的条件，许诺他进入公司高级管理层。然而，他离不开祖国，离不开挚爱的中国铁道建筑设计事业。他在骨子里一直憋着一股劲儿，一定要把中国的铁道建筑打造成为世界建筑精品，走在世界前头。

回国后不久，铁三院安排他担任了建筑分院的总工程师，全面负责铁路站房建筑设计，又为他提供了一个在更高层次上施展才华的舞台。此后，周铁征带领他的团队在国家铁路建筑的一些重大招标中屡屡胜出，推出了一个又一个令世人赞叹的铁路站房，逐步成长为引领中国铁道建筑设计新潮的领军人物。

大型客站　一显身手

北京南站和天津站改扩建是周铁征主持设计的两大建筑，体现了一种全新的设计理念。北京南站是京沪高速铁路的始发站，是集铁路、地铁、城市公共交通、小汽车等多种交通方式于一体的大型综合交通枢纽。除了要为旅客提供一个现代化的、功能全面的车站外，还要与北京市的规划、外围交通、地铁等系统密切配合，形成高效顺畅的接驳，建筑风格更要与北京的政治、文化、社会环境和市容环境相协调，标准要求高，限制因素多。针对这些要求，他充分考虑股道布设与周边用地，引入具有浓郁民族风格的天坛设计概念，创造性地提出了椭圆形的解决方案；对于综合交通枢纽功能的实现，周铁征提出了全新的设计理念和设计思路，同时借鉴了大量国外现代化车站建设的经验，带领设计团队与境外设计合作单位的设计师一起，解决了方案的综合性问题；针对车站服务于高速铁路的要求，他与设计人员不断优化和修改设计，探索出适应中国国情的现代化铁路客站的设计思路。北京南站投入运营后，受到各方赞誉，也得到了建筑行业的好评。

天津站改扩建工程较之北京南站更为复杂。由于站房用地狭小，又有三条地铁线引入，不仅是一个铁路枢纽，同时还是城市内部的一个重要的换乘枢纽，人流聚集、疏散量非常大，从而在地下形成了巨大的工程量，工程实施的难度很大，换乘关系复杂，体现了现代综合交通枢纽的发展趋势。经过他和设计人员的不懈努力，圆满完成设计任务，该项工程与北京南站成为京津城际铁路上两颗熠熠闪亮的明珠。

高铁时代　再创佳绩

上海虹桥站是京沪高速铁路的终点站，比北京南站规模更大，地下工程非常庞大，换乘关系更加多样，是一个极具代表性的现代化综合交通枢纽，也是目前国内建成的最大的交通枢纽。

这个站区要全面系统地解决包括航空、铁路、城市轨道交通、磁悬浮、以及城市道路交通等各种交通型式的无缝衔接，其综合功能超过了目前世界上所有的铁路站房，涉及到一系列关键技术和尖端技术。面对这样复杂的问题，周铁征带领他的团队，对已经建成的北京南站、天津站的设计理念和方法进行总结，将知识体系系统化，把已经取得的经验和成果应用到虹桥站的设计中，在高手如林的国际竞标中，一举中标。上海虹桥交通枢纽作为目前已建成的世界最大的，集航空、磁浮、地铁等多种交通型式为一体的综合交通枢纽，再次成为我国铁路客站建设历史上一座里程碑式的建筑。

周铁征不仅把大站、要站用心打造成为经得起八方评说和历史检验的精品工程，在小站、中间站的设计中也力求精益求精。如泰安、曲阜、滕州三个中间站，尽管规模不大，但都具有浓郁的地域特点，在设计过程中，他巧妙地将建筑与当地的社会环境、自然环境、文化积淀和历史遗产相融合，同时不忘与时代特征的对接，既有对传统文化的传承，也有现代元素的纳入，把浸透着人文精神的建筑美表达得淋漓尽致。目前，周铁征主持设计的京沪高速铁路天津西站、济南西站以及其他9个中间站正在紧锣密鼓的建设中。从北京南站到上海虹桥站再到济南西站，每一次的前进都是前一次的总结和归纳，每一次的成功都是前一次的升华和跨越。

伟大的时代造就伟大的工程，伟大的工程磨练非凡的人才。随着中国铁路建设事业的飞速发展，周铁征这个驰骋在铁道建筑设计领域第一线的科技人员，见证并亲自参与了中国铁路车站从单一的铁路乘降功能向综合交通枢纽发展的历史变迁，亲身经历了中国铁路从跟随世界先进国家的后尘，到通过自主创新引领世界铁路发展新潮流的历史进程。周铁征赶上了中国铁路建设的黄金时期，并逐步成长为中国铁道建筑设计的领军人物，作为个人，他是幸运的，但是，放眼伟大的时代，又是必然的。我们可以毫不夸张地说，正是这些千千万万个周铁征造就了我们这个时代。时代为有这样的精英而精彩，祖国为有这样的儿女而自豪！

中国动车组总体设计领军者

——记中国铁道科学研究院首席专家黄强

雷风行

黄 强

15年前，黄强在主持国家科技攻关项目中，就直言提出了采用动力分散式这一适合我国国情的技术路线，并作为副总设计师于2001年研制出我国首列高速动车组。从2003年起，他负责我国动车组总体设计，为"和谐号"动车组跻身世界先进行列作出重要贡献。

——采访札记

我国每天有1400多列动车组高速奔驰在铁道线上，以快捷、安全、舒适的良好运行品质，为广大旅客出行提供了便利。全国政协委员、中国铁道科学研究院首席专家黄强就是一位长期从事高速动车组研究、负责总体设计的领军人物。他十几年来勇挑重担，开展高速列车系统集成、方案论证、方案设计、技术设计、试验研究和安全评估等研究，在高速列车应用基础理论和工程技术领域取得系统性、创造性成就，为我国高速列车的诞生、发展和跻身世界先进行列做出突出贡献。

从重载、高原到高速列车设计研发，"先锋号"勇当先锋

1946 年，黄强出生在上海一个职员家庭。他中学就读于有素质教育传统的上海市育才中学，属于那种不死记硬背、有后劲的学生。1962 年，16 岁的黄强以优异成绩考取上海交通大学铁道车辆专业，他勤奋学习，广泛涉猎各相关领域知识，为日后科研攻关打下扎实基础。

大学毕业时正值"文化大革命"动乱时期，黄强分配到新建的贵阳车辆工厂货车车间。他当过木工、铆工，后担任工厂技术室技术员与室主任。十年工厂磨砺，他有机会系统实践车辆制造检修的工艺技术与生产流程。

1978 年是中国走向改革开放的转折年，也是黄强的人生转折年。这年研究生制度恢复，他考取了铁科院机车车辆专业研究生，导师是我国著名车辆专家、留苏博士苏民。毕业后黄强分配到铁科院机辆所车辆室，从助理研究员、副研究员一直干到主任、研究员、院首席专家。

1985 年，黄强在大秦铁路重载装备研制攻关中，主持 C63 型运煤专用敞车的研制工作。他提出了"整体刚度调配优化"解决重载车辆结构应力集中的难题，荣获国家计委、国家科委和财政部联合颁发的"国家科技攻关荣誉证书"。

2001 年，黄强作为铁道部科研项目《青藏铁路机车车辆技术条件和总体方案的研究》主要负责人，首次提出用于世界最高海拔的青藏铁路机车车辆的总体方案，制定出总体技术条件与参数。以此指导研制的机车车辆已在青藏高原上安全平稳行驶了 5 年。

从重载、提速到高原列车的设计研究，黄强一路斩关夺隘，成果显著，但他研究的重点是我国高速列车的设计研制。1995 年黄强受命主持国家"九五"重点科技攻关项目"高速试验列车技术条件的研究"。他跟踪世界高速列车的动态，研究了德国、法国高铁动力集中式动车组，又比较了日本高铁的动力分散式动车组，研究发现动力分散式动车组具有明显的优势，它载客量大，编组灵活，适合中国国情。据此他旗帜鲜明地提出中国高速列车应采用动力分散方式的技术路线。黄强大胆直言，如果说铁路牵引从蒸汽机车、内燃机车到电力机车是一场动力革命，那么从动力集中到动力分散则又是一场革命。

黄强的研究结论引起上级决策层的重视。1996 年，铁道部指定他挂帅主持国家"九五"重点科技攻关项目《时速 200 公里动力分散交流传动电动车组的研制》。作为副总设计师他负责总体技术，率先采用动力分散模式研制我国首列高速动车组。2001 年"先锋号"完成样车研制，性能优良，在秦沈客运专线综合试验中创造了时速 292 公里的我国新纪录，为我国后续研制高速动车组奠定了基础。2001 年黄强获得"九五"国家重点科技攻关计划先进个人荣誉证书。

担当高速动车组总体设计，"和谐号"跻身世界先进行列

从 1995 年起十几年来，黄强深入开展高速列车理论研究，建设高速动车组技术标准体系，其研究成果《高速试验列车技术条件》成为我国高速列车标准体系的奠基性文献。2002 年后，他又深入开展"高速铁路机车车辆限界暂行规定"、"高速铁道车辆强度设计及试验鉴定暂行规定"等一系列基础性技术规范的研究和编制工作，由铁道部发布用于指导高速列车的研究、设计和运用。

2004 年，铁道部以实施《中长期铁路网规划》为契机，全面推进高速列车原始创新、集成创新和引进消化吸收再创新。黄强有幸赶上了中国高铁发展的黄金机遇期。作为动车组技术专家，从 2003 年起，黄强抽调到铁道部临时工作组（后来的铁路动车组联合办公室）负责总体设计。他把自己的工作称为"抓两头，带中间"。一头是根据我国特点，负责高速动车组的系统集成、概念设计、方案设计与技术设计；而后将设计方案交付中外联合体厂家，进行施工设计和细节的制造；另一头是动车组试制出样车后，组织进行试验研究和安全评估等。黄强主要负责两头的总体技术工作，他经常要与中外联合体厂家磨合沟通，讲解与落实设计思想。

以车辆限界为例，欧洲实行动态限界，日本实行静态限界。黄强的设计以静态为主局部动态，适合人性化要求，使车停站时与站台一般平，解决车与站台的关系。他制定的高速列车限界规范，有效解决我国限界空间制约的技术难题。黄强提出采用适合我国铁路标准的高速轮轨技术，解决了动车组既能在高速铁路又能在既有线运行的难题。

黄强还提出高速列车综合性能试验及安全评估方案的原则与方式，建立了相关的标准规范，为形成我国高速列车评估体系做出重要贡献。

针对我国高铁高速度、高密度、大运量、长短途结合等运输需求，黄强主持制定"和谐号"各速度等级高速动车组总体技术方案。他提出适合客流潮汐性特点的可重联 8 辆编组总体技术方案、技术关键和解决途径，以及安全、舒适、可靠等顶层指标体系；提出我国独特的由 16 个子系统组成的动车组系统配置方案，搭建起速度可持续提升的动车组技术平台，实现"和谐号"动车组由时速 200 公里到 350 公里及以上速度等级的跨越，形成各速度等级的系列产品，推进我国高速动车组跻身世界先进行列。

在短短的三年里，经过设计、研制、试验研究与安全评估，2007 年 4 月 18 日，时速 200 公里以上的高速动车组，在全国铁路第六次大提速时首次闪亮登场。2008 年 8 月 1 日，京津城际铁路开通运营，时速 350 公里的"和谐号"动车组飞驰在北京至天津间，两年里实现了从时速 200 公里到 350 公里的跨越。

为了确保京津城际铁路按期开通，黄强长期操劳加班，身体严重透支，体质原来不错的黄强终于病倒了。2008 年 9 月 1 日，正在办公室接电话的黄强突然感到胸口疼痛，痛得满头大汗。同事们发现后忙叫来救护车，送他到世纪坛医院，一查是心肌梗塞。幸亏治疗及时，经过两次手术，黄强才转危为安。

出院后，黄强又全身心地投入到时速 380 公里的新一代高速动车组研发工作中。2010 年，时速 380 公里的高速动车组投入沪杭城际高铁运营，并在京沪高铁综合试验中创出新的高速。

五年来，黄强主持了对各速度等级高速动车组的整车和各部件型式试验，涵盖九大关键技术、十项配套技术，并经过运营的考验，表明我国"和谐号"动车组的总体技术先进、可靠，在 2010 年世界高速铁路大会上得到国际同行的认可。"时速 350 公里高速动车组"获 2009 年部级科技进步特等奖，"高速列车成套技术与装备"获 2008 年部级科技进步特等奖。

既当将军又当战士，用科技之砖支撑中国高铁大厦

黄强作为高速动车组总体设计，他既当将军，善于博采众长，系统集成，从宏观着眼，在总体构架上把握全局；但他首先又是一名战士，从微观入手，不放过任何关键细节，亲自动手解决具体技术问题。

在提速技术研究中，黄强在国际上首次创造性地提出"不利速度区"理论，正确把握提速限度；他主笔制订了"提速用客货车辆装备提速技术条件"，为铁科院获得 2002 年度国家科技进步一等奖做出突出贡献。2000 年香港九广 KTT 列车出现晃动现象，黄强运用这一理论帮助港方解决了晃动问题。

动力学性能对高速列车的运行安全性影响最大，黄强率先研制开发车辆动力学性能评估软件。他自己动手，不惜下苦功夫，终于完成从系统架构到代码编制、工程运用的开发，这是一针一线做出的"手工活"。为推进动力学理论创新，黄强无私地向年轻人公开这套软件原代码，使铁科院在这一领域保持领先地位，机辆所一位资深研究员称"黄强是第一代铁道车辆动力学性能评估软件的开发鼻祖"。

黄强率先主持高速动车组转向架研制，实现参数优化。他在研究中发现，高速列车安全主要靠协调轮轨关系，其技术关键是转向架。在主持"先锋号"转向架研制中，他利用"不利速度区"理论和灵敏度设计理念，开展动力学性能仿真计算，采用无摇枕型式、转臂式轴箱定位、抗蛇行减振器等先进技术。为使转向架在高速运行中兼顾车辆直线与曲线性能的要求，1997 年夏天他亲赴西南交大滚动振动试验台做方案比选试验，冒着酷暑奋战一个多月，终于找出最佳结构参数，解决了这一难题。黄强在主持"和谐号"动车组总体设计中继续沿用该高速转向架成果，

平稳性优良。"时速 250 公里动车组高速转向架及应用"获国家科学技术进步一等奖。

黄强能在高速动车组领域取得系统性、创造性成就，得益于他勤于学习，善于集成，勇于创新。早在 20 世纪 80 年代，他就刻苦钻研系统论、信息论与控制论，后又跟踪学习非线性复杂系统的"新三论"，从耗散结构、突变论到协同学，广泛涉猎能量转换、突变应对、系统优化等领域，从多能态、多系统、多学科角度，高屋建瓴地搭建高速动车组的应用框架体系，并制订相应的约束与评估指标，成功地应用于"和谐号"系列高速动车组。

黄强高调做事，低调做人，他淡泊名利，埋头苦干。由于我国高速铁路长期未立项，研究周期又长，研究高速列车项目既不能很快见效益，也不能公开发表相关论文。但黄强目标始终如一，他耐得住寂寞，抵制住外界金钱与名利的诱惑，十多年里默默无闻地开展研究，出色完成国家重大科技攻关项目，表现出不浮躁追风、不慕名利、自信自重的风骨。

作为铁科院的一名博士生导师，黄强积极培养扶植青年科技人员。他培养的博士生杨建伟 2006 年毕业后，如今已担任北京建工学院机电学院副院长、教授与硕士生导师。

黄强作为无党派人士，当选为第十、十一届全国政协委员。他积极参政议政，在全国政协会议上，相继提交了《关于逐步统一采用动力分散客运装备的建议》、《开行小编组列车，为解决三农问题出力》等提案，拳拳赤子之心，跃然于纸上。这些提案有的已被采纳付诸于实践。

桃李不言，下自成蹊。黄强先后获政府特殊津贴、詹天佑科学技术人才奖、茅以升铁道科技奖、中华全国铁路总工会"火车头奖章"等，2003 年被铁道部评为首届铁路专业技术带头人并延续至今。

甘做京沪高铁奠基石

——记铁三院桥梁处总工程师苏伟

高欣梅

苏 伟

无数处高技术含量的施工现场都会有他的倾心指导，风雨无阻；无数次挑灯夜战都有他嘘寒问暖的关切话语，如沐春风；无数次紧急会议都有他有条不紊地指挥安排，从容不迫！七千多个日夜，他始终坚定不移地站在桥梁设计工作的最前沿，给人以鼓舞与动力。他就是铁道第三勘察设计院集团有限公司桥梁处总工程师苏伟。

问及是什么动力才令他如此年复一年地坚持下去，他回忆说，"记得，多年前随团出访法国、德国等发达国家，欧美风情虽好，却远不及四通八达的高速铁路交通网带给我的震撼。从此我就产生了一个梦想，什么时候我国才有自己的高速铁路网？回首二十多年的工作经历，我们的一切努力和付出都是在为实现这个梦想而奋斗。而我自己仅仅只是一块奠基石而已。"

身经百战 不畏艰难攀高峰

毕业于西南交通大学的苏伟于 1991 年 8 月进入铁三院集团公司桥梁处工作，并于 2008 年被评为教授级高工，现任桥梁处总工程师，全面负责桥梁处专业技术和质量管理工作。

从事铁路桥梁勘察设计工作已近二十年，这七千多个日夜里，他先后主持了秦沈客运专线、烟台至大连铁路轮渡栈桥、京津城际铁路、京沪高速铁路等 25 个重大交通项目的桥梁设计工作。其中秦沈客运专线是国内首条时速 250 公里的客运专线铁路，京津城际铁路是国内首条时速 350 公里的城际高速铁路。在客运专线、高速铁路桥梁勘测设计方面身经百战、久经磨练，为我国铁路桥梁事业的发展做出了不可磨灭的贡献。

京沪高速铁路在我国中长期铁路网规划中的战略地位，决定了它在立项之初，便备受世人关注。然而，宏伟蓝图的背后却掩藏着数不清的困难和艰险，桥梁结构众多、地质结构复杂、地基土质松软、施工难度大，桥梁长度更是占线路总长的 80.4%。"京沪高速铁路桥梁专业主管总工程师" 这个重担实在是太过沉重。面对众人的担忧和疑虑，苏伟的脸上却始终展露着温和的笑容，云淡风轻般的泰然自若令同事们凭添了许多自信。他有条不紊地展开部署，将压力化为动力，将信心带给同伴，再一次共同发起了向一流高速铁路的奋勇攀登。

独具匠心　开创高铁新篇章

忆及那段奋战的日子，苏伟的脸上展露出淡淡的微笑，不知是缘于欣慰，抑或快乐，还是无奈。"长久以来，我们已经习惯的没日没夜的工作，而京沪建设时期尤甚，令我至今记忆犹新。"

制定工作计划、研究设计方案、解决突发事件、协调各方面工作，各种各样的会议充斥着苏伟全部的生活。他早已忘记，有多少日子没有与家人一起吃顿饭，有多少个夜晚回不了家而挑灯夜战，有多少个假期无法探望年迈的父母！每忆及此，浓浓的愧疚和无奈便涌上心头，"谁人不想与家人共享天伦，谁人不想伴着晚风与家人漫步街头？可我不能！我的时间属于国家，浪费一分一秒都是失职。亏欠家人的，也只能日后再还吧。"

在多年来高速铁路科研试验研究的基础上，苏伟率人重点研究解决了严格控制桥梁结构变形，确保轨道高平顺性；软弱地基条件下无砟轨道桥梁沉降控制；大跨度无砟轨道桥梁变形控制；高烈度地震区桥梁抗震设计；特殊桥梁新结构设计；采用长桥设计方案，节省土地资源；减少路涵、路桥频繁过渡，提高旅客舒适度；与城市规划相结合，为未来发展预留空间；开展桥梁建筑美学设计，满足景观需求；进行耐久性设计，保证结构使用年限等关键技术课题。

对常人而言，也许这不过是一些拗口陌生的词组。但对于桥梁设计者而言，却是秉烛达旦的奋斗，是竭心尽智的求索。在京沪高速铁路设计中，首次创新采用的（60+128+60）米系杆拱连续梁、（80+128+80）米预应力混凝土连续梁、（32+108+32）米中承式钢箱系杆拱、

96 米四线下承式简支钢箱系杆拱、钢—混结合空间刚架、无砟轨道无缝道岔连续梁结构、（64.6+115+115+64.6）米矮塔斜拉桥等特殊桥梁新结构设计均达到世界先进水平。

除此之外，苏伟作为课题负责人，还主持完成了《京津城际铁路软土地基桥涵基础试验研究》，首次提出"变形过程指数法"的桥梁基础沉降过程分析方法，为沉降过程分析提供了新的手段，研究成果不仅通过了铁道部科技司组织的成果审查，还取得了"达到国际先进水平"的高度评价。问及苏伟获此评价的感受，他不仅不以为意，似乎认为这是再平常不过的成就，旋即又投身于《高速铁路特殊桥梁新结构和新工艺技术试验研究》、《高速铁路路基和桥梁基础沉降分析、监测和评估技术试验研究》两项重大课题的研究工作。

如今京沪高速铁路已全线铺轨，在 2010 年 12 月 3 日京沪高速铁路先导段联调联试与综合试验时，新一代高速动车组创造了每小时 486.1 公里的世界最高运营试验速度！演绎出中国的"高铁奇迹"。跟全路高铁人一样，苏伟为之倍感振奋，欣喜之余，他表示，"等到通车那一天，我一定要带着家人去坐一次，因为，这里面不仅包含着十几万建设者的心血，也包含着家人的理解和支持、牺牲和奉献。"

谁持彩练当空舞

——记中国铁道科学研究院首席研究员周清跃

雷风行

周清跃

轧钢厂火龙飞舞，焊轨基地弧光闪烁，一条条无缝钢轨铺设在神州万里高速铁路上。周清跃以其金属材料与热处理的科技之力，手持彩练当空舞，十年间实现了中国钢轨技术的创新与跨越，创造效益达百亿元之多。

——采访札记

周清跃长期从事铁路钢轨技术研究，他将材料技术与钢轨应用技术紧密结合，突破高速、重载、高原钢轨等关键技术难题，使我国近万公里高铁建设全部使用国产钢轨，取得巨大社会经济效益，为铁路发展做出重大贡献，先后荣获国家及省、部级成果奖6项，是我国铁路钢轨技术步入世界先进行列的领军人物和主要开拓者。

中国高铁完全采用国产钢轨的首席专家

1960年，周清跃出生于浙江省金华市一个农民家庭。他1978年考入浙江大学金属材料及热处理专业，1983年考取铁科院硕士研究生，1986年8月毕业后留在院里金化所工作。周清跃从助理研究员干起，他以扎实的专业功底和锲而不舍的研究精神脱颖而出，34岁任副所长，38岁晋升为研究员，42岁起连续三届被评为铁道部专业技术带头人。

我国的高速铁路建设从1998年修建秦沈客运专线起步，周清跃在秦沈项目中负责进口和国产钢轨的试验对比工作。高铁对钢轨的安全性能、钢质纯净度、几何尺寸精度、平直度等要求高，检测中他发现国产钢轨由于生产设备和工艺落后，钢质不够洁净，尺寸波动大，平直度差，定尺长度仅25米，难以满足高铁高可靠性、高平顺性的要求，与法国进口钢轨比存在较大的差距。

进口国外钢轨不仅价格贵，而且长定尺钢轨运输困难。怎么办？周清跃急国家铁路建设之所急，2001年他主持完成《秦沈客运专线综合试验段进口及国产钢轨试验研究》，提出了高铁钢轨自主研发的系统方案，得到了铁道部与铁科院领导的大力支持。

周清跃作为我国钢轨技术研究专家，他既掌握法、日等国外钢轨的先进标准和实物质量，又了解国内厂家钢轨生产设备、工艺的实际情况和质量存在的问题，更熟知我国铁路对不同速度等级钢轨的需求。他率领团队三管齐下，历时10年，展开了一场国产高铁钢轨成套技术自主创新的攻坚战。

创建具有自主知识产权的我国高速铁路钢轨标准体系。通过对钢轨标准技术研究、解剖国外钢轨实物性能以及在国内既有线试铺考核，结合我国实情，周清跃主持提出不同速度等级高铁钢轨的技术指标及参数，经过十多年不断完善，制定了9个高铁钢轨技术条件和3个铁路行业标准，经铁道部审议后颁布实施。在起草标准时，他系统研究并跟踪欧洲、日本、美国和俄罗斯等国家的钢轨标准，先后编译出版了两部钢轨标准汇编，为标准的制定提供了系统的参考资料。

通过制定和颁布客运专线钢轨暂行技术条件，有力推动国内钢厂技术改造。1998年，受铁道部委托周清跃主持起草了时速200公里与300公里等4个客运专线钢轨暂行技术条件，要求钢轨的生产必须采用精炼、精轧、精整、长尺化等现代化生产技术。当时我国钢厂设备和工艺落后，急需进行现代化技术改造。但由于技术改造投资大（每个钢厂至少需20亿元人民币以上）、周期长（至少3年以上）、技术难度大，实施起步维艰。周清跃率领团队深入钢厂做工作，在铁道与冶金行业共同努力下，鞍钢、攀钢一马当先开展技术改造，攀钢于2004年12月生产出我国第一根百米定尺钢轨，包钢、武钢也不甘落后，相继完成以模铸改连铸、孔型法改万能法、25米定尺改百米定尺等技术改造。目前这四家钢厂的钢轨生产设备和工艺均达到国际领先水平，为高速钢轨的生产供应奠定了坚实基础。

率领团队科研攻关，成功解决高铁钢轨的自主研发、生产及相关配套技术问题。周清跃与钢厂一道，通过对洁净钢生产技术、高精度钢轨轧制技术、高平直度精整技术研发，研制出高铁所需的高洁净、高精度、高平直百米定尺钢轨，它与以往采用的 25 米定尺钢轨相比，减少了 3 个焊头，不仅保证了钢轨安全使用性能和高铁运行品质，还提高了无缝线路钢轨焊接的生产效率。他潜心研究，攻克钢轨焊接难题，优化了钢轨焊后热处理工艺，使焊接接头与母材硬度合理匹配，确保了接头性能良好。周清跃还相继对高速铁路用 U75V 和 U71Mn 钢轨钢进行优化，主要性能指标达到甚至优于国外同类产品，分别用于不同时速等级的高速铁路。他牵头研制开发的高速道岔用 60D40 和 60TY 及深层热处理钢轨，填补了国内空白，已在国产高速道岔制造中广泛应用。

为确保高铁钢轨质量，他主持创建质量保证体系，通过对钢轨的型式试验、既有线考核和批量抽检，成品合格率由初期的 25% 提高到规模供轨时的 90% 以上，实物质量达到世界先进水平，近年来已铺设使用 200 万吨以上。

十年攻关，中国高铁钢轨已步入世界先进行列。我国高铁建设全部使用具有完全自主知识产权的国产钢轨，大幅度节约了建设资金，与进口比节约近一半费用，按建设 1.6 万公里高铁计算，可节约资金 160 多亿元。高铁钢轨成套技术已在京津、武广、京沪等近万公里高铁上推广运用，2008 年获铁道部科技一等奖，2009 年获国家科技进步二等奖。

破解重载钢轨延长寿命的奥秘

客运高速、货运重载，是中国铁路现代化建设中的两个重点。有效延长重载铁路钢轨的使用寿命，是周清跃的又一大贡献。

1992 年 12 月全线开通的大秦铁路，是我国第一条双线电气化重载运煤专线。近年来，铁道部对大秦线进行扩能改造，大量开行 1 万吨和 2 万吨重载组合列车，年运量由 2002 年的 1 亿吨，增长到 2007 年的 3 亿吨，2010 年达到 4 亿吨。随着大秦铁路运量和轴重的增加，提高其钢轨使用寿命已成为重要课题。

2006 年，周清跃实际主持铁道部下达的重点科研项目《大秦重载铁路延长钢轨、车轮使用寿命的研究》，他带领团队深入大秦线，对重载铁路钢轨伤损机理展开研究，历时 3 年，采取一系列新技术，有效解决了重载钢轨延长使用寿命这一技术难题。

一是研制高强度、高性能的重载新型钢轨，提高钢轨的使用寿命。周清跃带领科研团队与钢厂联手合作，通过钢轨合金科学配置和热处理，提高其强韧性，先后开发出三种重载钢轨。他牵头研制的高强度耐磨含铬热处理钢轨，已在大秦铁路曲线上铺设使用，取得良好效果。

二是提出了合理打磨和科学润滑的理念并付诸实施。他潜心研究钢轨在使用中廓面变化规律，从优化轮轨关系的角度，提出适合我国货车车轮形面的钢轨打磨廓面思路；通过钢轨打磨改善轮轨关系，大幅度降低了轮轨接触应力；通过对润滑介质、润滑时机等对轮轨伤损的影响研究，研发出科学润滑技术，大幅度减少轮轨的磨耗与钢轨的剥离掉块，延长了钢轨的使用寿命。

三是在国内首次研发出高强耐磨的贝氏体道岔钢轨。道岔是重载铁路轨道的薄弱环节，使用寿命很短，有的使用不到半年就得更换。周清跃带领团队从2002年起就开始研究贝氏体钢轨，历经数年，不断优化配方，相继研制成功并推广使用具有抗磨耗、高强韧性的贝氏体钢轨、尖轨和辙叉，使道岔使用寿命提高1倍以上，增加了安全性，减少了道岔更换次数，节约了维修资金。研发成功的贝氏体钢轨2006年获得发明专利。

周清跃及其团队与有关方面一起，开展延长大修换轨周期的试验研究。大秦铁路大修换轨周期为通过总重9亿吨，2010年大秦线年运量4亿吨，加上车体重量通过总重近5亿吨，若按规定不到两年钢轨就要更换一遍。2007年周清跃带领团队在大秦试验段铺设新材质钢轨，采取打磨、润滑等养护措施，至今已通过总重16～18亿吨，相当于延长使用寿命近一倍，可大幅度节约维修资金。以大秦铁路全长650公里计算，减少一次换轨可节省大修换轨费6.8亿元以上。

周清跃还研制出具有良好低温性能的钢轨供青藏铁路使用。

科研团队自主创新的好带头人

今年51岁的周清跃相继在高速、重载、高原钢轨等领域取得重要科研成果，已出版著作及标准汇编3部，发表论文111篇，取得专利3项，为中国铁路发展做出了突出贡献。

采访中他谦虚地将自己的成功之路归结为"三个一"：有铁科院这样一个好的科研平台，有一个好的科学思路与方法，有一个好的科研团队。

在科研攻关中培育团队。1997年，37岁的周清跃牵头完成具有完全自主知识产权的钢轨全长热处理成套设备和技术出口韩国的任务，在工作中他感悟到团队的重要性。十多年来，他先后主持国家、铁道部重点科研项目20多项，带领团队开展攻关研究，硕果累累。2009年2月，武广高铁动车组在运行中出现晃车现象，铁道部召集各方面专家会诊。周清跃带领团队上线路调查，发现轮轨匹配不良是造成动车组运行一定时间后出现晃车的重要原因。针对高铁运营中新出现的这一重大技术难题，周清跃带领团队攻关，通过仿真计算和现场试验，研究出钢轨预打磨技术，改善了轮轨关系，有效地解决了晃车问题，并在全路推广应用。

重视人才培养。周清跃认为，一个好的科研团队，不仅要出科技成果，还要出人才。作为博士生导师，他先后培养博士、硕士研究生多名，有的已晋升为研究员，有的获茅以升青年人才奖。

金化所领导评价说："这些年周清跃在取得科研成果的同时，还带出一支高水平、高素质的团队，从知识结构到年龄结构都具备优势，这是非常难得的。"

在专心中求创新，在单一中求作为。周清跃常说："搞科研的人比较单一，单一才能出成果。"他认为搞科研一是要专，二是要钻。要想科研上有所成就，就不能有太多爱好，需要把全部精力投到科研工作中。他至今没有买车开车，平时骑车或走路上班。十几年来他钟情于钢轨研究，甘于单调的技术研发工作，带领团队在"单一"中展示作为。他参加研制的钢轨焊接后热处理技术在全国各焊轨基地推广使用，大幅度提高了焊接接头的综合性能；他参与研发的钢轨热处理技术、钢轨焊后热处理技术分别获得国家二等奖和铁道部三等奖。

带领团队深入现场服务，在实践中检验和发展科研成果。周清跃一年中约有将近半年时间下现场，穿梭于高铁与重载线路，往来于全国 12 个焊轨基地与四大钢厂之间。2010 年 11 月京沪高铁试验段开展联调联试，周清跃按铁道部要求，不到一周就拿出钢轨预打磨方案，当月 14 日亲赴打磨列车指导，23 日顺利完成打磨施工。12 月广珠城际高铁在运行试验中发现，动车组运行中每百米就出现响声，有人认为是焊轨接头的质量问题，请周清跃去会诊。经过测试，他很快找出症结不在焊头，而是钢轨母材平直度有问题，按规定钢轨平直度每 1 米不能超过 0.2 毫米，但实际达到 0.4 毫米，通过对平直度高点打磨消除了这一安全隐患。

周清跃以创新求实的科学精神，为我国拥有自主知识产权的钢轨核心技术作出了关键性贡献，屡受表彰。1997 年他被评为铁道部青年科技拔尖人才；2002 年获詹天佑人才奖，享受政府特殊津贴；2007 年获中国标准创新贡献二等奖。目前他继续率领团队，进一步开展钢轨新材质、新工艺和科学合理使用技术的研究。

为京沪高铁打牢地基的先行者

——记铁四院地路处副总工程师孙宏林

罗先林

孙宏林

坚实的路基是高速铁路安全平稳运行的关键。根据技术规范，高速铁路必须将路基沉降控制在15毫米以内直至零沉降，才能保证上部结构物的安全，这是一项极为复杂精细的任务。为了确保将京沪高速铁路建成为安全、优质工程，铁四院京沪高铁建设指挥部副总工程师与地质路基专业负责人、地路处副总工程师孙宏林在勘察设计过程中坚持质量第一，用智慧与汗水为京沪高铁的路基建设奠定了坚实的技术基础。

1994年7月，孙宏林从中国地质大学毕业后分配到铁四院工作。16载光阴荏苒，孙宏林已经从一名青涩的大学毕业生成长为一名技术过硬的技术专家。早在见习生时期，他就参与到京沪高铁的勘测工作中来，积累了丰富的工作经验。2002年，他开始担任地质路基专业设计负责人，2008年京沪高速铁路开工建设后，他肩负起了设计配施指挥部副总工程师的重任。16年来，他主持、参与了京沪高速铁路多项重大科技攻关，解决了诸多高速铁路地质路基设计方面的世界性难题，为京沪高铁建设提供了厚实的技术保障。

京沪高速铁路沿线地质环境异常复杂，还会常遇到诸多世界性技术难题，如在软土地基上修建高速铁路，就是一项关键的技术难题。2005年2月，孙宏林被派往德国"取经"。回国后，他结合国内实际，攻克了一道道科技难关。

"取经"归来，孙宏林担任起《京沪高速铁路昆山软土地基路桥设计参数试验项目》的课题负责人，进行了系统研究，成果骄人。铁道部专家组评审认为："该试验项目的实施对高速铁路建设、深化高速铁路路基技术研究具有重要指导意义；其成果不仅对指导京沪高速铁路的勘察设计、施工等具有重要作用，同时对其它高速铁路的建设也具有重要参考价值，还为相关规范的修编提供了依据"。此外，他担任课题负责人的部控科研项目《高速铁路CFG桩复合地基综合技术研究》，首次提出了中低压缩性土的工后沉降估算方法、桩帽或桩板的设置原则，以及合理桩长、桩间距的优化建议，达国内领先水平，这一成就为京沪节约了约5000万元成本。

作为铁四院京沪高速铁路建设指挥部副总工程师兼地质路基专业负责人，孙宏林还组织制订了《配合施工工作要点》、《施工地质核查工作细则》及《雨季施工补充要求》，有效保证了工期与工程质量，赢得各方交口称赞。针对路基施工安全的主要风险源，他多次带队深入施工一线，列出了6大类共84项风险源清单，并及时通报建设和施工单位，确保了工程的施工安全。京沪高速铁路从开工至今，线下土建工程已基本完成，未出现一起隧道塌方、桥台变形质量事故，路基沉降也全部控制在规范允许范围之内。

多年辛勤耕耘，结下累累硕果。孙宏林主持、参加的科研项目屡获大奖。其中，《高速铁路软土路基关键技术问题综合研究》获2006年中国铁道建筑总公司科技进步一等奖，《高速铁路液化土地基处理及试验测试研究》获2006年中国铁道建筑总公司科技进步二等奖，《高速铁路沉降控制试验研究》获2009年铁道部科技进步二等奖。此外，他承担的"京沪高速铁路桥（涵）路过渡段设计方法"、"京沪高速铁路典型填料改良方法"、"京沪高速铁路软土地基沉降控制方法"、"京沪高速铁路软土地基综合勘探测试"4项工程设计被评为"中华企业新纪录"。他本人也连续4年被评为铁四院双文明先进个人，2004年被授予中国铁道建筑总公司劳动模范称号，2008年被评为京沪高速铁路建设先进个人。

常年奔波在京沪高铁沿线及武汉之间，孙宏林离家别子，风雨兼程，但他从未有半句怨言。他常说：能够参与到京沪高铁中是我的荣幸，更是一种责任，容不得半点闪失。与京沪高铁相比，个人的一点儿辛苦算得了什么！作为一名技术人员，报效国家的最好方式就是把水平提高，把项目干好。

青春添彩京沪

——记铁三院京沪高速铁路项目总工程师张涵

李 菁

张 涵

略观围棋兮法于用兵，三尺之局
兮为战斗场。陈象士卒兮两敌相当，
拙者无功兮弱者先亡。自有中和兮
请说其方，先据四道兮保角依旁。
缘边遮列兮往往相望，离离马首兮
连连雁行。

——西汉马融《围棋赋》

有人把围棋对弈比作战场作战，看着棋
盘上一个个棋子组成的方阵，仿佛能听到已
经吹响的嘹亮的军号、铿锵有力的冲锋脚步。
在这黑白的世界里，蕴藏着无穷的变换，在
这无烟的战场上，进行着激烈的交战。

走进张涵的办公室，一副围棋赫然摆放
在茶几上，和同事们在闲暇之余下上一盘围
棋成了他最大的休闲爱好。作为铁道第三勘
察设计院集团有限公司线站处的副处长、京
沪高速铁路勘察设计指挥部副指挥长、项目总工程师，张涵将围棋中的运筹帷幄运用到京沪高
速铁路的勘察设计上，用自己的青春、智慧和汗水，用吃苦耐劳的品质、求真务实的作风和勇于

创新的精神，为打造世界一流的高速铁路——京沪高速铁路做着不懈的努力……

初出茅庐：参与重大工程积累经验

1990 年 7 月，以优异成绩从北方交通大学铁道工程专业大学毕业的张涵，被分配到铁道第三勘察设计院线站处工作，一干就是二十年。二十年间，他经历过很多重大工程的考验，曾主持了京沪电化北京至济南段可行性研究、初步设计；张双线初步设计、施工图；沙蔚线修改初步设计、Ⅰ类变更施工图；胶济电化济南枢纽修改初步设计、施工图；汤台、正丰、张集、天曹等线预可行性研究；莫桑比克中部铁路修复改造投标技术方案；也曾组织完成了京沪、京九、京广、哈大等线提速改造方案及集装箱通道的研究工作，这些工作的历练让张涵在技术上得到了极大的锻炼和提升。

在负责朔黄线修改初步设计、神池南至肃宁北段中神池南至东冶和东回舍至肃宁北范围的技术设计和施工图设计时，他结合实际情况对方案进行细致研究和比对，推荐采用的几套方案共计节省投资 2.8 亿元。后来，朔黄线工程建设荣获国家鲁班奖。

在张集、汤台、正丰等项目前期以及莫桑比克等项目投标工作中，他组织完成了主要技术标准、重大线路及枢纽方案研究；在张双线初步设计鉴修过程中，主持了张百湾接轨、王帽山中穿等方案研究及四道沟方案优化工作，推荐方案得到了审查单位及业主的充分肯定。

在主持京沪铁路开行双层集装箱列车的改建方案研究中，牵头研究制定了不同装箱方案所对应的限界标准以及超出限界不同量化下的桥梁、隧道、线路、路基、接触网等改建原则，组织了北京、天津、济南铁路枢纽双层集装箱通路的研究，不仅对本项目改建方案研究提供了依据，也为其他线路研究提供了帮助。

工作上的辛勤付出，让张涵在积累经验的同时也收获了荣誉，不仅个人于 1998 年被评为天津市劳动模范，他参与主持的工程也获得了大奖：京沪铁路电气化改造工程设计获得铁道部优秀工程设计一等奖；新建太原至中卫（银川）铁路工程可行性研究获得中铁工程总公司优秀工程咨询成果二等奖和全国优秀工程咨询成果三等奖。

勇挑重任："二次镀金"让他胸有成竹

作为世界上一次建成线路最长、标准最高的高速铁路，作为我国《中长期铁路网规划》中投资规模最大、技术含量最高的一项工程，京沪高速铁路的建设背负着太多人的心血与期待。也许在十几年之前，张涵做梦也不会想到有一天自己能扛起勘察设计京沪高速铁路这面大旗，带领他的团队实现几代铁路勘察设计者甚至是 13 亿中国人的梦。

时间回到 2008 年 4 月 29 日，那天，铁三院召开京沪高速铁路勘测设计动员誓师大会，当时铁三院的领导向各参战单位下了军令状：要不惜一切代价，全力以赴，打赢京沪高速铁路勘测设计这场硬仗! 说起当时的情景，张涵的脸上还有些许激动。因为就在一个多月以前，他凭借着过硬的技术和丰富的经验赢得领导的信任，被正式任命为京沪高速铁路勘测设计指挥部副指挥长兼总体组、计划组组长，负责指挥部日常管理和总体技术工作，成了铁三院京沪高速铁路勘察设计名副其实的"管家"。

然而，做惯了技术工作的张涵并没有很快适应新的管理岗位，在最开始接手工作的一段时间里，面对指挥部各种纷繁复杂的工作，他显得有些手足无措，但天生那股不服输的劲头儿又让他很快调整了状态。那些日子，张涵几乎每天都扎在办公室里，开始重新对京沪高速铁路各阶段文件、研究成果进行认真系统的学习，全面了解和掌握京沪高速铁路的技术特点、关键技术、难点和风险要素。他将这个过程形象地比喻为"二次镀金"，不但要求自己在专业技术上不断更新，更重要的是能让自己胜任技术管理的工作，及时调整目标，跟进管理。

身体力行：制定多项制度落实标准

近年来，铁道部一直把标准化视为管理的重点，特别是在京沪高速铁路建设项目上全面实现"管理制度标准化、现场管理标准化、过程管理标准化、人员配备标准化"，铁道部领导给各参建单位提出了较高要求。要适应这一要求，首先要转变观念，摒弃以前用企业体系文件和大而全的管理文件直接用作项目管理文件的简单做法，切实认识到针对项目特点制定各项管理文件的必要性，从实际出发制定适用于京沪高速铁路的、可操作强的管理制度。

于是，张涵开始积极组织对指挥部管理工作进行细化，先后制定下发了《铁三院京沪高速铁路勘察设计指挥部公文处理办法》、《铁三院京沪高速铁路勘察设计指挥部日常管理制度》、《铁三院京沪高速铁路勘察设计指挥部岗位及分工》、《铁三院京沪高速设计及配合施工技术管理实施办法》、《铁三院京沪高速铁路勘察设计指挥部廉政规定》和《铁三院京沪高速铁路勘察设计指挥部安全责任制》等多项制度，不仅明确了各技术岗位的职责，而且重点强调对"责任人"的严格督促，定期安排工作检查，奖优罚劣。同时，一系列现场配合施工规范也相继出台：实行人员标准化，对人员的职称、水平和经历提出具体要求，不具备条件的不能参加项目配合施工工作；统一配合施工驻地制度标识，将主要制度上墙，统一内容，统一格式，统一要求；建立变更设计标准化流程，对变更申请、现场调查、会勘纪要、变更设计等各个环节明确要求和时限，确保现场施工不受影响；建立现场巡检制度，要求按照三院副总工程师、项目总体、专业总工程师、各专业专线和配合施工等人员的不同层级分别定期到现场进行巡访，及时了解解决现场出现的问题；为现场人员配备统一的服装、车辆等设备，保证配合现场的服务及时、高效。

这些制度和规范的实施很快调动起了技术人员的积极性，在指挥部形成了"重视标准、规范管理、确保安全"的工作氛围。现在大多数技术人员遇到问题时都能有规可依，有章可循，干起活儿来也比以前顺手多了。

大展身手：统筹协调扫清技术难题

线路方案选择，绝不是白纸作画那么简单。决策不仅涉及既有的条件、环境限制，甚至还有今后带来的影响，特别是像京沪高铁这样的百年工程，它为后人带来的影响不言而喻。因此，为选择一条合适的线路出谋划策，做到专业与责任兼具，更加需要深思熟虑。张涵深知自己的责任与使命，在工作中，他始终绷紧神经，没有一丝懈怠。

在张涵的办公室里，悬挂着一张《北京至上海高速铁路平面示意图》，那条贯穿大半个中国的粗粗的红线非常醒目。然而，在张涵眼里看到的却不止这些，作为设计者，他首先想到的是，在发达的沿海地区建设一条高速铁路，除了技术问题，更多的还是要解决经济、社会、环境、人文等诸多方面的问题，要最大限度地促进经济、社会的可持续发展。

根据指挥部的分工，张涵负责沧州至徐州以及济南枢纽总体技术工作，全面组织责任范围内配合施工、变更设计、方案研究等总体工作。同时，在北京至沧州段分管总体没有到位的情况下，协助分管该段部分工作。在这个过程中，他先后组织了20余项重大变更设计；参与了北京和天津地区桥跨方案与规划的结合、北京局范围内跨越既有线、济南局范围内并行既有线、Ⅱ型板式无砟轨道端刺设置、风屏障设置、公跨铁安全防护、全线运行时分等重大技术方案的研究和论证；主持并编写了轨道类型变化后的高程系统调整方案、站线轨道类型选择、轨道补充初步设计等文件，切实解决了设计中出现的诸多问题。

凭借着多年的线路设计经验，张涵在京沪项目上依旧游刃有余，在分管范围内，他统筹协调多方资源，为勘察设计扫清了各种技术难题，也为这条直接关系着人民群众切身利益和国家投资效益的重大工程勾画出了一条最完美的弧线。

铁面无私：严格现场检查毫不留情

2008年4月18日，京沪高速铁路开工建设。这是国人盼望已久的时刻，是铁三院人为之苦苦奋斗10余年的结果。在经过多年的前期研究之后，2005年6月，完成可行性研究，其后不到一年，完成初步设计；到2008年2月，完成了4个版本施工图的设计，总计32册，1680张图纸，至此，京沪高速铁路的开工时机成熟了。世界头号的高速铁路，将在这数以千计的图纸中呼之欲出。

而此时的张涵却没有因京沪高速铁路的开工建设欢呼雀跃，相反，他感到肩上的担子又重了几分，因为在接下来的日子里，供图和配合施工的工作将异常艰巨。根据多年配合施工的实践经验，张涵总结出了"转变观念，快速适应当前形势；加强风险防范意识，积极应对各类问题；规范管理，保证工作有序进行"三点工作原则，并很快在配合施工管理和工作人员中推广开来。

自项目开工建设以来，张涵平均每周都要下一次现场，除了参加现场巡回检查和会议以外，还要对派驻现场的配合施工指挥部和处理组进行检查和指导，一方面针对京沪高速铁路技术特点、质量安全风险点、现场及技术管理制度进行培训，另一方面检查了解现场存在的问题，及时对桥梁和地质专业现场互提资料标准分歧、现场发现问题反馈不及时、变更设计会勘权限理解不准确、现场技术台帐不规范等问题予以纠正。在现场检查中，张涵时刻将服务意识、质量安全意识、标准化建设、团队建设作为重点，对个别只凭经验、不遵守技术责任制度和作风散漫、影响团结的人，他一律严肃处理，毫不留情。工作上的铁面无私让张涵得罪了不少人，但也因此让他在施工现场树立了威信，很多施工人员都说："跟着张总干活儿，我们踏实。"

人生如棋，黑与白的交接，也是胜与败的交融。在京沪高速铁路这场没有硝烟的战役中，张涵无疑已经打了几场漂亮的胜仗。但面对这些成绩，不善言辞的他却强调："我个人并没有做什么，这是整个团队努力的结果。"作为设计者，张涵始终没有什么豪言壮语，然而他却深知自己工作的重要性，将责任默默细化至每一次任务、每一个方案、每一个数据，在长年的工作中，始终保持清醒的头脑，而不被繁琐的工作消磨，也许这才是他总能在战场上立于不败之地的法宝。

为了父亲的嘱托

——记铁四院京沪高铁桥梁专册许三平

戴小巍

许三平

提起时速380km的京沪高铁，人们往往惊叹于设计大师们高超而精湛的技艺，他们以当今世界最先进的设计理念领跑着这条钢铁巨龙；但同样也有这样一群普通的建设者，他们虽然没有大师头顶耀眼的光环，却依然醉心于自己的本职工作，做好一颗普普通通但不可或缺的螺丝钉，保证了工程的有序运转。铁四院高级工程师、京沪高铁桥梁专册许三平就是这群人中的一员，从1998年刚接触京沪高铁至今，他为这条铁路工作了整整12年。在"紧锣密鼓、大干快干"建设京沪高铁的那段日子里，他更是时刻牢记父亲的嘱托，将最灿烂的青春年华奉献给了这项举世瞩目的伟大工程。

在许三平的记忆里，2006年春节无疑是一个灰色的符号。在万家团圆的日子里，慈祥的父亲走完了人生最后的旅程。弥留之际，向来沉默寡言的父亲拉着许三平的手说了许多话。老人早就听说儿子在做着一项了不起的工程，便叮嘱他："好好工作，要对得起党和国家的培育"。

早在 1998 年，京沪高铁还处于深化初步设计阶段，许三平便被派往安徽滁州做过三个月的勘测工作。那时的他刚毕业不久，浑身像有使不完的劲。勘测工作常年穿梭在深山老林，晴天一身汗，雨天一身泥，工作环境非常艰苦，但做着自己钟爱的工作，再苦再累，他也毫无怨言。

就在父亲去世的那一年，许三平被任命为京沪高铁铁四院桥梁专册，这意味着他肩头的责任更加重大了。强忍内心的悲痛，他更加频繁地奔走在京沪高铁沿线。担任专册，尽管不用亲自画图，也很少需要在工地扛仪器，但若要把工作做好，却需要更多的精力与更大的智慧，因为这个职位需要做好各方面的组织协调工作。他已记不清自己在工地与武汉之间往返了多少次，也记不清通宵工作了多少次。从业主到咨询单位，从监理到施工单位，从兄弟专业到本专业各个环节之间，都需要做好统筹规划，任何一环掉链子便会影响下一环的进度，最终影响整个工程的正常运转。

为京沪奔忙的日子里，许三平常常提醒自己，要努力工作，不负父亲的嘱托。许三平 1970 年出生在湖北孝感一户贫寒的农家，在异常困难的环境里，父亲节衣缩食发誓要让 4 个儿子都接受教育。自幼和父亲感情深厚的许三平，被父亲的坚强不屈深深打动，他发愤苦读，靠着学费减免和各类奖助学金，考入西南交通大学，主修桥梁，以优异的成绩毕业并分配到铁四院工作。

作为桥梁专册，许三平任务繁重。京沪高速铁路徐州至上海段正线大、中桥总数 135 座，共 521.9 公里，占正线建筑长度的 81.2%。全线超过 50 公里的桥有三座，其中丹阳至昆山特大桥全长 164.85 公里，为全世界已知桥梁中第一长桥。全线跨越的道路、河流多，特殊结构多是京沪高速铁路桥梁的又一特点，铁四院负责的徐沪段正线特殊结构共计 300 余处，这在当前已有的铁路中实属罕见。

在 2008 年京沪高铁建设最紧张的那段时间里，许三平在工地一呆就是三个月。从徐州到蚌埠再到南京，他不辞辛劳辗转在各个工点，处理各类常规工作和突发问题，有时候刚拿起筷子准备吃饭，有时候刚躺下准备休息，但一旦电话响起，他就放下手头的一切匆忙奔赴工地。但对于许三平来说，工作繁重并非难事，最大的困难来自协调工作的复杂性。有一次，许三平就某问题与对方协商多日后仍无法达成一致，因时间紧迫，他急得几晚上没睡安稳。经过总结之前沟通的失败之处，他反省自己"欲速则不达"。再次出现的他，言谈更加心平气和，甚至将自己置身于在对方的角度上徐徐恳谈，动之以情，晓之以理，对方终被他的朴实和真诚打动，最终问题得以圆满解决。

许三平不忘父亲的嘱托，也时刻记住自己是一个农民的儿子。熟悉许三平的人，都会对他工作中所保留的淳朴与踏实留下深刻的印象。他说，这是父亲留给他的品格。工作中，他脸上总是挂着谦和的微笑，说起话来不急不躁，条分缕析；即使对方说话尖刻，他也一笑置之，从解决问题的角度出发提出对策，直至双方都满意为止。朋友们都说，许三平是个好脾气的人，他的这种好脾气也潜移默化地影响着他工作的团队，让这个团队的运转更加高效。

科技创新篇

从制造到创造
打造高铁拳头产品

——中铁电气化局为京沪高铁打造一流电气化设备纪实

王志坚　倪树斌　马　辉　张自华

京沪高铁是我国自主设计建造的具有一流水平的高速铁路。牵引供电系统全部采用了具有自主知识产权的国产化材料和设备。

接触网零配件　站在世界前列

接触网零配件是电气化铁路接触网的核心技术产品，在高速铁路持续高速冲击、大张力、强振动的工况下，接触网零配件能否保持高可靠性、高稳定性，直接关系到高铁运行的安全。过去，高速接触网零配件制造被法、德、日、意等国的几个企业所垄断。

中铁电气化局集团宝鸡器材有限公司是我国电气化铁路接触网行业的领军制造企业。1958年，它伴随着我国第一条电气化铁路宝成线宝凤段的修建而诞生，为我国已建成的4万多公里电气化铁路供应了80%以上的接触网器材。

2007年，瞄准中国高铁的发展趋势和需求，宝鸡器材公司与德国保富铁路公司、意大利布诺米公司三方合资，组建了我国第一家生产高速电气化铁路接触网零配件的企业——宝鸡保德利电气设备有限公司。

2008年3月22日，仅用不到一年时间，合资公司在宝鸡顺利投产，开启了国产高铁接触网零件制造的新纪元。

瞄准京沪高铁350公里及以上速度目标值，保德利公司开始迈出创新步伐。针对中国高铁标准，公司研制出了具有完全中国自主知识产权的高速铁路接触网零配件。两部科技支撑计划科研项目，包括腕臂结构、定位装置、大张力伞形齿轮补偿装置等全部接触网受力零配件创新产品，获取了 17 项国家专利，4 项专利授权。先后为武广、沪宁、沪杭、郑西、京沪、哈大等十多条高速铁路制造了占总份额 90% 的高品质产品，经受了高时速运行的考验。

这是从中国制造到中国创造的华丽转身。

在第七届世界高铁大会上，保德利公司的参展接触网产品，被中国铁道博物馆永久收藏。

"保德利生产技术已经超过了欧洲，我想欧洲一些企业不久将来中国吸收先进的技术和采购关键零部件。"德国接触网技术专家、保德利公司总经理罗夫先生，对保德利技术再创新能力充满自豪："现在，保德利是世界上少数能生产如此高速铁路零配件的厂家之一。"

再创新打开了"世界之窗"。保德利产品在中国高铁的广泛应用，奠定了公司在中国高铁市场的领军地位，也引起国外厂商的浓厚兴趣。

2010 年 12 月 3 日，瑞士 AF 公司副总裁丹尼尔宾泽格、费斯特电气连接设备（北京）有限公司执行副总裁杨欧雷、费斯特西班牙分公司总裁杰西特洛克在保德利公司考察时，十分赞赏保德利的产品制造技术，表达了准备购买这些零配件的意向。

三年多来，中国高铁接触网零配件经历了从无到有、从引进到创新、从追赶到超越的完美过程，实现了一次次质的飞跃。

接触网导线　摘取皇冠上的明珠

牵引供电系统是高速铁路"路、车、网、控"四大关键技术之一。通过接触网，向高速动车组输送电能，是牵引供电系统的根本功能。接触网导线是核心环节，所有的支撑结构都是围绕这根导线服务的。

因此，接触网导线被业界誉为"皇冠上的明珠"。

高铁系统对接触网导线性能有着极高的要求：一是要有足够的强度，抗拉耐磨；二是要有很高的导电率。但在金属材料学中，强度和导电率恰恰是一对二律背反的矛盾——强度越高，导电性越差；导电性越高，强度越差。

在 2006 年之前，国内还没有一家企业能够自主生产这种高强高导接触网导线。

能不能找到一种充分满足两方面性能的合金材料呢？经过在全世界范围搜寻，发现上个世纪 80 年代，日本研制出一种性能良好的 PSC 导线，能满足上述要求。2006 年初在进行客专技术谈判时，日方拒绝了中方希望引进这项技术的要求。

中国高铁发展的前景，又一次遭遇受制于人的瓶颈。打造这颗"皇冠上的明珠"，自主研发高强高导接触网导线，为中国铁路电气化行业争气，成为业内专家学者的攻坚目标和沉甸甸的夙愿。

2008 年初，高强高导接触网导线作为运营时速 350 公里及以上接触网平台的核心部件，被列入两部联合国家科技支撑行动计划的重大攻关课题。

一定要掌握高铁高强高导接触网导线的生产技术，占领这一领域的制高点！"中铁电气化局决策层下定了决心。高强高导项目牵头人、中铁电气化局系统集成事业部总经理董安平，率领他的团队开始寻觅之路。

一次技术交流活动中，他们与浙江大学金属材料研究所所长、博士生导师孟亮教授相遇。孟教授说，中国航天领域用过一种类似性能新材料。

刻不容缓，电化设计院总工程师王立天迅速飞往浙江，在孟教授的实验室看到一小块样品。就是它！王总激动得眼泪都涌出来了！

众里寻他千百度，蓦然回首，那人却在灯火阑珊处。

两家成立合资公司的提议一拍即合，河北一家有实力的制造商闻讯加盟，很快，合资公司"北京赛尔克瑞特电工有限公司"在北京成立。

由实验室的金属样品到试制导线样品，再到成品批量生产的过程，经历了种种困难与挫折。没有现成的经验，科研人员想利用现有的生产设备和工艺进行试制，先熔炼中间合金材料，而后制作产品。终于，一小段符合要求的导线样品试制出了。

接触网导线一个锚段长度为 1.4 到 1.6 千米，导线由一条连续线材轧制而成，任何质量瑕疵，哪怕一个微小的气泡，将来就是导线断线的隐患。高强高导材料的特殊金相特性，使得工艺过程非常难以控制。传统工艺到这一步不行了，改用水平连铸工艺，但结果仍然不完美。

试验似乎进入了死胡同。他们疲惫焦虑，寝食难安。

董安平和他的团队摒弃旧思路，另辟蹊径。自行研制设备，改用真空引铸，连续挤压，加入水平连铸的独特工艺；采用国际最先进的超声波探伤、直读光谱、晶相分析等设备检测验证。

年近六旬的孟教授，被电气化人这种永不言弃的创新精神所感动。他放弃暑假，投入攻关，老胃病犯了，吃几片药顶着。王立天，冒着高温炉的炙烤，取样品、看参数。董安平既要盯现场优化方案，又要奔波在科研院校之间。三个月下来，董总瘦了十几斤，他却笑称攻关就是最好的减肥运动。

百折不挠的执著精神加科学方法的指引，终获重大突破。第一批合格的 CTZH 三元合金高强高导接触线、CTMSH 超高强度铜镁合金接触线、JTMHH 高性能铜合金承力索绞线诞生了！

中国高强高导接触网导线，具有高强度、高导电率的品质，在延伸率、热软化抗力、载流量、耐磨性能、冲击韧性及硬度、耐高温、耐腐蚀性方面性能优良，综合性能已全面超越国际上锡铜和镁铜接触线，甚至已达到和超过国际领先水平的日本 PHC 接触线。

2009 年 4 月，高强高导接触网导线获得国家专利。经过甬台温、武广、沪宁高铁的应用，该产品运行状态良好。在京沪高铁先导段，该产品经受了运营铁路试验 486.1 公里世界最高时速的考验。第七届世界高铁大会展览期间，高强高导接触网导线吸引了众多国内外专家的关注。

高强高导接触网导线研发成功并投入批量生产，是具有完全自主知识产权的高铁核心产品的原始创新，技术性能完全满足 350 公里及以上高速电气化铁路运行要求，达到了国际同类产品领先水平，填补了国内空白。

中国人摘取了"高强高导导线"这颗"皇冠上的明珠"。

牵引变压器 让"心脏"更给力

在高铁运行中，接触网导线是输送电能的"血管"，牵引变压器，则是保证供电品质和稳定性的"心脏"。

让京沪高铁牵引供电系统拥有一颗起搏更有力、更健康的"心脏"，一直是中铁电气化保定铁道变压器公司的目标与追求。

针对高铁的标准和要求，保变公司众多具有里程碑意义的新型产品相继研制成功，220 千伏高电压大功率牵引变压器，在经受了武广、沪宁、沪杭等高铁运行考验后，从容亮相京沪高铁。

运往京沪高铁的每一台 220 千伏高压牵引主变压器，都是量身定做的高科技产品。设计上改用并联线圈和端部出线结构，选用特殊开关，使得产品安全可靠性大幅提高，抗短路能力大幅增强，容量利用率达 100%。降耗降噪方面也做了大量的论证和设计更新。

运往京沪高铁的每一台变电产品，都由严格的技术质量保证控制体系保驾护航。公司国家级检测实验室，配备了国内领先水平的 2400 千伏雷电冲击发生装置等精密检验设备。强化了设计控制、过程控制和检验控制，目标就是确保每台变压器产品质量万无一失。

经受了先导段 486.1 公里时速和持续试验运行、正式运营的的考验，安装在京沪高铁的"心脏"，是健康给力的。

为满足我国铁路大容量负荷供电的需要，降低对通信线路的干扰，保变公司立足自主创新，紧盯国际前沿科技，研制成功了 OD8-M 系列铁路专用自耦变压器，添补了国内空白，彻底改变了早期我国铁路专用自耦变压器主要依赖进口的局面。

自耦变压器以其零事故率的完美质量，在国内市场占有率达到 90% 以上，并大量出口海外。

几代保变人追逐的梦想实现了。保变公司成为国内业界唯一一家配套研发生产牵引主变、自耦变、干式变、电力变、有载调压变、电抗器等全部铁道变电系列产品的王牌企业。

牵引变电所和电力变电所有大量高压开关。传统开关间隙要保持半米左右的空气绝缘距离。GIS气体绝缘开关柜，将所有开关密闭在气室中，以真空为灭弧介质，以SF6惰性气体为绝缘介质，开关绝缘距离一下子缩短到几毫米的距离。

GIS开关柜具有更高的可靠性、更高的集成度、更少的维修、更长的寿命、更小的体积，还有外形美观、安装方便、节省电缆和少占土地等优点，适合我国高速电气化铁路对开关设备的要求。

过去，GIS开关柜全部靠进口，价格贵到宁可多占点地而选用传统开关。

为满足国内高速电气化铁路建设的需要，在两部科技支撑行动计划的引导下，2008年1月，由中铁电气化局牵头，联合国内一家开关柜生产厂家，就高速铁路专用的2×27.5千伏GIS开关柜进行联合研发，并成立了常州赛尔克瑞特电气有限公司。

科研人员经过反复研究试验，攻克了大载流散热技术、绝缘技术、气体密闭、大电流断路器等诸多技术难题。试制样机和全部型式试验完全满足高速铁路运行的需要。产品获得国家1项发明专利、3项实用新型专利。

在京沪高铁，拥有自主知识产权的2×27.5千伏GIS开关柜得到了大面积应用。

2009年12月20日，2×27.5千伏GIS开关柜产品通过了江苏省经贸委的鉴定，鉴定评语概括为三句话：拥有自主知识产权、整体性能达到国际先进水平、填补了国内空白。

科技创新结硕果

——中铁十二局集团三公司京沪轨道板场科技创新纪实

冯学亮　　吴玉龙

"你们用完美的工作表现和沉甸甸的业绩打消了当初的疑虑，你们的创新能力和管理实力令人钦佩！" 2010年6月底，当十二局集团三公司京沪轨道板场提前两个月优质、高效地完成23000块各类轨道板的生产任务时，京沪轨道板生产技术顾问、德国专家卢茨·约翰克给予了高度赞赏。面对轨道板生产这一全新的管理课题，十二局集团三公司京沪轨道板场以强有力的科技创新能力，攻克了轨道板生产的一道道难题，用卓有成效的管理效能和创新成果为京沪高铁的轨道板生产交上了一份满意的答卷。

大胆创新　快速投产

轨道板生产的第一个环节就是如何规划建场的问题。为了使场区规划满足生产需要，他们兵分多路，场长带领技术人员先后多次前往京津城际的房山、平谷等轨道板场实地考察学习，现场观摩；场区党委书记带领测量等人员全力突击建场所需的土地征用工作；副经理兼设备部部长蒋中兴协助公司设备部负责设备的选型采购工作，在大家的共同努力下，各项工作快速推进。

经过现场考察学习，结合工期、产能、产量等生产现场实际，他们放弃德国博格公司制定的"一场三线81块板"的建场方案，大胆地采用"一场四线96块板"建场方案，这一生产线的设计使京沪蚌埠指挥部等多方领导及德国博格公司的技术顾问深感担忧。据了解，在世界范围内，当时还没有一家轨道板生产场的设计为"一场四线96块板"，建场难度之大可想而知。为了打消各级领导的顾虑，他们组织施工能力强、具有厂房建设专业资质的施工单位负责厂房建设，仅用三个月的时间就完成占地10000多平方米的厂房。

在设备选型方面，他们根据生产现场实际情况，全部采用国产生产设备，同时，对重点设备实行一机双配，保证生产需要。设备定型后，他们在厂房建设过程中，按照设备类型，以"分区分类分责"的原则，指派专人负责现场督导，安排各类设备厂家技术人员进行设备安装调试。在所有参建员工的共同努力下，一个个工期节点目标顺利实现，2009年2月23日完成了实验室验收；5月25日第一块实验板浇注成功；6月16日通过了搅拌站验收；6月24日毛坯板生产线验收完成；7月20日毛坯板开始批量生产；2009年8月24日打磨车间验收；2009年8月28日通过铁道部检查认证。至此，一个京沪高铁全线最大的毛坯板生产线和打磨生产线纵向布置的轨道板生产场区全部建成投产。实践证明，该方案不仅完全符合生产需求，而且加快了轨道板生产工序之间的物流转换，降低了生产成本，提高了工效。

重点创新　稳步高产

顺利实现投产后，如何提高生产速度和产品质量又成为板场管理者面临的技术难题。在生产过程中，他们发现轨道板的测量数据监控、混凝土生产质量等方面存在很大的创新空间，对提高生产速度和轨板质量有着至关重要的作用。

当时，CRTS Ⅱ型轨道板制板检测方法主要是通过全站仪、游标卡尺及检测标架等设备，对轨板模板的大小钳口间距、轨底坡度、钳口直线度、承轨台平面度等数据进行分析检测，检测数据实时性差，数据精度低，现场检测费时费力，而且很难对CRTS Ⅱ型轨道板进行全方位精确检测。为此，他们摒弃以往的测量数据监控做法，以工业化设计为思路，利用全站仪三维坐标采集的功能，在基于坐标几何三维工业测量的基础上成功研发出CRTS Ⅱ型轨道板制板检测系统，使轨道板张拉横梁定位与调整、钢模模具定位与调整、钢模模具检测、毛坯板检测、成品板检测以及标准承轨台标定等多个数据检测得到准确有效的监控。该系统的运用，直接降低了毛坯板的打磨量，使打磨机的磨轮从打磨200块/套提高到300块/套，同时也提高了打磨速度，延长了打磨机寿命，提高了生产效率。与国内外同类检测系统相比，每块CRTS Ⅱ型轨道板可节约综合成本95元，仅这一项就为项目降低生产成本数百万元。该系统已经通过山西省科技成果鉴定，达到国际先进水平。目前，他们正在以《一种用于CRTS Ⅱ型轨道板制板的检测方法》为题申报国家发明专利，现已接到受理通知书。

轨道板质量的关键环节取决于混凝土的质量。为保证混凝土全天候满足轨道板生产质量，他们组织技术和试验攻关力量，经过反复研究论证和实验，总结出了使用P·Ⅱ 42.5级硅酸盐水泥、普通矿物掺合料和早强聚羧酸高效减水剂进行配合比设计的"混凝土双掺技术参数"，通过该参数的运用，使混凝土的质量在冬季气温低等条件下，实现了16小时达到48兆帕的目标，完全满足轨道板生产质量要求。

在轨道板张拉系统设置方面，德国博格公司原设计为每条生产线配置一套张拉系统，且精度低，操作难度大，预应力钢丝浪费大。他们与设备单位联合研发，将现代船舶工业所用的张拉控制系统运用到高速铁路轨道板预应力张拉系统中，研发出带有自我锁定功能，通过位移与力量进行双向控制，精度高的张拉设备，四条生产线配置两套张拉系统，不仅降低了设备投入，而且减少了预应力钢丝损耗量，每天可节约钢丝240多米。

由于无砟轨道道床采用钢筋混凝土的整体结构，道床内部钢筋网与钢轨电流之间的互感作用，影响了谐振式无绝缘轨道电路传输性能。针对绝缘检测工程量大，工艺繁琐等难点，他们自行研制了绝缘电阻检测用节点导线。该方法在假设钢筋网片绝缘性能良好的情况下使用，如检测过程中发现未绝缘钢筋则需要按照原工艺进行检测。通过该方法的运用，大大提高了钢筋网片绝缘检测的效率。

细节创新　追求实效

在优先抓好重点技术创新的同时，他们还根据生产实际，注重细节创新，不断提高生产效率。

存板台座直接影响轨道板的质量和几何尺寸的稳定性。针对轨道板条形存板台座在存板过程中，易出现不均匀沉降而引起的质量和安全事故的经验教训，他们通过优化方案，大胆采用CFG桩加台帽的独立基础台座，避免了在存板过程中，相邻存板和同一摞轨道板存放出现不均匀沉降而引发的安全质量问题。

在桥梁铺板过程中，为了使轨道板能够与桥面快速粘合，他们经过实践论证，对出场轨道板直接进行"刷毛"处理，大大提高了轨道板在桥面的铺设速度。

由于当地年降水量较小，生产和生活用水极其不方便，而该场的生产和生活用水量又大，仅磨床用水每分钟就达0.75立方米。为解决生产用水困难，板场自行设计一套与磨床污水处理系统配套的无级沉淀系统：即利用存板区面积大，下雨集中汇水、存水，重复利用的污水处理系统。这样既能充分利用下雨时的地表水，也不因磨床自配的污水处理系统出现故障而影响生产。这项设计得到国家环保局的充分肯定和认同，并有意推广。

多项科技创新成果的应用，大大提高了轨道板的生产速度和产品质量。他们在晚于京沪高铁第一批轨道板场近半年建场的情况下，四条生产线高速运转，日生产量一直保持在96块左右，提前两个月优质完成了23000块各类轨道板生产任务。同时在京沪公司组织的季度和年度信用评价中该场一直处于A类板场的行列，在日常安全质量检查考核中取得了11张绿牌的好成绩。

科技建高速 创新炼队伍

——中铁四局京沪高铁科技创新纪实

杨洪兵

　　中铁四局南京枢纽工程建设指挥部共承担国家重点工程京沪高铁南京铁路枢纽 NJ-3 标、南京南站站前工程、南京南站站房工程(与中建联合)三项工程的施工任务。集"高、大、严、长、多、难、紧、新"的特点于一身,即:标准"高",压力"大",战线"长",要求"严",项目"多"、管理"难"、工期"紧",工艺"新"。其中建设标准"高"(标准化程度高、质量要求高、科技含量高、工艺水平高、技术等级高)是三项工程的最主要的特点。工程沿线建筑物星罗棋布,道路交通网错综复杂,江河纵横,沟塘密布,电力、光缆、通信、燃气和上下水等管线密集。难度更大也更复杂的,还在于施工组织方案的制定、审核及其所采取的工序和应用的技术、工法、工艺等。由于这是我国第一条真正意义上的高速铁路,在国内没有现成的做法和成功的经验可以借鉴。

　　为此,中铁四局针对高速铁路无砟轨道、复杂桥群、深水基础、大断面长大隧道、路基沉降控制技术等施工难题,提出了"科技建高速,创新炼队伍"的行动口号,大力开展科技创新和技术攻关活动,在施工中广泛采用新材料、新设备、新工艺,确保打造一流的高速铁路。

确保路基"零沉降"

　　"一般说来,铁路线下工程的重点在于桥梁、隧道等结构物,而京沪高铁的路基施工也是重要难点",中铁四局京沪高铁项目部总工程师郝又猛介绍,在 350 公里时速前提下,高稳定性与高平顺性决定了路基工程必须按土工结构物对待。按规定路基修好后到铺轨前最大只能有 15 毫米的沉降,而在运行后路基沉降允许值为零,也就是说不能有丝毫下沉,比 F1 赛车道路基标准还高,路基施工成为京沪高铁的难点重点。京沪高铁全线设计为无砟轨道,路基填筑要求达到零沉降施工标准,施工质量要求标准极高,施工工期异常紧迫。

为此，中铁四局施工技术人员大力开展攻关试验，在路基底部打入 CFG 桩、搅拌桩、粉喷桩、旋喷桩、予应力管桩等各式混凝土桩，提高地基承载力，并进行静载试验，之后，再在基础上面进行路基填筑。路基填筑使用由工厂化生产出的碎石、砂、泥土等组成的专用混合填料，并严格执行路基填筑的施工工艺和流程，确保路基的密实度，实现路基"零沉降"目标。

在 CFG 桩施工中，党小组长、技术组长阮芳朝组织桩基施工工班组学习掌握高速铁路地基加固 CFG 桩施工技术规范要求，通过试桩取得施工技术参数、组织工程技术人员对 10 余台桩机全过程施工监控、旁站记录，严格执行隐蔽工程管理制度，与全体班组施工人员共同努力奋战，创下 CFG 桩单机日产量完成 1080 延米 /90 根的施工纪录；全队通过劳动竞赛，大家齐心协力，团结奋战，在大干 120 天的活动中保质保量地完成了管段内 34 万延米的 CFG 桩路基加固生产任务，经试验检测，CFG 桩达到 I 类桩，为实现路基零沉降质量要求打下了坚实的基础。

路基填筑施工是确保路基零沉降质量标准的又一关键工序环节。为确保高质量完成京沪线路基填筑工程，第一架子队领导班子成员靠前指挥，身先士卒，带领项目工程技术人员、施工人员，严格按照"三阶段、四区段、八流程"的施工技术规范，把路基段划分为五个责任区，队领导每天盯在施工生产第一线，带领全体施工人员，放弃了双休日、放弃了节假日，加班加点忘我工作。项目队长王玉国、书记雷广善、副队长张少波、王宏喜按照责任区的划分，成立 4 个施工班组，严格按照路基施工规范、施工技术标准要求，分片严把质量关，每层填筑均按照网格化布料、初平、精平、碾压，一层一层地精细施工，经技术负责人、质检工程师的严格检测达标后才准许进入下道工序。这项路基检测管理制度，确保了每层填筑厚度不超过 30 厘米，每层压实度高于检测标准值，从而确保了工后零沉降标准要求。

拼战秦淮河桥群

穿越六朝古都南京市的秦淮新河特大桥桥群，是一个琳琅满目的桥梁博物馆。桥上有桥，桥中有桥，桥下还是桥，立体的、交叉的、普铁的、高铁的桥梁交织在一起。

中铁四局集团京沪高速铁路南京枢纽 NJ-3 标段，担负着南京市内秦淮新河动车走行线 1 号特大桥、京沪高速铁路跨秦淮新河特大桥、沪汉蓉铁路跨秦淮新河特大桥、宁安城际铁路跨秦淮新河特大桥的艰巨施工建设任务，这几座秦淮新河特大桥由北向南过了秦淮新河后，还要穿越南京市的将军大道和机场高速公路等一些市区的主要交通要道。从时速 160 公里、250 公里到 350 公里的铁路桥梁都有，桥面上总共有 8 条线，全部为悬灌法施工，有 8 根桩在水中，每根 1.5 米直径，承台的圆直径 17.4 米，墩 5.2×10.8 米，高度为 13.5 米，梁高为 17.85 米，总共有 13 个梯数。还有水中墩、桥中墩、路中墩，工程施工外部环境十分复杂，各种时速线路的桥墩桥梁高低不一，形态各异，错落有致。

承担项目施工的中铁四局大胆实践新技术、新工艺，立足创新，先后攻克了水中墩双壁钢围堰基础施工、1400吨三线整体式简支箱梁现浇预制施工、跨越机场高速路施工安全风险高等技术难题，

秦淮新河是一条泄洪排洪河道，一次性建设那么多座桥梁，在历史上是绝无仅有的。跨秦淮新河特大桥历史较高水位为8米、地质条件复杂，八个水中墩每一个直径约20米，21根桩，如此大直径的水中墩施工对中铁四局来说是一个全新的课题也是一种挑战。水中墩施工和100米主跨桥两个部分，技术难点多，管理跨度大。

为打开制约项目施工的技术瓶颈，首先成立了项目总工为组长的QC攻关领导小组，组织现场管理人员和工程技术人员一道针对施工过程中的难点积极开展技术革新和工艺创新。其次走出去请进来，上网浏览，多方请教，不断积累施工技术经验，多次组织相关人员出去学习，在网上搜索积累这方面的学术参考材料。为了顺利完成动1号线5号水中墩施工，积累技术和管理经验，减少科研和施工投入成本，还聘请了南京建指、局、高铁公司等多个单位的技术专家进行现场论证，共召开了6次专题会，最后形成了完整的施工技术方案：即通过搭设栈桥作为施工通道，搭设平台作为钻孔平台。围堰采用双壁钢围堰和钢板桩围堰相结合的施工方案。最终使得8个水中墩的第一个墩从双层钢围堰顺利下沉到位、到封底成功都一次完成，不仅完成了施工技术和管理的两级跳，也为其他7个水中墩的施工积累了宝贵的经验，同时又不失时机的召开全体管理人员和技术人员经验总结交流会，通过查找不足，总结经验教训，不仅给所有的参与者又一次学习提高的机会，也为完善今后的水中墩的技术积累、加快施工工期做好了技术和管理的准备，提高了施工技术的科学性和可靠性，也锻炼了队伍。

7座大桥同时开工。两桥之间承台相距最近的仅有1.9米，最远的也只有12米，再加上各种施工机械星罗棋布，30多台钻机同时钻孔，20多台吊车、挖掘机、装载机等大型设备川流不息，6家外协队伍，400多人现场施工，有限的场地挤得人透不过气来。

生产一天一个样。每天灌桩都在6根以上，最多的达到13根，单月混凝土曾突破12000方，超出兄弟单位四分之一，还连续创下了NJ－3标的第一个钻孔桩、第一个承台、第一个墩身等多个第一。

进度上去了，对于工程质量，中铁四局一刻也没有放松。

据二工区长张汉一介绍，京沪高铁提出"四个标准化"、"六位一体"控制，还要求层层推行"首件认可制"，质量标准之高前所未有。

二工区负责施工的36孔现浇简支箱梁，最重的达837吨，这个32米长的"庞然大物"，表

面平整度要想控制在 3 毫米以内，听起来几乎是不可能。为此项目部从一点一滴抓起，不放过施工中的任何一个细节，哪怕是钢筋的搭接长度、电焊条的规格，都严格检查，发现问题要求立即整改。箱梁灌注前，工人用大功率吸尘器将模板上的焊条头、焊渣、扎丝等杂物清理干净，保证一尘不染。

混凝土拆模后，整洁光亮的外观，赢得了各方的交口称赞，这里也成了各级领导检查最为频繁的"窗口"。

秦淮新河岩层高，地质复杂，为确保深水施工的安全，中铁四局精心组织编制秦淮新河水中墩施工方案。桥梁基础施工中的重难点便是水中墩的施工作业。秦淮河通常水位为 2.5 ~ 4 米，水中承台厚 6 米，分两层，完全埋在河床面之下，地质以流砂为主，易透水出现基坑底涌砂。施工期间正逢雨季到来，工期紧，施工任务艰巨。

对水中墩钢围堰采用钢材使用厚度上，他与技术人员和现场管理人员一道商量，反复论证决定沿护筒周围设置四道竖肋，钢护筒厚度由原设计的 12 毫米厚变为 8 毫米厚即可满足施工要求，仅此一项就节约钢材约 500 吨，有效的控制了施工成本，提高了效益。

本来，一般的施工方法是先围堰后打桩，他们为了抢时间而进行了方案创新，先打桩基，后下双壁钢围堰箱，也就是说他们在做双壁钢围堰箱的同时，桩基施工就开始了，如果等双壁钢围堰箱制作完成后，再进行桩基施工，工期就要推后两个月，实践证明了他们的创新工作，为确保大桥工期赢得宝贵的时间。

攻下韩府山隧道群

中铁四局承担着全线唯一的一座隧道群施工，其隧道之间间距小、隧道长度短、安全压力大成为全线的焦点，被铁道部、京沪总指列为重点控制性工程。为有效保证隧道的施工安全和质量，共产党员、工区长栗欣还没来得及与自己朝思暮想的家人吃顿团圆饭就风尘仆仆的从云南来到南京工地，为了达到一个月抢临建、两个月见成效、三个月大变样的目标，栗欣白天和技术员一起到韩府山上检桩放线，晚上在出租屋里亲自复核工程量、设计施工方案。7 月的南京城，犹如一个巨大的火炉，栗欣和其他党员就像被挂在火炉上烘烤一样，每坚持一小时，他们就要用水冲洗一下身上的汗水，就这样他们硬是扛过了 20 个昼夜，最终定下了初步的施工方案。韩府山隧道为 4 座双线隧道并行，其中一、二、三号相距较近，两相邻线路中线距离约 20 至 22 米，隧道净距离 6 至 8 米不等，为小净距隧道，最大开挖面约 157 平方米，而且地质结构十分复杂，不良地质和特殊地质多，隧道 IV、V 级软弱围岩所占比例高达 91% 以上。安全风险极大。经理部细致研讨炮孔间距、深度、单孔装药量、起爆顺序等，形成优化方案，在实施过程中，他们采用微差减震爆破技术，严格控制爆破震动波，以减小对相邻隧道的影响，并采取针对不同围岩确定不同钻爆参数，有效地控制了隧道的超欠挖。为确保安全掘进，项目队长栗欣带领光面爆破技术攻关小组，针对不同围岩确定不同的钻爆参数，取得十分满意的效果。安全管理也面临严峻局面。工区专门制定了专项安全措施制度，要求工区所属相关部门和人员针对隧道特点编制专项施工安全措施，制度明确规定，现场管理及作业人员要严格组织落实专项安全措施，对于隧道掘进、支护等关键施工工序，要求施工班组和技术人员都要进行全面检查，尤其是要加强对围岩和临时支护状态的检查，不放过任何微小变化，并逐级做好记录，同时要求工程部要认真做好临时支护变形的观察、量测和地质超前预报，改进安全施工方法，保证了整个施工期间安全生产有序可控。

智取将军大道跨路大桥

京沪高铁跨将军大道的 7 座桥梁，都是连浇梁施工。将军大道的车流量很大，日夜行车川流不息，各种各样的管线非常多，有通讯光缆、自来水管道、煤气管道，还有地下水管道。而且离最近的一条煤气管道只有 1.5 米左右，每一个基坑深都在 5 米以上，全部都需要钢板桩支护，有的桩基离公路还很近，11 月底要全桥合拢，12 月底以前要全线贯通，工期压力非常大。

就在那个弹丸之地，要打下 970 多根桩基，最深的桩基有 39 米，浅的也有 25 米以上，而且技术要求也很高，桩基准确度不超过 3 毫米，又是在水中施工，桩基定位控制难度大，而且秦淮新河还通航，因此每一个施工方案，都必须反反复复研究，请公司的专家、京沪公司的监理一同到现场布置监控，才能进行施工。项目部成立了以项目总工为组长的攻关小组，组织技术人员认真学习相关知识，在广泛吸取先进技术基础上，探索出适合本桥梁的施工技术。

以前，工人在模板上绑扎好钢筋后，用高压水龙头冲一阵，或用空压机吹干净，就可以向模板里灌注灌混凝土了。而在京沪线上，还要用大功率的吸尘器去吸，保证一尘染，才能进行下道工序。由于地质原因，打桩非常困难。京沪线 4 号墩 7 号桩，打了 8 天，就是打不下去，再改用冲击钻，一根桩也要 15 天的时间才能打好。进入施工高峰期，一天有近 100 台打桩机在作业。水中墩的种类很多，25 比 1、30 比 1、55 比 1、60 比 1、70 比 1 的各种类型的变节墩都有，一种类型要投入几套模板，有的模板只能做一两个墩，就没有用了。但为了把京沪高速铁路建设成为百年不朽的精品工程，他们严格执行规范，不打半点折扣。

攻克梁架难关

攻克 T 梁架设难关。南京铁路枢纽相关工程 NJ-3 标动车走行线 1、3、5、6 线需架设 T 梁

73 孔，最小曲线半径 500 米，单跨梁坡度达 32.7‰。据了解，运用 DJ168 公铁两用架桥机架设 2101 型新型铁路 T 梁在局内尚属首次，而在 32.7‰的超大坡度地段进行 2101 型新型铁路 T 梁架设更是全国首次，无任何经验可借鉴，这对项目队来讲无疑又是一次挑战。为了确保满足 500 米小曲线半径、32.7‰大坡度架梁施工需要，项目队高度重视，积极组织技术攻关小组研究制定架梁方案，在中铁四局八分公司及局项目部的技术指导下，邀请有资质的设计院对大坡度架桥机组作业工况进行应力检算，根据架桥机各项技术指标、桥梁架设现场条件、桥墩形式等情况，制定相对应的架梁方案，以及铺架设备防溜逸、碰撞专项辅助制动等有效措施，提高铺架设备的爬坡能力和制动能力，对架桥机组支垫进行专门设计，保证了在 500 米小曲线半径、32.7‰大坡度条件下运梁、架梁作业的安全性和可靠性。在中铁四局架梁技术史上又取得了一次重大突破。

一项技术革新节省 50 万元。中铁四局南京南站项目部在秦淮河特大桥架桥施工中，利用木枕临时替代道砟，架桥机组安全顺利通过连续梁作业，仅此一项就节省费用约 50 万元。

秦淮河特大桥全长 5045 米，共 274 孔，其中连续梁 22 孔。按照传统的施工方法，架桥机在通过连续梁时必须在梁面铺上道砟带、再铺上轨排才能安全通过。秦淮河特大桥墩身最高达到 31.5 米，道砟要通过汽车运到桥下，再租用大吨位吊车吊上桥面，再转运到连续梁的指定位置。由于运距长、墩身高，道砟的运送、摊铺往往投入大量的时间、人力和机械设备，吊装的安全性也不易掌控。项目部常务副经理许宝健、书记白云海、副经理程祥林等带领工程技术人员多次现场调查，号召员工想办法，提合理化建议。他们提出改革传统施工方法，利用现有的方木和旧木枕按一定比例排列在轨排下，增加受力面积，使力量均匀地传递到桥面，这一方法得到大家的一致认可。通过现场技术人员对架桥机组运行时产生的压力和桥面受力面积等各方面参数的检算，后又报送到地方有关部门的专家复查，完全满足施工要求。此方法经现场实施后，大大提高了架桥速度，为提前完成铺架任务赢得了宝贵的时间，而且节约了相关费用。

中铁四局在京沪高铁注重"科技建高速、创新炼队伍"，围绕科技创新发挥员工效能，大力开展科技创新和技术攻关活动。开展"塑思考型团队、建学习型企业、当知识型员工"活动，围绕高铁建设的关键技术标准及工艺要求，先后制定实施了《员工培训计划》、《业余党校、职工夜校实施方案》；采取"走出去"学习、"请进来"授课、"沉下去"普及等形式，分层次分步骤进行培训教育，先后举办各种京沪高铁知识培训班 38 期（次），培训员工 1500 人次，并组织全体管理人员集中闭卷考试，提高参战员工素质。为了提高青年技术人员的素质，对分配过来的实习生开展"导师带徒"，专门召集技术人员，签订师徒合同，形成年青同志踊跃参加，技术骨干乐于辅导的良好学习氛围。组织技术交流研讨，举办技术党课、专题讲座等，组织现场

QC 攻关，有效提高了参战员工的素质，一大批各类管理干部在高速铁路建设得到了锻炼，管理水平不断提高，200 多名大学毕业生迅速成长为能在高速铁路独挡一面的技术骨干。围绕施工难点，开展技术攻关。党工委成立以各项目总工程师为组长的 QC 技术攻关领导小组，各项目党组织分别组建了以党员为主体的技术攻关小组，确定攻关课题，明确责任人和攻关目标，积极展开技术攻关活动。在员工中开展"管理之星"、"技术之星"评比活动，调动员工自觉学习，立志成材的积极性，并将评选的范围扩大到协作队伍的农民工，及时兑现奖励，激励人人争先进。

在"科技建高速、创新炼队伍"的活动中，京沪高铁二工区设计出了大型双壁钢围堰，确保水中墩施工的顺利进行。韩府山隧道群四个隧道最小净距 6 米，最大掘进断面为 153 平方米，精心细化施工方案，针对不同围岩确定不同的钻爆参数和炸药装填量，有效地控制了隧道的超、欠挖，确保安全掘进。南京南站二队在站场框架桥施工中，结合大跨度、外观质量要求严、工程量大的特点，采用无拉杆移动台车施工工艺，保证了墙身混凝土的外观质量，缩短了施工周期，加快了施工进度。工指先后被江苏省总工会授予"工人先锋号"、京沪高铁公司授予"京沪高铁建设先进集体"、"百日大干先进集体"。南站工程被上海铁路局授予 2008 年标准化工地优胜杯。2008 年 11 月，上海铁路局在南京南站工地召开推行架子队管理现场会，20 多个工程局施工人员对施工现场进行了观摩，对现场管理标准化给予了高度的评价。

用毫米丈量青春

——记中国水电集团京沪高铁长清轨道板厂厂长孙志强

牟善铸　孙祯利

孙志强

都说时势造英雄，这句话用在孙志强身上再恰当不过了。

一个 27 岁的年轻人，套用一句老话那是还不到"而立之年"。但就是这位年轻人，临危受命，担起京沪高铁土建三标中国水电集团长清轨道板厂厂长重任，成为京沪高铁全线 16 个同类板厂中最年轻的厂长，人称"娃娃"厂长。

就是这位"娃娃"厂长，凭着一腔热血，三分睿智，十分韧劲，带领一帮来自水电但渴望铁路的门外汉，2010 年 6 月率先完成 21758 块轨道板制造任务，比计划工期提前了整整一个月，名列京沪全线同类板场前茅。长清轨道板厂也因此获得京沪高铁济南指挥部 2010 年上半年劳动竞赛优胜单位，成为三家获奖单位之一。要知道，CRTS Ⅱ 型轨道板制造为京沪高铁十大核心技术之一，这是首次在我国使用。

在别人不敢接泰安站高速道岔板铺设时，他挺身而出。

在轨道板铺设火烧眉毛之时，还是他，硬生生将工期抢了回来。

有人说，小孙在京沪高铁烧了三把火，每把火都是火苗通红，怎不让人羡慕？

都说青春是波澜壮阔的，然而他却用自己的青春热血，在毫厘之间，诠释着什么是责任与担当。

初生牛犊不怕虎

话说 2008 年 10 月，25 岁的孙志强奉命调至京沪高铁三工区。来之前，别说没干过高铁，就是连高铁的基本概念都没有，满脑子尽是上学时期每次假期排队买票、车上挤得连身都转不过来的记忆。他记得在寒冬腊月的火车上，穿梭其中的小贩卖得最畅销的东西居然是冰淇淋。因为车内实在太挤了、太热了，中国需要坐车的人太多了！

想起这些，他倒兴奋起来。是啊，自己承建的将是可以跑到 350 公里的铁路，那是飞机起飞的速度啊！从北京到上海只要 5 个钟头，以后把这种技术推广开去，全国都建起了高铁，那可是太爽了。

他一头扎了进去。看图纸，看规程规范，看网上搜集的铁路施工专业知识，比较铁路施工与水电施工的差别……工区有从事铁路建设多年的"老铁路"，他整天缠着，不懂就问，有时候从兜里掏出几张小纸片，上面记的净是问题。他说，我这人懒，事太多，要不记下来，忙起来忘记了，就又少了学习的机会。工区副主任兼总工程师秦宝和说，小孙最大的特点就是不怕苦、肯钻，喜爱之情溢于言表。

很快地，他脱颖而出，被委以桥梁队副队长重任，负责桥梁施工。2008 年 11 月，在他仅仅就任副队长一个月多一点的时间里，他就琢磨，双线圆端形矮墩模板大小固定，但桥墩尺寸不一，这样既造成模板浪费，也影响效率，于是就琢磨起来是否可以改进。说干就干，自己动手设计，现场指导施工人员制作，用了两个星期，成功改造了三套矮墩模板，既保证了工期，又为三工区节约成本 70 多万元。

2009 年 12 月 18 日，领导通知他去开一个会……到了会场才知道，那是一次长清轨道板厂建设讨论会。他还挺纳闷的，让我来做什么？会上，他一句话没说，满脑子想的还是他的桥梁。

第二天，领导问他，小孙，到轨道板厂去建厂，如何？他一听头皮都麻了，自己刚刚把桥梁队的担子扛下来，干得还算顺风顺水，而自己对轨道板却是一无所知。但他那种不服输的劲头上来了，拼它一把！

他当时只知道，长清轨道板场将建于山东省济南市长清区万德镇境内，这是中国水电集团在京沪高铁唯一的轨道板厂，生产代表目前世界高铁顶级技术的 CRTS II 型无砟轨道板，总计约 22258 块，铺设双线 78 公里。该型轨道板长 6.45 米，宽 2.55 米，厚 0.2 米，为先张预应力混凝土结构，体积约为 3.452 立方米，重约 8.63 吨。轨道板承轨面加工精度控制在 ±0.1 毫米范围内，制造工艺复杂，技术含量高，要经受列车 350 公里 / 小时高速行驶的考验。水电人第一次进军高铁就面临世界顶级核心技术的挑战！

孙志强带着一帮弟兄没日没夜泡在工地现场，渴了喝一口凉水，累了在现场和衣囫囵一下，哪里有问题，他就会及时出现在哪里，啃图纸、出方案、批资料，时刻处于高度紧张状态，但从未听他叫苦叫累！一次，一场暴雨不期而至，为了保护刚刚浇筑完毕的厂房基础，他没有犹豫第一个冲进了雨里，挥舞着铁锹挖土、筑堤，大家紧跟其后冲了出去，厂房基础安然无恙，而他们全都成了落汤鸡。就是这样，经过 5 个月奋战，以提前工期一个月的优异成绩，顺利完成了长清制板场的建设工作，走在同行前列。

是好马就拉出来遛遛

但真正的考验才刚刚开始。

长清制板场要生产的 CRTS Ⅱ 型无砟轨道板可以说混凝土生产的"至高境界"，是不折不扣的机加工件。混凝土浇筑完后要求 16 小时内达到 48MPa 的强度，堪比高强钢；最后一道工序要经过数控机床打磨，轨道板承轨面加工精度控制在 ±0.1 毫米范围内，也就是一根粗头发丝直径大小。

这还不算，难题接踵而至：

如果说水电筑大坝用混凝土是大批量生产，轨道板所用就是个性化的"小灶"，量虽少但质量要求非常高，配合比需要反复试验。

每块轨道板都有自己的"身份证"，也就是唯一的"编码"，表明其是京沪高铁全线唯一的轨道板，拿着这个"身份证"，就能追溯到生产过程、追溯到制造者，标准化管理水平要求可见一斑。

制板场流水线作业环环相扣，工序衔接要求精确至秒，一招不慎，小至价值上万元的产品报废，大至流水线拥堵，直接影响工程进度。

……

孙志强带领技术与操作骨干，采取"走出去、请进来"的方式，先后组织 10 余批、50 余人赴中铁房山板场、枣庄板场参观学习。在每一个工点，他总是在参观前把要解决的问题记下来，并要求每个人这么做，回到住处后立即集合，交流学习成果，互相提问、互相启发，直到弄懂为止。他说，我是邯郸人，你们知道有句成语叫邯郸学步吗？我们要力戒呀。同时，采取专家讲座的方式，聘请铁道部无砟轨道系统专家、西南交通大学教授等来场进行培训、举办讲座及现场指导。

他们求知若渴的精神，也使这些满腹经纶的专家学者大为感动，每次总是倾囊而授。

2009年4月30日，终于到了预定预制第一块混凝土轨道板的日子。他们信心百倍，邀请了相关领导出席首制仪式。为此，他们在前一天晚上演练了两遍，衔接各工序，检查设备，一直忙到深夜，确信万无一失才回去睡觉。

试制开始了，布料机操作手的手在微微发抖，技术人员每个人手里都拿着本与笔，眼睛几乎一眨不眨，快速地记录着每一个步骤和每一个数据，宛如注视一个即将分娩的婴儿。这不是个一般的婴儿，她是京沪高铁的婴儿，更是中国水电人的婴儿，寄托着中国水电人进军铁路大市场的希望！

然而现实无情地跟他们开了个玩笑。从拌合楼出混凝土开始，到浇筑，从布料机，刚浇了半块板，由于各工序操作时间过长，混凝土凝结不好！他拿起铁锨手忙脚乱地往下铲……

在当天晚上的总结会上，领导一个劲地给大家鼓劲，说试制就是要暴露问题改进，失败是成功之母嘛。他也鼓励这个年轻的团队，与大家详细分析原因，丝毫看不到失败的气馁！

可是，又有谁知道会后他躲到车间的后墙上趴了好长一会。疑惑，懊丧，个中滋味非他人所能知道。

日子在忙碌中飞奔，他的生活状态由车间-办公室-宿舍缩短为车间-办公室。他从每一道工序抓起，与试验室人员一起研究配合比，经历了6000余次试验；他自己动手绑扎钢筋网，看到每个人的极限速度是多少；轨道板浇筑完后要刷毛，采用"眼观手试"的办法获得感性信息，用照相机记录混凝土在不同强度刷毛时轨道板表面的变化情况，通过不断对比并结合查阅相关资料，从而获得了轨道板刷毛的最佳时间段和强度范围；为解决工装设备的磨合，他与厂家技术人员彻夜交流，不断琢磨、思索……

从2009年5月4日到5月30日，从第2块轨道板到第14块轨道板的试制，在26天试制13块轨道板的日子里，他一头扎进制板第一线，掌握第一手资料和数据……

在京沪高铁，他们的要求就是：精确、精确、再精确。26个日日夜夜，长清制板场用了同比最少的时间、最少的试验板，逐步解决了张拉台座设计、预应力摩阻测试、预应力定长切割、设备配置、作业流程等技术难题，在优化沙石级配、优化混凝土拌合和养护工艺、添加高效外加剂、调整各组分比例等方面实现了自主创新。

原铁道部副部长、京沪高速铁路有限公司董事长蔡庆华说，小伙子，没想到你们干得这么好，继续努力，干得再好时我还要来，我还会来看你们。他果然没有食言，先后三次来板场，因为，这个小孙值得信赖。

继2009年6月4日实现了首次27块轨道板正式连续生产后，并在6月底顺利实现了三条生产线的正式连续生产。就在这期间，5月23日，孙志强被正式任命为长清制板场场长，全面主持板场各项工作。他心里明白，这是中国水电集团转型升级的战略工程，作为进军高铁的水电"先行者"中的一员，承担着跨行业进军高速铁路世界顶级核心技术的重任，肩负着摸索、积累、总结经验的责任，容不得他犯任何错误。

而此时，更大的难题来了：如何在好与快之间寻找平衡点。板场产品质量是无可挑剔了，但产量一直上不去，也就是说大批量、高产量的生产流程没有理顺，而全线其他板场已经走入正轨。根据生产工期，制板场轨道板的生产速度必须实现"7天8个大循环"方能达到关门工期要求。

到2009年8月底，由于制板进度上不去，上级领导准备将2000块板的制板任务交给别的板场。听到这个消息，小孙那一晚几乎没有入睡。领导这样考虑也是不得已而为之，因为无论如何绝对不能影响京沪高铁全线通车。

他说，那时才真正体会到，什么叫炼狱般的感觉。焦虑、无助甚至绝望有时都会涌上心头。一位责任心极强的班长，听到这个消息后，焦虑过度，不得不由他带着去泰安看心理医生。

三条生产线81块轨道板的生产，从砂石骨料、预应力钢筋、环氧涂层钢筋的到货验收，到上下层钢筋网片的绑扎、入模、预应力施做、混凝土搅拌、布料，再到养护、预应力放张、脱模、静置养生、存放，要经过40余道工序。

孙志强意识到，若要实现批量生产，必须解决好各工序卡控、工序之间的衔接问题，他把目光投向管理提效上，根据板场突出工厂化生产的特点，提出了"细化工序 - 固化人员 - 专业化岗位"的思路，全力推进"四个标准化"建设，被各级领导誉为"标准化轨道板场"，这对初入高铁的中国水电人是一个巨大的鼓舞。

他们终于将工序间的间隔控制到30秒以内，大大缩短了生产周期；他非常看重技术革新对缩短轨道板生产各工序卡控时间所产生的重要影响，积极开展"五小QC"活动，鼓励职工献计献策，先后有12名职工的6项小革新获得奖励并在生产中成效显著，例如《钢筋网片吊装挂钩》提高生产功效60%以上，直接大幅度地缩短了钢筋网片入模时间，使实现"7天8个大循环"变成现实。

时间进入2009年10月，山东各地的气温普遍开始下降，制板、打磨均将面临着即将到来的低温的严峻考验，但铁道部、京沪总指将制板完成工期一再压缩，由原先的2010年10月1日一再提前至2010年7月15日，在低温的情况下如何保证轨道板的质量和产量？大家忧心忡忡……

孙志强却以雄鹰搏击暴风雨的气概给出了答案："没问题！山人自有妙计！"因为早在8月底的时候就预见性地要求技术质量科、物资设备科做好冬季施工方案，提早策划、提早组织、提早预防，最大限度地避免冬季来临之时的紧张状况，即使是在11月份罕见暴风雪成灾的情况下，板场也仅仅用了不到 3 天的时间便全面恢复了生产。

天道酬勤。在天气条件异常恶劣的 12 月份，长清制板场却成功预制毛坯轨道板 2403 块，首次突破 2025 块 / 月的设计生产能力，创单月预制毛坯轨道板历史新高，并于 12 月 24 日实现打磨成品轨道板 109 块，创单日打磨成品轨道板历史新纪录，取得了在京沪全线 16 个轨道板场名列前茅的好成绩。

风雨过后见彩虹

京沪高铁三标常务副总经理杨忠说："我第一次到长清板场，小孙陪我，半天没说一句话，我嘀咕，这么年轻的小伙子能行吗? 可事实说明，他成了不声不响走到前面去的人。"

在长清轨道板厂正处于收官关键时刻，他听说泰安站 18 号高速道岔施工无人敢接。当领导找到他时，用试探且关心的口气问他：能行吗? 不行的话不要勉强。他什么也没说，只是重重地点了点头。

18 号高速道岔板的铺设，是高速铁路站场轨道系统核心技术之一，其施工质量将影响到整个站场的安全运营，工艺质量要求高，施工难度大，精度要求控制在 0.3 毫米以内。

奇迹再次发生。他带领 30 余人，摸爬滚打了 70 天，比原定工期提前 20 天完成了铺设任务，领先京沪全线；其自密实混凝土配合比直接为兄弟单位采用，大大加快了三标整体进度。而孙志强连续三天三夜都在现场，加起来睡眠不足 5 小时。

到了 2010 年 6 月底，三标三工区由于受前期村民阻工等因素影响，铺板进度滞后。而此时 8 月 23 日铺轨日期已关死，没有任何推后的余地。这次，领导直截了当地找了他，命令他在三天之内组织一支铺板队。

无砟轨道综合技术也是京沪高铁十大科技亮点之一，包括路基支承层、桥梁底座板浇筑、粗铺板、轨道板精调、乳化沥青砂浆灌注、铺轨、轨道精调等 18 道工序紧密衔接，环环相扣。安装定位精度要求高，如轨道板验收标准，相邻轨道板顶面相对高程和平面位置均不能超过 ±0.3 毫米。

他只用一天时间就把队伍拉了出来，用一周时间四处学习，一周后试着铺板，到第 20 天左右，他们的铺板效率已达到了有几个月铺板经验队伍的水平，这下子，所有的人都把敬佩的目光投向了这位身材顾长但看上去瘦弱的书生。

在京沪高铁，在两年的时间内干成了三件足以载入企业发展史册的大事，足以令他感到骄傲和自豪的了。但他说，这是我们这个无知无畏的团队干出来的。他的同事赵祖升说，他的最大特点是做什么都雷厉风行，他知道你在想什么，而且能把你的积极性调动起来，真不简单!

长清板场技术科科长姚必全说，他是一个追求完美的人，对质量要求得近乎苛刻。轨道板达到强度后从模具中用真空吊具吊出，开始时大家按照常规，但出现了细微的裂纹，这不影响性能，但他还是要求改进。于是与技术员一起，一次次计算，找准了最佳吊装位置。他说，在京沪高铁，绝不能留下任何一丝遗憾。

一天，他盯着一片片光滑的轨道板，看到轨道板上一行清新的印模字"水电长清 201004"，这表明这块板是中国水电长清制板厂生产的编号为 62765 的产品。看到中国水电已经深深地印入了京沪高铁，即将接受百年的考验，他又豪情勃发。

刚毕业时赶上参加长江三峡工程，亲身参与并见证了世界水电史上这块丰碑的崛起，这是中国人在水电工程领域达到的最高境界；而完整地参加京沪高铁建设，亲手为这条巨龙的腾飞做出贡献，这是人生最大的幸事！

七项创新铸精品

——中铁十六局一公司峄城梁场科技攻关纪实

邓昆伦

四月的鲁南大地，麦苗返青、树木返绿，在浓浓的绿意中，间若有几块开得灿烂的金黄的油菜花点缀着大地，就在这片春天的田野中，一条灰色的巨龙穿行其上，在巨龙的旁边，一片片硕大的箱梁预制台座、一排排整齐的彩钢房静静地卧在这片绿色中间，这就是由中国铁建十六局集团一公司承建的京沪高速铁路峄城梁场。

在风云际会的京沪高铁建设大潮中，峄城梁场在场长齐凤江的带领下，高擎科技攻关之剑，不断探索和创新，所生产的720孔预制箱梁孔孔是精品，使峄城梁场成为京沪高铁48家制梁场的最大亮点之一。

创新一：冬暖夏凉的保温棚

2008年10月底，峄城梁场制梁刚步入正常生产，就要开始冬季施工，保暖问题迫在眉睫。面对制梁进度滞后和冬季保温难题，梁场领导牢固树立"要干就干最好，要建就建精品"的思想，组织技术攻关小组开始反复研究，决心迎头赶超，在冬季施工上狠下功夫。

梁场从冬季防冻保温措施上寻找突破口，集思广益，独创了空心砖保温棚技术，即在每个制梁台座四周采用空心砖砌筑封闭的保温棚，梁面采用分体式蒸养罩（钢筋骨架成型外包棉篷布）覆盖，两端采用垂挂棉篷布封闭。在模板两侧的桁架上布置蒸气循环管道，梁面通过在人行板上打孔持续通蒸气，并覆盖土工布及时洒水保湿。每个制梁台座都安装自动温度监控及测温系统，通过测定梁体混凝土芯部、混凝土表层、棚内三者温度，及时利用每个台座的蒸气闸阀调节送气量，以达到三者温差均小于15摄氏度的要求，棚内温度最高可达42摄氏度。

空心砖保温棚技术有四大特点：一是结实耐用，美观大方，一次性投入无需拆卸，可用至工程结束无需返修。二是节约资金。采用空心砖保温棚，每个台座约需投入 8000 元，若采用棉篷布，相同面积约需 8400 元，且不耐用，加上损耗更新费用约 2500 元，合计投入超过 1 万元，若采用彩钢板，相同面积约需材料费 19500 元。三是保温效果好。仅需蒸养 4 天就能保证梁体强度达到 80% 以上，提高了制梁台座的周转效率，而且夏天还可隔热，防止太阳直射模板，对梁体的夏季降温也起到积极作用。四是节省能源。由于空心砖砌体的全封闭性，棚内散热慢，蓄热时间长，大大减少了能源消耗。

峰城梁场采用独创的空心砖保温棚技术，成功实现了冬季每天生产 2-3 孔梁的目标，在春寒料峭的三月，还创造了 30 小时内生产 5 孔 32 米箱梁的制梁新纪录。

创新二：可调支座安装小叉车

一个箱梁支座重达 800 多公斤，安装误差要求严格，采用普通叉车的老办法安装 1 孔梁的 4 个支座需要 1 个小时左右，而且费力不安全。峰城梁场借鉴叉车工作原理，自己研制了可调支座安装小叉车。这种小叉车可以实现前后、上下、左右三个方向移动，移动幅度也可调节，3 分钟就可安装一个支座，一孔梁 4 个支座只需 12 分钟即可安装完成，节省时间 3/4，省时又省力。现场演示，只要用手轻轻地拧动螺栓调节装置，支座叉车就可随意调动，真是世上无难事，只怕有心人啊。照这样算来，720 孔箱梁支座安装节省的时间相当可观。

创新三：可反复利用的通风孔成孔器

峰城梁场箱梁开始取证时，发现制出的成品梁通风孔变形不达标。如果采用普遍使用的 PVC 管做成孔模型，不但造价高，而且效果差、易变形，每孔梁需要费用约 350 元左右，720 孔梁下来购管费约需 25 万多元。攻关小组开动脑筋，反复比选试验，研制出用无缝钢管加工出一头成锥度、可反复利用、不变形的通风孔成孔器，每套只需要 6500 元左右，三个制梁队每个队各做 2 套，6 套共用 39000 元，此项革新节约资金 20 余万元。

创新四：环形筋固定抽拨棒

用常规的孔道定位网片的办法固定用于预应力孔道成孔的橡胶抽拨棒，定位不准确，线形不圆顺，且易在定位点形成死弯造成抽拨困难，损坏抽拨棒严重。峰城梁场领导把这个题目交给攻关小组，攻关小组经过无数次的研究和试验，采用环形筋固定抽拨棒。经过实践证明，这一工艺质量达标，定位准确，可节约大量材料成本。

创新五：第四代六面坡整平机

预制箱梁由Ⅰ型改为Ⅱ型后梁面发生了很大变化，对六面坡几何尺寸要求较高，前期投入几十万元购置的整平机无法使用。业主曾组织现场会解决此问题，但梁场按照兄弟单位的做法改进效果不明显，梁面打磨工作量大。攻关小组经过半年时间研究和反复试验，先后四次改进，第四代六面坡整平机在峄城梁场最终定型，他们将原3.1米加高平台的刮板改成了滚筒，边振动边滚压，提浆效果好，收光抹面省时省力、整体平整度大大提高；将原控制中间坡度的钢压板改成了锥形滚筒，由拖压改为滚压，坡面成型效果好，无气泡。现场实测平整度一次验收合格率达到90%以上，节省了大量打磨时间和人工，经济效益非常显著。

创新六：解决支座板空响全线推广

京沪高铁济南指挥部给峄城梁场下发"绿色通知单"，实施加分10分和5万元的奖励。通知说：峄城梁场采取措施，加强攻关，预制箱梁预埋支座板处混凝土质量控制较好，空响率大幅下降，在全线率先破解了预制梁支座板空响的通病，确保了箱梁预制质量，受到京沪高铁总指挥部表扬。

预应力简支箱梁支座板空响问题是京沪线梁场存在的共性问题，如果不解决，对梁体质量、京沪高速铁路的使用寿命、建成后运行速度造成何种影响，都是一个未知数。针对这一问题，十六局集团京沪指和一公司峄城梁场成立以场长齐凤江为组长的科技攻关小组。

经过全过程认真监控，他们发现在混凝土振捣时由于支座板上方钢筋数量较多密度较大，振捣棒不容易插入到支座板上方造成局部漏振，支座钢板钢材（筋）与混凝土材质不同，物理变化导致混凝土和支座垫板之间存在微小的间隙，以及防落梁预埋钢板锚固筋比较少，与混凝土不能完全粘结。针对这三方面问题，他们先调整支座板附近的钢筋间距，使振捣棒能从钢筋缝隙插到支座板上方，同时在内模处（支座板上方）开小天窗，使振捣棒能够顺利插入，然后在支座垫板下方底模处、紧靠支座垫板的侧模、端模、端头内模处增加4个附着式振动器，保证支座板周围振捣密实；为了排出支座板和混凝土之间夹缝的空气，又一项措施就是在支座钢板中间钻一个直径25毫米的小孔，振捣时待水泥浆从孔洞处流出后再塞紧；在增加防落预埋钢板锚固筋粘结面积这一技术问题上，他们采取的技术革新更值得称道，他们利用废弃钢筋头在支座钢板上方焊接横向或竖向直径为12毫米的锚固钢筋，以此增加支座板与混凝土的粘结面积。

通过以上技术革新不但节省了材料、人工费用，在变废为宝的同时还提高了成品梁的生产效率，为制架梁质量和运行安全提供了有力的保障。

京沪高铁公司李志义总经理到梁场考察后，高兴地称峄城梁场帮他解决了一个技术难题，要求十六局集团大力推广技术创新成果，提高全线制梁工艺水平。

创新七：环保全自动循环水养护工艺

峄城梁场采用双层存梁，夏季箱梁养护尤为重要，可双层存梁养生作业困难，工人在6米多高空作业，爬上爬下存在安全隐患。峄城梁场攻关小组看在眼里，急在心上，决定攻克此项难关。经过多次反复钻研试验，他们研制出操作简易的养护工艺和循环节约环保用水措施：1. 梁顶采用砌砂浆槽进行挡水，梁面永久蓄水，减少浇水频率；2. 箱内采用2个喷头自动360度洒水，节水省工，操作简单，效果显著；3. 环存梁区设排水沟与蓄水池，并相互连通，形成蓄、排水、梁体养护、废水利用、循环使用多项功能。

峄城梁场一连创新了7项工艺，大大提高了功效，确保了质量，得到了各级领导的表扬和肯定，获得京沪济南指挥部绿色通知单奖励1次，有3项技术创新成果分别在京沪高铁全线、济南指挥部推广，京沪高铁指挥部还组织全线施工单位150多人观摩了峄城梁场，峄城梁场从而一举步入梁场建设的前列！

2009年11月上旬，720孔预制箱梁提前完工，2010年2月9日，所有箱梁全部稳稳地落在了大桥之上，至此，峄城梁场在世界上一次建成里程最长、标准最高的京沪高速铁路建设中画上了圆满的句号！

责任　智慧　汗水
铸就轨道板"工艺品"
——记中交集团三航局京沪高铁浦东轨道板场

陆宗平　蔡忠华

京沪高铁六标段，纵贯无锡、苏州、上海等城市，总长 153.745 公里。其所需 24321 块 CRTS Ⅱ型无砟轨道板的生产制作由中交三航局承担。这对于一个以水工见长且初涉铁路领域的施工企业来说，无疑是巨大的挑战和难得的机遇。从 2008 年 7 月 16 日板场打下第一根桩，到 2009 年 4 月 7 日第一块毛坯板试制成功，从 2010 年 2 月 11 日打磨 123 块轨道板创全线纪录，到 2010 年 8 月 8 日提前 22 天完成所有轨道板的制作打磨，中交三航局浦东轨道板场走过了一条从无到有、从陌生到精通、从压力转变成动力的难忘历程。

建场选址"一波三折"

2008 年 1 月，我国大部分地区遭受了百年不遇的特大雨雪冰冻灾害。这场灾害也给给板场选址工作带来了不少难度。根据板场选址首要考虑离施工地点越近越好的常理，选址组一行 4 人踏着厚厚的积雪，在沿线一带开始了勘察。连着几天，深一脚浅一脚地探寻了嘉定周边方圆几十公里，才初步选定了嘉定黄渡的一块土地为候选场址。然而，在后续相关细节的洽谈中，各方意见未能达成一致而不得不放弃。时过 1 个多月之后，经局有限公司协调，浦东塘口预制厂作为第二方案列入选址目标，但在实际操作过程中，因诸多历史遗留问题得不到妥善解决，再次遭到搁浅。眼看着时间不断地流逝，离总指挥部要求的时间节点越来越紧，主要承担板场建设的浦东分公司突破传统思维和模式，提出了一个大胆设想：拆除该公司原构件二厂，在老厂区旧址翻建轨道板场。4 月初，一份详细拆建方案报送局和中交总指挥部，局和总指挥部的专家领导对此方案进行了多次研究和实地考察，一致认为该方案具有可行性。主要理由是，场址濒临黄浦江，水陆运输便捷可靠，原材料采购运输成本较低，布局上更趋科学合理，资源配置上更能依托分公司的整体优势。5月19日，局有限公司和中交总指挥部批准，确定浦东板场落户浦江之畔。但由于要拆除老厂房和相关配套码头的改造，对时间节点的要求显得更加苛刻，对此板场项目部表示，他们已作好了与时间赛跑的准备。

节点目标"一刻不松"

项目部党支部书记蔡忠华在回顾板场建设过程时说，自己工作了30多年，经历了不少风风雨雨，但自板场建设至今2年多的这段时间可谓刻骨铭心，一是压力太大，二是时间不够用。所以两年多来，我们几乎不分工作日和休息日，不分白昼黑夜地施工，为的就是争取时间的主动权。他拿出工作日记和上报资料让我们看：

2008年6月28日，原厂区厂房、设备、场地基础设施全部拆除完毕。

7月16日，板场施工工地打下第一根桩。

8月9日，板场所需81项管理制度、规定、办法等制订完成。

9月6日，板场陆上桩基施工部分完工，第一节点目标实现。

9月16日，板场主厂房第一根立柱架设成功，堆场门机轨道开始铺设。

10月24日，现场门机开始安装，砂、石、水泥筒仓安装到位。

11月22日，轨板车间桥吊、拌合楼设备进场安装。

12月29日，板场主厂房结构封顶，拌合楼设备安装就位。

2009年1月19日，水上运输码头板梁安装完工。

2月2日，场区管线铺设完成，现场地坪开浇混凝土。

3月16日，首批64名员工上岗技能培训开讲。

3月28日，场区道路，试验、办公综合楼，场区绿化，企业形象识别的各类标识、标牌等辅助配套设施基本完成。

2009年4月6日，板场试验室、拌合楼通过总指挥部验收。

2009年4月7日，试制第一块工艺试验毛坯板，试验数据表明取得预期效果。

2009年4月26日，通过了苏州指挥部对毛坯板生产线的验收。

2010年2月11日，日打磨123块轨道板，创全线最高纪录。

2010年6月10日，提前20天制作完成24321块毛坯板。

2010年7月10日，提前20天完成全部成品板打磨。

2010年7月31日，完成全部成品板出运。

2010年8月1日，提前30天完成71块补偿板和47块特殊板制作，并于8月8日提前22天完成打磨任务。

这段记录表面上看来似乎很平常，但业内人士看了之后会发出不平常的感叹。因为各时间段内工作的纷繁复杂，整个过程的管理控制难度，外界因素和客观条件的制约，人员与设备、资金与材料的协调等，只有亲身经历的人才能感受到其中的艰辛，只有直接参与的人才能体会到时间的宝贵。圈内同行形象地用"5+2"、"白＋黑"来反映他们与时间赛跑的场景，同时在"5+2""白＋黑"的背后，又有多少感人的故事隐藏在这段看似平常的记录里。

工艺布局"一枝独秀"

近几年，随着我国高速铁路事业的迅猛发展，对无砟轨道板的需求量越来越大，而且技术精度也越来越高。目前，国内所有轨道板生产厂家的设备、技术、工艺和生产线的布置等基本上都是从国外引进的，浦东板场也不例外，是从德国引进的。照搬固然是捷径，但因地制宜，符合实情，高效实用才是最好的出路。项目部根据实际，通过科技攻关和自主创新等手段，在许多关键技术上取得了重大突破。第一，德国博格无砟轨道板的生产流水线是采用标准化的纵向布置工艺，因此生产厂房的纵深长度必须达到200米以上。浦东板场地处黄浦江边，纵深长度受区域条件限制达不到这一要求。为了解决这个技术难题，板场的青年技术人员不畏难不崇洋，他们一边学习消化博格板的生产技术和工艺标准，一边奔赴国内其他板场虚心求教，同时把主要的精力集中在实地的勘察和技术研究上。经过一个多月攻关和铁路专家的现场指导，终于设计出一套既能满足轨道板生产效能和产品技术指标，又能满足毛坯—成型—打磨—堆场横向流转的L型生产流水线，得到了众多铁路专家的高度认可。浦东板场也因此被认定为国内唯一一家固定的、专业的、具有自主性的"异型"轨道板场。第二，充分运用制板车间的宽度空间，将钢筋成型区尽量靠近毛坯板制作区，避免了钢筋成型后吊运过程中与外场门机轨道交叉和相互牵制，缩短了输送距离，减少了操作环节，提高了工时工效。第三，充分发挥临江靠岸的特点，增强轨道板出运能力，降低运输成本，减少了运输过程中产品应力的损耗和损坏率。第四，充分利用管道蒸汽的资源优势，减去了锅炉环节，起到了节能减排和保护环境的作用。工艺布局的与众不同和技术环节的改进创新，为创造"京沪速度""京沪效率"奠定了基础。

制作工序"一丝不苟"

通常情况下水工预制构件对精度的要求不是特别严格，一般来说外形尺寸误差控制在正负

10 到 20 毫米之间即可。但 CRTS II 型无砟轨道板是用于时速达 350 公里的铁路上，因此其技术含量之高、工艺要求之严、精度控制之细不同于一般预制构件，尤其是板厚精度必须控制在 3 毫米以内，这对于混凝土产品来说技术要求显得非常苛刻。

高精度要求有细致入微的管理。浦东轨道板场严格按照京沪高铁指挥部提出的管理制度标准化、人员配备标准化、现场控制标准化、过程控制标准化的"四个标准化"管理模式进行管理，从"细微点滴"入手，跟"细枝末节"较真，抓住不放，一抓到底。

为了保证轨道板的平滑度、光洁度，板场专门制定了模具"三步清理法"操作规程：首先是预处理，用扫帚扫除模具上的大残渣；其次是粗处理，用吸尘器清理模具上的细粉尘和细小杂质；最后是精处理，就像保养家里的木地板一样，工作人员用布擦去油污和水印，无论是谁，只要上去，就必须穿上鞋套，确保模具"一尘不染"。

为了确保轨道板生产线的过程受控、质量受控，板场建立了以质量考核为龙头，包括安全、设备、材料、生产调度、指令执行、文明生产和现场物品定置管理在内的 6 项精细化的专项考核，并成立了一支 16 人的巡回督查检测队伍，分散于各个车间对各道工序实时监控，做到有检查、有记录、有整改、有反馈、有处罚、有激励，从而保证每条线、每块板、每道工序、每个环节都处于严密的控制之下。

为了保证现场管理有序进行，板场编制了现场物品定置管理办法、现场文明生产管理办法，以及原材料物流、混凝土输送物流、毛坯板输送物流和成品板输送物流图标，确保了现场生产物流有序、场区堆放规范。还组织编写了 700 多页的涵盖了安全、质量、人事管理、人员培训、设备管理等 11 大类的管理制度，以及各道工序和各关键点工艺控制的小册子，操作人员人手一本，各道工序操作规范熟读在口、牢记于心，形成了人人严格执行，事事严格落实，处处严格考核的富有板场特色的工作氛围。

打磨速度"一路领跑"

在传统的思维习惯中往往把预制构件与"粗糙"二字联系在一起，但浦东轨道板场把每一块轨道板"定义"为"工艺品"，一反"粗糙"成"精细"。因此，只要你进入轨道板场，便能真切地感受到"轨道板板面平整、承轨台打磨细致、灌浆孔部位光滑、没有任何损角、外观质量无可挑剔的"工艺品"内涵。

浦东轨道板场的打磨效率全线第一，平均每天可以打磨 103 块，在 2010 年 2 月 11 日创造了日打磨 123 块的最高纪录，大大超出了苏州指挥部原先制定的日打磨 81 块的生产计划。

浦东轨道板场之所以有如此高的打磨效率和打磨速度，倒不是板场的打磨机有什么特别先进的地方，关键在于如何控制好毛坯板的质量，诀窍在于必须使所有毛坯板都达到一次打磨即达标准的要求。

板场技术人员发现，按照打磨机的工作规律，如果毛坯板纵向 10 个承轨台的平整度误差在 2 毫米以内，那么一次打磨即可达到要求。如果误差大于 2 毫米，那么必须要经过 2 次以上的打磨才能符合标准。想要一次打磨成功，就得严格控制毛坯板承轨台的平整度误差。

为了控制误差，技术人员想到了个好办法。由于毛坯板在浇注过程中，中间部位会有少许的承重下沉，基于对此的认识，技术人员对模具的中间部位进行了微调预拱，一点点地调，一点点地试验，终于使得浇注出来的毛坯板纵向 10 个承轨台平整度误差达到了一次打磨成功的要求。

为了达到"工艺品"的标准，板场发动全体员工积极开动脑筋，组织开展合理化建议和小改小革活动。在此前板场为正常实施生产所购进的 34 个单件设备中，从钢筋绝缘套管到网片绑扎成型，从预应力主筋定位到张拉系统改进，从混凝土浇注到面层拉毛设施的完善，从灌浆孔模的橡胶材料的调整到真空吸盘设备的革新，从摸清打磨机的性能特点到磨具刀片维护周期，等等。多少个日日夜夜，多少次失败和喜悦，板场全体职工用勤劳和智慧，用意志和毅力，几乎对每个生产流程中的所有设备都进行了改进和革新，因而有效保证了轨道板外观质量、生产效率和打磨速度的不断改进提高。

青年骨干"一马当先"

走进浦东板场，"用青春浇注京沪高铁"的彩旗和标语赫然在目。然而这不是一句空洞的口号，板场项目部的年轻人用自己的智慧和行动诠释了它的内涵。刚过而立之年的总工小黄，担当了板场总设计师的重任。一年多来，他跑里跑外走破了 4 双鞋。从板场平面布置到工艺制订，从物流组织到设备配置，从审定图纸到技能培训，样样活他都抢在头里。好几次晚上，他妻子追到工地责怪他不顾家里老小，他只是陪着笑脸说一声对不起。2007 年毕业的大学生小陶是板场管理设备的负责人之一。为了纪念京沪高铁开工一周年，他特意将自己的婚礼定在 4 月 18 日这个具有特别意义的日子。这段时间是设备安装的关键时期，为确保总指挥部的节点目标，他全身心扑在工地。30 多台设备的监制、装运、进场、安装、调试，他都一刻不离地坚守在岗位上，每天早出晚归，全然把操办婚礼的事置于脑后。小张是个活泼要强的 80 后女孩，负责板场施工、材料、设备、合同等的预算、计划、资料整理和管理工作。从板场开工建设之日起，原本喜爱逛街购物的她就再也没有上街买过一件衣服，也没有时间陪男友看过一场电影。有时指挥部催要材料的时间太紧，她就独自加班到凌晨。同事们都说，就是再借她一双手恐怕也忙不过来，这个小姑娘真了不起。好几次，因为工作压力太大，回到宿舍她忍不住暗自流泪。"我要尽力去适应铁路的办事风格，能把工作按时做完、做好，还是很开心的。"她这样激励自己。在板场项目部，还有像团支部书记小毛、工程部经理小陈、安全员小李等一批年轻人都在自己的岗位上兢兢业业，无私奉献。板场项目总经理倪忠颇有感慨地说，项目部里的青年个个都是好样的，他们不仅有知识、有才干、有责任，而且能吃苦耐劳、能用心钻研、能自我调节，他们不愧是京沪高铁浦东板场的坚实脊梁，正是他们和他们周围无数建设者的足迹和汗水，印证了什么是"京沪效率"、什么是"京沪速度"。

规范管理"一流水准"

走进浦东轨道板场，没有飞扬的粉尘，没有灰蒙的感觉。刷成蓝白相间的厂房色彩明快，温馨富有意境的标语使人精气十足。若不是堆放整齐的轨道板的提醒，绝对想不到这是个预制构件的生产厂家。

2009年9月18日，中国海员建设工会主席李铁桥在考察参观浦东轨道板场时，连说了"三个想不到"——想不到板场环境这么美，想不到板场员工精神状态这么好，想不到轨道板做得如此精致。

建场一开始，板场领导班子就定下目标，要发挥固定板场的优势，将之建成"花园式工厂"，并要在环境污染控制、水土保持措施的落实、土地资源的节约利用的'环水保'工作方面做出成效。因而，在整个场区的绿化和整体形象设计和布置中，都围绕着"经济实用、相对独立、便于管理、安全环保"的原则，努力将板场构建成一流的资源节约型、环境友好型工程。

无论是生活区，还是工作区，无论是堆场，还是码头边，都能随处可见绿色的踪影。目前，浦东轨道板场的绿化率已达到20%以上。要在布局紧凑、寸土寸用的场区种植绿化，板场真是煞费苦心，除了最大限度地在空闲区域种植外，连堆放区的龙门吊横移区也没放过，见缝插针地搞绿化。在走过连接着堆放区与打磨车间的十几平方米的水泥空地时，板场蔡书记顺口说道："这一小块过段时间也要种上草。"而沿着场区围墙脚下一溜花坛，绽放着芬芳，吐露着绿色。

CRTS Ⅱ型板制造中，混凝土振捣、预应力钢筋切割、钢筋余头切割会产生一定的噪音。为了避免噪音伤害，板场规定作业人员在噪音区作业时需正确佩戴耳塞，并定期组织职业病检查。除此之外，还要求板场物设部对施工机械设备定期进行维修、检查，尽量减小发出噪音的可能性。

浦东轨道板场对于垃圾的处理也是分门别类。板场设有专用垃圾存放站，由有资质的专业队伍分别负责及时对施工固体废弃物、废钢筋、废包装物进行收集、分类、分拣、回收利用、清运处置。对于废旧电池、墨盒、硒鼓等有毒有害的办公垃圾，设立回收箱，定期处理。

对于生活污水和工业污水的处理，浦东轨道板场也有自己的一套办法，专门配备了生活污水处理装置和工业污水净化装置。办公室、食堂、浴室的生活污水经地下管线集中到专门的处理系统，处理后的水可用于厕所冲洗、车辆清洗、道路浇洒和绿化浇灌，真正做到生活污水零排放。磨床水经处理后能实现污水零排放，固体过滤物则在清理后进垃圾堆场，由专业公司处理。为了控制扬尘，场区道路、堆场、车间内各区域均划分责任区，专人负责清扫。混凝土用骨料仓为全封闭钢筋混凝土结构。水泥、掺合料筒仓具有消尘功能。

精细的管理体现了一流的水准，辛勤的付出换来了丰硕的回报。在整个京沪高铁建设中，三航局浦东板场共获得 11 块"绿牌"，同时还获得了上海市"工人先锋号"、上海市重点工程立功竞赛优秀集体、三航局有限公司"文明工地"等荣誉称号。被大家戏称为"金总镖头"的板场常务副总经理道出了板场全体职工的心声，成绩只代表过去，荣誉是鞭策激励，我们所做的一切就是为了京沪高铁的早日建成和腾飞，就是为了繁荣交通，造福人民。

京沪高铁"四电"系统集成的实践者

——记中铁电气化局"四电"系统集成电气化项目部常务副经理景建民

江海源　　李忠民

2010年3月28日，在北京市电视中心第九届"中国土木工程詹天佑奖"颁奖仪式上，"火车头奖章"获得者景建民代表中铁电气化局京津城际"四电"系统集成项目捧起了国家建筑行业最高荣誉奖——詹天佑奖。

2010年12月3日，在京沪高铁先导段，当国产380AL高速动车组以时速486.1公里再次刷新世界记录时，试验车上的景建民与大家的手紧紧地握在了一起。

2011年3月18日，京沪高铁又迎来了一个值得记录的日子：京沪高铁"四电"系统集成电气化工程全线送电成功，新型高速动车组开始"试跑"。

现任京沪高铁四电系统集成电气化项目部常务副经理的景建民，亲身经历并见证了中国高速铁路的每一个历史时刻，他无疑是中国高铁四电系统集成的实践者和管理者。

景建民与高铁结缘要追溯到2002年，他在中国第一条铁路客运专线——秦沈客专电气化工程中担任副指挥长；2006年，他作为中国第一条具有国际一流水平的京沪高铁京津城际试验段，也是采用系统集成模式建设的第一条城际高铁电气化工程项目经理，完整地走过了系统集成建设全过程；随后，他又参与了武广、温福、沪宁、沪杭等多条高铁项目的电气化系统集成建设管理工作。

2010年，当建设一流京沪高铁的重任落在他身上的那一刻，他就深刻地明白：京沪高铁建设，不仅是一场技术革命，同时还是一场管理和思想革命。

在京沪高铁施工的 400 多个日子里，景建民和他所率领的团队又创造了一个个新纪录：118天建成开通亚洲铁路最大的虹桥变电所，90 天完成 1318 公里正线立杆任务，203 天全线接触网贯通，38 天完成全线受送电任务……

在这场观念更新、思想解放的革命中，为使系统集成理念深入人心，他组织举办了两期共计 283 名全线基层管理、技术人员参加的大型培训班。培训中，景建民亲自授课，就"什么是系统集成？""如何发挥系统集成的最大效率？"等进行了深入浅出的讲解，令学员们倍感"解渴"。

在京沪高铁 350 公里时速的技术标准要求下，如何保证良好的弓网关系? 确保安全"零事故"，质量"零瑕疵"？景建民打出了一套漂亮的"组合拳"：

以"开放的思想、开放的胸怀、开放的京沪"为项目管理最高理念，以更高速度下良好的弓网关系为目标，成立了技术专家组，不断完善施工技术方案；坚持"三级培训"、"全员培训"，落实"样板引路、试验先行"管理理念；引入内部督导，实行分层质量督导制；在全线建立了 4 个标准统一、配置规范的物流预配中心，实现了"测量精确化、计算微机化、预配工厂化、安装标准化"；引入"实名制"管理，全力做好京沪高铁"最后一棒"的冲刺攻坚。

喜欢钻研、善于琢磨的景建民骨子里有一股对工作、对事业精益求精的精神和韧劲。他常说："如果没有管理创新意识和现场实践的验证，就不可能有今天的京沪高铁，更不可能有京沪高铁的一个又一个世界奇迹！"

一次，他来到现场检查接触网施工，发现有的新工人对于作业标准掌握不清，要不时请教别人。景建民见状，回到项目部立刻召集工程技术部、安全质量督导部等相关人员召开"诸葛亮会"，最终针对接触网安装关键环节，制作了既便于携带，又图文并茂、要点突出的《质量卡控要点明白卡》。又根据现场质量关键控制需要，制作了接触网与温度有关的《速查卡片》，将每一处、每一个零部件安装工艺统一印制在速查表上，方便作业人员施工中随时查阅执行，实现了安装质量一次达标。

在决战先导段的几个月里，景建民驻守一线坐镇指挥，及时解决各类难题。虽然项目部设在北京，但他却无暇顾及家人，去年 11 月，他大哥来北京做心脏手术，他却抽不出时间去看望。已两年没有回过老家的他，本想今年春节回家看看老娘，可是实在脱不开身，大年初一还聚精会神地坚守在自己的岗位上。

他用自己的实际行动向人们诠释着对京沪高铁建设的职业操守和对祖国、对人民的无比忠诚。

高铁奇葩

——记中国铁路通号公司北京铁路信号公司总工程师徐敏

张 晨

徐 敏

前行列车之间必须保持的距离。

中国高铁信号系统包括列控核心技术的研发、设计和系统集成，其软件由中国通号研究设

她是盛开在我国高铁建设战线上的一朵绚丽之花。

她是我国高铁技术科技攻关队伍中一束默默飘香的奇葩。

她是我国高速铁路列控核心技术硬件设备研发、设计、制造的领军人物。

她叫徐敏，是中国通号北京铁路信号公司的总工程师。

轨道、动车、列控系统技术是高铁三大核心技术。

现代铁路信号系统包括：列车运行调度指挥系统、列车运行自动控制系统（简称列控系统）、车站联锁系统三个主要系统。以列车运行自动控制系统为中心。

列控系统就是对列车运行全过程实现自动控制的系统。其特征为：列车通过获取的地面信息和命令，控制列车运行，并调整与计院完成，其硬件中的核心设备主要由中国通号北京铁路信号公司提供。作为北京铁路信号公司的总工程师，徐敏为此付出了超凡的心血和智慧。

她像天幕上一颗繁星，放在哪里都闪亮发光。

1975 年，17 岁的徐敏高中毕业。在那个特殊的年代，徐敏和许多同龄人一样下乡插队当了知青，当经历现实与理想的巨大落差后，才明白什么叫生活，但这没有消磨掉她的意志，没有放弃在学业上的追求，在国家恢复高考的第一年，她顺利圆了大学梦。从兰州铁道学院电机系铁道信号专业毕业后，怀着满腔热情和对铁路事业美好的憧憬与追求，来到了北京铁路信号厂（北京铁路信号有限公司前身），实现了人生第一次跨越。

四年的大学寒窗苦读，让徐敏积累了丰富的专业知识。1982 年来厂后恰好处于 4 信息改进升级工作的全面推进中，但徐敏低调内敛、少言寡语的她并不起眼。

当时，工厂生产的设备单机、系统可靠性提高后，如何把轨道电路传输长度延长就成为又一难题。系统设计、产品设计和传输计算是轨道电路传输的三大组成部分，缺一不可，因此轨道电路的计算工作迫在眉睫，工厂决定提高接收器的返还系数，将计算工作交给了徐敏。但当时轨道电路计算工作还处于一片空白，没有任何的基础资料，徐敏白天工作，晚上经常还在移频组办公室独自学习和试验。并经常和西安厂的技术人员交流和学习，通过她的努力，较快掌握了计算方法，开创了工厂轨道电路计算的先河，填补了这项技术研发的空白。

通过这次历练，徐敏逐渐成长为技术主力，开始担任检测盒技术专责，功夫不负有心人，她相继推出一系列新产品：1983 年 6 月，完成 HCY3-F 型非电化移频自动闭塞双机系统检测盒设计开发。1983 年 8 月，完成 JC2R-DZ 型电化集中检测盒设计开发工作，徐敏的研发实力逐渐展现。

单位里搞技术的男同志居多，徐敏作为为数不多的几名女同志，为这个单调的群体增添了一抹色彩，在闲暇的时光，经常能看到她和同事一起打篮球的身影。熟悉徐敏的人都说，小徐一上运动场就像变了一个人，低调、内向的性格被豪爽开朗所取代。

1985 年，随着 4 信息改进升级及双机冗余系统的定型化和产业化，工厂的 4 信息电气化、非电气化移频自动闭塞产品全部翻新，30 多种新产品急需在全路推广应用，因很多产品是由徐敏设计，承担设备施工设计的郑州电务大修队技术组迫切需要她到现场指导设计工作，可当时徐敏已怀孕 6 个多月，为了工作上的需要，她一人独自前往现场指导设计工作，一去就是半个月，不讲任何条件，一心扑在技术交底、设计指导工作上。当时的技术组主任赵自信回忆起这件事情时，心里充满着深深的愧疚。

徐敏对工作的专注和热情，让她的技术水平进步很快，机遇的天平也再次向她倾斜。

1989 年，铁道部利用世界银行贷款，通过技贸合作方式引进法国 UM71 无绝缘轨道电路。北信承担了 UM71 无绝缘轨道电路和 TVM300 信号设备的国产化工作。当时已经是技术骨干的徐敏，被选中参与此次工作，因为"无绝缘轨道电路"是一项新技术，大家对系统原理、产品结构都一无所知，徐敏经常是翻阅各种资料进行扫盲，对厂里安排的培训，认真细致的做好笔记，努力的学习相关的知识。在工厂决定派出一组技术人员出国培训时，徐敏以其扎实的技术功底，获得出国学习的机会。在法国培训期间，她主要负责 UM71 无绝缘轨道电路设备的测试部分，一是要学习掌握各种设备的工作原理、系统应用原理及生产技术。二是要学习掌握 UM71 设备的自动和手动测试系统原理，学习仪器仪表使用方法及进行系统维护等。在有限的培训时间内，要学习太多知识，大量的法文图纸资料需要她们梳理学习。为了能方便地阅读法文资料，她从法文字母开始学习，付出了常人难以想象的努力，在不到一年时间内，徐敏已经能够熟练地阅读原文资料、并能与外方专家进行口语交流。

她如饥似渴，夜以继日，圆满完成境外培训任务。回国后，徐敏主要负责 UM71 自动测试工作。她结合在境外培训获得的知识，确保了 UM71 国产化工作顺利进行。北信通过技术转让方式，从 CSEE 公司获得了该系统设备的生产许可证。在引进技术、消化吸收的基础上，该系统逐步实现国产化，并在我国铁路干线上广泛应用。

UM71 的国产化，不仅使得北信的生产管理理念和工艺技术水平发生质的飞跃，徐敏也锻炼为无绝缘轨道电路产业化领域的强者。

时间的脚步，总是一如既往坚定而又执着地前行着。不知不觉中，中国铁路进入全面提速的时代，造价昂贵的进口信号控制设备，已经无法满足中国铁路的发展。工厂领导再次审时度势，抓住机遇，于 1997 年，立项 21A 项目，对 UM71 进行功能替换，开发技术更先进、价格更低廉的产品，巩固工厂在铁路信号领域的地位。

徐敏经过岁月的锤炼，已经成为工厂的副总工程师，在她钟情的科研工作上继续攀登。徐敏作为 21A 项目的负责人，倾注了大量的心血。

有时下现场做实验一去就是一个月，爱人出差时，读小学的儿子委托邻居照看。儿子身背沉重的书包，脖子挎着钥匙，在拥挤的人堆里挤公交车，往返与家和学校之间……儿子很顽强，把自己安排的井井有条，从不让妈妈担心。提起儿子，徐敏内心充满着不安和愧疚，工作上的牵绊，让她疏于对孩子和家庭的照顾，没有尽到一个做母亲的责任。

但作为技术系统的带头人，21A 项目的负责人，徐敏把全部的精力都奉献给了她所钟爱的事业上。

2000 年 6 月，在京广线郑武段许昌站做 WG21A 替换 UM71 的试验时，盼星星盼月亮等了

3 天的天窗试验点终于安排上了，但天公不作美，突降大暴雨，霎时天昏地暗，是利用这次天窗点试验，还是再等下次试验机会？当大家还在犹豫时，徐敏非常果断地决定实验照旧进行。她把身体较弱的同志安排在室内测试，自己则跟几个小伙子一起冒着狂风暴雨在室外作业，雨伞在暴风雨中呼呼作响，遮挡着记录测试数据的表格。一连八个区段轨道电路室外室内设备的测试、持续三四个钟头每个人都从内到外浇了个透。徐敏回到住处后，全身疼痛，特别是腰椎和头，穿着的一双皮鞋都被雨水泡坏。此时的徐敏已经 42 岁了，长时间的淋雨，为她的健康埋下了隐患，直到现在腰椎的疼痛依然折磨着她。

2001 年，21A 项目的成功，使工厂拥有了第一个独立知识产权的系统设备，并成功应用在哈大线信号改造工程，让 21A 一炮打响。从这时起，工厂的生产产值也明显提升，技术系统的整个精神面貌焕然一新，完成了从量变到质变的飞跃，工厂也从此步入了快速发展期。

2005 年 10 月，中国高铁建设全面启动，这标志着中国铁路现代化建设已经进入到了一个全新的、高速发展的阶段。北信凭借着多年从事移频信号设备生产的雄厚生产及技术实力，承担了多条高铁列控系统设备的产业化任务。

有人说，一个人心有多宽，她的舞台就有多大，路就有多远。徐敏面对即将到来的高铁时代踌躇满志。

2004 年，经国务院批准的《中长期铁路网规划》拉开了中国高速铁路建设的序幕。中国通号作为专业化的轨道交通控制产业集团，相继中标京津、合武客运专线，为中国铁路的现代化承担起系统集成、产品配套和多项关键技术的国产化创新工作。北信作为集团的骨干企业，责无旁贷地承担着系统产品制造商的责任，承担着客运专线列控系统、车载系统及应答器等多项产品的引进、消化、吸收、再创新及国产化工作。

摆在徐敏面前的问题是，北信不是自己要选择什么样的课题，而是怎样高质量地完成铁道部和集团公司交给的"命题作文"。

徐敏以其敏锐超前的创新眼光，不断地学习、思考和总结，发表了"论制造企业如何有效保证铁路信号产品质量及可靠性"及"我国铁路客运专线建设的特点及铁路信号装备制造业的应对"的论文。

此文一经发表，就得到了行业内相关专家的好评。通号研究设计院教授赵自信这样评价道：这是一篇优秀的现代企业管理论文，把提升信号产品质量安全性、可靠性归结为铁路信号产品制造企业"一项永无止境的系统工程"的结论，寓意深刻，十分精辟。

虽然自己和整个技术系统即将面临严峻的考验，但徐敏认为自己是幸运的，她赶上了中国高速铁路发展的黄金时期。

2004年11月，中国通号与德国西门子公司结成联合体共同参与时速200公里"动车组列控系统车载设备项目"的投标。北信作为硬件制造技术合同转让内容的参谈方，连续几日，技术工艺、经营、价格等人员被集结到一个秘密的地下室，徐敏亲自主持研究西门子的技术转让内容、进行国产化制造成本分析。当室外雪花漫漫纷飞时、室内是灯火通明、通宵达旦……

2006年至2007年，徐敏作为铁道部专家谈判组代表之一，与国外四大轨道交通设备供应商：西门子、阿尔斯通、安莎尔多、庞巴迪公司轮番坐到了谈判桌前，就CTCS-3级列控系统（简称C3）硬件制造技术转让内容进行了艰苦的谈判。一个个日夜、一轮轮比选，从方案到细节的分析确认、直至以最优的性价比获得谈判的成功。

在与外方谈判的同时，徐敏以敏锐的眼光，暗中排兵布阵。她着手制定国产化实施方案、确定组织机构职能、进行人员储备、甚至连办公区布局、局域网搭建等等大小细节均考虑周全，为工厂迎接C3硬件制造技术转让建立工作基础和平台。

2007年8月10日，武广高铁列控车载设备和列控地面设备合同签订后，中国通号举集团之力，以北信厂为基地，承担了自主完成C3列控车载设备／地面RBC设备硬件国产化制造的任务。所有的工作在徐敏已经准备好的基础平台上迅速就位，工作立即得到全面展开。

自2007年9月，在徐敏的统一部署和指导下，各相关部门按照工厂的总体要求，按照电子产品装联供应商的要求先后进行了4次严格审核。审核范围包括物料的采购及存储、工作区域环境、操作者和检查人员培训情况及岗位能力、表面贴装技术、元件贴装、通孔元件的变形与插装、波峰焊、印刷电路装配、印刷电路装配和手工焊接、电缆线组装、小机箱装配、测试等14个方面。这些工作的开展为工厂顺利获得生产许可证奠定了基础。

近几年工厂大规模的扩能改造，硬件装备在不断的提升和完善，新技术新产品在不断更新。而工厂的通用工艺规程相比较硬件装备的快速提升和新器件的大量应用，通用工艺文件已显过时，已经不能适应工厂产能快速提高的需求。

2008年，徐敏同志主持开展了重新编制工厂产品的通用工艺规程，搭建适合工厂产业化的通用工艺文件体系的工作。

为了做好通用工艺升级工作，徐敏亲自策划组建了编写小组，小组由技术管理部、开发中心、工艺部三个部门组成，技术部负责进度监督、文件评审等，开发中心和工艺部负责文件编写及试用跟踪、改进完善等。通用工艺规程从物料进厂检验开始，涵盖电子装联、金工结构生产加工、产品入库等全过程，工作量非常之大。为了保质保量完成通用工艺文件体系的搭建工作，徐敏多次召开专题会、评审会。2009年完成了电装类26份、金工类16份通用工艺文件的编制并全部发放到相关的部门和岗位，实现了通用工艺规程全面升级。

为了确保工厂高铁供货和调试开通任务的圆满完成，徐敏组织召开了多次专题会讨论，对高铁的开通进行了周密部署，提前策划、制定联调联试及开通方案。指导工程技术部合理分配资源，满足现场需求；适时调整，不断适应现场需求。她多次深入高铁建设现场，指导现场工程技术人员。她精湛的技术，务实的工作作风，赢得用户的敬佩和赞叹，也为北信赢得广泛的赞誉。

高速铁路装备的大量应用，新产品和新技术层出不穷。为了保证新技术、新产品在中国铁路的建设中得到良好的应用，徐敏策划、组织编写 ZPW-2000A 等一系列产品培训资料，编写印刷了 ZPW-2000A 等一系列产品的用户手册。并在铁道出版社出版了《ZPW-2000A 型自动闭塞设备安装与维护》一书，该书内容精辟，图文并茂，几经印刷，依然供不应求，求购的电话经常打到北信技术管理部，被铁路电务工作者誉为"掌中宝"。该图书获得铁道出版社优秀图书奖。

在做好日常工作的同时，她经常与公司技术部的工作人员探讨和思考：作为北信人，如何站得更高，看得更远，做得更好。如何保持企业的领先优势。如何为铁路建设提供高品质、高可靠性、高安全性的产品，她的脑海里时时刻刻在思考……她组织策划，在公司内出版印刷了《北信科技》，为公司员工学习新技术、新工艺搭建了一个良好的平台。公司员工一篇篇关于新技术、新产品、新工艺的文章在《北信科技》刊登。与此同时，她还与公司技术管理部工作人员策划，在铁道通信信号杂志出版了两期北信《铁道通信信号增刊》，并在全路发行。《铁道通信信号增刊》的发行，进一步扩大了企业知名度和影响，受到铁道通信信号编辑部和业界的好评。

在全面总结武广国产化工作经验的基础上，徐敏参与讨论制订了第二阶段硬件国产化的实施计划，明确提出提高自主产品技术水平和物料采购掌控能力；完善配套测试检验装备、提升产品生产制造效率；结合运营及用户要求进行适宜性改进等工作目标。

2010 年 9 月 26 日、27 日，铁道部运输局会同科技司组织铁道部 C3 攻关组以及各路局专家，在北京召开了"CTCS3-300T 型 ATP 车载及 RBC 设备硬件国产化评审会"。

在评审会上，徐敏向各位专家详细介绍了 C3 硬件国产化的实施历程，专家们一致认为北信厂通过 C3 硬件国产化制造工作，构建了自主生产制造的工艺体系，提升了设备制造的过程控制能力，完善了质量保证体系，实现了设备规模化生产。

该项评审的通过标志着中国通号北信公司 C3 列控车载及 RBC 设备硬件国产化工作又跨越了新的里程碑，是对工厂历经 3 年的国产化工作给予的充分肯定。

武广高铁开通以后，伴随着中国高速铁路如火如荼的建设高潮，徐敏审时度势，以敏锐的眼光洞察着高速列控系统技术发展的方向，当北信被确定为列控系统设备生产加工基地，承担着各主要高速铁路列控设备生产制造任务时，她已经开始筹划着在完善列控设备生产制造技术的基础上，如何使客专产品走出国门走向世界。在中国通号各生产制造企业中她率先组织开展了轨道电路产品生产制造过程的安全评估工作，以欧洲 EN 系列铁路安全标准为基准，开展客运专线 ZPW-2000A 无绝缘轨道电路设备产业化安全技术的研究。通过研究 EN 安全标准在产业化方面的应用，提升产品在工厂化设计、生产制造、安装、维护过程的安全水平，培养专业人才，探索适合产业化的安全保障体系。同时，她开始着手组织对技术人员进行国际铁路行业标准 IRIS 相关知识的培训，贯彻产品质量的安全设计理念，组织进行了 RAMS 的培训，为下一步北信的长远发展打下了扎实的基础。

徐敏作为国家科技支撑项目中"CTCS-3 级列控系统装备产业化"任务的总负责人，组织编制完成了项目管理办法、组织实施方案，组织策划了各子任务实施计划等，从而按计划地推进国家科技支撑项目的开展。她注重产品质量，狠抓产品生命周期各种质量数据的收集和分析工作，2008 年她组织制定了产品质量数据统计分析的相关办法，派年轻的技术人员学习产品可靠性分析技术，与西南交大合作开展了 ZPW-2000A 无绝缘轨道电路可靠性技术的研究，学习利用先进的统计分析工具对几年来收集的 2000A 产品现场返修数据进行分析，找出产品生产及应用过程中的薄弱点，不断地对产品进行改进，路遥知马力，通过几年持续不断的扎扎实实的质量改进工作，使北信的产品质量不断提升，赢得了用户的赞誉，各路局不约而同地都指定采用北信生产的产品。

徐敏把全部精力都奉献给了高速铁路科研事业，在执着的追求中，也铸造了辉煌的人生。1992 年 5 月，获北京优秀青年工程师奖；2003 年，作为 WG-21A 型无绝缘轨道电路自动闭塞设备的研制人之一，获得中国铁道学会科学技术奖三等奖；2004 年，ZPW-2000A 型无绝缘移频自动闭塞系统，获中国铁道学会科学技术奖一等奖。2005 年，火车头奖章获得者；2010 年，被评为教授级高工。

勇于创新的技术带头人

——记中铁四局南京铁路枢纽三标段二工区工区长张汉一

黄爱国

张汉一

今年38岁的张汉一毕业于长沙铁道学院。历经十余个项目施工技术管理工作的磨练，既是一位施工经验丰富的项目负责人，又是一位出色的专业技术人才。

2008年秋，张汉一从重庆绕城公路项目一路风尘仆仆赶到金陵，在这里，他加入到国内最大的铁路桥群的施工管理序列，负责南京铁路枢纽NJ-3标跨秦淮新河、跨将军路以及秦淮新河和跨将军路之间的桥群施工，创造出他事业上的又一巅峰。

敢抓善管见真功

桥跨桥、桥绕桥、桥穿桥，多作业面、不同工序间相互交织，因施工技术复杂多样而著称的秦淮新河桥群堪称"铁路桥梁博物馆"，京沪高铁、沪汉蓉快速通道、宁安城际及3条动车走行线在相距不到200米范围内并行，形成4桥同跨秦淮新河、7桥同跨南京主干道将军大道、6桥同跨机场高速公路的壮观景象，被业界公认为"难啃的骨头"。其中京沪高铁原设计工期为42个月，后压缩为18个月，工期压力非常大。

张汉一同志所在管段主要位于秦淮新河，地质条件复杂，河水深，工程难度大，连续梁施工较多，安全风险高。他始终把保证施工安全和工程质量当作头等大事来抓。为切实做好安全质量各项管理制度，他针对本工作各工序及各工种的特点组织相关部门制定相应的安全质量管理制度，建立健全安全质量生产管理体系，落实各级管理人员和操作人员的安全质量职责，还和每家协作队伍签订了安全质量生产责任书，做到纵向到底，横向到边，人人有责，各自做好本岗位的安全工作。

对于安全质量工作，他常对大家说"思想认识对安全质量管理工作起到主导作用，如果思想认识不到位，即使制度再完善，保证措施再严密，也会因思想认识在执行时打折扣而影响实施效果"。为提高大家的安全质量意识，他不仅在早点名和每周的交班会上讲，他还安排要求组织工人到医院参观伤残人士，以血淋淋的直观认识提高大家的安全意识。

为了保证安全质量教育培训的实效性，他经常在培训后去工地以聊天的方式对培训的内容以及工人掌握的情况进行考查。为了保证安全质量管理能落到实处，并且现场能持续坚持下去，他组织制定各种考核制度。如：每月一次的由项目经理或书记带队，领导班子成员、各部门负责人、协作队伍管理人参加的安全质量大检查，在现场看完后，开会民主评议安全质量以及生活卫生的名次，对排名靠前给予奖励，最后一名处罚。根据工程施工的具体情况，还组织制定了支架现浇梁、挂篮施工卡控卡片等管理措施，对施工各重要环节进行卡控。他坚持首个施工构件质量不达标坚决废掉重来，他时常说"第一次就做好了，标准也就明确了，后面的活才能干好，所以质量标准起点必须高。"在他的带领下，项目部安全质量工作在 2009 年上半年铁路信誉评价中得到京沪高铁公司颁发的安全生产管理"绿牌"。

作为工区长，重任在肩。他把追求最佳效益作为自己的管理目标。建点以来，他投入很大精力在精细管理上下工夫。他组织各部门结合自己参战的工作实际，进一步修订各项管理制度，亲自审核，最终汇集成《南京铁路枢纽二工区管理办法》，要求各项管理工作遵照执行。他每季度召开一次成本分析会议，根据工程预算分析工费、材料消耗情况。对施工作业项目队，分部实行全方位承包，并根据工艺创新和施工进度加快的实际情况，几次调整工序承包单价，合理控制管理成本。

技术创新增效益

对技术工作，张汉一同志视之为建筑企业的生命，市场竞争取胜的法宝。跨秦淮新河特大桥水深 6～8 米、地质条件复杂，其中 8 个水中墩施工是最大的技术课题，水中墩施工方案选定要做到安全、经济、一次成功。为保证秦淮新河水中墩方案的顺利实施，确保深水施工的安全，他亲自挂帅组织编制秦淮新河水中墩施工方案，认真分析不利因素，不断优化施工方案，现场试打钢管桩和钢板桩等试验，最终确定了通过搭设栈桥作为施工通道、搭设平台作为钻孔平台、采用双壁钢围堰进行施工的方案。

深水基础双壁钢围堰施工技术在实际运用中已经很成熟了，但是要保证在三个月的时间完成双壁钢围堰的拼装、下沉和封底，紧迫性可想而知，尤其是桥址土质均为黏土、胶结密实圆砾土层为主，常规的吸泥法对于砂、砂夹卵石等非黏性土或胶结性能较差的土效果明显，而对于粘性土或胶结性能较好的土效果不明显，故单纯采用常规的吸泥、射水的方法下沉围堰比较困难，难以达到预期的目标。要保证在不超过三个月的时间在黏土和胶结密实圆砾土层中顺利完成围堰的施工任务，面临的挑战国内也甚为罕见。面对种种困难，他倡导科技领先，加大投入。为调动每位参战员工的积极性和创造性，工区专门成立了技术攻关小组，并将目标细化，根据细化的目标有针对性的成立 QC 小组，组织全员参与技术和工艺创新。如果吸泥、射水下沉效果不明显怎么办？张汉一同志带着攻关小组成员不等不靠，积极主动出击，一方面向集团公司内部的专家请教，一方面通过集团公司的力量向外部的专家请教，另一方面向相关施工队伍仔细了解他们所干的其他工程的施工过程，同时在繁忙的工作中还挤时间查阅相关论文、专业书籍，寻求妥善的解决之道。在他的带领下，技术攻关小组仅仅抓住围堰下沉的本质就是减小土体对围堰的摩擦力，减小外部摩擦力的最有效方法就是取土，取土一种是抽水后开挖，一种是水中开挖，很快明确了解决问题的方法和思路。

在首个围堰的施工中，不管工作多忙，他总是要挤时间去施工现场看看，有时还亲自进行数据测量。每次新的尝试时，只要没有开会或其他重要事情的影响，他总是在场，亲自过问第一手资料，风雨无阻。在第一次试验抽水开挖的可行性时，一边抽水，一边按制定好的方案准备好大量黏土袋，在围堰内水头还剩 3 米时，担心的事发生了，围堰内底层土体被外部压力击穿了，此时他镇定地通知现场将准备好的黏土袋沿围堰外侧抛填下去。最终，他们选定在双壁钢围堰下沉中采用以长臂挖掘机开挖和油压伸缩臂挖机取土为主，吸泥、射水、舱内配重等多种方式并用为辅的综合施工方法，通过现场八个双壁钢围堰的施工验证，圆满达到了预定目标，最终京沪高铁秦淮新河桥群 8 个水中双壁钢围堰从开始下沉到封底结束，平均 52 天，远小于期望目标 3 个月。

想方设法促大干

作为项目第一管理者，张汉一对自己严格要求。生活上有条不紊，技术上谨慎求真，管理上精细严格。他知道，现场情况变化快，管理者必须深入现场与大家共同研究，熟悉情况，及时解决问题。他每天至少都要去现场两次。大干时，与大家一样冲锋在前，吃、住、办公在现场。第一根钻孔桩开始浇灌混凝土的时候，他亲自到现场指挥。8月的南京天气酷热，那时的他头顶烈日冒着30多度高温，一边忙着安排技术员记录混凝土灌注纪录，一边自己亲自拿着测绳测量孔深，就这样和一线人员们一起完成了第一根桩浇注，他就是凭着这种严谨务实作风率先在全标段完成了第一个承台和第一个墩身施工。

他深知，企业要发展，人才是关键，自己不断学习钻研的同时，他经常到工程部和施工一线看看，找技术员谈谈。他经常会亲自带上技术人员去完成一次测量，检查他们的测量现场记录本，给他们压担子。有时他也会同时让几个人完成同一项交底，让他们相互比较，选择最优。用不同的方式方法，在工作作风、思想观念等多方面教育引导年轻技术员锻炼成才，他带出了一大批年轻的技术骨干。

秦淮新河特大桥群属于高空、跨河、跨高速公路桥，具有急、难、危、重四个特点，原合同工期为42个月，实际施工时间却只有27个月，尤其是京沪线和动车走行线施工时间仅有21个月。面临拆迁难、图纸不到位、跨秦淮新河100米连续梁施工等诸多困难，张汉一同志没有退缩，而是迎难而上。面对图纸不到位，他亲自挂帅主动和设计院联系；面对征地拆迁不到位，他经常过问征地拆迁进展情况，征地特别困难时他还亲自参予。按照倒排工期，仅跨秦淮新河（60+100+60）米连续梁上部施工至少就需要6个月，按照图纸到位后桩基抢完的时间，从上部结构倒排工期后，留给围堰的施工时间只有3个月。面临的压力可向而知。为了保证施工任务的完成，他制定了关键节点奖罚激励机制，将主要线路节点及工地现场存在的"卡脖子"地方制定专门的奖罚制度，将责任落实到现场主要管理人员和施工队伍身上，如：将奖罚落实到具体负责的领工员和技术员身上，将他们和干活的民工队伍实行挂钩奖罚。即：按期或提前完成奖励，拖后完成处罚；他还实行了关键线路主要作业面责任人挂牌明示制，在施工的关键线路的主要作业面上均实行相关责任人明示，即将该作业面施工相关的现场管理人员、技术服务人员、物资保障人员等均在明示牌上标出责任人及联系方式，便于在最短的时间内及时、有效解决现场存在的问题，要求相关管理人员做好现场相关服务工作。

为了做好宣传与鼓舞士气工作，他还组织举行了"大干100天誓师大会"，将所有参战人员从内部管理人员到外协民工队伍，均选出代表参加宣誓活动，增强参战人员的荣誉感。对前期施工进度及综合管理优秀的作业队伍奖励5000元现金，对起领头作用的队伍授予流动红旗，让他们悬挂在作业面上。通过这些有效措施保证了工程的快速推进，在指挥部"七比七创"劳动竞赛中多次获得第一、二名的好成绩，圆满完成了各项生产指标。

从追赶到引领 高品质的奥秘

——中铁电气化局为京沪巨龙插上腾飞的翅膀

王志坚　胡　山　李忠民　李朝臻　李胜东　焦文军

从 2011 年 5 月 11 日全线"试跑"，到 6 月 30 日正式通车运营，京沪高铁牵引供电系统经受了高速大密度运行和大电流负荷的考验，接触网弓网接触压力、静动态高差、离线率等评价指标都无超标，被专家誉为目前国内也是世界上最稳定、质量最好的牵引供电系统。

中铁电气化人凭借京沪高铁大舞台，完成了高铁牵引供电系统从追赶到引领的华丽转身，实现了中国高铁电气化历史性飞跃。

自主创新搭建高铁技术平台

京沪高铁牵引供电系统包括接触网、变电、电力系统工程。其工作量之大，施工技术、工艺要求之高，在我国电气化铁路建设史上前所未有。仅接触网工程就需组立支柱 6.5 万根，架设网线 4 千条公里；变电工程需新建 27.5 千伏牵引变电所 26 个、其他各类所 / 亭 86 个。

作为中国电气化铁路建设的国家队和主力军，中铁电气化局集团走过了 53 年的辉煌历程，从宝成线为"钢铁蜀道添翼"，到京津、武广、沪宁、沪杭高铁的"陆地飞行"，几代电气化人始终瞄准世界电气化施工技术的发展趋势，从零起步，奋起直追，向"国内领先一流"的目标执著前行。

在京沪高铁，包括接触网导线恒张力展放工艺、全补偿链型悬挂精细调整工艺、18 号及 50 号无交叉线岔安装调整工艺、隧道内高速接触网施工工艺等在内，集团编制了全套《作业指导书》，形成了具有前瞻性和指导意义的《高速客运专线牵引供电系统技术标准》、《350km/h 高速接触网施工技术》等技术标准和工艺工法 100 余项。

为锻造高品质的京沪高铁呕心沥血。集团科技人员应用接触网工程仿真计算软件，配套应用接触网腕臂预制平台等多项具有自主知识产权的新技术、新工艺，全面推行工程数字化处理技术，使接触网测量、计算、预配、悬挂结构安装调整一次精准到位。集团一线员工相继发明的开口销微型处理器、拉线煨弯器、防风斜率尺等几十种特种安装工具，解决了施工中遇到的难题。

为了摒弃以往普速铁路的传统思维方式、施工工艺和标准，熟练掌握高铁的施工作业程序和工艺标准，集团京沪高铁项目部建立了全员全过程培训制度，对所有参建人员进行高铁意识和技术工艺技能培训达 3 万余人次。对 283 名作业队长、技术主管、工长、班组技术员进行了学院式强化培训；对万余名作业人员进行业校式强化施工技能培训和技术交底，并在作业队驻地建立模拟接触网作业练兵场，经培训考试合格方可上岗作业。

参建各公司项目部对质量分级管理、分级控制的管理办法进行细化，建立 8 大类、115 项分级质量控制点，明确创建精品工程的目标责任链，8 个 I 级控制点由各级经理负责，60 个 II级控制点由专业工程师负责，设计、施工、监理单位依据项目部规定，分别明确了责任包保人，清晰界定分级包保，落实责任追究制度。

中铁电气化局集团万余名建设者用心血和智慧忘我拼搏、奋勇争先，终于创造了高铁"大编组动车双弓受流"世界第一速度。一个个工程节点目标相继如期实现，一项项综合检测数据全部达标，赢得了专家和检测人员的赞誉。

精心雕琢，追求完美。他们的工程虽不是艺术品，却胜似艺术品。

精确度从厘米级到毫米级的跨越

动车组高速运行中，与铁路设备三点式接触：下部两个轮子与两根钢轨滚动接触，简称轮轨关系；上部受电弓与接触网导线摩擦接触，简称弓网关系。

接触网导线必须处于精确的空间几何位置，偏离了弓网就会"分家"，造成脱弓；接触网导线又必须保持高度的平顺性，不平顺就会加大受电弓离线率，影响受电弓正常取流，甚至造成弓网烧损；接触网导线还必须耐受高速运行摩擦力、冲击力、抬升力、位移力的多重力引发的振动，保持"大编组动车双弓受流"条件下"弓网关系"正常。

国内外专家对此得出结论：高铁的最高速度最终受"弓网关系"制约。国内外专家也因此评价：高速接触网导线是"高铁皇冠上的明珠"。

1318 公里京沪高铁，就是中铁电气化人组装牵引供电系统的"大车间"，施工人员像组装飞机一样严谨精细，将上千万接触网部件精确安装到位。在导线架设和调整作业中，人们更像怀抱婴儿的父母，小心翼翼地呵护这颗"皇冠上的明珠"。

为了擦亮这一"明珠"，建设者创新施工工艺，实施"仪器化测量、软件化计算、工厂化预配、精确化安装"。项目部在全线建立了静海、泰安、蚌埠、昆山四个标准配置的物流预配中心。在这里，传统的野外高空接触网腕臂、吊弦安装，转变为在室内预配作业平台上精确预制；传统的凭经验紧固作业，转变为红外线水准仪测平、定位，力矩扳手精准紧固；每一组吊弦成品，误差精准到毫米级；每一组腕臂上百个紧固螺栓，根据受力计算，按44至100牛·米五种力矩，一一拧紧。作业人员复读数据、呼唤应答、流水线作业，并专设质量复查环节，有效地控制了接触网受力零配件组装精度，避免了现场安装误差，确保了接触网悬挂体系的整体精度和稳固性。

为了擦亮这一"明珠"，接触网导线展放采用了先进的恒张力架线工艺。从起锚开始，在作业指挥人员的指令下，架线车各环节工作人员和车辆驾驶员相互配合，保持匀速行驶，并确保导线在展放过程中的恒定张力。京沪高铁数千锚段总计4033公里导线，经架设后测量仪实测，每米平直度均达到了0.03 ~ 0.05毫米以内，比0.07毫米直径的发丝还细，其精确度创造了中国乃至世界第一。

在全线施工中应用激光检测仪、张力测试仪等精准的检测仪器，数字化指导接触网的精确安装。采用具有国际水准的非接触式接触网检测车，精确检测接触网静态尺寸，指导接触网精确调整。从普速电气化施工到高速电气化施工，不仅仅体现在施工标准从厘米级到毫米级的跨越，还体现在施工机械、工具、检测设备的精准化，更体现在掌握了高铁牵引供电系统施工技术的中铁电气化人，从观念意识到技术能力的整体嬗变。

中铁电气化人以高精度、高质量保证高可靠、高速度，彰显了"勇攀科技高峰，争创一流"的精神境界和风采。

高速动车组的"安全保护神"

京沪高铁的数据采集与远程监视控制系统（SCADA）被喻为高铁供电设备的"神经中枢"。以徐州为界，北京和上海两个电力调度中心，通过该系统实现对所有变配电所、接触网、车站的1万多个电器开关的遥测、遥控、遥信、遥视。

京沪高铁SCADA系统的调试作业，要有绣花姑娘的细心、精心和耐心。全线30万个信息点，将调度中心的主控设备，与各类被控设备逐一对接，要进行海量的数据测试和核对，这些看起来精密先进的设备系统，分解开来，就变成了无数单调枯燥的点对点调通试验，每一对信息点的检测信号，必须可重复地确认三遍。一组设备的若干测试点，有一个出现差错，就要全部推倒重来。

2011年3月，电气化公司项目部的杜卫华和他的团队，开始北京至德州管段范围320公里SCADA系统调试工作。沿途变配电所、隔离开关等，总计6万个信息点，需要逐一定位调试，每天要保证完成 2000 个测试点，工作量非常大。

为了确保信息传输的准确性与有效性，他们跑遍了每个工点，在现场与调度台端实联测试，对信息点一一核对、确认，忙起来就顾不上休息，经常到深夜一两点才草草吃上一顿饭。手机成为传递调试信息的必备工具，每天电池要更换四、五块。经过 45 个日日夜夜的不懈地努力，他们在全线率先完成了调试任务。杜卫华编制的《京沪高铁远动系统调试方案》，很快被作为样板在京沪高铁全线推广应用。

2011 年 5 月初，中铁电气化局集团仅用短短的 60 天时间，就高质量地完成了全线 SCADA 系统调试工作，创造了全国高铁远动系统调试与动车试运行同步完成的先例，受到铁道部运输局装备处领导的高度赞扬。

中铁电气化局集团为京沪高铁建造了全方位的防灾安全监控系统。该系统由风速监测、雨量监测、地震监控和异物侵限监控 4 个子系统构成，能在运营过程中及时监控极端天气情况、地质灾害信息并采取相应措施。如地震监控子系统在全线共设置地震监控点 31 处，能及时准确地监控地震波，当京沪高铁线路遇到烈度大于 6 度的地震（地震动加速度 >0.04g，相当于 5 级地震）来袭时，能自动发出报警信息，并控制地震区域的列车减速或停止运行。

防灾安全监控系统是站后工程最后进场施工的专业。2011 年底。中铁电气化局集团通号设计院项目经理李岩接到任务后，立即开展设计联络和设备选型采购，同时组织人员、设备以及施工机具进场。施工局面刚刚打开，春节来临，他们放弃了与家人的团聚，抢时间投入紧张的设备联调阶段，这一仗仅仅用了 107 天。

2011 年 6 月 26 日，京沪高铁防灾系统开通投入使用，高速动车从此有了忠诚的"安全保护神"。他们的努力，为京沪高铁电气化工程画上了一个完美的句号。

在京沪高铁上扬帆起航

——记中交集团二航局二公司京沪高铁常州制梁场

伍 桀

"纵横大江南北舒广袖，驰骋京沪高铁舞长龙"，这是中交二航局京沪高铁常州制梁场大门口的一副对联，从对联可以看出承建这个梁场的建设者的大气与胸怀。走进这个占地198亩的制梁场，你会被一种豪迈的氛围包裹：施工热火朝天，生产有条不紊，现场整洁规范。如果说京沪高铁是一条1300多公里的长河，那么常州梁场就是一艘巨轮，停靠在江苏省常州市横山桥镇京沪高速铁路的丹昆特大桥旁。它承担着748孔、每孔重达900吨的高速铁路所需要的箱梁的生产、运送、架设任务。

高标准、高要求，建设一流高速铁路，这是个艰苦卓绝的任务，既有广泛的社会效益，更有深远的政治意义。这样的工程，自然会与一流的队伍联系在一起。进一步走近这个梁场，你会发现"驾驶"这艘巨轮的"水手"，他们的平均年龄还不到35岁。他们自信、刚强、果断、睿智。试制中交股份京沪高铁第1孔箱梁；中交京沪首家通过认证许可；京沪全线首孔箱梁提梁上线；架设中交京沪项目首孔箱梁等"四个第一"的成绩足以证明了他们是真正的"水手"！这群中交第二航务工程局第二工程有限公司的青年人，在不到半年的时间里完成了征地、拆迁、建临舍、建梁场、制箱梁、运梁、架梁全部过程，一个昔日河塘交织、阡陌纵横的地方变成了现代化的制梁场。每一个足迹都令人骄傲，每一次回眸，都令人感慨万千。如今，在他们的努力下，提前两个月完成合同预制箱梁任务，按时完成了新增加的箱梁制架任务以及防水层施工任务。在这里，曾经有一艘搭载理想和希翼的"青年号"巨轮浩浩荡荡，扬帆远航！

起航：打响第一炮

这确实是一支年轻的队伍，也许他们见证过一流大桥的修建，也参建过高速公路和码头。但是，对于铁路，他们还是第一次亲密接触；这实在是一支年轻的队伍，场长张浩才32岁，其他副职也都是 70 后的，技术人员中只有工程部长才工作满 3 年，其他的都刚刚工作一、两年，脸上的稚气尚存，身上的书味犹在。然而，他们要修建的是中国第一条高速铁路，面临着一流水准的考验。

京沪高速铁路，是国家《中长期铁路网规划》中一次性投资规模最大、线路最长、技术含量最高的一项工程，也是我国第一条具有世界先进水平的高速铁路。中交股份京沪高速铁路土建工程六标段从江苏常州东特大桥至上海虹桥车站，正线长 153.745 公里，其中桥梁总长度 152.42 公里，占正线长度的 99.12%。

中国交通建设股份有限公司承担的土建六标段共设有 6 个制梁场，常州制梁场承担着为常州东桥段、常锡澄桥段和部分无锡西桥段提供 748 榀箱梁的（后增加到 855 榀）预制、架设施工任务。

面对着这个工程，面对这样一支年轻的队伍，面对许多人怀疑的目光，场长张浩紧锁双眉，这个从川西大山走出的学子，在山西晋侯高速公路磨练了八年，也算经历过一些风浪考验的"水手"了。他在自己不长的人生历练中已经明白了这样一个道理：只要实干，认真负责，就没有干不了的事！在看到这群年轻人稚气的同时，他也看到了这群年轻人脸上的无畏！他脑子里总是不停地闪念：年轻，就是资本；年轻就可以战胜一切困难！于是，紧锁的双眉舒展了，他暗暗告诫自己，一定要把这支年轻的队伍带出来，书写 80 后的精彩篇章。

他是这样想的，也这样做了。然而，老天爷仿佛故意要考验一下这群"初生牛犊"。当他们刚刚从天南海北落脚到常州这个地方，第二天长三角的天空就飘落了纷纷扬扬的雪花。顷刻之间，美丽的江南就变成了一片白雪皑皑的银色世界。老天爷是要用雨雪冰冻洗涤他们长途跋涉的满身征尘？还是要把多姿多彩的大地变成一张白纸去让他们去画出一幅世界上最美丽的图画？张浩和他的团队根本没有时间去读大自然的语言，就投入了紧张的施工中。战风雪、修便道、搞拆迁，风雪里，他们的热气融化了冰雪；泥泞中，他们蹒跚前行。找临舍、进农家、到现场、走村舍，他们用真诚打动着语言不通的村民，用热情化解彼此的误解。

考验，说来就来，刚进场一周时间，原铁道部副部长、现任京沪高速铁路公司董事长的蔡庆华就要来看常州制梁场建设情况。能否给蔡部长一行人一个好的印象？能否打开良好施工局面？能否掌握施工的主动权？这一切，对于第一次进入高速铁路施工领域的队伍，意义非常重大。常州制梁场的干部员工得到这个消息的时间是 2008 年 1 月 17 日晚上。当时，在暂住的一个小旅馆的一个房间里，这群年轻人跃跃欲试，情绪激昂。经过短暂的会议，最后形成一个共识：抢修一段便道出来，两边摆上进场的机械设备，打响京沪全线第一炮，一展中交风采。

说干就干，1月18日那天一大早，制梁场的全体员工就开始抢修500米的施工便道。他们冒着大雪，掀开厚厚的冰雪，填上石渣灰土，推平碾压。一时间，这短短的500米便道上，推土机、挖掘机、装载机、平地机、压路机交叉作业，来来往往，人欢马跃。他们忘记了大雪，也忘记了寒冷。飘落的雪花轻轻落在他们的头上，抚摸着这些年轻俊朗的脸庞，凛冽的寒风，在他们嘴上拉开了口子。当晨曦初露，一条宽敞整洁的500米便道呈现在了面前，这些疲倦的年轻面孔仿佛听到一个声音在说：突如一夜神兵到，中交二航打响第一炮。雪花渐少，太阳在天边露出了半张脸，一幅美丽的风景画展现在人们面前……

19日上午，蔡董事长一行来到了制梁场，走在便道上，双眼看到便道和施工的机械设备时，听说是一夜抢修出来的，由衷说道：中交队伍，果然是钢班子、铁队伍！以前只是听说，如今亲眼所见，真是名不虚传！建设一流的京沪高速铁路，有了中交这样的队伍，我们信心更足了。

出击：变被动为主动

打响了第一炮，只是万里长征的第一步，接下来，千头万绪的工作接踵而来。时间紧、工期短、要求高、任务重压得所有的人都有点喘不过气来。甲供材料的不确定、大型设备进场缓慢、征地拆迁的坎坷，取证经验的缺乏……张浩和他的团队遇到了前所未有的困难，这些困难考验着这个年轻的团队。等，必然是死路一条！干，无粮无草无经验，浑身是劲却不知道用在什么地方。张浩和他的团队陷入了深深的思考中，短暂犹豫后，他们做出个大胆的决策：主动出击！

接下来，他们首先从物资着手，突出一个"快"字，在图纸还没有下发，资金也还没有到位，征地拆迁工作还正在紧锣密鼓推进的情况下，把周围的一些地材以及有可能成为甲供材料的都率先拿到北京去检验，拿到权威单位的检验报告后，抢先进行地材的储备，拿到甲供主材的通知后，他们就立马与厂家联系，快速引进甲供材料，一马当先。在率先储备好物资的情况下，为其他工作赢得了宝贵的时间，其他工作也就迎刃而解了。为按时成功浇筑京沪高速铁路全线的第一孔箱梁打下了坚实的基础。

其次是抢抓时机，促使设备神速进场，火速投入使用。通过不断和提供设备的单位沟通、交流，让他们充分理解这里的紧迫性，加快大型设备的调运速度，仅用不到一个月时间，梁场所需的900吨架桥机以及混凝土设备、龙门吊等悉数进场。而后，全面发动，实施重点突击，24小时轮班安装调试，按常规需要二个月才能安装调试完的设备，通过抢抓时间，缩短工序转换时间，最后不到一个月就调试完成并投入使用。这样一来，当各级检查组到达梁场，看到整齐、雄伟、壮观的设备仿佛一夜间神奇出现，并投入使用，其惊叹之余，再挑剔的眼光也会变成赞许的眼神。各种设备的抢先到位，有力地推动了后续工作的全面展开，产生了极大的经济效益和社会效益。

最后，走出去，请进来，共享资源。虚心向别人学习，是变无知为有知的捷径，也是这个年轻团队奋勇前行的动力。建场之初，在毫无经验的情况下，他们主动去学习别人的经验，发扬二航人当年第一次建桥的传统，谦虚学习，卧薪尝胆。他们先后到多个梁场学习，逐渐掌握了关键技术和关键环节。与此同时，这些年轻人积极引进别人的经验，把专家、有经验的老前辈请进来，听他们讲课，接受他们的建议，诚恳改正他们提出的问题。通过这些专家的合理化建议，张浩和他的团队避免了很多弯路。尤其是一些技术员还通过网络，得到一些知名教授、专家的指点。有了这样的态度和得到这些资源，这个年轻的团队在工作上很快找到了切入点。

使命：争创一流

从地理上来看，制梁场的生产地点就是在常州武进区郑陆镇三皇庙村内的丹阳至昆山的特大桥常州段 DK1156+910 右侧，和其他许多工厂一样，毫不起眼，所承担任务也平凡普通，就是完成 855 榀箱梁的预制、运送和架设任务。

然而，事情远不是想象中的简单。京沪高速铁路设计时速为 350 公里，主体工程必须"安全使用 100 年"，仅从这个两个数字，就可以知道对工程质量的严格要求已经近乎苛刻。这个年轻团队必须经受住一流水准的考验。

工程建设刚刚开始，制梁场班子成员和干部员工，就坚持以"科学发展，构建和谐"为参建京沪的指导思想；以"开好头、起好步、强势推进"为建场的工作思路，把项目工程快速地引入到"高、快、细、严"的框架内。抓好班子建设、员工队伍建设和项目文化建设，为高标准、高质量、高效率地完成箱梁生产任务奠定了坚实基础。为了确保箱梁质量，他们在生产过程中，对每一道工序，以及相应工装设备的安装都制定了详细的质量要求和验收标准。每一道工序、每一个作业工班都必须无条件的严格执行，以确保箱梁的整体质量。比如每孔箱梁的平面平整度误差不得超过 3 毫米 /4 米、2 毫米 /1 米，为创一流工程打下了牢固的基础。

箱梁庞大无比，可他们在制作和施工中都坚持做到精工细做，不放过任何一个细小的可能影响质量的环节。往往一些容易被忽视的细节，他们的眼睛比老鹰盯小鸡还紧。在箱梁的外观、外形尺寸、梁面的平整度、剪力齿槽、侧向挡块的技术标准、施工工艺以及原材料检验、混凝土试验等方面，紧盯不放，坚持标准化管理，要求各行各业，每一个员工，认真落实质量、投资、工期、安全、环保与技术创新"六位一体"的管理控制体系。严格执行各方面的管理标准和制度，务必达到箱梁产品一次检查验收合格率达到百分之百。

为了达到一流的箱梁质量要求，他们建立了质量管理机构，负责制定了创优目标和措施。而且还成立了工人、技术人员、管理人员"三结合"的 QC 小组，专门负责对箱梁预埋件、箱梁混凝土微裂纹、箱梁混凝土弹性模量影响因素、箱梁运送和安装、支柱压浆饱满度等方面，运用 PDCA 循环法施工，实施严格的质量管理，有效克服了施工中容易出现的各种质量通病，为提高箱梁质量做出了贡献。

建设：从团队开始

一个团队需要一种精神，需要这一种气质；一个项目需要一种氛围，需要一种文化。而铁路建设，又在一定程度上重视这种氛围和文化。在抓团队建设上，这个年轻的集体主要从以下几点开始：

一是抓团队建设的发展。一个优秀的团队，不以发展为前提，必然是死路一条。要发展，离不开人才的培养。梁场领导班子决心通过这个工程，培养一批铁路施工的人才。不仅技术上、管理上要过硬，在思想、作风上也要过硬。通过一年多的精心培养和苦心磨练，在公司中标沪杭客专高速铁路的时候，李世民、何志军、曹开煜、代前兵、杜权、陈大辉等一批人才在这个新的铁路项目发挥了中流砥柱的作用。

二是抓团队精神的建设。作为一个年轻的团队，张浩注重团队精神的建设，项目成立以来就大力倡导"敢于拼搏，甘于奉献"的精神，发扬二航人"四海为家、艰苦奋斗"的创业精神；"穷则思变、敢为人先"的创新精神；"爱岗敬业、情系二航"的奉献精神。并结合项目的特点，结合当地文化，很快形成了"严格程序、规范操作、勤俭节约"的团队精神。有了这样的团队精神，这个集体就有了一股力量，有了灵魂，从而克服了一个又一个困难，完成了一个又一个施工任务。

三是抓团队的文化建设。项目部在围绕搞好施工生产的同时，注重项目文化的提炼，充分发挥党支部、工会、团支部的作用，成立了"党员先锋队"、"青年突击队"，设立了"党员示范岗"、"团员示范岗"等。同时组织开展了各类文体活动，如足球、篮球、乒乓球友谊赛，成立"青年之家"、"图书室"等，购置书籍、乒乓球、象棋、围棋、军旗、跳棋、羽毛球等文化设施和体育用品。组织员工开展春节、"三八"、"五一"等重大节日活动，这些活动，既能为紧张工作缓解压力，也能团结职工、凝聚人心。

积极开展多种形式的活动，让全体职工有了一种团队荣誉和自豪感，一种使命和责任感。形成特色的项目文化，这种团队的气质和特有的文化在施工生产上则表现为一种拼搏、奉献的大局观。

四是抓和谐团队建设。以人为本，和谐发展一直是常州梁场奉行的原则。项目成立以来，领导班子团结，决策民主，员工上下和睦相处。先后多次获得公司劳动竞赛先进单位和二航局先进党支部、"青年文明号"等。项目部还组织员工过集体生日，加强员工之间沟通，使得员工有了一种归宿感、集体荣誉感。

必然张浩和他的年轻团队在营造一个有正气、实干的、严肃的、创新的团队。项目部形成了和谐的、具有文化内涵的、具有特有精神的集体。通过这些精神和文化的引导，在生产上形成一种大局观，一种拼搏、奉献、自强意识，使整个集体上下思想统一，心往一处想，劲往一处使，自觉维护这个团队的利益，把团队的利益和荣誉放在首位，这样的一个团队，一个集体，具有深度和灵魂，就能克服一切困难，完成历史赋予这个团队的使命。

青春：挥洒在京沪高铁

一艘扬帆起航的巨轮，必然要经历狂风巨浪的考验。从船长到水手，挥洒青春，身上的稚气渐褪，脸上有了坚毅，有了沧桑。京沪高速铁路在不断延伸，他们背后感人至深的故事也越来越悠长……

"船长"，也就是身为制梁场场长的张浩，是一个川汉子，从大山小村之中走出来的农民儿子。从学生时期就懂得人生艰难、拼搏努力才有出息的张浩，是他们村中第一个考上大学的孩子。1996年秋天，他父亲送他到火车站坐上列车到重庆读书。为了供他读书，年过半百的父亲还到山西小煤矿去打工挣钱。每当他遇到困难时，他就想起了父亲。如山的父爱，给了他在京沪高速铁路工地冲锋陷阵的勇气和力量。他也曾焦虑过、迷茫过、彷徨过，但最终他还是带领他的团队战胜了一切困难，在工程质量、安全、文明施工上一路领先。把一个年轻的团队锤炼成一个攻无不克、战无不胜的团队。

余成勇，梁场党支部副书记。架梁的直接责任人。不要看他刚到这个项目不到半年，对整个架梁工作已经很熟悉了。如果你怀疑他一个搞政工的能否管好生产，那你就错了。提梁、运行、支腿、架梁……这些专业术语，他开口就滔滔不绝。什么地方是重点，什么地方是关键，他胸有成竹。作为直接责任人，他总起早贪黑，半夜查看。忙起来的时候，连给远在家里的妻子打电话都成了一件奢侈的事，往往只能在去工地的车上和妻子说说话，逗逗只有半岁的孩子。每次谈起孩子，他眼睛里总是要湿润，35岁得子，孩子刚满月就离开了，如今一身尘土一身沙，只能在电话里"听"这孩子的成长……而看着延伸在广阔田野里的京沪高铁，他更多的是欣慰。

梁场两大"健将"副场长何官健和总工程师邱祥建，两个副职领导掌握着梁场的两大关键。经历过苏通大桥磨练，性格外向的何官健，分管物资和一个作业队，钢筋水泥、河砂石子、焊接绑扎，每天都有千头万绪的事情，他一忙起来，连在工地守候的妻子都难得和他照面。每次调度会上，他总是最"啰嗦"的一个。总工程师邱祥建个性比较内向，不喜张扬，可对工程施工工艺和技术做到了精益求精。面对着高速铁路 900 吨箱梁，为了优化一个科学合理的施工方案，他查阅了许多国内国外的相关资料，从制梁的钢筋绑扎到吊装，从预埋件的精确度到混凝土的浇筑，每一个细节、每一道工序他都思前想后计划周密，安排得科学合理。他严格要求自己，也严格要求技术员和一线队伍，"要干就干出一流的水平，要让党中央、国务院、铁道部的领导放心，让全国人民放心。"

工程部的郭万中，一个刚毕业 4 年的大学生，为了完成梁场的工作，把相处 8 年青梅竹马的恋人也弄丢了。每当想起那段往事，这个胖乎乎的小伙子，总是抑制不住自己的情绪，眼睛立即噙满了泪水。去年，四川汶川大地震的时候，在成都的女友要他回去，陪伴驱散地震的恐惧。可制梁场当时正处在取证的关键阶段，作为工程部长的他，很多工作都是一直在亲手操办，如果离开，势必造成脱节。这样的关键时刻，他犹豫了片刻，选择了后者。在电话里，他用了整整 3 个小时的时间，朋友也通过电话劝了恋人 1 个多小时。然而，地震的阴霾强烈的占据着恋人的心，用她的话说：一瞬间，什么都没有了，生命如此脆弱，而我守候的是没有尽头的期待，要是我被掩埋在废墟下了，要是我在生命的最后时刻，连我最亲爱的男朋友都不能看上一眼，我为了什么？！我能等来什么！……女友在电话里大声质问，大声哭泣。电话这头，郭万中只能沉默，泪水顺着脸颊，淹没了他所有的语言。他想咆哮，他想狂奔，他想用头撞墙，然而，最后他选择了到场长办公室大哭了一场。就这样，这个刚毕业 4 年的大学生，做出了人生第一次艰难的抉择。接下来，每天工作到凌晨 2 点，早上 6 点起床，忘我的工作冲淡了他的思念，换来了梁场工作的进展。取证通过后，他把自己一个人关在寝室哭了一夜。

杨永宏、魏永拴，梁场的两个技术主管，风里来雨里去，协调生产，处理技术难题毫不含糊，被誉为梁场两"虎将"。杨永宏怀孕的妻子一直在工地陪着他，他却很少有时间陪着妻子，最多的时候就是在办公室叫妻子帮忙做资料，这个时候那种红袖添香的意境总是能让大家投去羡慕的眼光，殊不知这是他们在利用一切机会团聚的无奈。魏永拴，尽管在热恋中，但他总是把工作放到第一位，同在一个工地的恋人既心痛也理解，总是默默无闻帮他做一些力所能及的事情。

曾雪峰、刘祖金，架梁队的两个技术员，他们 24 小时轮流值班，用脚步丈量京沪高铁，寒来暑往，迎来晨曦，送走夕阳，被架梁队亲切称为"两兄弟"。

龚涛、卢金山、刘金国、史卫、刘洋、欧立、李春，这七个 80 年代后期的年轻人。平均年龄不到 25 岁，被誉为梁场"七侠"。个个生龙活虎，工作一丝不苟，张拉、压浆、温控，每一个人都把标准化生产程序烂熟于心，干起工作来毫不马虎，为梁场的生产竭尽全力。

李林、黄文淑、吴阳惠子、易小琴、任靖，五个窈窕淑女，每天都要处理大量的工作，尤其是分管资料的李林和黄文淑，每次大小检查，都是她们最忙碌、最紧张的时候。每天在堆得比她们还高的文件盒面前忙碌，淹没了她们美丽的面容。当夜幕降临，她们就在项目部坝子里跳起健美操以此消遣心中的烦恼与生活的单调，被大家亲切称为梁场"五朵金花"。

就是这样一群青年人，他们有苦不言苦，有泪不轻弹，再累不说累。他们把青春挥洒在京沪高铁，用赤诚浇筑精品，他们驾驶着京沪高铁的"青年号"巨轮，挥动理想的双桨，乘风破浪，浩浩荡荡，在京沪高铁浩瀚的航线上留下了自己无怨无悔的足迹！

建桥，建大桥，建中国一流的大桥，17年里他踏遍青山人未老。如今，他又冲锋在建设一流的高速铁路的施工技术高地。他，就是京沪高铁四标段中铁十二局集团项目经理部总工程师赵常煜。

青春，在京沪高铁闪亮

——记中铁十二局京沪高铁项目经理部总工程师赵常煜

王学东

赵常煜

举世瞩目的京沪高速铁路，自2008年4月18日温家宝总理亲自宣布开工以来，10余万建设大军夜以继日，贯彻"标准高一格，质量严一等"建设理念，力争早日建成"一流高铁"。为了交出一条经得起历史检验的中国高铁的标志性工程，中国铁路建设的精英尽出，奋力拼搏……

今年40岁的赵常煜，就是承建全线最长的第四标段的中铁十二局集团项目经理部的总工程师。

17年的技术积淀
——他与企业一起成长

时光回到2008年初，举世瞩目的京沪高铁开标了。中铁十二局集团夺得全线第一大标——土建四标，线路总长285.7公里，总投资170亿元。集团上下欢声雷动，紧锣密鼓地筹备上场，召唤精兵强将上高铁，召开了隆重的上场动员大会。十二局集团决定，由集团总经理宋津喜亲任项目经理，集团总工程师高治双任项目常务副经理，集团工会副主席张仲理任党委书记，率队出征。

远征江淮，高治双点将一员——赵常煜。赵常煜何许人也? 来京沪之前，赵常煜是中铁十二局集团武汉天兴洲公铁两用长江大桥、武汉北编组站两个大项目部的总工程师。两个高科技、高难度、高风险且工期紧的"三高"工程，已胜利在望。用这位工程技术战场上的猛将，迎战京沪高铁这个高技术工程，最合适不过。

此时的赵常煜37岁。自1993年从西南交大桥梁系毕业后，青春已经在建桥事业上熠熠燃烧了15年。在黄浦江上建设上海奉浦大桥、在福宁高速公路上建设八尺门跨海大桥、在西北荒漠建设神延线秃尾河大桥、在太原汾河上建设最宽的城市大桥迎泽大桥、在广东建设太平立交桥、沙湾大桥。从技术员、技术主管到工程部长、常务副指挥，从项目总工到局指总工，从工程公司到集团指挥部，角色在变，痴心不改，阵地依然，那就是建桥，建大桥，建中国一流的大桥。

赵常煜是幸运的。因为他来到了中铁十二局集团，这个铁路建设的"王牌军"。工地上，与他朝夕相处的老师、前辈，真是星光灿烂——王志坚（现在铁道部任职）、高治双、原军、辛维克、史聪慧、赵晓文、张福才……这些十二局集团培养出的知名桥梁专家，正是他们，在不同时间段内带着年青的赵常煜攀登科技高峰、指导他攻克一个又一个施工难题：三向预应力钢筋混凝土箱型连续梁、变截面单箱四室预应力连续箱梁、铁路第一例专用支架造桥机建造64米简支梁、1200吨进口移动模架制架梁……钢栈桥、打桩船、清水钻、水上大型浮吊、钢吊箱围堰……一项项新技术、一个个建桥设备，虽令人眼花缭乱，但足以丈量出——他事业的高度，青春的厚度，根扎的深度!

根深才能叶茂! 赵常煜，走过了一条具有中铁十二局集团特色的人才成长之路。他的舞台在不断变高变大，他在跨越大江、大河中，与企业一起成长。

如今，他的舞台变成了四标285.7公里的战场，那里有京沪高铁重点工程淮河特大桥、凤阳试验段、CRTS II型板等数不清的高铁施工课题……他将与企业、与中国的高速铁路一起成长，在一流的高度上，演绎精彩人生。

286公里战线贯穿江淮
——他率领技术团队科学攻坚

四标是京沪高速铁路最大的标段，赵常煜是四标的总工，也是京沪高铁工作量最大的项目总工。

四标贯穿江淮大地，有楚汉相争的垓下古战场，是波澜壮阔的淮海战役发生地。如果把工程看成是一场战役，高治双是现场司令员，赵常煜就是参谋长，要起草"作战计划"，拿出具体的方案来落实第一管理者的决心和意图。如何打，打不打得赢，总工程师很关键。

2008年2月13日，集团公司机关动员会一结束，高治双就带着赵常煜从太原直奔现场，14日凌晨到达蚌埠。此时正是南方雪灾，江淮大地白茫茫一片。他们踏雪寻桩，勘察全线，作战前准备。

赵总工程师的第一项工作，是组织拟定作战计划——编施组，然后是接桩、复测，建立指挥部中心试验室，组织参加各种培训。紧接着是迎接京沪公司的上场检查，几项工作忙完就到春节了。正月初二上班，接着就是图纸审核、征地拆迁、设备上场、队伍培训等等，忙得脚不点地。"总工就是一盘棋上的一个角色，责任比较大，忙一些"，赵常煜谦逊地说。

2008年是京沪高铁的开局之年。高治双、赵常煜率领技术队伍编制的指导性施工组织设计，科学规划全线要素的配置，实现了高标准、高起点上场开局：上半年十二局集团管段26个工区项目部安家进场，高标准规划建设了26座试验室、29座拌合站、5座梁场，施工便道修了近300公里，架设供电线路280公里。大型运架设备5套，移动模架16套，现浇支架19套，还有钻机桩机等各类机械设备4800余台套，悉数上场。科学的施工组织设计，扎实的施工准备，很快就形成了施工能力，进度上来后，挡都挡不住。他们以高标准、高质量、高效率的京沪建设理念，迅速掀起施工高潮——在京沪高铁全线创出第一个进场、第一个安家，第一个完成凤阳试验段、第一个打通施工便道，第一个通过梁场审查认证，第一个打梁、第一个架梁的佳绩，在京沪公司第一次（上半年）、2008年全年质量信誉评价中连续夺得第一名，赢得了开门红。

四标的淮河特大桥全长85.378公里，是京沪高铁的重点工程。还有潍河特大桥、后八丁系杆拱桥等这些"拦路虎"，加上500多孔简支现浇梁，要采用移动模架、支架现浇，成为"空中桥梁加工厂"。管区内39处特殊结构的连续梁，要跨京杭运河、黄河故道、淮河、池河、跨江、跨河、跨公路、铁路，像横在安全和工期上的一个个"钉子户"，考验着赵常煜的智慧和能力。

一个科学的方案，不能哗众取宠，而要因地制宜，在工期、安全和投入中找到平衡点。方案的优劣，关系工程建设的成败，也体现着总工的技术水平。赵常煜率领技术干部们认真审核图纸，现场踏勘，对重难点项目逐一分析，很快揭示出一道道施工难题，一个个工期隐患：

跨蚌东联络线连续梁原设计采用支架现浇，但是下有铁路接触网高压电，两条铁路线相交高差大不说，基础支墩也无法确保安全，反复比选，他们决定采用挂篮施工，报请设计院变更。还有12、13工区跨淮河大堤连续梁，由于淮河防汛委员会不同意在堤上做桥墩，决定改支架为悬灌。加上2工区跨高速匝道连续梁、14工区跨铁路连续梁等，计有4处支架改悬灌方案，及时果断进行了变更。相应地，管区也有3处悬灌改支架的方案，以优先保证先架梁段完成。

"8 处支架施工,我们统一请专业设计院出支架设计图,其中 3 处又请科研单位进行支架应力变型监控。"赵常煜如数家珍地介绍,"为确保挂篮施工安全,指挥部统一请专业单位进行设计、试验;从其他客专调过来的,也都请专家一一把脉巡诊,重新检算、试验过。"

淮河特大桥主桥是赵常煜关注的重中之重。钻孔平台,钢栈桥,钢套箱浇注等大的施工方案,都是反复优化,几次召开专家论证会进行评审、敲定。"总的来说,淮河特大桥主桥的总体方案比较成功。主要是平台标高定的合理,满足了淮河汛期水位,有 4 个水中墩采用了钢套箱。项目部技术上、管理上到位,所以施工平稳受控,主桥提前 45 天合龙。"真正的功夫高手,招式往往平淡无奇。未战先胜、平淡无奇,才是施工的正道。屡出险招、奇招来取胜,倒是值得反思。

2009 年是京沪高铁的攻坚之年。已经走在全线前列的中铁十二局集团四标段认真贯彻京沪公司的要求,自我加压,为工程建设再提速。赵常煜带领工程技术人员进一步优化施组,盘点全标段剩余工程量,细化分解每月施工生产计划,科学下达施工指令,指导百日大会战进程,化解了一个个挡道风险,胜利攻克了箱梁制架、特殊结构等难题,重难点工程不断被突破,质量和安全平稳受控,并且打造出了不少优质样板工程。

350 公里的高速挑战极限
——他率队鏖战在科技战场

每小时 350 公里,这是飞机起飞的速度。要让火车追飞机,就要保证轨道的高平顺性。京沪高铁工地,因此成为中国铁路最瞩目的科研战场。

创新,创新,再创新。为了中国人的高铁梦,为了修出中国高铁的标志性品牌。在线下施工中,赵常煜率领十二局集团参战的技术尖兵们集思广益,想破了脑袋。没有最好,只有更好。二公司将以往修筑机场跑道的工艺,创造性地用于路基,有效提高了平整度;一公司在徐州东站施工中,将先进的隧道掘进光面爆破工艺,创造性地用于路堑施工,如工艺品一般古朴美观。铁道部卢春房副部长闻讯亲自查看,当即指示不做装饰,原汁原味作为风景保留。

2010 年春节前后,随着四标段最后一片简支梁完成浇注、最后一片箱梁架设,全面转入了无砟轨道施工。赵常煜又把工作重点放在指导工序转换上,组织无砟轨道技术培训,针对梁面验收、CP Ⅲ测量网上桥、桥梁聚脲防水层施工、两布一膜滑动层施工、底座板施工等重难点,并开展了"京沪高速铁路 CA 砂浆配制与施工技术研究、钢筋混凝土耐久性关键技术研究、路基桥梁过渡段端刺试验、CA 砂浆揭板试验"等十多项技术攻关,2 个项目被列为国家 863 计划的子项目,2 项试验研究取得成果获得京沪公司科技创新一等奖。

CRTS Ⅱ型无砟轨道技术,虽源自德国博格板,却是我国自主创新后的最新技术。在德国,高速铁路不过是一条短短的试验段，昂贵的高等级材料大量使用。而中国的京沪高速铁路，一次建成上千公里，要高质量还必须降成本——要用普通的中国材料，达到并超过严酷的德国质量标准。"这，简直就是不可能完成的任务。"赵常煜说。以轨道板为例，16个小时要达到48兆帕的高强度。为了筛选出最佳的配合比、掺合料和养护工艺等参数，指挥部中心试验室在集团公司专家的率领下，历时3个多月，设计了30多个配合比，200多组试块，反复调整、验证，终于试验成功，脱模时间与强度、工作性能和耐久性指标完全满足设计要求。还有轨道板下的ＣＡ砂浆、道岔板下的自流平混凝土等等，都是历尽艰辛，才攻克了难题。每一次攻关，都要经历居里夫妇寻找镭一样的过程，经历无数次的失败和熬煎，才能成功。无砟轨道的中国标准，就是这样一点一滴地被建设者创造出来。

京沪高铁线上绝大多数轨道板厂都照搬了德国的"一厂三线"布局和设备。赵常煜率领的十二局集团四标段的技术尖兵们不迷信，敢创新，大胆采用国产工装设备，在定远轨道板厂设计了"一厂四线"布局，一次生产96块轨道板，工效提高了33%。还开发了基于全站仪的轨道板检测技术，检测速度快、误差小、精度大幅提高，让外国专家惊叹……这种基于三维工业测量原理的轨道板检测系统已通过省级科技鉴定，达到国际先进水平。中国工程师的智慧，被发挥得淋漓尽致，要让每一块精美的轨道板，都成为京沪高速铁路的经典之作。

技术难题解决了，施工难题也要解决。赵常煜又和同事们一起，一头扎在工地，精心指导工人们规范操作。只有精细化的施工，才能确保高精度。CTTSⅡ型板桥梁梁面高程，要求精度在正负7毫米，梁面平整度3毫米/4米。桥面防水层施工，对温度、湿度、气象条件等要求非常苛刻，指挥部统一采购，搭棚进行施工。轨道板精调，高程、中线要求0.5毫米，搭接0.3毫米。刚开始，一个工区一天只能精调灌浆不到10块，后来最快的能达到100多块。四标段仅6月份1个月就完成了无砟轨道精调灌浆25003块，按期打通了徐州站南北咽喉。

7月19日，京沪高铁全线从十二局集团施工的徐州东站按计划开始铺轨，他们再次受到了京沪指的赞扬、全世界的关注。27日下午，在徐州东站站场上，笔者看到三工区的员工们还在挥汗如雨，顶着烈日铺着一组组无砟道岔，此时地面温度达到40度以上。向南、向北眺望，铺轨后的无砟轨道，像工艺品一样整齐、漂亮，笔直地延伸向远方……

3万多分项工程精细管理
——他牢记"建一流工程"的神圣职责

"标准高一格，质量严一等"。这是赵常煜在京沪高铁最深的体会。

"京沪标准高，高在什么地方。"赵常煜从桌上拿起一本规范给笔者讲解，"从文字上看，线下工程还是这些。难在过程控制的标准，一切都要按规范办。而且标准是水涨船高的，没有最好，只有更好。一道工序，谁家做得更好，马上总结推广。这就是标准了，都得按这来。所以其他客专干得很好的队伍，到京沪高铁又不适应了。转变观念，与时俱进，对所有参建员工都是一个课题，一个痛苦的过程。"

"京沪高铁的目标是零缺陷。比如桩基工程从现有规范上讲，一类、二类桩都是合格的。但在京沪高铁，要求是全部一类桩。出现二类桩，那就是例外，必须上措施，分析原因，整改到位。每星期京沪总指要召开视频会议，出现二类桩的就要点名，现场压力很大。"十二局集团管区 5 万多根桩经第三方检测，I 类桩比例达到 99.9% 以上。

拌和站是工程质量的源头。他们以建立标准化拌合站为抓手，把拌和站作为工厂，把混凝土作为产品来管理。全线 29 座拌和站生产信息有存储、有备份，打印装订成书，存档备查，检查时从电脑里调取每一盘混凝土的计量数据，检查理论与实际的偏差，不符合要求立即责令停工，真是来不得半点马虎。

高标准，严要求，可以说是对质量、技术工作的严峻挑战。"比如说最简单的钢筋绑扎工序。你对工人说'把钢筋绑好'，他也想绑好，但是问题是怎么才能绑好。把一流挂在嘴边没用，工人需要的是怎样才能干出一流。"赵常煜说，"而且张三绑好了，李四行不行。这次绑好了，下件行不行。所以说，必须推行标准化。手提面命这些传统的管理方法，靠不住。"

由是，项目经理部开展全员技术培训，切实提素质转观念。项目经理部各级领导带头参加培训，回来后又举办安全、质量、测量、试验等各类专业培训班 120 多次，培训工程管理和技术人员 3000 余人，培训现场作业人员 20000 余人次。

由是，赵常煜带领各级技术干部们，集思广益，团结奋战，在现场落实集团公司京沪项目标准化管理实验室活动，制定出了一整套包括路基、桥梁、涵洞、预制箱梁等 18 类工序质量控制手册，《质量过程控制标准》等标准化管理手册，技术管理办法和操作细则等，进一步细化操作程序，量化操作标准，引领了全线的标准化管理和施工。

由是，项目经理部确立了"源头把关、过程控制、精细管理，试验先行、样板引路、首件认可" 24 字质量管理方针，来指导施工。

京沪高铁 26% 的路基集中在四标，在高效完成凤阳路基试验段，为全线路基提供数据后，在全管段建立了 23 处高标准的 AB 填料生产场，从源头确保质量，运用 50 多套沉降观测软件，对每一工序进行严密监控。

抓大不放小。除了建立标准化梁场、标准化拌合站、标准化制板厂外，22 个线下工区都成立钢筋加工厂，实现工厂化、专业化、机械化集中生产。"模具、胎具、卡具"三具齐下：墩身预埋筋统一使用模具，钢筋笼加工使用胎具，箍筋绑扎使用卡具，减少人工操作误差。

无论是涵洞、路基，还是附属工程、锥体护坡、桥梁墩身，都坚持"样板引路、试验先行、首件认可"。尤其是墩身方面，要求各工区首先在线外打样板墩，以此检查模板加工质量、脱模剂、配合比以及浇注工艺。验收合格后，再总结出每个工序的作业指导书，提高标准化作业水平。施工完成的墩身、路基等主体工程，以及轨道板、箱梁、盖板等产品，始终保持着工艺品一样的美感，京沪公司多次在四标段组织召开质量观摩会。睢河特大桥等5项工程被评为京沪全线的优质样板工程。标准化管理、规范化操作在四标成为习惯，质量至上、平衡有序、注重工序转换蔚然成风。2009年7月，铁道部在十二局集团京沪管段召开全路首次标准化管理现场观摩会，推广他们的经验。

"除了方案、措施、交底，还得抓执行、抓落实和整改，我们的赵总，非常地敬业。"项目经理部党委书记张仲理对笔者说，"每次上级检查，他都坚持全程陪同，从北到南跑一趟就要三天。家里还有一大堆的事等着他处理。白天跑现场，晚上连夜干。"

但是赵总有自己的独特理解和工作方法。他把每次陪同检查当成学习，总是多方追问其他标段的亮点，细心牢记现场的不足，回来后连夜布置整改。每月一次的监理工作例会，是他最重视的。到2010年7月1日，监理例会已开到第28次。每次会前他都要详尽地准备，总结技术、质量管理情况，收到几张绿牌，有无监理通知，哪个地方要整改，会后围绕着落实，组织检查、整改、复查和验收。

采访时，笔者了解到，截止6月25日，四标段共计完成31739个分项工程，642532个检验批一次验收合格，检验批合格率达到100%。问赵总，这个成绩，满意否？他推了推眼镜，微微一笑，以一句"质量无止境"作答。

一个家庭的奉献与付出
——"你就是她们的军功章"

赵常煜的办公室墙上，贴着一张很长的淮河特大桥的蓝图，上面用细小的钢笔字，标得密密麻麻。一张简易床，是他经常加班时睡的。文件柜里，工具书、规范挤得满当当，最显眼的就是一本本桥梁专业书，《润扬大桥》《南京长江三桥》《武汉长江二桥》《宁波招宝山大桥》《悬索桥手册》《全国桥梁学会论文集》《沉井与沉箱》，透露出主人的兴趣与志向。

这个暑假，他的妻子梁丽莉带着孩子又到工地探亲。却仍然是聚少离多。这间办公室的主人经常不在，一忽儿下工地，一忽儿陪上级检查，一出去就是三、五天不回来。到点了，娘儿俩自个儿去食堂打饭吃。

　　梁丽莉是山西榆次一名高中语文老师。她对笔者说，96年他们恋爱结婚的时候，赵常煜"正巧"在太原施工。孩子刚过满月，赵常煜就露出了筑路人的真面目，"出征"在外不着家。十多年里，他每次回家，摸一摸孩子的头："哟，长高了。"儿子小的时候，有一次和妈妈一起为爸爸送行，车门关住的一刻，他说："妈妈，我想哭。"，搞得妈妈心头一酸，至今记忆犹新。现在孩子都上初一了，长得比妈妈都高。梁老师抱怨说，"真是父子天性，血缘关系改不了。一年见不了几面，孩子还老是维护他爸，说他爸工作忙，工作重要，嫌我觉悟低。"

　　每年寒暑假带孩子去工地探亲，这个筑路人最平凡不过的场景，在梁老师学校的同事眼中，却是那样的特殊——这家人老公常年不着家，过年也不回家？！有个同事很吃惊地说："以前只听说过解放军叔叔（分居两地几年探一回亲），第一次知道还有这样的单位。"

　　谈起第一次去工地探亲的经历，梁老师回忆说，"是在福建海边，孩子刚上幼儿园，到工地还住在渔民家。当时一点不觉得苦，就想能见到他人就行。"也就是在这里，梁老师第一次知道同事们叫赵常煜"小诸葛"，看到了老公的荣誉证书，还挺为老公自豪。"十二局的文化真的让人感到很温暖。当时，我带娃娃第一次到福建八尺门工地过年，高总（高治双当时任此项目部经理——笔者注）把项目部的家属、孩子们都拢到一起看春节晚会，大家一起过年。当时心里暖暖的，特别感动。"也许，这就是一批批热血青年进入企业后，能够始终坚持"吉普赛"式的筑路人生的真正原因，因为在他们的家庭中，也生长了文化的基因。

　　多年来，赵总在单位一直是名副其实的"劳动模范"。上了京沪高铁后，连着两个春节都在工地。"抽空回家几天，也是坐卧不安。"梁老师说，"总有人打电话。我就说'你把电话关了'，他说不行，误事怎么办。"

　　今年，赵总在京沪高铁工地又收获了一枚"火车头"奖章。人们都说，成功男人的背后，是女人的付出，家庭的奉献。"军功章哪，也有你的一半"。我想说，不够的，真的不够。筑路人哪，家人、孩子数十年如一日的付出，你，拿什么去回报她们？

　　——你，才是她们的"军功章"！

山高我为峰

——京沪高铁通信信号系统集成代表人物宋晓风素描

杨光和　　陈孔东

宋晓风

今年春节前的一天，一位身材魁梧帅气的年轻人来到北京阜外医院，为他90高龄的岳父做心脏手术联系大夫。

当朋友向著名的心血管专家、中科院院士、阜外医院杨副院长介绍年轻人时，院士眼睛立刻放光："你就是京沪高铁的老总?"年轻人回答："我叫宋晓风，是京沪高铁通信信号系统集成的常务副经理。"院士兴奋地说："我知道，我知道，通信信号就是控制高速列车的，是真正的高科技。你们搞高铁的真了不起呀，让我们中国人扬眉吐气了!连美国总统奥巴马都不得不服。不像我们这个专业，总是受美国的欺压。你们为中国长脸了，我一定好好为你服务。你放心，老丈人的手术我亲自做!"

就因为"京沪高铁"四个字，院士与初次见面的宋晓风足足交谈了一个小时。

宋晓风，河北张家口人，1965年6月生，1988年毕业于兰州铁道学院信号专业。先后担任中国通号研究设计院总工室副主任、信号所所长、副院长。担任京沪高速铁路通信信号及信息化工程设计总体负责人及系统设计副总体；负责组织秦沈线列控系统地面设备、数字轨道电路、移频自动闭塞系统等科研项目开发工作；负责组织开发"ZPW-2000A 型无绝缘移频自动闭塞系统"；组织并参与实施了铁路第六次大提速 CTCS-2 级列控系统工程；主持客运专线列控系统工程研发和系统集成工程总体工作。曾主管京津高铁四电系统集成，担任中国通号武广高铁四电系统集成项目经理。目前是中国通号京沪高铁四电系统集成通信信号项目部（OPM）常务副经理。

宋晓风的职业生涯一路走来一路歌。他曾获国家科技进步二等奖和多项铁道部科技进步奖，荣获"第十届北京市优秀青年工程师""北京市科研成果先进组织者""茅以升铁道工程师奖""詹天佑铁道科技成就奖"等荣誉。

宋晓风 1992 年就开始参与高铁前期科研工作，当时就是京沪高铁信号工程设计的总体，与国内信号知名专家付世善、罗松构成当时通号公司参与京沪高铁设计的"铁三角"。2009 年，他作为武广高铁四电集成项目经理，荣获"火车头奖章"，项目部集体荣获"火车头奖杯"。如今，宋晓风回归京沪高铁。用他自己的话说，18 年前与京沪高铁结缘，今天是他梦圆京沪的幸福时刻。

中国铁路通信信号股份有限公司（简称中国通号）担负京沪高铁全线通信信号系统集成，并提供 C3 列控系统核心技术。这套系统目前处于世界先进水平，它完全能够满足时速 350 公里和开行追踪列车间隔 3 分钟的控车需求，并能够跨线运行兼容 C2。为将我国这条战略性的重大高铁工程建设成一流精品，中国通号调集公司系统集成、设计、制造和施工精锐力量汇集京沪高铁，在现场设立四电系统集成通信信号项目部（简称 OPM），全权指挥协调京沪高铁的通信信号系统集成设计、系统集成、C3 科学试验、设备制造、施工安装和联调联试等工作。

OPM 下设系统集成部、设计咨询部、商务部、工程管理部、调度部、安全质量部、物资采购部、计划财务部和综合管理部及四个工区施工项目部。如同大兵团作战，OPM 是一个指挥千军万马攻坚京沪的前线指挥部。

2009 年底京沪高铁"四电"集成合同签订后，OPM 即进场排兵布阵。这个团队基本上是参与京津、武广高铁通信信号系统集成的精兵强将，人员来自中国通号总部、设计院、工厂和施工单位。项目经理由中国通号总裁缪伟忠担任，常务副经理就是中国通号研究设计院的副院长宋晓风。

虽然中国通号的队伍经历了京津、武广、沪宁、沪杭等时速 350 公里高铁的实战锻炼，虽然 OPM 团队的精英们一个个胸有成竹，底气十足。但是，面对世界上一次性建设里程最长、技术标准最高的京沪高铁，面对一项世界性的具有里程碑意义的宏伟工程，大家在感到光荣、自豪、神圣的同时，更感到责任的重大。

宋晓风深知实施京沪高铁四电集成的高度和难度。他虽然不是一把手，但是系统集成的设计、制造和施工安装的日常指挥管理由他这个常务副经理负责。好在他曾经担任京沪高铁工程设计总体及系统设计总体工作，对京沪的一流技术标准熟悉掌握；好在他曾经担任过武广高铁系统集成的一把手，具有丰富的高铁四电系统集成实战经验；好在他来自设计院，身后具有庞大的技术和人脉资源。

一上京沪，宋晓风就紧紧围绕铁道部和京沪总指挥部"四个确保""四个标准化""五个一流"和"六位一体"要求，深刻领会中国通号董事长马骋、党委书记李燕青、总裁缪伟忠关于"京沪无小事""使命光荣，责任重大"和"实现京沪三个突破"的嘱托，全身心投入指挥管理和协调工作。在系统集成项目部（OPM）员工动员会上，他激情大发，用诗一般的语言激励大家为神圣使命而战："京沪项目比天大，比命重。它关系到国家利益和荣誉，关系到中华民族的伟大复兴……我们正踏在一流高铁建设的颠峰之上，我们是领跑世界高铁建设的特战先锋，我们正在创造震撼世界的奇迹和丰碑！"

如果把宋晓风指挥的中国通号攻坚京沪的联合舰队比喻成"品"字型的立体方阵，那么，这个方阵就是：

前阵：以通号设计院为系统集成技术牵头方，形成通信、信号、列控、行车、车站五个专业两百多人参加的技术攻关队伍，昼夜进行通信信号系统软件开发和工程设计，昼夜进行 C3 列控系统科学试验和测试。

左翼：以北京铁路信号公司、上海铁路通信公司、焦作铁路电缆公司、中国通号合资公司卡斯柯为代表的设备制造商，争分夺秒投入生产制造。

右翼：上海、天津、济南、北京、广州五个电务工程公司跑步进场，各就各位展开施工安装。

如何让"品"字型的三位一体舰队无缝连接齐头并进，一切按照铁道部和京沪总指挥部的要求和时间节点顺利推进，确保京沪工程建成百年不朽的精品，这就是 OPM 的功能所在，这就是宋晓风和系统集成项目部的最高使命。

OPM 从武广移师京沪后，宋晓风迅速明确四项重点工作：一是确保系统设计和 C3 列控试验顺利进行；二是确保全线施工技术标准和工艺标准统一；三是确保安全质量和工程进度；四是确保全线物资供应和资金规范运用。他主持制定系统集成过程控制规范，主持制定通信信号施工组织实施方案和施工技术标准、工艺标准和验收标准。包括管理制度在内，共制定了64项项目管理法规和程序。其中信号施工技术标准和验收标准后来成为国家行业标准，成为铁道部的《高速铁路信号工程施工技术指南》和《高速铁路信号工程施工验收标准》。

宋晓风抓标准和制度落实的特点体现在三个方面：

一是自下而上形成 OPM 工作标准和制度。首先搜集各参建单位既有的高铁项目管理办法，在此基础上要求 OPM 各部门制定各自职责。然后他又组织各部门对彼此所写职责草案互提意见，直到各部门主管满意为止。目的就是保证部门之间工作的衔接，最终形成一套行之有效的项目管理办法。他依照标准和制度严格进行考评，其中重要的一环就是部门之间互相考评。他认为这样做既调动大家的积极性，又形成部门之间互相监督的机制，统一思想、统一认识、统一行动，增强凝聚力战斗力。

二是行政力量和市场法则并举。即在工程推进中既行使中国通号赋予的行政权力，又按照市场经济法则与各个独立的企业法人平等交易。在系统设计、采购供货、施工安装、系统调试等环节都是通过合同履约的形式来进行。这样既强化资源调配力量，又规范了制度管理，同时还有利于对项目资金的管控，因为每一笔资金都是按照合同履约的形式来兑付。

三是实施奖惩，激励先进。OPM 从管理费中计提一定额度的资金作为奖励，适时对参建单位、现场项目部和作业队的工作绩效进行考核并奖励。仅去年年终总结表彰就一次性奖励参建单位和一线员工 400 多万元。

宋晓风充分运用武广经验和自身的技术专长，对京沪项目的重点、难点和风险进行周密计算，审时度势，运筹帷幄。他深知受站前土建制约，站后工期异常紧张，如果不抢时间，必然推倒工程开通的"后墙"。于是，他深入现场调查，问计各方，采取以空间换时间、把施工现场"搬"进室内、建立先导段示范基地和推行模板化施工等办法，赢得了大量的时间，牢牢掌握了系统集成的主动权。比如充分利用 C3 试验室进行设备、系统和工程模拟测试，节省了现场调试的时间，缩短了通信信号系统集成的工期。还有在现场建立箱式机房生产基地，解决了北京铁路信号公司生产场地狭窄、运输受限制的难题，大大加快了箱式机房的生产和安装速度。

在安全质量风险卡控上，宋晓风全力支持 OPM 分管领导和部门发挥作用，并按规定一分不少足额提取费用。需要他搞定的难题，他当机立断立马决策。隧道漏缆安装需要一种特制专用卡具，当时市场上有进口和国产两种，价格很悬殊。采用进口卡具光材料费就要多花几十万元人民币。他详细看完资料后，毅然决定采用进口专用卡具。他说："京沪是一流，我们的设备和材料也必须是一流。这样才能保证高质量和高安全性。"

宋晓风明白，中国通号旗下的设计、制造和施工都是国内一流的队伍，单兵作战能力非常强。各专业的进度、质量和安全等各项管理都不用太操心。他重点抓技术部和商务部，把主要精力放在技术标准、工艺标准的统一上，放在边界结合部的接口管理上，放在合同契约的监督执行上。他说，只要搞定这三个方面，大部分工作就会有序可控，"三位一体"就会高速运转。

宋晓风人如其名，"谦和晓理，雷厉风行"。他的特点是"三大"：身材高大，说话嗓门大，心胸度量大。他思维敏捷，反应迅速，富有胆识和魄力，办事干脆利落。在OPM，他放手让分管领导和部门行使职权，让每个OPM人员手中都有一定的资源和权力，让每一个人都有自由发挥主观能动性的空间，凡是程序范围内的事他基本不过问。他很少发火批评人，尤其珍惜爱护施工生产一线职工。他在现场推心置腹地告诫职工：一流就是要在家门口挑战世界，在试验室里挑战世界，在每一项工艺细节施工中挑战世界。现场检查发现问题时，他总是心平气和地指出问题的危害和严重性，同时又积极出主意帮助解决，让一线职工心服口服。

他要求OPM人员必须深入现场发现问题解决问题，并以此作为工作业绩考核的主要依据。而且他自己身体力行，给大家做出表率。

京沪高铁四电系统通信信号集成实施一年零三个月以来，宋晓风三分之二以上的时间都是在现场。全线1318公里，24个车站、76个中继站、8个线路所、7处枢纽，都留下了他坚实的足迹。

2010年9月，全线通信信号施工进入高潮，ZPW-2000A型机柜供货告急。当天下午，宋晓风带着商务部人员赶赴北京铁路信号公司，了解情况后，他当场拍板："资金问题，商务部马上落实。人员问题，我马上向缪总请示，从上海和沈阳调派技术工人增援，调配一切资源配合北信。从今天起，必须按每天2个站柜子计划排产，商务部派人驻厂督促，确保一个月内完成供货"。

很快，机柜生产供货进度迅速赶了上来。

2010年10月，先导段系统集成关键时期，宋晓风一头扎进七工区项目部一个多月，现场指挥协调。临近开通时，机房的外电引入还没有着落，此时距开通信号、联锁和自动闭塞系统只有5天时间，现场负责子系统调试的技术人员急得满嘴起泡。宋晓风临阵不乱，当即作出部署：首先，通信基站利用蓄电池，信号车站、中继站利用柴油发电机先完成各个系统的单体调试；其次，加强与供电单位沟通，加电一处调试一处；其三，马上调集资源赶赴现场备战突击，务必保证交给路局的系统安全稳定和及时。很快，一支数百人的调试队伍集结在徐州和蚌埠两地，打响了先导段通信信号系统集成的"徐蚌会战"。11月14日，枣庄西至蚌埠南先导段220公里线路信联闭如期开通，确保了联调联试按期进行，确保了动车组试运行创造时速486.1公里的世界纪录。

从武广到京沪，宋晓风一直在现场指挥高铁建设，妻子是北京市政府的一名处长，公务也十分繁忙。平时夫妻俩各忙各的，与家人团聚的时间很少，尤其是对刚上高中的女儿，上小学初中接送都得找别人帮忙。他感觉女儿还一直是个缠着爸爸撒娇的小孩，怎么忽然一下子就长成一米七的大姑娘了，而且跟他这个爸爸也渐渐疏远，宋晓风心里满是愧疚。

自古以来，凡成大事者都有一个共同特点，坚强的自我控制毅力。宋晓风就是这样的人。

他有吸烟的习惯，而且抽了十多年。可是有一天去医院检查发现喉咙处有块息肉，需要做手术切除。医生嘱咐手术之后几天内尽量不要说话，可时值项目正紧张进行，作为前线指挥官，他坚持用近乎嘶哑的声音不停地接打电话，靠不断地吞咽唾液湿润喉咙才能说出声音，结果手术后恢复的效果非常不好。于是有人劝他戒烟，宋晓风二话不说，一下子掐灭了手中的烟头。从那天起，宋晓风再也没抽过一支烟。

在中国通号领导的科学决策指挥下，在宋晓风和 OPM 领导班子的精心组织下，截止到 2011 年 3 月 31 日，经过参建单位员工的奋力拼搏，京沪高铁通信信号系统集成已接近尾声，C3 列控系统在武广成熟应用的基础上，顺利完成了京沪高铁应用环境的测试和试验，无线通信网络、动车配套设备、联锁系统运行以及道旁设备的抗风抗雪等系统功能实现全面优化升级。工程施工确保了全线分段联调联试的工期节点要求，取得了安全生产"零事故"和产品质量"零缺陷"的优异成绩。在总指挥部开展的"百日大干""决战 66 天"和"六位一体"信誉评价中，OPM 所辖的四个工区项目部，一个分部，19 个作业队表现都很突出，一大批先进集体和个人受到表彰，并获得了大量的绿牌奖励。

工程即将告捷。宋晓风这时候特别想念设计院几位全路著名的信号专家付世善、罗海涛和赵自信，难忘他们的培养和教诲。今年 4 月上旬的一天，他得知付老 70 岁生日，设计院在这天为他办理正式退休手续。宋晓风特意提前赶到看望祝贺。一见面，付老就紧紧握住宋晓风的手说："晓风啊，见到你我们真高兴呀! 你的命真好，我们几代人的京沪高铁梦想在你手中实现了，你是我们的骄傲和自豪啊!"

海到无边天作岸，山登绝顶我为峰。轨道、动车和列控系统技术被称为高铁三大核心技术。目前，宋晓风和他指挥的通信信号大军正挺立在世界高铁建设的技术之巅，以智慧和汗水铸就震惊世界的奇迹和丰碑。从 2011 年 3 月 20 日开始，京沪高铁全线进入联调联试。宋晓风此刻正在指挥三支 C3 联调联试团队夜以继日地紧张工作，确保全线按既定目标如期开通运营。

高铁铺架设备的"守护神"

——记中铁四局京沪高铁南京枢纽铺架队高级技师翟长青

向小国

翟长青

2005 年，全国高铁建设进入施工高潮，经过高铁试验段修建、秦沈铁路铺架和设备研制一系列技术准备的中铁四局集团一马当先，投入 5 亿多元研发、购置了一流大吨位、核心技术的高铁铺架设备，使高铁铺架技术居全国领先水平、世界先进水平。从第一条合宁高铁施工开始，先后承担了合宁、合武、温福、武广、甬台温、沪宁、合蚌、宁杭、石武高铁的建设任务，占目前全国高铁建成通车里程的四分之一。翟长青以"善于学习、引领团队、开拓创新、不怕吃苦"的精神，刻苦学习钻研，掌握技术性能，创建学习型团队，实施技术创新，带领一线管理人员和操作工人及时解决各种难题，确保了一流设备的"一流"运转，为我国高铁建设的快速发展作出了积极贡献，先后获得中铁四局集团有限公司劳动模范、中华全国铁路总工会

"火车头"奖章、全国劳动模范等荣誉。

2008 年 4 月 18 日，世界上规模最大、一次性建成里程最长、两端连接环渤海和长江三角

洲两个经济区域的京沪高速铁路建设拉开序幕，如火如荼的生产攻坚，激励着翟长青在争创一流高铁建设中大显身手。

毕业于湖北襄樊技工学校的翟长青，是我国第一台电传动轨道车安装调试负责人。他参与的我国第一台450吨及900吨运架桥机和CPG500铺轨机研制，先后获得中国铁路工程总公司科学技术一等奖、河南省科学技术成果奖、中国铁道学会科学技术一等奖。

作为技术专家，翟长青自中铁四局京沪高铁南京枢纽铺架队成立便驻留现场，及时解决各种难题，为项目施工生产的快速推进"保驾护航"。

铺架队承担着京沪高铁南京南站站场及相关工程NJZQ-1标段和京沪高铁大胜关长江大桥南京南站及相关工程NJ-3标段施工，从进场组建到生产攻坚，常受前期施工滞后和后期四电工程交叉作业干扰的"前后夹击"，造成按小时倒排工期、人休机不停的抢工局面。如果设备故障误工一天，不仅给工期带来压力，也会增加大量的施工成本。为此，翟长青把设备维修人员组织起来，用师带徒的办法，通过学习型团队和技术共享，建立起铺架设备的守护"舰队"。翟长青领着这支舰队，抱定"宁愿自己千辛万苦，不让设备多停一分"的目标，全身心投入设备的安装、调试，日常维护、保养和定期检测，千方百计保证其正常运转，同时提出了许多机械修理、技术革新、优化作业方案等方面的合理化建议。

紫金山站铺架基地场地狭小，场内行车线与既有紫金山车站I道间距仅有7米，且大部分临近既有宁芜线。一进场，翟长青便进行调研走访，提出将场内军事和民用线缆改迁的建议，并根据实地查勘与测量，综合考虑龙门群吊、试焊场、存轨场、场内人员作业及生活用电等各种因素，编制了专项方案，亲自到现场督导分区、定点及布线的实施，尽量优化作业细节，加快筹建进度，既节约了成本，又提高了场地使用效率，最大限度地满足了施工生产需要。

2009年10月13日，翟长青在调试现场发现，CPG500长铺机主机和龙门吊PLC信号时有时无，他很清楚：这个曾出色完成合宁、合武、甬台温等客专线铺轨任务的"大家伙"，长时间的高负荷运转，导致电路、机械等部件老化严重，是到该"体检"的时候了。于是，翟长青拿出万用表等工具，对长铺机电路、分割器、传感器、急停开关等部位进行全面检查，更换破损老化的线路和元器件，用现成的台湾产明纬电源代替由德国进口西门子PLC电源，迅速排除了线路搭铁、传感器不灵、电源损坏等故障，保证了5天后南京南站仙西联络线顺利开铺。

带着对掌握新知识的渴望，翟长青多次到现场观摩DJ168公铁两用架桥机，对这台公司首次购进、运用的新设备，从进场组装到架梁作业等各个环节，他都用心研究，很快便掌握了这款新型架桥机电路、液压、机械原理直至整体性能。

2009年12月19日凌晨1点，夜架秦淮河特大桥现场一片繁忙，架桥机运梁车突然熄火，作业人员无法查找原因，值班副经理无奈地拨通忙碌了一天、刚刚入睡的翟长青电话求助，翟长青二话没说，穿上棉衣和工作服，冒着凛冽的寒风赶到现场，经过一个多小时的排查，发现运梁车的变频器烧毁，偏偏又没有备品与替代件，他便连夜从南京赶到无锡的厂家，主动与厂家维修人员一起维修，等他马不停蹄赶回现场安装完毕，已是次日下午 2 点钟。看着再次运转的运梁车，一夜没合眼的翟长青，长长地舒张了一口气。

在最小曲线半径 500 米、最大坡度 32.7‰的作业环境下，用 DJ168 公铁两用架桥机架设 2101 型铁路单跨 T 梁是全国首例，施工难度可想而知。为确保大坡道、小半径运梁的安全，翟长青首先对运梁车进行了升级改造，采用变频调速交流电机牵引，增大减速比、减小走行轮径，增加驱动电机数量，同时按现场坡度调整转矩提升等参数，灵活控制运梁车的速度，妥善解决了运梁难题；为攻克架设难关，他与公司机械部、架桥机厂方专家共同研究制订了架梁方案，对 DJ168 公铁架桥机采取用钢丝绳加固架桥机机柱、调整架桥机大臂、设计座垫等专项措施，提高其爬坡能力和制动能力，确保了架梁作业的安全性与可靠性。

2010 年 5 月，几十年如一日的默默付出，换来了翟长青人生最大的殊荣——全国劳动模范。载誉归来的他，只是觉得肩上的担子更重了。

"有翟工在现场，任何设备故障都难不倒我们。"项目分管机械的副经理王道成说出的不仅仅是项目部全体人员的共同心声。翟长青的心里牵挂的还有公司分布在大江南北的高铁铺架设备，只要它们出现故障，凭借对各种设备的性能掌握与故障排除"一针见血"的本领，翟长青或亲赴现场或电话"问诊"，以最快的速度将故障解决。

当南京南站铺架基地正在紧张筹备时，中铁四局另一处铺架因文物保护拖时工期紧逼，焊轨紧张的节骨眼上一台移动焊轨机上的卡特彼勒发电机出现故障，翟长青赶赴现场检查，判定旋转整流模块损坏，立即与外商厂家联系。可厂家不仅要价高，还说没现货，等重新制做再运到工地，至少半个月。这对公司来说，几百万的直接经济损失不说，耽误的工期更无法弥补，翟长青二话不说，按照卡特彼特发电机工作原理和以往维修经验比对后，果断采用国产三相整流桥、双向击穿二极管、压敏电阻组合进行产品替代，经阻值检算、调试、安装，使发电设备及时恢复正常使用。

进口的 K922 焊轨机的接地，原来是由电源负极经 PLC 接地端子接地，若电源正极不慎搭铁，就会在很短时间内把整个控制柜的线槽盒烧损，严重危害设备的正常运行，甚至损坏设备。翟长青大胆优化改进为负极经过电流继电器接地，同时加装指示灯显示是否出现短路故障，PLC 接地端子单独接地，避免了短路现象的再度发生。

根据自己所掌握的电气原理和厚实的经验积累，翟长青先后采用国产元器件替代法，在

JQ160 架桥机运梁车上安装编码器接近开关和数字式速度表，控制运梁速度；用 36 伏低电压控制 500 米长钢轨的起吊启动电流，提高龙门群吊的稳定。编制和实施了宜万、汉宜、武广、甬台温等多个铺架基地临时用电方案，指导了铺架及相关设备的安装和调试，节约大量费用不说，更为现场施工赢得了宝贵时间。

围绕 2010 年 NJ-3 标沪汉蓉线 11 月 30 日全线达标、12 月 1 日联调联试两大目标。翟长青和其他技术人员一道坚守一线，及时指导铺架设备的维修与保养，使 CPG500 型长钢轨铺轨机、K922 型移动闪光焊等铺架设备正常运转，最大限度地发挥机械设备的潜能，提高施工生产能力。顺利完成紫金山铺架基地插铺道岔，打通京沪高铁长钢轨运输通道，架完 NJZQ-1 标 583 孔 T 梁和正线铺轨，积极参与《在 32‰大坡道地段架设铁路 T 梁施工技术及配套设备研究》、《在 32‰大坡道地段架设铁路 T 梁施工工法》和《桥上组立龙门吊换装架架设铁路 T 梁施工工法》三项科技成果的编写，最终通过局专家组评审。

2010 年 7 月 2 日正午，翟长青得知在 NJ-3 标动车走行线作业的架桥机"罢工"，连水都没来得及喝，立即赶到现场。循着烧焦的气味，翟长青找到了故障所在：由于高温连续运转，架桥机配电柜内电线过热导致短路起火，烧坏了控制接线端子。大部分接线线号的损毁，翟长表一边对照图纸，一边梳理线路，爬上爬下，逐一排查配电柜中 PLC、继电器等接线端子，辨认登记后重新标识，并亲自采购所需配件，全神贯注地修复、调试，身上的工作服湿了干、干了又湿，同事帮他打伞遮雨，他都浑然不知。忘我地工作，感动着身边的每一个人。

"我们的岗位虽然平凡，但我们的眼光必须高远；我们学技术，争的不仅仅是中国高铁建设的时间和速度，还有中国在世界高铁建设中的地位和品牌。"牢记这样的使命，翟长青以爱岗敬业的精神和精湛高超的技能，诠释着高铁建设中的平凡和伟大。

从首战京津、攻坚武广到决战京沪，从铸剑、试剑到亮剑，中国高铁联调联试走出一条创新之路。

十年磨一剑

雷风行

2011 年 6 月 30 日，举世瞩目的京沪高速铁路经过 3 年多建设，正式开通运营。

早在半年前，即 2010 年 12 月 3 日，京沪高铁先导段就在联调联试和综合试验中，国产"和谐号"CRH380A 高速动车组列车跑出 486.1 公里时速，创造了世界铁路运营试验最高时速。

一时间，"联调联试"这一从国内词典中都查不出的新词，迅速进入大众视野。

什么是联调联试？中国的联调联试技术是如何伴随高铁发展而跨入世界领先水平的？

原来，在中国高铁建设大军中，有一支特殊的科研队伍，他们来自中国铁道科学研究院各专业的科研人员，采用自主研制的高速综合检测列车和相关检测设备，运用动态检测、计算机处理等高新技术，对建成开通前的各条高速铁路开展联调联试和运行试验，使高铁各系统和整体系统性能达到设计要求。他们以自主创新的试验方法、手段和数据分析处理，提升了中国高铁的系统集成能力。

这是一支以科技之力确保高铁安全开通的"特种部队"，但其工作的重要性、科学性和艰苦性至今尚未被人们所了解。让我们追踪这支科研队伍，去探寻中国高铁联调联试的创新之路！

铸剑：从大提速到首战京津，十年磨一剑

要追溯中国高铁联调联试的发端，当从中国铁路第六次大提速谈起。

速度是衡量一个国家铁路现代化程度的一个重要的综合性指标。从 1997 年到 2007 年十年间，中国铁路进行了六次大提速，开启了中国高铁发展的恢宏大幕。以服务运输为宗旨的铁科院全面参与了中国铁路六次大提速，其精彩之处是担当了第六次大提速的科学试验与提速安全检测。

既有线客车达到时速 250 公里是当今世界上提速技术的最高水平。2004 年 2 月 15 日，铁

道部正式确定了中国铁路时速 250 公里的既有线提速目标，·并把第六次大提速的科研攻关与试验检测任务交给了铁科院。来自铁科院 8 个单位 800 余人组成的攻关团队，迅速集结，以最快的速度进入角色。

在 2004 年 3 月至 2007 年 4 月那不寻常的 1000 多个日日夜夜里，铁科院副院长康熊率领试验团队先后进行了遂渝线、胶济线、京哈线等时速 200～250 公里综合试验，纵横京沪、京广、陇海、沪昆等主要干线，开展了上百项科学试验，制定了《既有线提速 200km/h 技术条件》，承担了试验期间的轨道检测、电务检测及相关科研任务，累计检测 5 万多公里，以大量科学数据和试验成果确保大提速成功实施。

2007 年 4 月 18 日，中国铁路成功实施了第六次大提速，时速 200 公里及以上线路一次达到 6003 公里，140 对"和谐号"动车列车组投入运营，中国既有线提速技术跻身世界先进行列。铁科院编制的《时速 250 公里综合试验总报告》于 2007 年 3 月通过了铁道部技术评审，为建立高速铁路技术平台提供了技术支撑。

铁科院的收获远不止这些。在第六次大提速试验与检测中，铁科院检测人员干得很苦，主要采用轨检车检测线路质量状态，用电务检测车检测通信信号状况。能否研制开发出一种高速综合检测列车，集轨道检测、弓网检测、通信信号检测于一车呢？铁科院的提议得到了铁道部领导的大力支持。2007 年 1 月 22 日，经铁道部运输局安排，由铁科院集成研发，一列动车组列车由中国南车四方公司改装成 CRH2-010A 号高速综合检测列车，于当年 3 月底问世。

笔者曾乘坐过这中国第一列 10 号高速综合检测车，它由四动四拖八节车厢组成，时速 250 公里。铁科院一位资深高级工程师自豪地向我介绍说，10 号车虽属过渡性的，不尽完善，但它是中国铁路的第一列高速综合检测动车组，2007 年春曾率先用于第六次大提速试验，并先后承担了合宁、京津、石太、温福等十多条高铁联调联试，可谓功勋卓著。

在中国高铁发展史上，2005 年是关键一年。这年，铁道部以实施《中长期铁路网规划》为契机，大规模高铁建设全面展开，京津城际、武广、郑西、石太、温福等 11 条高速铁路（当时称客运专线）相继开工，建设规模达到 3243 公里。

长期以来，高速铁路一直是国人憧憬的梦想。自 1964 年日本新干线通车以来，世界高速铁路发展高潮迭起，中国铁路与一些发达国家比已落后 40 年。铁科院的广大科技人员早就憋足一股劲，立志将高铁梦想变为现实，现在终于等到了这一天！

按铁道部的部署，铁科院责无旁贷地承担了高速动车组制动、牵引系统、运营调度系统、无砟轨道、综合检测列车等一批重大自主创新科研项目和综合试验检验任务。曾由桥梁大师茅以升执掌院长达 30 年的铁科院，充分发挥综合技术优势，对高速铁路技术创新需求进行全面梳理，将高速铁路系统集成等 6 个领域 35 项技术作为重点攻关内容，着力解决高速铁路重大关键技术难题，而联调联试被列为重中之重。

铁科院主管高铁科研攻关的常务副院长康熊挂帅主抓联调联试。这位铁路专业技术带头人 1955 年出生于甘肃，当过知青，做过工人，1978 年以优异成绩考入西南交通大学电力机车专业，1983 年又考进铁科院研究生部主攻机车车辆，长期在机辆所牵引室工作，一次不落地参加了六次大提速试验，他风趣地将自己 42 岁到 52 岁这段最宝贵的黄金岁月称为"十年提速路"。

康熊善于从发展态势中抓住战机："2008 年中国高速铁路将迎来一批项目的开通运营，我们如何应对高铁的检测与调试？"他召集院科研处长王澜、研发中心综合技术部主任徐鹤寿等专家几经研究，未雨绸缪，提出自主研发高速综合检测列车的技术方案，2006 年 10 月经铁道部批准立项。项目于年底紧急启动，铁科院负责检测技术开发和系统集成，中国北车长春轨道客车股份有限公司负责动车组研制。

经过一年多开发研制，由我国自主研制的 0 号高速综合检测列车于 2008 年 6 月 7 日正式出厂，7 月 1 日起即用于京津城际铁路的联调联试。命名为 0 号，其含义取自铁道部领导对中国高速铁路的要求：0 误差、0 缺陷、0 故障。该车的最高检测时速为 250 公里，采用国产动车组，可对线路的轨道、接触网、通信信号等进行实时检测和综合数据处理，整体技术达到世界领先水平。

2005 年 7 月 4 日，京津城际铁路开工建设。铁道部深谋远虑，同时部署了京津城际铁路的系统集成问题。2006 年，在铁道部直接领导下，铁科院成立了京津城际铁路系统调试研究项目组，开始分析京津城际铁路各系统的技术特点、系统间的接口关系，研究其评判标准及运行试验方案。

铁科院上下厉兵秣马，全力备战，从方案、技术、装备、组织上迎接即将到来的高速铁路联调联试。

2007 年 12 月 8 日，在铁道部召开的京津城际铁路联调联试准备工作会议上，通过了由铁科院提报的京津城际铁路联调联试初步方案。铁科院期盼已久的中国高铁联调联试正式启动。

京津城际铁路全长 120 公里，是我国第一条时速达到 350 公里的运营铁路，其联调联试的内容涵盖工务工程、牵引供电、通信信号、动车组、运营调度和客运服务 6 大系统，包括 15 大类，测试参数多达 2000 余项。在院领导班子大力支持下，康熊副院长精心策划，大胆创新科研组织模式，打破研究所界限，抽调 250 多名各专业科研人员共同组成项目部，强化了不同专业间创新合作。他强调无论什么专业，面对多少接口，联调联试的核心是要实现设计的三项总体目标，即列车时速 350 公里，30 分钟内到达，最小行车间隔 3 分钟。

这是一场对京津城际铁路各子系统功能、整体运行性能与安全性的全面试验评估和运行考验，是对中国高铁系统集成效果的全面检验。

走过"十年提速路"的康熊曾把为中国高铁上马的漫长准备阶段称为"十年磨一剑"。现在，铁科院这把宝剑到了铸成出炉、扬眉出鞘的时候了！

从 2008 年 2 月至 7 月，在铁道部领导下，铁科院作为测试技术总负责单位，与北京铁路局一道，开展了长达 5 个月的联调联试和 1 个月的运行试验。按铁道部批准的概要计划，铁科院编制了详细而明确的周计划、日计划，在铁道部协调组统一指挥下，坚持周协调会、周例会与日交班会制度。联调联试采用移动检测设备（即高速综合检测列车）与地面检测设备相结合。铁科院开发的 10 号、0 号高速检测列车大展神威，对线路轨道、接触网、通信信号等进行实时检测和数据分析处理，实现了列车时钟、速度和里程信息的同步采集、传输和控制。

250 多名铁科院参试人员统一穿着标有"高速铁路系统试验国家工程实验室"字样的服装，佩戴着铁道部统一下发的乘车证或地面工作证。在测试现场，各测点都贴有统一标识，测试仪器、设备及导线等排列整齐，展现了铁科院作为国家级系统试验团队的风貌。

在京津城际铁路联调联试的 180 多个日夜里，铁科人按照"科学、准确、及时、完整"的要求，坚守在测试岗位。负责地面检测的试验人员，经常凌晨 4 点多钟起床，准时赶赴试验现场；一些新招聘入院的大学毕业生，报到当天放下行李就来到京津现场，一干就是几个月。他们笑称自己是"白加黑，五加二，天天夜总会"，即白天加上黑夜干，五天工作加上双休日也干，夜间回到驻地还要开交班会。铁科人舍小家顾大家，矢志坚守，吃苦奉献，秉持发扬了"创新、勤奋、严谨、和谐"的院风。

6 月 24 日，京津城际铁路在联调联试中动车组试验速度达到时速 394.3 公里，创造了当时中国铁路的最高速度。

6 个月苦战，铁科院向祖国和人民交上一份出色的答卷：通过系统集成与联调联试，科研人员对京津城际铁路的轮轨关系、弓网关系、机电耦合、列车控制等方面进行检测、调试、优化，使整体系统的功能达到最优，实现高速度、高密度、高安全性、高平稳性的设计目标，确保了京津城际铁路 2008 年 8 月 1 日如期通车。

更可宝贵的是，铁科院通过京津城际铁路项目，形成了测试技术先进、组织方法科学的高铁联调联试技术平台和评价体系。

2008 年，铁科院还相继成功开发出时速 350 公里的 CRH2—061C、068C 高速综合检测列车，其中 61 号检测车于当年 3 月 15 日投入京津城际铁路联调联试。至此，中国铁路已拥有四列高速综合检测列车，形成了具有自主知识产权的高速铁路联调联试试验方法、手段和系统的评价体系，进一步提升了我国高速铁路的系统集成能力。

在京津城际铁路开通的庆功总结会上，铁科人未敢懈怠。新的更艰巨的武广高铁项目还在等他们攻克！

试剑：从会战武广到速取沪宁，三年展锋芒

在中国高铁联调联试的发展进程中，2008 年称得上是攻关年。历时半年的探索、攻关，赢来了京津城际铁路联调联试的突破与成功。

这年高铁联调联试的重头戏是京津城际铁路，但铁科院在此之前承担的第一条高铁联调联试是合宁高铁。

康熊副院长抓联调联试，身边有两员大将，一位是科研开发处处长王澜，一位是研发中心综合技术部主任徐鹤寿，他们三人都是 1977 年恢复高考后首届考入大学的高材生，共同参加了铁路大提速的系统调试，被称为铁科院联调联试的"三剑客"。2008 年初，康熊和王澜正忙于京津城际铁路，无法分身，于是派徐鹤寿出任合宁高铁联调联试项目部总负责人。

合宁高铁从合肥到南京，全长 166 公里，设计时速 250 公里。元旦过后，徐鹤寿率队赶赴合肥，采用 10 号高速综合检验车，并选址在沿线设立地面检测点。但老天似乎要存心考验他们，一场百年不遇的暴风雪席卷安徽大地，汽车走不了，地面测试人员在雪地中艰辛地搬运仪器、设备，大雪没到了膝盖。

风雪阻路，徐鹤寿与上海铁路局磋商，调整方案，分两步走，带领大家顶风冒雪先进行货车调试，而后完成动车组试验。合宁高铁于 2008 年 4 月 18 日按时开通运营，合宁间运行时间压缩到 1 小时以内。徐鹤寿对笔者说，与京津城际铁路相比，合宁高铁的联调联试属于探索阶段。但可贵的是，铁科人在风雪中毕竟迈出了高铁联调联试的第一步。

如果说 2008 年是高铁联调联试的突破年，那么 2009 年则是中国高铁联调联试的开拓年。这年，铁科院相继对合武、石太、甬台温、温福、武广五条高速铁路进行联调联试，其压轴大戏是武广高铁。

武广高速铁路纵横湖北、湖南、广东三省，运营里程 1069 公里，时速达 350 公里。康熊副院长亲自挂帅任武广高铁联调联试项目总协调，王澜任总负责人，集中全院优势科研力量，历时一年，完成了当时世界上一次建成里程最长、技术标准最高、运行工况最复杂的武广高铁科学试验和联调联试。

王澜是一位学者型的科研领导干部。这位博士生导师中学时赶上"文革"，经历过黑龙江兵团岁月，1977 年考上北方交通大学铁道工程系，从学士、硕士一直读完博士，曾赴美国三年做访问学者，2001 年起任院科研处长兼铁道科学技术研究发展中心主任。他带领科研处精心编

制了总体计划与日计划，因地制宜，将武广高联调联试由北向南分为五个区段展开。

武广高铁全线共有隧道226座、约占线路总长的19%，长度3公里以上的长隧道就有12座，最长隧道为大瑶山一号隧道，全长10080米。针对这一特点，铁科院在联调联试中增加了隧道内列车空气动力学和气动效应两项实验内容，对单列、重联动车组以时速350公里通过隧道及交会时运行的安全性、平稳性进行验证。

这一试验方案遭到外聘专家组一位德国专家的质疑。他根据国外数据，断言隧道内行车时速不能超过250公里。"如果隧道内限速，那么武广全程3小时到达的目标将无法实现，是否限速应通过试验来测定！"王澜组织大家进行隧道内交会运行试验，从时速200、250公里，逐级提高到300、330直至350公里，每一级速度均试验三次，经过几十次试验，铁科院证明了国产动车组在隧道内交会运行完全能够达到时速350公里，创造了隧道内行车时速的世界新纪录。

机辆所助理研究员王林栋从北大力学系毕业后，又在中科院力学所获得硕士学位。在武广联调联试中，他在院首席研究员王悦明的指导下，总结出一套用动力学响应指导轨道精调的有效办法，获得了工务部门的好评。

2009年12月9日，武广高铁一举创下了重联动车组运行时速394.2公里的中国高铁新时速。铁科院试验人员靠综合数据分析为部领导提供决策依据。

在武广高铁联调联试与运行试验期间，铁科院采用0号、61号、68号高速综合检测列车，开行400余列次，累计检测12万余公里；试验动车组累计开行2000余列次，试验里程累计100万余公里，相当于绕地球赤道25圈有余。铁科院共完成了17大项、400多个子项、4000多个参数项的测试工作。

武广高铁联调联试及运行试验在京津城际铁路基础上进行了内容上的扩充和完善，不仅涵盖了国外高速铁路调试的全部内容，而且在测试手段和试验方法上均有所创新。

2009年12月23日至24日，铁道部技术委员会组织召开了武广高速铁路联调联试及综合试验报告技术评审会，有关单位专家和代表（其中有11位院士）出席了评审会。专家们乘坐了武汉至广州动车组列车，听取了汇报，经过认真讨论，一致认为：

武广高速铁路联调联试和科学试验采取模拟仿真与现场测试、移动检测与地面检测相结合，采用高速综合检测列车、试验动车组等先进的移动测试装备，光纤传感器、激光测试、微波测试、图像识别、系统辨识等先进的测试技术，数字化、网络化先进的测试系统；对不同速度等级进行全方位检测试验，测试手段先进，方法科学，试验数据充分，结论可靠，为武广高速铁路系统评估和开通运营提供了依据。

2009年12月26日，武广高铁投入运营。武汉至广州间旅行时间由11小时锐减至3小时，旅客们称之为"陆地飞行"。

2010年，铁科院迎来了联调联试的丰收年。

这年，铁科院相继完成了郑西、成都至都江堰、福厦、昌九城际、沪宁、沪杭、海南东环7条高速铁路的联调联试，其中时速350公里的高铁就有3条，超过前两年的总和。

科管处副处长李琴是项目部总负责人中唯一的女性，继主持石太、甬台温、温福高铁联调联试后，2010年她又出任福厦、沪杭高铁联调联试项目部总负责人。在铁科院完成的17条高铁联调联试中，她一人就主持了5条，可谓巾帼不让须眉。

挂帅出任郑西高铁联调联试项目部总负责人是院科管处处长助理俞翰斌，时年36岁。在郑西高铁联调联试中，俞翰斌不久又被提为科管处副处长，同事们称他是"火线提干"。

一批"少帅"成了项目掌门人，一批年轻人挑起了联调联试专业负责人大梁，既反映了新一代科技人员在联调联试中迅速成长，又体现出院领导对造就一批高水平专业技术人才的重视。

郑西高铁是世界首条建在湿陷性黄土地区的高速铁路。联调联试中，铁科院以速度和安全为主线，采用逐级提速的方法，依据测试结果对各系统进行评估、精调、优化，复测确认后逐级提速，直至达到350公里时速目标值。

2010年2月6日，505公里的郑西高铁开通运营，高铁挺进中国西部。郑州到西安列车直达由6个多小时缩短至2小时以内。

俞翰斌在2010年先后主持了郑西、昌九、海南东环三条高铁。他抓住气候特点形象地说："郑西冷，昌九热，海南两轮大暴雨。"

郑西冷。郑西高铁联调联试时正值小寒、大寒节气，豫西连降大雪，上百名地面检测人员迎风冒雪，坚守在线路两侧参试。

昌九热。南昌是有名的"火炉"，昌九城际高铁联调联试又赶上七八月份的三伏天，钢轨上放鸡蛋都能烫熟。检测人员冒着40摄氏度的高温，在烈日下进行地面测试，挥汗如雨，衣服一会就湿透了。

海南两轮大暴雨。海南东环铁路从海口至三亚，全长308公里。铁科院按联调联试方案，从10月5日起开始检测试验，来自7个研究所的100多名参试人员放弃国庆7天的休假，跨海运来各项检测设备，相继抵达海南，不料赶上第一轮暴雨。铁科院项目部冒雨在沿线布署36个地面检测点，展开测试。

10月13日，笔者应邀赴海南采访联调联试，又赶上第二轮大暴雨。16日，10号检测车首次在海南进行联调联试作业。10号车以时速180公里的速度行进，在大雨中驶过文昌、琼海、万陵等车站。沿线农田一片汪洋，足见第二轮暴雨来势之猛。为配合地面36个测试点工作，途中设有 8 个慢行区段，以时速 5 公里速度缓行。经过 3 个多小时运行，10 号车到达三亚新站。傍晚，检测列车从三亚返回，时速提高到 200 公里，运行一个半小时，在大雨中回到海口东站。

世界高铁看中国，中国高铁看华东。2010 年正值虎年，华东高铁建设战场上可谓虎跃龙腾，风云际会。伴随上海世博会，迎来了沪宁、沪杭两条高铁紧锣密鼓的联调联试与开通运营。

沪宁高铁的联调联试以开通运营时一次达到时速 350 公里的设计速度为目标。铁科院自主研发的 61 号、68 号高速综合检测列车同时上阵，在动车组高速运行状态下对全线各系统进行综合测试与调试，优化各系统的状态和性能，仅用两个多月就胜利完成，为沪宁高铁按期开通提供了科学依据。

2010 年 7 月 1 日，沪宁高铁开通运营。它以 301 公里的运营里程、350 公里的运营时速，荣登世界上标准最高、里程最长、运营速度最快的一条城际铁路。两年建成一流的高速铁路，两个多月完成联调联试，沪宁高铁的建设创造了一个新名词，叫"沪宁速度"。

三个多月后，"沪宁速度"又被"沪杭速度"打破。2010 年 8 月，铁科院开始进行沪杭高铁联调联试。在上海铁路局的精心组织与配合下，铁科院仅用一个多月，就完成了对全线各系统和整体功能系统的联调联试。

沪杭高铁用一年半左右建成，一个多月完成了联调联试，在运行试验期间，试验列车于 9 月 28 日跑出了 416.6 公里的当时世界运营铁路最高时速，再次展示了中国铁路引领世界高铁发展潮流的雄心壮志。

2010 年 10 月 26 日，沪杭高铁通车运营，上海杭州 45 分钟直达。沪杭与沪宁高铁牵手，构筑成长三角的黄金"双翼"，昭示着中国这一城市群最密集、生产力最发达、经济增长最强劲的区域将展翅腾飞。

沪宁、沪杭高铁在世界上运行时速最高，联调联试技术复杂，接口多，涵盖轨道状态、接触网系统、供变电系统、通信系统、信号系统、客运服务系统、防灾安全监控系统、综合接地、动车组动态偏移量、路基结构车载探地雷达、路基及过渡段、轨道结构、道岔、桥梁、电磁兼容、隧道气动效应、列车空气动力学等 17 大项内容。中国铁路为什么能在一两个月就优质、安全、快速地完成联调联试？

康熊副院长道出了两条原因：一是体制优势，有中央和地方各级政府、全国人民的支持，有铁道部的领导与集中统一指挥，有铁路局、铁科院与建设单位的团结协作，全路一盘棋；二是集成创新优势，我们总结和积累了京津城际、武广等高铁联调联试实践经验，研发了 4 列具有自主知识产权的高速综合检测列车，提升了我国高速铁路的系统集成能力，为确保高速铁路安全运营提供了科学的方法、手段和装备。

从京津城际、武广到郑西、沪宁、沪杭，铁科院凭借联调联试这把科技之剑，屡露锋芒，斩关夺隘，一路走来，三年间已开拓出一条创新与跨越之路。中国高铁联调联试技术已在实践中日趋完善，它已成为具有中国自主知识产权的高速铁路系统集成体系的重要组成部分。

亮剑：从综合创新到系统集成，京沪铸丰碑

铁科院的联调联试科研团队，是一支有追求有理想的队伍。他们的理想，从不满足于"是如何"，而是对"应如何"的未来目标充满炽热的追求。这种目标与追求，为他们赶超世界高铁先进水平确立方向，为他们决战京沪设定标准，提供动力。

京沪高铁全长 1318 公里，是世界上一次建成线路里程最长、标准最高的高速铁路。从 2008 年 4 月 18 日全线开工以来，10 多万名铁路建设者夜以继日、埋头苦干，历时 3 年多建成一流的高速铁路，成为中国铁路现代化建设成果的重要标志，在中国铁路史上铸起了一座丰碑。

在首战京津、会战武广的技术积累基础上，京沪高铁的联调联试和运行试验最充分。京沪高铁自 2010 年 11 月 15 自开始联调联试，铁科院调集 500 多名科技人员，分 104 个试验测试组，采用先进的联调联试技术和方法，共进行了轨道、接触网、通信信号、客运服务、列车空气动力学、桥梁动力性能等 17 大类 600 多个子项 6000 余个参数的测试及设备调整优化。截至 2011 年 5 月 10 日，京沪高铁全线联调联试全部完成，共编写了 35 份研究报告，累计开行检测列车 665 列，检测动车组列车 3365 列，试验里程超过 60 万公里，为京沪高铁顺利开通提供科学依据。

投入京沪高铁联调联试的高速综合检测列车也堪称一流。铁科院是国家 863 计划重点项目最高试验时速 400 公里高速检测列车研制的主要承担单位。经过一年多科研攻关，铁科院与中国南车四方公司联合研发的 CRH380A—001、与中国北车唐山公司联合研发的 CRH380B-002 两列最高时速达 380 至 400 公里的高速综合检测列车，于 2011 年 2 月起相继投入京沪高铁的联调联试与运行试验中，其总体技术指标代表世界高速检测列车的最高水平。

三年前，当康熊副院长带领他的团队在制订京津城际铁路系统调试方案时，就确立了要赶超世界高铁先进水平的目标。他说："道理很简单，京津城际铁路是世界上第一条时速 350 公里的运营铁路，如何调试它? 国外均无参照数据，要靠我们自己摸索，不超越就不能放开手脚干。"

康熊带领团队首先对国外高铁的综合调试进行一番梳理。

世界各国在新的高速铁路开通运营前，都要进行一系列分阶段的调试与试验，日本称之为"实车确认试验"。日本的新干线在正式运营前，要进行设备检查和运转综合试验，试验完成后线路从建设方转交给运营商。德国高铁开通前进行集成试验和试运行，铁路公司将系统装备、集成调试承包给西门子等集团完成。法国在高速新线通车前，要进行动态高速试验与运行试验。

对于外国高铁的分阶段调试，铁科院既充分肯定他们的严谨态度，又敢于在实践中超越他们。"国外高铁有的网运分开，容易相互扯皮；有的将通信信号调试承包给集成商，而我们的调试是覆盖各专业的全方位。中国有自己的体制优势，在铁道部集中统一指挥下，铁科院发挥综合技术优势，我们的联调联试一定能走出一条科学合理、快速高效的创新之路。"三年前康熊副院长这番鞭辟入里的分析，已经被三年来铁科院对武广、京沪等17条高铁联调联试的实践所证实。

"联调联试"一词也首次在这时脱颖而出。2007年9月，铁科院将精心准备的《京津城际铁路系统调试方案》送报铁道部，与部运输局共同推敲出"联调联试"一词。该词将"调试"一词分开并冠以"联"字，揭示了对高铁各个系统和系统间进行综合测试、验证、调整、优化的深刻内涵。铁科院的专家们十分赞成用联调联试来取代国外沿用的词语。由此，"联调联试"一词正式出现在铁道部有关文件与领导讲话中。

联调联试一词的提出，对铁科院团队提出了新的目标、思路与方法。

联调联试是一项庞大的系统工程。其目的与作用是什么？铁科院的定位是：

我国高速铁路在工程静态验收后，采用综合检测列车和相关设备，对高速铁路各系统的状态、性能、功能和系统间匹配进行综合测试、验证、调整、优化，使高速铁路整体系统均达到设计要求。

从这一定位出发，铁科院提出八个字方针：系统集成，综合创新。高速铁路是复杂系统、高新技术集成，联调联试是对中国高铁系统集成效果的全面检验，铁科院要从系统集成入手，靠综合创新来实现。

铁科院提出的"综合创新"，是实现系统集成的必由之路，是对"原始创新、集成创新和引进消化吸收再创新"的领悟和实践。联调联试要对高铁各子系统功能、整体运行性能进行验证、调整与优化，仅靠某一专业的创新是不够的，而是要吸收融合中外最新科研成果，要汇集铁科院各专业优势，实现调试内容、方法、手段、程序等综合创新。它表达了铁科人在联调联试中的一种挑战精神和科学方法。

三年来，铁科院围绕这八个字做大文章，以京津城际、武广、京沪等高铁项目为舞台，不断在实践中探索、创新、跨越，终于创建了具有中国特色的高铁联调联试及运行试验技术体系，实现了理念创新、测试方法与手段创新、调整与优化创新、组织管理创新。

理念创新。2004年2月，铁道部提出了"以人为本、服务运输、强本简末、系统优化、着眼发展"新的建设理念，为即将开展的大规模高铁建设提供了重要的指导思想。联调联试如何贯彻落实这一新理念呢？铁科院重点树立与落实好三大理念：一是服务运输理念。联调联试与运行试验是中国高铁建设的重要组成部分和运营准备的关键环节，在联调联试中，铁科院与铁路局运营部门团结协作，为工程验收和开通运营提供强有力的技术支撑和科学依据。

二是系统优化理念。通过系统集成与联调联试，对每一条高铁各子系统与系统间的配合进行检测、调试、优化，使整体系统功能实现最优。三是以人为本理念。联调联试重在消除影响安全运行的隐患，达到设计目标，确保开通后旅客的安全性、平稳性、舒适性。

测试方法与手段创新。铁科院不断创新与完善联调联试方法、手段与装备，采用移动检测设备与地面测试设备相结合、室内试验与现场试验相结合、仿真与在线实验相结合的手段，采用先进的测试技术和数字化、网络化测试系统，利用高速综合检测列车、实验动车组等先进的移动测试装备，以不同的速度对线路基础设施进行检验、验证。

铁科院研究员杨宜谦，1996年北京航空航天大学力学博士毕业后分到铁建所，见证了这几年铁科院在联调联试方法与装备上的创新。他介绍说，2008年在合宁与京津城际铁路联调联试时，地面测试点是有线传输，100多名参试人员在轨道旁搭建工棚，现在采用无线传输，轮轨检测一秒钟能测出4000个数据；地面测试设备供电，过去是在工棚旁安装发电机，牵电线，现在采用蓄电池，省事多了；过去地面测试人员工作在工棚，冬天冷，夏天热，蚊虫咬，现在可以在汽车或驻地读取数据……人员少了，环境好了，效率高了。

高速综合检测列车是联调联试的重要装备。目前世界上只有少数几个国家掌握其研制技术，法国的高速检测列车时速320公里，曾是世界上最高速度；日本检测车（俗称"黄医生"）用于运营安全巡检，时速为275公里。铁科院与四方公司、唐车公司联合自主研发的CRH380A、CRH380B高速检测列车，最高时速达到400公里，标志着我国高速铁路检测技术站在了世界发展的最前沿。

调整与优化创新。在联调联试中，综合测试的目的在于调整与优化，查找各系统与整体系统在运行中的缺陷、不足与安全隐患，进行精调精整，优化各系统的状态与性能。为建立快速协调解决问题的有效机制，铁科院项目部每天总结当日测试与调试整改情况，在日交班会上与铁路局等单位共同议定次日计划。现场指挥部根据铁科院提交的测试数据、分析报告，建立轨道、接触网、信号设备等整改问题库，落实责任单位、整改要求等，并根据当日测试结果和整改情况，对已整改完成的问题进行销号，对问题库进行更新。在沪宁高铁联调联试中，铁科院针对信号系统发现的问题，2010年6月两次采用检测动车组进行复测，确认已完成整改才销号。

组织管理创新。联调联试与运行试验是一项庞大而复杂的系统工程，涉及铁路局、高铁公司、铁科院、相关设计单位、施工单位和集成商，参与人数有时多达几千人。为确保有序、高效推进，在铁道部协调组领导下，由铁路局、铁科院和高铁公司等共同组成现场指挥组，负责组织实施。

铁科院作为测试技术总体负责单位，负责联调联试及运行试验大纲的编制，提出总体试验计划和每日试验内容及计划；负责组织并完成全部测试工作；根据检测结果提出整改和优化方案，进行相关试验数据的整理分析、编写试验报告。铁科院根据高铁项目情况，成立项目部，确定总负责人，下设工作组和专业检测组；各专业检测组设专业负责人，组织参试人员完成测试工作。

铁科院凭藉综合创新，在实践中不断完善与发展系统集成及联调联试技术，一大批青年科技人员茁壮成长。如今,铁科院的技术力量与装备已具备能同时承担四五条高铁联调联试的能力。2010年11月下旬，铁科院同时组织4支队伍，分赴京沪高铁先导段，长吉、广珠城际高铁与太中银铁路，开展联调联试与检测试验。

三年攻坚结硕果。铁道部总结了高铁联调联试的宝贵经验，于2010年9月17日，以铁道部文件下发了《高速铁路联调联试及运行试验指导意见》，明确了工作内容、方法、程序、组织及实施要求等，使联调联试及运行试验工作进一步规范化，迈上新的台阶。

1964年，日本建成世界上第一条高速铁路，最高运营时速210公里。44年后，从2008年至2011年6月，短短的三年半时间，中国从中东部到西部，从长三角到珠三角，17条高铁相继开通运营，宛如17条铁龙比翼齐飞。

截至2011年6月30日，我国高速铁路运营里程达8849公里，在建里程超过1万公里，我国已成为世界上高铁系统技术最全、集成能力最强、运行速度最高、运营里程最长、在建规模最大的国家。

在这些辉煌数字后面，没有多少人知道，为了高铁的开通运营，有多少铁科人吃苦奉献，顽强拼搏，付出了何等艰辛的努力！

在联调联试中，大多数测试人员工作在荒郊野外，蹲守在工棚里，冬天顶风冒雪，夏天日晒雨淋，经常半夜起床赶赴测试点。在铁科院60周年院庆的画册里，有一张令人震撼的照片，记录了2008年2月合宁高铁联调联试中，面对南方低温雨雪冰冻灾害，三名测试人员趴跪在线路轨道旁，冒着鹅毛大雪，正在聚精会神地进行轨道动力学参数标定。尽管身旁有人打着伞为他们挡雪，但大雪依然洒满三人的衣帽，周围白茫茫的冰雪早已埋没了轨道。

联调联试长期在外，他们默默地把每家都有的那本难念的经藏在心底，全身心投入到测试中。铁建所姚京川博士，2008年春夏一直坚守在京津城际铁路测试点。3月的一天晚上，爱人从北京打来急电，说孩子要生了，身边没人照料。姚京川请假赶回家时，孩子已出生了，三天后他又回到测试点。

基础所的"80后"女孩时菁，2009年研究生毕业后就参加郑西联调联试，2010年3月30日才抽空登记结婚，没度蜜月就"新婚别"，4月战福厦，5月战沪宁，直至6月1日儿童节，小两口才又见面。

　　1981 年出生的吴敏敏，清华大学研究生毕业后分到铁建所。她原以为铁科院的工作就是穿着白大褂在办公室做实验，没想到却是常年工作在野外搞测试。2009 年 9 月她在武广高铁大瑶山一号隧道进行隧道内气动效应试验，该隧道长达 10 公里，隧道长空气不好，不时有轨道打磨车驶过，噪音大，火花四溅，粉尘呛得喘不过气来。她饿了就啃面包，在隧道里坚持试验长达 20 多小时才走出隧道。

　　在联调联试现场为数不多的女性中，还有环控所的辜小安研究员、铁建所杨凤春副研究员等，她们能征善战，构成了联调联试中的一道亮丽风景。

　　所有参与联调联试的铁科人坚如高铁的钢轨，不辱使命，勇于担当，负重承载着祖国与人民的期盼。当他们接过院工会送来慰问品，看到"您辛苦了"四个红字时，一双双眼睛湿润了。

　　新的目标承载着新的梦想，新的起点激发出新的追求。

　　在铁道部领导下，在国家发改委、科技部的大力支持下，铁科院继成功研发时速 400 公里的综合检测车之后，正全力推进时速 500 公里试验高速动车组的研发攻关。

　　一首名曰《高铁魂》的小诗，道出了铁科人的自信、抱负与追求：

　　一种从未有过的感受

　　一种坚定的自信

　　世界之林

　　中国的白色巨龙

　　将空气撕开一道道豁口

　　朝着世界之巅豁达地奔去

　　在中国高铁发展新的征程中，铁科院正在集结与带领广大科技人员，攻坚克难，所向披靡，"朝着世界之巅豁达地奔去"！

特战先锋官刘丁

李家文　　杨光和

刘　丁

四百里徐蚌人杰地灵，这片神奇的土地承载了中国厚重的历史，62年前国共在此战略决战，使这片土地罩满历史的光环。如果说，昔日先辈用鲜血和生命铸就的历史震古烁今，那么，今日通号建设者在这里用智慧和汗水铸就京沪高铁的先导段，其壮美华章同样令人荡气回肠。

——题记

2010年11月15日晚7点，中央电视台新闻联播正在播出京沪高铁新闻。画面中，一位头戴"中国通号"安全帽的年轻人对着记者的话筒侃侃而谈，铿锵的声音立刻传遍全中国。他，就是中国通号京沪高铁第七工区项目部副经理刘丁。

一

中国通号凭借研发设计、设备制造和施工安装"三位一体"优势，凭借系统集成的丰富经验和列控核心技术，承担了京沪高铁全线通信信号系统集成任务。第七工区主要承担枣庄西——

蚌埠南先导段的通信信号施工安装任务。

刘丁毕业于兰州铁道学院信号专业，国家一级建造师，有过多年信号系统工程管理和实战经验。通号济南分公司领导慧眼识能人将他推向七工区领导岗位时，作为党委工作部长的刘丁当时还颇感意外。随后，他平心静气，闭目深思，然后毅然策马上任，挑起工区日常施工组织管理的重担。

"京沪高铁是世界瞩目的战略性项目，有幸担当是荣耀，我们必须交出无愧于时代的答卷，否则将是历史的罪人。"刘丁与工区人员见面的第一句话就是讲意义。他果敢决绝的态度使大家感到有一种血脉喷张的激动。

七工区的管理人员是济南分公司临时从各个项目部抽调来的骨干，他们大都经过京津、武广高铁的砺炼。刘丁在和大家思想见面，统一认识，整合文化并凝聚意志之后，迅速亮出"铸精品创一流，坚决打赢先导段这场特殊攻坚战"的旗帜和目标。

2010年初春，淮河大地上春节气氛浓浓。而此刻，刘丁与他的同事正行走在寒风凛冽的京沪高铁线路上。桥梁、涵洞、设备点、分割点他认真地一一标记。尽管家中年迈的父亲渴望儿子回归，放假的女儿期盼爸爸团聚。但他明白大战在即，只有知己知彼，才能百战不殆。

220公里的先导段，虽只占全程的六分之一，但徒步行走依然是路途漫漫。刘丁前后6次跋涉先导段，走过了冬，穿过了夏，脚底打过多少水泡早已记不清。这期间，他共检查接地端子61970个，信号中继站24个，通信基站132个，完成书面检查记录1343页。他的一双锐利的眸子像摄相机，将先导段工程的难点、控制点尽收眼底，记在心头。

他组织大家6易其稿，将京沪高铁的施工标准逐项细化，最终形成了12.2万字的施工组织设计。又经过几番日夜奋战，具有京沪特色的高铁工艺标准应运而生。其中管理制度131项15万字，安全、质量、环保等体系文件以及应急预案、危险源辨识等文件，共18.6万字。

工区好多职工都说，如果要问刘经理今天是星期几，他肯定记不住，但你要问他线路上每一处设备的位置，他张口就来，非常准确。正是这种严细务实的作风，在指挥部召开的例会上，刘丁的汇报总是分风劈流，如下陡走丸。几次会议下来，指挥部领导对这位青年人刮目相看，以至于规定必须由工区一把手参加的会议，指挥部破例提出七工区刘丁参加就可以。

二

"刘丁，京沪无小事。我们的目标是确保国优，争创一流！"临上京沪前分公司总经理奚斌的交待时刻响在刘丁的耳边。

为检验工区确立标准的科学性、可行性，刘丁组织大家模拟京沪线路自然状况，在驻地建成了由路基段、桥梁段、隧道段组成的标准示范基地。线路上分别安装了轨道电路、信号机、应答器、扼流变、补偿电容、各种箱盒以及标志牌、连接线等信号设备。尺寸标识、设备简介直观醒目，一目了然。

示范基地不但为全线信号施工确立了标准，而且展示了通号公司的精湛工艺和管理水平，成为京沪线上一张靓丽的通号名片。前来参观的京沪公司、上海铁路局、济南铁路局电务处等单位的领导和专家无不眼前一亮，对精致的工艺大加赞赏。

作为全线示范的先导段，刘丁始终坚持高标准严要求。工作中大到分项工程标准，小到发送、接收端轨连线，应答器设备安装朝向，他都要求技术人员要精确到位，即使螺丝紧固，他也要严格按扭力值操作。他还从工厂产品的模具制造，流水线生产想到了模板化施工。在他的提议下，工区相关轨旁设备安装的模板应运而生，结果不但提高了工效，而且有效地保证了设备安装的工艺质量和标准。其中先导段蚌埠南站的机房设备安装还成了全线建设的样板。

三

高铁建设是一项系统工程，涉及众多单位，要想取得施工效率的最大化，团结协作是关键。

枣庄西站站前单位铺轨安装高速道岔，由于没有施工经验，安装调试颇为困难，不得已求助于济南局。济南局立刻想到了通号济南分公司，电话打到刘丁处，刘丁爽快答应，迅速派出总工张道俊、工程部副经理倪伟华全力指导帮助。

对于站前单位的急难需求，刘丁总是要求工区人员尽量伸出援手。因为他知道将京沪建成一流是所有建设者共同的追求。

对通号公司豁达的胸襟，无私的援助，站前单位也是给与积极回应。大凡涉及管线预埋等问题，站前单位总是提前通知通号公司。这样一来，不但提高了工效，而且保证了工艺质量和效率。

七工区管辖的定远至南京段由天津分公司的队伍担负建设。作业队队长吴宝全在谈到工程建设顺利推进的原因时，把刘丁出色的协调能力放在了突出位置。吴宝全说："刘经理这人做事很大气，非常正直、爽快，有什么事找他立马就想办法解决，我们作业队的同志对他都很服气！"

由于施工单位彼此和睦相处，使建设单位的协调变得轻松愉快，以至于指挥部人员风趣地说："要都象通号公司这样，我们就省心省事多了！"

如果说和谐的外部环境是取胜的基础，那么和谐团队就是取胜的保证。

刘丁经常和工区项目部的每个人交心，并充分调动和发挥大家的特长和才智。张道俊有过京津、武广高铁的技术管理经验，担任了总工兼工程部长，官克强熟知安全质量管理，出任安质部长，赵旗军心细严谨，负责综合部后勤事务。工作中刘丁要求既要讲分工、讲责任，又要讲全局，合理补台。进点初期，基地建设是重点，大家把主要精力放在了综合部负责的后勤事务上。工程开工了，一切围绕工程这个大局。合理的岗位安排，轻重缓急的工作推进，使每个人的潜能发挥得淋漓尽致。

七工区人员构成精干，每人都有自己的一摊事务，很多同志在工地一呆就是几个月。亲情的牺牲换来的是工期节点稳步推进。刘丁作为团队的班长，他感谢大家的付出，也体谅大家思念亲人的心情。工程部副部长倪伟华的爱人及孩子国庆期间来工地，刘丁亲自安排接站，并为他们举办欢迎餐会，伟华和爱人深为感动。

2010年8月，一批大学毕业生进入七工区。刘丁与新工们相谈甚欢。他悉心倾听大家谈理想，谈打算，也推心置腹地交流自己的工作经历和生活体会。亲切的沟通不仅拉近了彼此的距离，也坚定了一群年轻人立足七工区，献身高铁的决心。如今，新来的同志们已成为七工区坚实的后备力量，他们在各自的岗位上如鱼得水。

工程队人朴实、豪爽，你付出真心，他们就与你肝胆相照。工区的新老同志被刘丁的真诚打动，被热情融化，被行动感召，他们用努力工作来回报这位兄长的信任和关心。记者在七工区采访时，大家说的最多的就是和谐。

四

2010年12月3日，在京沪高铁先导段联调联试中，国产新一代高速动车组冲出了世界第一速度——时速486.1公里。这一刻，让刘丁激动万分。他没想到，高铁这个梦想，竟然能在自己亲身经历和奋战中实现；这一刻，他更加想起了2010年9月1日那天，在中国通号召开的京沪高铁通信信号系统集成誓师大会上，他代表全线青年突击队员在台上的庄严宣誓……

为了践行自己的庄严承诺，为了心中的那份神圣使命和责任，刘丁这位先锋官宵衣旰食，殚精竭虑，他每天工作不少于16小时，从誓师大会到先导段达到联调联试条件，从没有离开过现场。

他的宣誓诺言正在实现——2010年，在京沪指挥部组织的上半年、下半年两次安全、质量、工期、投资效益、环境保护和技术创新"六位一体"激励约束考核和信誉评价中，七工区两次荣获第一；在铁道部组织的检查评比中荣获优胜杯；在日常检查评比中9次荣获绿牌奖励，是蚌埠指挥部管段内唯一没有受到黄牌警告的施工单位。中央电视台为此专门进行了采访报道。

兔年的春风在召唤，高铁的汽笛在嘶鸣。曙光里，刘丁率领他的七工区团队正行进在迎接京沪高铁全线开通的征程上。

cat

为高铁起飞奠基的人们

郭绍燕

如果把高速动车组比喻为陆地飞行的飞机，那么，为陆地飞机起飞建设跑道的轨道板场就是名副其实的高铁奠基人。

在京沪高速铁路工地上，以中国速度为高铁起飞奠基的人们，用自己的聪明才智和心血汗水创造出无数令国人骄傲、令世界惊叹的人间奇迹。

巾帼不让须眉

在京沪高铁全线 20 个无砟轨道板场中，49 岁的赵秀丽是唯一的女领导。

2008 年 8 月，赵秀丽被委以重任，挂帅中国中铁六局集团京沪高铁东光板轨道板场经理。之前，她参与的京津城际轨道板场设计与制造成套技术填补了国内在该领域的空白。

东光轨道板场承担着京沪高铁沧徐段 25576 块轨道板预制任务。根据工期安排，2009 年 5 月中旬须具备试生产能力，8 月具备正式生产能力，2010 年 8 月完成全部预制任务。时间紧、任务急，赵秀丽临危受命。

临建费用未到位，后续资金不足，地质条件不佳，基底渗水严重，让本已紧迫的工期雪上加霜。赵秀丽把家搬到车间，全天盯在现场，有时候凌晨两点仍在工地督战。工人感慨地说:"就是我们大老爷们儿，也很少能做到她这样的。"

由于起步快，上手早，板场施工井然有序，快速推进，2009 年 5 月 11 日成功浇筑了第一块轨道板，成为全线建设速度最快的新建板场。

京沪高铁 CRTS Ⅱ 型轨道板采用的 P Ⅱ 42.5 硅酸盐水泥、涂层钢筋绝缘等新材料、新工艺是国内首次采用。京津城际的经验不能适应新的需求，赵秀丽就重新开始，一个问题一个问题地钻研。她的工作笔记密密麻麻地记录了有十余本之多，一项项全新课题先后被攻克，许多轨道板场和监理单位的技术人员纷纷向她请教，并索要资料。

为让轨道板达到设计要求，赵秀丽和同事在设备研发和工艺创新上铆足了劲儿。他们成立了QC小组和青年科技攻关小组，对施工中质量问题反复研讨、总结。针对轨道板端封部位掉角的难题，他们自主研发了新型的端封拆卸专用工具。这种专用工具构造简单、操作便捷、安全可靠，有效解决了端封拆卸难、板块易损坏等难点，并获得了国家专利。

在2009年5月26日召开的京沪高铁二、三标段轨道板场现场经验交流会上，东光板场率先贯彻四个标准化，毛坯板试制质量可控、美观，现场文明规范，为二、三标段内5个板场起到样板作用，京沪高速铁路济南指挥部给东光轨道板场核发了一张"绿牌"，该板场也成为全线新建的16个板场中第一个获"绿牌"的板场。

工艺精益求精

宿州轨道板场经理王化松是中铁十四局集团公司的副总经理。从2009年4月3日到4月4日，他两天两夜没离开车间，带动全体员工顺利完成了首批模拟试验板的生产，为正式生产奠定了坚实基础。在他的带领下，宿州轨道板场仅用4个月就完成了从建场到试生产的过程，成为全线新建板场中，第一个进行试生产的单位。

在轨道板生产过程中，为确保产品质量，提高效率，王化松和同事们采取走出去请进来的策略，取众家之长补己之不足，结合板场设计生产能力和设备特点，对工艺工序、设备进行了改良和创新，取得了可观的成绩。

轨道板底面拉毛效果欠佳是轨道板场生产初期的通病，宿州轨道板场成立了QC小组解决此问题。小组成员全程跟踪混凝土浇筑工序，对混凝土的每一项技术指标进行记录对比分析，对工艺工序、设备进行逐次分解、排除，最终通过采用振动整平消除表面气泡，改进毛刷角度、长度、疏密度，准确掌握拉毛时机三种方式，提高了拉毛效果。

轨道板预埋套管在混凝土浇筑过程中上浮，也是多个轨道板场都遇到的难题，宿州板场对套管内径的量差、加工工艺，固定销外径的量差、加工工艺，及混凝土浇筑过程中的布料量及振捣时机、振捣时间等环节进行了大量的检测和监控，提出了整改方案，得到了套管和固定销生产厂家的认可并进行了改进，现已全面的解决了套管上浮的问题。

2009年7月8日，铁道部在宿州轨道板场隆重举行了现场观摩会。2009年7月16日，宿州轨道板场又在全线16个新建轨道板场中，首家进行了部级生产许可证现场核查，又一次领跑全线。

抢德国人"饭碗"

2008年8月的一天，中铁十五局集团公司内蒙古自治区某项目部总工程师付雷锋突然接到领导的电话，"即刻前往位于安徽蚌埠的京沪高铁固镇轨道板场，任务是为京沪高铁预制无砟轨道板"。

放下电话后，付雷锋第一感觉就是领导有点小题大作："轨道板不就是一个块块么？干嘛这么大动干戈？"

到达蚌埠后，付雷锋才知道自己的感觉很可笑。他立即和同事到北京和广州等地的轨道板厂参观学习，并参加了几天技术培训。根据参观时的记忆和培训获得的知识，他们拟订了一场三线的建场方案，即一条生产线生产 27 块板，三条生产线一次生产 81 块板。

这种方案参照了德国博格板的设计思路，并无什么创新之处。方案上报后，京沪高速铁路股份有限公司董事长蔡庆华到固镇作了一次考察。蔡庆华说，我们为什么非要照搬德国人的模式呢？即便是学习国外，也都有学习、吸收、再创新的过程，你们尝试着走一条新路吧。

中铁十五局集团领导接受了这个"走新路"的任务，可是付雷锋却有些气馁，他向领导表达了自己的疑问："人还不会走路的时候就要跑，是会犯错误的，现在我们面临很多困难，不能随意搞创新，还是按照以前的思路走吧。不然万一失败，后果不堪设想。"

领导没有立即否定付雷锋的观点，而是让他继续思考、学习。尔后，付雷锋接连走访了相关领域的几个专家，这些专家的话给了他很多鼓舞："为什么不去做呢，德国人能做出来的事情，难度我们中国人就做不出来么？我们中国人就那么笨么？"付雷锋反思后，认为专家的话有道理，遂抛却对失败的顾虑。"去干吧"他在心里大声鼓励自己。

付雷锋和同事们查阅了大量资料，作为长线台座生产线，合理的长度范围为 75~150 米，最佳长度为 120 米，这是国内外都公认的，而 27 块一条生产线长度为 76 米仅为合理长度的下限，为什么不能采用公认的最佳长度呢？经由多次设计和研究，付雷锋和同事们结合京沪高铁的特点提出了一个"一场二线"的创新方案，将以前方案的三线改为二线，由一条线生产 27 块板改增至一条线生产 42 块板，生产线长度达 110 多米。这样，二线一个循环便可生产 84 块板，比三线一个循环多出 3 块板。

2009 年 2 月 21 日，付雷锋对这个日子记得特别清楚。那天，北京举行了"一场两线"研讨会，京沪高铁股份有限公司领导和一些专家在会上告诉付雷锋："想法很好，完全可以照着这个做，错了不要怕。"得到肯定后，付雷锋信心倍增，随即决定以"一场两线"为核心进行创新。

"一动百动，一变百变。"付雷锋说，"一场二线"绝不仅是生产线减了一条那么简单，而是引发了生产线张拉设计、信号传输设备性能稳定性测定、设备配置和流水线作业方式等众多关键生产工艺的变化，需要攻克的技术难关的数量难以估计。

凭着一股干劲，预应力张拉时模板位移量测定、绝缘垫片改良、预埋套管工艺改进等各种创新数据在大家的刻苦攻关下一个个取得验证和成功,设备选型、安装调试、工艺改进顺利推进。2009年4月30日起,固镇轨道板场先后进行了6次工艺试生产,获得了成功。试生产出来的毛坯板质量被京沪高铁股份有限公司领导誉为全线质量最好的毛坯板。

在创新轨道板生产线的同时,固镇板场按照京沪高速铁路股份有限公司的要求,开发了采用普通P II 水泥代替超细水泥,采用普通掺合料代替专用掺合料,采用单掺矿粉、双掺矿粉和粉煤灰、冬季施工专用配合比等3种混凝土配合比,经过多次试验,均取得了成功。投入生产后,降低了混凝土早期水化热,确保了轨道板质量,还大幅降低了生产成本。

专家认为,"一场二线"优化了机械和人员配备,简化了管理程序,采用国内通用硅酸盐水泥和普通掺合料提高了对混凝土性能的掌控性,生产功效和产品质量明显高于德国技术,表明中国成功拥有了世界上最好的无砟轨道板制造技术。目前已申报1项发明专利,1项实用新型专利。这是一个非常了不起的成就,它标志着我国在形成具有完全自主知识产权的高速铁路技术体系的道路上迈出了关键一步,中铁十五局集团固镇轨道板场因此成为我国首座自主创新型轨道板厂。

固镇板场让前来参观的德国人竖起了大拇指,并打趣地说:"你们能把轨道板当做工艺品一样制作,造出这么好的轨道板,让我们以后都没饭吃了。"

享受着成功喜悦的付雷锋也在一瞬间悟透了创新的真谛:"我终于明白了,创新原来就是要提高效率,同时减少投资,更重要的是取得知识产权。"12月19日上午,在洒满阳光的固镇板场院内,付雷锋露出了憨厚的笑容。

制造经得起时间和速度
检验的轨道板
——中铁十六局铁运工程公司枣庄制板场纪实

蒋晓芬

这是一块积淀着厚重文化的土地，二千多年前，墨子等历史名人在这块土地上纵横捭阖；这也是一块红色渲染的土地，70 年前，铁道游击队员为了抗击日本侵略者，谱写了一曲曲可歌可泣的英雄赞歌；今天，一群平均年龄 28 岁的铁运人，来到了山东枣庄，在这块沸腾的土地上，用他们洋溢的青春激情，在京沪高铁建设中书写着新的传奇。

2009 年 4 月 18 日，位于依山枕湖、风景秀美的枣庄市高新区的中铁十六局集团铁运公司枣庄制板场成立。短短几个月时间里，从未有过制板经历的铁运人就从刚起步的门外汉变为精通技术的行家里手，不仅掌握了轨道板的生产技术，确保了轨道板的安全质量，而且成功地达到了稳产高产，成为京沪高速铁路三标段的排头兵。人们不禁要问，是什么力量，使这群初生牛犊在中国铁路技术的金字塔顶，克服了心理和技术问题带来的一系列困惑和犹豫，不气馁、不放弃，以凤凰涅槃的蜕变，破茧而出，成为京沪高铁建设大潮中一匹耀眼的黑马？

有反思才有超越

铁运公司干了 50 多年的铁路运输，天天与两条铁轨打交道，可是当他们一头闯进代表世界铁路顶级技术的高速铁路轨道板制造技术领域的时候，并且试图揭开其神秘的面纱，才发现一切并不像想象得那么简单……

他们在这条起跑线上迈出的第一步就显得异常艰难。

当时，京沪高铁沿线的制板场，有的板场已投入正式生产，有的板场设备到位，并已经经过了初调、初试，有的板场已经在进行制板技术的攻关，但是枣庄板场的临建才刚刚开始。

在分秒必争的时间里，跑步上场的是一群异常年轻的人。经理俞剑刚过而立之年，书记车园园是个 80 后，他们带领的是一群充满着理想和梦想的年轻人，许多人刚刚告别美好的大学校园生活，就来到了京沪高速铁路建设现场。他们大都没有工作经验，甚至缺乏应对大风大浪的坚强。可是他们都有一个共同的目标，那就是在中国的第一条高速铁路建设中展示自己的智慧，贡献自己的力量，留下闪光的足迹。

要想尽快赶上其他板场的速度，就必须有效压缩临建时间。为了确保在最短的时间内完成所有临建任务，他们打破了流水作业的程序，优化施组"多条腿"走路。平行施工，交叉作业，同时干两三件事来缩短时间，加快进度。当时，占地一百多亩的厂区内彩旗招展，人头攒动，灯火辉煌。施工人员 24 小时不休息，最繁忙的时候多达 500 多人。厂房内毛坯板生产车间、钢筋加工车间、打磨车间临建率先完成，厂房外毛坯板存放区、成品板存放区、料仓、拌合站、办公区、生活区的建设也紧锣密鼓地抢时间、抓进度，相继建成，并于 2009 年 6 月 5 日生产出第一块试验板，在进度上迅速扭转了被动局面。

但是他们来不及好好庆祝一下，一个更为严峻的挑战又摆在了面前。

2009 年 8 月上旬，京沪高铁济南指挥部对试生产的枣庄板场进行复验。复验之前，板场组织了自检自查，还请专家进行了初验，一切都很正常，各项检测数据都符合要求。第一条生产线如预期那样，顺利通过了复验。可是，当检查人员来到 2 号生产线，对生产出的轨道板上拱度进行测量时，问题出现了：由于翻转机没有调试好，板场临时采用吊带和桁吊翻转轨道板，所以造成翻转过来的轨道板上拱度超标 0.2 毫米。可就是这毫不起眼的 0.2 毫米，板场竟然没有通过复验。看着这个结果，经理俞剑怎么也没有想到，几个月来全场员工没白天没黑夜的干，付出了多少心血和汗水，他们是那么渴望一次复验成功，可是这个希望竟与他们失之交臂，擦肩而过。不仅俞剑心里，全场员工心里也是既委屈又沮丧。当十六局指挥部召开总结会，让俞剑发言时，俞剑站了起来，千言万语却不知道从何说起，只有泪水顺着这个坚强的男子汉的双颊流了下来。

在品尝着眼泪带来的苦涩中，俞剑明白了：无砟轨道板制造技术是高速铁路核心技术之一，制造工艺复杂，技术含量高，精度要求高。要经受时速 350 公里列车行驶的考验，轨道板的制造就要精益求精，来不得半点马虎，更容不得丝毫误差。尽管只是 0.2 毫米，但却是一个致命存在的误差啊！

于是，俞剑旗帜鲜明地提出了"生产一块废板就是耻辱"的口号，并且把这句话张贴在车间的最显眼处。

知耻而后勇。枣庄板场反思此次复验的教训，采取"请进来"讲课、"走出去"学习的方式，组织业务骨干去房山板场学习，白天技术人员跟着工人一点一点学，并且对房山板场的生产工艺进行全方位的录像，晚上技术人员对照录像资料学工艺，及时地融会贯通，回到板场再给其他的员工当老师，为保证制板质量打下了坚实的基础。他们还组织管理、技术与操作人员参加京沪高铁公司举办的培训班，多次到兄弟单位参观学习，学习回来后再组织讨论，进行技术攻关；设备厂家现场安装调试更是他们不可多得的"现实教材"，他们给厂家打下手，跟在厂家的技术人员后面寻根究底，提前熟悉掌握操作规程。

功夫不负有心人。2009 年 9 月 14 日，枣庄制板场迎来了京沪公司首次季度信用评价。经过严格的现场实体测量和内业检查，最后经考核小组评定，枣庄制板场季度信用评价进入 A 类，获得了第一张绿色通知单。评定总结会上，评定小组组长、京沪公司安质部副主任卫来贵说："这次来到枣庄板场，感受到十六局用心了，真干了，看到了十六局的真正水平。"

在这一场与落后的较量中，尽管浸透了汗水和泪水，但是铁运公司枣庄制板场的年轻团队没有被打倒，反而以不服输的斗志，坚定勇争第一的信心和决心，奋起直追，使事情的发展峰回路转，实现了从对无砟轨道板技术陌生到熟练运用的转变，迈出了走向成功的第一步。

制度创造精度

2009 年 11 月 23 日，当枣庄制板场磨床车间操作工田雨按下最后一道打磨旋钮，第 81 块经红外线检测合格的成品板缓缓从磨床运出，标志着枣庄制板场实现了日打磨成品板超越 80 块的目标，超出京沪公司规定的日打磨成品板 77 块的要求。

板场作为一个工厂化的大车间，具有工厂化的特征，操作的工人多，流水线作业环环相扣，工序衔接要求精确至秒，一招不慎，小至价值上万元的产品报废，大至流水线拥堵，直接影响轨道板的生产进度。

如何确保轨道板的稳产、高产，如何确保安全、质量，各项不断完善的规章制度发挥着巨大的作用。制度就像是一条主线，把板场的各个车间和作业层穿了起来，穿成了一条浑然一体的链条。

在制度面前，人人平等；在制度面前，人人遵守，不能以任何理由说"不"。这是板场员工对制度的态度，这也是板场员工在制度面前养成的坚决的执行力和落实力。

因为，在他们看来，有了制度，就有了速度；有了制度，也有了精度，才能在轨道板生产的每一个环节做到"一点也不差，差一点儿也不行"。

板场制定了节点卡控制度，把生产过程分解成 18 道工序，每一道工序规定完成的时间，员工严格按照规定的时间完成生产任务，完成的有奖，完不成的要罚。通过这项制度的执行，使生产车间生产一槽板的时间由最初的 24 小时,缩短为 10 小时,再变成 7 个小时,并创造了最快 5.5 个小时的纪录,为板场实现高产、稳产目标奠定了基础。

板场在生产过程中实行责任追究制度,根本目的在于促使板场员工忠实履行自身的职责,并对自己的行为负责。比如轨道板在吊放时,对于垫木的要求也非常严格,垫木要塞好、垫稳、垫牢、垫平,垫块要横平竖直,位置要正确,整体排放位置要和前后在一条线上。员工小李有一次就是因为没有将垫木塞好,在检查中被发现,追究摆放垫木的责任人,小李当场被处以 50 元的罚款。这次罚款对小李触动很大,自此以后他对自己经手的每一道工序都严格按照要求做,一丝不苟。

设备是保障板场正常生产的关键。为此,板场建立健全了维修保养制度,建立了“生产设备日报告”制度。每日由机修班长将全天设备问题汇总上报设备负责人,设备负责人审核后快速制定出当日设备维护计划。按季评出红旗设备,以此表彰设备维修人员。实行设备管理责任全员化,使操作者具备一般性故障处理能力,大大提高了生产的效率。

板场的安全生产制度,更是为板场的生产竖起了一道安全屏障。他们制定出台 30 多项安全生产制度,各车间均出台了员工操作规程、劳动卡控措施等作业标准,特别是对大型设备龙门吊的日常维护、高空安全生产等都有明确的规定。对发现的安全问题定人、定责、限期整改。板场从开工到现在,九个作业区、三个车间未发生一起安全质量等级事故。

在完善和规范的管理制度下,枣庄板场的管理效力大大提高。规范化的作业流程与员工的标准工作行为,形成了一个融洽、有序的工作环境,为生产出高精度的轨道板创造了有利的条件。

细节成就完美

细节是成功的标准,细节也是完美的体现。

当经过实验的第一块轨道板揭开覆盖的薄膜,露出庐山真面目时,板场的员工都急切地围了过去。他们看到了一块平整光滑的轨道板,长宽高都符合标准,比他们想象的要好得多。此时,站在旁边的德国专家也露出了笑容,还朝着这群年轻人竖起了大拇指,直呼“OK”。

轨道板是我国引进、吸收德国技术而发展起来的,每一块的长、宽、高误差都被严格控制在 5 毫米以内。德国专家的充分肯定让大家欢呼雀跃,他们几个月的辛苦终于收获了成功。可是俞剑和几个技术人员的目光仍停留在这第一块轨道板上,他们发现了一个大家都忽略的细节。在轨道板光滑的表面,还分布着十几个细小的气泡,这些气泡就像是一张光滑白皙的脸上隐藏的斑点,让轨道板瞬间变得不那么美了。能不能去除这些气泡,让轨道板变得更完美呢?

为了解决气泡问题,板场组成专门的科技攻关小组开始了不厌其烦地反复试验。第一天,他们认真地将模具清理干净,再采用两种不同的脱模剂慢慢涂刷,然后进行浇筑、振捣,脱模后效果却很不理想。第二天，他们先将脱模剂用水配出四种浓度再试，效果还是不太好。第三天，在浇筑混凝土之前，他们对模具进行反复清理，跪在模具上先用抹布擦拭两遍，然后用布蘸上不同浓度的脱模剂分别在模具上均匀涂抹，试验室主任全过程监控混凝土的搅拌，生产车间主任用秒表控制振动时间，工作做得非常细致，大家以为这次肯定会成功，可是薄膜一揭开，气泡仍像钉子一样牢牢地钉在上面。问题究竟出在什么地方呢? 科技攻关小组反复思考三次试验的每一个步骤。第四天，他们在脱模剂上做起了文章，使用了水性和油性两种脱模剂，用水配出了六种浓度。当承轨台刚刚露出来，奇迹出现了：没有气泡了！

他们终于研制出了表面光滑无气泡的轨道板！

在他们眼中，这才是一块完美的轨道板啊！

集团公司指挥部的领导闻讯赶来，抚摸着一块刚打出来的轨道板，感叹地说："这家伙好像小孩的皮肤一样，又嫩又细又光滑啊！"

正是因为轨道板对技术要求的严格，甚至是苛求，才使枣庄板场对生产轨道板的质量要求精益求精，在生产中树立了必须从小事做起，从具体问题抓起的理念。第一块板打完后，他们自查自纠，找出了 80 个问题，比如接地端子和定位块的安装位置不准确、预裂缝位置经常出现掉皮现象、轨道板的打磨速度太慢等等。针对每一个问题又分析原因，找到相应的解决办法。然后又进行第二次试生产，结果还有 40 个问题，技术人员毫不气馁继续改进，直到进行到第十次、十几次生产时，问题一个个变少，由 40 个到 10 个、5 个……通过细致入微的查找和完善，直到改进所有问题，最终使轨道板的内在质量和外观审美达到了领先水平。

在细节上量的积累必然导致质的飞跃。泰山不拒细壤，故能成其高；江海不择细流，故能就其深。因为注重细节，板场按照工艺流程和安全质量标准，注重在预制、生产、打磨、储存、运输等作业过程中，强调每一个细节，查找每一处漏洞，修补每一项缺失，才保证了从枣庄板场运出去的每一块轨道板都是质量合格的轨道板，都是高速铁路上经得起时间和速度检验的轨道板。

创新闪现魅力

枣庄板场是一个技术性很强的现代化工厂。在对制板技术的学习掌握过程中，场长俞剑提出了这样一个理念:勤于学习，善于借鉴，勇于创新。俞剑认为，尽管制板引进的是德国的技术，但是任何技术都不是一成不变的，而是在具体的生产实践过程中不断改进和完善的，因此他要求他的团队在学习借鉴的基础上，要把落脚点放在创新上。

创新，打破了因循守旧的模式，把许多想法变为现实，创造了板场生产过程中的一个个亮点。

在轨道板的起吊过程中，一个小小的技术创新，就解决了一个一直得不到解决的问题。轨道板在起吊过程中，尽管操作人员小心翼翼，但是轨道板在脱模时总是难免产生微小的裂缝。技术人员就此展开攻关，并把目标锁定在起吊中一直采用的传统的四个吸盘的真空吊具，如果对关键的吊具进行技术改造，效果会怎样呢？他们积极联系厂家对真空吊具进行改造，从原来的四个吸盘增加到六个吸盘。用六个吸盘的真空吊具起吊，大大减少了因模板与轨道板之间（特别是中间尼龙椎体）的摩擦力所造成的中间欲裂缝处的微小裂纹，使轨道板受力更均匀，杜绝了裂纹的出现。

技术人员在对轨道板进行电阻和电感检测时，在绝缘检测支架位置的固定上因为操作不便，不能很快将其放在支架正下方，常常要花费大量时间。为此，技术人员大胆设想，不好固定，移动的是不是更方便呢？于是他们想方设法把想法付诸实施，对其进行改造：在检测支架下方增加小轮，改固定式为移动式，就是这一改动，不仅大大节约了时间，提高了生产效率，更提高了轨道板出厂的合格率。

板场试生产阶段，维修工班只能进行小修理和简单加工，大一点的设备出现故障都要厂家过来修理，这不仅要花费大量的资金，而且影响了板场的正常生产进度。板场的技术创新小组就动脑筋，想办法，设计并制作了毛坯板侧模提取器，改变了加工工艺，提高了侧模的提取速度和毛坯板的质量，降低了工人的劳动强度；设计并加工制作了生产车间钢筋滚轮运输线，不仅有效保证了钢筋的质量，而且降低了工人的劳动强度，节省了时间。

技术的生命在于创新。枣庄板场生产的每一块轨道板，因为融入了凝聚着智慧和心血的创新，从而放射出新的光和亮，使枣庄板场收获了许多耀眼的荣誉。从 2009 年 9 月开始，枣庄板场已经将 11 块绿牌收入囊中，两次在京沪公司信用评价中获得 A 级，并获得京沪公司建功立业先进单位荣誉称号。2010 年 5 月，项目经理俞剑被中华全国铁路总工会授予火车头奖章。

走进枣庄制板场宽敞的生产车间，桁吊、布料机、真空吊具正在运作，工人们有的擦拭模具、有的喷洒脱模剂、有的安放钢筋网片、有的进行混凝土浇注……存板区几台大型龙门吊缓慢地移动着，数辆运板车辆穿梭于场内。现场机声轰鸣，一派紧张繁忙的生产场景。厂房外的成品板存放区，一块块经过检测合格的轨道板一层一层叠加起来，组成了一座雄伟的大山。这些轨道板和枣庄板场的所有年轻员工一样，都在期待着那个神圣日子的到来。

2010 年 8 月 1 日，一段 500 米的长钢轨平稳地架在了一块块整齐排列的轨道板上，这些静静地躺在坚实土地上的高精度轨道板，似乎还留着板场员工轻轻摩挲的余温。它们将与铁轨连成一体，铺就一条陆地航线，承载起中国高速铁路腾飞的希望。届时，那一列列以和谐命名的高速列车，将在全世界的目光里，带着新一代筑路人的梦想和激情，以前所未有的速度，贴着地面飞翔。

生命的密度

——记中国水电集团京沪高铁项目部总工程师蒋宗全

庞　卡　王钦俞

蒋宗全

"感谢京沪,增加了自己生命的密度!感谢京沪,使自己创造了生命的精彩!"

——蒋宗全

他的简历与"路"紧紧相联:

1963年2月,生于四川绵阳。

1984年7月,毕业于上海铁道学院,从事铁路、公路工程施工和技术管理工作。先后主持成昆铁路技改工程和深汕、贵新、渝长、龙长、上海环城等高速公路工程施工。

2006年6月,调入中国水电集团路桥工程有限公司,任总工程师。负责武邵、成名高速公路施工技术管理工作。

2008年1月,任中国水电集团京沪高铁三标段副总经理兼总工程师。

2009年9月,任中国水电集团铁路工程管理中心总经理。

挑战世界尖端　光荣使命扑面而来

京沪高速铁路是中华民族伟大复兴的一个标志性工程。

京沪高铁三标项目的技术领军人物——中国水电集团京沪高铁项目副总经理兼总工程师蒋宗全对组织委以的重任，感到欣喜和从未有过的压力。

蒋宗全对"路"有着深厚的感情。"中国铁路之父"——詹天佑是他的偶像。上小学时，他把詹天佑这篇课文背得滚瓜烂熟，钟情、崇拜"以路兴国"先驱的志向、抱负和事业。1980 年 7 月，蒋宗全参加高考，他的第一、第二、第三志愿，都是铁道院校。最终，被上海铁道学院录取。1984 年 7 月大学毕业，此后，他一直从事铁路和公路工程施工技术管理，和"路"打了 20 多年的交道。他一直关注世界高速铁路建设，期盼着中国能赶上世界强国，期盼着中国高铁时代的早日到来。

2006 年 6 月，蒋宗全调入中国水电集团。之所以作出这样的决定，是因为他看到，国家不断加大铁路建设，每年达数千亿的投入，终究会产生新的建设格局。因为他相信，中国水电这支"干过三峡"建设的航母，正在转轨变型，进军非水电市场。加盟中国水电，一定会有更多的机会施展抱负。

2007 年底，蒋宗全作为专家组组长，在北京怀柔，组织中国水电集团成立以来最大规模的投标——京沪高铁工程投标。零距离感受，京沪高铁——一个震撼世界的工程，徐徐拉开帷幕的序曲；零距离仰望，中国速度"贴地飞行"的蓝图展开；零距离体验，实现我国跨越世界 40 年高铁建设的梦想。蒋宗全心里有难以言说的激动，他几夜未眠。

2008 年 1 月 6 日，中国水电集团中标京沪高铁三标项目，蒋宗全被任命为中国水电集团京沪高铁项目副总经理兼总工程师。来到五岳之尊的泰山脚下，走上一流的高速铁路建设大舞台，实现多年的梦想，一股从未有过激情在心底涌动，他骄傲、自豪。然而，更多的是感恩。他明白，参加京沪高速铁路建设是多少建设者的光荣梦想，没有中国现代化建设的提速，没有国内铁路市场的开放，没有中国水电集团的转轨变型，没有组织的信任，自己就不一定会有机会登上这个令人羡慕的舞台。

京沪高速铁路，是一流的高速铁路；是建国以来一次建设里程最长、投资规模最大、技术标准最高的高速铁路。"高平顺性、高稳定性、高耐久性"是高速铁路的三大特点。标准极高：承轨槽只允许 0.1 毫米的误差，使用寿命达到 100 年，350 公里的时速，在八级台风、七级地震的条件下可以安全运行。1318 公里，2200 亿元投入，每一公里的投入数倍于普通铁路。

三标项目，全长 266.617 公里，总投资 142.7 亿元，为全线施工最难的路段之一，可以称得上路基、桥梁、隧道施工的"百科全书"，其中桥梁 99 座、隧道 10 座、车站 4 座、联络线特大桥 2 座、铺轨 234.596 双线公里，过渡段施工有 1000 多处，占全线的一半以上，有填补国内空白的钢桥——跨济充高速公路钢桥，有全线最长的隧道——西渴马 1 号隧道，11 处跨越既有铁路，8 处跨越高速公路。

搭建什么样的技术管理体系? 如何带领一支长期从事水电施工、对铁路建设十分陌生的技术团队，引领集团公司旗下的 13 个单位协同作战，在与中铁、中交等央企同台竞技中，如何保持先进? 这是蒋宗全心中时刻装着的重要问题。

蒋宗全深知，从水电施工到高速铁路施工，绝对不是换一部规范、标准就能实现，它是业务的重大转轨，是技术管理思路、技术管理理念、技术管理方法的一场革命；必须做大量的、卓有成效的、扎实的工作，才能在最短时间缩短差距。

为此，他和同事们采取了一系列的举措建设人才队伍:首先，抢占技术制高点，建立高规格、高标准的精测大队、中心试验室。其次，引进人才，成立专家组。第三，采取走出去，请进来的办法，开展分层次、高强度、全覆盖的培训。第四，推行"试验先行、样板引路、首件认可"的理念。就这样，一个全新的技术管理体系在蒋宗全和他的技术团队的努力下，快速建立起来。

抗击窒息的压力下　迎来心跳最快的 2 小时

2008 年 11 月 15 日，山东下了第一场雪。风雪中，一片片钻机森林般的竖立在鲁中大地，到处机器轰鸣，车水马龙。建设大军中，活跃着蒋宗全和他的技术团队的身影。

如果把京沪高铁比作穿越时空的彩虹，那么梁场就是制造这道彩虹的工厂；如果把一片片箱梁比作即将起飞的战鹰，那么梁场就是输送这些战鹰的航母。蒋宗全是造舰、引虹的总设计师。

中国水电集团在京沪有四个制梁场，每一个梁场的规划、设计、建设、取证、制梁，无不浸透了蒋宗全的心血。

孟子故里——邹城制梁场，是中国水电第一个取证的梁场。取证，如高考般严格。由国家组织的专家组，对试生产的箱梁、加工现场、设备、人员和资料进行为期 4 天检查。涉及的条款达 7 章、29 条、53 款、450 项，检查中只要有一个否决项，便终止取证，进行整改，重新申报取证。重新申报取证，至少影响 2 个月工期，影响整个施工计划的实施。取证这 4 天 96 个小时，蒋宗全几乎守在现场，他不允许出现任何工作上失误和瑕疵。

箱梁静载试验是取证工作最关键的一环。随机从试生产出来的 10 片箱梁中抽出一片，安装在反力架上，用 10 台 200 吨级的千斤顶循环加压，对 900 吨箱梁全面进行体检。这是非常的 2 小时，千斤顶一级级地加压，现场，几乎所有人都屏住了呼吸。专家们用 10 倍的放大镜和精密仪器，在箱梁下寻找裂纹，检查变形。

20%、40%、60%……120%，当加荷达 1000 吨级的极限，箱梁没有出现一丝裂纹，变形控制在设计标准。看到这些优良的数据指标，工区的领导笑了，济南指挥部的领导笑了，蒋宗全更是笑得一脸灿烂。他说，这两个小时是他在京沪心跳最快的 2 小时。静载试验成功的那一天，邹城制梁场放了许多鞭炮，这可能是孟子故里最热闹的一天吧。

回顾这段日子，六工区主任刘光华说："高铁真不容易，蒋总真不容易"。

蒋宗全对四个制梁场像呵护儿女成长一样精心、入微。水电人第一次干高铁，虽然面临着许多技术难题，但是，并不能说明我们就干不好，就会干得比别人差。一张白纸可画最美的图画。蒋宗全一直这样鼓励中国水电的技术团队，鼓励工区的员工。当梁场遇到困难时，他为建设者打气，提供技术上的支持；当梁场建设、生产经验不足时，他率领工区、梁场的同志到兄弟梁场学习观摩；当梁场技术攻坚时，他坐阵一线，指导破题；当技术革新取得成果时，他热心鼓励，积极推广。就这样四座梁场建设，制梁，穿越风雨，跨越艰难，一路迅跑，迎接着架梁争锋的时刻到来。

2008 年 11 月 24 日，邹城制梁场通过认证。2008 年 11 月 27 日，泰安制梁场通过认证。2008 年 12 月 8 日，长青制梁场通过认证。2009 年 1 月 14 日，曲埠制梁场通过认证。

2009 年 2 日，邹城梁场六面坡制梁技术成为全线观摩的样板。5 月，邹城制梁场获得"火车头"奖状。

京沪高铁是中国建设者破译世界最先进的设计、制造技术的舞台。长青制板厂担负着 78 公里、21800 块 CRTS Ⅱ 无砟轨道板生产任务，采用的是我国在引进技术基础上自主研发的国际上最先进的生产技术，加工精度超过了铸铁件，制作一块无砟轨道板要经过 60 多道工序、24 个关键项目的考核，板面平整度需达到 ±0.1 毫米，沿轨道面达到 ±0.3 毫米，比一般头发丝还细。而且每片轨道板，沿轨道面水平、曲线数据都不一样。

中国水电集团投资 1 亿多元建起了制板厂，其中仅数控磨床就达 1700 多万元。2009 年 7 月 8 日，三条生产线投产，然而，连续 3 个月产量均在 800 块左右徘徊，不到计划的一半。一次次努力失败，可是铺板的日子一天天临近，技术人员和板厂员工产生了畏难情绪。

蒋宗全找到工程技术部负责人和制板厂负责人谈心。他说："压力大，又一时找不到解决方法，越是这个时候，我们当领导的、技术干部越要沉住气，不能乱了阵脚，更不能失去信心。产量上不去，说明还没有把这项技术的原理和工艺研究透。在流程上、工序衔接上、人与机、人与人的磨合上还有差距。"他要求制板场的同志准备几张小板凳，工程部的同志带上秒表，跟着他，一道工序一道工序地卡秒、梳理，挤干榨尽流程中多余的环节和动作。同时对设备进行调试和技术改造，哪怕是与标准要求相差 1 秒、半秒都不放过，直至设备、生产线达到最佳状态。那段时间，蒋宗全几乎每天都坐镇板场，组织攻关，最终一道道难题被攻克，无砟轨道板生产由每月完成800块提高到1800块、最后达到2691块，创全线制板厂月最高产量，不仅抢回了因轨道板改型延误的3个月工期，而且率先在京沪全线完成制板任务。蒋宗全也因此人瘦了一圈。

攻坚克难无畏无惧　建成全线最好的路段

2008年冬天，气温降至零下13度，大汶口河特大桥施工告急。

大汶口河特大桥，全长21.24公里，它是三标段最长的大桥。必须抢在2009年上半年汛前，完成桩基和桥墩施工任务，达到度汛标准，不然将工期影响一年。

大汶口河特大桥要打3112根桩。这些桩直径1米、长度40多米，最长的达85米，河道中还有42座桥墩浇筑。由于此段属于喀斯特地貌，溶洞、溶槽、溶隙发育严重，有的地段要穿过10多个溶洞，被喻为地下"桂林山水"，而且，岩石含石英，相当于3号钢，十分坚硬，而且是斜层。

直径1米多、冲击力800吨的桩锤，砸得火星四溅，一个台班只砸下去5厘米，并且经常卡锤，打偏。换了七八支队伍，都说"玩不转"，账都不结，一个接一个地失踪了。由于打打停停，大汶口河特大桥耽误了工期近3个月。为了排除这个"拦路虎"，蒋宗全一面组织专家会诊，优化施工组织设计，为工程破题；另一方面推动技术创新，攻坚克难。

不久，四工区发明了"预钻法"施工，即先用潜孔钻机把坚硬的岩石打成"蜂窝煤"状，探明地下地质情况，然后，再用冲击钻跟进钻孔，使工效提高了15倍。一举攻克困扰铁路施工几十年的技术难题。

又不久，四工区发明了"桑拿法"施工，克服了低气温条件下无法保证质量的技术难题，使原计划15天完成一个桥墩，缩短到6天完成一个桥墩，终于在洪水到来的前一天，完成了全部桥墩浇筑任务，工程质量满足合同要求。

回顾这场战斗，四工区主任郝长富说了这样一番话："没有蒋总的支持，就没有四工区的大跨越。"

一工区施工路段，位于济南市的南大门，紧靠黄河。这一段要跨过两条河流、两条铁路和一条高速公路，沿线要迁2500多座坟，其中70%是回民坟，施工环境相当复杂，特别是跨济兖高速公路钢桥，是铁道部科研项目，京沪全线控制性工程，而且是填补国内空白的一座新式桥梁。该桥学名：四线下沉式钢箱系梁拱桥，桥面中间为轨道主线，两边为联络轨道线，全长192米，高27米，重量6518吨，单孔静跨96米，桥面用先进的焊接技术焊接，桥身由20多万个螺栓连接。

由于是国内最新研发制造的桥梁，设计制造难度大，交货一推再推。蒋宗全知道后，一次次推动厂家供货。

在安装过程中，蒋宗全积极推动科研和施工紧密结合，为工程排忧解难，确保工程质量。那段时间，蒋总只要到济南指挥部开会，会后必然会绕道到一工区钢桥工地看看，与工程技术人员研究安装方案，指导施工人员安装。一工区主任陈双权说：蒋总经常来，对钢桥检查得很细致，一条焊缝一条焊缝的检查，一颗螺栓一颗螺栓地看。还把大学教授请到工地来指导。有一次，他看到几名员工在安装连接螺栓时没有按操作规程做，便立即制止，之后把这几名员工招到一起，告诉他们规范是怎么说的，应该怎样操作，不这样操作会带来什么后果。再后来，他又带领工程部的同志专门为所有安装桥梁的员工办班，自己亲自授课。这件事不仅教育了员工，对管理者也是个教育。

香城——邹城辖区内的一个小镇，盛产樱桃，被喻为"樱桃之乡"。2009年的夏季，当樱桃成熟，到处弥漫着果实的芬芳时，承担这一段路基施工任务的六工区的建设者却经历了一段苦涩的日子。

由于料源的原因，六工区施工的一段路基达不到压实指标要求，监理禁止施工。时间一晃两个月过去了，80万立方米的合格料源到哪里去找？六工区常务副主任程平均急得像热锅上的蚂蚁。要解决这道难题，可能要进行较大的设计变更，牵涉到方方面面，要做大量的协调工作。向项目部反映，项目部重点那么多，会对我们这个小单位遇到的困难引起重视吗？老程犹豫再三，最后还是挂通了蒋宗全的电话，向项目部求援。当天，蒋宗全就赶到工地现场。他安慰程平均说，不要灰心，办法总是会有的。他对现场料源详细的考察后，一方面与业主、监理、设计单位沟通，组织专题会议研究对策；另一方面亲自带领工程技术人员配合工区，进行填筑料改良试验，掺土、掺石灰、掺碎石，反复的比较，经过多次试验，终于满足了设计要求。之后，又及时地把试验成果向业主、监理、设计反映，重新变更了设计方案。六工区路基施工逾越了障碍，进入了高潮。2009年2月，这段路基施工由于质量好，成为全线观摩学习的样板。4月，京沪公司总经理李志义到这段路考察，称赞为全线最好的路基施工段。

还是这段路基，由于地方水利部门的疏漏，在京沪铁路规划设计时，忘记把一条向邹城供水渠道的规划上报，将来建设渠道要多绕几十公里。这件事被蒋宗全知道了，他不顾工作繁忙，多次到邹城县、济宁市水利部门走访，查看规划图。并及时向业主和设计部门反映，最终设计单位修改了路基设计，在洋桃园大桥预留了一条渠道，保证了将来邹城引水工程的顺利实施。

县水利局的领导十分感激。多次到项目部登门致谢，蒋宗全说不给工程留遗憾是水电人的职责。

蒋宗全虽然工作十分繁忙，但他有个习惯，每个月必定带着工程技术部的同志沿着266公里的线路走一圈，或从南到北，或从北到南，一个工作面一个工作面的检查。重要地方、关键地方一待就是半天。直到问题的解决了才肯罢休。蒋宗全说，吃透工程、吃透环境，不给工程留遗憾是一名工程师应尽的职责。

勤于学习勇于超越　三年写下了200万字笔记

在三标看过蒋宗全笔记的人没有一个不佩服。

项目部常务副总经理杨忠说："蒋宗全的笔记是自己从事工程建设以来所见到的最有价值的笔记。"

京沪高速铁路股份有限公司董事长蔡庆华说："如果今后京沪铁路要成立博物馆，将征用蒋宗全的笔记，让后人看看中国铁路施工技术人员的敬业精神和创造精神，只有这种一丝不苟的作风才能创造出世界顶尖技术。"

进场以来，蒋宗全无论工作多忙，无论时间多紧，坚持每天对工作进行梳理、总结。到京沪高铁3年来，他写了10余本、近200万字的工作笔记和两本专业笔记。从测量到试验，从路基到桥梁、隧道、站场，从制梁、制板到架梁、铺板、铺轨，从跨铁路施工到跨公路施工，从标准规范到技术创新等等，都能在他的笔记里找到，而且记得非常认真，包括一个字，一张图，一个标点，一个符号。这些笔记，就是一部三标技术管理的总结和教科书；这些笔记，虽然没有华丽的语言和溢美之词，都是数据、技术方案和图；但是，它的字里行间，蕴含着澎湃的激情，工作的敬业，事业的执着。

在采访中，蒋宗全多次表示，能参加世界最高等级的铁路建设，是自己一生最大的幸运。蒋宗全把干好京沪，当作个人和团队事业发展的平台，无论是与工区的总工还是与自己的部下研究工程上的难题，喜欢用"探讨"两个字。蒋宗全说学习的过程，适应市场的过程，攻坚克难的过程，虽然是痛苦的；但是搞明白了，搞透了，超越了自我，逾越了障碍，就会产生一种幸福感、成就感，就会带来无穷的快乐。他以自己的模范行动带领团队，影响着周围的人，不断地学习、不断地追赶、不断地创新，不断地超越。

一位来自水电单位的工区主任向蒋宗全抱怨，过去自己干个工程，站在山顶一看，哪是重点，哪是关键线路，哪里遇到了困难，清清楚楚。高铁一进场就十分紧张，理不清头绪，常常按下葫芦浮起瓢，人都要干崩溃了。蒋宗全耐心地帮助这位主任，认识铁路施工和水电施工的差异，把握铁路施工线性工程的规律，耐心地传教他一些工作方法。解开了这位主任的"心结"。

迎检，是铁路施工经常遇到的事，有时一个星期4、5次。检查组一来看现场，大家都往前拥，一提问题都往后撤，几名年轻的工程技术人员向他诉苦，水电施工哪见过这样高密度的检查。蒋宗全对这几位年轻的技术干部说："检查是铁路管理的重要手段，怕'一检霉'，而往后躲，不是中国水电的风度，只有把工程干好，把方案标准吃透，在任何时候都经得起检查。蒋宗全认识到这是一个普遍问题，于是，不断地加强业务培训，工程开工以来，项目部内部培训达52次，外部培训达62次，经理部培训达7617人次，而工区和作业层的培训就更多。创造了单一项目员工培训最新纪录。

在学习中追赶，在创新中超越，使水电优势、铁路优势叠加，把水电技术应用到高速铁路施工中去，在传承中创新，全力打造中国水电铁建新品牌。应用大坝变态混凝土施工技术，克服了路桥、涵洞、隧道过渡段填筑质量控制的难点，保证了工程质量。获得京沪公司技术创新三等奖，国家级工法。大坝变形监测技术运用于隧道危岩变形监测，仰拱栈桥施工、隧道施工人员适时登陆系统，成为铁道部隧道机械化、信息化施工的样板。路肩滑模施工技术应用，解决路肩段混凝土施工技术难题，保证了施工质量，提高了工效，得到京沪总指领导的肯定，在全线推广。大型砂石料场适时监测技术，运用于京沪高铁施工指挥，提升了管理层次，丰富了管理手段，提升了管理水平，推动了高铁施工管理的现代化，获得京沪公司技术创新二等奖。预钻法施工技术突破了众多的岩溶挡道点，这一技术在全线多个地段推广，受到京沪公司总指领导的赞扬。获得国家专利。

他山之石可以攻玉。引进、消化、再创新，将煤矿安全控制系统改造后用于隧道施工，保证隧道施工安全，起到了很好的示范作用。移动式仰拱栈桥，在原有基础上再创新，解决平行、交叉作业，提高了效率，保证安全质量。获京沪总指技术进步一等奖，国家专利。首创底座板无极可调式钢模扳，解决了混凝土"烂根"问题，受到总指肯定。沥青砂浆输送泵的研发，每天最大灌板121块，创造了无砟轨道灌板最高纪录，节省投入3000万元。

在谈到这些重大的技术创新时，蒋宗全对记者说："这些创新都是中国水电建设者智慧的结晶，我只是一个参与者和推动者。"到2009年底，蒋宗全有9篇铁路建设的论文在《铁路建设》上发表。

在参与伟大的事业中　增加生命的密度　让生命获得人生的至乐

年轻的技术干部、项目部工程部主任刘振江说："蒋总的工作热情和敬业精神在项目部、在中国水电建设者中、在整个京沪没有不佩服的，他没有节假日、没有星期天，每天工作13、14个小时，而且是三年如一日。蒋总经常很晚打来电话，询问数据，了解各个工区的施工情况。一看来电显示，就知道他又是在办公室里加班。项目部237个重大方案的评审，蒋总耗尽了心血。"

司机董林林算过一笔帐,从进场就给蒋总开车,每年都跑11万公里以上,不是送蒋总去开会,就是送蒋总到工地。经常吃饭的时间过了很久,蒋总还在工地。工区的同志见他如此辛苦,请他客,他总是推辞,实在推脱不了,就叫工区的同志下碗面。他说不要耽误时间,还有许多工区要走。

2008年,蒋宗全荣获中华全国铁路总工会颁发的火车头奖章。2009年,他又相继获得京沪公司百日大干、高铁建设先进个人和中国水电集团经营管理先进工作者、优秀科技人员称号。他参与的技术创新7项获中国水电集团科技创新奖,4项获国家专利,2项获国家工法。

蒋宗全在解释他京沪三年的心路历程时,他引用了波音公司CEO艾伦的一句话"人生所能提供的最大乐趣,是参与一种艰苦和重大建设性任务而带来的满足。""感谢京沪,增加了自己生命的密度! 感谢京沪,使自己创造了生命的精彩! "蒋宗全如是说。

京沪高速铁路已经开始铺轨,通车日子,一个中国高速铁路建设傲视全球的日子正在匆匆走来。蒋宗全和他的技术团队和数万名京沪高铁建设者正在进行最后的冲刺,创造和见证着中华民族一个伟大的时刻到来。

京沪高铁科技创新的排头兵

——记中铁一局京沪高铁二标段七工区项目总工程师曹广

陈元普

曹 广

在徒骇河攻坚战中他带领技术人员攻坚克难，在 316 省道现浇梁突围中他昼夜不息连轴转，在斜交河鏖战中他身先士卒带头冲锋，在桥面系无砟轨道施工中更是勇往直前、一心扑在施工现场。哪里有困难哪里就能见到他坚实的背影在不休的忙碌。他，就是京沪高铁二标段中铁一局七工区的总工程师曹广。

初到京沪高铁的时候，曹广担任七工区工程部长。每天天不见亮他就带着技术员，领着一批刚刚分来的大学生们奔波在施工现场，放线、埋点，布桩，一出门就是一整天。京沪高铁开工的前期工作主要是了解图纸，深入现场，他仔细阅读大量图纸和地质资料，为了能更好地了解施工现场地质情况，曹广马不停蹄的奔忙在管段内的施工工地上，每天徒步往返工地数次。就这样，他带领技术人员在工地苦苦奋战了三十多天，在开工前把所管辖内的技术资料都深深的印在自己的脑海中，为工程施工顺利开工打下了坚实的基础。

曹广常说：做人虚心才知上进求知，与人为善；做事认真才能静心钻研，敬业求精。所以"虚心做人，认真做事"是他对自己的要求。正是这样，他给领导们和员工们留下了谦虚、博学、厚重的印象。在七工区穿越七条河流的战役中身先士卒，带头冲锋赢得了高度的赞誉，在316省道的现浇梁战斗中科学组织、大胆管理、严格要求也是有目共睹；在如今的桥面无砟轨道施工中更是昼夜不息，他如一台高速运转的马达，发挥出无尽的能量和智慧，书写着京沪高速铁路建设的辉煌篇章。

2009年的3月，七工区的"拦路虎"316省道现浇梁施工酣战正浓。当时架桥机已经离我们不到30跨梁的间距，保证架桥机顺利通过是当时的头等大事，可浇筑完的现浇梁张拉却迟迟不能进行，张拉设备也迟迟到不了现场。眼看着架桥机一天天逼近，曹广心急如焚、寝食难安。待到设备到场后，他便连夜组织技术人员展开讨论，优化组织施工方案，连续3天3夜不离现场，和施工人员一道，亲自操作张拉的过程，详实地记录着每一组数据。正是在他这种高度负责的精神感召下，七工区现浇梁提前7天完成，为架梁通道通畅无阻立下汗马功劳。

2009年7月赵塘干沟的攻坚战中，曹广更是积极组织技术人员现场制定施工方案，现场给施工作业队下交底书。面对深水多淤的赵塘干沟，他亲自蹲在淤泥满溢的基坑旁边，指挥作业人员的施工操作，亲自爬上十余米高的墩身检查钢筋的绑扎工序，全过程监控混凝土的灌注。那段时间，原本身体较胖的他一下瘦了几十斤，眼窝深陷。可他却对人说"终于让我找到了一个减肥的好方法"。敬业务实不要命的曹广就是在身心极度疲惫的情况下，也不忘幽上一默。

2009年9月，七工区所有的线下工程全部完成后，施工重心转至了桥面无砟轨道施工，也是真正从常规建设范畴进入核心领域的开始。而中铁一局项目经理部审时度势又把京沪高铁的先导段放在了七工区，这不但是对七工区实力的检验，更是对七工区技术力量的考验。为了满足高铁施工的技术要求，七工区针对聚脲防水和CA砂浆灌注作业开始了艰难的试验摸索。

为了能将试验的结果转化为正式生产的有力指导，曹广对每一次试验都亲力亲为。聚脲防水是近年来最先进的一种防水技术，它以其性能好、防水效果独特、耐久、耐酸、抗氧化时间长等闻名于世。为了尽快地熟悉聚脲防水的施工作业流程和关键技术，他冒着刺鼻的气味，顶着有可能中毒的危险，一次又一次的和防水作业队人员一道，梳理着每一个细节，全身心去掌握聚脲防水的技术要点。正因为这些付出，才夺得京沪高铁无砟轨道先导段施工的如期完成，使中铁一局集团公司在京沪高铁倍受赞誉，赢得广泛的关注和美誉。

CRTS Ⅱ型板无砟轨道施工是京沪高速铁路的技术特色，在一局施工的历史上这是一项空白。在局项目部的统一安排下，他仔细研究Ⅱ型板的施工理念和工艺，在反复研究京津城际高速铁路施工技术的基础上，编制出了一局历史上第一个Ⅱ型板施工方案。施工中，为了解决底座板模板烂根问题，多次展开模板设计和现场试验工作，通过几种模板设计，最终通过了局项目部的认可；水泥沥青砂浆灌注是Ⅱ型板施工的核心工序，为早日找到合理的施工工艺和质量控制要点，在铁道部工管中心专家、博格公司的指导下，先后做了3次试验，通过具体试验，总结了水泥沥青砂浆的灌注工艺，在模拟试验中一次通过了京沪指挥部的验收；在润湿、压顶、封边、灌注速度等几项重点操作中总结了工法，为无砟轨道全面施工奠定了基础。如今七工区的无砟轨道施工已经成为中铁一局在京沪高铁的又一亮点工程。

在中铁一局CRTSⅡ型板无砟轨道施工准备工作中，七工区首先通过了沉降观测评估、CPⅢ评估、聚脲防水首建工程验收，曹广在前期培训及试验基础上，编制了CRTSⅡ型板无砟轨道施工技术方案，并一次通过了博格公司和铁道第三勘察设计院的批复；在先导段施工中，各工序在博格公司的指导下，进展顺利，同时他改进了现场部分加工机具，不断充实无砟轨道施工技术；在项目部的统一协调下，编制完成了无砟轨道施工的工序指导书。在先导段施工中，他又兼职聚脲防水施工队队长职务，如今又兼任精调、CA砂浆灌注架子队队长，一直带领施工队摸爬滚打在施工生产第一线。

坚忍不拔的创新精神和吃苦耐劳的丰富实践一旦结合起来，就会产生丰硕的科研成果。曹广自担任项目总工以来，先后在局《科技通讯》发表了《徒骇河栈桥设计》、《（32m+48m+32m）连续梁施工工艺控制》、《徒骇河水中承台施工沉箱设计》、《京沪高速铁路施工测量质量管理》等4篇论文，为京高铁的科技创新作出了贡献。

激扬青春　彰显个性

——记中铁三局京沪五标段十四工区技术室的"80后"们

才　妹

2008年元月，这群原在天南海北的"80后"，因为京沪高铁的缘分，会聚在江苏镇江的辛丰小镇上，从此开始了激扬个性的青春之旅。

一

十四工区承担镇江京杭运河特大桥主跨工程，是五标乃至全线跨度最大的连续拱梁。技术室里90%是"80后"，尽管来之前人人都做好了充分的思想准备，但工程技术含量之高、标准之严、施工难度之大还是出乎意料，那时，每个人的脸上都写满了凝重。

谁说"80后"是不能吃苦、只会享受的代名词？建点伊始，正值南方50年一遇的冰冻雨雪，给技术复测带来很大难度。然而千里冰封，封不住年轻人的豪情壮志，万里雪飘，飘不走"80后"充满激情的信念。战冰冻、迎风雪，泥里来、雪里去，没有一个人落在后面。"年轻嘛，这点苦累算什么"，20岁的权贵友不无风趣的说。因为交通工具少，一切都靠肩背步行。以田立全为首的一干"80后"每天早早出门，背着沉重的仪器、踩着十多厘米的积雪蹒跚前行。邱文俊这个土生土长的南方人，头一回遭遇如此恶劣天气，着实受苦颇深。但他硬是咬着牙挺了过来。

2008年的春节，因为一场罕至的冰雪，使太多的游子滞留远方，而这些"80后"则是为着京沪高铁建设甘愿舍弃与家人的团聚。籍贯甘肃的陆保江，自打去年毕业来到三局就没回过家，家人甚是想念，他本打算今年春节回家和父母过个年，但京沪开工的命令召唤了他，他也就把这个奢望暂藏心底。

二

8月的镇江酷暑难耐，而由局指开展的"奋战百日保架梁"战役也如火如茶地展开。小伙子们更加忙碌，技术交底、安质检监督，喧嚣的工地、寂静的办公室到处有他们忙碌的身影。白天热也罢了，可夜间的蚊子铆足了劲，故意和年轻人过不去，不客气的叮咬吮吸，再多的防护品也不起作用，搞得他们经常是"遍体鳞伤"。

因为工期紧，测量监督显得尤为重要，任何环节出现失误都可能带来不堪的后果。测量工程师田立全几乎每天都背着仪器到工地检测，唯恐出现一点纰漏，即便是 40 度的高温也未能阻挡他们勇敢的脚步。安全帽下的面颊上汗如急雨，烈日当头让他们汗流浃背，但火热的激情使得他们浑然不觉，唯有的只是认真测、翔实记。小田还时不时的鼓励那些实习生。

成功的天平总会向付出者倾斜。在"奋战百日保架梁"战役的历次综合考核中，十四工区都是榜上有名，"这中间有太多 80 后的功劳"，汪德志队长如是说。

三

因为年轻，处处洋溢着蓬勃的朝气，时时张扬着特有的紧随潮流、趋步时尚、不折不扣的鲜明个性。这帮"80 后"工作上不落伍，文体活动同样不服输。

工区卡拉 OK 比赛，能够听到小伙子们刚劲有力的歌声；毽球表演能够花样翻新连踢 100 多个不落地，令人目不暇接；互联网上有他们的博客、QQ 群里有来自五湖四海的朋友。今年 10 月份在得知局项目部将开展"京沪杯"篮球赛的消息后，他们争先恐后，摩拳擦掌，唯恐掉队。紧张的劳作之余，篮球场上到处能见到他们矫健的身影。经过激烈的较量，在几只不分伯仲的参赛队中，他们硬是凭着默契与顽强，最终以两分优势险夺冠军。

广交朋友有选择、更有原则；个性张扬不浮夸，更不骄傲；思想要求进步率真，更注重行动；坚韧、正直、吃苦耐劳，时尚、张扬、自信，这群"80 后"挥洒得淋漓尽致。孙立庆，已被列为入党积极分子，田立全被局团委评为青年岗位能手，权贵友最近已经成为一名光荣的预备党员。

我们有理由相信，在京沪高铁这场激荡人心的大会战中，十四工区这群"80 后"必将演绎出更加璀璨耀眼的青春故事！

拼搏奉献篇

一万年太久 只争朝夕

——记中铁十七局五公司京沪高铁项目经理陈志贵

周 娟 汤丽娜 林 静

陈志贵

他曾写过这样一句话："人人都是一支笔，天天都在写人生；人生处处是考场，事事都要交好卷。"

从事建筑行业 32 年来，他先后参加过方城铁路、邯济铁路、京秦铁路、大同台子山隧道、云南公路等项目的建设，在每一个岗位上、每一条战线上，他都是这样践行着自己的人生誓言。

他的名字叫陈志贵，瘦高的个子，深沉质朴，带着几份果敢和刚毅，是个干脆利落的山东汉子。

2008 年 3 月，陈志贵受中铁十七局五公司党委的重托，肩负起京沪高铁 1 标段 8 亿多元的施工任务。

作为项目的带头人，陈志贵深知他所承担的责任以及企业赋予的光荣使命。他下定决心：在这项举世瞩目的工程中，一定高标准建设，铸造精品工程，高效率推进，创造中国速度。

他是这样说的，也这样做到了。京沪线上，他不负众望，以丰富的经验、顽强的事业心、稳重果断的作风，创出了一项又一项优异的工作业绩；他以细心负责、扎实苦干、探索钻研的工作态度，培养出了一批工程技术骨干；他以开阔的思路、严谨的态度、扎实的作风和不计较个人得失、无私奉献的精神受到上级和下级的一致好评。他所负责的管段工程在业主组织的多次劳动竞赛中，屡获嘉奖，相继获得15张业主颁发的绿色通知单和多个先进集体奖，承建的施工管段被树为京沪高铁优质样板工程。他个人也先后获得十七局"优秀共产党员"、"成本管理优秀项目经理"、"山西省抗震救灾五一劳动奖章"、"京沪高铁公司百日大干优秀工作者、先进个人"，中华全国铁路总工会"火车头奖章"等殊荣。

成绩和荣誉的背后，饱含了他那敢于承担、勇于奉献的高尚情怀，凝聚了他不畏艰苦的辛勤汗水和大量心血。

争分夺秒打开局面

自项目部进场以来，跨路施工之繁、征地拆迁之难，因距离北京近，还有每逢重大节日庆典还要停工……各种各样的困难和矛盾交织，在很长一段时间内影响着工程实施的进度。

毛泽东《满江红》里有这样一句话，"一万年太久，只争朝夕"。面对这些困难以及一再压缩的工期，陈志贵依靠多年的管理经验，迎难而上，紧紧抓住每一个机会，每个时机，只争朝夕，牢牢把握工程项目这艘大船的舵把，带领全体职工攻坚克难，乘风远航。

不打无准备之战，是他一贯做事风格。一上场，他就带领技术人员通宵达旦地认真翻阅图纸，研究施工方案，规划驻地、拌合站、预制梁场等场地，编制了包括桩基、下部构造、预制梁、现浇梁等施工的可行性施工方案，提出了项目的施工难点和重点，为工程的有序开展奠定了坚实基础。

"有什么样的工作标准，就有什么样的工作质量"，是陈志贵的项目管理理念。一上场，他就把"标准化管理"作为项目各项工作争先创优的基础。先后成立了安全质量、成本管控、应急救援等20个领导小组，明确了项目领导和各部室职责，并在业主技术规范、相关要求以及公司的《二十项项目管理制度》基础上，编制了涵盖了合同、验工计价、劳务管理、日常管理规定等内容的《项目管理制度汇编》，制定了施工进度、安全质量、环保和文明保证措施，并通过学习培训、日常督促检查、定期考核奖励等方式加强制度和措施的执行力，从而确保了项目各项工作规范有序的进展。

谈到项目的征地拆迁，村民的不配合，甚至断路堵车阻工时，陈志贵说，工作上他不怕苦，不怕累，就是遇到村民不理解、不配合，甚至采取过激行动时，很是头疼。在小道理不顶用、大道理讲不通的情况下，我们只好采取细心、耐心、热心和诚心去感动和感化他们，必要时还要采取迂回战术，做好打持久战的准备。

他们的管段地跨津冀两地，线路长，跨河，跨村庄，途经 6 个村镇，27 个自然村。在落垡拌合站筹建中，围绕拌合站有一条 1.9 公里长的村道，一些村民就在路上设卡子断路，要求项目部支付数百万元的道路使用费，否则就不交出铁路用地。类似于这样阻工断路的现象，在京沪线上还很多。

为了解决这些问题，思路敏捷，能认准时机处理各类疑难问题的陈志贵，以"先交朋友后修路"的理念，每天晚上到村支部书记家谈判，一谈就到深夜两点。开始，那位书记能顶得住，后来就顶不住了。他对陈志贵说："天天这么熬夜，我受不了。镇里开会，我睡觉，叫镇领导批评了一顿。"他抱怨的同时却不知道，陈志贵晚上和他谈判，白天照样在工地上工作，从来没有诉过苦喊过累。

他就是靠这种执着的精神，使重点、难点的拆迁工作逐一突破，并率先在 1 标段 17 个工区内打开第一个工作面。并时刻保持着全线征地拆迁第一，施工进度第一。当上级领导、项目监理看到这种情况，在惊讶之余，留下的第一印象便是：这是一个有实力的施工队伍。

攻坚克难突破重点

陈志贵当项目经理的实力，还体现在特别善于组织和调动职工的积极性。

"科学组织才能带来高效率，高效率来自于对第一手资料的掌握"，他常常对施工人员说。施工中，他带领班子成员李程森、段志恺、赵建海等深入现场仔细研究，并根据节点工期，细化施工组织，从关键点抓起，安排每道工序工期，调配机械设备，人力资源，与施工队伍签订了节点工期奖罚目标，最大限度地挖掘作业队的生产潜力，充分调动了施工队伍生产积极性，并且按期兑现，从而促进了施工进度。工地在高峰期有 2300 多名作业人员，大小 40 多个劳务队，但从没有因工序衔接不上而窝工。

丰富活动载体，最大限度激发每个职工的工作热情，是陈总管理的一个亮点。他根据业主要求和工程进展，广泛开展劳动竞赛活动，不失时机地掀起突击高潮。先后组织开展了"百日大干"、举办了"青年文明号"和"青年突击队"授旗仪式等一系列劳动竞赛、评比活动，通过评选先进集体、先进工作者和优秀青年，开展以师带徒、文体活动等，凝聚力量。项目一班人在他的带领下，团结协作，不讲条件，不畏吃苦，奔着一个共同目标，"立志在京沪，建功在京沪"，突破了一个又一个工程难点，项目上的青年突击队也被中国铁建股份公司授予"优秀青年突击队"。

陈志贵清楚地认识到：企业交给自己施工任务的同时，也把企业未来的希望交给了自己。在人才培养方面，他关心职工思想动态，坚持采取放手使用，宏观指导，个别帮助，定期考核等方法，使新参加工作的马龙鑫、朱扩建等一些大中专毕业生能在较短的时间内达到能独立顶岗作业的水平，并给公司其他项目输送了一批优秀的管理人才。

职工们都说，"冲锋在前，身先士卒"是陈总的一大特点。

2009年除夕夜，本是家家团圆的日子，而在跨京沪高速公路连续梁A670号承台的施工现场，却是一番大干的场景。灯光把黑夜映照的如同白昼，十几辆混凝土运输车来来往往。设计混凝土量近1500立方米、钢筋使用量达60多吨的A670号承台是管段内结构尺寸最大、混凝土量最大的承台，按节点工期安排，A670号要在大年初三前完成。

不能因为春节影响工期。这是陈志贵给自己和参建职工提出的新年要求。他带领现场技术人员、施工人员坚守在冰天雪地的现场，争分夺秒指挥、协调施工。在现场，他给作业人员开玩笑说，此刻，钻机、挖掘机、装载机、推土机、泵车就是陪伴我们的亲人，机械轰鸣声就是我们的音乐，正在浇筑的承台就是新年礼物。

正是他这种只争朝夕的坚守，确保了A670号承台经过30多小时的浇筑，于大年初一一早圆满完成。

回忆起项目获得第一块绿牌时，陈总给我们讲起了它的"含金量"。

管段内有跨永定河北大堤、跨渠上路、永定河南大堤、跨沥青路、跨京沪高速公路、跨高王路等6处特殊结构。其中，跨京沪高速公路是管线最长跨度的特殊结构，施工工艺极其繁杂。而京沪高速公路又是南北通行的高速通道，车流量大，安全压力巨大。跨永定河北大堤又是全线的卡脖子工程，制约着全线的工程进展。

在这种情况下，为确保两边架梁工作同时进展，加大施工生产推进力度，早日突破重难点工程，陈志贵就在现场支了个棚子，临时设立了现场指挥部，成立了项目攻坚领导小组，带头加班加点，不论晴天雨天，不分昼夜与路政单位、村民百姓沟通协调，与项目总工段志恺、工程部长栾成波、保障部长刘志国优化施工方案，强化资源配置，在工地蹲点奔波了27天，终于实现了两边架梁提前完成节点工期的目标。其中，跨永定河北大堤悬灌梁架设按《施工组织设计》中对悬灌梁的施工周期循环计算，该处悬灌梁需要150天，但实际只用了91天便顺利完成了悬灌施工任务，整整提前了59天。

阶段性的胜利捷报传到京沪高铁公司，京沪高铁公司董事长蔡庆华专程来到施工现场，给项目部颁发了绿牌奖励。

这沉甸甸的绿牌激励着陈志贵和项目一班人的一往直前。肩上的责任和企业至高无上的荣誉，一直昭示着陈志贵奋勇前行。

科学管理创出信誉

自开工以来，项目部总是抢在节点工期的前头，没有一处关键节点拖京沪高铁的后腿，真正做到了一往无前。

在十七局管段内，五公司是率先由线下转移到线上施工的单位，并于2009年10月份率先开始了无砟轨道先导段6公里的施工。

无砟轨道施工，不仅工期紧、任务重，而且工序繁琐，技术含量高，施工难度大，无论是聚脲防水层喷涂、滑动层的铺设，还是底座板施工，每道工序都严格实行精细化管理，质量全部以毫米级（最低误差0.3毫米）误差控制，任何一个步骤出现误差都会影响整个的工程质量。

这对于从未接触过无砟轨道施工的五公司建设者来说，是一个新课题，新挑战。

挑战需要勇气和创新。因此，陈志贵倍加珍惜。

——邀请铁道部无砟轨道专家到现场作了21次专业技术培训，要求所有上场职工必须经过严格考核后方能上岗。

——组织专家团，结合工期紧、任务重的特点，从冬施保温到春季大干，再到后期养护，设计出有针对性施工方案。

——会同施工管理人员，对材料、施工工艺等进行多方面的试验论证，进行技术改革、技术创新。

——召开多次交流研讨会，优化工艺流程。

如果说管理机制是行动的发动机，那么科技创新便是项目走在前列的重要引擎。

——短短的3个月项目完成了先导段施工。

——无砟轨道冬季施工现场观摩会上，业主、监理、博格公司的代表称赞十七局冬季进行无砟轨道施工是"把不可能变成了可能"。

——先导段被观摩团认定为全线无砟轨道施工的样板。

——因"工作组织得力，工艺流程基本规范，工程质量有序可控，具备示范推广作用"，项目获得业主颁发的"绿牌"奖励。

精益求精，建百年工程，用心铸造，要做就做最好，是陈志贵追求的最终目标。

"高标准、高起点、高水平"的质量管理理念，在项目部的工作中始终得以坚持和实施。

混凝土施工是京沪高铁建设中的重头戏，混凝土施工的质量直接关系到百年工程能否实现。

由于京沪高铁建设使用的是高性能混凝土，掺进的粉剂、粉煤灰占比例很大，如果搅拌不均匀，很容易出现"假凝"现象。而工地，从拌合站到施工现场，距离有数十公里。如果运输途中不注意搅拌，灌注之后很容易导致混凝土质量不合格。

为了解决这一问题，陈志贵要求施工人员在运输途中罐车不停转，到了施工现场，再加大力度旋转3分钟后，才进行灌注，要求绝对避免出现"假凝"现象，保证混凝土施工的质量。

管段内有一段桥梁处于海河地带，桥梁地下水位高，且呈现流沙层地质。在这种条件下进行钻孔桩施工，很容易发生塌孔，影响桩基质量。为此，他组织管理人员和技术人员，围绕防止钻孔桩塌孔和提高工程质量，开展了大力度的技术攻关，并加大设备和物资的投入，采用提前打井降水和加大泥浆比重护壁等办法，有效防止了钻孔桩塌孔。

在承台、墩身、连续梁等的施工过程中，从施工方案的制定，前期试验到防护桩最后的施工控制，每道工序都按照施工规范严格操作，所完工的桩基6638根，承台727个，墩身727个，一次性质量检验全部达到一类桩标准。

在项目办公楼的大厅里，你会看到墙上挂着一块醒目的"安全生产揭示牌"的显示屏，距离2008年4月18日正式开工，连续安全生产851天，这851天，在每天的日历本上，陈志贵都用笔在上面记得密密麻麻，每一页都饱含了他的心血和智慧。

身在京津重地施工，陈志贵始终紧绷着"京沪线上无小事"的这根弦，如履薄冰，手机24小时开机。现场底座板施工、Ⅱ型板粗铺、精调、灌浆等施工工序关键控制点的安全生产更是不敢稍有懈怠。他心思细腻，管辖的23.511公里，727个墩柱，还有那无数次混凝土浇筑的每个安全细节都装在他的心里。

全心全意奉献企业

为了严格贯彻落实铁道部"六位一体"和"四个标准化"管理要求，这位血气方刚的汉子不知疲倦地工作着，没有休息日，年复一年，就像一个始终高速旋转的陀螺。

在长期的这种超负荷的工作压力下，陈志贵时常感到身体不适，到天津人民医院检查，才得知肠道里已长了4个息肉，为了防止病变，医生建议他立即手术，可工地上实在走不开，他就一拖再拖，直到2009年11月份，倍受病痛折磨的他，忐忑不安地来到了医院，医生看到他的这种情况，说他"简直不把自己的身体当一回事"。需要立即手术。两个小时手术，他醒来一看手机，竟有17个来自工地现场的未接电话，工地上一件件事情等待着他去处理，他心急如焚，就连夜驱车赶回工地，把办公室当成病房，边输液体边处理工地事务。

医生一再叮嘱，术后3个月一定要去复查，可他一拖又是6个月，去了医院检查，肠道里又长出来一个息肉，医生说这次无论如何，一定要住院休息，但是工地无砟轨道先导段已经进入关键时刻，办理了住院手续的他，坐立不安，在医生和家属的"软硬兼施"下，仅住了一天，又匆忙回到办公室。家属是气在嘴上，疼在心里。

在身体尚未痊愈的情况下，他每天坚持到施工现场，了解工程的进展情况。尤其是现场需要连夜浇筑混凝土的时候，他坚持和大家一起守在现场，以便在第一时间解决混凝土浇筑中可能出现的各种问题。

　　谈到个人获得荣誉和艰辛付出的时候，陈总总是淡淡一笑地说，这都是上级领导大力支持，是季鸿运、宁建强、陈东、臧登博等一些无条件服从、不畏艰苦的优秀员工共同努力的结果，如果单靠我，怎么干啊……

　　此时，距离管段铺轨仅有 30 天的时间了，更加紧张和繁忙的施工任务等待着他们，我们祝愿陈总和他的团队走的更坚定，更自信！

与"京沪速度"抢道竞跑

——中铁三局一公司京沪高铁五标段五工区攻坚纪实

肖文勇

百闻不如一见。

京沪高速铁路开工一年余,这条目前世界铁路建设史上一次性建设里程最长、设计时速最快、技术标准最高的"第一路",已经修筑成形,气势磅礴中,凸显巨龙腾飞的动感。

"快"字当先促发展,这是"中国速度"在京沪高铁建设中的强劲体现。

京沪高速铁路自 2008 年 4 月 18 日举行开工典礼正式开工以来,国务院、铁道部领导多次指示,要以一流的质量、一流的速度建设一流高速铁路。另一方面是体现在数量上的概念:京沪高铁全线 2008 年完成产值 300 亿元,2009 年计划完成 500 亿元。集团公司经理部产值也随之水涨船高,由 2008 年完成 30 亿元跃升到 2009 年完成 50 亿元。因此,开工以来,5 标快马加鞭,施工加力提速,节点工期不断提前。

可以说,争先、高效是京沪高速铁路建设的真实写照,它开启了中国铁路建设的快车道——一年多来,为了实现京沪高速铁路建设工期目标,一公司京沪高速铁路五工区广大员工,在京沪战场刻苦耐劳、争分夺秒、争先恐后地同工期"抢道"竞跑,在不断超越自我中,跑出了"京沪速度"、"京沪成效"。

序言篇:工期压力如山重

七月流火,代表一公司参战的集团公司京沪高速铁路 5 标项目经理部第五工区施工虽然已经进入"收官",但管段仍似以往那样热火朝天,空气里弥漫着"战火硝烟",一切还是紧张依然。

走在管段笔直的线路上,纵目远望,让人油然而生满腔激昂——这里不是工程施工的现场,而是激烈搏杀的战场,五工区员工已经记不清,为了抢工期、保架梁,在这里打了多少恶战硬仗…… 脚下也不是路基和桥梁,而是坚强者、坚韧者、坚守者挥洒汗水和心血抒写的诗行,虽然他们每个人只是弱小的音符，但他们共同构成了京沪高速铁路建设的恢弘乐章，汇成了一个时代的交响……

五工区在集团公司承建的京沪高速铁路 JHTJ-5 标段承担 10.59 公里正线施工任务，里程从 DK981+513.22 至 DK992+720.14。其中，主要工程包括特大桥 6 座、大桥 2 座，总长 6.34 公里；路基 9 段，总长 4.26 公里；涵洞 6 个。

本管段位于江苏省南京市浦口区，北接京沪高速铁路重点控制工程滁河特大桥上海台，南连闻名遐迩的标志性工程大胜关长江特大桥北京台，是集团公司 5 标段江北段的桥头堡。

自 2008 年初入场以来，五工区斗冰雪，抗洪魔，战酷暑，一路积极争先，用较短时间顺利完成安摊建点，协力攻坚搞征拆，力创条件保生产，多管齐下促大干，推动管段工作阔步向前。

2008 年 4 月 14 日，铁道部重新调整施工组织，改变集团公司 5 标段江北段架梁方案。原自北而南单向架梁方案改变为南北两端双向对架，并以五工区管段跨合宁高速公路特大桥提篮拱桥 17 号墩为分界点，五工区南段 163 孔梁将比原计划提前至少半年时间开始架设。包括 7 座桥梁、7 段路基等艰巨施工任务在内的南段，在时间上突然失去北面 4 个工区的缓冲，五工区面临提前架梁的工期"兵临城下"之窘。

不仅如此，新方案还将进入五工区南端架梁工期提前到 2009 年 2 月 1 日。尤为"卡脖子"的是，管段南端土门子特大桥至大胜关长江特大桥北引桥之间还有一段 600 多米长的路基，是浦口梁厂通往大胜关长江特大桥北引桥架梁的必经之地，2008 年 11 月 15 日，比五工区南段率先架梁的北引桥运梁车将通过这里；这段路基的难点还在于它是京沪高速铁路与沪汉蓉铁路的并线区……总之，工程施工还未开始，工期已经进入倒计时。

在极其被动的情况下，五工区带领广大员工战天斗地，绝地反击，在工期保卫战中，创造出了一个又一个"起死回生"的奇迹。

工期困难，最终并没有成为压垮五工区的最后一根稻草。相反，他们以哀兵必胜的斗志最终赢得了胜利女神的微笑。

协调篇：忍辱负重保畅通

巧妇难为无米之炊。五工区首先面临着倍加紧张的征地拆迁难题。时至 2008 年 4 月 1 日，全工区还未获得一块征地，未拆迁一间房子。为了确保施工生产迅速、全面、顺利展开，征地拆迁、路地协调工作刻不容缓。

队长李文波迅速召集五工区领导班子成员召开专门会议，商议对策，集思广益，制定措施。他们决定由党支部书记孙化文挑起征地拆迁和协调组长这副担子，主抓征迁协调事宜，班子其他成员根据分工各负其责的同时，积极协助、支持、参与这项工作，形成工区一盘棋，共唱一出戏。

那段时间，孙化文率领拆迁组的另外两名同志一边不厌其烦地找政府相关部门和人员沟通联系，一边走村串户搞协商，足迹遍布周围十里八村。其间，不知道吃了多少闭门羹，坐了多少冷板凳，被当地村民当作"最不受欢迎的人"。尽管如此，他们依然天天厚着脸皮，苦口婆心做工作，忍所不能忍，闻所不愿闻。为了摸清情况，合理的不合理的陈芝麻烂谷子、鸡毛蒜皮这样的工作日志，记了一本又一本，堪比村官解民情。他们的付出逐渐赢得绝大部分老百姓的理解和同情，在讨价还价的艰难谈判中，渐渐畅通、拓宽了协商的途径。

功夫不负有心人。到当年6月份，五工区红线用地解决达到90%，可谓久旱盼来"及时雨"。同时，他们还独辟蹊径，将管段施工便道分段承包给所在5个自然村修建，一举解决了征地久拖不决的难题，不仅消除了重重阻力，而且村民修建便道就像耕种"自留地"一样积极，结果仅用一个月时间便抢建修通完管段内纵横向施工便道14公里，后来居上，一举甩掉临建施工落后的帽子。当时，村民的青苗赔偿费还没有审批，五工区办事的"独门秘籍"令地方铁投公司都感到十分惊异。地方有关部门按部就班，直到3个月以后，才给五工区施工便道办理下来"准生证"手续。五工区不拘一格，特事特办，彰显高效率。为此在集团公司经理部2008年6月份综合评比中，力拔头筹夺得第一名。

2008年7月末，南京地区遭遇百年一遇的洪暴袭击。危急关头，五工区大公无私，见义勇为，毅然派遣抢险队伍和大型机械设备在第一时间驰援当地大黄村抗洪抢险。在电闪雷鸣中，队长李文波亲自率领员工冒着倾盆大雨奋战在第一线。他与大黄村党支部书记共同坚守在具有溃坝危险的大黄水库值班，度过了几个难忘的夜晚。五工区的大力支援，使水库险情转危为安。患难之中见真情，他们的义举，赢得了大黄村干部和村民的信任，这为他们施工生产营造了一个和谐的外部环境。

为了尽快解决施工用电燃眉之急，队长李文波和副队长刘权每天起早贪黑，不厌其烦地跑南京市浦口区供电公司反复攻关，结果用一个月时间，顺利安装了9台施工亟须的变压器，而且从通电至今就没有停过电。"记得当时浦口区星甸镇一个新建住宅小区的开发商与他们一同'跑电'，结果五工区通电都快半年了，那个小区，夜晚还是漆黑一片。"说起这事儿，李文波深有感慨。五工区因为沟通到位，工作在先，供电公司为他们提供了诸多方便，仅电线安装一项就节省了20万元，他们本着够用、实用的原则，还协商少安装了几台变压器，既节约了资金，更节省了宝贵的时间。江苏省南京市明文规定，施工用电必须架设专用线，且每百米电线须用3万多元。五工区通过与相关方协商，戴家坝特大桥和陈庄特大桥借用民用电线路施工，使现场少架设6公里新线。

房屋拆迁是协调工作的"难上难"。说起它，经手此事的人员都有满腹"苦水"倒不完。土门子特大桥至大胜关长江特大桥北引桥之间的路基是工区先行抢施工的急难点。这段路基不仅和沪汉蓉铁路并线，而且基础 CFG 桩施工和路基填筑工序浩繁，时间紧迫，经不得拖延。这里位于浦口区桥林镇、星甸镇、珠江街道交汇处，甚至线路左右两边就分属不同行政区管辖。特殊的地理位置，给房屋拆迁工作造成了极大困难，加之，地方赔偿标准和款项迟迟未下来，致使拆迁进展异常缓慢。后来，好不容易将房屋拆除了，拆迁户又因新地基没有着落，非常默契一致地将砖瓦堆码在现场不让搬迁，眼看 CFG 桩施工在后边追着屁股撵，现场拆迁协调人员急得直冒烟。孙化文和拆迁员袁占民分头挨家挨户紧急协商谈判，忙碌了 13 天，最后答应为每户额外补偿 3 千元，才将 120 多间拆除房屋的砖瓦、预制板等清理出场。

五工区征地拆迁工作涉及 4 个镇、7 个行政村。截至目前，征地紧跟施工，这是五工区施工生产的通行证，保证了攻坚抢工期的顺利进行。这更是征迁协调人员心血的结晶，饱含着他们无法量化的付出和艰辛。

工期篇：百米冲刺马拉松

从 2008 年 4 月 14 日调整架梁工期始，到 2009 年 6 月 15 日架梁至跨合宁高速公路特大桥提篮拱 17 号墩止，五工区在这一年多点儿时间里，必须首先确保完成管段南段 7 段路基、6 座特大桥、1 座大桥的施工任务。同时，北段施工亦不能耽误。这要求他们以百米冲刺的速度跑完一场马拉松，必须兼有兔子的速度，乌龟的坚韧。

大战来临，五工区统一思想，振奋精神，积极排兵布阵，队长李文波负责工区全面工作，党支部书记孙化文主管文明施工、征地拆迁和路地协调工作，总工程师范国铮主管工区技术工作，副队长巩志映和刘权负责现场施工生产指挥工作。他们将工区施工力量分成一分工区、二分工区、三分工区、四分工区 4 个战斗分队，副队长巩志映指挥三、四分工区，负责南段 3 座特大桥及 7 段路基的艰巨施工任务，副队长刘权指挥一、二分工区负责拼抢其余 3 座特大桥、2 座大桥及 2 段路基施工任务。人心齐，泰山移。五工区团结进取，人人生出三头六臂，在一个又一个攻坚战中彰显了敢打必胜的战斗力。

2008 年 5 月 25 日，五工区工期保卫战第一炮正式在土门子特大桥 2 号墩第一根钻孔桩施工中打响。他们在征地手续还未完备的情况下，通过协商和先行垫付老百姓青苗费等变通办法，创造条件抢先开工。该桥施工期间，正直炎夏酷暑，南京持续出现当地百年不遇的高温天气，四分工区施工人员发扬吃苦耐劳、连续作战精神，在汗流浃背中赤膊上阵，保证了施工生产昼夜不停。记得是 2008 年 9 月份，正值土门子特大桥桩基施工高峰，运送混凝土的罐车频繁经过附近村庄，震动和噪音影响了村庄宁静。村民三天两头地堵车不让通行，真让现场施工人员急火攻心。四分工区点长李智屡次出面调停，一次被气急败坏的村民用大刀横在脖颈……建设者们在逆境中奋进，用4个多月时间，按期完成了该桥桩基施工重任。

土门子特大桥到大胜关长江特大桥北引桥之间是一段668米长的路基，这是五工区保架梁战役的首要之急。不仅五工区管段2009年2月1日架梁要通过这里，而且大胜关长江特大桥北引桥2008年11月15日架梁也要通过这里，比五工区管段架梁工期更急。它是架梁施工南下北上的必经之地，必须保证工期。

这段路基与沪汉蓉铁路并线，基底宽达52米，顶面宽30米，高度8米多，工程浩大，工序繁杂，其中还有2座涵洞施工。工程量包括基础挖方10万立方米、11万多延米CFG桩施工、1.5万方沙垫层与级配碎石铺压、6.75万平方米土工格栅铺设、8万立方米AB组填料碾压。

2008年8月，五工区将这段668米路基一分为二，把浦口梁厂通往大胜关长江特大桥北引桥之间400米作为急中之急，重中之重，抢先施工。这段路基地下埋有军用通讯光缆，头顶架有高压线，施工不得不在小心翼翼中缓慢进行。土方施工必须先挖探沟，找准通讯光缆，再做防护加固，然后才能进行正式工程施工。CFG桩施工时，钻机吊杆高度超过高压线，不得不一边施工，一边采取措施加强安全防范。通过倒排工期，他们将CFG桩机增加到5台，每天24小时抢施工。由于征地拆迁手续没办下来，施工边干边谈判，各种骚扰接二连三，工程每往前推进一步都异常艰难。

当时，承担这一攻坚任务的四分工区正忙于土门子特大桥、洪庄2号特大桥的攻坚任务，负责人和领工员忙得分身无术，副队长巩志映干脆吃、住在工地，亲自督阵，每天头顶烈日，冒着南京地区百年不遇的酷暑高温，在现场旁站10多个小时，与施工人员一同挥汗如雨。实在太热了，就饮用藿香正气水和绿豆汤支撑自己。凭着一股拼命三郎精神，他工作非常较劲认真。比如，车卸AB组填料出现大小粒径分离时，他马上就会让推土机交叉摊铺，直到粗细均匀，才让碾压施工继续进行。

他和大家想方设法，快马加鞭，不断缩短工序时间。比如工程量最大的路基AB组料填筑施工，每一层有8000立方米，运料、摊铺、碾压、试验，最后加快到一个循环只要两天时间。

2008年11月13日，五工区终于抢在大胜关长江特大桥北引桥架梁前两天完成了这段路基施工的艰巨任务。虽然涉险过关，但旗开得胜，这对五工区是一个巨大的鼓舞。接下来，他们一鼓作气，于2009年1月15日抢建完浦口梁厂往北通往土门子特大桥的另外268米路基。

路基施工是三、四分工区的重头戏。巩志映说："从今年3月份架梁开始以来，路基施工压力倍增。4月初，架梁机还在屁股后面追着撵，直到下旬，才甩掉'追兵'的穷追猛赶。"

压力催生了他们前进的动力。从抢建第一段路基始，巩志映率领路基施工队伍人不卸甲，马不停蹄抢工期，直到 2009 年 5 月 7 日，干完 DK985+313 ~ DK986+003 最后一段路基，用近 8 个月时间，比架桥机提前 16 天，一口气抢完了作为南段架梁通道的 7 段路基。用胜利回答了关注，用胜利回答了质疑，用胜利鼓舞了自己。

自开工以来，队长李文波无论多忙，每天都要抽出时间，在管段现场从头到尾认真走一遍，到各工点尤其是吃紧的工号仔细看一看。他说一来好现场听取、了解大家有什么建议和意见，需要据此不断完善施工方案；二来现场有事便于马上拍板，力戒拖延。当然，他更是在用自己的眼睛和头脑在发现、在思考、在判断……一年多来，这已形成他每天雷打不动的工作习惯。有时深更半夜，也要挤出时间到现场转一转，否则心里觉得不安。他认为大干当前，需要大处着眼，但必须细处着手。他与总工范国铮、副队长巩志映、刘权等反复合计、测算，给管段各项工程的工期也搞了个"内部预算"，据此将各工点任务指标量化分解到月、到天，要求当天任务必须当天完成，严格验收达标才能过关，坚决奖超罚欠，不留情面。这些措施使全工区施工生产呈现出你追我赶、争先恐后的劳动竞赛场面。

跨合宁高速公路特大桥提篮拱是 5 标管段挂号的重点控制工程。保证该桥 16、17 号墩工期，不单是五工区保架梁所需，同时是下步兄弟单位梁体施工所急，事关大局。这是两个体格魁梧、施工任务量繁重的墩体。副队长刘权指挥一分工区从 2008 年 11 月份起，首先开始南段架梁终点的 17 号墩桩基施工。这些钻孔桩从 32 ~ 38 米不等，桩径达到 2 米，每根桩单是混凝土施工量就达到 180 立方米左右。结果，第一根钻孔桩奋战半个月才告竣工。据此，他们不断改进施工组织，增加设备配置，将冲击钻机增加到 3 台，进一步加快了桩基施工速度。一分工区加班加点，连续作战，用 3 个月时间将两个墩 16 根钻孔桩施工完。接着进行 17 号墩承台施工，至 3 月 9 日完成承台 720 立方米混凝土施工任务。随后，用时近两月时间，将混凝土用量达 1035 立方米、壮硕无比的 17 号墩抢建完工。之后，马不停蹄地抢建 16 号墩，直到 5 月底竣工。

洪庄 2 号特大桥是五工区抢工期、保架梁攻坚战遭遇最难啃的一块"硬骨头"。该桥全长 1517.76 米，有 47 个墩身，420 根钻孔桩。其中 42 ~ 45 号墩位于一个名叫雨发砂场的巨大采砂坑中，设计院最初受此地形限制没有设计桩长，全桥共有类似这种情况的 15 个桥墩，没有设计桩长。特别是受砂场征地长时间谈不下来的影响，造成工期非常紧张。党支部书记孙化文、队长李文波轮番上阵，和地方相关部门，和砂场老板提出的苛刻条件进行长达 8 个月的艰苦谈判，直到 2008 年 11 月下旬，才在地方政府的协调下准许施工。五工区立即对砂坑进行回填。这个砂场采砂留下的巨大砂坑，是个近 200 米见方，20 多米深的水坑，施工回填面积 2 万多平方米，填筑 8 万多立方米土方，还差 10 多米才能与周边填平，但是时间已经不等人。初具施工条件，他们立即请设计院进行桩基设计，并通过填高路基降低桥墩，使之由矩形空心墩变更为利于施工的双柱式墩，紧接着开始紧张施工。

为了打好这场急盼已久之仗，好钢用在刀刃上，五工区调兵遣将，安排四分工区担当主攻，三分工区打增援，还从一分工区调来干将王中文，协助管理这个最吃紧的施工现场。同时配足配强其他资源，调来 4 台挖掘机、2 个战斗力最强的施工队强力攻坚。

2008 年 11 月底，该桥前期被搁置的 15 个桥墩开始桩基施工。因为地层坚硬，五工区求战心切，超前筹划到位的 5 台旋挖钻机使不上劲，但他们并不气馁，又立即改用冲击钻施工。冲击钻施工钻进速度缓慢，一台钻机 5 天时间才能钻出一根 30 米深的桩孔，根本无法与旋挖钻机一台一天钻孔 3 根的战斗力相比。施工人员们在此以蚂蚁啃骨头的精神，尽最大努力追赶着工期。他们将现场冲击钻增加到 8 台，重点确保砂坑每个墩有 2 台钻机昼夜不停地施工。

当时，这剩下的 15 个桥墩几乎在同一时间开工抢工期，吊车、泵车把便道占得满满当当。施工用钢筋，靠大家人挪肩扛地抬着进去。砂坑奋战正酣，不想 42、43、44 号墩桩基变更设计，钻孔桩由原来的 10 根变更为 12 根，前期工作前功尽弃，大家不得不调整施工方案，对桩位进行重新布局。

偏偏天公不作美，连着下了 20 多天雨。五工区在工地搭设雨棚，坚持每天 24 小时冒雨施工。同时，采取取暖措施，保证墩身混凝土不受冻。紧张奋战两个多月，直到 2009 年春节前夕，才把砂坑 4 个墩身抢完。接着，又以继续战斗的姿态，掀起大干，迎接新年。

总工程师范国铮、技术室主任牟敏带领技术人员，围绕实现洪庄 2 号特大桥工期目标，付出了艰辛努力。他们条分缕析，以手中掌握的大量第一手现场资料为依据，寻求对施工有利又科学合理的工程变更设计。经过反复沟通，终于征得设计院同意采用双柱式墩取代部分施工难度大、工期长的矩形空心墩，一举将全桥 15 个矩形空心墩减少到 5 个，为施工赢得了最为宝贵的时间。

五工区虽然挥鞭猛进，但依然没有摆脱工期紧迫的压力。当时，会议点名，上级预警……

2009 年 2 月底，在一公司工作会议即将召开的前夕，一公司副总经理兼京沪协调组组长娄强、总工程师焦广池代表一公司领导，专程前往五工区，围绕洪庄 2 号特大桥"抢工期、保架梁"主题，召开紧急会议，要求采取一切断然措施，坚定不移保工期。为此，队长李文波时刻不离坚守在前沿阵地，被公司领导特许不参加公司 3 月初的工作会议。公司领导言简意赅地传回话去：希望到时听到的是五工区传回的好消息！队长李文波能听出，五工区广大干部员工能听出，此话的含意。这是鞭策，当然也是激励。

3 月 5 日，与洪庄 2 号特大桥咫尺相望的土门子特大桥架梁开始，一种被追赶的感觉更加让人透不过气。"工期的确压得人抬不起头,后面就像有鞭子在抽!"李文波一语道出当时的真实感受。

最后紧急关头,五工区敢打必胜,用两套半模板,在20天时间,抢建竣工11个桥墩,创造了管段桥墩施工新纪录。为此,五工区对创造这一不俗战绩的功臣施工队伍给予2万元奖励。

2009年6月25日,架梁机顺利架设完跨合宁高速公路特大桥提篮拱18～17号墩桥梁。至此,五工区"抢工期,保架梁"攻坚战画上圆满句号。

质量篇:精筑国脉鉴神工

"质量是生命,质量是政治"。五工区员工在京沪高铁建设过程中达成了这样的高度共识。为实现把京沪高速铁路建设成为一流高速铁路的目标,五工区在京沪高速铁路建设中,始终坚持"百年大计,质量第一"的方针,在工作中认真推行管理制度标准化、人员配备标准化、现场管理标准化、过程控制标准化"四个标准化"管理,把高标准、高起点、高水平建设京沪高速铁路当成历史赋予他们的神圣使命,在工程施工中精益求精,倾力打造京沪高铁"完美金身",成为他们的共同追求和憧憬。

京沪高速铁路对路基要求达到苛刻的"零沉降"。五工区管段共有9段路基,全长4255米,需要施做CFG桩18.5万延米,填筑方量34万立方米。其中,路基最深挖方达到12米,最高填方达到8米,因此路基施工是管段质量控制的重点和难点。

首先从路基隐蔽工程施工就充分体现出五工区工作严谨认真,他们在CFG桩施工中,规范施工,经过科学检测,质量全部优良。管段凡长度超过15米的CFG桩,要经过取芯检查、低应变检测、复合地基承载力检测。灌桩的长度、强度、完整性、承载力等项指标达标,CFG桩才能取得"合格证"。

填筑碾压施工是保证路基质量的关键,队长李文波要求从控制施工原材料入手,严把质量源头。为此,副队长巩志映、刘权驱车上千公里,跑遍了周围数十公里的所有砂石厂,通过抽检样品、实验鉴定,从入围的10多家砂石厂中优选了2家作为路基AB组料生产厂家。可是,生产没几天,砂石厂嫌条件苛刻,就不愿为五工区生产了,一是因为AB组填料中的石粉要添加10%～15%的土壤,不仅麻烦,而且漏斗难以下料;二是因为机器磨损严重,三天两头就得人工调试机器控制AB组填料石砟的粒径,既费时又费力。通过沟通协商工作,厂家才勉强同意继续生产。巩志映不放心,经常采取"偷袭"的形式到位于安徽省和县的砂石厂监督、检查产品质量。他代表五工区要求厂家严格计量标准,要求进厂的每车原材料必须经过泵房过秤,再生产料石,按计量拌和,砂石厂工人埋怨道:"这跟称金分银有什么两样!"巩志映前期跟踪盯梢了足足一个半月时间，有时半夜两三点钟也去抽查，一旦发现产品不合格，深更半夜打电话将老板从睡梦中叫醒，气得老板在电话里骂三局人神经病，小题大做。

路基底层施工跟纳鞋底一般精细：第一层 10 厘米碎石层，加一层土工格栅布，第二层 10 厘米砂层，第三层 15 厘米碎石垫层，第四层 10 厘米砂层，第五层 15 厘米碎石作顶层，这些砂石间隔层通过逐层碾压形成 60 厘米厚透水层。透水层上面进行 AB 组填料施工直到路基标高。

AB 组填料是路基的主要构成部分，施工中，每层压实厚度控制在 28～32 厘米之间，含水率低于 8%，采用 60 吨大型压路机碾压 6～8 遍，每段路基就是由这样若干层 AB 组填料组成的"千层饼"。为了保证路基压实度和密实度，每层摊铺碾压施工后，每一百米路基就要取左、中、右 3 个点为 1 组，做 EVD、EV2、K30 等实验检测，当场得出合格与否的结论。要求每 1 组、每 1 点实验必须达到合格。如出现不合格，则要针对原因返工：铺料级配不好，要把碾压层翻开，重新拌和均匀后碾压；含水量高了翻开碾压层晾晒后重新碾压，含水量低了洒水后再进行碾压。如遇雨天，则用彩条布覆盖路基，天晴复工时，按规范要求将路基表层翻开晾晒重新碾压。五工区这一系列现场检测，过程监控措施，确保了管段路基工程施工质量。

2008 年 10 月 20 日，大桥局浦口梁厂运梁车空车试车，不想，梁车还未驶出大门，就将梁厂专用路面压出 20 厘米左右深的辙印。后来浦口梁厂改用五工区 AB 组填料重新修筑运梁车道，才顺利通过梁车试行。这前车之鉴，让队长李文波和主攻路基施工的副队长巩志映心里直咯噔。尽管他们相信自己经手施工的路基一定经得起考验，但心里还是惴惴不安。正是这种战战兢兢，如履薄冰，让五工区人平时在施工中处处小心，事事认真，脚踏实地地将管段路基建设成了经得起考验的合格产品。

2008 年 11 月 15 日，浦口梁厂驶往大胜关长江大桥北引桥的重载运梁车爬上了五工区管段路基，它经受住了标重 839 吨箱梁和自重 260 吨运梁车总重 1100 吨的考验，平坦如砥的路基没有压出丝毫轮印。在一片欢呼声中，运梁车顺利通行给五工区打出了一个单项高分。

五工区路基更为"出彩"和"上镜"的是，它具有通过 300 吨重架梁机靠钢轨行走而没有留下明显压痕的抢眼表现。因为钢轨与路基接触面小，单位面积受力比运梁车高出许多。难怪，对此见多识广的架梁人员都感到惊愕。尤其是南端第一段路基，除往大胜关长江大桥北引桥运梁无数次往返碾压外，单五工区南段 163 孔梁架设，就承受了运梁车至少 326 次往返，至今，它没有发生丝毫沉陷。可以说，经受住了数量和力量的双重考验。

质量事，无巨细，京沪高铁讲政治。五工区员工时刻牢记"细节决定成败"的道理和警示，在每件事上较真。可以说，将"认真"二字夯筑进了每一段路基，浇筑进了每一个构造实体。

2009 年 1 月，土门子特大桥为确保逼近的架梁工期，开始抢建 54 块桥墩垫石。队长李文波对这一桥墩关键部位的施工非常重视，明确定位垫石工程是工区的"主任工程"，要求工区技术室主任牟敏亲自全程负责现场技术工作。时值寒冬，气温很低，夜晚气温降到零下5℃～6℃，为保证工程质量，工区想方设法用电褥子把垫石包裹起来，通电保温、加温，像照顾襁褓中的婴儿一样呵护备至。当时，虽然工期紧，时间急，但李文波还是坚决要求工点严格按照集团公司经理部要求，使用质量上乘可靠的滁州梁厂混凝土进行施工。可是，梁厂距工地有30公里，混凝土罐车一趟单程需要1个小时，时间长，造成混凝土坍落度损失严重。有一次堵车，罐车用了2个小时才到达，混凝土已经放不出来了。他们克服重重困难，用12天时间，保质保量地完成了该桥垫石施工。

为进一步保证后余大桥垫石施工质量，五工区请示集团公司经理部同意后，自洪庄2号特大桥垫石施工始，就近使用本工区搅拌站所产混凝土。为慎重起见，他们舍近求远，改用滁州梁厂所用厂家原材料生产混凝土。后因厂家供不应求，五工区便采用本工区定点厂家原材料进行生产。为此，他们反复做试验，在保证各项重要指标参数的前提下，又重新试验出最佳配合比。

京沪高铁桥墩垫石施工是高精度工程，标准要求坐标偏差小于5毫米，高程误差控制在-10毫米～0毫米之间，预留螺栓预埋孔误差小于5毫米。加之，当时架梁施工在后追进，如果出现差错，势必没有时间改正。所以，施工必须一次精准，必须"一点不差，差一点也不行"。牟敏顶着压力，坚守现场，亲自架设水准仪全程监控测量。每个桥墩垫石完工后，他马上安排精测组立即进行复测，紧接着，弹出支座和垫石中心线。五工区在关键时刻的表现，博得了甲方、监理方的由衷赞叹。

为干好路基附属工程，五工区制定了《路基附属工程施工管理办法》，明确了严格的规范和标准。比如浆砌片石施工，对石料尺寸与强度、砂浆配合比及质量，砌体砂浆捣固密实度、勾缝质量、养生防护、结构尺寸、外观质量等等进行了规范，制定了明确标准。管理办法规定，对自验质量不合格的附属工程，现场技术人员、领工员各罚款1千元，施工队罚款5千元；对质量做得好的进行奖励，奖罚对等。

五工区员工，珍惜京沪高铁建设的难得机遇，不断经受"建设一流高速铁路"建设理念的洗礼。他们在建设工程的同时，也在不断建设他们自己。

工程刚开工时，全工区初到的20多个技术人员，大多数连普通铁路都未干过，有的甚至连CFG桩和旋挖钻机也没见过。以至于开工报告、施工组织设计、技术交底等等都得技术室主任或总工亲自来做。怎么办？一切从头学起。

他们采取走出去，请进来的办法，加强对技术人员和相关骨干人员的培训学习。工区先后十数次组织他们到兄弟单位观摩、取经学习，同时开办工地夜校，安排人员每天授课，讲习高铁施工规范、标准等相关知识。工区还请来西南交大教授到工地办班培训。京沪高铁标准化管理推进五工区及其技术室成为学习型集体。通过一系列的学习培训，工区员工持证上岗率达到100%，其中有10人取得测量工程师证，4人取得试验员证。

高铁工程造就人才工程，人才工程托起高铁工程。理论学习加实践锻炼，使以技术人员为骨干的人才队伍迅速成长、壮大起来。作为企业的未来，一些新近毕业的青年技术人员也快速成长，成为独当一面的技术能手，涌现出了谷志明、荆志敏、周剑锋、仲小行等一批爱岗敬业的典型。

工区技术室主任牟敏被集团公司党委授予"优秀共产党员"称号，总工程师范国铮、副队长巩志映被京沪高速铁路公司评为"百日大干劳动竞赛优秀工作者和百日大干劳动竞赛先进个人"，工程试验员仲小行被京沪高速铁路公司评为"岗位技术能手"……荣誉激励着五工区人继续前进！

目前，五工区正将管段内 DK991+441.03 ～ DK992+720.14 段路基工程申报京沪高速铁路公司样板工程、跨合宁高速公路特大桥申报京沪高速铁路公司优质工程。这是锲而不舍的五工区人不断升华他们汗水和智慧的结晶，这是敢于超越自我的五工区人理想追求的精彩延伸……

对接高铁的"火车头"

——记中国水电集团京沪高铁三标段一工区主任陈双权

郭立平

陈双权

有一支团队在世界上运行速度最快、标准最高的京沪高铁工程施工中，一年完成现浇梁306孔。消息传出，一些老铁路都为此感到惊讶，他们惊讶的是：从中国的水电建设一路对标到铁路建设大市场的一支新军，居然年完成现浇梁突破300孔，这在中国铁路建设史上无异于创造了一个不小的奇迹！这支队伍的领军人物就是中国水电十一局副局长陈双权。

他遇上了三标段征地拆迁最难啃的一块硬骨头

关键词：雷厉风行 见缝插针

从湘江之畔走出来的陈双权，操着一口浓厚的湖南家乡口音。他个不高身体却很壮实，觉不多精力却很充沛。和众多湖南人一样酷爱吃辣椒，他说没有辣椒饭就吃得没味。

他富有激情，充满自信，不畏挑战。

干了20多年水电施工的他，不曾想会结上铁路的缘，而且一干就是世界上运行速度最快、标准最高的京沪高速铁路。

那是 2008 年 1 月 11 日，当身边的同志都在为中国水电集团中标京沪高铁土建工程三标段而欢欣鼓舞时，作为中国水电十一局副局长的陈双权肩负组织的重托，率先赶到了泉城济南，担任三标段一工区主任。

一到工地，陈双权马上和设计单位对接，开始专心研究图纸，熟悉图纸。几天后的一个雪天，他顾不上天气的寒冷，步行从工段的起点走到终点，对现场进行了实地勘察，对施工的外围环境有了基本了解。

"当时野外风很大，天特别冷，陈局长为了早点了解现场，带着我们硬是步行半天时间把全线看了个遍。"三标段一工区第一作业处常务副处长李三民介绍说。

水电十一局承担施工的京沪高铁工程三标段一工区位于济南市西郊，主线全长 13.06 公里。该段人口稠密，穿越 5 个乡镇（办事处），沿线村庄、厂矿、渔塘、墓地、养殖场、管线较多，仅一处墓地就要迁移 1400 多座坟，外围环境复杂，征地拆迁难度极大，是三标段项目部公认的征地拆迁困难最多、工作量最大的工区。

征地拆迁是施工前期的最为关键的、首要开展的工作。因为没有"战场"，就无法"排兵布阵"。他带着一班子人每天和当地政府接头，积极主动做工作，全力推动征地工作。终于在 2008 年春节之前，拿到了第一块施工用地。当别人在和家人一起欢度春节的时候，他和他的一帮子兄弟正忙活在京沪高铁的第一线。

2008 年 2 月 29 日，水电十一局率先建成三标段第一个拌合站。2008 年 3 月 15 日，泉城济南艳阳高照，迟来的东风送来了第一丝春的暖意，京沪高铁三标段一工区迎来了一个十分难忘的日子：工区第一根灌注桩顺利开钻，水电十一局打响了中国水电集团进军京沪高铁市场的第一炮。

然而，真正的困难和考验却在后头。2008 年 10 月以前，在十几公里的战线上，水电十一局的征地拆迁工作受到极大阻力，只能一小片一小片地推进，始终没有大的进展。

"当时由于土地补偿政策一直没有下来，对老百姓的影响比较大。加之我们这一段地处济南近郊，涉及的人口多，国有土地多，高压线、地下管线及通讯光缆多，回、汉坟场规模大，所以困难最大。"一工区外协部部长赵文轩说。

"我们先后和政府 24 个部门对接，有时一份资料要跑五六个部门盖章才行。"参与征地拆迁的崔友谊告诉说。

"我们坚决不能坐等，时间不等人！"陈双权在生产会上坚定地说。他的套路是：每"攻"下一块土地，便新开一个"战场"，见缝插针地展开施工。

"一工区的外围环境太复杂，但水电十一局全体参战人员在陈双权的带领下，没有气馁，而是迎难而上，积极创造条件去施工，非常可贵"。京沪高铁中国水电集团三标段项目常务副总经理杨忠多次在生产会上对十一局的工作给予充分肯定。

他遇上了京沪高铁线上最多的现浇梁施工
关键词：认真敬业　目标一流

2009 年是京沪高铁工程建设的攻坚年。在 1318 公里的战线上，参战的各个单位为确保年内完成线下工程施工展开了一场无硝烟的大会战。

这一年，摆在水电十一局面前的是正线 306 孔现浇梁施工，这是京沪高铁线上最多的现浇梁工区。

这一年，陈双权在他的"战区"内摆上了 7 套移动模架，构成京沪线上最大的移动模架群。

这一年，他只跟妻子团聚了 3 天，成了一个名副其实的"赖在工地不愿意回家的野人"。

"大家的压力都非常大。"陈双权自己深有感触地说，"整个工区犹如一个巨大的空中梁场，306 孔现浇梁全部都是空中作业，从进度上、质量上、安全上都难以掌控。"

不仅如此，工程还有多处跨路跨河；工程紧邻黄河，地下水位高，软基多，易塌方，桥墩施工基坑开挖难度大；工程包括隧道、涵洞、路基、现浇梁、预制 T 梁、钢拱桥、I 型板和 II 型板的铺灌，既有高速线，还有普速线，内容丰富，被誉为"小京沪"。

那段时间里他每天把自己"泡"在工地上，起早贪黑，不知疲倦。对重大的施工方案都要亲自过问甚至亲自参与制订，不敢有半点疏忽。对现场搭设的每一孔支架都要亲自检查，不敢有任何懈怠。对关键的钢铰线张拉等技术问题的管控情况都要详细了解，不敢有一丝马虎。

"他经常是白天跑了一天的工地，半夜还不休息，非要再去工地看看。我都累得受不了，他却不觉着累。"司机老赵说，

"给我印象最深的是跨刘长山路连续梁施工，我们在支架搭设中没有按原定方案做，陈局长发现后把我们痛批了一顿。"第七作业处常务副处长赵新泽对此感触颇深。

那次在工期十分紧张的情况下，陈双权硬是下令让第七作业处停工整改。

"京沪无小事。我们做事如果不认真仔细，不深入现场，不了解情况，一旦发生事故，我们将遗憾终身，愧对个人，愧对企业，愧对国家！"陈双权多次在会上告诫自己的下属。

"家里的事他却一点心不操，他就是一个赖在工地不愿意回家的野人！"提起他妻子满腹埋怨。这一年，因为帮助单位去长沙投标，陈双权才有机会回了两趟家，但在家也没怎么呆，合起来也就 3 天时间。上高三的女儿正处在学业的关键时期，他也没时间去关心，只能偶尔在电话里问上几句。对家庭的亏欠是他最大的遗憾。

不能两全其美,陈双权也无奈。他忘不了受命高铁之前,工程局孙玉民局长、王禹书记的叮咛:京沪高铁工程是一个世界瞩目的项目,进军高铁是中国水电集团实施战略转型的重大决策,水电十一局第一次参与高铁建设必须做到"首战必胜"、"首战全胜"。建设过程中,两位领导多次到京沪高铁工地,对工程给予了全心关注和支持。他深知肩上责任重大,只有干好工程才能对得起领导的信任,也才能对得起几千名职工的重托,他只有把全部心思投入到工程建设中,带领全体参战将士有所作为,才能不辱使命。

2009年的重点任务是现浇梁施工,而春节前后由于工人休假多,加之天气太冷,头两个月才浇出10孔现浇梁。全年任务能否完成,所有人都揪着心。

陈双权更悬着一颗心。

他到所属作业处一家一家地"过堂"开会,讲明一件事:做好大干前的准备工作——人员准备到位、机械设备准备到位、技术准备到位。

开春天气稍微变暖,真正的大干开始。

施工高峰期,工区全线投入近3000人,各种施工设备100余台套。陈双权说,搞线性工程整体规划很重要。根据工期要求和现场实际,他在能够连续施工的地段摆上了7套移动模架,在部分没有完全完成征地拆迁的地段配以支架法施工。一个特点是连续作战,一个特点是灵活机动,两种浇筑方式相互配合,充分发挥各自的特长,有效地推进了施工进度。自3月份起,一工区连续7个月月完成现浇梁在30孔以上,5月份更是达到了36孔,创造了京沪高铁线上月浇现浇梁最高纪录。

他牢牢抓住安全和质量两根主线不放松,对现场的安全质量管理严格推行"卡控"制度,对现浇梁施工的18道关键工序进行卡控,上道工序结束后,现场相关的施工员、技术员都签字确认没有安全质量问题再进行下道工序的施工。对过程的严格控制,确保了安全质量无事故。

2009年12月31日是一个值得水电十一局人记住的日子。

下午5时许,在几百双目光的殷切关注下,京沪高铁三标段一工区主线最后一孔现浇简支箱梁顺利浇筑完成。在现场,寒风中的人们个个脸上抑制不住兴奋——他们在年末最后时刻完成了主线最后一孔现浇梁施工,这是他们完成的第306孔现浇梁!

306片现浇梁浇完了,没有发生安全事故,没有发现质量问题。

这一年,陈双权个人获得中华铁路总工会颁发的"火车头"奖章。中国水电十一局在京沪公司上下半年的两次信用评价中均名列前茅。

他遇上了一个对自己最具技术挑战性的工程

关键词：勇于创新　苦干巧干

在职工眼里，陈双权是个很简朴的人。他就餐和员工们一样排队打饭，不搞特殊化。他和一线工人一样几乎每天都是穿着蓝色工装上班，站在工地远远望去分不出他是工人还是领导。

就是这样一个看上去和普通工人没有什么区别的他，却是一个酷爱钻研技术的技术能手。他在水电施工单位做过科研所所长，当过设计院院长。面对京沪高铁的高难度，在倍感压力的同时，他表现了技术干部的一种自信："工程非常有难度，从一工区这一段来说，无论是征地拆迁，还是施工组织，无论是资源配置，还是关键的技术问题，都给我们带来极大压力，但我们不能害怕它，有什么问题最终都能够解决的。"

他教大家干工程既要有"苦干"的精神，更要讲"巧干"的方法。要投"新"取巧，通过科技创新来巧干工程、干好工程。

他善于学习和借鉴新技术、新工艺、新方法。在现浇箱梁施工过程中，他充分借鉴预制梁收面技术，根据梁面六面坡线性，改装收面机收面模板样式，确保现浇梁"三坡六面"线型可控，梁面平整光洁，受到蔡庆华等京沪公司领导的充分肯定，现浇梁施工被誉为全线的样板。

他喜欢深入现场，针对实际问题进行研究，寻求解决办法。在现浇梁冬季保温施工中，为了提高冬季混凝土的施工质量，他日夜巡回于施工现场进行调查研究，采用的聚氨脂喷涂保温技术确保了梁体冬季施工质量。在大吨位移动模架现浇梁施工技术的控制方面，他通过组建专门的移动模架维护队，通过把握细节、紧凑工序，使每孔梁的施工工期控制在14天以内，大大提高了工效，为年内306孔现浇梁的顺利完成奠定了坚实的基础。在黄河南引桥基坑开挖施工中，面对地下水位高、边坡易塌方的实际，通过比较最终采用拉森钢板桩防护施工，确保了施工进度和安全。

他经常鼓励年经技术人员多研究应用新技术，提高施工工效。在济南西客站动车运用所大面积路基填筑施工中，他极力推动基层的技术人员，引进摩巴公司GS506自动调平系统，极大提高了大型站场和路基填筑施工速度和施工质量。

更为神奇的是，一工区在不拆除移动模架的情况下，在20多米的高空中成功实现2号移动模架空中调头，此举在京沪高铁线尚属首创。

2010年，"京沪高速铁路大吨位移动模架现浇梁快速施工技术"和"京沪高速铁路大面积路基填筑激光找平系统"两项技术被京沪公司评为科技创新三等奖，他个人被京沪公司评为"十大工艺工法先进人物"。

从水电中走来，踏进中国最高端的铁路建设市场，在一个原本很陌生的施工领域，陈双权追寻着新的梦想。

追梦的过程很艰辛，很曲折，但他一路执著地走下来了。

2010年8月3日，京沪高铁三标段一工区开始铺设轨道，陈双权带领他的团队出色地完成了铺轨前的各项施工任务。

这一晚陈双权又睡得很晚，倚着窗户他凝视着星空很久，他在憧憬着有更多的机会为中国铁路"加速"。

用行动践行忠诚誓言

——记中铁十二局京沪高铁十六项目部党工委书记黄实勇

周广宽　刘　虹

黄实勇

他是京沪线上年轻的项目党工委书记，却因奔波操劳而两鬓染霜；他是有名的火爆脾气，却因真诚待人被称为"员工贴心人。"他率领项目团队连年获得"四好领导班子"、"优秀基层党组织"、"工人先锋号"等荣誉。他就是十二局集团京沪高铁十六项目部党工委书记黄实勇。

37岁的黄实勇，1990年参军入伍，2003年4月转业后任二公司机械化工程公司办公室主任。2008年2月京沪高铁施工拉开战幕，黄实勇被任命为十二局集团京沪十六项目部党工委书记。两年多来，他以自己的实际行动践行着一名共产党员吃苦在前、享受在后、甘当模范、无私奉献的忠诚誓言。

一名党员一面旗帜

作为基层党组织带头人，黄实勇上任之初就提出了"一名党员一面旗帜"的口号，他不仅要求全体党员在工作中发挥模范带头作用，自己更是以身作则，甘为人先。

2008 年初京沪线上场时，正值南方百年不遇的大雪灾，为了使施工生产早日展开，必须尽快拿下第一块大临用地。黄实勇及时与当地政府取得联系，踏着没膝的积雪挨家挨户走访了 24 户村民，耐心与村民进行沟通协调，一边丈量土地，一边让群众按手印，在他的努力下，涉及 24 户农民的 22 亩土地在一天内征完，瑞雪中看着 24 户农民鲜红的手印，黄实勇的脸上露出了欣慰的笑容。

人均占地少而铁路占地多的大庙村征地范围涉及 110 多户农民。开始一些农民想不通，认为一亩地补偿 2 万多元太少，缠着政府要提高补偿标准。为了保证征地拆迁的顺利进行，黄实勇三天三夜没有合眼，每天天不亮就等在村支书家门口，拉着一起去群众家里做思想工作，他不厌其烦地向当地民众介绍京沪高速铁路概况以及项目工程情况，宣传京沪高速铁路对促进当地经济建设及社会发展的重大意义和作用，说服了当地的干部和群众，仅仅一个星期就"啃"下了这块硬骨头，保证了施工的需要。

2010 年 5 月以来，无砟轨道施工进入高潮，作为京沪高铁 4 标段 22 个线下项目部中管段最长、投资额最大的单位，十六项目部始终面临着工期紧、任务重的压力。为不辱使命，项目部进一步强化领导分工责任制，黄实勇负责三工区 9.5 公里轨道板的铺设任务。为了保质保量保进度，黄实勇蹲守在一线，与技术人员一起制定施工方案，解决施工难题，白天与工人一起头顶骄阳烈日，晚上与大家一同忍受蚊虫叮咬，常常是凌晨才回到项目部，早上六点多又出现在施工现场。休假带着孩子来看望他的妻子打趣地说："晚上睡觉的时候不见人影子，早上起来只看见换下来的脏衣服，真不知道我是来看你的，还是来洗衣服的。"面对妻子深情的"指责"，黄实勇满脸歉意地说："谁让你老公是修京沪高铁的呢，理解万岁吧！"有这样一位带头人，十六项目部党员人人奋勇争先，员工个个干劲十足，施工进度及完成产值连续两年位居同级单位前列。

党建也是生产力

"党建也是生产力，一流的党建工作是施工生产的动力源泉。"这是黄实勇一直身体力行的一句话。作为党工委书记，加强项目党建工作是他义不容辞的责任。两年来，他不断学习理论知识，创新思路，探索方法，采取了多项措施加强和完善项目部的党建工作。首先在发扬传统优势的基础上，创造性地将标准化管理应用到党组织工作中来，建立了一整套清晰、明确、可操作性强的工作标准。为了扎实做好基础性党务工作，他建立了《基础党务工作台账》和《党员管理手册》，并将党务资料全部录入电脑，建成了党务信息数据库，实现了从"有纸标准化"向"无纸标准化"的迈进，有力推进了项目部党建工作；其次健全完善了党组织各项制度。为认真贯彻民主集中制，集思广益，充分发挥党政领导班子的集体智慧，养成民主决策的良好作风，他主持制定了党工委集体议事制度、党工委例会制度，组织项目领导班子和全体党员汇报工作情况、交流经验和体会，对项目党工委工作中存在的不足提出合理化建议或整改措施，有效保证了各项决策和安排的科学性、合理性，推动了党工委工作的健康发展；为提高项目部领导干部的整体素质，他还组织建立健全了教育培训制度、党员学习情况通报制度，亲自制定了《项目部干部理论学习日程表》，对干部理论学习进行规划，高标准、严要求，列出必读书目和学习专题，认真组织对党员的教育培训活动，并对党员开展学习情况、学习效果进行通报，以克服学习中存在的不足，使理论学习走上正规化、规范化、系统化的轨道，有效促进了党员和领导干部队伍建设。他还坚持以党建带动工会和团委建设，项目部工会和团委结合自身实际先后开展了"六比六创"、"七比一争"等主题劳动竞赛以及合理化建议、科技创新、"导师带徒"、"青年突击岗"等内容丰富、形式多样的活动，极大地激发了广大职工的积极性和创造性，增强了荣誉感和归属感，有效地促进了施工生产。工程开工以来，十六项目部党政工团全部跨入上级先进行列。"团结协作、锐意进取，敢打能赢，充分发挥了党组织政治核心和战斗堡垒的积极作用。"2009 年 8 月份，中国铁建总公司党委副书记霍金贵来项目部调研，对项目部的班子建设、党建情况及黄实勇的工作给予了高度评价。

人人都是有用之才

育才、用才关系到企业可持续发展，也是项目部党工委的一项重要工作内容。黄实勇从发现、培养、用好用活员工入手，明确责任，适度放权、给员工充分施展才华的空间，在项目部营造了"人人都是有用之才"的良好氛围，使青年员工茁壮成长。

初到项目部时，张志强被分配到计划合同部工作。然而在工作中，黄实勇发现张志强头脑灵活，善于学习，沟通表达和适应能力都很强，这样的人才正是协调工作中不可多得的。因此，黄实勇将张志强从计划合同部"挖"过来，跟自己一起负责征地拆迁。黄实勇的眼光没有错，果然张志强在新的岗位如鱼得水，不仅能够很好地配合黄实勇开展工作，而且很快就可以独当一面，被任命为项目部安全环保部部长，成为一名得力干将。2009 年年底，公司炎汝公路项目上场，为了给张志强更大的空间施展才华，黄实勇推荐张志强担任了炎汝项目部的副经理。如今的张志强已成长为项目部的一名优秀管理干部。

现任项目部安全环保部部长李凌旭，是 2008 年才分来的大学生。因为是文科生，所以归黄实勇"直管"。"导师带徒"合同签订仪式上，黄实勇半开玩笑地跟他说："我脾气不好，跟了我这个师傅，日子可不会好过哦。"话虽如此，但在工作中黄实勇对这个初出茅庐的后生还是非常关爱的。刚开始李凌旭在沟通协调方面上缺少经验，常常被一些成心刁难的人牵着鼻子走，黄实勇及时发现了问题，不仅在工作中随时提点，更是利用休息时间将他叫到自己屋里耐心地传授方法和经验。正是有黄实勇的悉心教导，李凌旭才从一个毛头小子一年后就成长为能独当一面的项目部最年轻的部门负责人。京沪线开工建设两年多来，黄实勇虽还谈不上桃李满天下，但项目部已培养输送出各类骨干 40 多人。

服好务是我的责任

"我希望通过大家的努力把项目部建成一个温暖的家。我作为家里的勤务员，为家人服好务是我义不容辞的责任。"这是黄实勇上任伊始给员工的承诺。他说到做到。项目上场时，在项目经理武峰的支持下，他本着"以人为本、共创和谐"的理念，投入 300 多万元为员工高标准地建设了"职工之家"，实现了"宿舍公寓化、食堂餐厅化、文体活动经常化"的"社区生活"目标。

在项目部黄实勇的手机是公开的，员工有什么事可随时"呼"他。2008 年 9 月有人发短信反映一个施工队半年只发了两次工资，个别困难户孩子上学交不起学费。他马上到这个队了解情况，当得知是队里"暂借"3 个月买机具、到时连本带利一同付时，当天就让项目财务的同志补发了两月的基本工资，解决了部分员工的燃眉之急。之后在他提议下，所有施工队的工资都改由项目部财务按时直接发放，确保了员工工资及时"足额"到位。

每周黄实勇都要到所属的几个职工食堂转一两回，看看卫生状况怎么样，了解员工吃得好不好! 为了照顾来自不同地区员工的口味，他让每个食堂都自制了 10 多种风味的咸菜供职工自主选择。夏季来临，他还要求食堂每天熬制绿豆汤给职工防暑降温。一次他发现有的食堂一大锅炒菜里没有几块肉，马上召集所有队领导和食堂管理员开会，明确提出：大干期间，员工每天每人至少要有二两肉吃。正是在他的认真负责和严格要求下，"吃出健康"的员工才精力充沛地投入到工作中去。

为了营造温馨的家庭氛围，黄实勇还在每个节假日组织各种文体活动，如三八妇女节的琅琊山一日游、五一劳动节的趣味技能大比武、五四青年节的篮球赛、国庆节的征文比赛、元旦和春节的联欢会等，使员工在享受节日快乐之余，增进了感情，培养了团队精神。同时，他还十分重视员工的思想情绪，他说："像我们这样的流动施工单位，员工常年远离家人，孤独寂寞在所难免，产生情绪情有可原，这个时候，就需要我们送去家的温暖。"为此，他经常找员工谈话，了解其情绪变化和生活中的困难，并开通了博客、创建了 QQ 交流群，构筑起了一个与员工交流思想和沟通感情的便捷、高效的平台。不仅如此，他还通过给员工过"集体生日"、领导班子集体去医院看望生病员工、免费给来队探亲的家属提供"夫妻房"、为每一位京沪施工期间出生的"小京沪"送1000元贺礼等活动，使全体员工感到了浓浓的家的暖意。

领导心中有员工，员工身上有干劲。两年多来，干群团结如一人的十二局集团京沪高铁十六项目部施工一路高歌，受到了上级的多次表彰。而作为党工委"领头雁"的黄实勇也先后获得了"劳动竞赛优秀组织者"、"'安康杯'劳动竞赛先进个人"、"优秀党务工作者"、"优秀党工委书记"、"优秀纪检组长"、"优秀工会工作者"等称号。

志当铺架先锋

——记中铁四局京沪高铁南京枢纽铺架队队长许宝健

向小国

许宝健

在繁忙的京沪高铁南京铁路枢纽 NJ-3 标和南京南站联络线的铺架现场，我们时常看到一个身形矫健、神情专注的身影，他就是获得京沪高铁百日大干先进个人等诸多荣誉的中铁四局南京铁路枢纽铺架队队长许宝健。

自 1985 年参加新线铁路建设时起，许宝健便立下投身铺架事业、争当铺架先锋的志向，从一名普通工人到项目经理，他一步一个脚印，数十年的自我磨砺，积累了丰富的施工管理经验。2008 年 7 月，许宝健和他的铺架团队担负起京沪高铁大胜关长江大桥南京南站及相关工程 NJ-3 标段和南京南站站场及相关工程 NJZQ-1 标段全长 113.7 单线公里铺架施工任务。

未雨绸缪

自进场的第一天起，许宝健就意识到：一旦进入生产大干，道砟储备将成为保证进度的关键。一进场他便忙着在南京周边寻访砟场，就近找砟源、跑沿线，从长江南岸到北岸，从下游到上游，最远驱车到了铜陵境内，功夫不负有心人，最后在安徽马鞍山找到一家民用砟场，经过反复协商，主动帮助其扩大规模，通过铁道部有关级配检验、申报并取得铁路专用道砟生产资格，生产出符合铺设条件的特级和一级道砟，并提前完成道砟储备。

由于承担工程横贯南京市雨花、栖霞等六个行政区，涉及社会面广泛、构成复杂，许宝健高度重视与当地居民的和谐相处，力争不碍民、不扰民。在他主动联系、据理力争下，有关各方顺利通过铺架基地场内高压线、军事光缆合理的迁改处理方案；为使施工对仅一花墙之隔的仙居华庭小区的影响降到最低，紧挨花墙加砌一道围墙；每天对场内施工便道洒水降尘，避免扬尘，实现"绿色"施工；这些举措妥善解决了筹建铺架基地面临的用地和场区施工难题，也赢得了附近居心的一致称赞。

为保证工程施工顺利展开，许宝健主动与业主、地方政府、局指及各参建单位沟通协调，争取其配合、支持；认真研究设备进场、人员调配、外协队伍选择等方案，反复推敲各个节点目标任务中的施工重点与难点，并制定专项应对措施，做到心中有数、未雨绸缪。

稳中求快

"要干就干最好，要争就争第一。"许宝健多次在交班会上强调，各项工作必须围绕打通京沪高铁长钢轨运输通道的总体要求有序展开。

许宝健坚持"跑步进场、快速开工"的思路，及时调配人员、设备、轨料进场，加快铺架基地"三电"迁改和场地建设进度，每天都坚守现场，指挥"抢工"，在他的带动下，参建人员加班加点、起早摸黑，顺利实现紫金山铺架基地5月20日插铺道岔、7月23日形成生产能力目标，分别比原计划提前一个月架梁、铺轨。

京沪高铁南京南站站场及相关工程NJZQ-1标包括铺轨、架梁、铺道岔、长钢轨无缝焊接、线路应力放散及锁定、上砟整道等施工，工序繁多且作业交叉。心思缜密的许宝健边督战边琢磨，在改进工法、加快进度上做起了文章。

NJZQ-1标七座特大桥上面多有连续梁，最长的秦淮河特大桥上就有22孔。这些现浇的连续梁成为快速推进的拦路虎，按照传统的施工方法，架桥机只能在铺好道砟的轨排上前行作业，往连续梁上铺道砟，运装、摊铺费时又费力，高桥墩吊装也不安全。为此，许宝健同项目部经理经过多次实地调查，提出用50毫米×50毫米小方木代替道砟，间隔垫在轨排下，使力量均匀地传递到桥面的方法，操作简便实用，大大提高了工效。

为缩短渐渐变远的T梁运距，项目部提出就近在连续梁上立换装架的设想，以往换装架都立在路基上，将其移至连续梁上尚属首例，大家意见不统一，凭借多年的现场经验，许宝健思索良久认为可试，并多次请教铺架专家，经过应力测算、反复论证，最终成功地将T梁换装架立在了连续梁上，架梁速度明显加快。

NJ-3 标动车走行线 D5 线最小曲线半径 500 米，最大坡度为 32.7‰，在这样高难度的条件下，对架桥机性能及安全指标都是一个严峻的考验。许宝健组织攻关组研究运架过程中的重难点环节，对架桥机进行受力状态检算，提前邀请架桥机厂方和公司有关专家，确定最佳运梁方案，并充分考虑架桥机性能、桥墩高度等因素，采用钢丝绳加固架桥机前后立柱、加工特制铁鞋、保证架桥机大臂"翘头"等专项措施，提高架桥机的爬坡和制动能力，确保了 T 梁运架的安全平稳推进，这一难关的攻克，成为铁四局架梁史上的一次重大突破。

2010 年 3 月 5 日，NJ-3 标动车走行线 D5 线 15 孔 T 梁架完，宣告京沪高铁长钢轨运输通道正式打通，参建人员欢呼雀跃，而许宝健却显得很平静，此时，他的心思早已放在下一步的施工之上。

严抓善管

按照京沪高铁建设推行架子队管理模式的要求，许宝健认真学习相关规范，挑选技术、安全、材料、工班长等精干人员，迅速组成架子队，明确各岗位职责，使人员数量满足施工现场生产管理、各施工环节和过程不间断监督的需要。先后出台《架子队安全生产管理办法》等 23 项不同类别的管理制度，实行技术交底、专项卡死和关键部位操作提示，适时调整作业班组用工数量，务求"管理有效，监控有力，运作高效"。

针对铺架施工涉及工种多、人员多、施工点多、安全隐患多等情况，许宝健从抓员工安全教育和培训入手，层层签订安全生产包保责任书，将各工种（岗位）安全操作规程印发到施工人员手中，发布危险源告知牌；投入重金健全安全防护设施，严格执行"三级安检制"，并将每次检查发现的安全隐患及违章行为制成展板张贴通报，制成幻灯在安全例会上对员工进行剖析教育；大到铺架方案安排不细致不拍板，小到砌筑挡砟墙面不平整推倒重来。他的敬业精神和雷厉风行的一贯作风，屡屡受到建指有关领导的称赞和表扬。

作为架子队队长，许宝健事事想在前面，工作扎实到位，更有很强的成本控制意识。

铁路道床底层设计为黄沙，而符合条件的黄沙采购单价过高、运装极为不便。为节约成本，许宝健想到了马鞍山砟场里大量的瓜子片，依据其他客专铁路用瓜子片作道床底层的成功经验，收集详实的技术论据，向有关部门汇报瓜子片代替黄沙的可行性与优点，最终通过了验证认可。

在成本管理上，许宝健一方面坚持开源节流，及时收回工程款，严格把关项目物资采购、财务报销、劳务费用结算等关键环节，从一滴水、一度电到专项施工方案，自己带头能不花的就不花，能少花的尽量少花；另一方面扎实做好施工成本的预测、计划、控制、核算和分析，在满足工程质量和工期的前提下，采取一切可能的措施，尽量使施工成本控制在最低范围内。

甘于奉献

参加过淮阜、大沙、京九、朔黄、秦沈、渝怀、浙赣、合宁等多条新线铁路建设的经历，让许宝健早已习惯了野外作业、四海为家的生活，也和众多铺架人一样乐在其中。

2009 年春节期间，寒风凛冽，为了抢工期、保节点，许宝健常驻铺架现场，靠前指挥，鼓干劲、促高产，昼夜奋战，一盯就是 24 小时。当看到有的铺架人员穿着潮湿的棉衣坚持作业时，他二话不说，马上落实给一线员工每人增发了一套，并配备创可贴、风油精等贴身小药箱，用他的话说：时间再紧、活再累，大家的身体才是第一位的。

炎炎夏日，把熬好的绿豆汤、西瓜等防暑品送到工地；节假期间，特地购置了猪肉、蔬菜等食品慰问一线员工，包括外协队伍。

150 名劳务人员的管理是项目实行"扁平化"管理重要的一环。许宝健按照局和公司的有关规定，推行"五同"管理，增强劳务人员的归属感，通过从情感上体贴，从技术上指导，从过程中监管，尽力解除他们的后顾之忧，使他们安心工作。

南京离合肥只有一个小时的路程，许宝健一心扑在他的项目上，很少回家，偶尔回公司开会，也是匆忙进出家门，大小家事就由妻子一个人扛着。

以人为本的管理理念正是许宝健多年来关心他人、克己奉公的自然升华。

常年的劳累使他患上了高血压，尤其是颈椎增生压迫神经致使左手经常发麻，甚至手臂没有知觉，许宝健没请过一天病假、没住过一天院，只是在疼痛难忍时才做一下理疗。每天奔走在铺架施工现场，用自己的实际行动践行"干一项工程，树一座丰碑"的志向，鼓舞着每一位参建员工。

一首高亢激昂的歌

——中铁十二局二公司京沪高铁施工纪实

杨广臣

43.16 公里的施工管段，约占京沪高速铁路总长的三十分之一；

15.18 公里的路基，略超施工管区总长的三分之一；

460 米，是京沪高速铁路仅有的两个路基试验段之一。

在这桥、隧、涵、路基交错相连的 43.16 公里施工管段，在京沪高速铁路中属常规构造物，施工"宛如平常一首歌"。然而，中铁十二局集团二公司在这里却演奏得高亢、激昂！

冰雪灾害中快速起步：始终"满负荷"运转

2008 年 1 月 6 日，中铁十二局集团夺得京沪高速铁路工程的最大标——合同额 174 亿元的第四标。作为中铁十二局集团施工主力军的所属二公司，担负着 8 座大桥及特大桥、52 座涵洞、1 座隧道和 71 个过渡段的施工任务。这些构造物虽然在京沪高速铁路中算"一般工程"，但二公司的建设者们始终以"高、难、精、尖工程"对待，给予了"破格"关注和运作。前任公司董事长兼总经理、现任集团公司副总经理祁玺剑，现任公司董事长、总经理雷军，党委书记何雪光等领导一直把京沪高速铁路建设摆在重要位置，定方案、配要素、鼓士气、解难题，对工程安全、质量、进度严格掌控。

2008 年初，我国南方遭遇了历史罕见的低温冰冻雨雪灾害。此刻，淮河南岸，大雪纷飞，漫地皆白。中铁十二局集团二公司的建设者接到上场令后，全部跑步进场。他们怀着对京沪高速铁路的满腔热情，带着对京沪高速铁路的殷切期盼，从祖国的四面八方汇集江淮大地。短短 3 天时间，3 个项目部的建制搭起来了。随后，每个项目部都兵分 3 组：一组负责找点安家，一组联系驻地党委、政府搞征地拆迁，一组踏勘现场做施工准备。随后，各项工作齐头并进，迅速掀起了大干高潮。从进入现场那天起，项目部领导们几乎每天都是早晨 5 点起床，匆忙洗漱、吃饭就投入工作，晚上一般都是凌晨1点后才休息。快节奏、超负荷、大规模，一切尽在快速之中。人瘦了、头发白了、胡子长了，大家仍在往前赶。有付出就有回报：十五项目部提前完成淮河南岸第一个路基实验段，十六项目部建起了第一座拌合站，十七项目部建起了第一个A、B料厂。与此同时，路基的CFG桩、桥基、涵洞等工程，在江淮大地破冰除雪，在边征地的同时逐步展开施工，百里铁路建设管段，机器昼夜不停，人员倒班作业，近三年的时间都在紧张、有序地奋战。桥基完成了，接着就是桥墩施工；路基CFG桩完成了，接着就填A、B料……每个节点都往前赶。架梁、铺轨枕，精耕细作，质量、速度有序可控。

桥、涵、路基过渡段：锁定"零缺陷"目标

京沪高速铁路施工管控的难点在桥、涵、路基过渡段。中铁十二局集团二公司的施工管段位于安徽滁州市，地质特点为黄淮冲积平原，均属软土地基、岩溶地层，给桥、涵、路基的沉降控制增加了许多不可预见的难度。同时，桥、涵、路基还将整条线路分割成"零碎段"。但是，京沪高速铁路要求桥、涵、路基的强度一致，不允许"软硬兼施"，以满足高速列车对线下工程的平顺性要求。支撑桥梁的是桩基和桥墩，支撑路基的是CFG桩和A、B填料，在桥与路基、涵洞与路基的连接处，是最容易产生"波浪"的隐蔽点。然而，在中铁十二局集团二公司建设者心目中，他们胸怀的是1318公里的京沪高速铁路的成败，把握的是每根桩基、每方路基填料、每个作业循环的优质。的确，在世界上第一条长度超千公里、时速超350公里的高速铁路施工中，不知有多少管控点，又不知有多少风险点。作为管理者，必须着眼于运筹大计、关注于管理链条；作为技术和施工人员，必须把握好每道工序、施作好每个细节。二公司承担的路基工程需要填筑200万立方米A、B料，如何选择料源是保证路基质量的第一道关口。刚开工那段时间，为了找A、B料，3个项目部的项目经理、总工程师跑遍了半径10公里的所有山岭，对各类石料都一一查看、取样检验，在合格中选好的，好中选优的。十七项目部的A、B料厂附近有个叫红梅岭的小山，那儿也有A、B料的料源，经检验，料源虽然合格，但A料含量偏低。满足不了要求，坚持用高标准定位的项目部领导，为了确保质量一次成优，不惜"舍近求远"，在离A、B料加工厂10公里远的石阴山确定了料源。十五项目部在张巷特大桥有92个墩、856根桩，其中有一半以上的桩基在花岗岩地段，石质异常坚硬，打桩施工进展十分缓慢，其中49号墩7号桩仅2米深的花岗岩就昼夜突击了20天，平均每天才打进10厘米。但是，尽管如此，他们仍坚持打到设计深度和基石，加大桥基的承载力，让高速奔驰的列车有坚实的"脊梁"，实现质量上的"零缺陷"。

三兄弟分工合作：当好"先行者"角色

为了增加管理的覆盖面，强化现场监控，中铁十二局集团二公司成立了三个项目部，在43.16公里的施工管区内展开合力攻坚。十五项目部管区长10.53公里，有2座特大桥、1座小桥、1座隧道、15座涵洞和4段路基；十六项目部管区长20.79公里，有2座特大桥、9座涵洞和1段路基；十七项目部管区长13.14公里，有大、中桥5座、涵洞27座和6段路基；在三个项目部的施工管段内含长链1.3公里。

在这43.16公里长的战场上，"三兄弟"展开了激烈的角逐：以安全、质量、进度、信誉为主的劳动竞赛，以标准化管理为抓手的项目施工，以内强素质、外树形象为核心的项目文化，为打造一流高速铁路而各显其能，各具特色！

在这43.16公里长的战场上，"三兄弟"始终扮演着"先行者"的角色：十五项目部提前完成了凤阳路基试验段，十六项目部率先做好了声（风）屏障试验段，十七项目部承担了先架段。

凤阳路基试验段，是针对不同地质构造、为了优化京沪高速铁路路基CFG桩设计而设立的，是一段集试验、科研、应用于一体的突击性工程，时间紧、标准高、要求严。十五项目部接受任务后，边安家、边征地、边找料源、边调动人员，迅速投入了施工。他们踏着没膝深的积雪，昼夜奋战60天，完成了2900个CFG桩帽，填筑了35000立方米A、B料，提前5天完成了凤阳试验段，为南方软土路基填筑提供了理论和实践依据。

2010年9月，担负近19公里特大桥施工任务的十六项目部，按照"试验先行、样板引路"要求，组织施工了80米声（风）屏障试验段。京沪高速铁路桥上增设声（风）屏障，是为了减少噪声污染。由于设计变更，这是一项工艺新、精度高、干扰大的难点工程。为此，他们精心筹划，精细管理，项目部领导盯在现场严格把关，抓细节、树样板，实现了内在质量的优与外观的美。

世界上一次建成线路最长、标准最高的京沪高速铁路，同样也是建设速度最快的宏伟工程。"第一年进行线下施工，第二年就开始架梁"。对此，十七项目部深有体会。因为离他们施工管区不到2公里就有一座梁场，桥梁要边生产边架设，并保证由南向北架梁渠道的畅通。因此，十七项目部理所当然地成为了先架段。先架段，让本来就十分紧张的工期愈加紧张。桥基施工，因不良地质困扰，进度受到制约；路基填筑，必须严格掌握填料质量、摊铺厚度、压实密度和有一定的沉降时间，不能快速施工。面对自然条件与技术规范的双重影响，他们向管理要效率，通过合理布局，有效调整，保证全管段整体推进，重点突出。同时，中铁十二局集团二公司的三个项目部互相支援，齐头并进。2009年3月，十七项目部施工的肖家巷特大桥有3幅计136米梁进行现浇施工，因桥梁上跨运输繁忙的省级公路，必须突击灌注混凝土。为了弥补十七项目部人力的不足，十五项目部、十六项目部各抽 150 人，"三兄弟"组成联合突击队，完成了近 400 吨钢筋绑扎、1900 立方米混凝土灌注。同时，十七项目部填筑 A、B 料约 70 万立方米，是京沪高速铁路上的"路基大户"。

　　两年多时间，蛙声遍野的稻田地，划出了一道彩虹。举目眺望，新铺就的轨枕板犹如美丽的五线谱，匆忙的建设者就像跳动的音符，他们用智慧和汗水演奏着一曲激昂的歌！

巨龙腾飞我牵引

——记中国铁路通号公司京沪高铁信号系统集成
负责人陈锋华

武海宝

陈锋华

陈锋华,现年35岁,中共党员,1997年7月上海铁道大学自动控制专业毕业,现任中国铁路通信信号股份公司下属龙头企业——北京全路通信信号研究设计院有限公司副总工程师、列车自动控制研究所所长,中国铁路通信信号股份公司京沪高速铁路信号系统集成负责人,高级工程师。

从武广到京沪

2007年,适应武广客专CTCS-3级列控系统(简称C3)攻关需要,铁道部决定成立C3攻关组。由于在列车控制自动化领域的出色业绩,陈锋华再次被推到了前台,出任中国铁路通信信号集团公司武广客运专线C3攻关实施组常务副组长,承担起了以武广客专为依托的C3系统科研攻关和实施任务,

列控系统是客运专线和高速铁路列车运行的关键技术设备。按照铁道部的规划,武广客专建设采用的是C3列控系统。C3系统是我国铁路时速300～350公里客运专线的重要技术装备,是我国铁路技术体系和装备现代化的重要

组成部分，是保证高速列车运行安全、可靠、高效的核心技术之一。该系统是基于 GSM-R 无线通信实现车—地信息双向传输、无线闭塞中心（RBC）生成行车许可的列控系统，系统采用先进的技术手段对高速运行下的列车进行运行速度、运行间隔等实时监控和超速防护，以目标距离连续速度控制模式、设备制动优先的方式监控列车安全运行，并可满足列车跨线运营的要求。

对于中国铁路来说，C3 系统是一个全新的系统，系统的科研攻关和实施必须以大量反复的试验为基础。在武广 C3 攻关的紧要关头，陈锋华带着自己年青的团队几乎每天都要泡在时速 350 公里的和谐号动车组上，沿着武广线反复进行着的各种测试。常常是白天测试，晚上回来召集会议，对测试问题进行分析。连跟他一起合作的国外庞巴迪公司的员工都深有感触地说：要跟上中国人的工作节奏，真不是一件容易的事！而诸如此类的细节不过是"攻关"日常工作中的一个缩影。正是在这种精神力量的感召下，团队成员的核心凝聚力也得到了空前增强，大家面对困难，勇往直前，再苦再累，也没有一个人退缩。这支由陈锋华率领的历经锤炼的团队平均年龄在 30 岁左右，35 岁的陈锋华基本算是团队中年龄最大的了，然而就是这样一支年轻的团队，却走在了中国高速铁路最新技术研发攻关的前沿阵地上。在武广客专建设中，他们与欧洲庞巴迪公司密切合作，通过引进消化吸收再创新，不仅完成了 C3 列控系统核心技术的开发，完成了全线通信信号系统集成工作，而且为我国高速铁路建设编制了 C3 运用的标准体系，包括系统规范、工程设计规范、制造工艺标准、施工验收规范、运营维护规则和安全评估办法，保证了 C3 的实施有"法"可依。他们承担的武广 C3 系统的研发和实施为中国铁路后续客运专线信号系统的建设尤其是京沪高速铁路的建设打下坚实的基础。

2002 年陈锋华参与的"南翔编组站下行站驼峰自动化改造工程设计"获得铁路"十一五"重大科技成果奖三等奖；2006 年参加中央企业技能大赛获得银奖，并被评为"中央企业岗位能手"；2007 年参与的"CTCS-2 列控系统研究及应用"项目获得铁路"十一五"重大工程科技成果专项奖一等奖；2006、2007 年连续两年被评为"北京全路通信信号研究设计院先进工作者"；2008 年被评为通号集团公司专项工作先进个人；2009 年获得"第九届詹天佑科学技术青年奖"。

陈锋华就是这样，一路顶着各种光环向我们走来，最后一举摘下詹天佑科技青年奖，成为我国列车自动控制研究领域青年技术带头人。

从 C2 到 C3

随着中国高速铁路建设大规模的展开，中国铁路的运行速度越来越快，从六次提速的时速 250 公里逐步发展到最高运行时速 350 公里。要实现列车如此风驰电掣般的高速运行，而且列车与列车的追踪间隔最小缩短到三分钟，没有列车运行控制系统是不可想象的。

列控技术主要包含两个方面的技术，一个是地面的技术，另外一个就是车的技术，这就是所谓的地面控制列车。但是通号股份公司和研究设计院有限公司一直以来地面技术比较强，突出以全路统一制式的 ZPW-2000a 轨道电路技术为代表。但是车载技术一直是一个"瘸腿"。随着技术的不断发展，车载技术越来越成为主体，即信号控制技术逐步由地面控制为主转到以车载系统控制为主。陈锋华所在的"列车自动控制研究所（简称列控所）"的成立实际上就是单位领导针对这个问题做出的战略决策。陈锋华受命出任所长。谈到自己的任命，陈锋华说："列控所成立时，我们先从 C2（即 CTCS-2 级列控系统）的列控中心和应答器干起，但是我们心里知道，其实车载系统才是最重要的，不然的话，列控所不成其为列控所，'列控'控谁去呢？"。陈锋华在列控技术领域的雄心壮志可见一斑。随后，陈锋华率领列控团队投入到了 C2 列控系统的构建中。

C2 构建最重要的内容主要围绕车载超速防护系统（ATP）进行。在起步阶段，陈锋华和自己的团队首先根据六次提速 C2 的需求和规范，做自主知识产权的 C2 车载软件开发。谈到这段历程，陈锋华说，"这个独立自主的开发过程非常重要，使我们对 C2 系统的需求了解得比较透彻。从事技术工作的人都知道，把某个事情看一遍和把某个事情做一遍，感受完全不同，我们就相当于把"C2 车载这个事情"做了一遍，通过这个过程，我们"踩"到这个事情中了，把自己"融化"到这个事情中了，也就真正知道 C2 究竟是怎么一回事了"。C2 列控系统成功构建后，在 2007 年 4 月 18 日铁道部实施的既有线第六次大提速中得到了广泛应用。而有了 C2 系统的保驾护航，中国列车运行时速达到 200 公里以上，部分线路区段达到时速 250 公里。

软件编程的一把好手

"陈锋华是软件编程的一把好手"，曾经与陈锋华一起在加拿大学习工作过的徐松对陈锋华如此评价。当然，软件都是非常抽象的东西，要了解他的这把"好手"究竟"好"在哪儿，对于非专业人员来说还真是不容易。不过也许下面这个故事可以提供一个好的注脚。

2006 年 10 月，陈锋华参加了国资委举办的中央企业职工技能大赛计算机程序设计比赛，最终以优异的成绩从参赛的 117 名人员中脱颖而出，一举获得银奖。按照国资委的规定，陈锋华被同时授予了"中央企业技术能手"和"中央企业青年岗位能手"的荣誉称号。

其实这个赛事，对陈锋华来讲，是一个非常偶然的事件。由于工作的原因，他本没有被安排参加，只是在最后的关头，才被通知去参赛，于是，他在没有一点准备的情况下走上了考场，用时兴的一个词来形容，这叫"裸考"。但是"裸考"的这个比赛的级别一点都不低，这是国资委举办的全国一流的高起点、高标准的比赛，要求参赛选手在 6 个小时内做完一个能够使用的软件系统。这不仅要求选手对软件编程有超强的熟练程度，而且要求参赛人员必须是复合型人才，不仅能操作，而且会设计。在历经 6 个小时的封闭式苦战后，参赛选手都精疲力竭地走出考场，带队老师是一位大姐，心急地问陈锋华发挥怎样，他长舒了一口气答道：还行，但还是有些遗憾。由于是裸考，所以这位领队大姐对获奖也根本就没抱什么信心。但是在成绩公布后，所有人都是满脸的惊讶，领队大姐一个劲地夸道："陈锋华这小子真是天资好，聪明，裸考都能考出个银奖来！"

"我在大学的时候就比较喜欢做软件。老师布置作业后，我并不急于用传统的方法去做题，而是想着自己先编一个自动处理的小软件，然后通过这个软件来完成老师布置的问题。"，回忆起自己对软件的热爱，陈锋华如是说。

从软件编程到系统设计

陈锋华一毕业就进入北京全路通信信号研究设计院从事驼峰自动化控制领域的工作。说到自己这段在驼峰领域的工作经历，陈锋华觉得这个机会非常好，"驼峰就是一个实时控制的工业大系统，通过驼峰领域的工作，我知道了整个大系统是怎么构成和运作的，逐步在系统技术方面有所领悟和发展。其实这种领悟和发展都是潜移默化、'静悄悄地'发生的，我记得那时总是跟在老同志后面，看他们讨论问题，解决问题，然后等自己慢慢有了看家的本领，比如擅长做软件，然后通过软件编程这个工作逐步地把自己融入到整个大系统中，从'一隅'走向'全局'"。

2002 年 9 月，陈锋华受单位调派，来到北京阿尔卡特公司（ATACS）参加武汉轨道交通一号线列车自动控制系统工程项目。该项工程是国家发改委立项、国资委管理的重点项目，也是我国和德国阿尔卡特公司合作引进的第一个基于通信的移动闭塞列控系统的项目。在这个项目中他没有'编'过一次软件，也没有'画'过一块电路板，但却经历了一次把设计在纸上的系统变成一个现实工程，并成功实现控车这样一个过程。"这个过程很重要，对我在信号技术需求、系统方案设计尤其安全关键点的把握等方面启发很大。"2005 年，该项目获得国家市政工程金奖。

决战京沪高铁

武广客专虽然以在 1000 公里的长大干线上首次开行最高时速 350 公里的动车组而创下了世界纪录。但是，在铁道部的战略规划中，京沪高速铁路才是中国高速铁路真正的巅峰之作。

京沪高铁列控系统集成项目中，陈锋华又冲在了最前线，出任中国铁路通信信号股份公司京沪高速铁路信号系统集成负责人。

京沪高铁列控系统的实施给陈锋华的列控团队带来了前所未有的挑战，第一是速度高：350 公里／小时是目前世界运营速度最高的高速铁路，对 C3 控制系统的实时性、设备的安全性提出很高的要求，世界上除了武广高铁外，目前尚无先例；第二是线路长：京沪全线长达 1318 公里，是目前世界上一次建成里程最长的高速铁路，对 C3 列控系统的可靠性、稳定性提出了新的挑战。我们知道京津城际铁路最高速度也运行到了 350 公里／小时，但是由于线路短，30 分钟就能到达，而武广线以同样速度，则需要 3 个小时，京沪线所需时间则更长，这就像短跑变高速长跑，对'C3 列控系统'这个运动员，不但要有速度要求，还要有耐力的要求；第三是运营场景复杂：由于我国的铁路特殊需求，需要解决列车高速运行条件下的安全和效率矛盾的问题，需要对运营场景和设计进行全面考虑，既要考虑安全性，又要保证运营效率。例如：我国铁路要求在 350 公里／小时高速线路上，实现 250 公里／小时和 350 公里／小时两种速度等级动车组混跑，这就会出现前车慢，后车快的情况，需要处理前车待避，后车紧追踪等特殊运营需求。

为了应对上述难题，陈锋华和他的列控团队做了大量的需求分析、方案论证工作，仅查阅翻译国外资料就达 2000 余册，几十万页，也已经记不清开了多少次的技术研讨会，最终为 C3 系统在京沪的实施奠定了坚实的基础。

进入研究开发阶段，C3 列控系统要完成各子系统的功能开发，并在此基础上，将各子系统有机结合起来，实现 C3 列控系统的集成。这项工作的难度极大，主要原因就在于 C3 系统的复杂性。这种复杂性，根据陈锋华的介绍，主要有"三多"，第一、是子系统多。C3 系统由地面 RBC 无线闭塞中心，车载 ATP 等 10 余个子系统组成，每个子系统又由众多模块组成，总计多达上百个。第二是控制对象多。据初步统计，京沪高铁全线不含移动体在内，仅地面固定控制点就达到上万个。第三是接口多。C3 系统各子系统并不是简单的堆积就可以实现系统功能，每个子系统间通过多维度、多层次的网络接口有机连接，才能形成一个完整的控制系统。这样一个巨型系统，需要同步数万个控制对象，使之协同工作，达到集团军作战的效果，实现对京沪高速列车的运行控制。谈到这种复杂性，陈锋华形象地说："系统的复杂度随着子系统数量的增加以指数级增长。简单地打个比方，就像玩抛球游戏一样，如果同时抛 3 个球，非专业人士可能就能表演，但如果同时抛 5 个球，那就需要专业演员来表演。而 C3 系统的复杂性，就犹如同时抛很多个球，需要攻关团队协同努力来实现这个庞大的系统。"

为了完成这项艰巨的任务，在铁道部领导下，通号股份公司组建了一支强大的技术团队，这是一个年青的团队，汇集了全国知名高等院校和铁路专业院校以及海外留学归国人员，其中博士 20 人左右，硕士 160 人左右。经过艰苦努力，陈锋华带领他的团队累计完成设计图纸一万多张，设计文件一万五千多册，软件代码上千万行，成功完成了系统研发和集成任务。

当前，京沪高铁全线正在进行紧张的联调联试。按照计划，京沪高铁 1318 公里的线路，按照北京、济南和上海三个铁路局管辖范围，划分为三段进行系统的调试。这样，陈锋华又开始马不停蹄地穿梭在京沪线上。由他率领的整个团队不论是领导、工程师，还是后勤保障人员，全部驻扎现场。大家添乘动车组，做好各项试验记录，晚上召开每天的试验小结和问题分析会议。大家对问题细致分析，踊跃发言，出谋划策，坚持做到问题分析不过夜，问题整改不过夜。这个阶段不仅考验了团队的技术能力，还考验了团队的毅力。"我们真正感受到了什么叫'战斗的岁月，如火的青春'。"陈锋华深情地说。

我喜欢和自己"斗"

自从接受京沪 C3 的攻坚任务后，陈锋华的自由时间就更少了。整日被裹挟紧张忙碌的工作之中。但是身体是革命的本钱，只要得空，他还是会去锻炼一下身体，提高身体的素质，于是，锻炼成为一种应对工作压力的硬性任务。他常常说，那么多的工作要做，没有个好的身体哪儿行啊! 为了节省时间，他放弃去健身房，自己买了个跑步机放在家里，这样只要不出差，就可以随时锻炼了。跑步是他最喜欢的运动。他有句名言，好多运动项目都是和别人斗，我对这些运动兴趣不大，我喜欢和自己斗，自己斗自己，跑步就是这样一种挑战自己耐力和毅力的最好方式。所谓"胜人者力，胜己者强"，陈锋华的"跑步哲学"的道理即在此吧。

谈到除了跑步外，还有没有别的减压方式时，陈锋华又详细地"阐述"了他的"压力理论"："其实没什么方法可以缓解压力。没有一个老师交给你如何去做就能减轻压力; 也没有一剂药，只要吃下去,就能缓解压力。我个人认为这主要与人的性格和经历有关。你如果扛过 80 斤的担子，现在让你扛 100 斤甚至 120 斤的担子，问题应该不是很大，但是如果你只扛过 50 斤的担子，现在要你扛 120 斤，那你肯定就吃不消。如果这样比喻的话，我觉得武广就是我们扛的 80 斤的担子，有了武广作基础，京沪 120 斤的担子我们就能扛得动。我这个人压力感比较强，想把事情做好、想把问题搞定的追求比较强烈，就觉得别人给了我一个任务，我一定要做好，这与个人的性格也有一定关系。"说到这里，不由得让人想起了陈锋华那个著名的绰号 Crazy Chen(疯子陈)，对于这个绰号的解读，他在武汉轻轨工作时单位的一位领导何鹰曾做出过中肯的评价："陈锋华最能冲，什么事交给他最放心"。

让人放心，说起来容易，做起来难! 如今高铁速度越来越快，老百姓乘坐高铁最希望的不也就是"放心"二字吗? 而为了让人民放心乘坐京沪高铁，享受高速快捷的铁路服务，陈锋华和他的列控团队正在默默地做着最后的努力。

冲出落凤山

——中铁十六局三公司京沪高铁滕州隧道施工纪实

董国隆　李开平　罗登林　赵　平

山东省滕州市的落凤山，位于木石镇大峪庙村西面，相传是战国时期墨家学派创始人墨子出生的地方。墨子出生时，母亲梦到凤凰落到了山头，故此得名落凤山，取义凤凰降落的地方。

时间的车轮碾过了两千四百多年之后，落凤山迎来了一群逢山开路遇水架桥的人，他们在落凤山下开凿了一条叫做滕州隧道（原名落凤山隧道）的地下通道，使日渐淡出人们视线的落凤山又成了大家关注的焦点，这群人就是中国铁建十六局集团三公司京沪高铁项目部的建设者们。

2009年2月25日，一场有几百人参加的现场观摩会在滕州隧道举行。来自京沪总指、济南指挥部、总监处、监理组，还有中水集团、中国铁建十六局集团的各类人员齐聚落凤山，来观摩滕州隧道的标准化施工建设。

"能举办这次现场观摩会，每一个人都付出了很多努力，作为全线为数不多的长隧，滕州隧道的难度是显而易见的，能够做成样板工程，实属不易"项目部总工胡伟介绍说。

三公司承建的滕州隧道，是京沪高铁线上的第二长双线隧道，也是项目部的重难点工程。设计全长1504米，为曲线隧道，曲线半径8000米。设计探明V级围岩14米，IV级围岩333米，III级围岩155米，II级围岩972米。隧道最大埋深为130米，开挖断面约140～170平方米。隧道通过地层为厚层鲕状灰岩及中厚层灰岩、薄层状条带灰岩夹薄层鲕状灰岩及竹叶状灰岩，局部分布破碎土，不良地质主要是岩溶和断层。

据了解，滕州隧道难，原因有二。一是因为京沪高铁全线的隧道里程比较短，长隧少，而它位列其二，各方的关注度高，是项目部争创亮点工程的重点，压力大。二是因为地下工程本身具有的不可预见性，再加上滕州隧道地质复杂，围岩遍布岩溶和断层，存在浅埋、岩石破碎、溶洞、溶沟、溶槽等不良地质，还要穿越乡村公路危险地段，施工难度大。

工程一上场，项目经理王延林就把滕州隧道作为创建施工亮点的重点，成立了专业的隧道架子队来承担隧道施工任务，并调项目部技术骨干担任技术主管。成立了由项目总工胡伟、工程部长郑先奇、安质部长蒋应南及现场技术主管组成的技术小组，负责技术攻坚和安全质量保障工作，并迅速组织施工人员、设备进场，展开施工。

虽然进场速度较快，实现了提前进洞施工，得到了局指的嘉奖。但是，滕州隧道的施工绝不是一帆风顺的。由于地质条件复杂多变，在进口段就遇到了很大的难题，施工进度异常缓慢。由于各种原因隧道架子队也出现了波动，人心思走，状态萎靡，连正常的生产施工都无法开展，甚至出现了停工现象。这个被项目部列为创亮点的重点工程，一时间竟成了项目部的"卡壳"工程。

项目经理王延林感到了问题的严重性，必须给隧道架子队配备一名能力很强的队长，和一帮技术实力较强的管理人员，才能掌控局面，实现逆转。经过请示公司领导，公司调来了年仅29岁的原六沾项目部常务副经理李伟，担任项目部党工委书记兼架子队长，王延林将这个重任交到了李伟的手上。

李伟到项目部的时候，工地已经停工半个多月，而半年前开工的滕州隧道才进洞100多米，施工生产任务异常繁重，工期压力十分紧迫。

受命于危难之际的李伟感到身上的责任异常重大，这是对他的一次挑战。他没有丝毫的怨言，而是立志将压力化为动力。他在心里下定了决心，必须挽救危局、转变形势。他拍着胸脯在隧道施工动员大会上说道："困难摆在面前，大家都看得到，不能被动挨打，只能亮剑出击! 只要大家一条心，再大的困难都会被战胜。"

李伟和胡伟、郑先奇、蒋应南几个人坐了下来，认真地分析研究扭转隧道危局的方案，经过分析讨论，他们认为，要通过两个渠道来扭转不利的局势。一个是强管理，要靠标准化的管理来提高隧道架子队的执行力和落实力。另一个是抓技术，要靠科学的施工方案和先进的技术来突破施工技术瓶颈。要在确保施工安全的前提下，通过优良的工程质量和快速的施工进度亮出项目部的实力，树立企业品牌。

只有建立了科学的管理制度才能"有法可依"，制度是保障。项目部立即行动了起来，按照施工现场标准化管理的要求，隧道架子队从员工的一日三餐、衣食住行到施工生产都制定了一系列管理制度，实行标准化管理。针对洞内施工，架子队建立了巡检制度、工序监控制度、每天例会制度、岗前培训制度、点名制度、值班制度、检查评比还有考核奖罚等十项制度，项目部还根据现场实际制订了机具机械操作规范、火工品管理规定等制度，全面确保隧道施工安全、质量和进度。在建立、完善了各项制度之后，隧道架子队又对各级各类人员进行了适当的调换和补充，设置了专职技术负责人，配置技术、质量、安全、试验、材料等架子队主要组成人员，均由项目部技术骨干担任，确保技术实力。架子队还实行定岗定责，严格落实监控和复查程序，开展安全技术培训和预案演练，落实文明工地标准要求，规范现场管理。在此基础上，隧道架子队在施工中，严格按照操作规程把好每一个施工环节、每一道工序，将责任落实到个人，上一道工序不通过检测，决不能开展下一道工序。

标准化的现场管理造就了一支标准化的专业施工队伍，项目部隧道架子队被锻造了一支准军事化的队伍，一切都井然有序，施工局面和人员的精神状态得到了明显改善。

技术是领头羊，技术是核心，只有拥有攻克施工难题的技术才能换来进度与荣誉。针对隧道围岩结构复杂，岩溶发育的特点，项目部及时引进 TSP203 超前地质预报，并及时与设计沟通联系，联手运用 TCA1800 全站仪、专业软件分析预报隧道前方围岩地质状况，每 120 米进行一次预报，预留 20 米的安全重叠范围，超前探明岩层溶洞的位置、大小及分布状况等信息，提前做好处理预案或者变更设计。超前地质预报给隧道施工提供了"透视眼"，大大降低了施工的难度，施工进度明显加快。

工程部长郑先奇介绍说："由于前面落下的进度多，施工中难免会出现重进度轻质量的倾向。当时隧道爆破效果不好，容易造成超挖和欠挖，要进行大量的后续工作，既影响工程形象又耽误施工进度。"

"我们几乎是天天守在掌子面做爆破试验，要根据超前预报的地质类型掌握好光面爆破的参数，否则就达不到预想的爆破效果"安质部长蒋应南说。他们一边做试验一边总结分析，最后终于将爆破参与与超前预报数据合理对应了起来，达到了理想的爆破效果。

对于隧道施工，隧道技术主管靳谭军不无感触地说："真可以用精雕细刻几个字来形容。"项目部落实标准化的法宝就是严格把控每一道关口，按照隧道的施工工序步步推进。他们还总结分析了隧道施工中常见的不规范现象，提前做好预防。他们总结，隧道施工中常见的不规范有二衬跟进不及时，掌子面和二衬超过安全距离；掌子面出现超挖和欠挖现象，初支和二衬厚度不够；施工安排不精细，造成台车错位、防水布和土工布施工不规范；钢筋加工偏差大、混凝土振捣不科学等。针对这些常见的不规范现象，隧道架子队严格将每道施工工序的技术规范交底到每一个现场施工人员手中，并进行严格的旁站、复查及报检。技术干部和架子队长签订责任状，哪个环节出了问题就找哪个环节的负责人，通过有效的责任传递，确保了隧道施工的万无一失。

施工中他们认真遵循"短开挖、强支撑、早封闭、勤量测"的原则，严格控制安全距离，做好各工序的紧密衔接，确保日掘进 10～11 米、二衬 12 米，保持进度均衡，绝不搞突击。在每一轮初期支护后，隧道测量班用断面仪对断面净空进行检查，对侵入二衬的部分预先用风镐进行处理，以保证二衬厚度。在防水板、土工布施工中，用专用台车进行施工，超前布置，确保不延误二衬钢筋施工，并按要求进行检查，只有符合要求后才允许进行二衬钢筋安装和台车就位。台车就位后通过窗口对厚度再次进行检查，检查厚度是否符合要求，如不符合就要进行增厚处理。为了实现高质量和美观大方，项目部的钢筋安装均采用模具进行施工，钢筋间距的误差保持在十分之几毫米内。混凝土施工时严格对称施工，防止台车偏压造成事故，混凝土浇筑采用分层次施工、振捣，技术员均跟踪作业，绝不允许漏振、多振。

俗话说慢工出细活，他们的速度不慢，但是却出了细活。在王延林和李伟的带领下，隧道架子队创出了多个施工亮点，成为了样板工程，得到了各级单位的一致称赞。因墨子而闻名的落凤山，在三公司的建设者们亮剑斩棘中，又增添了几分荣耀。

项目部隧道架子队管理规范、落实有力、岗位设置合理、协作到位，创建了内部施工架子队管理的全新模式，在全线树立了榜样；隧道光面爆破准确度高，爆破效果佳，大部分炮痕率达到了100%，爆破控制技术达到了全线最优；隧道施工进度控制均衡，二衬质量优良无错台，钢筋施工位置控制好；滕州隧道进口浆砌护坡美观，洞门防护到位，现场排水沟、洞顶天沟畅通，排水系统完善，在隧道防洪防汛方面树立了样板。中国铁建十六局三公司的将士们在与滕州隧道的362个昼夜的鏖战中亮出了英雄本色，京沪高铁济南指两张绿单奖励是对他们辛勤劳作成果的肯定和鼓励。

2009年4月15日是个特殊的日子，在218名参建员工的心里留下了深刻的印象，这一天，滕州隧道像个被百般呵护的孩子从"娘胎"里探出了脑袋。那一刻，有很多人哭了，有很多人笑了，苦尽甘来的喜悦让他们难以自已。

"这次滕州隧道的提前顺利贯通，是企业标准化管理的成果，是架子队管理模式的成功应用，是中国铁建十六局集团在京沪高铁建设中的一次完美亮剑。"集团公司领导高度赞扬滕州隧道的提前贯通。

落凤山的花开得更艳了，草长得更绿了，因为他们承载了一群人在京沪高铁建设线上的光荣历程。当太阳再次从东方升起的时候，滕州隧道的建设者们收起了荣耀和欣喜，又迈向了新的艰苦卓绝的征程。

第一机长

——中铁三局京沪高铁滁州架梁队队长金志斌素描

付俊凯　王劲松

金志斌

金志斌是中铁三局京沪高速铁路滁州架梁队的队长。

他出生在内蒙的乌兰浩特，父母都是农民。乌兰浩特蒙语的意思是"红色的城市"，原名王爷庙，因清朝第三代札萨克图郡王鄂齐尔在此建立家庙而得名。这个草原城市位于大兴安岭南麓，科尔沁草原腹地。在我的心目中，草原的汉子都有点彪悍的潇洒。想象着，漫无边际的草原，牧歌嘹亮，风吹草低见牛羊，那些汉、蒙及其他民族的汉子们骑着蒙古马，扬鞭驰骋，悠然自得，大漠风光，自有迷人处。

金志斌一点不像内蒙汉子，个子不高，也不壮实，瘦瘦的，尖下巴，两个眼睛不大，说话声音低低的。与我们心目中那个第一机长的形象对不上。采访他之前，听说不少他和他的架桥机组在京沪高速铁路滁州段架梁的业绩，比如，创造了日架5孔的纪录，比如连续40天实现日架3孔。总想象他是高高大大的身材，风风火火的性格。打电话约他几次，因为他们承担的京沪铺架一结束就立马奔赴海南东环线架梁了。好不容易，他才抽出时间，赶到镇江和我们谈谈。及至见面，不禁哑然一笑，他还是一个毛头小伙嘛。这倒更引起我们的兴趣——看看这个"第一机长"到底是怎么个来由。

勇者：必然是面对艰难挑战而激发起豪情的人

2008年12月，刚完成郑西客专架梁任务的金志斌机组，奉命赶往京沪架梁。京沪高速铁路，那是天字号工程，举国关注，举世瞩目。温家宝总理4月18日在北京亲自主持的开工仪式，这刚刚过去半年多一点时间，就要开始架梁了。这速度之快，对于尽管还不足30岁，但也参加过秦沈、石太、郑西等铁路建设的金志斌，心底感到了极大的压力。他知道，又是一场硬仗在等着他和他的机组。

整个TLJ-900架桥机组，共有30多车设备，导梁、支腿等全部是超长超宽。紧急装运，浩浩荡荡，12月13日全部进场，到达滁州。

金志斌放下行李，顾不得洗漱，带着满脸征尘，去江北指挥部向中铁三局京沪高铁项目部陈晓军副经理报到。两人见面，寒暄过后，陈晓军就直奔主题，简单的介绍了京沪高铁的情况，滁州制梁场生产的梁已经满足架梁需要，线下工程也已经具备架梁条件，按照施工组织设计和项目部的既定计划，"31号必须架梁"。

"31号架梁？"金志斌听了，不由得大吃一惊。设备组装，在石太线足足用了45天，增加人手加快组装进度，大概也要用25天到一个月时间，眼下距离31号，满打满算还有16天时间。陈晓军微笑着看着他，那眼睛里满溢着期盼，也满溢着不容置疑的坚定。说实在话，金志斌接到来京沪施工的命令，心底就做好了打一场硬仗的准备，但是，没想到半个月的时间就要完成施工调查、设备组装，开始架梁。在他的记忆里，全国各在建铁路线、所有同类架桥机还没有这样的先例，心底真是一点底数也没有。他看着陈晓军的眼神，想说什么，但又打住了。他知道，架梁的工期安排，被称为不能逾越的红线，说什么也不能改变既定的方案。

告别陈晓军返回驻地的路上，金志斌坐在奔驰在皖东平原的越野车里，一直在盘算如何破解这道难题。作为全集团公司第一个900吨架桥机的机长，他对这个庞然大物太熟悉了。TLJ-900架桥机自重600吨，下导梁50吨、前支腿30吨、O型腿100吨、两根主梁每根70吨、还有两个吊梁天车，繁杂的液压、电气系统、机械结构，每一个部件，每一根线路，每一条油路，大的几十吨重，小的，只是一个电器元件。现在，分散在30台车上，要在半个月里组装调试到安全作业状态，真是太紧了，太紧了。

他想，从担任架桥机机长，我和弟兄们还没打过退堂鼓，更没打过败仗，说什么，也要挺过这一关。勇者，必然是面对艰难挑战而激发起豪情的人，此刻的金志斌就是在心底鼓荡起一股涓涓不息的挑战极限的豪气。

回到驻地，立即把机组的同志集中起来，开会。这些人和他一起征战过石太、郑西，从来没见过机长这么沉重又这么激动的样子。金志斌跟大家仔细说了指挥部的要求，最后撂下一句话"31 号必架，不架，我走人。"平均年龄不足 25 岁的机组全体，似乎有一股热血奔涌在心头，没什么可说的，31 号架梁就是了。

金志斌和大伙一起优化组装方案。场地组装下导梁，在工地桥头拼装架桥机，用运梁车拖下导梁，用过梁的方式，把下导梁装到位。配两台吊车，一台 50 吨、一台 70 吨。20 多名职工，加上民工 10 多人，没日没夜的在工地忙活。困了打个盹，饿了吃一口，几乎全部的时间都用在组装架桥机上。

2008 年 12 月 31 日，京沪高铁跨老 312 国道大桥桥头，组装完成的架桥机前支腿已经安稳地撑在桥墩上，整个机身似一头钢铁的雄狮威武的卧在第一个桥墩前，只待一声令下就会跃然而起。

金志斌和大家一起认真的检查了每个部件，检查了所有作业程序。到下午五点，一切都就绪了。随着指挥部领导一声令下，鞭炮声轰然响起。巨大的 900 吨箱梁，被架桥机牵动着缓缓前行。金志斌站在桥头，全神贯注地观察着架桥机的运行，清晰地下达一个个指令。那震耳欲聋的鞭炮声，似乎全然没有听见。正常，机械部分，电气部分，液压部分，包括前支腿，O 型腿，一切正常。梁体稳稳地落在了墩柱上，用时不长才半个小时。尽管眼下是寒冷的冬季，金志斌却感到很热很热。京沪高铁架梁的第一枪打响了！第一仗打胜了！

智慧：源于热爱和责任

京沪高速铁路为了节约土地和更好地实现列车运行的平稳性、安全性，桥梁占了设计总里程的 80% 以上，但是，由于地质地形等因素的制约，毕竟还要有路基。在金志斌机组负责架设的滁州段 40 多公里中，长短共有五段路基。过路基对于体积庞大的架桥机来说是个巨大的挑战。一般来讲，如果路基较短，他们会采用让架桥机"爬行"的办法，即在路基上垫上钢板，然后用牵引的力量，一寸一寸的把架桥机从已经架设完成的桥头，爬过路基而到达下一个待架的桥头。如果路基较长，爬过于慢，他们就会把架桥机一些重大部件拆卸下来，和其他部分一起装到运梁车上，到下个桥头再重新组装。无疑，这是需要时间的。而时间对于施工工期来讲，历来是一对矛盾。

从架第一孔梁开始，作为机长，金志斌理所当然的就开始研究工期的问题。特别是架设完成跨老 312 国道桥后，第一段路基给了他一个很深的教训。

在跨老 312 国道桥和下一个将架设的汪庄特大桥之间有 1.3 公里的路基。1300 米，每 32 米倒换一次供架桥机爬行的钢板。时值阴雨连绵，2 厘米厚、64 厘米长、40 厘米宽的钢板，全部是用人倒运，效率之低，可想而知。这不算长的路基，整整爬行了 13 天。无疑，提高每次桥和路基间架桥机转移的速度，是关系到整个架梁工期能不能实现的要害，是一个必须解决的问题。

对于架桥机，金志斌像战士熟悉武器般的，如果把它缩微成可以把弄在股掌之间大小，他可以 和战士一样闭着眼睛把它拆下来再装起来。同时，也许因为专业的原因，他对机械设备有着研究的"爱好"和专长。

金志斌 1999 年跨过世纪之交那年，从内蒙古来到北京，就读于北交大电气工程学院，电气系统继电保护及其自动化专业毕业。

可以说，金志斌从走出校门进入铁路施工铺架行业那一刻开始，他就在和各种机械设备打交道。他的简历几乎都在证明这一点：

2002 年毕业，在全国第一条客运专线秦沈铁路工地，任职于机养段，运输队。那时候，全国铺架施工刚刚配置大型机械养路设备，他作为电气技术专业人才，理所当然的成为宝贝。

2004 年，调回线桥公司机关，在机械科，先做轨排生产线的电气设备设计安装，然后负责全公司大型设备保修计划。

2006 年 6 月到石太线，就任全集团公司第一台 900 吨架桥机机长。6 月份组织人学习，7 月份组装设备。9 月 12 日组装完毕，开始架桥。其他局设备进场比他们早半个月，但金志斌机组开始架桥比其他局却早半个月。"青年突击队"的红旗。从那时候起，一直飘扬在他们机组。

参加铁路施工时间不长，他在科技创新和技术革新上成果却不少：

长轨生产线调速系统改造　集团科技进步二等奖

2005 年处先进工作者

2006 年青年岗位能手

石太建设先进个人

2007 年集团公司十大杰出青年

提高 TLG 架梁工效 QC 成果获铁道部优胜奖

正因为有这些积淀，所以面对如何提高工效节约架桥机过路基时间，他想的是从技术革新上找出路。经过认真思考，他向领导提出做高位托运支架，把架桥机支起来，用运梁车把架桥机整体迁移。

得到领导同意后，他们做了 4 米多高、7.85 米宽，一前一后两个托运支架，仅仅把架桥机

O 型腿下撑拆了，架桥机全部爬到运梁车上，效率大大提高。这不仅解决了桥和路基间转移的难题，而且大大减少了架桥机大型部件拆卸安装的时间。他们机组负责的管段共有 1.3 公里、1.7 公里、4 公里、700 米五段路基，总长 8.3 公里，按照既往的办法，一天前进 300 米要用二十七八天。采用高位托架法后，累计只用了 10 天时间。为他们机组不断的创新铺架纪录打下了坚实的基础，使他们得以顺利地实现了连续 40 天日平均架梁 3 孔的优异成绩。

辉煌：艰难和拼搏谱写的旋律

架桥是个很苦的活，因为它无论春夏秋冬都是在无遮拦的野外高空作业。夏天，找不到一个可以遮阳的地方。冬天，找不到一个可以挡风的地方。下雨了，梁没架完，就得淋着雨架梁，虽然有雨衣，但是，作业完成后，那衣服没有一个人是干的。饭是送到工地的，金志斌和大家一样，在工地用餐。尤其是，夜 12 点夜班饭到工地，大部分时间是吃凉的，有保温桶也不行。

艰苦的生活对于架桥人来说是家常便饭，最具挑战的还是安全快速有序的完成架梁任务。

京沪高铁跨合宁铁路架梁，因为合宁铁路是运营线路，所以必须要点施工。从 2009 年 9 月份，金志斌就开始与有关方面接触，桥工段、电务段、工务处、合宁公司、运输处、建设处、维管段都要办手续、签安全协议。合宁铁路是全国第一条正式运营的时速 250 公里客专线。按照铁路运营的时刻表，白天都是列车通过，根本不可能允许架梁作业。经过协商，运营部门同意所有跨线架梁全部在在夜间进行，而且不能有抛弃物，必须提前结束。

确保既有线运营安全是施工的一个重大责任。金志斌知道其中的分量。经理部的领导朱瑞喜、陈晓军一再过问跨线架梁方案，要求做到滴水不漏万无一失。

11 月 27 日架桥机到位。

11 月 28 日晚 11 点 30 分，架桥机导梁前端顺利进入既有线上方，前支腿落下，并固定。在不足 60 分钟内，完成既定作业任务，提前销点。

11 月 29 日晚 11 点 30 分，导梁跨线，顺利完成，用时不足 100 分钟，提前销点。

11 月 30 日晚 11 点 30 分，正式架设跨线 24 米梁，给点 210 分钟。

夜晚，尤其是深夜，寒意甚浓。金志斌全神贯注的指挥着作业进程。机器的轰鸣声，在夜空中异常嘹亮。30 人的团队，和巨大的架桥机浑然一体，每个岗位和每个部件协调一致，按照既定的方案，顺畅的把梁体运送到位，安全落下。然后所有的设备人员撤离到既有铁路安全距离以外。时间已经是后半夜了。金志斌和伙伴们欢笑着回营地去，在睡梦中回味着辛劳换来的快乐。

跨滁河主跨是 96 米的提篮拱桥，梁体是预制的，无需架设，但是架桥机必须通过。

难题是桥的两侧狭窄。站吊车不合适，拆卸的话要 25 天。架桥机过了主跨后，折叠起来的 O 型腿要展开，原设计过主跨后为三孔现浇梁，改成了两孔现浇梁，组装场地就不够了，过了拱架几米才能展开，梁腹部的翼缘脆弱，这样必须退几米，撑住，把梁车退出去。这一进一退，金志斌想了很长时间，用绞尽脑汁形容一点也不夸张。近半个月时间，金志斌每天都在思考过主跨的方案，非常难熬，后来想出来，退回道岔梁，场地宽了，在一侧桥面上可以站吊车了，解体用 6 天，利用四工区的塔吊，通过桥，再重新组装，再用 6 天。先后开了三次会，领工员、工班长带着全体职工利用等道岔梁时间，看桥就看了三四次，使每个人都明白任务和方案。

他想过把 O 型腿拆掉，用吊车吊上去，但场地有限，没法支吊车，20 吨近 30 米的高度，起码要用 30 吨吊车，效率低费用大所以舍弃了这个方案。进，因为前面是待架的桥墩，没法进；退，退的风险很高，7 米多高，只有一个 500 毫米宽的横梁支在橡胶垫上，怕失稳。只能用运梁车推着慢慢退，金志斌亲自指挥，从桥机下辅助支腿垂个气球，看到和辅助支腿的距离，我一直观看着指挥，3 米多距离，退了两个多小时，到位了安全了，心放下了。他兴奋地告诉我，过特殊结构这次准备是最充分的，效果也是最好的。

2009 年 12 月 30 日，京沪高速铁路金志斌滁州架梁机组安全顺利地架完全部 563 孔梁，历时 365 天。

听完金志斌的介绍，我们对"第一机长"的概念有了完整的认识。这不仅仅是因为金志斌是中铁三局集团的第一位 900 吨架桥机组的机长，更是因为他和他的机组成员，用自己的智慧和奉献，实践着中铁三局人"知行合一永争第一"的理念，在高速铁路的战场上，展示了中铁三局人风采。

"第一机长"他当之无愧。

紫电青霜鱼龙舞

——记中铁一局京沪高铁七工区项目经理孙宇

陈元普

孙 宇

紫电和青霜是古时的两把名剑。"紫电破空闪电斩，青霜舞动风云变。鱼跃龙门惊天地，一朝变身驭青云。"京沪高铁的建设者们就是紫电青霜的化身，披荆斩棘令风云变色。犹若鱼跃龙门，无怨无悔；犹如潜龙升天，肆意遨游；在神州大地掀起一轮梦幻般速度的神话，揭开了中国铁路建设史上辉煌的篇章。

——手记

作为中铁一局土建二标段京沪高铁七工区的领头人和决策者的孙宇热情、思维敏捷、敬业、富有责任感，幽默、富有正义感，儒雅、有学者风范。他身上散发出的那种人格魅力折服了京沪业主及很多和他打过交道的人，完完全全地展示了新一代筑路人身上那种敢想、敢干、敢闯、敢拼的创新精神和开拓精神。在他的带领下，七工区夺得了整个京沪高铁无砟轨道施工这顶皇冠上那颗最亮的钻石，七创第一，七跨河流七战七捷，吸引铁道部领导多次莅临工区检查指导工作，使七工区享誉京沪。

2008年初春，举世瞩目的中国第一条一次建成里程最长的京沪高速铁路破土动工了。数以万计的铁路大军洪水般涌向京沪沿线，吵醒了沉睡多年的仟陌小镇，唤醒了大江南北朝发夕至的梦想，引无数人为之热血沸腾，雀跃欢呼。作为参建大军的一员将领，孙宇也在第一时间奔赴主战场，风尘仆仆马不停蹄的开始了建点工作。

建点初期孙宇就把"建设伟大，劳动光荣"当做了自己工作的指导思想，提炼出"激情工作 快乐生活 追求长远"的工区文化理念；制定了"环境友好、资源节约、和谐创新、打造人文精品"的管理目标。他严格按照一流企业的标准，以"不奢侈、不小气、有特色"的建设理念为出发点，将七工区的生活区建设成"园林式"工作小区；配备了现代时尚的健身器材，给员工们舒适的工作生活环境。事实证明，这种以人为本的理念激发了员工发自内心的激情，把七工区的文明工地建设推进到了整个中铁一局集团京沪项目部的最前列。

15.834公里的德禹特大桥前期的征地拆迁工作使他煞费苦心。为了早日打开局面，实现早日开工，他来回奔波地找地方政府部门，反复地走村串户到当地村民家中做思想工作。为了摸清沿线管段内的土地归属情况，他曾独自在工区的管段内徒步两三个小时，苦苦地思索着如何找到打开局面的突破口。去设计院拿图纸，赶到院里时，已是灯火阑珊。他让司机将车停在设计院门外，和司机两个人猫在车里过了一夜；拿到图纸就马不停蹄地赶回工区，不辞辛劳地在现场和施工人员一道对比，实地考察。在施工现场他经常和技术人员按图索骥、详细讨论，查看桩基的位置，计算钢筋的数量和桥墩的尺寸。

工期的紧迫如同出鞘的利剑，逼人的锋芒让人精神高度集中。

记得挖开DK377+783.17段的166号承台时，孙宇看到当10.4×5米的基坑挖到2米深左右时，浑黄的泥水约20分钟就将基坑填满了，湍急的流量前所未见，如此高的地面水位前所未见，看着那打着漩涡明晃晃的一坑水他急了。为了解决地下水位高影响承台施工的问题，他驱车去中水集团、中铁二局等施工单位察看人家的施工过程，潜心取经。同时收起了刚开始时的乐观估计，重新审视工程的难易程度，迅速调整了施工方案。

齐鲁大地，地域形成情况非常特殊，很多地方都是原黄河故道的流沙冲积而成的土地，地下水位高，这对于基础桩基施工来说着实让人头疼不已。

"众人拾柴火焰高"。晚上七点，工区会议室里的讨论会上管理人员各抒己见，阐述自己的想法思路和处理办法，集思广益。一条思路清晰的施工方案就这样出台了。

首先解决水的问题。原本如同瑰宝的水在这里变成了难缠的"水鬼"，成了制约我们生产的"瓶颈"。孙宇要求物资部门保证现场的抽水机械随时到位，专人采购最好质量的抽水设备，保证一线施工。

作业队管理人员 24 小时现场值班，随时报告施工进展情况，随时处理突发问题，实现全天候不间断作业。

技术部门现场把关，随时记录施工中的疑难问题，及时获取第一手原始资料。

机械部门无条件满足现场施工的机械需要，保证机械的完好率和使用率。

挖掘最大潜力，缩短作业流程，缩减工序衔接时间。那几天，工区上下都投入到了紧张的施工现场，整个工地夜间灯火彻夜不息，耀如白昼。

不断学习成了七工区后来制胜的法宝。孙宇的模范带头作用和影响力将工区的风气潜移默化，很多新分来的年轻员工变得注重学习和自身修养了。

为了在员工之间掀起你追我赶的施工高潮，孙宇别出心裁地用突击队队长命名成立了 5 支青年突击队。以这种形式挑起年轻人的不服输的心火和斗志，在工区展开比思想、比理论、比服务、比实战、比成果的"五比"竞赛活动，发挥工区党员干部的先锋模范带头作用和党组织的战斗堡垒作用，上下形成了一种"不服输、不言败、不怕苦、不低头"的劳动氛围，人人都在心里给自己鼓劲加油，人人都想在劳动竞赛中拔得头筹，使生产纪录月月刷新。同时以京沪业主"建功立业"和"百日大干"两项活动为载体，以局指"高扬党旗建高铁 标准高效创一流"的主题活动为依托，将施工高潮不断引向深入。出色的管理得到京沪业主、上级机关和领导的高度赞誉。工区也相继被评为"2008 年京沪高铁百日大干先进集体"，"2008 年度京沪高铁建功立业先进集体"。

为了保持工区昂首奋进的势头不减，孙宇超前谋划，将所有的难点和重点进行分类，先干哪里、该怎么干在他脑海里都有一个全盘考虑。徒骇河水中墩、316 省道现浇梁、无砟轨道 CRTS II 型板施工等重难点项目他都制定了专项施工计划进行统筹安排，倒排节点工期。徒骇河、禹临河、土马河、幸福河、斜交河、三岔河、赵塘干沟，被戏称为七工区德禹大桥的"七姊妹"。可别想着"七姊妹"的美丽动人，她们全是刁钻古怪难缠的主，没让我们省过一点心。徒骇河暗流激越，禹临河表面温柔，土马河看似狭窄，幸福河并不让人有幸福的感觉，斜交河蜿蜒多淤泥，三岔河支流繁复，赵塘干沟更是水深多淤，一步一个坎。就是这些沟沟坎坎上写满了孙宇和班子成员、管理干部、施工协助队伍之间紧密配合、顽强奋战的精彩故事。

在桥面系无砟轨道施工中，孙宇更是亲力亲为，亲自把关，亲自组织人员进行各项工序的试验与施工工艺的研发与推广。为了完善 CRTS II 型板的封边工艺并形成标准工法，他费尽心思搞创新，挑战传统的砂浆封边工艺，改用角铁、泡沫压紧装置封边，一扫传统施工现场脏、乱、差浪费严重的弊端，清洁干净的施工现场让人赏心悦目，引来京沪多家建设单位来观摩学习，将工艺迅速在全线推广开来。

俗话说"要想火车跑得快，全凭车头有力带"。一个优秀的管理者必须具有独特的人格魅力和超前的全局意识，在企业航行中即是舵手又是船员，即是思想者又是实践者。七工区的所有工作之所以有序开展，受控到位，与孙宇将其特色的人文管理思想融入管理息息相关。孙宇在实践的路上走得很辛苦。有时被不理解的员工误会，背后骂娘，他都默默承受着。他总觉得员工有意见就证明自己工作没有做好，没有做到位，还没有让大家所接受。他说"一个人心有多远就能走多远"。

2008 年，孙宇被京沪公司评为"建功立业先进个人"、"优秀项目经理"，还获得了中华全国铁路总工会颁发的"火车头"奖章，这无疑是对他在京沪高铁成绩的认同，也是他人生路上一座新的丰碑。

如今的京沪高铁，在孙宇等"火车头"们的带领下正如同一匹驰骋千里的骏马，在高速铁路广阔无垠的市场上踏浪扬帆，用钢筋水泥铸成的巨笔在蓝天白云下划出一道美丽的彩虹，在广袤无垠的神州热土上书写高速铁路的传奇与神话，使与风同行不再遥远。

龙腾江淮起潮声

——中铁十二局四公司京沪高铁建设扫描

许海霞

"参加京沪高铁建设，既是机会，更是挑战！"

这是中铁十二局集团公司四公司建设者的共同感受。三年多来的实践证明，四公司将士无愧铁军风采。他们不但抓住了这个千载难逢的重大机遇，积累了经验，锤炼了队伍，而且战胜了诸多挑战，在江淮大地上谱写了一曲京沪高铁建设的高亢凯歌。

快——进场快、架梁快、重点工程进度快

进场打头阵。九工区项目经理李庆光是名副其实的老铁道兵，参加过青藏铁路建设，从高原铁路到高速铁路，他始终秉承雷厉风行的铁军作风，在四公司京沪高铁项目进场时勇当开路先锋，成为进场打头阵的佼佼者。2008年初，一场大范围的冰冻灾害肆虐南方各省，项目部进场建家时，驻地院内堆积1米多深的大雪，无法正常施工。为抢时间，李庆光果断决定花费2万余元，购置300多块预制板，铺在地面上，直接打地基，这使得项目部得以在1月20日上场的情况下，3月15日全部完成建家任务；5月22日，出于全局考虑，集团公司项目经理部给九工区项目部下达了10天内确保工区管段内老奎河、5号沟、6号沟三座便桥贯通的死任务。10天，他们能完成吗？大家都持观望态度，然而同是铁道兵出身的工区项目经理李庆光和书记冀朝利却都是不服输的倔脾气，下定决心，不惜一切代价也要确保任务完成。项目部超常规加大投入，共花费200多万元，确保材料供应和设备到位。项目部全员出动，昼夜拼抢，整整10天，三座便桥全部贯通，给了大家一个惊喜。与此同时，九工区仅仅用了一个半月的时间就完成了12.8公里的便道施工、拌合站验收和485亩的征地任务。进场初期，九工区做到了进场快、建家快、试验快、征地快、便道施工快，被大家称作"开路先锋"。

架梁先行军。架桥公司承担着京沪高铁 671 孔 900 吨箱梁的架设任务，而整个架桥公司管理人员只有 12 人，要在一年零一个月的时间完成这么重的任务，工期压力很大。为了确保架梁任务的圆满完成，当好先行军，架桥公司经理康明松明确围绕提、运、架施工主线，发挥架梁先导作用的管理思路，加强组织管理，规定职工早晨上班时间冬季为凌晨五点，夏天为凌晨四点，一个班 4 个小时，轮班倒；冬季施工时，考虑砂浆凝固的时间长，管理人员经常吃饭没有固定时间，支部书记张志尚怕大家吃不好，影响职工的思想稳定，要求职工食堂提高饭菜质量和服务质量，职工随时下班，随时吃饭。辛勤的汗水换来了甜美的果实，架桥公司提前完成了一个又一个节点目标，2008 年 10 月 18 日提前 10 天完成运梁车拼装，10 月 30 日按期完成提梁机拼装；11 月 26 日按期完成第一孔箱梁架设；2009 年 7 月 22 日率先到达先架方向分界里程，8 月 8 日提前 9 天完成架桥机调头作业，2009 年 12 月 13 日架桥公司安全、优质、高效地完成了四公司管段 671 孔 900 吨箱梁的架设任务，成为集团公司管段内首家完成箱梁架设任务的单位，在京沪高铁蚌埠指挥部、集团公司四标段项目经理部组织的 3 次制架梁专项劳动竞赛中均名列前茅，并得到了蚌埠指挥部绿牌奖励，架桥公司成为名符其实的"架梁先行军"。

难点突破快。淮河特大桥是京沪高铁三座控制工期的特大桥之一，全长 85 公里，跨越淮河、怀洪新河、浍河、沱河四条河流，其中跨越淮河的主桥是施工的重中之重，长 1050 米，共有 6 个水中墩。十二、十三工区项目部分别负责淮河主桥北岸和南岸的施工任务。主桥施工安全隐患大、水中墩施工难度大，工期紧。正如十二工区项目经理李保明所说："淮河主桥施工心理压力太大了，水中墩一日没浮出水面，一日放不下心来"。每年的 7、8、9 三个月为淮河的汛期，针对淮河特殊的水情，十二、十三工区项目部重点加强了洪汛的预防，制定了切实可行的防汛应急预案。2009 年 5 月 27 日，两个工区项目部联合蚌埠市海事局、蚌埠第二人民医院在淮河主桥施工现场举办了防洪防汛应急预案演练，受到各方面的高度评价。因为预防到位，淮河主桥施工安全度过了 2008、2009 年两个汛期。两个工区还在施工中相互交流、学习，相互竞争、超越，先后克服了深水桩基施工中穿越砂层护孔难度大，桩底混合花岗岩不易钻进及双壁钢围堰水下作业等难题，桩基深深扎入基底，墩柱挺拔耸立，挂篮施工平稳推进，顺利实现了节点目标，确保了施工进度。2009 年 10 月 25 日，淮河特大桥主桥中跨合龙，12 月 2 日，淮河特大桥主桥全桥胜利合龙，均提前实现了工期目标。只要做出成绩就会得到认可。在淮河主桥施工中，十二工区因工程进度快，完成任务好，又临危受命、陆续接管了淮河特大桥两套移动模架 33 片制梁任务、跨既有线两处连续梁施工任务、6.9 公里桥面系及无砟轨道施工任务。十三工区为确保上桥施工人员安全，按小区楼房标准楼梯高度设计，在主桥三个墩柱与栈桥的连接处修建的三座 16 米高安全爬梯，在全线独树一帜，仅此一项赢得了业主三份安全绿色通知单。

新——新领域、新工艺、新难题

新领域的解读。京沪高铁采用的是 CRTS Ⅱ 型无砟轨道板，该板施工工艺先进，精度要求严格，而轨道板的生产对于四公司来说是一个全新的领域，这个全新的挑战落在了徐州制板场的肩上。徐州制板场 2008 年 11 月 20 日筹建，职工们同心协力，日夜奋战下，仅用 4 个多月就顺利建成。搅拌站、试验室、模型工装、各项生产设备在一个月内全部安装调试到位，于 2009 年 6 月，正式投入生产。制板场生产过程中所需的设备达 60 多台套，主要部分为进口配置，设备精度要求高，为此，项目经理何建斌要求项目部班子成员带头学习，带头组织业务培训，使每一名员工尽快地掌握了 CRTS Ⅱ 型轨道板生产技术，工艺流程，熟练操作机器设备。生产的过程就是对工艺和质量不断探索、不断改进的过程。数控磨床是轨道板生产的关键、核心设备，在德国博格公司专家指导下，项目部配合华东数控公司在实用过程中积极进行了故障处理和改进，使磨床的打磨精度及稳定性得到大幅度提高。项目部在抓生产的同时，还注重在一些工序、设备、工艺改进上做文章，项目部 QC 小组就生产过程中暴露出的一些缺陷展开工艺研究及技术攻关，先后解决了侧面漏浆，顶面石子外漏平整度不好，刷毛效果反复，混凝土养护时间长，毛坯板顶面裂纹，毛坯板打磨量偏大以及绝缘检测不稳定，吊放过程中缺棱掉角等十余项技术难题，使毛坯板质量得到很大提升。截止 2010 年 7 月 27 日，徐州制板场已经完成全部 23382 块毛坯板的生产任务，其中成品板 21264 块。他们用智慧和汗水消化吸收了 CRTS Ⅱ 型无砟轨道板技术，在轨道板生产这个新的领域积累了宝贵经验。

新工艺的摸索。京沪高铁的无砟轨道系统是目前国内技术标准最高、工艺要求最严格的新技术、新工艺。无砟轨道施工的难点在于：一是精度要求高，铺板平面误差只有 0.3 毫米，二是使用的 CRTS Ⅱ 型轨道板比以前我们在武广、郑西施工时所使用的 CRTS Ⅰ 型板大，且属于板式结构，精调难度大。按照京沪高铁规定的"试验先行、样板引路、首件认可"的原则，集团公司项目经理部决定选择八工区作为四标段的无砟轨道施工试验段。2009 年 11 月，八工区展开无砟轨道施工，从底座板施工到轨道板的粗铺、精调到水泥沥青砂浆灌注，施工过程大费周折，面对新工艺，首先就是要加强学习，加深理解。八工区项目部把学习培训作为首要任务来抓，一是选送近 20 批次职工参加京沪公司举办的的技术、测量、管理培训班。二是到京津城际铁路参观学习，到十七局的北京制板场学习。三是加强项目部内部的培训力度，并且投入 50 余万元专门在濉河特大桥施工现场建了一个培训基地，专门模拟桥的结构，把底座板施工、灌浆等所有的工序对技术干部、现场管理人员、工程队施工人员进行培训，使其掌握技术标准、领会操作要点，要求参训人员必须培训合格后才能上桥施工。新工艺的使用也是一个不断摸索的过程。梁面上方聚尿防水层是铁路上第一次采用的新材料,属高分子材料,怕水、怕热、怕冷、怕风、怕灰,项目总工刘金成组织做了很多组试验,仅工况的不同材料试验就做了16组,在每一种工况下,在不同的环境温度下,做试验测拉拔强度,并验证不同材料的相容性,从11月20日到12月15日,通过近一个月的试验,取得了很多数据和技术指标,得出的技术指标在四标段推广应用。八工区轨道铺设施工一直领跑全线,四标段先导段七个工区共21000块,八工区在仅有两套设备的情况下完成了5390块轨道板的铺设任务。4月28日,八工区又代表十二局、代表京沪高铁通过了铁道部工程管理中心的验收。

新技术难题的攻克。七工区濉河特大桥桩基施工时遇到了前所未有的困难。由于大桥处于黄淮冲积平原,有2/3的桩基遭遇流塑层,这样大面积的流塑层十分罕见,部分桩基位于岩溶地段,桩基成孔难度大。项目经理王引仓带领项目一班人,集思广益,根据具体地质情况,主要采用了回旋钻配合冲击钻,或旋挖+冲击钻的方法进行。由于合理选取钻孔,并采用合理的施工工艺,提高了桩基成孔质量、缩短了成孔时间,保证了工期。因为工区所处地段河道、水渠密集交织,地质表层为粉土层,雨季时节地下水位较高,甚至地表全是积水,部分承台直接位于水中或水边,另外有数段位于水稻田网区。粉土遇水液化,严重影响了基坑开挖以及承台施工。工区项目部先后投入钢板桩10套,采用钢板桩、编织袋围堰筑岛填芯与钢板桩结合、深井降水、井点降水等措施,在河边、水中筑岛80000余立方米,打降水井30000余米,并投入轻型井点降水设备20多套,确保了施工的正常开展。

优——质量优、安全优、环保措施优

质量控制一丝不苟。八工区经理梁建忠认为"京沪高铁,质量是根本,只有狠抓质量控制,才能建成一流高速铁路。"因此,八工区在质量管理过程中,采取了一系列严格的质量控制措施:一是建立明确的责任制,由总工牵头,成立包括测量、试验和技术管理部门组成的质量保证机构。二是针对不同部位的质量控制要点细化目标,制定相应的控制措施。三是重点要求技术人员对现场质量严格把关,从原材料进场、每道工序过程控制到成品验收,实行严管严控。四是制定严格的质量奖罚措施,对于质量隐患较大的给予返工处理,在墩身模板施工过程中,甚至要求技术干部爬到墩柱里,查看错台情况,若错台超出2毫米的范围就要整改。正是因为有了严格的质量过程控制,项目部负责施工的2144根桩经过第三方检测,全部是Ⅰ类桩,获得八次绿色通知单的奖励。为确保工程质量,项目部投入百余万元用于冬季施工的保暖措施,对拌合站、承台、墩身、拌合站料仓进行全封闭包裹,内生火炉以确保砂石原材料不冻结,拌合用水加热达到60℃以上,外加剂、水池用暖棚覆盖;墩身、承台施工搭设脚手架,并用篷布包裹严密,棚内生火炉，确保棚内温度在5℃以上，满足了冬季施工要求，受到业主和集团公司项目经理部的充分肯定。

确保既有线施工安全。原十四工区既有线四跨铁路、一跨公路,既有线施工安全压力非常大。为确保运行安全，确保地上、地下通信设备的安全，既有线施工初期，十四工区项目部与车务段、工务段、电务段、供电段、维管段、机务段等十几家相关单位挨家挨户的签安全协议，协调各种关系，加强安全过程控制。2009年8月，原十四工区跨既有线两处连续梁的施工任务划给十二工区后，十二工区成立了安全生产领导小组，书记冯文礼主抓安全工作。工区项目部注重加强安全教育，在具体落实上，项目部规定现场管理人员对安全工作人人有责，每个工序都有安全责任人，不出安全问题的每人每天发20元奖金，哪道工序出了安全问题，相关责任人就要受到罚款，这样大大增强了大家的安全意识。在具体施工过程中，现场管理人员和铁路部门的相关人员24小时监控，确保每个作业面上都有安全防护员。由于上海局每天只给早上6点到8点两个小时的施工时间，当时，正值冬季，为了高效地利用这两个小时的时间，5点半，天还没亮，项目部施工人员就已经进入棚洞施工现场，6点一到，立即展开施工。由于施工组织合理，棚洞防护施工效率很高，比计划提前十天完成了施工任务。在进行梁部挂篮施工时正值冬季，十二工区从施工方案上控制，搭厚篷布（里边有棉）用暖棚包裹挂篮，为防止失火，加强对相关人员的防火教育，并安排专人监控，保证了施工安全。

环保施工有亮点。十三工区项目部工作讲求高标准，强调现场文明施工，尤其重视环保工作。项目部把施工完毕的场地都要经过平整、绿化，再用园林洒水车定时洒水压尘。在淮河主桥施工过程中，为避免对淮河造成污染，工区项目部花费几万元长年租用2艘泥浆船，进行钻孔泥浆和其他固体废弃物收集，将其弃运到岸上指定位置。工区项目部经理李恒太总是对职工讲"别人没有的咱们要有，别人有的咱们要新，别人新的咱们要特"。进场之初，工区项目部就严肃施工纪律，要求所有参建人员不得影响地方百姓的正常生活，正是因为有了这种严肃的施工纪律，在主桥现场淮河上你可以随时看到渔民的打渔船自然地游走在附近，在北大堤上，也能随时看到百姓在悠闲地放牧牛羊。为体现工区别具一格的环保意识，2009年年初又购买草籽，将工区承建的4.2公里的桥墩沿线全部种植了绿草，把淮河特大桥建设成为绿色走廊；5月份，又在淮河北大堤种植了百余株美人蕉，进一步美化了淮河特大桥主桥的周边环境，实现了结构物与自然的最佳融合。

好——氛围好、机会好、队伍好

营造氛围，凝聚人心。2009年9月份，十四工区在淮河特大桥跨101省道连续梁混凝土施工时，考虑到跨省道施工，必须抢时间保安全，工区项目经理杨明伟组织召开了两次施工组织会议，做好了充分的准备，调集了整个工区 8 个技术干部，调动了项目部全体人员。凌晨 3 点，杨明伟亲自协调，8 个技术干部一人负责盯住一个振捣棒，其他人员各负其责，杨明伟始终站在现场指挥作战，8 个技术干部李征、杜宇、李福林、齐超、张恩强、李广涛、李梦川、朱均忠一直坚守岗位没离开半步，项目部除了后勤小组成员，全部都在施工现场，一日三餐也是后勤小组送到工地，大家蹲在地上吃，整整 17 个小时，从日出到日落，参战人员没有一人离开岗位，晚上 8 点，最后一方混凝土灌完的那一刻，高度紧张的神经终于放松了，他们激动地抱在了一起，尽管他们一身泥浆，遮掩了他们英俊年轻的脸，但却遮掩不住他们的兴奋。他们用 17 个小时完成了之前别人要用 21 个小时才能完成的任务，创造了京沪线的纪录。这种默契是项目部凝聚力的高度体现，项目经理杨明伟对当天的场景进行了拍摄，第二天，召集职工大会，将当时的场景回放了一遍，教育大家要在各自的岗位上发扬这种精神，所有的职工无不感动，也更坚定了团结奋进的斗志。

人才成长的摇篮。京沪高铁是人才成长的训练场，新工艺、新标准、新领域的涉猎，不仅锻炼出优秀的管理者，也锻炼出了一批优秀的技术人才。第一次当项目经理的八工区经理梁建忠、十二工区经理李保明通过两年多的锻炼和不断的摸索，已经成长为项目管理的优秀人才。几个工区的项目经理都非常注重对技术干部的培养，认为只有严格才会出好兵，所以对技术干部要求非常严格，一批年年的技术干部也在工作中学习，在学习中进步，不断历练成长。七工区胡峰山，2006 年参加工作，经过历练，已经成长为可以独挡一面技术科长。2009 年参加工作的李大明、宇泳说："经理对我们很重视，要求很严格，参加京沪建设最大的感受就是施工经验和管理是书本上所学不到，是另一个大课堂"。十四工区技术科长陈嘉僖，看起来有些腼腆，却有一股子韧劲，认为只要扎扎实实工作就一定有收获，他熟读图纸规范，工作严谨认真，现场管理严格把关，得到了十四工区三任项目经理的认可。

青春在挑战中闪光

——记中铁十二局集团京沪高铁四标段十五项目部经理范廉明

周广宽　　王俊武

范廉明

如果说京沪高速铁路是本世纪初中国铁路建设的开场大戏的话，那么日夜奋战在这里的数万名建设者就是这个历史舞台上的主角，而青年高级工程师、十二局集团京沪高铁四标段十五项目部经理范廉明就正是其中的一位杰出代表。他带领项目部全体员工科学施工，战胜了一个又一个困难，在出色完成施工任务的同时，也体现了自身的人生价值。

2008 年初，京沪高速铁路拉开了建设大幕。京沪高铁是举世瞩目的国家重点工程，也是国内第一条真正意义上的高速铁路，建设意义非常重大。出于"干好当前、培养骨干、锻炼队伍、长期抢占国内高等级铁路建设市场制高点"的战略考虑，30 多岁的青年高级工程师范廉明被上级任命为十二局集团京沪高铁四标段十五项目部经理。范廉明，1992 年大学毕业，先后参加了太原机场、福泉高速公路、天津机场、勉宁高速公路、首都机场等重点工程的建设，从项目技术员、技术主管、总工程师、到项目经理，18 年来一步一个脚印健康成长，是企业近年涌现出的优秀项目管理人才之一。特别是 2004 至 2007 年在首都机场建设中，他率领项目部全体员工高举科技创新旗帜，成功解决了大体积混凝土跑道工程易开裂等质量通病和技术难题，为安全、优质、提前完成这一重大工程建设做出了突出贡献，先后被评为"优秀项目经理"和"首都机场建设劳动模范"。选拔他挂帅一个项目部出战京沪高铁，领导放心，群众信任。

十二局集团京沪高铁四标段十五项目部承担着 10.53 公里线路的施工任务。战线虽短，但项目繁杂，有桥梁、有涵洞、有路基、还有隧道，是全线的一段重点工程。

2008 年初，范廉明率部快速上场后迎接的第一个挑战就是在极短的时间内完成凤阳路基试验段的填筑任务。全长 460 米的凤阳试验段是全线仅有的两个路基试验段之一，承担着为京沪高铁软土路基施工提供沉降控制参数的重任，因此也成为了各方关注的重点和焦点。京沪高铁公司下达了 3 月底必须完成试验段的"死命令"。这，无疑是一场短兵相接的"遭遇战"。

不服输、敢担当，是范廉明的一贯工作作风。面对压力，他指挥若定、沉着应战：当时，正值我国南方遭受百年罕见的冰雪灾害之时，受其影响，试验段场地内积雪、积水随处可见，施工便道泥泞不堪，车辆根本无法通行。为尽快打开施工局面，2008 年 2 月 10 日即阴历正月初三，当人们还都沉浸在春节的喜庆气氛中时，范廉明却带领他的施工团队出现在了工地上。他精心组织，合理调度，成立了现场组、技术组、协调组、材料供应组和后勤保障组等五个小组，项目部领导分工负责、按计划有序开展了施工；路基 CFG 桩施工起初不太顺畅，他和几名技术干部就一直"盯"在现场优化施工方案，直到圆满解决问题为止；合格的 A、B 组填料料源异常紧缺，最有可能成为困扰施工的瓶颈，他亲自率队精心选择了合格的料场后，又亲自抓这个重要工序。他把办公室从舒适的项目部搬到了嘈杂、尘土飞扬的料场，累了就坐在车里打会盹，饿了随便吃点泡面，正是由于他的模范带头和科学安排，才确保了试验段施工的快速有序进行。好消息不断从工地传出：路基 CFG 桩、桩帽施工提前完成。A、B 组填料提前完成。2008 年 3 月 25 日，他们更是把"不可能"变成大大的惊叹号，凤阳路基试验段比预定工期提前 5 天完成！京沪高铁公司和上级分别通报表扬、重奖了范廉明及他领导的十二局集团京沪高铁四标段十五项目部。

凤阳试验段取得施工"开门红"后，范廉明并没有因此而沾沾自喜，他深知京沪高铁的技术要求高、建设标准高，今后施工必将面临更多的难题和挑战。为此，他从抓技术管理入手，紧紧牵住工程的"牛鼻子"，不断提升项目管理和施工能力。首先他组织和带领项目部各级管理和技术人员再次认真学习了高铁施工中的新技术、新标准、新规范、新要求，仔细钻研施工图纸，他要求每一位技术干部都能熟悉图纸和高铁中的路基、桥梁施工工艺，并坚持每周举行技术总结交流会，通过这种形式，极大地提高了各级管理和技术人员的业务技能水平；其次他成立了 8 个 QC 科技攻关小组，从应用和开发各种新技术中积极寻找"突破口"，组织现场管理人员和工程技术人员一起针对施工过程中的难点"把脉"，查找不足和教训，既解决了施工中的技术难题，又给参与者提供了学习和提高的机会，并为加快施工工期做好了技术和管理方面的储备。与此同时，经过刻苦钻研，由他和项目总工程师张玉民等主持研究开发的"CFG桩帽施工工艺改进——完全湿揭法"、"改进桥涵处CFG桩地基加固施工工艺"和"Ⅲ级粉煤灰在C30以下低标号混凝土中的应用技术"等一批技术成果获得了成功，不仅加快了工程进度、提高了工程质量，而且还有效降低了工程成本，有力地推动了施工生产，受到了上级有关专家和部门的充分肯定。

作为项目部的第一管理者，范廉明深深懂得管理的重要性，工程一开工他就明确提出了六条管理原则：一是用"铁石心肠、霹雳手段"狠抓安全，对安全隐患和事故苗头穷追猛打，绝不心慈手软、姑息养患；二是用"鸡蛋里头挑骨头"的思想严抓质量，现场施工标准规范、精益求精，确保工程质量"零缺陷"；三是用"清凌凌的水，蓝莹莹的天"的理念细抓环境保护，头上拥有一片蓝天，脚底留下一片绿地，将京沪高速铁路建成一条绿色走廊；四是用"谁知盘中餐，粒粒皆辛苦"的态度实抓成本，发动全体员工，大处着眼，小处着手，重视细节，注重实效，把开支降到最低，实现效益最大化；五是用"一万年太久，只争朝夕"的精神来猛抓进度，关死后门，合理安排，与时间赛跑，确保按期或提前完成各个阶段的施工任务；六是用"苹果砸脑袋，砸出万有引力"的悟性巧抓科技创新，解放思想，敢于突破，勇于挑战。为了把这些白纸黑字落实到每一个员工的行动中去，他从整章建制入手，结合项目的施工特点，按照京沪高铁公司和十二局集团指挥部的统一安排和要求，制定了安全、质量、进度、效益、文明施工等专项管理制度和细则并坚决付诸实施。

项目部管段的淮凤立交特大桥，是一座跨越安徽省310省道的公路、铁路特大立交桥，安全风险相当高。对于这一"重大风险性"项目的施工，范廉明倾注了很多的心血。他不仅亲自参与了施工方案的制定和论证，而且还亲自把关制定了明细的安全规章制度和奖罚标准。施工中他更是认真跟踪检查各项制度的落实到位情况，并先后三次对执行力差的工作人员和施工班组开出"重磅"罚单，使全员的安全生产意识不断增强。现浇梁是整座大桥建设的"重中之重、险中之险"，在施工中，他结合既不能影响桥下310省道正常行车、又要进行高空混凝土灌筑的现场实际，派专兼职安全员24小时不间断值班，并创造性地"引进"了铁路既有线改造施工时的安全措施，做到全员管安全、人人保安全，从而实现了施工的万无一失。

不到300米长的东芦山隧道，对于年完成隧道施工数百公里的十二局集团来说，实在算不上什么。但从准备工作开始到贯通这座隧道，范廉明却组织员工用了整整半年之久的时间。这是为什么呢？为的就是确保工程质量。京沪高速铁路全线隧道很少，在第四标段近300公里的管段内也只有东芦山隧道这一座。在雨水充沛、水系发育的南方软土松散地带修建高速铁路隧道，每一步都有很高的技术和质量要求，尤其是隧道进洞、过软土层、渗漏水段强支护、松散地带掘进等更是"高难度技术动作"。没有任何施工经验可以借鉴，施工中范廉明以攻克这些技术难题为突破口，强化施工安全质量技术管理，"咬"住安全质量目标不放松。他通过制订与实施《东芦山隧道安全质量管理组织及人员职责》、《东芦山隧道安全质量管理制度》、《东芦山隧道安全质量管理责任状》、《东芦山隧道质量标准及工序控制》、《东芦山隧道重难点施工安全质量保证措施》以及项目部与各部室负责人、总工程师与现场技术人员签订技术安全质量包保责任状，将安全质量责任层层分解，落实到人，充分调动了全体施工人员的安全创优积极性。他还把 ISO9000 质量体系作"宝典"，制定和完善了项目部质量管理、质量检查、农民工管理等 10 项管理制度，做到了质量管理项项有标准、有要求、有落实、有检查，从而使施工生产过程受控、全程受控，确保了施工平安无事，工程一次成优、整体创优。

范廉明在管理施工、管理现场很有一套，在队伍管理上也是如此。他深知作为第一管理者，光有对工作严肃的态度是远远不够的，还必须做到以企为家，将企事当家事经营，把职工当兄弟姐妹来对待。他非常注重生产与生活的关系，领导只有做到以人为本，才能使员工产生以项目为家的归属感。他时刻把员工的"冷暖"放在心上，吃饭的时候菜辣了，就会想到来单位探亲的员工家属、小孩能不能吃得习惯？到各工区巡查时，他不忘到职工宿舍坐一坐，询问工作中有什么疑惑，生活上有没有困难，新分配到项目部的大学生适应不适应工地生活，想不想家；职工无论是出差、学习，还是探亲，在到达目的地后都会在第一时间收到他的电话问候，等等。在建家建线上，他坚持一切以服务员工为中心，建设起了"别墅型"的生活家园，在项目部安装了广播，每天早上员工都能准时收听到新闻，了解时事和国家政策；每逢午饭、晚饭，都会听到轻松的歌曲或音乐，愉悦了职工身心，使大家带着轻松的心情去开展工作。

"建设一项优质工程，培养一批优秀人才"是他管理项目的基本思想。在项目部技术干部、测量试验人员紧缺的客观条件下，他不等不靠，建立了完善的人才培养体系。在项目内部实行"导师带徒"，自力更生培养自己的人才；同时合理利用外部资源，成立"架子队"，严格按照架子队管理模式，将技术全面、经验丰富的劳务队管理人员纳入项目管理体系，与正式职工同岗同酬，这样既形成了人才培育的互动效应，也极大地提升了劳务队农民工的企业归属感，便于项目各项指令的完美执行。此外，他注意培养项目部中层干部的管理能力，要求他们想问题、办事情进行"立体化"思维。一系列措施的实行，最终在满足施工需要、实现项目创誉创效的同时，为企业培养输送了 40 多名年轻的技术和管骨干。

有付出就必有收获。在范廉明的带领下，通过参战全体员工的共同努力，十二局集团京沪高铁四标段十五项目部就像一匹奔驰的骏马，始终以"安全好、质量优、进度快、重环保、文明施工"驰骋在千里京沪高铁建设工地的前列。项目部连续获得了"山西省青年文明号"、"劳动竞赛一等奖"、"优秀青年突击队"和集团公司"安全标准工地"、"安全质量管理先进单位"、"科技创新先进单位"等荣誉称号。范廉明本人也被京沪公司评为"先进个人"、并荣获铁道部"火车头奖章"。

高铁建设急先锋

——记中铁十五局一公司副总经理、京沪高铁项目部经理高明星

杨军军

高明星

2010年5月1日，"五一"特别节目《相信中国——走进高铁时代》五一专题晚会在中央电视台播出，掠过中国高铁的发展轨迹，让人们了解了中国"高铁时代"取得的成就，领略了中国"高铁时代"的精神气质。随着背景纪录片的播放，在高速铁路建设工地上不断闪过的"CRCC"安全帽，已经成为具有特定意义的精神符号，轻轻撩动着人们的心弦。人们不禁会问，他们是谁？

浮现在眼前的，是这支队伍1984年国庆阅兵中的国旗方阵，恋恋不舍，而充满坚毅；25年过去了，这支由铁道兵转战地方衍生出中国高铁建设战线上的第一方阵——中国铁建"高铁方阵"，高擎责任，阔步向前。本文所写的高明星，和他的团队正发扬"特别能吃苦，特别能战斗"的铁道兵精神，用诚信和人品建设着中国首条高速铁路。他们的创新，他们的奉献，仿佛浓缩成一个身影，嵌在了中国铁建"高铁方阵"的最前沿。

一、"高铁时代"的施工导演

走进中国铁建中铁十五局集团一公司京沪高速铁路淮河特大桥施工现场：吊车的长臂鳞次栉比，轨道板运输机隆隆作响。一个近一米八的橙黄色身影，在旁站监督着，注视着节节延伸的轨道板。专注的神态，引人瞩目。

他就是十五局一公司京沪高铁项目部的经理高明星，看过《相信中国——走进高铁时代》的员工，都称他为"高铁时代"的施工导演。

同所有的项目管理"闯将"一样，他从大学毕业参加工作以后，就一直摔打坚守在施工一线。他先后参加了株六复线、安塞高速公路、渝遂高速公路、青藏铁路等工程项目的建设，施工领域涉及工业厂房、高速公路、铁路。一线的搏击，让高明星从一位涉世无多的大学生成长成为了血气方刚、敢打敢冲的项目领军者。随着阅历和管理经验的增长，他的眼眸中映射出自信、实干的光彩，还有就是天生和施工难题过不去的锐气。

但这次遇到的是京沪高速铁路。"高铁时代"的词汇是诱人的，在这个淮河和怀洪新河的角落里干京沪高铁，当一名"高铁时代"的施工导演，并非人们想象的那样浪漫。施工一条中国铁路建设史上标准最高、技术最复杂、工期最紧的高速铁路，把乘客从普通公路、铁路上，吸引到高铁上，谈何容易！

十五局一公司所辖的京沪高速铁路四标十一项目部四工区，施工任务包括京沪高速铁路四标段淮河特大桥 10.5 公里的下部结构和现浇梁部分的上部结构。该工区水陆施工区域俱全，而且将十五局京沪管段七座特殊结构物中的四座收入"囊中"。特别是跨越淮河泄洪主干道——怀洪新河的大跨径悬灌梁，那是施工硬骨头里的硬骨头。

面对前所未有的压力，高明星提出"首战必胜"的口号，他在班子会上的施工动员掷地有声，煞是提气："怀洪新河悬灌梁是硬骨头里的硬骨头，但我们啃的就是硬骨头，要是软了吧唧的工程还要我们来干什么。大家知道赵州桥吧，一等一的工程，千年不倒。各标段、各工区，能上京沪的都是各单位嗷嗷叫的精锐，我们就是要做精锐中的精锐，把怀洪新河悬灌梁要做成京沪高铁的'赵州桥'！"

在随后的施工中，高明星带领他的京沪团队以全新的管理思路和施工效率，运用三记快招完成上场后的完美转身，成为京沪高速铁路建设的急先锋。

第一招是和谐为本。整个团队如果想成为响当当的铁军，那项目班子就必须成为特种钢中的特种钢。高明星深谙"群雁高飞头雁领"的道理。因此，他把项目班子建设放在首位，坚持民主集中制原则，按照"三重一大"制度管人管事，增强班子整体功能。他处处尊重老同志，提点新同事，带头学习党的先进理论和高铁施工管理知识，积极打造学习型基层党组织，不断提升项目班子成员破解项目管理难题的能力，将每位班子成员的长处优化整合，从而锻造出了一个团结务实、风正心齐的项目领导核心，使整个京沪团队始终保持良好的工作姿态和旺盛战斗力。与此同时，积极加强同业主、监理单位、当地政府和村民关系，为施工生产营造了"内合外顺"的良好环境，和谐带来战斗力，和谐带来生产力，进而推动各项工作顺利推进。

第二招是高速突破。施工不是演习，是实战。上场初期，高明星迅速组织施工人员、机械设备和物资材料进场，尽快做好施工准备工作。短短一个月，他就调集了20多台大型机械，边搞驻地建设，边征地施工，并在十五局集团公司京沪高铁管段内率先完成征地拆迁任务，率先打通施工便道，实现了进场快、安家快、开工快的"三快"。成建制的队伍十几个近500人在怀洪新河畔集结，一场场攻坚战持续、迅速展开。

第三招是高效跟进。为了确保施工调度高效运转，高明星组织建立施工调度领导机构，以怀洪新河为界，将施工里程一分为二，主管生产的副经理胡建平统一协调机械设备，项目书记张德才和调度贺小兵各分管一段，建立由项目部、施工队直抵各班组的快速指挥系统。该指挥系统直接加强对现场交叉作业的指导，对施工重大问题超前研究，制定措施，及时调整工序和调动人、财、物、机，确保了工程建设的连续性和均衡性。此外，高明星带领全体参建员工发扬"特别能吃苦，特别能战斗"的精神，以"百日大干"劳动竞赛、党员先锋岗、青年文明号等活动的开展为契机，将竞赛与施工生产进度、安全质量、岗位成才、安全文明施工四结合，大力开展创先争优活动，推动施工生产优质、高效开展。

开工建设两年多，高明星和他的京沪团队在怀洪新河边创造出了绚丽的"京沪纪录"。他们先后创下了十五局京沪指管段桩基日产26根、月产491根，承台月产80个，墩柱月产82根和轨道板CA砂浆灌注日产160块的五项最高纪录。他们先后获十五局集团京沪指劳动竞赛8次第一名，4次第二名，获奖逾260余万元。

辉煌的纪录，使高明星和他的京沪团队百战扬名，获得各级领导和社会各界广为称誉。高明星及京沪团队的48人次先后获京沪高铁公司全线"百日大干"劳动竞赛先进个人、建功立业先进个人，河南省团委新长征突击手、河南省五四奖章和中国铁建股份公司劳动竞赛优秀组织者等殊荣。十五局一公司京沪项目部先后获中国铁建股份公司"工人先锋号"、"劳动竞赛先进单位"，集团公司"劳动竞赛优胜单位"、"五好党支部标兵"等荣誉。

创造出如此辉煌的业绩，不仅仅是"三招鲜"吧？旁人问。

已经成为十五局一公司副总经理的高明星说："说是跑步进'高铁时代'，但这个施工的导演不好当，当初的压力非常大，全线成千上万的攻坚团队，大家都在摩拳擦掌，在暗暗较劲。""个人的奋力拼搏固然重要，但关键是我们实施了科学化的管理，还有一班子老兵和职工兄弟们没日没夜地苦干！"

理很正，但旁人依旧不信，说藏着掖着了。

"科学管理倒是不假，但是最为关键的是我们将科学管理纳入了竞争评比机制。"高明星道出的是真谛。

在项目管理中，他特别注重管理创新，将项目管理中的安全、质量、进度等诸多项目量化，打破人员只奖不罚、内外队伍有别的常规，将工作实效纳入竞争评比机制中，把一切放在优质高效完成产值的"X"光下亮相，召开现场办公会进行现奖、现批（评）。

项目部下辖的施工队管"高导"精心设下的现场办公会戏称为工地"鸿门宴"，管理有瑕疵的施工队长，一进会场就会浑身不舒服，战战兢兢，心里直嘀咕：回去后，一定要倍加强化施工过程中安全、质量和进度管理。

谈及此种管理取得的实效，高明星飞扬着双目："一样的，我们也参加集团公司指挥部的工程例会'鸿门宴'，不过话说回来，不敢参加'鸿门宴'的项目经理干脆回去得了！刚开始，那个宴上我们也怯场、也挨训。后来，管理逐步完善了，就好多了。"

高明星的眼睛中闪过一丝幽默："落下一毛病，晚上睡不着。不是因为挨训，而是因为评比争了先进，确切地来讲，是笑醒了；笑醒之后呢，又为自身'一分信任，十分责任'所思，如临深渊，如履薄冰，又睡不着了。"

二、怀洪新河上的"大河之舞"

2008 年上半年，十五局一公司管段的桩基施工行进至怀洪新河边受阻。47 个位于水中的桥墩，怀洪新河悬灌梁位于水下 15 米处、深达 80 米主桥墩桩基，成为高明星们'跑步前进"的绊脚石。水中桥墩的施工历来是建筑界的施工难题，不同的工程具有不同的施工限制，而且京沪全线也几乎无成功的经验可以借鉴。桩基施工如何展开？大体积的承台如何开挖浇筑？原设计方案是搭建钢便桥、打钢板桩围堰……这样看似可行，复杂的怀洪新河水文特点、难以管控的水上施工安全，即使投入高达 1500 万元的施工成本搭建所需钢便桥和钢板围堰，也难以在短期内大规模展开机械化作业，根本满足不了施工安全、质量和进度要求。一时，施工陷入满路荆棘之中，高明星吃不下饭，晕头转向，焦急似火。

阿基米德有句名言"给我一个支点，我就能撬动整个地球"。当率着他的团队进军淮河特大桥怀洪新河段桩基施工的时候，高明星心里想："如果能给我一个支点，我就能跨越怀洪新河。"

困窘了一个月，高明星"泛舟"怀洪新河十余次，踏勘现场，寻找着跨越怀洪新河的"支点"。

怀洪新河特大桥的效果图在脑中一遍又一遍地演示着，一条"拦河筑堤"的思路在脑海中逐渐清晰起来。钢便桥施工的方案不可取，高明星主张采用拦河筑堤，将原先的水上施工变为陆上施工。摸着"怀洪新河里的石头"过河！能过河的方法就是最最科学的办法，那就是科学发展观。

2008年3月到5月、9月到10月间，长1500米、上顶宽100米、下底宽150米、填充土石达10万多立方米的梯形大堤根据水情，分阶段"摸着石头过河"，显示出巨大的作用，成为施工生产的"高速路"。整个怀洪新河特大桥的桩基生产，在施工跨度达11个月的时间里，实际施工时间仅用了5个月。到2009年1月底，该桥的483根桩基全部施工完毕，根根达标，如同"定海神针"一样，插在怀洪新河中央。

旧题稍解，新题又来。

怀洪新河悬灌梁主桥墩承台地处河水中央，承台底埋到水下15米。起初，高明星采用钢板桩围堰进行开挖时，钢板桩遭遇了坚硬的河床，打不下去；换用工字钢下打，也好像是金刚钻砸在了钻石床上，工字钢被反冲力顶弯了。况且，即使钢板桩打下去，也会遭遇桩间咬合不全、河水大股反渗，而导致基坑开挖和承台施工难以快速展开。施工方案难破瓶颈，进度就呈现出放缓的趋势。

为此，高明星果断决定，取消钢板护桩方案，采用安全风险小、施工成本低的大缓坡开挖施工法。他们在现场调配了两台22米长臂挖机和4台大型挖掘机同时作业，进行大开挖，直径达百米的倒锥形缓坡先后掘成，顺利地确保了主墩承台施工。

在此期间还出现了一段小插曲。倒锥形缓坡底部的承台基坑在开挖时出现了渗水，渗水冲蚀带走部分河泥。险！基坑底部一旦被掏空，极易发生坍塌，那样的话不仅基坑"泡汤"，整个安全和进度也会泡汤。高明星一咬牙：上！班子成员们手执铁锹，灌装上万个编织沙袋围垒在了基坑底部，一是起到了支撑作用，二是防治了河泥进一步被水冲蚀掏空。12台大型大功率抽水机日夜抽水，与渗水较起劲了，进多少抽多少，进出保持平衡。与此同时，破桩头、绑扎承台钢筋、立模板、浇筑混凝土，一道道工序紧紧相连，步步跟进，一天24小时连续不断。经过了15天的昼夜奋战，施工难度最大的悬灌梁主墩承台成功浇注，480立方米的钢筋混凝土方量，稳如磐石！

十五局一公司京沪高铁党总支书记张德才事后介绍，填河筑堤以及大缓坡开挖看似有很大风险，但绝非蛮干和侥幸。是基于汲取以往的成功经验，是对怀洪新河百年水文资料以及各项法律充分了解的基础上采取的正确决策。高明星注重从活生生的施工中汲取"科学发展观"。只有具备创造激情和创新思维的管理者才敢做出如此的大胆决定，而高明星就是其中的代表。

到2009年3月底，待怀洪新河特大桥主桥墩拔地而起的时候，十五局一公司京沪高铁管段桩基生产已全部完成，承台和墩柱分别完成 90% 和 70%，完成总投资的近 75%，重压之下的技术创新，节约了大量的工期和成本，更使其进度在中铁十五局集团京沪指挥部管段内遥遥领先。随着时间指针的摆动，高明星率领的京沪团队创造出一串串的"京沪速度"。

2009 年 1 月 28 日（正月初三），在十五局京沪指管段率先完成桩基施工。

2009 年 4 月 24 日，在十五局京沪指管段率先完成承台施工。

2009 年 4 月 27 日，率先完成十五局京沪指管段 7 座特殊结构物之一南坝现浇梁的浇筑，该梁以一处单项工程连获京沪高速铁路有限公司两块"绿牌"奖励，成为京沪全线的亮点和样板。

2009 年 5 月 24 日，在十五局京沪指管段率先完成墩柱施工，线下工程提前 5 个月竣工。

2009 年 8 月 13 日，怀洪新河悬灌梁主跨提前 18 天顺利合拢。

2009 年 9 月，一期工程提前 7 个月完成。

这些快速跳动的"京沪速度"指针，犹如踢踏舞蹈中的演员，在怀洪新河上上演着整齐划一、令人心潮澎湃的"大河之舞"。怀洪新河水，滚动着沸腾的记忆，直通淮河，汇入大海。淮河横流，显出大河本色；大河之舞，乃是"高明星"们的真风采。

三、镌刻的足迹

如果说施工现场的奋战攻坚、捭阖纵横是"大河之舞"的激情乐章的话，那么科学管理则是深藏其后的柔美慢板。高明星的科学管理不是一摞管理体系文件，他的科学管理关键在引入竞争机制，落脚于过程控制管理网络，体现于现场的每一次"精雕细刻"。

在高明星的办公室里，有他用科学管理编制成的"网络"：一张张用现代信息技术绘就的工程控制网络图，把令人眼花缭乱的工程管理结成了"系统工程""高速工程"，丝丝入扣，步步为营。每一位工人、每一台机械，都在这张网的"节点"上发挥着最高的效率。它动态纪录着工程的每一天的安全、质量和进度，记录着十五局一公司建设者奉献、创新的纪录，也标示着十五局一公司建设者参建京沪历程中的"疾驰"的足迹。

一位大学生员工说，跟着高经理干活，他让机器发出的每一声轰鸣，都带有了"建设京沪高铁、走进高铁时代"的意味；他让我们流的每一滴汗水都是有价值的；他让那金戈铁马的喧嚣，成为拼搏力爆炸的"蘑菇云"，这种精神的能量感染着我们每位参建者。我们的怀洪新河悬灌梁和南北坝现浇梁，如果缩小到足够小，那就是可以放在您办公桌上的精美的玉雕模型；放大了，就是现在的全线精品工程。

高明星和他的团队一直在怀洪新河的边上，激情快舞着，精雕细刻着……

到 2010 年 7 月 20 日，他们提前 5 天完成了 4520 块轨道板近 15 公里之最后一块轨道板的

CA 砂浆（水泥乳化沥青砂浆）灌注。而前一天，京沪高铁徐州段铺下第一节由徐州向上海进发的 500 米长的钢轨，随后将沿着徐州、宿州、蚌埠的路线一划而过，经南京、苏州，直达上海虹桥站。

等长轨铺过蚌埠，第一列京沪高速列车风驰电掣跨越怀洪新河的时候，高明星们就可笑对面前的油菜麦苗们说，蚌埠，你走进高铁时代了!

桥墩节节拔起，预制梁、轨道板和长轨节节铺过，而将在淮河特大桥上风驰而过的京沪高速列车、桥下年年怒长的油菜花和麦苗，不就是京沪建设者刻写出的壮美的诗篇吗? 在怀洪新河边，高明星率领他的团队"疾驰"走过；地上，留下一行用创新和奉献踏出的豪壮足迹。这些足迹，随着高速列车电掣闪过的轨迹，连同建设过程中发生的一切，必将镌刻进百年京沪的不泯记忆中。

用行动为党旗添光彩

——记中铁三局六公司京沪高铁五标段十二工区的共产党员们

安进军

游扬州瘦西湖，览镇江金山寺，成为众多外地来江苏工作的人们心头抹不去的夙愿。然而，对于承担着京沪高速铁路五标段 13.225 公里施工任务的中铁三局六公司京沪高铁项目十二工区的共产党员们来说，别说是休闲旅游，就连平时上街也变成了一种不敢多想的奢望！

京沪十二工区共有 22 名党员，他们深知：京沪高铁是我国铁路建设史上第一条真正意义上的高速铁路，工程有"建设标准高、技术含量高、质量要求高"和"设计标准新、施工工艺新、建设规范新"的特点，作为共产党员，就必须以高度的紧迫感和责任心，充分发挥先锋模范作用，全身心投入到这场具有划时代意义的"战斗"中。他们紧紧围绕"重点工程筑堡垒，一个党员一面旗"活动，迅速融入，积极应战，开展轰轰烈烈的施工大干热潮。他们振奋精神，团结协作，拼搏奉献，默默无闻而又以苦为乐地做着平凡而又琐碎的工作，用行动为党旗添光彩。

工区长刘桂云，今年 38 岁。多年以来，他一直扎根生产一线，先后参加了京九、青藏、郑西等国家重点铁路建设。强烈的事业心和责任心，使他在工作中游刃有余，功绩卓著。为了把京沪铁路建设成一流的高速铁路，他全身心投入到工作中，在"以成本控制为中心"的项目管理中，他抓用工管理，在增效上下功夫；抓物资管理，在降耗上动脑筋；抓成本核算，在监督上做文章，使项目的各项工作井然有序、扎实推进。他讲指挥，自己首先冲在最前面，切实为基层解决实际困难；他讲谋略，凡事想在前，干在先，不打无准备之仗；他讲原则，要求下属做到的，自己首先做到。工程开工以来，他带领工区参战员工创出了京沪高铁第一孔桩，第一个承台基础、第一个桥墩的好成绩。在京沪高铁五标段首次组织的综合评比中获第一名。在"百日奋战保架梁"劳动竞赛第一、第二战役中，工区被评为"优胜单位"。同时，连续 6 个月施工产值都名列五标段第一，7 月份单月产值实现 3500 万元，受到集团公司京沪高铁五标段项目部的特殊嘉奖。

工区党工委书记毛宏伟已到知天命的年龄，但他热情满怀，身先士卒，以高度的责任感和忘我的奉献精神影响着身边的每一个人。工程开工初期，正值南方地区遭受百年不遇的冰雪灾害，他带领地亩工作人员，顶风雪，冒严寒，奔走于当地国土部门和村委会，协调征地拆迁工作，用了不到10天的时间，于大年初五一举拿下200米施工便道临时用地和400米施工永久征地，为率先开工创造了条件。

总工冯恒旺作为技术排头兵，他带领技术人员在最短的时间内完成了施工方案、报检资料的编制。为得到监理部门的开工认可，冯恒旺三天三夜没合眼寸步不离蹲守在监理部驻地，他一边与监理部领导苦心沟通，一边通过电话指导技术、试验人员修改报验资料。就这样通过自己的诚意和韧性感动了监理部领导，取得了京沪第一桩的开工命令单。

材料主任秦宝占面对百年不遇的冰冻灾害，在交通受阻、通讯不畅的情况下，仅靠一辆破旧的自行车早出晚归，多方联系，跑遍了整个镇江，凭借一个共产党员高度的责任感，不辞辛苦，多方比较选定了可供高铁使用的地材地料，并在短短的一周时间内，进足了开工必备的钢材和水泥，为工区实现率先开工创造了有利条件。

共产党员范恩祥为了保证开工目标的顺利实现，承担起建设高性能混凝土拌合站的重任。他一面和当地有资质的商品混凝土拌合站联系合作事宜，一方面加紧建设乔家门自己的高标准混凝土拌合站。建站初期，范恩祥早出晚归，吃住在现场，组织工人安装机组，调试拌合设备。仅用一个月的时间，建起了京沪线上第一个高标准的拌合站，并实现了一次标定成功。

这就是京沪十二工区的共产党员们，一个团结战斗的集体，现在他们正保持着高昂的斗志，为京沪高铁的早日建成而努力奋斗着。

古战场　新捷报

——记中铁十五局京沪高铁四标段十一项目部二工区
经理程世龙

李木子

程世龙

安徽省固镇县，有一座公元前 202 年楚汉之争时期留下的垓下古战场，又被人称为霸王城。正在建设的京沪高速铁路固镇段，就从固镇县城与垓下古战场的中间穿过。

2008 年京沪高速铁路建设的战鼓，擂得比当年古战场的战鼓更响。

参加京沪高速铁路安徽固镇段施工建设的是中铁十五局集团，其中有一支精干的队伍。他们是集团公司旗下南京分公司，负责四标段十一项目部二工区。三十出头，大智若愚的程世龙，是该工区的项目经理，也是他第一次担负工程施工项目经理的要职。

三只拦路虎

中铁十五局集团京沪高速铁路四标段十一项目部二工区，是一支非常精干的施工队伍。担负的建设里程只有 3 公里长，项目部"麻雀虽小，但五脏齐全"，他们组建了精干高效的项目管理机构。

2008 年初进场后，他们一手抓建线建家，一手抓施工前期的准备。虽然线路只有 3 公里，但这 3 公里就好像一条扁担，一头挑着宋庄，一头担起田庄，京沪高速铁路刚好从这两个村庄中通过。征地拆迁的事宜曾经一度影响着他们的施工。当国务院总理温家宝 2008 年 4 月 18 日在北京宣布开工之日，他们的征地拆迁还没有结束，直到 5 月 3 日上午 8 点，他们才开始打第一根桩。

中国有句古话：一年之际在于春，一日之际在于晨。对于一个工程建设来说，开工建设就是春，就是晨。他们的春天和早晨都比别人晚了，当时工区经理程世龙心里很着急，因为他是第一次当项目经理。人的本性就是要争先恐后，更何况是一个兵头将尾的经理。程世龙心里非常清楚，人生能有几回搏，这次领导安排他到京沪高速铁路任职，是单位承揽的工程太多，人才奇缺，才把他推到工区经理位置上的。如果干得好，以后就能有机会去施展自己的组织才能和协调能力。

在工地上，程经理带我去了他们工区一线员工的住地，就在淮河特大桥下的西边，有一个大院子，一进门的左右两边是一座两层楼的彩钢板房，中间的地方是材料库和钢筋加工台。这个曾经人声鼎沸，机声隆隆的院子里，已经人去楼空，非常安静也非常干净。她在默默地等待将被拆除的命运。人们建设了它，但又将毁灭了它，生生死死，有有无无，这就是人类历史和社会历史发展的一条永恒定律。

最难忘的是淮河特大桥的 791 号墩。程经理告诉我，791 号墩是 7 月 3 日开始的，当时灌注 791 号墩 3 号桩基时，已是夜里 9 点多钟了，那是一个伸手不见五指的漆黑之夜，天上下着大雨，地上刮着北风，在 3 号桩基灌下一车混凝土后，40 分钟后第二车还没有到。当时负责现场施工的工程部李少栋部长打电话给程经理。那时，他刚刚在局指挥部开完会回来的路上，当他赶到工地时，觉得情况非常严重。工地上施工的员工，虽然都穿上了雨衣，可还是一个个都成了落汤鸡似的，而且如果不马上进行混凝土浇注，一超过有效时间就有断桩的可能。他没有多想，立马就调转车头朝拌合站的方向驶去，急匆匆地跑进站长办公室与站长理论了一番。

当时全线都在进行桩基施工，需要混凝土的工点很多，需求量也很大，而混凝土的供应则凸显力不从心。每天每个工点都需要先把计划报上去，拌合站再安排供应计划。那天正好有一台机子出了毛病，本来双机生产变成了单机生产。程经理心急如焚，亲自协助拌合站排除故障，混凝土恢复供应后，他们一直干到深夜 12 点多钟，记录员的记录本也淋湿了，程世龙经理的手机也淋湿了，别说打进打出电话，就连开机也开不了。不少员工还为这根桩基的灌注患上了感冒，打针吃药几天才好起来。

770 号桥墩在承台施工时碰到了软基础和塌方，虽然四周有板壁围护，但老是塌方，桩头凿不成，无法进行后续施工，他们又犯愁了。有人说，这里是淮河河神的宫殿，也有的说，是地狱的大门。反正说什么的都有。好在他们的安全措施到位，所以大塌方并没有造成一点点的安全事故。当时技术人员提出一个建议，加大土方开挖量来放缓坡度，并辅以型钢支护。但也有人提出反对意见，认为那样做工程施工的成本过高。程经理当时说了几句话："安全施工第一，不计算成本，把承台建起来就节约了成本，不发生安全事故就是最大的效益"。由于程经理的果断与坚决，770号承台不但在最短的时间内完工，还确保了施工安全。

两个大困难

时间到了2008年11月25日，他们的工地上还有27个承台没有建起来，墩柱也还有37个、而墩顶的垫石才刚刚开始施工。局集团项目部要求二工区的所有工程都必须在12月15日完成。有效工期只还有20天左右，平均每天要雷打不动地完成1.4个承台、2个墩桩。当时他们只有3套承台模板和7套墩身模板。虽然完成这个任务在理论上算是有可能的，但是当时已进入冬季，受气温的影响很大，还有混凝土供应不及时等因素的制约，要在20天之内完成所有的工作，难度很大，压力也很大。

第二个困难是技术管理人员少，尤其是有经验的技术人员数量严重不足，管理上比较吃力。工区的技术员都是近几年才毕业的大学生，现场施工经验不足，个别技术员爱岗敬业的精神也较缺乏。总之一句话技术管理人员少，任务重，如果技术不到位，技术员不到位，就有可能出现管理脱节，从而埋下质量隐患。

针对这两大突出的矛盾，他们对症下药来解决这两个问题。

一方面加强政治思想工作，教育参建的干部员工，京沪高速铁路是一流的高速铁路，作为一个中铁人，应该有一种光荣感、责任感和使命感。进行"看重责任、强化执行"的职业素质教育，提高了广大员工对京沪高速铁路建设重大意义的认识，把京沪高铁的建设当作是中铁人的一种义不容辞的责任，一种历史赋予的神圣使命。

从关心爱护员工入手，特别是青年技术员，他们刚刚走出校门步入社会，现实与理想在实际中发生了巨大的落差。心理压力大，环境和工作条件艰苦，工区也有责任帮助他们走过这一条学校与社会接轨的人生走廊，去温暖青年技术员的心。在生活上关心他们，在工作上相信他们，在事业上给予他们一个很好的展示才华的工作平台。调动了青年技术员的工作主动性和积极性，提高了他们战胜困难、建设好京沪高铁的勇气和信心。

在施工上，他们明确了工区项目的标准化管理，坚决执行进场时制定的各项管理制度，要求项目部每一个参建人员都必须从我做起，从自己手中点的点滴滴做好做足。树立一种"京沪无小事，标准高一格，质量严一等"的京沪理念和思想。从而达到高起点准备、高标准建设、高质量验收的预期效果。在管理人员和劳务人员的选聘上，优先考虑聘用具有专业技能和责任心强的人员，用优秀去创造优质。

过程控制，是一道责任心很强、对质量保障很重要的一个环节。他们从加强原材料质量控制入手，对所有进场的材料，无论是甲供、甲控的材料或者自购的材料都要严格地按照物资管理规定进行检验，绑扎钢筋、装模板和灌注混凝土等工序都必须严格执行京沪高速铁路公司的检验标准。工序检验严格按照"三检制"强化过程控制，严格工程技术人员跟班作业制度，发现问题及时纠正，确保工程质量。

在人员少、工期紧的情况下，他们进一步优化技术人员的配置，合理安排工地技术人员的工作程序，紧凑穿插地工作，他们把一个人当作两个人用，一天当作两天来干。并且按照多劳多得的分配原则，按照工作绩效和所从事的工作工程质量状况进行奖罚，有效调动了技术人员的积极性。

由于决策正确，配置合理，全员拼搏，2008年12月15日，他们按照局集团项目部的要求，保质保量保工期，顺利完成了管段工程施工的主体任务，成为十五局管段第一个完成主体工程的施工单位。

一路战鼓擂

锦旗夺目，奖金诱人，但是创造这个成绩实在不易。千军万马抢过独木桥的京沪第一，事实上比人们想象的还要艰难困苦得多，有一个个成功的微笑，也有一次次悄悄地落泪，更多的是打起精神奋勇前行的脚印。

2008年1月份他们来到固镇县，进场的那一幕还在眼前，程经理带领带领先遣人员在半米深的积雪中交接桩、蹒跚前行；2月份在忐忑不安中开始了临建项目的施工，3月底局集团项目部举办的第一次劳动竞赛评比中，从第二名的位置滑落到第三名；4月份临建工程完工验收，有了劳动竞赛第二名的喜悦；5月正式开工，出师不利，曾收到红头文件的通报批评；6月日子不好过，桩基发生了地质变化事故，处理起来非常艰难；到了7、8、9月，好事月月有；10月桩基全部结束，转眼已过万重山；11月最后的决战，12月线下主体工程全部完工。

这就是中铁十五局集团十一项目部二工区的一个真实的历史记录。

工区经理程世龙坦率的说，在京沪高速铁路参加施工，最大的体会是责任。这个河南周口地区农民的儿子，从兰州铁道学院机械专业96年毕业后，就分配到了中铁十五局集团。以前许多时间所从事的是经营招投标工作，来到施工一线任项目经理，正好赶上了京沪高速铁路这项伟大的工程。他还说，京沪高铁建设工程实际上是中铁和中交、中水等兄弟单位的一次大比武。

对于他个人是一个极好的机会，也是人生中一次最大的挑战。干好了，名声在外，事业的平台也有了；干不好，就永远也抬不起头。男儿本色，谁不想当将军？

程世龙是借了单位8万元人民币来到京沪战场的，单位只给他配备了一台工作车和8名员工，一切都要靠自己去闯。8万元对于一个单位，实在是杯水车薪，在经济困难的时刻，他们只好咬紧牙关，同舟共济，后来大家又自筹了5万元，一直捱到第一次预付款的下拨，工地的经济形势才有所好转。他们终于挺过了艰难起步的第一关。他还说作为一个人，必须德才兼备，有才无德的人，是绝对不能用的。我知道他这句话的内涵，人们经常说患难之中见真情，在灯红酒绿中是善恶难分的。他有一帮好兄弟，一直陪着他风雨前行，冒死相助，玩命拼搏。

于是他们就有了在十五局京沪指挥部历次的劳动竞赛综合评比中，三次获得了第二名，收到奖金30万人民币；在钢筋加工技术大比武中，取得了团体第二名的好成绩。2008年10月30日，在局集团7个线下工区中率先完成了钻孔桩施工，744根桩全部为I类桩。2008年年底，他们二工区承建的DK792+000～DK795+000段墩身被评为2008年"京沪高速铁路优质样板工程"，程世龙被评为2008年度"京沪高速铁路建设先进个人"，并荣获2008年"火车头奖章"。

勇铸高铁先导段

——记中铁电气化局二公司京沪高铁项目经理李火青

但汉求 贺玉琴 黄山森

李火青

如果说京沪高速铁路是世界高铁"皇冠"的话，枣庄西至蚌埠南 220 公里的先导段就是"皇冠之珠"。先导段既是京沪高铁全线的试验段，又是全线的示范段。先导段的建设速度和质量直接关系全线建设成败。京沪高铁电气化项目分部三工区在决战决胜先导段中发扬"促创干、争一流"的电气化精神，以卓越的战果充分彰显出先导段引领全线的重大作用。

挂帅先导段四电工程的项目经理，是有着 20 多年项目管理经验的李火青，他把多年来积累的成本理念和精细管理融入京沪"四电"集成系统、把普速铁路的务实作风和拼搏精神继承发扬到京沪先导段，首推思想集成、管理集成，让"挑战新时速，砥砺再奋进"的理念成为团队的共同价值取向。

科学谋方略 实名铸精品

在谈及京沪高铁工程实名制是怎样诞生，又是如何运用得如此成功之时，李火青脸上露出了一丝欣慰的笑容，他讲道:乍到京沪高铁之初，他已经对这个铁路新兴领域进行了仔细"把脉"，对于如何施工才能有效确保建设标准极高的电气化工程优质达标，已经有了初步谋划。他首先严格审视了自己对既有线项目管理的经验，确定了既不能全盘否定又不能全盘照搬的思路，本着科学管理的精神以及对工程质量高度负责的态度，首先酝酿出台了"施工责任绑定制"，继而在大量查阅、参考业内其他单位经验和做法的基础上，最终形成了体系健全的《工程质量实名制管理办法》，并研发出实名制登记、查询软件，即作业人员在现场完成每道工序后，当天必须立即签认，由质检人员检查确认录入电子数据库。后来工程质量实名制在全线迅速推广开来，为把京沪高铁建设成经得起历史检验的一流工程奠定了坚实基础。

锐意强管理　创新结硕果

在三工区首次施工生产推进会上，李火青表态："京沪高铁施工安全和工期压力非常大，面对前所未有的压力与挑战，我们必须从强化管理入手，从每一个细节做起，创新管理、优化施组、革新工艺，力争使班组人员和机械配置达到最优化、实现绩效发挥最大化。"于是他发动全体员工为提高施工效率、革新技术工艺、解决施工难题献计献策，并调拨可观的资金对全员合理化建议和技术革新活动进行扶持和奖励。后来三工区相继进行两次技术革新成果评审交流，各作业队展示了"移动式上桥云梯"、"人工架线车"、"防风斜率尺"等29项技术革新成果和合理化建议，经改进完善后在全工区推广应用，比如附加线架设在未使用"人工架线车"前，单日架设里程为26.89条公里，投入使用后单日架设最高达到48.715条公里，工效提高近1倍，强有力地推动了京沪高铁先导段的建设进度。

学习无止境　触类善旁通

学通信出身的李火青转战京沪高铁后，用最短的时间学习并掌握了接触网施工组织管理和高铁技术标准，融会贯通地把接触网施工、电力变电工程和房建专业等统筹部署，协调推进，大大加快了工程进度。一次，在"北京交大京沪高铁考察座谈会"上，李火青娴熟地介绍完京沪高铁先导段接触网专业的先进工艺和技术标准后，向与会人员诚恳交底："各位专家，其实我并不是学接触网专业的，陈述有误之处，还望各位专家多多指点。"在场的专家对视片刻，对眼前这位非专业的接触网专家肃然起敬，顿时爆发出热烈的掌声！

作为团队领导，李火青主动加强与各方面的协调沟通，为先导段施工提供良好的内外部环境。并自我加压，用一种硬朗而扎实的高铁意识和高铁作风潜移默化着这个团队。事实证明，以李火青为首的电化局二公司京沪高铁项目部不愧是一支决战先导段的精锐之师，不愧是一支砥砺奋进的高铁虎贲之师。

闪耀在京沪高铁的青春光芒

——记中铁二局新运公司京沪高铁项目经理徐春林

蒲海英　　水阳洋

徐春林

刚过而立之年的他，干练、睿智、沉着、自信，说起话来滔滔不绝。

他率领团队领先京沪线其他 41 家局级施工单位分别提前计划 27 天和 33 天安全、优质地完成管段内全部箱梁制架任务，在京沪线展示了中铁二局"标杆企业"的风采。

他大胆打破 CRTS Ⅱ 轨道板场固有的"一场三线"模式，在曲阜制板场成功采用"一场两线"的创新模式，打破了外国人长期垄断高速铁路轨道板专利技术的神话，走出了一条高速铁路轨道板国产化的路子，填补了国内空白，使外国技术咨询中心刮目相看。

他创新采用角钢封边工艺替代 CRTS Ⅱ 型轨道板铺板施工中惯用的砂浆封边工艺，在成本、外观、工效和环保控制等诸多方面取得了突出成效，成为沿线各铺板单位学习的典范。

他推行实施的架子队管理模式被评为京沪线 JHTJ-2 标段"标准化架子队"。

他就是中铁二局新运公司京沪项目部经理、铁道部"火车头奖章"获得者——徐春林。

两年多的京沪高铁建设历程，徐春林从一名普通的项目管理者迅速成长为高铁建设的行家里手，从单一的梁场管理到箱梁的制、运、架和 CRTS Ⅱ 型无砟轨道板制、铺的统筹协调，他用智慧和青春在京沪高铁建设中书写了人生闪光的一页。

"27 天和 33 天"

3 月的冀鲁大地，一片冰天雪地，人们还在享受着春节延续下来的祥和与喜庆。这一天远在哈大铁路建设一线的徐春林接到命令，要求紧急赶往河北参加京沪高铁建设，这是一条连接祖国心脏的铁路线，政治意义之重大，来不及多想，徐春林便匆匆踏上了苍茫的华北平原，开始了京沪高铁吴桥梁场的艰苦筹建。

年仅 28 岁的他，却身经百战，经验丰富，特别是在梁场的筹建和管理上显得那么老道和娴熟。重庆桥梁厂、杭州湾跨海大桥、京津城际铁路、哈大客运专线，处处都留下他的足迹，丰富的经验让他在再一次站到了这条钢铁大动脉建设的前沿，他被任命为中铁二局新运公司京沪项目部副经理兼吴桥梁场场长。这是一种使命，更是一种信任和荣誉，他深知"京沪高铁"四个字所承载的重大政治责任。面临总工期比原计划缩短一年、人员不足、物料紧缺的严峻形势，徐春林比谁都想得都多，困难再大，决不能打退堂鼓。

为抓好梁场的整体规划和建设，徐春林亲自动手，翻阅资料、实地勘察、反复比选，对梁场整体布局规划进行了精心设计。春寒料峭，滴水成冰，却丝毫没有减退他和他的战友们的热情；寒风刺骨，过膝白雪，都没能挡住这群修路汉子的豪情。寂静的深夜，暂居在一间民房里的吴桥梁场场部，常常灯火通明，那是徐春林和他的战友们在整理数据、研讨方案；广袤的冀鲁大地上，冰雪中稀稀落落的枯草在寒风中瑟瑟发抖，一群年轻矫健的身影在奔波忙碌，那是徐春林的技术小组在实地勘察。"高起点、高标准、高质量、高效率"，徐春林时刻用这"四高"来严格要求自己，教育技术干部，层层把关，统筹协调安全、质量、试验、材料和人员。功夫不负有心人，试验室、拌合站、梁场先后建成并一次性通过验收，2008 年 11 月 12 日，吴桥梁场以京沪线最高分的优异成绩一次性通过铁道部认证，并以"生产生活区布置科学合理，功能齐全，形象突出，管理规范"的良好形象被评为京沪全线学习的样板。梁场建设首战告捷。

中铁二局新运公司吴桥制梁场在京沪线承担着 JHTJ-2 标段 643 孔箱梁预制，1199 孔箱梁架设，12396 块 CRTS Ⅱ 型轨道板铺设，20.9 公里轨道板底座混凝土和桥面系施工；JHTJ-3 标段 23888 块 CRTS Ⅱ 型轨道板预制的生产任务。

面对施工任务繁重，总工期又缩短整整一年的严峻形势，此时已担起中铁二局新运公司京沪项目部项目经理重任的徐春林在梁场首战告捷后并没有感到丝毫的满足和自豪。

他深知要完成643孔箱梁预制和1199孔箱梁的运架任务，迈好施工生产的第一步，并不是靠一股热情就能完成的，它更需要策略、智慧和魄力。"抓安全、抓质量、抓管理、抓效率"，才是最根本的途径，才能赢得数百上千孔箱梁制运架的最终胜利。他再一次陷入了沉思。

徐春林是这样的想的也是这样做的，他用实际行动诠释着这句话的真正内涵。

吴桥梁场管段架梁施工跨越河北、山东两省三市（沧州、德州和曲阜），战线长达300余公里，线长点多，安全压力巨大，特别是架梁施工，属于高风险作业，架桥机、提梁机、搬运机、运梁车、龙门吊等5大设备的施工安全，更是让很多经验丰富的同志望而却步。"越是危险的地方越要关注"，"天下大事，必做于细"，这是他安全管理的理念，也是他对安全部门时常叮嘱的两句话。安全工作一定要当做头等大事来抓，要从细节入手，尤其是架梁安全，容不得半点马虎，"忽视小问题，就会酿成大事故"。一方面他严抓安全制度建设，启动安全奖惩机制，实行安全专检、月检、旬检和日常巡查相互结合，设置"群众安全员"，构建起安全防控覆盖网络，严防死守，将安全隐患消除在萌芽状态；另一方面，加大安全经费投入，加强设备维修保养，要求各项设备的使用必须要按照规范操作，严惩违章作业行为，为安全管理工作系上了"双保险"。

在质量管理上，他视质量为企业的生命线，大力推行标准化项目管理。实际工作中，他既当管理者，又当技术人员。有一次在制梁工地巡查时，他发现新进场工人对钢筋绑扎工序不熟悉，绑扎过程也不规范。徐春林便立即会同技术人员一起亲自到施工现场耐心指导工人钢筋绑扎工艺，共同探讨技术难点，常常在工地上一泡就是一整天，直至施工人员对工序全部熟练掌握为止。同时，他还针对梁体浇注混凝土、对捣固人员的技能要求极高、梁面抹面时的六面坡度控制难等实际情况，一方面要求技术部门加强对施工人员的理论培训和现场技术交底，一方面及时组织相关人员组成攻关小组共同探讨解决方案，一次又一次成功破解了技术难题。

在保障安全质量的前提下，徐春林又推进实施掀起了大干100天、冲刺节点里程碑等劳动竞赛活动，有效地调动了全体员工的生产积极性，施工生产突飞猛进，制架梁纪录不断刷新：2009年10月份，徐春林带领的团队创下了单月制梁68孔，架梁167孔，单月完成建安产值8764万元，占10月份总计划7302万元的120%的好成绩，同时刷新了吴桥制梁、架梁，德州架梁和项目部单月施工总产值4项纪录，创下了该部进场以来单月施工历史最好成绩。11月3日，制梁任务全部完成，11月28，架梁任务全部完成，分别比计划工期提前27天和33天，吴桥制梁场成为京沪线制、架梁施工的"领头羊"，为中铁二局赢得了京沪线"标杆企业"的称号。

"从8块到120块"

中铁二局新运公司京沪项目部12396块CRTS Ⅱ型轨道板的铺板线路全长40余公里。在如此长的线路上进行铺板作业，人、财、物、机、料如何调配？一个个难题摆在了徐春林面前。作为项目第一管理者，徐春林从 2009 年下半年就超前谋划开始了对铺板工作进行全盘思考，开始组建铺板专业管理班子，选配铺板管理队伍，提前启动存板计划，安排技术部门在研究铺板工装的同时，同步组织揭板试验，反复进行工艺演练，并亲自带着技术人员风雨无阻连续数日穿梭在 40 公里的线路上，从存放轨道板，到粗铺、初调、灌浆作业，无论是哪个作业工序，需要多少人，需要多长时间，设备配置等他都了如指掌，什么时间完成到什么程度，铺设到哪个里程，他都心中有数。

由于前期准备充分、组织策划到位，2010 年 3 月，吴桥制梁场铺板施工工艺试验在京沪全线率先通过；5 月初铺板施工正式拉开序幕。记得首铺当天，当几百米已铺好的板全部展现在众人面前时，京沪公司的领导拉着双眼红肿的徐春林感慨地说："中铁二局不愧是一支能打硬仗的队伍，中铁二局人真的是一面不倒的红旗！"

虽然前期工作推进一切顺利，但整体施工进度还是上不去。问题到底出在哪里？深入现场调查了解后，他终于发现问题的症结是员工的积极性没有被充分调动起来。善于动脑筋的他，又开始琢磨了。很快，以两个铺板作业工区各班组为主要竞赛单位的"日评比、周考核"制度出台了，施工生产局面迅速打开，铺板从最初的每天 8 块发展到每天达 120 块，吴桥制梁场开设的两个铺板作业面的施工进度与其他施工单位开设六个作业面的进度相当，铺板进度也走在了全线的前列。

科学的精神和严谨的态度，促使徐春林在求快的同时，并没有忘记求精，他一刻也没有忘记探索和钻研。CRTS Ⅱ型轨道板铺板施工中，传统的砂浆封边成本高、外观差、工效低，这一问题一直困扰着项目部所有管理技术人员，如何才能使铺板质量达到内实外美？追求完美的徐春林暗暗下定决心，决定对封边工艺进行攻关。于是，他带领技术骨干在反复研究标准的基础上，先后 4 次对铺板工装进行改进，辛勤汗水终结硕果，角钢封边工艺诞生了。使用角钢封边代替砂浆封边，使铺板外观质量、成本、环保控制都取得了理想的效果，很快这项创新成果在全线推广使用，得到了铁道部、京沪公司和集团公司等各级领导的高度赞扬，称赞其为全线铺板施工取得突出的创新成果，立了大功。

"只许成功，不许失败"

2010 年 8 月 8 日 17 时 38 分，震耳的鞭炮声伴随着全场员工的欢呼声，曲阜制板场生产线上最后一块 CRTS Ⅱ型毛坯板缓缓吊离模具，标志着中铁二局提前圆满完成了 23888 块毛坯板和 17 块工艺板的全部预制任务。此时，和板场员工一起共同见证最后一块轨道板预制全过程的徐春林喜悦之情溢于言表，眼眶中充溢着喜悦的泪光……

现在回忆起2008年底刚接受曲阜板场施工任务的时候，喜欢挑战的徐春林曾坦言：预制CRTS Ⅱ型板，自己从来没有接触过，新技术新工艺太多了，真不知道从何下手。更何况当时由于设计变更和征地拆迁等诸多外部因素的影响，中铁二局进场时已落后于全线其他18家板场2个多月，而且铁道部还要求铺板生产技术国产化；对于CRTS Ⅱ型板式无砟轨道，中铁二局仅在京津城际铁路中有过成功铺设经验，但预制施工在中铁二局历史上尚属空白，没有任何施工经验可以借鉴，压力之大可想而知。

"能否夺回工期，实现铺板生产的国产化，新运人在这个全新领域代表着"中铁二局"，肩负的是"只许成功，不许失败"的责任和使命。徐春林深知肩上的责任重大。

没有退路，只有背水一战。在板场召开动员大会的那天，他鼓励同志们说，轨板施工虽然是初次涉入，有很多创新的东西，但它并不是高不可攀的，只要大家齐心协力，凭借集体的智慧，我们一定会打赢这一仗。

2008年底至2009年初，在工期紧、压力大的形势下，项目对冬季施工作了全面安排，掀起了制梁生产高潮，曲阜板场前期筹建也紧锣密鼓进行。此时，作为项目的主要负责人，他一边组织梁场抓好大战，一边着手板场的筹建。从吴桥制梁场到曲阜板场300多公里，徐春林一直奔跑在这条线上，全身仿佛有使不完的劲，用不完的力。一个多月下来，他的体重大幅下降。

板场的工友们说，最让人难忘的是，板场最初的定员定岗。哪一道工序需要多少时间，哪一个岗位需要多少人，如何才能达到人机的最佳配置、效益的最大化、产值的最大化、成本消耗最低的理想效果，大家都把期待的目光投向他。为尽快掌握第一手资料，全面打开制板的施工局面，徐春林带着班子成员从吴桥进驻了板场，24小时守在现场，逐一对每一道工序之间的最佳衔接时间进行测定，历时一个多月时间，经过反复论证，从钢筋绑扎、布料、制板到精磨等一整套科学合理的定员编制方案出台了。由于定岗定员科学合理并及时到位，板场施工生产速度和效率得到有效的提升，板场生产局面迅速打开。

工期抢回来了，5月31日，曲阜板场第一块板试制成功；7月初达到批量生产规模并成功采用"一场两线"代替"一场三线"的创新模式，实现了CRTS Ⅱ型轨道板预制生产技术国产化。11月12日，曲阜板场在铁道部CRTS Ⅱ型（有挡肩）无砟轨道板上道审查中一次性通过并获得部级认证专家组的高度评价；施工过程中先后获得京沪线业主20余张"绿色通知书"嘉奖，位居京沪线众多CRTS Ⅱ型轨道板场之首；施工进度节节攀高，数次被评为京沪线JHTJ-2标、3标段的"轨道板月生产冠军"；管理成效突出，从建场初期20家板场中的B类板场被评为A类板场；"场地美观、管理规范、安全可控、质量过硬"获评京沪线"标准化工地"……

整整 18 个月，徐春林带领的团队在中铁二局首个 CRTS Ⅱ 型轨道板场——曲阜制板场，从最后的起跑者到一路领跑，再一次成为京沪全线最耀眼的明星。他代表中铁二局在全新的领域以绝对的优势占领了新的阵地。

"成本控制的高手"

"他对成本控制管理非常到位，所有技术人员都很佩服他，是成本控制的高手！"曲阜板场总工程师李保尔感慨道。"尤其是他推行的架子队管理模式、实施的 6 个计件工资制、制定的物流管理办法，对项目的成本控制起到了至关重要的作用；还有就是对项目部车辆的管理有独到方法，使所有设备利用达到了 85% 以上。是我走过的项目设备利用率最高的单位。"

作为项目经理徐春林深知，成本是企业的效益，他经常琢磨的也是这件事。自项目组建以来，他曾先后针对项目部多设备、长线路施工容易出现的油料管理漏洞，制定了《单车油耗核算管理办法》，对每台设备"量身定做"独立的核算表，从源头上控制了私用燃油或偷卖油料现象的发生；针对桥面系施工工序繁杂、物资用量大、管理困难等实际制定了《桥面系物资管理办法》，从物资进场、出场、第三方监督等方面进行了严格规定，并执行《出场通知单》制度，有效控制了非正常领用物资和私自偷盗、买卖项目物资的现象发生；针对 40 公里铺板作业线路长、工点多、远距离运输的物流组织管理，在统筹安排好各种资源配置的同时，出台了《梁场物流管理制度》，解决了供需矛盾，提高了工率，降低了成本，夯实了基础。为全面调动各个施工点、各施工阶段员工的积极性和主动性，他根据梁场、板场等不同施工作业、不同工期目标要求，不同岗位，制定了制梁、架梁、桥面系、底座混凝土、铺板和轨道板预制等 6 种不同的计件工资分配办法，同时按照"多劳多得、贡献与收入挂钩"的原则推行计件工资的二次分配，彻底打破大锅饭，这样既有效地调动整个团队的积极性和主动性，又提高了劳动生产率。

"应该多给年轻人机会"

"年轻人是企业的未来，发挥年轻人的作用，多给年轻人机会，让他们更快地成长起来，是项目经理的重要职责。"徐春林将这个观念融入到自己的管理实践中，把大量的心血倾注在对年轻人和新进大中专毕业生的培养上。

每年对于新进的大中专毕业生，他总有一套自己独到的方法。他将见习生的管理和培养，定为三个阶段，第一阶段是见习期的感性认识阶段，安排由指导老师带领，在学习过程中，认识挖掘；第二阶段是做辅助工作，使其基本达到独立工作状态；第三阶段能独挡一面地开展工作，并在互动式的管理中锻炼，快速成长成才。同时他根据年轻人的特质，从思想上引导他们，立足本职，建功立业。工程部技术员许蛟 2008 年到项目部后，因爱人心疼其长期野外作业的辛苦，要求他辞职离开单位，徐春林得知这一情况后，经常与许蛟谈心，反复做其思想工作，即使许蛟离开单位后还常常电话与之联系，他的执着和真情最终打动了许蛟，半年后，许蛟返回到了公司，并在新的工作岗位上很快成长为一名年轻的基层领导干部。

作为项目管理者，在人才的培养上，不但要善于当好引导者、开拓者，为其提供成长的空间，更要当好一个服务者和贴心人。铺板工作之初，徐春林预见性地看到，测量是铺板工作的基础和前提，测量工作不能先行，后续铺板工作将无法展开，但是从项目部到公司却没有人涉足过 CP Ⅲ 测量。徐春林大胆决策，培养一支属于自己的 CP Ⅲ 专业测量队伍，没有人员可以培养，没有经验可以摸索，凭着这股豪情，开始了他自己专业测量技术人员的培养。他亲手挑选了 3 名基础好、责任心强的技术人员送外进行学习 CP Ⅲ 测量，同时组建了一支由项目技术骨干组成的 26 人测量队，聘请专业老师授课，采用教学与实践相结合的方式展开了自培自教。看着逐渐成长的测量队伍，他心中暗暗高兴，这支队伍浸透了他的心血，也满载着他的希望。他像呵护一个成长的孩子一样呵护这群成长的希望，白天同他们一起学习，鼓励他们，帮助他们解决心中的疑虑，晚上亲自给一线作业实践的队伍送上加班饭和防蚊虫叮咬的药片，安排专用车辆给测量人员避风，关心他们的生活。在他的精心呵护下，一支精良的 CP Ⅲ 测量队伍成长起来，这支生力军为 40 公里铺板施工的快速推进立下了汗马功劳。

在人才的使用上，大家对徐春林"不唯学历、不唯工种、不唯性别、不唯身份"的"四不唯"管理理念交口称赞。对有潜力的青年人，他总是提供成长成才的平台，给予发挥作用的岗位，给他们交任务、加担子，使其更加成熟。在京沪成长起来受到重用或调到其他项目担任重要职务的年轻干部达 30 余人。公司团委书记水阳洋、年仅 27 岁的兰新线项目常务副经理梁新华、成绵乐副经理彭清福、鄯善梁场总工程师田玉龙、年仅 26 岁的曲阜板场副总工李保尔……他们都是这批成长起来的优秀青年代表。每每谈起这些，徐春林脸上总是充满了自豪感，"应当多给年轻人机会，他们才是我们企业兴旺发达的希望"。

"他走到哪里，我们就跟到哪里"

徐春林个性谦逊随和，人缘极佳，"人性化"管理让大家心生敬意。

徐春林很尊重他的副手，凡事共同商量，密切配合，对施工一线的员工群众更是关怀有加，是员工群众的贴心人。为帮助困难员工陈华能解决好 3 个子女在当地就学问题，他主动派人与当地学校联系，陈华能的 3 个子女如愿就学；为减轻他的生活压力，还将他的妻子安排在单位做临时工，陈华能心中默默地感谢这位工友领导，在工作中处处争先，连续三季度被评为优秀员工。2009 年因为工作任务十分繁忙，双职工张贵和李艳夫妇抽不开身去接女儿到工地团聚，在现场指导工作的徐春林听到后，立刻安排专车接送其女。张贵夫妇一提起此事总是热泪盈眶，心里感到无比温暖。

"作为一名领导者，对待自己的员工，首先应当是服务者，想员工之所想，急员工之所急，如果不能很好地服务员工，那将是失职的、不合格的"。项目年轻的总工褚利民对这句话感受最深，由于工作忙，他先后两次推迟婚期。徐春林知道后非常内疚，在工作相对轻松的时候，便主动催促让他回家完婚，还邀请其未婚妻到单位做客，褚利民的未婚妻小张感动地说，有这样的好领导，我还能说什么呢，我会一直等着他，当好大后方。

在农民工管理上，徐春林大力抓好架子队建设，管理干部和工人同吃同住，享受同等待遇，给工人宿舍全部装上空调，配备电视机。农民工刘福贵家处四川边远山区，家境贫寒，却是一名对铁路有着深厚感情的老工人，20 多年来一直跟随铁路跑遍了大江南北。来到京沪项目后，工作更加勤勤恳恳，任劳任怨，又担任了钢筋班副班长，看到项目提供的完备的设施，宽心的环境，不禁感慨到："走了这么多项目，第一次遇到如此贴心的领导、如此良好的待遇，我就是在这里干上一辈子也愿意。"最让他难以忘怀的是在 2008 年汶川大地震时，自己只身在外打工，家里受灾严重，房屋倒塌，母亲常年卧床，妻子体弱多病，两个孩子又在读书，突如其来的灾难几乎一下子将这位铁骨铮铮的汉子击垮，时任吴桥梁场场长的徐春林得知情况后，立刻组织大家专项捐款，当晚便将 1000 余元的爱心款交到了刘富贵手中，刘富贵捧着这份厚厚的爱和情，一下子哽咽了。自此以后，刘富贵工作更加努力拼命，创出了一项项佳绩，也成为了项目上第一个农民工班长。

浓浓的情，厚厚的爱，感染着项目每一名员工，"真想一直跟着他走，他到哪个项目，我们就跟到哪个项目。"这是员工们常说的一句话，也是一句发自内心的最朴素的话。是的，他们深深热爱这位令他们敬佩的工友领导。

由于长时间的高速"运转"，徐春林病倒了。是啊，就是铁打的身体也经不住这样的"折腾"！

还记得那天，刚从会议室出来的他，脸色发白，头上虚汗直冒，全身发软，一下子倒在了会议室的门口。医院诊断为重度焦虑症，医生强烈要求他住院。可他却只在医院开了点药就跑了出来，瞒着同事们，每天坚持上工地。看着饭量日益减少，体重大幅下降的丈夫。妻子爱怜地说："还是住院吧，不能这样没命地工作呀！眼看年关就要到了，你也应该让我们过一个安心年呀！"、"可现在正是施工生产最繁忙的时候，再等等吧，等熬过最紧张的时候再说。"妻子拗不过他，只好作罢。

　　2009 年腊月 29 那天，等全体员工都沉庆在节日的喜悦中时，他才安心地住进了医院……

　　清晨，新的一轮朝阳升起，晨曦照在了辽阔的冀鲁平原，一条长长的巨龙由北向南横贯过这片充满着生机的大地，一群年轻的筑路者迎着朝阳又出发了，洁白的安全帽在阳光下显得格外耀眼，领头的正是这位大病刚初愈、睿智而又年轻的项目管理者——徐春林，修长而又伟岸的身影洒在了巨龙边绿油油的土地上，迎接他们的将是一个又一个充满了希望的明天……

2009 年那些浪漫的事

——京沪高铁二标段中铁一局七工区集体婚礼剪影

陈元普

当西方的爱神丘比特射出他金色的箭羽时，他们、她们无一幸免地被射中。于是，一场场风花雪月的爱情故事便开始了……

当寒冷在冬天里肆无忌惮的袭来冰冷一切的时候，京沪高铁七工区里却热情似火、响彻着五对新人集体婚礼进行曲悦耳的音乐声。听！那音乐声仿佛在向世人讲述着一段段缠绵悱恻的爱情故事，又像是在向新人们表达诚挚的祝福，亦或是在述说工地爱情的传奇、浪漫和实实在在的生活故事……

千里姻缘一线牵

曾听有人说过"前世 500 次的回眸才换得今生的擦肩而过"，我想他（她）们在前世肯定是无数次的回头才有今世的牵手情缘。其实人与人之间是靠缘分的，这样说一个词吧，就像暗号相互间对上就行了。

景志扬的暗号是在一个阳光的中午对上的。

时间要拉回到 2008 年 3 月份的一天，周娟宁从二公司的京津三标段调到京沪高铁项目来，作为流动单位，频繁调动是难免的，有些时候一年之内要调两三个工地已是家常便饭的事，很多时候员工们已经习以为常了。报到的周娟宁遇到了接待的景志扬，旅途的舟车劳顿使周娟宁看上去疲惫不堪，但不失清秀、漂亮。只想早点找到地方安顿下来，恢复一下消耗的体能，好投入新的岗位工作。其他的根本无暇顾及，用她后来的话说"谁那个时候还有心注意看他啊"。景志扬就不一样了，瞬间就像被电了，天上掉下个"林妹妹"！（后多方侧面打听，知其乃无主娇花，正中其怀，遂奋起直追，终得手也）天意让他遇见周娟宁！

看到她俏丽玲珑、可爱的身影，一追到底的决心、一生照顾她的私心在那时就埋下了。帮她搬行李、拿东西、安排住宿，景志扬跑前跑后的忙碌着非常热心。当时的周娟宁只认为那是他的工作和一个男士应有的风度，并没有异样或来电的感觉。毕竟工地是男人的世界，有女孩子来那是宝贝，献殷勤的人大有人在，他不符合她理想中白马王子的标准，只是对他热情的工作留下了印象。

接下来新的工作忙得周娟宁无暇顾及其他，新工作千头万绪早就把那一点印象给模糊了。上班、下班、睡觉三点一线逐渐形成了规律，日子平静的就像一湖清澈的水，波澜不惊。说实话工地的日子枯燥难熬，尤其是女性，住在荒郊野外又胆小根本就不敢离开公司驻地。

平静的生活让景志扬的一颗小石子激起了涟漪。有一天下班，原本就身心俱倦的周娟宁想拎壶打水，当她用平时惯有的劲去拎壶时，发现水壶里有水，拔塞一看，还冒着腾腾的热雾，"是谁帮我打的水呢？"那瞬间她想起了家，想起了妈妈，想起了家里的温暖，有些许感动。问室友，室友摇头笑而不答，一副神秘的样子，那一刻她的心弦被悄然拨动了。

其实在很多人眼里一壶水根本不算什么，但对身材苗条略显娇小住二楼的周娟宁来说无疑是细致的体贴和关心。当打听出是谁时，原本模糊的脸渐渐清晰了起来，外表也开始在脑海里开始了特写。

有心的景志扬却无胆当着姑娘的面说出心里想说的话，行动只能传递他的爱意，到底姑娘心思如何想又不知道，腼腆的他不知怎样才能戳破男女之间的那层纸。只想借用恒心和毅力来打动姑娘的芳心了。就在他打着如意算盘的时候，周娟宁又要调走的消息传来了，这下可急坏了他。

爱情的力量真的伟大。一心想要留住周娟宁的他竟然直接找到了七工区经理孙宇，当他鼓起勇气向孙宇经理讲了自己心里的想法时，激动的心慢慢平静下来。可孙宇经理的心却震动了，他深深的知道像我们这样流动的单位要找到一个自己的爱人并且想为之付出一生有多么不易，往往因为调动而将刚刚萌芽的爱情花蕾扼杀，那一刻在孙宇经理心里只有"成全他们，尽力为爱做点什么"的念头。并以过来人的身份给在爱的边缘徘徊的景志扬鼓气："追女孩子认准了就要快，和我们干工程一样，认准方向勇往直前！"是他的诚挚打动了感情丰富的孙宇经理。在后来的结婚典礼上孙宇经理的泪水诠释了他的真性情。可以说没有孙宇经理就可以没有这美丽的结局。

周娟宁留下了，但那层纸还是没有捅破，每天的水景志扬照样打着。很多时候，工地上只能这样了，每天紧张的工作根本就没时间谈情说爱，浪漫在工地的爱情字典里在渐渐模糊，而实实在在的生活却时刻在进行，花前月下只能是奢侈品了。

景志扬出差了，想到几天都见不到周娟宁时，心乱了，想给她打电话又找不到理由，就是打电话又不知说什么，飞驰的列车带着焦急和思念奔向远方。"发个短信给她吧……"当景志扬将自己的烦恼向同行的陌生人讲完时，热心的大姐给他支了一招。很多时候面对陌生人我们很容易讲出自己的心里话，都有一种雁过无痕倾诉的需要。于是，一条条滚烫的语言在无声的数字空间里穿行，找到出口宣泄的爱意排山倒海的在指间流窜，流向了在七工区的周娟宁。那一刻，她想起他的种种，看到了字里行间的火热，爱诞生了……

急速升温的爱情在 2008 年 12 月 29 日那天有了结果。就在那天，他们履行了神圣的合约，登记了。2009 年 3 月 5 日，相约牵手一生。

差一点就擦肩而过的两人成了艳羡旁人的美眷。缘分在很多时候，说来就来了，你不信都不行。

平平淡淡才是真

真的，缘分来了你怎么躲都躲不开，冥冥中的安排谁也说不清。

王贤和陈霞的爱情故事就像一杯白开水一样淡，自然而然的就发生了，没有惊天动地、窗前吉他音乐的那种演绎，自然才贴近生活。其实，人与人之间的认识交往就这么简单，正如苏大师说的"也无风雨也无晴"。

2006 年中铁一局二公司唐山机关的岗前培训班，新来的王贤和陈霞相遇了。半月的培训相互间根本连印象都没有，对于现代的女孩子来说，没有什么特别之处或者你长得超帅，是很难留下深刻印象的。有一点巧的是两人都被分到了公司下属的武广客专项目部，但那仅仅是认识而已。毕竟一同分去的有二十多人，异性间能面熟就不错了。或许这就是上天有意安排吧。

武广的工作实习也没有闪烁的火花碰撞，开始的几天两个人还不在一个工点上。说实话，像我们这种大型的基建单位很多工程的战线都比较长，分段分点管理是必须的，工点多是常有的事。甚至有时就是夫妻俩在一个工地也一个山南一个海北的，分开的几天里没有谁特别想谁，日子在平淡真实中一天天流逝。

"怎么了，抢饭碗来了吗？"当陈霞和王贤又一次相遇时，王贤对陈霞冷不丁说了这么一句话后走开了。原来他们又调到了一起，错愕的陈霞莫名其妙的摸不着头脑，心里想"这人怎么这样，怪怪的。"看来最深刻的记忆是从这个时候开始的。

生活在很多时候都鬼使神差的。

2008 年 5 月，两人又一次同时从武广客专调到了京沪高铁项目部，也就是现在的七工区。更巧的是两人又被分到了同一个点，看来这就是所说的缘分了。初到北方的王贤不喜面食，同样来自南方的陈霞亦然，两人原本就认识，又有共同点，经常相约一起出去吃蛋炒饭，谁也说不清谁先喜欢谁，谁先爱上谁，爱情平淡的开始了。一碗碗蛋炒饭坚实了两人的爱情基础。

有花开就会有结果，生命过程演绎的就是这样的规律。2008年12月24日，他们相约写下爱的盟誓。2009年1月5日，不离不弃的结合成一世情缘，走进婚姻的堂殿。

感情真是说不清、道不明的东西，我时常问自己"爱一个人需要理由吗？"

婚礼的进行曲依然在悠扬的飘散着，隆重的典礼使人毕生难忘。京沪高铁指挥部郭民龙副局长的道贺讲话将婚礼推向了高潮，声情并茂的讲话，美好的祝福在礼堂久久回荡……

情到深处两相依。

当杨卫峰和张冲手挽手走进幸福之门时，全场响起热烈的掌声，因为工作一拖再拖的婚期在今天圆满了，他们脸上幸福的笑容感染了参加婚礼的所有人。

他们的爱情就像是一部传奇，一本悬念迭起的书，爱原来可以这样……

2007年的年末，多年在外地工作的杨卫峰回到了陕西老家探亲休假。经人介绍认识了张冲，就在两人刚刚见过一次面后，单位电话催促休假的杨卫峰赶快到刚上马的京沪高铁项目上班，杨卫峰走了。刚见一面的两人并没有留下深刻的印象，只是礼节性的相互留了电话，就是电话成了架起他们之间爱的桥梁，从此便开始了长达一年多的电话谈恋爱岁月。

只见了一次面，各自的性格、爱好、人品都不清楚，在电话里谈什么，相互之间开始都在揣测。孔圣说"以貌取人，失之子羽"，单纯的一面之缘，让美丽的张冲心里也打鼓，也让帅气的杨卫峰心绪不宁。先进的通信设备起到了至关重要的作用，一年多的电话联系，从拘谨到无话不聊，从没有话说到说也说不完。这个过程杨卫峰和张冲经历爱的心路可想而知。爱情是不分形式的，他们又一次证实了这一点。

电话里谈定了关系。2008年8月，张冲第一次一个人来到了工地，千里单骑寻情，他们的爱已瓜熟蒂落了。看到几块草坪像绿色的织锦点缀在灰色的水泥路旁，白顶蓝墙的活动房之间，一条条笔直的小路在拨弄着张冲的心弦。

第二次的见面还来不及说什么话，他们就被一群工地的朋友拥簇着、推搡着要庆祝，感受工地激情的张冲看到了杨卫峰的另外一面："一个被朋友这样亲近和看重的人，相信会对我更好"。这是第二次见面的感觉。两面定终身！

"执子之手，与子偕老"，2009年1月5日，经历了一年多电话恋爱的张冲、杨卫峰走进了婚姻之门，踏上了两个人一起面对风雨人生的漫漫旅程。

情真意切掳芳心

当王明友将戒指戴在梁娜的手指上时，相互间眼睛深情的久久凝望，沐浴在爱的海洋里，相惜得让人心动。

2003 年入路的王明友一到工地就三四年没有回过家，家的模样在脑海里都有些模糊了。学校一毕业就参加工作，社会经验的缺乏使他很少出门，原本性格就内向的他，因工作环境而变得更加沉默寡言，更别提在有女如宝的基建工程单位追求谁了。

白驹过隙，转眼就到了 2006 年 7 月，新分来的梁娜出现在了技术部门，那一刻王明友知道自己的白雪公主出现了，就已抱定不撞南墙不回头的信念了，看上去犹如阳光的梁娜已经照亮了王明友内向的心，只是当时不知道而已。

新来就代表着陌生，代表着很多是需要人帮忙、指点的，王明友有心的充当了好人的角色。黑黑的外表并没有立即吸引梁娜的眼球，就是撞了南墙也不回头的王明友毫不气馁。帮她打水，串门聊天，追梁娜的心旁人都看了出来，而梁娜好像还没有反应，王明友依然如故。

工地的爱情往往都是需要生活中最实在的东西去赢得的。梁娜想去西安函授学习，提高自己，可是又顾虑重重，犹豫不决，完完全全展示了一个女儿家的优柔寡断。王明友那一段时间不停地给她鼓励、打气、分析利弊，并委婉表示想做她坚强的后盾。真诚打动了姑娘的芳心，接纳只是时间问题了。

2008 年两人又一次同时调到京沪高铁七工区，新的环境使梁娜更多了找个靠山的感觉，王明友水到渠成。

"百年修得同船度，千年修得共枕眠"。2009 年 1 月 5 日，王明友如愿娶梁娜为妻，从此相依相偎，风雨同舟。

本是同学的王华和王迪的爱情故事也荡气回肠，百转千回。几年的同学，相互的了解已非常透彻，2009 年 1 月 5 日，他们也踏上了红地毯，彼此互托，牵手一生。

看着一对对新人，看着七工区人欢聚一堂，孙宇经理流泪了，他想到了员工们过去一年的辛苦，想到了新人们为工作延迟的婚礼，想到了新人为工作放弃回家举行婚礼的理解，他哽咽了，几次拭去眼角的泪水，完美了幸福欢乐应有的一切。

悠扬的萨克斯陶醉了参加婚礼的人们，新人幸福的笑容、美丽的焰火、觥筹交错的宴席、从内心流淌出的祝福交融成一幅美丽的画卷，永远定格在七工区人的心里。

"但愿人长久，千里共婵娟"。动人的爱情哦！写不完的爱情哦！我为你祝福！

京沪工地的大忙人

——记中铁十二局京沪高铁指挥部技术质量部部长程建平

周广宽

程建平

夜幕降临，整整在轨道板现场忙碌了一天的程建平，刚吃完晚饭，就又背起资料包乘车出发了。这回他要去的地方是徐州东站，指导那里的道岔施工。京沪高速铁路开工以来，十二局集团京沪高铁工程指挥部技术质量部部长程建平的一日生活可以用一个字来概括：那就是"忙"！为此，他被同志们称为京沪工地上的大忙人。

京沪高铁四段标含4个新建高速站、3个既有站改造、4个区间，全长285.7公里，全线铺设无砟轨道，含正线铺轨624.062公里，联络线及站线铺轨66.543公里，铺道岔200组，其中高速岔52组，拆除线路8.766公里，拆除道岔45组，是全线战线最长、施工难度最大的标段。2008年初，十二局集团中标四标段施工任务后，第一批进场忙起来的人就有程建平。当时，为了实现指挥部"跑步进场、先声夺人，高起点、高标准拉开京沪线施工序幕"的阶段性奋斗目标，程建平在到达京沪指挥部报到的第一天，就组织和带领技术质量部几名同志和从所属工程公司项目部抽调来的十几名技术人员不分昼夜地投入到紧张的施工组织方案的编排之中。那段时间里，正是我国南方遭受罕见冰雪灾害之时，他们白天冒着寒冷、踏着冰雪，跑工地、查资料，晚上住在一家条件十分简陋的招待所里加班加点，饿了就泡碗方便面充饥，困了就用凉水洗把脸清醒一下头脑。呕心沥血一个星期，一份科学施工组织方案顺利出台了，全线首家上报并得到京沪高铁公司的批复后，为十二局集团四标段施工在京沪线"闪亮登场"立了头功。

首仗打得响，人们都对平时说话不多、崇尚实干的程建平投去赞赏的目光。其实，"70后"的他早已是一名铁路施工的行家里手了。

精兵强将战京沪。十二局集团中标京沪高铁四段标段施工任务后，程建平被上级委以指挥部技术质量部部长重任，这既是水到渠成，又是必然选择。一分信任，十分责任；十分责任，百倍努力。于是，人们在工地上就经常能看到一个身体略显瘦弱的年轻人忙碌的身影。

在十二局集团管段，有淮河特大桥、浍河特大桥、京杭运河主跨以及跨越京福高速铁路、徐连高速公路桥梁在内的特殊结构桥梁39处。本来京沪高铁工程就是一个技术要求高、质量要求高、科技含量高的"三高"工程，而表现在特殊结构桥梁的施工上，要求就更高，难度也就更大。这是世界上第一条一次性建成最长的高速铁路，所有的施工队伍以前都没有干过，缺乏实战施工经验，过去在普通铁路施工中积累的经验在这里基本上派不上用场。基于此种情况，工程上场之初，程建平和技术质量部的全体同志就把很大一部分精力投入到员工的培训上来。他们根据所属30多个项目部的不同工程特点编写了针对性极强的教材，采取技术骨干先学一步、全员普及学习紧随其后和"官教兵、兵教官、官兵互学"的方法开展岗前培训，认真细抓了"应知应会"。由于实行了严格的"考试不合格就淘汰出局"的考评措施，数万名参建员工无一例外地参加了培训，并100%地拿到了上岗合格证。在此基础上，他们在各个工区都进行了"试验段施工"，取得经验后再大面积推广，确保了施工的成功率。

为了争创一流，程建平带领技术质量部全体同志，进一步强化了对各工程项目部的技术指导和监督检查工作。他们不仅自己精心编制了各种施工技术作业指导书和各个施工部位的施工细则，组织各工区员工集中学习；而且还指导各项目部编写了各道工序的施工须知小册子，发放各工区作业人员手中，随身携带、随时学用；与此同时，他们不定期地组织一线技术人员现场参观、相互交流学习，增强业务知识，尽快熟悉高速铁路的施工工艺，不断提高实战水平。

合理性、经济性和可实施性是施工组织方案的生命。为了全面服务好施工，程建平经常不辞劳苦地带领技术质量部同志白天深入现场，了解情况，做好记录，绘制草图，晚上整理资料、核对设计、讨论方案、编制施组。他们还协助所属项目部建立了专门的施工组织编制管理机制，每当设计图纸到了，项目部领导、工程技术人员都会及时聚在一起熟悉设计文件，领会设计意图，明确设计标准，严格执行编制、审核和审批程序，按照《京沪高铁管理办法》等规定，结合现场实际科学细化施工组织设计，发现设计文件的差、错、疑、漏等问题，提出自发完善意见，为施工生产提供了强有力的保障。

重点工程的施工技术方案的好坏，不仅直接影响工程的进展，而且直接影响项目的成本。因此，在制定重难点项目施工技术方案时，程建平和技术质量部的同志真可谓是呕心沥血。他们多次邀请内外部专家对重点方案进行评审优化，特别是淮河特大桥、浍河特大桥、制梁场等施工技术方案更是几易其稿。他们还增强了针对重点项目的施工质量专项监督，检查督促各项目按编制的施工方案、质量要求进行操作，杜绝了在施工中为节约成本，出现方案执行不到位、发生意外安全质量等事故。对周转材料的配置方案，他们也提出了建设性意见，针对项目施工特点，对使用较少的特殊墩台模板等进行统筹安排，统一制作，按施工组织协调共同使用，使其发挥最大作用，达到加快工期、节约成本"双赢"的目的。

技术干部的作用在于解决施工技术难题。作为十二局集团京沪高铁四标段项目经理部技术质量部的负责人，程建平参加了管段内所有难题的解决。

针对徐州枢纽站"大而杂"的特点，程建平编制了徐州高速站、联络线、既有徐州站、大湖站、窑场站改造相结合的线岔施工方案，使线岔施工获得突破性进展。

根据图纸分批到位情况，程建平组织工区项目部对淮河、濉河等重难点工程、特殊工程共同审核，并对审核中发现的问题与监理、设计、咨询单位及京沪高铁公司蚌埠指挥部联系，通过技术交底或现场会勘等方式及时进行解决，确保了施工顺利进行。

无砟轨道对梁面要求很高。程建平径自住在施工现场，进行大跨特殊桥梁混凝土施工工艺、变形监测的研究指导，直到找到科学的施工方法为止。

一分付出一分收获，在程建平和部里同志的共同努力下，一份份科学的施工方案、作业指导书为施工生产提供了有力保障。工程开工以来，十二局集团京沪高铁四标段施工高歌猛进，这里凝结着所有参建设员工的辛勤汗水，也包含着程建平一颗赤诚滚烫的报国之心。

巾帼不乏凌云志

——记中铁电气化局三公司京沪高铁项目部工会主席潘卫华

江海源　马　聪

潘卫华

冰心曾说过：世界上若没有女人，这世界至少要失去十分之五的真，十分之六的善，十分之七的美。

在京沪高铁的建设工地上，经常能看到一个忙碌的身影，汗水时常挂在她的脸上，爽朗的笑声时刻与她相伴。她没有丰功伟绩，也没有耀眼的光环，凭着踏实的工作作风和对现场员工的一腔热情使她当成大家的贴心人。熟悉她的工友们都叫她"潘姐"，她就是中铁电气化局京沪高铁项目部二工区工会主席、综合办公室主任潘卫华。

潘卫华常对身边的同事们说：作为办公室的一员，一定要腿勤手快，善于观察，勤于学习。她是这样要求别人的，自己更是这样做的。初上京沪，很多专业术语不是太懂，她就利用一切机会向专业人员请教。在物流预配中心她向青年员工请教预配流程、质量要点。在施工现场她向合同工学习安装工艺、技术标准。

她坚持学习电脑操作，熟练地运用网络构建了各类施工管理工作台账，帮助工区领导及时掌握施工进度,对各作业队的工作进行及时的业务指导。她还仔细学习了《京沪高铁标准化管理》系列书籍,为施工现场的标准化管理和员工驻地的三工建设出谋划策。在她的倡导和组织下,"技术比武"、"文艺小分队演出"、"对照整容镜活动"、"职工菜园"等管理创新工作开展得红红火火,促进了施工生产,得到了建设单位和集团公司领导的赞扬。

身为三公司电气化分处的女工主任,潘姐十分了解女员工工作和生活的特殊性,她想大家所想,急大家所急,为一线女工排忧解难,还积极向主管领导推荐优秀女员工,为大家搭建平台,给她们提供展示作为的舞台。

她十分热爱自己的工作。围绕施工生产,她组织工区及各作业队深入开展各类劳动竞赛活动,2010年7月26日至8月20日,开展了接触网工程"推进基础二次浇制"劳动竞赛,累计完成浇制2520处;8月21日至9月10日,启动了"支柱安装"劳动竞赛;变电、电力、房建专业相继开展了以"抓开工率,抓规范开工"为主题的劳动竞赛活动。她还经常围绕工区施工生产的重点和难点,及时整理归纳自己在现场看到的、听到的、想到和关系到一线员工生活、工作的意见和建议,提出了很多有利于现场管理的好点子。

自京沪高铁开工以来,潘卫华深入现场员工生活,了解一线作业人员的困难。大大小小的员工驻地都留下了她的足迹。在酷暑中,她把员工送给她的冰茶带到了下一个区段,送到了更需要降温的现场作业人员手里;今年元旦前夕,她忙完一天的工作后,又立刻驱车到超市采购了许多食物和小礼品,连夜送到正在夜晚加班的各施工现场,让现场员工们感受到了家庭的温暖;

1月30日20时50分,办公室电话忽然铃声大作,"潘姐,咱们在泰山西站的放线车上还有三名职工没有吃饭……"半个小时后,她把三份热腾腾的水饺就送到了正在泰山西站施工作业员工的手中。"谢谢潘姐!"大家激动的泪水在眼眶中打转。"快点吃吧,刚煮的水饺,别凉了。以后有需要就随时给我打电话,再晚我也会给你们送来的。"

她虽然身在工地,对待家庭也是关爱有加。她是公婆眼里的好媳妇,丈夫眼里的好妻子,儿子眼里的好母亲。她时常在电话里教育儿子凡事都要做到心细、动脑,对待任何事都要有责任心。她常年在外无法照顾家庭,老公给了她莫大的支持和鼓励,每当工作中遇到问题或困难时,她老公总是第一时间给与她以中肯的意见和温暖的安慰,使她对工作时刻充满热情。

巾帼不乏凌云志,彩霞红透半边天。潘卫华,用她的真诚和智慧给沸腾而紧张的工地天空编织出一抹瑰丽的亮色。

激战滁河

——记中铁三局一公司京沪五标段二工区纪实

付俊凯　　王劲松

　　滁州地处皖东,历来为南京江北门户。滁州因滁河而得名。滁河作为淮南大川、长江重要支流,见证了无数时代风云。公元２７９年,西晋大军伐吴,"出涂中",即从滁水出发,进逼金陵。公元３７９年,东晋征虏将军谢石"帅舟师屯涂中"。公元 2008 年,滁河再次见证了中国高速铁路发展的时代新潮。

一、军情紧迫

　　京沪高速铁路在滁州境内,除了位于琅琊山风景区的园郢子隧道、陈官塘特大桥、新建的滁州南站而外,重要工程就是滁河大桥了。

　　滁河大桥全长 11.7 公里,共有桥墩 359 个,其中跨滁河主跨为一孔 96 米系杆拱、跨合宁高速公路为一孔 112 米提篮拱,滁河主跨两侧还因京沪高铁与扬州联络线接轨需要,设有 22 孔道岔梁,均属五标重点工程。自 2008 年 4 月 18 日温家宝总理在北京宣布京沪高速铁路开工后,中铁三局集团一公司二队作为京沪五标段第二工区即开赴工地,安营扎寨,在滁河两岸摆开了战场。

　　兵贵神速,滁河为安徽江苏两省之分界,两岸均为大片的鱼塘稻田。《施工手册》对这里地质状况的科学表述是:"滁河一级冲积阶地,相对高差 2 ~ 5 米,植被不发育,多为旱地、水田,散布水塘及村舍。淤泥质粘土,为高压缩低承载地层",说白了,就是在桥位两侧,欲想原地修建施工便道是不可能的。11.7 公里的桥,有 6.4 公里是在水塘里,必须填筑作业平台。只好向鱼塘及稻田里抛填片石,愣是在水和淤泥间垫出一条道来。并且能采用旋挖钻的只有 40 个墩位,其余大部分用冲击钻。

　　一时间,钻机轰鸣,人声鼎沸。尽管这是这支队伍自组建以来从未有过的巨大工程量,而且,

2008 年 7 月 31 日，一场罕见的暴雨后，8 月 1 日、2 日、3 日，滁河水位暴涨，回良玉副总理亲赴滁州指挥抗洪。二工区要人给人，要设备给设备，要物资给物资，义不容辞地投身于抗洪抢险。因此工程进度受到一些影响，但是，修建一流高速铁路的使命，激发了建设者巨大的热情和创造性，到按照预先确定的施工组织设计，滁州架梁队由南向北架设到陈官塘大桥，2009 年 5 月，掉转头来由北向南架设滁河大桥时，原先沟渠纵横的乡野上，已是桥墩林立。

本来，不成问题的施工工期计划，却在这时出现了问题。由于总工期的调整，加上集团公司对铺架设备的总体安排，四工区突然面临着压力。集团公司总工程师常乃超带着集团公司本部的专家，同他们具体商讨确定工期计划。所说的压力，是此时架桥机即将到来的时刻，他们滁河主跨及前后的道岔梁、异型简支梁，还没有施工图。如果按正常工期安排，2009 年底完成，并不吃紧。但是，按照集团公司和京沪公司要求，打紧打实，打通滁河主跨也要排到 10 月 26 日，咬咬牙又压到 10 月 23 日。常总说，必须压到 9 月 23 日，保证十一架桥机通过主跨，这样才能确保 2009 年 12 月 31 日五标段江北区段的架梁全部结束。这在大部分人眼里是一个几乎不可能完成的计划。

这是什么概念? 除了两岸已经完成的墩柱外，意味着 22 孔道岔梁、5 孔异型简支梁、1 孔 96 米提篮拱，都要从基础开始做到主体完成，达到架梁条件，时间只有 5 个月，前后距离仅仅 400 米，中间还要横跨滁河。而河中的基础刚刚具备施工条件，道岔梁的墩柱才刚刚起来两个。等于是控制架梁的咽喉地段一切都要从零开始。

偏偏就在这个时候，原队长亢继龙病了，不得不离开工地回基地治病养病。书记董一民和时任副队长的李家奇记得很清楚，2009 年 5 月 7 日下午，他们两人都在工地，接到了亢继龙电话，让回队部开个会。他们匆匆赶来，班子几个人都在会议室，亢继龙说他要回家养病，由李家奇主持工作。大家知道工地条件差，对于治病养病自然是回家好些。安慰着，都一番离愁别绪掩在心底。亢继龙说完便匆匆离去，工区的气氛寂静得有些压抑。

仓促上阵，李家奇对于工区所面临的紧迫形势，是一清二楚的。几个月的时间转瞬即到，架桥机转向后绝不能止步在四工区管段，这是项目部的一条不能逾越的红线。五月的天气已经开始热了，李家奇的心底更如同煮起了一锅热油，尽管表面上看，还算平静，那底下已经沸腾了。从 1995 年毕业到眼下，在工程队，他还没有说过一个"不"字。这一次，也不说。那年轻却不长头发的头颅，两只大大的眼睛，扫视着周围的搭档。

董一民书记，是 55 岁的老同志了，却看不出一丝丝老态，花白的头发下红润的脸庞，虽然略有些倦色，但满漾着文儒的气质，与那不大而有神的眼睛结合着，透露出老而弥壮的雄心。

总工程师栗勇，才 30 出头，一头杂乱的花白头发，硬硬地，黑黑的脸庞，平时说话就是慢声细语，此刻，更是一句话不说。

郭平等两位副队长抽着烟，淡蓝色的烟雾悠悠的盘旋着，慢慢的散去。

李家奇与董书记相视一笑，大家都有压力，这事情就好办。

二、运筹帷幄

兵法云：上战伐谋。

李家奇云：信心来自方案。

2009年5月18日，架桥机先架方向结束，掉转头来架设滁河特大桥。二季度初道岔梁以及主跨图纸陆续到位，5月8日开始，李家奇和二工区的其他领导成员一起，依托项目经理部工程部、一公司工程部、集团公司工程部的支持，用几乎一个月的时间，反复详细地研究施工组织方案。从时间上看，用一个月时间研究方案，对于如此紧张的态势，有些奢侈。但是，从李家奇来说，他觉得把方案议透，把各种问题想透，做起来才有把握。化再多时间也值。

经过仔细研究，他们出招了。

第一招：重叠作业。

咽喉地段长近400米距离，从下到上桥梁结构工程工序十分繁杂。为了挤出时间，完成在既定时间内不可能完成但又必须完成的任务，他们决定咽喉区打破常规，墩柱与梁部施工支架同步进行，墩柱起来，支架同步结束。此令一出，刹那间，桩基、承台、墩身、支架，立马开工，工地到处是设备、是忙碌的技术人员、是紧张劳作的员工，远望去，白色安全帽和黄色安全帽如一片起伏的花之海洋。平时一个墩基一台冲击钻，为加快进度一个墩基上了四台。

为了解决工作场地狭窄的问题，提供更好更有序的施工环境，把400米施工便道及墩柱之间全部用混凝土硬化。搭设道岔梁和异型简支梁的作业支架，按常规稻田和鱼塘淤泥质粘土层（最深处达18米），换填就可以，填片石，分层碾压，

打300号混凝土，但效率低，时间不允许按部就班，不可行。工区决定用500的钢螺旋管，既做基础，又用来搭设支架。刚刚搭设完两孔梁，集团公司副总经理兼京沪项目常务副经理谢大鹏来工地检查，建议对方案进一步优化，采用混凝土管桩，上面加系梁，再用钢螺旋管。经过请专家进行技术及承载力检算，并做了混凝土管桩的单桩承载试验，方案可行。于是全部采用管桩基础，加条形基础，上用500钢螺旋管，再纵铺贝雷片。不仅搭设进度快了，还节约了成本。400米范围内的工地，钻机似昂首问天的战炮，掩映在密密的钢铁森林般的支架间，宣示着他们坚定前进的信念和务求必胜的渴望。

第二招：创造工位。

道岔梁在主跨两侧各有六孔，连接道岔梁的是 5 孔异型简支梁。为了能够让上来的队伍有足够的工作面，他们决定对六孔道岔梁采取先干中间两跨，再同时做另外四跨，最后通长张拉。先做中间，等于多出来两个工作面，后面的五孔简支梁，也是先做中间一跨，再做两边各两跨，这样有利于劳力展开。

队伍集结起来，先干 176 号～178 号墩承台开挖，墩位上全部用拉森 4 型钢板桩围护。配置 3 台臂长 18 米的长臂吊车。一个墩位 10 个桩头，组织 10 组人同时破。破完桩头，即刻就做好底层平整，绑钢筋，浇筑承台，立模板，浇筑墩柱。所有工序，环环紧扣，一气呵成。7 天就从打桩做到承台，再七天，墩柱就完成了。

这是真正的集团作业，最重的一孔道岔梁重约 2700 吨，高峰时劳力 900 多人，仅安徽段就有 600 人。考虑到吊车视线不好，而且臂长不够，塔吊占地少，运输便利，每侧上了 50 米、70 米两台塔吊，不仅减少机械干扰，腾出更多作业空间，而且塔吊可以向两侧运料，有效扩大了作业范围。

与此同时，主跨施工也紧锣密鼓的展开了。按照确定的施工方案，要在河道里打钢管桩以便搭设作业平台，本来用船载打桩机很便捷的。当时正赶上滁河运营实行费改税，上下游闸忙着整修，不放水，没有了行船的干扰，方便了施工。哪知道下游修堤坝，突然把水放掉了，还剩下 8 根桩，船载打桩机一下子失去浮力，歪躺在河道中间。现场领工员急匆匆的来找李家奇，问怎么办？李家奇赶到现场，大眼睛转了转，说，怎么办，拉土把水憋起来。于是赶忙调来挖掘机、调来汽车，干了两个通宵，拉了三四千方土，在河中再筑起一道临时堤坝，用抽水机抽水，船载打桩机重新浮起，欢快地唱起歌来。

三、高奏凯歌

李家奇说过这么两句话：眼是懒汉，手是好汉。团结就是力量，坚持就是胜利。前一句有点民间色彩，道的是干事者的心劲，不管多大的事，多重的活，干起来，就不怕。后一句似乎有点官腔，但也是一个实理。京沪高速铁路建设是一项前无古人的伟大工程，如果不能团结起身边的力量，仅靠少数人，是什么事情也办不成的。

数字是简单的，然而数字又是最有证明力的。就看一组数字吧：

2009 年，四工区共完产值 18900 万元，加上农民工在内，人均产值超过 20 万元。这 20 万代表着钢筋、水泥、石子，代表着那无数的机械似的劳作。滁河主跨从 2009 年 5 月 29 日起，仅一个月时间，完成钢筋加工绑扎 405 吨，安装侧模 416 平方米，安装内模 3020 平方米，穿钢绞线 97.6 吨。

在这些略显枯燥的数字背后，是成千人的汗流成河，是几百天的日夜奋战。2009 年 7 月，新上任的京沪高铁苏州指挥部徐海峰指挥长到五标检查，滁河主跨系杆拱桥是第一站。因为他知道，这是滁州架梁队面临的一个控制节点，而且工期特别紧张。他到现场时，工地上密密麻麻都是人，走路都是一路小跑，绑钢筋的蹲在模型内，连脸上的汗都没有时间去擦。大小吊机和塔吊，不停的起吊着模板、钢筋。"大干一百天，拿下滁河桥，确保架梁通过"，这气势，让他放心。

他们不负众望：

系杆拱从桩基到成桥只用了 10 个月，主体梁体施工，从立模板到浇筑完成，用时 43 天，这在同类型桥梁施工中是少有的高速度。

2009 年 7 月 4 日，梁体混凝土灌注，约 1.5 万立方米混凝土；

2009 年 9 月 5 日钢管拱吊装合龙；

2009 年 10 月 1 日，比集团公司经理部预定工期提前两天，滁河特大桥主跨及前后道岔梁全部完成。

架梁逼近主跨前，11 孔道岔梁跨间有 4 个后浇带，如等做完再过架桥机，就要耽误一周时间。1975 年出生的总工程师栗勇提出了替代方案：用 50 直径的钢管放到墩柱上，然后顺放工字钢，再在工字钢上横铺 2 毫米厚的钢板，待架梁结束再做后浇带。

2009 年 10 月 12 日，架桥机顺利通过滁河特大桥主跨 96 米系杆拱。这一天，李家奇、董一民、栗勇和他那些弟兄们，站在桥边，看着运梁车驼着 900 吨箱梁缓缓而来，那梁的两侧，展开如雄鹰张扬起的翅膀。架桥机硕大的躯体，钻在半圆形的拱架肚内，吊臂伸展，如雄狮般缓缓前行。蓝天、白云、河水，一副多么静逸的画面。那些难以忘怀的日子，此刻都以淡去。他们只是快活的看着眼前的场景。

滁河也是两岸乡农龙舟竞渡处。每年端午，四县十八乡龙舟齐集，热闹非凡。据说唐名宦李德裕由宰相谪滁州，曾到赤镇观龙舟，时人有《滁河午日观龙舟》诗咏盛况：

环滁胜景聚河滨，午日龙舟渡翠萍。鳞甲乍飞兰桨动，烟云初霁锦帆新。帘栊倒照朱楼影，箫鼓喧传画鹢人。移棹桥东芳树绿，嘉宾燕乐对良辰。

待到京沪高铁建成通车时，高速奔驰的动车组从滁河大桥上用不到一秒的时间，即飞驰而去。古人描绘的胜景，与新的时代的风光是不可同日而语的。李家奇和他的队伍，在滁河建造的一道人间长虹，需要一首新的诗歌来歌咏，我们期待着它的出现。

秦风儒将

——记中国水电集团京沪项目部六工区二处处长王晓伟

马 亮 庞 卡 纪 灵

王晓伟

引 子

王晓伟，中国水电八局一分局副局长，水电八局京沪高铁施工局副局长兼施工二处处长。这是一位具有秦风傲骨、儒学风范的水电干将。

1977年1月13日，王晓伟出生于铁路世家，父亲是陕西安康铁路分局机务段的一名普通工人。小时候，王晓伟最喜欢看火车，喜欢听父亲唱秦腔，特别是那首《秦王破阵乐》那慷慨激昂"嘹得很"的感觉。希望长大后子承父业，当一名铁路建设者，作一番大事业，在破阵中，为三秦厚土，为关中人争气。1999年，王晓伟大学毕业，他加盟了中国水电八局，成为了一名驰骋江河、与山水共舞的水电人。现实与理想的冲突，没能泯灭他的梦想。王晓伟坚信，只要努力，无论哪个专业，都能干出成绩。他先后参加了了洪江、三板溪、松树岭、挂治水电站建设，从一名普通的技术员，逐步成长为技术部门负责人、副总工程师。2006年，年仅29岁的他，当上了水电八局一分局副局长。2008年，中国水电中标京沪高铁。王晓伟被中国水电八局领导委以重任，担当水电八局京沪高铁施工局副局长兼施工二处处长，主管三标段六工区曲阜段的施工任务。

京沪工地三年，这位年轻的中层干部、三秦大汉，在风雨中，在重压下，以勤学、实干，引领工程和团队跨越障碍，走在了工程建设的前面。一年又两个月后，王晓伟的儿子出生在高铁建设工地，大家亲切的称之为："京沪宝宝。"他给儿子取名，叫王小乐。"寓意取之《秦王破阵乐》在巅峰对决中，高亢激昂的自我超越，感受人生的快乐。这蕴含了王晓伟对儿子期望，也是他对人生的理解。

"市场不相信眼泪，只欣赏强者"；在黄牌"阻击中，实现凤凰涅槃，勇于超越，品尝高铁路上的苦与乐"

2008 年元月 13 日，是王晓伟的生日，那天，他踏上了前往曲阜的征程。到了中国水电八局，他一直希望能参加大型工程建设，因为没能赶上建设大三峡，而遗憾过。但是，中国水电进军京沪高铁，站在世界瞩目的铁路高端舞台，自己随着建设大军将命运同中国崛起的伟大历史事件捆绑在一起，亲历和见证又一个"天字号"工程的诞生，为千秋伟业工程留下自己浓墨重彩的一笔，何等荣耀！王晓伟满怀激情。

中国水电八局承担了京沪高铁曲阜至邹城段 20 公里土建工程施工，合同总量 13 亿元，施工二处承担的任务，有 2.4 公里长的曲阜东站站场，和近 5 公里的桥梁施工。中国水电在京沪高铁承建了两座车站。项目部把曲阜东站作为一级样板工程来建设，王晓伟身感责任重大。

2008 年 2 月，冒着刺骨的寒风，王晓伟带领队伍走村串户，用半个月时间完成了 650 余亩土地的征地任务。3 月，他又率领工程技术人员，完成大临建设和营区的图纸设计，尔后和员工一起搬砖头、铺地皮，投入到拌合站和营区的建设。5 月，迎来了曲阜东站 CFG 桩的开钻。

正当王晓伟的团队全力推进工程建设时，突然一场灾害迎面扑来。

7 月，暴雨如注，连续不断的降雨，使施工现场变成了一片泽国。曲阜东站位于冲积平原，地势低洼。工地经过几次洪水洗劫，几乎使前期工作付之东流。此时，铁道部质监总站检查组来了，几天后一纸停工半个月整顿的处罚单，送到王晓伟手中。

许多建设者想不通，"我们是被动的，没法掌控天气的变化，是受害者，凭什么处罚这么重？"大家十分沮丧。

然而，王晓伟没有怨天尤人。他提了三点要求："一是绝对服从处罚，没有人对你不公平，是自己的防范意识不够；二是迅速反应，完成整改；三是打起精神，展示姿态，让业主看看水电人敢于面对挫折，并且有信心、有决心去战胜困难。"王晓伟这样疏通大家的思想疙瘩。天晴之后，全体干部员工自发来到工地，清沟排水，一点点往外赶。经过几天的奋战，排水系统修好，并通过复审。9月岩溶挡道的桥梁桩基开始成桩……

10月1日，国庆节，本该是个欢庆的日子，但是，王晓伟的团队却再次跌入了冰谷。

由于曲阜东站CFG桩钻孔弃土堆放不整齐，铁道部京沪质监总站下发黄色处罚通知单。

这是京沪高铁全线发放的第一张"黄牌"呀！王晓伟一下子蒙了。此前京沪高铁就有不少项目管理者因为某些差错被业主要求更换，出现了一波紧跟一波的换人风潮。能否实现自己的铁路梦？自己能不能留住？团队能否留住？王晓伟落了泪。

危难关头，水电八局总部没有抛弃晓伟，是上级领导看到了这位年轻小伙身上的那股不服输的劲儿。危难关头，是施工二处全体员工支撑了晓伟，多年的共事让他们坚信，只要拧成一股绳，晓伟一定能够带领大家共渡难关。危难关头，是身怀六甲的妻子理解了丈夫，只身回了家乡，让晓伟把全部精力投入到一线生产，解决当前难题。

晓伟站起来了，晓伟的团队挺住了。

"黄牌"与"绿牌"，是京沪公司一种罚劣奖优的一种制度，然而，在晓伟眼里，它更像是一种催人奋进的号角。整改、理顺、创新，王晓伟抱着为团队谋出路、为企业担责任的决心，打出了组合拳，频繁的带领干部员工到兄弟单位参观学习，改进不足，缩短差距。同时，制定更为严密的措施，加大投入，依靠众人合力，终于在业主下达的最后期限内，不仅保质保量保安全文明生产地完成了CFG桩施工，而且使工地现场全面改观。此后，晓伟率领团队，严格按照铁道部要求标准化施工。曲阜东站站场填筑，因创新排水工艺拿到"绿牌"；跨日东高速公路的连续梁施工，又因安全质量控制良好获得"绿牌"。特别是在无砟轨道底座板施工中，王晓伟他们因规范的操作和严密的控制连夺三块"绿牌"，成为全线样板工点、标准化工地。

工程的巨变，使业主改变对晓伟和所带领的团队的认识。二处党工委副书记邓忠胜讲了一个小故事。有一次铁道部质监总站来检查工作，带队的恰好是给二处下发"黄牌"的那位领导。看了现场，这位总监站的领导很满意，临走前，他突然停下脚步，一本正经地对晓伟说，小伙子，你行啊，不仅没卷铺盖回家，还把"黄牌"干成了"绿牌"，干成了先进。"领导小瞧我们水电人了，我们不仅要把京沪干好，还要干好高铁事业。"晓伟笑着说。在场的人都笑了，笑得很开心。

"那段时间晓伟每天都工作十七八个小时，基本是凌晨1、2点才回家，经常躺下没多久，一个电话打来，就往前方跑。"王晓伟的妻子回忆说，"为了不打搅我休息，他后来干脆晚上不回家，就在办公室困几个钟头。每天很难见到他的人。说实话，我正怀身孕，希望他能在身边照顾我，但是看到他那样辛苦，我什么怨言也没有了，离开工地后一直牵挂晓伟、牵挂工程，怕晓伟顶不住，只希望困难快点过去，能让他好好休息一下。"王晓伟的妻子回忆那段日子眼里含着泪花。

回顾二处工作的转变，王晓伟感触到："铁道部能让中国水电进入这个高铁市场，这是他们的包容之心，他们对标准的严格把关，对进度、质量、安全、文明施工的苛刻要求，对每一个参建施工单位都是一样的，铁道部不会给时间让我们去慢慢地适应，我们和行业内单位从一开始便在同一条起跑线上竞争。因而，我们不要乞求理解和原谅，业主是不会同情弱者的，他们只欣赏强者，所以我们不要悲壮的去完成每一项工作，而是要积极、快乐、自信的工作，用我们的行动和好的产品去赢得他们的认可"。

征服困难，着眼未来，直面挑战，敢于第一个吃螃蟹；
主动请缨，敢于攻坚，把高铁工程建设当成一项伟大的事业来干

熟悉晓伟的人都知道，他爱学习，也善于学习。王晓伟经常要参加各种会议，每次，他都会全神贯注地听和记，将有用的信息为己所用。业主来检查工作，也被晓伟当作学习的良机。他总是手捧笔记本，迅速记录下专家、领导的真知灼见，以备将来能够用上。

王晓伟用言行转变大家的观念，把大家认为"迎检"这样一个平凡的事，改变为高度重视、认真对待。他说，只要我们各项工作都做得好，做到位，任何时候都经得起检查，就有多拿绿牌的机会。

然而，晓伟不甘心只做一名学习者和追赶者，他在不断的寻找时机出击，期盼在高铁留下中国水电光彩的一笔。

2009年7月，水电集团开始轨道板铺板试验，需要建设一个试验基地。京沪高铁所采用的CRTS Ⅱ型无砟轨道板是目前世界上最为先进的轨道板，其对铺设精度以及水泥乳化沥青砂浆的配合比和灌注要求极高，行业内施工单位都毫无施工经验，必须先进行工艺性试验，掌握成熟的工艺后再上线施工。由于标段内各工区施工繁忙，原定几个单位都没有回应。

中国水电集团三标段项目部副总工赵文经，一位干了一辈子铁路工程的老专家，专程从泰安赶到曲阜找到王晓伟。问他敢不敢接试验任务。王晓伟认为，攻克京沪全线的难题，也孕育着机会，为什么不抓住这千载难逢的机会，率先开启试验，走在别人前面？晓伟兴奋不已，立即召集班子会议。然而，他遇到了参建高铁以来内部最大的一次阻力。班子成员都不同意他的提议，理由是，一是生产极为繁忙，再搞试验本末倒置；二是自己种树大家乘凉，还需占用大量资金，不值！面对阻力，王晓伟再次召开班子会。会前，他叫人买来一串葡萄。会上他拿着这串葡萄说："在京沪，施工单位就好比是一串葡萄，当被人连盘子一起端着时，葡萄之间没有什么差距，假如这串葡萄被人拎起来抖一下呢？那些软的、坏的葡萄就掉了。市场竞争是同样的道理，强者

才有生存机会。作为后来者，想要站稳脚跟，必须站得高，看得远，不在乎一时投入，掌握最核心的技术。"倔强的晓伟硬是一个一个做通了大家的工作，主动向水电集团京沪高铁项目部承接了轨道板铺板试验基地的任务。

7月17日，施工二处成立了轨道板铺设大队。在队伍组建上，王晓伟再次出人意料地推出了三项大胆决策：一是队伍规格高，可以跳过各主要职能部门，调配施工二处各项资源为其所用；二是直接任命施工二处分管生产副处长为大队长，撇开其他施工，专心开展铺板试验；三是全部选择最近一两年分来的大学生组成队伍。

第一次灌注试验时，天突然下起了雨。人员和设备都已到位，是暂停还是继续？大家看了看王晓伟，此时他正坐在砂浆车电子操作屏前面，雨水顺着他的脸庞往下淌，他好像任何事情都没有发生一样，依旧是那么专注。看到此景，大家坚定了试验的决心。由于雨水进入了灌注孔，对试验影响很大，他们就用毛巾一点一点地将水沾出来。那天，所有现场人的衣服都湿透了。

铺板大队没有辜负项目部的希望，经过半个月紧张高效的工作，8月初率先在三标段建成标准化的轨道板铺设试验基地。基地采购了价值不菲的CA沥青砂浆搅拌车和一大批精调设备，并将厂家的技术人员请到现场，多次开展培训和现场设备调试工作，初步掌握了各种设备的工作流程。随后经过几十次的试验，铺板大队获得了一大批宝贵的参数，积累了丰富的经验，称得上是整个三标段中最为熟练掌握铺铺板工艺流程和技术的队伍。

2009年8月13日和8月30日，中国水电集团京沪高铁三标段项目部在该铺板基地分别举办了精调和灌注两场观摩会，三标各施工单位都前来参观学习。同时，施工二处编制的七套工艺手册被作为标准工法，在三标各施工单位推广实行。8月31日，施工二处铺板试验获得京沪总指颁发的绿牌奖励，这是京沪高铁全线铺板试验获得的唯一一块绿牌。9月28日，施工二处轨道板铺设试验基地升格为中国水电集团无砟轨道板铺设试验培训基地，成为了中国水电集团学习、掌握无砟轨道板铺板技术工艺和培养相关技术人才的前沿阵地。铺板试验领跑三标段，王晓伟却显得很冷静。因为即将开启线上施工，届时才算真正进入高速铁路土建施工的核心技术环节，自己的团队能否在这最为关键的一役中取得令人满意的战绩？在一个夜深人静的夜晚，他奋笔疾书，写下了一封致全体员工的亲笔长信，向大家发出了倡议。

王晓伟激发了大家的斗志，二处在无砟轨道底座板施工中连夺三块绿牌，成为这一工点获得绿牌最多的单位；轨道板精调和灌注连破纪录，成为三标甚至全线的领跑者；辽河2号特大桥无砟轨道底座板铺设工地被济南指挥部评为标准化工地；在京沪高铁三标段专项劳动竞赛首月考核评比中，排名第一，并被授予"6月份专项劳动竞赛A组优胜单位"荣誉称号。

换位思考，共建共盈，破解"点"和"线"演绎的难题；
诚心诚信，共谱和谐，"礼为先，和为贵；儒学圣地写华章"

在圣人故里修建京沪高铁，王晓伟及同事深感荣幸。但是要想与曲阜地方百姓营造良好和谐的关系，就必须了解他们的文化特性，量体裁衣，因势利导。王晓伟知道，京沪高速铁路的建设没有地方的支持，没有换位思考和诚心诚意的工作思路，是适应不了从水电的封闭式管理，走向开放式管理的模式的。

学工科的晓伟，骨子里却流淌着厚重的文化情愫。信手拈来的古诗词让人心悦诚服，一手苍劲有力的硬笔、软笔书法，让人赏心悦目。涉猎广泛的王晓伟处处展现着他的文化涵养，这对于一名工程建设管理者实属难得。然而，更为难得是，他并不是把文化当做是消遣娱乐的附属品，更不是把文化当做炫耀卖弄的资本，而是紧紧地融入到了他的工作中，让他能够想得更细，看得更远。《论语》有云："己欲立而立人，己欲达而达人。"王晓伟深谙此道。

2008 年"六一"儿童节，他带领同事前往南辛镇小学，开展捐资助学活动。周边村民很受感动，由此拉开了与地方良性互动的序幕。7 月，曲阜雨水特别集中。由于排水系统满足不了要求，曲阜东站工地成为了一片沼泽，一时无法施工。晓伟找来村长，告知了自己的想法：曲阜地处平原地区，积水难排，长期以来困扰着当地百姓。如果老百姓的农田沟渠不通畅，修建再好的工地排水系统也无济于事，所以，我们愿意义务为村民打通农田沟渠，同时出资修建几座集水井，保证工地和周边庄稼都免受积水侵扰。"德不孤，必有邻"，王晓伟的善举换来了村民的恻隐之心，他们看到施工二处全体员工连续数日浸泡在泥水里辛勤的劳动，纷纷加入到了排水的队伍，加快了治理的步伐。10 月，高铁建设进入高峰期，急缺人力。王晓伟及时将周边富余劳动力吸收进来，让他们与协作队伍签订正规劳务合同，同时负责对这些农民工进行技术、安全培训，让他们进行一些简单的施工，不仅解决了地方农民就业问题，而且极大地减少了周边闲散人员滋扰生事的发生。

曾子曰："吾日三省吾身——为人谋而不忠乎？与朋友交而不信乎？传不习乎？"王晓伟在不知不觉中践行着先贤的警言。他经常反省自己，寻找自身工作中的不足之处。他经常说，周边关系不和谐，最大的原因在我们自身。因为我们是外来者，工程建设不可避免对他们的生产生活构成诸多不利影响，打破了固有的平衡，因而，他经常告诫自己的员工要多体谅村民，施工中切实做到安全文明环保。在他的主张下，施工便道进行了扩征，宽阔的道路有效地避免了来往的机械车辆对路边庄稼的破坏；每天定时洒水，把灰尘污染降到最低；修建更为牢固泥浆池和集水坑，规范整齐的堆放弃土，避免施工废物侵占土地……通过一点一滴的事情拉近建设者与老百姓的距离。

　　"礼之用，和为贵。"在与地方共谱和谐曲的同时，晓伟的思想逐步升华，自觉不自觉地用在了工作中。2010年6月28日，曲阜市息陬乡政府礼堂。一场由曲阜市京沪高铁连接线工程建设指挥部、曲阜市支援京沪高铁建设领导小组、中共息陬乡委员会、息陬乡人民政府联合主办的庆"七一"红歌大家唱文艺活动正在进行。接到文艺活动邀请函时，党工委副书记邓忠胜犯难了：现在正在开展"大干120天，确保实现铺轨目标"劳动竞赛，生产任务极为繁重，我们有人、有时间参加吗？出乎意料，王晓伟毫不犹豫地同意了："这是展示水电八局高铁建设者精神风采，加强与地方关系，提升我们在当地群众中的形象的一次难得机会，为什么不参加？你立即召集文艺骨干组队训练。还有我们既然参加就一定要拿得出手，马上联系一位专业老师来指导。"在演出晚会上，王晓伟带领他的团队，走上舞台，为地方干部群众献上了一首《祖国不会忘记你》的歌曲。深情激昂高亢的歌声，征服了在场的观众，博得了阵阵掌声。像这样参加地方的文艺演出活动，施工二处并不是第一次。中国水电八局党委书记朱素华给了王晓伟这样的评价——儒将晓伟。

　　京沪高铁是王晓伟的福地，在这里，他经历了重重的磨砺，让自己的生命在深度和广度上实现了质的飞跃；在这里，他喜获儿子，为自己的家族叙写了三代铁路情缘。因而他总是怀着一颗感恩的心来审视这段并不平坦的历程。他感谢这个时代，赐予了有志青年博大的舞台；他感谢自己的企业，给与了他升华自我的机会；他感谢自己的团队，为他撑起了一片天空。

平凡铸就梦想

——记中铁四局京沪高铁南京枢纽三工区工区长栗欣

张 君

栗 欣

中铁四局京沪高铁南京枢纽三工区工区长栗欣，个头矮，头发短，一双明亮而清澈的眼睛在朴实中透露着厚实，额头深深的皱纹平凡中凸显着智慧。他丰富的现场施工经验成就了如今京沪高铁南京枢纽三工区的荣耀：三工区先后两次荣获项目经理部施工生产优胜单位、"七比七创"劳动竞赛第一名，他也多次被评为京沪高铁百日大干先进个人、局先进工作者。

励精图治就是为了争第一

京沪高铁南京枢纽三工区承担着南京枢纽京沪高速铁路跨秦淮新河大桥、沪汉蓉铁路跨秦淮新河、宁安城际跨秦淮新河、动车组 1 号走行线跨秦淮新河大桥、韩府山隧道一号、二号、三号、四号隧道等工程建设任务。

韩府山隧道群是京沪高铁全线唯一的一座隧道群，其隧道之间间距小、隧道长度短、安全压力大成为全线的焦点。为有效保证隧道的施工安全和质量，工区长栗欣还没来得及与自己朝思暮想的家人吃顿团圆饭就风尘仆仆的从云南来到南京工地。面对我国第一条真正意义上的高速铁路，栗欣深知建好此项工程的重要意义，这对他来说既是机遇，更是挑战，在这里不但能接触到更多的新工艺、新技术，特别是韩府山隧道群施工，将为今后隧道群施工储备更多的技术参数和经验。然而在新的环境里，一切都要重打鼓另开张谈何容易，看看图纸的工程量，再看看现场的实际情况：没有施工便道、没有办公条件和场地、征地拆迁量大等重重困难，个个都是张牙舞爪的拦路虎。栗欣别无选择，就像张弓的箭，只有一往无前，才能打赢这场硬仗。于是他对所有参战员工下了一道死命令，必须一个月抢临建、两个月见成效、三个月大变样。为了达到这个目标，栗欣白天和技术员一起到韩府山上检桩放线，晚上在出租屋里亲自复核工程量、设计施工方案，七月的南京城，犹如一个巨大的火炉，栗欣和他的团队就像被挂在火炉上烘烤一样，每坚持一小时，他们就要用水冲洗一下身上的汗水，就这样他们硬是扛过了 20 个昼夜，最终定下了初步的施工方案。

为尽快打通通往各处洞口的临时便道，栗欣先后成立两个临时便道协调组，并 24 小时紧盯现场，为修建临时便道的队伍排忧解难，同时协调和指导在施工中的难题。在不到一个月的时间，三工区合计 4.3 公里的临时便道全部打通，完成征地 167 亩，为后来机械队伍进场铺平了道路，满足了现场施工需要。此外，临电架设、空压机房、炸药临时存放点、喷浆料拌合站也同时落成，初步完成了一个月抢临建、两个月见成效、三个月大变样的目标，得到了建指的高度评价，称三工区是全标进点最晚、动作最快、效率最高的施工单位。然对栗欣来说，这只是刚刚开始，他励精图治就是为要争第一。

那一刻，他会心的笑了

韩府山隧道群分别为韩府山一号、二号、三号、四号隧道，是全线隧道最为集中、也是全线唯一的隧道群，被铁道部、建设指挥部列为全线重点控制性工程，而两个隧道之间为 6 米的最小距离更是引人格外关注，每次的安全质量检查，该项目为必检项目。如何干好本项目且永远争第一，成为栗欣吃不好、睡不着的心病。

对于工程的困难他是有思想准备的，然而工程的难度完全超出了他的想象，这使栗欣感到前所未有的压力。一是工期紧、任务重。韩府山一、二、三、四号隧道总长 1384 米，属于本标段重点控制工程，节点工期为 23 个月，工期压力大。如果出现进度脱节，势必造成工期延误，最后导致影响到本标段铺轨的正常完成。二是隧道围岩级别差、工艺复杂，施工难度大。韩府山一、二、三、四号隧道进出口段隧道洞身开挖断面大，IV、V 级围岩居多，只有四号隧道含有 100 米 III 级围岩，掘进指标不高，加之进出口洞口 V 级围岩段采用超前长管棚支护。IV 级围岩施工采用三台阶七步开挖法，V 级围岩施工采用双侧壁导坑法，施工工艺复杂等诸多因素制约工期，如何在合同工期内完成全部的主体工程成为该项目的第一大难点。而小净距、大断面施工则是该隧道群的第二大难点。韩府山一、二、三号隧道彼此之间净距在 6 ~ 10 米范围内，属于超小净距隧道，应严格按设计施工顺序进行施工，如稍有不慎将会带来严重后果。找到了前因后果的结症，栗欣心中顿时豁然一亮，他立即组织人员改变施工方案，强化现场管理，制定全新的安全质量保证措施，从项目经理到部门成员，从施工班组到单项工序作业，层层签订安全质量责任状，保证施工生产的稳步推进。

为确保安全质量万无一失，栗欣还专门制定了两条"铁律"。一是要在安全措施上加大监控力度。制定隧道施工危险源识别及控制措施，要求技术员在进行技术交底时，交底书安全内容必须要有针对性；安全员每日进行巡视、检查，形成"人人管安全"的施工氛围。在隧道施工前，采用 TSP203 地震波法预报系统结合超前水平钻进行超前地质预报，然后对隧道进行风险评估，制定针对性的施工方案和技术保证措施。二是要在安全技术上组织严密。对隧道开挖支护要严格按设计要求进行，初期支护要采用湿喷工艺，二次衬砌按照"仰拱超前、拱墙紧跟"的方式施工，安全距离控制在规范要求范围内，同时采用精密收敛仪和全站仪配反光片的方式每日对拱顶下沉、水平收敛及地表沉降进行观测，分析数据、及时反馈至班组用以指导施工，确保隧道的施工安全。正是这两条"铁律"，有效保证了隧道施工的稳步推进，同时也为大桥主体完工赢得了时间，2009 年 9 月，韩府山一、二、三、四号隧道四座隧道全部安全贯通，质量有效可控，3 月 24 日，国家安监司副司长王力争、铁道部质监站站长杨陆海、副站长李强等一行在对一号隧道安全质量大检查中，通过对施工现场和内业资料的检查，予以高度评价，称三工区的安全质量和文明施工为此次检查最好的单位，与此同时，三工区在劳动竞赛评比荣获第一名，栗欣亦被评为工地管理之星荣誉称号，那一刻，他会心的笑了，因为梦想终于变成了现实。

他是最严格且温和的老师

栗欣虽是一个工作责任心强的行政领导，但是他也又有性格温和的铁血柔肠。在工作之余，他没有别的爱好，唯一的就是喜欢独自坐在办公室思考问题，考虑最多的是如何才能充分发挥优秀年轻技术骨干的聪明才智，使他们能在一个项目结束后能独挡一面。对此，他一方面加强自身学习，掌握高速铁路的新工艺、新技术、新规范，另一方面不断寻找机会为他们搭建抛头露面的平台，从而及时捕捉他们身上的闪光点。

三工区共有 4 名大中专毕业生，一边是科技含量高、工期紧，一边是刚从学校里走上工作岗位的学生，如何让让他们尽快适应新环境的要求，在工作中既能发挥他们所学专业知识，又能使他们短期内成为技术骨干。栗欣根据这些新人所学专业的实际，量体裁衣，亲自起草制定了《三工区大中专生人才培养计划》，并自己担任主讲，工程部长、总工程师负责辅导，以实用型、技术型人才为培养重点，努力营造吸引人、发展人、留住人的良好氛围，为人才成长提供施展才华的舞台。通过培训学习，开发人才资源，开工以来，三工区在栗欣的主导下，共举办各类大小培训班18期，培训员工120人次，签订"师徒合同"4份，通过岗位交流、"师带徒"活动等，激励员工学技术，钻业务，就隧道掘进、隧道量测、衬砌、锚杆、混凝土灌注、混凝土湿喷等施工工艺，开展QC攻关活动，坚持每周举行技术总结会，就现场施工所需技术规范等进行集中学习，通过这种形式，极大地提高了他们的业务技能水平。目前，4名见习生都能独挡一面，其中有的还成为了技术主管，看着自己呕心沥血的付出不断有新的收获，栗欣时常感叹说：我不求你们都能成才，但我希望你们都能成人，而他的"徒弟"们也都称他是最严格的温和老师。

栗欣，一名普通京沪高铁建设者，他用平凡踏实的工作实现着自己的梦想，在平凡的岗位上创造出了非凡的业绩，用平凡诠释着筑路人的责任，用坚忍不拔的毅力构勒着激流勇进的人生坐标。

年轻团队　高铁劲旅

——记中铁十五局七公司京沪高铁项目经理许涤非

袁青顺　　王永玉

许涤非

毫无疑问，当我们坐在京沪高铁飞驰的列车上时，会感叹人类的伟大，会由衷地赞美这一桥飞架南北的建设者。但是，人们也许不知道，这条创造了"五个一流的"高速铁路，曾经以怎样的苛刻考验了它的建设者。历史会铭记，在京沪高铁大会战中，有一群平均年龄只有26岁的铁军，而带领这些英雄们创造奇迹的是一个年仅29岁的青年人。伟大时代诞生的伟大工程，离不开伟大的建设者。

——采访札记

庆功宴上，许涤非向员工们深深地鞠躬，大家把他团团围住，有的举起酒杯敬他，有的干脆扶着他的肩膀放声大哭。他也想流泪，经历了18个月的拼搏，终于告一段落了！18个月的酸甜苦辣，18个月的风雨兼程，18个月的夙夜奋战，让他累积了太多的情愫，他完全有理由在这个难得的轻松时刻，放纵它的奔涌。但是他没有。

记者问，庆功宴那天，好多人都哭了，许总您怎么那么平静呢？许总微笑着："线下工程结束了，硬骨头工程被我们拿下了，线上的桥面系和轨道板铺装正在等着我们，京沪高铁一日不通车，我这根弦就得绷着！"

多少次，因为牵挂着工程上的事，他都会梦中惊醒，自从接到进军京沪高铁的那一刻，他那根绷紧的弦就再也没敢松开过。这是一项世纪性工程，也是一项世界性工程，他明白自己的松懈会造成什么样可怕的后果，这是他的责任感所不能容许的。

29 岁，工程管理硕士，9 年时间，从一名技术员到今天的中铁十五局七公司副总经理、京沪项目经理，就是这个身高 1.87 米的年轻人，带领着一帮平均年龄只有 26 岁的年轻团队，在京沪千军万马中屡建奇功，取得了一次又一次辉煌。

在中铁十五局集团京沪高速铁路指挥部开展的 9 家单位参加的 10 次劳动竞赛综合评比中，他们曾经获得了三次第一名，四次第二名，三次第三名的好成绩。曾七次被授予"中铁十五局集团京沪高铁劳动竞赛"流动红旗单位"；项目部还先后获得"2008 年度中国铁建五比五创劳动竞赛综合优胜单位"、"2009 年度中铁十五局集团五好党支部标兵"、"安徽省环境保护优秀施工单位"和"洛阳市工人先锋号"……而领导这个年轻的团队创造奇迹的就是这位年仅 29 岁的年轻人、中铁十五局集团公司第四届十大杰出青年之一。不凡的经历使他积累了丰富的管理经验，他先后干过南京城市快速内环东线二期工程、苏州北环快速路工程、无锡青祁山 C 标段，从九华山隧道的詹天佑大奖到京沪项目的一次次荣誉，这一切向我们证明了这是一支敢打硬仗的队伍，驾驭这艘荣誉之舟的就是许涤非。

在学习中总结，在总结中进步

如果有人问许涤非，你为什么能取得今天的成绩，他的答案肯定是学习，不断地学习，在学习中总结，在总结中进步。这也是他经常在项目部的会议上讲的话。

知道他的人，都说他是一个永不满足现状、敢于自我挑战的管理者，他的脑子里总是能冒出一个又一个新点子。

所有管理的新点子，来源于他平时的好学和思考，他给项目部员工规定，每个人每年至少要读十本业务相关书籍，并要求大家博览群书，提高综合素质，他给自己定的目标是 20 本业务专著，加上翻阅的各种管理书籍，每年读的书籍达到了 50 本以上。

榜样的力量是无穷的，他自己的学习精神也在感染着项目部每一位员工。

项目部的小王告诉记者："有一次陪许总回洛阳开会，从蚌埠到洛阳坐火车八个小时，许总开始时一直在看书，不说一句话，我傻傻的坐在他的旁边，不知道该说什么。后来，他看我坐那没事干，就从包里拿出一本曾仕强的管理书籍给我看，并亲切地说，年轻人要好好珍惜现在的时光，特别是你们坐办公室的，要多看些管理方面的书，不断学习，不断提高。从那以后，我的这八个小时也利用起来了，也学会了包里放本书的好习惯。"

京沪项目 50 余名员工之中绝大多数都是刚从大中专院校走出来的小伙子。许涤非很清楚青年人的优势和弱点，青年人精力旺盛，理论知识丰富，易于接受新生事物。但是，缺乏社会阅历，存在性格自我、不能主动学习等共性，由此带来的浮躁成为青年人的软肋。

注重总结，把干过的活作为自己的经验，转化为自己的能力。京沪高铁八丈沟现浇梁是所在管段施工的重难点工程，全长 113.3 米，技术难度高并且需要一次性浇筑成型，很多技术员都是首次接触这样规模的工程。但他们在许总的带领下，曾六次召开专题讨论会，共同研究施工方案。在顺利浇筑成功后，又立即给职工布置作业，要求每位参与施工的技术员以书面形式认真总结此次施工的经验教训，写到纸上，这本身就是一个思考总结的过程。承担此次重点工程的指挥者许涤非也认真总结经验，深刻反思不足，写出了 5000 多字的八丈沟现浇梁施工总结材料。他们这种好的做法受到了集团公司的重视，并要求全局项目部认真学习京沪项目部的做法。

形式承载内容，内容依托形式

"唯物辩证法告诉我们，内容决定形式，形式服务于内容。一定的形式是一定内容的载体，没有必要的形式，内容就无法落到实处；否定必要的形式，就可能会陷入虚无主义。因此，必要的形式是开展工作的前提和基础。作为以年轻职工为主的项目，我们要通过丰富多彩的形式把中华民族的传统文化、我们党的优良作风传递给年轻人，把铁道兵的精髓传递给年轻人，让职工群众懂政治、顾大局，真正理解"三个代表"重要思想和科学发展观的具体内涵。"

这是许涤非在项目部的宣传栏里写的"一段话"，并用工作实践给予了充分证明。项目部营区基础设施齐全、环境优美洁净、职工着装统一，重大节日的升旗、汶川地震的悼念活动、关键时刻的临场动员、岗位合同的签订等虽然只是形式，但这些必要的形式对于职工把握大局、宏扬正气、凝聚力量、激发斗志、自律自省起着不可替代的作用。他对项目管理的完美追求近乎苛刻，对工作的极度负责令人心服口服。职工们不得不佩服他的管理，因为他所实施的那些措施、办法确实能起到立竿见影的效果。

来到项目部的第一个上午，刚好赶上许总召开办公会，许总见我坐在会议室就悄悄对我说，"这次我要训人，你可以回避。"我笑答："正因为您要训人，我才来了，我想看到一个真实的许总。"

　　许涤非对员工管理严、要求高在项目上是出了出名的。笔者也早有耳闻，不过严厉程度依然超出了我的想象。因为施工便道路面石子不匀，许总对不负责任的部门负责人以及员工给予严厉批评，并要求其会后立即整改落实。最后在会议总结发言时说，高标准、严要求、抓细节是项目管理的主要内容，大家一定要牢记于心。

　　晚上，许总笑着对我说："让你看到了我丑恶的一面了。"

　　我说，您们建设的是国家重点工程，对于工作抓的认真是应该的，哪怕是施工便道也要做到标准化，这种事情也只能在京沪高铁才能看到。

　　京沪高速铁路开工前，他们正好有一个月的空档。短暂的几天假期后，许涤非迅速集结队伍，集中10余名中层管理干部进行封闭式培训。京沪高速铁路上场之后，许涤非把学习能力作为员工工作绩效考评的重要内容之一。要求每个工程技术人员刻苦学习，每月拿出一篇技术方面的论文，并拿出奖励措施鼓励员工发表论文。2009年上半年，项目组织的《确保大体积高性能混凝土施工质量》一文获得河南省工程建设优秀QC成果二等奖。

　　许涤非说，必要的形式和形式主义一定要分清，我们采取一些必要的形式，是要把形式做为载体，把内容得到最终的贯彻。为了调动员工的积极性，京沪项目在请示公司领导后采取了浮动工资制，改革后员工的岗位工资和风险抵押两部分是根据员工的定期工作绩效考评来浮动确定的。工资改革后项目部对员工每月进行一次工作绩效民主考评，考评中对员工的工作责任心、学习能力、工作绩效等十个方面进行综合评价得出分数，从而动态决定岗位标准和风险抵押系数。工资改革后，员工的工作表现差异将在工资中明显体现。这种工资制度实行后，极大地提升了员工的工作热情和责任心，项目部内部形成了一种良性竞争态势。

　　成功的途径有很多种，成功的思路却是可以复制的。这位干练的项目经理将读硕理论成功地运用到管理实践中，他一方面通过半军事化的管理手段来严明纪律，强化执行力。另一方面，着力创建学习型组织，提高员工的执行水平。他的个人博客日志里有这样一段话："在无法选择人才的情况下，只有放手锻炼新手，为他们创造良好的硬件设施和环境，并组织定期培训，才能让他们在学习中不断提升能力。"他强调组织学习，而不是个人学习。只有组织强了，团队的综合能力才强，才能真正做到所向披靡，战无不胜。

暖人心才能留人心

　　许总在工作上对职工要求严格，在生活上也是一点不含糊。

　　中午，我们和许总一起在餐厅吃饭，食堂做的茄子放酱油太多了，吃起来很涩。许总就对坐在身边的小王说："你是办公室的，这菜连续几次这么难吃你没感觉啊，你以后和大家聊天时经常关注关注大家对伙食的意见，哪些菜大家不喜欢吃，告诉厨师改进，实在不行就不要再做这道菜。将大家喜欢吃的菜统计一下，制定一个合理的食谱，要不断改善职工的伙食。"

为了做好防暑降温工作，项目部食堂坚持每天吃一次苦瓜菜，每顿饭都要有绿豆汤，还买了很多预防中暑药品，项目部每一个房间都装有空调。

许涤非多次与项目书记董恩情商讨怎样给员工提供一个好的工作环境和生活空间，从蚌埠市购置篮球架，配置乒乓球台和有线电视，让员工在工作之余能够享受到丰富的娱乐休闲生活。只要没有什么特殊的事情，在项目部经常能看到项目经理许涤非和大家一起打篮球的热闹场面。

许涤非还要求项目部建立自己的小图书馆，根据员工的工作和业余爱好需求统计书目，统一购置一批图书，让员工在工作之余，充实自己的生活。翻开书柜里的借阅记录，发现大家都有借书的习惯。借阅最多的是工程相关书籍，文学类的《水浒传》《明朝那些事》等也有不少人借阅。

许涤非说："缺乏学习能力对一个人来说是失败的，但对一个团队来说是致命的；现代社会企业唯一持久的竞争优势，就是具备比对手更快的学习能力。"正如这项目部院子里的向日葵，迎着太阳一起升起的时候，你能感受到一个年轻管理者智慧的火花。

笔者离开时，京沪高铁桥面系施工还尚未开始，许总又推出了桥面系部分管理岗位竞聘上岗的新措施，同时针对桥面系的培训也已经全面展开。

金牌员工　架梁状元

——记中铁三局线桥分公司京沪高铁汤山机组
起重班长刘跃龙

王斌彦　张和志

刘跃龙

　　刘跃龙是线桥分公司京沪高铁架梁二工区汤山机组的起重班长，在集团公司京沪高铁员工岗位练兵技能大赛中，凭借精良的技术功底和灵活的应变能力获得了架桥作业项目个人第一名的佳绩，被集团公司工会授予"金牌员工"称号，被集团公司京沪项目经理部授予"技术状元"称号。

　　自 1992 年参加工作起，他先后参加了集通线、神朔线、邯济线、株六线、洛湛线、京广提速、武嘉电气化改造、武广客运专线等铁路的架梁工作，凭着对起重工作的热情和执著，刻苦钻研施工方法，不断创新，努力进取，安全、优质、高效地完成了两千多孔各种桥梁的架设任务。

　　起重作业属于特种行业，危险性相对来说比较大，尤其在桥梁架设中尤为突出。墩顶工作面狭小，工作时间长，出现问题后果不堪设想。面对每一次施工，他始终坚持一个信念："以人为本，安全责任重于泰山，企业利益高于一切。"施工前对施工现场进行仔细观察，并琢磨相应的安全措施，同时提醒现场的每一位施工人员。及时观察各工序的进展情况，密切注意关键程序的施工过程，使各工序环环相扣，安全优质地进行，就这样一次又一次顺利完成了桥梁架设等起重任务。长期的工作实践使他成长为一名起重技术能手，2009 年元月份通过考试，被聘为起重工技师。

面对 900 吨架桥机的施工工艺，他勤于思考，勇于探索。经过武广客运专线一千多孔 900 吨简支箱梁的架设，他已积累了丰富的经验，对 900 吨架桥机的工况了如指掌。来到京沪后，他又身兼群众安全监督员，为确保架桥安全，他带领班组人员认真学习架桥机安全操作规程和墩台作业安全注意事项，对每道工序的安全操作进行认真分解。他带领几个操作手，不断研究墩台作业新的操作方法和工序，使梁体在调整平衡时的速度大大加快，使整个架桥作业工序缩短了时间，同时也保证了墩台作业人员的安全。在架设管段内坡度最大为 19.5‰下坡、曲线半径为 9000 米的亭子中桥的时候，由于坡度大，造成架桥机的前后高差大，过隧道架桥机下导梁全长 71.4 米，高差更大，程序更繁杂，难度、风险更大。他针对大坡度桥梁架设的实际工况，对架设过程中存在的施工难题和安全隐患进行认真讨论和细致分析，制定了详细的架设方案，并针对架桥机过孔过程中存在的溜车现象，制定了过孔缓冲措施。周到的部署、成熟的方案保证了这座大坡度桥的成功架设。

架桥机过孔时是最危险的，如果有一个支腿不稳定，都将产生不可想象的后果。作为班长，每次架桥机支立支腿的时候在班组人员检查完毕后，他都要再亲自检查一遍，确认各支腿确实支稳且垂直了，才放心。原来架设一孔梁需要十一二个小时才能完成，为了提高效率，节省时间，在保证安全的前提下，他对架桥工况的每一个环节都进行了仔细研究和分析，在总结经验的基础上，他提出了新的认识："好多环节是可以同时进行的，有的环节是可以提前做的。"他把自己的想法逐渐贯穿在实际工作中，大大提高了架桥速度和工作效率，架梁时间也缩短到了七、八个小时。

由于机械使用时间长，架桥机故障频发。为减少故障，他对架桥机不断进行改进，前走行支腿导套在使用过程中间隙变大，经常向一侧倾斜，给穿定位销带来很大困难，同时也增加了架桥机的不安全因素。经现场分析确认，在架桥机前走行支腿的导柱上加焊薄钢板，以减小间隙，增加稳定性，在实际使用中比原来好用多了。在实践中不断总结、向比自己高明的人学习是他独特的学习方式，凭着这股虚心劲，在桥梁架设的道路上他一步一步地往前走。为了保证前走行支腿轮组的间隙，在下导梁前支腿油缸动作时，每次他都提醒上导梁的操作人员同时动作。在运距远、天气热、运梁穿越隧道多的工况下保证日架梁两孔，截止 9 月中旬，他和机组的弟兄们已安全、优质地完成了 60% 的桥梁架设任务。

百尺竿头，更进一步。刘跃龙将一如既往，积极进取，为早日安全、优质、高效完成京沪高铁架梁任务作出更大的贡献。

京沪虎将

——记中国水电集团京沪高铁三标段四工区
常务副主任郝长福

赵宏伟

郝长福

郝长福说话干净利落，待人坦诚直率，走路风风火火，做事雷厉风行，在京沪高速铁路大汶河特大桥建设过程中连续打了几个"漂亮仗"，被誉为京沪虎将。

郝长福1963年5月出生于青海省化隆县，1984年毕业于成都水电学院，高级工程师，具有一级项目经理和二级建造师执业资格，参加过龙羊峡、李家峡、尼那、小湾、溪洛渡等大中型水电站建设，担任过技术部、安质部和调度室主任以及中队长、大队长、项目经理等职务，在工程技术、质量控制、施工组织方面有丰富的实践经验，乐于接受富有挑战性的工作。曾在云南小湾水电站四三联营体任总经理期间，成功攻破了小湾右岸700米高边坡开挖支护这项世界级的技术难题，获得过中国水电集团科技进步特等奖和中国电力科学技术一等奖。

在中国水电集团中标京沪高铁三标段后，郝长福这个水电战线上的"虎将"担任了四工区水电四局的常务副主任, 负责施工组织协调。但是, 就是这员 "虎将", 初上京沪, 就撞上了两个 "拦路虎"。

2008 年年度投资战　旗开得胜

在京沪高铁六个标段中, 中国水电集团承建的济南至徐州的第三标段是跨越公路、铁路、河道次数较多的标段, 施工难度很大。其中, 四工区水电四局承建的大汶河特大桥长 21.14 公里, 四次跨越公路、两次跨越铁路、两次跨越河堤, 地质结构复杂, 溶洞多、硬岩斜岩多, 是三标段施工难度最大的路段。

京沪高速铁路是中国水电集团各单位承建的第一个铁路项目, 第一次从水电建设进入铁路建设这个陌生的行业, 短时间内没能对铁路建设技术规范、管理模式、行业文化有透彻的认识, 施工受到了征地拆迁、地质补勘、施工图不能按期到位等众多因素的影响, 施工进度滞后较多。至 2008 年 10 月, 整体施工形象进度平均滞后三个半月。最令人头痛的是要在 2008 年底至 2009 年汛期来临之前的枯水期内完成大汶河河道内所有桩基和桥墩, 可是主河道内的 42 座桥墩的施工图一个都没有拿到手, 汛期一到, 主河道内无法施工, 只能等到下一个枯水期。如果真是那样, 影响的不仅仅是自己单位的工期和企业形象, 京沪全线通车的时间将会因此推迟。当时, 大汶河特大桥的施工成了济南指挥部和京沪建设总指挥部领导关注的重点。

面对两个 "拦路虎", 郝长福没有退路, 他勇敢地接受了这次挑战。

他边熟悉边工作, 边学习边摸索, 整天在工地上奔忙, 一天在 21 公里的工作面上跑三四个来回是常有的事。他在短时间内快速掌握了铁路建设的行业特点, 找准了制约形象进度的症结所在, 使出了他的 "连环招"。

第一招, 强化施工统筹管理, 精确卡控每道工序。在他的组织下, 进一步修订了施工协调管理办法, 收回了各单位的混凝土运输车的调配权, 由工区调度室对拌合站、混凝土运输车、汽车吊等施工设备统一管理, 统筹协调。根据各个重要节点工期要求和图纸到位情况, 重新编排了月、周、日计划, 加大施工资源的投入力度, 要求所有具备开工条件的工点全部展开施工, 并根据每个桥墩的资源配置和进展的实际情况, 编印了《大汶河特大桥逐墩工序卡控表》和《三电迁改项目卡控表》, 在《卡控表》中详细标明了每个桥墩的桩基、基坑开挖、承台浇筑、钢筋绑扎、模板安装、墩身浇筑等各道工序的完成时间, 也就是定死了各个工序的 "关门" 工期, 并将工期精确到每个班, 根据各个部位的重要程度和轻重缓急, 合理调整资源配置。

第二招, 严格奖罚, 加大现场协调力度。他多次主持会议, 分析严峻的形势和在京沪高铁项目上圆满履约对水电四局非水电事业发展的重要意义, 统一了各参建单位思想, 要求所有单位拿出决战决胜的勇气和魄力，在各自职责内保证资源配置到位，全力以赴确保各自任务的按期完成。强行推行"倒班"工作制，做到人歇机不停，连续施工。为了加大夜间的协调和督促力度，安排工区领导班子成员轮流值夜班，每天早上7点半，准时召开施工协调会，统筹协调施工资源，解决各种施工矛盾。

每天早上的调度会他是必定参加的，遇到他值夜班的时候，也总是坚持开完调度会才回去休息一上午。有时候事多了就白班夜班连轴转，偶尔就在车上眯一小会儿。

他修改了"大干百日劳动竞赛"的奖罚办法，将原来的每月考核奖罚改为每天、每班考核奖罚，并将奖罚直接落实到具体施工人员。

第三招，多方协调，为施工创造条件。为了迅速落实图纸问题，他和总工程师罗卿带领工程技术人员，主动与设计院领导和各个部门交流沟通，根据"卡脖子工点先出图，方便施工的工点先出图"的原则，重新制定了设计院的出图计划，做到了设计出图与施工组织相合拍。并派专人从事催图工作，做到只要图纸一出来，以最快的速度送到工地。同时，积极协助设计院协调处理地质补勘人员和当地村民的关系，积极为地质补勘工作创造条件，加快地质补勘工作进度。

21公里长的大汶河特大桥穿越人口密集区，沿途要经过1区1县、4镇、19村，涉及村民1万多人。施工中车辆压坏几棵庄家、挂破树皮的事情时有发生，这些小纠纷处理不好就会影响整个施工进展。针对这类现象，他制定了一条"不损坏群众一草一木"制度，要求所有单位必须规范施工，无论任何原因，施工中不得损坏老百姓一草一木。损坏的由责任人无条件赔偿，由此影响施工的，他将亲自把赔偿金送到老百姓手中，再从责任人工资中加倍扣除。在这种强力约束下，施工规范了，与村民的关系和谐了，闹纠纷的少了，因鸡毛蒜皮的小事影响施工的事件没有了。

经过他这些"连环招"的精心梳理，队伍思想统一了，管理关系顺畅了，施工资源的效率得到了全面发挥，各单位的目标明确了，奖罚分明了，员工积极性提高了，影响施工的因素少了，施工进度在一天天加快。

郝长福是善于动脑子的人。他发现铁路建设行业中，年、季、月、周计划都是以完成投资额来量化的，为了全面完成2008年年度投资计划，他在施工设备和物资材料的调配上，优先安排产值高的箱梁预制工作。四工区水电四局2008年完成的投资计划是2.0155亿元，1至10月份完成投资总额约1亿元。至2008年11月底，月完成投资首次超过了5000万元，12月完成产值突破了6000万元，全年完成投资2.234亿元，为2008年度投资计划的110.86%，超额完成了年度计划，四工区水电四局在进入高速铁路建设领域的第一年取得了"开门红"，第一个"拦路虎"

乖乖降伏，郝长福旗开得胜。

大汶河度汛战　大获全胜

大汶河特大桥能否安全度汛，这是郝长福必须战胜的第二个"拦路虎"。大汶河特大桥必须安全度汛，这是一项死任务，也就是说，必须要在汛期到来之前完成所有桥下施工，确保人员设备安全撤离。水文资料显示，每年6月下旬，大汶河进入汛期。济南指挥部将这一目标时间定格在6月15日，这个目标只能提前，绝对不能拖后。

工欲善其事，必先利其器。在大汶河主河道工点图纸没到之前，他就提前部署，在河道内埋设了导流涵管，修通了施工便道，架设好了供电线路，订购了墩身模板，组织好施工设备和队伍，可谓万事俱备。

2008年11月15日，大汶河主河道内的第一批工点施工图到位。他要求技术人员必须当天到达工作面，施工钻机和作业人员必须第二天到达工作面，第三天必须开工。这道命令掷地有声，不容置疑。

20多年在江河上修电站的经验告诉他，洪水啥时候来谁也不知道，有可能来，也有可能不来，有可能提前，也有可能延后。施工中会遇到什么样的困难谁也不知道，但他知道施工只能提前，不能拖后，还要做好洪水提前到达的最坏打算。

大汶河的隆冬，树秃草枯，风凛水清。几十台钻机顺着施工便道摆成了一字长蛇阵，笔直的向前延伸。机声隆隆，焊光闪闪，车辆穿梭，红、白、蓝、黄安全帽在钻机间闪动着太阳的光芒，将千万年来一直"冬眠"的大汶河变成了热闹的"集市"。郝长福每天要在这个"集市"上步行三四个来回，看到哪台设备没工作，就要问清楚原因。有时候三更半夜还要突击查岗，看有没有问题需要解决，有没有设备"休息"。不是他不相信人，只是这个度汛目标太重要了，让他睡不安稳。

在水电工地，基本上每年春节都是不放假的。这年春节当然也不能放假。除夕夜，他和几个工作人员带着饺子、酒、食堂卤的肉和红包，逐个帐篷、逐个工点地拜年慰问，每个饭桌一份饺子、一瓶酒、一份菜，只要在工地的人，每个人一个红包，大家被感动了，他们将这份感动化作了工作中手脚更麻利、工作更精心，家在附近偷偷跑回去过年的又悄悄地跑了回来。

有人说郝长福有时候不讲理，特别是在大汶河主河道的施工中他最不讲理。他说大汶河主河道的工作是各项工作的重中之重，规定其他各工作面必须要全力以赴支持主河道的工作，而且不能提条件。主河道工作面上的施工用水没有了，他就强行让其他单位的水车送水，主河道工作面上没电了，就要其他单位把发电机借给主河道施工单位，只要主河道工作面上急需的，大到设备、材料，小到施工器具，都要无条件的给予支持。有时候就连人都要借，有一次正在河道施工的一台钻机出问题了，需要电焊工紧急抢修。他就到旁边工作面上，硬是把正在工作的一位电焊工用他的车拉到主河道工作面上，帮忙修钻机。这个单位的领导不干了，找他理论。质问他，都一样是施工单位，拌合站、吊车等大设备上厚此薄彼，我们一直都是忍气吞声，因为那些设备是你们工区的，可这人是我的啊，凭什么把我的人绑架到主河道去，让我的工作停下来？我们也要效益啊！郝长福满脸陪笑地道歉，说这个人情我记着，就算给我帮忙了，以后一定找机会补回去。说着说着，就拉着那位电焊工的领导上了他的车，说是要请他喝酒表示感谢。

大汶河主河道的施工太重要了，不仅是四工区的工作重点，还成了中国水电集团三标段项目部的重点，也成了济南指挥部、京沪建设总指挥部领导重点关注的目标了。无论哪个层次的会议，都要谈论大汶河主河道的施工情况。

领导的担心是有根据的。大汶河主河道内石灰岩地质，地勘资料显示，硬岩、斜岩多、溶洞多，在这种地质条件下进行桩基施工可不是一般的难度，要在6个月时间内完成谁都没有把握。

实际情况比想像的还要复杂，不仅硬岩、斜岩多，而且溶洞多，有时打一根钻孔桩要穿过三四层溶洞。遇到硬岩时，岩石硬度太大，钻孔效率低，一天24小时连续钻孔进深也就是20厘米，1根桩按照20米计算，完成一根桩要100天，每个墩有8～10根桩，就算每个墩位上4台钻机，完成桩基的时间就需要200天，汛期来临之前连桩基都完不成，何况还要浇筑墩台、墩身、墩帽呢？据说，在其他铁路线施工过程中，同样是在硬岩地质情况下，一根90米的深桩钻孔整整用了一年时间。遇到斜岩时，因为岩石纹理是倾斜的，冲击钻钻孔时容易发生钻孔跑偏。处理钻孔跑偏的传统方法就是用硬度比斜岩硬度大的石块和粘土把倾斜的孔填起来，再重新钻孔，效率很低。遇到溶洞时，容易发生"卡钻头"、"掉钻头"及钻头突然下沉拉翻钻机的安全事故。

在这种复杂地质条件下进行桩基施工实在是太难了。

郝长福是不服输的人，喜欢观察，还善于思考，针对各种各样的困难总能想出好点子。

针对这一困难，他根据以往水电站施工经验，探索出了"预爆"、"预钻"工艺，成功解决了硬岩、斜岩、熔岩地质环境中桩基施工的技术难题，大大提高了施工效率和桩基成孔质量。预钻就是将水电施工常用的潜孔钻应用到桩基施工中，遇到硬岩、斜岩、溶洞时，提前在钻孔位置用20厘米左右直径的潜孔钻在岩石上打上"小眼"，将岩石打成蜂窝煤状，破坏岩石结构，再用大直径的冲击钻造孔。预爆就是提前进行地下爆破的方法将岩石"爆酥"后，再用冲击钻冲击成设计直径的钻孔。

当京沪公司副总经理兼京沪建设总指挥部副指挥长、济南指挥部指挥长王炳祥得知这一消息后，这位铁路老专家亲自来到施工现场。当他亲眼看了这两项创新后非常兴奋，称赞这两项创新解决了中国铁路建设历史上无法破解的技术难题，并拍着郝长福的肩膀夸奖他，主动承诺要让蔡庆华董事长发绿牌。几天后，王炳祥陪同京沪公司董事长蔡庆华、总经理李志义等领导实地查看。看后，蔡庆华董事长非常高兴地说，这个办法真不错，简单实用，不仅要发绿牌，还要报国家工法。后来这两项创新真的获得了国家专利，还被确定为国家一级工法。据查，这两项工艺，在国际上也没有其他人发明的记载。

桩基难题解决了，墩身混凝土浇筑的难题又来了。大汶河道表层为淤积层，含水量大，结构不稳定，桥墩基坑开挖时塌方严重，基坑开挖无法成型。同时，渗水量大，严重的就会出现冒水，基坑内水多无法进行混凝土浇筑。经他多方咨询学习和摸索后，根据不同地质情况，采用钢板桩、竹竿桩、木板桩、垒沙袋以及砌筑砖墙围堰、浇筑混凝土围堰与潜水泵抽水相结合的方法有效解决了开挖支护和渗水严重的难题，保证了墩身浇筑的顺利进行。

汛期日益临近，主河道中的桥墩一个接一个地竖起来了，机械设备在一台一台撤离。2009年6月15日凌晨1点，403号桥墩开盘浇筑，这是大汶河主河道中的最后一个桥墩。中午11:00，403号桥墩顺利收盘。大家非常兴奋地问他，是不是可以向三标段项目部和济南指挥部报喜了？他摇头，他要求把所有机械设备和脚手架、模板等材料都撤走，并在施工便道上挖开了一个10米宽的泄洪通道后再报喜。

当京沪建设总指挥部总工程师赵国堂得知这一消息后，第二天中午即来到了大汶河河道，看到眼前耸立的一排壮观的桥墩和挖开的泄洪通道后欣喜地说："没想到你们真的在6个月中完成了这些桥墩，不简单啊，你们真是一支特别能吃苦、特别能战斗的队伍。"

当日下午，下起了瓢泼大雨，大汶河水位急速上涨1.5米，只差20厘米就要漫过施工便道了，好险啊，仅仅比洪水提前了一天。在这次与洪水的赛跑中，郝长福不仅跑到了洪水前面，而且收获了一项国家一级工法、一个国家技术专利和一系列基坑支护、防渗水成果，可谓大获全胜。

箱梁制运架战　全线告捷

铁路施工是在一条线上，在箱梁预制、箱梁运架、桩基施工、桥墩施工同时进行的时段，只要有一个桥墩不能按时完成，架桥机过不去，架梁工作就要受阻，架梁受阻时间稍长，预制的箱梁无处存放，箱梁预制就要停止。因此，只要有一个桥墩没有完工，就要影响整个制、运、架通道的畅通。在铁路施工行业中有一条行规，只要哪个单位影响了架桥机架梁的正常通过，这个单位的行政一把手就要到业主的建设指挥部"说清楚"，综合履约信誉评价中就要狠狠扣分，还要承担相应的经济损失。这是一个既丢单位领导面子，又损害企业形象，经济上受损失，市场开发上受影响的糗事。

　　大汶河特大桥196号、170号、131号等部分桥墩因地质补勘，图纸到位晚、开工时间晚、桩基深度深，桥墩浇筑进度无法保证架桥机按期架梁。架桥机一天一天逼近，眼看就要"被架桥机顶着屁股"了，大家干着急，没办法。

　　作为施工组织的负责人，郝长福更是着急。倔强、不服输的性格决定了他不是坐以待毙的人。

　　根据墩身混凝土质量规范要求，浇筑完墩身混凝土后，夏天要等15天左右，墩身混凝土强度才能满足架梁要求，不出现质量问题。冬季气温低，要等20天左右的时间，强度才能达到架梁的要求。

　　他从箱梁预制的蒸汽养护工艺受到了启发。他发现在梁场内预制的箱梁通过蒸汽养护，混凝土强度能在2天时间内达到80%的强度，能不能对桥墩混凝土也采用蒸汽养护的办法? 这个念头一冒出来，他非常兴奋，就立即试验。先用脚手架钢管和保温被在墩身外面搭设保温棚，将墩身严严实实的罩在里面，然后在棚内生上4个火炉，火炉上面架上装有水的大锅，用旺火把水烧开，让水冒蒸气，提高棚内的温度和湿度，再定时往墩身上喷撒热水进行养护。

　　试验非常成功。通过这种方式，将正常情况下10天的等强时间缩短到了3天，创造了完成基坑开挖、承台浇筑、钢筋安装、模板安装、墩身浇筑、混凝土养护等各道工序只需5天半时间的新纪录。这套办法保证了所有桥墩在架桥机到达之前都能满足架梁要求，保证了架桥机的按期通过。

　　他将这套办法形象的命名为"桑拿法"。他说，保温棚内生火、烧开水、冒蒸气，就是用蒸汽蒸墩身，就像人去蒸桑拿。在墩身上喷浇热水养护，就像蒸完桑拿后用热水冲澡。

　　从江河到平原，在不到三年的时间里，郝长福迅速完成了由水电人到铁路人的角色转变，一路攻关夺隘，攻不可没。为京沪，为"中国速度"注入了水电人的智慧和奉献。

枣庄亮剑

——记中铁十六局京沪高铁三标段项目部第六分部

赵彦星

承载着中华民族古代文明史的京杭大运河凝结着古代劳动人民的血汗和泪水，从枣庄穿过，至今仍浩浩荡荡，把古代文明和现代文明紧紧连在一起；举世瞩目的京沪高速铁路，凝聚着现代人的智慧和汗水，从枣庄穿过，把中华民族屹立于世界民族之林的梦想和实现伟大复兴的现实紧紧地连接在一起。枣庄，这个江北水乡、运河古城，因京沪高速铁路的依膀，焕发出更加炫目的光彩。

中铁十六局集团铁运公司组建的京沪高铁三标六分部，就坐落在枣庄市的一个小村庄里。清晨第一缕阳光还未升起的时候，项目部早已精神抖擞地忙碌于高铁施工的全新的一天。紧张的施工考验着项目部的每一个人，紧迫的工期和沉重的担子压在他们身上，京沪高铁要求高、任务重，对项目部成员来说，无疑是又一次"台儿庄战役"。

台儿庄战役又称鲁南会战，台儿庄大捷，是抗日战争初期正面战场中国军队与日本侵略军在以台儿庄、枣庄一带为重心的广大地区进行的一次大规模的战役。1938年3月24日，日本侵略军濑谷支队向台儿庄发起进攻，与中国守军第2集团军第31师展开激战，台儿庄战役正式打响，经过半个多月的艰苦鏖战，以中国军队的胜利而告终。

70年后，铁运公司的健儿们在枣庄这片土地上，用自己的智慧和汗水浇筑京沪高铁这条巨龙。"水不在深有龙则灵"，微山湖不深，但是有了京沪高铁这条巨龙，枣庄更添了一份灵气。2008年1月，随着铁运公司第一批参建人员的到来，京沪会战正式打响，为灵秀的枣庄增添了勃勃的生机。

项目部上场后，全休员工按照铁运公司领导和各级机关的要求，抓落实、抓执行，征地拆迁、"三项"招标、资源配置、大（小）临建设、施工展开……一项项工作快速有序推进，没有枪，却也是打仗，没有硝烟，会战却已拉开帷幕。

台儿庄战役总指挥李宗仁在回忆录中写道："台儿庄捷报传出，举国若狂。京、沪沦陷后，笼罩全国的悲观气氛，至此一扫而空，抗战前途露出一线新曙光……"。对于六分部来说又何尝不是这样。跨兰薛公路特大桥连续梁的成功浇筑，就是六分部在京沪会战中的"台儿庄大捷"。

跨兰薛公路特大桥全长 5796.34 米，桥采用双线一字形桥台，简支跨桥墩采用流线形圆端实体，连续梁跨桥墩采用圆端形实体墩和矩形桥墩。墩台基础根据地质情况分别设计为明挖基础 95 个、钻孔灌注桩基础 78 个及挖井基础 8 个。

作为下部基础工程之一的 144 号桥墩，设计采用明挖基础，但挖至设计标高后发现地基承载力严重不足，在架梁前 2 个月设计批复变更为钻孔桩，桥梁专家到现场查看后认为该墩架梁挡道无疑。面对常规无法完成的任务，怎么办？项目部专门组织成立了技术攻关小组，对这一问题反复研究，大胆创新。起初，通过直接在已经挖好的基础顶面架设钻机，经试验速度太慢，后期工作量太大。技术人员改为埋设预制钢筋混凝土圆管周边夯土回填至原地面，在地表大密度布设钻机，并采用预钻深孔爆破技术加快施工进度，成功攻克了硬质斜岩不良地质，工人实行三班倒连续作业，在总攻发起前"炸掉"了最后一座"碉堡"，将 144 号桥墩赶在架梁之前完备就位。

如果说 144 号桥墩只是六分部京沪会战中的"拦路虎"，那么连续梁施工，就是和"敌军"的正面交锋。

2009 年 2 月 17 日上午 9 时 18 分，伴随着一袋袋预压料被起重机徐徐地吊到梁面模板上，京沪高速铁路跨兰薛公路特大桥大里程连续梁堆载预压开始了。为了早日浇筑完连续梁，早在 2 月 8 日晚上，六分部就召开了"关于连续梁管理模式及工作标准和要求"的专题会议。会上，项目经理俞剑强调"要把各项准备工作做细、做准、做好，要做到万无一失"。在俞剑的带领下，项目部人员吃住在现场，一天 24 小时"钉"在第一线，发现问题迅速解决。不断优化施工方案，在保证安全、质量的情况下加快施工进度。由于组织措施得力、广大员工热情高、干劲大，用最短的时间完成了脚手架搭设和模板拼装。

4 月 23 日，项目经理再次组织技术和管理人员对模板加固、浇筑顺序、捣固方法、塌落度控制等细节问题分别召开了专项会议，并对施工用电安全、混凝土供应、支架和模板的安装质量反复进行排查，确保混凝土浇筑万无一失。

4 月 25 日 9 点 18 分，连续梁灌注开始，项目部领导和现场技术人员按照事先制定的预案有条不紊地组织施工，近 200 号工人密布于梁上各工作岗位，20 多辆混凝土罐车穿梭于拌合站和连续梁施工现场，7 台混凝土泵送车挥动着钢铁长臂将一方方混凝土准确地倾倒在模板内，广大青年员工在"俞剑青年突击队"大旗的引领下，顶住箱梁内四、五十度的高温蒸烤，用流淌的热汗和着青灰色的混凝土，从箱梁内的底板浇筑到腹板，直到梁面。

经过 17 个多小时的艰苦熬战，4 月 26 日凌晨 2 点 28 分，最后一辆混凝土罐车在 2 号泵车位缓缓移开，跨兰薛公路特大桥大里程连续梁一次性顺利浇注成功，六分部全体员工欢喜若狂。这次胜利不仅仅是六分部这次"正面战争"的胜利，也是铁运公司在整个京沪线上的转折点，是它将六分部被动落后的局面留给了昨天，是它将铁运公司在工程施工中落后的情景定格在了昨天。

昨天，六分部第一次参与这么高标准的铁路施工，每个人都不知道怎么去做。今天，六分部终于从懵懂中走了出来，亮出了自己手中的剑。

亮剑是一种勇气。他们走出了心灵的枷锁，将自己年轻的激情爆发了出来。

亮剑是一种勇往直前的精神。在他们心里，只要有百分之一的希望就用百分之百的努力去做。

在工程施工中，项目部根据高速铁路的设计要求，坚持走出去、请进来，开展经常性的技术研讨、交流、观摩，成立职工夜校，开展定期的培训学习活动，同时群策群力，开展 QC 攻关，在技术、方案、工艺、工法上不断开展革新创造，为保证质量提供了技术上的支撑。在质量管理中，项目部坚决落实认真、严谨、细致的作风，不放过每一个问题、每一个关键环节。在具体施工中严格工序质量卡控，每道工序都要经过施工作业班组、项目部、监理单位三道关口，检验合格后方能进行下一道工序的施工。

2009 年底，这是一个气候有点异常的冬天，风雪肆虐、天气严寒。在这个冬天，六分部率先开展了底座板施工。底座板的施工对铁运公司来说是个全新的事物，尤其是高铁的底座板施工，可以说是闻所未闻。底座板的施工是京沪高铁无砟轨道工程的关键工序，它直接影响京沪高铁的行车速度，直接制约着京沪高铁的建设工期。

底座板施工是一项非常繁琐的工程，标准高、要求严，底座板顶面高程误差不得超过正负 5 毫米，平整度控制在 7 毫米 /4 米的范围内。冬天的枣庄萧瑟中带着点冷酷，尤其是在大桥上，现场人员穿着羽绒服和棉大衣，依然被冻得不知所措，但是他们没有退缩，因为他们知道铁运公司是一个打硬仗的公司，只有他们想不到的，没有他们做不到的。项目经理俞剑亲自带领工程技术人员到现场去做实验，他们根据不同的温度、湿度、风速，采取不同的升温、保温措施，在保温棚内双线推进施工。混凝土浇筑后，采用自动整平提浆机在保温棚内进行混凝土振捣、整平，由自动拉毛机拉毛，人工反坡收边。为了保证施工质量，他们在底座板拉毛、收边完成后，上部覆盖塑料薄膜、电热毯、岩棉被等保温材料，待混凝土养护达到规定强度，再将保温棚向前推进，开始下一段底座板的施工。

底座板施工，最重要的是测量。测量的精度，直接影响底座板的定位。整个底座板施工采用的是最先进的 CP Ⅲ 测量技术，为了确保测量的精度，项目部精测队的小伙子们扛着沉重的测量仪，在 6.67 公里的大桥上用自己的双脚一遍又一遍地量测着，中午太阳炫光影响测量，就在早晚测，白天天气不合适，就在晚上测，工期太紧，他们就整夜整夜地测，黎明的第一束阳光射到他们身上的时候，他们伸伸胳膊，拍一拍有点麻木的大脑，继续投入到工作中。测量班的李志达说："那段时间，我就忘了自己是谁了，我的生活中除了睡觉就是测量，做梦的时候都在测量"。

3 月 3 日上午，京沪公司 2010 年安全质量工作现场观摩会在六分部跨兰薛公路特大桥召开。京沪公司董事长蔡庆华、总经理李志义等领导同志率领京沪全线所有的建设指挥部、监理单位、施工单位的领导及主要负责同志组成观摩团，来到六分部跨兰薛公路特大桥底座板施工现场，对六分部施工的底座板进行了现场指导、观摩，规格之高、规模之大在京沪线前所未有。

阶段性的战役虽然以胜利告终，但六分部的"大仗"才刚刚开打，轨道板铺设、防护工程施工、栏杆（栅栏）预制……京沪线上舞动着六分部人的影子。他们满怀着激情带着铁运人的气概向明天奔跑，他们奋力拼搏带着铁运人的梦想向目标前进。

亮出手中的剑，用自己的勇气托起前进的标杆，六分部的全体员工正在以一种敢于战斗、善于战斗的精神；自强不息、主动出击、锲而不舍的行动力；敢于负责、压倒一切的霸气奋力向前。前方的路，因为他们的存在，一定会更显精彩。

京沪高铁"擎旗"人

——记中铁十二局一公司京沪高铁三项目部经理刘运泽

刘国清

刘运泽

在京沪高铁这个汇集了国内一流建筑劲旅的主战场上，刘运泽率领的十二局集团一公司京沪高铁三项目部，无疑是一面旗帜。两年多的时间中，他们几乎囊括了京沪高铁施工单位的各项荣誉。京沪高铁公司"标准化工地"、中国铁建股份公司"劳动竞赛优胜单位"、集团公司"劳动竞赛优胜单位"等28块（面）奖牌、锦旗整整布满会议室一面墙壁，先后获得业主及上级贺电、通报表彰56次，获得奖金达398万元。刘运泽本人荣获铁道部"火车头奖章"。

刘运泽何以带领他的团队在高手云集的京沪高铁建设中脱颖而出，独占鳌头？

运筹帷幄，精心谋划，他的超前意识和精准决策，使项目部化难题为神奇，将不可能演变为成功案例

不谋全局者，不足以谋一域。刘运泽就是一个能够掌控全局，善于在各种错综复杂的矛盾中抓住主要矛盾，最终破解难题的人。

第三项目部主要担负京沪高铁四标段京杭运河特大桥框架桥、跨 206 国道刚构桥及徐州东枢纽站等工程，全长 3.1 公里，构造物种类多，工序繁杂，后架梁先铺轨工期紧迫。2008 年初，刚刚上场的三项目部即遇到了"拦路虎"，管段南部徐州东站图纸迟迟未到，而管段北部框架桥占用的农科院土地久征不下，在寸光寸金的京沪高铁建设中，一晃就是半年，直到 8 月份才形成全面施工条件。时间在飞速流逝，刘运泽的施工组织方案也在逐渐做着调整，而实现年度计划的目标丝毫没有动摇。农科院的土地拿下后，三项目部用一天时间即清表完毕。一周时间，调集钻机 118 台，钻机布满 1.1 公里的施工现场。京沪公司蚌埠指挥部和集团公司指挥部的领导们都吃惊："三项目部的钻机像是一夜之间从地里冒出来的"。其实，此前刘运泽已经做足了功课，他利用征地间隙，广泛搜集市场信息，深入进行调研，先后与十二家施工单位达成协议，一旦形成施工条件，要求各单位必须迅速组织上队伍、上机械，并规定每家只能上十台钻机，且不对任务进行划分，快者多干，多干有奖。施工队和员工的积极性得以充分发挥。

为实现年度工作目标，刘运泽组织员工连续五个月开展劳动竞赛，并采取六项措施。倒排工期——他指导计划部根据节点工期，以小时为单位为每一项任务、每一道工序排定时间表。服务保证——项目部技术、质量、安全、测量、试验等部门全方位服务，所有人员 24 小时开机，随叫随到。工序管理——把各工序之间的衔接作为重要考核内容，测量班放样、挖钻孔桩、钢筋笼绑扎、浇筑混凝土等每个工序之间，无缝衔接。每日快报——现场负责人必须于每日晚六点以短信的形式，向刘经理汇报当日工程进展情况，超欠原因及对策都需详细注明，亏欠的任务限期补齐。日事日毕——在每天的早会上通报昨天，布置今天，从上到下坚持日事日毕。考核兑现——坚持日报进度，周讲评，月奖罚兑现的办法，将形象进度与经济收益挂钩。一系列的举措及严格执行，产生了十分显著的效果。他们仅用 5 个月的时间，即完成 1105 根桩基施工和框架桥 1-24 联的承台混凝土浇筑，框架桥上部结构完成 7 孔，AB 组填料生产储备 30 余万方，超额实现全年产值计划，在集团京沪高铁指挥部组织的竞赛中，连续三次获得第一名，获得奖金 100 万元。

在随后的徐州东站路基施工、轨道板铺设、86 孔框架桥等高难度工程施工中，他同样以出色的组织能力，带领员工圆满完成了各项任务，京沪高铁公司规定的所有节点工期，全部提前实现。

没有最好，只有更好，他带领员工将施工 工艺发挥到极致，为"中国制造"进行完美诠释

"中国制造"在国际市场上往往同质次价廉联系在一起。而在京沪高铁这项误差以毫米计

量的工程中，刘运泽带领他的团队书写着"高标准、高品质"的壮丽诗篇，连一向苛刻的国外监理，也不得不对他们的作品连呼"OK！"两年中，先后有全国总工会、西南交通大学教授代表团、香港理工大学代表团、铁道部所属施工单位等近百个观摩团到他们施工现场观摩取经。

由三项目部施工的86孔框架桥可谓京沪高铁的经典之作。不仅其内在质量无可挑剔，其外观质量更可以用"美"和"绝"来形容。86孔框架520个大面积混凝土暴露面，每一个面都平整如镜，光可鉴人。2009年7月7日，铁道部曾在此组织召开了全路"标准化管理暨质量管理现场会"。铁道部各铁路局分管基建的副局长，中铁工总、中国铁建各工程局的局长及国内外桥梁方面的专家300余人到此观摩。这些在多项铁路建设中担任业主、监理，善于吹毛求疵的"内行"，面对如此工艺也不免赞叹：这样的框架结构桥，一孔两孔框架做成精品可以，全部做到这个程度，难，太难了！

"我们要把每项工作发挥到极致，创造零缺陷的经典工程"，刘运泽经理如是说。项目部一上场，他即把目标锁定在"建造一流高铁，展示中国铁建风采"上。他把标准化管理作为提升员工素质，创建经典工程的重要举措。为推进标准化管理，项目部专门成立了标准化管理领导小组，他亲任组长。在施工中，他提议实施了分项工程挂牌命名创优办法，确定每个分项工程由专人负责，制作创优匾牌时，将负责人姓名、职务、质量要求、开竣工时间等标注其上，配以照片，责任人对工程进行全过程监控，竣工两个月后方可摘牌。对于优良质量的挂牌责任人奖励1000元，达不到标准同等处罚。项目部副经理贾文和说："我们每个人负责的构造物，就像自己的脸，照片贴在那里，质量搞不好就像在脸上长了块疤，不好意思见人"。在施工操作中，任何有可能影响工程质量的违规操作，都逃不过刘经理的眼睛。路基施工中，他们严格按"四区段八流程"施工，现场技术、管理人员严防死守，轮班旁站，施工人员精益求精，一丝不苟。在员工眼里，京沪高铁没有隐蔽工程，没有附属工程，没有简单工程，所有构造物都必须经得起运营和历史的检验。"让标准成为习惯，让习惯符合标准"已经不是一句口号，而是真正落实到了每一个员工，每一个环节。正是凭借这种精神，由他们施工的管段显示出与众不同的高品质。

勇于担当，不找借口，他将业主的需求和企业的信誉融为一体，使项目文化在京沪高铁建设中得以升华

"业主就是上帝，满足上帝的要求是我们的天职，也是我们立足市场求发展的基础"，刘经理在各种场合多次教育员工。三项目部犹如一个优秀的杂技运动员，在用超强实力完成业主交给的一项项高难度"动作"的同时，彰显着勇于担当、顾全大局、追求卓越的品质。

施工单位往往有许多无奈而又必须接受的事实。三项目部的桥梁施工于2009年7月28日

结束，但是由北向南的架梁方案，使他们成为最后一家架梁单位。而铺轨却从他们管段开始，又成了最先铺轨的单位。管段最后一片梁于 2 月 5 日架设，离铺轨仅有 145 天时间，他们必须在有限的时间里，完成桥面打磨验收、桥面防水层、滑动层、底座板、轨道板粗铺、精调、灌浆、张拉、剪切连接等所有工作，完成这些工程量最低需要 180 天。面对困难，刘运泽没有退缩，他带领员工最终以提前 8 天，出色完成了桥梁轨道板铺设任务。

2010 年 7 月，由于京沪全线将从三项目部管段开始铺轨，三项目部再度成为各界关注的焦点。他们的工作决定了京沪高铁能否按时铺轨，及京沪高铁最终能否按期开通运营。承载铺轨机上道用的道岔施工无疑又是一个"硬骨头"。道岔需要的轨枕板业主于 6 月 25 日才最后确定，轨枕板有双块式轨枕、埋入式长枕、Ⅱ型轨道板三种类型，需从株洲桥梁厂、山海关桥梁厂、咸宁轨枕厂、滁州板厂、房山板厂、宿州板厂长距离采购。工期要求三项目部于 7 月 15 日完成道岔的铺设，留给三项目部的时间仅有 20 天。为确保铺轨计划实现，第二天刘经理便指令四路人马，分别到各梁场催货购买轨道板。三项目部共需铺设道岔 18 组，需用轨枕板 396 块，而每一块轨枕都有固定编号，不能有丝毫失误，卡死的工期没有为他们留一刻返工的时间。轨道板铺设前，需进行底层混凝土浇筑等大量工作。仅轨道板铺设即有粗铺、精调、润湿、封边、灌浆、拆模、养护八个大的流程，几十道工序，其精度误差为 0.3 毫米，对施工精度要求极严。永不服输，善于攻坚的刘运泽再一次带领员工向施工极限发起冲击，最终圆满完成施工任务，京沪公司蚌埠指挥部称他们"创造了京沪建设奇迹"。

在刘运泽的心中，企业信誉始终高于一切，他总是把项目部利益和企业的整体利益联系在一起。三项目部完成轨道板铺设任务后，兄弟单位面临铺轨工期压力，集团指挥部协调他们协助兄弟单位铺设 340 块轨道板的任务。接到指令后，刘经理立即带领员工增援，确保了架桥机在本段的顺利通过。

身先士卒，严于律己，他像"一团火"影响着班子成员及全体员工，使项目成为一个百战百胜的坚强团队

在刘运泽的脑海里考虑最多的是工作和事业，而休闲娱乐仿佛与他无缘。"刘经理不打牌，不进歌舞厅，从不参加高档娱乐消费，这样的项目经理我们佩服"，员工们言辞恳切。

刘运泽办公室的灯通常亮到 12 点以后，通宵达旦亦属常态。就是在这一个个不眠之夜的深思熟虑中，造就了一个个具体详尽完美的施工组织方案。在项目部，白天很难看到他的身影，施工现场更像他的办公室。橘红色的工作服，投射出他火一样的激情，影响激励着项目部的每一个员工。

　　在施工现场，他主要做四件事：检查督促每天早会中布置工作的落实情况，为现场技术管理人员排疑解难，对年轻的技术干部进行传帮带，为现场的每一个环节挑毛病。上场以来两年多的时间里，他基本每天在项目部和施工现场的两点一线中穿行。每次都是上班时用车把他送到管区头，下班时再到管区尾把他接回来，一走即是几个小时。2009 年 9 月，他做了甲状腺切除手术，出院回到项目部的第二天，他就坚持上了工地。项目部的领导和员工们看到他身体虚弱，都劝他在家里先休息几天，而他却说："大家都在工地上辛苦，我在家里休息也不踏实"，仍然坚持每天上工地。

　　正是在他身先士卒的感召下，项目部班子成员恪尽职守，显示了极强的凝聚力、执行力、战斗力。党委书记薛升雷，一方面严格要求自己，尽责履职，带头现场值班。一方面以"党旗工程，党旗岗位"为抓手推动施工，项目部的"党旗工程"成为全线最大的亮点。今年以来，副经理吴跃进主要负责现场桥梁轨道板灌浆工作，灌浆车、吊车、运输车在狭小的空间交替运作，铺板、测量、灌浆等十几道工序交叉进行，桥上、桥下同步施工，他把全副身心用在现场上，使施工现场如行云流水，有条不紊，确保了节点目标的实现，而他换来的却是体重下降了 4 公斤。副经理杜振清在徐州东站道岔铺设的 20 天时间里，每天仅休息四五个小时，有时夜间困了就在现场裹着大衣打个盹，脸上的皮肤晒脱了几层，带领员工创造了一天铺设 3 副道岔的纪录。总工程师方波是 2003 年毕业的大学生，面对京沪高铁的新技术、新工艺，他带领技术人员进行攻关，破解种种技术难题，力求每个施工方案的精确完美，加强员工培训，为现场提供充分的技术保证。班子成员的率先垂范，成为员工拼搏奉献的力量源泉。大战期间，项目部各部室白天几乎全部关门，所有人员在现场值守。一线员工更是以高度的主人翁责任感和历史使命感忘我工作，"白加黑"，"五加二"成为他们工作的真实写照，大雨搭棚，小雨不停，风雪无阻，昼夜兼程，员工们用对企业的忠诚，用无私的奉献，用汗水和智慧，助推着京沪高铁的快速延伸。

鏖战斜交河

——记中铁一局京沪高铁二标段七工区

陈元普

一条河原本没有名字,默默无闻,徐徐流淌在广阔的齐鲁平原上,深沉恬静之美不为世人所知。发现她是京沪高铁中铁一局土建二标段七工区的建设者们。她美丽的躯干蜿蜒斜交于七工区所承建的德禹特大桥中部,没有人能说清楚她流淌了多少年,她的妖娆阻挡了建设者们的路。于是一条河便有了名字,有了记忆,有了拦腰折断她的痛楚,也有了20天跨越她的激情燃烧的岁月。

故事本来源于烟熏火燎的生活,所有的痛苦与欣喜、辉煌与衰败、光荣与耻辱都应铭刻在我们的记忆里。

时间要回溯到2009年春节前,七工区当时承担着大战斜交河的生产任务。谁知佳节将至,所属协作队伍的农民工兄弟归家心切,早就没有心思干活了。加之当时天气寒冷异常,工区领导考虑员工们一年四季难得回家与亲人团聚,再加上天气寒冷确实不利于再继续施工,就将员工们放假过节了。

从这,斜交河就堵在七工区领导的心里。这2009年春节他们便食髓不知味、夜不成寐了。

春节刚过,也就是2009年2月2日至13日这段时间,架梁队把梁架到了他们的鼻子底下,示威一样的停下了。本来心里就难受现在又这样被人虎视眈眈,如芒刺在背,更让人窝火。这一战已成水火,势在必行。

2009年2月2日,年初八,所有七工区领导都赶回来开会,"20天内务必拿下斜交河六个基础、承台、墩柱,彻底结束斜交河段! "工区经理孙宇的话语在会议室久久回荡。艰巨的任务压得会场的气氛异常沉闷,"所有的党员同志务必要起到先锋模范带头作用,拿下斜交河! "党工副委书记王万生也在会上明确表态。"我们有信心、有决心完成! "二作业队队长宴保军的奋勇争先让所有与会人员精神为之一振,都纷纷表态,坚决克服一切困难,打胜这一仗!

宝剑锋从磨砺出

2009 年的初春乍暖还寒，漫天飞舞的雪花带来了新年的祝福，将大地渲染得一片银装素裹，却也给施工带来了意想不到的艰难。但目标不容改变，为信誉而战，决不更改。七工区为此新租了六台挖机，一台长臂挖机备用，战前准备紧锣密鼓，有条不紊。寒流并没有让工区领导和建设者们后退，反而更坚定了拿下它的信心，"与天斗，其乐无穷。"

2009 年 2 月 6 日，经过精心准备的第一轮战斗正式打响。霎时间，施工现场的机器轰鸣声、汽车喇叭声、施工人员呐喊声、口哨声，还有呼呼地风声，交织在一起奏响了一首热火朝天的交响曲。负重的大卡车拉着满满一车淤泥，吃力的缓慢移向远方。不停扭动旋转着粗重腰肢的挖掘机猿臂轻舒，一铲又一铲地把散发着腥味的泥土装在翻斗车上。斜交河此时已好像感到了恐惧，拼命的扭动着躯体，吃力的想将身上的重物吞没，泥足深陷的挖掘机丝毫没有停下来的意思，一如既往的挖着、刨着，根本不理会。即使难以挪动，也绝不退缩。躺在一旁等待已久的钢板被挖机高高吊起放在自己脚下，挖机吃力的爬上钢板，笨拙开始变得灵巧。看到训练有素的挖机大军，斜交河不再挣扎，只有任其宰割了。

2009 年 2 月 7 日 DK375+297.97 段的 N90 号墩基孔位被率先撕开了豁口，首当其冲地挖出了雏形，8 个坚硬的桩头露了出来，像一个个新生的小蘑菇一样沾满黄泥，惊奇的望着一切。不甘心被征服的斜交河使出惯有的招数，浑黄的泥水从地底渗了出来，刚刚露出的桩头又一次被淹没。早在一旁恭候多时的抽水机两个穿着连衣雨裤的农民工兄弟抬起放在水里，一个又一个漩涡在浑水里闪现，瞬间又被吞没。不甘心的浑水在抽水机里竭力嘶鸣，顺着水管流进了斜交河，清澈不再。于是"泾渭分明"立现。斜交河已无力挽回被征服的颓势。

DK375+363.37 段的 N92 号墩在同时进行。大量的涌水从地底下涌进刚挖的基坑里，水里捞土让挖机有些吃力，原本可以一挖一大斗的泥土被水淘得七零八落，所剩无几。但挖机毫不在意，仍一次又一次一斗又一斗的往外挖着泥土，就象戏水的顽童。水和泥被一点一点的蚕食，桩头渐渐露出了脑袋、躯干，直至全身。

牛刀小试，初战告捷。

2009 年 2 月 8 日 N90 号墩和 N92 号墩基础被开挖了出来。柴油机开始了快乐的酣唱，哒哒的风镐声、扑扑的风钻声将大年的鞭炮声压了下去，本是在家里吃团圆饺子，本是舒心惬意看电视节目；本是陪妻儿游玩；本该尽孝双亲膝前……但他们放弃了，用特有的声音和方式表达了他们新年最好的祝福。桩头的混凝土在一块又一块的破裂，浑身被风钻震得颤抖的作业人员专注地看着钻杆，咬牙切齿。桩头发出啾啾的不甘声，痛楚的站在坑里，青灰色的躯体变得瘦骨嶙峋，高低突兀，原有的圆润不复存在。满身淤泥，一脸灰尘，满头青丝被尘土染成白发，手被风吹出了裂口，这一切都没有人叫一声苦，延伸的只是人们的激情。

靡靡的细雨淅淅沥沥地下着，N92 号基坑也是一片忙碌。六个破桩的作业人员专业的操纵着手中的机具，雨水对他们无碍，浑然不觉。早已分不清是汗水还是雨水从他们双鬓滑落，滴在怒吼的风里。专注，让粗壮的桩头变得细小，直至没有。湿透的衣服此时才觉得沉重，满脸的泥浆此时才让他们感到难受，但脸上的笑容却如此灿烂、明亮，他们觉得分外快乐并四下晕染。生活本就该如此才显得多姿，才显得厚重有底蕴，才显得生命的淡定与从容，才有让人不服输征服的欲望，才有传奇人生的神秘。

混凝土和泥水是难以相溶的，勉强让它们结合会让混凝土变成废物，铺垫层的混凝土泛出白色的液体将 N90 号墩基坑面濛了一层面纱，犹如伊斯兰少女，美丽而透着神秘。与此同时，各种各样制好的钢筋不断从刚筋场运来摆在旁边的空地上。不停熄的灯，不停息的抽水机，不停息的人再现一幅现代夜间"清明上河图"。钢筋一根又一根地在基坑里被编织成方形图案，一个用方形编织的王国正在诞生，如同人的生命在随时诞生一样，让人添了许多希望。

硕大的整体模板一块又一块被拼装了起来，所有的作业循环都紧张有序的展开着，像一组高速运行的齿轮，丝丝入扣。

2009 年 2 月 10 日 DK375+428.77 段的 N94 号墩基坑也挖开了，黄色的泥浆四下飞溅，舞起的片片泥花像是在诉说春天不再遥远。

混凝土在长长的斜槽里无可奈何的慢慢流淌着，即使有一千个不愿意也无济于事。"嗡嗡，嗡……"的声音响了起来，那是振动棒在发出征服的快感，像置身于万花齐放的春天里听蜂的呐喊。一连串的小气泡在混凝土的表面鼓起、消逝，像是在做最后的挣扎喘息，然后便寂然无声，慢慢冷却直至坚硬如铁。无数的方格被混凝土吞噬、淹没，它们相融铸成了世界上最坚固最韧性的个体，它们为希望铺就了垫脚石，默默无闻。即使万斤压顶，它们也无怨无悔，用无声诠释了存在的价值和意义。

伟大的心灵一定会产生伟大的作品。只要有心，一切皆有可能。

梅花香自苦寒来

高高的墩柱模板就像穿了铁甲的巨人傲然屹立，简单的流线型设计就让美和力自然的结合在了一起，宽阔的背影成为一种标准。这标准正一步一步引导我们迈向前方，引入建筑业的另一个世界，一个拥有自主知识产权的科学领域。

有时候上苍就是爱捉弄人，2009 年 2 月 10 日 N92 号成型的钢筋待检时却意外地倒下了，给计划时间原本就紧张的战斗雪上加霜，风嘲笑似的怒吼着，扬起的尘土让人睁不开眼。"拆了它，我们连夜重做！"孙宇经理铿锵有力的声音在旷野回荡。一时间灯火通明，人头攒动，闪烁的电焊弧光映透黑暗的苍穹，一幅激情的"挑灯夜战图"便定格了。冷风凛冽的清晨，圆圆的太阳没有一丝暖意，宿夜未息的电焊工收起了最后一丝弧光长吁一口气，笑了。刚刚焊完的钢筋还散发着热气，一个更加牢固的方形王国已然完成，再也不怕风雨的侵蚀。98 根墩柱钢筋根根直立，直指蓝天，在朝阳下泛着湛蓝的光。

2009 年 2 月 11 日 DK375+363.37 段的 N91 号桩基础原形毕露了；2009 年 2 月 12 日 DK375+396.07 段的 N93 号桩基破土了；2009 年 2 月 12 日 DK375+069.07 段 84 号桩基也杀出了血路；一切又恢复了正轨，计划又朝着预计的方向发展。

战斗已到白热化，合围，已成必然。

N84 号桩在 2008 年就是一道难题，挖一次坍一次的伤痛让所有的人不堪回首，记忆犹新。痛让我们清楚的认识到去年的施工方法有问题，痛让我们所有人更坚定在这次战役拿下它的决心。长臂挖机此时显山露水了，超长的手臂将工字钢使劲往下压，掏起积淀的淤泥轻松抛弃，一根又一根的工字钢犹如长长的铁钉一样定在了基坑周围，一块又一块厚重的钢板放了下去，靠在工字钢的背后，将泥土挡住。腰弯了，我们就及时的在腰上补插；稳住了，我们继续下挖。撑与板难以承受时，我们用木撑顶在桩头上将欲崩的泥顶回去，桩头、工字钢、木撑成犄角之势，欲坍之泥被挡在了基坑之外。智慧的抉择取得了重大突破，问题迎刃而解。

墩身的浇注此时已显得尤为重要。持续的寒流侵袭延长了混凝土的凝固时间，原本三、四天就可拆的模板五天才能拆，这可急坏了孙宇经理，"马上盖上篷布保温，专人看管，一定要保证三天拆模"雷厉风行的工作作风一览无遗。早已在 2008 年冬季施工中司空见惯的作业队迅速行动了起来，8 个煤球炉彻夜通红，厚重的草绿色篷布像是给巨人穿上了一件外套，风雨寒流被挡在了篷布之外。篷布内温暖萦绕，感受温暖的墩柱快速强壮，以它应有的伟岸和结实回报施工人员的厚爱。

浓雾罩得一切隐隐约约，已架梁的德禹大桥犹如天际神龙，不见首尾，若隐若现。

2009 年 2 月 13 日 N90 号成功拆模了，2 月 15 日 N92 号也褪去外衣露新颜了，那憨实漂亮的躯体让所有人感到欣慰，感到喜悦。2 月 17 日 N91 号的墩模板立起来了；2 月 19 日 N84 号墩的承台正在浇注着；N94 号墩的积水抽出了，模板就位了；2 月 22 日 N93 号的钢筋也绑扎完了……

胜利的号角已然吹响。

最后一个墩 N93 号墩柱的浇注正在进行时，意外再一次出现。时间已是 2009 年 2 月 25 日晚 21 时许，平时吞吐非常顺利的输送泵忽然坏了，操作司机的半个小时抢修依然徒劳，眼看 20 天的战斗圆满成功时，输送泵的"关键时刻掉链子"再一次考验着所有的施工人员。"马上重新租借一台输送泵！"孙宇经理又一次将管理者执行有力、执行到位的工作作风全方位展示。新的输送泵来了，嗷嗷的嘶鸣声又响了，高耸的输送管里嗖嗖的流淌着被挤压得无奈的混凝土，于是又惹得蜂鸣旷野。

辉煌源取于价值，而艰巨是因为漫长，我们用事实证明了一切。

没有星星的天空并不美丽，没有灯火的旷野也不美丽，而没有成功过的人生更不美丽。于是我们努力拼搏，赢得成功，"青春献京沪，豪情建高铁"便收获了美丽。

七工区的旷野灯火通明，七工区的鏖战有目共睹，我们用真实行动在 2009 年来了一个开门红，奏响了 2009 年春天的歌。

时间在赠人阅历的同时，一定会把无情的沧桑也随手相赠。斜交河，从此将给七工区所有建设者深邃的记忆，像一种精神永远流淌在京沪七工区人的心里。

志在高铁创一流

——记中国水电集团京沪高铁三标段五工区常务副主任刘士诚

严镇威　　侯传奇

在京沪高铁建设一线，活跃着一群从高山峡谷走来，以播撒光明为己任，创造过辉煌的水电人。他们在全新的领域，谱写着挑战自我、奋起直追的华彩乐章。刘士诚则是这个团队中的一个优秀代表。

作为中国水电建设集团京沪高铁土建工程三标五工区水电十四局常务副主任的他，志在京沪高铁，争创一流业绩，带领大家与时间赛跑、跟速度较劲，用智慧和心血书写了浓墨重彩的一笔，成为"火车头奖章"的获得者。

情系高铁　　不辱使命赢赞誉

采访中，员工们每当谈到三标五工区水电十四局两年多来获得的一项项荣誉时，都抑制不住内心的自豪。

刘士诚

说到 2009 年 5 月份实现制、架梁"双75"的目标，年底在三标率先完成制、架梁任务，当年在集团公司项目部进度考核中名列第一，并获得京沪公司"2009 年度优质样板工程"、济南指挥部"年度标准化工地"等称号；说到在"大干 120 天确保实现铺轨目标"专项劳动竞赛中成绩优异，一年半累计获得 11 块"绿牌"奖励，由衷地把集团公司三标项目部和水电十四局的支持、把刘士诚和工区班子的努力联系在一起，无不对他赞赏有加。

2008年底，正当京沪高铁建设即将吹响攻坚号角之际，在四川泸定水电站担任项目经理的刘士诚接到调令，没有来得及擦去身上的征尘，便轻装来到千里之外的山东曲阜京沪高铁建设工地。

自1993年7月参加工作，刘士诚先后参加了广州抽水蓄能电站等多个工程的建设，从见习生成长为项目经理，一步一个脚印。面对京沪高铁这项世界瞩目的宏伟工程，他热血沸腾。但过去始终和水打交道，如今走出江河，近乎白手起家，他感到了前所未有的压力。

面对全新领域，要经受冲击和阵痛，追赶尚需时间。

今日回眸，他感触颇深："本人非常荣幸参加京沪高铁施工，第一次接受铁路管理文化的洗礼、第一次学习四个标准化管理内容、第一次感受运动式的大规模检查，得到了领导的支持和关怀，经历了由最初的迷茫、彷徨、痛苦到逐步的反思、奋进和适应的历程。实践证明，只要我们自己不气馁，敢于挑战自我，一样能创造奇迹！"

为了迅速进入角色，弥补知识的缺陷，他看图纸、学规范，不耻下问，与技术干部们探讨技术要点难点，深深的危机感使他寝食不安。凭着这股执着劲，一个多月后他初步掌握了高速铁路建设的基本理念和技术规范。

时值曲阜制梁场进入全国工业产品生产许可证认证审查的关键时期，刘士诚迅速理清思路，全力抓好各项工作。于2009年1月14日，梁场顺利取证，又于同月28日成功架设首片箱梁，取得了新年开门红。

然而，这个全线率先取得施工用地建设的梁场，因设备到货滞后而最后一个认证，是不是就该最后一家完成制、架梁任务？会上，刘士诚话语沉重，作出了"不争第一就是失败"的回答。

"知耻而后勇。"面对困难和挑战，他和班子成员统一思想。一是加强梁场的组织领导，明确职责理顺关系；二是加大物资储备，增加劳动力资源和制梁工装设备；三是创新改进工艺工法，提高质量加快进度；四是建立激励考核机制，每月签订责任书，通过时间卡控，使员工收入与制梁质量和进度挂钩；五是积极开展以"六比六赛"为主要内容的"建功立业在京沪"劳动竞赛。

结果，2009年5月，曲阜梁场日均制梁2.5孔、架梁2.6孔，超过日均制梁2.3孔、架梁2.2孔的考核指标。取得制梁75孔，远远超过60孔设计生产能力，并架梁78孔，实现制、架梁"双75"的目标。奇迹让建设、设计和监理单位刮目相看。

2009年12月31日，漫天飞雪、滴水成冰。经过700个昼夜不舍奋战，泗河特大桥上海方向最后一孔箱梁就位，共636孔梁17.185公里的长龙横空出世在曲阜大地，水电十四局圆满献上了中国水电集团京沪高铁制、架梁率先完成的第一份捷报，实现庄严承诺，令人荡气回肠。

刘士诚思路清晰，在 2009 年初，提出"以制、架梁为主线，全面推动四个标准化建设，坚定不移完成各项攻坚任务"的目标；在 2010 年初，又提出"以轨道板铺设为主线，高标准、高质量、高效率，坚决打赢年度战役"和"复耕退地于民，做好调概补差，善始善终，完美结局"的目标。目标统一了班子和员工的思想行动，为推进工程建设起到了决定性作用。

他清楚地看到，铁路施工不同于水电一个"点"，而是一条"线"，工作面多，且以线的方式延伸。桩基、桥墩施工，制梁、架梁等为重复作业，实行标准化施工，加强标准化建设十分重要。从而，工区以四个标准化建设为抓手，坚定贯彻"试验先行，样板引路，标准化施工"的理念，确保了施工优质快速推进。

水电十四局承担三标段中的 38.173 公里共 11581 块轨道板的铺装任务，要求在 2010 年 10 月 25 日完成。可谓工期紧、任务重。

刘士诚一抓制定措施，二抓资源投入，三抓生产管理，四抓降温防暑工作。并果断决策，抢先一步通过租赁和局内调配，投入了最为关键的国际一流的 7 套铺板精调测量仪器，及时充实了测量人员，赢得主动权。

6 月份，在中国水电集团工会从 2010 年 6 月起在京沪高铁开展的"大干 120 天，确保实现铺轨目标"专项劳动竞赛中，ZW1 和 W8 设备，单机铺板率先达到额定工效，分别获得第一、二名；单机实现月铺板 1471 块，创参赛单位月铺板最高纪录获得第一名；月计划完成率 121.7%，获实物工程量竞赛评比第三名。赢得了满堂彩。

并于 6 月 28 日在泗河特大桥轨道板灌注中，创下单机日灌板 121 块全国纪录。对此京沪高铁建设总指挥部及京沪高铁股份有限公司在贺电中说："这是京沪高速铁路建设进程中一个令人振奋的捷报。"

"水电十四局不仅工程进展最快，而且在质量控制上起到引领作用。刘士诚带领年轻的工区班子取得了优异成绩。"这是中国水电集团京沪高铁项目部常务副总经理杨忠在接受采访时作出的评价。

锐意进取　技术创新结硕果

采访中，员工对刘士诚虚心好学、勤于思考谈得很多。正因为他好学善思，才为他力主创新探索提供了条件。

每天清晨上班前，员工们会时常看到刘士诚坐在宿舍门前的石桌旁看书。他深知，唯有挤出时间学习扩大知识视野，方能满足时代需要及适应高铁施工创新探索的要求。

刘士诚认为，只有将水电施工的先进经验与铁路施工的标准化建设结合起来，创立既符合高铁建设规律，又具有鲜明特色的企业管理文化，才能在众多的参建企业中脱颖而出。一方面在虚心学习中追赶；另一方面要锐意进取，积极探索创新，不断超越自己，力求做到更快、更好、更省。

受设备进场晚、取证滞后等因素的影响，梁场 2008 年仅完成 20 孔箱梁预制，2009 年不得不面对 616 孔箱梁预制的繁重任务。

在刘士诚主持下，他们探索出 900 吨预制箱梁梁面"六面坡"体形质量控制技术。在铁路现有施工工艺基础上，改造并委托厂家制造出六面坡体形控制设备，有效地解决了梁面体形及平整度控制难的问题。

他们自行研究了一套 900 吨梁体起吊、穿孔、落梁、就位、灌浆工序控制的方法，大大加快了架设施工速度。在冬季创下了单日架梁 7 孔、单月架梁 132 孔的中国水电集团纪录。

五工区水电十四局承担 21000 多块遮板的预制。刘士诚带领大家摸索出了桥面遮板生产工艺。"遮板预制外观质量优良，光洁度控制好"是京沪建设总指挥部"绿色通知单"的评价，在京沪全线推广。

在京沪公司召开的全线施工现场会上，总工程师赵国堂感慨道："虽然中国水电集团第一次参与高速铁路建设，但他们的遮板预制和桥面系施工工艺成熟，值得大家学习和借鉴。"刘士诚作了交流发言，引起强烈反响。

水电十四局 RPC 盖板厂，承担着三标 266.617 公里的盖板预制任务。RPC 即活性粉末混凝土盖板，用于电缆沟槽遮盖。刘士诚凭着过人的胆识，在苛刻的技术转让方案面前，果断地婉拒了拥有该项核心技术的北京某公司。于是，在他主持下，一场攻坚战拉开了序幕。

经过两个月的摸索试验，2009 年 9 月成功试生产出第一批盖板，并经铁道部产品监督检验中心检验获得通过。这项自主研制的活性粉末混凝土（RPC 盖板）技术的获得，避免了受制于人的被动，为三标段电缆槽盖板生产的技术突破作出了卓越贡献。

在刘士诚组织下，他们还在桥面防撞墙、底座板等小型结构混凝土可调式模板设计、质量控制等方面，取得骄人成绩。2009 年 12 月 2 日，京沪高铁建设总指挥部再次组织对泗河特大桥桥面系施工进行检查，在颁发的"绿色通知单"中肯定："梁面处理在全线具有样板示范作用。"

积极探索　精益管理显成效

"温文尔雅，胸有成竹，有条不紊。工作有计划有章法，做到了无形管理。"这是杨忠对刘士诚的印象，是对他思路清晰、善于探索、亲历亲为、精于管理的肯定，评价贴切而深刻。

刘士诚认真学习研究铁路建设中贯彻的"以施组为纲领、进度为主线、质量安全为保障、关注各类大检查和信誉评价"的管理思想，深刻领会其内涵，在管理上作了卓有成效的探索。

在他主持下，工区制订出一套工序质量进度卡控的程序，收到显著效果。"质量控制起了引领作用，质量卡控措施到位，桥面系遮板预制和防护墙浇筑施工工艺成为全线亮点。"三标项目部对他们的做法给予充分肯定。

2009年12月9日，在架梁进入最后冲刺之时，安全部门在检查中发现架桥机起升钢丝绳出现断丝现象，存在安全隐患。但如果停工更换会丢失宝贵的4天工期，可能导致年底不能实现架梁目标的结果。怎么办？是心存侥幸，还是稳中求胜？在现场，刘士诚不假思索地指出："一个字，就是'换'！"

在他主持下，工区逐步摸索出样板工序，打造出了标准化工地。通过潜心摸索，建立了严格的月度、年度考核激励机制，使员工（包括农民工）的收入均与自己的管理目标、施工进度、完成投资、质量安全、外部检查、信誉评价等铁路管理要素相挂钩，有效地调动了广大员工和架子队的积极性。

制、架梁时间卡控理念，是他的得意之作。在三标段内首先提出对制、架梁每道工序占用时间进行卡控，用架梁进度倒推制梁速度的做法。此举将制、架梁目标细化分解，提前数月便将制、架梁计划到了具体的某一天，其成效显而易见。

在保证施工质量、安全和进度的前提下，刘士诚倡导革新工艺、优化技术方案，向管理要效益的理念。他说，我们刚进入高铁施工领域，给项目经营带来难度，加强管理增效益尤为重要。

在箱梁预制中，他们经过研究对比，泄水孔成孔使用成孔器代替PVC管，节约近100万元。

根据施工季节的不同，他们研究了适用不同气温条件下的混凝土配合比，使单孔制梁成本夏季比冬季可降低1万元左右，累计可节约150万元。

自行研制的活性粉末（RPC）混凝土盖板项目，省下了160万元的技术转让费、5%的产值管理费和被动使用合作厂商提供高价掺合料多支出的大笔费用。并否决了建备用拌合站的原设计，又节约资金200万元以上。

刘士诚重视超前规划，注意做好前期经营测算。他在每个单位工程开工之前，组织安排做好经营策划工作，提前掌握成本管控切入点，为提高整体项目经济效益争取了主动权。

他提出铁路"线"式经营与水电"点"式经营相结合的管理理念，以"点式"管理模式对曲阜制梁场进行施组优化，实行"卡控"制度，曲阜梁场最后一个通过认证，最先一个预制完毕，实现了资源效益的最大化；线下及线上工程，如梁面打磨、两布一膜、底座板、轨道板铺设采用"线式"流水线作业法，各项工序走在了京沪全线的前列，有效地降低了施工成本。

刘士诚着力营造充满人文关怀的氛围，把改造职工澡堂，装宿舍空调、电视、网线，建职工健身场所和美化环境等列为自己继任后的一号工程，以解决民生的高调限期落实，得到一致认可。

在他主持下，工区公开竞聘，让发奋有为的青年走上部门领导岗位，激发了员工爱岗敬业的热情。突出了"建好京沪高铁，培养一批人才"的工作思路

为促进和谐企业建设，构建与地方和谐的关系，在刘士诚倡导下，工区邀请曲阜市委宣传部领导举办儒家思想专题讲座，收到良好效果。

刘士诚要求劳务人员要与劳务公司签订合同并缴纳社会保险，统一购买意外伤害险，设立农民工工资专项基金，由工区监督工资发放。要求架子队的农民工友与员工同管理同教育，增强归属感，变"要他干"为"他要干"，着力培育农民工的主人翁精神。

2009年12月，梁场提前完成636孔箱梁的预制任务，两个架子队的农民工友面临退场，急需发放工资。刘士诚召开专题会，成立由总经济师牵头的工资发放小组，由财务部提取现金进入民工营地加班加点发放，综合部全程跟踪录像。用5天完成了约800农民工友最后3个月的工资发放，让大家高高兴兴回家过年。

"投我以木桃，报之以琼瑶。"架子队队长深有感触："面对工区的支持、领导的关心，我们没有理由不把工作做好。"

常言说，己不正焉能正人。刘士诚投身于事业，心灵里充满激情。他敏于行，严格要求自己。工作起早贪黑、废寝忘食，着实让员工们看在眼里，疼在心上。

刘士诚说，员工们无论寒冬数九、不管炎夏三伏，"5+2"牺牲休假，"白加黑"夜以继日工作，广大员工发扬"自强不息，勇于超越"的企业精神，与时间赛跑，在创造着中国高铁施工高速度的奇迹。自己没有理由不舍小家顾"大家"，不全身心投入工作！

"我们参与高铁施工才迈出第一步，唯有奋起直追，争创一流，方能站住脚跟。水电十四局走出水电仍是铁军，我们不怕有差距，态度决定成败，天道酬勤！"采访将要结束，刘士诚感慨良多。

老孔，你好！

——记中铁三局京沪十二工区庄前特大桥施工班长孔德云

姚江山

老孔，大号孔德云，其人长的是五大三粗，而且声如洪钟，离着工地老远就能听见他那铿锵有力的话语在众人耳中炸响一个个惊雷，好一派北方粗犷的纯爷们形象！但是马克思先生早就说过，事物总是有其特殊性。老孔本身很好地证明了这一点，他是地地道道的浙江人，却没有一丝丝的江南文华锦绣之气，倒是浑身上下充满北方人的爽朗豪迈之情。这估计与他已在中铁三局这样的工程单位工作20余年大有关系吧。

老孔2008年元月就作为施工队伍的一员，成为首批进入京沪十二工区建设工地的先头兵。俗话说，"万事开头难！"尤其是在2008年初，江南百年不遇的大雪灾造成场地积雪近1米厚，给工区开工建点带来很大困难。但是困难对于老孔来说实在是不能称之为"困难"，他时常挂在嘴上的一句话就是"干得漂亮！"，即人，要活得漂亮，事，也要干得漂亮。因此，建点之初，作为施工班组长的老孔虽然不管技术测量，但是他带头帮助技术员扛起了器材行走在风里雪中；他虽然不管租借场地，但是他带领本班组人员在租的场地上建成了第一个标准化钢筋场；他虽然不管征地拆迁，但是他带领队伍在征得的第一块红线征地上迅速立起了5台旋挖钻机、2台冲击钻机……于是在管段内，他协助工区技术员率先完成了庄前特大桥测量放线等技术工作，在工区统一指挥下，协助工区率先建成第一个标准化钢筋场通过验收投入使用。而在建点初，工区拌合站未建立的情况下，通过购买地方成品混凝土，有力保证了工程建设需要。2008年2月20日，在工区领导和全体员工注目下，他现场督导成功浇注了庄前特大桥76号墩5号桩，完成京沪高铁五标段第一桩，率先在五标段拉开大干序幕。紧接着一鼓作气，于4月26日和5月19日，又分别拿下了京沪高铁五标段第一承台、第一墩——对于这样的成绩，不得不说老孔，确实干得漂亮！

作为工作经验丰富的老员工，老孔带着他的班组员工参加了庄前特大桥线下工程、连续梁以及桥面系等桥梁工程施工。老孔说他在二十余年的工作时间里，接触建设了很多座特大桥、大桥，这些工作对他来说轻车熟路，但是作为首条真正意义上高速铁路的组成部分，庄前特大桥2.9公里的长度也确实让处在施工最前线的他感觉重任在身而如履薄冰。诚然，从打桩、灌桩、基坑开挖、承台、墩身钢筋绑扎和浇注等一道道工序施工，老孔带领班组人员苦干、巧干，无不倾注了大量心血。在2008年施工高峰时，每天在他手上能够打出15、6根桩，尤其是在京沪项目多次大干劳动竞赛中，老孔用他那特有的雄壮嗓门指导着、鼓励着班组人员掀起一波又一波的生产高潮，以至于工人在现场没有听见他的吆喝就总觉得少了点什么似的。这样的工作精神就是老孔每日从早晨6点一直到晚上12点的辛勤付出，但是他没有说过一句感到劳累想撂挑子的话，因为他始终坚持一个信念——要"干得漂亮"！庄前特大桥15号墩基坑开挖后，由于比临近水塘水位低，造成基坑严重积水，为了保证工程质量，保证下一步工序的顺利展开，他带着抽水泵第一时间赶到现场排水。夏日时节，江南气候湿热，气温高达35、6摄氏度，又是他冒着酷暑穿梭于工地，一边吆喝着督促施工，一边又在现场为班组员工防暑降温设置绿豆汤供应点，组织人员做好高温防护措施，而他自己待到下班时，早已湿透的汗衫竟能拧出小半盆水来。到了冬季，镇江寒风凛冽，老孔又急忙落实冬施保暖防护措施……他总是这样，身先士卒，班组员工看在眼里，也分外努力。他说能者多劳，作为班组长他应该努力尽到一名老员工的本分。直到庄前特大桥以质量过硬、外形美观被树立为京沪高铁五标段桥梁样板工程，迎接了一批又一批的领导和观摩队伍后，老孔才敢开大嗓门笑着说这是他在第一线工作的价值。

年关之交，京沪十二工区的施工重点逐渐转移到管段内悬灌现浇梁等特殊孔跨上。庄前特大桥共有3处跨路悬灌施工，自西向东分别跨越镇荣路、沪宁支线和镇丹路，老孔理所当然地带着人马投入到了这三处施工中。他说每一处工程建设，质量是灵魂，安全是保障，进度是催化剂，所以当工期压力紧的时候，加快进度的同时保证质量和安全，他就十分忙碌。因为是高空作业，他必须在现场监督，一方面检视安全状况，将隐患消除于无形，另一方面再吼上几嗓子，提醒大家注意事项。因为是挂篮悬灌施工，所以在吊装挂篮、模板的时候，他是紧盯现场，一步也不离开，他的心每次都是随着汽车起重机臂上下左右移动一起晃悠，提醒施工人员注意操作规范，安排专人保护隔离带提醒路上车辆、行人注意安全……安全无小事，老孔时刻铭记于心。

老孔人虽看起来粗犷，但是却不毛躁，相反却是很细心的。悬灌连续梁施工紧张，是架梁节点工期的制约点，技术要求高、安全防护标准高，而且悬灌连续梁主、副墩都是17米左右的高墩，因此对于安全质量控制他是分外上心，现场安全防护设施、警示标识标语按照工区统一规范严格落实，在施工中从模板安装、钢筋绑扎间距、波纹管、钢绞线穿插、预埋件预设以及混凝土浇注、振捣直至张拉、拆模等他都一板一眼按照施工技术交底谨慎对待。跟着他学习的小徒弟说:"他那前后张罗、严谨认真的样子,看多了还真有些可爱。"老孔说只有按照规矩办事,才能有效保证质量,所以当庄前特大桥跨镇荣路悬灌连续梁 2009 年 4 月 25 日在京沪高铁五标段率先完成合龙后,与其说是老孔带领班组人员处处细心,还不如说是他带领大家以高度的责任心完成了施工的顺利进行。正是由于这种责任心,在随后展开的跨镇丹路、跨沪宁支线悬灌连续梁施工中,他们进一步克服了图纸到位晚、高压电线拆迁困难、气候变化大等因素的影响,在白天顶着太阳冒着 30 多度的高温酷暑,在晚间迎着疾风有时甚或倾盆大雨,保质保量地按照工区倒排工期下达的施工计划,并最终于 6 月 23 日和 6 月 27 日先后完成这两处悬灌合龙,有效地保证了架梁节点工期的顺利实现。

进入 7 月末,随着庄前特大桥架梁主线的贯通,老孔参加建设的庄前特大桥施工重点逐步转移到了桥面系施工上,他的班组队伍负责着防护墙、竖墙施工以及遮板的制作、安装等附属工程作业。这与之前相比,确实轻松了不少,但是老孔却实实在在的没有闲下来,他每天依然是 6 点出门,用他那大嗓门招呼着工人进入工地展开一天的工作,然后到遮板场巡视一遍,看着遮板日产量由最初的 20 余块直到现在的 100 余块,到庄前特大桥上督导着 3 台遮板起重设备每日完成 60 余块遮板的安装量。另一方面他还负担起了驻地食堂的采购任务,主动帮助做好 150 余人一天的伙食,快下班时,又用他那大嗓门招呼大家收拾好工具回驻地,大伙儿吃着香喷喷的饭菜,禁不住戏谑说:"别看老孔是粗人,也是个'上的厅堂,下的厨房'的主儿"。

看着端着大海碗在一旁"呼噜"的老孔,真是由不得想说一句:老孔,确实干得漂亮!

历尽天华成此景
人间万事出艰辛

——记中铁十五局京沪高铁项目部副经理兼总工程师许传波

李　红　孙进修

许传波

中国铁建十五局集团京沪高铁项目部是京沪全线第一家开始桥面系施工、第一家完成特殊结构桥梁、第一家开始底座板混凝土施工及绝缘试验、第一家展开无砟轨道试验段施工、第一家通过沉降观测评估、第一家完成内业资料网上传输工作的单位；并在企业信用评价中获得专业联合单位第一名的好成绩，受到铁道部、京沪公司、中铁建股份公司等各级领导的高度赞扬。看到这些成绩，人们不能不想到一个人——他，就是该项目部副经理兼总工程师许传波。

学习积淀　变动力

许传波很喜欢毛泽东的一句话：情况是在不断的变化，要使自己的思想适应新情况，就得学习。他把学文化、学技术，上升到人生的一种追求，一种境界，一种提升自身价值的需要。

18 岁那年，许传波以优异的成绩考入武汉冶金科技大学。毕业后，分配到中国铁建十五局集团。2008 年初，许传波接到命令，奔赴到京沪高铁。虽在上京沪之前，他已有一年多的建设武广客运专线的经验，即使京沪高铁设计时速与武广高速铁路一样，但是他明白，京沪高铁的标准远超武广，因此，作为项目部副经理兼总工程师的许传波开始了更加刻苦的钻研。

许传波和时下的许多人不一样，他不喝酒，不喜应酬，一门心思坐在办公室里研究图纸，查看施工标准，办公桌上的图纸已被他翻阅得破旧。为了把京沪高铁施工作业标准研究透彻，写出具有中国铁建十五局集团特色的施工作业指导书，他连续加班，每天都工作到凌晨 1 点多，整栋大楼只有他的办公室里还透着灯光，不时传来"沙沙"的翻纸声和敲打键盘的声音。恒久坚持，使他对京沪高铁建设要求烂熟于心。

为了不再照搬德国人的模式，京沪公司董事长蔡庆华提出了无砟轨道国产化要求，并钦点十五局与铁二局对轨道板场进行自主创新。面对这项前无古人、没有蓝本可以参照的技术，许传波选择了"逢山开路、遇水架桥、水来土屯"的策略，不会就学，边学边干，硬是通过潜心研究，把理论知识和现场实践完美结合，最终实现了京沪全线第一家展开无砟轨道试验段施工，从而支撑了中国铁建十五局集团京沪高速铁路建设的快速推进。

压力破除　战辉煌

能够参与京沪高铁建设，是许传波最骄傲的事，但同时也是他最"痛苦"的事。

参与京沪高铁建设的人都知道，京沪高铁是我国建设领域一项战略性、世纪性、历史性的宏伟工程，是世界上第一条建成线路最长、标准最高的高速铁路，也是建国以来一次性投资规模最大的建设项目。2008 年 4 月 18 日，温家宝总理亲自为京沪高速铁路股份有限公司揭牌，宣布全线开工并为京沪高速铁路奠基，张德江副总理也发表了重要讲话。具有如此重大意义的京沪高铁，会有谁不去用心建造？谁的肩膀上没有压力？

站在前线的许传波，压力异常大。顶着巨大的压力的许传波每天往返于各个工地之间，整个身心都投入到京沪高速铁路的建设上，紧绷的那根弦，不曾有过稍许放松。妻子安丽丽说，特别是在当时工期紧、压力大、轨道板自主创新遇到困难迟迟得不到解决时，许传波变得越来越沉默，甚至都不会笑了。

安丽丽伤心了，对许传波说："有什么就跟我说，别憋在心里。"许传波叹气道："即使领导再怎么相信我，但我仍感觉到自己马上要崩溃了，工期压得紧，而'一厂二线 84 块板'生产模式和普通掺合料配合比成功的影子都没有见到，路在何方，到底在何方？"安丽丽心疼地哭了："咱不干了，回家吧。"

但后来安丽丽慢慢发现，许传波开始在压力中释放，变得开朗起来，人也逐渐精神起来了。

我曾问他："是什么让你破除了压力？"

许传波如此告诉我：我只是想通了一件事，那就是与其选择被压力困死，不如战胜它，为我所用，就如承受压力重荷的喷水池，压力越大，水喷得越高。

创新成功　路坦途

路在何方？

路，只有一条，在学习中创新，在探索中前进。

打开心结的许传波带领着固镇轨道板场的工程技术人员一起，穿梭于兄弟单位已建成的轨道板场，学习生产线的布置、生产工艺等，集结铁科院、西南交大等科研单位的力量，问题一个一个被破解。德国博格板用的轨道板生产模式——"一厂三线"，即一条生产线生产27块板，三条生产线一次生产81块板，被十五局淘汰。十五局在"引进、消化、吸收、再创新"的基础上做出了一个属于自己的创新方案——"一厂二线"，两条生产线就能同时生产出84块板。

这一创新，绝不仅仅是减少了一条生产线，使生产预应力钢筋长度由德国的70多米增加到现在的110米，而是带来了一系列的技术难题：预应力钢筋总张拉力和总伸长量须重新计算，预应力放张时模板位移量须重新测定，机械设备须重新布置等。

"有困难就是能力不足，有麻烦就是努力不够。"许传波面对混凝土配合比问题如是说。德国用的是超细混凝土，而在国内这种混凝土生产量非常有限，且价格很高。许传波与项目部副总工程师兼试验室主任李兴旺积极组织技术人员啃下这个难题，第一次失败了，第二次失败了，第三次失败了……上万次的失败过后，终于露出了成功的曙光：采用硅酸盐水泥、矿物掺合料、高效减水剂的高性能混凝土配合比技术，在环境温度35摄氏度、塌落度为140～180毫米条件下，现场测试混凝土板芯温度最高达到49.7摄氏度，养护至16小时的混凝土抗压强度为48.9MPa，达到放张强度。数据证明，采用普通掺合料的轨道板可以取代超细水泥混凝土的轨道板，并且相对超细水泥混凝土，普通掺合料混凝土每立方节约103.44元，每块板节约357元，固镇轨道板场生产22050块CRTS Ⅱ轨道板，这么一算至少节约7871850元，一笔相当可观的资金。

当难题低下"高贵的头颅"，许传波并没有因此兴奋地手舞足蹈，他只说："感觉很欣慰，艰辛的付出得到了回报。"

2009年4月，固镇轨道板场投入生产。固镇轨道板场自京沪公司进行安全质量综合评比以来，一直在全线16家Ⅱ型轨道板场中稳居第一，同时在全线率先完成22050块CRTS Ⅱ轨道板预制。

也正是凭借这些技术的突破，许传波先后获得了全国总工会"火车头"奖章、科技创新先进个人、京沪高铁百日大干先进个人、京沪高铁劳动竞赛先进个人等一系列荣誉称号。

亲情间隔　心不变

许传波是个爱家而不顾家的人；是个孝子而又无法照顾老人的人。

许传波出身农家，母亲在他上大学二年级的时候去世了，父亲现已70多岁。当他讲起他的家人时，声音梗塞了，眼泪在眼眶里打转。他说，自从选择了中国铁建之后，很少有时间与家里的人真正沟通。作为儿子最伤心的事是发现自己与父亲交谈越来越少，仿佛不知从何说起。孩提时，父亲关心他的吃穿，但是现在这种层面的关心已经没有了，每次回家，父亲都不知道该关心他些什么。而他每次回家也就那几句话：今年的收成咋样，收了多少粮食。父子之间的交流越来越少。即使带着父亲同住，也没能很好地照顾父亲。而仅有几次回到父亲身边，也总是来也匆匆，去也匆匆，而父亲眼里总是含着泪水，一直看着他的背影消失在村口才肯返身回去。不管父亲有多么地不舍，也从来也没有埋怨过，父亲总是说："我儿有自己的事要干，好好干吧。"说到这儿，许传波把头埋下去，摇了摇。

采访过程中，我曾问过许传波，来京沪这么久，最大的遗憾是什么？

许传波说："工期质量上没有什么遗憾，技术上也没有，施工组织中两次变更工期，我们也达到了业主的要求，而且我们的工期一直是走在前头，没什么觉得遗憾的。"

采访的最后，许传波说："奔走在京沪高铁现场，眺望着延伸到天际的钢铁巨龙，抚摸着耸立的桥墩，坐上京沪高铁，那是一件多么幸福的事情。"

许传波笑了。

"80后",
京沪高铁茁壮成长的年轻人

李小香

"二水中分云窈窕,几家杨柳木芙蓉"。这句诗描写的是千年古镇杨柳青。二水之一是镇北退海后天然生成的子牙河。京沪高铁天津特大桥便是横卧在河上一道新生的彩虹。两年多的时间过去了,令人瞩目的京沪高铁建设已接近尾声。为了这道独特的风景,中铁建十七局集团四公司一群"80"后的青年人付出了常人无法想象的辛勤汗水。一根根桩基开钻,一个个桥墩的崛起,他们以实际行动证明没有辜负祖国的期望,用汗水谱写出了一曲曲青春之歌,挺起了京沪高铁的脊梁。

"铁骨铮铮男儿汉,先成事业后成家"

2008年京沪高铁开工建设的消息在十七局集团四公司一传开,很多年轻人主动请缨,葛玉强也是其中之一。作为技术干部,他获得了组织上的批准,与先遣部队率先前往京沪高铁九工区。项目组建之初,正值天津地区最为寒冷的季节。作为先头部队,葛玉强每天扛着仪器要走好几里地的雪路。午餐的饭盒里面的汤结成了冰,他就放在胸前捂一会儿再吃。2008年4月,拌合站开工建设时,项目临时调整葛玉强负责拌合楼主机设备基础施工。他凭着丰富的现场管理经验和过硬的技术能力,合理安排每道工序衔接,不断优化施工方案,只用一个星期就完成了任务。九工区的拌合站成为一标段建设周期最短,一次验收合格的第一个拌合站。

2008年7月,桥梁三队开工迫在眉睫。当时三队技术主管因公出差不在位,葛玉强又被调到了三队。他观察现场,查找问题,协调各部门各班组,明确分工,合理布置任务,做到工序衔接紧凑,时间安排得当。同时,熟悉图纸,认真核对,准确无误下发各类技术交底。不到一个星期,桥梁三队按计划顺利开工,施工现场紧张而有序,第一根桩如期完成高性能混凝土灌注,各项指标合格。没有人会知道，为了第一根桩成功浇筑，他已经连续坚守岗位 30 多个小时。

桥梁一队管段占工区全长的五分之二，工程量大，地形复杂多变，特殊结构多。当桥三队关系理顺，成功开工后，葛玉强前往桥梁一队突击工程进度。他用更少的资源，更短的时间，把不可能变成了可能。2009 年 2 月 17 日桥梁一队又顺利开工。作为桥梁一队的施工技术主管，他坚持用技术严把质量，用技术抢抓进度，用技术控制成本。桥梁一队共有混凝土灌注桩 781 根，经检测全部为一类桩，桩基混凝土节超量控制在 4%，比工区 8% 的指标还低 4 个百分点。

公司为培养更多优秀的高标准铁路施工技术人才，在近两年给项目部分来了 10 多名大学毕业生。身为项目部团支部书记的葛玉强，为尽快让新员工度过适应期，他不仅在业务上言传身教，而且经常利用休息时间找他们谈心。鼓励他们说，只有脚踏实地从零开始，立足岗位多做奉献，才会大有作为。他还利用开展文化活动丰富年轻人业余文化生活的机会，为单身青年牵线搭桥。他说，要多让几对青年人在京沪结缘。现在，已经有五对青年幸福牵手。当别人在享受甜蜜的爱情果实时，他却还依然单身。年迈的父母多次催他回家相亲，葛玉强在电话中承诺说："参与京沪高铁建设不仅是光荣，而且能学到很多别的地方学不到的知识。等京沪高铁完工了，我请假一个月回家相亲。"哄得母亲好高兴。铁骨铮铮男儿汉，先成事业后成家，在葛玉强的身上体现的尤为明显。

"我要凭我自己的努力，开辟一片天地"

在线下工程已经完工的天津特大桥 B、C 段，无论什么时候总能看见一个皮肤黝黑发亮的男孩骑着自行车，走走停停看看。他便是 2008 年毕业于中南林业科技大学土木工程道桥专业的赵攀。在京沪高铁九工区仅工作一年，就被破格提拔为桥梁一队的副队长。

"我要凭我自己的努力，开辟一片天地。"这是他经常挂在嘴边的一句话，也是他人生奋斗的目标。十七局集团四公司京沪九工区担负京沪高速铁路天津特大桥 B、C 段 171 个桥墩、1776 根桩基的施工任务，管段全长 5.37 公里。每天赵攀要走上两个来回。哪个工点施工哪道程序，哪个地方需要整改，他心里都有一本清楚的账。所有的分部工程桩基、承台、墩身、连续梁、道岔梁、无砟轨道施工，他都有涉足。从测量员到技术员再到一名优秀的管理干部，每一步他都付出了不寻常的努力。

刚毕业 8 个月，项目给年轻人压担子，让他独自一人承担跨规划津霸快速路连续梁的技术工作。京沪高铁建设工期要求紧，集团公司京沪指挥部要求 2009 年 11 月 25 日必须完成梁体施工，一个星期检查一次节点工期。从来没有接触过悬灌梁挂篮施工技术的赵攀，遇到了梁面线型控制、立模标高控制等难题。他没有选择放弃，而是去集团公司学习相关专业知识，去 10 多公里以外的 8 工区现场观摩，并利用晚上的时间和技术主管、队长不断的沟通改进施工方案。现场资料，施工日志，技术指导，他一肩担下。一天中，同事们只有早点名的时候才能看见他的身影，因为中午和晚餐，他就在桥墩下面啃上一包干食面就算吃了一顿。悬灌梁浇筑几乎是连续作业，只要一开盘，他必须跟班作业，连续 20 多小时不休息已成家常便饭。问他怎么像铁打似的，"干技术吃不了苦绝对不行"，他笑着说道。11 月 20 日，悬灌梁中跨顺利合龙，误差仅仅只有 7 毫米。同年年底，他凭借《跨规划津霸快速路连续梁线型控制技术》一文获得了公司科技论文二等奖，同时被京沪高铁有限公司评为大干百天劳动竞赛"先进个人"。

当上了副队长的赵攀，并没有丝毫的清闲。因为现场管理协调配合是一门艺术，一道工序完不成另一个工序就接不上。由于道岔梁后浇段图纸到的晚，耽误了 7 孔道岔梁的张拉压浆工序，2010 年 4 月 23 日兄弟单位的架梁机就要通过，否则就会耽误全线的工期。赵攀带领工人们白天黑夜 24 小时施工，11 天把 7 孔道岔梁、5 孔简支梁的张拉压浆工作全部完成，比预计工期提前了 3 天，受到了指挥部领导的一致肯定。而在这 11 天中，他加起来没有睡满一天觉，着急得严重上火，口腔起了溃疡，嗓子沙哑得一句话也说不出来。

"再苦再累只要别人认可了，我就满足了。"他总是把工作放在首位，无论多少酸甜苦辣他都毫无顾忌的勇往直前，因为他有坚强的后盾。

赵攀的女朋友是广西南宁的公务员，今年好不容易抽空来了四天，而他们每天在一起的时候不超过 5 个小时。曾经她也抱怨过，赵攀总是严肃的说，"我要凭我自己的努力，开辟一片天地"。她理解了他，义无反顾的支持他的工作。赵攀的父亲也专程来工地看了他的宝贝儿子。监理、工人、同事们都说他儿子能吃苦，聪明能干，他会心的笑了。"在这好好干，要干就干出个样来，我和你妈都支持你"，父亲丢下了这句话，一个人坐车走了，因为他的儿子实在是抽不出空来送送他。

"那天是我的生日，也是我这辈子最骄傲的时刻"

李秋贵 2008 年毕业于中南林业科技大学土木工程路桥专业，是九工区桥梁一队的技术员。"秋贵是个老实肯干的孩子，工作能力强，一个能顶两个"，他们的队长如此评价。

2009 年 10 月 31 日，这是让秋贵一辈子都无法遗忘的日子，仿佛已经深刻在了他的心里。因为那天正是他 24 周岁的生日，也是这段梁的生日。

2009 年 10 月 30 日下午 6 点，京津上联 5 孔道岔梁浇筑第一段梁混凝土，开盘没多久天空中飘起了小雪。由于前期工作准备充分，谁也没有把这场小雪放在心上。但不久狂躁的寒风夹着雪花肆虐着每一寸空间，刀一样割着脸颊，形势变得越来越糟糕，混凝土罐车在路上打滑，泵车高耸的输料管在风中也变得更加不稳定。50年不遇的一场大雪即将来临。第二天上午，狂风暴雪，原计划中午完成960立方米混凝土的道岔梁才浇筑了一半。雪贴在大衣上很快就凝结成了冰，工人们冻得直打哆嗦，有的甚至喊着要命不要钱的赶紧走，留下的工人也体力不支了。入模的混凝土在一点一点的散失着热量，没有人振捣，没有人收面，怎么办？任何一点缺陷都是致命的，一旦停下来，梁必然报废，400多万就要打水漂。秋贵不敢多想，今天是他跟班作业，所有问题由他负责，他不能让梁出现任何闪失。于是，他和他的兄弟们拿起了振捣棒，稳了稳寒风中跟跄的身体，投入到了风雪之中。随后，队长带着十几个工人赶上来，一台备用泵车也开到现场，装载机在给路面摊铺碎石，施工现场又吹响了震天动地的号角。雪依然在下，风不曾停止，工人在一批一批的更换，他裹着军大衣小心的踩着钢筋不停奔走，给新来的工人讲解结构尺寸和技术参数。随着时间的流逝，又进入了夜间施工，10月31号的夜晚更加寒风刺骨，工人轮流在箱式梁里面烤火，秋贵脱掉了已经结冰的大衣，冷了就把铺在梁面上的棉被捆在腰间。底板和腹板打完了就剩下顶板了，再坚持几个小时，他也可以稍作休息了。

2009年11月1日上午，所有混凝土浇筑完毕，梁面完成收面覆盖，秋贵度过了毕生难忘的42小时。一位老监理工程师从梁上走下来，一边整理着记录一边感叹：不容易啊，不容易啊。

"看见桥起来了，心里那种成就感不是一般人能体会的。10月31日是我的生日，也是我这辈子最骄傲的时刻，我依靠我的意志力坚持到了最后。"闲暇时，秋贵总会安静的坐在桥一队门口的沙堆上欣赏着自己和兄弟们双手创造的杰作。

"如果再给我一次机会，我还是选择来京沪高铁"

李小强的宿舍就在秋贵的旁边，我推门进去的时候，小伙子腼腆地收了收脚，我才发现他穿着的运动鞋破了。低头一看，床底下放着6条磨破的牛仔裤，7双破烂不堪的运动鞋。他告诉我说，那是他在京沪高铁施工付出的辛勤劳动最真实的见证，一直舍不得扔掉。当被问到，这么辛苦，你来京沪高铁不后悔吗？他突然抢过话去，斩钉截铁的说："京沪高铁是中国第一条自主设计最长的高速铁路，如果再给我一次机会，我还是选择来京沪高铁。"

李小强2008年毕业于兰州交通大学土木工程系铁道工程专业。当人事部门宣布他被分配到了京沪高铁九工区项目时，他兴奋的一夜没合眼，"一毕业就能参与京沪高铁施工，可以让自己好好一展拳脚，多好呀。"

京沪高铁建设的快节奏，没有留下任何让人喘息的机会。刚到项目，虽然他是个新员工，但肩上的担子并不轻。在为期一个星期的岗前培训后，技术主管便带着他灌注了第一根桩。随后，就将8个桥墩的80根桩基交给他独立完成。由于理论功底扎实，工作能力强，80根桩基经过第三方检测单位检测评定都是一类桩。刚参加工作 10 天，项目部要求小强独立负责 7 孔道岔梁的施工。他将图纸翻了一遍又一遍，钢筋的数量、尺寸、间距都深深印在了脑海。随后，他去工区学习梁上预埋件工艺制作，按规范给施工队进行严格的技术交底。为了确保工程一次性合格率 100%，钢筋绑扎间距，模板线形控制，拼装、加固，各个环节都严格控制，哪怕一个螺丝帽小强都要亲自检查。"拧不紧就会跑模，工期非常紧张根本没有返工的机会，必须一次性合格。"每个环节、每道工序、每一个步骤他都旁站，跟踪到位。功夫不负有心人，终于在计划工期内，完成了 7 孔道岔梁的施工任务，而且无任何质量缺陷。

小强的爱人贾小花是九工区拌和站的技术主管。他们在京沪高铁结下了连理。两年多来，他们只请过两次假，一次是订婚、一次是结婚，加上路途奔波的时间也只有不到 10 天的假期。小花独自一人负责拌和站混凝土拌和、生产资料、调度工作，平日很忙，几乎没有时间来桥梁一队"探亲"。一队院子里放着一辆自行车，很旧却是他们爱情维系的唯一交通工具。从桥一队到拌合站有好几公里的路途，小强忙中抽闲，蹬着他的"宝马"去看看媳妇，有时候都忙的抽不开身，几公里的距离却连续数月见不上一面。他们说，等京沪高铁完工了，好好的度一个蜜月。

如今，京沪高铁九工区管段线下主体工程全部完工，不久，他们将迎来铺轨的队伍。工地上许许多多和葛玉强、赵攀、秋贵、小强一样的年轻人，他们是京沪高铁"80 后"的一个缩影，他们正以高标准、高质量、高效率加速进行剩余配套工程施工，力争站好京沪高铁最后一班岗。

在采访结束的时候，他们告诉我说，虽然桥上没有镌刻他们的名字，但他们的后代会永远记住这骄傲的时刻。是的，或许乘坐高铁的人们不知道他们的名字，但总会有人忆起，他们曾是京沪高铁最亮丽的一道风景……

甘为高铁绽奇葩

——记中铁电气化局二公司京沪高铁项目部第一副经理郭宣

贺玉琴　黄山森

郭　宣

"先导段从枣庄到蚌埠220公里的战线，我们安排了三个作业队、1300名参战员工、3台恒张力架线车。考虑到先导段的特殊情况，我们进一步优化了施工组织方案，成立专业架线班、导线调整班、精调班、质检班……导线架完后由技术安质组成的检查组全面检测，局部问题交给精调班组处理，之后申请工区督导组检查合格再报项目分部督导大队彻查……平均每天每台架线车7个锚段的作业量，每个作业队两班倒调整7个锚段线索，这样五天完成一个闭环区段，三道防线确保完成一段达标一段，最后达到高铁的技术标准和质量标准……"

面对铁道部京沪专题摄制组的随机采访，他在镜头前丝毫没有怯色，因为一提到接触网和日夜萦绕在脑海中的施工组织和管理思路就如数家珍了。他就是京沪高铁电气化项目分部三工区第一副经理郭宣，主管三工区管段400正线公里的电气化施工。而面对220正线公里先导段的站前主体未完，站后不能上线，直至7月18日才立杆1000多根，按计划11

月要开通送电的情况，加之材料供应迟缓、站前交叉施工影响等重重困难，这一切都不得不使他把全部精力集中在先导段上。倒排工期计划，三五天就要编排一次，但是不论计划怎么修改，工期底线只有 3 个半月。作为先导段施工管理主帅的他深深地明白，3 个半月对于确保这颗"皇冠上的明珠"优质高效的建成意味着什么，然而这一切又将如何实现呢？

"呵呵，夜里睡觉一咳嗽醒了，脑海里闪现的全是线盘腕臂定位什么的，后来想着想着天就亮了。"这是在一次茶余饭后的交谈中得知的。力争把问题想在前头，作好充分的思想准备是他一贯的施工管理作风，这一点在先导段的施工管理中也得到了体现。9 月初，先导段接触网施工由下部转战上部施工，他反复分析先导段的形势和任务，对所拥有和能够利用的人力和机具资源、可能遇到的困难等因素全盘掌控，制定调整多套架线方案。如每天每队每组恒张力架线车架设 7 个锚段的导线，悬挂调整每个队完成 6 个锚段，其他工序围绕这两个主要工序同步完成。他要求工区物资、技术紧紧围绕日计划开展工作，每天把到料情况、各队当日进度、次日施工计划情况公布通报各队，并通过建立进度信息滚动平台的形式，全面实现了日计划制定有指导，落实透明化的管理目标。

对于京沪高铁技术标准高的特点，在施工中他更是要求甚严，几近苛刻。记得一次在徐州东至宿州东区间检查时，他毫不留情地给出通报批评："今天在第 13 锚段检查发现如下问题：279 号过定位点第一根吊弦不垂直；299 号定位点导线高度与相邻跨中吊弦高差为 11 毫米，按技术标准应小于 10 毫米。"正是在这种严要求的管理作风带动下，先导段实现了施工误差毫米级，有效地确保了工程质量。

作为三工区施工管理的中流砥柱，因持续高强度的脑力劳动使郭宣的身体出现了异样。工区项目经理李火青时常提醒他注意休息，并安排他的爱人来到项目部照顾他的饮食起居，大家也都劝他入院接受治疗，但都被他婉言谢绝了。到后来，他几乎每天都是一出会场，就揣着药片跑到施工现场排兵布阵去了……

12 月 3 日，是一个让他永远不会忘记的日子。京沪高速铁路枣庄西至蚌埠南 220 公里先导段电气化工程经受了国产新一代 CRH380AL 动车组速度冲高考验，创出了 486.1 公里 / 小时的世界铁路运营试验最高速度。检测数据表明，供电系统设备运行稳定，弓网关系耦合良好，工程质量可靠。由于工作关系，他没有亲自乘车感受那冲高的全程，而那一刻，谁又能真正明白，站在电视机前观看冲高的这位谦默内敛的先导段电气化攻坚战役的指挥者流下的热泪……

老当益壮，宁移白首之心？已逾天命之年的老郭带领着他的精锐团队用实际行动实现了国人共同的高铁希冀，用汗水浇灌绽放了先导段这朵高铁奇葩。

创造"中国速度"的人们

——中铁三局二公司奋战京沪高速铁路纪实

郎 军 修 江

自进入京沪高速铁路这个大战场以来，二公司三个工区集中精兵强将，优化施工组织，推行技术创新，三个工区齐头并进，节节取胜，凯歌高奏，创造出骄人的"中国速度"。

强管理提素质

二公司京沪高铁管段全长 20.7 公里，其中特大桥 2 座、大桥 2 座共 19.4 公里，路基 1.2 公里，涵洞两座，总产值 4.94 亿元。

京沪高速铁路工程是集团公司 2008 年头号重点建设项目，二公司在京沪高铁这个大比武场勇立潮头，创造了一个又一个的奇迹，这与他们强化管理密不可分。

2008 年元月，十三、十四、十五工区来到京沪，首先从建立规章制度入手，各工区制定了涵盖安全生产、工程质量、环境保护、技术管理、征地拆迁、机械、物资、财务管理等 10 多项管理制度，将各部门执行情况纳入考核范围，确保了实施有规范、操作有程序、过程有控制、结果有考核。

十三工区队长杨志强、十四工区队长汪德志、十五工区队长贾广林都是"70 后"，他们思维超前、思路明晰，在京沪这个大舞台大显身手。

二公司京沪工作组元月份进驻京沪，1971 年出生的公司副总经理、组长张民栓说："工作组在京沪的定位是加强性组织，在工作中起协调指挥作用。"工作组注重职业道德，不过多干涉工区工作，调动了工区自主组织生产的积极性。工作组驻地选在三个工区中间，极大地方便了工作，又节省了费用。在工作组的协调组织下三个工区实现了待遇统一，管理统一，制度统一。

张民栓统领工区打资源共享战，求周期效益，他们按照"先优化，渐加强"的配置资源思路,根据现场作业面展开情况加大投入,确保了工程循序渐进有序加快。三个工区施组统一优化,物资统一采购,模板统一加工,资源共享使得效率实现了最大化,资源动态整合确保了成本最小化。

二公司在施工中实施"双缩"原则:缩短生产计划周期,变月为旬,使计划性更强,更准确可靠;缩短考核激励周期,效果更及时有效,奖罚做到了恩威并重,避免了领导一句话就代表数字的盲目决策行为。集团公司经理部给工作组奖励完成产值千分之一的资金,工作组都给了各工区,这一举措激励了工区的生产积极性。

二公司追求工期效益、工序效益,工区结合实际,确定了科学合理的分包模式,采取架子队带劳务为主线、根据协作队伍特点采取工序分包为辅的模式,管段内四座桥共选用三支协作队伍,施工中优化施组,细化工艺,制定流程,落实安全,确保了工序严密和节点工期。

掀高潮促进度

镇江京杭运河特大桥长 11.89 公里,其中跨 338 省道连续梁和跨既有沪宁线连续梁施工是控制性环节,是五标段首家架梁通道,工期异常紧张。

2008 年元月份进场以来,二公司按照调迁、建点、施工"三同步"的原则,各工区全面开展征地界的测放,并配合建设单位和地方政府对征地界内的地上物进行清查统计,仅仅一周时间,镇江京杭运河特大桥路基段铁路用地界测量勘界放线全部完成。

2008 年 5 月 26 日,经理部开展了"奋战百日保架梁"大干活动,二公司全体员工围绕"创建精品工程、和谐工程、资源节约型工程、环境友好型工程和创新型工程"的建设目标,攻坚克难,掀起了大干高潮。百日大干中,单个工区产完成产值高达 7000 万元,二公司得到经理部嘉奖 190 万元。

二公司京沪工作组沉入到施工生产中,组员分兵把口,副组长刘掌虎吃住在工区,担当起点长的职务。张民栓善于把握轻重缓急,在人员配备、资源调配方面运筹帷幄,一举扭转了十五工区被动局面,10 天完成产值 1000 万元,大干形成后,工作组又尽快转移到其他工区。

十三工区 3 月份试桩开钻后,加大人力和机械投入,迅速形成大干局面。队长杨志强和班子成员分工负责,分片包干,每公里都安排一名施工员全天候驻守。十四工区管段有 4 座桥梁,根据工程特点,队长汪德志努力提高工效。创钻孔桩单机日产量 6 根桩,4 台旋挖钻机每天成孔十几根。镇江京杭运河特大桥主跨钢筋笼下孔作业缩短至 8 到 10 个小时,大桥主体工程已完成80%。十五工区负责四段路基共 1.258 公里和两座涵洞施工任务,队长贾广林加大施工过程质量控制力度,管段内四段路基施工质量得到建设单位首肯。

工区支部书记张国兴、冯勇、张学军都是年届50岁的人，他们与年轻的队长都是黄金搭档，带头投入到征地拆迁中，多条腿走路开展工作，为施工积极创造条件。他们反向思维，从基层做工作到上级政府部门，为施工生产创造了良好的外部环境。大干期间，他们带领党员立足岗位充分发挥先锋模范作用。广大员工不计个人得失奋战在工作岗位上，放弃节假日休息，无暇顾及家人，节日和暑期部分家属纷纷来到工地"反探亲"，对因工作繁忙无暇回家举办婚礼的青年技术人员，工区在工地为他们举办了简朴而热烈的婚礼。

目前，二公司路基主体已完工，桥梁钻孔桩剩50根，承台剩80个，墩身剩210个，两座连续梁完成60%，截止11月份十四工区完成年度任务92%，十五工区完成90%，十三工区完成88%，位列五标段三甲，三个工区完成产值3.4亿元。

保质量创信誉

京沪高速铁路对基础沉降、结构变形提出了毫米级控制要求，且新技术、新工艺繁多。以桥梁为例，二公司跨338国道连续梁桥跨布置为（60+100+60）米，采用膺架法支架现浇，分段浇注，分段张拉，是集团公司首次施工的规模最大现浇孔跨，也是国内第一跨，跨沪宁铁路既有线连续梁布置为（32+48+32）米，是安全施工控制的重点。

为把京沪高速铁路建成一流的工程，二公司以全员培训为工程质量奠定基础，对新工艺新技术学习，对经验学习，对场实务学习。内容涉及移动模架法、支架现浇箱梁、挂篮悬臂浇筑、连续梁拱、系杆拱、高性能混凝土精测网和复杂结构等施工技术课程。

针对标段内软土地基沉降控制、桥台过渡段控制、大跨度桥梁徐变监测控制等进行科研攻关，抓好施工中的重难点和控制性工程及制约工期的关键工序，做到了关键技术攻关与工程建设同步推进。

施工中推行"专家论证、试验先行、样板引路"，根据设计图纸和人员、设备配置情况，他们制定了工艺试验方案，经专家评审后，在现场组织实施。各工区将第一段路基施工、第一个承台施工、第一个墩身施工等作为示范段和样板工点，指导后续工点的施工。十五工区承担京沪全线450米长的唯一一段路基示范段，9月份主体完工，观摩频率一天达四、五次，共迎接各类检查团达80余次，京沪公司组织全线各单位200余人前来观光，工程质量受到业主和外方监理的高度赞扬，为中铁三局赢得了荣誉。

二公司从建点之初就结合实际建立了一整套严密的质量管理体系，严格执行技术交底复核制度，对关键工序、特殊过程做到"四统一"，即统一方案、统一工艺、统一工装和统一施工方法。三个工区总工翟耀华、赵占柱、刘利军都是复合型干部，除负责全面技术工作外，还参与到行政工作中，在跨省道（60+100+60）米连续梁支架法现浇、大跨度系杆拱连续梁拱施工中进行方案论证，为保证大跨度连续梁的线形做出了大量的工作，确保了连续施工的精度。

　　开工以来，二公司在集团公司京沪经理部组织的月综合考评和"奋战百日保架梁"活动中，三个工区均多次名列前茅，他们在我国首条高速铁路这个大舞台发力，创造了"中国速度"，令人惊叹。

京沪线上的钢铁战士

——记中铁十五局六公司京沪高铁五工区项目经理熊冠勋

吕洪伟　　陈思敏

熊冠勋

这是一串闪光的荣誉：2008 年，项目部被十五局集团公司评为"企业文化建设先进单位"，被安徽省环境保护产业协会评为"安徽省环境保护优秀施工单位"；2009 年，项目部被中国铁建股份公司授予"工人先锋号"，并在上下半年信用评价均取得优异成绩，共获绿牌奖励 4 张。

这是一个钢铁般优秀而又不屈的战士：十五局集团公司的"十大杰出青年"、"劳动竞赛优秀组织者"，六公司的"五好共产党员"、"五四青年岗位能手"，从沁北电厂铁路专用线一名普通的技术员到京沪土建项目部项目经理，他在短短十几载的时间里，实现了人生的转变。

他就是熊冠勋，被员工称为"朋友"、"老大哥"的京沪土建项目经理。

2010 年 7 月 30 日，随着京沪高铁无砟轨道工程宣告主体竣工，作为这个项目的指挥官，此时熊冠勋终于如释重负，身形极度疲惫的他脸上浮现出难得的笑容。

"行路之愈远，风景愈奇"，古人曾经这样说。的确，在前后 2 年的京沪高铁建设中，面对史无前例的挑战和超乎寻常的重压，熊冠勋就像一名钢铁战士，顽强地奔跑在冲锋的路上，用责任、忠诚和激情，书写着对铁路建设事业的一腔挚爱……

带着责任上前线

十五局集团六公司共承担京沪高铁四标段淮河特大桥 50.48 公里的无砟轨道施工任务，主要作业内容包括：防水层、两布一膜施工、底座板施工、轨道板粗铺、轨道板精调、CA 砂浆灌注等，具有施工工艺新、技术标准高、质量要求严的特点。

"我组织施工生产那么多年，还没遇到过难度这么大的项目"。熊冠勋介绍说，京沪高铁是世界上技术水平最高的高速铁路，安全隐患多，每个工序要细之又细才能实现优质高效。

熊冠勋清醒地认识到，这是一个输不起的项目。能不能破解由此引发的工期压力、质量控制、安全控制、成本管理等一系列复杂问题，既关乎公司"打造世界高铁品牌"目标的成败，又影响着中铁十五局集团公司高铁建设的品牌。"建一流高铁不能空喊，必须在提升质量上下功夫"，中国几年来的高铁建设历程证明"高铁无小事"。熊冠勋深知，要在作业面长、交叉施工干扰大、短时间内，实现无砟道创新突破，施组科学、精耕细作是根本。

为此，他和项目管理层一起，在吸收武广客专建设经验的基础上，确定了采取"大循环、小流水"的施组模式，推行了专业化测量、专业化计算、专业化预配、专业化督导过程监控的"四化"管理措施。成立现场协调组、安全检查组、技术落实组、物资供应组、机械调配组等 9 个责任包保组。

对施工质量的把控，熊冠勋组织组织 QC 攻关小组，他结合桥面系防护墙施工特点，牵头开展项目技术和管理攻关活动，组织发动项目青年员工集中研究施工方案，其中《开展 QC 攻关，确保防护墙质量》的课题，获得了公司优秀 QC 成果奖，大大减少了项目成本开支。2009 年 5 月份，当项目部正要将所有人力物力转入下一步的线上桥面系施工中来时，公司京沪指挥部突然组织各工区召开紧急会议，与各工区领导共同商议支援三工区的问题。各工区领导都面露难色。这也难怪，在所有工区都处于抢工期的关键时刻，抽出人力帮助其他工区，将大大影响自己工区的工程进展速度。看到大家都这么为难，熊冠勋再次挺身而出，揽下了这个大家都不想碰的"烫手山芋"。随后，他将自己为数不多的技术员兵分两路，一部分派往兄弟工区进行墩台施工，另一部分则快马加鞭的开始了线上的桥面系施工。就这样，项目部桥面系工程施工在全线率先展开的同时，仅用了短短一个月的时间，于 2009 年 6 月 24 日，将三工区墩身 27 个，垫石 27 个的施工任务全部完成，为公司管段全线施工的顺利推进铺平了道路。

几份耕耘，几份收获。熊冠勋和他的同事们以用心作事的精神，在京沪高铁实现了"干就干成最好的"心愿。

怀着忠诚干工程

著名诗人艾青在《我爱这土地》诗作中说：为什么我的眼里常含泪水，因为我对这土地爱得深沉。正是源自内心深处对事业的追求，对企业的忠诚，熊冠勋把满腔心血注入到了京沪高铁。

在员工们眼里，熊冠勋是个从不知疲倦的人。上线以来，他已经习惯把京沪当作自己的家。这位"他乡客"在蚌埠一呆就是一年，却没有去过周边的任何风景点。遇到公司开会，他经常是"过家门而不入"，只是打个电话叫妻子把换洗衣服送过来，匆匆见上一面，就出发了。特别是2010年6月份以后，随着工作面的不断扩展，为及时掌握现场的施工信息，安排生产任务，他坚持召开现场碰头会。为节省时间，有几次会议他一边吃着饭，一边主持会议……由于京沪高铁特殊的施工环境，夏季白天的气温特别高，施工作业多数在夜间进行。作为主帅，来自现场的每一个电话、每一处"响动"，都会触动他紧绷的神经。于是，深夜里，作业现场、项目部办公室总闪现着他忙碌的身影，每天的工作时间超过18个小时。

在笔者眼里，熊冠勋是个性格爽朗的人。但自从担起京沪高铁这个建设任务以来，千头万绪的工作、诸多的施工难题、工期紧迫与繁重生产任务的矛盾，时常让他愁眉不展，一脸严肃，有时还会因工作与同事"急眼"。对此，他内心里时常感到内疚："兄弟们干得都很不容易，许多人在现场一干就是六、七个月。评批不是我的本意，等工程顺利完成，我请大家喝酒陪罪！"回味此言，这又何尝不是他对员工们情真意切的感情流露呢？

对工作要求严格，对同事充满真情。这原本就是熊冠勋的性格。考虑到入冬后的防寒问题，熊冠勋提前组织后勤保障组购买冬季防寒用品，及时送到员工手中。徐蚌的夏天骄阳似火，桥面温度超过40多℃。不要说干活，就是在阴凉下也是一身透汗。为防止员工中暑，在高温到来前，熊冠勋就早早安排为员工们配发足量的霍香正气水等防暑用品，并要求作业队食堂每天供应充足的绿豆汤、纯净水。

一个国家的雄心，会激发出全民族巨大的精神能量；一个领导的率先垂范，会释放出全体员工甘于奉献的精神动力。谈到京沪高铁的建设成果，熊冠勋坦言："成绩是大家共同创造的，是集体智慧的结晶"。

这就是熊冠勋，以积极进取、奋勇争先的态度来对待工作，以一名共产党员的标准来要求自己，爱岗敬业、无私奉献，正像他说的一样："现在吃点苦不算什么，当你坐在象征时代大发展的京沪高铁列车上，看着脚下自己铺就的路，会很自豪！"

京沪高铁酬壮志
挥洒热血写忠诚

——记中铁十二局京沪高铁三项目部党委书记薛升雷

邹径纬　　崔世平

薛升雷

薛升雷是 1972 年 12 月参加工作的老同志，2008 年元月退居二线的他，再次被公司任命为京沪高铁三项目部党委书记。老骥伏枥，志在千里，在担任京沪高铁三项目部党委书记的 2 年多时间里，他勤勤恳恳、兢兢业业、任劳任怨、无私奉献，把对企业、对人民的无限忠诚和热爱融入到京沪高铁建设的实践中，展现了一名优秀共产党员的风采。

理性筹谋　规范项目管理

京沪三项目部担负着全长约 3.1 公里的高铁施工及铺架任务，其中包括京杭运河特大桥、徐州东站、3 座涵洞和 1 座 1～16 米框架涵等工程。该项目工程技术含量高、难度大，管段内京杭大运河框架桥和徐州东站，属京沪高铁咽喉及形象工程之一，为此公司领导反复斟酌，决定调派曾在咸阳机场优质高效完成任务的刘运泽出任该项目经理，并委任在机关工作多年，具有丰富党政工作经验的老将薛升雷为项目党委书记。薛升雷接到通知后，暗下决心：决不辜负上级领导和项目员工的信任，一定要干好本职工作，服务苏北人民。

多年的实践经验使薛升雷认识到：项目管理是一项系统工程，来不得半点虚假和浮躁。他从建章立制入手，大到项目的运行目标、年度工作规划，小到每项工作程序、员工的行为举止都纳入到规范当中，在项目上逐步建立了一整套切实可行的内部"法规"，编印成文件，下发到各部（室）及施工单位，让制度来管人管事。在具体工作中，他始终坚持一切从实际出发，以制度标准为依据，确保各项工作落到实处，收到成效。针对京沪高铁三工区管段的施工特点，他和项目经理刘运泽排兵布阵，分头把守，项目部领导相互协调、各负其责，保证了施工生产井然有序的进行。经过不懈的努力，三工区项目施工几个月，就先后连续3次获得集团公司京沪高铁指挥部组织的"大战120天，确保完成50亿"劳动竞赛一等奖，项目部在建的框架桥施工和徐州东站被京沪公司评为"标准化工地"。江苏省副省长徐鸣到徐州东站视察，看过现场后，情不自禁的伸出大拇指说："感谢中铁十二局，我们非常满意，希望中铁十二局再为徐州地铁做出努力，再创佳绩。"这位年过半百的项目带头人，紧密配合项目经理，靠讲究章法搞管理，以精雕细琢抓质量，令上级领导和监理人员刮目相看，令项目部员工心悦诚服。

耐心细致　　做好后勤保障

京沪高铁建设是一场战斗，能否决战决胜，在很大程度上取决于后勤保障是否到位。为了赢得这场战斗的胜利，薛升雷在项目上场之初主动承担起了"押运粮草、保驾护航"的重任，在维护内部团结稳定，调动员工积极性和能动性上立下了汗马功劳。2009年7月7日铁道部"全路建设标准化管理及质量现场会"在京沪三项目部召开，铁道部副部长卢春房在参观完项目部施工的京沪高铁京杭大运河框架桥及京沪高铁徐州东站路基站场工程施工后，对京沪三项目部标准化管理、现场施工架子队管理模式以及路基施工"四区段八流程施工工艺流程"给予充分肯定和高度赞扬。项目经理刘运泽说："三项目部之所以能有今天的荣耀，一半成绩归功于施工现场职工奋勇当先、浴血奋战，一半成绩归功于薛书记给我们创造了一个稳固的大后方。"

项目上场初期面临着起步晚、任务重等一系列不利因素，浮躁不安的空气开始蔓延，薛升雷注意到这一不好的苗头，在与项目经理协商后，一方面着手稳固"军心"工作，召开全体职工大会，在说明困难的同时，用"好饭不怕晚，笑到最后才笑得最甜"的鲜活事例鼓舞士气，一方面通过在项目开展劳动竞赛和"创优"活动调动职工工作热情，起到了良好效果。

在京沪三项目部，职工形象地将项目经理刘运泽与党委书记薛升雷比喻成"黄金搭档"。他们分工明确，刘运泽运筹帷幄主抓施工现场安全、质量和进度，薛升雷耐心细致做好外部接待、员工思想政治工作以及党建工作。京沪三项目部标准化建设成名后，先后迎来了一批又一批的考察团和观摩团，薛升雷不仅大方得体的做好了接待工作，与此同时，也将项目部"亮点"工程和优秀做法予以了宣扬，对展示企业形象起到了积极作用。为使职工安心本职工作，薛升雷想职工之所想，急职工之所急，牵线搭桥为大龄单身职工找对象，逢年过节为劳务人员送温暖分发礼品，夏季将绿豆汤、降温药送往工地，冬季将保暖服送到每一位作业人员的手中。他无微不至的关怀感动了工地上的每一名员工，员工们都亲切的称呼他为"贴心书记"。

人格魅力 铸造诚信品牌

薛升雷同志深刻认识到项目部是企业形象的窗口，形象和信誉是企业的生存之基，立足之本。一名称职的项目管理者，不仅要管好项目，还必须大力营造并竭力维护企业的良好形象。为此，他始终坚持表里如一，言行一致。既注重扎实做事，又注重诚信做人，以对企业、对业主、对社会高度负责的态度，取信于身边员工，取信于领导，取信于业主，取信于和他接触过的每一个人。

2008年6月，因管段内农科院用地久征不下，项目迟迟不能开工，若不尽快办好农科院的征地手续，尽早展开施工，势必引起整个工程建设的连锁反应，甚至影响到整个高速铁路建设的如期完成。火烧火燎的薛升雷每天会同项目协调人员跑铁办，跑政府，甚至找到当事人员的家里，有时恰逢府上无人，他硬是在门口等上几个小时，最终以自己的耐心和诚心感动了对方，较好地解决了该段农科院的施工用地问题。

薛升雷同志奉行少说话多做事的原则，说话算数，言必行，行必果，谦恭随和，和他接触过的人无不钦佩他说一不二，雷厉风行的工作作风，也都愿意和他坦诚交流。他行胜于言的工作态度在员工中产生了潜移默化的影响，领导者的思想逐步成为身边员工的共同意识和自觉行为，使大家日益加深了对"员工是企业形象代表，企业靠诚信开拓市场"的理解和认知。全体员工同舟共济，众志成城，围绕建好项目，争先创誉而努力工作。

敬业奉献 尽显赤子情怀

作为项目党委书记，他没有因为自己身份特别，显得有什么特殊，而是始终践行着"管理者只有身体力行，才有资格要求别人"的承诺。如果硬要说他与周围人有什么不同，那就是其进取意识和奉献精神更加突出，党员干部的先进性、感召力体现得更加充分。

在员工中，他以排头兵的姿态处处率先垂范，每天准点开会上班，即使是在感冒发烧期间，他也没有误过早上的工程例会。坚持深入现场，除开会等外事活动外，从项目上马至今，他没有离开过项目部一天，把全部心思都放在了京沪高铁的建设上。2009年春节上场后，正值工地大战的关键时刻，因劳累过度，他病倒了，一量血压，竟高到196，同事们劝他休息几天，但他依然咬牙坚守在现场。家属听说他病了，赶到项目部照顾他，但换来的是"独守空房"。像这样的事情，项目部的员工谁都能说出几件，作为丈夫、作为父亲，他深感有愧于家人，但作为项目书记，他无愧于企业，无愧于京沪。

敢于"亮剑"的儒将

——记京沪高铁六标段五工区经理黎儒国

李国旗

黎儒国

黎儒国，高级工程师，一级建造师，现任中交第一公路工程局有限公司副总经理、京沪高速铁路土建工程六标段五工区经理。

在京沪高铁的建设中，他运筹帷幄，科学管理，身先士卒，坚持奋战在工作第一线，兢兢业业，带领着中交一公局京沪高速铁路施工团队突破重重困难，为京沪高铁树起了一道亮丽的风景线。

不惑之年的黎儒国，是个儒雅风趣、极有亲和力的人。二十多年的工作经历，使他积累了丰富的工程技术、工程项目管理、企业管理经验。对他来说，大型公路、桥梁工程项目施工管理，并不陌生，但铁路施工，尤其是高速铁路施工对他来说却是个全新的课题。

众所周知，京沪高速铁路是中国铁路史上迄今为止一次性建设里程最长、技术标准最高、施工难度最大、环保要求最高、技术创新最多的铁路项目。中交一公局负责承建的京沪高速铁路土建工程六标段五工区（丹昆特大桥阳澄湖桥段），位于经济高度发达的苏州境内。如何在苏州这座秀美的历史名城，又好又快地完成京沪高速铁路这个举世瞩目的工程，是对黎儒国和他所领导的团队战斗能力的一个全面的考验！

2008年1月，伴随着京沪高速铁路建设的集结号，黎儒国带领着中交一公局的施工团队挺进苏州、驻扎在阳澄湖畔，开始了他们在京沪高速铁路施工的奋战历程……

"纸上得来终觉浅，觉知此事要躬行"，现场踏勘，摸清脉络，逐步推进征拆、临建工作

随着工区及五个作业工区主要管理及技术人员陆续进场，征地拆迁、施工临建、先期开工点等一大堆问题亟待解决。但天公不作美，一场突如其来的暴雪和冻雨天气使压力巨大的工程开工准备工作面临的形势更加严峻。但压力也是动力，闷在办公室里看资料、空想是解决不了实际问题的。工区经理黎儒国召集正在专心致志参阅图纸、研究资料的管理、技术干部，说道："走，带上图纸和资料，去看看咱们的战场"。凭着不服输的劲头儿，他带领着五工区团队顶着百年不遇的恶劣天气，在23.52公里的战线上，展开了历时1个多月的现场踏勘和调查摸底工作。

五工区负责施工的丹昆特大桥阳澄湖桥段，跨越苏州相城区、工业园区、昆山市三个行政区域，跨路、跨航道、跨铁路既有营业线的特殊结构13处，七跨阳澄湖湖区，累计5.9公里……要在路网发达、河网纵横、土地规划严谨的苏州完成制梁场、拌和站等大型临时用地的征用、同时尽快进入开工状态，其难度可想而知！

但困难没有牵绊住他活跃的思路，在详细地掌握征地范围、拆迁、交通、地方行政等一系列情况的基础上，一个系统的计划已在他的脑海中初步形成了……

结合前期的现场踏勘，黎儒国清晰的认识到，尽管征地拆迁是一项有难度的系统工作，但只要组织得力，尽快推进临建、解决先期开工点，采取"两条线"一起抓，逐步解决施工及临建用地是有可能的。

"天下难事，必作于易"。工区经理黎儒国一方面以沿线各村镇不涉及到附着物的荒地作为先期开工点，迅速组织前期施工，按进度要求，逐步推进施工永久用地征用进程；另一方面，责成工区副经理周长军与地方主管部门接洽，先后解决了制梁场、拌和站等大型临时用地，在地方政府的支持下，加快了永久用地的征用进度，为全面开工打下了良好基础，仅经过2个月的努力，五工区征地拆迁工作取得了突破性进展，陆上施工段落基本贯通，达到了全面开工的条件。

苏州制梁场的大临建设，是前期工作中的一个难点，由于地理位置和环境的限制，加之技术、管理人员普遍年轻化，缺乏大型梁场的建设经验，使梁场的前期建设一度滞后。面对梁场建设工期紧，任务重的不利形势，黎儒国看在眼里急在心上。在接下来的2个月里，他放弃了休息时间，

全身心的投入到梁场建设中。每一道工序,他都亲自安排人员,每个任务的落实,他都亲自过问,平时经常与年轻技术干部和管理人员沟通谈心,随时了解他们的工作情况,并且经常召开安全生产会和施工生产调度会,合理安排、指导施工,号召大家能吃苦、敢吃苦,克服工作中的懒惰、麻痹思想,发扬拼搏精神,把工作扎扎实实做到位。经过不懈的努力,梁场的面貌焕然一新,迅速扭转了落后局面,昔日的一片鱼塘变成了一座符合京沪高铁要求的正规化大型制梁场。在2008年7月18日苏州制梁场完成了首榀箱梁的预制,同年9月一次性通过了业主的取证评审,梁场的各方面工作都位居全线梁场前列……

"挥师阳澄湖",严抓环保施工,落实社会责任,儒将的雷厉风行

苏州阳澄湖以著名的"清水大闸蟹"蜚声海内外,担负着苏州市区、昆山市以及沿湖乡镇近百万人的饮用水的供给任务,兼有维持生态平衡、渔业养殖、生产用水、灌溉、旅游、航运及防汛等多方面功能。

设计单位在京沪高速铁路丹昆特大桥选线阶段,综合考虑了各种因素,在避无可避的情况下,按少占阳澄湖水域的原则,确定阳澄湖桥段最短跨越长度5.9公里。

对于整个京沪高速铁路1318公里施工里程,5.9公里的距离,太渺小了。但对于六标段五工区而言,这七次跨越的长度却超出了施工管段里程的四分之一!如何进湖、采取怎样的方案?如何既保证施工进度又不影响阳澄湖的自然、生态环境?这一连串的难题,从进场开始就始终纠结在黎儒国的心头……阳澄湖涉及到周边老百姓的切身利益,涉及到每年几十亿产值的"大闸蟹"经济产业链……跨湖区施工的成败更关系到京沪高速铁路这个一流的环保和谐工程。

但,再大的困难也要千方百计地克服!

经过再一次专项的调查走访和科学分析后,黎儒国切中肯綮的指出:"要确保施工期间阳澄湖自然环境、生态环境不受影响,就要确保施工方案和施工过程控制满足阳澄湖自身的环水保要求,这是攻克难题的关键所在"。

然而,从环水保角度看,原设计中的"钢栈桥"和钢管桩施工方案在控制施工污染上不具备优势。凭借多年的工程经验,工区经理黎儒国果断地提出:"阳澄湖区无小事,必须要优化施工方案"!

在工区经理黎儒国和总工程师王跃带领下,工区技术骨干结合阳澄湖区地质条件对各种水中施工方案进行权衡比选,得出结论:湖区范围内施工采用分段筑坝围堰的施工方案在环保、安全方面均优于设计文件中的施工方案。

"天下大事,必作于细"。为确保施工的合法性,工区经理黎儒国责成征迁办协调地方有关

部门办理进湖施工许可批复工作；为确保施工方案的严密性，他多次邀请了国内资深的专家和地方环水保职能部门领导对施工方案进行论证与评审；为提高方案的可操作性，他要求技术骨干借鉴专家的意见和建议进一步细化方案，将施工环保过程控制措施具体分解到工程节点上；为确保方案落实的科学性，他组织工区联合清华大学水利水电工程系、苏州环境监测中心等单位，对阳澄湖水质和土质进行环境实时跟踪监测；为确保施工方案落实到位，他加强企业自控，把目标落实到工序，责任落实到人，并亲自带队定期巡查环水保施工……

在他的缜密筹划和悉心组织下，五工区施工团队顺利挥师阳澄湖，成功地攻克了一系列施工难题！京沪高铁跨阳澄湖湖区施工保证了工程的整体进度，达到了"水质零污染"的环水保工作目标，湖区生态环境及大闸蟹养殖业没有受到影响。跨阳澄湖水中施工的环水保创新，充分体现了京沪高铁建设环境友好、社会和谐工程的先进理念。多次得到了铁道部、环保部、国资委、京沪公司及地方政府各级领导的一致好评！

儒将也"亮剑"，严格进行制度化建设

"五工区经理黎儒国是个能指挥大战役的人"，中交集团京沪六标段项目总经理部的领导这样评价他。

的确，从征地拆迁、苏州制梁场建设、阳澄湖环水保施工，到五工区施工线路贯通、各阶段关键工序转换，无不体现出他运筹帷幄、指挥若定、果断从容的儒将风范。

然而，作为一名优秀的工程管理者和企业的领导者，他更注重探索新的管理模式，提升团队的执行力。

要让管理制度使质量、安全、环保等各个体系相互联动起来，使体系形成长效机制，就必须转变思路，认真吸纳铁路标准化管理模式，向原有的管理制度"亮剑"！

在他的组织下，五工区多次组织管理人员到兄弟工区、标段参观学习；在参照铁路管理模式的基础上，组织管理干部修订编制了《京沪高铁六标段五工区管理制度汇编》，并加大内部制度宣贯力度，增强员工的"高铁"意识；通过召开"生产调度总结会"、组织工区"劳动竞赛"、按制度加大奖罚及管理、技术干部履职月考核力度等灵活方式强化员工制度意识。

2008年9月，五工区施工进入"大干"阶段，一段时间以来工程进度的快节奏推进，使少部分管理、技术干部出现了思想放松、工作懈怠现象。为避免工程质量、工程安全体系运行出现偏差，他及时组织"安全、质量自查自纠"、"质量改进月"，"质量安全大反思大检查"等一系列活动，并以活动为契机，建立了"质量安全自我评价体系"、"质量安全相互监督制度"，将"自查自纠"纳入到各作业工区的月度总体考核，形成了质量安全管理体系的长效机制。

通过对制度落实力度的加大，极大地提高了员工的责任感和使命感，使五工区各作业工区形成了比、学、赶、帮、超的良好局面。

由于制度落实到位，五工区各项工作频结硕果，2009 年 11 月，阳澄湖湖区环水保获得了国资委 2009 年度"中央企业优秀社会责任"单位；苏州制梁场创造了单日架设 7 榀箱梁，在中交六个制梁场中第一个完成先架方向箱梁架设；标准化建设多次获京沪总指、苏州指挥部的绿牌奖励……

他用成绩给全体员工上了鲜活的一课，"制度化建设是推进各项工作的基础"。

"做好工程，培养好人才，锻炼好队伍"，儒将的"深谋远虑"

有着 20 多年技术、管理经验的黎儒国深知"人才队伍"建设对工程、对企业发展的重要性和深远意义。

他不失时机的给年轻干部提供技术培训、管理培训的机会，敢于使用青年干部，常常与他们互相交流管理、技术经验。从阳澄湖围堰施工方案、900 吨架桥机过系杆拱桥，到跨娄江连续梁拱桥钢拱滑移、"争优创先"计划，办公室、会议室、施工现场常常出现这样的场景：他与年轻技术干部、管理干部就一个技术难题、一个管理方案争论的面红耳赤，解决方案讨论出来后又喜笑颜开，在这样的氛围中他自得其乐……

在他的带动下，各作业工区广泛开展各种类型的"以师带徒"活动……一大批专业的管理精英和技术骨干在京沪高速铁路的施工过程中迅速的成长。

"儒将不须夸郄縠，未闻诗句解风流"。

黎儒国，以他的谦虚严谨、睿智果敢带领着六标段五工区的团队，在京沪高速铁路的建设的大潮中搏击，攻坚克难、兢兢业业，为京沪高速铁路在苏州阳澄湖畔精心描绘出一条亮丽。

青春在艰苦磨砺中闪光

——记中铁电气化局电气化公司京沪高铁项目部副总工李建

白 羽

李 建

在京沪高铁项目部一工区，有这样一个年轻人，他短发根根直立，时而眉头紧锁，似在沉思默想，偶尔开怀一笑，又像个大孩子。这个年轻人，就是京沪高铁一工区项目部的副总工程师——李建。

李建是个诚实、做事认真的人，三年间，他从一名普通的技术员讯速成长为具备综合素质的项目副总工。

工作之初，李建是一名普通的技术员。面对铁路电气化，求知若渴的他勤奋学习，只要一拿到图纸，就像着了魔似的，饭顾不上吃、水顾不上喝，直到把图纸看透。同事们说起他来总是赞不绝口："李建就是活动小百科，没有什么技术上的难题能难倒他。"由于能力突出，第二年李建就被调任到项目部工程部任技术主管。2010年项目部转战京沪高铁，李建再次被破格提拔为项目副总工。

三年的时间，三个不同的岗位，三次责任的加重，证实了他的能力，见证了他的成长。

自担任项目副总工以来，李建把技术攻关、外部协调放在工作的第一位。灯火通明的夜晚，严寒酷暑的现场，都留下了他的身影。由于京沪高铁后期交叉施工较普遍，站前遗留问题很多，制约着四电施工。在京沪高铁四电进场之前，组织工程部四电接口组人员进行四电接口普查。做好工程接口并不容易，高铁大桥上的每一块轨道板上都留下他数不清的脚印。对站前施工遗留的问题他逐个分析、积极沟通，协助站前单位处理问题，并对接触网基础的检查模板进行改进，根据京沪高速铁路四电接口验收细则的要求，对基础的螺栓间距以及螺栓外露长度进行一次性检验合格进行统计，大大提高了一线四电接口检查的效率。

为打开接触网施工工作面，他积极解决施工困难、技术难题，与站前单位、指挥部等多方沟通，与站前施工单位现场人员协调。不怕跑断腿，不怕磨破嘴，最终获得了指挥部及站前单位的理解，在京沪高铁四电施工中形成了与站前单位交叉施工，突击施工的工作办法，每天紧盯现场，汇总站前的工作量，将成形区段汇总提供给项目部，立杆作业紧追着站前进度，形成交叉施工，同步推进的状态，为后续工程的施工争取了宝贵的时间。

京沪高铁不同于以往的普速铁路项目，为使参建人员进一步准确掌握京沪的标准，他动了脑筋费了力气，组织人员编制了各项视频教程，比书本要直观得多，员工学的也快。李建注重研究武广、京津城际、沪杭等客专，对施工过程中可能出现的安全、质量问题及时总结，建立了一套施工问题查询库，针对各项问题列出解决方案，针对重难点，李建及时组织一线施工人员进行学习。

李建是个勤于思考的人。尽管有设计单位提供的现成图纸，也总要问个为什么。他曾提出过多项可行性建议，为京沪高铁施工节约了成本、提高了工作效率。在声风屏障安装过程中，设计单位忽略了温度变化后，坠坨串的升降变化与声风屏障之间的影响。我工区地处北方，由于热胀冷缩，冬天棘轮与坠陀间距离变小，影响不明显，然而，一旦夏天来临，间距变大，致坠陀串下降，将与声风屏障互相影响，导致接触网导线张力值不达标，影响高铁运营安全。他看到这一问题后，迅速和项目总工程师朱国顺交流，探讨此问题的可行性，提出在有坠陀串的地方对声屏障采用异形板，避免了京沪高铁后期运营中的隐患。

业余时间，李建还设计了一种新型的接触网物资提料系统。在以往的物资提料工作中，物资部与工程部提料对接总是一个大问题。工作还停留在双方各自提供单个的 word 或者 excel 格式的到料、提料单，对接起来往往耗时费力，影响工作效率，还容易发生错误。然而，他开发研究的这款软件系统却能够把物资须料、到料、提料、缺料等工作放在一个共享的平台中，使用者只需登陆系统后就可在同一工作环境中对物资工作进行同一的操作，方便、快捷，使用简单，开创了接触网物资提料工作的新局面，该系统目前正在最终调试阶段。

李建用勤奋和智慧在平凡的岗位上铸就了自己闪光的青春，这是新一代年轻人奋斗的缩影。是京沪高铁成就了一大批像李建这样风华正茂的年轻骨干力量，是京沪高铁为年轻人的成长提供了大显身手的广阔舞台。

汤山古镇展雄风

——写在京沪高铁五标段八工区下部主体工程结束之际

木 子

江苏南京的汤山山清水秀，风景优美，因流传着英雄后羿射日落汤山而形成四季喷涌之温泉的神话故事，泉眼群集，终年泉水汩汩，热气腾腾，使之因泉而得名，也以温泉最为著名，堪称"千年古镇"。

2008年年初，五公司承建京沪高速铁路土建五标段的工程之后，由精兵强将组成的京沪八工区有幸驻扎"千年古镇"，将士们用不懈的努力和拼搏的精神，镌刻了一幅幅壮丽的画卷，拔地而起的一座座大桥、特大桥为"古镇"锦上添花。

京沪八工区在京沪高速铁路土建五标承担10.860公里的施工任务，工程全部位于南京市江宁区汤山街道境内。主要工程有3184.011米路基、233米的锁石隧道和麒麟新城特大桥、跨沪宁高速公路特大桥、大湖山特大桥、汤山大桥，9座钢筋混凝土框架箱涵，以及麒麟新城特大桥、跨沪宁高速公路特大桥28孔采用移动模架进行的箱梁施工，合同总价约为2.4亿元。

自2008年年初进场以来，尽管遇到了南方罕见的冰雪灾害和征地拆迁难、施工干扰多、图纸到位晚、设计变更多等诸多困难，但丝毫没有影响参战员工建好京沪高铁的信心和决心。工区党政领导按照集团公司京沪经理部和五公司领导的安排部署，因地制宜、主动出击，积极创造条件，迅速打开了施工生产的局面，创造了南京段率先进场、路基土方率先开工和特大桥钻孔桩率先开钻等多项佳绩，真可谓"旗开得胜"。随后，工区领导科学组织施工，强化现场管理，多次对生产资源和施工组织进行优化，团结带领参战员工攻克了道道难关，掀起了一个又一个大干的热潮，路基、桥涵和隧道的施工也都有序加快，多次受到上级领导的好评。

京沪高铁的会战接近尾声，八工区的将士们也在南京汤山这个千年古镇摸爬滚打了十多个月。虽然从形成生产规模的实际时间算起不足一年，但八工区承担的施工任务除麒麟新城特大桥、跨沪宁高速公路特大桥的移动模架造梁和跨沪宁高速公路特大桥的提篮拱紧锣密鼓施工外，下部主体工程已经告竣，附属圬工也基本完成。回首八工区京沪高铁的会战历程，这支英勇善战的团队没有辜负公司和公司党委的厚望。他们无论是进场之初的征地拆迁、驻地建设，还是大湖山特大桥的墩台身施工；无论是麒麟新城特大桥和跨沪宁高速公路特大桥的移动模架造梁，还是跨沪宁高速公路特大桥的提篮拱施工，的的确确打了几个漂亮仗，也创造了令参战将士深感自豪的骄人战绩。

南京市江宁区的东郊小镇是一个正在开发的住宅区，京沪高铁有 700 米需要从正在建设的小镇穿越，征拆任务成为制约八工区施工的一大难题。东郊小镇是八工区管段的起点，涉及麒麟新城特大桥 6 个墩台和 500 多米路基的施工。为了打开施工的局面，在当地政府的配合下，工区领导带领有关人员多次与开发商接洽，一直到 2008 年的 11 月难题才得以破解。这也是留给主管征地拆迁工作的党工委书记张伟的一个深刻记忆，问题虽然解决，但个中的酸甜苦辣也只有征拆人员能够品味。

采用移动模架造桥对于八工区的员工来说，的确是"大姑娘上轿头一回"，在集团公司京沪经理部也只有八工区一家。为了确保造桥的工期，共产党员、工区副主任于庆民一头扎在造桥现场，既是指挥员，更是战斗员，整天忙得灰头土脸，不熟悉他的人根本不会知道他是领导干部。在他的带领下，参战员工顽强拼搏、昼夜鏖战，克服了许许多多预想不到的困难，也掀起了一个又一个大干的热潮。2008 年 10 月，两台移动模架造桥机陆续从郑西客专工地运抵京沪，员工们在于庆民的带领下随即展开了紧张的拼装和调试，发动了造桥施工的"第一战役"。大家争先恐后、起早贪黑，整天忙碌在机器上下，经过工程技术人员和参战员工 70 多个昼夜的紧张拼搏，造桥机终于在京沪高铁的会战现场显示了特有的威力。12 月 30 日，跨沪宁高速公路特大桥的第一孔箱梁成功灌注，拉开了京沪高铁移动模架造桥施工的序幕，造桥机上下顿时沸腾起来，大家个个欢呼雀跃、兴奋不已。

随着两台造桥机相继投入会战，八工区的移动模架造桥形成了规模，跨沪宁高速公路特大桥和麒麟新城特大桥两个作业区也展开了竞赛。参战员工在党员先锋模范作用的影响下，比干劲、赛安全，比贡献、赛质量，会战的热潮如火如荼，安全质量和施工进度也都在掌控之中。2009 年 4 月中旬，在苏州指挥部组织的拉网式检查中，八工区跨沪宁高速公路特大桥造桥施工获得一张"绿牌"。它不仅凝结着参战员工的辛勤与智慧，更为集团公司赢得了荣誉。集团公司京沪经理部还在跨沪宁高速公路特大桥召开了箱梁施工的现场会，总结推广了八工区箱梁施工的经验。京沪公司董事长蔡庆华、总经理李志义等领导在现场视察时，也对八工区的箱梁施工给予高度评价。

随手掀开京沪会战的"光荣榜"，八工区将士们英名便赫然眼前：工区主任吕文耀在集团公司京沪经理部组织开展的"百日大干竞赛活动"中荣获先进个人称号，党工委书记张伟荣获"京沪高速铁路建设标兵"称号，而且是全标段唯一获此殊荣的党务工作者。八工区还在集团公司京沪经理部组织开展的综合评比中跻身"三甲"，在"奋战百日保架梁"的几个战役中获得奖励。一大批员工也在会战中凭借自己的不懈努力和聪明才智，赢得了业主、监理和上级领导的赞赏。2009 年年初，在五公司召开的总结表彰大会上，八工区获得了公司和公司党委授予的"好班子"殊荣，随后，又被集团公司和集团公司党委评为"和谐文明单位标兵"。前不久，他们又跻身集团公司"项目文化建设示范点"的行列。

......

这一个个荣誉彰显了八工区会战京沪高铁创造的佳绩，一道道光环闪耀的是八工区参战将士们昼夜鏖战、顽强拼搏的精神。京沪是我们国家的第一条高速铁路，参加京沪的会战将是每一个筑路人的幸事。八工区的将士们在古镇汤山为京沪高铁做出了突出的贡献，展示了中铁三局新一代筑路人的雄风，他们的辛勤努力必将在京沪高铁的史册上留下永恒的印迹。

键盘上的京沪高速铁路

——记中铁三局京沪高铁五标段项目部工程部长龚军平

王劲松

龚军平

鼠标在晃动，键盘在啪啪作响，时针转到了凌晨两点，中铁三局京沪高速铁路五标段项目部工程部长龚军平又在电脑前编制着特殊孔跨的施工时间安排，这样的场景从开工到现在几乎每天都在进行。

龚军平毕业于中国地质大学，进修在西南交通大学，获工程硕士学位。先后参加京九铁路、西安合肥铁路、上海浦东铁路、合宁客运专线等 10 余条铁路建设。2008 年 1 月 8 日，他还未卸去参建合宁客运专线的战袍，又风尘仆仆地奔赴到京沪高速铁路战场。

"布阵设计师"

《实施性施工组织设计》是铁路施工的总纲，京沪高速铁路五标段全长 171.1 公里，42.2 公里路基，70 座桥梁中特殊孔跨就达 77 处，制架梁 3336 孔，隧道 8 座，车站 3 座，正线铺轨长度 607.2 公里，预制、铺设无砟轨道板 69722 块，合同价款 113 亿元。工程规模对中铁三局来说是有史以来最大的工程项目。如何组织好施工生产，如何确保安全质量，如何创新技术，一系列的问题都体现在施组中。白天他在现场了解情况，晚上才是他设计总体施工方案、重点工程施工组织方案、技术创新方案的时间。打开他的电脑，满是各种表格。有全标段主要工程数量表、施工组织设计进度表、重点工程施工安排表等80余项表格。大家戏称他为"表弟"

他在京沪高速铁路股份有限公司和铁道部京沪高速建设总指挥部苏州指挥部的指导和帮助下，历经三个月时间，通过多次方案的推敲和论证，完成了《实施性施工组织设计》初期编制工作。为更好地完成攻坚年的任务，实现总工期目标，他又组织编制了《优化实施性组织设计》，对工期安排、资源配置等方面进行了优化。文稿装订成册有700余页，各种图表就有200余页，文字部分多达32万余字。

"无衔参谋长"

2008年五标段计划产值为35亿元，今年为50亿元，任务量都十分繁重。五标段管理跨度大，施工工艺复杂。他对每一个重点工程的近况都要及时监控，包括特殊结构的进度监控、制梁和架梁的进度监控，征地拆迁的进度等等。他根据调度提供的情况和自己对工地的了解，对各工点的完成情况如数家珍，对个别工点滞后的原因和存在的问题，制定出优化方案，资源配置、劳力组织等方面的整改措施，为领导决策提供依据。为确保五标段架梁施工在2010年春节前结束，他连续熬了四个夜晚，对施组进一步优化，提出由汤山梁场架桥机再次调头，架设原施组镇江梁场架设范围的蔡家庄特大桥和桥头河大桥60孔梁。这个方案得到了各级领导的认可，为加快施工进度确保京沪总工期提供了保证。

"方案小专家"

京沪高速铁路新技术、新工艺多，新设备、新材料广泛应用。他与集团公司专家组一道对难点和控制性工程及制约工期的关键工序，进行科技攻关，参加了铁道部《高速铁路深厚软土地段地基加固处理与路基填筑技术研究》，努力做到关键技术攻关与工程建设同步推进。同时，对连续梁拱、系杆拱、提篮拱、悬灌等特殊结构的施工方案反复论证，对梁场、无砟轨道板场的建场方案进行优化，提出他的见解。为参加方案的论证，他多次北上京都，南下姑苏，有时一个月到北京多达6次，早上到北京，晚上就回到镇江。京沪的大熔炉，使他的技术水平和实战经验不断得到提高。

2008年他的工作时间为365天，一直没有回过家。今年暑假爱人和孩子来又工地和他团聚，还是每天几乎见不到他。爱人带着疑心终于在工程部的办公室里，在键盘前找到他了，原来他仍在键盘上统计着五标段完成的情况、设计这京沪高速铁路五标段建设的进程。

鲁苏大地新传奇

——记中铁十六局二公司京沪高铁三标段八分部
几则凡人小事

牛士红　　申旭亮

位于祖国东部沿海的鲁苏大地，自古以来就是充满传奇之地。这里既走出过被后人尊崇为大成至圣先师的儒学创始人孔子，又演绎过西楚霸王项羽和汉高祖刘邦争雄天下的历史，而近代这里更是上演了台儿庄战役、淮海战役等许多威武雄壮的抗击外敌、解放人民的壮丽史诗。当历史演进到 21 世纪初叶的时候，这里再一次上演了由一群普通人用坚韧和忠诚、奉献和牺牲谱写的一曲又一曲感天动地、催人泪下的新传奇。

2008 年 4 月 18 日开工建设的京沪高速铁路从鲁苏大地蜿蜒南下，承担枣庄至徐州先导段施工的中铁十六局的建设者们，在这里展开了一场与时间赛跑的攻坚战。本文记述的就是这场攻坚战中的几则凡人小事。

爱的坚守

在"闪婚"和"闪离"已成寻常事的今天，一对年轻的恋人竟能坚守 4 年，不离不弃，并终于走进婚姻的殿堂，这不能不说这是爱的传奇。

2010 春天的一个晚上，八分部项目部鞭炮齐鸣，红花鲜艳，不是节日，却格外热闹，项目部党工委书记陈进琼亲自为青年职工王新刚操办了一场婚礼宴，不是因为他是共产党员，也不是因为他是工程师，而是因为他为了这一天等了很久很久。作为项目党组织负责人，陈进琼深知这迟来的婚礼是这对新人对组织的忠诚和对事业的奉献，无论如何要把这场婚礼办得热烈，办得隆重。他特地在现场张贴了大红喜字，请副经理於本具担当主持人，请公司总经理郭瑞和项目经理张传安出面讲话，在众人面前认可他的工作，肯定他的能力，祝福他和范蕾一生幸福。在这里，没有哪一个年轻人的婚礼让这么多领导出席，没有哪一个人的婚礼能吸引项目部全体人员参加! 王新刚的婚礼为什么这么热闹、这么隆重?

王新刚与范蕾同是河北工业大学的同学,他们在校四年,相恋四年,2006 年毕业后打算年底结婚,可那时他们都刚刚参加工作,正赶上企业任务繁重,王新刚在天津市快速路子牙河担负现浇梁施工任务。这是他学的专业,本不想丢掉这个学习的好机会,他与范蕾商量推迟一年。小范认为,王新刚以事业为重,是个有为的好青年,虽然嘴上没有说,但心中暗喜。可是,这让他万万没有想到的是,这一忙就是一年。快要到年底了,说好的要结婚,可领导看他是块可造的好材料,就提升他为项目技术主管,当时又正好企业承揽到一项南水北调暗渠工程,就让他去负责了。拿他自己的话说,这一下又把他拴住了。参加工作一年多能提升为项目技术主管,这么快的进步是少有的,现在又让他单独负责一个项目的技术工作,这是对他的信任,也是对他的考验,在这个节骨眼上,他是放下工作去追女朋友呢,还是去追求事业呢? 他很爱范蕾,可与范蕾一年不见,光是打打电话,通过 QQ 聊聊天,已经"闪"了人家一年,今年又说不结婚了,她会怎么想? 她长的秀气,又性格开朗,长期不在他身边,万一有个"闪失",他四年的大学付出就全"泡汤"了。但是,担心归担心,那时的工作压力确实让他来不及多想,更无权决策自己的明天。他又几次为自己壮胆、鼓气 :"范蕾,我们把婚礼再推迟一年吧?"

他话一出口,小范就蒙了。她在家整整等了他一年,准备了一年,思念了一年,快到时间了,他又说不结婚了,为什么呀? 他俩的婚事,她妈虽然没有见过王新刚的面,但从女儿的描述中听得出来,这不是一个高大英俊的青年,配不上她的女儿,本来就不愿意。如果小王真的把她甩了,她妈一定是很赞成的。她妈早就说过,一个家在承德,一个家在邢台,小王虽在天津落户,可干工程到处走,哪里有工程哪里干,女儿将来怎么办? 但是,她认准的事就一定走到底,可真要是小王不愿意了,她又该怎么办? 她虽然心中有一丝疑虑,但现代女孩子高贵的头永远也不肯低下。她说 :"好啊。"她这个好啊是复杂的,可在小王听来是痛快的。他说 :

"你太理解我了,我们明天春节前一定结婚,我保证,再也不会变了。"

是啊,他还会有再推迟的理由吗? 可从此,他的心跳越加急速了:毕业分手两年了,她变了吗,她离他这么远,他还能把握得住她的心吗? 万一她身边另有替代他的小伙子他该怎么办,与那人去决斗? 他太爱她了,他的生活里不能没有她,自从他在大学里认识了她,他的心就没有一天不被她的影子所占据。为拥有她,他愿意付出所有。可他怎么才能牢牢把握住她呢。他只有拼命工作,用自己的成绩来证明他追求她的理由。正在这时,天津水利公司看中他这个人才,想调他到水利公司去工作,他向他们提出了一个请求,如果调他过去,是否可以将女朋友一块调过去,对方同意了。而他又觉得三公司的领导对他这么器重,他走了合适吗? 正在忧豫之时,又一个好消息传来,河北邢台市路桥公司也愿意接受他,他想,这也是一个好机会,小范家在邢台,如果调往那里,他们以后就可以团聚，他就不会失去她了。

好事总是对那些有准备的人格外青睐，总是对那些有工作能力的人格外开恩。偏在这时，他早已投往天津建工集团的求职函有了回复，同意带着家属一同调入。怎么办？时间不知不觉又快到年底了。他向单位领导吐露了心声，单位解决不了他女朋友的工作，又凭什么要拦住不让人家走呢？他说他要在年底与小范结婚时敲定下来。领导同意了。然而，2008年企业又承担了京沪高铁工程，他在天津负责过现浇梁施工技术，有这方面的工作经验，一个电话又把他从天津调到了京沪线。这一来，他的工作压力更重了，为了突击韩庄运河特大桥水面现浇梁施工，他又成了这里的主力。一干就是一年，2008年底又结婚无望了。他为了工作老这么拖着，再痴心的女孩，谁信？何况小范的妈妈一开始就不太同意这门亲事，这不是让他雪上加霜吗？领导们知道此事后，请他把小范调到京沪来，一来是让她感受一下企业的氛围，二来也让他能够和她在一起，看着她，他心里会踏实些。可是，她愿意放弃自己守家在地的工作吗？虽然能和她心爱的人在一起，但长期流动性的工作她能适应吗，这样的现实，她愿意接受吗？她说了。她愿意！不为别的，只为他们俩能在一起！她来了，经过很短时间的熟悉，她就成了现场领导很赏识的优秀资料员。

2009年底到了，他们原计划的婚期眼看就要到了，领导又安排他到伊家河去负责现浇梁灌注，眼看这事又要泡汤，女儿向母亲报告：别准备了，明年再说吧。这时，小王未来的岳母提出了要求，"如果你们真的工作太忙，那抽春节你带着他回来一趟，让我们都看看这未来的女婿是真的工作忙，还是个骗子。"女儿说："我就在这里天天都看着他，怎么会是骗子呢？"妈妈说："你涉世才几天，懂个啥？现在世道艰险，人心难测。"结果他们春节因为工地太忙，也没能回去，又说，明年春节再结婚吧。

这一下，小范的母亲不干了，她坚决要求女儿回去，她说："你把家里的正式工作丢了，在那里是个外聘人员，干了今天还不知道明天，京沪线干完了，你就该哭了。没了工作，四年大学白上了，你想气死我呀！"当小范把这个消息传给小王时，王新刚新的担心又开始了：要是岳母真的不同意，他又该怎么办？他多次与现场负责人玩笑似地说："你要是年底不让我回去结婚，把媳妇丢了，我可跟你没完！别一天到晚光让我干工作！"说完了，笑一笑，大家还是该干什么干什么。

很快，2010年的春节又要到了，这回无论工作多忙，他都要回去见见未来的岳母娘，今年已经30岁了，小范也已27岁了，再不结婚没有理由了。于是，他们去承德老家，买了一张床，两床被，就算结婚了。人家都说这个媳妇好，长得又漂亮，又懂事，还什么也不要，真是白拣了一个大学生。可小范的母亲心中充满酸楚。女儿养育这么多年，长大了结婚了，连件衣服都没买，连个婚纱都没穿，这叫什么结婚？婚后到了邢台，妈妈说："范蕾，妈妈再给你风风光光办一次。

让亲戚朋友们看看,你是让这臭小子八台大轿抬走的。"可女儿觉得,多少年来妈妈为她操碎了心,为了这件婚事,妈妈本来就受着委曲,现在又让妈妈再操劳,心中不忍。她说:"算了吧,我们在承德刚办过,工地忙,他还要赶回工地去。"不说工地妈妈不生气,一说工地妈妈气儿就不打一处来,"哪有说工作忙,结婚一拖四年的人?"可范蕾知道,要是再操办一次又要耽误好几天,就在这时,工地一个电话打到了邢台,"小王,你们的事办完了吗,快回来呀,桥上要打底座板,你不回来工地没人干不了。"唉呀,妈妈一听这样的电话,心里有太多说不出的滋味。一边是欣赏女儿找到了一个好青年,刚毕业几年就成了企业的骨干,有事业心,有成就感,是个脚踏实地工作的人;一边又心痛没有时间为女儿好好办一次婚礼,就这样草草把女嫁出去了。他们在家匆匆请亲朋好友聚了一次就赶回了工地。到工地当天,他们就投入了紧张的工作。这不,说什么领导也觉得该为他们补上这迟来的婚礼。为了工作,就是专门回家去结婚都没办好,领导心中也感到对不起他们。当天晚上项目部领导说,今天我们全体同仁给你补办,让你们重温新婚的幸福。

那晚,领导为他们祝福,全项目部的人都为他们祝福,把他们围在中间,为他们放礼炮,为他们敬喜酒,从古到今把最美好的语言送给了他们,把最亲切的话语献给了他们。那天,小王与小范好感动哟,他们说:我们怎么也想不到领导为我们补办这次婚礼。在我们心中,只要领导认可我们的工作,给我们施展才能的平台,这就是对我们最大的关怀。只要同仁们理解我们的工作,给我们支持,我们还有什么理由不为企业贡献我们所有的智慧与青春呢!

爱的奉献

在京沪高铁建设工地,有这样一些中年人,他们在现场是骨干,在家中是脊梁,党工委书记陈进琼就是其中的一个。2008年春天,他最早来到施工现场,由于该段被确定为先导段,五年工期被压缩为三年半,又遇到全新的工艺,即使是经验丰富的老同志,一切也得从头学起。如此繁重的工作压力占住陈进琼的全部身心。去年5月,75岁的老母亲在广东汕头医院查出患有肺囊肿,持续高烧不退,到了7月才打电话给陈进琼。他在家虽有兄弟,但由于家境艰难,母亲舍不得花钱看病,亲人们实在忍受不了母亲整日昏迷的情景时,才告诉他。可京沪线收入也很微薄,有时候他们为了赶工期,总是把钱先垫付着买了材料,职工工资延缓发放,他哪有余钱。他先在单位借了2万元回到广东,母亲还是坚持在家治疗,他硬是把母亲送到了医院,当时京沪现场正在调整队伍,迎接国家审计,千头万绪的工作也不容他在家侍奉妈妈,他安排好妈妈又返回了工地,可他前脚走,母亲为了省钱,只仅仅住了半个月医院就回家了。他每次给妈妈打电话,妈妈都说,快好了。可谁又能想到,为了不让儿子为自己操心,为了让儿女们少花钱,母亲担当了多少病痛的折磨。当年 11 月 4 日，母亲静静地离开了人世，离开了她一直牵挂的儿女。妈妈在家只维持了三个月。一个小小的肺囊肿怎么就会要了母亲的命？当他们回忆起这段往事时，兄弟们才明白，其实母亲从医院回到家里，说是中药调理，其实就已经停止了治疗。有病不医，这不是等待死亡吗！钱啊，都是这该死的钱！

当时，公司党委书记马金彪正在现场蹲点，得知这一情况后，让他马上到财务借支 2 万元赶紧回家处理后事，用车把他送到济南机场，需要回天津带上妻子儿女，这一路折腾五天过去了。到家那晚，他对弟弟们说：明天母亲就要出殡了，你们都去睡吧，我来给妈妈尽最后一次孝。那晚他跪在母亲的灵前，哭了。母亲养育了他 20 年，自从当兵离开家乡，他就没有太多机会回家，一晃 30 年过去了，他累积起来回家时间也不到一年。他又给过母亲什么？在母亲临病需要治疗时，他们兄弟谁家都掏不出那么多的医疗费。是他把母亲送到了医院，可他没又不能陪伴在母亲身旁。过惯了穷日子的母亲，怎么忍心为钱拖累自己的儿子？妈妈呀，这花不了多少钱，你要是一次治好，哪会这么早就离开自己的儿女？妈妈呀，你生了我们，却又跟着我们受了一辈子的苦，是儿子们无能，是我们不孝，我没有把弟弟们带好，让你受了那么多苦。陈进琼的妻子患有腰椎间盘突出和关节炎，有时候连自己都顾不了，家中还有两个孩子上学，他也很少往家寄钱，这让母亲怎么相信他说，"没关系，住院花不了几个钱。"母亲活了几十年，什么事没有经历过，就这样一句话又怎么能骗得了妈妈……那晚，他在灵前守了一夜，哭了一夜，心痛了一夜。第二天把母亲送走，他便又踏上了返回工地的路程。

母亲去世的阵痛在他心里还没有消失，今年 7 月，父亲又检查出直肠癌，医院建议立即住院手术，可父亲和母亲一样考虑到儿女经济承受能力有限不想住院，希望回家用中药调理。然面，回去不到半月，肚子涨的喘不上气，排不出便，紧急之下，陈进琼又赶回广东老家，把父亲送到汕头医院。这次本应该在医院陪护父亲，补上对母亲的愧疚，可京沪现场正在加急保铺轨，从铺无砟轨道板，到精调，从灌浆到排除一节机械故障，条件不允许他在家待得太久。父亲说："你走吧，工地忙，耽误不得。我住了院就好了，没什么事你就别再回来了，来回跑路上花销大。省一个是一个吧。到了哪一天我不行了，你再回来。"说这话时，父亲紧紧拉着他的手，他也紧紧握着父亲的手，似乎这一握就能给父亲战胜疾病的力量，给父亲生的希望，他拉着父亲的手就如同拉着父亲的生命，这一拉，就像与死神的一次较量。他安慰父亲说："你安心住院吧，治好了再出院，别想钱的事，我们单位刚刚发了工资，也补了前几个月的工资，够你用的。"父亲点点头。他在给父亲说这话时，其实他心里也没底。工程越到后期，时间显得越紧，天天都在赶工期，所有的钱都用在了购买材料上，他们已经五个月没有发工资了，资金紧张的如同人在患病中的生命。但他依然宽慰着父亲，他之所以这样，是想拉住的父亲的生命。人人都痛恨说假话的人，可现在他说出如此这般假话错了吗？

为京沪铁路建设做出牺牲的绝不仅仅是在京沪线现场工作的人，还有许许多多虽然没有上京沪线，却一样为京沪铁路做出了具大的牺牲的人。

在这个项目部里，像陈进琼这样的事还有许多，共产党员、副经理於本具就是山东滕州人，距家只有一小时，原本想可以多回去看看，可他一忙起来半年也回不了一趟家。家中的老父亲说："儿啊，以前说你在外地远，回家不方便，现在到了家门口了，怎么也不常回来呀？"父亲需要儿女做什么嘛？不！他只不过是想让儿子回去看看，也就是看看，看着他喊一声爹，喊一声娘。看看他的模样，听听他说话的声音。就这一点希望，过分吗？今年春节他带着妻子女儿回去了，结果却听到了一个让他不能接受的消息：父亲得了肺癌。项目领导得知这一消息后，告诉於本具在家立即为父亲治疗，工地上的事暂缓。是啊，以前说离家远回不来，现在就在家门口，父亲又查出癌症，你还有什么理由不在家待奉老人？马上送往医院手术。领导是批准他休假了，可是，他却在家待不住，因为他的工作他知道，他是负责征地拆迁工作的，前期与地方打交道都是他出面，这一下子不在了，工地有个什么事都办不了，一有当地群众找事，他不出面协调，就会影响工程进度，于是，他同样安排好父亲就又匆匆回到了工地。当时说手术很成功，但到了今年5月，又说癌细胞传染到肝、胃了。再到医院去看时，医生说回去养着吧，不能手术了。现在的老父亲就等于在等待最后的时间了，在这有限的时间里，他是不是应该天天守在父亲的身旁。20多年离开家乡就没有时间在父母面前尽孝，现在就在眼前，他依然没能守在父亲身边，他只能抽空回去一趟，看看父亲的脸，摸摸父亲的手，说几句贴心话，在美好的生活与残酷的病魔前，他又能如何？

青年职工卢成柱父亲2009年初发现得了胃癌，他刚参加工作两年，能有多少钱为老父亲支撑起这一大笔开销？党工委书记陈进琼建议项目工会拿出1万元救济，以解他燃眉之急。可他陈进琼家里经济同样紧张，至今欠了项目部7万元，还不知道哪天才能还上，但他从来没有向组织伸过手，因为他是共产党员，他不能因为自己的事为组织平添麻烦。所有的事都由他一人扛着，真乃是，世事如盘多磨难，自古忠孝难两全，唯有牺牲酬壮志，京沪奏凯心坦然。

爱的担当

话说项目经理张传安，乃一困难面前从不低头的铮铮铁汉，却又常常"愁肠已断无由醉，酒未到，先成泪。"为什么？就因为他做了自己绝对不愿意做而又不得不做的事，让他在职责和愿望之间的两难选择中深感愧疚。2010年7月24日他拿起电话，"小胡，放你七天假，回家去和对象见个面，下午就走。过两天，我们要转场滕州，快去快回。"

　　胡春广五月份就向他请假回天津，想与对象见个面，这是好心的人们给他介绍的，就当时见过一次面，半年多了他再也没有回去过。后来女孩几次邀他回津，他总是因为工作忙走不开。这事儿张传安也知道，可是现场一个萝卜一个坑，走一个人都会影响工程进度。所以张传安狠了狠心，没有准他的假。现在正处在转场之间，他就抓住机遇，主动放了小胡的假，但还不忘加上一句："抓紧时间，速战速决"。哈哈，这样的事哪能一相情愿? 胡春广何愁不想速战速决? 可是他又怎能主导局面? 不管如何，他总归有了专门的恋爱时间，如获至宝，拔腿就走。其实在这之前，他也给徐秋利放了七天假。徐秋利在青岛谈了个女朋友，多日没能见面，感情危机，他曾向张传安请过假，说明过情况，但在张传安看来，工作太紧，现场确实离不开他们，他忍着内心的愧疚，留住了他们。但他也曾想过，也许他这一留就让小徐、小胡都失去了一次人生主动选择的机会，他内心十分痛苦。可在这两难之间他又该选什么?

　　去年10月他到南京办事，84岁的母亲本来就住在南京哥哥家，他就是没有时间去哥哥家看看母亲，哥哥听说他来了，到宾馆去看，本想拉着他回去，可他走不了。他心有愧呀。他兄妹六个，多少年来，妈妈一直跟着他生活，由于哥哥家在南京买了房子，把母亲接过去住些日子，可她从天津这一去住得惯吗，如果住不惯又不敢说，他又不去接，母亲会怎样? 他今年已经是40多岁的人了，他十几岁时就失去父亲，是母亲把他们拉扯大，到现在他们兄弟们最大的心愿就是不能再让母亲受一点苦，受一点委屈。可他明明已经到了南京还不去看看母亲，母亲会不会想，是不是不想让她再到天津住了? 多少浓浓的深情压在心底，他不能说，也不愿说，他知道说了也是白说，他是现场的项目经理，现场的工作他最清楚，也许别人有事可以走，但在这决战的一年里，他不能离开指挥台。那种心情复杂而又缠绵，酸楚而又惆怅。他知道他欠亲人的太多，所以，只要是感情与工作发生矛盾时，他都会把人的感情放在第一位，可在京沪铁路现场他却打破了以往的思路，把职工们牢牢钉在了工地上。所以，他觉得他最对不起的就是自己的属下，一有空儿打就打电话让他们回去。尽管如此，他还觉得他欠职工的太多。

　　是啊，黄利花为了与丈夫林昌举团聚，都办好了把丈夫调回淄博的手续，他没有放行，而黄利花愿意放弃淄博市测绘局资料室的工作到京沪工地来，他张传安却只能给她办一个临时外聘手续。黄利花在现场工作十分敬业，每次检查她的工作都十分出色，令多少人感动。张传安想为她多增加一点工资却又不能办，因为当下还有其他外聘人员，怕引起连锁反应。他满心情意无处表达。2010年清明节他回到了河南老家，趴在父亲的坟上失声痛哭：爸爸，你为什么要走得这么早，我作为一个领导却不能帮助职工解决困难，我还有什么资格天天在他们面前说长道短? 还有什么权力在他们面前指手画脚? 爸爸呀，请你告诉我，我怎么做才能对得我的属下。看到他们天天在向我证明他们的工作态度与能力，我帮不了他们，我的心都要碎了。爸爸——

他捧一把土培在父亲的坟上……说到这里，大家应该能够理解了，张传安是个好人，他天天比谁都忙，但他从来不说自己忙，他比谁都累，从来不说累，他想得比谁都细，却经常自我批评为同志们想得不细。项目部的员工们都说，有这样的好人，这样的好领导，作为我们的带头人，我们苦一点、累一点、委屈一点，又有何妨！

鹏程万里 翱翔京沪

——中铁十五局京沪高铁项目副经理徐万鹏素描

罗朝政 范钢军

徐万鹏

认识徐万鹏已经 16 个年头了，在笔者的印象中，万鹏是个事业心极强的人，在他人生的字典里，除了事业，没有别的爱好和追求。他是十五局集团，乃至中国铁建股份公司系统屈指可数的测绘专家，教授级高级工程师。笔者在十五局集团京沪高铁项目部采访，十五局集团副总经理兼京沪项目经理习仲伟用了八个字总结徐万鹏在京沪高铁项目建设中的表现："敬业可佳，京沪功臣。"

（一）

徐万鹏是十五局集团第一个上京沪的人。当时，他是集团公司工程部的副部长，又是测量专家，领导安排他打前站。徐万鹏说，每次有新项目上场，他基本都是这样一个角色。这次上京沪后，不像其他项目干完自己该干的，就回到机关，这次项目经理习仲伟要他来了就不走了，继续留在京沪工作。给他的任务是：组织 30 多个人的队伍接桩、搞复测，组建拌合站和试验室。这几项工作对于刚上场的施工队伍来说，是业主检验其实力和执行力的关键，也是后续工程能否按节点目标顺利向前推进所必须具备的一项基础建设。

徐万鹏是2008年的元月8日到达集团公司京沪项目部所在地安徽固镇县。这一年恰逢百年不遇的雨雪冰冻灾害，安徽蚌埠也是重灾区。皖北地区皑皑白雪，银装素裹，没膝深的大雪给复测工作带来了难以想象的困难。看不见路，更看不见桩点，车不敢前行，徐万鹏每天扛着铁锹沿线走在最前面，为测量的同事们找路找桩。天寒地冻，有时为了赶时间，他们顾不上吃饭，饥饿和寒冷交织在一起，为了不拖整个京沪建设的后腿，他们都认了。雪地上留下的一串串深深的脚窝，就是对他们工作最好的印证。仅用21天时间，徐万鹏带领测量队完成了ＣＰⅠ、ＣＰⅡ和二等水准的控制测量任务，是京沪第一家完成此项工作的参建单位，受到了京沪总指的表彰。

四个拌合站和四个试验室的建设，也让徐万鹏耗费了不少精力和心血。徐万鹏清楚地记得，那是在2008年的3月初至5月底这段艰难岁月，他一天难得睡三、四个小时的囫囵觉。京沪高铁项目的拌合站和试验室的标准不同于其他铁路工程项目，从设备、选材到各种技术参数要求都特别高，在建设过程中的每道工序徐万鹏都要一一过问，而且亲自督战。本来徐万鹏身材就偏瘦，加之他个高，经过这么一折腾，他又瘦了一圈，同事们都笑言说那段时间徐万鹏真像个"麻秆"。在拌合站和试验室建设正酣之际，正值徐万鹏儿子徐晟凯中考之时，徐万鹏曾答应过晟凯中考的时候，他要回去陪他一起面对，可这个节骨眼上他哪能脱得开身呀，为了京沪高铁的建设，只有选择失信于儿子了。徐万鹏安慰自己，儿子长大了，他会理解爸爸的这个选择的。经过他和同事们的不懈努力，5月底，四个拌合站与四个试验室一次性全部通过京沪高铁公司验收认证，这在京沪高铁全线也是仅此一家。

（ 二 ）

与徐万鹏共过事的人都知道，他是一个闲不住的人，平时见他走路都是在小跑，就连说话语速都与常人不一样特别快。徐万鹏说他自己就是这样一个不知疲倦喜欢奔波的"苦命人"。

在完成项目部的几项关键性的基础工程后，作为分管技术和质量工作的十五局集团京沪高铁项目部的副经理，徐万鹏又主抓了全线的变形监测和桩基检测工作。这项工作特别复杂，涉及的单位和部门特别多，来不得半点马虎与懈怠，这是他上京沪压力最大的一个阶段，徐万鹏形容他自己的感受是，每天吃不好饭，睡不好觉。一次，他遇到一个非常棘手的难题，一直解决到深夜零点才回到项目部。但这件事一直缠绕在他心头，怎么也挥之不去，因为还有许多后续问题还得引起所有工区和管理人员的重视，到了凌晨两点还是没有睡着，他想这个问题必须要及时向项目经理习仲伟报告。徐万鹏是个十分较真的人，心里有事必须马上处理，他没有耐心等到天明。于是，他敲开了正在熟睡的习仲伟的门，徐万鹏深更半夜来访，着实让习仲伟吃惊不小，听完徐万鹏的汇报，习仲伟才舒了一口气。习仲伟没有怪罪他这位部下的冒失，非常理解他的心情，并与徐万鹏通宵商量解决问题的办法与对策。

徐万鹏在主抓全线的桥梁墩台沉降与评估和ＣＰⅢ测量工作时，更是一丝不苟，因为这几项工作也关系到京沪高铁建设的质量与进度。2009年春节，项目部安排徐万鹏回洛阳与家人团聚，但徐万鹏主动要求留下来，因为浍河系杆拱桥在水中的两个主墩桩基承台，必须在汛期到来之前抢出水面，他要在春节期间组织抢承台施工。由于施工抓得紧，那年汛期到来之前水中承台早已抢出水面，没有影响施工。如果在汛期到来之前两个承台不抢出水面，工期要延后半年，甚至更长时间。徐万鹏主抓的这几项工作干得非常出色，京沪高铁公司先后给十五局集团京沪项目部颁发四张"绿卡"作为奖励（每张绿卡奖励现金5万元，企业信誉评价加10分，属于铁道部京沪高铁公司的最高奖励），并获得京沪公司的三个满分。

2009年8月，十五局集团京沪高铁项目开始进行无砟轨道的线下实验基地建设和无砟轨道的施工技术的培训工作。徐万鹏全身心投入到工作中去，使这项工作成为京沪高铁建设全线的一个亮点，先后得到过京沪高铁公司四张绿卡的奖励。

2010年6月，徐万鹏主抓无砟轨道的施工。在50公里的施工管段，有7个无砟轨道工作面，轨道板粗铺精调和纵连张拉，属于无砟轨道施工的关键环节，也是无砟轨道技术含量最高的工序，如哪个环节出了问题，都是无法弥补的重大损失。每天职工们看到头戴一顶草帽，骑着一辆自行车在工地来回指导无砟轨道施工的就是徐万鹏。徐万鹏说，他一天不在无砟轨道施工现场，他心里就感到七上八下的，总感到有什么事要发生，心里不踏实。笔者2010年7月中旬在徐州参加京沪高铁铺轨仪式，徐万鹏作为十五局集团京沪参建嘉宾也参加了这一隆重仪式。上午参加完仪式，下午项目经理习仲伟在徐州召开有关会议，开完会徐万鹏就要回固镇，当时天昏地暗，电闪雷鸣，大雨倾盆，项目部党委书记韩云生和参加会议的其他同事都劝他第二天走，雨太大了路上不安全，徐万鹏说什么都要走，他说如果当晚不回固镇，他会通宵睡不好觉，因为无砟轨道施工正进入关键施工阶段，心里不踏实。最终谁也没能说服他，徐万鹏连夜赶回了固镇，并去正在夜班施工的工地转了一圈才回项目部睡觉。

这就是徐万鹏，一个把事业放在至高无上位子的工程技术人员。铁道部京沪高铁公司的领导说：在四标段，无砟轨道施工进度最快的是十五局。徐万鹏听到业主的这个评价，比得到什么褒奖励都感到欣慰。

（三）

徐万鹏，河南淅川人，1990年7月毕业于武汉测绘科技大学，经过勤奋工作和人生的磨砺，现已成为十五局集团为数不多的享受特殊待遇的教授级高级工程师，也是中国铁建股份公司系统屈指可数的测绘专家。1997 年用了 40 多天时间为中国铁道建筑总公司编写了一本《工程测量管理办法》沿用至今。

我们在探寻徐万鹏人生轨迹的过程中，最有发言权的当数他的妻子郑凤华了。小郑与徐万鹏是高中的同班同学，在班上前后座，在郑凤华的记忆里，万鹏是在高二才从外地学校转到他们西峡县一中的，他对万鹏的印象是性格比较孤僻，很少听见他大声讲过话，老师布置的作业他从来不做，他认为那是浪费时间的重复劳动，老师在全班批评他时，他反问老师一个问题，老师竟然答不上来，同学们都认为他性格有点怪异。1986 年毕业高考，徐万鹏考了个全班第一名，老师和同学们对这个平时少言寡语的同窗刮目相看。徐万鹏考入了武汉测绘科技大学，郑凤华考入了安徽财贸学院，在一个寒假的偶然机会他们在县城相遇，当时他俩谁也叫不上谁的名字，但毕竟同学一年，他们相互打了招呼，问了各自的近况，并留下了各自学校的通讯地址，就这样有了联系，鸿雁传书，在大三时两人双双坠入爱河。

徐万鹏家兄弟姊妹六个，他排行老五，家境不是很好，凤华第一次去他们家，她说她是第一次见过这个地球上还有那么高的山。毕业后的第二年，徐万鹏向同事借了 800 元回老家按照当地的风俗与凤华拜堂成了亲。1992 年 10 月，他们的儿子徐晟凯出生，当时徐万鹏在南昆线二排坡隧道工地，因工期吃紧，他没有回家照顾坐月子的妻子，孩子一岁多了他才从工地回到洛阳，儿子早已呀呀学语了。晚上睡觉小晟凯不准他与妈妈钻一个被窝，把徐万鹏往门外撵，凤华见此情境心里一阵阵发酸。郑凤华埋怨徐万鹏经常是为了工作忘了亲情，像这样的事她可以一口气数一大箩筐。2009 年 4 月，小郑因严重的颈椎疾病住进了洛阳正骨医院，当时铁道部京沪高铁公司正在对十五局集团京沪项目的几个拌和站与试验室进行认证评估，徐万鹏是主管这项工作的项目副经理，他哪能脱得开身，小郑只好请护工照料自己的饮食起居。

郑凤华告诉我们，当时他两公开恋情时，郑家对她找的这个对象还有点异议，说徐家在大山沟里，兄弟姊妹多，家境不是很好，让她慎重考虑。但小郑说徐万鹏忠厚老实，勤奋好学，自己认准了就是他，吃苦受累她这辈子认了。

在采访中，小郑诡秘地反问我们："怎么样，我选了一支'潜力股'吧？"

（四）

徐万鹏虽然平时少言寡语，但他不是一个刻板的人，而且胸中常常燃烧着一团不灭的火焰，这就是科技创新。

项目经理习仲伟告诉我们，徐万鹏在京沪建设的三年里，已经搞了五项技术发明专利，他确实是一条拓荒牛，在技术创新的路上孜孜不倦地追求着，创造着。

京沪高铁建设给徐万鹏搭建了一个技术创新的大舞台，他是个善于琢磨、不怕失败的人，遇到技术方面的困难从不绕道走，而是大胆去闯，大胆去尝试。面对施工中出现的技术新课题，他勇于探索，不断改进，并取得了非凡的创新成果：经他设计的京沪高铁桥上ＣＰⅡ强制对中装置，在京沪全线推广运用，已经申报国家发明专利，并作为ＣＰⅡ、ＣＰⅢ标志，在京石、石武、哈大、杭长等客运专线全面应用。他发明的用于桥墩沉降监测的墙上水准测量装置，已获国家专利。研发的无砟轨道精调系统和轨道板精调系统已于2010年10月23日通过中国铁建科技成果评审，国际知名测绘专家、中国工程院院士宁津生在主持这两项成果评审时给的结论是：两项成果的综合技术水平均达到国际先进水平，其中关键技术已达到国际领先水平。这些成果已经应用于京沪高铁部分路段，实际应用证明，采用新技术后，轨道板施工中每公里可节省时间1/3，每公里节省成本可达8万元左右。这些成果的取得，都是徐万鹏智慧和心血的结晶。

京沪高铁建设已接近尾声，两年多来，徐万鹏在这条全世界瞩目的高速铁路建设中付出了艰辛的劳动，不仅自己取得了有目共睹的骄人业绩，而且通过京沪高铁建设这个平台，为企业培养了大批专业技术人才，他的敬业精神和职业操守受到了领导和同事们的爱戴与尊敬。

几年来，徐万鹏付出的心血也得到了认可和回报，他先后获得铁道部"火车头奖章"、詹天佑青年科技奖，铁道部青年科技拔尖人才等荣誉称号。

海阔凭鱼跃，天高任鸟飞。共和国建设日新月异，给徐万鹏们搭建了一个干事创业的大舞台，任他们展开理想的翅膀翱翔在祖国的蓝天上。

鏖战京沪显身手

——中铁十二局何建斌、梁建忠两位年轻项目经理的京沪故事

白凌志

何建斌

俗话说，八仙过海，各显神通。项目经理作为一个项目部的领导者，集众多责任于一身，要想圆满地完成施工任务，就必须各有各的绝招。虽不能说项目经理必须十八般武艺样样精通，却也要有自己的"金刚钻"。参与京沪高速铁路四标段建设的中铁十二局集团四公司两位项目经理何建斌、梁建忠，就各有各的'金刚钻'。他们不同的管理模式，最终却殊途同归，取得了良好效果。

亲民项目经理——何建斌

之所以说何建斌是一位亲民的项目经理，是因为在项目部年轻技术干部的心中，他不仅是个作风顽强、有强烈的事业心和责任感的项目经理，更是一位可亲可敬、能够与年轻人深入沟通的大哥。

何建斌于 2008 年 12 月接管宿州栏杆制梁场任项目经理，又于 2009 年 7 月接管徐州轨道板场，两个项目均面临工期滞后，进度缓慢的巨大压力。尤其是徐州轨枕板场，对于四公司来说是一个全新领域。上任后，他以人本管理为核心，建章立制，加大投入，最终圆满完成了各项施工生产任务。

　　制定制度，明确奖罚，调动积极性。宿州栏杆制梁场承担京沪高速铁路四标段濉河特大桥第 687 号墩~ 1363 号墩间 671 片箱梁的预制任务。2008 年元月进场，10 月份完成所有临建工程，到年底预制梁 61 孔，在京沪高速铁路四标段的九家梁场中比较滞后，项目部员工士气低落。2008 年 12 月 12 日，何建斌接任项目经理。他意识到，人作为生产力中的最活跃因素，对施工生产有很大的影响，要想扭转现状，必须调动员工的积极性抓起。上任之时，恰好年关将近，他主持制定了一系列的奖惩措施，严格兑现奖罚。他进一步加大了生产要素投入，经过精心计算每套模板的使用时间，又增加了一套内模。通过合理配置要素，人员的作用得到了最大限度发挥。2009 年 3 月，梁场形成了设计施工能力，达到了每天 2 孔以上，4 月份以后平均每日制梁 2.5 孔。2009 年 11 月 5 日，梁场圆满完成了 671 孔箱梁预制任务，其中，6 月份实现了月最高产量 78 孔梁，制梁场共获得业主三枚绿牌，集团公司项目经理部六次奖励。

　　加强学习，相互交流，确保项目进展。徐州轨道板场占地面积达 104 亩，有专门的生产区、轨道板打磨车间和轨道板存放区，承担着京沪线枣庄至宿州段 71 公里范围内的Ⅱ型板式无砟轨道板的预制任务。轨道板对精度的要求非常高，是确保京沪高速铁路建设水平的关键。何建斌多次组织员工学习新工艺、新标准，使大家自觉增强质量意识，规范施工行为。为了更好地达到轨道板精度的目标，会后他还组织交流活动。通过交流和实践，大家发现毛坯板精度的控制不仅影响质量还影响到成本控制。所以，他立即在学习培训中把毛坯板精度的控制作为重点进行讲解，强化了作业中模板调整精度的控制，减少了打磨量，增加了磨轮的使用寿命。原来每对磨轮只能打 220 块，之后能打到 300 块左右，质量、进度和成本均处于可控状态。截至 2010 年 7 月 17 日，徐州轨道板场共生产毛坯板 23382 块，至 8 月 20 日共打磨成品板 23195 块。至此，徐州轨道板场顺利完成任务，先后获得了京沪蚌埠指挥部四枚绿牌。

　　用人不疑，关心下属，建设和谐项目部。何建斌接管徐州轨道板场之时，正值宿州栏杆制梁场大干期间，两个项目必须同时兼顾，哪个都不能掉以轻心。为此，他牵头组织细化各个岗位职责，明确责任人，充分发挥每个人的主观能动性，更积极地投身到各自岗位上去。每条生产线、每道工序，他都安排专人负责，每台设备也都有专人操作，并配备维修班及时解决出现的问题。同时，他还十分注重后勤管理，通过改善伙食等措施为两个项目部的员工提供稳定的工作和生活环境。宿州栏杆制梁场的驻地有块空地，闲置久了，他就给改建成篮球场，供职工娱乐休闲。徐州轨道板场驻地的饮用水碱性大，易患结石，他立即组织大家购置饮水机，配备矿泉水，方便职工健康饮水。不管他身处哪个项目部，只要一有时间，他就组织员工活动，使大家在繁忙施工中的压力得到了缓解。

　　何建斌常说："做项目，光靠一个人不行，必须靠大家，必须坚持以人为本，这也是科学发展观的重要体现。"他是这样说的，也是这样做的，所以宿州栏杆制梁场和徐州轨道板场都扭转了局势，很好地完成了任务。"身正才能领行"，这位毕业于中国矿业大学、现在已是高级工程师、一级建造师的项目经理，正是凭借他真诚的为人、高效的管理，成为了每一位青年员工心目中的大哥。

细心项目经理——梁建忠

梁建忠

梁建忠，瘦瘦的，戴副眼镜，看起来斯斯文文的。接触过他的人都说，他是个细致入微的人，不爱发脾气，一点也没有领导的架子。事实上也正是如此，他的细致在项目管理的各个环节都能体现出来。

京沪高速铁路八工区属于先架梁方向，能否按时完成任务影响重大。第一次担任项目经理，刚一上任就遇上这么难啃的骨头，梁建忠深感肩上的担子不轻。在项目管理过程中，他始终坚持质量为先，确保安全，全力以赴建好京沪高速铁路的思路，最终顺利完成了各项施工生产任务。

超前谋划，未雨绸缪，细化作业人员培训。京沪高速铁路建设涉及到诸多新工艺，Ⅱ型板式无砟轨道施工就是京沪线四大核心技术之一，施工要求精度高，标准严，而参建人员大多缺少相关经验。梁建忠认识到，必须加强人员培训，才能增强技术和管理力量。为此，他积极响应京沪公司组织的赴京津城际铁路参观学习活动，八工区先后有近 50 人参加，涉及到管理、技术、测量、试验等各个方面。通过参观学习，大家在理论层面加深了认识。可是仅用理论是不够的，要想施工一次成功，避免返工，更重要的是实践操作。梁建忠组织项目部人员在桥下空地投入 60 万元建了个小型培训基地，模拟桥上的施工状态，把防水层、底座板和Ⅱ型板铺设施工的所有工序在培训基地还原，使管理技术人员、工队的施工人员在实践中加深对概念的理解，进而提高技术水平和施工能力。无论是项目部人员还是施工队的施工人员，上桥前必须要经过基地的培训，达到熟练掌握的程度并经过实践考核合格后才能上桥参与作业。这样就保证了管理技术人员能管理到位，操作人员能够按照规范施工，为工程质量提供了可靠的前期保证。

严格标准，加大投入，细化质量过程控制。施工中有很多不可预估的因素，如果过程控制不到位同样会出现质量问题。他针对不同部位的施工制定了不同的质量控制标准，细化目标和控制措施，从原材料进场、施工方案确定、施工工艺创新、操作人员培训和交底、加强过程控制等方面严格要求和管理。外观质量和内在质量一样重视，在墩柱施工过程中，为避免因工队偷工减料给模板少上螺丝而导致墩柱变形的现象，他要求每个技术干部在施工时逐一检查，并爬到里面去测量错台大小，以此调整模板，确保内外一致。由于质量控制到位，八工区2144根桩基经第三方检测全为I类桩，712号～800号墩被业主评为"样板工段"。2009年11月初至2010年1月，是冬季施工阶段。八工区作为集团公司在京沪线的无砟轨道试验路段，必须尽快拿出试验成果，他们正在进行底座板施工。为确保质量，他采用搭设暖棚的方法，九孔梁共搭了近300米的暖棚，花费45万元。在做好防火措施的前提下，通过在暖棚中生暖风炮，箱式梁里用煤炭生火，为施工提供了工艺所要求的温度。整个冬季施工，项目部共投入上百万元，虽然投入很大，但却不仅确保了质量，还为其他项目部的施工提供了不可或缺的数据资料。八工区因质量突出受到上级"绿色通知单"奖励8次，也得到了各方领导的一致好评。

营造良好氛围，关注青年成长。梁建忠本就是技术出身，深知宝剑锋从磨砺出的道理，所以他有意识地给年轻人压担子，每个部位、每道工序的施工都让年轻人多参与。在关键施工部位和危险源多的施工区段，他更是坚持跟班作业，亲自指挥，一方面确保安全施工，另一方面加强对青年技术干部的指导。尤其是在无砟轨道施工中，他亲自带领课题攻关小组，大胆创新，反复研究和试验，终于探索出无砟轨道施工的新工艺和新方法，从底座板的施工到Ⅱ型板的铺设灌浆，从外观质量到轨道精度都达到无砟轨道的施工标准，受到了业主、监理和局指的认可，指定让他们到最重要的地方——蚌埠南站铺设Ⅱ型板。他不仅重视对青年技术干部的培养，也能做到急他们所急，在他们遇到困难或是烦恼的时候，挺身而出为他们排忧解难。有个2008年毕业的小伙子，为人好学上进肯吃苦，是同期伙伴中成长较快的一个。可是就在京沪高速铁路建设如火如荼进行的时候，小伙子女朋友的家里人反对她和这样一个常年在外、不能回家的人在一起，两个人正在闹情绪。梁建忠无意间听到别人说起这件事后，就私下里找他谈话，还马上给他批假要他到女朋友那里去做她家里人的思想工作。小伙子非常感动，没有想到自己的私事领导也这么重视，可是小伙子却说："我过几天再走，现在工地上这么忙离不开人，每个人都有自己的工作，等我把我的任务完成了再走。"

"项目管理的关键就在于质量管理，出现一个质量事故就什么都没有了，所以质量是重中之重。"这是梁建忠所持的观点，也是他管理的特点。虽然是第一次担任项目经理，缺乏管理经验，但他所坚持的严抓细控的质量管理思路在实践中应用得很好，确保了京沪高铁的工程质量。
2010 年 5 月，梁建忠同志获得了中华全国铁路总工会授予的"火车头奖章"，这既是对他工作的肯定，也是对他以后的期许。

何建斌、梁建忠，仅仅是参与京沪高速铁路建设的两个年轻人，他们分别用自己独特的管理思路带领了一群人，奋不顾身地投身到了京沪建设大潮中去。因为常年在工地顾不上教育子女，他们可能算不上是一个称职的父亲，但他们都是优秀的项目经理。

京沪 "加速度"

杨洪兵

2011 年 6 月 30 日, 京沪高铁举行首发列车仪式。中铁四局京沪高铁南京枢纽 NJ-3 标 15 名京沪高铁建设者代表, 荣幸地享受 "首发团" 待遇, 乘坐在上海虹桥车站首发的 G2 次高速列车, 飞驰在自己参建的高铁线上。

中铁四局承建京沪高铁南京枢纽 NJ-3 标和南京南站工程。

南京枢纽 NJ-3 标线路全长 33.7 正线公里, 共有特大桥 13 座、隧道 6 座、路基土石方 295.12 万方, 还包含有动车专用线 4 条和总规模为检修线 8 条、存车线 55 条、洗车线 2 条、不落轮镟线及临修线各 1 条、走行线 2 条的南京南站动车所工程。

南京南站是以京沪高铁为主体线路, 引入引出京沪高铁、沪汉蓉铁路通道、宁杭高铁和宁安城际铁路等高等级铁路的大型枢纽站, 共有 3 场 15 台 28 线, 是京沪高铁全线 5 大枢纽站之一。工程还包括东西咽喉区、22 公里的仙西联络线和 10 万平米的无柱雨棚及 100 多公里的铺轨等任务。

NJ-3 标和南京南站工程庞大复杂: 既有高速铁路, 又有客运专线、城际铁路线; 既有高铁线路主体工程, 又有动车停车场、检修场; 既有桥梁隧道, 又有路基; 既有时速 350 公里的铁路, 又有时速 250 公里和 160 公里的铁路。各线路建设标准的差别, 使得施工技术和组织管理变得纷繁复杂, 尤其是从韩府山隧道到南京南站高架桥群, 桥隧相连、站线成片, 桥跨桥、桥绕桥、桥穿桥, 多作业面、不同工序间相互交织, 施工组织难度极大, 被誉为京沪高铁的 "工程博物馆"。

纷繁复杂的工程最终落到确保工期上。

在中铁四局南京工指进场后第一次生产交班会上, 中铁四局副总经理兼中铁四局南京工指指挥长张建场掷地有声: 京沪高铁南京枢纽 NJ-3 标和南京南站比正线开工晚半年, 但通车时间同步, 我们要围绕确保工期, 统筹安排, 科学组织, 精心施工, "加速度" 推进工程建设。

征拆确保加速度

"南京南，征地拆迁第一难。"当年修建南京绕城公路的施工单位谈起在南京城区的征地拆迁之困难，至今还感叹不已。

南京枢纽 NJ-3 标和南京南站途径南京市雨花区、江宁区等四个区县，需红线内征地 6210亩，房屋拆迁 127.8 万平方米，"三电"拆迁 621 处。NJ-3 标 15.7 公里的主线线路内只有 1 公里路段没有房屋，而南京南站站前工程范围内厂房林立、民房密集、人烟稠密，铁路、公路、河道、电网纵横，拆迁量大，牵涉面广。

办法总比困难多。针对征地拆迁难题，中铁四局南京工指多次召开会议专题研究分析，张建场阐述了一个观点：要围绕"交平安土地、建和谐工程"的目标，"见缝插针、找缝插针、造缝插针"抢开工，以创造性的思维开拓和解决拆迁难题，迅速打开施工局面。

为了尽快进场开工，中铁四局南京工指成立了征地拆迁工作组。他们一边进行工地调查，熟悉周边环境，理顺征拆渠道，一边逐一走访，加强与社会各界的沟通，争取理解和支持。同时，积极主动配合地方政府开展征拆工作，采取定点、定人、定目标、定任务、定方式的方法，重点突击，特事特办，有序推进。

征地拆迁期间，正值骄阳似火的夏季。有着"火炉城"之称的南京市烈日炎炎、热浪滚滚。负责征地拆迁人员带着防暑药品，丈量房屋面积、清点附着物、登记造册核对，每一平方米都做到准确无误。

为了及时了解进度、解决问题，中铁四局南京工指坚持征地拆迁工作例会制度，征地拆迁工作小组每晚召开碰头会，坚持做好每日一讲评的落实与反馈制度。

土地征迁、交通导改、厂房拆迁是京沪高铁征地拆迁工作中的"三座大山"。为此，中铁四局南京工指结合实际，超前规划，排出制约本项目工期的关键节点，分清工程的轻重缓急，然后集中优势资源，各个击破。

南京南站黄金山有 10 万个墓穴需迁移，中铁四局南京工指一方面积极配合地方政府做好相关工作，一方面调集机械，迁移一片施工一片。5 个月后，一座坟茔遍地、杂草丛生的黄金山从南京的版图上消失了，一个平坦的工地呈现在人们的眼前。

车流量巨大、有着"江苏门户"之称的机场高速公路，因为京沪高铁施工需要改道，同时，机场高速公路东侧有错综复杂的输油管道和自来水管道以及 10KM 高压电缆，也要求随之改移，工作量很大。拆迁人员主动接洽沟通，并调整施工方案，细化施工工艺，加强安全措施，仅用20 天时间就提前完成管道迁改任务。

南京南站动车所拆迁量巨大，涉及多家大型企业、仓库。因拆迁补偿标准、搬迁安置办法等原因，红线用地迟迟未能交付。中铁四局南京工指与地方政府多次接洽，积极奔走呼吁，为拆迁户租赁闲置房屋"搭桥"，让他们尽早搬家、安家，提前解决了动车所1000亩用地的交付问题。

在全体拆迁人员的努力下，中铁四局南京工指只用半年时间就基本完成了全部征地拆迁任务，为工程顺利展开扫除了障碍。

管理引领加速度

为实现建设京沪高铁百年精品工程目标，中铁四局南京工指严格按照铁道部"六位一体"及四个标准化要求，坚持高标准起步、高质量建设、高效率推进的"三高"标准，按照试验先行、样板引路、以点带面、一次达标、全面创优"的管理思路，不断完善项目管理制度，认真组织开展标准化管理规范达标活动。通过教育、培训、观摩和实践锻炼，全过程创建标准化指挥部、标准化工地、标准化作业等，让标准化管理覆盖全过程，形成了"令行禁止，绩效优先"的项目文化。

为保证工期目标实现，中铁四局南京工指建立统一领导、分工负责、全面协调、整体运作的工作机制，形成了整体有总负责人，每道工序质量有分负责人、一级抓一级、层层抓落实的管理新格局，使各层管理人员层层有目标、事事有人管、人人有专责、个个有压力。

南京枢纽建设不仅是一场规模、技术上的硬仗，更是一场质量的决战。中铁四局南京工指大力推行精细管理，每一阶段都制订精细化管理的活动计划，列出控制的详细内容，细化量化考核指标，使工艺和质量控制良好。中铁四局南京工指对南京南站提出总体目标达到国优，并就具体目标进行了细化。

南京的明城砖上刻着工匠的名字，以保证工程质量。中铁四局南京工指每道工序实行实名记录。南京南站高架桥群施工的4000多根钻孔桩，根根都有记录，使工程质量始终处于可控状态，桥梁钻孔桩第三方检测全部为I类桩。在桥墩施工中，除了严格控制原材料质量外，还严格按照技术标准和作业流程规范操作，实行首建制度，坚持标准化施工，确保了桥墩质量。

在安全方面，中铁四局南京工指牢固树立"以人为本、安全为根"的指导思想，紧绷安全之弦不放松，严格安全生产和技术交底，强化日常检查和定期检查，层层签订安全责任协议，严格落实风险抵押考核制度，组织开展安全大检查和专项整治，推进安全管理创新，实施"架子队"管理模式，确保了施工现场管理规范和工程安全质量的有序可控。开工以来，没有发生一起施工安全事故。

树立城市施工理念，把环境保护和水土保持工作视为工程建设的重要环节。韩府山与将军山、翠屏山一起,属于江宁区的三山板块,周围风景优美。为了尽可能维持整个山区的景观和环境,整个韩府山隧道工程建成后"只见绿、不见土",根据对地质的调查,投入资金,将南京南站原普通钻机施工改为旋挖钻机施工,不仅加快了施工进度,还减少了对环境的污染。秦淮新河桥群水中墩施工产生近2万立方米的泥浆。为控制污染,二工区租来农用车改装成罐装车,进行泥浆外运集中处理,有效避免了对秦淮新河的污染。

精细管理创造了工程质量最优化、项目信誉最佳化、安全事故零发生的全线佳绩。NJ-3标16次获京沪公司颁发的"六位一体"最高奖——绿牌,南京南站多次被评为上海铁路局标准化工地和标准化项目部。2009年,铁道部在南京召开标准化管理现场会,现场观摩了南京南站施工,对南京南站标准化管理给予了良好评价。

科技力促加速度

京沪高铁是一条凝聚着建设者智慧与汗水的铁路,更是一条高科技铁路。

南京枢纽NJ-3标和南京南站新技术新工艺应用多、施工控制难度大,区域沉降、复杂桥群、深水基础、大断面长大隧道、软土地基、岩溶地质、基础设施变形沉降标准严、站前站后工程接口多,这些都是科技攻关的重点。

针对施工难题,中铁四局南京工指提出了"科技建高速、创新练队伍"的行动口号,大力开展科技创新和技术攻关活动,使工程进度不断提速。

京沪高速铁路、宁安城际铁路、沪汉蓉城际铁路在进入南京南站前,均要以隧道形式穿越南京韩府山,加上隧道为动车检修维护专用线路,一共4条隧道,是京沪高铁全线唯一的隧道群,也是国内最大的铁路隧道群。

韩府山隧道群隧道间最小间距只有6米,且不良地质和特殊地质多,隧道Ⅳ、Ⅴ级软弱围岩所占比例高达91%。浅埋、偏压、多线并行,并且小净距、大断面,爆破技术难度非常大。为保证安全,施工中采用了目前隧道施工的所有工艺,平均深入一米就要爆破一次,每次爆破都要精确测定爆破的威力,以防止对已成型隧道内部结构带来损害。在隧道内每隔15米处就有一个监控装置,每天都有专人测量,根据其数值的变化来判断施工对山体的影响。

秦淮新河是一条人工河,水深8米,岩层高、地质复杂,京沪高铁秦淮新河特大桥4桥同跨秦淮新河、7桥同跨将军大道、6桥同跨机场高速。一次性建设那么多座桥梁,在我国桥梁建设史上绝无仅有。中铁四局南京工指组织现场管理人员和工程技术人员,积极开展技术革新和工艺创新。为了顺利完成动1线5号水中墩施工,工指聘请技术专家进行现场论证,6次召开专题研讨会,最后形成了完整的施工技术方案,花费两个月时间,终于将直径20米、高14米的一号双层钢围堰立在了水中。

350 公里时速前提下，运行后路基沉降允许值为零，这比 F1 赛车道路基标准还高，路基施工成为京沪高铁的难点和重点。中铁四局南京工指在路基底部打入 CFG 桩、搅拌桩、粉喷桩、旋喷桩、预应力管桩等各式混凝土桩，提高地基承载力。在路基填筑施工中，严格按照"三阶段、四区段、八流程"的施工工艺组织实施，加强对填料的控制和施工参数的试验，严格进行变形、沉降监测，确保通车后达到"零沉降"。

南京枢纽相关工程 NJ-3 标动车走行线 1、3、5、6 线需架设 T 梁 73 孔，最小曲线半径 500 米，单跨梁坡度达 32.7‰。据了解，运用 DJ168 公铁两用架桥机架设 2101 型新型铁路 T 梁在局内尚属首次，而在 32.7‰ 的超大坡度地段进行 2101 型新型铁路 T 梁架设更是全国首次，无任何经验可借鉴。中铁四局南京工指积极组织技术攻关小组研究制定架梁方案，邀请有资质的设计院对大坡度架桥机组作业工况进行应力检算；根据架桥机各项技术指标、架设现场条件、桥墩形式等情况，制定相对应的架梁方案，以及采取多项有效措施，提高铺架设备的爬坡能力和制动能力，保证了架梁作业的安全性和可靠性。

南京南站高架桥连续钢构共 112 联，每联长 62 米，京沪高铁主线箱梁每片长 32 米、宽 14 米，重达 890 吨，而且对平整度和精度控制要求十分严格。中铁四局南京工指围绕移动模架制梁新技术，组织技术人员进行攻关，解决了移动模架拼装、预压、调试等一系列技术难题，形成了规范化控制工艺。同时，改进了提浆整平机，将人工光面改为机械控制，使梁面平整度、精确度不断提高。

南京南站无柱雨棚是京沪高铁全线最大的雨棚，中铁四局南京工指先后攻克了大型钢结构空中精确就位、大型钢结构空中焊接、利用激光控制点提高安装精度、H 型钢檩条在吊装过程中易变形、安装下挂檩条时设计临时抱箍等技术难题。在站场周围 6 座大型框架桥墙身施工中，采用无拉杆移动台车施工工艺，保证了墙身混凝土的外观质量，缩短了施工周期。此外还攻克了京沪主线 1400 吨三线整体式简支箱梁现浇预制施工难题和高架桥清水混凝土施工等多项难题。

大干助推加速度

京沪高铁南京枢纽 NJ-3 标和南京南站繁重的任务、紧张的工期，激发出参建员工攻坚克难的干劲和取胜的决心。

为确保各节点工期，中铁四局南京工指先后组织开展了"百日大干"、"大干 160 天，铺通仙西联络线"、"大干 60 天"、"决战四季度"、"七比七创、夺旗争杯当明星"等劳动竞赛活动，及时召开节点总结表彰会，进行奖罚兑现。参战员工抢重点、攻难点、你追我赶，与时间赛跑，抢晴天，战雨天，斗严寒，你加班，我加点，不分白天黑夜大干。机器轰鸣，人员如潮，波澜壮阔的施工画面展现在长江南岸。

为加强现场管理，中铁四局南京工指常务副指挥长陈建华、NJ-3 标常务副指挥长郭宝忠、南京南站常务副指挥长胡世山靠前指挥，其他班子成员蹲点帮扶、技术人员跟班作业，发现问题在现场，解决问题不过夜，确保了施工生产有序进行。

2010 年的隆冬，金陵大地寒风刺骨，滴水成冰。NJ -3 标正进行桥面防水施工，常务副指挥长郭宝忠带领职工搭建暖棚，昼夜突击，苦干了一个冬天，完成所有桥梁的防水层施工任务，为标段无砟轨道底座板施工赢得了时间。

2010 年 7 月 20 日 NJ-3 标线下主体工程全部完工，8 月 30 日南京南站站前线下主体完工，2011 年 1 月 11 日沪汉蓉通道开通运营，站房雨棚和电力工程 2011 年 5 月全面竣工，2011 年 5 月 10 日京沪高铁联调联试顺利完成……

局和参战各子（分）公司对京沪高速铁路的建设十分关注，全力支援。在工程施工最紧张、最困难的时刻，局董事长、党委书记张河川，局总经理许宝成多次到工地现场办公，为工程排忧解难，为员工加油鼓劲，极大地鼓舞了干劲，坚定了信心。

中铁四局南京工指党工委创新项目党建工作载体和活动方式，开展"高扬党旗争一流、高效标准创双优"主题活动，结合京沪高铁建设的急、难、险、重、新任务，注重发挥共产党员先锋模范作用，确保了关键岗位有党员领着、关键工序有党员盯着、关键环节有党员把着、关键时刻有党员撑着。此外，把现场思想政治工作深入到工班、桥头、洞口、宿舍，与共产党员、员工面对面谈心交流，在思想政治工作中融入人文关怀和心理疏导，激励全体员工同心同力，为实现项目目标奋力攻坚。

在京沪高铁建设中，中铁四局南京工指先后获得江苏省"工人先锋号"、铁道部"火车头奖杯"、京沪高铁公司京沪高铁建设先进集体、上海局标准化项目部、上海局联调联试"创先争优"优秀团队等荣誉称号；南京南站工程多次被上海铁路局授予标准化工地优胜杯、标准化示范段荣誉；先后有 16 人获得"火车头奖章"，2 人获得江苏省"五一劳动奖章"，28 人获得京沪高铁先进个人（工作者）称号。江苏省委书记罗志军、省长李学勇，铁道部副部长胡亚东、卢春房多次莅临南京南站工地视察，对工程建设给予了高度赞扬。

千里京沪，全力以赴，雄关道漫，攻坚克难。在举世瞩目的京沪高铁工程建设中，中铁四局参战员工用激情与梦想、智慧与勇气、拼搏与奉献，谱写出一曲新时代的"京沪高铁之歌"。

京沪高铁·中交印象

崔增玉

　　34分38秒，跑完了中交京沪高铁建设者为之奋斗三年半的历程和里程，这一刻，不免怅然，不免慨然，不免释然，不免欣然。

　　一条举世瞩目的高速铁路，连接中国的政治中心和经济中心，连接环渤海经济圈和长三角经济圈。

　　建党九十华诞，京沪高铁腾飞。常州至上海，当人们的目光被一道道飞掠而过的"银箭"所吸引时，京沪高铁的中交建设者们已奔赴各地，书写新的中交印象。

追　梦

　　在社会发展进程中，衣食住行是人的基本需求和权力，衣，识廉耻；食，知存亡；住，避寒暑；行，为往来。

　　随着人类社会的不断进步和物质生活的不断丰富，在满足"衣食住"需求的前提下，"让世界更畅通，让出行更便捷"就成为全人类共同的梦想。

　　2006年10月8日，中国交通建设股份有限公司（简称中交股份）正式成立，企业标识取材于中国甲骨文中的"行"字，"固基修道，履方致远"成为她的企业使命，"让世界更畅通"成为她的企业愿景。

　　正是这样的使命和愿景召唤，这一年，中交集团暨中交股份顺应时势，积极响应党和国家的号召，抓住铁路市场开放的机遇，以太中银铁路为标志，全面进军铁路建设市场，继公路、港口、疏浚等传统领域后，在铁路领域开始了披荆斩棘、开疆拓土的追梦之旅。

　　以路兴国，百年圆梦。中国铁路历经百年沧桑，从21世纪初开始步入加速发展的轨道，中国高速铁路正式步入世界的视野。

　　2008年4月18日，当中共中央政治局常委、国务院总理温家宝一声令下，世界上标准最高、规模最大、一次建成线路最长的京沪高速铁路全线开工建设时，立即被视作中国高速铁路建设的代表性工程和里程碑工程。

时间回到 2007 年，进军铁路市场三年来连续承揽武合铁路、太中银铁路和哈大客专建设任务的中交集团，已经由铁路建设的新军成长为颇具战斗力的生力军。

在这一年，铁道部宣布，论证近 20 年的京沪高速铁路正式开始招投标，"参建京沪高铁，打响中交品牌，用高端优质的服务体现企业价值和社会责任感"，就成为中交集团上下一致的声音，中交京沪高铁筹备组应运而生。

2007 年 10 月 20 日，遵照中交集团领导层和决策层的指示，筹备组人员分成两组，沿 1318 公里京沪高铁全线实地考察，这一刻，中交人怀揣着对京沪高铁的渴望与梦想正式启程。至 28 日，考察组总行程近 5000 公里，带着大量翔实的第一手资料回京。

"建设京沪高铁是一件永载史册的事情，对施工人来说是一生的梦想和荣耀，可遇而不可求，很荣幸，我从头坚持到最后。" 2011 年 6 月 30 日，在上海虹桥至北京南站的京沪高铁 G2 次首发列车上，一位参加过当年考察的同志回忆当初，仍满是自豪。

2008 年 1 月 6 日，梦想成真，中交集团中标京沪高速铁路土建工程六标段，线路西起常州东，东至上海虹桥，全长 153.7 公里，合同总额 137.2 亿元。

1 月 8 日，中交集团在京召开的京沪高铁动员誓师大会，"全力打赢中交在铁路建设市场的'淮海战役'"，与会者目标高度一致，而目光落在了王建带领的项目团队身上。

2003 年，时任中铁一局副总经理的王建调入铁道部高速铁路有限责任公司筹备组任副组长，参与筹画中国高铁宏伟蓝图。时光流转，是机缘巧合，更是梦想使然，2008 年 1 月 10 日，中交京沪高铁项目总经理部成立，在这个冬天，王建和他的团队，会同中交集团麾下十个工程局抽调的精兵强将，将在华东大地上开始圆梦之旅，书写中交印象，奏响中交强音。

速　度

执着于速度，人类逢山开路，遇水搭桥，渴望"天堑变通途"。

迷恋于速度，人类车同轨，升级换代交通工具，渴望"千里一日还"。

谈到京沪高速铁路，不可回避的话题就是速度。如何在合理的时间内建成经得起运营检验和历史考验的高速铁路，建设者们在思考，建设速度代表"量"，运营速度代表"质"中交人努力在"量"与"质"之间寻找平衡。

兵贵神速。2008 年 2 月 4 日，距春节还有四天，六标段召开了动员大会，议题是"放弃春节休假，全力抢抓开工"，并明确"3 月初首批工点开工，3 月底完成临建，4 月份全面开工，5 月份规模生产"

的阶段目标。时值南方百年一遇暴雪冰冻期间，中交建设者战严寒，斗冰雪，一个月完成了47个驻地、11个试验室和28座拌合站的建设，实现雪中率先开工，并以点带面，在征迁任务最重、协调难度最大的华东地区迅速打开施工局面，在全线扮演了"领跑者"的角色。

"中交的优点，一个字：猛"，京沪高速铁路有限公司总经理李志义的评价，虽是调侃，却也中肯。

好的开始是成功的一半，可接下来，难题纷至沓来：经济高度发达地区的征地拆迁、全线近一半的超高压电力线路迁改、全线三分之一的特殊结构桥梁施工、虹桥动车所综合工程、世界上最大的铁路互通立交、世界上连续长度最长的桥梁……

尤其是2008年7月1日中交集团中标沪宁城际铁路站前七标后，明确了"沪宁城际上海世博期间开通，京沪高铁30公里并行段同步建成"的目标，在组织两大项目同步实施的同时，既要保证两大项目建设中的施工速度，又要保证两大铁路通车后的运营速度，这让每名参与其中的中交人都倍感压力。

"总工期目标定死了，当一些工程的施工周期怎么排也排不开时，那是我们最困难的时候"，项目总工程师安爱军说。

施工周期排不开，意味着常规施工不能完成，怎么办？那只有下定决心，打破常规，在困难中寻求突破，在逆境中破茧而出。

突破，靠的是气势。"我就不信拿不下来"，二航局二作业工区经理周乐平在工地集装箱蹲点两个月，亲自指挥，啃下了跨霞客大道连续梁这块"硬骨头"。"困难大时决心大，难题多时办法多，办法总比困难多"，对中交建设者而言，这绝不仅仅是口号，而是他们一往无前、永不服输的信念和气概。

突破，靠的是智慧。"我是跟施组干上了"，总经理部工程部长刘博峰总喜欢和别人这样开玩笑。十余次大的优化调整，数不清的细部优化调整，对施工组织设计和施工技术方案，技术人员弹精竭虑、既恨又爱。

突破，靠的是汗水。"oh，不可思议，难以置信"，当得知一公局仅用时6个月即完成跨星华街系杆拱桥时，《财富》杂志的美国老记望着苏州园区这道美丽的"彩虹"，不由的发出惊叹。

突破，靠的是创新。"每一次建桥都是一次创新"，中交人总是自豪地这样说，是创新让他们创造了中国桥梁建设的辉煌，同样是创新让他们破解了特殊结构施工的难题。136处跨河跨路特殊结构桥梁，其中12座为跨径百米左右的拱桥，能否拿下这场攻坚战，关系到32米标准箱梁能否按期架完，关系到无砟轨道和铺轨工程能否按期开始，直接制约总工期。综合考虑进度、安全、质量等因素，他们倒排工期，科学计算，灵活运用支架现浇法和挂篮悬浇法来组织连续梁梁部施工，灵活运用先拱后梁法和先梁后拱法来组织拱桥施工，改进大跨度系杆拱先拱后梁拱肋提升施工技术，青阳港桥由五段提升改为整体提升，节省了可观的时间，同时优化架桥机过系杆拱架梁施工方案，保证了工期节点。

突破，靠的是协作。"中交在京沪高铁展现了集团军的风采"，建设单位高度评价。作为全线六个标段唯一的非联合体单位，"自己的事自己办，但不能打乱仗，十个局各自为战"，建设者们清醒地认识到，集团作战优势在于资源共享、互助互补。在实现管理、技术和经验共享的同时，总经理部重点抓任务调整和资源调配：线下工程施工中，有效调配拌合设备和各类资源，实现了工程局间的优势互补；对制架梁任务进行三次大的调整，对 T 梁预制架设任务重新分配，充分发挥既有设备作用和专业施工优势；统一整合调配无砟轨道施工资源，将一至四工区无砟轨道专用仪器设备调到五至八工区，先保沪宁城际和京沪高铁并行段，再统一调配到一至四工区，集中力量攻克非并行段。

突破，靠的是攻坚。"你们不仅善于公路施工，更善于铁路施工"，京沪公司副总经理、苏州指挥部指挥长徐海锋在"铁三角"连续梁桥群合龙仪式上这样评价。"铁三角"是京沪高速铁路正线和上下行联络线、沪宁城际铁路正线和上下行联络线六条在建铁路线，与既有黄封和沪宁铁路交叉口处相交，所形成的狭小三角区域，共有 9 座连续梁同时建设，是目前世界上最大的铁路互通立交。"桥上红彤彤，桥下闹哄哄"，一位在现场蹲点的同志这样描绘大干攻坚时的场景。的确，桥上红色的支架模板、红色的标语旗帜、红色的工人服装，桥下施工人员、机械设备、不时呼啸而过的动车，现场忙碌却不忙乱。在保证当时国内运力最为繁忙的老京沪线运营安全的前提下，在只能利用半夜至凌晨线路相对空闲的"天窗"时间组织桥梁下部施工的情况下，二公局的建设者们创造了令人惊叹的施工速度：

——2009 年 5 月 1 日至 5 月 7 日，用时 149 小时"天窗"时间完成南侧三个承台；

——5 月 18 日至 5 月 31 日，用时 168 小时"天窗"时间完成北侧三个承台；

——6 月 19 日至 7 月 24 日，又顺利完成防护棚架和支架搭设的 20 次"天窗"二级要点施工。

——1 月底至 10 月 31 日，用时 10 个月完成 9 座大跨连续梁梁部施工。

与此同时，路桥建设用时 3 个月完成了 302 孔现浇梁施工任务，确保两线共用的昆山南站在沪宁城际开通时投入使用。

2010 年 11 月 6 日，自开工不足三载，中交京沪高速铁路全线轨道顺利铺通。在施工技术日趋完善、机械化程度日益提高的今天，谁又能忽视和忘记人的力量？谁又能忽视和忘记中交人在京沪高铁建设中所表现出的精神力量？

"没有质量的速度是负速度，没有质量的进度是零进度"，中交人对此始终不忘。在京沪高铁建设过程中，他们将自身固有的精细化管理与铁道部推行的标准化管理有机结合，利用"架子队"模式，抓事前控制、过程控制和现场管理，一航局的梁面平整度控制、四航局的桥面防水层施工控制、三航局和二公局的无砟轨道板预制技术等被京沪公司全线推广，百余张"绿牌"奖励是中交人"用心浇筑您的满意"最好的写照。

2011年上半年，经过联调联试的检验，建设单位进行了评比排名，中交管段轨道线路情况与跑出486.1公里最高试车时速的先导段不相上下。

2011年6月30日，在上海虹桥至北京南站的G2次首发列车上，当"和谐号"动车组冲过常州东终点时，细心的李国旗和张永祥按下了秒表，"34分38秒"，凝聚了中交人多少汗水和心血。

坚　守

"重诺守信，感恩回报"，中交人对此矢志不渝。为了"科学决策，精细管理，优质服务"的职责，为了"建设一流高速铁路"的承诺，中交人选择了坚守。

为了坚守投标承诺，中交集团暨中交股份将京沪高铁项目列为头号工程，给予了强有力的支持，董事长周纪昌、总裁刘起涛等领导多次现场办公，检查指导，为项目出谋划策，为将士鼓劲加油。

为了坚守工期承诺，十个工程局领导挂帅，携带精良的装备，配备精干的队伍，千军万马齐战京沪。

为了坚守质量承诺，他们源头把关，过程严控，精雕细琢共筑精品。

为了坚守安全承诺，他们遵规履程，合理投入，总经理部既有线督查组常驻现场，全程监控，确保了高密度既有线施工安全。

为了坚守环保承诺，他们在阳澄湖湖区施工中创造性地采用"双排桩筑坝围堰法"，将水上施工改陆地施工，工作面相对封闭，达到工期、质量、环保"三赢"的效果，广受社会赞誉，以中央电视台为代表的多家媒体对此进行报道，成为京沪高铁一张亮丽的中交名片。

为了保障劳务工合法权益，他们开办"农民工夜校"，组织专项技能培训，生活上予以关心，工资上予以保障，一航局锡山梁场"架子队"模式成为全线亮点。

坚守，是一种责任！项目副总经理裴志强常驻既有线"铁三角"督导施工三个月，各级管理人员吃住在一线，"五加二""白加黑"忘我工作，这是一种坚守！

坚守，是一种勇气！他们的试验人员，面对不合格材料，"想卸料从我身上轧过去"的话语掷地有声，这是一种坚守！

坚守，是一种态度！他们的后勤人员，真诚服务，优质服务，为一线职工提供有力支持，这是一种坚守!

坚守，是一种快乐! 作为一个普通的建设者，做好自己的工作，尽到自己的责任，快乐生活，快乐工作，这也是一种坚守!

坚守，更是一种爱! 坚守职责，坚守承诺，是因为他们爱他们的工作，爱他们的事业。

还有建设者们的背后，她们坚守了什么? 给父母的一杯热茶、一声问候? 对孩子的一句苛责、一记抚摸?

伟大的工程成就伟大的事业，伟大的事业造就伟大的建设者。当高速列车飞跃阳澄湖，看一方蓝天碧水，坚守将被铭刻。

印　记

"我看他们干活挺快的，挺辛苦的"，一位蟹农这样说。

"为了给下一辈子造幸福，工人是费了不少心机"，70 岁老人张慧明这样说。

"中交兑现了承诺，实现了'零污染、零排放、零投诉'的目标"，阳澄湖渔业管理站的负责同志这样说。

"2008 年 4 月 18 日开工，到 2008 年全部土地就交出来了，全线全面开工，这个很不容易"，苏州指挥部常务副指挥长陈建东这样说。

"中交在京沪高铁展现了实力和水平，将六标段交给中交，是一个正确的选择"，京沪公司和京沪总指如此评价。

"中交是一支有战斗力的队伍"，铁道部高度赞扬。

……

印象或会模糊，印记难以磨灭。

"中交浦东"、"中交苏州"，在六标段全线 46927 块 II 型无砟轨道板上，每一块都有这样的印记。

面对高速铁路土建工程最为高端、最为核心的施工技术，中交人走过了一条从无到有、从陌生到精通、把压力转变成动力的难忘历程。

0.1 毫米意味着什么? 和头发丝一样细，对中交建设者来说，则意味着在混凝土上"绣花"，制作重达 9 吨的钢筋混凝土"工艺品"。

123 块，京沪高速铁路全线无砟轨道板日打磨纪录，由中交三航局浦东板场和中交二公局苏州板场共同保持，他们是如何做到的? 靠的就是对精细管理、精细施工的执着追求，靠的就是不断观察、不断探索、不断发现。

0.1 毫米的控制精度，人力很难达到，这就需要借助数控机床来打磨。施工中技术人员发现，按照打磨机的工作规律，如果毛坯板纵向 10 个承轨台的平整度误差在 2 毫米以内，那么一次打磨即可达到要求；如果误差大于 2 毫米，那么必须要经过 2 次以上的打磨才能符合标准。由于毛坯板在浇注过程中，中间部位会有少许的自重下沉，基于对此的认识，技术人员对模具的中间部位进行了微调预拱，一点点地调，一点点地试验，2 毫米以内的目标终成现实。

成功固然令人喜悦，但面对全新事物，困惑迷茫、饱受怀疑也同样困扰过他们。

上海地区寸土寸金，浦东板场选址可谓一波三折，在接连两个建场方案陷入僵局后，三航浦东分公司突破传统思维，跳出德国博格公司纵向生产流水线布置的束缚，拆除该公司原构件二厂，设计出一套既能满足生产效能和技术指标，又能满足工序横向流转的 L 型生产流水线，得到了众多铁路专家的高度认可，浦东板场也被认定为国内唯一一家固定的、专业的、具有自主性的"异型"轨道板场。

李旭东，苏州板场总工程师，30 刚出头，性格内敛，沉默少言，因前期板场建设工作滞后，在铁道部有关部门的一次检查中，对专家的批评意见不服，拍案而起，拂袖而去，建设单位明则"清退出场"，实则"留用查看"。"当时也是年轻气盛，感觉做了很多工作没被认可，心里很着急"，李旭东事后说。后续工作中，他大胆尝试，提升混凝土拌合工艺，研制轨道板横移装置，革新毛坯板检测工艺，完善振捣检测系统，每一项创新都转变成实实在在的成果。"小伙子血气方刚、有点冲劲没什么不好，关键要把这股劲用到工作上"，建设单位的一位领导听了这段经历笑着说。

高精度必然要求细致入微的管理。浦东板场和苏州板场严格按照铁道部提出的管理制度标准化、人员配备标准化、现场控制标准化、过程控制标准化的"四个标准化"要求进行管理，从"细微点滴"入手，跟"细枝末节"较真，实现了机械化、工厂化、专业化、信息化施工，在全线 16 个 II 型板场评比排名，一直位列前三位。浦东板场共获"绿牌"奖励 11 张，苏州板场获"绿牌"奖励 13 张。

2009 年 9 月 18 日，中国海员建设工会主席李铁桥在考察参观浦东板场时，连说了"三个想不到"——想不到板场环境这么美，想不到员工精神状态这么好，想不到轨道板做得如此精致。

未 来

"我从昆山南站出发，到虹桥机场换好登机牌，半个小时"，沪宁城际开通后，路桥建设京沪工区副经理、沪宁工区常务副经理任文峰对此总是津津乐道。

京沪高铁联调联试期间，上海局指挥部设在南京，乘坐沪宁城际动车成为中交京沪高铁工作人员去南京的首选。

　　总经理部原总调度室主任郑心铭，现在中交南京纬三路过江通道指挥部工作，爱人和孩子在北京工作和上学，京沪高铁北京至南京最快 3 小时 39 分的车程，让周末团聚越发现实。

　　如果说 34 分 38 秒的背后，是中交建设者严谨的态度、敬业的精神、不计得失的风范和充满活力的干劲。

　　那 34 分 38 秒所给予的，是更为多样的出行选择、更为便捷的出行方式、更多的交流、更多的梦想。

　　"改革开放的春风带来了苏州经济的第一次飞跃，上世纪末高速公路的蓬勃发展带来了苏州经济的第二次飞跃，我们期待，高速铁路带着苏州再次腾飞。"

　　高铁会给人们带来什么? 看京沪高铁这条飞舞在华夏大地的钢铁巨龙，它带给国人的是自信和自豪，带给人们的是对"让世界更畅通"梦想更加矢志不渝的追求。

光荣篇

京沪高速铁路建设各参建单位荣获
五一劳动奖状、五一劳动奖章的
先进集体和先进个人名单

一、总工发 [2010]55 号文——《中华全国总工会关于授予在京沪高速铁路建设重点工程劳动竞赛中做出突出贡献的先进集体和先进职工五一劳动奖状、五一劳动奖章的决定》：

1. 五一劳动奖状（5 个）：

中铁一局京沪高铁土建二标项目部

中铁三局京沪高铁土建五标项目部

中国铁建十七局京沪高铁土建一标项目部

中国水电集团京沪高铁土建三标项目部

铁科院工程咨询公司新建南京大胜关长江大桥工程咨询监理项目部

2. 五一劳动奖章（15 个）：

邹　杰　中铁二局京沪高铁土建二标二工区副区长

谢大鹏　中铁三局京沪高铁土建五标项目部常务副经理

王朝义　中铁六局京沪高铁土建二标一工区主任

文武松　中铁大桥局南京大胜关长江大桥项目长

高治双　中国铁建十二局京沪高铁土建四标项目部常务副经理

夏吉军　中国铁建十四局京沪高铁土建四标十工区区长

习仲伟　中国铁建十五局京沪高铁土建四标十一工区区长

刘瑞军　中国铁建十六局京沪高铁土建三标八工区五分部工长

梁　毅　中国铁建十七局京沪高铁土建一标项目经理部常务副经理

孙吉东　中国铁建十九局京沪高铁土建一标项目部总工程师

杨　忠　中水集团京沪高铁土建三标项目经理部常务副经理

王　建　中交集团京沪高铁土建六标项目经理部常务副经理

王长法　中铁四院京沪高铁建设指挥部常务副指挥长

陈东杰　上海虹桥站工程建设指挥部指挥长

杨启兵　京沪高速铁路建设总指挥部工程管理部主任

二、总工发 [2011]35 号文——《中华全国总工会关于授予在京沪高速铁路建设劳动竞赛中涌现出的先进集体和先进职工五一劳动奖状、五一劳动奖章的决定》：

1. 五一劳动奖状（8 个）：

中铁四局南京铁路枢纽土建 NJ-3 标项目经理部

中国铁建十二局京沪高铁土建四标项目经理部

中交路桥建设京沪高铁土建六标段六工区项目部

中铁建设华东分公司京沪高铁站房三标项目部

中铁电气化局京沪高铁四电系统集成电气化项目部

中国通号股份公司京沪高铁四电系统集成通信信号项目部

京沪高速铁路股份有限公司

铁三院京沪高铁勘察设计指挥部

2. 五一劳动奖章（15 个）：

陈振权　京沪高速铁路建设总指挥部物资设备部主任

梁晓燕（女）　京沪高速铁路建设总指挥部计划财务部主任

盛大军　京沪高速铁路建设总指挥部蚌埠指挥部副指挥长

郑　雨　京沪高铁天津西站建设指挥部指挥长

丁　辉　京沪高铁济南高速站工程建设指挥部副指挥兼总工程师

郭民龙　中铁一局京沪高铁土建二标项目经理部常务副经理

田　波　中铁五局京沪高铁土建五标十六工区区长

陈红兵　中国铁建十一局南京枢纽土建 NJ-2 标项目经理部总工程师

郭品云　中国铁建十六局京沪高铁土建三标八工区党工委书记
吴忠良　中国铁建十八局京沪高铁项目部项目经理
李　灏　中交二公局京沪高铁土建六标段八工区第三作业工区区长
景建民　中铁电气化局京沪高铁四电系统集成电气化项目部常务副经理
宋晓风　中国通号股份公司京沪高铁四电系统集成通信信号项目部常务副经理
钟世原　中铁建工集团京沪高铁站房项目部总工程师
于上永　中铁二院京沪高铁四电监理项目部工程师

京沪高速铁路建设各参建单位荣获
火车头奖杯、奖章的先进集体和
先进个人名单

一、铁工发 [2011]12 号文——《关于为高速铁路等铁路建设中的先进集体和个人颁发火车头将杯奖章的决定》：

1. 奖杯（8 个）

中铁电气化局京沪高铁四电系统集成电气化项目部

中国通号股份公司京沪高铁四电系统集成通信信号项目部

中铁建工集团京沪高铁站房四标一分部

中铁建设华东分公司京沪高铁站房三标项目部

中铁十二局京沪高铁济南西客站 ZF 标段项目部

甘肃铁一院工程监理公司京沪高速铁路土建工程监理一标项目部

铁科院（北京）工程咨询公司京沪高铁四电集成监理项目部

天津西站工程建设指挥部

2. 奖章（90 名）

李昌宁　中铁一局京沪高铁土建二标项目部副经理兼总工

张善义　中铁一局京沪高铁土建二标五工区经理

刘　阳　中铁二局京沪高铁土建二标二工区副经理兼总工

郭汝涛　中铁三局京沪高铁土建五标项目部桥隧工作组组长

颜万春　中铁三局京沪高铁土建五标项目部计财部副部长

李云龙　中铁三局京沪高铁综合一标项目副经理

郝又猛　中铁四局南京枢纽 NJ-3 标项目部总工程师

许宝健　中铁四局南京枢纽 NJ-3 标项目部铺架工区工区长

易雨锋　中铁五局京沪高铁土建五标项目部总工程师

王启信　中铁六局京沪高铁土建二标一工区桥梁一大队队长

展凤勇　中铁六局天津西站项目部项目经理

蒋永波　中铁八局京沪高铁土建五标项目部副经理

张瑞森　中铁十二局京沪高铁土建四标项目部副经理

程建平　中铁十二局京沪高铁土建四标项目部技术质量部部长

方　波　中铁十二局京沪高铁土建四标三工区项目部总工程师

蔡　涛　中铁十四局京沪高铁项目部中心试验室主任

熊冠勋　中铁十五局京沪高铁项目部五工区经理

郭品云　中铁十六局京沪高铁土建三标八工区党工委书记

孙宏山　中铁十六局京沪高铁土建三标八工区七分部经理

李宏伟　中铁十七局京沪高铁土建一标项目部总工程师

刘世安　中铁十七局京沪高铁土建一标项目部试验室主任

李　财　中铁十八局京沪高铁项目部计划财务部部长

高禄巍　中铁十九局京沪高铁项目部五分部经理

韦　国　中铁电气化局京沪高铁四电集成项目部项目经理

吴　钧　中铁电气化局京沪高铁四电集成电气化项目部接触网专业负责人

董海伟　中铁电气化局京沪高铁四电集成电气化项目部安全督导员

孙立谦　中铁电气化局京沪高铁四电集成电气化项目部一工区经理

解立强　中铁电气化局京沪高铁四电集成电气化项目部一工区电力变电主管

王心刚　中铁电气化局京沪高铁四电集成电气化项目部二工区接触网专业负责人

丁行南　中铁电气化局京沪高铁四电集成电气化项目部二工区电力变电技术主管

李火青　中铁电气化局京沪高铁四电集成电气化项目部三工区经理

郭　宣　中铁电气化局京沪高铁四电集成电气化项目部三工区副经理

冯玉华　中铁电气化局京沪高铁四电集成电气化项目部三工区作业队长

肖永武　中铁电气化局京沪高铁四电集成电气化项目部四工区经理

朱　凯　中铁电气化局京沪高铁四电集成电气化项目部四工区党工委书记

杨社安　中铁电气化局京沪高铁四电集成电气化项目部三工区副经理

郭庆英　中国通号股份公司京沪高铁四电系统集成通信信号项目部第五工区经理

隋树平　中国通号股份公司京沪高铁四电系统集成通信信号项目部第六工区经理

奚　斌　中国通号股份公司京沪高铁四电系统集成通信信号项目部第七工区经理

张惠林　中国通号股份公司京沪高铁四电系统集成通信信号项目部第七工区通信作业队长

周敏尧　中国通号股份公司京沪高铁四电系统集成通信信号项目部第八工区副经理

刘传华　中国通号股份公司京沪高铁四电系统集成通信信号项目部信号专业工程师

江　明　中国通号股份公司京沪高铁四电系统集成通信信号项目部列控专业工程师

邢　毅　中国通号股份公司京沪高铁四电系统集成通信信号项目部列控专业工程师

韩志强　中国水电集团京沪高铁土建三标项目部副经理

唐　超　中国水电集团京沪高铁土建三标项目部副总工兼安质部主任

米兰彬　中国水电集团京沪高铁土建三标铺轨工区经理

徐　新　中交股份京沪高铁土建六标项目部计划合同部部长

刘博峰　中交股份京沪高铁土建六标项目部工程部部长

张建民　中交股份京沪高铁土建六标项目部总调度室主任

宋来中　中交股份京沪高铁土建六标二工区副经理

郝静波　中交股份京沪高铁土建六标十一工区副经理

王　波　中铁建工集团京沪高铁站房项目副经理

黄立明　中铁建工集团京沪高铁站房二标总工程师

王玉生　中铁建工集团京沪高铁站房六标工程部部长

狄国庆　中铁建工集团京沪高铁站房六标总工程师

沈天丽（女）　中铁建设集团京沪高铁站房项目经理

李太胜　中铁建设集团京沪高铁站房一标项目常务副经理

赵先忠　中铁建设集团京沪高铁站房三标项目常务副经理

李金生　中铁建设集团京沪高铁站房七标项目经理

郑子涛　铁三院京沪高铁勘察设计指挥部副总体

李汉卿　中铁电气化勘测设计研究院有限公司所长

蔡宏宇　北京全路通信信号研究设计院信号设计所信号专业工程师

白长青　甘肃铁一院工程监理公司京沪高铁土建监理一标副总监

林南昌　中铁二院（成都）咨询监理公司京沪高铁土建监理四标监理组长

倪幼真　中铁二院（成都）监理公司京沪高铁四电集成监理项目部蚌埠分部总监

于上永　中铁二院（成都）监理公司京沪高铁四电集成监理项目部苏州分部总监

武晓光　铁四院（湖北）工程监理咨询公司京沪高铁土建监理一标副总监

张建友　华铁监理公司京沪高铁土建监理二标监理六组组长

谢怀庆　北京铁城监理公司京沪高铁土建监理三标轨道组组长

吕宾林　中国铁道科学研究院办公室秘书

曹广利　铁科院（北京）工程咨询公司京沪高铁土建监理五标项目部副总监

李传勇　铁科院（北京）工程咨询公司建协部副主任

方　鸣　铁科院（北京）工程咨询公司京沪高铁四电集成监理项目部总监

陈建国　铁科院（北京）工程咨询公司京沪高铁四电集成监理项目部副总监

刘　春　北京中铁诚业工程监理公司京沪高铁土建监理六标项目部安质部长

许学谦　京沪高速铁路建设总指挥部综合部主管

郑桂杰　京沪高速铁路建设总指挥部工程管理部副主任

于丽荣（女）　京沪高速铁路建设总指挥部计划财务部副主任

冯广利　京沪高速铁路建设总指挥部天津指挥部安质部主任

杨书生　京沪高速铁路建设总指挥部济南指挥部工程部主任

王明波　京沪高速铁路建设总指挥部济南指挥部协调部主任

钱国华　京沪高速铁路建设总指挥部蚌埠指挥部工程部主任

郑　勇　京沪高速铁路建设总指挥部南京指挥部综合部主任

王效有　京沪高速铁路建设总指挥部苏州指挥部副指挥长

王树新　天津西站工程建设指挥部副指挥长

尹洪江　天津西站工程建设指挥部副指挥长

王志立　南京南站工程建设指挥部指挥长

闫　东　京沪高速铁路建设领导小组办公室协调组工程师

肖乾文　京沪高速铁路建设领导小组办公室综合组处长

二、铁工发 [2010]9 号文——《关于为高速铁路和客运专线建设中的先进集体和先进个人颁发火车头奖杯奖章的决定》：

1. 奖杯（25 个）

中铁一局京沪高铁土建二标项目经理部

中铁三局京沪高铁土建五标四工区

中铁三局京沪高铁土建五标九工区

中铁四局南京铁路枢纽土建工程 NJ-3 标项目经理部

中铁六局京沪高铁土建二标一工区

中铁八局京沪高铁土建五标十七工区

中铁十局京沪高速铁路土建三标九工区

中国铁建十二局京沪高速铁路土建工程四标十二工区项目部

中国铁建十二局京沪高铁济南西客站 ZH 标一工区

中国铁建十四局京沪高铁土建四标大店制梁场

中国铁建十五局京沪高铁四标项目部

中国铁建十七局京沪高铁土建一标项目经理部

中国铁建十八局京沪高铁项目经理部

中国铁建十九局京沪高铁铺架工区

中国水电集团京沪高铁土建三标项目经理部

中交二航局京沪高铁土建六标一工区

中交四航局京沪高铁土建六标七工区

华铁工程咨询公司联合体京沪高铁土建监理二标项目部

乌鲁木齐铁建监理咨询公司京沪高铁土建监理三标第一监理组

北京中铁诚业监理公司联合体京沪高铁土建监理六标项目部

上海铁路局上海铁路枢纽工程建设指挥部

铁三院京沪高速铁路勘察设计指挥部

铁道部京沪高速铁路建设总指挥部安全质量部

铁道部京沪高速铁路建设总指挥部济南指挥部

铁道部京沪高速铁路建设总指挥部南京指挥部

2. 奖章（96 名）

刘 华 中铁一局京沪高铁土建二标项目经理部副经理

唐华恩 中铁一局京沪高铁土建二标三工区书记

孙书深 中铁一局京沪高铁土建二标四工区常务副主任

郝 铎 中铁一局京沪高铁土建二标十二工区工班长

邹　杰　中铁二局京沪高铁土建二标二工区常务副主任

徐春林　中铁二局京沪高铁土建二标二工区吴桥梁场场长

谢大鹏　中铁三局京沪高铁土建五标项目经理部常务副经理

朱瑞喜　中铁三局京沪高铁土建五标项目经理部副经理

张恒庆　中铁三局京沪高铁土建五标项目经理部副经理

陈晓军　中铁三局京沪高铁土建五标项目经理部副经理

孟凡德　中铁三局京沪高铁土建五标十四工区副队长

张旭刚　中铁三局五公司副总经理

张汉一　中铁四局南京铁路枢纽 NJ-3 标二工区工区长

赵前军　中铁四局南京铁路枢纽 NJ-3 标五工区工区长

胡世山　中铁四局南京南站站前工程项目经理部项目经理

邓晓飞　中铁五局京沪高铁土建五标十六工区副经理

杨宝森　中铁六局京沪高铁土建二标一工区总工程师

邓浩宇　中铁八局京沪高铁土建五标十七工区总工程师

刘志坚　中铁十局京沪高铁土建三标九工区主任

文　平　中国铁建十一局南京铁路枢纽 NJ-2 标项目经理部副经理

郝晋峰　中国铁建十二局京沪高铁土建四标项目经理部副经理

赵常煜　中国铁建十二局京沪高铁土建四标项目经理部总工程师

李恒太　中国铁建十二局京沪高铁土建四标十三工区项目经理

张志安　中国铁建十二局京沪高铁土建四标定远制板场工区经理

康明松　中国铁建十二局京沪高铁土建四标架桥项目部工区经理

梁建忠　中国铁建十二局京沪高铁土建四标八工区经理

李晓明　中国铁建十二局京沪高铁四标段三工区试验工

阎保家　中国铁建十二局京沪高铁济南西客站工程指挥部指挥长

马天明　中国铁建十四局京沪高铁土建四标十工区项目部副经理

王可用　中国铁建十四局京沪高铁土建四标十工区项目部副经理

郑云亭　中国铁建十四局京沪高铁土建四标十工区项目部工区经理

徐万鹏　中国铁建十五局京沪高铁土建四标十一工区项目部副经理

许传波　中国铁建十五局京沪高铁土建四标十一工区项目部副经理

罗　旭　中国铁建十五局京沪高铁土建四标十一工区项目部工区经理

俞　剑　中国铁建十六局京沪高铁土建三标八工区六分部经理

刘瑞军　中国铁建十六局京沪高铁土建三标八工区五分部经理

胡　伟　中国铁建十六局京沪高铁土建三标八工区一分部总工程师

梁　毅　中国铁建十七局京沪高铁土建一标项目经理部常务副经理

周志和　中国铁建十七局京沪高铁土建一标项目经理部部长

贾建平　中国铁建十七局京沪高铁土建一标一工区经理

刘烈生　中国铁建十七局京沪高铁土建一标二工区经理

张山城　中国铁建十七局京沪高铁土建一标六工区经理

陈志贵　中国铁建十七局京沪高铁土建一标七工区经理

吴成明　中国铁建十七局京沪高铁土建一标架梁四队工班长

李玉华　中国铁建十八局京沪高铁土建一标梁场工区工区长

苏跃辉　中国铁建十八局京沪高铁土建一标架梁八队铺架经理

王佳贵　中国铁建十九局京沪高铁项目部常务副经理

孔祥仁　中国铁建十九局京沪高铁土建一标铺架工区项目经理

许建华　中国铁建二十四局上海电务电化公司上海分公司项目经理

查道宏　中铁大桥局南京大胜关大桥项目经理部分项目部经理

王翼武　中铁丰桥桥梁有限公司平谷分公司副经理

刘延超　中国水电集团京沪高铁土建三标项目经理部副经理

郝长福　中国水电集团京沪高铁土建三标四工区常务副主任

刘士城　中国水电集团京沪高铁土建三标五工区常务副主任

马先科　中国水电集团京沪高铁土建三标五工区架梁队班长

王　建　中交股份京沪高铁土建六标项目经理部常务副总经理

吴凤亮　中交一航局京沪高铁土建六标二工区项目经理

张国云　中交二航局京沪高铁土建六标一工区项目经理

陆嘉龙　中交三航局京沪高铁土建六标十工区常务副经理

许伦锋　中交四航局京沪高铁土建六标七工区总工程师

周长军　中交一公局京沪高铁土建六标五工区常务副经理

毛小林　中交二公局京沪高铁土建六标八工区作业工区经理

孙国华　中交四公局京沪高铁土建六标三工区项目经理

韩晓飞　中交路桥建设京沪高铁土建六标六工区作业工区经理

周　蔚　　中交隧道局京沪高铁土建六标四工区二作业区经理

唐建华　　中建股份京沪高铁南京南站站房工程项目经理部项目经理

郭栋林　　铁一院监理公司京沪高铁土建监理一标项目部副总监理工程师

张西兰　　铁四院监理公司京沪高铁土建监理一标项目部副总监理工程师

李　明　　上海先行监理公司京沪高铁土建监理一标项目部副总监理工程师

王树森　　华铁工程咨询公司京沪高铁土建监理二标项目部总监理工程师

李克贤　　北京铁城监理公司京沪高铁土建监理三标项目部总监理工程师

邵晓军　　北京铁城监理公司京沪高铁土建监理三标项目部第五监理组组长

朱鸿雁　　铁二院监理公司京沪高铁土建监理四标项目部副总监理工程师

张永厚　　铁科院咨询公司京沪高铁土建监理五标项目部副总监理工程师

周玉华（女）　北京中铁诚业京沪高铁土建监理六标项目部总监理工程师

高文超　　铁一院监理公司南京铁路枢纽监理项目部副总监理工程师

刘　聪　　山东济铁监理公司京沪高铁济南西客站 ZH 标监理项目部试验室主任

王连颖　　天津西站工程建设指挥部副指挥长

丁　辉　　济南西站工程建设指挥部副指挥长

范余华　　南京南站工程建设指挥部指挥助理

陆惠明　　上海铁路枢纽指挥部副指挥长

高　军（女）　上海铁路枢纽指挥部工程师

张　涵　　铁三院京沪高铁指挥部副指挥长

王长法　　铁四院京沪高铁指挥部常务副指挥长

邓运清（女）　中铁咨询公司桥梁院副院长

严佐魁　　京沪高速铁路建设领导小组办公室综合组处长

缪柏年　　京沪高速铁路建设领导小组办公室协调组副处长

杨进兰（女）　铁道部京沪高速铁路建设总指挥部综合部副主任

张爱国　　铁道部京沪高速铁路建设总指挥部计划财务部副主任

魏　强　　铁道部京沪高速铁路建设总指挥部工程管理部副主任

卫来贵　　铁道部京沪高速铁路建设总指挥部安全质量部副主任

王礼尧　　铁道部京沪高速铁路建设总指挥部物资设备部副主任

武贯军　　铁道部京沪高速铁路建设总指挥部天津指挥部副指挥长

范志农　　铁道部京沪高速铁路建设总指挥部济南指挥部副指挥长

李殿龙　铁道部京沪高速铁路建设总指挥部蚌埠指挥部副指挥长

谭光宗　铁道部京沪高速铁路建设总指挥部苏州指挥部副指挥长

三、铁工发 [2009]17 号——《关于授予京沪高速铁路和合武客运专线建设先进集体和个人火车头奖杯、奖章的决定》：

1. 火车头奖杯（32 个）

中铁一局京沪高铁土建二标十工区

中铁二局京沪高铁土建二标二工区

中铁三局京沪高铁土建五标项目经理部

中铁五局京沪高铁土建五标十六工区

中国铁建十一局京沪高铁 NJ-2 标项目经理部

中国铁建十二局京沪高铁土建四标项目经理部

中国铁建十四局京沪高铁土建四标十工区

中国铁建十六局京沪高铁土建三标八工区

中国铁建十七局京沪高铁土建一标四工区

中国铁建十七局京沪高铁土建一标十三工区

中国铁建十九局京沪高铁项目部

铁科院（北京）工程咨询有限公司联合体京沪高铁监理五标项目部

中国水电集团京沪高铁土建三标邹城制梁场

中交一航局京沪高铁土建六标二工区项目部

中交一公局京沪高铁土建六标五工区项目部

中交路桥建设京沪高铁土建六标六工区项目部

华铁工程咨询公司京沪高铁监理二标第四监理组

北京铁城建设监理公司京沪高铁监理三标第四监理组

中铁二院（成都）咨询监理公司联合体京沪高铁监理四标项目部

中铁四院京沪高速铁路建设指挥部

北京铁五院工程试验检测有限公司京沪高铁检测项目部

上海铁路局南京南站工程建设指挥部

北京市住房和城乡建设委员会

河北省沧州市发展和改革委员会

天津市国土资源和房屋管理局

山东省发展和改革委员会

江苏省铁路办公室

安徽省发展和改革委员会（省铁路办）

上海申铁投资有限公司

铁道部京沪高速铁路建设总指挥部综合部

铁道部京沪高速铁路建设总指挥部工程管理部

铁道部京沪高速铁路建设总指挥部蚌埠指挥部

2. 火车头奖章名单（113名）

郭民龙　中铁一局京沪高铁土建二标项目经理部项目经理

李振周　中铁一局京沪高铁土建二标项目经理部项目副经理

景兆德　中铁一局京沪高铁土建二标十工区总工程师

孙　宇　中铁一局京沪高铁土建二标七工区主任

李建华　中铁一局京沪高铁土建二标九工区书记

丁建峰　中铁一局京沪高铁土建二标十一工区齐河制梁场场长

张次民　中铁二局京沪高铁土建二标二工区主任

施龙清　中铁二局京沪高铁土建二标二工区工程大队队长

李海鉴　中铁三局京沪高铁土建五标项目经理部总工程师

贾士俊　中铁三局京沪高铁土建五标项目经理部项目副经理

龚军平　中铁三局京沪高铁土建五标项目经理部工程部长

亢继龙　中铁三局京沪高铁土建五标四工区队长

刘贤良　中铁三局京沪高铁土建五标十工区队长

刘桂云　中铁三局京沪高铁土建五标十二工区队长

罗　伟　中铁三局京沪高铁土建五标镇江制梁场场长

陈建华　中铁四局京沪高铁土建 NJ-3 标项目经理部常务副经理

马晓贵　中铁四局京沪高铁土建 NJ-3 标项目经理部工程部长

张顺忠　中铁五局京沪高铁土建五标十六工区项目经理

田　波　中铁五局京沪高铁土建五标十六工区总队长

王朝义　中铁六局京沪高铁土建二标一工区主任

和飞虎　中铁六局京沪高铁土建二标一工区铺架队总工程师

马春生　中铁六局京沪高铁土建二标一工区南皮制梁场副场长

冯云强　中铁八局京沪高铁土建五标十七工区项目经理

陈红兵　中国铁建十一局京沪高铁土建 NJ-2 标项目经理部总工程师

高治双　中国铁建十二局京沪高铁土建四标项目经理部常务副经理

刘运泽　中国铁建十二局京沪高铁土建四标三工区项目经理

杨明伟　中国铁建十二局京沪高铁土建四标十四工区项目经理

范廉明　中国铁建十二局京沪高铁土建四标十五工区项目经理

张建斌　中国铁建十二局京沪高铁土建四标十八工区项目经理

符能松　中国铁建十二局京沪高铁土建四标二十一工区项目经理

王学申　中国铁建十二局济南西客站 ZH 标项目部项目经理

张挺军　中国铁建十四局京沪高铁土建四标十工区项目部项目经理

夏吉军　中国铁建十四局京沪高铁土建四标十工区项目部常务副经理

张万国　中国铁建十四局京沪高铁土建四标十工区项目部工区经理

习仲伟　中国铁建十五局京沪高铁土建四标十一工区项目部项目经理

王红升　中国铁建十五局京沪高铁土建四标十一工区项目部项目副经理

程世龙　中国铁建十五局京沪高铁土建四标十一工区项目部工区经理

秦久林　中国铁建十五局京沪高铁土建四标十一工区工人

江拔其　中国铁建十六局京沪高铁土建三标八工区主任

缪为刚　中国铁建十六局京沪高铁土建三标八工区副经理

齐凤江　中国铁建十六局京沪高铁土建三标八工区峄城制梁场场长

孙　旺　中国铁建十七局京沪高铁土建一标项目经理部副经理

徐　东　中国铁建十七局京沪高铁土建一标项目经理部党工委副书记

陈永堃　中国铁建十七局京沪高铁土建一标三工区经理

闵召龙　中国铁建十七局京沪高铁土建一标八工区经理

翟秋柱　中国铁建十七局京沪高铁土建一标安次制梁场工长

杜万英　中国铁建十八局京沪高铁土建一标十七工区主任

刘宗武　中国铁建十八局京沪高铁土建一标十四工区主任

王建达　中国铁建十八局京沪高铁土建一标梁场工区总工程师

孙吉东　中国铁建十九局京沪高铁项目部项目经理

曾灵振　中国铁建十九局京沪高铁土建一标十一工区经理

杨　忠　中国水电集团京沪高铁土建三标项目部常务副总经理

蒋宗全　中国水电集团京沪高铁土建三标项目部副总经理

刘振江　中国水电集团京沪高铁土建三标项目部工程部主任

陈双权　中国水电集团京沪高铁土建三标一工区主任

李　斌　中国水电集团京沪高铁土建三标四工区主任

姜明廷　中国水电集团京沪高铁土建三标二工区主任

沈　亮　中国水电集团京沪高铁土建三标七工区主任

谢凯军　中国水电集团京沪高铁土建三标项目部第一中心试验室主任

杨正云　中交一航局京沪高铁土建六标二工区常务副经理

张　浩　中交二航局京沪高铁土建六标一工区常州制梁场场长

朱清平　中交二航局京沪高铁土建六标一工区书记

王立军　中交三航局京沪高铁土建六标十工区经理

赵新志　中交四航局京沪高铁土建六标三工区总工程师

程巧建　中交四航局京沪高铁土建六标七工区副经理

唐中亮　中交隧道局京沪高铁土建六标四工区副经理

黎儒国　中交一公局京沪高铁土建六标五工区经理

王少华　中交路桥建设京沪高铁土建六标六工区常务副经理

杨振伟　中交二公局京沪高铁土建六标八工区常务副经理

时天利　中交二公局京沪高铁土建六标八工区作业工区副经理

李明锋　中交股份京沪高铁土建六标项目部试验室主任

邱志荣　中铁一院工程监理有限公司京沪高铁监理一标项目部总监理工程师

葛建义　中咨工程建设监理公司京沪高铁监理二标项目部副总监理工程师

白春生　北京铁研建设监理公司京沪高铁监理三标项目部副总监理工程师

朱秀军　乌鲁木齐铁建监理咨询公司京沪高铁监理三标项目部副总监理工程师

叶文林　中铁二院（成都）咨询监理有限责任公司京沪高铁监理四标总监理工程师

战新杰　山东济铁工程监理有限责任公司京沪高铁监理四标副组长

许兆军　铁科院（北京）工程咨询有限公司京沪高铁监理五标项目部总监理工程师

齐东建　铁科院（北京）工程咨询有限公司京沪高铁南京枢纽及相关工程监理项目部总监

理工程师

李广合　天津新亚太工程建设监理有限公司京沪高铁监理五标项目部副总监理工程师

刘明辉　中铁大桥监理公司京沪高铁监理六标项目部副总监理工程师

李　平　北京中铁诚业监理公司京沪高铁监理六标项目部安全质量部部长

张　浩　中铁二院京沪高速铁路咨询项目部项目经理

吴彩兰（女）　中铁三院京沪高铁指挥部项目总工程师

靖仕元　中铁四院京沪高铁指挥部副指挥长

王慨慷　北京铁五院工程试验检测有限公司总经理

栾光日　京沪高铁济南高速站工程建设指挥部指挥长

江良渡　上海铁路局南京南站工程建设指挥部常务副指挥长

包文琪　上海铁路局南京南站工程建设指挥部副指挥长

谢　平　上海虹桥站工程建设指挥部副指挥长

顾福明　上海虹桥站工程建设指挥部副指挥长

李　葳　上海建工集团上海虹桥站工程项目部常务副经理

李学元　北京市大兴区建设委员会主任

张现龙　河北省沧州市发展和改革委员会调研员

刘　英（女）　天津市交通委员会京沪高铁指挥部总指挥长

高丽丽（女）　山东省泰安市发展和改革委员会副主任

李　丁　山东铁路建设投资有限公司副经理

张晓铃　江苏省铁路办公室副主任

朱建胜　苏州市铁路建设指挥部总指挥长

王正文　南京铁路建设投资有限责任公司常务副总经理

李　晟　安徽省发展和改革委员会处长

刘　磊　安徽省国土资源厅科员

庄木弟　上海市嘉定区区委常委、副区长

朱　旭　京沪高速铁路建设领导小组办公室综合组副处长

王建国　京沪高速铁路建设领导小组办公室协调组处长

杨启兵　铁道部京沪高速铁路建设总指挥部工程管理部主任

梁晓燕（女）　铁道部京沪高速铁路建设总指挥部计划财务部主任

彭声应　铁道部京沪高速铁路建设总指挥部安全质量部副主任

陈振权　铁道部京沪高速铁路建设总指挥部物资设备部主任

杨怀志　铁道部京沪高速铁路建设总指挥部天津指挥部工程管理部主任

赵　健　铁道部京沪高速铁路建设总指挥部济南指挥部工程管理部主任

盛大军　铁道部京沪高速铁路建设总指挥部蚌埠指挥部副指挥长

杨　斌　铁道部京沪高速铁路建设总指挥部苏州指挥部工程管理部主任

四、铁工发 [2008]35 号——《关于为铁路客运专线建设中的先进集体和个人颁发火车头奖杯、奖章的决定》

1. 奖杯（1 名）

中铁大桥局南京大胜关长江大桥二公司分项目部

2. 奖章（7 名）：

于祥君　　中铁大桥局南京大胜关长江大桥二公司分项目部总工程师

潘　军　　中铁大桥局南京大胜关长江大桥四公司分项目部总工程师

陈元清　　中铁大桥局南京大胜关长江大桥六公司分项目部经理

马树魁　　京沪高速铁路建设总指挥部南京指挥部副指挥长

陈维雄　　京沪高速铁路建设总指挥部南京指挥部副指挥长

戴福忠　　新建南京大胜关长江大桥咨询监理项目部项目经理

庹立新　　新建南京大胜关长江大桥咨询监理项目部北岸测量监理副组长

五、铁工发 [2007]31 号——《关于为铁路客运专线建设中的先进集体和个人颁发火车头奖杯、奖章的决定》：

1. 奖杯（2 个）

中铁大桥局南京大胜关桥测量中心

新建南京大胜关桥工程咨询监理项目部

2. 奖章（9 名）

连泽平　　中铁大桥局南京大胜关桥项目经理部副总工程师

王建华　　中铁大桥局南京大胜关桥项目经理部二工区区长

袁先留　　中铁大桥局南京大胜关桥项目经理部四工区区长

陈家文　　中铁大桥局南京大胜关桥项目经理部二工区墩墩长

邓树强　中铁大桥局南京大胜关桥项目经理部四工区作业一队队长

胡所亭　新建南京大胜关桥工程咨询监理项目部助理研究员

李华云　中铁大桥勘测设计院南京大胜关桥设计项目部高级工程师

郑　机　南京大胜关桥及南京南站项目建设指挥部常务副指挥长

朱星盛　南京大胜关桥及南京南站项目建设指挥部技术质量部高级工程师

六、其他：

1. **文武松**　荣获茅以升科学技术工程师奖、2008 年获江苏省五一劳动奖章、荣获 2009 年全国建筑企业优秀项目经理称号

2. **陈东杰**　荣获上海市青年科技英才、铁道部铁路专业技术带头人、2009 年上海市建设功臣等荣誉称号

2009 年火车头奖章获得者：

李志义

赵　非

铁道部京沪高速铁路建设总指挥部
中共京沪高速铁路股份有限公司委员会

文件

京沪党[2012] 4 号

关于表彰在京沪高速铁路建设中
做出突出贡献先进人物的决定

京沪高速铁路建设各参建单位：

在党中央、国务院高度重视和亲切关怀下，在铁道部的统一领导和地方各级政府及社会各界的大力支持下，经过广大建设者三年半的顽强拼搏和艰苦努力，京沪高速铁路于 2011 年 6 月 30 日全党全国人民喜迎建党 90 周年之际胜利开通运营，实现了建设技术创新工程、质量精品工程、资源节约工程、环境友好工程、社会和谐工程的目标。

三年多来，各参建单位以又好又快建设世界一流高速铁路为己任，发扬"勇攀高峰、追求一流"的京沪高铁精神，认真贯彻落实铁道部、中华全国铁路总工会《关于京沪高速铁路建设建功立业劳动竞赛办法的通知》（铁工发 [2008]34 号）精神，结合京沪高速铁路设计标准高、工程规模大、系统集成复杂、创新任务重的特点，深入开展多种形式的建功立业劳动竞赛活动，高标准起步、高质量建设、高效率推进，团结奋战，全力攻坚，掀起一个个热火朝天的建设高潮，创造了我国铁路建设史上的奇迹。京沪高速铁路开通运营以来，各参建单位干劲不减，以高度的事业心和责任感，在抓好收尾工程同时全力以赴为京沪高铁安全运营保驾护航，为保证京沪高铁安全、稳定、高效运行，树立社会形象、创建一流品牌做出了新的贡献。

在京沪高速铁路又好又快建设的伟大实践中，涌现出一大批团结协作、拼搏奉献、勇攀高峰、开拓创新的先进模范。他们以对国家、对人民高度负责为己任，发扬特别能吃苦、特别能战斗、特别能奉献的作风，牢记使命，高度负责，确保了中央和部党组部署的贯彻落实；他们坚持实施标准化管理，严格执行各项技术标准和施工规范，确保了质量、安全、工期、投资、环保、技术创新"六位一体"的有效控制；他们勇于推进技术创新，大力推广应用先进工艺工法，取得了丰硕的技术创新成果，为工程建设和安全运营提供了强有力的技术支撑；他们爱岗敬业、一丝不苟、精益求精，奉献全部聪明才智，发挥了先锋模范作用和榜样引领作用；他们积极投入劳动竞赛，建功立业在京沪，创先争优在京沪，拼搏奉献在京沪，为促进京沪高速铁路又好又快建设做出了突出贡献。

为表彰先进，京沪高速铁路建设总指挥部和公司党委决定：授予中铁十二局京沪高铁土建四标项目经理部常务副经理高治双等 10 名先进个人为"十佳建设管理者"荣誉称号；授予中铁十七局京沪高铁土建一标项目经理部副经理许非等 10 名先进个人为"十佳科技创新标杆"荣誉称号；授予北京中铁诚业京沪高铁土建监理六标项目部总监理工程师周玉华等 10 名先进个人为"十佳监理工程师"荣誉称号；授予中铁二局京沪高铁土建二标吴桥制梁场场长徐春林等 10 名先进个人为"十佳工程建设标兵"荣誉称号，并颁发荣誉证书，给予一次性奖励。

希望受到表彰的先进个人以荣誉为动力，扎实苦干、拼搏奉献，在新的工作岗位上再立新功，再创佳绩。希望广大建设者学先进、比贡献、创一流，继续弘扬"勇攀高峰、追求一流"的京沪高铁精神，以脚踏实地的工作作风，科学严谨的工作态度，为管理好、经营好京沪高速铁路继续努力，为全面深入推进和谐铁路建设，实现我国经济社会又好又快发展做出新的更大贡献。

附件：1. 京沪高速铁路建设十佳建设管理者名单

2. 京沪高速铁路建设十佳科技创新标杆名单

3. 京沪高速铁路建设十佳监理工程师名单

4. 京沪高速铁路建设十佳工程建设标兵名单

二〇一二年二月九日

附件1：

京沪高速铁路建设
十佳建设管理者名单

梁　毅　中铁十七局京沪高铁土建一标项目经理部常务副经理

郭民龙　中铁一局京沪高铁土建二标项目经理部项目经理

张次民　中铁二局京沪高铁土建二标二工区区长

杨　忠　中水集团京沪高铁土建三标项目经理部常务副经理

高治双　中铁十二局京沪高铁土建四标项目经理部常务副经理

夏吉军　中铁十四局京沪高铁土建四标十工区区长

朱瑞喜　中铁三局京沪高铁土建五标项目经理部副经理

文武松　中铁大桥局南京大胜关长江大桥项目经理

王少华　中交路桥建设京沪高铁土建六标六工区常务副经理

韦　国　中铁电气化局京沪高铁四电系统集成电气化项目部项目经理

附件2：

京沪高速铁路建设
十佳科技标杆名单

许　非　中铁十七局京沪高铁土建一标项目经理部副经理

李昌宁　中铁一局京沪高铁土建二标项目部总工程师

郝长福　中水集团京沪高铁土建三标四工区常务副主任

赵常煜　中铁十二局京沪高铁土建四标项目经理部总工程师

许传波　中铁十五局京沪高铁土建四标十一工区项目部副经理

郝又猛　中铁四局南京枢纽 NJ-3 标项目部总工程师

李海鉴　中铁三局京沪高铁土建五标项目经理部总工程师

安爱军　中交路桥建设京沪高铁土建六标项目经理部总工程师

王玉泽　中铁第四勘察设计院集团有限公司总工程师

易伦雄　中铁大桥勘测设计院有限公司副总工程师

附件3：

京沪高速铁路建设
十佳监理工程师名单

邱志荣　中铁一院工程监理有限公司京沪高铁监理一标项目部总监理工程师

王树森　华铁工程咨询公司京沪高铁土建监理二标项目部总监理工程师

李克贤　北京铁城监理公司京沪高铁土建监理三标项目部总监理工程师

朱鸿雁　铁二院监理公司京沪高铁土建监理四标项目部副总监理工程师

石玉岗　京沪高速铁路土建工程监理四标项目部监理组组长

许兆军　铁科院（北京）工程咨询有限公司京沪高铁监理五标项目部总监理工程师

戴福忠　铁科院工程咨询公司南京大胜关长江大桥工程咨询监理项目部总监理工程师

周玉华（女）　北京中铁诚业京沪高铁土建监理六标项目部总监理工程师

方　鸣　铁科院（北京）工程咨询公司京沪高铁四电集成监理项目部总监理工程师

曹广利　铁科院（北京）工程咨询公司京沪高铁站房监理项目部副总监理工程师

附件 4：

京沪高速铁路建设
十佳建设标兵名单

张利军　中铁十七局集团公司京沪高铁土建一标现场技术主管
赵相斌　中铁十九局京沪土建一标项目部测量队副队长
徐春林　中铁二局京沪高铁土建二标二工区吴桥梁场场长
米兰彬　中水集团京沪高铁土建三标铺轨工区经理
郑云亭　中铁十四局京沪高铁土建四标十工区经理
秦久林　中铁十五局京沪高铁土建四标十一工区工人
陈红兵　中铁十一局南京枢纽土建 NJ-2 标项目经理部总工程师
龚军平　中铁三局京沪高铁土建五标项目经理部工程部长
温永明　中交一公局京沪高铁土建六标五工区苏州制梁场场长
巨晓林　中铁电气化局京沪高铁四电系统集成电气化项目分部第四工区高级技师

后 记

京沪高速铁路开工建设伊始，铁道部京沪高速铁路建设总指挥部和京沪高速铁路股份有限公司党委就针对京沪高速铁路建设的宣传文化工作提出明确要求，要完成宣传文化工作的"六个一"工程，即一本报告文学集、一本诗歌散文集、一本新闻报道集、一本科普读物、一部重点工程重点项目影像专题片、一部电视综合专题片。

京沪高速铁路开工建设以来，经过广大建设者三年半来的顽强拼搏、辛勤付出，取得了世人瞩目的成就。随着工程建设的有序推进，与京沪高铁宏大工程相匹配的精神文化产品的创作和提炼工作也在紧锣密鼓地进行。目的是把在京沪高速铁路建设的伟大实践中，创造历史的典型事件、先进集体、模范人物、科研成果等记录下来，载入史册，达到激励人心、昭示后人的作用。

为高质量做好京沪高速铁路宣传文化重点工作，京沪总指和公司党委专门下发文件，明确了京沪高铁建设中宣传文化工作的任务与责任。2010 年 5 月中旬，京沪高铁公司还分别在济南、南京召开了"京沪高速铁路宣传文化工作座谈会"，对京沪高铁的宣传文化工作进行了细化安排和再部署。

参建的设计、科研、施工、监理单位高度重视宣传文化工作。组织参建员工创作了大量的作品，我们从中选择了一部分编辑成《龙腾京沪——京沪高速铁路建设报告文学集（上、下）》、《情寄京沪——京沪高速铁路建设散文诗歌集》、《记录京沪——京沪高速铁路建设新闻报道集》。报告文学集是由建设者自己写自己，展示建设者风采，汇集了京沪高铁建设先进集体、典型人物和感人故事。散文诗歌集内容紧贴京沪高铁建设实际，思想性与艺术性统一，健康向上，喜闻乐见，歌颂京沪高速铁路伟大的工程、伟大的建设者，反映建设者的工作与生活。新闻报道集是中央、地方及行业媒体随着京沪高铁建设的进展，跟踪记录火热的建设场景和感人的事迹，形成一部鲜活的历史记录。科普读物《漫话京沪高速铁路》一书，已于 2011 年 6 月由中国铁道出版社出版发行，它解读了人们最关注的话题，社会反映良好。

京沪高铁建设中的文化产品逐渐问世，它记载了创造历史的人物和事件，让我们从中回顾和感动创造者的历史轨迹；给我们留下珍贵的历史资料，这也是京沪高铁建设中的一个成果。在此向既是建设者又是作者的同志们表示衷心的感谢！

编者

2012 年 5 月